그들

* 이 도서의 국립중앙도서관 출판예정도서목록(CIP)은 서지정보유통지원시스템 홈페이지(http://seoji.nl.go.kr)
와 국가자료공동목록시스템(http://www.nl.go.kr/korisnet)에서 이용하실 수 있습니다.
(CIP제어번호: CIP2015031503)

Joyce Carol Oates

them

조이스 캐롤 오츠 장편소설

김승욱 옮김

은행나무

# 차례

**일러두기**

1 이 책의 번역 대본으로는 Joyce Carol Oates, *THEM* (Modern Library, 2006)을 사용했습니다.
2 본문의 괄호 안 주는 옮긴이 주입니다.

남편 레이먼드에게 바친다.

……우리가 가난하므로
사악해질까?
― 존 웹스터, 《하얀 악마》

　이 책은 소설처럼 구성한 역사 기록이다. 다시 말해서 개인적인 관점에서 기록한 역사라는 뜻이다. 그것은 존재하는 유일한 역사이기도 하다. 나는 1962~1967년에 디트로이트 대학교에서 영문학을 가르쳤다. 예수회가 운영하고, 수천 명의 학생들이 다니는 학교였다. 기숙사에 살지 않고 통학하는 학생이 많았다. 이 시기에 나는 이 이야기에 나오는 '모린 웬들'을 만났다. 그녀는 나의 야간 강좌를 듣는 학생이었는데, 몇 년 뒤 내게 편지를 보내면서 나의 지인이 되었다. 나는 그녀의 다양하고 복잡한 문제들에 압도되었다. 그녀의 인생사를 알게 되면서 거기서 소설의 가능성을 본 나는 그녀와 나 사이의 몇 가지 비슷한 점 때문에 그녀에게 끌렸던 것 같다. 그녀도 편지에서 이런 점을 언급했다. 내가 그녀의 삶에 대해 처음 느낀 감정은 "이건 틀림없이 소설일 거야. 이런 것이 현실일 리가 없어!"였다. 하지만 그 뒤에 지속적으로 남은 감정은 "이건 현실적인 유일한 소설"이라는 것이었다. 그래서 우리 모두를 가리키는 문학적인 기법으로서 '그들'이 아니라 틀림없이 구체적인 '그들'을 다루는 소설《그들》은 주로 모린의 여러 기억들을 바탕으로 삼았다. 가능하면 그녀의 말도 이야기 속에 그대로 포함했다. 이 소설에서 여러 세세한 부분들을 풍부하게 묘사할 수 있었던 것은, 그녀가 자신의 개인사에 무서울 정도로 집착한 덕분이었다. 모린은 이 '고백'을 하면서 일종의 심리 치료와도 같은 효과를 얻었지만, 그 효과는 십중팔구 일시적이었을 것이다. 증인 역할을 맡은 내 경우에는 수많은 이야기를 들으며 나 자신의 현실, 개인적인 삶을 일시적으로 잃어버리고 대신 웬들 일가의 악몽 같은 여러 모험이 그 자리를 차지하는 경험을 했다. 그들의 삶이 내 삶을 으스스하게 압박했기 때문에 나는 나 자신이 아니라 그들에 대한 꿈을 몇 번이나 거듭 꾸기 시작했다. 그들의 세계가 나와는 워낙 거리가 멀었던 탓에 오히려 내게 엄청난 힘으로 다가왔다. 따라서 어떤 의미에서는 이 소설이 저절로 써진 것이나 마찬가지다. 하지만 몇몇 일화들은 세심한 조사 끝에 모린이 맥락을 혼동했다는 생각이 들어서 다시 고쳐 썼다. 극적인 분위기를 위해 과장한 부분은 전혀 없다. 사실 다른 자연주의 작품들에 상세하게 묘사된 빈민가의 여러 지저분하고 충격적인 사건들은 여기서 오히려 축소되었다. 지나치게 생생한 묘사를 하면 작품을 감당하기 힘들어질 것이라는 걱정이 가장 큰 이유였다.

—

그 뒤로 우리는 모두 디트로이트를 떠났다. 모린은 지금 미시간 주 디어본에서 주부로 살고 있으며, 나는 다른 대학에서 학생들을 가르친다. 기묘한 젊은이 줄스 웬들은 아마 아직 캘리포니아에 있는 것 같다. 어쩌면 언젠가 그가 이 소설 속 이야기들을 자신의 시각으로 쓰게 될 가능성도 있다. 그러면 작품에 다소 경멸적이고 소심한《그들》이라는 제목을 붙이지 않을 것이다.

I

침묵의 아이들

# 1

1937년 8월의 어느 따뜻한 저녁, 사랑에 빠진 소녀가 거울 앞에 섰다.

그녀의 이름은 로레타. 그녀가 사랑하는 것은 거울에 비친 자신의 모습이었다. 이 꿈 같고 즐거운 사랑에서 불안하고 맹목적인 설렘 같은 것이 솟아났다. 이 마음이 어디로 움직일까? 앞으로 어떻게 될까? 그녀의 이름은 로레타. 그녀는 자신의 이름 역시 마음에 들었다. 하지만 로레타 보츠포드라는 이름은 그만큼 마음에 들지 않았다. 보츠포드라는 성이 그녀를 질질 끌어내렸다. 그 이름에는 선율이 없었다. 그녀는 눈을 가늘게 뜨고 플라스틱으로 테두리를 두른 거울을 바라보며 빛이 가장 잘 들어오는 각도를 찾으려고 애썼다. 혈색 좋고 건강하고 평범하게 예쁜 얼굴에서 뭔가 대담하고 위험한 낌새를 찾아보고 싶었다. 거울을 보는 것은 미래를 보는 것과 같았다. 모든 것이 거기서 기다리고 있었다. 그녀가 사랑하는 것은 얼굴만이 아니었다. 다른 것들도 사랑했다. 주중에 그녀는 에이젝스 세탁소에서 일했다. 그런 일자리를 잡은 것은 정말 행운이었다. 주중에 수증기가 자욱한 일터에서 나른하면서도 바삐 움직이다 보면 마음속에 일종의 설렘이 쌓였다. 이제부터 무슨 일이 벌어질까? 오늘은 토요일이었다.

그녀의 얼굴은 둥글었다. 뺨이 장난꾸러기처럼 살짝 부풀어 있어서 실제 나이(열여섯 살)보다 어려 보였고, 눈은 푸른색이었다. 조심성 없고 순한 푸른색. 그리 날카롭지는 않았다. 입술에는 정확히 유행대로 진한 진홍색을 발랐다. 눈썹 역시 정확히 유행대로 정리했다. 일요일 신문 부록의 기사들을 보며 꿈을 꾸지 않았던가? 출근길에 트리니티 극장 앞에서 서성거리며 거기에 걸린 간판 그림들을 빤히 바라보지 않았던가? 그녀는 허리가 꼭 맞는 군청색 원피스를 입었다. 허리가 놀라울 정도로 가는 반면, 어깨는 조금 넓어서 거의 남자 같았다. 그녀는 튼튼한 소녀였다. 그 튼튼한 어깨 위에 팔랑거리며 꿈꾸는 머리가 얹혀 있었다. 부풀린 금발이 요염하게 굽이치며 귀를 지나고, 옷깃을 지나고, 등까지 내려왔다. 그래서 그녀가 인도를 달릴 때면 머리카락이 등 뒤로 나부꼈고, 남자들은 걸음을 멈춘 채 그녀를 바라보았다. 하지만 그녀는 한 번도 그 남자들을 뒤돌아보지 않았다. 그들은 영화에서 전면에 나서지 못하고 그저 관객들에게 어느 쪽에 시선을 집중해야 하는지 보여주는 역할만 하는 남자들과 같았다. 그녀는 이런 생각과 사랑에 빠져 있었다. 그녀의 깨끗하고 예쁜 피부 뒤에 온통 건강한 피부로만 만들어진 우주가 있었다. 그녀는 이것도 마음에 들었다. 자기 같은 소녀들이 생겨났다는 사실이 좋았다. 하지만 자신의 감정을 정확히 표현하지는 못했다. 그녀는 친구 리타에게 이렇게 말했다. "가끔 나는 아무것도 아닌 일에 엄청 기뻐져. 미쳤나 봐." 아침에 느릿느릿 돌아다니며 아버지를 깨우고, 둘 중 누군가가 공연히 싸움을 시작하기 전에 오빠 브록이 식사를 마치고 나가게 하려고 애쓰면서도 그녀는 묘하게 즐거웠다. 그 무슨 일에도 기가 꺾이지 않는, 찌릿찌릿한 설렘이었다. 이제부터 무슨 일이 벌어질까? "어머, 그건 미친 게 아냐." 리타가 생각에 잠긴 표정으로 말했다. "아직 철이 덜 든 거지."

그녀는 묵직한 분홍색 빗으로 머리를 빗었다. 머리의 컬이 느슨해 보이는 것이 걱정스러웠다. 더위 때문이었다. 열린 창문을 통해 길 건너편 아파트의 라디오 음악 소리가 들려왔다. 그건 지금이 토요일 밤이라는 뜻이었다. 앞으로 무슨 일이든 일어날 수 있는 시간이 한참 남았다는 기대감에 심장이 두근거리기 시작했다. 거의 10년 전부터 실직 상태인 아버지는 침대에 누워 술을 마시고 담배를 피워댔다. 다시는 돌이킬 수 없는 수많은 시간들이 획획 지나가는 것에는 전혀 신경을 쓰지 않았다. 하지만 로레타는 시간이 너무 빨리 지나간다는 생각이 들었다. 그래서 불안했다. 그녀는 맨살이 드러난 팔을 무의식중에 빗으로 부드럽게 쓰다듬듯이 긁었다. 그러자 늦여름 오후의 꿈 같은 몽롱함이 속에서 솟아올랐다. 부엌에서 누군가가 무겁게 앉았다. 마치 그녀의 생각에 응답하는 것처럼.

"야, 로레타!" 브록이 소리쳤다.

"알았어, 지금 나가." 차갑게 나온 그녀의 목소리에서 세탁소와 거리의 느낌이 났다. 이것은 그녀의 진짜 목소리가 아니었다. 진짜 목소리는 허스키하고 여자다웠다.

그녀는 브록의 저녁 식사를 준비했다. 좁은 부엌에 앉아 있는 브록이 방해가 되었기 때문에 그녀는 인상을 찌푸리며 말했다. "미-안-하-네." 이렇게 비꼬는 말을 던지며 그녀는 좁은 틈을 억지로 빠져나갔다. 브록 역시 토요일 밤을 위해 옷을 차려입은 상태였다. 회색 바지와 파란색 서지 재킷, 그리고 묘한 금속성 느낌의 청동색 넥타이. 넥타이라니! 머리가 어떻게 된 모양이었다. 몇 주 전에 스무 살이 된 그가 로레타에게는 거의 늙은이처럼 보였다. 뾰족한 얼굴에는 조숙한 교활함이 영화의 스틸 사진처럼 그대로 굳은 채 고정된 듯했다. 그의 머리도 로레타와 같은 금발이었지만, 점점 색이 어두워지는 것 같았다. 그는 머리를 감는 법이 없었다. 한 달에 한 번쯤 감

을까. 그래서 기름기 때문에 머리카락이 뻣뻣했다. 강인하고 각진 얼굴에는
광대뼈가 도드라졌다. 어머니를 닮은 얼굴이었다. 몇 년 전 어머니가 돌아
가신 뒤로 로레타는 묘하게도 브록의 얼굴에서 가끔 어머니를 보기 시작했
다. 브록이 가끔 충동적으로 화를 터뜨릴 때도(항상 집 안의 '꼰대'와 시끄
러운 이웃들이 문제였다) 잠시도 가만히 있지 못하고 잘 흥분하던 어머니
가 생각났다. 그럴 때면 마음이 좋지 않았다.

"세상에, 너 향수 뿌렸어?" 브록이 광대처럼 얼굴을 구겼다.

"시끄러. 그걸 농담이라고 하는 거야?"

브록이 못된 표정으로 웃음을 터뜨렸다.

로레타는 아이스박스에서 감자 그릇을 꺼내 이미 껍질을 벗겨둔 감자를
프라이팬에 넣었다. 기름이 지글거리며 그녀에게 침을 뱉었다. 그녀는 오빠
를 위해 요리하는 것이 싫어서 화가 나면서도 묘하게 즐거웠다. '이건 내가
하는 일이야. 내가 하고 있어.' 자신이 시중드는 것을 브록이 좋아한다는 사
실을 그녀는 알고 있었다. 무슨 중요한 사람이라도 되는 것처럼 식탁 끝에
앉아 있는 모습은 심술궂게 침을 뱉어대는 기름 같았다. 즐거워하는 브록
의 눈만 흘깃 보아도 정말 싫다는 느낌이 들었다.

"뭐 잘못 먹었어? 도대체 왜 그래?" 로레타가 외쳤다.

브록은 순진한 척 빙긋 웃었다. "꼰대는 아직 안 왔어?"

"안 온 거 알잖아."

"내가 어떻게 알아? 눈이 X레이인가?"

"어디 빈 땅이 있다면서 아침에 그 콜이라는 사람이랑 같이 나갔어. 웃기
는 소리라는 거 나도 아니까 그렇게 보지 마."

"빈 땅? 그 땅을 사기라도 하려고?"

"직접 물어봐."

"무슨 돈으로? 돈이 어디 있어서? 뭘로 그걸 사겠다는 거야?"

브록은 점점 흥분하고 있었다. 입술에서 침이 번들거렸다.

"오빠, 그만해! 아빠가 그런다고 누가 다치는 것도 아니잖아."

"아빠는 병자야. 어디로 보내버려야 한다고."

"보내다니, 어디로?"

"가둬버려야지."

브록은 팔꿈치로 식탁을 짚고 몸을 앞으로 기울인 채 특유의 빠르고 암시적인 목소리로 말했다. 자신의 말에 다른 의미가 들어 있는데, 그걸 알아차리지 못하는 사람은 바보라고 말하는 것 같았다. 아, 정말 어찌나 얄미운지! 어렸을 때 브록은 로레타의 오빠 노릇을 잘해주었다. 거리의 규칙에 따라 그녀를 놀린 다른 아이들과 싸워준 것이다. 하지만 어쩌면 그것은 그녀를 위해서가 아니라 자신의 명예를 위한 행동이었던 것 같다. 상대를 쏘아보는 푸른 눈과 빠른 주먹을 지닌, 팔다리가 길고 구부정한 브록 보츠포드라는 아이가 다른 사내아이들과는 완전히 다르게 조숙하면서도 어떻게 보면 또 자라다 만 것 같은 느낌으로 자라서 이렇게 이상하고 짐짓 진지한 척하는 애늙은이가 될 줄은 예전에 아무도 짐작하지 못했다. 그의 교활한 말과 습관적인 표정 밑에는 배배 꼬이고 악의적인 '의지'가 있었다. 로레타는 친구들이 브록의 번쩍이는 싸구려 옷차림과 영화배우 같은 스타일에 끌려서 그와 이야기를 나누다가 살금살금 멀어져 불안한 표정으로 키득거리며 "저 애 좀 '괴상하지' 않아?"라고 말할 때마다 무서웠다. 여자애들이 그렇게 구는 건 으레 있는 일이지만, 그 말은 절대적으로 정확했다.

"가끔 보면 오빠는 말이 너무 많아! 어디 취직이라도 해. 좋은 일자리를 잡으라고. 오빠가 아빠보다 나은 사람이라고 생각한다면." 로레타는 화가 나서 소리쳤다.

그러고는 식탁의 반대편 끝에 앉았다. 브록에게서 최대한 먼 자리였지만 식탁이 작았기 때문에 그의 존재를 의식하지 않을 수 없었다. 브록은 식탁 위로 몸을 기울이고, 불안하게 손가락으로 두드려댔다. 마음만 내키면 그녀의 손목을 잡을 수 있는 거리였다. 그는 전에 이미 그런 짓을 한 적이 있었다. 그녀가 비명을 지를 때까지 손목을 잡아 비트는 짓. 몇 번이나 그런 짓을 했다. 그냥 장난이었어! 그녀는 한 손으로 식사를 하고 있는 그의 다른 손을 불안하게 바라보았다…… . 그는 기계공장에서 일하기 때문에 손이 항상 더러웠다. 손톱에는 항상 기름이 잔뜩 묻어 있고, 그 더러운 때 아래의 피부는 어머니가 그랬듯이 밀랍처럼 창백했다. 이렇게 죽은 사람 같은 피부색에 로레타는 전혀 사랑을 느끼지 못했다. 오로지 연민뿐이었다. 그것이 걱정스러웠다. 브록은 오빠인데, 혹시 건강이 '나쁜' 거라면 어쩌지? 난 오빠를 사랑해, 그렇지? 두 사람 사이에는 마지못한 유대감이 있었다. 브록은 이 직장 저 직장을 떠돌았지만 일이 없을 때에도 수중에 돈이 있는 것 같았다. 그는 그것을 '미스터리한 돈'이라고 불렀다. 길에서 그는 학교 때 사귄 노는 친구들과 어울리며 담배를 피웠다. 친구들은 브록의 거친 농담에 웃음을 터뜨리고, 로레타가 그 농담을 알아듣는 것 같으면 그녀를 흘깃거렸다. 아, 그녀는 정말로 알아들었다! 남자들의 입에서 나오는 말은 절반이 더러운 말이었다. 그녀가 보기에 브록의 친구들은 구제불능의 나쁜 놈들이었다. 브록도 나쁜 놈일 수는 있지만, 아직 구제불능은 아니었다. 그렇지? 신문, 라디오, 어른들에게서 듣는 이야기에 따르면 세상 사람들은 두 종류였다. 구제불능의 낙오자들이 큰 무리를 이루고, '어딘가'를 향해 나아가는 사람들이 있었다. 물론 그들은 전부 성인 남자 또는 소년이었다. 로레타는 여자는 아예 생각하지도 않았다. 하지만 사촌 프랭크 베냐스 같은 소년들은 어떤가? 프랭크는 벌써 여섯 번이나 소년 법정에 섰고, 제 어머니의 골머리를 썩였다. 하지만 그런 소년들에게는 뭔가 엄정한 부분, '어딘가'를 향해 나아가고자 하는 결의가 있었다. 지금 프랭크는 인쇄소 견습공으로 일하고 있다. 앞으로도 잘해나갈 것이다. 조 크러젱크, 플로이드 슬론, 버니 멀린 같은 소년들, 특히 어렸을 때 문제를 일으켜서 소년원에서 복역한 적이 있는 버니의 경우에는 아직 브룩처럼 신경질적인 악의로 눈이 반짝이지 않았다. 그들의 영혼은 품위가 있었다. 어쩌면 믿어도 되는 사람들인 것 같았다. 특히 버니 멀린이 그랬다. 로레타는 버니를 생각하면서 또 불쑥 가슴이 설렜다. 자신을 바라보는 그의 눈, 편안한 미소……. 버니를 생각하며 한참 동안 몽롱한 꿈에 빠질 수도 있었다. 아, 버니도 가끔 불같이 화를 내고, 다른 남자들과 마찬가지로 입이 더러웠다. 하지만 그러고 나서 그는 미안하다고 사과했고, 직장도 있었다. 적어도 로레타가 보기에는 직장이 있었다. 그녀의 아버지처럼 세상 밑바닥까지 떨어지지 않게 막아주는 것이 무엇인지는 알 수 없지만, 브룩도 바닥으로 떨어지고 있는 것 같지만, 버니에게는 그 '막아주는 것'이 있는 것 같았다. 정말 미스터리 아닌가?

"오빠는 정말…… 나쁜 놈이야. 화가 나." 로레타가 말했다. 대담하고 용감하지만 조금은 무모한 말인 것도 같았다. 브룩을 도발하다니. 정말 그런 위험을 무릅쓸 생각이었나? 하지만 가끔 그는 로레타가 자신에게 빠른 말투로 심한 말을 퍼붓는 것을 좋아했다. 대개 누이동생들이 오빠에게 그러듯이, 아무것도 숨기지 않고 퍼부어 대는 것. 진실을 말하는 것. 달리 누가 브룩에게 진실을 말하겠는가? 그는 눈을 가늘게 뜨고 로레타를 유심히 지켜보았다. 꼿꼿하게 허리를 세운 로레타의 어깨가 살짝 올라가 있는 것을 보니 긴장한 모양이었다. "어젯밤에는 정말 멍청했어! 너무 잔인했다고. 오빠가 아빠를 부추기는 바람에 아빠가 뭐라고 하니까 오빠가 화를 냈잖아. 성냥에 불을 붙여서 떨어뜨리는 거랑 뭐가 달라? 왜 그래? 게다가 그 총은 또 뭐야? 그거 진짜 총 아니지? 틀림없이 아닐 거야." 그녀는 뭔가 생각이 나서 인상을 찌푸렸다. 브룩이 자신을 지켜보고 있었다. "아빠가 발작이라도 일으키게 만들려는 거야?"

브룩이 웃음을 터뜨렸다. "상상력 하나는 끝내주네."

"심장…… 발작 같은 거? 아빠 얼굴이 시뻘겋게 돼서 숨을 헐떡이던데."

"안 될 것도 없지. 엄마한테 그런 짓을 한 인간인데."

"그건 아빠 잘못이 아니잖아."

"그럼 누구 잘못인데?"

"해고당한 건 아빠도 어쩔 수 없는 일이잖아, 진짜! 다들 쫓겨났다고. 공장들 절반이 문을 닫았으니까. 그걸로 아빠한테 뭐라고 한 건 엄마 잘못이야. 엄마는 항상 남 탓을 하느라 제정신이 아니었어. 남 탓만, 남 탓만."

브록이 차갑게 말했다. "너, 엄마한테 제정신이 아니라는 말 하지 마."

"진짜로 그랬는걸! 오빠도 알잖아."

"우리 집에 미-친 사람은 없어. 그런 소리 퍼뜨리지 마."

로레타는 무슨 말인지 이해했다. '미쳤다'는 말은 사람들이 물건을 버리는 공터 뒤편과 같은 말이었다. 쓰레기가 쌓여 썩어가고 있어서 사람들이 가고 싶어 하지 않는 곳.

"그래, 알았어." 로레타는 얼어붙은 분위기를 녹이려고 애써 미소를 지으며 말했다. "난 엄마나 아빠 중 어느 한쪽 편을 드는 게 아니야! 나도 지긋지긋하다고. 이 집이. 아빠는 무섭다면서 일을 안 하려고 하지. 뭐, 리타네 아버지도 똑같아. 둘 다 손을 덜덜 떨어대고. 어떨 때는 그게 워낙 심해서 아빠가 담뱃불도 붙이지 못할 정도잖아. 그래서 내가 대신 붙여줘야 한다고. 쳇! 아빠는 있지도 않은 바퀴벌레가 있다고 말해. 그런데 아빠가 손가락으로 가리키는 곳을 보면, 바퀴벌레 한 마리가 슬쩍 나오는 거야. 왜 오빠는 남들도 어쩔 수 없는 일을 갖고 그 사람들을 탓해? 엄마가 믿은 하느님은 심보가 좀 고약한 하느님이었어. 하지만 오빠는 아니잖아. 안 믿잖아? 그런데 왜 '남' 탓을 해?" 길게 말을 하고 나니 숨이 찼지만 기분은 좋았다.

"그게 뭔 소리야? 신을 믿는 게 뭐?"

"난 그런 거 전혀 신경 안 써. 뒤돌아보지도 않아. 그것뿐이야."

"난 신경 써."

"그 총으로 뭘 할 거야?"

브록은 손가락으로 이마를 두드리며 생각하는 시늉을 했다. "누굴 죽일 거야." 그가 진지하게 말했다.

로레타는 역겨운 감정을 보여주기 위해 "쯧" 하고 혀를 차고는 일어서서 감자를 저었다. 그리고 거기에 후추를 뿌렸다. 떠들고 싶은 만큼 떠들어보라지, 한심한 자식……. 그를 흘깃 바라보자 어깨가 얼마나 굽었는지가 눈에 들어왔다. 새 재킷도 소용없었다. 겨우 스무 살인데! 옷을 사는 데는 그의 봉급 2주일 치가 들었다. 그런데 그는 옷을 사자마자 태도가 바뀌어서 그 옷을 비웃으며 창피하게 생각했다. 도대체 그렇게 변한 이유가 무엇인지 그녀는 짐작도 할 수 없었다. 브록은 그런 사람이었다! 1년 내내 또는 평생 원하던 물건도 일단 손에 넣고 나면 쓰레기로 변해버린다. 그래서 그 자신도 영문을 모른 채 그저 그 물건을 비웃을 뿐이다. 그가 안됐다는 생각이 들었다. "누구 다른 사람 것을 맡아준 거야? 그래?" 그녀가 말했다.

"알아서 뭐하게?"

"해리 호니건의 것을 맡아준 거지?" 해리 호니건은 이웃에 살다가 더 나은 동네로 이사 간 녀석이었다. 어쨌든 그의 주장으로는 그랬다. 지금은 저 위에 있는 좋은 동네의 아파트에서 좋은 차를 굴리며 살고 있다고 했다. 하지만 불행히도 바로 며칠 전 징역 10년을 선고받았다. 브록은 언제나 강아지처럼 해리 호니건의 주위를 맴돌았다. 호니건은 문제가 생기자 원래 살던 동네로 돌아왔고, 그의 어머니가 그런 그를 받아들여 잘 먹이며 그를 위해 울어주었다. 할머니와 이모들도 주위로 몰려들어 그를 보호했다. 브록이 혹시 그를 만날 수 있는 것은 바로 그럴 때였다. 사정이 좋을 때는 몇 달 동안 해리의 소식을 전혀 들을 수 없었다. "틀림없이 해리랑 관련이 있어." 로레타가 말했다.

"진짜 똑똑하네."

"그 총을 대신 맡아준 거야? 언제쯤 나올 수 있을 것 같대?"

"아니, 그건 호니건이랑 아무 상관 없어. 그 녀석은 끝났어."

"그래도 언젠가 거기서 나올걸. 안 그래?"

"끝장났다니까."

로레타는 감자에 잘게 썬 재료를 넣고 천천히 둥글게, 둥글게 휘저으면서 해리 호니건을 생각했다. 그가 끝장났다고? "뭐, 그것참 안된 일이네." 그녀가 말했다.

"내가 누군가를 죽이고 싶은 생각이 든 것일 수도 있지." 브록이 음흉하게 말했다. 마치 그녀에게 지금 무슨 얘기를 하던 중인지 잊었느냐고 말하는 것 같았다.

"그렇겠지."

브록은 어렸을 때 몇 번 폭주했다. 어머니는 계속 "자라면서 겪는 일"이라고 말했지만, 한동안 사람들은 브록의 지능이 떨어진다고 생각했다. 다른 아이들의 장난에 반응도 느렸고, 학교 수업도 잘 따라가지 못했기 때문이다. 게다가 나이에 비해 몸집도 몹시 작았다. 그런데 수녀들이 운영하는 학교에서 5학년으로 올라갔을 때 몸집도 커지고 머리도 똑똑해지기 시작했다. 그러더니 조금 제정신이 아닌 것 같다는 평판을 얻었다. 하루는 순전히 재미로 학교 옥상을 기어 다니기도 했고, 운하를 가로지르는 철로를 건너기도 했으며, 사내아이들이 모두 경찰관에게 쫓기고 있을 때 양팔을 마구 휘둘러대고 요들송을 부르며 도망치기도 했다. 브록이 그런 짓을 한 것은 자신의 두려움을 웃음거리로 만들기 위해서, 도망치는 행위 자체를 웃음거리로 만들기 위해서였다. 사람들은 그의 이런 이상한 행동을 이해하지 못했다. 어느 날 밤 술에 취한 경찰관이 브록을 다른 사람으로 착각하고 두들겨 팬 적이 있었다. 그때 피를 흘리며 골목길에 쓰러져 있는 자신을 발견해

준 사람에게 브록이 가장 먼저 한 말은 "내가 낙하산 없이 착륙했어요!"였다. 그는 이렇게 독특했다. 정확히 말해서 미친 것은 아니었다. 사람들은 뭐가 뭔지 알 수도 없고 그를 잊어버릴 수도 없었다. 물론 그는 전체적으로 봤을 때 구제불능의 나쁜 자식이고 평생 아무것도 이루지 못할 터였다. 너무 제멋대로 날뛰는 성격이었으니까. 하지만 그가 거칠게 날뛰는 데서 즐거움을 느끼는 것은 아니었다. 로레타는 그것을 알고 있었다. 브록은 열세 살 때부터 열여덟 살 생일날까지 비밀스럽고 예민하게 굴었다. 같은 집에서 살기에는 정말 형편없는 인간이었다. 어머니와 마찬가지로 브록은 단 한 번의 미소도 없이 몇 주를 보낼 수 있었다. 이제 스무 살이 되어 혼자 돌아다닐 수 있게 되고 돈도 조금 생기자 그는 전보다 신사답게 로레타를 대했다. 마치 비웃듯이 일부러 과장된 행동을 하는 것 같은 태도였다. 로레타는 브록이 어떤 사람인지 파악할 수 없었다. 그의 말과 행동을 진지하게 받아들일 수도 없었다.

브록이 식사하는 동안 로레타는 시끄럽게 프라이팬을 긁어낸 뒤 싱크대에서 물로 헹궜다. 아버지는 하루 종일 집에 돌아오지 않았으므로, 아버지 몫의 저녁 식사가 남았다. 오븐에 넣어두어야 할 것 같았다. 로레타는 까치발로 서서 창밖을 내다보려고 했지만, 보이는 것이라고는 맞은편 건물의 비상계단뿐이었다. 독일인 가족이 그곳에 살았다. 못된 아이 네 명과 못된 늙은이와 독일어밖에 할 줄 모르는 여자 일가족이었다. 그 사람들은 허투루 무시할 수 없었다. 그 건물 아래층에는 늙고 더러운 여자가 있었다. 로레타는 그 여자의 이름을 몰랐지만, 모습은 항상 볼 수 있었다. 길에서 이어진 대로에서는 벌써 사람들이 도시의 열기 속으로 한들한들 들어오고 있었다. 더위 따위는 별로 개의치 않을 뿐만 아니라 오히려 그 흐르는 듯한 느낌을 묘하게 즐거워하는 것 같았다. 모두가 혈연으로 이어져 있는 바닷속 생물들처럼. 그들은 모두 똑같은 원소에 묶여 있었고, 그 원소는 그들의 모공 하나하나를 건드리며 그들이 저항할 수 없을 만큼 강하게 그들을 한데 끌어당겼다.

"오늘 밤에는 어디로 가?" 브록이 갑자기 말했다.

"밖에."

"누구랑?"

"알아서 뭐하게?"

"대답이나 해."

로레타는 팔짱을 꼈다. 마치 부엌에서 질투 많은 남편과 대치하는 영화 속 여주인공이 된 것 같았다. 밖에서는 카메라가 뒤로 물러나서 그녀를 기다리는 놀라운 모험의 세계를 보여주고 싶어 안달하고 있을 터였다. 기차를 타고 한참 동안 마구 내달리기, 부상당한 병사들이 자아내는 풍경, 육감적인 베일을 드리우고 낙타에 탄 대상 무리가 점잔을 빼듯 우울한 모습으로 천천히 걸어가고 있는 아름다운 하얀 사막, 하얀 옷을 입은 영국 장교들 앞에서 열리는 인도의 찌는 듯한 정글, 젊은 장교들, 미국에서 온 현명한 젊은 여자의 얼굴에 순간적으로 스치는 비웃음 앞에서 정체를 드러내는 영국식 응접실의 미스터리…….

브록이 그녀를 빤히 바라보고 있었다. 그녀는 자신이 만들어준 음식을 씹는 턱의 움직임을 지켜보았다. 그녀가 보기에 브록은 음식의 맛을 느끼지 않는 것 같았다. 그것이 브록의 문제였다. 그는 무엇이든 맛을 느끼는 법이 없었다.

"오빠가 무슨 상관인지는 모르겠지만……." 로레타가 말했다. "시시를 만나러 갈 거야."

"시시?" 브록이 말했다. 시시는 로레타의 옛 친구지만 로레타만큼 예쁘지도 않고 허리도 굵었으며, 할머니(반쯤 눈이 멀었고 자기 방에서 나오는 법이 없다)가 자수를 놓아 만들어준 블라우스를 입고 돌아다녔다. 따라서 시대에 뒤떨어진 유럽 농민 같은 모습, 둔하고 순진한 모습, 몹시 지루한 모습을 하고 있었다. 시시 사체는 착한 아이였다. 브록은 시시에 대해 결코 나쁜 말을 할 수 없었다. 그럴 생각을 하다가도 그냥 저절로 멈춰버렸다. 그래서 그는 로레타를 빤히 바라보았다.

"원피스 패턴을 재단하기로 했어. 시시가 날 도와줄 거야." 로레타가 말했다.

"거짓말."

"거짓말 아냐!"

브록은 먹는 것을 싫어하는 사람처럼 아주 자연스럽게 괴팍한 표정으로 음식을 입에 가져갔다. 그러다가 갑자기 히죽 웃었다. "너 말이다, 내가 너에 대해서 들은 이야기가 있거든?"

"무슨 얘기?"

"알면서 왜 물어?"

"남이야 뭐라든 상관없어. 전부 거짓말이야."

"버니 멀린 얘긴데, 그게 거짓말이야?"

로레타의 얼굴이 뜨겁게 달아올랐다. "그게 뭐? 버니랑 만났어?"

"난 그런 애송이랑은 상대 안 해! 그놈 지금 몇 살이지? 열여섯? 애송이잖아. 누가 그러는데, 네가 얼마 전에 개랑 어울렸다며?"

"실컷 떠들라고 해."

"그 자식을 이리로 데리고 올 생각은 하지도 마."

"데리고 오긴 누굴 데리고 와? 이런 쓰레기장에."

"그래, 데려오지 마."

"글쎄, 이미 데려왔다면…… 그럼 어쩔 건데? 벌써 데려왔다면!"

"진짜야?"

"그게 오빠랑 무슨 상관이야? 나도 여기 살아. 내 맘대로 드나들 수 있다고. 나도 일해서 돈을 버니까 오빠한테 웃기지도 않는 말을 들을 이유가 없어. 그게 싫으면 오빠가 나가든지! 자기도 스무 살짜리 애송이면서! 어쨌든 그냥 나가버리지그래?"

"버니가 이리로 들어와서 살 수 있게?"

"아, 진짜!" 로레타는 벌겋게 달아올라 있었지만, 분노한 겉모습 속에서는 조금 기뻐하고 있었다. "버니는 괜찮은 애야. 난 개가 좋아. 하지만 특별한 구석은 전혀 없는 애지. 그냥 시시를 만나러 갈 거라고 말했잖아. 난 버니 같은 애들이랑 어울리며 나쁜 소리를 들을 생각이 없어. 나중에 결혼하더라도 그런 애들이랑 하는 일은 없을 거야."

브록은 식사를 마쳤다. 접시를 옆으로 밀치는 그의 모습은 아버지를 비롯해서 주위의 다른 남자들과 비슷했다. 그 모습을 보며 로레타는 짜증이 났지만, 동시에 웃음을 터뜨리고 싶어졌다. 어쩜 저렇게 하는 짓이 빤히 보일까!

"오빠가 내 일에 아주 관심이 많은 모양이네. 오빠도 나름대로 신경 쓸 일이 있지 않아?" 로레타가 말했다.

"그런 거 없어."

"오빠도 데이트를 좀 하지그래? 돈을 좀 쓰는 건 어때? 오빠가 하는 짓이라고는 핀볼을 하거나, 아니면 친구라는 머저리들이랑 같이 노는 것뿐이잖아. 개들 오빠가 보기에도 멍청하지 않아? 도대체 왜 그래?"

"나도 내가 미스터리다." 브록이 차갑게 웃으며 말했다.

"하, 그렇게 뜻 모를 소리를 하겠다는 거지!"

로레타는 오빠의 접시를 가져다가 싱크대에 놓았다. 싱크대에 쌓여 있는 접시 여섯 개 중 몇 개에는 음식 찌꺼기가 딱딱하게 굳어 있었다. 은식기도 쌓여 있었다. 어떤 접시 밑에 포크 한 개가 깔려 있어서 접시 더미 전체가 기우뚱했다. 로레타 자신의 느린 움직임, 비좁은 부엌 때문에 그녀의 마음속에, 뼛속에 압박감이 차올랐다. 마음이 불편했지만 로레타는 별로 신경 쓰지 않았다. 브록이 자신을 놀리는 것도 상관없었다. 어차피 이미 익숙한 일이었고, 그걸로 무슨 일이 벌어진 적은 한 번도 없었으니까. 로레타는 평생 동안 놀림거리였다. 아이들, 특히 여자애들이 놀림거리가 되는 것은 피할 수 없는 일이었다. 아버지도 지금처럼 망가지기 전에 로레타를 놀려서 본의 아니게 울리곤 했다. 할아버지가 로레타를 귀찮게 하고, 머리카락을 잡아당기던 것도 기억났다. 구레나룻에는 얼룩이 묻어 있고 몸에서는 불쾌한 냄새를 풍기던 할아버지는 다른 나라 말로 고함을 질러대며 할머니와 싸웠다. 그 과거는 다른 도시와 연결되어 있었다. 온 동네 아이들이 나와 노는 저탄장 맞은편에 있던, 빈민가 분위기의 2세대 주택. 그때는 일의 종류도 달랐다. 할아버지가 하던 것 같은, 앞날이 밝은 일이었다. 할아버지는 건설 인부로 단 한 달 만에 수천 달러를 벌었지만, 모두 잃어버렸다. 로레타는 어떻게 된 일인지 알 수 없었지만, 그다지 신경 쓰지도 않았다. 그녀를 비롯해서 집안의 다른 여자들에게는 그 돈이 사라진 것으로 그냥 끝이었으니까. 그것은 반박의 여지도 없고, 어떤 면에서는 존경스럽기까지 한 사실이었다! 할아버지는 사랑스럽다는 듯이 로레타를 놀렸고, 로레타는 할아버지가 자신을 사랑한다는 사실을 알아차릴 머리가 있었다. 그래서 할아버지가 세상을 떠날 때, 할아버지가 누워서 애원하던 침대에서 브록처럼 물러나지 않고 자리를 지켰다. 로레타의 아버지도 애정을 드러내며 묘하게 그녀를 놀렸다. 하지만 그럴 때 어머니는 시끄럽게 프라이팬을 긁어대거나 식기가 깨질 정도로 싱크대에 세게 떨어뜨리는 방식으로 자신의 심경을 표현했다. 언제나, 할 일이 얼마나 많은데 그렇게 장난을 치며 애정을 드러낼 시간이 어디 있냐는 뜻이었다. 그러다가 온 가족이 짐을 챙겨 트럭을 불러 타고 이 도시로 옮겨 왔다. 로레타의 어머니는 이 부엌 바로 옆방에서 5년 전 세상을 떠났다. 지금은 아버지가 그 방에서 혼자 잤다. 혹시 거긴 정말로 죽음의 방이었던 걸까? 그것은 아무도 모르는 일이었다. 브록을 제외하면 제대로 기억하는 사람도 없었다. 브록은 자주 이렇게 말했다. "꼰대가 엄마를 죽였어." 그러면 로레타는 반드시 이렇게 쏘아붙였다. "웃기지 마! 오히려 엄마가 아빠를 죽였어." 마치 잘못된 것을 바로잡고 진실에 도달하는 것이 아주 중요하다고 생각하는 사람 같았다. 하지만 진실이 뭐지?

집 안 사방에 아버지의 옛날 스냅사진들이 널려 있었다. 놀리는 듯한 표정으로 빙긋 웃고 있는 검은 머리 남자. 그 남자가 지금은 이 한심한 아파트를 비틀비틀 돌아다니고, 욕실과 침실에서 속을 게우고, 항상 로레타를 찾으며 징징거렸다(그동안 저축한 돈은 어떻게 한 거지?). 미안한 말이지만, 이제 그는 사진 속 남자와 같은 사람이 아니었다. 서로 다른 시대의 서로 다른 두 사람. 예전에 그는 건설 인부로 일하면서 집을 지었다. 수십 채나 되는 집의 판자벽을 못으로 고정하고, 가장자리가 노랗게 장식된 차고를 지었다. 아버지도 자기 차를 갖고 있었다. 그러다 사정이 안 좋게 돌아가기 시작했을 때, 친척들은 죄다 부럽다는 듯이 아버지에게 말했다. "그래도 사람들이 살 집은 항상 필요하잖아요!" 하지만 이 말은 사실이 아닌 것으로 판명되었다. 이제는 집을 짓는 사람이 없었다. 반쯤 짓다 만 집들도 그대로 방치된 탓에 나중에는 아이들이 그런 곳을 멋대로 망가뜨리거나 아니면 비바람에 건물이 낡아서 무너져버렸다. 그것이 1930년이었다. 1931년도 그랬다. 로레타의 아버지는 야간 경비원이 되었지만, 몇 달 만에 누군가의 처남에게 일자리를 잃었다. "그럴듯한 얘기지." 그의 아내는 이렇게 말했다. 그 뒤로 아버지는 닥치는 대로 일했다. 심지어 신문 파는 일을 한 적도 있었다. 로레타는 그 시절의 일들을 모두 기억했다. 그러다가 젊은 사람들이 정부의 프로젝트를 하면서 계절의 변화처럼 정기적으로 영원히 나오는 정부의 수표 덕분에 낙천적인 전망을 품고 다시 일자리로 돌아오기 시작하자 아버지는 다시 건설 일로 돌아갔다. 하지만 아직 시기가 좋지 않아서 그는 몇 년을 기다려야 했다. 그리고 그 뒤로 결코 아버지에게 좋은 시절은 오지 않았다. 아버지는 겁에 질렸지만 자신의 두려움을 이해할 수 없었으므로 술을 마시기 시작했다. 직장을 잡은 젊은이들도 그 자리를 길게 유지하지 못했다. 시절이 뒷걸음질을 치면서 사람들을 떨어냈기 때문이다. 하지만 로레타의 아버지는 계속 술을 마시다가 결국 로레타가 일요일에 자주 보는, 젊은 것 같은데 늙은 사람이 되었다. 일요일 오전에 교회나 문 닫은 가게 문간에서 잠을 자는 사람들. 그것으로 끝이었다. 그는 완전히 변해서 다른 사람이 되었다. 새로운 사람이었다. 창고에서 트럭의 짐을 내리는 일자리를 잡았을 때, 아버지는 첫날 정오에 집으로 와버렸다. 처음에는 유리 제품이 든 상자를 떨어뜨렸다고 변명했지만, 나중에는 아무것도 떨어뜨리지 않았다고 인정했다. 물건을 떨어뜨려 빚을 지게 될 것이 무서워서 손도 대지 못했다는 것이었다. 그는 그런 식으로 지금까지 살아왔다. 이리저리 왔다 갔다 하면서도 속이 안 좋아지거나 주위를 어지르지 않는 이상 로레타를 귀찮게 하지는 않았다.

"뭐, 오늘 밤에 괜히 말썽이나 피우지 마." 브록이 말했다.

"오빠나 조심해."

로레타는 오빠의 방인 '거실'까지 따라갔다. 둘 사이에 아직 끝맺지 못한 문제가 있었기 때문이다. 하지만 그것이 무엇인지는 알 수 없었다. 파란 원피스를 입고, 머리를 구불구불하고 반짝반짝하게 다듬은 그녀는 브록과 이야기를 깔끔하게 매듭지을 권리가 있다는 생각이 들었다. 브록이 주머니에서 빗을 꺼내 재빨리 휙 움직여 머리를 한 번 빗더니 다시 주머니에 넣었다. 모든 동작이 거의 단번에 이루어진 것 같았다. 오랫동안 감지 않은 그의 머리는 결코 헝클어지는 법이 없기 때문에 몇 주 동안이나 같은 모양을 유지했다. 그가 무슨 헤어로션 같은 것을 머리에 바르는 것을 보며 로레타는 자전거를 생각했다. 자전거 바퀴를 만지면 손에 묻는 기름. 그녀가 충동적으로 브록의 재킷 주머니를 건드리자 그 안에 든 총의 무게가 느껴졌다.

"아직도 총을 갖고 있잖아!"

브록이 그녀를 밀어냈다.

"진짜, 무슨 일이야?" 로레타가 말했다.

"아무것도."

"이거 어디서 났는데?"

"아무 데서도."

"어쩌려고?" 그녀는 오빠를 뚫어져라 바라보았다. 혹시 그가 진심인지도 모른다는 생각이 처음으로 들었다.

"나도 아직 몰라."

창백하고 여윈 얼굴에서 광대뼈가 유난히 날카로워 보였다. 마치 얼굴뼈가 브록 대신 생각을 해주고 있는 것 같았다.

"이러다가 큰일 난다고." 로레타가 말했다. 어머니를 비롯한 집안 여자들이 그랬던 것처럼 숙명적이고 최종적이며, 어느 정도 만족한 듯 단조롭게 노래하는 것 같은 말투였다. 마치 자신들은 이미 최악의 가정(假定)들의 끝에 이르렀으니, 남자들이 따라잡기를 기다릴 뿐이라고 말하는 것 같은 말투.

"아냐, 그런 일은 없어. 나도 뭘 할 건지 아직 몰라." 브록은 총을 꺼내서 손바닥에 놓고 무게를 가늠했다. 진짜 총일까? 로레타는 침을 꿀꺽 삼키며 빤히 바라보았다. 확실히 진짜처럼 보였다. 변색된 싸구려 권총인데, 총신은 들창코 같고 나무 손잡이는 심하게 낡아 있었다. 로레타는 사촌 어마의 집에서 비슷한 권총을 본 적이 있었다. 남자들 몇 명이 빈둥거리고 있는 부엌에 들어갔더니 식탁 위에 총이 있었다. 그때 그녀는 너무 무서워서 그냥 빙긋 웃었다. 지금도 콩닥거리는 가슴을 안고 빙긋 웃고 있었다.

"나한테 줘……. 내가 대신 숨겨줄게, 오빠."

브록은 뒤로 물러나며 웃음을 터뜨렸다.

"내가 왜 너한테 이걸 줘? 내가 그렇게 미-친 것 같아?"

"그러다 혹시…… 아빠가 그걸 보면 어쩌려고? 아빠는 손을 심하게 떠는데, 그러다 아빠가 자기를 쏴버리면? 아빠가 그걸 떨어뜨리는 바람에……."

"아빠가 이걸 보는 일은 없어."

"왜 그렇게 히죽거리는 건데?"

"누가? 내가?"

"못됐어, 진짜! 이건 장난이 아냐."

"그러니까 안 웃잖아." 브록의 입꼬리가 사악한 광대처럼 위로 올라가 있었다. 뺨의 근육도 한데 몰려 있고, 병자처럼 창백한 피부는 얼룩덜룩하게 상기된 상태였다.

"브록, 혹시…… 아빠를 기다리는 거야? 싸우려고?"

"아니. 그것보다 더 좋은 일이 있는걸."

"아빠가 취해서 돌아오면 아빠랑 싸울 거야? 그래?"

"싸움을 거는 사람은 내가 아냐. 아빠지."

"오빠가 이상한 눈으로 아빠를 보잖아. 그러지 마, 브록!"

"말했지? 더 좋은 일이 있다고." 브록이 사타구니 쪽을 두드렸다. 그건 '여자랑 잔다'는 뜻이었다. 픽이나!

로레타가 재빨리 말했다. "아빠는 밤새 안 올 거야. 틀림없어. 아침에야 엉망이 돼서 돌아올걸. 그러니까 아빠를 해치지 않을 거지?"

"안 그런다고 했어."

"그럼 왜 이렇게 이상하게 구는데?"

브록은 웃음을 터뜨리며 총을 다시 주머니에 넣었다. 이제 나가려는 모양이었다.

"그래, 가, 가버려! 얼른 나가!" 로레타가 소리쳤다.

그가 나간 뒤 그녀는 힘없이 방으로 돌아가 옷차림을 점검했다. 이마에 작은 땀방울이 맺혀 있는 것이 정말 마음에 들지 않아서 그녀는 손수건으로 이마를 두드려 닦아냈다. 브록에 대해 생각해봤자 아무 소용이 없다는 사실은 알고 있었다. 브록은 몇 년 전부터 소년 법정을 드나들었고, 경찰에 잡혀서 유치장에서 하룻밤을 보낸 적도 여러 번이었다. 하지만 그런 일을 겪고도 브록은 더 현명해지지도, 약삭빨라지지도 않았다. 다른 사람들이 브록에 대해 생각해주는 것 역시 아무런 영향을 미치지 못했다. 그가 가장 좋아하는 일은 가만히 앉아서 신문을 읽다가 다 읽은 신문을 그냥 바닥에 팽개치는 것이었다. 하지만 신문에서 무엇을 읽었는지는 말하는 법이 없었다. 언제나 한마디도 하지 않았다. 그는 비밀스러웠다. 멍청한 친구들과 함께 있을 때는 멍청이처럼 고함을 지르고 킬킬거렸지만 그것 역시 위장이었다. 친구들은 브록을 잘 몰랐다. 아무도 그를 몰랐다. 따라서 아무도 딱히 그를 신뢰하지 않았다. 로레타는 브록에 대한 생각을 머릿속에서 밀어내고 거울에 더 가까이 몸을 기울였다. 어찌나 가까운지 그녀의 입김이 거울에 연한 막처럼 남을 정도였다. 지금 그녀의 영혼이 관심을 가진 존재는 주의 깊고 기대에 찬 눈으로 그녀를 마주 바라보고 있는 거울 속의 모습이었다.

이만하면 아름다운 건가?

이러다 늦을 것 같아서 그녀는 서두르기 시작했다. 거리의 온갖 놀라운 것들이 그녀의 머릿속으로 북적북적 몰려들었다. 그렇지 않아도 오빠와의 터무니없는 일 때문에 머릿속이 조금 어지러웠는데. 그녀는 주근깨가 난 팔을 천천히 다정하게 쓰다듬으며 아무런 생각도 하지 않았다. 혼란에 빠진 채 영원히 이곳을 떠날 사람처럼 작고 침침한 침실에 가만히 서 있을 뿐이었다. 아무 생각도 하지 않고. 그녀는 로레타였다. 자신과 비슷한 여자아이들이 사방에서 툭툭 튀어나온다는 사실은 별로 신경이 쓰이지 않았다. 건강하고 언제든 웃을 준비가 되어 있는 소녀들, 한 주의 일을 마치고 즐거운 시간을 보낼 준비가 된 소녀들. 로레타는 세상에 자신 같은 아이들이 아주 많다는 사실, 자기처럼 세일러복을 입은 여자아이를 한 주 동안 두 명이

나 보았다는 사실, 구불구불한 머리카락을 어깨 너머로 넘긴 여자아이들이 100명은 된다는 사실이 마음에 들었다! 자수가 놓인 묵직한 블라우스를 입는 여자아이는 친구 시시뿐이었다. 진홍색과 초록색과 노란색 실이 비단처럼 서로 얽혀서 공작새와 풍차를 그려내는 아름다운 블라우스. 시시는 드나들면서 자신의 모습을 단 한 번도 점검해보지 않겠지만, 로레타는 시시가 아니었다. 로레타는 로레타였다. 그녀는 입술에 립스틱을 좀 더 바르고 밖으로 나갔다.

거리를 걷다 보니 토요일 밤의 긴장과 즐거움에 발꿈치가 들뜨는 것이 느껴졌다. 모두들 밖에 나와 있었다! 그녀는 길모퉁이에서 빈둥거리는 브록을 보게 될지도 모른다고 반쯤은 생각하고 있었다. 브록과 친구들이 가끔 그런 곳에 서 있곤 하니까. 아버지 역시 누군가의 집 앞 계단에 앉아 여윈 무릎 사이로 양팔을 늘어뜨리고 자포자기한 패잔병의 모습으로 눈을 뜬 채 자고 있다 해도 그녀는 놀라지 않았을 것이다. 하지만 그 두 사람의 모습은 보이지 않았다. 대신 그 둘을 제외한 모두의 모습이 보였다. 단단하고 뜨거운 인도, 모두의 인도에서 그녀의 종아리가 힘을 얻었고, 그녀는 저녁 식사를 마친 뒤 바람을 쐬러 나온 사람들에게 미소를 지으며 인사를 쏘아 보냈다. 그녀는 모르는 사람이 없었고, 다른 사람들도 모두 그녀를 알았다. 이곳은 그리 나쁜 동네가 아니었다. 어머니는 이 동네를 몹시 싫어했지만, 동네는 나쁘지 않았다. 사람들은 그저 힘든 한 주를 보낸 뒤 조금 걸어 다니며 긴장을 푸는 것을 즐길 뿐이었다. 그러다 문제를 일으킬 때도 있었지만, 오래가지는 않았다. 그런 것은 전혀 문제 될 일이 아니었다.

월요일부터 토요일 정오까지 로레타는 허리와 어깨와 양팔이 아프도록 일을 했다. 머리는 하나로 모아서 한심한 매듭 모양으로 대충 묶어야 했다. 자신의 외모가 그리 볼만하지 않다는 것을 알고 있었지만, 토요일 밤이면 모든 것이 변했다. 남자들은 더러운 작업복을 벗고 브록처럼 싸구려 멋쟁이티가 나는 옷을 입었다. 구두도 반짝반짝 닦고, 머리도 단정하게 정리했다. 결혼하지 않은 여자들은 족집게와 눈썹연필과 루즈 등 자신이 가진 모든 것을 동원해 얼굴을 싹 꾸미고 머리에는 영화배우처럼 리본을 묶었다. 또 다른 영화배우를 흉내 내서 한쪽 눈 위로 머리카락을 드리우는 경우도 있었다. 이 모든 것이 놀랍고 굉장했다! 로레타는 토요일 밤에 우주 그 자체가 열린다고 믿었다. 작고 단단한 비밀 세포들이 사랑스러운 꽃망울을 터뜨린다고 믿었다. 이럴 때 조신하게 굴고 싶어 하는 사람이 어디 있을까? 이런 때에 종교적인 그림들이 잔뜩 붙은 투명한 파란색 병의 연고를 팔러 다니거나 교회 복권을 팔러 다니는 건 도대체 어떤 낙오자들(로레타가 지난봄에 그만둔 교회학교에 다니는 여학생들이 그랬다)일까?

여기는 오하이오 주 북동부의 운하 옆에 세워진 작은 도시였다. 운하를 중심으로 들쭉날쭉 자라난 도시는 불규칙한 두 개의 반달 모양으로 뻗어 나갔다. 아직 비어 있는 땅이 혹이나 구멍처럼 튀어나오고, 다른 곳에는 황폐하고 비좁은 셋집들이 잔뜩 서 있었다. 이 도시의 주요 기업인 '작은 강철' 공장에서는 이 도시 가구들 중 4분의 1의 남자들이 일하고 있었고, 다른 공장들과 철도들과 커다란 창고들도 로레타의 시야 안에 있었다. 만약 그녀가 굳이 자기가 사는 건물의 옥상으로 올라가서 따뜻한 안개에 싸인 저녁 풍경을 바라보았다면 보였을 것이라는 얘기다. 확실히 공기는 안개가 낀 것처럼 몽롱했다. 선율이 흐르는 것 같기도 했다. 정체를 알 수 없는 냄새들도 가득했다. 거리 저편의 거대한 빵집에서는 반죽을 발효시키는 냄새가 끊이지 않고 흘러나와 모든 사람의 입맛을 조금 오염시켰다. 하지만 그것 외에 눈에 보이지 않는 꽃들의 향기, 가정집의 열어놓은 1층 창문을 통해 흘러나오는 빵 굽는 냄새도 있었다. 드와이트코너 주점 옆에서는 맥주와 로스트비프의 진부하지만 기분 좋은 냄새가 났다. 심지어 길 건너편의 첫 번째 다리 옆은 마치 사육제 때처럼 흥청거리는 분위기였다. 다리 아래의 색깔 없는 물과 수문에서 가차 없이 계속 떨어지는 물이 그 분위기를 살짝 휘저어놓았다. 로레타에게 시간이 좀 더 있었다면, 또는 주위에 남자들이 조금 적었다면, 그녀는 틀림없이 꿈꾸듯이 다리 난간에 몸을 기울이고 수문 사이로 쏟아지는 물을 지켜보았을 것이다. 이미 수백 번이나 그렇게 지켜본 적이 있기도 했다. 운하를 중심으로 지어진 도시 사람들이 으레 그러듯이, 이곳 사람들도 모두 어떤 배가 운하를 통과하고 있는지, 누가 병이나 쓰레기를 감히 아래로 던질 수 있는지 보고 싶어 안달하며 눈을 떼지 못했기 때문이다. 하지만 그녀는 저 멀리 아래쪽(운하를 가로지르는 이 다리의 높이는 아찔할 정도였다)의 거친 물에 눈길 한번 주지 않고 둥글게 휘어진 다리를 건넜다. 자신이 몇 년 동안 다니던 가톨릭 학교의 운동장 옆도 지나갔다. 운동장을 에워싼 높은 철망 울타리는 아이들이 항상 올라가는 곳이었다. 그녀는 학교 건물을 지날 때도 눈길 한번 주지 않았다. 사실 로레타의 눈에는 이제 그 건물이 보이지도 않았다. 소방서 주위에서 남자들 몇 명이 셔츠 바람으로 빈둥거리고 있었다. 개중에는 아버지의 친구들도 보였다. 그녀는 걸음을 멈추고 그들과 이야기를 나누며 수줍은 웃음과 함께 시선을 내리깔았다. 그리고 대화가 잠깐 멈춘 사이 한 걸음 물러나서 자신이 갈 곳이 있음을 넌지시 알렸다. 사실 그녀는 '이 사람들'과 이야기를 나눌 시간이 없었다. 로레타 보츠포드가 벌써 저렇게 자라다니! 그들이 보기에 그녀는 거의 어른이었다. 그녀가 립스틱을 바른 데다가, 일부러 정확히 유행대로 어깨와 엉덩이를 흔들어댄 덕분이지만. 그들은 그녀의 뜻을 인정하고 보내주었다.

시시의 어머니는 메인 거리의 잡화점 바로 위에 아파트를 갖고 있었다. 로레타의 집보다 그리 나을 것이 없는 집으로 여기서부터 5분 거리였다. 따라서 그녀에게는 무슨 일이든 일어날 수 있는 자유로운 시간이 5분 있는 셈이었다. 자동차를 몰고 지나가는 남자들이 그녀를 흘깃거렸을 수도 있지만, 그녀는 그들을 보지 않았다. 게다가 어차피 대부분의 남자들은 토요일 밤 이 시간쯤이면 여자들과 함께였다. 로레타는 적어도 열 번이나 열두 번쯤 브록과 함께 아버지를 데리고 왔던 병원 정문을 바라보았다. 그곳은 악몽 같은 장소였다. 작은 사각형으로 공간을 나눈 칸막이들은 심지어 천장까지 닿지도 않았고, 간호사들은 지치고 못생겼다. 리타는 귓병으로 아기를 잃은 뒤 그곳 의사들을 사기꾼으로 취급했다. 인간 백정, 나쁜 자식, 사기꾼이라는 것이었다. 의사들은 모두 돈이 있었다. 그들에게 돈이 있는 것은 환자 한 명이 2달러씩이기 때문이었다. 1인당 2달러가 계속 쌓여서 돈이 되었다. 그 액수를 생각하다 보면 현기증이 날 정도였다. 치과의사들도 형편없기는 마찬가지였다. 아니, 더 형편없는 것 같기도 했다. 로레타는 상태가 나쁜 자신의 치아에 대해 한 번도 생각해보지 않았다. 가끔 밤에 온몸을 마비시키며 곧바로 턱 아래쪽을 강타하는 그 묵지근하고 가차 없는 통증에 대해, 이를 닦을 때 가끔 피가 나는 잇몸에 대해 감히 생각할 수 없었다. 그래, 그런 건 생각하지 않는 편이 낫다. 잊어버리는 편이 낫다. 통증이 심해지면 그녀는 얼음을 빨았다. 통증이 지나치게 심해지면 3~4달러를 주고 아픈 이를 뽑아버렸다. 그걸로 끝이었다.

전차 한 대가 격자 장식을 묵직하게 매달고 힘겹게 지나갔다. 로레타는 혹시 누가 자신을 지켜보는지 알고 싶지 않아서 일부러 고개를 들지 않았다. 천둥 같은 소리를 내는 우울한 전차는 그녀보다 먼저 언덕에 올라서서 천천히 그녀를 끌어 올렸다. 로레타는 이제 자유의 5분이 아무도 모르게 그냥 지나갈 것 같다는 생각이 들기 시작했다. 회녹색 건물들, 비누로 깨끗이 닦은 뒤 인적이 끊긴 상점이 있는 건물들, 그리고 그 위로 시끄럽게 뒤죽박죽 들려오는 라디오 소리 속에서 창틀을 팔꿈치로 짚고 몸을 내민 사람들. 그들의 양팔은 양편에 드리워진 하얀 커튼처럼 그들의 몸을 감싼 틀 같았다. 누군가가 "로레타!" 하고 불렀다. 학교 때 알던 아이였다. 로레타는 손만 흔들어주고는 서둘러 지나쳤다.

처음 이 도시로 이사 올 때 아버지는 트럭 짐칸에 온갖 잡동사니를 쌓아 올리고 직접 트럭을 운전했다. 그들 말고도 시골에서 온 많은 사람들(그들은 농사를 짓다가 온 사람들이었다. 로레타의 가족처럼 '비즈니스'를 하던 사람들이 아니라)이 느릿하고 서글프게 이 도시를 찾아왔다. 모두들 아파트 건물들을 돌아다니며 소심하게 빈집이 있냐고 묻고, 도움을 청하고, 가장 가까운 관공서 건물로 가는 길을 물었다. 처음에 로레타는 도시가 무서웠다. 하지만 지금은 이곳을 사랑했다. 이곳으로 이사 올 때 아직 아이였던 그녀의 세상에서는 하루하루가 작은 전쟁이었다. 싸움을 잘하는 날도 있고, 지는 날도 있고, 결과가 상당히 심각해서 그녀가 얼굴에 피를 흘리며 골목을 뛰어가는 날도 있었다. 겁에 질려 정체를 알 수 없는 공터의 쓰레기들 사이를 배회하면서 그녀는 낯선 아이들뿐만 아니라 성난 어머니들도 무서워했다. 별로 좋은 기억이 아니니 잊는 편이 나을 것 같다. 오랫동안 몽롱하고 둔하게 굴던 브록은 여러 번 피투성이가 되었으며, '시골뜨기'라고 불렸다. 실제로는 시골뜨기가 아닌데도. 그가 입을 열어 켄터키 사투리를 쓰지 않는다는 사실을 보여주기만 하면 되었다. 부드러움과 심술이 혼재된 충동을 지닌 곱슬머리의 어린 소녀 로레타는 반에서 중요한 위치에 있는 아이들에게 환심을 사는 방식으로 힘겹게 버텨나갔다. 어떤 여자아이들이 가장 중요한지, 보호해줄 오빠가 있기 때문에 가치 있는 아이들이 누군지 그녀는 본능적으로 알 수 있었다. 하지만 이제는 모두 과거의 일이 되었으므로, 그녀는 그때 일을 별로 생각하지 않았다. 그녀는 유년기에서 빠져나왔고, 유년기의 구석구석에 자리 잡고 있던 두려움은 눈 밑의 단조로운 풍경 속으로 가라앉았다. 그녀의 눈은 과거를 용서하는 것 같기도 하고, 무심한 것 같기도 하고, 둘 다인 것 같기도 했다. 어렸을 때 그녀를 괴롭혔던 아이들을 알고 있지만, 지금은 그때의 그 아이들처럼 보이지 않았다. 그들도 그녀를 잘 알아보지 못했다. 해가 갈수록 아이들이 서로에게서 멀어져 어른이 되었기 때문이다.

로레타는 시시의 집으로 가는 길에 버니 멀린과 우연히 마주쳤다. 친구들과 함께 있던 버니는 그녀와 함께 걷기 시작했고, 다른 친구들은 천천히 서투르게 발레를 하듯이 살금살금 멀어져갔다. 버니는 담배를 피우며 열띤 표정으로 말했다. "무슨 소리야? 원피스를 만들러 간다니! 직접 바느질을 한다니! 밤새 바느질을 할 작정이야? 그럼 지금 입은 그 옷은 누가 바느질한 건데? 그건 진짜 가게에서 산 옷이잖아. 멋진걸!"

"흥, 네가 뭘 안다고 그래?"

그가 앞에 서서 길을 막고 있었기 때문에 그녀는 걸음을 멈출 수밖에 없었다. 뒤쪽 길모퉁이에 서 있는 버니의 친구들이 두 사람을 지켜보고 있는 것 같았다. 로레타는 지금 기뻐해야 마땅한데도 화가 났고, 이런 자신을 이해할 수 없었다. 하지만 어쨌든 이 모든 일의 원인은 버니였으므로 그녀는 그에게 차갑게 말했다. "시시랑 지난주에 약속한 데이트야." '데이트'라는 단어는 버니 앞에서 쓰기에 묘한 말이었다.

버니가 어깨를 으쓱하더니 그녀를 향해 히죽 웃었다. 그는 몸집이 작은 편이고 호리호리했다. 키가 로레타와 거의 비슷한 정도였다. 하지만 인형처럼 잘생긴 미남이었다. 그의 버릇 같은 움직임도 마치 인형 같았고, 주로 담배에 집중되어 있었다. 꽉 다문 입에 담배를 갖다 댔다가 생각에 잠긴 표정으로 떼어내는 동작. 로레타는 전혀 준비가 안 된 상태에서 그의 모습을 보고 홀린 듯 멍해진 채, 버니의 어떤 점 때문에 자신이 그렇게 화가 난 건지 생각해보았다.

그녀가 말했다. "가서 네 남자 친구들하고나 놀지그래." 그러자 그가 말했다. "저 멍청이들은 나한테 없는 거나 마찬가지야." 그가 내쉬는 숨결이 로레타의 심장을 뛰게 했다.

두 사람은 나란히 오르막길을 걸어 올라갔다. 이곳은 시내에서도 괜찮은 동네였다. 상점들이 길게 늘어선 한 블록. 버니의 팔이 가끔 그녀의 팔을 스쳤지만, 두 사람 모두 알아차리지 못하는 것 같았다. 그는 브록의 안부를 물었다. 그녀의 친구들에 대해서도 물었다. 두 사람이 모두 알고 있는 남자아이들이었다. 그는 그녀에게 아버지의 안부도 물었다. 버니의 아버지가 한때 로레타의 아버지와 함께 일한 적이 있었다. 둘이 그렇게 서로 연결되어 있다는 사실이 아주 중요한 것 같았다.

두 사람은 운하를 향해 정처 없이 걸었다. 줄지어 늘어서 있던 건물들이 끊어진 지점에서 두 사람은 걸음을 멈추고 난간에 몸을 기댔다. 점점 날이 저물고 있었다. 저쪽 수문 옆에 수문을 관리하는 공무원들이 일하는 건물이 있었다. 버니는 전에 '들어오지 마시오'라는 경고판을 지나 그 안에 몰래 들어가서 창문 안쪽을 들여다본 적이 있다고 말했다. 로레타는 그것참 용감한 일을 했다고 비꼬듯이 말했다. 버니는 운하에 가서 옷을 입은 채로 수영을 하면 어떻겠냐고 물었다. 로레타는 너나 혼자 해보지 그러느냐고 말했다. 버니는 자기 형의 친구가 집에서 사람들을 불러 모아 파티를 하고 있다면서, 그녀도 같이 가면 좋을 것 같다고 말했다. 로레타는 시시를 떠올렸다가 곧바로 잊어버리고는 미간에 주름을 잡고 물 위에서 흔들리는 불빛들을 내려다보았다. 그녀는 버니가 말한 형의 친구가 누군지 알아내는 데 생각을 집중하고 있었다. 두 사람은 같이 아는 지인들을 훑어보고, 그들 사이의 관계를 되짚으며 연결 고리를, 돌파구를 찾아보려고 했다. 버니는 로레타의 오빠를 알고 있었으며, 그를 조금 무서워했다. 로레타도 버니의 형을 알고 있었으며, 그를 조금 무서워했다. 버니가 이곳이 아주 친숙한 사람처럼 난간에 몸을 기대고 그녀를 마주 보았다. 입으로는 미소를 짓지 않으면서도 터뜨린 그의 웃음, 마치 명령을 내리듯이 눈을 들어 그녀를 바라보는 그의 태도가 그녀를 굴복시켰다. 로레타는 육체라는 달콤한 감옥에서 살고 있었다. 자신의 존재, 젊음의 기쁨, 튼튼한 근육, 가끔 그냥 심호흡을 하기만 해도 혈관 속에서 들떠 펄떡이는 피를 기뻐했다. 솜털로 뒤덮인 팔, 그녀의 바람보다 더 굵은 다리, 작고 둥근 배, 살집이 있는 엉덩이, 장밋빛으로 빛나는 피부. 그녀가 가진 것은 이런 것들이 전부였지만, 이것들이 또한 모든 것이기도 했다. 그녀의 열망하는 피는 소년의 열망하는 피를 갈망했다. 두 사람은 자기도 모르게 서로를 향해 몸을 기울였다. 태양의 열기에 이끌리는 어린 가지들 같았다.

버니가 빙긋 웃었다. "나랑 가자, 응? 갈 거지?"

"하! 내가 왜?"

"아아, 너도 가고 싶잖아."

"미리 청했어야지."

버니가 묘하게 고개를 저었다. 아주 남자답고, 어른처럼 비밀스러운 그 움직임이 로레타의 사타구니를 직격했다.

"그래, 넌 내 이름을 알잖아." 로레타가 입을 삐죽이며 말했다. "우리 집도 알고."

"야, 나 6시 넘어서까지 일했어."

"어디서?"

"아버지랑 같이."

그는 소년 같았고, 달콤한 불안을 내보이며 그녀를 향해 몸을 기울였다. 그녀가 슬며시 웃기 시작했다. 두 사람 사이로 들뜬 설렘이 솟아오르고, 들썩이며 줄지어 지나가는 토요일 밤의 승용차들이 울려대는 경적 소리가 이따금 끼어들었다. 로레타의 눈에는 버니가 나이에 걸맞지 않게 현명한 것 같았다. 뼈대가 작고, 건방지게 눈을 삐딱하게 뜬 이 잘생긴 소년을 보면 바로 얼마 전에 신문을 장식한 영웅들인 베이비페이스 넬슨과 딜린저(두 사람 모두 유명한 은행 강도—옮긴이)가 생각났다. 이유는 알 수 없었다. 두 사람은 이미 죽었지만 여전히 중요한 인물들이었다. 그녀의 친구 이모가 놀러 왔다가 시카고에서 딜린저가 어땠는지 이야기해주었다. 친구의 친구의 옷자락에 딜린저의 피가 묻은 것을 자기 눈으로 직접 보았다는 얘기도 했다. 그 친구의 친구가 옷이 피에 젖도록 골목에서 털썩 주저앉았다는 것이다. 그때 누군가가 말했다. 젠장, 누가 일부러 그런 짓을 해요? 하지만 로레타는 이해할 수 있었다. 자기도 그 자리에서 핏속에 무릎을 꿇었다가 그 옷을 가지고 의기양양하게 돌아올 수 있었다면 좋았을 것이라는 생각이 격하게 들었다. 뭔가 생생하고 추한 것이 아니고서는 남자를 기억하게 해주는 물건이 많지 않기 때문이었다. 그 피는 실제로 그의 몸속에 있었다. 어떤 경찰관의 총탄에 맞아 흘러나올 때까지 그의 혈관 속을 따뜻하게 질주했을 것이다.

"같이 갈 거지?" 버니가 열띤 목소리로 말했다. 진심과 진지함이 영화 나라 스타일을 흉내 낸 목소리를 밀어냈다. 로레타는 자신이 결국 굴복할 수밖에 없음을 깨달았다.

그녀는 그와 함께 다시 다리를 걸어서 건넜다. 자갈을 깐 바닥이 발바닥에 단단하게 닿았고, 운하 아래쪽의 불빛 몇 줄기가 눈을 아프게 했다. 버니는 자신과 형의 계획에 대해 이야기했다. 어떤 가게에 복수할 예정이라는데, 그 가게가 버니 형제를 속였기 때문인지, 그들에게 일자리를 주지 않았기 때문인지는 알 수 없었다. 로레타는 그가 그 가게 지하실에 있는 짚과 쓰레기에 휘발유를 부은 뒤 재빨리 빠져나와 불을 지르겠다는 이야기를 할 때도 아주 가벼운 경계심만을 느꼈을 뿐이다. 그렇게 대화재를 일으켜서 나쁜 놈들한테 본때를 보여주는 거야!

로레타와 버니는 그녀가 사는 아파트에서 그리 멀지 않은 집으로 갔다. 로레타는 버니를 비롯한 여러 사람의 감언이설에 넘어가서 앞방에서 열리는 파티에 합류했다. 주로 나이가 좀 있는 아이들이 모여 있는 곳이었다. 완전한 성인도 섞여 있는 이 무리는 술을 마시며 라디오의 음악에 맞춰 기운차게 춤을 췄다. 시끄럽게 웃어대기도 했다. 로레타는 빙긋 웃었다. 자신도 어쩔 수 없었다. 술을 마시면 속이 메스꺼워진다는 것을 알면서도 어쩔 수 없이 하루의 첫 잔을 들이켜는 그녀의 아빠와 비슷했다. 그 첫 잔과 함께 행복이 몰려오기 때문이었다. '나는 이렇게 놀 자격이 있어.' 몇 분도 안 돼서 로레타는 분위기에 휩쓸렸다. 곱슬곱슬한 머리카락이 얼굴로 흘러내렸다. 그녀는 버니와 춤을 추었다. 아니, 그러려고 했지만 방에 사람이 너무 많았다! 로레타는 숨을 몰아쉬며 비틀거리다가 버니에게 부딪혔고, 갑자기 그에게 깊은 고마움을 느꼈다. 그가 자기를 좋아하는 것이 고마웠다. 그녀는 '누군가가 좋아해주는' 소녀였다.

버니가 그녀의 귓가에서 뭐라고 고함을 지르고 있었다. 뭐? 그녀가 자기도 모르게 동의를 한 건지 그가 그녀를 데리고 잡초가 무성한 뒤뜰로 나가더니 낡은 차고로 들어갔다. 쓰레기가 잔뜩 쌓여서 도저히 차를 몰고 들어갈 수 없게 생긴 곳이었다. 그것이 우스워서 로레타는 키득거렸다. 그리고 두 사람은 남은 맥주를 마저 마시고는 서로 몸을 부딪치는 아이들처럼 열렬하게 몸을 붙였다. 지금이 그때였다. 로레타는 소년의 목에 팔을 감았다. 이런 일을 하게 되는 순간, 정말로 때가 됐다고 느껴지는 순간이 있었다. 너무 서두르는 것은 옳지 않았지만, 지금은 정말로 때가 됐다는 느낌이 들었다. 일종의 무기력감이 빠르고 날카롭게 그녀의 몸속에서 고개를 들었다. 자신의 몸이 풍선을 타고 공중으로 떠올라 무기력하게 정신없이 하늘로 실려 가는 것 같다는 생각이 들었다. 기차의 꽁무니를 죽어라 붙들고 반짝이는 레일 위로 휙 끌려가면서 다시는 누구의 눈에도 띄지 않게 될 것 같기도…….

집 안으로 돌아와 보니 누군가가 고함을 지르고 있었다. 집 앞에 경찰차가 서는 것을 보고 두 사람은 울타리를 넘어 도망쳤다. 웃느라고 몸에 힘이 들어가지 않았지만 애정이 넘쳤으므로 금방 서로의 품에 몸을 던졌다. 그녀의 집 문 앞의 음침한 복도에서 그와 함께 30분쯤, 45분쯤 서 있다가 그녀가 마침내 입을 열었다. "들어오고 싶으면 들어와도 돼."

버니는 충격과 흥분에 들떠 그녀에게서 한 걸음 물러나며 말했다. "진짜야? 진심이야?"

그녀가 말했다. "아빠가 집에 계신다 해도 곧 술에 취해 나가떨어질 테니까 걱정할 필요 없어. 아빠는 그냥 침대로 쓰러져 버리면 그걸로 끝이니까. 그리고 오빠는 아침에나 돌아올 거야. 어차피 내 방에 오는 사람도 없고. 거긴 내 방이고 이건 내 일이야. 내 인생이라고. 아무도 감히 내 방에는 못 들어와!"

그는 그녀에게 키스하며 그녀를 열렬히 감싸 안았다. 그녀는 그에게 몸을 맡기며 벽장에 걸려 있는 어머니의 낡은 원피스를 생각했다. 그 원피스의 양팔은 그 옷을 입었던 사람의 팔 모양 그대로 영원히 구부러진 채 딱딱하게 굳어 있었다.

2

속이 메스껍고 기운이 하나도 없었다. 너무 기운이 없어서 통증마저 느껴지지 않는 상태로 그녀는 잠을 잤다……. 그러다가 한 번도 본 적이 없는 방에서 휘청휘청 돌아다니고 있는 것 같았다. 자기를 부축해주는 사람들의 팔을 잡고 그들의 눈을 빤히 바라보았지만 그 눈에는 중심부가 없었다. 홍채가 없는 눈이었다. 하지만 이것은 무서운 꿈이 아니었다. 그녀는 그저 기운이 없고 땀에 젖어 축축하다는 느낌뿐이었다. 뭔가에 제압당한 느낌. 납처럼 무겁고 따뜻한 어떤 것이 먼지 빛깔 연기구름처럼 그녀의 몸에 포개진 채 그녀를 어루만지고 있었다. 그러다가 크고 날카로운 소리가 났다. 그녀는 잠에서 깨어났다.

단번에 깨어나면서 그녀는 이미 비명을 지르고 있었다. 토막토막 잘려서 귀에 들리지 않는 비명이 그녀의 잠 속에, 그녀의 머릿속 깊숙한 곳에 박혀 있었다. 그녀는 단번에 깨어났다. 문간의 희미한 빛 속에서 누군가가 도망치다가 부엌의 의자에 부딪혀 휘청거렸다. 그녀는 정확히 어떤 의자인지 알 수 있었다. 어젯밤에 젖은 행주를 널어놓은 의자였다. 그렇게 갑자기 그녀는 완전히 깨어났다.

침대 옆자리에 소년이 있었다. 그녀가 아는 사람이었지만 순간적으로 그의 이름도 그가 이곳에 있는 이유도 기억나지 않았다. 침대보가 몸에 말린 채로 그녀는 천천히 기어서 그에게서 멀어졌다. 조금 전의 그 소리처럼 갑작스럽고 날카롭게 어떤 생각이 떠올랐다. '저 애는 죽었어.' 그러고 나서 머리가 그대로 멈춰버린 것 같았다. 그녀는 소년을 물끄러미 내려다보았다. 그러다가 천천히 고통스러운 땀방울이 솟아 나와 그녀의 몸을 얇게 감싸고 있던 땀의 막을 뚫어버렸다. 그 퀴퀴한 땀의 막이 그녀를 아주 다정하게 위로해주었는데……. 이제 머리가 충분히 맑아졌다. '저 애는 죽었어. 그 나쁜 자식이 저 애를 죽였어.' 마치 다른 누군가의 말처럼, 누군가가 창밖에서 안을 들여다보며 하는 말처럼 이런 생각이 그녀의 뇌리를 지나갔다. 소년은 미동도 없이 누워 있었다. 누군가가 그의 몸을 덮고 있던 이불 한쪽을 홱 젖힌 모양이었다. 그녀는 그를 붙잡고 깨우고 싶었다. 버니 멀린! 왜 눈을 뜨지 않아? 그렇게 무겁게 누워서 꼼짝하지 않으면 나더러 어쩌라고? 그녀의 두려움은 그에게 아무런 영향도 미치지 못했다. 그는 남자들이 으레 그러듯이 그녀의 존재를 잊어버린 채 고집스레 자고 있는 것 같았다. 그의 한쪽 팔이 벌거벗은 가슴 위에 둥글게 놓여 있고, 다른 쪽 팔은 침대 가장자리 너머로 늘어져 있었다. 검은 머리는 비단 같았다. 로레타는 아주 조용히 침대를 벗어나 그를 뚫어져라 바라보며 뒷걸음질 쳤다. 마침내 등에 벽이 닿자 그녀는 그대로 멈춰 서서 꼼짝도 하지 않았다. 소년이 숨을 쉬는지 보려고 그를 빤히 바라보았다. 몇 분이 흘렀다. 다시 잘 살펴봐야지. 그녀는 소년이 숨을 쉬는지 보려고 아주 열심히 그를 지켜볼 생각이었다.

아주 이른 시각인 것 같았다. 동이 트기 전. 그 총소리에 왜 다들 깨어나지 않았을까? 모두들 계단을 뛰어 올라오고, 경보를 울리고, 그녀의 방 창문을 들여다봐야 하는데. 등에 닿은 단단한 벽을 느끼면서 그녀는 왜 벽이 무너지지 않는지, 그래서 모든 사람이 그녀를 들여다보게 되지 않았는지 알 수 없었다. 벌써 거리에서 쿵쿵 발소리가 울려대는 것 같았다. 입을 헤벌린 구경꾼들과 그녀를 비난하는 사람들의 무리였다. 그들이 그녀에게 무슨 말이든 하지 못할까! '이제 어쩔 거야, 이 새끼 창녀야? 얘를 어떻게 처리할 거야?' 몇 분이 흘렀다. 그녀는 흐릿한 빛 속에서 땀을 흘리며 웅크리고 서서 침대만 빤히 바라보았다.

그의 몸에 묻은 피가 점차 눈에 들어오기 시작했다. 피가 움직이고 있었다. 수줍은 듯 그녀에게서 돌려진 머리의 옆통수에서 피가 흘러나와 베개로 스며들었다. 베개는 비틀린 채 반으로 접혀 있었다. 그는 그렇게 뭉친 베개를 좋아하는 모양이었다. 그녀는 움직이지 않았다. 피 냄새가 났다. 다시 단어들이 주문처럼 뇌리에 떠올랐다. '오빠 짓이야. 오빠, 나쁜 자식……' 이 모든 것을 오빠의 무릎에 던져버릴 수 있다면, 골치 아픈 일을 전부 모아서 쓰레기처럼 오빠에게 던져줄 수 있다면, 어떻게든 이 일을 없애버릴 수 있다면, 그러면 그녀는 자유로워질 것이다. 가슴과 목구멍 속에서 숨통을 죄는 이 압박감, 정말 자신의 감정인지 확실하지도 않은 이 미칠 것 같은 두려움이 너무나 강렬했다. 그녀는 여기서 자유롭게 벗어날 것이고, 오빠가 그 짐을 질 것이다. 사람들이 그에게 달려가 그를 붙들고 고함을 질러댈 것이다. 못생긴 그 얼굴을 향해서. '이 살인자! 이 나쁜 자식!'

하지만 아무런 일도 일어나지 않았다. 그녀는 피 냄새와 체취, 젖은 침대보 냄새를 킁킁거리며 기다렸다. 머리가 빙빙 돌아도 꿈쩍도 하지 않고 기다렸지만 아무 일도 일어나지 않았다. 정말로 이렇게 조용히 넘어가는 걸까? 혹시 한밤중에 들린 총소리가 그리 놀라운 일이 아닌 건가? 어쩌면 아무도 그 소리를 듣지 못한 건지도 모른다. 그러니 화를 내며 블라인드를 올릴 사람도, 어떻게 된 건지 알아보려고 비상계단으로 뛰어나올 사람도 없을지 모른다. 이건 영화가 아니었다. 사건들이 연달아 휙휙 일어나지도, 여러 가지 일들이 서로 연결되어 있지도 않았다.

그녀는 몸을 가릴 것을 찾으려고 주위를 더듬었다. 앞이 잘 보이지 않았다. 손가락이 뭔가를 잡았다. 집에서 입는 면 원피스였다. 그녀는 허리를 숙였지만 눈은 아래로 내리지 않고 소년의 머리를 계속 예리하게 바라보았다. 시선을 돌리면 뭔가가 달라질 것 같았다. 피가 계속 움직여 그의 머리 옆에서 꽃을 피웠다. 멈추지 않을 것 같았다. 그녀는 자신이 갑자기 움직이다가 뭔가를 넘어뜨리는 바람에 피의 흐름이 방해를 받아 더욱 빨라질까봐 무서웠다. 그러면 머리에서 피가 콸콸 쏟아져 바닥을 흠뻑 적시다 못해 아래층 천장까지 스며들어서 사방에 따뜻하고 끈적거리는 피가 묻을 것이다. 그녀는 아주 천천히 움직였다. 지금 눈앞에 펼쳐진 광경은 분명히 현실인데도, 그녀의 마음 한구석은 이 광경을 계속 옆으로 밀어내고 있었다. 마치 '자기 일'이 아닌 것처럼. 브록을 붙들고 비명을 질러 사람들을 전부 불러낼 수 있다면. 그래서 브록이 저지른 짓을 모두 보게 할 수 있다면. 이걸 좀 보세요! 그녀는 거리를 달리며 그 나쁜 자식을 욕할 것이다! 그녀는 옷을 입으면서 자신의 손이 떨리는 것을 보았다. 손은 제멋대로 움직이면서도 그럭저럭 그녀의 명령에 따라 언제나 그랬듯이 단춧구멍에 단추를 밀어 넣었다. 사람은 옷을 입어야 해. 그녀는 정신이 없는 와중에 이런 생각을 했다. 소년은 옷을 입는 그녀를 바라보지 않았다. 그녀는 소년의 몸이 움직이기를, 그가 깨어나 멋쩍어하며 가벼운 농담을 던지기를, 모든 문제를 해결해주기를 기다렸다…….

끔찍했다. 버니가 저렇게 꼼짝도 않고 누워 있다니. 저 유연하고 삭은 몸이 저렇게 고집스럽게 변하다니! 총 한 방이 저지른 짓이었다. 마법처럼. 갑자기 로레타는 그가 미워졌다. 그러다 그녀의 증오심이 그녀 자신에게 터졌고, 그것만으로도 분노의 비명이 터져 나오기에 충분했다. 남자들은 항상 그녀를 실망시켰다. 그들에게는 희망도, 아무것도 없었다. 남자들에게는 중심이라는 것이 없었다. 웃을 때든 진지한 표정을 지을 때든 그들의 눈에는 중심도, 아무것도 없었다. 로레타는 몽롱하고 생생한 증오 속에 서서 소년을 지켜보았다. 그의 몸이 무거운 것도 증오스러웠다. 그의 살이 모두 독으로 변해 있었다. 아까 저녁에는 그토록 뜨겁고 달콤했던 것이 지금은 죽음으로 묵직했다. 아무런 몸부림도 없이 죽음이 그토록 빨리 다가왔다는 사실은 몸이 얼마나 믿을 수 없는 존재인지를 보여주었다. 심지어 남자의 몸이라 해도, 팔과 다리와 가슴과 배 모두 쓸모없었다. 로레타는 손마디로 입을 막고 울먹이기 시작했다. 이곳에서 일어난 일의 의미가 거듭 머릿속으로 들어왔다. 버니의 사랑처럼 빠르고 격렬하게 그녀를 두드렸다. "어떡해." 그녀가 속삭이듯이 말했다. "이거 진짜야? 진짜 오빠가 이런 짓을 저지른 거야?" 브록은 그녀를 두고 도망쳐버렸다. 이제 그녀는 어찌해야 할까? 저 시체를 어떻게 할까? 어디에 숨을까? 총이 그녀의 바로 옆에서 발사되었다. 그녀의 머리로부터 겨우 몇 인치(1인치는 약 2.54cm—옮긴이) 떨어진 곳에서. 귓가에서 폭발이 일어난 것이다. 오빠는 틀림없이 침대 위로 몸을 기울이고 버니의 두개골에 총구를 대고 방아쇠를 당겼을 것이다. 나쁜 자식. 그 소리가 잠의 세계에서 그녀를 홱 끌어냈고, 그녀는 이제 결코 잠들 수 없을 터였다. 버니의 뇌 속 어딘가에 이 모든 일의 원흉인 총알이 있었다. 그 작은 금속 조각에 엄청난 힘이 압축되어 있었다. 그것은 총을 쥔 사람보다 더 강력한 힘, 훨씬 더 강력한 힘이었다. 그것이 발사된 것이다. 그래서 버니가 죽었다. 로레타는 억지로 조심스레 방 안을 둘러보았다. 자신의 방을. 여기가 정확히 어딘지 반드시 파악해야 했다. 이 방은 퍼즐 같았다.

……만약 그녀가 미친 거라면? 그녀의 어머니도 미쳐서 제멋대로 고함을 질러댔다. 그렇게 미친 고함을 질러대며 몇 시간 동안, 며칠 동안 울어대고, 더러운 침대에 누워 자기 머리가 두 조각으로 쪼개진다고 소리를 질렀다. 로레타는 다른 미친 사람들도 본 적이 있었으므로, 그들이 얼마나 빨리 미친 사람으로 변해가는지 알고 있었다. 그런 변화의 속도를 미리 알아차릴 수 있는 사람은 없었다. 총을 가진 그 나쁜 자식이 이 모든 일을 저질렀다. 이제 아무도 앞으로 일어날 일들을 막지 못할 것이다. 설사 브록이 저 계단을 다시 뛰어 올라와 비틀거리며 문을 지나다가 그녀의 방을 들여다본다 해도. 바로 그거야. 로레타는 경악했다. 바로 그거야. 아무도 막을 수 없는 일이라서 이렇게 무서운 거야. 지금 벌어지고 있는 일을 아무도 막을 수 없어. 그녀는 주위를 둘러보았다. 방을 나가려면 침대 발치를 지나가야 했다. 버니의 발 바로 옆을. 어둑한 빛 속에서 그는 마치 잠들어 있는 것처럼 보였다. 그녀도 총소리를 듣지 못했다면 짐작조차 하지 못했을 것이다……. 하지만 피가 계속 베개를 흠뻑 적시고 있었다. 그래, 그것을 막을 길이 없었다. 이제 그는 죽어서 움직이지 못했다. 저렇게 무거운 몸을 어떻게 그녀가 움직일 수 있을까?

그녀는 열여섯 살이었다. 자기가 이 나이를 넘기고도 살아 있을지 알 수 없었다. 시간이 멈춰버린 것 같았다. 도움이 필요했다. 뭔가 붙잡고 매달릴 수 있는 것. 하지만 그것이 무엇인지 알 수 없었다. 화장대 겸 서랍장에서 뭔가가 떨어졌다. 매니큐어병이었다. 그녀는 그것이 떨어지게 내버려 두고 잊어버렸다. 서랍장 맨 위 서랍에는 옷가지가 제멋대로 엉켜 있었다. 그녀의 옷이었다. 그것을 빤히 바라보는 그녀의 목구멍에서 짓눌린 비명이 솟았다. 아버지를 부르는 외침이었다. 실제로 그녀는 큰 소리로 "아빠!" 하고 외쳤다. 이 단어가 제 힘으로 입에서 나온 것 같았다. 그녀가 서랍을 잡아당기자 서랍은 나무와 나무가 긁히는 소리를 내며 그녀에게 항의했다. 이것이 그녀를 풀어주었다. 그녀는 침대 발치를 돌아서 부엌으로 뛰어나갔다. 도중에 부딪힌 의자는 방을 반쯤 가로질렀다. "아유, 어떡해! 오빠가 사고를 쳤어요!" 그녀는 이렇게 외치며 아버지의 방문을 열었다. 그러고는 방이 비어 있는 것을 눈으로 보면서도 작은 목소리로 소심하게 "아빠?" 하고 말했다. 침대는 어제와 마찬가지로 흐트러져 있었다. 아버지가 아예 집에 돌아오지 않은 것이다. 순간적으로 그녀는 아버지가 그 주에 집에 온 적이 있는지, 아니면 다시 병원에 입원한 건지 기억이 나지 않았다. 아니, 아버지는 집에 있었다. 지금은 그저 어딘가에서 외박을 하고 있을 뿐이었다. 어차피 이런 난장판에 아버지가 빠져 있는 편이 더 나았다. 아버지는 이런 일을 감당할 수 있는 사람이 아니니까. 아마 미쳐버릴 터였다. 총소리를 들은 뒤 처음으로 로레타는 만족감을 느꼈다. 이 난장판에 아버지가 없는 것이 다행이었다.

아이스박스 위의 시계는 5시 30분을 가리키고 있었다. 일요일 새벽이었으므로 로레타와 브록을 제외하고는 모두들 잠들어 있었다. 브록은 저 골목 어딘가를 뛰어가고 있을 것이다. 이웃들은 잠결에 브록의 쿵쿵거리는 발소리를 듣더라도 일부러 밖을 내다보며 브록에게 "너 어디 가는 거니? 왜 도망치는 거야?" 하고 크게 물어보지 않을 것이다. 경찰은 밤샘 영업을 하는 식당에서 커피를 마시고 신문을 읽다가 혹시 밖에서 브록이 지나가는 것을 언뜻 보더라도 굳이 그를 잡으려고 하지 않을 것이다. 내버려 둬, 살인자 따위 누가 신경 쓴다고. 그를 잡으려고 뛰는 것은 너무나 귀찮은 일이었다. 브록은 그렇게 멋대로 돌아다니며 온 세상을 헤매고 다닐 수 있었지만, 로레타는 이 아파트에 묶여 있었다. 똑딱거리는 시계를 빼면 적막한 부엌에는 식탁보를 깔지 않은 식탁, 살짝 울퉁불퉁한 싱크대, 얼빠진 수도꼭

지 두 개, 얄팍한 분홍색 비누 조각이 남아 있는 비누 받침, 로레타를 빼고
는 어느 누구도 닦으려고 하지 않는 접시 더미(이런 사소한 일이 그녀의 화
를 부채질했다)가 있었다. 싱크대 위에는 그다지 깨끗하지 않은 작은 창문
이 하나 있고, 그 양편에는 문 없는 찬장이 천장까지 무겁게 매달려 있었다.
찬장 안에 접시들과 컵들이 쌓여 있는 모습은 따분하고 너무나 친숙했으
며, 오른편에 있는 창문은 문제가 생겨서 누가 집에 일찍 돌아오는 경우 버
니가 기어 나가려던 곳이었다. 그는 그 창문으로 기어 나갈 생각이었다. 그
것이 그들의 계획이었다. 다른 세상에서 마련된 계획이자, 실행되지 않은
계획. 한편에는 그녀가 다시는 결코 들어가고 싶지 않은 방이 있었다. 절대
로 들어가고 싶지 않았다. 그녀가 그 문턱을 다시 넘는 일도, 피에 흠뻑 젖
은 침대와 그녀를 이토록 힘들게 만든 죽은 소년 옆에 다가가는 일도 없을
것이다. 다른 편에는 아버지의 방이 있었다. 바닥과 침대에 이런저런 물건
들이 흩어져 있고 냄새도 나는 그 방을 그녀는 치워줄 생각이 없었다. 누구
든 자신의 물건에 손대는 것을 아버지가 싫어했기 때문이다. 그의 '비밀스
러운' 물건들, 시가 상자에 들어 있는 신문 기사들과 다른 서류들, 오래된
영수증 같은 것들은 어차피 신경 쓰는 사람이 하나도 없었다. 아버지의 방
은 상자처럼 좁고, 딱 그녀의 방만 했다. 이 두 개의 방이 양편에서 액자처
럼 부엌을 감쌌다. 하지만 로레타는 지금까지 그런 생각을 해본 적이 없었
다. 그녀와 아버지와 브록이 살고 있는 이곳은 몇 개의 상자로 이루어진 공
간이었다. 선을 긋고 벽을 세운 그 상자들 속에서 무의식적으로 살아온 세
월이라니! 그 긴 세월 동안 의식하지 못했다니! 그런 삶이 이렇게 끝나는
것이 묘했다. 부엌을 지나면 바로 브록의 방이 있었다. 사실 일종의 거실인
그곳에서 브록은 소파 겸용 침대를 사용했으며, 자신의 물건들을 트렁크
에 숨겨두었다. 모든 것이 눈에 띄지 않게 벽에 밀어붙여져 있기 때문에, 전
혀 사람이 사는 곳처럼 보이지 않았다. 브록이 원하는 대로 익명의 방이었

다. 로레타는 그 방을 들여다보았다. 복도로 통하는 문이 조금 열려 있었다. 브룩이 서둘러 나가느라 그대로 내버려 둔 모양이었다. 로레타는 그 문으로 다가가 손을 갖다 댔다. 아파트 문이 이렇게 열려 있다는 사실이 놀라웠다. 누구라도 안으로 들어올 수 있었다. 심지어 어린아이도 그냥 걸어서 들어올 수 있었다. 로레타는 이제 어찌해야 할지 알 수 없었다. 창에 드리워진 블라인드의 허름한 가장자리 주위에서 희미한 빛이 들어왔다. 하루가 시작되면 저 빛은 더욱 밝아져서 모든 것을 드러낼 테지만, 반쯤 비어 있는 브룩의 방에는 아무런 해도 끼치지 못할 것이다. 이제 아무도 이 방으로 돌아오지 않을 것이고, 이 방이 그의 행동을 폭로하거나 비난하는 일도 없을 것이다. 이곳은 순진무구한 방이었다. 심지어 낡은 갈색 카펫조차 망각 속에 묻힌 물건처럼 순진무구하게 보였다.

로레타는 아파트 밖으로 뛰어나가 복도를 달렸다. 이른 시각이라서 아무도 깨어 있지 않으므로 도움을 청할 수 없었다. 허름한 복도의 친숙한 모습을 보니 지금껏 자신이 누군지, 자신의 삶이 얼마나 위험한지도 모르고 이곳을 걸어 다닌 세월이 다시 생각났다. 그녀의 침대에는 죽은 소년이 계속 피를 흘리고 있었다. 지금이 아침이 아니었다면, 이렇게 조용하지 않았다면 그녀는 비명을 질렀을 것이다. 아무도, 그 무엇도 복도에 나와 있지 않았다. 그녀는 혼자서 가쁘게 숨을 몰아쉬고 있었다. 그녀의 두 눈은 얼굴에 박힌 돌덩이처럼 단단하게 긴장하고 있었다. 계단 꼭대기에서 그녀의 발가락은 그녀를 밖으로 데려가고 싶어 움찔거렸다. 그녀는 조심스레 계단을 내려갔다. 한 층을 내려간 층계참에서 누군가의 쓰레기통을 지나쳐 또 한 층을 내려갔다. 그러자 현관홀이 나왔다. 누군가가 떨어뜨린 1페니 동전이 바닥 한가운데에 있었다. 그녀의 눈이 습관적으로 그것을 포착했고, 그녀는 그것을 집어 들며 생각했다. '재수가 좋네!' 밖으로 나가자 몽롱한 아침 풍경이 펼쳐졌다. 죽어라 뛰어서 도망치고 싶은 마음에 발가락과 근육이 근질거렸다.

하지만 그녀는 뛰지 않았다. 대신 서둘러 옆 골목으로 들어갔다. 발은 맨발이고, 집에서 입는 옷은 땀에 흠뻑 젖어 있었다. 아마 눈빛은 정신없이 번들거리고, 머리도 마구 헝클어져 있을 터였다. 그녀는 눈먼 소녀처럼 머리를 더듬거리며 정리했다. 만약 누가 지금 그녀를 보면 무슨 생각을 할까? 촌뜨기나 검둥이처럼 맨발로 거리에 나와 있다니! 순찰 중이던 경찰차가 곧바로 길가에 멈춰 서고, 경찰관이 그녀의 손목을 덥석 움켜쥘 터였다. 어쩌면 그녀가 아는 경찰관일 수도 있었다. 그렇게 되면 모든 것이 끝이었다. 그녀의 방, 그녀의 침대에 죽은 소년이 있으니까. 그녀는 울음을 터뜨리며 서둘러 골목을 걸었다. "하느님, 제발 절 도와주세요. 이번 한 번만." 튼튼한 다리가 계속 움직였고, 숨소리는 격하고 들쭉날쭉했다. 골목길 끝에서 그녀는 걸음을 멈추고 마구 두리번거렸다. 어디에도 시선이 머무르지 않았다. 어쩌면 하느님이 도와줄 것도 같았다. 혹시 하느님이 모종의 답을 주시지 않을까. 만약 근처 건물의 누군가가 블라인드를 올린다면, 블라인드가 차르륵 올라간다면, 그것이 하느님의 징조일 것이다. 아니면 어딘가에서 경적이 울릴지도. 하지만 아무 일도 일어나지 않았다. 로레타는 몸을 돌려 자신이 사는 아파트 뒤편의 골목길을 뛰어가서 좁은 거리로 나섰다. 어디를 보나 상자들과 쓰레기 더미가 있었다. 그녀도 알고는 있었으나 지금까지 제대로 바라본 적은 한 번도 없는 광경이었다. 쥐가 나타날까 무서워졌다. 더구나 맨발이었으니. 하지만 만약 버니 패거리가 벌써 그를 찾아 돌아다니고 있다면, 그녀는 저 쓰레기들 속에 어떻게든 몸을 숨길 수도 있을 것 같았다. 어두워질 때까지 거기에 숨을 수 있을 것이다. 버니의 형이 그를 찾아 나설 것이고, 다들 버니가 '그녀'와 함께 있었다고 말해줄 것이다. 그러면 그는 그녀의 집을 찾아와 '그녀'를 불러내려 할 것이다. 버니의 형은 버니와 비슷한 키였지만, 어둡고 가무잡잡하며 보기 싫은 외모였다. 조금 제정신이 아닌 것 같은 비열한 표정이었으며, 여자한테는 별로 관심이 없었다. 그는 칼을 장난감처럼 가지고 놀았다. 총도 있었다.

나도 총을 구해야겠다. 로레타는 속으로 생각했다. 먼저 총을 구하는 거야. 그 뒤에 무엇을 할지는 차차 생각하면 될 일이었다. 먼저 총이 필요했다. 하지만 총을 구하려면 돈이 있어야 했다. 방에 그녀가 모아둔 3달러가 있지만, 그건 아무것도 아닌 액수였다. 게다가 어차피 지금 그 방으로 다시 올라갈 생각은 없었다. 총을 구하자. 그러면 안전해질 거야. 그녀는 속으로 생각했다. 아주 작은 실수만으로도 여자들의 얼굴을 그어버리는 놈들이 있다는 생각이 떠올랐다. 예전에 어떤 여자가 얼굴 한편에서 피를 철철 흘리며 거리를 뛰어가는 모습을 본 적이 있었다. 면도칼로 그어버린 상처에서 피가 쏟아지고 있었다. 턱에서부터 관자놀이까지 번개가 치듯 얼굴이 갈라지는 감각이 벌써 느껴지는 듯했다. 반죽음이 되도록 두들겨 맞은 상태로 어느 날 아침 이 골목에서 발견된 여자도 생각났다. 그래서 다시 생각했다. '꼭 총을 구해야 돼.' 그녀의 몸 전체가 이 확신에 초점을 맞추고, 이 확신을 향해 나아가려고 힘을 주었다. 오빠가 왜 총을 갖고 있었는지 이제 알 것 같았다. 누구나 총이 필요했다. 총을 갖고 있지 않는 것은 미친 짓이었다. 지금 그녀는 반쯤 벌거벗은 차림으로 총을 구하기 위해 거리를 뛰어다녀야 할 판이었다. 발바닥에 뭔가가 밟히는 느낌에 내려다본 그녀는 커다란 유리 조각을 간신히 피할 수 있었다. 하지만 그녀는 속도를 늦추지 않았다. 몽롱하고 따뜻한 공기에 총을 구해야 한다는 절박감이 가득했다. '총, 총……'이라는 말이 주위에서 들려오는 것 같았다. 일단 총을 구하고 나면, 그러고 나면 그녀도 자신을 돌볼 수 있을 터였다.

노란 꽃무늬 면 원피스 차림으로 그녀는 문이 닫혀서 어두운 시가 상점 앞을 뛰어갔다. 그리고 용기를 내서 대로로 나가(자동차 한 대가 조금 떨어진 곳에 있었으므로 위험하지 않았다) 길을 건넜다. 그녀는 소처럼 숨을 몰아쉬며 맨발로 차가운 자갈 포장재 위를 뛰었다. 먼저 어디서 돈을 구해 총을 사야 했다. 그녀는 이 문제에 정신을 집중했다. 그녀의 일생이 이 순간을 향해 솟아오른 것 같았다. 완만한 경사를 따라 아무것도 모른 채 솟아오른 도로처럼. 그녀의 선의와 희망과 예쁜 얼굴이 모두 이 일요일 아침에 꽃을 피워 그녀를 구할 것이다. 아니면 상처와 죽음으로 이끌거나. 어느 쪽이든 도망칠 길은 없었다.

그녀는 누군가의 집 뒤뜰에 와 있었다. 옆구리에 찌르는 듯한 통증이 와서 그녀는 숨을 몰아쉬며 울타리에 몸을 기대고 조금 쉬면서 생각을 해보려고 했다…… 총에 대해서, 버니와 브록에 대해서, 브록의 총에 대해서…… 버니의 형에 대해서. 그녀가 그를 본 것은 몇 번 되지 않았지만, 워낙 많은 이야기들을 들었다…… 그가 제정신이 아니라는 얘기. 누구든 죽일 상대를 찾아다니는 살인자라는 얘기. 브록도 살인자라서 죽일 사람을 찾아다녔지만, 그녀는 그 사실을 미처 알지 못했다. 너무 늦게야 알아차렸다. 그는 순전히 사람을 죽일 준비가 됐다는 이유로, 때가 되었다는 이유로 사람을 죽였다. 그리고 버니의 형은 몇 시간 동안 잠을 자며 휴식을 취한 뒤에 힘을 모아 그녀의 뒤를 쫓을 것이다. 자신의 임무에 만족해서 무서운 모습으로. 아니면 그녀를 그냥 놓아줄지도 몰랐다. 그녀에게 겁을 주기만 하지 않을까? 혹시 그녀를 놓아줄 수도 있지 않을까?

그녀는 리타 모린스의 집으로 갔다. 그녀가 문을 두드려대자 방범창 문이 덜걱거렸다. 그녀는 방범창 문을 열고 그 안쪽의 문을 두드렸다. 온몸이 땀으로 목욕한 것 같았다. 그녀가 소리쳤다. "리타! 리타, 문 좀 열어줘!" 동네 사람들이 전부 들으려면 들으라지. 그녀는 오로지 안으로 들어가고 싶다는 생각뿐이었다. 두개골이 점점 더 조여들면서 거칠게 날뛰는 것 같았다. 얼굴을 타고 떨어지는 액체가 눈물인지 땀인지 알 수 없었다. 그녀는 "리타!"를 외치며 손톱으로 문을 긁어댔다. 이제야 비로소 가볍게, 신기하게 떠오른 생각이 있었다. 버니가 총을 맞은 것이 두 번째라는 것! 버니가 열네 살 때 어떤 늙은이가 라이플로 그를 쏘았다. 밤이 되면 자기 가세에 자꾸만 침입하는 어린놈들의 머리를 날려버릴 작정으로 해가 진 뒤에 가게에 숨어 있던 늙은이였다. 하지만 그는 버니의 머리를 날려버리지 못하고 그저 어깨를 쏘았을 뿐이다. 버니는 한동안 병원에 입원했지만 죽지는 않았다. 그리고 나중에 다들 그 일로 그에게 농담을 던지곤 했다. 하지만 이번에는 아무도 그에게 농담을 던지지 못할 것이다. 그는 아마도 열일곱 살쯤 되었고, 강단이 있으며 머리 회전이 빠른 소년이었지만 이제는 뇌가 완전히 망가져 버렸다. 이제 그에게 남은 것이라고는 로레타의 방에 누워 있는 시체뿐이었다.

"세상에." 리타가 문을 열며 말했다. 초록색 가운의 끈을 묶는 중이었다. "로레타, 도대체 무슨 일이야?"

로레타는 그녀를 밀치며 안으로 들어간 뒤 문을 닫았다.

리타가 말했다. "누가 쫓아오기라도 해? 아버지가 쫓아오는 거니?"

"아니. 이제 괜찮아." 로레타는 부엌 식탁에 몸을 기대고 상판을 축축한 손바닥으로 짚으며 몸을 숙이고 고개를 늘어뜨렸다. 몹시 어지러웠다.

리타의 아이 둘이 부엌으로 들어왔다. "가서 자." 리타가 말했다. "여기서 나가."

리타는 식탁 의자에 앉아 로레타가 진정되기를 기다렸다. 그러고는 그다지 놀란 기색을 드러내지 않으면서 신중하고 차분한 목소리로 말했다. "네 아버지가 또 미쳐서 날뛰는 거라면, 여기 있어. 긴장할 것 없어. 너 지금 반쯤 벌거벗은 채 돌아다닌 건 알아? 네 아버지를 어떻게든 하는 편이 낫겠다. 네 아버지 같은 사람이 네댓 명 있어. 내 말은, 내가 개인적으로 아는 사람이 그 정도 된다는 거야. 다들 머릿속에 뭔가 문제가 있는데, 술을 마시면 그게 풀려나는 거지. 너무 오랫동안 일을 하지 못해서 그래. 네 아버지가 맞는 거야?"

로레타는 고개를 저었다. "신발 좀 빌려줄래?"

"그래. 어디로 갈 건데?"

"나는…… 필요한 것이……." 그녀는 몸을 똑바로 세우려고 했다. 이마로 흘러내린 머리카락을 쓸어올리다가 얼굴이 온통 젖어 있음을 알고 깜짝 놀랐다. "돈이 좀 필요해. 심각한 문제가 생겼어."

"무슨 문제?"

"문제. 진짜 엄청난 문제."

리타가 그녀를 빤히 바라보았다. 검게 염색한 머리가 로레타와 마찬가지로 마구 헝클어져 있었지만, 표정은 아주 차분했다. 그녀는 로레타의 말이 무슨 뜻인지 파악하려고 애쓰고 있었다. 마침내 그녀가 말했다. "경찰과 관련된 문제야?"

"아니."

"아버지도 아니고?"

"응. 하지만 조금 있으면 아버지가 집에 오실 거야. 어쩌면 지금쯤 집에 오는 중인지도 모르지." 로레타는 멍한 표정으로 주위를 둘러보았다. "지금 몇 시야?"

"네가 직접 봐."

시계는 아이스박스 위에 있었다. 그녀의 집에 있는 시계와 똑같이. 시계는 6시를 가리키고 있었다. "너무 이른 시각이네. 그래서 내 머리가 제대로 안 돌아가는 거야." 로레타가 말했다. "아버지가 지금은 집에 없지만 아마 돌아올 거야……. 안 돌아올지도 모르고. 모르겠어. 사람들이 아버지를 데리고 올 때도 있고, 누가 경찰을 부를 때도 있으니까. 저번에는 아버지가 티 콘데로가 술집 앞에 누워 있는 걸 사람들이 발견했지. 엄청 추운 날이었기 때문에 그대로 됐으면 얼어 죽었을지도 몰라. 어쨌든 아버지가 언제 집에 올지 모르겠어."

"아버지가 언제 집에 오는지가 왜 그렇게 중요한데? 무슨 일이야?"

로레타는 손을 저으며 그녀의 질문을 물리쳤다. "신발 좀 빌려줄래? 옷도?"

"어디로 가려고?"

"여길 뜰지도 몰라. 하지만 그 전에 만날 사람이 있어."

"누구?"

"말 못 해."

"무슨 소리야? 말을 못 한다니. 왜?"

"저, 총을 살 돈이 필요해."

"총?"

"문제가 생겼어. 총이 필요해."

"문제가 있든 없든 총에는 손을 안 대는 게 좋아."

로레타는 다시 얼굴을 훔쳤다. 리타는 담배에 불을 붙이고 있었다. 로레타를 내버려 둔 채 부엌을 둘러보는 것 같았다. 부엌은 지저분하고 더러웠다. 낡은 신문들이 의자 하나에 쌓여 있었다. 그곳에 신문 더미가 생겨난 건 벌써 몇 주 전이었다. 맨 위에 만화 페이지가 보였다. 몽롱하고 눈이 부신 상태에서도 그녀는 〈가솔린 앨리〉를 다 읽고 〈딕 트레이시〉도 일부 읽으면서 전에 이 만화들을 읽은 적이 있는지 생각해보았다. 친숙하게 느껴지는 것으로 보아 읽은 적이 있는 것 같았다.

그녀는 마음을 다잡고 다시 리타를 바라보았다. "옷도 좀 빌려줄 수 있어?"

"그럼." 리타가 말했다.

리타는 정말이지 엄마처럼 푸짐하고, 아주 엄격했다. 반쯤은 마지못한 듯한 애정도 있었다. 로레타는 자기 어머니가 리타에 비해 얼마나 어머니답지 않은 사람이었는지, 살아가면서 만나는 뜻밖의 일들에 대처할 깜냥이 얼마나 모자랐는지 생각하며 괴로워했다. 리타는 이십대 중반인데도 벌써 여러 도시에서 남편 둘과 많은 남자들을 겪었다. 비단처럼 보이지만 비단은 아닌 초록색 가운를 입은 그녀의 건강한 분홍색 목과 가슴 피부를 보며 로레타는 그녀도 자신과 같은 여자임을, 자신과 똑같은 살로 이루어져 있으며 자신과 똑같이 예측 가능한 존재임을 느꼈다.

"너한테 줄 만한 옷이 좀 있어." 리타가 말했다. "그런데 무슨 일인지 말 안 해줄 거야? 일이 다 끝난 다음에나 해주려고?"

"응, 다 끝난 다음에." 로레타가 말했다.

두 사람은 리타의 아이들 옆을 지나갔다. 리타는 아이들을 옆으로 밀어내며 투덜거렸다. "진짜 말도 지겹게 안 듣지! 당장 꺼져, 꺼지라고!" 두 사람은 뒤편 침실로 통하는 문을 닫았다. "자, 이 옷이야. 체포당하기 전에 그거 벗고 이걸로 갈아입어." 리타가 옷 더미에서 뭔가를 잡아당겨 꺼내며 말했다. "신발은 저쪽에 있어. 돈은 14달러밖에 없지만, 그 돈이면 너한테 정말로 필요한 걸 구할 수 있을 거야."

"언니 돈을 전부 가져갈 수는 없어."

"괜찮아."

"그럼 언니는 어쩌려고?"

"나야 해리 카이저코프한테서 구할 수 있으니까, 알다시피……."

로레타는 재빨리 원피스를 입었다. 리타에게 이런 모습을 보이는 것이 창피해서 얼굴뿐만 아니라 가슴과 배까지 벌겋게 달아올랐다. 이런 짓을 하다니 내가 미친 건가? 일요일 아침 6시에 리타를 찾아와서 이게 무슨 짓이지? 그녀는 속으로 생각했다. '어쨌든 이런 상태가 오래가지는 않을 테니까.' 그녀는 머리에 뒤집어쓴 원피스에서 고개를 빼내고 정신없이 공기를 들이마셨다. 그녀의 눈에 가장 먼저 들어온 것은 벽에 걸린 디온의 다섯 쌍둥이(1934년 캐나다에서 태어난 최초의 일란성 다섯 자매 쌍둥이—옮긴이) 사진이었다. 아직 아기인 모습. 그녀는 기묘한 표정으로 그 사진을 가리키며 말했다. "난 아이를 낳고 싶지 않아……."

"뭐?"

리타가 미친 사람을 보듯이 그녀를 바라보았다. 로레타가 말했다. "아, 아냐. 아무것도 아냐. 내가 좀 불안해서 그래."

"커피라도 마실래?"

"아냐, 괜찮아."

"여기 있고 싶으면 있어도 돼."

"아냐."

"혹시 브록이 관련된 거야?"

"음, 맞아. 브록 일이야." 로레타는 원피스의 단추를 채우고 떨리는 손을 내려다보았다. "응, 브록이야. 브록이었어. 브록이 한 짓이야."

리타는 그녀와 함께 문까지 걸어 나왔다. 로레타는 거리를 내다보았지만 아무것도 보이지 않자 밖으로 나갈 준비를 했다. 오늘 아침을 버텨낼 수 있을 만큼 몸이 움직여줄지 모르겠다는 생각이 들었다.

그녀는 밖으로 나섰다. 진열창에 총들을 전시해놓은, 두 블록 떨어진 전당포로 갈 생각이었지만 거리 끝에 경찰관이 서서 그녀를 지켜보고 있었다.

그래, 벌써 끝이 다가왔구나. 경찰관이 있네.

그는 경찰관처럼 차려입은 하워드 웬들이었다. 그러니 그가 경찰임이 분명했다. 비록 그녀는 그런 소리를 들은 적이 없지만. 그가 그녀를 향해 히죽 웃으며, 뚱하고 게으른 눈으로 리타의 신발에서부터 로레타의 얼어붙은 얼굴까지 쭉 훑어보았다. 마치 모든 것을 알고 그녀의 자백을 기다리는 것 같았다.

"이런 시간에 어디에 있다가 집으로 가는 거야?" 그가 말했다.

로레타는 대답할 수 없었다.

잠시 후 그가 말했다. "너 그거 알아?"

그녀는 그를 빤히 바라보았다.

"너희 아버지가 어디 있게?"

"어디에 있는데?"

"시내에서 술에 취해 자고 있어. 경찰이 잡았지."

로레타는 천천히 고개를 끄덕였다.

"다른 노인네 몇 명도 같이 잡혔어. 지금 술에 취해 자고 있지." 하워드가 말했다.

그는 이십대 초반의 덩치 큰 청년이었지만, 뚱하고 교활하면서도 멍청해서 의심과 열정을 혼동하는 중년 남자 같은 분위기가 있었다. 로레타는 오래전부터 그와 아는 사이라서 짐짓 다정한 척 읊조리는 듯한 말투로 그와 자주 이야기를 나눴다. 그녀가 몇몇 남자들에게만 사용하는 말투였지만 그는 딱히 그녀에게 관심을 보인 적이 없었다. 그런 그가 지금 거리 끝에서 그녀와 함께 인도에 서서 그녀의 자백을 기다리고 있었다. 제복이 그를 다른 사람으로 바꿔놓았다. 키도 더 크고, 더 강해 보였다. 여우 같은 얼굴이었지만 갸름하지는 않았고, 가벼운 홍조가 뺨을 따라 번지고 있었다. 그는 활짝 웃으려고 했지만, 그녀의 침묵 앞에서 웃음이 사라졌다.

"아버지는 괜찮아. 그냥 술에 취해서 자고 있는 거니까. 어디 아프거나 한 건 아니야." 하워드가 중얼거렸다.

그의 어두운 갈색 머리는 오른쪽에서 정확히 갈라져 있었다. 로레타가 입고 있는 리타의 분홍색 원피스와 마찬가지로, 경찰관 제복은 새로운 삶이 시작되었음을 알려주었다. 커다란 변화가 일어났음을. 로레타는 조금 나이가 많은 아이 적의 하워드 웬들을 기억했다. 아이들 중에서 가장 위험하거나 시끄러운 편은 아니었지만 일종의 초급 장교처럼 그런 아이들과 어울리며 문제를 일으키는 데에 열정적으로 참여했다. 간단히 말해서, 주위에서 흔히 볼 수 있는 아이였다는 뜻이다. 그의 음흉하고 대담한 얼굴은 사악한 표정에서부터 공허한 표정까지 다양한 표정을 지을 수 있었으며, 그 머릿속에 무엇이 들었는지는 아무도 제대로 알지 못했다. 로레타는 그와 다른 소년들이 몇 년 전 지붕 너머로 플로이드 슬론을 대롱대롱 늘어뜨렸던 것을 기억했다. 플로이드 슬론 자신도 꽤나 거친 아이였다.

"진짜 큰일이 생겼어!" 로레타가 소리쳤다.

그녀는 아무 말 없이 그를 데리고 아파트로 돌아가서 계단을 올라 부엌으로 들어갔다. 거기 그녀의 방이 있었다. 그녀가 다시는 갈 수 없는 곳. 그녀는 울음을 터뜨렸다. 하워드가 그녀의 방으로 가서 안을 들여다보더니 안으로 들어갔다. 그러고는 몇 분 만에 다시 나와서 당황하고 뚱한 표정으로 그녀를 바라보았다. "너 좀 앉는 게 낫겠다." 그가 말했다. 로레타는 울었다. 펼쳐진 손가락이 리타의 원피스를 붙들었다가 경련하듯 놓았다. 하워드는 부엌 안을 돌아다녔다. 제복을 입은 그의 몸이 공간을 온통 차지해버린 것 같았다. 그는 탁자에도 부딪히고, 화덕에도 부딪혔다. "젠장." 그가 말했다. 침묵하며 빨갛게 달아오른 얼굴로 뚱한 표정을 지은 그의 모습이 곰 같았다. 얼마 뒤 그가 아이스박스를 열더니 우유병을 옆으로 밀치고 허리를 숙여 그릇에 들어 있던 접시를 꺼내 그 안에 든 것을 살펴보았다. 그가 아이스박스의 뚜껑을 성난 사람처럼 밀치면서 마침내 입을 열었다. "세상에, 이번에는 제대로 사고를 쳤구나!"

로레타는 가만히 앉아 있었다. 심하게 울어대느라 앞이 잘 보이지 않았다.

그가 부엌 안을 서성거렸다. 그가 그녀의 몸을 스치고 지나갔다. 놀랍다 못해 거의 고통스러울 정도였다. 그의 거친 숨소리가 들렸다. "저 망할 새끼, 저 더러운 자식은 저런 꼴을 당해도 싸! 시원하다!" 하워드가 중얼거렸다. 그의 숨소리가 더 커졌다. 그는 부엌 여기저기로 시선을 옮겼지만 사실은 아무것도 보지 않았다. 몹시 화난 표정이었다. 분노가 솟아올라 자꾸만 식탁을 빙빙 돌게 만드는 것 같았다. 로레타는 얼굴을 닦고 그를 지켜보았다. "알 게 뭐야." 그가 거칠게 말했다. 그리고 그녀의 옆을 지나가며 곁눈질로 그녀를 바라보았다. "망할 깡패 새끼였어. 제가 자초한 일이라고." 의심에 찬 그의 검은 눈썹이 움직이기 시작했다. 무서운 분노의 에너지를 품은 생각들이 솟아났다. "멀린 집안 놈들은 전부 그 모양이야! 그 집 노인네는 심지어 애들 엄마를 두들겨 패지. 모르는 사람이 없어. '저놈'이 지붕에서 떨어지든, 거리에서 발견되든, 총에 맞든, 손수레에 치이든, 아무도 거들떠보지 않을 거야. 제 아버지도 마찬가지일걸. 그러니까 저놈이 네 방에서 발견되든 뒷골목에서 발견되든 어차피 죽은 몸이라는 얘기야. 나쁜 자식, 어디서든 죽은 건 마찬가지라고! 나쁜 자식!" 하워드는 걸음을 멈추고 로레타를 빤히 바라보았다. 얼굴이 상당히 빨갛게 변해 있었다. 힘겹게 숨을 쉬느라 가슴이 오르락내리락하는 것이 보였다. "너 진짜 제대로 사고를 쳤어! 정말 큰일 났다고!" 그가 탁자에 몸을 부딪히면서 다리로 의자 하나를 밀어냈다. 그는 얼굴을 움찔거리며 그녀를 빤히 바라보았다. "네 실수라고, 알아? 저놈을 데려온 게 완전히 실수야. 젠장, 네 실수야. 네가 진짜로……."

그는 홀린 듯이 그녀를 뚫어지게 바라보았다. 그녀가 그런 시선을 받아본 것은 처음이었다. 그녀는 꼼짝도 하지 않은 채 더 이상 아무 생각 없이 가만히 기다리기만 했다. 하워드가 머리를 긁적였다. 그의 머리카락이 흩어지는 것 같더니 순식간에 마구 헝클어진 모양이 되었다. 가르마도 들쭉날쭉해졌다.

"네 오빠는 도망치고 너만 남았다고, 응? 아, 젠장, 너 진짜 큰일 났어!" 그가 올빼미 울음 같은 소리를 냈다. 짧고 서글픈 소리였다. 그가 그녀를 향해 히죽 웃었다. "진짜 웃기지도 않는다. 다들 이걸로 엄청 웃어댈걸. 저 망할 자식은 저런 꼴을 당해도 싸. 아주 쌤통이다. 네 오빠가 잘한 거야! 하지만 이 근처에 다시 나타나지 않는 편이 좋을걸. 너만 남았단 말이지? 침대에 있는 저 망할 자식이랑 너만 남았다고? 젠장, 말도 안 돼. 오늘 정오쯤이면 이 도시에 이 일을 모르는 사람이 없을걸. 틀림없어."

그가 갑자기 그녀를 향해 불쑥 다가와서는 그녀의 머리카락을 붙잡고 그녀를 흔들어댔다. "그래, 네가 실수한 거야. 네가 진짜 심각한 문제를 자초한 거라고. 너랑 그 자식은 자기들이 똑똑한 줄 알았겠지. 울지 마. 난 사람들 우는 모습이 싫어."

그녀는 그의 손에서 벗어나려 하지 않았다. 얼어붙은 듯이 가만히 앉아서 기다리기만 했다.

"저 더러운 자식을 이리로 데려온 게 네 실수야. 왜 저 자식이야? 저 자식 어디가 그렇게 멋있어서?" 하워드가 외쳤다. "울지 마. 뚝 그쳐. 남들 우는 꼴은 보기 싫다고, 젠장. 그런 걸 보면 불안해지니까. 어쨌든 난 아무 말도 안 한 거야. 저 자식이 곧 저쪽 골목에서 발견될 수도 있겠지. 확실히 죽은 상태로, 응? 그래도 달라질 게 없잖아, 응? 안 그래? 뭐가 달라지겠어?"

그는 잔뜩 흥분해서 얼굴이 빨갛게 달아오른 채 아주 이상하게 굴고 있었다. 로레타는 그를 빤히 올려다보았다. 두 사람의 시선이 한데 얽혔다. "속상해하지 마." 그가 말했다.

두 사람은 한참 동안 서로를 빤히 바라보았다. 로레타는 아무것도 느껴지지 않았다. 머릿속이 다 타서 텅 비어버린 것 같았다. 그때 그가 바지 지퍼를 내리는 소리가 들렸다. 그녀는 엉거주춤 일어섰다. 집에서 도망치려는 것일 수도 있고, 그에게 협조하려는 것일 수도 있었다. 그가 그녀를 붙들었다. 그리고 두 사람은 휘청거리며 뒤쪽 식탁에 몸을 기댔다. 그가 작은 소리로 서투르게 신음하기 시작했다. 마치 고통을 느끼는 것 같았다. 로레타는 싱크대에 여전히 쌓여 있는 접시들을 보았다. 아이스박스 위의 시계도 보았지만 몇 시인지 볼 시간은 없었다.

"넌 걱정하지 마. 저 망할 자식에 대해서는." 하워드가 그녀를 꽉 붙들고 옷자락을 끌어 올리며 말했다. "저놈 생각은 하지 마. 하지 마. 저 자식 따위!"

그때 하워드와 몸싸움을 하면서, 그에게 협조하려고 애쓰면서 그녀는 처음으로 버니를 생각했다. 그가 죽었다는 것. 그를 사랑했는데 이제 그가 죽었으므로 다시는 그를 볼 수 없을 터였다. 지금 하워드처럼 그가 그녀에게 다가오는 일도 없을 것이다. 그는 죽었다. 끝나버렸다. 이것이 그녀에게는 청춘의 종말이었다. 그녀는 그 생각을 다시 하지 않으려고 애썼다.


## 3

그녀는 임신한 유부녀가 되어서 그와 함께 도시 남쪽에서 살기 시작했다. 얼마 되지 않는 소지품 몇 가지를 상자와 가방에 챙긴 그녀는 그의 어머니가 구해준 아파트로 이사했다. 웬들 어머니의 집에서 그리 멀지 않은 곳이었다. 줄지어 늘어선 느릅나무들이 낡은 벽돌 주택들의 2층 창문을 막아버리고, 누추한 앞마당에는 땅에 막대기를 박고 줄을 두른 울타리가 쳐진 이 거리가 그녀에게는 위압적으로 보였다. 마당의 경계선은 정확했다. 비록 아이들이 울타리를 그냥 뛰어서 통과하다가 줄과 막대기를 넘어뜨린다 해도 경계선은 여전히 뚜렷했다. 로레타는 이렇게 개인 공간이 보장된 느낌이 좋았다. 자신이 새로운 삶을 시작한 것 같았다. 아버지와 브록을 돌보고, 그 쓰레기장에서 일하고 살며, 결혼하지 않고 멋대로 돌아다니던 시절은 끝났다. 그녀는 그 시절의 모든 것을 잊어버릴 생각이었다. 곧 아기가 나올 것이다. 이제 그녀는 다른 사람이 되어 있었다.

여기서는 아파트 청소를 마친 뒤 거리를 오락가락 산책할 수 있었다. 그녀는 풍선처럼 부푼 몸에 임부복을 입고 자신과 같은 젊은 새댁들과 이야기하면서 그들의 아기를 얼렀다. 무엇이 됐든 그들이 하는 이야기에 대해, 그러니까 남편의 일자리가 불안하다든가 나라의 장래나 유럽의 장래가 불안하다는 식의 걱정거리에 대해 공감한다는 듯 분노의 표정을 지어 보이기도 했다. 순식간에 시들었다가 마법처럼 다시 생생해지는 사과같이 얼굴을 움직여 슬픈 표정을 만들어낼 때도 있었다.

그녀는 친구들에게 "알고 보니 사람들은 진짜 착해. 나한테 심각한 문제가 생겼을 때 도움을 받았거든. 그러니 세상에 불만을 품을 수가 없어"라고 말하는 것이 좋았다. 이건 하워드를 생각하며 하는 말이었다. 그가 그녀를 구해주고, 사랑해주고, 결혼까지 해서 그녀의 삶을 완전히 바꿔놓은 것을 생각하면서. 하워드 웬들은 어느 일요일 아침에 경찰관 제복을 입고 불쑥 나타나서 그녀를 도와주었다. "그래, 사람들의 마음속 깊은 곳을 들여다보면 진짜 착해." 그녀는 거의 울 것 같은 표정으로 이렇게 말하곤 했다. 하워드가 나타나지 않았다면 자신의 삶이 어떻게 되었을지 모른다는 생각 때문이었다.

다락방이 붙어 있는 3층집도 그녀에게는 위압적이었다. 아버지가 오래전에 살았던 집을 제외하면, 그녀는 실제로 주택에 살아본 적이 없기 때문이었다. 그녀는 예리하고 엄숙한 표정으로 산처럼 솟은 지붕 꼭대기를 올려다보며 짧은 진입로로 접어들었다. 초가을 공기에 들뜨고, 새로 사귄 친구들에게서 들은 소문들과 곧 태어날 '아기' 때문에 들떠서 얼굴이 상기된 그녀는 맨 꼭대기, 그러니까 어두운 초록색 지붕널로 된 지붕을 빤히 올려다보았다. 가장자리에는 부드러운 이끼가 군데군데 자라고, 검댕이 묻어 꺼멓게 변한 커다란 벽돌 굴뚝은 가을 공기 속에서 엄청나게 높이 솟아 도드라졌다. 집 자체는 벽돌 건물이었다. 벽돌은 세월의 때가 묻어 어둡게 변했지만 건물은 요새처럼 튼튼했고, 색칠한 나무틀에 유리를 끼운 창문은 엄청나게 컸다. 집수리를 한 것이 바로 얼마 전이었다. 창틀과 문틀, 그리고 소소한 부분들을 어두운 초록색으로 단장한 것이다. 집은 길 건너편의 다른 집과 마주 보고 있었다. 그리 닮은꼴은 아니었지만, 두 집은 서로를 경계하면서도 행동을 자제하는 노련한 병사처럼 서로 반대편에 서 있었다. 앞마당과 앞쪽 포치에서 소음을 만들어내며 진흙을 철벅거리고 노는 아이들 때문에 집이 더욱더 거대하고 조용해 보였다. 그들의 모습 자체가 고요했다. 로레타는 이 집에 대해, 여기서 혼자 사는 것에 대해, 이 집의 주인이 되어 문과 창문을 모두 잠그고 모든 것을 소유하는 것에 대해 꿈을 꾸었다. 그녀만의 집이라니!

앞쪽 포치에서부터 인도까지 아마 3미터쯤 되는 마당이 일종의 잔디밭에 자리를 내어주고 있었다. 막대기와 줄로 만든 울타리는 이미 오래전에 부서졌지만, 여기저기 묘한 곳에서 풀들이 무성히 자라고 있었다. 발자국과 작은 바퀴 자국이 깊이 나 있는 곳도 있었다. 봄에 집주인인 세인트 언지 씨가 직접 풀씨를 뿌렸지만 빗물이 씨앗들을 깊은 도랑으로 밀어버리는 바람에 그런 곳에서만 밝은 초록색 풀이 무성하게 자랐다. 세인트 언지는 집을 드나드는 로레타를 붙잡고 자기 고민을 털어놓곤 했다. 그는 근심스러운 푸른 눈과 호기심 많은 입을 지닌 호리호리한 남자였다. 하워드는 세인트 언지가 항상 자기 집에 누가 침입했다거나 아이들이 밖에서 소란을 피운다는 이유로 경찰을 불러대는 말썽꾼이라며 그녀에게 절대로 그와 어울리지 말라고 말했지만, 로레타는 별로 그를 피하고 싶지 않았다. 그래서 번들거리는 얼굴로 예의 바른 표정을 짓고 있는 자신을 향해 그가 칭얼거리는 것을 가만히 내버려 두었다. 그리고 그가 결혼한 딸, 죽은 아내, 그 집에 세 들어 사는 다른 사람들, 옆집 사람들과 맞은편 집 사람들, 옛날에 이 집에 살았지만 지금은 다른 곳으로 갔거나 심지어 죽어버린 사람들에 대해 이야기하는 것을 들어주었다. 세인트 언지는 모든 변화를 의심했다. 버스 노선이 바뀐 이유에 대해서도 나름의 생각을 갖고 있는 사람이었다. 시장에 대해서도, 주지사에 대해서도, 대통령에 대해서도 나름의 생각이 있었다. 로레타는 그의 말을 들으면서, 아니 사실은 건성으로 듣는 둥 마는 둥 하면서 어떤 보험 광고를 생각했다. 어떤 남자와 그의 그림자, 아마도 죽음이나 노년이나 다가올 변고의 상징일 '경고의 그림자'가 나오는 이 광고를 언제나 볼 수 있었는데, 그때마다 그녀는 마음이 불편했다.

로레타의 가장 가까운 친구인 저넷은 벌써 두 아이가 있는 깔끔하고 자그마한 여자였다. 눈을 짓궂게 반짝이는 그녀는 로레타를 꾀어서 세계적인 행운의 편지 대열에 끌어들였다. 지금 1달러를 내면 정확히 1년하고 하루 뒤에 현금으로 1천 달러를 준다고 했다. 물론 하워드는 모르는 일이었다. 저넷은 모르는 것이 없었다. 세인트 언지보다 더했다. 그녀의 정보가 그의 정보보다 더 약삭빠르고 잔인했다. 그녀는 동네 여자들이 유산한 이야기, 술 취한 남편에게 얻어맞은 이야기, 시집 식구들과 다투는 이야기에 대해 알고 있었다. 어느 집 자동차가 압류 상태인지, 어느 집 여동생이 문제에 휘말렸는지도 알고 있었다. 하지만 그녀의 이야기에서 중심 테마는 이 동네가 정말 좋은 곳이라는 것, 정말 깨끗한 곳이라는 것, 전에 살던 곳보다 얼마나 좋은지 모른다는 것이었다. 전에 살던 동네에서는 길모퉁이만 돌아가면 이민자들이 살고, 창고 블록 맞은편에는 '유색인'들이 살았다고 했다. 그녀의 이야기 중에서 핵심은 자기들이 모두, 특히 부모 세대가 뭔가에 아주 근접했지만 노인들 일부는 이것을 알아차리고 겁에 질려서 평생 무기력해졌다는 것, 반면 젊은 자신들은 새로운 남편을 만나 새로 아기를 낳고 위를 향해 나아가고 있으며 다시는 바닥으로 떨어지지 않으리라는 것이었다. 워싱턴의 정부는 그들을 구원하기 위해 3미터도 채 되지 않는 아래쪽에 설치된 그물과 같았다.

저넷의 남편은 트럭 운전수였다. 흔한 직업이었다. 하지만 순찰 경관인 하워드는 위험한 사람 같은 분위기를 풍겼으므로 사람들은 그와 거리를 두는 편이 낫다고 생각하면서도 그를 우러러보고 두려워했다. 로레타의 자그마한 친구는 하워드에 대해 이야기해보라고 자꾸만 그녀를 찔러댔다. 어떤 사람이야? 용감해? 일하면서 총을 쏠 때가 많아? 누굴 죽인 적이 있어? 로레타한테 '자상하게' 해줘? 아이를 임신했다고 좋아해? 로레타는 수줍은 표정으로 그에 관한 이야기에서 뒤로 물러났다. 그의 침묵, 갑자기 화를 터뜨리며 말을 퍼붓는 것, 맥주 냄새를 풍기며 느닷없이 사랑을 나누는 것에 대해 가끔 어리둥절하지 않은 것은 아니었지만 그녀는 성격상 그런 생각을 속에만 담아두었다. 심지어 하워드나 하워드의 어머니에게도 말하지 않았다. 하워드의 어머니는 항상 그녀에게 다니러 오라고 말하곤 했다. 로레타는 좋은 여자였고, 비밀을 말하지 않는 편이 낫다는 것, 세상에는 절대 입밖에 내지 말아야 할 것들이 있다는 사실을 알고 있었다.

저넷은 가끔 터무니없는 소리를 했다. 산책을 하다가 길가의 집들을 쳐다보았을 때 우연히 창문 블라인드들이 모두 깔끔하게 일직선을 이루고 있는 것이 보이면, 그녀는 로레타의 팔을 붙잡고 이렇게 말했다. "봐, 저건 행운을 뜻해. 우리한테 행운이 올 거야." 나이 많고 못된 표정의 여자, 그러니까 언제나 동네를 돌아다니는 것 같은 그 여자가 눈에 보일 때는 로레타의 팔을 붙잡고 이렇게 말했다. "저 할망구가 우리한테 저주를 걸고 있는 게 틀림없어. 자기는 늙었고 우리는 젊으니까." 로레타는 미래가 그런 식으로 결정될지도 모른다고 생각하니 걱정스러웠다. 그런 건 잘못된 생각이라는 걸 알고 있었다. 교회에서 그것이 틀렸다고 말했으니까. 그래도 걱정은 사라지지 않았다. 그녀는 하워드에게 저넷에 대해 한마디도 하지 않았다. 그는 저넷을 싫어했다. 세인트 언지나 직장 동료들을 싫어하는 만큼 싫어했다. 하지만 그의 인생이 지금보다 나아질 것 같지는 않았다. 그래서 로레타는 저넷에 대해 입을 다물었다. 밤에 하워드가 집에 돌아오면 그녀는 아파트에 필요한 것들에 대해, 시내에서 본 것들에 대해 이야기했다. 아버지가 문제를 일으켰다는 얘기나 웬들 어머니가 낮에 한 이야기에 대해 말할 때도 있었다.

로레타는 자신이 삶을 완성했다고 생각했다. 여기서 영원히 살면서 동네 아이들이 자라는 모습을 지켜보고, 친구들과 불만거리나 좋은 소식을 함께 나누고, 남편에게 다른 집 남편들과 함께 피노클(카드놀이의 일종—옮긴이)을 하며 어울리라고 잔소리를 하고, 아이들을 키우게 될 것이라고 생각하면 든든하고 기분이 좋았다. 모든 것이 안정되고 고정된 것 같아서 좋았다. 살다 보면 심지어 웬들 어머니가 사라지는 때도 올 터였다. 로레타는 하워드의 어머니를 좋아했지만, 그녀의 갑작스러운 죽음이나 사고를 상상했다. 그래도 그의 어머니를 좋아하는 것은 사실이었다. 저넷이 말했다. "네가 그 못된 할망구를 어떻게 견디는지 모르겠어." 로레타는 이 말에 한 번도 대답하지 않았다. 두 사람은 포치에서 중국식 장기를 자주 두었으며, 때가 묻어 종이가 부들부들해진 순정만화를 훑어보기도 했다.

베란다에는 고리버들 의자 여러 개와 고리버들 소파 한 개가 갖춰져 있었다. 검은 칠이 되어 있지만 조금 흠집이 난 의자들이었다. 쿠션은 밤에 안으로 가지고 들어가야 했다. 널찍한 난간에는 납작하고 얇은 이파리가 달린 식물들을 놓아두었다. 베란다 일부를 덮는 차양도 있었다. 낮이면 근처의 누군가가 계속 라디오를 틀어놓아서 로레타도 그 소리를 들을 수 있었다. 부드럽게 웅얼거리는 것 같은 음악 소리와 말소리는 일종의 자장가였다. 대부분의 노래들이 사랑을 말했다. 로레타 자신은 이제 사랑에 대해 생각하지 않았지만, 음악이 마음에 들어서 가사를 흥얼거리며 돌아다녔다. 그녀에게 인생은 이미 멈춰버렸다. 그래서 그녀는 긴장을 풀고 잘 수 있었다. 일주일에 한두 번씩 저넷과 함께 영화를 보러 가는 것도 좋았다. 춤추는 진저 로저스, 싸우는 에롤 플린. 영화들은 그녀의 눈앞을 지나가며 그녀에게 조금 더 큰 만족감을 안겨주었다. 삶이 어떻게든 더 안정되는 것 같았다. 정확히 콕 집어서 말할 수는 없지만 집 안에 배어 있는 냄새와 비슷했다. 그냥 옅은 냄새가 아니었다. 거기에 석탄 먼지가 섞여 있는 것 같았다. 그리 불쾌한 냄새는 아니었다. 습한 날이면 냄새가 묵직했다. 공기에서 약간 유황 냄새가 나는 것 같기도 하고 양파 냄새가 살짝 섞여 있는 것 같기도 했다. 아버지가 지금도 살고 있는 아파트의 퀴퀴하고 병자 같은 냄새와는 확연히 달랐다. 그녀는 하워드의 시가도 좋아했다. 시가 연기가 다른 냄새들을 밀어내고 이 아파트의 일부 구역을 깨끗이 청소해주는 것 같았다. 모든 것이 달콤하고 나른하고 밀도 있는 그녀의 결혼 생활 속에 흡수되어 섞여 들어갔다. 이 결혼 생활을 위해 그녀는 심지어 새로운 몸까지 받았다.

어느 날 그녀는 아버지에게 돈을 몇 달러 주려고 갔다. 하지만 아버지는 없고 아파트가 비어 있어서 그녀는 어찌 된 일인지 사람들에게 물어보았다. 누군가가 아버지가 병원에 실려 갔다고 말해주었다. 어떤 병원요? 로레타가 물었지만, 말해준 여자는 모른다고 말했다. 그래서 그녀는 가장 큰 병원으로 갔지만 아버지는 거기 없었다. 접수 직원이 틀림없이 '주립' 병원에 있을 것이라고 말해주었다. "주립 병원은 미친 사람들이 가는 데잖아요." 로레타는 망연자실했다. 그래서 그 여자의 시선이 미치지 않는 곳으로 서둘러 나왔다. 주립 병원이라니! 아버지가 거기 입원했다니! 그녀는 전차를 타고 옛날 동네로 갔다. 10월 초의 더위 때문에 땀이 났다. 한시라도 빨리 친숙한 얼굴을 보고 싶었다. 결국 그녀는 리타를 직장으로 찾아가서 뭔가 아는 것이 있냐고 물어보았다.

"내가 어떻게 알겠어?" 리타가 말했다. "그쪽에서 너한테 무슨 서류 같은 데에 서명하라는 소리 안 해? 아마 서명이 필요할 텐데."

로레타는 혼란스러워서 아무 생각도 나지 않았다. 그래서 천을 구경하는 척했다. 커다란 천 꾸러미들이 카운터에 놓여 있었다. 색상도 무늬도 다양했다. 그녀는 파란 종 모양의 꽃무늬가 있는 면 꾸러미를 계속 풀었다 감았다 했다. 리타가 재잘거렸다. 그녀의 말을 건성으로 들으면서 로레타는 자기가 아는 모든 여자들이 자신에게 들려줄 이야기를 강물처럼 많이 갖고 있는 것 같다고 생각했다. 그녀 자신도 말, 언어, 이야기, 들뜬 손짓의 커다란 압력을 받아 기운이 나는 것 같았다. 거대한 심장박동이 그들 모두를 한데 모으는 것 같았다. 모든 여자들을. 남자들은 항상 말이 없으니까.

리타가 말했다. "네 아버지 일은 정말 안됐어. 하지만 그편이 나을지도 몰라. 문제가 생긴 건지도 모르니까."

"아버지는 싸우는 걸 좋아했다고나 할까." 로레타는 아버지를 죽은 사람으로 생각하기로 했다.

"하워드가 아무것도 모른다니 좀 그렇네."

로레타는 크고 묵직하게 둘둘 감긴 천을 조금 풀어냈다가 다시 감았다. 그녀도 그것을 생각하고 있는 것 같았다. 그녀는 주립 정신병원에 있는 아버지의 모습을 떨쳐버리고 계단을 올라오던 아버지, 술에 취하고 더러운 모습, 악몽을 꾸다가 깨어나서 고함을 질러대던 모습, 어머니가 돌아가신 뒤 아버지 때문에 겪었던 골치 아픈 일들을 생각했다. 그것이 다 무슨 소용인가? 아버지가 있다는 것 또는 딸로 살아가는 것. 그 의미가 뭐지? 그녀는 천천히 현재로 돌아와서 리타의 질문을 의식했다. "아, 아들이면 줄스라고 부를 거야. 하워드의 할아버지 이름이었거든. 딸이면 앙투아네트라고 부를 거야."

"둘 다 좋은 이름이네." 리타가 말했다.

더 이상 가게 안에 가만히 서 있을 수 없었으므로 로레타는 한들한들 걸음을 옮기며 이제 어떻게 해야 할지 고민했다. 아버지가 정신병원에 들어갔다는 사실이 조금 창피했다. 다른 사람들이 모두 이 일을 알고 있는지도 궁금했다. 미치는 것이 우리 집 유전인가? 어머니도 정신이 이상해졌었다. 그녀는 몸이 떨렸다. 그래서 한동안 길에 가만히 서 있었다. 사람들이 무표정하게 말없이 옆을 지나갔다. 그러다가 어떤 생각이 떠올랐다. 이모를 만나러 가자는 생각. 이모의 장남이 경찰이었으므로, 그 집 사람들은 항상 사정을 잘 파악하고 있었다. 이모는 별로 반가운 기색 없이 그녀를 맞이했다. 로레타는 안으로 들어가서 거실에 앉아 제복을 입은 경찰관 사촌의 말쑥한 사진을 물끄러미 바라보았다. 갈색으로 살짝 물든 사진 속 그의 모습이 하워드와 닮아서 불편했다. 그녀는 소파 위에 걸려 있는 커다란 상아 십자가로 시선을 옮겼다. "사람들이 아빠를 댄비로 데려갔다는 얘기는 들으셨죠?" 그녀가 말했다.

"그래, 뭐 좀 듣기는 했다." 이모가 말했다.

집 안에 머스터드 비슷한 냄새가 퍼져 있었다. 로레타는 곧장 본론으로 들어갔다. "아빠 상태가 어떤지 아세요?"

"아니."

"빌리가 아무 말 안 해요?"

"조금."

"아빠가 그렇게 실려 갔다니 마음이 안 좋아요. 아빠는 나쁜 사람이 아니라, 그냥 술을 너무 많이 마실 뿐인데. 가끔 헷갈릴 뿐이지 미친 건 아니라고요. 빌리가 아빠를 만나봤어요? 그러니까 아빠가 체포되거나 뭐 그런 거예요?"

"빌리는 네 아빠를 직접 보지 못했어." 이모가 조금 차갑게 말했다. "하지만 소식은 들었다. 아마 하워드도 들었을 텐데 그쪽에 물어보지 그러니?"

"하워드는 아무것도 모를 거예요."

로레타의 이모는 아무 말도 하지 않았지만, 새침하게 입을 움직였다.

"싸움이나 뭐 그런 걸 하다가 체포당하신 거예요? 어느 집 창문이라도 깨뜨렸나요? 아니면 누굴 때렸어요?"

"난 잘 모른다니까."

"아버지가 아무 짓도 안 했는데 그냥 데려가지는 않았을 것 아니에요."

"글쎄, 잘 모른다고."

"그런 사람들을 데려가면 얼마나 가둬둘까요?"

"얼마나? 병이 다 나을 때까지겠지."

이모가 이런 말을 하는 것이 놀라웠다. 이렇게 아무렇지도 않게 말하는 것이. 이모의 양손은 무릎 위에 힘없이 놓여 있었다. 이모는 항상 차갑고 먼 사람이었다.

"아빠가 미친 건 아니죠?" 로레타는 식은땀을 흘리며 물었다.

"네가 직접 가서 봐." 이모가 말했다.

"저는 아빠를 만나고 싶지 않아요! 아빠를 만나는 게 무서워요." 로레타가 말했다.

집으로 돌아오는 전차 안에서 그녀는 양손을 배에 올린 채 앉아 있었다. 당황해서 어쩔 줄 모르는 마음이 자신의 내면, 자신의 배로 향했다. 아이의 성별이 이미 결정되었는지 궁금했다. 아들이면 좋을 텐데. '줄스'라면. 그녀는 아이를 낳는 것에 대해, 자신의 아이가 생기는 것에 대해 생각했다. 하지만 전차에서 내리면서 갑자기 울음이 터졌다. 아버지가 체포되어 미친 사람처럼 그런 곳으로 끌려가 사람들 앞에서 치워진 것은 너무한 일이라는 생각이 들었기 때문이다. 그녀는 구속복을 입은 아버지를 상상했다. 누군가가 아버지의 병실로 들어와 서류가 가득 든 시가 상자를 쳐서 넘어뜨린 뒤 서류들을 발로 마구 차는 모습도 상상했다······.

그날 밤 하워드가 집에 돌아왔을 때 그녀는 블라인드를 내린 침실에 앉아 있었다. "집에 있어?" 그가 소리쳤다. 그녀는 꺼질 듯한 목소리로 대답했다. 그래도 그에게는 충분히 들렸는지 그는 더 이상 아무 말 없이 욕실로 들어갔다. 그 안에서 그가 볼일을 보는 소리가 들렸다. 특별히 듣기 싫은 소리는 아니었다. 평생 듣던 소리이고, 하워드는 적어도 욕실 문을 닫아주었으니까. 그가 침실로 들어와서 짙은 색 셔츠를 벗었다. "오늘 진짜 웃기지도 않는 얘기를 들었어. 엘리너 루스벨트랑 검둥이 이야기인데, 내용은 잘 생각이 안 나네. 당신도 들었어?"

"아니."

"당신 왜 그래?"

"아버지 때문에 속상해."

그는 아무 말 없이 옷을 벗어 침대 위로 던졌다. 일을 마치고 돌아온 하워드는 나이를 더 먹은 것처럼 보였다. 턱수염이 그의 근심을 에너지 삼아 밀고 나왔다. 통통하고 건강한 얼굴을 되찾으려면 몇 시간 동안이나 숙면을 취해야 했다. 그가 곁눈질로 로레타를 흘깃 바라보았다.

"당신도 알고 있지?" 로레타가 말했다.

"당신 아버지는 30일 관찰 처분을 받았어."

"그게 무슨 소리야?"

"30일 관찰 처분이라고."

"왜?"

"이상한 행동을 했으니까."

"이상한 행동이라니 어떤 건데?" 로레타가 소리쳤다.

"미친 사람처럼 굴었어."

"사람이 미쳤는지 안 미쳤는지 누가 어떻게 알아? 왜 나한테 말 안 했어?"

"당신 아버지는 거기 있는 편이 나아."

"왜 거기가 낫다는 거야?"

"이봐, 당신 아버지는 하마터면 차에 치일 뻔했어. 항상 술에 취해 있고. 파출소에서 자기를 총으로 쏴도 좋다고 했다고. 살고 싶지 않다면서. 항상 좀 이상하게 굴던 분이니까 댄비에 가 있는 편이 더 나아. 그러니까 그만 잊어버려."

"언제 아빠를 만나러 갈 수 있어?"

"앞으로 30일 동안은 안 돼."

"거짓말 마!"

"그게 거짓말인지 어떻게 알아?"

"30일이면 한 달이잖아. 아빠는 거기 혼자 계신데, 그러다 더 악화될지도 몰라. 그런 데가 어떤 곳인지 나도 들었다고."

"어쨌든 우리는 당신 아버지 걱정을 할 필요 없어." 하워드가 말했다.

그는 고집스럽게 침묵을 지키며 조금 떨어진 곳에 서서 그녀의 반응을 기다렸다. 그녀는 그가 이제 남자가 되었음을 알 수 있었다. 그녀의 아버지나 친구들의 아버지나 아니면 어디서나 볼 수 있는 아버지와 같은 남자. 말없이 분노하고, 굶주렸지만 음식을 참지 못해서 접시에 담긴 음식을 이리저리 밀어대고, 무서운 육체의 짐에서 벗어나지 못해서 로레타처럼 그 짐을 덜어줄 사람이 필요한 남자. 그녀는 아버지를 위해서, 하워드를 위해서 울었다. 자신의 몸이 점점 괴로워지는 것이 느껴졌다. "아빠가 거기서 돌아가시기라도 하면 어떡해? 거기 사람들은 환자들한테 마구 발길질을 한단 말이야! 마구 두들겨 팬다고!"

하워드가 무시하듯이 끙 하는 소리를 냈다.

"언젠가 당신도 거기 끌려가게 되면 어쩌려고? 당신은 아주 똑똑하니까 절대 그럴 리 없다는 거야?"

"난 그런 꼴이 되지 않아." 하워드가 말했다.

"아빠가 정말 죽고 싶다고 말했어? 정말로 그렇게 말했어?"

하워드는 방에서 나가버렸다.

"자기를 총으로 쏘아도 좋다고 말했어?" 로레타가 외쳤다.

하워드는 대답하지 않았다.

줄스의 외할아버지는 그것으로 끝이었다.

## 4

줄스는 기온이 온화한 달에 태어나, 그 에너지와 성마른 성격으로 새로운 계절을 불러왔다. 이제 웬들 어머니가 매일 항상 이쪽에 와 있었으므로, 그녀의 육중한 발걸음에 매일 계단이 부르르 몸을 떨었다. 하지만 로레타는 아기를 바라보며 다른 모든 것을 잊었다. 마치 영화에서 배경의 초점을 흐리게 만드는 것과 같았다. 그래서 그녀는 여기저기에 자꾸 부딪혔고, 주파수가 바뀌어서 잡음만 나오는데도 라디오를 끌 생각을 하지 않았다. 청력과 시력이 모두 좋은 웬들 어머니에게는 짜증스러운 일이었다.

그녀는 언제나 아기에게 이런저런 물건을 가져다주었다. 어느 날은 고무로 된 도피(1937년작 디즈니 애니메이션 〈백설공주〉에 등장하는 난쟁이 캐릭터 중 하나—옮긴이) 인형을 가져오기도 했다.

줄스가 거의 한 살이 된 어느 날 하워드가 오후 일찍 집으로 돌아와 다리를 후들거리면서 문간에 선 채 '정직'을 당했다고 말했다. 그녀가 한 번도 직접 들어본 적이 없는 단어, 신문에서나 본 단어였다. 술에 취한 채 심각한 표정을 한 그의 모습만으로도 그녀는 겁에 질렸다.

"정직이라니…… 그게 무슨 뜻이야?" 그녀가 외쳤다.

"유예랑 비슷해."

"그건 또 무슨 뜻인데?"

그는 부엌 식탁에 앉아 턱의 힘을 뺐다. 그 순간 로레타는 오빠를 떠올렸다. 비록 하워드는 브록만큼 똑똑하지 않았지만, 절망적인 그 자세가 비슷했다. 그녀는 부드럽고 따뜻한 아기의 머리, 비단결 같은 머리카락에 손을 얹고 두려움에 떨면서 생각했다. '그럼 이제 내 인생이 안정되지 않은 거야?' 하워드가 집게손가락으로 도피 인형을 쿡쿡 찔렀다. 얼굴에 표정이 전혀 없었다.

얼마 뒤 그가 말했다. "식당들이랑 관련이 있는 사람들이 있어. 칵테일라운지 같은 데. 레녹스 호텔에 있는 라운지 같은 것. 레녹스 호텔 말이야."

그가 말을 멈추자 로레타는 그를 빤히 바라보았다.

"노조랑 무슨 관련이 있다나 봐. 난 잘 모르겠어."

"그게 무슨 소리야?"

"돈이 오갔다고."

"누구한테서?"

"호텔들에서."

"거기서 왜 돈을 줘? 당신도 돈을 받았어?"

하워드는 앉은 채 자세를 바꿨다. 지치고 구겨진 곰 같은 모습이었지만, 묘하게 부드러운 느낌도 있었다. 곤경에 처한 그의 굵직한 손목과 손에 난 털들이 더 부드러워진 것 같았다. 로레타는 그를 위로하고 싶다는 생각에 피가 화르르 끓어올랐다. 그녀의 아버지도 일이 잘 풀리지 않을 때 부엌 식탁에 이렇게 조용히 앉아 있을 때면 부드러운 사람처럼 보였다. 남자들이 부드러워 보이는 것은 이렇게 곤경에 처했을 때뿐이었다.

"당신도 돈을 받았어?" 로레타가 말했다.

"아니."

"그럼 왜 잘린 거야?"

"정확히 잘린 건 아냐."

"그럼 왜…… 왜 이렇게 된 거야?"

"열다섯 명이 조치를 당했어. 나도 그중 한 명이고."

"하지만 당신이 잘못을 저지르지 않았다면……."

"그걸 증명하기가 쉽지 않아." 하워드가 그녀의 시선을 피한 채 말했다.

얼마 뒤 로레타가 말했다. "그 개자식들이 당신을 물고 들어가는 거구나! 그런 짓을 하고 무사히 넘어갈 줄 알고!"

하워드는 인생에 패배한 로레타의 아버지처럼 한숨을 내쉬었다.

"당신 어머니한테 가서 알리는 게 좋겠어." 로레타가 말했다.

두 사람은 일요일처럼 좋은 옷으로 갈아입었다. 하워드는 침울하고 조용했으며, 로레타는 화가 나서 후다닥 화장을 했다. 그녀는 아이를 안고서 아무 잘못도 없는 하워드에게 죄를 씌우려고 한 그 나쁜 자식들이 반드시 벌을 받을 것이라고 재잘거렸다. 하워드는 그녀의 사촌 빌리도 이번에 걸렸다고 말했다. 로레타는 잘됐다고 말했다. 빌리는 돈을 받았어? 하워드는 그런 것 같기는 하지만, 전체적인 내막을 잘 모른다고 말했다. 자기는 그 일에 가담하지 않았기 때문에 누구한테서도 이야기를 듣지 않았다는 것이다…… 빌리랑 이모한테는 쌤통이다. 로레타는 멋진 제복을 입은 사촌이 마침내 끌려 내려오는 모습, 그토록 자랑스러워하던 경찰차(하워드는 고작 순찰 경관에 불과했다)에서 쫓겨나 총과 배지를 강제로 반납하는 모습을 상상했다. 잘됐어, 전부 그렇게 끌려 내려오라지. 그럼 꼭대기에 있는 사람들은? 그녀가 물었다. 그놈들은 전부 사기꾼이야. 하워드가 말했다. 뚱하고 기운 없는 목소리였다. 로레타는 신랄한 말을 줄줄 늘어놓았다. 세상 꼴이다 그렇지! 다들 미쳤어!

"아빠는 항상 일자리에서 잘렸어." 그녀가 성난 목소리로 말했다. "언제나 다른 사람 때문에 직장에서 밀려났다고! 누군가의 조카니 사위니, 느닷없이 나타난 나쁜 자식들 때문에. 아빠를 쫓아내고는 그런 자식들한테 그 자리를 주는 거야. 그래서 아빠는 계속 바닥으로 떨어졌어. 아무도 아빠한테 기회를 주지 않았다고. 아빠가 정말로 미쳤다면, 그래서 미친 거야."

"그래, 당신 아버지한테는 기회가 없었지." 하워드가 말했다.

웬들 일가의 자그마한 집이 로레타의 눈에 불길하게 보였다. 정확히 무엇이 문제인지는 알 수 없었다. 하지만 곧 원인을 알아냈다. 블라인드가 모두 내려져 있었다. 하워드도 그 점을 눈치챘다. 그는 오후 내내 그랬던 것처럼 뚱하고, 새장에 갇힌 상태에서도 만족스러워하는 것 같은 표정을 지었다. 최악의 사태가 마침내 닥쳐와서 결말이 났다고 생각하는 사람 같았다. 하지만 눈은 기민했다. 묘하게 중심이 없는 눈이 커다란 얼굴에서 바삐 움직이고 있었다. 다른 부분들은 무겁게 처져 있는 상황에서도. 경찰관다운 거친 걸음걸이와 어깨를 추켜올린 자세는 제복과 함께 사라지고, 이제 그는 다른 실직자들과 똑같은 자세로 걷고 있었다. 배가 늘어지고, 가슴에서도 힘이 빠지고, 순전히 중력의 힘에 끌려서 몸을 수그린 채 걷는 편이 더 편하다는 듯이 어깨를 웅크린 친숙한 낙오자의 자세.

웬들 어머니가 문간에서 기다리고 있었다. 로레타는 하워드가 그녀를 보고 조금 물러나는 것을 느꼈다. 하지만 그의 어머니가 문을 힘차게 열어젖히고 밖으로 나왔다. 커다란 양손에 빗자루를 들고 있었다. 그녀가 소리치기 시작했다. "이 멍청한 놈! 이 얼간이!" 그녀가 하워드를 향해 빗자루를 휘둘렀다. 그는 빗자루를 밀어내려고 애쓰면서 우는소리를 냈다. "엄마, 조심해요. 아프다고요." 하지만 어머니는 못 들은 척 그에게 달려와 빗자루로 그의 어깨를 세게 내리쳤다.

아기가 악을 쓰며 울어대기 시작했다. 로레타는 겁에 질려서 계단 옆의 쓰레기(합판 상자들)와 진흙 속으로 뒷걸음질 쳤다.

하워드는 자신을 때리는 어머니 앞에서 양팔로 얼굴을 가렸다. "너 때문에 이게 무슨 망신이야!" 그의 어머니가 소리를 질렀다. "멍청하고 쓸모없는 놈. 세상에 둘도 없는 얼간이!" 어머니의 흰머리가 헝클어지고, 넓적한 얼굴은 땀에 젖어 번들거렸다. 하워드가 포치 앞 구석까지 몰리자 그녀는 보기도 싫다는 듯 빗자루를 그에게 던져버렸다. "창녀들이랑 어울려? 창녀한테 돈을 받아? 네가 엄마 속을 썩이려고 작정을 했지! 아버지를 죽일 셈이야? 응? 아버지가 심장마비라도 일으키면 어쩔 거야? 순전히 네 잘못으로 아버지가 관 속에 눕는 꼴을 보고 싶어? 건방지고 똑똑한 척은 혼자 다

하더니! 창녀들한테서, 더러운 병에 걸린 더러운 년들한테서 돈을 받다니! 너 집에다가도 병을 옮겼지? 우리 집에 와서 화장실을 썼잖아! 병을 옮겼지? 옮겼지?"

"엄마, 아니에요!" 하워드가 외쳤다.

"들어가, 이 얼간아! 동네 사람들한테 다 알리고 싶어?"

그녀는 두 사람을 안으로 몰고 들어갔다. 그녀의 육중한 몸이 뒤에서 문간을 막고 분노를 못 이겨 숨을 몰아쉬면서 부들부들 떠는 것 같았다. 로레타는 들어가자마자 부엌 식탁에 부딪혀 기절할 것만 같았다. 웬들 어머니가 그녀의 품에서 아기를 채 가더니 성난 사람처럼 아기를 어르기 시작했다. 굵은 눈물이 잿빛을 띤 거친 얼굴을 타고 흘러내렸다. "아비가 저런 꼴이라니! 아비가 저런 꼴이라니! 내 아들이 저런 얼간이가 되다니!"

웬들 아버지는 어둑한 거실에 앉아 라디오를 듣고 있었다. 로레타와 하워드는 거실로 밀려 들어갔다. 하워드는 소파 끝에 불쌍하게 앉아서 양손으로 얼굴을 가렸다.

"그래, 울어라. 이미 일을 다 저지르고 나서 계속 울기나 해, 덩치만 큰 얼간이야!" 그의 어머니가 소리쳤다. 그녀는 아기를 가슴에 안고 어르면서 두 사람의 얼굴을 차례로 노려보았다.

로레타는 아무 말 없이 서 있었다. 아무도 알아차리지 못한 손님이 된 것 같은 기분이었다. 자신이 갑자기 움직이면 웬들 어머니의 분노가 자신에게 쏠릴 것 같았다. 안경을 쓰고 끙 하는 신음 소리를 내며 천천히 움직이는 웬들 아버지는 누구의 얼굴도 보지 않았다. 그의 팔꿈치 뒤편에서 어둠 속에 일부가 묻히고 뜨개질로 짠 두툼한 덮개와 하나가 되어버린 라디오가 그날의 스포츠 소식을 알리고 있었다.

"고향에서도 문제가 있었어. 거기서도 그랬다고." 웬들 어머니가 우울하게 말했다. 고향이란 이민을 오기 전의 조국을 뜻하는 말이었다. 침침한 거실에 거인처럼 우뚝 서서 품에 안은 아기를 어르고 있는 그녀는 세상과 손자를 바라보며 넋을 잃은 것 같았다. 그녀는 크고 든든한 손가락으로 아기를 움켜쥐었다. 아무도 그 손가락에서 아기를 빼앗을 수 없었다. "가엾은 녀석! 아비가 저런 꼴이라니!" 그녀가 아기를 얼렀다.

"이 사람은 아무 짓도 안 했어요." 로레타가 속삭이듯 말했다.

웬들 어머니는 그녀를 쳐다보지도 않았다.

"죄를 뒤집어썼지만 그 사람들과 일당이 아니에요. 얘기가 좀 달라요. 호텔이랑 관련된 일이란 말이에요."

웬들 어머니는 분노에 찬 표정으로 한참 동안 가만히 있다가 입을 열었다. "퍽이나 아무 짓도 안 했겠다."

그녀는 남편보다 덩치가 커서 하워드와 거의 비슷했다. 코가 조금 무섭게 생긴 오십대 여성인 그녀는 뼈대가 크고 건장했으며, 지금은 조금 잿빛으로 변했지만 세탁부처럼 혈색이 좋았고, 거대한 귀는 평생 동안 좌절감에 젖어 있었던 것 같았다. 코르셋으로 조인 엉덩이도 묵직했다. 그녀는 약삭빠르고 계산적이라서 자기가 가고자 하는 방향으로 서둘러 달려갈 때를 제외하고는 분노에 휩쓸리지 않았으며, 결코 실수를 저지르는 법이 없었다. 따라서 로레타는 웬들 어머니의 말이 옳다는 것을 깨닫고 절망에 빠졌다. 하워드가 죄를 저지른 것도, 매춘부들과 어울린 것도 사실이었다. 그래, 이제 모든 것이 이해되었다. 웬들 어머니는 실수를 저지르는 법이 없었다.

"자, 이제 우리가 해야 할 일은 '이거'야." 웬들 어머니가 성난 목소리로 말했다.

## 5

"봄은 이사하기에 좋은 계절이지." 웬들 어머니가 말했다.

하워드는 트럭을 운전 중이었고, 어머니가 트럭에 함께 타고 있었다. 다른 사람들은 웬들 아버지의 차로 뒤를 따르는 중이었다. 그들은 이곳을 벗어나 하워드의 삼촌 집으로 옮겨 갈 예정이었다. 삼촌은 다들 농촌을 떠날 때 그곳에 남은 노인이었다. 하워드는 벌써 석고 광산에 일자리도 구해놓았다. 경찰관처럼 좋은 일자리는 아니었지만, 그래도 괜찮은 편이었다. 로레타는 낡은 포드의 뒷좌석에서 상자들과 열네 살짜리 뚱뚱한 소녀인 시누이 코니 사이에 짓눌려 있었다. 코니는 항상 뚱한 표정으로 깊게 침묵을 지켰으며, 입술이 살짝 벌어져 있었다. 로레타는 아기의 기저귀가 젖어 있는 것을 알아차렸지만 기저귀를 갈기에는 이미 늦은 뒤였다. 아기는 로레타의 무릎에 불쌍한 모습으로 누워서 몸을 비틀며 칭얼거렸다. "얘는 정말 기운 차다니까." 로레타는 허공을 향해 밝은 목소리로 투덜거렸다.

웬들 아버지는 안전한 거리에서 트럭을 따라 차를 몰았다. 팔이 뻣뻣하게 움직였고, 로레타의 말을 들은 내색을 거의 하지 않았다. 그래도 로레타는 그의 주름진 목덜미에 시선을 고정한 채 말을 걸어보려고 시도했다. 시댁 식구들 중에서 그녀가 '좋아하기로' 고른 사람이 아버지이기 때문이었다. 그는 아내보다 열 살이 많았다.

그들은 한참 동안 울퉁불퉁한 길을 차로 달렸다. 도중에 하워드가 모는 트럭의 타이어가 터져서 어스름 속에 차를 세우고, 그와 아버지가 땀을 흘리며 타이어를 갈았다. 웬들 어머니는 아기 옆에서 수선을 피우며 앞으로 일어날 일들을 보기라도 할 것처럼 약삭빠른 눈으로 지평선을 바라보았다. 키가 무척 큰 덕분에 다른 사람들보다 더 멀리까지 내다볼 수 있을 것 같다. "나쁜 사람들한테는 휴식이 없어." 그녀가 줄스를 품에 안고 가볍게 흔들면서 묘하게 기쁜 듯한 한숨을 내쉬며 말했다.

코니는 차에서 내리지 않았다. "엉덩이가 그렇게 펑퍼짐하니까 차에서 내려서 모처럼 운동이라도 좀 해봐." 어머니가 이렇게 말했지만, 그리 모진 말투는 아니었다. 살던 도시를 떠나 새로운 삶, 그러니까 그녀가 생각하는 새로운 삶을 향해 가고 있으므로 조금 기뻐하는 것 같았다.

로레타는 아기 때문에 그녀와 가까운 곳에 서 있었다. 웬들 어머니가 아기를 떨어뜨리기라도 한다면, 혹시 아기에게 무슨 일이 생기기라도 한다면, 저 할망구의 목에 가위를 찔러 넣을 거야. 로레타는 속으로 생각했다. 그녀는 웬들 어머니가 미웠다. 하지만 다른 사람들 앞에서는 언제나 훌륭하게 연기를 하며 하워드의 기운을 북돋우고 코니에게 친구가 되어주고 시아버지에게 가끔 한 번씩 말을 걸어주려고 애썼다. 어차피 이제부터는 모두 한 집에서 살게 될 터이니 친해져야 하지 않겠는가? 하지만 식구들 중에서 웬들 어머니만이 수다를 떨어댔고, 그녀의 수다는 어찌 된 영문인지 로레타만 쏙 빼놓은 채 이어졌다. 이상한 기분이었다.

가끔 그녀는 날카로운 미소를 지으며 로레타에게 말을 걸었다. "아이한테 열이 있는 것 아니니?"라든가 "기저귀가 '또' 젖었어?"라고. 젊기 때문에 무력할 수밖에 없는 부분을 다 안다는 듯이, 시어머니가 몹시 교활한 눈으로 뚫어져라 바라보는 것에 로레타는 기분이 상했다. 시어머니는 그런 부분을 어떻게 하면 찾아낼 수 있는지 알고 있었다.

우울함과 피곤이 섞인 기쁨에서 고독감이 자주 솟아올랐다. 세상에 태어난 사람이라면 누구든 인간으로 대접받아야 하며, 이름을 붙일 수 없는 그 사람만의 고갱이를 깨뜨릴 수도 없고 거기서 도망칠 수도 없다는 느낌이었다. 그래서 그녀는 웬들 어머니의 사악한 미소에 어렴풋한 미소로 응답하며 생각했다. '그래, 난 젊으니까 견딜 수 있어'라든가 '하워드가 나를 끔찍한 일에서 구해줬잖아. 정말로 그랬지. 그러니까 그 이후의 내 인생은 하워드와 시댁 식구들에게 속한 것 아냐?'라고.

하워드의 집안에는 이상한 사람들이 있었다. 냉담하고 비밀스러운 사람들이었다. 가장 흥미로운 사람은 하워드의 형인 샘슨으로, 그는 디트로이트의 포드사에서 이런저런 도구를 만드는 일을 하고 있었다. 확실히 실력은 좋은 것 같지만, 집에는 돈을 잘 보내주지 않았다. 식구들은 샘슨의 이야기를 자주 했는데, 원망할 때도 있고 대견해할 때도 있었다. 때로는 직장에서 쫓겨난, 그것도 형편없는 직장에서 쫓겨나 앞으로 더 형편없는 일을 하게 될 하워드를 깔아뭉개기 위해서 샘슨의 이야기를 하기도 했다. 하워드는 형 이야기를 하는 법이 없었다. 한 번도. 수녀가 된 50세의 고모도 있었다. 그녀는 수녀원을 떠났다가 나중에 다시 돌아갔는데 다들 그녀에 대해 "제멋대로 굴지만 나쁘지는 않은 사람"이라고 말했다. 앞으로 그들이 함께 살게 될 하워드의 삼촌도 있었다. 이름이 프리츠인 그는 일흔 살이 넘은 은둔자라고 했다. 식구들은 그를 세상으로 "데리고 나올" 필요가 있다고 말했다. 웬들 어머니는 집을 깨끗하게 관리해주고 제대로 된 음식을 먹여줄 여자가 필요하다고 말했다. 그의 농가는 작은 도시의 외곽에 있었다. 그 소도시 주위에는 온통 버려진 경작지투성이였다. 농부들이 오래전에 중서부의 흙먼지와 가뭄을 피해 땅을 팔고 가버린 탓이었다. 도시로 간 그들은 결국 관공서, 사회복지, 실업으로 이어지는 삶을 살았다. 하지만 프리츠는 세상 물정에 어두워서 땅을 팔지 않았다고 식구들이 말했다. 그래서 그는 시골에 남았고, 소도시는 서서히 회복 중이었으며, 석고 공장이 다시 문을 열었다. 그리고 하워드의 식구들은 트럭에 가구와 상자를 가득 싣고 그곳에 영원히 정착하러 가는 길이었다. 웬들 어머니는 이렇게 말했다. "사실 미국은 도시가 아니라 시골이야. 다들 시골에 살아야 해. 아기한테도 냄새나는 도시보다는 시골이 더 좋아. 도시가 하워드를 어떻게 만들었는지 봐라."

시골로 나온 첫 달에 로레타는 며칠 동안이나 잠을 이루지 못하고 울었다. 낡은 집이 삐걱거리고, 주위의 어둠 속에서는 부드러운 날개가 있는 벌레들이 수런거리고, 모든 것이 불가사의하고 눅눅했다. 그녀는 가짜 대리석으로 지은 시청 건물과 백화점과 엘리베이터와 덤불이 우거지고 누구나 갈 수 있는 공원이 있는 더럽고 사랑스러운 도시를 생각했다. 진흙물이 흐르는 운하, 높이 지어진 둑, 한번 물에 빠지면 무기력하게 익사할 수도 있는 가파른 운하의 모습을 돌이켜보았다. 눈이 쓰라리고 완전히 기진맥진한 채 하워드와 등을 맞대고 누운 그녀의 귓가에서 웬들 어머니의 말이 쾅쾅 울려댔다. 웬들 어머니의 부엌 식탁에 기가 질릴 정도로 쌓여 있는 접시들은 다시 임신을 해서 입덧 중인 그녀를 조롱하는 것 같았다. 모든 것이 견디기 힘들었다. 여기 시골에서, 귀뚜라미가 가득하고 뭐가 뭔지 알 수 없는 여기 시골에서는 무슨 일이 일어날지 알 수 없었지만 일상은 아무런 변화 없이 흘러갔다. 하워드는 별로 내키지 않는 표정으로 직장을 오갔다. 오랜 친구를 우연히 만나는 일도, 특별히 문제에 휘말리는 일도 없이 무기력하고 따분하고 뚱뚱한 사람이 되었다. 깨끗하고 신선한 공기는 아기에게 좋았지만, 그뿐이었다. 로레타는 잃어버린 도시와 더러운 공기를 그리며 울었다.

웬들 어머니의 기세에 눌린 로레타와 하워드는 마침내 둘만 있게 되어도 서로 할 말이 별로 없었다. 마치 어머니가 여전히 방 안에 남아서 이마에 무겁게 주름을 잡은 채 두 사람을 바라보며 잘잘못을 가리고 있는 것 같았다. 그녀의 머리는 조각상 같고, 이마는 볼품없고 이상했으며, 초록색 눈은 예리했다. 몸은 아들과 마찬가지로 암소나 곰 같았지만, 눈은 여전히 잔인할 정도로 예리해서 그 무엇도 놓치는 법이 없었다. 하워드는 점점 굼뜨고 뚱뚱한 사람으로 변해갔다. 아직 서른도 되지 않았는데 저렇게 자신을 포기해버리다니! 로레타는 당황해서 어쩔 줄 몰랐다. 그녀는 침대에 누워서 몸을 뒤척이며 괴물 같은 여자와 그 아들을 생각했다. 두 사람은 서로 팔짱을 끼고 있었고, 로레타는 무기력하고 원망스러운 표정으로 바깥에 서 있었다.

아내이자 아기의 어머니이며 임신한 여자인 그녀가 외부인이었다. 마음에 원망이 가득 찼다.

그들이 사는 집은 낡은 헛간과 비슷했다. 집 뒤에는 낡아서 썩은 헛간들이 있었는데, 그중 한 채는 번개 때문에 발생한 화재로 일부가 타버린 상태였다. 집 주위의 많은 나무들에도 번개에 맞은 상처가 있었다. 로레타는 이것이 불운의 징조라고 생각했다. 도시에서는 무엇이든 번개에 맞는 법이 없는데, 사방이 탁 트인 여기 시골에서는 번개가 어디든 휩쓸고 들어올 수 있었다. 모든 것이 지나치게 탁 트여 있었다. 그들의 집은 나지막한 언덕 위의 흙길 옆에 있었다. 폭우가 내릴 때는 빗물이 언덕을 타고 콸콸 흘러내려가 사과 과수원 옆에 며칠 동안이나 고여 있었다. 또한 집에서 멀지 않은 곳에는 작은 개울들과 도랑들이 모인 진짜 개울이 있었다. 로레타는 줄스를 데리고 그곳으로 놀러 갔다. 그녀 자신은 별로 마음이 내키지 않았지만 아기는 좋아서 까르르 웃어댔다. 줄스 덕분에 생각의 중심을 잡을 수 없었다면, 그녀는 미쳐버렸을 것이다. 줄스만으로 충분했다. 아기의 기운찬 에너지와 성질을 달래는 것만으로도 다른 곳에 신경을 쓸 틈이 없었다. 부엌에서는 웬들 어머니가 대장이었다. 그녀는 로레타와 코니를 마구 부리며 지시를 내리고 놀렸다. 갑자기 두 사람을 팔꿈치로 쿡 찔러서 꼿꼿이 서게 만들기도 했다. 뇌우가 몰아칠 때는 번개가 위험할 정도로 가까운 곳에서 번쩍거렸기 때문에 로레타는 겁에 질렸다. 게다가 이 낡은 집에는 바퀴벌레와 생쥐가 들끓었다. 심지어 덩치 큰 시궁쥐들조차 멋대로 돌아다니며 새로운 세입자들을 살폈다. 그래도 그녀에게는 줄스가 있었고, 게다가 다시 임신한 상태였다. 그것이 그녀의 정신을 지켜주었다.

여름이 지나고, 겨울이 또 지났다. 식구들은 한 주 동안 눈에 갇혀서 좌절감과 증오로 하나가 되었다. 하지만 웬들 어머니는 예외였다. 그녀는 이런 상황을 즐기는 것 같았다. 그녀는 '긴급사태'를 즐거워했다. 집 안을 당당히 돌아다니며 식구들에게 이런저런 지시를 내리고, 창문 주위의 틈새에 신문지를 쑤셔 넣고, 남편의 방한용 덧신과 외투 차림으로 밖으로 나가서 도저히 어찌해볼 수 없는 눈 속에서 삽을 들고 시간을 보냈다. 봄이 오기 전에 로레타에게는 돌봐야 하는 아이가 한 명 더 태어났다. 이제 그녀는 시어머니가 지배하는 집 안에서 살림을 하고 아기를 돌보는 일을 최면에 걸린 사람처럼 멍하니 해나가는 일상을 보내고 있었다. 남자들은 대개 침묵을 지켰다. 하워드의 침묵은 매주 매일 더 깊어졌다. 그는 벌써 중년의 삶으로 가라앉고 있는 것 같았다. 광산에서 일을 마친 뒤 가끔 집으로 곧장 돌아오지 않는 밤에 그가 혼자서 무엇을 하는지 로레타는 전혀 알지 못했다. 그에게 물어보지도 못했다. 감히 물어볼 수 없었다. 하워드는 이제 아이아버지였다. 세상의 모든 아버지들처럼 싫어하는 직장에 묶여 있고, 매일 몸을 움직이는 것에 시큰둥하고, 아주 굼뜨고 고집스러웠다. 생기 넘치는 줄스 때문에 불쾌하게 잠에서 깨면 그는 이렇게 말하곤 했다. "저놈을 나한테 떠넘기지 마." 하지만 새로 태어난 아기 모린은 왠지 좋아하는 것 같았다. 모린은 대부분의 시간을 잠으로 보냈으므로 전혀 귀찮지 않았다. 하워드는 한참 동안 가만히 앉아서 아기의 요람을 빤히 바라보곤 했다. 줄스는 제 아버지의 무관심을 알아차리지 못하고 기운차게 사방을 돌아다녔다. 줄스의 어두운 갈색 머리카락은 살짝 구불거렸고, 눈도 짙은 색이었으며, 속눈썹이 길었다. 가끔 아이가 너무 소란을 피우면 로레타는 맥주를 몇 모금 먹였다. 너무 화가 나서 아이를 잠잠히 만들기 위해서였다. 그녀 자신도 곤두선 신경을 가라앉히려고 맥주를 마셨다. 아기 모린과 줄스 중에서 모린을 더 좋아해야 할 것 같았다. 어쨌든 모린은 여자아이였으니까. 하지만 줄스가 더 똑똑한 아이인 것 같았다. 웬들 어머니는 첫아이가 언제나 가장 똑똑한 아이라고 믿었다. 그녀는 두뇌의 능력을 단단히 믿고 있었다. 가끔 줄스가 말을 더듬기는 했지만, 그건 빨리 말하고 싶은 마음이 앞서는 탓이라고 생각했다. 오히려 그가 다른 사람들보다 머리 회전이 빠르기 때문이라는 것이었다. 그녀는 '머리 좋은' 사람들의 예로 남보다 앞선 사람들, 라디오에 나오는 사람들(그녀는 무슨 이유에서인지 H. V. 칼튼본을 특히 좋아했다)을 꼽았다. 그건 다시 말해서 그 사람들이 일종의 가벼운 범죄적 능력과 교활함을 지니고 있어서 웬들 일가처럼 무명의 존재들을 모두 제치고 출세했다는 뜻이었다. 확실히 그녀의 식구들은 이름 없고 뒤처진 채 화만 내고 있었다. 하워드는 침묵에 잠겨 있고, 웬들 아버지는 라디오를 끼고 살았다(그해 겨울에 그는 허리를 다쳐서 더 이상 일을 하지 못했다). 몽상에 잠겨 근사한 남자를 기다리는 가엾은 뚱보 코니는 말할 것도 없었다. 바람이 숭숭 들어오는 이 커다란 집의 주인이며, 더러운 작업복 차림으로 땀 냄새와 흙냄새를 풍기며 저녁 식탁에 앉는 프리츠는 존재감도 없고 얼굴도 없는 조용한 남자였다.

이 남자들의 침묵 속에서 계절이 몇 번이나 지나갔다. 오로지 줄스만이 울음소리, 불평, 웃음소리로 침묵의 주문을 깼다. 로레타는 가끔 자신이 낳은 아들에게 놀라움을 금치 못하고 순간적으로 꽃을 피워, 뒷마당에서 무거운 빨래를 널며 노래를 부르거나 혼자 빙그레 웃곤 했다. 마치 자신도 모르는 사이에 뭔가 아주 영리한 일을 해냈다고 생각하는 것 같았다. 하워드가 전쟁에 나가기 직전에 그녀는 또 임신했다. 세 번째였다. 그녀는 일종의 나른한 호기심 같은 것을 느끼면서, 이 아이가 하워드의 셋째 아이일 수도 있고 둘째 아이일 수도 있다는 생각을 했다. 줄스가 하워드를 닮았는지 버니 밀런을 닮았는지 도무지 분간이 가지 않았다. 하워드 쪽으로 마음이 기우는가 하면, 버니 쪽으로 기울 때도 있었다. 하지만 그 기운찬 모습이라니! 그렇게 매력적인 모습이라니! 그녀는 잠든 남편 옆에 말똥말똥 누워서 버니를 꿈꿨다. 그가 살아서 어둠 속을 향해 행복하게 웃는 모습, 자신의 품에 안긴 모습을 상상했다. 줄스의 기운찬 모습과 매력이 버니를 닮은 것만은 확실했다.

주위의 다른 사람들과 마찬가지로 하워드의 식구들도 열심히 뉴스를 듣고 신문을 읽게 되었다. 시내에서 만난 사람들과 이야기를 나누며 그들의 아들들, 남편들, 조카들의 소식을 비교해보았다. 모두들 한데 모여서 걱정하고 분노했다. 로레타는 자신이 들을 수 있는 한 모든 이야기를 귀담아들었다. 그녀는 여자들의 이야기가 좋았다. 그들의 좌절된 분노조차 그녀의 마음을 끌고 그녀에게 위안을 주었다. 그녀는 '저기 유럽에 있는' 하워드를 생각하며 그가 어떤 일상을 보내고 있을지 상상해보려고 했다. 하지만 느낌이 오지 않았다. 하워드 자신도 느낌이 없을 것 같았다. 그곳의 일상이 그의 골수로 스며들어 뭔가 차이를 만들어냈을 것 같지 않았다. 그녀는 어딘가에 앉아 가까이에 있는 어떤 것을 못 박힌 듯 바라보는 그의 모습을 상상했다. 멀쩡히 깨어 있는데도 반쯤 잠든 것 같은 표정, 뚱한 표정을 짓고 있을 것 같았다. 하지만 여자들이 남편에 대해 물으면 그녀는 즉시 밝은 목소리로 대답했다. "얼마 전에 편지가 왔어요!" 한동안 소식이 오지 않았을 때는 슬픈 표정으로 "최근 소식이 없네요"라고 대답하며 그들의 눈빛 속에 연민이 섞여 있는지 살펴보았다. 하워드가 집으로 돌아오면 이런 연민도 모두 사라질 터였다. 그 뒤로는 아무도 그의 소식을 묻지 않을 것이다. 그녀는 하워드에 대해 한참 생각하다가 정신을 차리고 보면, 자기도 모르게 다시 버니를 생각하며 군복을 입은 그의 모습을 상상하고 있었다. 하워드보다 버니를 상상하기가 더 쉬웠다. 둘 중 한쪽의 모습이 더 빨리 눈앞에 떠올랐다. 그뿐이었다.

그동안 줄스는 웬들 어머니가 주는 음식을 무엇이든 먹으며 쑥쑥 자랐다. 감자와 국수와 밥과 채소가 산처럼 쌓이고 기름진 고기 몇 점이 곁들여진 접시를 앞에 놓아주면 깨끗이 먹어치웠다. 그 호리호리한 몸이 모든 것을 태워 없애는 모양이었다. 줄스는 시끄럽고 유쾌한 아이였으므로 로레타는 그 아이를 가장 사랑할 수밖에 없었다. 줄스는 그녀를 어디든 따라다녔다. 할머니도 어디든 따라다녔다. 잠시 사라졌다가 이웃집에서 발견되기도 하고, 저보다 나이 많은 아이들도 무서워하지 않고 함께 놀았다. 줄스는 누구도 무서워하지 않았다. 도시 여자답게 조심스러운 로레타는 줄스의 대담함에 놀라고, 아이가 그렇게 멀리까지 움직일 수 있는 것에 놀랐다. 가끔 웬들 아버지의 차를 타고 시내에서 집으로 돌아오던 중에 줄스가 다른 아이들과 도랑에서 노는 모습을 보거나, 어른처럼 빠른 걸음으로 길을 걷는 모습을 볼 때가 있었다. 줄스는 아직 아이인데도 이상할 정도로 독립적이었다. 아이를 태워 가려고 차의 속도를 줄이면, 아이는 이렇게 말했다. "싫어요, 안 탈래요." 그러고는 얼른 가라고 손을 흔들어대거나 도랑을 건너뛰어 들판으로 달려가 버렸다. 줄스는 사람들이 불러도 달아나 버리는 야생 짐승 같았다. 그러다 나중에 나타나서는 화를 내는 어른들에게 깜짝 놀란 표정을 지었다. 줄스는 삐딱하고 고집스러웠으며, 속을 알 수 없는 아이였다. 로레타는 학교의 돌계단에 앉아 쉬는 시간이나 정오를 기다리는 아이의 머리가 조금 이상한 것 같다는 생각이 들기 시작했다. 이제 겨우 다섯 살이라서 학교에 갈 수 없는 나이인데도, 학교 건물이 줄스를 끌어당기는 것 같았다. 줄스는 하루 종일 학교 근처에서 놀고도, 때로는 저녁 식사 뒤에 다시 학교로 가곤 했다.

어떤 때는 여기저기 더러워지고 피가 묻은 채 돌아오기도 했다. 옷도 찢어져 있었다. 그럴 때 아이를 씻기고 이런저런 충고를 해주는 사람은 웬들 어머니였다. 로레타는 거의 말을 더듬을 정도로 화를 내며 두 사람 사이에 끼어들려고 했다. "걔하고 다시는 놀지 마!" 하지만 웬들 어머니는 로레타를 무시하고, 말(馬)처럼 엄숙한 표정으로 줄스에게 말했다. "계속 맞서 싸워. 자기 앞길은 자기가 만드는 거야." 줄스는 약삭빠른 아이라서 제 할머니에게서도 도망쳐 어디든 제가 가고 싶은 곳으로 갔다. 누가 돌을 던져도, 삼촌 할아버지가 정신 나간 은둔자라고 남들이 놀려도 개의치 않았다.

로레타는 아이에게 착하게 굴지 않으면 아버지가 절대 돌아오지 않을 것이라고 고함을 질러댔다. 그녀는 아버지가 다른 사내아이를 데리고 돌아와 줄스를 쫓아낼 것이라고 말했다. 자, 어때? "그럼 나는 벤턴 아저씨네 헛간에서 잘 거예요." 줄스는 현실적인 답을 내놓았다. 불안한 기색이 없었다. 로레타는 왜 저 아이가 불안한 기색을 내보일 것이라고 생각했는지 모르겠다며 항복했다. 그래 봤자 무슨 소용이겠는가? 그건 누구에게도 득이 되지 않았다. 그래서 그녀는 아이를 감당할 수 없을 때 맥주를 먹여 진정시켰다. 아이가 계속 침대에서 기어 나오면 엉덩이를 때려주기도 했다. 그녀는 줄스를 제외한 두 딸을 사랑하려고 일부러 애를 썼지만, 줄스는 엄마가 자기를 가장 좋아한다는 것, 침묵하는 남자들로 가득한 이 무덤 같은 집에서 자기만이 유일한 진짜 남자라는 것을 아는 모양이었다. 전쟁에 나간 하워드는 집에 있을 때도 조용했기 때문에 지금도 다를 것이 없었다. 줄스는 마구 뛰어다니며 집을 뒤흔들었다. 로레타와 웬들 어머니는 서로를 힐끔거리며 이런 아이를 낳은 것에 대해 음흉하고 비밀스러운 자부심을 공유했다. 이 아이를 제외한 나머지는 별것 없었다.

어느 토요일, 프리츠를 제외한 온 식구가 어떤 구경거리를 보려고 시내로 나갔다. 2인승 비행기가 어딘가에 추락했다고 했다. 자원 소방대의 소방차가 길가에 서 있고, 소방대원들이 불타는 잔해 속에서 움직이고 있었다. 그들 주위에는 연료가 타면서 뭉클뭉클 쏟아져 나오는 검은 연기에 끌려온 사람들이 잔뜩 흥분해서 둥글게 늘어서 있었다. 열기 때문에 공기가 경련하듯 진동했다. 마치 공기가 뭔가 끔찍한 장면을 볼 것이라는 폭력적인 기대감으로 부르르 떨고 있는 것 같았다. 소방대원들은 모두 노인이거나 중년이었으며, 구경하는 남자들은 노인이거나 중년이거나 소년이었다. 로레타는 이 비행기 추락 현장을 텅 빈 눈으로 멍하니 바라보았다. 그녀의 눈길을 잡아끄는 남자의 몸도 없었고, 그녀의 몸도 꿈쩍하지 않았다. 그녀는 지금 안전한 환경에서 상당히 자유로웠다. 웬들 어머니의 전분 가득한 음식 때문에 조금 살이 찐 그녀는 화장에도 머리에도 전혀 신경 쓰지 않았다. 그녀는 햇볕에 구릿빛으로 그을리고 다리가 튼튼한 농촌 여자였으며, 갓 태어난 아기 베티를 품에 안고 있었다. 모린은 옆에서 아장거리고 줄스는 앞장서서 뛰어가 버렸다. 로레타는 잔뜩 흥분한 사람들의 시끄러운 소리에 이끌려 다가갔다. 하워드라면 이런 사고가 일어났어도 뼈에 박힌 게으름 때문에 그냥 가만히 누워서 불에 타고 있을지도 모르는 일이었다. 그래도 차마 그렇게 믿을 수는 없었다. 비행기에 타고 있던 남자들은 주 정부에서 나온 무슨 관리들이라고 했다. 하워드와는 다른 사람들이라서 갑작스럽게 불꽃 속에서 죽음을 맞을 운명이었다. 하워드라면 십중팔구 집을 나설 때와 똑같은 모습으로 돌아왔을 것이다.

로레타는 사람들이 모여 있는 곳 가장자리에 멈춰 서서 시선을 고정했다. 딱히 뭘 구경하고 싶은 마음은 없었다. 그녀에게는 불꽃만으로 충분했다. 공기가 열기 때문에 부르르 떨면서 그렇게 오그라들 수 있을 줄은 예전에 미처 몰랐다. 이런 화재는 본 적도 들은 적도 없었다! 지금 눈앞에는 불타는 비행기를 찍은 사진들과 똑같은 광경이 펼쳐져 있었다. 휘발유가 타면서 나는 쿨럭거리는 소리. 그 이상한 소리를 들으며 그녀는 빨랫줄에서 펄럭거리는 침대보를 떠올렸다. 비행기 주위의 풀에도 불이 붙었다. 불길에 휩싸인 잡초들이 순식간에 오그라들었고, 그 불꽃이 풀의 검은 속대를 환하게 밝히다가 눈부신 빛을 내면서 풀을 싹 태워버렸다. 로레타는 못 박힌 듯 서 있었다. 그 이상의 광경은 보고 싶지 않았다. 다른 사람들은 모두 뭐라고 떠들어대면서 사람들을 앞으로 밀어댔다. 아이들은 제멋대로 뛰어다녔다. 줄스는 그녀의 손에서 빠져나가 어느새 맨 앞줄까지 가 있었다. 어떤 여자가 줄스를 뒤로 밀치는 것이 보였지만, 아이는 금방 균형을 잡고는 다시 살금살금 앞으로 나아갔다. 로레타가 소리쳤다. "줄스! 이리 돌아와!" 그러고는 아이를 시야에서 놓쳤다. 사람들이 풀을 짓밟으며 속으로 잔뜩 힘을 주었다. 모든 것을 보기 전에는 만족할 수 없다는 듯이 불타는 잔해의 중심부를 보려고 했다. 누군가가 소리를 질렀다. 다들 합창처럼 탄성을 터뜨렸다. 놀라움, 경탄, 일종의 절망. 로레타는 보고 싶지 않아서 시선을 돌렸지만 열기와 수많은 사람들과 도망쳐버린 줄스만으로도 조금 짜증이 났다. 화가 많이 나지는 않았다. 왜 모든 일이 이렇게 귀찮을까? 왜 나는 항상 불행할까? 그녀는 속으로 생각했다.

그녀는 시내로 천천히 걸어서 돌아가다가 잡화점에서 그곳의 직원이며 가슴이 움푹 꺼진 모양을 한 소년과 이야기를 나누고 있는 코니를 우연히 만났다. 그녀는 코니에게 줄스를 보았느냐고 물었다. 줄스가 어디론가 가버렸기 때문이다. 코니가 줄스를 보지 못했다고 말하자, 로레타는 베티를 품에 안은 채 주위를 돌아다녔다. 모린은 옆에서 따라왔다. 반대편에서 그녀를 잡아당기는 줄스가 없으니 균형이 한쪽으로 기운 것 같았다. 불구경을 나갔던 사람들이 돌아오고 있었다. 그들은 계속 시체에 대해 떠들어댔다. 로레타는 사람들의 말을 별로 듣고 싶지 않았지만, 한 남자의 두개골 윗부분이 완전히 잘려나갔다는 이야기가 들렸다. "꼭 도끼로 친 것 같더라니까." 로레타는 이 말을 듣고 딱딱한 표정으로 시선을 돌렸다. 그녀의 얼굴이 끔찍하다는 듯 일그러졌다가 다시 무감동한 원래 표정으로 돌아왔다.

줄스가 보이지 않았다. 웬들 어머니가 여기저기 돌아다니며 줄스를 보았느냐고 사람들에게 묻는 동안 로레타는 기진맥진해서 트럭 안에 앉아 있었다. 그들은 보안관서로 가서 아이의 실종 신고를 냈다. 그러고는 차를 몰아 집으로 돌아왔다. 비현실적이고 불분명한 상실감으로 머리가 아팠다. 남편도 사라지고, 아들도 사라지다니. 이런 일이 있을 수 있는 건가?

그날 밤 그녀는 전혀 잠을 이루지 못했다. 웬들 어머니는 침실용 슬리퍼를 신고 집에서 입는 옷차림으로 커피를 끓인 뒤 쯧쯧거리며 계속 깨어 있었다. "걱정 마라. 애들은 이러다가도 집을 찾아와. 항상 집으로 돌아온다." 웬들 어머니가 말했다. 로레타는 그 말을 들을 기운이 없었다. 아침이 가까울 무렵 마침내 시어머니가 잠자리에 들고 로레타는 허청허청 밖으로 나갔다. 그리고 깨끗하게 치워놓은 밭을 돌아다니며 자기 몸이 괜찮은지 엉덩이와 허벅지와 배를 만져보았다. 자신이 누구인지, 영구한 변화 같은 것은 일어난 적이 없는데 어쩌다가 이렇게 지치고 늙어버렸는지 혼자 자문했다. 그녀는 세상에 영구한 것들이 있어서 자신을 붙잡아 준다고 생각했지만, 그것은 잘못된 생각이었다. 영구적인 것은 아직 찾아내지 못했다. 아직 어느 것도 그녀를 붙잡아 주지 않았다. 그러다 우연히 헛간 한 곳을 들여다보았더니 누군가가 있었다. 줄스였다. 아이는 건초 속에서 그녀에게 등을 돌린 자세로 앉아 있었다. 작은 아이가 꼼짝도 않고 그냥 앉아 있었다. 아이가 그렇게 꼼짝도 않는 것이 무서웠다. 아이가 혼자서 뭐라고 중얼거리는 소리가 들렸다. 빠르고 무서운 중얼거림……. 바람이 새는 소리로 말다툼을 벌이는 것 같았다. 십중팔구 말을 더듬고 있을 터였다. 그녀는 아이가 처음 말을 시작할 때 단어들이 마구 비틀거리다가 서로 겹쳐서 어느 것도 풀려나오지 못하는 그 상태를 몹시 싫어했다. 그렇게 작은 아이가 빨리 말을 하고 싶다는 급한 마음에 숨통이 졸려서 질식하는 것 같았다. 옛날에도 그녀는 아이가 이렇게 혼자 중얼거리는 것을 자주 보았다. 지금 아이를 부르면, 아이는 일어나서 점잔을 빼며 가버릴 것이다. 하지만 지금 그녀는 엄마를 필요로 하지 않고 이렇게 혼자 있는 아이와 마주친 것이 조금 무서웠다. 또한 아이가 숨어 있는 곳도 조금 어둡고 이상하게 보였다. 아이는 왜 집으로 오지 않았을까? 아이는 식구들을 피해 숨어 있었다. 식구들을 피해서 혼자 중얼거리며 뭔가에 대해 말다툼을 벌이고 있었다. 아이는 화가 난 동시에 겁을 내고 있는 것 같았다.

로레타는 그대로 얼어붙어서 아이를 부르지 않았다. 줄스가 다른 사람의 아이, 낯선 사람의 아이 같았다. 그녀는 썩은 문설주에 몸을 기댔다. 저렇게 아이답지 않은 모습으로 혼자 있는 줄스와 남이 되어버린 것 같은 느낌에 현기증이 일었다. 며칠 뒤 그녀는 악몽을 꾼 줄스를 깨우면서 아이가 무엇을 이렇게 무서워하는지 알 것 같다는 생각이 들었다. 정수리가 잘라져서 둘로 갈라진 남자의 머리. 줄스는 사람들을 밀치고 가까이 다가가서 그것을 보았음이 분명했다. 그녀는 아이를 달랬지만, 그 슬픈 광경이 자신의 머릿속에서는 벌써 희미해졌는데 아이의 머릿속에는 왜 이토록 심각하게 남아 있는지 이해할 수 없었다.

6

저 멀리 산들이 있고, 정처 없는 흙길이 있는 시골 풍경이 그를 형성했다. 그는 평생 무한히 역행하는 풍경에 눈을 감았다. 그 풍경은 계속 그를 유혹했고, 그는 항상 망상에 시달리기 직전의 상태에서 흔들리고 있는 것 같았다. 이미 성인이 된 뼈대 속에 갇힌 아이 같았다. 그는 여섯 살 때 처음으로 가출했다가 24킬로미터 떨어진 곳에서 어떤 농촌 아줌마에게 발견되었다. "얘." 그녀가 의문을 담은 목소리로 상냥하게 말했다. "너 어느 집 아이니?" 그는 아무 말 없이 아줌마를 빤히 바라보았다. 마치 그녀가 실재하지 않는다고 생각하는 것 같았다. 저런 말을 저렇게 음악 같은 목소리로 하다니! 그가 보기에 그녀에게는 뭔가 음악적이면서 냉담한 면이 있는 것 같았다. 원피스 위에 남자의 스웨터를 입은 평범한 농촌 아줌마가 이른 아침의 추위로 떨고 있었다. 나이를 먹은 그녀의 얼굴에는 줄스의 어머니와 다르게 깊은 생각으로 인한 주름살이 나 있었다. 줄스는 창피함과 당혹감을 느끼면서 더듬더듬 자신의 이름을 말했다. 그리고 그 아줌마는 줄스를 직접 차에 태워 집까지 데려다주었다. 휴런로드의 흉물 중에서도 흉물인 높고 황량하고 볼품없는 웬들의 집까지. 거기서 그녀가 줄스를 어머니와 할머니에게 넘겨주는 것으로 모험은 끝났다. 엄마가 성을 내며 울자 그가 말했다. "잘못했어요, 엄마. 잘못했어요." 자신이 엄마를 불행하게 만들었다는 사실, 자신과 엄마가 도저히 어쩔 수 없게 하나로 묶여 있다는 사실을 깨닫고는 한 대 맞은 것 같았다. 그는 엄마를 사랑했지만 자신을 집까지 데려다준 아줌마가 자꾸만 생각났다. 엄마보다 나이가 많고 진지한 표정으로 인상을 찡그린 그녀는 진짜 시골 여자였다. 엄마는 얼굴이 창백하고 통통했으며, 가끔 별로 애를 쓰지 않았는데도 그 얼굴에 눈물이 고이곤 했다. 엄마가 얼굴을 찡그리면 입가에 주름이 졌다. 줄스는 그 모습이 정말 싫었다. 엄마가 불행한 것도 정말 싫었다. 그럴 때마다 엄마가 너무나 무력하고 약했기 때문이다.

그는 다시 가출을 꿈꿨다. 지난번 그 농가나 아니면 비슷한 곳으로 돌아가는 꿈. 저녁이면 그는 〈론 레인저〉(서부극 라디오 드라마—옮긴이)를 들었고, 학교에서는 뒷방에 쌓여 있는 낡은 책들을 뒤적였다. 무엇이든 되는대로 배우고 싶었다. 다른 아이들에게 빌린 만화책도 전부 외워버리고 싶었다. 다음에 가출하면 여기 시골을 완전히 벗어나서, 엄마에게 걱정하지 말라고 엽서를 보낼 것이다. 하지만 어느 쪽으로 도망쳐야 할까? 그는 론 레인저가 되는 꿈을 꾸었다. 말 흉내를 내면서 놀다가 그 말을 탄 남자가 되었고, 학교에서는 나이 많은 아이들이 한참 동안 숨이 차서 말도 할 수 없을 정도로 그를 쫓아오곤 했기 때문에 자연스럽게 자주 달리기 연습을 했다. 아이들은 한 번도 그를 따라잡지 못하고 뚱한 표정으로 감탄하며 포기했다. "달리는 게 꼭 사슴 같아!" 아이들은 이렇게 말했다. 가끔 그가 뒤돌아서서 사나운 눈으로 아이들을 바라보면, 아이들은 그가 있는 곳까지 달려와서 큰 키로 그를 내려다보며 웃어댔다. 가끔은 그를 해치지 않고 그냥 놓아주기도 했다. 줄스는 숨이 차서 들쭉날쭉하게 웃었다. 화가 나거나 흥분하면 그는 말을 더듬기 시작했다. 아이들이 말했다. "집에만 숨어 있는 너희 아저씨는 잘 지내시냐? 너 그 아저씨 아들이야 뭐야?" 아이들의 조롱이 정곡을 찌르면 줄스는 잔뜩 흥분해서 아이들에게 달려들어 발길질과 주먹질을 퍼부었다. 아이들은 감탄한 표정으로 이렇게 말하기 시작했다. "줄스 웬들은 미친 놈이야."

  하지만 조용히 있을 때는 평범한 아이처럼 보였다. 학교에서 그는 색칠하기책(1학년 때 주로 배우는 것이 이것이었다)을 펼쳐놓고 윤곽선을 따라 사람과 동물과 나무에 색을 칠했다. 다른 아이들과 똑같이 성실하고 깔끔한 솜씨였다. 하지만 '엉뚱한 색'을 칠할 때도 있었다. 그는 엉뚱한 색과 올바른 색이 있다는 것을 배웠으며, 색을 아무렇게나 쓰지 않는 것이 중요하다는 것도 배웠다. 그는 또한 지도에 매혹되었다. 교실의 칠판 위로 끌어 내릴 수 있는 낡고 찢어진 지도, 신문에 실린 전쟁 지도. 평평한 종이에 자그맣게 복제된 그 땅을 어쩌면 언젠가 그가 눈으로 직접 보게 될 수도 있었다. 전쟁이 무엇인지 모르는데도 그는 전쟁에 흥미가 생겼다. 지도에서 군대의 진군과 퇴각을 지켜보며 자신이 그들과 함께 산과 강을 넘는 모습을 상상했다. 엄청난 수의 병사들과 함께 흐르듯이 움직이며 세상의 먼 곳까지 가는 모습을 상상했다. 가끔 로레타는 줄스가 카드를 가지고 놀게 해주었다. 그녀 자신도 항상 솔리테르 카드놀이를 했다. 줄스는 카드 하나를 뒤집는 것이 한편의 승리이자 반대편의 패배를 의미하는, 느슨하고 복잡한 게임을 상상했다. 그러면서 머릿속으로 신문의 지도를 수정했다. 비록 그가 자기 손으로 카드를 뒤집기는 해도, 그 결과를 뜻대로 결정할 수는 없었다. 어떤 카드가 나올지 미리 알 수 없고, 어떤 의미에서는 카드를 뒤집는 것이 그의 의무이기도 했다. 그는 조금 멍한 상태에서 낡은 식탁에 몇 시간이고 조용히 앉아 강박관념에 사로잡힌 사람처럼 카드를 뒤집고, 그날 밤 신문에 실린 지도와 카드를 차례로 바라보고, 눈을 가늘게 뜨며 걱정했다. 저 지도 어디에선가 아버지가, 그의 진짜 아버지가 행군하고 있었다.

하지만 로레타가 총을 들고 어딘지 알 수 없는 곳으로 파견되는 '병사'가 된 아버지에 대해 이야기할 때면 줄스는 엄마의 말을 믿으려고 아무리 애써도 믿을 수 없었다. 아버지를 군인으로 생각하려고 했지만, 떠오르는 것은 방에서 배가 축 처진 모습으로 가만히 앉아 맥주를 마시던 모습뿐이었다. 아버지는 거기서 무엇을 기다렸던 걸까? 아버지는 심지어 로레타나 줄스처럼 카드놀이조차 하지 않았다. 지금 자신 앞에서 어떤 게임이 펼쳐지고 있는지, 어떤 카드가 뒤집어지고 있는지 그는 알아볼 생각조차 하지 않았다. 어쨌든 게임은 진행되었으니까. 그래서 그냥 가만히 있었다. 이제는 엄마가 반쯤은 뚱하고 반쯤은 만족스러운 꿈을 꾸며 집 안을 돌아다녔다. 맨발일 때도 있고 코니 고모처럼 낡고 닳은 모카신을 신을 때도 있었다. 할아버지는 일주일에 며칠씩 아침에 일을 하러 나갔다(그는 고등학교 수위였다). 프리츠 삼촌 할아버지, 혼자 중얼거리는 그 창피한 노인은 뒷방에서 항상 잠들어 있는 것 같았다. 이 사람들 모두 가만히 기다리고 있었지만, 도대체 무엇을 기다리는지 알 수 없었다.

줄스와 할머니만이, 수다스러운 할머니만이 깨어 있었다. 길에 나타나는 자동차나 트럭을 가장 먼저 발견하는 것도 이 두 사람이고, 누가 진입로로 들어오면 가장 먼저 문으로 달려가는 것도 이 두 사람이었다. 둘 다 한시라도 빨리 일어나고 싶어서 아침 일찍 잠에서 깼다. 웬들 할머니는 그날의 요리, 이를테면 과일 통조림 만들기 같은 일이나 그날의 빨래를 빨리 하고 싶어서였고, 줄스는 개울가에 만들어둔 덫을 빨리 확인하고 싶어서였다. 두 사람이 보기에는 시간이 열에 들뜬 것처럼 휙휙 지나가기 때문에 항상 시간이 모자란 것 같았다. 어떤 때 줄스는 도저히 가만히 앉아 있지 못하고,

다른 사람을 기다려야 한다는 사실에 화가 난 심정을 광대 같은 익살로 표현했다. 그는 언제나 누이동생들을 기다리고, 엄마를 기다렸다. 엄마는 세상의 모든 시간이 자기 것인 것처럼 굴었다. "가만히 좀 앉아 있어, 줄스!" 로레타는 안달하는 줄스 때문에 덩달아 서투르게 움직이다가 이렇게 쏘아붙이곤 했다. 하지만 줄스는 책을 읽거나 지도를 볼 때는 방에서 몇 시간 동안이나 가만히 누워 있을 수 있었다. 그는 가끔 학교에서 책이나 지도를 훔쳐 왔다. 뭔가 음모를 꾸미는 아이 같은 강렬하고 조용한 분위기가 있었다. 대체로 그는 평범한 아이 행세를 할 수 있었다. 뼈대, 얼굴, 영리한 눈, 상처에 딱지가 앉은 무릎, 이 모든 것이 평범한 일상의 표지였다. 하지만 열에 들뜬 것 같은 분위기가 자주 그를 덮쳤다. 특히 잠자리에 들 시간에 그럴 때가 많았다. 어른들이 나무라면 그는 참지 못하고 어른들을 흉내 냈다. 꼿꼿이 쳐든 그 작은 얼굴이 대담하고 건방졌다. 그럴 때면 할머니조차 이렇게 소리쳤다. "세상에! 매를 때려서라도 그 건방진 버릇을 고쳐야겠다!"

어느 날 그가 오래전 일부가 불에 타서 무너진 헛간에서 놀고 있을 때 누이동생 모린이 나와서 그를 지켜보았다. 그는 때에 따라 모린을 못 본 척 무시하기도 하고, 밖에 나와준 것에 감사하며 곧바로 놀이에 끌어들이기도 했다. 자신이 모린을 좋아하는지 아니면 창피하게 생각하는지 알 수 없었다. 굼뜨고, 고집스럽고, 수동적인 힘을 지닌 모린에게 조금 질투가 나기도 했다. 모린은 슬프고 반항적인 표정을 짓는 방법으로 제 고집을 이뤘다. 줄스처럼 칭얼거리며 방방 뛰어다니는 방식이 아니었다. 줄스는 어른들에게 모린이 자신처럼 흥미로운 존재가 아니지만 더 많은 사랑을 받는다는 것을 느꼈다. 모린은 밖으로 나와서 줄스의 마법사 놀이를 지켜보았다. 마법사가 된 줄스는 허공에서 손을 빠르고 능숙하게 움직여 윤곽을 그리는 것만으로 이런저런 물건들을 만들어낼 수 있었다. 가만히 앉아서 지켜보기만 하는 모린은 아무것도 만들어내지 못했다. 그저 지켜볼 뿐이었다. 줄스가 위낙 강하게 고집을 부렸으므로, 모린은 정말로 물건이 만들어지는 것을 보았다고 거의 믿을 지경이 되었다. "보이지? 토끼장이야. 봐, 이 멍청아, 바로 여기 있잖아!" 그는 건초 속에 웅크리고 앉아 있었다. 모린은 온화하고 조금 비어 보이는 초록색 눈으로 그를 빤히 내려다보았다. 아주 짧은 면 원피스를 입고, 발은 맨발이며, 다리에 점점이 길게 앉은 딱지는 금방이라도 뜯어질 것처럼 생긴 모린은 그리 깨끗한 모습이 아니었다. 줄스는 느닷없이 짜증이 나서 주머니에 있던 성냥갑을 꺼냈다. 부엌에서 몰래 훔쳐 온 것이었다. 그는 한 손으로는 성냥갑을 높이 들고 다른 손으로는 그 주위에 마법의 원을 그리면서 복잡한 단어들을 외쳤다. 주로 왕, 여왕, 잭 등 자신이 신비하고 강력하다고 느끼는 카드들과 관련된 단어였다. 모린은 몸을 앞으로 기울이고 홀린 듯이 그를 지켜보았다.

그가 성냥을 하나 꺼내 불을 붙였다.

"그건 나빠." 모린이 말했다.

"왜 나빠?" 줄스가 말했다.

"오빠 나빠."

"내가 토끼장을 내 손으로 태울 거야. 이건 내 것이니까!"

그가 보기에는 성냥의 불꽃도 자기 것 같았다. 자신이 말한 단어들로 생겨난 물건 같았다. 그 단어들을 아는 사람은 달리 아무도 없었다. 그는 성냥을 빤히 바라보았다. 그런데 불꽃이 손가락을 찔러대자 왠지 그것이 실수이자 모욕 같았다. 그는 성냥을 흔들어 불을 끄고는, 또 성냥을 꺼내서 곧바로 불을 붙였다. 그의 누이는 몇 미터 떨어진 곳에서 한쪽 발톱으로 다른쪽 발을 긁으며 그를 빤히 바라보았다. 빙긋 웃는 얼굴이었다. 이제 모린이 자신에게 완전히 넘어왔다는 느낌이 들었다. 모린은 시선을 돌리고 싶어도 돌릴 수 없을 것이다.

그는 건초 속에 성냥을 떨어뜨렸다. "난 이런 것도 할 수 있어. 뭐든 할 수 있어." 그가 말했다.

그는 불꽃의 힘에 갑자기 경외를 느끼며 그 작은 불꽃 앞에 웅크리고 앉았다. 그러고는 양손을 오목하게 모아 그 안에 불꽃을 작게 가두려고 했다. 하지만 불꽃은 굴복하지 않고 계속 커지며 지글거리는 소리를 냈다. 줄스는 가만히 앉아서 불을 빤히 바라보다가, 자신이 잘못을 저질렀다는 생각이 문득 들었다. 그래서 벌떡 일어나 발로 불을 밟아 끄려고 했다. 건초는 말라 있었고, 불은 기운차게 버티면서 그의 통제를 벗어나 뒤쪽으로 움직였다. 갑자기 스스로 움직이며 줄스 본인이나 그의 말과 아무런 관계가 없어진 강렬한 열기 때문에 살갗이 따끔거렸다.

"빨리 도망쳐야 돼!" 줄스는 이렇게 말했지만 여전히 마법에 홀려서 빨리 움직이지 못했다. 그와 모린은 불꽃을 빤히 바라보았다. 건초 더미 하나에 불이 붙으면서 작고 가볍게 폭발하는 소리가 나자 줄스는 감탄했다. 이런 것은 한 번도 본 적이 없었다. 그가 본 다른 불, 다른 큰 불은 추락한 비행기의 불이었다. 그때 불꽃은 사악하게 타오르며 걷잡을 수 없이 커져서 집채만큼 높이 솟아올랐다. 그 불의 기억이 그의 마음을 휘저었다.

그가 모린에게 날카롭게 말했다. "넌 빨리 나가."

모린은 홀린 듯이 빤히 바라보기만 할 뿐이었다. 어쩌면 그가 그녀의 몸에 손을 대고 마법에서 풀어주기를 기다리는 것 같았다. "이거 전부 오빠가 한 거야?" 그녀가 천천히 물었다.

"빨리 나가라니까."

"오빠 혼자 모든 걸 태워버릴 수 있어? 이렇게?"

불길이 여러 방향으로 번지기 시작했지만, 마치 그의 힘을 알고 있다는 듯 그가 있는 곳은 피해 가고 있었다. 하지만 불꽃이 높이 뛰어오르면서, 성냥의 작은 불꽃에서는 짐작도 하지 못했던 힘을 얻는 것이 곁눈질로 보였다. 서까래의 건초 부스러기와 먼지에 불이 붙으면서, 불꽃이 액체처럼 빠르게 번져 거미줄이 걸린 지붕을 향해 달려갔다. 번개를 거꾸로 뒤집은 것 같은 그 모습이 줄스의 눈에는 몹시 아름답게 보였다. 그는 뒷걸음질을 치며 모린을 붙들었지만, 모린은 그의 손을 밀어버리고 불꽃만 빤히 바라보았다.

"이제 멈출 수 있어?" 그녀가 말했다.

"야, 이 멍청아, 어떻게 이렇게 멍청할 수가 있어! 여기서 타 죽고 싶어?" 그는 그녀를 억지로 일으켜 뒤쪽 창문으로 함께 기어 나와서 몸을 숨겼다.

헛간이 갑자기 폭발하듯 불꽃에 휩싸였다. 줄스와 모린은 멀지 않은 돌담 옆에 숨어서 말없이 그 광경을 지켜보았다. 사람들이 집에서 뛰어나오고, 웬들 할머니가 고함을 지르고, 코니는 경탄하는 표정을 짓고, 로레타는 깜짝 놀란 표정으로 집에서 입는 옷의 단추를 잠갔다. 줄스가 모린에게 속삭였다. "번개가 쳤다고 하자. 사냥꾼들이 했다고 하자."

소방차가 온 것은 이미 늦은 뒤였다. 헛간은 사라져버렸다. 소란이 가라앉고 모두들 집으로 돌아간 뒤 줄스는 밖으로 나와 매를 맞았다. 할머니가 매질을 했다. 조용히 땀을 흘리며 매질을 하는 동안 주위에는 아무도 없었다. 웬들 할머니는 로레타에게 미리 이렇게 말했다. "너까지 소리를 질러대는 꼴은 보기 싫다. 안으로 들어가!" 줄스는 할머니가 휘두르는 회초리의 끔찍한 고통에 저항하며 한동안 울음을 터뜨리지 않았다. 할머니가 고함을 질렀다. "얼른 울어, 이놈아!" 회초리가 허공을 가르며 힘찬 소리를 냈다. 실제로 회초리가 그의 몸을 때리기 직전에 소리가 먼저 들리는 것 같았다. 엉덩이에서, 허벅지에서, 다리에서 금방 피가 흐르기 시작했다. 그제야 그는 울기 시작했다. 겁이 나서 어쩔 줄 몰랐다. 웬들 할머니가 꼴도 보기 싫다는 듯 그에게 회초리를 던지는 것으로 매질이 끝났다.

할머니가 소리를 질렀다. "넌 나중에 전기의자에 앉을 거다. 그럼 내가 스위치를 당길 거야!"

## 7

로레타는 자주 아이들을 데리고 시내까지 걸어갔다. 할 일이 아무것도 없고, 웬들 할머니에게서 벗어나고 싶어서였다. 그녀는 잡화점에 가서 아이들에게 모두 콜라를 사주었다. 그렇게 자리를 잡은 뒤 누군가 아는 사람을 만날 것이라고 믿는 사람처럼 주위를 힐끔거렸다. 하지만 아무도 만나지 못해도 놀라지는 않았다. 그러다가 그녀는 가방에서 편지들을 꺼내 끈적거리는 탁자 위에 펼쳐놓았다. 접었다 폈다를 워낙 자주 해서 금방이라도 조각조각 부서질 것 같았다. 그녀는 이것이 '고향'에서 온 편지라고 말했다. 그러고는 진지한 표정으로 몰두해서 아이들에게 편지를 읽어주었다.

로레타에게,
잘 지내니? 오랜만이야. 하워드도 잘 지내고? 이제 여기도 점점 질린다. 시골은 어때? 답장을 해줘. 시시 E가 수도원에 들어간 거 알고 있니? 이제 이 동네에 남은 사람이 별로 없어. 심장이 터질 것 같아. 너무 느리게 뛰고 있어.

또 다른 편지도 있었다. 로레타가 질릴 정도로 읽어주었기 때문에 줄스가 완전히 외워버린 편지였다.

로레타에게,
내가 디트로이트에서 뭘 하고 있게? 디트로이트에 누가 있어서 편지를 쓴 건지 궁금했지? 내가 레너드라는 사람을 알게 되었는데, 그 사람이 아주 오래전 어렸을 때 디트로이트에 살았다고 하더라. 언제 이쪽으로 한번 와라. 여기서 많은 일들이 벌어지고 있어. 검둥이들이 어찌나 많은

지 너도 깜짝 놀랄걸. 그놈 어머니 따위 놔두고 이쪽으로 한번 와.

로레타는 얇은 파란색 종이에 연필로 갈겨쓴 이 편지들을 놓고 의아해하다가 마치 줄스의 의견을 물으려는 것처럼 시선을 들어 그를 바라보았다. 줄스는 콜라 한 병을 다 마신 뒤 또 한 병을 기다렸다. 편지의 내용이 마음에 들면 로레타는 콜라를 한 병 더 사주었다. 둘 다 집에 돌아가는 시간을 가능한 한 늦추고 싶었다. 하지만 아기가 잠시도 가만히 있지 못하고 줄스 역시 한곳에 가만히 앉아 있지 못했기 때문에 그러기가 몹시 힘들었다. 로레타는 줄스를 한 번 잃어버린 뒤로 시내에서 줄스가 자유롭게 뛰어다니게 내버려 두려 하지 않았다. 줄스가 일부러 식구들을 피해 도망쳤던 것임을 알고 있는데도 그랬다. "어쨌든 자칫하면 차에 치일 수도 있어." 그녀는 이렇게 말하고 나서 편지들을 죽 훑어보았다. 그리고 입술을 핥으며 생각에 잠겼다. 그러던 어느 날 항상 앉는 그 자리에서 그녀가 편지를 쫙 펼쳐놓고 입술을 조금씩 움직이며 편지를 읽다가 허리를 꼿꼿이 폈다. 줄스는 엄마의 얼굴이 서서히 변하는 것을 보았다. 그녀는 인상을 찌푸리며 눈으로 딱 한 번 탁자 주위를 재빨리 살피더니 손바닥으로 탁자 상판을 굳게 짚었다. 뭔가 결정을 내렸음이 분명했다.

그날 밤 저녁 식사 후에 그녀는 웬들 어머니에게 이곳을 떠나겠다고 말했다. "아이들이랑 같이 디트로이트로 가겠어요." 그녀가 말했다.

그 뒤로 길고 소란스러운 밤이 이어졌다. 울먹이는 소리와 위협이 오가는 싸움이 벌어졌고, 로레타는 무작정 소리를 질러댔다. 웬들 어머니는 계속 자리에 앉은 채였지만 분노로 얼굴을 일그러뜨리며 조금도 물러서지 않았다. 줄스는 당장 지도에서 디트로이트를 찾아보려고 움직였다. 그리고 그곳이 그리 멀지 않다는 사실에 조금 실망했다. 로레타는 계속 뒤로 물러났다. 얼굴이 살짝 일그러진 미소는 평소 그녀의 미소가 아니라 다른 사람의 미소 같았다. "아, 진짜, 이 뚱보 할망구야!" 마침내 그녀가 소리쳤다. "나한 테 이래라저래라 하지 마요! 난 어디든 가고 싶은 곳에 갈 자유가 있어요!"

"옛날에도 화냥년처럼 굴더니 이제 다시 화냥년이 되겠다는 거냐?"

"시끄러워요! 애들 앞에서 어떻게 그런 소리를 해요? 게다가 사실도 아닌 소리를! 전부 사실이 아니에요!" 로레타가 악을 썼다. 그녀는 창백한 얼굴로 부엌 벽에 등을 기대고 서서 고함을 질러대고 있었다. 아이들은 아무 말 없이 그 광경을 지켜보며 엄마와 할머니를 번갈아 바라보았다. 누가 이길지 계산해보기 위해서였다. 로레타가 외쳤다. "아, 그놈의 시끄러운 입. 내가 지금까지 얼마나 참은 줄 알아요? 이제 그 시끄러운 입 좀 닥쳐요, 이 망할 할망구야! 암소야! 개 같은 년, 개 같은 년, 개 같은 년!" 그녀는 울음을 터뜨리더니 집 밖으로 뛰어나갔다.

"너도 네 엄마가 미쳤다는 걸 알겠지?" 웬들 할머니가 줄스에게 조용히 말했다.

하지만 줄스는 흥분해서 가슴이 두근거렸다. 밤에 잠들 수 없을 것 같았다. 그는 5시쯤에 일어나서 옷을 입고 다른 사람들을 기다렸다. 웬들 할머니가 무거운 표정으로 조용히 아침 식사를 만들어주었다. 그러다가 2층에서 누군가가 깨어난 것 같은 소리가 들리자 줄스에게 말했다. "넌 언제든 여기서 살 수 있어. 엄마랑 같이 가지 않아도 돼. 여기서 나랑 같이 살 수 있어."

"싫어요." 줄스가 말했다.

"굳이 네 엄마를 따라가지 않아도 돼. 넌 네 아버지의 아들이기도 하니까."

"싫어요." 줄스가 슬픈 표정으로 말했다.

그나마 창피를 당하지 않기 위해 웬들 아버지가 그들을 가장 가까운 버스 터미널까지 차로 데려다주었다. 로레타가 거기까지 걸어가겠다고 협박했기 때문이었다. 그래서 그들은 마치 교회에 갈 때처럼 옷을 차려입고 불안한 표정으로 억지 미소를 지으며 서로를 바라보았다. 로레타도 아이들과 똑같았다. 웬들 아버지는 그들에게 아무 말도 하지 않고 버스 터미널에 내려준 뒤 가버렸다.

"그래, 잘났다, 망할 노인네!" 로레타가 기쁜 표정으로 소리쳤다. "봤지, 얘들아? 이제 '저 사람들'하고는 끝이야. 우리끼리 우리 힘으로 살아야 돼."

그들이 디트로이트 근처에 도착한 것은 오후 늦은 시각이었다. 줄스는 머리가 아팠고, 아기는 열이 있었으며, 가까운 자리에 앉은 사람들은 계속 짜증스러운 표정으로 힐끔거렸다. 언제나 아이들 중 한 명이 칭얼거리거나 좌석을 발로 차댔기 때문이었다. 그들도 어쩔 수 없고, 줄스도 어쩔 수 없었다. 로레타는 아기를 무릎에 놓은 뒤 등받이에 등을 기댔다. 버스를 타고 오느라 완전히 기진맥진해서 머리는 엉망으로 헝클어지고 얼굴도 벌겋게 상기되어 있었다. 그녀는 계속 이렇게 말했다. "거기 도착하면 리타가 우리한테 아주 잘해줄 거야." 하지만 디트로이트까지 가기가 쉽지 않았다. 버스가 시 경계를 지났지만 계속 안쪽으로 깊숙이 들어가기만 할 뿐 좀처럼 중심부에 도달하지 못했다. 줄스는 창밖을 물끄러미 바라보았다. 처음 보는 광경이 펼쳐져 있었다. 아무리 지도를 봤어도 이 모든 거리들, 이렇게 넓은 대로들, 건물들과 자동차들과 트럭들과 사람들을 상상하지는 못했다. 백인과 흑인이 섞여 있는 사람들 중 여자들은 입술에 색을 칠하고 눈썹을 굵고 진하게 칠하고 하이힐을 신은 모습으로 길을 건너려고 길가에 멈춰 섰다. 머리카락이 귀 뒤로 뾰족하게 뻗은 젊은 남자들은 아주 위험해 보였다. 줄스의 두통이 격심해졌다.

로레타는 멍한 표정으로 계속 중얼거렸다. "곧 도착해서 리타한테 전화할 거야……. 번호가 여기 있어……. 리타는 우리를 보고 반가워하면서 아주 잘해줄 거야……." 하지만 버스는 계속 교차로를 지나며 멈췄다가 다시 가기를 반복했다. 결국 줄스는 이러다 미칠 것 같다는 생각이 들었다. 더 이상 참을 수 없었다. 비록 할머니의 쿵쿵거리는 발소리와 할아버지의 코 고는 소리와 희미하지만 위압적인 아버지의 기억, 군복을 입은 남자의 기억이 있다 해도 조용하고 탁 트인 시골 풍경을 보고 싶었다. 모린이 울기 시작했다. 너무 자주 울어대는 아이처럼 지친 목소리였다. 로레타가 아이를 꼬집으며 말했다. "시끄럽게 굴지 마. 여기는 끝내주는 도시고, 끝내주는 기회가 있단 말이야. 리타가 우리를 진짜 잘 보살펴 줄 거야."

얼마 뒤 그들은 커다란 버스 터미널에서 전화통에 매달려 똑같은 번호로 몇 번이나 전화를 걸며 몇 시간을 보냈다. 그 악몽 같은 시간 동안 줄스는 경찰이 곧 나타나서 자기들 모두를 잡아 다시 시골로 보내버릴 것이라고 믿었다. 마침내 로레타가 정체를 알 수 없는 친구와 연락이 되었다. 그 순간 그녀는 공중전화 부스 안에서 기쁨에 겨워 십대 소녀처럼 펄쩍펄쩍 뛰었다. "리타! 나야! 나, 로레타!" 줄스는 여기에 자신들의 삶이 걸려 있었으므로 그녀의 말을 듣지 않으려고 했지만, 혹시 무서운 일이 생길지도 모르기 때문에 반드시 엄마와 가까운 곳에 있어야 했다. 벤치에 눕혀둔 아기는 마침내 상기된 얼굴로 잠이 들었고, 모린은 창백하고 진지하고 풀 죽은 눈으로 엄마를 바라보며 앉아 있었다. 로레타는 환성을 질렀다. 무슨 마법이 이루어지고 있는 것 같다고 줄스는 생각했다. 몇 마디 말로 된 주문. 이 전화선의 반대편 끝에 있는 여자, 파란색 종이로 정확히 다섯 통의 편지를 보낸 여자가 이 버스 여행의 끝이었다. 마치 낯모르는 사람의 손이 머리를 꽉 쥔 것처럼 푸르스름한 고통이 줄스의 머리를 갑자기 움켜쥐었다.

그들은 어지럽고 분주한 거리에 있는 리타의 집에 도착했다. 이제야 비로소 아기의 기저귀를 갈고 아이들에게 햄버거를 먹일 수 있었다. 줄스는 잠든 척하면서 여자들의 이야기에 귀를 기울였다. 그 여자들 중 한 명은 그의 엄마였다.

"아냐, 잘 들어, 내가 장난치는 게 아냐." 낯선 여자가 말했다. "그 사람은 지저분한 것도 싫어하고, 어떤 것도 웃어넘기지 않아. '어떤 것'도. 어떤 때는 나도 무서워 죽겠다고. 진짜야. 하지만 적어도 진짜 남자이긴 해. 요즘 여기 남아 있는 남자들 중에 진짜 남자가 몇 명이나 되겠어?"

"나한테 34달러랑 몇 센트가 있어. 확인해볼……."

"아냐, 그냥 앉아 있어. 세상에!"

어딘가의 라디오에서 흐느껴 우는 것 같은 음악 소리가 작게 들려왔다. 인기 있는 사랑 노래였다. '당신이 나를 사랑하고, 내가 당신을 사랑한다면…….' 줄스는 엄마의 목소리를 지워버리고, 리타의 목소리에만 정신을 집중했다. 이 여자는 두 가지 이야기를 하고 있었다. 하나는 말로, 다른 하나는 말 속의 숨은 뜻으로. 그런데 엄마는 말만 듣고 있는 것 같아서 걱정스러웠다. "아냐, 틀림없어, 그 사람은 신경 안 쓸 거야. 어차피 금요일까지는 여기 없어. 아니, 나도 정확히는 몰라. 그 사람이 원래 그렇거든. 말을 많이 하지도 않고, 뭐든 설명하는 법이 없어. 어차피 말 많은 남자는 별로잖아. 로레타, 내가 너더러 한번 오라고 했잖아. 너도 알다시피 나는 거짓말 안 해……."

이렇게 그들은 거기서 밤을 보냈다. 줄스는 시골의 큰 집과 자신의 침대와 시골 그 자체를 생각하며 슬퍼했다. 어디든 탁 트인 공간이 있어서, 사방이 막히고 공기가 나쁜 거리 같은 것은 없었는데. 아침이 되어 그곳을 떠날 때 로레타는 지나치게 수다를 떨면서 정신없이 굴었다. 리타는 계속 말했다. "적어도 금요일까지는 여기 있어도 된다니까. 진짜야." 그러면 로레타는 불안하게 키득거리면서 계속 말했다. "이제 나도 내 인생을 살아야지. 나이도 먹을 만큼 먹었는데." 줄스는 거의 히스테리를 부리는 것 같은 그녀의 멍청한 웃음소리에 움찔했다. 그녀가 말했다. "젠장, 나도 조금 있으면 스물다섯 살이야." 마침내 그들은 밖으로 나와 거리를 걸었다. 엄마는 버스를 타고 오느라 구겨진 노란색 원피스에 하이힐을 신고, 머리는 뒤로 넘겨 대충 틀어 올린 모습이었다. 립스틱도 벌써 갈라져 있었다.

그녀는 어떤 장례식장 위층에 방을 구했다. 그녀가 처음으로 살펴본 방이었고, '셋방 있습니다'라는 간판을 처음으로 본 건물이었다. 그녀는 자기보다 먼저 누가 그 방을 차지할까 봐 무섭다는 듯 숨도 제대로 쉬지 못하고 달려들었다. 가구가 갖춰졌다지만, 침대 하나뿐이었다. 그녀는 아이들을 모두 거기에 눕혔다. 침대보가 없었지만, 그건 상관없었다. 줄스는 모린과 아기에게 엄마의 스웨터를 덮어주었다.

"좋은 방이야, 그렇지?" 로레타가 말했다.

줄스는 "네"라고 대답하고는 침대 가장자리에 앉았다. 조금 있으면 여덟 살이 될 그는 괴로운 표정으로 자기들이 얼마나 버틸 수 있을지 모르겠다고 생각했다. "이제 어떻게 할 거예요?" 그가 물었다.

로레타는 콤팩트 거울로 얼굴을 살피고 있었다. 줄스에게 등을 돌린 채 몹시 신중하게 움직이는 그녀는 자기 몸의 형태를 단단하게 굳혀서 완만하고 풍만한 엉덩이의 곡선을 이끌어내고 있는 것 같았다. 그녀가 갈아입은 꽃무늬 원피스는 온통 황금색, 오렌지색, 분홍색 천지였고 손가락은 머리카락 주위를 바삐 토닥거렸다. 그녀는 금발과 갈색 머리가 줄무늬처럼 섞인 머리카락을 빗어 어깨까지 늘어뜨린 모습이었다. 그녀는 마치 작은 거울 속의 자신에게서 지시를 받고 움직이는 것 같았다.

"너희는 이제 자. 어젯밤에 제대로 못 잤잖아."

"지금 자라고요?" 줄스가 말했다.

"그럼 동생들을 봐주든지."

그녀는 거리로 나갔다. 밤새 그녀는 리타와 리타의 남자를 생각했다. 나중에는 머리가 어지러울 정도였다. 하워드는 깨끗이 잊어버렸다. 심지어 결혼반지를 손가락에서 빼야 한다는 생각조차 하지 못할 정도였다.

지금은 이른 오후였다. 그녀는 정신을 바짝 차렸으면서도 또한 그렇지 않은 상태로 거리를 걸었다. 밝고 쾌활하면서도 멍한 상태였다. 눈은 주위의 사람들을 모두 포착하지 못했다. 사람, 자동차, 고층건물이 너무 많았다. 볼 것이 너무 많았다! 그녀는 하이힐을 신고 흔들흔들 걸으면서 골목으로 접어들었다. 벌써 지쳐서 녹초가 되어 있었다. 시간이 흘렀다. 그녀는 길을 잃었지만 그 문제에 대해서는 생각하지 않았다. 뭔가 보이지 않는 실 같은 것이 자신을 아이들에게 데려다줄 것이라는 막연한 생각이 들었다. 또한 줄스는 똑똑한 아이니까 동생들을 잘 봐줄 터였다. 마침내 옆에서 나란히 걷던 남자가 그녀를 의미심장하게 곁눈질하는 것이 보였다. 그녀는 두근거리며 앞을 바라보다가 남자를 뒤돌아보았다. 그녀와 키가 비슷한 남자는 갈색 양복 차림이었다. 비싼 양복일 수도 있겠지만 그녀로서는 알 수 없었다. 심지어 양복을 입은 남자를 보는 것조차 몇 년 만이었다! 그가 아무 말 없이 진지하면서도 놀리는 듯한 표정으로, 게다가 조금 수줍은 것 같은 표정으로 그녀를 빤히 바라보았다. 마침내 그녀가 말했다. "안녕하세요!" 이것이었다. 남자는 걸음을 늦추더니 빙 돌아서 그녀의 정면에 섰다. 그녀가 다시 말했다. "안녕하세요…… 날씨가 좋네요……." 그녀는 활짝 웃고 있었다. 남자가 조심스럽게 말했다. "얼마지?" 그녀는 잠시 남자를 빤히 바라보았다. 그러고는 머리가 하얗게 비어버렸다. 아무 생각도 나지 않았다. 하지만 이내 다시 정신을 차린 그녀가 말했다. "10달러예요…… 10……." 그러자 그가 그녀의 말이 잘 들리지 않는다는 듯 살짝 허리를 숙이면서 다시 말했다. "얼마라고?" 그녀가 말했다. "10달러……?" 그녀의 목소리가 굴욕적으로 떨리면서 상대에게 질문을 던지듯이 끝을 올렸다.

남자가 그녀의 손목을 잡았다. "좋아, 단속이다." 그가 말했다.

"네?"

"순찰차가 바로 앞에 있어. 길모퉁이에. 따라와."

그녀는 움직일 수 없었다. 남자에게 저항하려는 것이 아니라, 몸이 충격을 받아서 무거워졌을 뿐이었다. 그가 그녀를 세게 흔들기 시작했다. 더 이상 조심스러운 태도가 아니었다. 행인들에게 말소리가 들리든 말든 상관하지 않았다. 그가 고약한 목소리로 말했다. "가자니끼! 길모퉁이로! 넌 체포됐어!"

그녀는 간신히 말했다. "내 발로 걸을 테니까 놓아줘요. 사람들이 보잖아요!"

남자의 말처럼 길모퉁이에 순찰차가 있었다. 옆구리에 '디트로이트 경찰'이라는 말이 흰색으로 적혀 있었다. 로레타는 그 차로 끌려가서 디트로이트 시와 공식적으로 첫 대면을 했다.


8


줄스는 열두 살 때 첫사랑에 빠졌다. 5학년 선생님인 젊은 수녀에게 급격히 마음이 쏠린 것이다. 키가 크고, 머리 회전이 빠르고, 깜짝 놀란 것 같은 얼굴을 한 그 선생님은 미사에서 피아노 연주를 맡았고, 동생 모린의 담임선생님이었다. 그가 처음 그녀에게 끌린 것은 피아노 때문이었다. 목요일 아침마다 미사를 위해 강당으로 들어갈 때 줄스는 그녀의 존재를 알아차리고, 그녀의 창백한 손가락이 빠르게 획획 움직이는 것에 경탄했다. 검은 소매가 펄럭이며 가늘고 하얀 손목이 언뜻언뜻 보이는 모습이 그의 넋을 빼앗아 갔다. 교실에 혼자 남아 숙제를 하는 척하면서 그는 그녀를 생각하고, 그녀가 연주하던 복잡한 선율을 생각했다. 그의 귀에 그 음악은 자신은 물론 주위의 누구도 닿을 수 없는 이국적인 음악처럼 들렸다. 그녀에게, 그녀의 존재 자체에 마법 같은 분위기가 있었다. 그녀는 자신이 연주하는 음악의 일부인 것 같았다.

저녁마다 모린은 메리 제롬 수녀님에 대해 이야기했다. 그녀는 연약해 보이는 외모와 달리 성질이 급한 젊은 수녀였다. "오늘 수녀님이 또 울었어." 모린은 흥미와 호기심이 담긴 표정으로 이렇게 말하곤 했다. 수녀들은 왜 가끔 눈물을 터뜨리는 걸까? 왜 가끔 복도를 뛰어다니며 아무 죄도 없는 엉뚱한 아이를 잡아 찰싹찰싹 때리는 걸까?

"정말 대단한 아이들이구나. 수녀님을 울리다니." 로레타는 이렇게 말하곤 했다. "너희들 전부 매를 좀 맞아야겠다."

"하지만 난 수녀님이 왜 울었는지 몰라요. 그냥 울었단 말이에요." 모린이 말했다.

방과 후에 줄스는 자신이 일하는 싸구려 잡화점까지 800미터를 뛰어갔다. 법적으로는 너무 어려서 일을 할 수 없었지만, 남보다 먼저 가기만 하면 시간당 25센트나 50센트를 받고 포장을 푸는 일을 할 수 있었다. 그는 식기, 장난감, 기타 다양한 잡동사니가 든 상자들을 맡았다. 머릿속에서는 그날 들은 수업 내용과 운동장에서 아이들이 고함치며 서로를 을러대던 소리나 새로운 소식, 펄럭거리며 복도를 지나가던 메리 제롬 수녀, 그날 들은 그녀에 관한 소식 등이 덜걱거렸다. "너희 선생님은 어때? 또 울었어?" 그는 모린과 같은 반인 아이들에게 깔보는 표정으로 이렇게 묻곤 했다.

엄마는 이제 굳이 울지 않았다. 몇 년 동안 울다가 이제는 그만둔 것이다. 아버지는 안쪽으로 기울어진 거대한 벽처럼 언제든 그들을 향해 무너질 것 같았지만, 그가 실제로 무너진 적은 없었으므로 그들은 이제 그를 두려워하지 않았다. 적어도 로레타는 두려워하는 것을 그만두었다. 줄스는 메리 제롬 수녀의 눈물(그가 제 눈으로 직접 본 적이 없으므로 그 모습을 상상하는 수밖에 없었다)에서 엄마에게서는 한 번도 보지 못한 이국적인 모습을 떠올렸다. 영화에 나오는 여자들은 자주 울었다. 아름답게 울었다. 피아노 앞에서 메리 제롬 수녀의 영리하고 격렬한 손은 건반을 지배했으며, 음표 하나하나가 줄스의 머릿속에서 아름답게 울리다가, 그가 나중에 상자들을 내려 잘게 자른 종이와 마분지로 된 상자 속을 헤집으며 일할 때 머릿속에서 다시 들려왔다. 일을 하면서 그는 가끔 손을 베였다. 한번은 못을 밟는 바람에 못이 신발과 양말을 뚫고 들어왔지만, 피가 조금 났을 뿐 별일 없었다. 집에 돌아간 뒤에 다리에서 정체를 알 수 없는 커다란 멍을 발견할 때도 있었다. 하지만 일하는 동안에는 묘한 흥분이 그를 지배했다. 다른 아이들은 주위에서 어른거리다가 아무도 보지 않을 때 물건을 훔쳤지만, 줄스는 멍한 상태에서도 일을 제대로 하려고 근육에 힘을 주었다. 메리 제롬 수녀를 생각할 때 그는 항상 착한 소년이었다.

"자, 줄스, 이거…… 한번 피워봐." 여점원 한 명이 말했다. 열여섯 살이나 열일곱 살쯤 된 그녀는 밖으로 나와 그를 놀리는 걸 좋아했다. 그녀는 줄스에게 담배를 주었다. 2년 전부터 담배를 피우기 시작했지만 담배를 살 돈이 없는 그는 수줍은 척 그 담배를 받았다. 그녀가 성냥에 불을 붙여 그에게 대주며 묘한 미소를 띤 얼굴로 그를 빤히 바라보았다. "요즘 엄마는 잘 지내시니, 꼬마야?" 그녀가 말했다.

"괜찮아요." 줄스가 말했다.

"아버지는?"

"괜찮아요."

"교회에서 너희 식구들을 봤어. 엄마가 또 아기를 가졌어?"

줄스가 생각하기에 이것은 묻지 말아야 할 질문이었다. 그는 당혹스러운 표정으로 고개를 끄덕였다.

그녀가 활짝 웃었다. 마치 그가 뭔가를 해내기라도 한 것 같았다.

"너희는 아들이 좋아, 딸이 좋아?"

"아마 아들일 거예요."

"너 모르는 게 없구나, 응? 그런 걸 다 알아?" 여자가 말했다.

그녀의 얼굴은 뾰족하고 울퉁불퉁하지만 그래도 거의 예쁘다고 할 수 있을 정도였다. 길고 검은 머리는 어깨 아래까지 늘어졌고, 손목에는 남자 친구에게서 받은 신원 확인용 팔찌를 차고 있었다. 팔뚝에는 화살이 꽂힌 하트 모양과 그 주위에 레이스 모양으로 배치된 R. J.라는 이니셜이 문신으로 새겨져 있었다. 예전에 그녀가 줄스에게 그 문신을 한 번 보여준 적이 있지만, 대개 그 문신은 옷에 가려져 있었다. 이 싸구려 잡화점의 점장인 늙은 마녀가 그 문신을 좋아하지 않는다고 했다. "조만간 내가 너한테 문신을 새겨줄게." 그녀가 줄스에게 말했다.

그 가게 뒤편의 골목은 항상 더러웠다. 커다란 상자, 부서진 궤짝, 뒤집힌 쓰레기통 등 모든 것이 엉망으로 뒤엉켜 있었다. 개들도 일부러 이 골목을 찾아오는 것 같았고, 줄스는 여기서 일하면서 항상 어딘가에 발이 빠졌다. 그와 함께 일하는 소년들은 날마다 바뀌었다. 그중에 가장 큰 소년인 래미 멀론은 친구였다. 학교에서도 유명한 래미는 자동차에서 이런저런 물건들을 훔쳤다. 심지어 라디오를 훔칠 때도 있었다. 그것이 그의 특기였다. 열세 살인 그는 늦은 밤에 집에서 몇 블록 떨어진 동네를 정처 없이 돌아다녔다. 주점 밖에 많은 차들이 주차되어 있는 동네였다. 그는 혼자 움직였으며, 그렇게 마련한 물건들을 제 형의 친구에게 문제없이 팔아넘겼다. 메리 제롬 수녀에게 빠진 줄스를 방해하는 것은 래미의 매혹적인 이야기들이었다. "지금 하고 있는 거래가 잘되면, 앞으로 한참 동안 내가 이 뒷골목에 올 일이 없을 거야." 래미는 이렇게 장담하곤 했다. 누군가에게서 받았다며 줄스에게 잭나이프를 보여주기도 했다. 그는 최신 소식들, 신문에는 나오지 않는 소식들을 신나게 떠들어댔다. 줄스의 집에서 몇 블록밖에 떨어지지 않은 곳에서 '철조망'으로 몸이 묶이고 총에 맞은 남자들의 시체가 자동차 트렁크 안에서 발견되었다는 이야기, 자기들 또래의 아이들이 지붕에서 검둥이들에게 밀려 떨어졌다는 이야기. 근처의 어딘가에서 검둥이가 두드려 맞았다는 이야기도 있었다. 남자들이 전부 곤봉을 들고 달려들어 검둥이의 몸과 얼굴을 두들겨댄 끝에 "그 자식 눈깔이 뺨으로 툭 튀어나왔대. 진짜야.

굉장하지 않냐?" 래미는 자기 사촌, 또는 자기 친구의 사촌이 경찰관이라고 말했다. 그는 모르는 것이 없었다.

그는 검둥이들에 관한 이야기를 잔뜩 알고 있었다. "그 자식들이 제일 하고 싶어 하는 건 너나 나 같은 백인 아이들을 잡아다가 머릿가죽을 벗기는 거야. 진짜로 그렇게 한다니까." 어떤 남자가 머릿가죽이 반쯤 벗겨진 채 발견되자 그는 검둥이들이 한 짓이라고 말했다. "그 더러운 새끼들을 조심해야 돼." 줄스는 꼭 뭔가 문제가 생길 것만 같아서 움찔 무서워졌다. 그래서 주위를 두리번거리며 무서운 일이 일어나기를 기다렸다. 그러다 거리에서 검둥이를 보면 언제 문제가 생길지 모른다는 생각에 조심스레 주시했다. 검둥이들의 비밀은 무엇일까? 그 비밀이 어디에 있을까? 몇 년 전 벨아일 다리에서 일어난 폭동에 대해 사람들은 지금도 화를 내며 떠들어댔다. 줄스는 자기도 그 폭동을 직접 봤으면 좋았겠다는 생각이 들었다.

일할 때는 래미와 어울릴 수밖에 없었다. 그는 계속 그에게 물었다. "머릿가죽이 벗겨진 사람이 누구야, 누구?" "그런데 지붕에 밀려 떨어졌다는 애가 누구야?" 그는 래미의 대답을 기다리며 덜덜 떨었다. 하지만 래미는 대개 대답을 회피하며 줄스를 굴욕적으로 놀려댔다. 어떤 때는 자기보다 아는 것이 훨씬 많은 래미만을 필사적으로 의지하면서 이런 질문을 던지기도 했다. "내 동생의 담임선생님은 왜 학교에서 우는 거지? 메리 제롬 수녀님 말이야. 그 수녀님 알아? 수녀님 머리가 이상하다거나 뭐 그런 거야?"

"수녀들은 다 제정신이 아냐." 래미가 말했다.

"어쨌든 그 수녀님 말이야. 왜 울지?"

"그걸 내가 어떻게 알아? 계집년들한테 필요한 건 언제나 하나뿐이야."

집에서 줄스는 엄마가 기분이 좋을 때, 혼자 라디오를 들을 때 엄마 주위를 어른거렸다. 여자들이 어떤 존재인지 이해하고 싶었다. 로레타는 〈히트 퍼레이드〉(팝송 순위 라디오 프로그램—옮긴이)를 즐겨 들었다. 메리 제롬 수녀도 그 프로그램을 좋아하는지, 애당초 그런 프로그램을 들을 수는 있는지 궁금했다. 그는 엄마 주위를 어른거리다가 가끔 질문을 던졌다. "엄마, 내가 어떻게 하는 게 엄마한테 좋아요?" 줄스나 모린이 이런 질문을 던지면 엄마는 항상 좋아했다. 엄마는 대개 소파에 누워 맥주를 마시다가 맥주병을 배 위에 올려놓고 손톱으로 라벨을 벗겨내며 라디오를 들었다. 낮에 혼자 지내는 그녀는 게으르고 덤덤했다. 그러면서 라디오로 노래를 듣거나 〈퍼킨스 엄마〉와 〈어떤 남자의 가정〉과 〈멀론 박사〉(모두 미국 라디오 드라마들—옮긴이)를 들었다. 줄스는 자기 손이 닿는 곳에 게으르게 널브러져 있는 엄마가 좋았다. 어떤 날은 귀찮다며 저녁 식사를 만들지 않기도 했다. 몸이 좋지 않거나, 그러고 싶은 생각이 들지 않는다고 했다. 그러면 모린과 줄스가 부엌으로 가서 음식으로 장난을 치며 뭔가를 만들었다. 그들은 저녁 식사를 준비해서 아버지를 기쁘게 하고 싶었다. 아버지가 집에 오지 않는 저녁에는 누가 미리 말하지 않아도 음식이 식지 않게 오븐에 넣어두었다. 줄스는 누가 시키지 않아도 알아서 집안일을 많이 했다. 누가 시켜서 뭔가를 하게 되는 것이 너무 싫었고, 스스로 알아서 하는 편이 덜 골치 아프다는 사실을 터득했기 때문이었다. 그러면 만족스러운 표정으로 가만히 누워 있는 엄마가 조용했다. 아버지도 조용했다. 하지만 덩치 큰 아버지의 모습은 검둥이처럼 어둡고 위협적으로 그의 머릿속에 그림자를 드리웠다. 그는 아무런 근거도 없이 속으로 생각했다. '아버지는 조만간 죽을 거야.'

그는 집도 학교도 좋아했다. 하지만 집에서도 학교에서도 언제나 피곤했다. 그가 미사 중에 처음으로 제롬 수녀를 사랑하게 된 1950년의 그 봄날 아침 이후로, 그가 느끼는 피로가 복잡해졌다. 그는 밤에 잠을 잘 이루지 못했고, 방과 후에는 일을 해야 했다. 그래도 여전히 생기 있고 활발했다. 교리문답 연습과 역사 수업과 문법 수업 때에만 풀이 죽었다. 그는 수녀님의 펄럭이는 소매와 건반을 두드리는 손가락을 생각했다. 그녀의 창백하고 진지한 얼굴, 복도에서나 미사 때 그가 그녀를 바라보면 수줍은 표정으로 놀란 듯 힐긋 올려다보는 그녀의 눈을 생각했다. 그는 수녀원에서 월요일과 수요일 아침에 미사 진행을 도왔다. 그러고 나서 몇 시간 뒤 자기 책상에 앉아 그는 성당(디트로이트에서 가장 오래된 성당이었다!)의 <u>으스스한</u> 새벽을 다시 생각하곤 했다. 빨간 벽돌로 지어진 성당은 크기가 어마어마했으며, 몹시 어둡고 퀴퀴했다. 미사를 진행하는 늙은 아일랜드인 신부는 변덕스러워서 도저히 예측할 수 없는 인물이라, 가끔 빨리빨리 움직이라며 복사(服事)들을 쿡쿡 찔러대기도 했다. 옷자락을 펄럭이며 줄을 지어 조용히 영성체대로 걸어오는 수녀들 중에는 그가 사랑하는 메리 제롬 수녀가 있었다. 그가 밤에 자는 시간이 아마 서너 시간 정도였기 때문에 낮에는 머리가 그리 잘 돌아가지 않았다. 특히 햇빛을 받은 먼지들이 머리 주위에서 소용돌이칠 때가 가장 심했다. '난 수녀님을 사랑해. 난 수녀님을 사랑해.' 이 생각이 그의 상상 속에서 단조롭게 울려 퍼지는 성당 종소리처럼 울렸다. 그러면서 그는 수업이 모두 끝나면 동생을 만난다는 핑계로 5학년 교실이 있는 곳까지 뛰어갈 계획을 세웠다. 그는 나이에 비해 키가 상당히 컸고, 조금 과민한 성격이었으며, 목소리가 높아서 가끔은 짜증스러웠다. 피부는 깨끗하고, 눈도 맑고 진지했다. 하지만 자신이 보고 있는 것에 항상 집중하는 편은 아니었다.

7학년생들은 지금 미국사를 공부하는 중이었다.

선생님은 맨 오른쪽 앞줄에 앉은 학생부터 시작해서 맨 왼쪽 뒷줄에 앉은 학생까지 질문을 던졌다. 그렇게 한 바퀴를 돌고 나면 다시 앞줄부터 시작이었다. 그런 식으로 멈추는 법 없이 영원히 계속되었다. 하루의 수업이 끝난 뒤에는, 다음 날 다시 시작되었다. 중간에 주말이나 휴일이 끼어 있더라도, 그다음 날 그다음 순서의 학생부터 다시 시작될 뿐이었다. 아이들은 모두 답변에 시간을 길게 들이는 것 같았다. 줄스는 귀를 기울이려고 애썼지만, 얼마 뒤에는 생각이 흩어지면서 서서히 사랑스럽고 에로틱한 조각들로 부서졌다. 메리 제롬 수녀와 래미에게서 들은 이야기, 그 두 가지 생각과 두 개의 현실을 하나로 꿰어 맞추고 싶지 않았지만 그 두 가지 생각이 저절로 하나로 합쳐지는 바람에 그는 당황해서 덜덜 떨었다. 7학년을 가르치는 수녀는 나이가 많았다. 보기에도 늙어 보였다. 그녀의 목소리는 줄스의 아버지와 비슷했다. "에이브러햄 링컨이 누구지?" 그녀가 물었다. 솜털이 가득하고 거친 그녀의 얼굴이 이번에 대답할 차례인 학생을 향해 있었다. 아이는 아주 잘 알고 있다는 듯이 천천히 대답했다. "에이브러햄 링컨은 대통령이었습니다. 미국의."

이제 다음 학생 차례였다. "몇 대 대통령이었지?"

"그분은…… 미국의 16대 대통령이었습니다."

또 다음 차례. "에이브러햄 링컨의 생일이 언제지?"

"에이브러햄 링컨의 생일은 2월 12일입니다."

이런 식으로 문답이 가차 없이 진행되며 교실 안을 한 바퀴 도는 동안 줄스는 고개를 들고 귀를 기울이려고 애썼다. 모두들 낡은 책들을 펼쳐놓고, 수녀님의 질문에 대한 답을 찾으려고 아래쪽을 힐끔거렸다. 잉크가 번진 글자들을 손가락으로 천천히 짚기도 했다. 학생들은 모두 답을 할 차례가 되면 겁에 질렸다. 줄스는 메리 제롬 수녀의 귀와 음악을 꿈꿨다. 그러다가 자기 차례가 되면 전혀 준비가 되지 않은 채로 깜짝 놀라서 아래에 펼쳐진 책을 보며 답을 찾아야 할 때도 있었다. 수녀는 그런 것을 마음에 들어 하지 않았다. 그녀는 모든 학생이 답을 알고 자신을 똑바로 바라보며 대답하기를 원했다. 그래서 그녀는 자기 책상에 가만히 앉아서 불쾌하고 수상쩍다는 듯 그를 향해 인상을 찌푸렸다. 그렇게 당황 속에서 몇 초가 흐른 뒤 줄스는 책에서 시선을 들어 질문에 대답했다. 지금 이 순간에 말해야 하는 유일한 정답이 그의 입에서 흘러나왔다. "에이브러햄 링컨은 재직 중에 암살

당했습니다. 1865년입니다." 그리고 나서 그는 다시 몽상으로 돌아갔다.

정오가 되면 학생들은 '식당'으로 인도되어 집에서 가져온 종이봉지 속의 점심 도시락을 먹었다. 그리고 15분 뒤에 '운동장'으로 인도되었다. 울타리 너머 하워드 거리에서는 캐나다로 이어진 다리로 향하는 트럭들이 부릉거리며 지나갔다. 줄스는 차를 몰고 전국을 가로지를 뿐만 아니라 심지어 외국에도 갈 수 있는 어른들이 부러워서 견딜 수 없었다. 그들은 반드시 정해진 집으로 돌아올 필요가 없었다. 트럭에 올라탄 그들은 우아하고 자유로웠으며, 그들이 가로지르는 거리는 신성하고 마법 같았다. 하지만 줄스는 다른 아이들과 빈둥거리며 그들의 장난과 싸움으로 그런 생각을 머리에서 몰아냈다. 기분이 특별히 좋은 날이면 그가 아이들을 위한 전략을 짜주었다. 그럴 때면 자신이 무슨 장군이라도 된 것 같았다. 장군, 해군 제독, 전쟁 장관 같은 것. 그는 친구들을 시켜 다른 아이들을 기습하게 하거나, 학교 건물로 몰래 다시 들어가게 했다. 그것은 금지된 일이었지만 상관없었다. 그는 다른 아이들을 대신해서 계획을 짜고, 때로는 바닥에 그림을 그려가며 설명했다. "너는 이쪽 길로 가야 돼. 옆길로." 그는 아이들 중 한 명을 쿡쿡 찌르며 엄하게 말하곤 했다. "그리고 너, 너는 다른 길로 가야 돼. 일을 망치기만 해봐. 도망치는 놈들은 총으로 쏠 거야." 마침 그는 대부분의 아이들보다 키가 컸다. 목소리나 활기도 우연히 다른 아이들보다 앞섰기 때문에 그는 친구들을 윽박질렀다. 그러다 보면 친구들이 더 이상 못 참겠다면서 집단으로 반발해서 흩어졌다가 하루나 이틀 뒤에 다시 돌아오곤 했다. 그의 아이디어와 대담함에 끌린 아이들은 그를 거스르지 못했다. 그는 아이들을 데리고 학교 지하실로 들어가며 구호를 외쳤다. "티그리스로 가자! 유프라테스로 가자! 미시시피로 가자! 바빌론의 공중 정원으로 가자!" 이 마법의 주문이 겁에 질려 키득거리는 아이들을 계속 몰아붙였다. 그러다 잡히면 혼나는 것은 언제나 줄스였다.

"네 몸속에는 악마가 있어." 어느 날 수녀원장이 그에게 말했다.

그는 그녀의 음침한 사무실에 포로처럼 앉아 있었다. 수녀원장은 할머니처럼 덩치가 컸고, 그 나름대로 거칠고 강했기 때문에 그는 그녀를 함부로 대할 수 없었다. 엄마나 메리 제롬 수녀처럼 여자다운 여자가 아니어도, 그는 그녀를 존중했다. 수녀원장은 그가 앞으로 내민 손, 어깨, 옆통수를 세 번 주의 깊고 강하게 때렸다.

"왜 항상 말썽을 일으키는 거냐? 지금도 왜 가만히 앉아 있질 못해? 왜 항상 그렇게 못되게 굴지?" 그녀가 화를 내며 물었다.

"잘못했어요, 수녀님." 줄스가 말했다.

그는 화장실에서 담배를 피우다가 수위에게 들켜서 잡혀 온 참이었다.

"담배는 누구한테서 배웠지?"

"누구한테 배운 것이 아니에요, 수녀님."

"누가 담배를 줬어?"

"아무도요, 수녀님."

"그럼 훔친 거냐?"

"아뇨, 수녀님."

"그럼 어디서 났어?"

침묵. 줄스는 등받이가 딱딱한 의자에 앉아 자신이 어떤 모습을 하고 있는지, 얼굴이 빨갛게 변했는지, 뺨에 새겨진 수녀원장의 손자국이 다른 아이들에게도 보일 정도인지 생각했다. 수녀원장이 끙 하는 소리를 내며 책상 위로 몸을 기울여 그의 옆통수를 또 때렸다. 그는 의자 등받이에 부딪혔다. 코에서 피가 나기 시작했다.

"손수건도 없어?"

"있어요."

"그럼 닦아! 너 바보야?"

그는 손수건을 코에 댔다. 겁에 질리고 비참한 꼴을 하고서도 남의 주의를 끌었다는 사실에 조금 들뜬 얼굴을 조금이라도 숨길 수 있게 된 것이 반가웠다. 누구든 자신을 봐줄 때마다 그는 왜 이렇게 들뜨는 걸까? 그 시선에 매질이 따라올 때조차 그는 마음이 들떴다.

"이러다 전기의자에 앉고 싶어?"

"아뇨, 수녀님."

"아니, 앉고 싶을걸. 네 몸속의 악마가 그걸 계획하고 있을 테니까."

그녀가 진지하게 말했다. 조금 단호한 것 같기도 했다. 그녀는 지금 이야기를 만들어내는 것도, 계산을 하는 것도 아니었다. 과거의 기억을 떠올리고 있었다. 그녀는 과거를 잘 알듯이 그의 미래도 잘 알고 있었다. 그녀는 모르는 것이 없었다. 줄스는 코피를 홀쩍 들이마셨다. 옷과 방을 더럽히고 싶지 않았다. 어찌 된 영문인지 코피가 입 안쪽에 고였지만 그는 그것을 삼키는 수밖에 없었다. 나쁜 피의 맛 때문에 머리가 어지러웠다. 이러다 술에 취한 사람처럼 될 것 같았다.

수녀원장은 10년 전 학교에서 말썽을 부리던 사내아이의 이야기를 하고 있었다. 그 아이는 지금 주립 교도소에 무기수로 있다고 했다. 그보다는 아예 전기의자에 앉혀야 하는 놈인데. 어쨌든 나중에라도 죽으면 지옥에 갈 터였다. "너도 그렇게 되고 싶어?"

"아뇨, 수녀님."

"남자애들 중에는 꼭 자라서 전기의자에 앉게 되는 놈들이 있지." 수녀원장이 냉담하게 말했다.

그는 전기가 멋진 번개처럼 번쩍하며 자신을 죽이는 광경을 갑자기 떠올렸다. 그는 영화와 만화책에서 전기 사형의 준비 과정을 여러 번 본 적이 있었다. 교수형, 총살, 독가스도 있었다. 교수형을 시행하는 나라들도 있었지만, 평범한 의자와 비슷하게 수수하고 볼품없는 전기의자가 그를 매혹했다.

수녀원장은 줄스의 머리 너머를 물끄러미 바라보다가 그 차갑고 냉담한 시선으로 다시 그를 바라보았다.

"네 동생 모린이 메리 제롬 수녀의 반이지?"

"네, 수녀님."

"네 동생은 아주 착한 아이야. 훌륭한 학생이지."

"네, 수녀님."

"그리고 다른 동생 베티도 열심히 노력하고 있고."

"네, 수녀님."

"그런데 너는 왜?"

그녀는 한동안 입을 다물고 그를 지긋이 바라보았다. 여자들은 그렇게 지긋이 바라보며 평가를 내린다는 사실을 그는 알고 있었다. 남자들은 미리 생각하는 과정 없이 그냥 상대를 때릴 뿐이었다. 남자들의 무분별한 폭력은 피하면 그만이었다. 하지만 여자들은 항상 생각에 잠겨서 이것저것을 걸러내고, 평가하고, 마음의 준비를 했다. 줄스는 손수건을 코에 댄 채로 아주 꼿꼿이 앉아 기다렸다. 갑자기 이상한 생각이 떠올랐다. 메리 제롬 수녀가 이 말도 안 되는 일들에, 이 볼품없는 건물과 못생긴 수녀들에, 시끄러운 말썽꾸러기들과 코흘리개들에게, 이른 아침의 미사에, 화장실에서 나는 악취에 진저리를 치게 될지도 모른다는 생각. 어쩌면 어느 날 그녀가 다른 젊은 여자들처럼 정처 없이 거리를 걸으며 기민한 눈으로 지나가는 자동차들을 살피는 모습을 보게 될지도 모른다는 생각. 제롬 수녀의 창백하고 예민한 얼굴은 그런 상황에서 효과적일 터였다. 지나치게 얼굴을 꾸민 여자들이 너무 많았으니까. 줄스는 엄마와 아버지의 수많은 싸움, 부모와 아버지 쪽 친척들 사이의 수많은 싸움을 통해 엄마가 전에 '거리로 나선' 적이 있으며 그 결과가 별로였음을 눈치채고 있었다. "멍청한 년! 얼간이! 형편없는 년!" 아버지는 몇 번이나 이렇게 웃어댔다. 그리고 술에 취할 때마다 그 일을 끄집어냈다. 그러면 기분이 좋아지는 모양이었다. 그래서 줄스는 제롬 수녀가 수녀복과 비슷하게 치마가 길고, 긴 소매와 두건이 달린 검은 옷을 입고 안개처럼 흐릿한 시내를 향해 수줍으면서도 조금 오만한 태도로 걸어가는 모습을 상상했다. 그러면 줄스 자신이 그 옆으로 다가가 이렇게 말할 것이다. "수녀님이 나랑 집으로 같이 가면 엄마가 아주 좋아할 거예요. 지금 우리랑 저녁 식사를 같이해도 좋아요……." 그러면 그녀는 그를 따라 집으로 와서 함께 살게 될 것이다.

방과 후에 싸구려 잡화점에서 일하지 않는 날은 다른 사내아이들과 함께 골목들을 돌아다니며 무엇이든 발견되기를 기대했다. 이곳의 거리에는 차가 워낙 많고, 사방에 트럭들이 주차되어 있기 때문에 그들의 영역이 깨져버렸다. 그래서 앞을 멀리 내다볼 수 없었다. 아이들은 빈터나 다리 옆에서 놀았다. 죽은 물고기들과 커다란 기름띠가 강물에 찰싹찰싹 밀려왔다. 아이들은 창고에서, 주차된 트럭 안에서 빈둥거리기도 하고, 철도역, 트랜스아메리칸 화물, 그레이하운드 차고 등 어디든 눈에 띄는 곳을 탐험하기도 했다. 음료수병을 모으기도 하고, 구겨진 껌 종이를 찾아 길가 배수구를 발로 차며 돌아다니기도 했다. 껌 종이를 모으면 상품을 받을 수 있기 때문이었다. 평소보다 더 들떠 있을 때는 작은 식품점에 들어가 가장 작은 아이들이 앞에서 겁쟁이 행세를 하는 동안 줄스가 대담하고 매끈한 솜씨로 10센트짜리 파이를 주머니에 넣고 당당하게 빠져나갔다. 그러다가 잡혀서 맞은 적도 몇 번 있지만, 대개는 무사히 빠져나올 수 있었다. 그리고 나면 이상하게 기분이 가라앉고 실망스러웠다. 그가 돌아다니는 영역은 21번가 언저리에서 10번가 언저리까지였다.

하지만 거리를 돌아다닐 때도 그의 마음은 여전히 메리 제롬 수녀에게 가 있었다. 그래서 나쁜 짓을 할 때는 죄책감을 느꼈다. 하지만 그 자신도 나쁜 짓을 그만둘 수 없었다. 죄책감이 드는 것도 어쩔 수 없었다. 그는 고

해를 하러 가서 늙은 신부에게 숨도 안 쉬고 죄를 털어놓았다. "저는 미사 때 딴짓을 했습니다. 어머니와 아버지 말을 잘 안 들었습니다. 아침과 밤 기도를 게을리했습니다……." 문장들이 하나씩 차례로 흘러나왔다. 매주 정확히 똑같은 문장들이었다. 메리 제롬 수녀에 대한 죄스러운 매혹과 가끔 하는 도둑질과 자기 말을 안 듣는 아이들을 때린 일에 대한 이야기는 머릿속 깊숙한 곳에 숨겨두었다. 그는 하느님에 대해 아무 생각이 없었다. 하느님을 믿지도 않았고, 관심도 없었다. 그는 손끝으로 눈동자를 누르며, 제정신이 아닌 존재가 그를 지켜보다가 그에게 분노와 미움과 사랑을 느끼는 것을 뇌 안쪽 깊숙한 곳에서 상상해보려고 했지만 제대로 상상이 되지 않았다. 줄스 외에 누가 줄스를 사랑하거나 미워할 수 있을까? 그가 거리에서 재빨리 몸을 돌리는 것은 대개 딱히 누군가를 또는 무엇인가를 보기 위해서가 아니었다. 그의 등 뒤에는 아무것도 없었다. 그의 뒤를 따르는 것은 하나도 없었다. 밤에 자다가 갑자기 깰 때에도 그의 몸에 숨결이 닿을 정도로 바짝 다가서서 그를 지켜보는 존재는 하나도 없었다. 그는 오로지 그 자신뿐인 자유로운 존재였다. 그래도 그의 안에 악마가 들어 있을 가능성은 여전히 있었다. 그의 상상 속에서 악마는 일종의 끈질긴 결점, 자신을 한쪽으로 끌어당기는 존재였다. 자동차의 타이어 한쪽에서 바람이 빠지기 시작하면, 다른 것이 모두 그쪽으로 가차 없이 끌려가는 것과 같았다. 그에게 악마가 있다면, 그 악마의 이름 또한 줄스였다. 어쩌면 이 악마가 그를 전기의자로 끌어갈 수도 있었다. 래미 멀론은 시카고에서는 뭐든 적당히 넘어가는 법이 없기 때문에, 사람을 죽이면 전기의자에 앉게 될 것이라고 말했다. 줄스가 보기에 시카고는 매력적인 곳 같았다.

목요일이면 그는 빨리 제롬 수녀의 연주를 듣고 싶어서 예배당으로 들어갈 때를 안달하며 기다렸다. 그는 쿵쿵거리는 다른 학생들의 발걸음에 화가 났다. 이 멍청한 녀석들! 콧물이나 줄줄 흘려대는 애새끼들! 줄스는 능숙하게 움직이는 수녀의 손가락과 팔을 사랑하는 마음에 흠뻑 빠진 채 앉은 자리에서 몸을 앞으로 웅크렸다. 미사 때 제롬 수녀는 단상 위 한쪽 편에 새침하고 조용하게 앉아 있었다. 줄스는 타는 듯한 시선으로 그녀를 바라보았다. 그녀가 아름다운 여자라는 생각은 들지 않았지만, 어차피 그는 미모에 관심이 없었다. 그에게 필요한 것은 격렬하면서도 순수한 것, 립스틱을 바르지 않은 입술, 창백하고 진지한 이마, 눈물로 반짝이는 얼굴이었다.

어느 날 미사가 끝난 뒤 그는 단상으로 다가가 수녀에게 말했다. "피아노를 정말 잘 치세요……."

그녀는 깜짝 놀란 표정으로 고개를 돌려 그를 바라보았다.

"저는 피아노 음악이 좋아요." 줄스는 하마터면 말을 더듬을 뻔했다.

수녀는 미소를 지으려고 애썼다. "집에 피아노가 있니?"

그녀는 악보를 정리하는 중이었다. 손마디가 하얗게 도드라졌다. "아뇨, 집에는 없어요." 그가 중얼거렸다.

그녀는 그의 말이 무슨 뜻인지 모르겠다는 듯 조용히 고개를 숙였다가 몸을 돌려 묵직한 벨벳 커튼 뒤로 사라져버렸다. 줄스는 그녀를 부르고 싶었지만 아무 말도 할 수 없었다. 뭐라고 해야 할지 생각나지 않았다. 그녀는 돌아오지 않았다. 줄스는 주먹을 쥐고 제 손마디를 빤히 바라보며 햇빛 속으로 기운 없이 걸어 나갔다. 자신도 피아노를 배울 수 있을까 하는 생각이 들었다.

그 뒤로 그는 수녀의 반 교실 근처를 가끔 어른거리며 팔짱을 끼고 서서 그녀를 기다렸다. 아니, 뭔가 일이 벌어지기를 기다리는 것 같기도 했다. 하지만 아무 일도 일어나지 않았다. 수녀는 그를 알아보았는지 어쨌는지 전혀 내색하지 않고 고개를 숙인 채 서둘러 지나갔다. 얼굴은 몹시 창백했고, 품에는 책과 종이를 안고 있었다. 그녀의 길고 검은 묵주가 달각거리는 소리에 줄스의 영혼이 전율했다.

모린이 복도에서 그에게 다가와 궁금하다는 얼굴로 물었다. "오빠가 여기 왜 있어?"

"시끄러." 그가 얼굴을 붉히며 말했다.

제롬 수녀는 특정한 요일에 강당에서 몇몇 여자아이들에게 피아노를 가르쳤다. 줄스는 그것이 무슨 요일인지 알아내서 강당 뒤편 어둠 속에 웅크리고 앉아 반쯤 불이 밝혀진 무대를 빤히 바라보았다. 아래로 숙인 수녀의 진지한 얼굴과 창백하고 유머를 모르고 꼼꼼한 입술을 바라보았다. 그녀가 엄격하게 말했다. "하나-둘, 하나-둘, 하나-둘…… 지금 뭘 하는 거야?" 피아노 페달이 쿵쿵거리고, 너무 시끄럽게 흘러나오는 음은 공허했다. 줄스는 어둠 속에 웅크린 채 부드러운 것들을 꿈꿨다. 수녀의 하나-둘, 하나-둘이, 반쯤 성난 목소리로 가차 없이 박자를 불러대는 그녀의 목소리가 그의 공상을 쓰다듬었다. 그녀는 왜 저렇게 화가 났을까? 그녀는 무엇 때문에 항상 창백하고, 무엇 때문에 항상 수줍은 듯 뒤로 물러나 있는 걸까? 그는 모질고 모진 음악이 그녀에게서 흘러나오는 동안 그녀가 폭력을 향해 눈물을 흘리는 모습을 상상했다. 그녀가 피아노를 가르치며 말하는 하나-둘, 하나-둘이 억누르고 있는 모든 것을 상상했다. 그는 자신이 그녀를 사랑한다고 믿었다.

그러다가 수업이 모두 끝나면 내키지 않는 자유의 시간이었다. 모린과 베티는 멋대로 집으로 돌아갔고, 줄스는 몇 시간 동안 내키는 대로 돌아다니다가 기진맥진해서 6시쯤 집에 불쑥 나타났다(그들은 지금 2세대 주택에 살고 있었다). 때로는 피투성이가 되어 있을 때도 있었다. 그때쯤이면 어머니가 이미 한 번 화를 내고 가라앉은 다음이라, 베티는 물론 때로는 심지어 모린까지도 '반성하라'며 옷장에 갇혀 있곤 했다. 그래서 줄스는 무사히 집에 들어올 수 있었다. 그는 헐렁하고 더러운 엄마의 목욕 가운과 오만하게 부풀어 오른 얼굴을 바라보며 이렇게 말하곤 했다. "그 사람이 오기 전에 내가 해야 하는 일이 있어요?" 이 말은 '그 사람'에 맞서서 두 사람을 하나로 묶어주었다. 그는 엄마가 이 점을 느껴주었으면 했다. 엄마는 아들의 신사 같은 말투에 누그러져서 그를 안아주며 쓰레기를 밖에 내놓아 주면 좋겠다고 말했다. 가서 옷장에 갇힌 베티나 모린을 놓아주라고 말할 때도 있었다.

로레타가 항상 술에 취해 있는 것은 아니었다. 어떤 때는 쇼핑을 가서 예쁜 원피스와 하이힐 차림으로 돌아올 때도 있었다. 머리카락이 흘러내리기는 했어도 아직 헝클어지지는 않은 모습으로 그녀는 자신이 사 온 물건을 모조리 식탁에 늘어놓고 줄스와 두 딸에게 구경을 시켜주었다. 물건들 대부분은 먹을 것이었다. 줄스는 엄마가 커다란 갈색 종이봉투에서 손가락으로 셀로판으로 포장된 음식과 통조림을 꺼내는 모습을 홀린 듯이 바라보았다. 로레타도 그런 물건들을 꺼내는 과정을 즐겼다. 별로 놀랍지 않은데도 하여튼 깜짝 선물을 꺼내는 것처럼. 그녀가 아이들에게 말했다. "어머, 너희 정말 멍청하구나! 미쳤어? 이 안엔 아무것도 없어! 도대체 뭘 기대한 거니? 이 골칫덩이들! 줄리, 너야말로 진짜 멍청이야! 오늘이 무슨 크리스마스나 네 생일인 줄 알아?"

하지만 그녀는 즐거워하고 있었다. 그녀가 아이들에게 초록색이나 노란색 스탬프를 주면, 세 아이는 누가 그걸 스탬프책에 붙일지를 놓고 옥신각신했다. 원래는 차례대로 돌아가며 붙이게 되어 있었지만, 줄스는 너무 열을 낸 나머지 언제나 누구의 차례인지 기억하지 못했다. 그래서 항상 자기 차례라고 우겼다. "오빠한테 줘. 오빠가 일을 제일 잘하잖아." 결국 항상 엄마가 이런 말로 딸들의 입을 막아버렸다. 엄마는 흔들거리면서도 따뜻했고, 뜻을 굽힐 때는 대개 줄스를 위해서였다. 모린은 착한 아이였는데도 로레타는 왠지 그 조용한 얼굴을 향해 화를 냈다. "저 애는 항상 나를 봐. 감시하는 것 같아." 로레타는 이렇게 투덜거렸다. 키가 작고 거칠고 시끄러운 베티에게는 모린의 외모도, 줄스의 머리도 없었다. 베티는 고함을 지르고 옆구리를 쿡쿡 찔러대는 방법으로 제 뜻을 이뤘다. 줄스와 모린은 대개 베티를 무시했다. 품위가 없는 아이라서 별로 중요하지 않았다.

아버지가 집에 돌아온 뒤 항상 소란스러워지는 것은 아니었다. 때로 저녁 식사 시간에 맞춰 돌아온 아버지는 식구들과 함께 식탁에 앉아 식사를 한 뒤 거실에서 신문을 펼쳐놓고 꾸벅꾸벅 졸았다. 머리털이 수북하고 커다란 머리에서 도드라진 귀는 모든 소리를 듣는 것 같았지만, 줄스는 오히려 아버지가 점점 귀머거리가 되어가는 것 같다는 생각이 들었다. 아니면 소리를 듣기도 귀찮을 만큼 게을러지고 있는 것 같기도 했다. 예전에 아버지가 경찰이었다는 말을 도저히 믿을 수 없었다. 웃기지도 않는 소리였다! 어떻게 저 뚱보가 총을 향해 손을 뻗을 수 있을까? 어떻게 늦지 않게 총을 꺼낼 수 있을까? 줄스는 아버지의 급하고 잔인한 성격을 무서워했기 때문에, 아버지가 있을 때는 예의 바르고 비밀스럽게 행동했다. 하지만 어머니와 누이동생들에게는 속을 터놓았다. "저 늙은이가 거슬려. 내가 언젠가……."

아버지가 술에 취해 돌아오면 가끔 소란이 일었다. 그런 날 밤에는 밖으로 나가는 것 외에 방법이 없었다. 로레타는 길 건너편에 있는 친구의 집으로 가서 거의 밤새도록 카드놀이를 하며 로열크라운 콜라나 맥주를 빨았다. 줄스와 누이동생들은 날씨가 좋은 날은 그냥 밖으로 나가 자기들끼리 자유로이 골목을 돌아다녔다. 하지만 친구들이 사는 아파트 건물 옥상으로 올라갈 때가 대부분이었다. 거기서 밤을 보내는 친구들이 있기 때문이었다. 몰래 빠져나온 친구도 있고, 집이 너무 시끄러워져서 밖으로 나온 친구도 있었다. 모린은 턱처럼 튀어나온 곳에 등을 기대고 앉아서 잤다. 무릎에 놓인 양팔 위로 고개가 낮게 떨어졌다. 베티는 여기저기 돌아다니며 시간을 보냈고, 줄스는 옥상에서 보이는 동네 모습과 디트로이트 시내를 바라보며 잠시도 가만히 있지 못하고 이런저런 계획을 짰다. 내일 아침에 제롬 수녀에게 피아노를 가르쳐줄 수 있냐고 물어봐야지. 내일 오후에 남에게 팔 수 있는 큰 물건, 그러니까 라디오 같은 걸 하나 훔쳐야지. 내일 저녁에 도끼로 아버지 머리를 두 쪽으로 쪼개버린 다음 지도를 따라 이 나라의 끝으로 도망쳐야지. 안 될 것 뭐 있어? 이 나라의 끝이 어때서? 세상의 끝이 어때서? 그는 트럭과 기차와 비행기의 자유가 부러웠다. 아버지의 멍청하고 단단한 머리를 쪼개면 안 될 것 없잖아? 제롬 수녀의 가늘고 창백한 손을 붙잡아 입을 맞추는 게 뭐 어때서?

그렇게 몇 시간을 보다가 몰래 집으로 돌아갈 때도 있었다. 그때쯤이면 아버지는 이미 의식이 없기 때문에 아무런 문제가 없었다. 모린이 깊이 잠들었을 때는 아예 옥상에서 밤을 보내기도 했다. '야영'이라고 부르는 그런 날이면 줄스는 졸려서 꾸벅거리면서도 긴장을 늦추지 않았다. 깜빡 잠이 들었다가 화들짝 놀라서 깰 때면 가슴속이 비참한 기분으로 가득 차고, 입에서는 고약한 맛이 났다. 아주 일찍, 날이 밝기 전에 그는 모린과 베티를 깨워 골목으로 내려가서 집으로 돌아갔다.

"젠장, 그 늙은이가 거슬려." 그는 이런 말을 하며 돌아다녔다.

고해실에서는 또 똑같은 말을 읊어댔다. "어머니와 아버지의 말을 듣지 않았습니다⋯⋯."

—

나중에 그는 자신의 어린 시절을 언뜻언뜻 기억했다. 마치 화면이 뚝뚝 끊기는 옛날 영화를 보는 것 같았다. 그 웃기는 영화에 나오는, 웃기는 옷을 입은 사람들은 고통도 고뇌도 느끼지 못했다. 저렇게 시대에 뒤떨어진 사람들이 어떻게 인간일 수 있을까? 줄스 웬들은 과연 아이였던 적이 있을까? 정말로 아이였을까? 다른 사람들과 같은 의미의 아이였던 적이 있을까? 그런데 아이였던 적이란 과연 무슨 의미지? 예전 아이였을 때의 줄스가 그의 골격 안에 아직도 존재한다는 뜻일까? 지도와 음악을 사랑하고, 창백하지만 사나운 여자들을 사랑했으며, 기민하고 신경질적이고 텅 빈 눈을 한 그 아이가 아직도 있다는 뜻? 그는 휘청거리는 모린을 언제나 침대까지 반쯤 끌고 가야 할까? 아버지가 죽은 뒤에도 항상 아버지의 두개골을 부수는 꿈을 꿔야 하나?

어느 날 줄스가 메리 제롬 수녀에 관한 몽상을 하다가 정신을 차려보니 싸구려 잡화점에서 친구 손에 이끌려 집에 돌아가는 중이었다. 가슴이 아주 큰 그 아이의 나일론 스웨터가 어찌나 몸에 딱 달라붙었는지, 속에 입은 브래지어의 윤곽이 훤히 드러날 정도였다. 뒤로 넘겨서 하나로 묶은 머리카락이 까딱거렸다. 그녀는 줄스보다 나이가 많아서, 아마 열여덟 살쯤 된 것 같았다. 그녀가 인근에서 일어난 살인 사건에 대해 신나게 떠들어댔다. "아, 진짜, 거기서 사람들이 뭘 봤는지는 말 안 할 거야. 다는 말 안 해. 원래 신문에 그런 얘기는 안 나거든. 왜인지 알아?" 아홉 살짜리 쌍둥이 자매가 동트기 전 몇 시간 사이에 칼에 찔려 숨을 거뒀다. 한 명은 쌍둥이의 침실에서 칼에 찔렸고, 다른 한 명은 도망치다가 거의 한 블록 떨어진 길에서 범인의 칼에 찔렸다. 그래서 방에서부터 길까지 핏자국이 곧장 이어져 있었다. 모두들 그 이야기를 떠들어댔다. 줄스와 함께 있던 여자아이도 그 이야기를 멈추지 못했다. "그런 얘기는 신문에 안 나. 다른 사람들이 따라 할 테니까." 집에는 아무도 없는 것 같았다. 그녀가 2세대 주택 안으로 줄스를 이끌더니 라디오를 켰다. 그녀의 방은 벽장만 한 크기였고, 작은 창문이 하나 있었다. 그녀가 들떠서 안절부절못하는 줄스에게 말했다. 줄스는 지금만큼 성적으로 흥분한 적이 없었다. "내가 네 몸에 내 이니셜을 새기겠다고 했지?" 줄스는 여자아이들이 그것을 하다가, 또는 그것을 당하다가 상처를 입는다는 인상을 받아서 줄곧 그렇게 생각하고 있었다. 하지만 이 여자아이는 빨리 하고 싶어서 안달하고 있었으며, 고통을 느낀 사람은 줄스였다. 그녀가 그의 머리카락 속에서 주먹을 쥐고 잡아당겼다. "아! 진짜." 두 사람 사이에는 미끄럽고 고약한 냄새가 나는 땀의 막이 있었다. 여자아이가 목구멍으로 내는 소리가 줄스의 귓가에서 울리자, 줄스는 기절할 것 같았다. 관능과 두려움이 반씩 뒤섞어 그의 명치를 통해, 경련하는 사타구니를 통해 그의 기운을 쪽 빼놓았다. 그 일이 끝난 뒤 여자아이가 의기양양한 표정으로 숨을 몰아쉬며 똑바로 누웠다. "내 말이 무슨 뜻인지 알겠어?" 그녀가 줄스의 뺨을 꼬집었다. 영화에 나오는 멋진 여자처럼 그녀가 미끈하게 일어서더니 나른하게 기지개를 켜고, 헝클어진 제 머리를 토닥거렸다. "이제 넌 나를 사랑하는 거야."

줄스는 땀에 끈적끈적하게 젖은 채, 눈을 크게 뜨고 그녀를 빤히 바라보았다.

"그래, 넌 '나'를 사랑해. 언제나 '날' 생각할 거야. 널 남자로 만들어준 사람은 나야. 그걸 잊지 마."

"알았어." 줄스가 말했다.

"평생 그래야 돼. 노래에 나오는 것처럼. 알았지?"

"알았어."

메리 제롬 수녀는 처음부터 없었던 것처럼 그의 머릿속에서 사라져버렸다.


9


안개가 끼고 흐린 날이었다. 줄스가 사랑하는 날씨. 금속성 광채가 희미하게 섞인 하늘이 건물과 자동차의 가장자리를 건드리는 날씨. 줄스는 할머니를 병원에 모셔 가야 한다는 정당한 이유로 조퇴하는 중이었다. 그래서 그는 숨죽여 휘파람을 불면서 착한 소년처럼 더러운 공기를 빨아들였다. 비단 느낌이 나는 남방과 어두운색 바지를 입은 열다섯 살짜리 소년. 뒤로 빗어 넘긴 길고 검은 머리는 뒤통수에서 구불구불하고 거친 날개 모양을 이뤘다. 그는 계속 멀리서 언뜻언뜻 보이는 자신의 모습, 줄스 웬들의 모습을 보며 흐뭇한 기색을 감추지 못했다. 그가 웬들 할머니를 위해 기사처럼 한쪽 팔을 내밀었다. 하지만 할머니가 팔을 잡으며 투덜투덜 중얼거리는 바람에 그는 조금 풀이 죽었다. "그 두 녀석 중 한 명이 직접 차로 데려다 줄 줄 알았더니만."

지금은 1953년이었다. 웬들 할머니는 남편과 사별하고 디트로이트에서 줄스네 식구들과 함께 살고 있었다. 비곗덩어리 같은 굵은 다리는 혈관이 튀어나와 얼룩덜룩했고, 하얗게 센 머리는 정수리 부위에서 가늘고 곱슬곱슬하게 변해 있었다. 얼굴에는 생각에 잠긴 사람 같은 주름이 심하게 나 있어서 인생에 염증을 느끼면서도 아직은 이승을 떠날 준비가 되지 않은, 엄청 나이 많은 남자처럼 보였다. 그녀는 가엾은 마음에 참을성 있게 이야기를 들어주는 줄스를 상대로 남편 없이 살아가는 자신의 볼품없는 일상과 쓰레기 같은 거리인 20번가의 쓰레기 같은 집에서 뒷방으로 밀려나 더러운 쓰레기 같고 술을 너무 많이 마시는 며느리에게 휘둘리는 시어머니 신세에 대해 계속 이야기를 늘어놓았다. "하지만 하느님이 그 아이를 축복하시길. 그 아이는 네 엄마니까." 웬들 할머니가 입술을 비틀고 줄스에게 묵직하게 몸을 기울이며 말했다. "어쨌든 네가 우리 식구들을 잘 보살펴 주니 기특하구나. 네 아버지가 아니라 '나'를 보살펴 주니까. 너도 나처럼 머리가 좋아."

"할머니에 비하면 어림도 없어요." 줄스는 오래전부터 그랬던 것처럼 똑같은 말로 할머니를 놀렸지만, 정신이 조금 다른 곳에 팔려 있었다. 도대체 버스가 왜 안 오는 거야? 왜 항상 이렇게 기다려야 하는 거냐고? 할머니의 뼈와 머리가 튼튼한 것은 사실이었다. 하지만 달이 갈수록 몸이 약해지고 있었기 때문에 집에서 포트 거리까지 걸어오는 것만으로도 숨이 차서 암소처럼 숨을 몰아쉬었다. 몸이 뜻대로 움직이지 않는 것에 당황한 기색이었다. 두 사람은 안개가 낀 포트 거리에 서서 기다렸다. 줄스는 (비록 조금 잡티가 있긴 하지만) 잘생기고 젊은 자신의 얼굴, 오리 꼬리처럼 자른 머리, 깔끔하고 번지르르한 옷차림을 의식했다. 그 옷차림 덕분에 고등학생처럼, 아니 고등학생 무리의 가장 꼭대기에 있는 사람처럼 영리하고 민첩해 보인다고 생각하면 기분이 좋았다. 그는 진짜 조폭들 또는 조폭 친구들의 희미한 그림자 속에서 청소년기를 보내고 있었다. 그의 마음 한구석은 사회에서 버려진 그들의 암울하지만 매혹적인 삶을 갈망했다. 그는 조폭들에게 또는 조폭을 흉내 내는 사람들에게 또는 영화에서 들은 말들을 몇 가지 가져다 썼다. 행동도 나른하고 게으르게, 남을 경멸하며 자의식이 강한 포주처럼 다듬었다. 그리고 그것이 아주 마음에 들었다.

그가 할머니에게 말했다. "아버지는 지난달에 병가를 이틀 냈기 때문에 이번에 휴가를 못 냈어요."

"그럼 네 엄마는?"

"저도 엄마처럼 할머니를 잘 모셔다 드리잖아요, 안 그래요? 할머니도 버스를 타는 걸 좋아하신다면서요. 담배 좀 드릴까요?"

할아버지는 후두암으로 세상을 떠났다. 그런데 할머니는 하필이면 할아버지가 긴 병으로 고생하고 있을 때 담배를 피우기 시작했다. 모두들 아연실색했다. 그녀는 줄스와 남자 대 남자, 소년 대 소년의 형제 같은 관계, 함께 음모를 꾸미는 유치한 동지 같은 관계를 유지했다. 줄스에게는 무의미한 관계였지만, 그녀에게는 자신에게 잘못을 저지른 중간 세대, 즉 아들과 며느리에게 복수하는 수단인 듯했다. 그래서 마치 손자와 함께 로레타를 속여 넘기고 있다는 듯이, 능글맞은 미소를 지으며 담배를 받아 들었다. 줄스는 어두운색의 볼품없는 긴 외투를 입고 뭐라고 형용할 수 없는 스타일의 납작한 모자를 쓴 할머니가 이렇게 보기 싫게 변해버린 것이 슬펐다. 모자에는 찢어진 베일이 달렸고, 어두운 갈색 깃털들이 날개처럼 장식되어 있었다. 이런 할머니가 되어버리다니! 차라리 할아버지가 되는 편이 더 나았을 텐데! 할머니는 시장과 주지사를 모두 나쁜 놈이라고 욕했다. 하지만 나쁜 놈들 중에서도 최고는 대통령이었다. 세금이 너무 많아. 사회보장제도는 웃기지도 않는 사기극이지. 나한테 장난을 치는 거야 뭐야. 내가 이렇게 늙지만 않았으면 싸울 텐데. 미국은 미쳤어. 신문을 보면 다 알 수 있지. 유럽도 미쳤어. 돌이킬 길이 없어. "온 세상이 쓰레기장이야." 할머니가 말했다.

포트 거리에는 자동차와 트럭의 흐름이 끊기지 않았다. 멀지 않은 곳에 강이 있었다. 줄스는 주위를 둘러보며 무겁기만 하고 아름답지 않은 앰배서더 다리의 모습을 눈에 담았다. 캐나다로 이어진 그 다리를 보며 산 것이 벌써 몇 년째였다. 여기서 나가는 출구가 어디인지, 어떤 방향으로 나아가야 할지 알 수 없었다. 할머니는 심술궂은 표정으로 이렇게 불평을 늘어놓고 있지만, 이미 너무 늦었다. 할머니는 결코 이곳을 벗어나지 못할 터였다.

"난 평생 남자들과 같이 살았어." 할머니가 성난 목소리로 말하고 있었다. "난 남자들을 잘 알지. 여자들은 잘 모르지만. 여자들이랑은 말을 잘 안 하거든. 너도 여자들은 그냥 내버려 두는 편이 좋아. 네 나이면 벌써 어엿한 남자이니 상식이 있겠지. 그러니까 내가 너랑 이야기할 수 있는 거야. 그렇지? 하지만 네 엄마는……."

또 어머니 이야기였다. 줄스는 두루뭉술하게 넘어가려고 이렇게 말했다. "아, 엄마한테는 신경 쓰지 마세요."

"그러는 네 어미는 날 가만히 내버려 둔다던? 내가 지금 누구 집에서 살고 있는지 한순간이라도 잊을 수 있게 해준 적이 있어? 네가 상식적으로 대답해봐라. 사실대로 말해봐. 네 엄마가 날 가만히 내버려 두던?"

"잘 모르겠어요."

"정신머리가 없는 집이지. 그렇게 문을 활짝 열어놓다니. 네 엄마 친구라는 것들이 계속 드나들잖아. 목욕 가운 차림으로 퍼질러 앉아서 오후 내내 맥주를 마시는 것 말고는 할 일이 없는 여자들 같으니. 항상 주정뱅이 행세나 하고 말이야. 하워드가 늦게까지 나돌아 다니는 것도 무리가 아니지. 하워드 탓이 아냐. 네 동생 베티도 앞으로 못된⋯⋯."

"그건 그 애가 알아서 할 일이에요."

"네 동생 모린은 너무 깡말랐어."

"그 정도면 괜찮아요."

할머니가 담배를 빨았다. 줄스는 담배를 우아하게 피우는 법을 전혀 모르는 할머니의 모습을 곁눈질로 살폈다. "내 아들 샘슨도 확실히 나한테 등을 돌렸지." 할머니가 좋아하는 또 다른 화제를 꺼냈다. 줄스가 아무 대답도 하지 않자 그녀가 은밀한 비밀을 털어놓듯이 말했다. "그놈이야말로 머리가 있는 놈이야. 진짜 머리가 있어. 가엾은 하워드는 저 위에서 머리를 나눠줄 때 어디 문 뒤에 서 있었을 거야. 샘슨이 어렸을 때, 정확히 몇 살이었는지는 잊어버렸지만, 여하튼 이런저런 물건을 고치며 시간을 보내곤 했어. 자동차, 토스터기 같은 것들. 오븐이나 전선 같은 것도. 지금은 포드에서 좋은 자리에 있지. 내가 크게 축하할 일이야. 그놈 마누라는 내가 제 커다란 발에 입이라도 맞춰야 한다고 생각하지만, 나는 그 집에 가면 의자에 앉아서 주위를 둘러보며 아무 말도 안 해. 그래도 생각은 아주 많이 한다. 샘슨의 처도 내가 '저'를 어떻게 생각하는지 알 거야. 하지만 난 걔들한테 뭐든 요구한 적이 없어. 지옥이 얼어붙을 때까지 기다린다 해도 내가 걔들한테 한 푼이라도 요구하는 일은 없을 거다. 걔들한테 돈이 아무리 많아도 말이야. 걔들은 마음만 먹으면 언제든 나랑 같이 살 수 있어. 2층에 빈방이 있거든. 나야 전혀 성가신 사람이 아니니까. 요리도 직접 할 수 있고. 하지만 싫다, 싫어. 난 하워드랑 있을 거야. 네 부모랑 같이 살 거야. 나름대로 문제도 많고, 20번가의 쓰레기장에서 사는 아이들이지만. 그래, 그냥 말이 그렇다는 거니까 오해하면 안 된다, 줄스. 오해하면 안 돼⋯⋯." 농담과 분노와 칭얼거림이 섞인 할머니의 독백이 이렇게 계속 이어지는 동안 줄스는 그녀의 지독한 모욕으로부터 자신을 보호하며, 스모그 저편의 먼 곳에 시선을 고정했다. 할머니가 말했다. "날 때부터 귀가 안 좋은 개들 아이 말이다……. 개들은 그런 꼴을 당해도 싸. '며느리'라는 게 건방진 얼굴을 하고 있으니! 유리 세공 접시니 뭐니 별것도 아닌 걸 애지중지하기나 하고!"

로레타는 몇 년 전 심장이 나쁜 아이를 낳았다. 아들이었던 그 아이는 생후 18개월 때 세상을 떠났다.

"알았어요, 할머니." 줄스가 말했다.

"사람들은 전부 제가 하는 대로 받게 돼 있어. 너도 나중에 알게 될 거다."

"네네, 알았어요."

"어쨌든, 난 아무것도 안 할 거야! 그걸 할 사람은 내가 아니야! 하느님이 적당한 때에 복수를 하실 거다. 그러니 난 심판을 내리지도 않고, 뭔가 일이 벌어지기를 기다리지도 않아." 할머니가 증오에 차서 말했다.

줄스의 시야에 버스가 들어왔다. 안도감. 고마움. 그는 할머니를 모시고 계단을 오른 뒤 통로를 걸었다. 할머니가 넘어질까 봐 걱정스러웠다. 그렇지 않아도 할머니는 이미 몇 번이나 세게 넘어진 적이 있었다. 그때 할머니를 집까지 다시 모시고 가는 것도 줄스의 몫이었다. 할머니는 결코 뼈가 약한 노파가 아니라, 둔하고 볼품없는 할아버지 같았다. 그런데 그 몸의 근육들이 할머니의 뜻을 거슬러 경련하듯 움직이는 것 같았다. 버스에서는 배기가스와 땀 냄새가 났다. 줄스는 할머니와 나란히 앉았지만, 할머니가 넉넉히 앉을 수 있게 몸의 절반이 통로에 걸쳐 있었다. '언젠가 내가 이 모든 걸 바꿀 거야.' 기쁨이 번개처럼 스치고 지나갔다.

그는 저 멀리 서부의 땅, 황야를 생각했다. 황금빛 하늘, 아니 아마도 황금빛일 밀밭…… 산…… 강…… 지도에는 나오지 않는 것들.

버스는 천천히 움직였다. 가다 서다를 반복했다. 줄스는 다른 승객들을 살펴보았지만, 그의 흥미를 끄는 사람이 하나도 없었다. 모두 전에 본 사람들이었다. 결국 그는 어떤 여자에게 주의를 집중했다. 상당히 예쁜 여자였다. 그는 여자를 좋아했다. 조금 매력적인 여자를 보면 맥박이 빨라졌고, 그는 거의 모든 여자에게서 매력을 찾아낼 수 있었다. 불안한 듯 깜박거리는 눈이나 치맛자락을 잡아당기는 몸짓에서. 오랫동안 어머니와 아주 가까운 사이면서도 영리하게 어느 정도 거리를 유지하며 살아온 그는 디트로이트에서 여자들이 느끼는 당혹감을 이해했다. 그들은 당혹, 혼란, 두려움을 느끼고 있었다. 줄스는 여자들에게 머리를 빌려주고, 그들에게 봉사하고, 버스를 타고 갈 때나 길을 건널 때나 남편이 술에 취해 집에 돌아왔을 때 여자들을 도와주는 꿈을 꾸었다. 디트로이트의 빨래방에 들른 여자는 그저 세탁기를 잘 아는 척할 뿐이다! 승용차에 탄 여자도 그저 차를 잘 모는 척할 뿐이다! 그녀의 내면은 자동차 안의 기계들과 마찬가지로 불안하게 흔들리고 있다. 그 자동차는 줄스의 아버지처럼 소리 없이 분노하며 크라이슬러의 조립 라인에서 일하는 누군가가 아마 쾅쾅 후려치듯 조립한 물건일 것이다. 줄스는 여자들을 생각하며 빙긋 웃기 시작했다. 창백하고 부어오른 엄마의 얼굴에서 그는 예쁜 얼굴을 볼 수 있었다. 엄마가 여러 사람에게 즐겨 보여주는 사진들을 굳이 볼 필요가 없었다. 엄마의 다리 또한 꼴사납지만, 줄스는 밤마다 코를 골아대는 하워드와 심장이 나쁜 아기와 시어머니를 만나기 전 조금은 우아했을 다리의 모습을 상상할 수 있었다. 줄스는 하워드의 코 고는 소리 때문에 밤에 잠을 이루지 못하고, 증오심을 높이높이 끌어올렸다. 동생 모린의 섬세하고 똑똑해 보이는 미모는 그를 기쁘게 했다. 모린은 '그의 동생'이었다. 거리에서 동생을 지켜주며 그는 자부심을 느꼈다. 베티에게는 그만큼 관심이 가지 않았다. 강하고 재빠른 아이니까 제 앞가림은 스스로 할 수 있었다.

"왜 베티가 앞으로 나쁜 아이가 될 거라고 생각하세요?" 그가 할머니에게 물었다.

가장 각오가 약해졌을 때, 그는 할머니에게 무릎을 꿇었다. 엄마와 마찬가지로 그에게도 고통스럽고 두려운 기대를 안고 할머니에게 기대는 구석이 있었다.

병원은 새로 지은 싸구려 건물에 있었다. 겨우 1층밖에 안 되는 이 건물의 주차장을 에워싼 울타리는 밝은 갈색 마분지로 만든 것처럼 보였지만, 실제로는 십중팔구 나무로 되어 있을 터였다. 줄스는 할머니를 모시고 안으로 들어갔다. 벌써 기진맥진한 할머니는 지긋지긋하다는 표정으로 의자에 털썩 주저앉았다. 줄스는 서 있는 수밖에 없었다. 버스에 함께 탔던 승객들이 벌써 여기에 와 있었다. 대개 같은 사람들이었다. 디트로이트 사람들. 폴란드계 어머니, 폴란드계 아이들, 일자리가 없는 노인들, 일자리가 없는 중년 남자들, 사회보장제도로 살아가는 추레한 사람들, 병자들, 죽어가는 사람들, 너무 일찍 머리가 세고 너무 일찍 지쳐버린 사람들, 이들이 모두 의자에 앉아 퀭하고 의심에 물든 눈으로 서로를 빤히 바라보고 있었다. 백인은 백인과 검둥이를 노려보고, 검둥이는 다른 검둥이와 백인을 노려보았다.

정문으로 누가 들어올 때마다 다들 일종의 희망을 안고 바라보다가 실망하는 표정을 지었다. 신비로운 의식 같았다. 건물 안쪽에서 나온 환자 몇 명은 하루의 볼일을 다 마친 사람들 같았다. 그들은 자선에 기대어 살아가는 사람들 특유의 조심스럽고 체념한 표정으로 외투를 입다가 왼팔을 다 꿰지도 않은 상태로 반쯤 문밖으로 나갔다. 고개 숙인 그들의 눈에는 앙심과 근심이 있었다.

줄스는 하마터면 선 채로 잠이 들 뻔했다. 형광등이 마치 최면을 거는 듯했고, 씻지 않은 사람들의 몸에서 나는 냄새가 워낙 지독한데도 한편으로는 마약 같았다. 그는 지금 자신이 한창 열광하고 있는 같은 반 여학생을 꿈꾸듯 생각했다. 학교를 졸업하고 마침내 남자로서 자기 힘으로 서게 되면,

식구들을 끌어올린 뒤 그들에게서 벗어나 어떤 삶을 살아갈 것인지에 대해서도 생각했다. 먼저 그는 식구들을 다른 사람들과 비슷하게 끌어올릴 것이다. 그러고 나서 그들에게서 벗어날 것이다. '마지막에는 내 힘으로 내 인생을 바꿀 거야.' 그는 캘리포니아로 갈 생각이었다.

줄스는 할머니와 함께 차례를 기다렸다. 처음 한 시간은 느릿느릿 흘렀다. 깡마른 아이들 몇 명이 대기실에서 장난치며 놀다가 재떨이를 쓰러뜨렸다. 몸이 몹시 마르고 성난 표정을 한 아이들의 어머니는 아이들의 뺨을 때리고는 그들의 존재를 잊어버렸다. 접수 직원이 카운터 너머로 몸을 기울이더니 정중하지만 날카로운 목소리로 말했다. "죄송하지만, 아이들을 조용히 시켜주세요." 아이들은 뚱하고 따분한 표정으로 잠시 조용히 있었지만, 이내 다리를 움찔거리다가 다시 일어나서 이리저리 돌아다녔다. 머리를 잘게 떠는 남자가 갑자기 큰 소리로 말했다. "난 9시부터 여기서 기다렸어! 나더러 9시에 오라고 했다고. 난 여기 문이 열리기도 전부터 와 있었어!" 접수 직원이 그를 빤히 바라보았다. 나이가 젊어 보이는데도 주름진 얼굴이 엄격했다. "성함이 어떻게 되시죠? 이쪽으로 와주세요." 그녀가 말했다. 하지만 남자는 그 말을 듣지 못한 모양이었다. 그는 맥주를 많이 마시는 사람처럼 얼굴이 붉고, 크게 부푼 코는 온통 모공과 블랙헤드투성이였다. 그가 기다리기 싫다는 듯 인상을 쓴 줄스의 할머니에게 동지애를 느꼈는지 말을 걸었다. "여기서 주는 약에는 밀가루가 들어 있어요. 여기 사람들은 혈관에 공기 방울을 주사해서 사람을 죽게 만들어요. 그건 공짜니까요."

언제나 예측할 수 없는 존재인 줄스의 할머니는 남자의 말을 무시했다.

한 시간이 두 시간이 되고, 두 시간이 세 시간이 되었다. 여전히 서 있는 줄스는 너무 지쳐서 앉을 생각조차 나지 않았다. 아이들은 대기실 안을 이리저리 돌아다니며 여전히 놀고 있었다. 이젠 다른 아이들까지 그 무리에 끼었다. 다섯 살쯤 되어 보이는 검둥이 소년은 제 엄마의 허벅지 뒤에 숨어서 백인 아이들을 지켜보았다. 그러면서 엄지손가락을 시끄럽게 쪽쪽 빨았다.

마침내 줄스의 할머니가 호명되었다. 할머니가 일어서자 줄스는 그녀를 부축해서 문진실로 들어갔다. 할머니가 몸을 제대로 움직이지 못하는 것이 당혹스러웠다. 할머니가 통증을 과장하고 있는지 아니면 참고 있는지 그는 좀처럼 판단을 내릴 수 없었다. 그가 대기실로 돌아와 보니 할머니가 앉았던 자리에 이미 뚱뚱한 여자가 앉아 있어서 그는 계속 서 있었다. 기묘하고 차분한 인내심이 생겨났다. 그는 〈새터데이 이브닝 포스트〉한 부를 꺼내서 미식축구에 관한 기사를 읽었다. 마치 다른 행성의 소식을 읽듯이 꼼꼼하게 읽었다. 무엇이든 알아두는 것은 귀한 일이었다. 그는 스포츠에 전혀 관심이 없었다. 아무런 이득도 없는 하찮은 골을 넣자고 사내아이들이 그렇게 힘을 쓰는 것이 그에게는 바보스러워 보였지만, 그래도 세상에는 스포츠에 진지하게 관심을 갖는 사람들이 있었다. 이유가 무엇일까? 줄스는 표지에 피로 찍은 엄지의 지문이 실린 〈내셔널 지오그래픽〉을 집어 들었다. 그 안에 실린 사진들이 그를 매혹했다. 그의 시선을 잡아끌며 '봐, 이걸 좀 봐. 이 지평선을 봐. 이 바위 지형을 봐. 이 아프리카 추장을 봐. 보라고. 넌 왜 여기 있어? 넌 누구야?' 하고 소리치는 것 같았다. 그는 그 잡지를 내려놓고 〈타임〉을 뒤적였다. 거기서 미국의 검둥이들에 관한 기사(「번영의 10년」), 할렘에서 평등과 정의와 풍요가 이루어진 이야기를 읽었다. 커버스토리도 읽었다. 비노바 바베(1895~1982, 인도의 사회개혁가—옮긴이)라는 인도 남자에 관한 기사였다. "나는 사랑으로 여러분을 약탈하러 왔습니다." 그 남자는 이렇게 말했다. 줄스는 이 기사를 홀린 듯이 읽었다. "우리는 모두 인류라는 한 가족의 일원이다." 비노바 바베가 읽은 책은 세 권뿐이었다. 유클리드의 《기하학 원론》, 이솝의 《우화집》, 《바가바드기타》. 줄스는 점점 흥분했다. 그도 이 책들을 읽을 생각이었다. 바로 다음 날 이 책들을 손에 넣을 예정이었다. 비노바 바베가 말했다. "나의 목적은 사회 전체를 변화시키는 것이다.

불은 그저 탈 뿐이다. (…) 타오르는 것이 불의 임무다. 다른 것들도 제 임무를 다해야 한다."

뚱보 아줌마가 코를 킁킁거리며 방해하는데도 바베의 말들이 줄스의 마음속에 남았다. "타오르는 것이 불의 임무다."

줄스는 딱히 성자가 되기보다는 성자의 삶과 나란히 이어지는 세속적인 삶이 바로 자신이 원하는 것이라는 생각이 퍼뜩 들었다. 무슨 수를 써서라도 현대적인 삶을 살다 보면, 그의 지평과 시야가 넓어질 것이다. 그도 해낼수 있었다. 필요한 것은 오로지 시간과 약간의 여유뿐이었다. '타오르는 것이 불의 임무다……' 그는 불과 자신을 믿을 수 있었다. 그도 자신의 임무를 다할 것이다. 그는 자신을 믿었다. 하지만 다른 사람들은 전혀 믿지 않았다. 자그마한 이탈리아 자식을 팼다는 이유로 수녀들의 학교에서 쫓겨난 그는 주중에 미사를 돕는 일상에서도 쫓겨났다. 모든 것이 끝났다. 어차피 그도 공립학교가 더 마음에 들었다. 그곳의 교사들은 울지 않았다. 화는 냈지만 울지 않았다. 그가 그리워하는 것은 수녀들의 길고 검은 치맛자락과 소매, 불안하게 찰랑거리던 묵주뿐이었다. 성(性)이 없으면서도 몹시 여성스럽던 여자들, 완고하고 선량하지만 쉽게 동요해서 눈을 희번득거리며 폭력을 휘두르던 여자들…… 그 여자들은 모두 그에게 어머니였고, 성모처럼 찬양받을 준비를 갖추고 있었다. 설사 입에서 조금 시큼한 냄새가 나도, 턱에 검은 털들이 삐죽 고개를 내밀었어도 상관없었다. 줄스는 정말로 그들이 그리웠다. 하지만 성당과 이른 아침의 미사와 예수의 그림들은 그립지 않았다. 어른으로도 아기로도 묘사된 예수, 미화된 예수, 피 흘리는 예수, 죽어가는 예수, 죽은 예수, 힘의 황홀경에 빠져 부활한 예수. 줄스는 전에도 예수를 좋아하지 않았다. 수녀들이 예수에게 관심을 보이면 화가 났다. 줄스 자신이 더 나은 남자가 될 텐데. 최소한 더 영리한 남자는 될 수 있는데. 지상의 모든 왕국을 차지하지 못할 것도 없지 않은가? 그렇지 않은가? 지상의 왕국들은 어차피 누군가의 차지가 될 터였다. 그것이 역사였다.

또 한 시간이 지났다. 할머니는 아직 나오지 않았다. 새로운 사람들이 들어와 뒤편 벽에 기대서 있었다. 그들은 아예 외투의 단추를 풀 생각조차 하지 않았다. 줄스는 저 뒷방 어딘가에서 힘겹게 움직이며 간호사와 지는 싸움을 벌이고 있을 할머니를 생각하지 않으려고 애썼다. 할머니의 때 묻은 속옷과 한때는 여성스러웠던 그 삶의 비밀이 얼마나 경악스러울까? 할머니가 병원에 올 때마다 전투가 벌어졌다. 할머니의 기록을 잃어버렸는지, 병원 사람들이 할머니의 기록을 찾지 못했다. 담당 의사가 밖에 나가 커피를 마실 때도 있었다. 창문에서 바람이 들어오기도 하고, 성질 급한 간호사가 다른 환자들은 병원에 오기 전에 몸을 씻는다고 쏘아붙이기도 했다……. 할머니는 욕을 하며 나올 것이다. 지나치게 큰 소리로 소란을 피우며 대기실에서 시끄럽고 서툴게 움직여 모두에게 자신이 이런 대우를 참지 않을 것임을 알릴 것이다.

또 지루한 한 시간이 지난 뒤 할머니가 나타났다. 간호사가 옆에서 할머니를 부축하고 있었다. 줄스는 곧바로 달려가 할머니의 손가락 사이에 끼워져 있는 처방전을 뽑아냈다. 할머니의 표정을 보니 결과가 좋지 않은 모양이었다. 그는 외투를 입는 할머니를 도와주고, 할머니를 부축하며 밖으로 나와 또 버스를 기다렸다. 또 다른 버스였다. 디트로이트로 가는 오후 버스. 그는 자신이 버스를 기다리며 보내는 시간이 너무 많다고 생각했다. 할머니는 말이 없었다. 커다란 밀가루 반죽 같은 볼품없는 얼굴이 줄스를 외면하고 있었다.

줄스는 가볍게 말했다. "저 병원은 정말 사람을 너무 기다리게 만들어요!"

할머니가 고개를 끄덕였다.

"이번에는 어떤 의사였어요?"

"몰라."

"몰라요? 똑같은 의사였어요? 안경을 쓴 사람?"

할머니는 어깨를 으쓱했다.

"할머니가 그 의사를 좋아하는 줄 알았는데요. 할머니를 보살펴 준 사람이 누구인지 몰라요?"

"내가 어떻게 알아?" 할머니가 쏘아붙였다. "내가 꼭 알아야 돼? 내가? 무슨 일이든 전부 알아야 돼? 난 늙었어. 이 세상은 나한테 아무것도 아냐. 그러니까 입 닥쳐! 뾰족 신발에 꼭 끼는 바지를 입은 주제에. 닥쳐!"

갑자기 그는 울고 싶어졌다.

그가 할머니와 함께 집에 돌아온 것은 늦은 오후였다. 그들이 사는 집은 겉만 번드르르하지만 편안한 거리의 2세대 주택이었다. 동네에는 개들과 아이들이 아주 많았다. 세 블록도 떨어지지 않은 곳에 멕시코인들이 살았지만, 그들은 검둥이들과 달랐다. 집에는 로레타밖에 없었다. 그녀는 부엌 식탁에서 머리에 꽂은 핀들을 뽑고 있었다. 그녀가 죄책감과 유쾌함이 동시에 깃든 얼굴로 웬들 할머니를 바라보았다.

그녀가 말했다. "어땠어요?"

"어떻긴 뭐가?" 웬들 할머니가 말했다. 그녀는 볼품없는 모자를 벗어 손에 들고 서 있었다.

"몸이 어떠시냐고요. 병원에서 뭐래요?"

"의사가 약을 아주 좋아하더구나."

"병원에서 뭐래요?"

"병원에서 뭐라는지 누가 알아?"

"피가 났다고 얘기하셨어요?"

할머니가 로레타에게 경멸 섞인 미소를 지었다. "내가 거기서 무슨 얘기를 하고, 무슨 얘기를 안 했는지 네가 일일이 물어볼 필요 없어. 누가 관심이나 갖는다던? 그냥 생각나는 대로 이야기했다. 의사랑 얼굴을 맞대고 이야기했어. 다른 사람들이야 관심 가질 필요가 없잖아."

로레타는 손으로 얼굴을 문질렀다. "좋아요. 병원에 언제 또 가세요?"

"나흘 뒤."

"나흘!"

웬들 할머니는 자기 방으로 들어갔다. 로레타는 어린 소녀처럼 눈에서 손을 떼고 줄스를 바라보았다. 줄스는 미소를 지으려고 애쓰다가 성공했다.

"피 얘기는 안 하신 거야." 로레타가 말했다. "틀림없어. 항상 저렇게 뭔가를 숨기신다니까. 아무도 관심이 없는 일을 비밀로 지키시니, 원."

"왜 그런 얘기를 안 하시는 건데요?" 줄스가 말했다. "할머니는 건강해지고 싶어 하시는데."

"죽어가는 사람들은 건강을 원하지 않아." 로레타가 말했다.

줄스는 엄마에게서 도망쳐 욕실로 들어가서 머리를 매끈하게 뒤로 넘긴 뒤 일하러 갔다. 그는 주류 판매점에서 일하고 있었다. 배달 트럭에 짐을 싣는 일을 돕고, 트럭에 함께 타고 움직이는 것이 그의 일이었다. 자신이 직접 트럭을 몰 수 있는 날을 기다리느라 안달이 났다. 오늘은 할머니가 피를 흘리는 생각만 계속 났다. 변기에 피를 흘리는 할머니의 얼굴은 비밀과 통증으로 닫혀 있다. 아까 보았던 인도인도 계속 생각났다. 이름은 잘 기억나지 않았지만. '우리는 모두 인류라는 한 가족의 일원이다.' 이것이 진실인지 궁금했다. 그는 홀린 듯이 계속 이 생각을 했다.

주류 판매점은 포트 거리에 있었다. 배달은 저 멀리 그로스포인트까지 이루어졌다. 비록 보수는 많지 않았지만, 줄스는 값비싸 보이는 병들과 화려한 이름들이 마음에 들었다. 성공한 사람들 주위를 맴돌 수 있는 것도, 트럭을 타는 것도, 커다란 집의 고용인 출입구에서 술을 내려주는 것도 좋았다. 그는 할머니 생각을 하지 않으려고 애썼다. 창자가 새고, 심장에는 독이 뿌려져 있는 할머니. 하지만 내일의 일들, 내일의 학교 수업, 할 시간이 없는 숙제를 생각한다고 해서 나아질 것도 없었다. 그래서 그는 지금보다 어른이 된 자신, 성공한 자신의 모습을 생각했다. 지금 이 소년의 모습에서 벗어나 성공한 남자로 자란 모습. 성공이 어떤 형태로 찾아올지 궁금했다. 주류 판매점을 소유하는 것처럼 분명히 드러나는 성공은 아닐 것이다. 그렇게 흔한 형태는 아닐 것이다.

그는 6시가 넘을 때까지 일을 한 뒤, 뒷골목을 통해 집으로 돌아갔다. 피곤해서 기운이 하나도 없었다. 하지만 점점 어두워지는 축축한 공기 속에서 일종의 황홀경이 그를 찾아왔다. 안개가 낀 것 같은 공기는 그의 모습을 꽁꽁 숨겨주었고, 자동차들과 트럭들과 다른 사람들의 모습 역시 흐릿하게만 보일 뿐이었다. 이런 때에 그는 이 도시의 뒷골목을 잘 알고 사람들 눈에 띄지 않는 법을 잘 아는 자신이 누구의 눈에도 띄지 않고 시내를 돌아다닐 수 있을지도 모른다는 생각이 들었다. 그는 자신이 직접 쓴 책 속의 등장인물이 되었다고 상상했다. 허구의 인물이므로 무엇이든 될 수 있는 가상의 열다섯 살짜리 소년. 그가 되지 못할 것이 무엇일까? 매일 밤 엄마는 돈 때문에 우는소리를 했고, 매일 밤 아버지는 조용히 앉아 분노를 삭였다. 그는 돈이 없는 남자였다. 매일 밤 웬들 할머니는 머리가 좋아서 꼭대기까지 올라간 사람, 그러니까 돈이 있는 누군가를 심술궂은 말로 푹푹 찔러댔다. 줄스의 친구 래미 멀론은 언제나 돈에 대해서, 돈을 버는 일에 대해서, 누군가를 빈털터리로 만드는 일에 대해서 이야기했다. 자기 형이 중고차 매장을 갖고 있는데, 중고차에 대해 아는 것도 없을뿐더러 금리는 고사하고 아예 글 자체를 모르는 사람들에게 털털이 자동차를 팔고 있다는 얘기도 했다. 폴란드인, 검둥이, 스페인계, 멕시코인, 이들은 모두 돈을 빼먹을 수 있는 손쉬운 먹이들이었다. 몇 번이나 몇 번이나 당하는 사람들. 하지만 줄스는 계속 돈만 생각할 수 없었다. 만약 그가 직접 쓴 책 속의 등장인물이라면, 돈에 빌목을 붙틸 이유가 없지 않은가? 원한다면 돈을 손에 넣어 그 위를 둥둥 떠다닐 수도 있었다. 먼저 그는 식구들을 끌어올린 다음에 민첩하고 약삭빠르게 그들의 무게에서 벗어나, 미국이라는 바다 위에 둥둥 떠서 중서부의 초원과 로키 산맥을 지나 저 멀리 서해안까지 갈 것이다. 그곳에서 미국의 미래가 줄스 자신과 같은 사람들을 기다리고 있었다. 원한다면 이름을 바꿀 수도 있었다. 외모도 5분 만에 바꿀 수 있었다. 어떤 상황이 닥쳐도 거기에 맞게 자신을 바꿀 수 있었다.

하루 일을 마치고 나니 몸이 녹초가 되었다. 그는 약해진 몸 때문에 마음의 문이 열리기라도 한 것처럼 환상에 굴복했다. 아버지가 집에 돌아오신 뒤 저녁 식탁이 차려지기 전의 우중충하고 위험한 몇 분 동안 그는 라디오 옆에 앉아 빈둥거리며 창백한 안색으로 늘어진 채 몽상에 빠졌다. 그는 〈셰인〉에 나오는 앨런 래드가 아닐까? 〈위험한 질주〉에 나오는 말런 브랜도가 아닐까? 하지만 그는 병원에서 만난 사람들과 뒤섞였다. 그 뚱뚱한 아줌마, 머리가 부들부들 떨리던 아저씨, 시끄럽게 굴던 아이들. 그도 그 자리에 있었다. 그도 그들과 같은 사람이었다. 한국에 관한 뉴스가 들려왔다. "휴전의 희망이 있습니다." 음, 다행이네. 머릿속에서 문이 계속 열렸다 닫히기를 반복했다. 그는 신문 별지를 들고 훑어보았다. 한 기사가 그의 주의를 끌었다. 열아홉 살짜리 텍사스인이 목장 주인에게서 1만 9천 달러를 받았다는 이야기였다. 1만 9천 달러를 받다니. 두 사람은 텍사스의 교도소에서 친구가 되었다. 목장 주인은 아내를 죽인 혐의로 종신형을 살고 있었다. 그가 착하게 살라면서 청년에게 1만 9천 달러를 준 것이다. 청년은 9학년 여학생과 결혼해서 값비싼 자동차를 한 대 사고 지금은 똑바른 길을 향해…….

난 1만 9천 달러를 바라지 않아. 줄스는 속이 쓰렸다. 그가 원하는 것은 황야, 황야의 빈터, 지금과는 다른 모습의 웬들 할머니가 살았던 어린 시절의 농가와 비슷한 곳이었다.

아버지가 가까이에 앉아 에일을 병째 마시고 있었다. 아버지의 파란색 남방이 땀으로 얼룩져 있었다. 머리카락이 가늘어졌지만, 모두 똑같이 가늘어

146

진 것은 아니었다. 이마에는 주름이 생겼다. 그는 자기 어머니와 비슷하게 변해가고 있는 것 같았다. 이 남자는 줄스의 마음속에 있는 모든 문을 닫아 버렸다. 아무것도 기억나지 않았다. 심지어 조금 전에 읽은 신문 기사조차도.

줄스가 자신을 바라보는 것을 알고 아버지가 갑자기 말했다. "너 아직도 그 멀론이라는 녀석이랑 어울리냐?"

"왜요?"

"개 말고 다른 녀석은 어때? 이름이 뭐더라? 눈이 툭 튀어나온 자식 말이야." 아버지가 말했다.

줄스는 기억을 더듬는 척했다.

"로작요? 감옥에 있어요." 베티가 부엌에서 거실로 들어오며 말했다. 그녀는 소파 팔걸이에 앉아 더러운 발가락을 꼼지락거리며 줄스를 향해 몸을 기울였다.

"감옥 어디?" 줄스는 베티의 말이 사실임을 알면서도 이렇게 물었다.

"오빠가 같이 감옥에 들어가지 않은 게 신기해." 베티가 말했다.

"난 개랑 친구가 아냐." 줄스는 골치가 아파질 것이라는 예감에 머릿가죽이 따끔거렸지만, 어찌 된 영문인지 아버지는 아무 말이 없었다.

베티가 줄스를 향해 히죽 웃었다. "래미 멀론도 잡혀 갈 거야. 잘난 척 으쓱거리더니!"

"너 뭘 알고 하는 소리야?" 줄스가 말했다.

"나야 많은 걸 알지."

베티는 못생긴 열한 살짜리 소녀였다. 하지만 열한 살이 아니라 스무 살이나 서른 살이나 마흔 살인 것처럼, 자라다 만 자신의 몸에 만족하는 여자처럼 왠지 강인하고 조숙한 면이 있었다. 줄스는 디트로이트에서 그런 사람들을 자주 보았다. 대개 남자인 그들은 작은 보폭으로 종종걸음을 쳤으며, 움직임이 기민하고, 자의식이 강하고, 약삭빨랐다. 로레타의 외모는 베티의 얼굴 속에 반쯤 파묻혀 있었다. 사실 베티의 이목구비는 예뻐야 마땅했으나, 뭉툭한 꼴을 하고 있었다. 입술은 너무 두껍고, 코도 너무 두꺼웠다. 마치 로레타와 하워드가 술에 취해 의기투합해서 찰흙으로 아이의 얼굴을 빚다가 서로 자기 얼굴을 표현하겠다고 싸워댄 것 같았다. 베티는 아이들을 한 무리 끌고 다녔다. 제 또래의 여자아이들과 그보다 어린 남자아이 몇 명으로 이루어진 그 무리는 거리를 배회하며 사소한 문제들을 일으켰다.

아버지는 두 아이 맞은편에 앉아 다시 침묵했다. 틀림없이 다른 뭔가를 생각하느라 아이들의 말이 들리지 않는 것 같았다. 아버지는 무슨 생각을 할까? 직장 생각? 병들고 고민 많은 어머니 생각? 어머니의 사회복지연금 생각? 또 고장 난 자동차 생각? 집세 생각? 몇 블록 떨어진 동네로 이사 오는 검둥이들 생각? 침실 슬리퍼를 신고 부엌에서 뚱하니 움직이는 아내 생각? 저녁 식사로 프라이팬에서 익어가는 포크찹 생각? 무슨 생각을 할까? 줄스는 아버지가 한국의 휴전 전망에 대해 생각할 리가 없다고 확신했다. UAW(미국자동차노조─옮긴이)가 병가 수당과 퇴직금 인상을 원하는지 여부에 대해서도 생각할 리가 없었다. 반드시 그걸 생각할 이유가 없었으니까. 딸이 아들의 따귀를 한 대 시원하게 갈기라고 아버지를 충동질하고 있다는 생각도 하지 않았다. 사실 아들은 한 대 맞아 마땅한데도. 아버지는 자기 옆 탁자 위의 나팔꽃 모양 초록색 램프에 대해서도, 반쯤 읽다 만 채로 바닥에 놓여 있는 〈디트로이트 뉴스〉에 대해서도, 상판이 모조 나무로 되어 있고 유리로 만든 작은 새들이 줄지어 놓여 있는 라디에이터에 대해서도, 로레타의 솜씨 중 하나인, 우월한 코를 지닌 우아한 부인의 실루엣이 들어 있는 벽의 액자에 대해서도, 더럽고 찢어진 빨간색 소파 커버에 대해서도, 썩어가는 줄스의 운동화와 베티의 썩은 이에 대해서도 생각하지 않았다…….
커피 탁자의 유리 밑에는 가족들을 찍은 스냅사진 여러 장이 있었다. 식구들이 모두 있었다. 아기 적의 줄스, 부루퉁한 아이 모습의 줄스, 깡마른 열두 살 시절의 줄스. 베티와 모린도 있었다. 아기 적의 베티, 깡마른 열두 살 시절의 모린. 로레타는 밝고 정신없는 컬러사진 속에서 노란 옷을 입고, 머리에는 샛노란색 모자를 쓰고 있었다. 품에 안은 아기는 아마도 죽은 그 아이인 것 같았다. 웬들 할머니도 당연히 있었다. 나들이 때나 입는 군청색 원피스를 입은 모습이 독선적인 탱크 같았다. 심지어 하워드도 있었다. 흐릿한 사진 속에서 군인으로 변장한 그는 불룩 튀어나온 아랫배가 없었다. 줄스는 머릿속에 안개가 낀 것 같았다. 이 사람들과 이 물건들이 죄다 한데 모여서 뭘 하는 거지? 나한테 무슨 짓을 하는 거야?

몇 주 전 줄스는 래미를 포함한 아이들 몇 명과 함께 동네를 돌아다니다가 아버지와 어머니가 볼링장이 딸린 식당에서 나오는 것을 보았다. 맥주 냄새가 나는 것 같은 네온 불빛 속에서 두 사람은 아주…… 아주 부부처럼 보였다. 둘만의 세계에서 대화에 몰두하다가 하워드가 커다랗게 웃음을 터뜨리고, 로레타는 소녀처럼 손목을 흔들었다. 그건 '아, 정말 굉장하지 않아?' 하고 말하는 듯한 동작이었다. 줄스는 아버지와 어머니가 때로 잘 지내기도 한다는 생각에 충격을 받았다. 두 사람은 그 사실을 모르고 있었다. 줄스가 로레타를 한쪽으로 끌고 가서 "이러면 그렇게 나쁜 게 아니잖아요. 그런데 왜 항상 아버지에 대해 투덜거리는 거예요? 아버지랑 엄마가 밤에 길에서 웃고 있는 걸 봤어요. 아버지랑 엄마가……" 하고 말할 수 없다는 것이 아쉬웠다.

모린이 와서 저녁을 먹으라고 말했다.

줄스는 배가 고팠지만 부엌으로 향하는 마음속에는 두려움이 있었다. 이집의 부엌에서는 무슨 일이 일어날지 알 수 없었다. 정신을 집중해서 식사를 마치고 야간 아르바이트를 하러 나가는 것이 상책이었다. 그래, 그래야지. 그는 여느 때처럼 모린과 아버지 사이에 앉았다. 그리고 불안한 마음으로 미래를 생각했다. 그날 밤, 다음 날, 그리고 진짜 미래. 미래가 중요했다.

현재가 아니라. 저녁 식탁에서 보내는 몇 분, 그가 견뎌내야 하는 이 10분이나 15분은 미래로 이어지는 과정의 일부라는 점을 제외하면 중요하지 않았다. 그는 미래가 기분 좋은 놀라움을 안겨줄 것이라고 확신했다. 그는 자기 접시에 직접 음식을 담기 시작했다. 아버지는 자기 접시를 향해 몸을 기울이고 포크 가장자리로 고기를 잘랐다. 베티는 식탁을 가볍게 흔들었다. 모린은 잠깐 동안이지만 한 손을 식탁 옆으로 슬프게 드리웠다. 로레타가 식탁에 몸을 기대자 옷 속의 묵직한 젖가슴 윤곽이 드러났다.

식탁에 나오지 않은 웬들 할머니를 생각할 수밖에 없다는 사실이 짜증스럽고 고통스러웠다.

"노인네는 어디 있어?" 하워드가 물었다.

"누워 계셔." 로레타가 말했다.

"또 아픈 거야?"

"뭐, 어딘가가 아프겠지. 쓸개가."

베티가 빵을 향해 손을 뻗었다. 왼팔 손목부터 팔꿈치까지 희미한 흉터가 있었다. 친구 어머니가 술에 취해 베티가 자기 딸을 때리고 있다고 주장하며 뜨거운 다리미를 던지는 바람에 생긴 흉터였다. 하지만 베티는 그 집 식구들이 모두 미쳤다며, 그 아줌마가 옷을 다리다가 갑자기 다리미를 자신에게 던졌다고 주장했다. 줄스는 베티 생각을 그만두었다. 대신 밤거리를 생각하자 기분이 들떴다. 학교에서 마음에 드는 여자아이도 생각했다. 낮에만 볼 수 있는 그 아이는 그에게 전혀 관심이 없었기 때문에, 그가 보이는 관심에 살짝 당황하고 있었다. 사실 줄스에게는 다른 여자아이가 있었다. 굵고 검은 머리를 지닌 그 아이는 학교에서 줄스를 졸졸 따라다니며……

"펀치보드(게임용 판자—옮긴이) 찾았어?" 모린이 베티에게 말했다.

"잃어버렸어."

"어떻게?"

"학교에서."

"그거 돈을 내야 하는 거니?" 로레타가 말했다.

"수녀님한테 내가 잃어버렸다고 말할 거예요."

"누가 훔쳐 갔는지도 몰라." 모린이 말했다.

"틀림없이 누가 훔쳐 갔을 거야."

"네가 직접 훔쳤을 수도 있지. 너 말이야." 로레타가 다 알지만 관심 없다는 듯이 말했다.

그 이야기는 그걸로 끝이었다.

모린은 몽롱한 초록색 눈으로 식탁을 둘러보았다. 그녀는 팔과 목이 가는 조용한 소녀였다. 눈 주위에는 우울한 그림자가 져 있었다. 열세 살인 그녀는 수녀들이 하는 학교의 8학년이었다. 그녀가 다시 베티를 바라보았다. "네가 훔쳤어?"

베티가 인상을 찡그렸다.

"할머니는 많이 아파요?" 모린이 말했다.

"걱정 안 해도 돼."

"할머니 죽어요?" 베티가 말했다.

"닥쳐." 로레타가 말했다.

"닥치라고요? 내가 40센트짜리 펀치보드를 훔쳤다면서요?" 베티가 외쳤다. "그런데도 가만히 입 닥치고 있으라고요?"

"입 다물라고 했어." 로레타가 말했다.

"엄마나 입 닥쳐요!" 베티가 말했다.

그들은 식사를 했다. 줄스는 소금과 후추 그릇이 거리를 두고 떨어져 있는 식탁 한가운데를 바라보았다. 소금과 후추를 한곳에 나란히 옮겨놓고 싶어서 손가락이 근질거렸다.

이러다 무슨 일이 일어나는 걸까? 오늘 밤이야말로 그가 식칼을 붙잡고 아버지에게 찔러 넣을까? 저 기름진 창자 속으로 곧장?

하지만 그랬다가는, 줄스는 속으로 생각했다. 이마에 땀이 엷게 배어 나왔다. 그랬다가는 모든 것이 너무 일찍 끝나버릴 거야. 너무 일찍. 열다섯 살이라면 인생을 끝내기에 너무 이른 나이였다. 수녀들과 어머니와 할머니는 물론 심지어 몇몇 경찰관들조차 그가 스무 살을 넘기지 못할 것이라고 하지 않았던가? 그건 적어도 스무 살까지는 살 수 있다는 뜻이 아닌가? 스무 살은 멀고도 아연한 목표였다. 결코 그곳에 도달할 수 없을 것 같았다. 광활하고, 황량하고, 아무도 원하지 않는 사막 같았다. 스무 살이라는 나이는. 그때가 되면 죽는 것에 대해 아무런 슬픔을 느끼지 않을 것이다. 하지만 열다섯 살은 아직 어렸다.

"에설이 미용실에서 일하기로 했대." 로레타가 말했다.

하워드는 아무 말이 없었다.

"오늘 같이 영화를 보러 갔거든. 에설이 공짜로 접시를 얻었어. 세상의 행운이 모두 걔 차지라니까. 난 아무것도 없었는데."

"난 펀치보드를 안 훔쳤어요." 베티가 말했다. "다른 사람이 나한테서 훔쳐 간 거예요."

"그 얘기는 입 다물라고 했지?"

"내가 훔쳤다고 아무도 증명하지 못할걸요."

줄스는 겁에 질린 베티의 설치류 같은 표정을 알아차리고, 뭐가 됐든 베티가 도둑질을 했음을 깨달았다. 전에도 베티는 도둑질을 하다 걸린 적이 있었지만, 언제나 훔치지 않았다고 주장했다. 모든 것을 부인했다. 그것이 베티의 버릇이었다. 뻔한 사실을 부인하는 멍청하고 서투른 아이.

"학교에서 물건을 가져가는 애들이 많아." 모린이 말했다. "오늘 메리 마거릿 수녀님이 외투 보관실에 들어갔다가, 누군가의 외투 주머니에서 있으면 안 되는 물건을 발견했대. 훔친 사람들은 물건을 돌려줘야 할 거야. 수녀님은 범인이 누군지 말하지 않았지만, 엄청 화를 냈어. 아무도 말을 안 하니까, 수녀님이 교실을 한 바퀴 돌면서 누가 수녀님 책상 위에 있던 작은 달력을 가져갔느냐고 물었어. 한 사람 한 사람 차례로 물었는데도 다들 모르겠다고 했지. 내 차례가 됐을 때 얼마나 무서웠는데. 수녀님이 '모린, 넌 알지?' 하고 말해서 나는 모른다고 대답했어. 그러면서 아무 일도 없기를 속으로 얼마나 빌었는지 몰라."

"가져간 사람이 누군데?" 베티가 말했다.

"아, 플로이드 아니면 애나 크루즈일걸. 모르지. 난 그런 멍청이들하고는 놀지 않으니까."

"걔들이 그걸로 뭘 했을까?"

"버렸다고 누가 그러던데."

로레타가 갑자기 고개를 들었다. "이거 지금 그 노인네가 내는 소리야?"

하지만 소리를 들은 사람은 하나도 없었다.

모린이 말했다. "내가 가서 보고 올게요."

"넌 가만히 있어." 하워드가 말했다. "지금 저녁 식사 중이잖아."

줄스는 몇 초 동안 식탁을 바라보다가 소금과 후추 그릇을 한곳에 모았다. 그 둘은 함께 있어야 했다.

"약이 더 필요한가 봐." 로레타가 말했다.

하워드는 음식만 먹을 뿐, 시선을 들지 않았다.

"약이 더 필요한 것 같다니까."

"알았어."

"당신 형 샘슨이 한 주에 20달러씩 어머니에게 주겠다고 했는데, 어머니가 꺼지라고 했어. 이제 어쩔 거야? 약값을 우리가 전부 대야 한다고."

하워드는 대답하지 않았다.

"약값이 병원에 갈 때마다 3달러나 돼! 작년에는 그렇지 않았는데, 망할 놈의 검사를 죄다 다시 하더니 새로운 약으로 바꿔버렸어……."

하워드는 식탁 복판을 향해 접시를 밀었다. 손이 크고 두툼했다. 줄스는 그 손을 바라보다가 손톱의 창백한 반달을 발견했다. 놀라운 광경이었다.

로레타가 성난 목소리로 말했다. "저러다 어머니가 콱 죽어버리면, 당신 형 내외는 꽃을 보내겠지. 미사도 준비할 테고. 코니는 그레이하운드를 타고 와서 저기 앞방에서 또 아이를 낳을걸. 내 시중을 받으려고 여기서 머무르려고 할 거야. 망할 놈의 당신 식구들이 조만간 죄다 이 집으로 들어올 거라고. 할 테면 해보라지."

하워드가 그녀를 바라보았다. "무슨 소리야?"

"코니가 디트로이트로 오면……."

"온대?"

"당신 어머니가 그럴지도 모른대."

하워드는 귀를 기울이는 것 같았지만 아무 말도 하지 않았다.

로레타가 식탁 위로 몸을 기울이며 말했다. "난 싫어! 싫다고! 우울하게 돌아다니는 사람이라면 이미 모린이 있잖아. 둘이서 그러고 다니는 건 싫어!"

"난 우울하게 돌아다니지 않아요." 모린이 깜짝 놀라서 말했다.

"어느 누구도 이 집에 받아들이지 않을 거야! 지금 어머니를 보살피는데 대가가 뭐야? 아무것도 없잖아! 당신의 망할 형이 돈을 주겠다는데도 어머니가 꺼지라고 하는 바람에 어떻게 됐어? 어떻게 됐냐고? 내가 어머니 뒤치다꺼리를 할 수는 있어! 당연히! 그런데 어머니는 본인 입으로 이렇게 말했지. 당신이 혼자 돈을 다 써버릴 테니까 당신 형이 당신한테 그 100달러를 주지 않겠다고 했다고. 당신 형이 당신을 그렇게 보고 있어!"

"그건 어머니가 지어낸 이야기야."

"아니야. 절대 아니야. 당신 어머니는 이야기를 지어내지 않아. 항상 진실만 이야기한다고. 당신이 한번 어머니한테 물어봐. 어머니 말은 무엇이든 절대로 '진실'이야. 그래서 우리가 어머니를 모시고 있는 거고."

"알았어." 하워드가 말했다.

"알긴 뭘 알아?"

"할머니 많이 아파요?" 베티가 식탁을 가볍게 흔들며 말했다.

"넌 닥쳐!" 로레타가 소리쳤다.

하워드가 갑자기 벌떡 일어서더니 자기 손을 빤히 내려다보았다. "이걸로 얼굴을 확 밀어버릴까?" 그가 목이 졸린 듯 조용한 목소리로 말했다.

로레타는 펄쩍 뒤로 물러났다. "그렇게 하기만 해봐! 망할 놈의 뚱보 암퇘지! 돼지 새끼! 더럽고 냄새나는 마마보이 돼지 새끼!" 그녀는 악을 써댔다.

모린은 양손으로 제 머리를 쥐었다. 베티는 몸을 움츠리며 물러났다. 줄스는 도망칠 준비를 했다. 아버지가 휘청거리며 뒷문으로 향하고 있었다. 그가 혼자 중얼거리는 소리가 들렸다.

베티는 웃음을 참으려고 주먹을 제 입에 쑤셔 넣었다.

"그래, 잘 가라! 잘 자라고! 길거리에서 쥐 새끼들이랑 잘 자봐! 자기가 있어야 할 곳이 어딘지는 아나 보지? 나쁜 자식! 마마보이 자식!" 로레타가 소리쳤다.

그녀는 눈부시고 강한 빛 앞에서 긴장한 사람 같았다. 턱이 강인하게 확 움직이는 것 같더니, 그녀가 흐르듯이 부엌을 서성거렸다. 맨다리가 아주 튼튼해 보였다. 그녀가 또 싸움에서 이긴 것이다. "그 말이 사실이라는 걸 저 인간도 알아. 모르는 사람이 없지. 저 늙은 암퇘지가 죽으면, 저 인간은 돼지 새끼처럼 꽥꽥거릴걸. 그것도 모르는 사람이 없어. 내가 무슨 생전 처음 듣는 얘기를 하는 것도 아니잖아. 젠장, 아주 지겨워 죽겠어!" 그녀는 하워드가 마시던 에일병을 들어 한 모금 마셨다.

"할머니한테 다 늘리겠어요." 모린이 말했다.

"그 양반도 귀가 있으니 들을 테면 들으라고 해." 로레타는 하워드의 자리에 앉았다. "그 사람은 자기 공장이 있어. 사업이 자리를 잡아가고 있단 말이야. 너희 큰아버지. 샘슨 큰아버지. 아주버니는 돈을 벌 거고, 형님은 내눈에 침을 뱉을 거야. 그런데 너희 아버지는 가만히 있겠지. 멍청하고 형편없는 자식이라 할 줄 아는 거라고는 날 제멋대로 휘두르는 것뿐이니까. 멍청하고 형편없는 자식이라 제 손으로는 돈을 한 푼도 못 벌어. 이걸 모르는 사람이 있나? 하도 케케묵은 얘기라서 이젠 라디오 뉴스에도 안 나온다고. 모르는 사람이 없으니까."

"엄마는 정말 대단하네요." 줄스가 말했다.

"입조심해. 쓸데없는 짓을 하다가 수녀들의 학교에서 쫓겨난 게 누구야? 응? 너도 나중에 네 아버지 꼴이 될 거야. 그런 주제에 제가 똑똑한 줄 알지."

"난 아버지처럼 되지도 않고, 다른 누구처럼 되지도 않을 거예요."

"스무 살도 되기 전에 시체실에 들어가 있을 거야!" 로레타는 하워드의 접시를 조금 더 밀어내고는, 담뱃갑을 꺼내 담배에 불을 붙였다. 얼굴이 매끈하고 혈색이 좋았다.

줄스는 다시 식사를 시작했다. 묘하게 기분이 좋았다.

잠시 뒤 베티가 말했다. "오늘 무슨 영화를 봤어요, 엄마?"

"아, 정말 좋은 영화였어. 괜찮더라." 로레타가 말했다. 영화 이야기를 할 때 그녀는 항상 이런 말부터 했다.

"내용이 뭔데요?"

"정말 좋은 영화야. 내용이 좀 복잡해서, 처음에는 뭐가 뭔지 알기 힘들어. 얘기해줄까? 엄청 큰 집에서 파티가 벌어지는데, 집사와 하녀들이 열심히 일하고 있어. 진짜 잘생긴 미남 집사가 뭔가 잘못된 것은 없는지 전부 확인하고, 어떤 멍청하고 늙은 부자가 시가를 피우다가 실수로 낸 불을 끄지. 부자 할망구가 욕실에 갇혔을 때는 집사가 아예 나사를 풀고 문짝을 떼어내서 그 할망구를 꺼내줘. 그 장면이 얼마나 웃겼는지 몰라. 어쨌든, 집사랑하녀들이 주인공이야. 다들 어찌나 귀엽던지. 운전수와 정원사, 그리고 그 밖에 일하는 사람들도 있어. 필라델피아의 엄청난 부잣집 이야기인데, 사실 그 사람들은 이미 파산했지만 아직 그 사실을 몰라. 그 집 노인네는 주식을 하고, 딸, 아들, 정신 나간 아내가 있지. 가발을 쓰고 요란하게 꾸민, 진짜 웃기는 부자 할망구야. 카드로 장난을 치고, 하프를 연주하는데 진짜 굉장해. 하녀들한테 자기 가발이랑 온갖 것들을 빌려주기도 하지. 집사는 매일 아침 늙은 주인이 아래층으로 내려오기 전에 〈월스트리트저널〉을 가져와서 주식시장이 어떻게 돌아가고 있는지 살펴봐. 그러다가 헤드라인을 통해 그 집이 파산했다는 걸 알아내지. 하지만 식구들한테 말해주려고 하지 않아. 그 집 노인네가 심장이 안 좋거든. 딸도 어떤 프랑스 은행가랑 결혼할 예정이고. 영화는 집사가 다른 하인들을 끌어들여서 주인 가족들을 속이는 이야기야. 딸의 약혼이니 뭐니 해서 성대한 무도회를 여는데, 거기 필요한 물건들은 전부 다른 데서, 그러니까 꽃집이나 다이아몬드 가게나 식당 같은 데서 빌려 오거나 훔쳐 온 거야. 재밌어. 정말 재밌었어!"

"그래서 나중에 어떻게 돼요?" 줄스가 참을성 있게 물었다.

"아, 주식시장이 다시 살아나. 딸도 결혼하고. 집사는 하녀랑 결혼해. 처음부터 끝까지 하녀 두 명이 집사를 쫓아다니거든. 전부 좋게 끝나는 이야기야." 로레타가 말했다.

"나도 보면 좋은데." 베티가 말했다.

"펀치보드나 찾아내. 그러면 볼 수 있으니까!"

"말했잖아요, 엄마……."

"됐어, 됐어." 로레타는 접시를 가득 채운 으깬 감자 요리 속에 담배를 비벼 껐다. "게을러터진 너희 아버지 때문에 난 머리가 아프다. 저 할망구도 짜증 나고. 너희 할머니 때문에 아플 때는 약도 소용이 없어. 너희는 너희가 엄청 특별한 줄 알지? 아무것도 모르는 소리! 너, 줄스, 엄청 잘난 척하지만 넌 아무것도 몰라! 나도 처음부터 이 모양 이 꼴은 아니었다. 저 두 사람이 날 이 지경으로 만든 거지. 저 두 사람 때문에 길가에 누워 죽어버릴지도 모르는 꼴이 되다니. 나도 옛날부터 항상 이랬던 건 아니야. 나 때문에 죽은 남자가 있어. 머리에 총을 맞아서 죽었는데, 그게 '나' 때문에 벌어진 일이야. 하지만 리니(모린의 애칭—옮긴이) 너 때문에 누가 머리에 총을 맞는 일은 없을걸. 넌 멍청하게 목을 쭉 빼고 심술궂게 인상만 쓰지. 베티, 너는 곧 새끼를 낳을 비둘기나 뭐 그런 것처럼 보여. 나도 처음부터 이런 꼴은 아니었어. 저 할망구가 사라지면 나도 다시 일을 시작할 거야. 에설이랑 같이. 너희들한테서 벗어날 거야. 잘난 척하면서 식량만 축내는 것들 같으니. 젠장! 지긋지긋해 죽겠어. 나도 영화에 나오는 사람들처럼 살고 싶다고. 내가 지금 뭘 하고 있는 건지 좀 알고 싶어. 이리저리 휘둘리기 싫단 말이야. 누가 하는 말처럼 우리가 이 집을 비워줘야 하는 일이 생긴다면, 사람들이 이 거리를 바로잡겠다고 나선다면…… 그런 생각을 하면 미치겠어. 줄스, 항상 이리저리 옮겨 다녀야 한다고 생각하면 미치겠다고. 시골에 살 때 기억나? 거기서 살다가 디트로이트로 왔지? 그 쓰레기들도 기억해? 버스를 타고 오던 건? 계속 이리저리 옮겨 다니는 걸 참을 수가 없어! 내 집을 원해. 나도 영화에 나오는 사람들처럼 되고 싶어. 근사하게 차려입고 거리를 걸으며 뭔가 중요한 일이 일어나리라는 사실을 아는 사람이 되고 싶다고. 나 때문에 죽은 그 남자처럼. 그냥 그렇게 죽어버리다니. 줄스, 내가 죽기 전에 너한테 그 남자에 대한 비밀을 말해줄 테니 기다려. 너도 아주 깜짝 놀랄 거야. 나도 이렇게 살고 싶지 않았어. 여기에 발목을 잡히고 싶지 않았다고. 진짜야. 지금 내 꼴도 싫어. 이런 머리 모양이라니. 게다가 몸도 너무 뚱뚱하잖아. 이건 진짜 내 모습이 아니야. 난 다른 모습이야. 화장실이 또 말썽이지. 바닥에 물이 고였어. 내가 왜 그런 일에 신경을 써야 돼? 난 시내의 모든 화장실을 청소하거나 20년 전에 콱 죽어버렸어야 마땅한 할망구를 보살피려고 태어나지 않았어. 저 뚱보 자식이 내 몸에 올라타게 하려고 태어난 것두 아니야! 그래, 난 전에도 지금도 취하지 않았어. 너도 알지? 난 지금 사실대로 말하는 거야. 얼굴을 마주하고. 내 기분을 말하는 거라고. 너희는 너희가 특별한 줄 알지? 세상 사람들은 전부 자기가 특별한 줄 알아. 하지만 너희도 나보다 특별할 것 없어. 난 내가 어떤 사람인지 알지. 할 일도 아주 많고, 구경할 곳도 많아. 세상은 이게 전부가 아냐! 이런 게 아냐! 내 인생은 이런 게 아냐!"

—

줄스는 차를 탈 생각을 하지 않고 10번가까지 걸어가기에 충분한 힘이 있었다. 그는 엄지손가락을 허공에 쳐들고 거리에서 뒷걸음질로 걸었다. 자동차들이 가깝게 지나쳐 갔다. 아주 가깝게. 하지만 운전석에 앉은 사람들은 그를 보지 못하는 것 같았다. 차갑게 가라앉은 불안을 품은 줄스도 그들을 보지 못하는 것 같았다. 자동차들이 차례로 그의 옆을 지나갔다. 강을 휩쓸며 불어오는 초봄의 바람 때문에 그의 눈에 눈물이 고이기 시작했다. 공기에서 금속과 연기 냄새가 났다. 축축한 맛도 느껴졌다. 땅딸막한 건물들과 공터가 있는 블록 한복판에서 그는 운 좋게 차를 얻어 탔다. 운전자는 그를 저 멀리 시내까지, 그가 일하는 주차장까지 데려다주었다.

그는 저녁 7시부터 새벽 2시까지 바쁜 시간에 주차원을 도우면서 시간당 50센트를 받았다. 엄청나게 좋은 차를 탄 사람들이 주차원이나 줄스에게 자기 차를 맡겼다. 목이 푹 꺼진 주차원은 리치라는 사람이었는데, 나이가 서른 살이나 마흔 살쯤 되는 것 같았다. 비싼 차들의 내부에서 나는 냄새가 줄스의 욕망을 신비롭게 휘저었다. 가끔 차가운 가죽 냄새와 함께 섞여서 어른거리거나 모피를 입은 여자들이 지나갈 때 바람을 타고 가볍게 실려 오는 여자들의 향수 냄새로 인해 그의 머리는 말도 안 되는 희망을 품고 산산이 터져버리는 것 같았다. 저런 자동차라니! 저런 여자들이라니! 엄청 좋은 외투와 장갑, 엄청 좋은 구두를 갖추고, 깨끗이 면도를 하고, 머리를 새로 잘라서 모든 것이 완벽한 남자들. 그들은 근처에 두세 군데 있는 좋은 식당이나 길 건너편의 셰라턴-캐딜락 호텔로 향했다. 그곳에서는 토요일 밤뿐만 아니라 항상 많은 일들이 벌어졌다. 일부러 옷을 빈약하게 입은 줄스는 재킷 차림으로 덜덜 떨면서 자동차들을 자리에 집어넣었다. 그들의 아름다움을 크게 경배했으므로, 범퍼나 펜더에 흠 하나 내지 않았다. 그는 자신이 아름답고 값비싼 것들에 대해 마법의 손을 갖고 있다고 믿었다. 하지만 멍텅구리 리치는 오로지 운에 모든 것을 맡긴 채 여기저기에 쾅쾅 부딪히며 차를 주차하는 재주밖에 없었다. 리치는 작은 주차원 부스 안에 앉아서 숫자가 적혀 있는 사각형 스무 개를 이리저리 밀어서 순서대로 정렬시키게 되어 있는 장난감을 갖고 놀았다. 위풍당당한 사람들이 옆을 지나가고, 셰라턴-캐딜락 호텔이 밤을 배경으로 아름다운 불빛들을 켜서 줄스처럼 재능 있는 사람만이 해석할 수 있는 반짝이 무늬를 만들어내는 동안 리치는 손에 쥔 납작한 직사각형 플라스틱 판 외에 아무것도 보지 못했다. 마치 세상의 신비와 수수께끼가 이 판에 들어 있는데, 그는 이미 그것을 해석해내기가 너무 힘들다는 사실을 알아버린 것 같았다. "봐, 이번에는 내가 거의 성공할 뻔했어." 리치는 자기 팔꿈치 옆에서 꿈과 생각에 잠겨 있는 줄스에게 이렇게 말하면서 줄스의 면전으로 플라스틱 판을 쑥 들이밀곤 했다. 줄스는 게임에 전혀 흥미가 없을 뿐만 아니라 사람들이 왜 그런 것에 그토록 힘을 쏟는지, 그래서 그 힘을 영원히 잃어버리는지 조금 어리둥절했다. 리치는 목이 짤막했으며, 작고 둥근 머리에 쓴 회색 모직 모자는 언제나 그 자리에 붙박여 있는 것 같았다. 그는 꼼꼼하지만 굼뜬 아이처럼 움직였으며, 줄스의 동생 베티보다도 더 어린애 같았다. 그가 고맙다는 듯이 자주 짓는 미소도 별로 편안하게 느껴지지 않았다.

주말 밤이나 수요일에는 밤 9시에 벌써 주차장이 가득 찰 때가 많았다.

그럴 때는 대략 자정까지 조용한 시간이 이어졌으므로, 줄스는 담배를 피우면서 자기만의 생각에 잠겨 긴 건너 호텔까지 거리가 얼마나 될지 가늠해보았다. 호텔과 주차장 사이의 거리는 아무것도 아니었지만, 주차장과 호텔 사이의 거리는 모든 것이었다. 그는 술을 너무 많이 마신 남자들을 부축한 적이 많았다. 낯모르는 술꾼의 값비싼 외투에 조심스레 손을 올리거나 길에 떨어진 장갑을 주워주기 위해 허리를 숙이면서 그는 자기들 두 사람이 함께 걸음을 맞춰 걷고 있는 것 같지만 사실은 서로의 걸음이 몹시 다르다는 사실을 영리하게 알아차렸다. 엄밀히 말해서 두 사람은 함께 걷는 것이 아니었다. 그가 가끔 1달러나 그보다 많은 액수의 팁을 받는다는 사실이 그 차이를 알려주었다. 그 차이가 강력하며 돌이킬 수 없다는 사실도 알려주었다. 줄스는 항상 "감사합니다, 선생님"이라고 말했지만, 그의 밝은 목소리는 기계적이었다. 그래도 그는 부자들을 진심으로 증오할 수 없었다. 자신의 진정한 알맹이에 커다란 가치가 있기 때문에 언젠가 이렇게 자동차와 여자라는 형태로 그 가치가 표현될 것 같았다. 그런 의미에서 그는 비록 소맷부리와 옷깃이 더러워진 잠바를 입고 얼굴이 조금 더러워진 애송이의 모습으로 변장하고 있어도 이미 부자들의 일원이었다.

오늘 밤은 분주해서 리치조차 상대는 신경도 쓰지 않는 인사말과 감사의 말을 중얼거리며 바삐 움직였다. 줄스는 11시쯤 긴장도가 최고조에 달했다가, 겁이 날 정도로 기운이 빠지기 시작했다. 마치 자신이 노인으로 변하고 있는 것 같았다. 그는 거대한 검은색 링컨 안에서 불안한 표정으로 거울을 보았다. 아직 괜찮아 보이는 모습이라 다행이었다. 그는 한참 동안 차 안에 앉아서 긴장을 풀고 생각을 정리하려고 애썼다. 할머니…… 병원에 모셔다 드리기. 좋아. 그 일은 마쳤다. 서서히 피를 흘리는 할머니의 내장……. 할머니가 피를 흘리고 싶다면 흘리는 거지. 할머니는 식구들을 괴롭히기 위해 죽음도 불사할 사람이었다. 저녁 식탁에서 벌어진 싸움은 이미 끝났다.

마치 며칠 전 일 같았다. 이미 끝나서 잊어버린 일이었다. 그런 싸움에 그가 신경 쓸 필요가 어디 있는가? 어떤 때는 아버지가 뒷문을 쾅 닫고 나가버렸고, 또 어떤 때는 엄마의 뺨을 때리거나 다른 식구의 뺨을 때렸다. 의자나 접시를 부술 때도 있었다. 그런 것은 별로 중요하지 않았다. 줄스는 이미 가출하기에는 나이가 너무 많았다. 항상 가출만 하는 것은 부끄러운 일이었다. 몇 년 전만 해도 그는 몇 달에 한 번씩 가출했다. 도시가 궁금해서, 또는 집이 싫어서였다. 하지만 그의 가출은 언제나 아동보호소에서 끝났다. 그곳에서는 비록 익명이 보장된다 해도, 여러 집들이 혼란스럽게 섞여 있는 것 같아서 집보다 더 나빴다. 흑백을 막론하고 훌쩍훌쩍 칭얼거리는 아이들이 너무 많았다. 모두들 지쳐 있었다. 몸에는 뼈들이 성난 것처럼 앙상하게 튀어나왔고, 누르스름한 이가 눈에 확 띄었다. 그런 것이 너무 많았다. 가출한 것은 실수였다. 이제 그는 가출하기에는 나이가 너무 많고, 독립하기에는 너무 어렸다. 아버지가 '그를' 집에서 쫓아내지는 않을 터였다. 그는 링컨의 백미러를 조정한 뒤 다시 진지한 표정으로 거울을 보았다. 자신이 이런 링컨 같은 차를 가질 수 있는 사람의 모습을 하고 있는지 궁금했다. 내게 그럴 머리가 있을까? 아니면 상상 속에서 꿈꾸는 모든 보상을 다 받을 수 있는 나이가 되기도 전에 기운이 빠져버릴까?

주차장이 2시에 문을 닫으면 그는 한들한들 집으로 향했다. 추웠지만 막연히 기분이 들떴다. 그는 항상 들뜬 상태였다. 괴상하고 형태가 없는 긴장감. 포트 거리에는 지나는 차가 거의 없었다. 그는 주머니에 손을 넣고, 어떤 집 차고 옆의 골목을 건넜다. 자신이 투명 인간이 된 것 같았다. 머리 위 하늘에는 구름인지 스모그인지 모를 것이 안개처럼 끼어 있고, 그는 누구의 눈에도 띄지 않은 채 시내의 건물과 집을 모두 드나들 수 있을 것 같았다. 흥분이 짜릿하게 그를 사로잡았다. 아플 정도로 밀려오는 욕망과 비슷했다. 오늘 밤 혼자서 어떤 건물에 침입할 수 있을지 궁금했다. 안 될 것 없지 않은가? 래미를 포함한 여러 아이들과 함께 그는 불 꺼진 상점에 침입해서 물건을 가지고 나온 적이 있지만 잡힌 적은 한 번도 없었다. 그들은 지나치게 무겁거나 비싸거나 개인적인 물건은 피했다. 친구들과 함께 있을 때 그는 그들과 마찬가지로 남들 눈에 보이는 존재였다. 그들이 아무리 빨리 달아나도 조잡한 사슬 같은 것이 그들 사이에 연결되어 있었다. 하지만 혼자 있을 때는 몸이 공기처럼 가볍고, 온갖 가능성이 앞에 펼쳐졌다. 책과 영화 속의 부러운 영웅들에게 가능성이 펼쳐지는 것처럼. 그는 골목 끝에서 걸음을 멈추고 좌우를 살펴보았다. 지금 그는 혼자였다. 완전히 혼자였다. 사무실 건물들이 있는 이 일대는 모두 어둠에 잠겨 있었다. 브루스 크메츠 연합회사, 라이너트 재판매, 올슨 건설. 여기에는 아무것도 없었다.

그는 계속 걸었다. 술집 겸 식당이 가까워졌다. 조지스라는 그 식당은 이미 문을 닫은 뒤였다. 조지스 안에 현금이 좀 남아 있을까? 담배 판매기를 뜯을 수 있을까? 아니면 굳이 위험을 무릅쓸 가치가 없을까? 도난 경보기는 어떻게 하지? 오늘 밤에 번 돈은 모두 엄마에게 넘겨야 했다. 그러지 않으면 엄마가 히스테리를 부릴 터였다. 그의 것은 그가 엄마에게 줄곧 입을 다물고 있는 팁뿐이었다. 하지만 그가 훔친 물건이라면 무엇이든 온전히 그의 것이었다. 그것은 누구와도 상관없는 물건이었다. 그가 남몰래 여기저기서 훔친 돈은 남몰래 쌓아서 그의 인생을 바꾸는 데 도움이 될 터였다.

그는 조지스로 향했다. 거대한 콘크리트 덩어리처럼 보이는 길모퉁이의 조지스에는 좁은 틈처럼 생긴 창문들이 있었다. 네온등은 꺼져 있었다. 줄스는 쉽게 들어갈 수 있는 뒷문이 있을 것이라고 짐작했다. 어쩌면 쇠지레나 판자 같은 것을 찾아내서 문을 쉽게 열 수 있을지도 몰랐다. 그는 앞쪽에 가만히 서 있었다. 친구 래미가 아쉬웠다. 래미라면 지금 무엇을 해야 하는지 정확히 알고 있을 텐데.

그는 건물 옆을 돌아갔다. 뒤쪽에 쓰레기가 조금 흩어져 있었다. 뒷문, 어지럽게 놓인 쓰레기통들, 상자들. 그는 건물을 완전히 한 바퀴 돌면서 점점 불안해지기 시작했다. 너무 어둡고 너무 조용했다. 다시 앞쪽으로 나온 그는 가로등 불빛 속에 몇 분 동안 서서 생각을 해보았다. 그러면서 담배에 불을 붙였다.

순찰차가 모퉁이를 돌아 천천히 다가왔다.

그때 줄스가 실수를 저질렀다. 죄를 지은 사람처럼 뒤로 한 걸음 물러난 것이다. 그는 몸을 돌려 걷기 시작했다. 팔꿈치를 몸에 붙이고 천천히 걸었다. 순찰차를 뒤돌아보지는 않았다. 하지만 이미 늦었다. 실수를 돌이킬 수 없었다. 순찰차가 거리 한복판에서 브레이크를 걸고 서더니 문이 활짝 열리고 경찰관이 소리쳤다. "어이, 너! 거기 서!" 줄스는 담배를 내던졌다. 머릿속이 하얗게 비어버린 그는 뛰기 시작했다. 골목을 향해 뛰면서 그는 자신이 진짜로 실수를 저질렀음을 깨달았지만 발을 멈출 수 없었다. 어떻게 멈출 수 있겠는가?

경찰관이 소리쳤다. "멈춰! 이리 와!" 줄스는 위험하다는 생각이 뇌리를 스치는데도 발을 멈출 수 없었다. 그는 쓰레기 더미 옆을 전속력으로 지나서 어떤 높은 건물의 황량한 뒷마당을 날듯이 가로질렀다. 발목을 접질렸지만 비명도 지르지 않았다. 뒤에서 경찰관이 큰 소리로 투덜거리고 있었다. 줄스는 어딘가에 숨어야 한다고 생각했지만, 그런 영리한 생각이 빠르게 스쳐 지나가는데도 겁에 질린 몸은 걸음을 멈추고 깨어날 줄을 몰랐다. '제발 누가 좀 도와줘!' 줄스는 건물의 거친 벽돌 벽에 손을 뻗어 몸을 납작하게 붙이려고 애쓰면서 속으로 생각했다. '날 죽일 셈이야.' 그는 다시 길을 건너면 안 된다는 것을 알 정도의 머리는 지니고 있었다. 건너편에서는 순찰차에 남아 있는 경찰관이 차를 몰면서 거리를 살피고 있을 터였다. 그러니 전에 한 번도 본 적이 없는 골목을 따라 도망쳐야 했다. 작고 어두운 1층짜리 주택들이 있는 골목이었다. 뒤에서 경찰관이 처음으로 총을 쏘았다.

줄스는 총알이 얼마나 가까운 곳을 스쳐 지나갔는지 전혀 감도 잡을 수 없었다. 그는 누군가의 포치로 몸을 던지며 어쩌면 그 아래로 기어 들어갈 수 있을지도 모른다고 생각했지만, 겁에 질린 나머지 미처 걸음을 멈추지 못하고 그냥 그 집 뒷마당까지 계속 뛰어가 버렸다. 뒷마당에는 낡은 개집이 있었으나, 다행히 개는 없었다. 경찰관이 "거기 서!"라고 외치며 또 총을 발사하는 순간, 줄스는 부서진 울타리 사이로 몸을 던졌다. 그리고 먼저 무릎으로, 그다음에는 발로 바닥을 딛고 일어서 달리면서 주위를 살펴보았다. 그는 또 다른 작은 집을 지나 또 다른 거리로 향하는 중이었다. 흑흑, 울음이 나왔다. 도대체 뭐가 어떻게 된 건지 전혀 알 수 없었다. 거리에서 자동차의 헤드라이트가 번쩍하자, 그는 순찰차가 되돌아와서 자신을 치려고 한다는 터무니없는 생각을 했다. 그래서 옆으로 방향을 돌려 누군가의 덤불을 무작정 통과하는 바람에 얼굴이 가지에 긁혔다. 그는 숨을 몰아쉬며 줄줄이 이어진 앞마당들을 가로질렀다. 심장이 미친 듯이 뛰고 있었다. 옆구리도 가슴도 아팠지만, 특히 뇌가 놀라움과 분노로 고동치며 '어쩌다 이렇게 된 거야? 너 왜 일을 이렇게 만들었어?'라고 묻고 있는 것 같았다.

"잡았다!" 경찰관이 소리치자 줄스는 틀림없이 총알이 등을 맞힐 것 같다는 생각이 들었지만, 총알은 휭 하고 그의 옆을 스쳐 지나갔다. 도망치는 것 외에는 길이 없었다. 계속 가는 수밖에는. 구석구석 잘 알고 있는 자신의 동네로 가서 지하실, 창고, 헛간, 차고, 자기 집 같은 곳에 몸을 숨길 수만 있다면……. 하지만 경찰관은 그가 그쪽으로 달려가게 내버려 둘 생각이 없었다. 그는 줄스를 어두운 곳으로 몰아가고 있는 것 같았다. 비록 사방이 어두웠지만 줄스의 모습이 차츰 눈에 들어왔다. 그도 자신의 모습이 점점 눈에 드러난다는 것을 느낄 수 있었다. 두세 발의 총성이 울렸다. 줄스는 누군가의 판잣집으로 정신없이 뛰어 들어가서 숨을 몰아쉬고 아이처럼 흐느끼며 무너지듯 무릎을 꿇고 앉아서 덜덜 떨리는 몸을 끌어안았다. 이제는 안전했다. 여기서는 발각되지 않을 것이다. 그때 갑자기 경찰관의 발소리가 다시 들렸다. 경찰관이 투덜거리며 판잣집으로 곧바로 다가오고 있었다. 발소리가 땅바닥에서 쾅쾅 울렸다. 경찰관이 문을 박차서 열었다. "쏘지 마세요!" 줄스가 소리쳤다. 그는 무릎을 꿇은 채 몸을 숙이고 어깨를 웅크리고 있었기 때문에, 마치 몸을 둘로 접으려고 애쓰는 것처럼 보였다. "난 아무 짓도 안 했어요!" 줄스는 흐느끼며 말했다. 그러고는 눈을 꾹 감고 땅바닥을 향해 몸을 기울였다. 양손은 자신의 목덜미를 꽉 붙들고 있었다.

"야, 이 자식아, 어린 새끼가, 내 앞에서 도망을 쳐!" 경찰관이 소리치더니 총구를 줄스의 머리에 갖다 댔다. "이제 내가 뭘 할 것 같아? 네놈의 머리를 날려버릴 거다, 이 건방진 자식아. 너 때문에 온 동네를 뛰어다녔어!" 그리고 그가 방아쇠를 당겼지만, 텅 빈 약실에서 찰칵하는 소리만 날 뿐이었다. 그는 넌더리가 난다는 표정으로 총을 들어 줄스의 머리를 내리쳤다.

줄스는 쓰러졌다. 그리고 발길질을 고스란히 맞으며, 그 발이 시키는 대로 몸을 돌려 똑바로 누웠다. 주머니가 뒤집히고, 경찰관이 뭔가를 가져가는 것이 느껴졌다. 줄스는 너무 무서워서 죽은 척하지도 못하고 눈을 감은 채 울기 시작했다.

경찰관이 가버린 뒤에도 줄스는 움직이지 않았다. 그렇게 시끄러운 소리가 났는데 아무도 나와보지 않은 것이 이상했다. 아니, 어쩌면 사람들이 소리를 듣고 나와보기는커녕 오히려 이불 속으로 숨어든 것 같았다. 그대로 조용히 아무 일도 일어나지 않았다. 강에서 뱃고동 소리가 들렸다. 줄스는 가만히 누워 있었다. 시간이 흘렀다. 그는 경련하듯 몸을 떨었다. 총으로 얻어맞은 머리가 말랑말랑하고 축축하게 느껴졌다. 집에 가야 할 것 같았지만 그는 한동안 몸이 마비된 것처럼 꼼짝도 할 수 없었다. 다리가 풀려버린 건지 아니면 너무 약삭빠른 건지 움직이지 않았다. 마침내 그는 몸을 뒤집어 엎드려서 손과 무릎으로 바닥을 짚었다. 숨소리가 거칠었다. 빈 지갑이 옆에 떨어져 있는 것이 보여서 그것을 주워 다시 주머니에 넣었다. 그리고 휘청거리며 일어섰다. 머리가 심하게 욱신거렸지만, 참을 수 없을 정도는 아니었다. 그것은 실수를 저지른 그에게 떨어진 벌이었다. 멍청하게 군 것이 실수였다. 공연히 잘못을 저지른 사람처럼 움직이다니. 도망치지 말고 그 경찰관과 정면으로 맞서야 했다. 그는 소리 없이 울었다. 아프고, 창피했다. 그는 다시 거리로 나갔다.

그가 마침내 집에 도착한 것은 3시가 지났을 때였다. 그는 아픔 때문에 움찔거리며 욕실에서 세수를 했다. 모린이 무슨 일인가 하고 나와보았다. 줄스가 말했다. "가서 자. 네 일이나 하라고." 그는 모린이 볼 수 없게 욕실 문을 닫아버렸지만, 밖으로 나오니 모린이 아직도 복도에 서 있었다.

"무슨 일이야?" 모린이 말했다. "누구한테 맞았어?"

"아냐. 아무것도."

모린이 그를 빤히 바라보았다. "설마 돈을 빼앗긴 건 아니지?"

줄스는 모린 옆을 그냥 지나치려고 했다.

"줄스, 놈들이 돈을 갖고 갔어?"

"그래." 그는 모린을 밀치고 자기 방으로 향했다.

모린이 말했다. "엄마가 난리를 칠 텐데."

그는 흐트러진 자신의 침대에 쓰러지듯 누워서 잠이 들었다. 그러고는 부모의 방에서 울리는 자명종 소리에 깨어났다. 그는 침대에서 나왔다. 옷을 벗지도 않고 잠들었기 때문에, 굳이 갈아입을 필요가 없었다. 이대로 나가도 괜찮을 것 같았다. 머리에 말라붙은 핏자국과 멍이 있었다. 욱신거리기도 했다. 하지만 그건 괜찮았다. 참을 수 있었다. 속이 쓰린 건 자신의 멍청한 행동 때문이었다. 자신이 간밤에 얼마나 멍청하게 굴었는지 생각하니 속에서 쓴 물이 올라왔다.

아버지가 출근한 뒤 줄스는 부엌으로 가서 선 채로 커피를 조금 마셨다.

로레타가 식탁에 앉아서 멍하니 그를 바라보았다. "어젯밤에 몇 시에 들어왔니?" 그녀가 말했다.

"평소 들어오던 시간에요." 그가 말했다.

로레타가 잔뜩 예의를 차리며 그의 말이 이어지기를 기다리는 동안 짧은 침묵이 흘렀다. 너 나한테 내놓을 돈이 있지 않아?

하지만 그는 아무 말도 하지 않았다.

로레타는 졸음기가 남은 얼굴로 약간 샐쭉한 표정을 지으며 그를 지켜보았다. "오늘 밤에는 몇 시에 들어올 건지 물어봐도 되겠니?" 그녀가 말했다.

"평소처럼 들어올 거예요." 줄스는 이렇게 말하고는 그녀에게서 도망쳐 밖으로 나갔다. 등교 시간까지 두 시간이나 남아 있는데도 어쩔 수 없었다. 그는 주위를 걸어다니며 어젯밤 건물들 뒤편과 골목에서 벌어진 추격전을 머릿속으로 몇 번이나 다시 돌려보았다. 낮이었다면 어떻게 보였을지 궁금했다. 경찰관은 그에게 소리를 질러 경고했다. "내가 네놈을 잡겠다!" 줄스는 멍청하게 제대로 도망치지 못했고, 그렇다고 그대로 돌아서서 경찰관과 정면으로 맞서지도 못했다. 총이 그의 머리를 세게 내리쳤다. 고개를 숙이고 있는 줄스의 머리를 그렇게 강하게 내리친 것은 두개골을 부숴버리겠다는 뜻이었다. 거기서 하마터면 모든 것이 끝날 뻔했다. 줄스의 인생이 끝날 뻔했다.

고등학교 건물은 도시의 분주한 거리와 담장을 사이에 두고 분리되어 있었다. 바람에 날려 온 신문과 봉지 쪼가리 들이 담장 꼭대기까지 날아올랐다. 줄스는 담장에 기대서 담배를 피우며 마음을 가라앉히려고 애썼다. 그러다가 9시 15분 전에 한데 모여 북적거리는 아이들과 함께 안으로 들어갔다. 그는 사물함이 있는 복도에서 벌써 빈둥거리고 있는 친구들을 향해 본능적으로 조금씩 다가갔다. 녀석들은 학교를 싫어하면서도 무슨 이유 때문인지 학교 담장과 소음과 감옥 같은 냄새에 끌리고 있었다. 그들에게는 그것도 본능이었다. 녀석들은 뭔가를 놓고 농담을 주고받았다. 그리고 사물함 문을 쾅 닫았다. 줄스는 머리가 아파서 몸을 돌려 자기 반 교실로 들어갔다. 바로 그때 마지막 종소리가 울렸다. 단 1초도 어긋나지 않았다. 그는 매일 아침 이렇게 했다. 그러니까 괜찮았다. 죽지 않았으니까.

그의 오른편으로 세 자리 떨어진 곳에 그가 사랑하는 여자애가 앉아 있었다. 코가 자그마한 그 금발 소녀는 주름치마에 하얀 모직 양말과 운동화를 신은 차림이었으며, 줄스에게 좀처럼 시선을 주지 않았다. 구레나룻을 기르고 능글맞게 웃는 그를 보면 왠지 불안해지는 모양이었다. 그는 자신의 욕망에 감탄하며, 그 소녀를 향한 으스스하고 정체 모를 욕망이 자신을 가득 채우게 내버려 두었다. 그동안 교사(호리호리하고 연약한 오십대 여자)는 건강검진 문진표 작성에 대해 이야기했다. '가장 최근에 치과 검진을 받은 것이 언제인가?' 줄스는 소녀 쪽을 바라보았다. 그녀의 집 형편도 줄스의 집보다 나을 것은 없었다. 그 집 부모들 역시 상스러웠다. 하지만 그녀는 깨끗하고 깔끔한 생활을 목표로 몸가짐을 조심했다. 친구들도 모두 착한 소녀들이었지만, 그래도 그녀보다는 더 야단스럽게 놀았다. 그녀의 이름은 이디스. 줄스는 그녀를 사랑했다. 그녀에 대해 꿈꾸며……

종이 울리자 그는 통증 때문에 힘들게 앞줄로 나가 교사에게 말했다. "어제 엄마가 사유서를 쓰는 걸 깜박하셨어요." 교사는 그와 그의 친구들을 조금 무서워하며 그에게 알았다고 말했다. 어쩌면 그의 흐리멍덩한 눈빛에 진저리가 난 것 같기도 했다. 그의 입에서도 퀴퀴한 냄새가 났다. 그의 모든 점이 퀴퀴했다. 하지만 적어도 그는 살아 있었다. 그는 첫 시간인 영어 수업이 열릴 교실을 향해서 천천히 조심스럽게 걸어갔다.

처음에는 자기 자리가 어딘지 기억나지 않았다. 어떤 겁 없는 여자애가 그를 보고 키득거렸다. 오늘 아침에 줄스가 워낙 서툴게 굴고 있기 때문이었다. 하지만 결국 그는 자신의 자리를 찾아내서 털썩 앉았다. 영어 수업.

그는 공책을 펼쳤다. 영어 교과서는 잊어버렸다. 아니, 잃어버렸다. 책상 안을 더듬어보자 마침 누군가의 책이 있었다. 영어 교과서는 아니었지만 색이 대충 비슷했다. 줄스는 교실 앞쪽을 빤히 바라보았다. 교사가 벌써 뭐라고 이야기를 하고 있었다. 칠판에는 물기가 있었다. 칠판에 글씨가 써지는 중이었다. 아주 큰 글씨였지만, 이상하게 뒤죽박죽 섞여 있었다. 줄스는 눈을 가늘게 뜨고, 손가락으로 눈을 꾹꾹 누르며 제대로 보려고 애썼다. 저게 다 뭐지? '소방서 모퉁이를 돌아서……' 줄스는 앞으로 몸을 기울이며 책상 위에서 팔꿈치를 더듬더듬 움직여 몸을 지탱하려고 했다. 머릿속이 하얗게 비었다가 다시 살아나는 것이 느껴졌다. 정신이 흐릿해지고 있었다. 그는 손가락을 펼쳐서 눈 주위에 대고 창피한 마음에 필사적으로 의식을 붙들려고 애썼지만 그래도 머리가 깜박깜박했다. 교사가 고개를 돌렸다. 이번에는 다른 방향으로 다시 돌렸다. 대머리가 말하고 있었다. 줄스는 자기 몸이 쓰러지는 것을 느꼈다. 뭔가가 허벅지를 지나갔다. 아마 쥐인 것 같았다. 그는 몽롱한 혐오를 느끼며, 일곱 살인가 여덟 살 때 어딘가에서 빈둥거리고 있을 때 쥐 한 마리가 저를 향해 펄쩍 뛰어올랐던 것을 떠올렸다. 쥐는 겁에 질려 그에게 부딪혔다가 그의 허벅지를 강하게 밀어내며 튀어 나갔다. 그 일이 생생하게 기억났다. 겁에 질린 쥐가 그의 허벅지에서 미친 듯이 뛰어오르는 것이 느껴졌다. 줄스는 멍한 두려움 속에서 점점 앞으로 기울어지기 시작했다. 고개가 천천히 떨어지고, 이마가 책상을 향해 움직였다.

10

모린이 열세 살 때 그들은 20번가의 집에서 라브로스라는 거리에 있는 비슷한 집으로 이사했다. 여전히 동네는 같았지만, 타이거 스타디움과 더 가까웠다. 뉴욕 센트럴 철도역도 멀지 않았다. 웅장한 고딕식 건물인 기차역에는 창문이 수백 개나 있었다. 모린은 이제 건물들과 빈집들을 탐험하며 돌아다니기에는 나이가 너무 많았고, 다른 아이들과 창고를 들쑤시고 다니며 고함을 질러대기에는 여자아이라는 자각이 너무 강했다. 그래서 몸가짐을 조심했지만, 자신이 정확히 무엇을 두려워하는지는 알지 못했다. 이사는 그녀의 마음을 소란스럽게 했다. 그래서 새집에 온 뒤로 오랫동안 밤잠을 이루지 못했다. 상자에 싼 짐들, 짐을 싸느라 힘들었던 것, 땀을 뻘뻘 흘리며 화를 내는 엄마, 물건을 나르며 끙끙거리는 아버지, 모든 것이 뿌리를 뽑힌 듯 소란스러웠다. 그녀는 무서웠다.

심지어 줄스도 더 이상 그녀를 참아주지 못했다. "아, 진짜, 그만 좀 해." 그가 그녀를 재촉하며 쿡쿡 찔러댔다. 이제 점점 어른이 되어가고 있는 줄스는 언제나 바삐 서둘렀다. 가만히 앉아 있을 때에도 조금 있다가 일어나서 할 일을 계획하는 사람처럼 생각이 다른 곳에 가 있는 표정이었다. 모린은 줄스를 우러러보며 동시에 미워했다. 줄스가 방에 걸어둔 바지의 주머니들을 뒤져 자신이 모르는 곳에서 그가 하고 있는 더 거창하고 신비로운 일들의 증거를 찾으려고 했다.

새집은 헛간처럼 사각형 상자 모양으로, 인도에 가까이 붙어 있었다. 겨우 1미터 남짓인 마당에는 잔디가 없고, 깨진 벽돌 몇 개, 돌멩이 몇 개, 정체를 알 수 없는 쓰레기, 땅에 단단하게 굳어진 바퀴 자국과 발자국뿐이었다. 집에는 예전에 회색을 칠했던 흔적이 남아 있었다. 집 앞 계단을 오르다 보면, 세 번째 계단이 푹 꺼졌다. 동네 전체가 폐쇄적이고 은밀한 느낌이 났다. 그래서 경찰관이든, 먹이를 노리는 사복 형사든, 수도 검침원이든, 가스 검침원이든, 사회복지 조사관이든, 사회복지사든(로레타는 이 사람들을 사회복시 놈들이라고 불렀다) 낯선 사람들을 밀어냈다. 이 동네 사람이 아닌 누군가가 나타나면 여자들은 곧바로 자기 집 뒷마당에서 다른 집 뒷마당을 향해 이렇게 외쳤다. "조사관이 온다!" 가끔은 여호와의 증인들이 나타나 가톨릭 신자들과 언쟁을 벌이기도 했다.

어머니는 이 동네에 푹 빠져들어 당장 친구를 사귀었다. 언제든 아침이면 나이가 많든 적든, 임신을 했든 아니든 어머니와 비슷한 여자들이 면 원피스 차림으로 서둘러 나가는 모습이 보였다. 플라스틱 롤러로 머리를 말아 올린 그들은 빨리 수다를 떨고 싶어 근질거리는 얼굴이었다. 어젯밤에 옆집에 무슨 일이 있었던 거야? 왜 그렇게 시끄러웠어? 차를 타고 저 아래쪽 거리를 지나가던 검둥이는 어떻게 된 거래? 누구랑 마주치기라도 했나? "아, 그놈의 검둥이들 같으니." 로레타가 이웃들에게 이렇게 유쾌하게 투덜거리면, 그들은 즉시 이 말을 알아들었다. "그놈의 검둥이들은 백인보다 애를 두 배나 많이 낳아요. 아니, 열 배던가? 어느 쪽인지 잊어버렸네요. 게다가 전부 영세민 지원을 받으면서, 그 돈으로 포커를 친다지 뭐예요. 내가 다 알아요." 그녀는 새로 이사한 집에 대해서, 시어머니에 대해서, 아이들에 대해서 불평을 늘어놓았다. 남편에 대해서도 투덜거렸다. 이웃들은 그녀가 무슨 말을 하든 즉시 알아들었다. 그녀는 날 때부터 여기 살았던 사람처럼 이 동네에 푹 빠져들어 갔다.

그들이 이사한 것은 그 동네 일부가 철거될 예정이었기 때문이다. 철거의 이유가 있었겠지만, 그들은 자세히 몰랐다. 누군가가 거기에 공원이 들어설 예정이라고 말했다. 하지만 세월이 흐른 뒤에도 공원은 생기지 않았다. 무너진 집들과 파이프들, 잡다한 콘크리트 조각들, 훤히 드러난 지하실, 들쭉날쭉한 창살 등이 블록의 절반을 차지하고 있을 뿐이었다. 어쩌면 애당초 공원을 지을 계획이 없었을 수도 있고, 계획이 잊혔을 수도 있었다. 어쨌든 웬들 일가는 이사를 할 수밖에 없었다. 물론 로레타가 이사를 후회하는 것은 아니었다. 일단 새로운 동네에서 친구를 사귀었으니 말이다. 다만 남에게 휘둘려 이리저리 쓸려 다니는 것이 싫을 뿐이었다. 그녀는 아침마다 식탁에서 모린과 베티에게 이렇게 말했다. "오늘도 절대 남한테 휘둘려 다니지 마. 줄스한테는 이런 말을 할 필요가 없지. 세상 물정에 밝은 이이니까. 하지만 너희 둘은 멍청해서 휘둘리기 딱 좋아. 그런 일이 생기면 참지 말고 확실히 말해. 어림도 없다고. 절대 남한테 휘둘리지 마."

"엄마." 모린은 난처한 표정으로 이렇게 말하곤 했다. "휘둘리다니 어떻게요? 누가 우리를 휘둘러요?"

"수녀들도 안 되고, 다른 애들도 안 돼. 명심해." 로레타가 말했다.

"우리한테 함부로 손대는 애들은 없어요." 베티가 말했다.

모린은 정체를 알 수 없는 경계심을 안고 바닥이 축 처진 베란다로 조심스럽게 나갔다. 오늘은 누가 그녀를 마구 휘둘러댈까? 언제나 그녀가 누군가에게 휘둘리는 것은 사실이었다. 학교의 언니나 오빠, 복도를 순찰하는 수녀, 베티 등이었다. 베티는 성격이 더 단순하고, 근육이 더 탄탄하다는 이점을 갖고 있었으므로, 그녀를 휘두르려고 할 가능성이 있었다. 모린은 남한테 휘둘릴까 봐 걱정하는 것이 모두 미친 짓이라고 생각했다. 누가 때리면 몸을 움츠리면서 곧바로 울음을 터뜨리는 방법이 최고인데. 하지만 줄스는 오래전부터 무슨 일이 있어도 울지 않았다. 그리고 베티는 언제나 더 괴롭혀달라고 자청하는 것 같았다. 모린은 아침마다 교과서와 도시락 가방을 꽉 쥐고 베란다로 나가 거리를 훑어보며 혹시 위험한 것이 없는지 확인했다.

베란다는 워낙 길어서 이 집에 사는 아이들은 물론 옆집 아이들까지 모두 모여 양쪽에 성채를 쌓고 놀 수 있을 정도였다. 베란다 한편에는 웬들의 집으로 들어가는 문이 있었고, 반대편에는 스탠리의 집으로 들어가는 문이 있었다. 비가 내리는 날이면 아이들이 그 문들을 쾅쾅 닫고 드나들면서 포치에서 놀았다. 나이가 어린 아이들은 시끄럽게 게임을 하느라 여념이 없었고, 모린과 베티와 옆집 페이스처럼 나이가 위인 아이들은 만화책을 읽었다. 웬들 일가가 이사한 지 한 달이 되었을 때 스탠리 일가가 이사를 가고, 남부 사투리가 강한 사람들이 들어왔다. 켄터키에서 왔다는 그 집에는 아이가 여섯 명이었다. 그들이 트럭에 싣고 온 짐에는 이불보가 덮여 있었다. 줄스와 모린과 베티는 새로운 이웃이 온 것에 신이 나서 짐을 푸는 것을 도왔다. 아이가 여섯 명이나 된다니! 이삿날 모린은 머리가 어찔어찔할 정도로 흥분해서 가만히 있지 못했다. 항상 시끌시끌했다! 사람이 엄청 많았다! 발소리를 내며 돌아다니는 사람도 엄청 많고, 어머니들과 아버지들과 아이들이 너무 많아서 제대로 기억하기도 힘들 지경이었다! 로레타가 캔맥주를 조금 내왔다. 모린과 아이들은 이 방 저 방 뛰어다니며 상자들을 뒤집고, 찢어지는 것 같은 소리로 까르르 웃어댔다. 그러다 갑자기 모린은 아무도 이사를 오지 않았으면 좋았겠다는 생각이 들었다. 한 번만이라도 집에 자기 식구들만 살 수 있었으면 싶었다. 그래서 그녀는 페이스의 부모가 쓰던 방에서 못으로 벽지에 들쭉날쭉한 자국을 새겼다.

얼마 뒤 모두들 스탠리 일가를 잊어버렸다. 그들은 그랜드래피즈로 이사를 갔다고 했다. 새로 이사 온 사람들의 이름은 스톤월이었다. 스톤월 부인은 언제나 모린의 집으로 와서 엄마와 함께 베란다에 앉아 맥주나 커피를 마시고 담배를 피우며 이야기를 나눴다. 정확히 나이가 똑같은 두 사람은 엉덩이가 조금 꼭 끼는 바지나 올해 유행에 비해 조금 긴 듯한 치마를 입었다. 두 사람 뒤편에서는 나이가 어린 아이들이 놀고, 듣는 사람도 없는데 라디오가 혼자서 꽥꽥거렸다. 토요일이면 모린은 온갖 소음을 견디다 못해 집을 나섰다. 그렇게 3킬로미터 남짓을 걸어 조용한 도서관으로 갔다. 집도 도서관처럼 조용해야 하는 건데. 모린은 걸으면서 자신이 나중에 커서 엄마가 되면 어떻게 할 건지, 아이들을 어떻게 돌볼 건지 혼자 중얼거렸다. 벌이 필요할 때는 벌을 내리고, 제대로 한 대 후려치거나 엉덩이를 때려줄 것이다. 그리고 동생 베티처럼 가장 못된 아이들을 위해서는 어둡고 축축한 곳(베란다 밑의 '던전')을 찾아내서 아이가 반성하고 착해질 때까지 가둬둘 것이다.

모린은 조용한 것이 왜 문제가 되는지 알 수 없었다. 사람들은 그녀에게 항상 너무 조용하다고 말했다. 로레타는 모린에게 언제나 '비밀'이 너무 많다며 잔소리를 했는데, 그건 모린이 조용하다는 뜻이었다. 웬들 할머니는 모린에게 '표정이 우울하다'고 말했다. "얼굴도 우울하고, 음식을 씹는 이도 우울해." 할머니의 심술궂은 말이었다. 모린은 할머니가 왜 자신을 싫어하는지 알 수 없었다. 전에는 날 좋아했잖아. 줄스도 좋아했잖아. 하지만 이제 할머니는 병들고 심술궂은 노인이 되어 앉아 있을 때조차 지팡이에 몸을 기댔다. 마치 부어오른 다리와 발, 원수들로 가득한 집에서 형편없이 악화된 건강을 강조하려는 것 같았다. 모린은 자신의 얼굴이 남들보다 더 우울하다고는 생각하지 않았다. 못생긴 얼굴도 아니었다. 그녀가 조용하고 침착하고 단정하게 굴려고 애쓰는 것이 사람들에게는 짜증스럽게 보이는 모양이었다. "아유, 정말 귀찮아 죽겠네!" 엄마는 가끔 이렇게 고함을 질러댔다. 모린이 상점에서 나눠주는 스탬프를 모아 붙인 판에서 스탬프 개수를 일일이 세어봐야 한다고 주장하거나, 접시가 정말로 깨끗하게 닦였는지 검사하거나, 한 주에 한 번 이상 머리를 감아도 되냐고 물어본 것이 이유였다. 하지만 엄마는 누구에게나 고함을 질러대는 사람이었다. 자기 아이들에게도, 스톤월의 아이들에게도, 길 건너편에 사는 아이들에게도. 그러니 그건 아무런 의미가 없었다. 스톤월 부인도 고함을 질러댔다. 그것 역시 아무 의미가 없었다. 두 사람 모두 소리를 질러댄 뒤에 금방 표정을 바꾸고 담배를 피우며 방금 자신이 화를 냈던 사실 자체를 잊어버렸다. 모린은 여전히 가슴이 벌렁거리는데도 엄마는 벌써 그 일을 잊어버리는 것이다. 엄마는 무엇이든 잊어버렸다. 모린이 혼자서 터벅터벅 길을 걸으며 중얼거리는 이유, 학교에서 몽상에 잠기는 이유, 엄마가 다시는 고함을 지르지 않게 모든 사람을 착하고 조용하게 만드는 처벌에 대해 생각하는 이유가 바로 그것이었다. 아, 그 말썽꾸러기들 같으니! 남자처럼 현명하고 울룩불룩한 얼굴을 지닌 원장 수녀님이 어느 날 학교에서 자신의 방으로 모린을 불러 이렇게 말했다. "모린, 너는 쉬는 시간에 네 동생을 지켜볼 책임이 있어. 네가 언니니까."

"네, 수녀님." 모린이 말했다.

"네 동생은 싸움을 좋아하고 건방진 아이다. 네 오빠랑 비슷해. 쉬는 시간에 네 동생을 지켜보는 것이 네 책임이라고 네 어머니가 말씀하시더구나."

그래서 모린은 베티와 그 밖의 사람들 모두를 미워하며, 모두들 죽어버리기를 소망했다. 그들의 시체를 전부 삽으로 퍼서 어둡고 퀴퀴한 베란다 밑에 묻어버리고 싶었다. 이파리들이 흩어져 있는 그 던전에는 거미와 기타 고약한 생물들이 살고 있었다. 아니면 모린 자신이 그 밑으로 기어 들어가 몸을 숨기고, 마음을 비운 채 충분히 휴식을 취하면서 인생을 바로잡는 방법도 있었다.

공공 도서관의 천장이 워낙 높아서 모린은 항상 불안한 심정으로 위를 쳐다보았다. 가끔 천장이 둥둥 떠서 어디론가 가버리는 것처럼 보였다. 바닥은 낡았지만, 광이 나게 잘 닦여 있었다. 완전히 평평하지는 않았다. 모린은 도서관의 고요함을 믿을 수가 없었다. 언제든 산산이 부서질 수 있는, 아름다운 유리 꽃병을 보는 것 같았다. 그녀는 책을 들고 열람실 안쪽 깊숙한 곳으로 들어갔다. 거기서는 '서구 세계의 위대한 책들' 서가와 뜨거운 난방기 옆의 탁자에 앉아 몇 시간 동안 책을 읽을 수 있었다. 도서관의 침묵은 그녀의 예상과 달리 자주 깨지지 않았다. 여기서는 사람들의 걸음걸이조차 조용했다. 아이들은 거의 없었다. 모린은 '청소년' 서가의 책들을 한 권씩 차례로 읽었다. 마음 내키는 대로 아무렇게나 책을 뽑아 읽는 것은 용납할 수 없었다. 그러다가는 중요한 책을 놓칠 수도 있기 때문이었다. 그녀는 매주 서가의 시작 지점으로 가서 새로 서가에 꽂힌 책이 없는지, 그러니까 그동안 반납된 책이나 뒤편 대출 카드에 아무것도 적히지 않은 신간이 있는지 확인해보았다. 그런 책들이 눈에 들어오면 그녀는 일종의 조심스러운 놀라움을 느끼며 배시시 웃었다.

사서를 보면 교장 선생님이 생각났기 때문에, 모린은 사서 앞에서 수줍은 척하는 것이 최선임을 알고 있었다. 사서는 도서관을 지배하는 사람이므로, 모린의 삶에 대해서도 무시무시한 권위를 행사했다. 어느 날 그녀는 모린이 반납하려고 가져온 책을 한가로이 뒤적이다가 한 페이지가 크게 찢어진 것을 발견했다. "어쩌다 이런 거니?" 그녀가 말했다.

"처음 빌릴 때부터 그랬어요." 모린이 속삭이듯 대답했다.

"그렇지 않아. 우린 책들을 전부 확인한다고."

그녀는 이 말을 증명하려는 듯이 몇 페이지를 더 넘겨 찢어진 곳을 붙여놓은 부분을 찾아냈다. 투명한 테이프가 누렇게 변색되어 있었다. "봤지? 이렇게 하는 거야. 그러니 이것도 원래 있었다면 붙여놓았을 거다." 사서가 말했다.

"어떻게 된 건지 저도 잘 모르겠어요." 모린이 말했다. "제가 찢은 게 아니에요!" 사서가 차가운 눈으로 모린을 훑어보았다. 모린은 보풀이 많고 헐렁하며, 팔꿈치가 닳고 등판이 울퉁불퉁한 스웨터를 입고 있었다. 우스꽝스러울 정도로 얇은 다리를 드러낸 모린은 죄를 지은 사람처럼 보였다.

"네가 빌려 가기 전에는 이 책에 아무런 문제도 없었을 것 같구나." 사서가 말했다.

모린은 겁에 질려 고개를 끄덕이기 시작했다. 그녀가 죄를 저질렀음이 분명했다. 집에서 누군가가 실수로 책을 찢었겠지만, 그것도 그녀의 잘못이었다. 그녀의 잘못. 도서관의 책을 그런 집에 가져가는 게 아니었는데.

"벌금을 물어야 할 것 같다." 사서가 말했다. "25센트야."

"내일 가져올게요." 모린이 말했다.

"그래. 하지만 오늘은 책을 빌려 갈 수 없어."

"내일 가져올게요." 모린은 쉽사리 풀려났다는 안도감 때문에 책을 빌릴 수 없다는 실망감을 잊어버렸다. 순간적으로 그녀는 범죄자가 절박한 상황에서 느끼는 작은 행복을 느꼈다. 도서관을 나서서 집까지 걸어갈 수 있게 되었고, 아무런 일도 당하지 않았으니까.

집에 도착한 뒤 모린은 로레타에게 벌금으로 낼 돈을 굳이 요구하지 않고, 줄스가 돌아오기를 기다렸다. 그리고 그가 세수하는 동안 욕실 앞에서 서성거렸다. 줄스는 셔츠를 벗고 세면대 위로 몸을 기울였다. 팔에 굵고 검은 털이 나 있고, 가슴에도 털이 무성한 것이 보였다. 아주 피곤한 안색이었다.

그녀가 수줍게 말했다. "오늘 문제가 좀 생겨서 벌금으로 낼 돈이 필요해."

"얼마나?" 줄스가 말했다.

"25센트."

"알았어. 자." 줄스가 그녀에게 25센트를 주었다. 모린은 오빠를 속였다는 사실에 조금 속이 거북해졌다. 사실 차고에 있는 양철통에 모아둔 돈이 몇 센트 있었지만, 그것은 특별한 일에 쓸 돈이었다. 그래서 1년 동안 그 돈을 쓰지 않겠다고 이미 성모님께 서약한 상태였다. 모린이 돈을 모으고 있다는 사실은 아무도 몰라야 할 비밀이자, 그녀를 식구들과는 다른 사람으로 만들어준 비밀이었다.

모린은 줄스도 돈을 모으고 있는지 궁금했다. 그는 겉으로는 속을 탁 터놓는 사람처럼 보이지만, 그녀처럼 비밀이 많았다.

집의 절반에 불과한 공간에 너무 많은 사람들이 살고 있었다. 웬들 할머니 외에 가끔 코니 고모도 와 있었다. 몸이 아프다 말다 하는 그녀는 상태가 괜찮을 때면 세탁소에서 일했다. 웬들 할머니가 작은 소리로 속삭이듯 들려주는 말에 따르면, 코니 고모는 '힘든 인생'을 살았다. (고모가 수술을 받았다고 하던가? 아니면 고모부가 자동차 사고로 죽었다고 했던가? 캘리포니아로 도망쳤다고 했나? 어느 쪽이지?) 코니 고모는 몸이 무겁고 아주 늙어 보였다. 로레타보다 나이가 많은 것 같았다. 그리고 때로는 움직임이 굼뜬 나머지 완전히 축 처져 있었기 때문에 로레타는 그녀를 도와 다시 일어서게 하고 싶다는 생각에 그녀를 좋아했다. 하지만 로레타는 굼뜬 코니 고모에게 짜증이 나서 옆집의 플로라 스톤월에게 달려가 이렇게 외치기도 했다. "그 망할 년! 그 뚱보 년! 그년이 안 나가면 내가 나갈 거야. 오늘 밤에 남편한테 확실히 이야기할 거라고!" 물론 그녀와 함께 방을 쓰는 베티도, 방을 드나들 때 별로 소리를 내지 않지만 인간인지라 존재감을 지니고 있는 줄스도 그녀에게는 압박으로 다가왔다. 아버지는 봉급을 후하게 받는다던데, 그 돈이 다 어디로 가는 거지? 어디로 가는 거야? 몸이 뚱뚱한 아버지는 점심 도시락을 가지고 다녔으며, 평일이든 휴일이든 항상 더러운 짙은색 바지를 줄곧 입었다. 남방은 파란색이었다. 아버지는 부엌 식탁 위나 자신의 무릎에 놓인 자신의 커다란 손을 곰곰이 바라보는 것처럼 보일 때가 많았다. 그리고 모든 것을, 그러니까 음식, 에일, 사람, 텔레비전 등을 곁눈질로 보는 것 같았다. 그럴 때 아버지는 조심스럽고, 의심 많고, 마음이 닫힌 사람이었다. 하지만 그렇게 몇 분이 흐른 뒤 저녁 식사나 텔레비전을 향해 마음을 열고 땀을 흘리기 시작했다. 아버지는 먹고 마시는 것을 좋아해서 열성적으로 먹고 마셨으며, 텔레비전 프로그램이라면 죄다 좋아했다. 처음에는 상대를 의심하다가 마음을 여는 성격이었다. 모린은 아버지의 이런 성격을 파악하고 있었다. 아버지가 잘 가는 곳은 몇 블록 떨어진 주점 홀리데이 그릴이었다. 그 집 창가에서 먼지를 덮어쓰고 있는 커다란 식물 두 개에는 창(槍)처럼 생긴 이파리가 달려 있었다. 모린은 그런 식물을 볼 때마다 아버지를 생각했다. 아버지가 돌아가신 지 한참 지나서 더 이상 아버지를 무서워할 필요가 없을 때도 마찬가지였다. 창처럼 생긴 이파리. 아버지에게는 조금 아둔한 구석이 있었지만, 그 아둔함 밑에는 무서울 정도로 예리한 부분이 있었다.

어느 날 밤 아버지가 옆걸음으로 저녁 식탁으로 다가와 땀을 흘리며 음식을 먹었다. 식사가 거의 끝난 뒤에야 줄스를 보고 이렇게 말했다. "멀론 이야기는 뭐야?"

모린은 오빠가 바짝 긴장한 것을 이미 알아차리고 있었다. 그것만으로도 벌써 사실을 인정한 것이나 마찬가지였지만, 줄스는 매끈한 말솜씨로 사실을 숨기려고 했다. "모르겠는데요. 멀론이 왜요?"

"그 녀석, 맞았지?"

"몰라요."

"모른다니, 무슨 뜻이야?"

"두에인 트레이시가 뭐라고 하긴 하던데……."

"이 자식, 나한테 거짓말하지 마! 너도 다 알고 있잖아!"

"다 아는 건 아니에요!" 줄스가 말했다.

"멀론이 도대체 어떻게 됐는데?" 로레타가 말했다.

"맞았어. 그 잘난 척하는 망할 얼굴을 걷어차였다고." 모린의 아버지가 성난 목소리로 말했다. 왜 화를 내는지 잘 알 수 없었다. 래미가 다쳐서 좋은 걸까, 속이 상한 걸까?

"그러니까 어쩌다가?" 로레타가 말했다.

"제 놈이 아주 똑똑한 줄 알았던 거지. 아까 밖에서 들었는데, 그놈이 헤이스팅스에서 현금이 든 봉투를 들고 가던 검둥이 애를 잡아 세웠대. 그 멍청한 자식은 제가 잡힐 수도 있다는 사실은 아예 생각도 안 한 거야! 검둥이들이 한 시간 만에 쫓아와서 놈을 잡았어!" 모린의 아버지가 말했다. 얼굴이 사악하게 번들거리고 있었다. 그는 다시 줄스에게서 시선을 돌린 채였다. 줄스도 아버지를 보지 않았다. "어떤 멍청한 개자식이 조직 패거리의 심부름꾼을 건드려? 그런 풋내기가 어디 있어? 4천 달러가 든 봉투를 운반

하는 열두 살짜리 검둥이라면 평범한 아이가 아니잖아, 이 멍청한 새끼야! 4천 달러가 든 봉투를 갖고 있는 애가 어디 '쇼핑'이라도 간 것 같아? 엄마한테 줄 선물이라도 사러 갈 것 같냐고!"

"저한테 자꾸 욕하지 마세요. 그건 저랑 상관없는 일이에요." 줄스가 말했다.

"당연히 그래야지. 하기야 만약 너도 거기 끼었다면, 지금쯤 잡혀 갔을 거다. 놈들한테 차여서 이가 푹 들어갔겠지. 안 그래?"

"그 일하고는 상관이 없다니까요."

"아냐, 네놈은 머리가 너무 좋아. 젠장, 그래도 그게 장점이긴 하네." 모린의 아버지가 말했다. 하지만 뭐가 뭔지 잘 모르면서도 화를 내는 표정은 여전히 풀리지 않았다. "놈들한테 걷어차여서 그 녀석 이가 절반이나 나갔다더라. 눈도 실컷 두들겨 맞았대. 갈비뼈 네 대가 부러지고. 또 어딜 다쳤는지는 모르겠지만, 놈들은 절대로 사정을 봐주지 않았을걸. 검둥이 놈들이지만, 그 자식이 그렇게 맞아도 싼 짓을 했다는 건 나도 인정할 수밖에 없다. 저 잘난 줄 아는 그 녀석은 항상 그쪽 거리를 어슬렁거렸으니까!"

"아버지, 난 그 일이랑 아무 상관이 없어요." 줄스가 말했다.

"그래도 전부 알고 있었잖아, 안 그래?"

"몰랐어요."

"나한테 거짓말을 하시겠다, 응?"

두 사람은 서로를 바라보지 않았다. 모린은 둘 사이에 긴장이 점점 높아지는 것을 느낄 수 있었다. 줄스의 팔을 잡고 "오빠가 굽혀"라고 속삭이고 싶었지만, 창백한 얼굴에 잔뜩 힘이 들어간 줄스는 입을 꾹 다문 채 아버지에 대한 증오심을 있는 대로 드러내고 있었다.

로레타가 두 사람의 주의를 다른 곳으로 돌리려고 말했다. "내가 오늘 푸딩을 좀 만들었거든. 다들 먹을 거지?"

그날 밤 늦게 모린의 아버지가 뚱한 표정으로 한숨을 내쉬며 말했다. "그놈의 검둥이들이 언젠가 이 도시를 손에 틀어줄 거야. 자물쇠를 꼭꼭 채우고 길을 막아버리겠지. 그러면 끝장이라고!"

로레타는 반짝이로 장식된 침실용 밀짚 슬리퍼를 신고 그와 함께 텔레비전을 보고 있었다. 그녀가 말했다. "놈들이 래미 멀론을 두들겨 팼으니 경찰이 잡아들일 거야. 당신이 뭐라고 하든, 그 아이 이가 나갔다니 안됐어. 그럭저럭 잘생긴 아이였는데."

"놈들이 그 자식한테 칼자국을 만들어놓았다고 해도 놀랄 일은 아니지. 놈들은 칼질을 좋아하거든." 모린의 아버지가 느릿느릿 말했다. "공장에서는 다들 퇴근한 뒤에 주차장에서 공연히 어슬렁거리는 것도 위험해. 놈들은 그냥 돈만 가져가는 게 아니라 칼질을 한다고. 그걸 아주 좋아해. 놈들이 재미 삼아 하는 일이 그런 거야."

아버지가 밤에 냄새나는 폴란드인들에 대해 말할 때도 있었다. 배글리 거리 한편으로 밀고 들어오는 느끼한 라틴 놈들을 이야기할 때도 있었다. 놈들 모두 미친놈처럼 떠들어대고, 칼을 들고 다니고, 길거리에서 술을 마시고 서로 싸워댄다고 했다……

줄스는 모린 앞에서 아버지를 비웃었다. "그놈의 검둥이들, 그놈의 폴란드 놈들, 그놈의 라틴 놈들! 젠장, 그놈들을 전부 미워하려니 속이 뒤집혀 죽겠네! 진짜 짜증 나 죽겠어!" 아버지를 흉내 낼 때 줄스는 얼굴을 뚱뚱하게 만들고 턱을 늘어뜨렸다. 눈빛은 저능아처럼 변했다. 모린은 웃음을 참을 수 없었지만, 곧 할머니가 항상 하는 말을 생각하며 마음을 다잡았다. "자꾸 얼굴을 찡그리면 얼굴이 그렇게 굳어버려." 자꾸 얼굴을 찡그리면 얼굴이 그렇게 굳어버려.

그녀의 눈에 식구들은 모두 얼굴을 찡그린 채로 굳어 있었다. 엄마와 아버지, 동생, 오빠, 할머니, 고모, 학교에서 만나는 수녀님들의 얼굴, 신부님들의 얼굴, 동네 아이들의 얼굴, 온 세상 사람들의 얼굴이 모두 교활하고 분노한 표정으로 단단히 굳어 있었지만 모린 자신은 단단하고 모진 부분이 전혀 없었으므로 그런 사람들 사이에서 침묵 속으로 기어 들어가 모든 것이 깔끔하고 단정해질 날을, 저녁 식사가 끝난 뒤 부엌을 정리하듯 자신의 인생을 정리할 수 있게 되는 날을 기다렸다. 그때가 되면 그녀 역시 남이 상처를 입힐 수 없을 만큼 단단하게 영원히 굳어버릴지도 몰랐다.

엄마는 사람들의 얼굴에 주의를 집중했다. 웬들 할머니에게서 배우기라도 했는지, 정체를 알 수 없는 유쾌한 말투를 쓰는 그녀는 모린과 함께 쇼핑을 나갔을 때 사람들을 가리키며 이렇게 말했다. "저 말상을 봐!" "저 얼굴은 암퇘지네!" "뒤에 원숭이가 있어!" 모린이 어깨 너머로 돌아보면 거울이 있었다. 로레타의 얼굴은 때로 흐늘흐늘하고 못생겨 보이는가 하면, 조금 예뻐 보이기도 했다. 코의 모공들이 검고 크게 두드러질 때도 있고 그렇지 않을 때도 있었다. 얼굴이 오락가락했다. 못생겼다가 예뻤다가, 지저분했다가 깔끔했다가. 어떤 로레타가 어질러진 침실에서 나올지는 아무도 알 수 없었다. 그 때문에 모린은 자신에게 집중했다. 어차피 엄마도 그쪽을 가리키고 있었다. 엄마는 자주 눈을 가늘게 뜨고 모린을 바라보며 이렇게 말했다. "너 얼굴이 뒤집어지고 있는 거니? 이제 여드름이 많이 나는 나이가 됐구나."

2세대 주택에서 모린의 식구들이 살고 있는 다섯 개의 방은 로레타의 영토였다. 그녀는 그들 모두를 지배했다. 아버지는 초저녁에 집에 돌아오자마자 난방이 지나치게 켜진 방에 커다란 덩치로 들어와 빨랫감이나 다리미질감 더미들 주위를 돌아다니거나 그냥 누워서 빈둥거렸다. 베티의 잡동사니가 발에 밟히고, 모린은 부엌 식탁에 웅크리고 앉아 숙제를 하려고 애썼다. 아버지는 로레타가 만들어준 음식을 먹었다. 실제로 준비한 사람이 모린일 때에도, 그것은 여전히 로레타의 음식이었다. 게다가 집에서는 로레타의 냄새가 났다. 로레타의 '녹복봉 소금', 로레타의 향수, 로레타의 담배 연기. 아버지가 침묵을 더 이상 유지하지 못하고 로레타에게 고함을 질러대며 손찌

검을 할 때도 로레타는 여전히 집의 중심이었다. 수동적이고 게으르고 못된 중심.

이런 와중에도 모린은 집중력을 잃지 않고 숙제를 하려고 애썼다. 그녀는 성적이 상당히 좋은 편이었다. 베티는 뻐기는 것 외에는 무엇이든 잘하는 것이 없었다. 줄스는 벌써 몇 달 전부터 아예 성적표를 집으로 가져오지 않았다. 그는 검고 공허한 눈빛으로 비밀스러운 삶을 살았다. 학교에서 어떤 여자애가 모린에게 해준 말에 따르면, 줄스는 다른 남자애들과 함께 술을 마시러 다니고, 로즈 앤이라는 여자애와 데이트를 하며, 래미 멀론의 친구라고 했다. 래미가 어떻게 됐는지는 너도 알지? 모린은 줄스의 주머니를 뒤져 이상한 물건들을 찾아냈다. 깨진 검은색 플라스틱 빗, 돈, 겉에 '맨해튼 라운지'라고 쓰여 있는 종이 성냥, 립스틱이 묻고 구겨진 클리넥스, 망가진 열쇠고리, 잔돈, 동전, 땅콩, 기타 잡동사니 등이었다. 오빠가 학교에서 낙제점을 받고 있다는 건 알지만, 감히 오빠에게 물어볼 수는 없었다. 그리고 베티. 베티는 작은 말썽꾸러기였다. 어찌나 시끄럽고 멍청한지 모린은 베티와 걷기 싫어서 일부러 먼 길을 돌아 집으로 오고 싶을 정도였다. 하지만 그랬다가는 상점의 진열창 구경과 리앨토 극장을 놓칠 터였다. 한 주에 한 번씩 바뀌는 극장의 포스터를 놓칠 수는 없었다. 월요일은 엄마가 친구 에설의 미용실에 가서 머리를 감고 스타일을 다듬고 눈썹을 뽑고 손톱을 손질하는 날, 엄마의 날이었다. 월요일에 엄마의 입술과 손톱은 검은 포도와 같은 색이 되었다. 그래서 모린은 엄마가 영화 포스터에 나오는 여자들과 같은 여자라는 것을 알았다. 그들은 뭔가 원하는 것이 있었으며, 그것을 얻기 위해 기꺼이 위험을 무릅썼다. 엄마는 모린을 데리고 슈퍼마켓으로 장을 보러 가서, 빨갛고 까만 사각형들이 그려진 종이봉투에 식료품을 담아 가져왔다. 스탬프책에 붙일 노란 스탬프도 가져왔다. 엄마가 원하는 물건을 손에 넣는 방식은 이러했다.

토요일에 날이 너무 추워 도서관에 갈 수 없을 때는 그냥 집에 있었다. 모린은 집이 싫었다. 그녀는 가만히 앉아서 몇 시간 동안 창밖만 바라보았다. 볼 것이라고는 하나도 없었다. 그저 일부가 부서진 옆집의 콘크리트 기초뿐이었다. 그 집도 모린의 집만큼이나 낡고 볼품없었다. 물론 지금 이 집이 모린의 식구들 '소유'인 것은 아니었다. 모린의 아버지는 매달 집세를 내면서 투덜거렸다. 그가 집세를 얼마나 내는지는 비밀이었다. 어른들에게는 비밀이 많았고, 대부분이 돈과 관련되어 있었다. 로레타가 못된 년이라거나 하워드가 게으른 자식이라는 소리는 크게 외칠 수 있었다. 사람들과 관련된 이야기라면 무엇이든 큰 소리로 외칠 수 있었다. 하지만 돈에 관한 이야기는 그 무엇도 소리 내어 입에 담을 수 없었다. 그런 이야기는 모든 아이들에게 비밀이었다. 아버지가 주급으로 얼마를 받는지, 엄마에게 얼마를 가져다주는지는 비밀이었다. 심지어 어떤 물건들의 가격조차 비밀이었다. 코니 고모는 일을 하러 다닐 때 주급이 겨우 50달러밖에 되지 않는다고 투덜거렸다. 하지만 그건 고모다운 행동이었다. 코니 고모는 언제나 징징거리면서, 사람들이 듣고 싶어 하지 않는 이야기를 늘어놓았다. 코니 고모가 로레타에게 신세 한탄을 하려고 부엌으로 들어오면 모린은 한숨을 내쉬면서 자기 방 창가로 다가갔다. 밖으로 나가거나 귀머거리가 되고 싶었다. 모든 것을 딱딱하고 무채색으로 만들어버리는 겨울 풍경이 어째서 집의 답답하고 퀴퀴한 냄새보다 더 나아 보이는지 모를 일이었다. 어쨌든 모린은 엄마와 아버지를 사랑했다. 줄스도 사랑했다. 심지어 베티도 사랑했다. 베티가 조금만 더 철이 들면 좋을 텐데. 그런데도 왜 모린은 식구들이 모두 죽어 포치 아래에 묻히기를 바라는 걸까? 심지어 줄스조차 죽어서 땅에 묻혀 안식에 들기를 바랐다.

모린은 봉상을 하며 대부분의 시간을 보냈다. 상상 속에서 그녀는 군인처럼 큰 소리로 명령을 내렸다. 그러면 아이들이 모두 그녀의 명령대로 줄을 맞춰 늘어섰다. 그들에게 벌을 내릴 어른은 어디에도 없었다. 심지어 칭찬해주는 어른도 없었다. 모린이 어른들 대신 어른들이 마땅히 했어야 하는 일을 하고 있으니, 어른들이 없어도 세상이 살기 좋고 평화로웠다. 모린이 눈을 감고 학교 놀이를 할 때도 있었다. 그녀는 수녀님 교사가 되었다. 동네 아이들은 모두 줄을 맞춰 앉아 있었다. 모린은 책상들 사이의 통로를 오락가락하며 아이들에게 차례로 교과서를 읽혔다. 칠판 앞으로 불러내서 길게 늘어선 숫자들의 덧셈을 시키기도 했다. 아이들이 실수를 저지르면 모두가 보는 앞에서 꾸짖었고, 변명은 용납하지 않았다. 변명을 해보라고 하면 아이들이 하는 말은 뻔했다. "어젯밤에 숙제를 못 했어요. 집에 일이 있어서요." "어젯밤에 밖에 나가 있느라고 잠을 전혀 못 잤어요." 아니, 여기는 둘도 없는 학교였다. "열심히 공부해야지. 공부." 모린은 아이들에게 이렇게 말했다. 그녀에게 반항하지 못하고 꼼짝없이 앉아 있는 아이들과 그들을 지켜보는 자신, 그들을 지키고 마음대로 휘두르는 자신, 다들 아는 모습과는 다른 모습의 자신을 상상하다 보면 심장이 두근거렸다. 사람들은 왜 완벽해지지 못하는 걸까? 왜 실수를 저지를까? 모린은 숙제를 할 때 실수를 저지르지 않으려고 모든 것을 확인하고 또 확인했다. 놀 때도, 상상 속에서도 그녀는 실수를 두려워했다.

1년 전만 해도 그녀는 아직 말놀이를 했지만 이제는 그럴 나이가 아니었다. 예전에 그녀는 말 떼를 이끄는 지도자, 위대한 검은색 종마였다. 그녀는 발꿈치로 땅을 단단히 딛고 서서 허공을 향해 발길질을 하며 혼자 놀았다. 말 흉내를 내는 데에 집중한 나머지 괴로울 정도였다. 그녀는 긴 머리를 갈기처럼 휘날리며 몰래 놀았다. 집 근처에서나 다른 아이들이 옆에 있을 때는 절대로 자신의 그런 모습을 보여주지 않았다. '놀이'를 하지 않았다. 그녀는 나이에 비해 몸집이 크지 않았지만, 왠지 더 성숙해 보였다. 그래서 부엌에서 뭔가 문제가 생기면 그녀는 결코 도망치려 하지 않고 자신이 처리

하겠다고 차분하게 말했다. 음식이 쏟아졌을 때도, 접시가 깨졌을 때도, 베티가 저지를 만한 일이 벌어졌을 때도 항상 그랬다. 그녀는 변명을 하는 법이 없었다. 한번은 엄마와 플로라 스톤월이 하루 종일 맥주를 마시며 어린 시절 이야기를 한 적이 있었다. 그날 엄마가 저녁 준비를 시작도 하지 않았기 때문에 모린이 부엌에서 대신 일을 했고, 엄마와 플로라 스톤월은 그녀를 놀렸다. "모린 좀 봐. 언젠가 훌륭한 주부가 될 거야." 플로라가 말했다. 그녀는 잘생기고 나른한 여자였으며, 길게 기른 붉은 머리를 가끔 뒤로 묶었다. 팔은 뼈대가 아주, 아주 컸고, 다리도 두꺼운 편이었다. 음악 같은 목소리는 단조롭게 살짝 남을 비난하는 듯했다. 하지만 모린을 좋아하는 것 같았다. 모린은 쓰레기를 모아 싱크대 밑의 냄새나는 통에 넣고, 얼굴이 열기로 발갛게 달아오를 때까지 설거지를 하면서 자신이 지배하는 교실이나 야생마들이 사는 계곡이나 바다은 왁스를 발라 반질반질하고 가끔 사서가 타자기를 두드리는 소리가 나는 도서관을 상상하는 데 억지로 정신을 집중했다. 혼자 있을 때면 생각이 이런 상상들로 이어졌다. 가끔 정신을 차리고 보면 문간에 서서 멍하니 자신의 팔을 쓰다듬고 있었다. 로레타가 유유히 지나가며 말했다. "정신 차려. 집에 불이 났어."

　정신을 차리고 보니 식구들이 저녁 식탁에 앉아 있었다. 옷을 입은 형체들이 저마다 의자를 짓눌렀다. 식구들을 이런 식으로 상상하다 보면 머리가 어질어질했다. 아버지는 밀도가 높은 물체였고, 남방 단추가 몇 개 풀려 있었다. 엄마는 실체가 없이 파닥거리는 물체였다. 할머니는 두툼하고 무거웠으며, 검은 옷을 입고 곰곰이 생각에 잠겨 있었다. 한번은 시내 정류장 옆에서 여동생이 거칠게 노는 여자아이들과 함께 빈둥거리는 모습을 본 적이 있었다. 여자아이들은 모두 청바지와 트레이닝복 상의 차림이었다. 그들이 모퉁이 너머에서 불쑥 밀려 나와 버스를 향해 손짓했다. 하지만 버스가 멈추고 문이 열리자 아이들은 도망쳐버렸다. 큰 소리로 깔깔 웃어대는 베티는 단단하고 빳빳하고 작은 물체였다. 꼭두각시 인형 같기도 했고, 걷잡을 수 없이 돌고 또 도는 팽이 같기도 했다. 베티가 그렇게 돌다가 행인과 부딪히자 친구들이 모두 와자하게 웃어댔다. 모린은 그들의 눈에 띄고 싶지 않아서 몸을 움츠리고 뒷걸음질 쳤다. 저 애가 내 동생인가? 어두운 금발 머리를 남자처럼, 줄스보다도 더 짧게 자른 저 끔찍한 아이가? 근육질의 단단한 다리와 거슬리는 목소리를 지닌 저 아이가? 모린은 또한 줄스가 집 안을 돌아다닐 때 눈을 가늘게 뜨고 자주 지켜보았다. 줄스는 언제나 피곤해했다. 나중에는 그녀의 앞을 지나치는 그림자 같은 물체, 그녀에게서 아무런 반응도 사랑도 가족애도 자극하지 못하는 물체가 되었다. 줄스는 점점 자라고 있었으므로, 어른들의 일을 해야 했다. 여자애와 얽혀야 했고, 그 여자애나 함께 다니는 다른 아이들과 이런저런 일들을 해야 했으며, 일을 해서 돈도 벌어야 했다. 면도도 하고, 머리 모양을 다듬는다고 수선을 피우기도 하고, 피곤한 듯 손으로 눈을 쓸기도 하고, 누가 귀찮게 굴면 날카롭고 듣기 싫은 목소리로 대답하기도 했다. "지옥에나 가버려, 모린." 베티에게는 이렇게 말했다. "너랑 놀 시간 없어. 저리 가." 줄스는 항상 식구들을 밀어내고, 항상 식구들에게서 도망쳤다.

어느 봄날 모린은 도서관에서 집으로 돌아가는 길에 집 근처에서 두꺼비와 마주쳤다. 놀란 두꺼비가 도망치자 그녀는 근처의 포치 아래까지 녀석을 쫓아갔다. 그리고 나무 막대를 하나 주워서 녀석을 쿡쿡 찔러 펄쩍 뛰어나오게 하려고 했지만, 막대의 길이가 미치지 못했다. 두꺼비는 몸을 부풀리고 꿀떡꿀떡 소리를 내며 이파리 더미 속에 앉아 있었다. 겁에 질렸지만 움직이지는 않았다. 모린은 못된 기분이 들었다. '저 아래로 기어 들어가면 두꺼비를 잡을 수 있을 거야.' 두꺼비에게 느끼는 동질감, 똑같이 숨을 몰아쉬고 있고 똑같이 겁에 질려 있다는 사실 때문에 아래로 기어 들어가고 싶어졌다. 모린은 네발로 땅을 짚고 몸을 앞으로 기울인 채 막대로 여기저기를 찔러보았지만 두꺼비는 움직이지 않았다. 그녀와 두꺼비는 침묵 속에서 서로를 바라보았다.

집에 돌아오자 플로라 스톤윌이 집 앞 계단에 앉아 있다가 태평하게 말했다. "어머, 모린, 어디서 오는 거니? 너한테 전할 말이 있어."

"뭔데요?"

"네 엄마랑 할머니가 어딜 좀 갔거든. 네가 어디 있는지 모르겠다고 하면서. 줄스가 차로 둘을 태우고 갔는데, 두 사람이 나더러 널 기다렸다가……."

"무슨 일이에요?"

"네 아버지한테 무슨 일이 생긴 모양이야."

모린은 그녀를 빤히 바라보았다. "무슨 일인데요? 경찰에 잡힌 거예요?"

"어머, 얘, 아냐. 그런 말은 하지 마라." 플로라가 괴로운 표정으로 입술과 눈썹을 동시에 끌어올리며 말했다. "직장에서 일이 좀 생겼어. 사고래. 일하다 다쳤다고."

"다쳐요? 어쩌다가요?"

"나야 모르지. 이제 그만 들어가 보지 그러니? 로열크라운 콜라 마실래? 우리 냉장고에 좀 있는데. 하나 줄까?"

"아뇨."

"로레타가 나더러 널 기다리라고 했어. 너한테 이런 소식을 전하게 돼서 정말 미안하다. 나도 마음이 안 좋아. 너 정말 로열크라운 안 마실래? 우리 집에 와서 좀 쉬어도 되는데."

"아뇨, 괜찮아요."

모린은 플로라 옆을 지나쳤다. 품위를 잃지 않았지만 무서워서 식은땀이 흘렀다. 조용한 집이 그 자체로서 그녀에게 끝을 말했다. 뭔가가 끝났음을. 앞쪽 방은 난장판이었다. 소파 덮개 한쪽이 흘러내렸고, 전등갓은 비뚤어졌으며, 옆쪽 창문에서 들어오는 햇빛은 낡은 갈색 깔개를 비췄다. 모두 친숙한 모습이었다. 퀴퀴하게 느껴지는 집의 모습이 친숙해서 마음이 놓여야 마땅한데, 모린은 이것이 임시적인 모습에 불과하다는 사실을 문득 깨달았다. 볼품없는 모습이라 해도, 여전히 임시에 불과하기 때문에 언제든 사라질 수 있었다. 모린은 침대에 누우려고 자기 방으로 갔다. 침대는 흐트러져 있었다. 그녀는 천장을 바라보며 가만히 기다렸다.

얼마 뒤 뒷문이 열리고 누군가가 뛰어 들어왔다. "모린." 줄스가 그녀를 불렀다.

그녀는 대답하지 않았다.

줄스가 그녀의 방으로 와서 안을 들여다보았다. "얘기 들었어? 옆집 아줌마한테서? 무슨 일인지 들었어?"

"아버지가 죽었어?"

"병원에 있어."

모린은 줄스를 빤히 바라보았다. 줄스의 키가 이렇게 커버렸다는 사실이 놀라웠다. 그는 이제 1년 전처럼 꼭 끼는 바지 차림이 아니었다. 불안한 표정으로 머리카락을 쓸어 올리는 그는 충격을 받아서 속이 좋지 않은 것 같았다. 그가 말했다. "어쩌면 죽을지도 몰라. 아버지랑 같이 있던 사람은 죽었어. 강철 파이프가 쏟아져서……"

"파이프……?"

"그럴 거야. 나도 잘 몰라. 하여튼 강철이야. 그게 헐거워져서 미끄러진 거야. 아래로 쏟아졌어."

"세상에."

두 사람은 서로를 빤히 바라보았다. 마침내 모린이 더듬더듬 입을 열었다. "아버지가…… 병원에?"

"포드 병원 응급실이야."

'응급실이라니.' 모두 사실이라는 얘기였다. 그녀의 눈앞에 갑자기 병원이 나타났다. 묵직한 요새 같은 건물.

"지금 그리 가자. 먼저 햄버거나 뭣 좀 사 먹고."

모린은 떨리는 손으로 얼굴을 덮었다.

"야, 모린." 줄스가 재빨리 말했다. "울지 마! 꼭 햄버거를 먹을 필요는 없어. 햄버거는 엄마 생각이었으니까. 일단 속을 채우라고. 엄마는 원래 그렇잖아. 안 그래? 너랑 베티를 먹이래. 울지 좀 마. 나도 한번 소리소리 지르며 울어볼까?"

모린은 얼굴에서 천천히 손을 뗐다. 줄스는 그 자리에 계속 서 있었다. 하얀 얼굴이 잔뜩 긴장하고 있었다. "오빠가 다른 사람 때문에 울 리가 없어."

"말이 너무 심하잖아!"

베티를 어디서도 찾을 수 없었기 때문에 두 사람은 차를 타고 우드워드에 있는 비프스 식당으로 갔다. 모린은 차 안에서 해방된 듯 대담해졌다. 마치 뜻밖의 휴일이 찾아온 것 같았다.

"정말로 그런 일이 일어난 거야?" 모린은 계속 물었다.

줄스가 그녀를 흘깃 보았다. "그래, 맞아. 내가 그런 걸로 농담을 할 것 같아?"

"아니, 내 말은…… 정말 오빠가 말한 대로냐는 거지. 1톤짜리 강철이 쏟아졌다고?"

"2톤이야." 줄스가 말했다.

줄스가 계속 이렇게 차를 몰 수 있다면 얼마나 좋을까! 대로를 따라 북쪽으로, 북쪽으로 계속 갈 수 있다면. 아무 도로나 달리다가 이 도시를 벗어나 아버지가 누워 있는 병원에서 멀어질 수 있다면. 아버지는 이미 그들과 상관없는 먼 사람이 되어 있었다……. 모린은 계속 양손으로 얼굴을 붙잡고 너흠어보았다. 자신의 얼굴과 두개골이 제대로 붙어 있는지 확신할 수 없었다. 이 두개골 역시 부서질 수 있었다. 줄스는 그녀를 힐끔거렸지만, 그녀의 이상한 행동에 대해 아무 말도 하지 않았다. 대신 그녀의 생각을 짐작한다는 듯이 이렇게 말했다. "계속 이렇게 차를 타고 갈 수 있다면 정말 좋을 거야, 그렇지? 저 위의 미시간까지 가면. 거긴 호수도 많고 숲도 많잖아. 나무가 자라는 선을 넘어서 아무도 아직 가보지 못했지만, 우리가 들어가 살 수 있게 비워져 있는 곳으로 간다면. 거기 하늘이 어떨지 상상이 돼. 호수도. 호수에서는 큰사슴이 물을 마시겠지. 아냐, 이건 내가 사진에서 본 건가? 잡지나 달력에서……."

모린은 겁이 났다. 줄스의 목소리가 갑자기 잦아드는 것이. 그 목소리에서 힘이 사라지는 것 같았다.

"근데 큰사슴이 뭐야?"

두 사람은 식당으로 들어갔다. 모린은 식욕이 전혀 없었지만, 카운터 좌석에 줄스와 나란히 앉아 메뉴를 몇 번이나 읽으면서 식사를 해두는 것이 좋겠다고 생각했다. 식당에 들어온 것은 그녀에게 특별한 일이었다. 두 사람은 햄버거와 프렌치프라이를 먹었다. 모린은 타서 쭈글쭈글해진 프렌치프라이까지 모조리 먹어치웠다. 손가락으로 접시에 있는 소금을 찍어 핥아 먹기까지 했다.

줄스가 다른 사람들에게 들리지 않게 중얼거리듯이 말했다. "어쩌면 아버지가 이미 죽었는지도 몰라. 그랬으면 좋겠다. 그러면 기다리지 않아도 되니까. 우리가 들어가면 사람들이 아버지가 이미 죽었다고 말할지도 몰라! 엄마는 울고불고 난리를 치고, 웬들 할머니는 미친 사람처럼 굴겠지. 우리가 차를 세우고 안으로 들어가면 사람들이 말할 거야. '네 아버지가 돌아가셨단다.'"

모린은 음식을 너무 많이 먹은 것이 이제야 부끄러워졌다. 자기들이 왜 집이 아니라 여기 식당에 앉아 있는지 잊어버리고 있었다.

"오빠는 아빠를 좋아한 적이 없지?" 모린이 부드럽게 말했다.

"진짜 야단법석이 날 텐데. 여자들이 울어대는 거……. 병원에서는 기분 나쁜 냄새가 나. 참을 수가 없어. 그래, 난 아버지가 싫었어, 리니. 하지만 너 입 다물어. 다시는 그런 소리 하지 마. 아깐 그냥 농담을 한 거야. 그러니까, 아빠가 죽어버리기를 바란다든가, 뭐 그런 말. 그냥 한 말이라고. 왜냐면…… 왜냐면 더 이상 참을 수가 없으니까! 아버지가 그렇게 조용한 걸! 아빠가 조용한 모습에는 이제 질렸어." 줄스는 갑자기 손으로 코 밑을 쓸었다. "그게 거슬려서 가끔 미칠 것 같아. 젠장, 조용해지는 게 어떤 건지 아버지가 전부 가르쳐줬어!"


## 11


아버지의 장례식 후 줄스는 시내로 산책을 나갔다. 다른 사람들처럼 상점 진열창을 들여다보며 바삐 스쳐 지나가는 사람들에게 상관하지 않았다. 자신이 투명한 존재가 되어 둥둥 떠 있는 것 같았다. 조금 있으면 열여섯 살이었다. 하지만 그것이 무슨 의미인지 알 수 없었다. 열여섯 살이라. 아버지의 죽음으로 그는 아버지의 묵직한 무게를 벗어버렸다. 대신 그 자신의 무게가 가스처럼 그의 내부를 점점 채우고 있었다. 죽은 사람의 몸속에 가스가 생긴다는 소리를 들은 적이 있었다. 하지만 이상하게 머리가 몽롱했다. 발이 아픈데도. 머리가 둥둥 떠가는 것 같았다. 더러운 길거리와 다른 사람들의 바쁜 발걸음은 한 방향을 향하고 있었다. 그리고 그의 머리는 다른 방향을 향해 힘을 쓰고 있는 것 같았다. 그가 마음속으로 정리해야 하는 것이 있었지만, 그는 여기에 있었다. 차갑게 식은 채 흐트러지고 어지러운 머리로 그랜드서커스 공원을 향해 길을 건너는 중이었다. 살아 있는 그는 질 좋은 검은색 양복을 부자연스럽게 차려입었는데, 아버지는 죽어서 땅속에 있었다.

아버지는 정확히 어떤 사람이었을까?

'아버지의 얼굴도, 말도 전혀 기억나지 않아.' 줄스는 당황했다. 그는 아버지를 이해해야 했다. 한 사람이 살다 갔는데 아무것도 남지 않고 그의 존재가 망각 속에 묻혀버리는 것, 그의 아들조차 그를 제대로 기억하지 못하는 것은 옳지 않았다. 옳지 않은 것 같았다. 줄스가 공원 벤치 앞을 지나는데 한 노인이 그를 주의 깊게 지켜보았다. 금방 그를 알아볼 것 같은 얼굴이었다. 줄스는 노인을 외면했다. 남이 자신을 알아보는 것이 싫었다. 흐트러진 모습으로 징징거리며 슬픔을 표현하는 엄마와 무서워하는 동생들 때문에 마음이 차갑게 식었다. 그는 그 풍경의 일부가 되고 싶지 않았다. 모두에게서 멀어져야 했다. 그래, 아버지가 죽었다. 그리고 이미 일어난 일은 자연스럽게 지나간 일이 되는 중이었다. 어쩌면 아버지가 그를 제대로 인정해준적이 없는지 모른다. 그런다고 무엇이 달라질까? 그는 이런 생각들을 모두 받아들이려고 애썼다. 엄마는 아무것도 받아들이지 못했기 때문에, 뜨겁고 고통스러운 눈물이 흘러넘치듯이 모든 것이 엄마에게서 흘러넘쳤다. 그래서 줄스 자신이 모든 것을 받아들여 정상으로 만들 생각이었다. 그는 영화관 앞에서 서성거리며 포스터들을 바라보았다. 화장을 한 잘생긴 얼굴들이 그에게는 아무런 의미도 없는 것 같았다. 그들은 힘들이지 않고 슬픔, 고통, 기쁨을 받아들일 수 있었다. 그들의 얼굴에는 주름살이 전혀 나타나지 않았다. 전혀. 줄스는 이 얼굴들이 언젠가 자신을 배신할지 궁금했다. 크고 낡은 영화관 안에서는 모든 것이 평소와 다름없었다. 몇 명 안 되는 사람들이 드나들고, 여느 때처럼 더러워진 카펫 냄새, 오래된 팝콘 냄새가 났다. 낡고 커다란 시내 건물들이 그렇듯이 퀴퀴한 어둠도 빠지지 않았다. 줄스는 흥미가 생기기를 기다리며 포스터들을 빤히 바라보았다. 말런 브랜도의 사진을 빤히 바라보았다. 그의 인생 중 많은 부분이 영화에서 유래했다. 그가 쓰는 말과 유쾌한 기분도 마찬가지였다. 영화에서 본 삶은 음악이 뒤에 깔려 있었지만, 여기 영화관 밖의 길거리에서 그는 우울하고 활기가 없었다. 주위 어디에도 음악은커녕 음악이 들려올 기미도 없었다.

아버지는…… 몇 살이었더라? 어떤 고통을 느꼈을까? 그런데 고통을 느꼈던 그 몸…… 그 몸이 정말 아버지의 것이었을까? 식탁의 특정한 자리에 한참 동안 앉아 있던 남자, 매일 밤 특유의 태도로 저녁 식사를 하던 남자, 빨리 식사를 끝내고 싶어 안달하던 남자의 것이었을까? 줄스가 옛날부터 줄곧 미워하던 그 남자의 것이었을까?

줄스는 천천히 집으로 걸어갔다. 먼 길이었다. 날씨는 서늘했지만, 그는 지금이 어떤 계절인지, 봄인지 가을인지 생각나지 않았다. 강에서 김이 올라오는 것처럼 보이기는 하는데, 그건 십중팔구 서쪽에 있는 공장에서 나온 연기일 터였다. 여러 지점에서 연기가 쿨럭쿨럭 올라왔다. 그렇게 올라온 연기가 앰배서더 다리를 조용히 가로지르자, 다리가 현실이 아닌 것처럼 보였다. 승용차들과 트럭들이 연기 속을 달렸다. 줄스는 자신이 왜 이렇게 먼 곳까지 왔는지, 무엇을 찾고 있는 건지, 무슨 생각을 정리하고 싶었던 건지 기억나지 않았다. 집에 할 일이 많은데. 엄마한테 그가 필요할 텐데. 게다가 지금 입고 있는 양복도 불편했다. 집에서 엄마가 그를 필요로 하고 있었다. 앞으로도 영원히 그럴 터였다.

줄스는 땀을 흘리기 시작했다. 강물 밑에 어쩌면 시체들이 있을지도 몰랐다. 적어도 시체가 수면에서 출렁이다가 사라지는 걸 아이들이 봤다는 이야기들은 있었다……. 죽은 사람들, 익사한 사람들, 너무나 조용하고 끈기 있는 시체들……. 줄스는 정체를 알 수 없는 그 어둠의 사람들이 평범한 공기 속에서 움직이고 있는 것을 느꼈다. 살아 있는 것처럼 보이는 시체였다. 살다 보면 그런 시체와 우연히 마주쳐 그 품속으로 떨어질지도 모른다. 그 차갑고 무거운 숨결이 내 몸에 닿고, 쥐털처럼 뻣뻣하고 차가운 머리카락은…….

어쨌든 아버지는 도대체 어떤 사람이었을까? 아버지가 물이 새는 화장실 변기를 고치려고 애쓰던 모습이 문득 떠올랐다. 욕실 문은 비틀려 있었다. 바닥에 깔린 울퉁불퉁한 리놀륨에서 부풀어 오른 부분이 매끈하게 닳아 있어서 줄스가 변기에 앉아 바닥을 내려다볼 때면 어떤 비밀스러운 나라의 지도를 새겨놓은 돋을새김 같다는 막연한 생각이 들었다. 아버지는 변기를 몇 번이나 고치려고 애썼다. 수도꼭지도 몇 번이나 고치려고 애썼다. 하지만 소용없었다. 그 무거운 숨소리, 투덜거리는 소리, 몇 분이고 몇 분이고 조용히 애를 쓰던 것, 그러고는 "젠장!" 뭔가를 던지는 소리가 났다. 렌치든 펜치든 아무거나. 침묵, 숨소리, 그러고는 물건을 던지는 소리. 그것이 아버지였다. 한 번도 뭔가를 제대로 고친 적이 없었다. 밤이면 욕실의 비밀스러운 구석에서 바퀴벌레들이 기어 나왔고, 때로는 아침까지 남아 있었다. 게으른 녀석들. 부엌 찬장과 싱크대 밑에서도 아주 자주 발견되었다. 아버지는 녀석들을 보고 욕설을 퍼부었다. 리놀륨 바닥이 바퀴벌레들에게는 진짜 지형처럼 느껴졌을 것이다. 줄스는 눈을 가늘게 뜨고 아버지를 생각해보려고 애썼다. 아버지와 바퀴벌레가 무슨 상관이지? 왜 아버지보다 바퀴벌레를 생각하기가 더 쉬울까? 아버지와 돈. 이것이 중요했다. 어쩌면 이것이 답일 수도 있었다. 아버지는 돈 때문에 투덜거렸다. 아버지가 불평하는 일은 많지 않았지만, 불평하는 일이 생기면 그것은 대개 돈 때문이었다. 급료로 받아 온 돈이 다 어디로 갔어? 그 20달러가 어디로 가는 거야? 계속 이런 식이었다. 돈 때문에 비참하다는 이야기, 돈 때문에 걱정스럽다는 이야기, 돈이 부족하다는 이야기, 먹여 살릴 사람이 너무 많다는 이야기, 병든 노모 이야기, 애들은 매년 독감에 걸리는데 약값이 너무 비싸다는 이야기. 약은 비쌌다. 로레타는 콩팥이 안 좋아서 여섯 시간마다 약을 먹어야 하는데, 그 약도 비쌌다. 미국의 모든 물건이 그렇듯이 아주 비쌌기 때문에 줄스의 아버지는 지독한 표정으로 이렇게 말하곤 했다. "내가 조만간 나가버릴 거야! 너희가 어떻게 되든 내 알 바 아니야!" 아니면 신문을 읽다가 고개를 들고 이렇게 말했다. "검둥이들은 전부 복지 지원을 받는데 왜 난 아냐? 우리는 왜? 다들 지옥에나 가버리라고 해!"

줄스는 미사 중에 아버지의 분노를 생각했다. 특별한 미사가 아니라 아버지의 장례미사였다. 살풍경한 성당. 줄스는 슬픔에 기진맥진한 엄마와 나란히 앉아 있었다. 그녀의 분노가 대개 그렇듯이, 그녀의 슬픔 또한 혼란스럽고 어지럽고 걷잡을 수 없었다. 엄마에게 기댈 수만 있다면……. 줄스는 장례미사에 별로 주의를 기울이지 않았다. 이제 그는 성당에 나가지 않았다. 시내의 성당들이 지나가는 그를 붙잡고 늘어지는 것 같았다. 우울한 유혹. 바닷속에서 헤엄치는 사람들을 신비로운 물살로, 비밀, 보상, 더 이상 중요하지 않은 특별한 지식에 대한 약속으로 꾀어들인다는 전설 속의 그 거대한 동굴 같았다. 줄스는 개의치 않았다. 아버지도 그런 일에 신경 쓴 적이 없었다. 그 안에는 분노가 없었다. 아무것도 없었다. 아버지의 얼굴은 두개골 위에 하얀 피부가 팽팽하게 덮여 있는, 매끈한 공백이었다. 그것이 아버지였다. 줄스는 아버지가 거의 기억날 것 같았다. 미사가 죽은 아버지를 흐릿하게 만들었지만, 이제 그의 기억이 고통스럽게 줄스에게 되돌아오고 있었다. 그의 존재 한가운데에 분노가 있었다. 그것이 그의 비밀이었다. 분노.

하지만 줄스가 아버지를 죽인 것이 아니다.

그래, 분노가 그의 존재 한가운데에 있었다. 그의 영혼은 분노였다. 분노로 이루어져 있었다. 무엇에 대한 분노인가? 대상 없는 분노, 자신에 대한 분노, 인생에 대한 분노, 조립 라인에 대한 분노, 바퀴벌레와 물이 새는 변기에 대한 분노. 어떤 것이든 훌륭한 이유가 되었다. 분노. 돈이 없다는 것. 그 돈이 다 어디로 갔어? 돈이 어디서 나와? 분노. 논. 아버지.

만족감이 번개처럼 줄스를 스치고 지나갔다. 거의 기쁨이라고 해도 될 정도였다. 그래, 그는 아버지를 죽이지 않았다. 그는 자신의 분노를 오랫동안 참고 있었다. 성공적으로 참아냈다. 그래서 아무도 해치지 않았다. 돈은 모험이었다. 그에게 가능성이 열려 있었다. 무슨 일이든 가능했다. 아버지의 정수, 투덜거리는 그 검은 분노가 자신을 에워싸고 거의 뚫고 들어올 지경이었지만 실제로 자신을 꿰뚫지는 못했음을 느꼈다. 그는 자유였다.

—

며칠 뒤 등굣길에서 그는 이런 생각을 했다. 아버지, 아버지의 분노, 아버지의 돈, 아버지의 죽음……. 그때 뭔가가 눈에 들어와서 그는 기겁했다. 하지만 금방 그것이 이디스임을 깨달았다. 그녀가 다른 여자아이 두 명과 함께 있었다. 순간적으로 그는 꼼짝도 하지 못한 채 그녀를 빤히 바라보며 아버지가 죽었을 때와 똑같은 절망감과 경이가 속에서 솟아오르는 것을 느꼈다. 이디스는 친구들과 함께 구름다리의 콘크리트 계단을 오르고 있었다.

줄스는 그들을 따라잡으려고 뛰어갔다. "야." 그가 말했다. "어딜 그렇게 바쁘게 가?"

여자아이들이 깜짝 놀라서 뒤를 돌아보았다. 그중에 가장 대담한 아이가 그를 향해 환하게 웃었다. 가장 예쁜 아이였지만 줄스는 이디스에게 의리를 지켜 그녀 옆으로 불쑥 다가갔다. 여자아이들 앞이라 그는 조금 으스대고 있었다. "항상 이 길로 걸어가?" 그가 말했다.

이디스가 어깨를 가볍게 으쓱했다.

그녀는 머리를 뒤로 넘겨 하나로 묶고 있었다. 눈썹도 속눈썹도 모두 금발인 그녀는 그를 향해 한 번도 웃어주지 않는 차갑고 정숙한 소녀였다. 줄스는 발꿈치에 체중을 싣고, 주머니에 양손을 넣은 채 걸으며 자신의 존재가 아주 중요한 선물이라도 되는 것처럼 여자아이들에게 자신의 존재를 베풀었다. 자신과 여자아이들 사이를 살짝 잡아끄는 힘을 느꼈다. 설렘과 흥분이었다. 그는 곁눈질로 이디스를 흘깃 보았다. 그녀는 몹시 불안해 보였다. 다른 여자애들이 점점 용기를 얻어 쌀쌀맞게 그를 놀리며 말을 걸기 시작했다. 줄스도 똑같은 태도로 대답해주었다. '그래, 그렇단 말이지? 난 데리고 노시겠다?'

"네 여자 친구는 어디 있어, 줄스?" 여자아이들이 물었다. 달콤하게 비난하는 듯이 입술을 길게 늘인 그들을 향해 줄스는 그 질문에 전혀 관심이 없다는 표정을 지어 보였다. 그에게는 정말로 여자 친구가 있었다. 그만의 여자친구. 그러니까 사실 이디스는 필요 없었다. 그의 여자 친구인 로즈 앤은 이런 여자애들과 친구가 아니었다. 그녀의 친구들은 많은 것을 알고 약삭빨랐으며 자신감이 넘쳤다. 학교에 스타킹을 신고 오는 아이들이었다. 귀에는 구멍을 뚫었고, 그들의 비밀은 남을 헐뜯는 내용이거나 짜릿하거나 천박한 것이었다. 반면 그들의 세련된 모습을 흉내 내고 싶어 하면서도 두려워하는 이 여자아이들은 그 애들과 똑같이 단조롭게 노래를 부르는 것 같은 목소리로 은어를 써서 이야기하려고 애썼다. 줄스는 이 아이들 모두에 대해 살짝 깔보는 미소를 지었다.

그들은 구름다리를 절반쯤 건넌 참이었다. 바람이 상당히 셌다. 이디스의 가느다란 앞머리가 이마를 이리저리 후려쳤고, 날아오는 흙먼지 때문에 그녀는 눈을 가늘게 뜰 수밖에 없었다. 줄스는 그녀의 눈꼬리에 아주 미세한 선들이 나타나는 것을 보았다. 그녀의 눈은 연한 파란색이었고, 피부도 몹시 창백했다. 그녀는 립스틱을 바르지 않았다. 노란색과 하얀색 격자무늬가 있는 외투는 디트로이트의 공기와 버스들 때문에 벌써 조금 더러워져 있었다. 어깨에는 긴 끈이 달린 가방을 멨다. 줄스가 보기에는 그녀가 아주 즐거워하는 것 같았다. 그는 그녀를 전혀 몰랐다. 그는 그녀의 속치마 끈을 생각하며 갑자기 가방끈을 붙잡고 잡아당겼다. 그녀가 겁을 내며 그에게서 물러났다. 그녀의 폭에서 근육늘이 움직이는 것이 보였다. 그는 그녀에게 무서워하지 말라고 말하고 싶었지만, 대신 놀리는 말을 하고 말았다. "이 안에 뭐가 있는데 그래? 탄약이라도 들었나? 아주 무거운걸."

"아, 이건 그냥…… 가방이야……."

세 여자아이가 바람 속에서 그의 주위를 춤추듯 움직이고 있는 것 같았다. 하지만 평범한 갈색 로퍼를 신은 그들의 발은 사실 그다지 우아하지 않았다. 줄스는 그들 모두에게, 강렬한 기대를 품은 그 얼굴들을 향해 미소를 지었다. 그리고 이디스의 가방끈을 놓지 않은 채 말했다. "네 사진 갖고 있어?"

"그건 왜?"

"사진 있어? 좀 보여줘."

"왜? 네가 무슨 상관인데?" 이디스가 말했다.

그녀가 그를 향해 고개를 돌리자 머리카락이 바람에 흩날렸다.

"네 사진 한 장 주라, 응? 줄 거지?"

그해 봄에는 여고생들이 자기 '인물 사진'을 찍어서 갖고 있는 것이 유행이었다. 몇 장을 뽑는 데 3.99달러인 그 사진들은 가짜 벨벳 천을 배경으로 진주 목걸이를 걸고 진한 화장을 한 여자아이들을 갈색 색조로 찍은 것이었다. 아이들은 모두 학교 근처의 이탈리아인 사진관에 가서 그 사진을 찍었다. 줄스는 갑자기 이디스의 사진을 한 장 얻고 싶어서 미칠 지경이었다. 그가 그녀의 가방을 잡아당겼다.

"그래, 알았어." 그녀가 불안한 표정으로 말했다. "네가 왜 사진을 달라는 건지 모르겠지만, 아마……." 용기가 바닥났거나 아니면 더 이상 할 말이 없는 모양이었다. 그녀는 가방에서 파란색 비닐 지갑을 꺼내더니, 줄스의 사랑스러운 눈길을 받으며 거기서 사진을 한 장 꺼내서 줄스에게 건네주었다. 그는 갑자기 마음이 한껏 들떴다. 그녀의 손을 잡고 입을 맞추고 싶었지만, 그녀는 그의 생각을 알아차리기라도 한 것처럼 벌써 옆걸음질을 치고 있었고 다른 여자아이들이 그녀를 보호하듯 다가들었다.

한 명이 잔뜩 앙심을 품고 말했다. "나한테 사진 달라는 말은 하지 마. 안 줄 거니까!"

줄스는 신경도 쓰지 않고 사진만 빤히 바라보았다. 갈색 색조의 사진 속에서 이디스는 별이 반짝이는 밤하늘처럼 보이는 배경 앞에 뻣뻣하게 앉아 있었다. 그녀의 가느다란 어깨를 감싼 짙은 색 벨벳이 앞쪽에서 V자로 모이며 살짝 대담한 모습을 연출했다. 이브닝드레스 흉내를 낸 것이었다. 목에는 한 줄짜리 진주 목걸이를 걸었고, 입술 윤곽을 그린 선은 지나치게 짙었다. 그 입술 선에 짓눌린 눈이 창백하게 바랜 것처럼 보였다. 줄스는 이 여자애를 사랑할 수밖에 없겠다는 생각을 했지만, 사실은 그녀가 어떤 사람인지 전혀 알지 못했다.

그녀는 곤혹스러운 얼굴로 서둘러 멀어지고 있었다. 다른 두 여자아이가 그를 뒤돌아보았다.

"고마워! 진짜야. 고마워!" 그가 그들의 뒷모습을 향해 소리쳤다.

줄스는 뒤로 처져서 사진을 빤히 바라보았다. '이디스. 이디스 커멘스키.' 사진을 손에 쥐었으니 이디스가 멀어지게 내버려 두어도 될 것 같았다. 사실 그녀에게 무슨 말을 할 수 있을까? 그녀의 눈은 서늘하고, 차갑고, 자신이 없었다. 속눈썹은 숱이 적었다. 입 왼편 근처에는 점이 하나 있었다. 가느다란 머리카락이 관자놀이 근처에 흩어져 이마까지 내려왔다. 이디스가 과연 소리 내어 웃는 일이 있을지 궁금했다. 웃을 때는 어떤 표정이 될까? 안에서 욕망이 솟아올랐다. 그녀와 단둘이 되어서 자신에게 끌어당기고 싶은 욕망. 하지만 사실은 앞으로 며칠 동안 그녀에게 다시 접근하고 싶은 마음이 없었다. 언제든 그녀에게 다시 접근하는 것을 상상도 할 수 없었다.

그는 걸음을 멈추고 사진을 주머니에 넣으려다가 어찌 된 영문인지 놓쳐버렸다. 바람이 사진을 채 갔다. 줄스는 사진을 향해 몸을 던졌지만 사진은 난산 너머로 날아가 버렸다. "젠장. 망할." 그가 깜짝 놀라서 말했다. 그는 사진이 바람에 실려 다소 늘쩍지근하게 아래로 내려가서 트럭들과 승용차들 지붕 위로 길을 건너는 것을 지켜보았다. 그러고는 계단으로 달려가 거리를 향해 둑을 미끄러져 내려갔다. 겨우 1미터 남짓 되는 거리에서 경찰차 한 대가 쌩하니 지나갔다. 시속 130킬로미터쯤 되는 것 같았다. 다행이었다. 누군가를 추적하는 중임이 분명했다. 줄스는 사진을 찾으려고 두리번거렸다. 사진이 막 바닥으로 내려앉으려는 참이었다. 도로를 달리는 자동차들 사이로 틈이 보여서 줄스는 머리로 계산을 하며 슬금슬금 나아가기 시작했다. 누군가가 화난 듯이 경적을 울렸다. 줄스는 인도로 펄쩍 뛰어 올라왔다. 하지만 사실 그곳은 인도라기보다는 좁은 턱에 불과했다. 원래 이곳은 사람이 내려오는 곳이 아니었다. 사람이 걷는 것이 법으로 금지되어 있었다. 줄스는 기다렸다. 바람 때문에 눈이 따갑고 얼굴도 수치심과 분노로 타올랐지만 그는 아직 포기할 생각이 없었다. 그는 길 건너편에서 펄럭이는 작은 하얀색 종잇조각에 시선을 고정했다. 사진은 차들이 지나갈 때마다 펄쩍 솟아올랐다가 떨어지기를 반복했다. 줄스는 다시 슬금슬금 나아가 자동차 한 대가 쌩하니 지나갈 때까지 기다렸다가 무작정 도로로 뛰어들었다. 누군가가 브레이크를 밟더니 끔찍한 경적을 울리기 시작했다. 줄스는 손을 저어 그들을 물리치고 반대편 인도로 뛰어 올라갔다. 그리고 종잇조각을 획 잡아챘지만 그것은 사진이 아니었다. "뭐야?" 그가 큰 소리로 말했다. 그러고는 짜증이 난다는 듯 어깨 너머로 던져버렸다. 그때 또 다른 종잇조각이 눈에 들어왔다. 몇 미터 떨어진 차선에 떨어져서 벌써 구겨져 있었다. 그는 그리로 달려가 사진을 집었다.

연하고 연한 속눈썹을 지닌 이디스 커멘스키…….

그는 한동안 진흙이 된 둑 기슭의 인도에 서서 사진만 빤히 바라보았다. 흙먼지가 묻어 더러워지고 심하게 구겨져 있었다. 마음속에서 피로가 솟아올랐다. 일종의 경이도 느껴졌다.

사진을 되찾았으니 이 사진에 의리를 지켜야겠다. 그는 속으로 생각했다.

그녀는 열네 살이었다. 부엌 식탁에 앉은 그녀의 젖은 머리카락을 엄마의 친구 에설이 빗으로 빗은 뒤 헤어로션을 발라주었다. 초록색 헤어로션에서는 박하 냄새가 났다. 모린은 그 냄새가 좋았다.

로레타는 맞은편에 앉아 있었다. 머리끝을 바깥쪽으로 둥글리고 다리를 꼰 자세였다. 두 여자는 담배를 피우고 있었다. 로레타가 말했다. "사장은 그렇게 나쁜 사람이 아니야. 난 그 여자 자동차가 마음에 들더라. 그 빨간 차 말이야. 본 적 있어?"

에설은 모린의 머리카락 한 줌을 커다란 분홍색 플라스틱 롤러로 말고 있었다. 그 일에 정신이 팔린 말투로 그녀가 말했다. "전에 한 번 그 차에 날 태워준 적이 있어. 맞아, 나쁜 사람은 아니야. 하지만 가게에서 돈을 있는 대로 짜내지. 차라리 남자가 사장이면 좋겠어. 게다가 도라 메이, 그 알랑방귀 아첨꾼이 누구든 일찍 퇴근하기라도 하면 쪼르르 가서 사장한테 이른다니까. 며칠 전에는 내가 4시 30분에 손님 머리가 다 끝나서 이대로 집에 가면 안 될 것도 없지 않나 하고 퇴근했지. 그랬더니 다음 날 아침에……."

이제 여름이었다. 모린의 아버지가 돌아가신 지 몇 달이 지났다. 아버지가 그립지는 않았다. 가끔 혼자 있을 때 이유 없이 울음을 터뜨리기는 했지만, 그것이 아버지 때문인 것 같지는 않았다. 포드 병원과 그곳의 수많은 복도와 사람들 때문이었다. 아버지처럼 무기력한 그곳의 많은 사람들. 묘지 때문이기도 했다. 그리고 요새는 집에 잘 붙어 있지 않는 오빠 때문이기도 했다. 그동안 일어난 많은 변화들을 그녀는 따라갈 수 없었다. 그래서 가끔 혼자 있을 때 울음을 터뜨렸다. 다른 사람들 앞에서는 울지 않는 법을 점점 터득하는 중이었다.

"포스터 부인은 좋은 사람이야." 로레타가 말했다. "일부러 다시 돌아와서 나한테 25센트를 줬다고. 정말 착하지 않아?"

"그래, 착하지. 에이브러햄스 부인도 좋은 사람이고. 하지만 프리어 부인인지 뭔지 하는 여자는 못된 년이야. 자기가 엄청 매력적인 줄 아는데, 혹시라도 나한테 의견을 묻는다면 내가 아주 깜짝 놀라게 해줄 거야."

에설은 호리호리하고 기운 넘치는 40대 여자였다. 그녀는 근처 미용 학원에 다닌 뒤 버너 거리에 있는 라마벨 미용실에서 일하고 있었다. 아무런 훈련도 받지 않은 로레타 역시 거기서 일했지만, 할 수 있는 일이라고는 손님들의 머리를 감기고 가게 청소를 돕는 것 정도였다. 그녀는 6월 초부터 거기서 일하기 시작했다. 그러더니 갑자기 외모가 바뀌었다. 가볍고 섬세한 금발로 머리를 살짝 물들인 뒤 크게 부풀리고, 눈썹을 중요한 사람이라도 되는 것처럼 보이도록 새로운 유행대로 둥글게 그리고, 손톱도 전문가의 솜씨로 다듬어 반달이 드러나지 않게 했다. 담배를 피우는 태도도 일하는 여자처럼 바뀌었다. 엄지와 검지 사이에 급한 사람처럼 담배를 끼우고 언제라도 입으로 가져갈 준비가 된 것 같은 자세를 취하는 것이다. 모린은 에설도 똑같은 태도로 담배를 피운다는 것을 알아차렸다. 에설의 머리는 붉은색으로 연하게 염색되어 있었으며, 굵직한 웨이브 모양이었다. 그리고 그녀는 언제나 빨간색과 잘 어울린다고 생각하는 색깔들, 그러니까 갈색, 초록색, 어두운 파란색으로 화장했다. 그녀와 로레타는 부엌에서 커피를 마시며 잡지들을 뒤적였다. 〈헤어 디자인〉, 〈보그〉, 〈살롱&부티크〉. 두 사람은 라마벨 미용실에서 그런 잡지들을 가져와 본 뒤 돌려놓는 것을 잊어버렸다. 모린은 어느 날 순전히 미용실이 어떻게 생겼는지 궁금해서 가보았다가 더러운 유리창 때문에 조금 풀이 죽었지만, 그래도 그곳에서 일하는 것은 대단한 일이었다. 엄마도 그 일을 좋아하는 것 같았다.

"나도 학원에 좀 다닐 수 있으면 좋은데." 로레타가 말했다. 그녀는 모린의 머리를 만지는 에설을 지켜보고 있었다. "나도 커트랑 이런저런 것들을 하고 싶어. 나도 하면 정말 잘할 것 같은데. 안 그래? 문제없이 머리를 세팅할 수 있을 거야. 진짜 무서운 건 커트지."

"에이, 그것도 별거 아니야." 에설이 말했다.

"다음 달에 시내에 있는 거기에 갈 거야. 이름이 뭐더라? 하여튼 최대한 빨리 거길 통과해 보이겠어."

모린은 자신의 머리를 만져보았다. 정수리에 커다란 롤러 네 개가 고정되어 머리카락을 단단히 잡아당기고 있었지만, 그녀는 불평하고 싶지 않았다. 이제 에설은 옆머리를 말고 있었다. 이렇게 머리를 손질하자는 것은 로레타의 생각이었다. 며칠 전 로레타는 비판적인 눈으로 모린을 바라보며 이렇게 말했다. "너 에설한테 머리를 좀 맡겨야겠다. 앞머리를 잘라도 너한테는 별로 효과가 없네. 무슨 외판원한테서 사 온 물건 같아."

그렇게 해서 지금 의자 주위 바닥에 깔아둔 신문지 위에 그녀의 갈색 머리카락들이 떨어져 있게 되었다. 라마벨에서 가져온 축축한 가위는 머리카락이 들러붙은 채로 식탁 위에 놓여 있었다. 헤어로션과 스프레이와 롤러도 라마벨에서 몰래 가져온 것이었다.

"자기 시어머니는 어떠셔?" 에설이 말했다.

"자기도 봤잖아. 난 아예 물어보지도 않아."

웬들 할머니는 몸이 더 좋아진 것도 아닌데도 거실을 차지해버렸다. 모린은 어쩌다 이렇게 된 건지 알 수 없었다. 할머니는 무릎을 퀼트로 덮고 반쯤 눕다시피 한 자세로 텔레비전을 보며 점차 소파를 차지했다. 아침이면 매일 6시에 깨어났다. 할머니가 부엌에서 혼자 아침 식사를 만들어 먹는 소리가 들렸다. 식구들이 일어나 보면 할머니가 아침 식사 때 사용한 접시들이 싱크대에서 물에 흠뻑 젖어 있었다. 웬들 할머니 본인은 거실에서 소리를 조금 크게 맞춘 텔레비전으로 〈투데이〉 쇼를 보았다. 화면에 빛이 반사되지 않게 커튼이 내려져 있었다. 화장실에 가고 싶으면 할머니는 로레타를 불렀다, 로레타가 집에 있다면. 모린이 집에 있으면 모린을 부르고, 아니면 베티를 불렀다. 그러고는 부름에 응한 사람의 어깨에 무겁게 몸을 기대고 집 뒤쪽으로 걸어갔다. 몸이 좋지 않은데도 전보다 더 무거워진 것 같았다. 할머니는 아이스크림을 많이 먹었다. 하얗게 센 머리카락은 아주 가늘고 곱슬곱슬했으며, 얼굴은 주름살 덩어리였다. 그래도 아직 젊은 시절의 적의가 조금 남아 있었다. 저녁 9시 30분인 지금 할머니는 어두운 거실의 소파에서 텔레비전을 보고 있었다. 인위적인 박수 소리와 웃음소리가 어두운 거실에서 왁자하게 들려왔다. 부엌의 두 여자는 묘하게 조용했다.

"뭐." 에설이 천천히 말했다. "우리 엄마도 비슷했어……. 엄마도 시어머니랑 같이 살았다는 얘기야. 30년 동안. 어때?"

"세상에 맙소사." 로레타가 말했다.

"우리 할머니는 평생 동안 제정신이 아니었어. 분명히 말하지만 틀림없이 뇌가 뒤죽박죽이었던 것 같아. 열일곱 살 때 체코슬로바키아에서 건너왔는데, 평생 동안 굳이 애써서 영어를 배우려고 하지 않았어. 너무 귀찮다는 둥 너무 늦었다는 둥, 이러면서. 여든 살까지 살았는데도 아는 게 하나도 없었어. 진짜 하나도 없었다니까. 제2차 세계대전도, 히틀러도, 아무것도 몰랐어. 진짜 제정신이 아니었지. 못된 할망구는 아니었지만, 어땠을 것 같아, 로레타?"

"그것도 세상에 맙소사야."

"그때 우리는 저기 리캐스트에 살았어."

모린은 고개를 숙이고 얌전히 앉아 있었다. 에설이 롤러 한 줄을 다 말고 쇠 클립으로 그것들을 고정했다. 그러고는 헤어스프레이를 들어 한참 동안 모린의 머리 전체에 뿌렸다.

"아유, 냄새가 고약해." 로레타가 말했다.

"이건 아무것도 아니야. 미용실에서는 진짜 강한 걸 쓰는데, 이거랑은 달라." 에설이 말했다. "꼭 총을 쏘는 것 같다니까. 본 적 있어? 얼마나 센데! 틀림없이 내 허파에 그게 한 꺼풀 덮여 있을 거야. 그 냄새를 맡으면 토하고 싶어져. 4년째 그걸 쓰고 있으니, 내 허파도 그걸로 덮여 있을 거야. 내기라도 해볼래?"

"난 안 덮여 있다는 데 걸 거야."

에설이 이번에는 빗으로 모린의 앞머리를 빗어 이마에 납작하게 붙이고는 스카치테이프로 고정했다.

"헤어드라이어를 가져와서 머리를 완전히 말려. 젖은 머리로 자는 거 아니야." 로레타가 말했다.

어른들이 헤어드라이어의 선을 연결하는 동안 모린은 드라이어를 손에 들고 앉아 있었다. 10달러가 채 되지 않는 휴대용 모델이었다. 그녀는 따뜻한 바람이 머리에 닿는 느낌이 좋았다. 그 바람에 나는 눈물은 고통이 없는 무해한 눈물이었다. 하품을 할 때와 비슷했다. 그녀를 놀라게 하는 강렬하고 쓰라린 눈물과는 달랐다. 가끔 도서관의 서가들 뒤편에서 그녀는 이유도 모른 채 갑자기 밀려온 수치심에 울음을 터뜨렸다. 이제 어머니는 잘 울지 않았고, 여동생은 절대로 울지 않았다. 줄스는 모린이 기억하는 한 몇 번밖에 운 적이 없지만, 어쨌든 요즘은 집에 있는 법이 없기 때문에 모린은 그에 대해 아무것도 알지 못했다.

줄스는 고등학교 2학년 때 낙제점을 받은 뒤 다시 학교로 돌아가지 않겠다고 말했다.

두 여자는 이제 커피를 마시며 모린이 모르는 누군가에 대해 조용히 완곡하게 이야기를 나누고 있었다. 모린은 자신이 듣지 말아야 하는 이야기인 것 같다고 짐작했다. 어떤 여자가 문제를 일으켜서 남편에게 쫓겨났다는 이야기······. 모린은 줄스를 생각했다. 이 두 여자 사이에서 자신은 안전하다는 생각이 들었다. 엄마와 엄마 친구가 친밀하게 남의 소문을 떠들어대는 따스한 분위기 속에서 묘하게 안심이 되었다. 두 사람이 무슨 이야기를 하든 상관없었다. 무슨 이야기든! 이럴 때 모린은 아버지나 줄스나, 아니면 평소 무섭기 짝이 없는 악몽 같은 일들을 생각했다. 예를 들면 두 블록도 떨어지지 않은 곳에서 어떤 여자애가 자동차로 끌려 들어가 강간을 당한 뒤 차 밖으로 밀려 떨어져서 반죽음이 된 일 같은 것. 그 여자애는 모린이 아는 사람이었다. 줄스는 4월부터 밖에서 밤을 보내기 시작했다. 로레타에게는 친구네 집에서 자겠다며 친구의 이름을 댔다. 로레타는 울었지만 그 이름을 찾아보거나 전화를 걸어보지는 않았다. 줄스는 점차 일주일에 이삼일씩 외박을 하기 시작했다. 모린은 다른 아이들에게서 줄스가 학교에 나오지 않는다는 말을 들었다. 하지만 줄스가 낮에 무엇을 하는지, 다른 일자리를 구한 건지, 아니면 그냥 어슬렁거리며 시간을 보내는 건지, 골치 아픈 일에 휘말린 건지는 아무도 알지 못했다. 줄스는 모린에게 이렇게 말했다. "학교 녀석들은 신경에 거슬려. 너무 멍청해서 짜증 나. 그 유치한 놈들을 더는 못 참겠어." 그는 오래전부터 함께 어울리던 사내아이들이 이제는 하찮아 보인다며 그들을 피했다. 줄스가 그 뒤로 새 친구들을 사귀었다 해도, 모린은 그들이 누구인지 알지 못했다.

어느 날 밤 모린이 그에게 도대체 왜 이러느냐, 나와 엄마와 베티를 이제는 좋아하지 않는 거냐 하고 물었더니 줄스는 짜증스럽다는 듯이 대답했다. "내가 참을 수 없는 건 이 집이야. 이 쓰레기장을 못 견디겠다고. 집에 들어오면 계속 저기서 '그 사람'이 보일 것 같아……. 하지만 실제로 보이는 건 언제나 할머니지. 그 사람이 차를 몰고 진입로로 들어오는 소리가 계속 들릴 것만 같아. 아니면 그 사람이 한밤중에 일어나서 화장실에 가는 소리가 들리거나. 여기에는 그 사람이 너무 많이 남아 있어서 견딜 수가 없어."

"그 여자가 그런 게 벌써 세 번째야, 틀림없어. 따로따로 세 번이라고."에설이 말했다.

"그 정도면 깨달아야 되지 않아? 세상에!" 로레타가 웃음을 터뜨렸다.

"그 여자, 누구지? 코니였나? 그 여자가 지금도 여기에 나타나?"

"하이랜드파크에 살아. 무슨 일자리도 있다는데, 나도 모르니까 묻지 마. 걔가 말하는 걸 보면 무슨 대단한 비밀이라도 되는 것 같아. 사실 모린하고 나는 걔가 웨이트리스일 거라고 짐작하고 있어. 그 암소가 달리 할 수 있는 일이 없잖아. 요새도 가끔 여기 나타나기는 해. 저 할망구랑 같이 앉아 있다가 우리가 들어가면 동태 눈깔로 봐. 여기가 자기네 집이라도 되는 것처럼. 코니는 몸무게가 90킬로그램은 나갈걸. 완전 암소야! 미사가 끝난 다음에 이리로 오는데 웃기지도 않는 검은색 레이스를 머리에 쓰고 있어. 꼭 무슨 스페인 황소나 암소 같다니까. 그러고는 할망구랑 둘이서 거실에서 속닥거리면서 아주 죽어라 수다를 떨어. 내 얘기를 한다는 걸 빤히 알지만, 그러든지 말든지. 만약 내가 직장이 없었다면, 저 할망구의 악취며 헛소리며 항상 켜져 있는 텔레비전을 견디지 못해서 돌아버렸을 거야. 하지만 말이야, 이런 생각이 들어. 나중에 텔레비전이 고장 나면 일부러 고치지 않겠다고. 그러니 그때까지만 보게 두자고. 그렇잖아? 저 할망구도 가끔 한 번씩 기세를 누그러뜨린다면 나쁜 사람은 아니야. 우리 식구들이 전부 시골의 그 끔찍한 농가에서 살던 때가 지금도 기억나. 그때는 할망구가 지금보다 훨씬 젊어서 온갖 짓을 했지. 그때 저 할망구는 빵과 국수를 만들고, 통조림 작업도 많이 했어. 죽어라 일을 했다고. 줄스한테도 잘해주고, 지금이랑은 다른 사람이었어. 그런데 지금은 얼굴 표정이 언제나 폭탄 같아. 폭탄처럼 보여. 그래도 너무 나쁜 말을 하고 싶지는 않아. 왜냐하면……."

'왜냐하면 할머니가 곧 죽을 테니까.' 모린은 속으로 생각했다.

"왜냐하면 하워드의 어머니니까." 로레타가 힘없이 말했다.

"그래, 나도 알아. 아까도 말했지만, 우리 엄마도 똑같은 일을 겪었어. 30년 동안."

"자기 어머니는 틀림없이 성자였을 거야."

"응, 지금 생각해보면 정말로 성자 같은 사람이었어. 우리 자식들은 지금도 엄마가 정말 착한 사람이었다고 생각해. 내가 그렇게 속을 썩이지 말걸……."

"그거야 당연하지! 세상에, 속 썩는 일이 없는 사람은 하나도 없어."

로레타는 모린에게 시선을 고정했다. 요즘 들어 그녀는 진지하고 생각에 잠긴 시선으로 모린을 바라보곤 했다. 몇 달 전, 모린이 열네 살이 되었을 때부터 시작된 일이었다. "열네 살이라니! 세상에!" 로레타는 그때 이렇게 말했고, 모린은 그 말에 마음이 불편해졌다.

"그래, 그건 사실이야. 확실히." 에설이 말했다.

"거실이 내 골칫덩이야. 하워드가 살아 있을 때도 문제였고, 옛날 우리 아버지랑 같이 살 때도 문제였고……. 평생 문제가 끊이질 않아. 하지만 그렇다고 풀이 죽을 내가 아니지."

"물론이지. 자기는 정말 좋아 보여, 로레타."

"아유, 괜한 소리." 로레타는 기쁜 얼굴로 손사래를 쳤다. "절대 그런 일로 풀이 죽을 수는 없어. 수도 계량기를 보러 온 남자가 어떤 애들이 그걸 망가뜨렸다고 하기에, 내가 그건 내 잘못이 아니라고 말했지. 그랬더니 다시 망가뜨리지 않는 게 좋을 거라고 하는 거야. 그래서 내가 옆집으로 가보시라, 이건 그 집 계량기이기도 하지 않느냐, 하고 말했어. 분명히 말하지만, 에설, 이 동네에 나타나는 멍청이들은 전부 우리 집에 와서 날 괴롭히려고 해. 그 남자도 나더러 아주머니가 하워드 웬들 부인 아닙니까? 여기가 라브로스 거리 아닌가요? 하고 묻는 거야. 그래서 내가 글자를 읽을 줄 안다면 도로 표지판을 한번 읽어보라고 말했지. 우리 애들은 계량기를 망가뜨리지 않았으니, 내가 그 비용을 낼 거라는 생각은 집어치우라고 했어."

"맞아, 그 사람들은 항상 남을 멋대로 휘두르려고 하지. 배지인지 뭔지를 가지고 트럭을 타고 오면 사람들을 멋대로 휘두를 수 있을 줄 알아."

"분명히 말하는데, 난 누구한테도 휘둘리지 않아. 순전히 내가 과부라고 그러는 모양인데, 요즘은 경찰관이, 이름은 뭔지 모르겠지만 하여튼 이탈리아인 경찰관이 아무 이유도 없이 줄스를 괴롭히고 있어. 그놈 이름이 뭐지, 리니?"

"조 마투이조."

"그래, 그놈. 자기 남동생이 옛날에 줄스랑 친구였대. 그런데 지난주인가 2주 전에 줄스를 순찰차에 태워서 데려간 거야. 줄스는 아무 짓도 안 했는데, 그놈이랑 다른 경찰관 한 명이 줄스의 몸을 수색했다고. 거리 청소를 위해서 칼이나 약을 갖고 있는 애들을 찾고 있다나. 줄스는 칼 같은 것 없어. 그런 걸 어디다 쓰게? 어쨌든, 놈들도 줄스를 놓아줄 수밖에 없었어. 그다음 날 그놈이 버너 근처에서 빈둥거리고 있기에 내가 말했지. 가서 검둥이 몸이나 더듬어대고 내 아이는 내버려 두라고. 놈은 진짜 예의 바른 인간인 척했지만, 나는 내 아이들을 또 괴롭혔다가는 후회하게 될 테니 명심하라고 했어."

"그놈이 그놈은 아니지? 베티의?"

"아냐, 그건 늙은 경찰관이야. 나쁜 노인네는 아니었어." 로레타가 말했다. 약간 짜증스러운 표정이라서, 모린은 에설이 그 화제를 꺼낸 것이 잘못임을 깨달았다. "그래, 좋은 사람이었어. 사정을 이해하고, 베티를 집에 데려와서 나랑 이야기를 나눴으니까. 난 커피를 대접했고. 진짜 신사였어. 그 망할 마투이조인지 뭔지 하는 놈하고는 달라."

이건 베티가 다른 아이들과 어울리다가 경찰에 붙잡혀서 경찰의 손에 이끌려 집에 왔을 때의 이야기였다. 아이들이 타이거 스타디움 근처에 주차된 자동차들의 문을 따고 침입한 것이 문제였다. 야구 경기가 열린 날이라서 주차장은 물론이고 개인 주택들의 앞마당과 옆마당까지도 자동차들이 가득했다. 그날 베티는 정식으로 입건되지 않았다. 로레타는 하루 저녁 동안 울다가 결국 베티를 후려쳤지만, 그것으로 끝이었다. 그 뒤로는 그 일이 다시 입에 오르지 않았다.

"하지만 그래도 나는 지지 않아." 로레타가 성난 목소리로 말했다. "이 도시에 나쁜 놈이 아무리 많아도 내가 길게 풀이 죽는 일은 없어."

모린의 할머니가 맡은 단 하나의 일은 다리미질이었다. 그녀가 직접 자청한 일이기도 했다. 로레타가 낮에 집을 비운 동안 부엌에서 의자 두 개 사이에 다리미판을 걸쳐놓고 앉아서 다리미질을 하는 것이 할머니의 일이었다. 부엌 조리대에 놓은 라디오는 쉬지 않고 15분짜리 이야기를 계속 쏟아냈다. 하지만 할머니는 속이 메스꺼워질 때가 많았기 때문에, 모린이 할 수 없이 다리미질을 대신 해주었다. 자신이 이렇게 약한 존재라는 사실에 살갗이 오소소 일어나는 것 같았다. 로레타는 집에 돌아와서 이렇게 말하곤 했다. "다리미질을 다 하셨네요, 어머니. 고마워요." 하지만 할머니는 모린이 다리미질을 했다고 말하는 법이 없었다.

"정말 미워! 할머니가 없어졌으면 좋겠어." 모린은 베티에게 속삭였다.

"사람들이 와서 할머니를 데려가 가둔 다음에 열쇠를 던져버려야 돼." 베티가 말했다.

로레타의 새로운 삶에는 무작정 들떠서 까부는 행동이 포함되어 있었다. 그녀는 일이 어떻게 돌아가는지 알지 못하는 것 같았다. 언제나 바빠 서두르는 그녀는 집에 돌아와 옷을 갈아입은 뒤 잡화점으로 나갔다. 그리고 식품점이 문을 닫기 직전에 장을 본 뒤, 에설이나 아니면 미용실에서 함께 일하는 다른 '아가씨들'과 영화를 보러 갔다. 볼링도 같이 쳤다. 로레타는 항상 바빠 서두르며, 큰언니처럼 짐짓 강한 척하는 것 같았다. 웬들 할머니에게는 우스울 정도로 예의를 차렸다. "리니가 오늘 오전에 부엌과 욕실을 닦을 거예요, 어머니. 그러니 어머니가 바닥을 걷지 않는다면 '정말' 감사하겠어요. 화장실에 가고 싶다면 지금 가시면 돼요. 제가 도와드릴게요."

그녀는 땀 냄새와 향수 냄새를 풍기며 속치마 차림으로 부엌에 나타났다. 속치마 끈은 옷핀으로 고정되어 있고, 허벅지에 속치마 자락이 꼭 끼게 달라붙어 있어서 스타킹을 고무줄로 고정한 자국이 겉으로 드러났다. 혼자 콧노래를 부를 때도 많았다. 라마벨의 급료가 낮다고 불평할 때도 사실 진지한 불평이라기보다 또 하나의 콧노래와 마찬가지였다. 모린이 뭔가를 설명하려고 하면, 그러니까 새 치마나 학교의 적십자 운동에 낼 15센트가 필요한 이유를 설명하려고 하면, 로레타는 잘 듣지 않을 때가 많았다. 아니면 그냥 "어쩌고저쩌고"라고 말해버리거나. 로레타는 엉덩이를 양손으로 짚고, 상대의 말을 믿지 않지만 참을성 있게 들어준다는 표정으로 미소를 지은 채 서 있는 버릇이 생겼다. 미용실에서 다른 직원들의 터무니없는 얘기를 들을 때도 똑같은 미소를 지을 것 같았다. 손님들의 터무니없는 이야기를 들을 때도 똑같은 미소를 지을 것 같았다. 가끔 영화를 보거나 볼링을 치거나 술집에 갔다가 늦게 돌아오는 날이면 모린과 베티를 깨워 프레츨 한 봉지를 안겨주었다. 아이들을 깨워 불평을 늘어놓을 때도 있었다. 집이 왜 이렇게 더럽니? 멍청이 모린은 깨끗이 청소하는 법도 몰라? 베티를 감화원으로 보내겠다는 이야기도 했다. 여자애들이 가는 감옥, 그래, 정말이야. 그러면 베티는 잔주름이 진 현명한 눈과 두꺼운 얼굴로 엄마와 똑같이 상대의 말을 믿지 않는다는 미소를 짓고 엄마를 지켜보았다. 어떤 때는 로레타가 머리를 새로 만지고 얼굴에도 완전히 화장을 해서 이마가 조금 샐쭉하고 곤혹스럽기는 하지만 거의 예쁘다고 해도 될 모습으로 돌아와 '저녁 식사 데이트'를 나간다고 선언하기도 했다. 그러니까 모린, 네가 대신 집안일을 하고, 집을 좀 치우지 않겠니?

로레타가 집을 비울수록 웬들 할머니의 힘이 강해졌다. 모린은 할머니 때문에 약국으로 뛰어가야 했다. 병원에 전화를 걸어 할머니에게 새로운 증세가 나타났다고 보고해야 할 때도 있었다. 옆집의 플로라 스톤월에게 가서 할머니가 코코아를 좀 꿔달라고 하신다는 말을 전하기도 했다. 도망치려고 밖에 나가서 친구와 함께 앞쪽 베란다에서 놀고 있으면, 할머니가 거실에 누워 고통스러운 목소리로 외쳐댔다. "모린! 모린!" 여름이면 동네에서 친구와 파치지(주사위놀이의 일종—옮긴이)를 하곤 했는데, 그 놀이도 언제나 방해를 받았다. 모린은 숨죽인 소리로 "아, 진짜" 하고 중얼거리며 집으로 뛰어갔다. '이번엔 또 뭐야? 뭘 하라는 거야?' 그렇게 집에 가보면 할머니는 항상 놀라운 일을 시켰다. 모린이 상상조차 해보지 못한 일을.

어느 날 아침 로레타가 출근한 뒤 웬들 할머니가 로레타에 대해 이야기하기 시작했다. "너희 엄마가 남자란 남자는 다 만나고 다녀." 베티가 킬킬거리며 식탁에서 의자를 뒤로 확 밀쳤다. "정말이야! 설마 할머니가 거짓말을 하겠어? 없는 말을 지어내겠어? 나는 이 집에 앉아 꼼짝도 안 해도 세상 돌아가는 일을 다 알아. 모르는 게 없어. 창밖이 바로 내다보여. 창문 옆으로, 커튼 옆 틈새로. 내가 세상일을 다 볼 수 있다는 걸 아무도 모르지만, 난 진짜로 본다니까. 네 친구에 대해서도 다 알아, 모린. 피부가 엉망이고 머리카락이 기름진 그 친구. 난 걔에 대해서 모르는 게 없어. 네가 말하는 소리도 다 들려. 한 마디도 안 빼고 다 들린다고."

모린은 시선을 피했다.

"할머니가 말을 지어내는 거야." 베티가 말했다.

"난 다 들려. 전부 보여. 너희 엄마가 집에 돌아올 때는 혼자가 아니다. 집 앞 길가에 둘이 같이 있는 게 보인다고. 자동차 안에. 난 다 알아. 지켜보고 있으니까. 너희 엄마는 내가 텔레비전을 켜놓은 채 여기서 잠드는 줄 알지만 난 안 잔다. 너희 엄마가 정확히 언제 들어오는지 다 안다고. 너희 엄마에 대해 모르는 게 없어. 내가 속을 줄……."

"할머니는 미쳤어요." 베티가 말했다.

"할머니한테 그따위 말을 해, 이 전과자가!"

"난 전과자가 아니에요." 베티가 울먹이며 말했다. "한 번도 체포된 적이 없다고요! 그러니까 나한테 그런 말 하지 마요!"

"난 사람들이 하는 말을 다 들어. 그래, 네 엄마는 못 하는 말이 없지. 부끄러운 줄도 모르고, 남자들이 듣고 싶어 하는 말이라면 무엇이든 다 해줘. 너희한테 그런 말이 어떤 건지는 말하고 싶지 않다. 너희 엄마는 다음 날 밤에 만나자면서 남자들이랑 약속을 하지. 그 남자들은 십중팔구 유부남이라서 그냥 재미로 너희 엄마와 어울릴 뿐일걸. 너희 엄마한테 어디까지 할 수 있는지 보려고. 그런데 너희 엄마는 멍청해서 그 남자들이 자기랑 결혼해줄 줄 알아. 세상에, 누가 개랑 결혼을 한다고. 머리카락은 허연 뼈처럼 탈색한 주제에. 정수리에 금발 깃털을 꽂고 잘난 척하는 여자들, 네 엄마가 딱 그 짝이야."

"제가 보기에 엄마는 괜찮은 얼굴이에요." 모린이 말했다.

"나도 같은 생각이에요." 베티가 말했다.

할머니가 식탁을 밀며 일어섰다. 허리가 구부정한데도 여전히 상당히 큰 키였다. 옛날에는 근육이 붙어 있던 팔뚝의 살이 늘어져 겹친 것이 면 원피스의 지나치게 큰 진동 틈새로 보였다. 그녀에게서는 잘 씻지 않은 살 냄새가 났다. 실제로 그녀는 아주 더러운 여자라서 씻는 것을 좋아하지 않았다. 생김새는 매 같았다. 그녀의 날카로운 눈매와 입매에 대해서 로레타는 감히 입에 담지도 못했다.

"둘 다 말대꾸를 아주 잘하는구나. 한 놈은 우울한 얼굴이고, 한 놈은 전과자 주제에……."

"베티는 감옥에 간 적이 없어요." 모린이 말했다.

"하다못해 체포된 적도 없다고요." 베티가 다시 말했다.

"앞으로 그렇게 될 거야." 할머니가 말했다.

"그래도 상관없어요. 내 앞가림은 내가 해요. 난 정신 나간 할망구가 아니야." 베티가 말했다. 그녀는 청바지에 남자용 남방 차림이었으며, 발에는 아무엇도 신지 않았다. 할머니와 눈싸움을 벌이는 그녀의 키가 할머니와 거의 비슷했다. 베티는 남자아이처럼 킬킬거렸다.

"아무나 한 명이 날 좀 부축해다오. 화장실에 가야겠다."

모린이 얌전히 할머니에게 가서 부축했다. 할머니는 그녀에게 몸을 기대고 이렇게 말했다. "만약 네 아비가 아직 살아 있었다면, 네가 나더러 지옥에나 가버리라고 소리치지는 않았겠지. 너희 엄마가 누구든 바지만 입었다 하면 쫓아다니지 않는다면……."

"시끄러워요." 베티가 말했다.

"……너희 엄마가 밤새 밖에서 자동차를 타고 돌아다니며 술이나 마시지 않는다면!"

모린은 열린 화장실 문으로 갔지만, 베티가 이미 먼저 와 있었다. 그녀가 문을 쾅 닫은 뒤 문고리를 붙잡고 늘어졌다. "저 할망구를 들여보내지 마! 언니는 왜 항상 할망구한테 휘둘려!"

"베티!"

"바지에다 볼일을 보라고 해! 어차피 더러운 할망구잖아! 아니면 개처럼 마당에서 볼일을 보게 하든지. 자, 할망구를 이리로 던져버려, 던져버려!" 베티는 뒷문을 활짝 열고 소리를 질러댔다. "얼른! 뒷문으로 던져버리라고! 개보다 나을 것이 없는 할망구야! 얼른, 모린! 손을 놔!"

"베티, 너 미쳤어?"

"더 이상은 못 참아. 안 참아! 내가 저 할망구 하자는 대로 휘둘릴 것 같아? 문을 활짝 열어뒀으니, 할망구가 여기 계단만 내려가면 뒷마당에서 볼일을 볼 수 있어. 자기가 엄청 똑똑한 줄 아는 할망구잖아. 얼른! 얼른!"

할머니가 소리를 질러대는 가운데 모린과 베티는 그녀를 둘러싸고 몸싸움을 벌였다. 베티가 할머니의 손목을 움켜쥐고 문 쪽으로 잡아당기기 시작했다. 모린은 할머니를 뒤로 잡아당겼다. 그녀는 깜짝 놀랐지만 왠지 조금 우습기도 했다. 베티의 분노와 허연 눈과 갑자기 약해진 할머니의 모습이. 할머니는 정말로 힘이 없었다. 베티가 할머니를 앞으로 잡아당기자 모린은 손을 놓을 수밖에 없었다. "이제 밖으로 나가! 나가! 이제 내가 대장이니까 시키는 대로 해!" 베티가 악을 써댔다. 할머니가 문틀을 움켜쥐고 버티자 베티는 발을 들어 남자처럼 무릎을 뒤로 뺐다가 할머니의 등을 세게 퍽 하고 차버렸다.

할머니는 뒷문 계단 꼭대기에 엎어졌다가 몇 미터 아래 바닥까지 계단을 굴러 내려갔다.

모린과 베티는 할머니를 내려다보았다. 할머니는 쓰러진 채 소리 없이 꿈틀거리고 있었다.

"얼른 일어나! 다치지도 않았잖아!" 베티가 악을 썼다.

할머니의 침묵이 무서웠다. 모린은 꼼짝도 할 수 없었다.

"그냥 다친 척하는 거야. 일부러 넘어진 거라고! 일부러 넘어지는 거 언니도 봤잖아!" 베티가 말했다. "할머니든 누구든 난 이제 안 참아줄 거야! 아무도 나한테 이래라저래라 못 해! 저기 누워서 그냥 죽어버리라지! 그러라고 해! 날 감옥에 처넣으려고 일부러 넘어지는 거 봤잖아! 봤잖아!"


13


그해 9월에 모린은 학급의 서기로 선출되었다. 학급 회의 때 그녀는 커다란 교실 앞쪽 탁자에 회장과 나란히 앉아 있어야 했다. 꼼꼼하게 회의 내용을 메모하는 것이 그녀의 일이었다. 그녀는 살짝 기울어진 작은 글씨로 한 마디라도 놓치지 않으려고 안달하면서 모든 말을 받아 적었다. 그녀가 몸을 수그리고 회의 내용을 받아 적는 동안 회장인 남자아이는 겁에 질려 더

듣거리는 목소리로 회의를 진행하려고 애썼다. 담임인 메리 폴 수녀님은 말썽이 일어나지 않게 엄격한 표정으로 교실 안을 둘러보았다.

하지만 가끔 뭔가 일이 벌어지기도 했다. 회의 중인 교실 안이 아니라 건물 바깥이나 복도에서. 모린은 그런 일들에 대해 굳이 알아내지 않으려고 애썼다. 정오에 운동장에서는 남자아이들이 여자아이들에게 이런저런 말들을 던졌다. 듣지 않는 편이 더 나은 말들이었다.

방과 후에 모린은 일종의 친구라고 할 수 있는 캐럴과 함께 집까지 먼 길을 걸어가면서 함부로 아무 길이나 들어가지 않으려고 조심했다. 어느 날 오후에 모린은 낡은 창고 앞을 지나다가 어떤 노인이 자신에게 손짓하는 것을 보았다. 그럴 때는 다가가지 말고 서둘러 도망쳐야 한다는 것을 그녀는 알고 있었다. 엄청난 이야기들을 떠들어대는 여자애들이 있었다. 캐럴의 어머니도 그런 이야기를 했다. 모린은 그런 이야기를 듣지 않으려고 했다. 얼굴이 타오르고, 마음이 완전히 혼란스러워졌다.

캐럴의 어머니는 가끔 모린과 캐럴을 꼼짝 못하게 붙들고서 억지로 이야기를 들려주었다. 그녀는 모든 면에서 이상했다. 기름지고 엉망으로 헝클어졌으며 이미 하얗게 센 머리카락, 꾀죄죄하고 냄새를 풍기는 몸, 단단해 보이고 번들거리는 얼굴. 그녀는 모린과 캐럴의 시선을 피한 채 빠르고 화난 것 같은 말투로 '특정한' 이야기를 해주었다. 캐럴은 당황스러워서 죽겠다는 표정으로 가만히 서 있곤 했다. 파란색 점퍼스커트와 하얀 블라우스로 이루어진 더러운 교복을 입은 평범하고 뚱뚱한 그녀의 얼굴에 걱정이 가득했다. 모린은 그보다 좀 더 예의 발랐다. 그녀는 여자애들은 절대 지하실이나 어두운 곳에 가면 안 된다, 공공장소의 변기에는 절대 앉지 마라, 거리에서 남자들을 바라보지 마라, 어디서든 일없이 어른거리지 마라, 매달 그 기간 중에 머리를 감지 않으면 몸이 아주 나빠져서 다들 이유를 알게 될 거다, 임신이 얼마나 쉬운지 아느냐 같은 잔소리에 "맞아요, 맞아요" 하고 고개를 끄덕였다.

모린은 캐럴의 어머니가 무서웠지만 뒷걸음질 치려고 하지는 않았다. 캐럴은 금방이라도 울음을 터뜨릴 것 같은 표정으로 양발로 번갈아 체중을 옮기며 서 있었지만, 모린은 계속 예의 바르게 귀를 기울였다. 학교에서는 다들 캐럴의 어머니가 미쳤다고 했다. 캐럴 본인은 그런 소문에 대해 한마디도 하지 않았다. 모린은 캐럴의 어머니가 항상 잔소리를 줄줄 떠들어대며 다가올 때면 도망치지도 못하고 현기증과 위험을 느꼈다. 이 아줌마는 인생의 추악한 면에 대해 모르는 것이 없음이 분명했다. 그녀는 그 지식에 강박적으로 사로잡혀서 짓눌리고 있었다. 그 지식이 그녀에게서 비어져나오기 때문에 그녀가 그렇게 빠른 말씨로 떠들어대는 것 같았다. 그런 지식 때문에 병이 난 것이다. 한번은 그녀가 모린의 목덜미에 손을 대고 화난목소리로 이렇게 말했다. "네 오빠 말이다, 그 잘난 척하는 놈. 그놈 그 차는어디서 난 거니? 나이는 몇 살이야? 그놈 제가 아주 잘난 줄 알지, 응? 며칠전에 미시간에서 그놈이 어떤 여자랑 같이 걷고 있는 걸 봤다. 여자랑. 그여자 누구니? 네 엄마도 이런 걸 알아? 아니면 네 엄마도 오빠를 감당 못 하는 거야?"

모린은 말을 더듬었다. "저는…… 그런 일은 하나도 몰라요."

금요일마다 메리 폴 수녀의 반에서는 '학급 회의'가 열렸다. 회의 때 '서기'인 모린은 자기 자리에서 수줍게 일어나 교실 맨 앞으로 나갔다. 자신이이런 일을 맡은 것이 몹시 자랑스러웠다. 일주일 중 다른 날들은 혼란스러웠다. 학교에서 집으로 돌아가는 길에도 집에서도 무슨 일이 일어날지 알수 없었지만, 서기라는 특별한 임무를 맡아 일할 때는 안전했다. 그리고 그녀는 이 경험 덕분에 고등학교를 마친 뒤 비서가 될 수 있을 것이라는 생각을 깃고 있었다. 엄마노 이 생각을 듣고 좋아했다. 모린은 직장을 구해 돈을벌면서 혼자 힘으로 살아갈 생각이었다.

회의를 시작할 때 회장은 모린에게 지난번 회의의 의사록을 읽어달라고 요청하곤 했다. 모린은 천천히 주의 깊게 의사록을 읽었다. 서기의 공식적인 기록부는 표지가 파란색이고 안쪽 페이지에는 넓은 여백을 두고 줄이 그어진 평범한 공책이었다. 앞표지에는 '202반, 서기의 의사록'이라고 적힌 스티커가 붙어 있었다. 오십대의 육중한 여자인 메리 폴 수녀는 모린에게 발언을 받아 적는 법을 정확하게 가르쳐주었다. 학급 회의의 서기는 아주 중요한 자리였다. 수녀는 자기 책상에 눈을 감고 앉아서 진지한 표정으로 고개를 끄덕이며 모린에게 할 일을 일러주었다. 첫째, 볼펜은 쓸 수 없었다. 오로지 만년필만 써야 했다. 잉크는 반드시 어두운 파란색. 밝은 파란색이나 검은색 잉크는 쓸 수 없었다. 이 점이 중요했다. 또한 한 줄씩 쓸 때마다 압지로 물기를 빨아들여야 했다. 압지 또한 반드시 깨끗한 것을 써야 했다. 의사록은 평범한 종이에 작성해서 월요일 아침에 메리 폴 수녀에게 제출해 확인을 받은 다음 파란색 공책에 아주 꼼꼼하게 옮겨 적어야 했다. 단어 하나하나를 천천히 정성 들여 써야 했다. 단어를 잘못 썼다고 해서 가위표로 지울 수는 없었다. 잘못 쓴 단어는 지워야 했지만, 어두운 파란색 잉크를 지우는 건 쉽지 않았다.

모린은 의사록을 파란 공책에 베껴 적을 때마다 겁에 질렸다. 커다란 잉크 방울이 공책에 떨어지기라도 하면…….

할 일이 너무 많아서 머릿속이 조금 혼란스러웠다. 서기의 일이 그녀의 삶에서 가장 중요했지만, 그녀가 할 일은 그것 외에도 많이 있었다. 엄마가 아직 잠들어 있을 때 일찍 일어나서 아침 식사를 하고 커피를 내려야 했다. 로레타는 라마벨 미용실을 그만두고 3킬로미터쯤 떨어진 미시간 애버뉴의 체커그릴에서 일하고 있었기 때문에 늦게야 돌아올 때가 많았다. 체커그릴 쪽이 급료도 낮고, 팁도 더 많았다. 로레타는 그곳 사람들이 활기차다고 말했다. 하지만 일을 하고 돌아오면 녹초가 되기 때문에 늦잠을 자는 수밖에 없었다. 그래서 아침 일은 모린의 차지였다. 베티를 깨우는 것도 그녀의 일이었다. 그런데 베티는 아침에 가끔 못되게 굴 때가 있었다. 모린은 아침 설거지도 했다. 시리얼이 묻은 접시가 말라붙게 그냥 내버려 두면 나중에 닦기가 힘들었고, 엄마한테 엄청 혼이 났다. 학교에서 돌아오면 집을 청소했다. 바닥 청소, 특히 부엌 바닥 청소는 요일을 정해놓고 했다. 부엌 바닥이 끈적끈적해지기 때문이었다. 또한 로레타가 늦게야 돌아오기 때문에 저녁 준비도 모린이 했다. 토요일에는 빨래를 하고, 다른 요일에는 내내 가장 시급하게 필요한 옷들을 다림질했다. 로레타는 가끔 모린을 안아주며 이렇게 말했다. "내 착한 딸, 넌 정말 좋은 아이야!" 바삐 서두르면서 하이힐을 신은 채 쿵쿵 돌아다니며 블라우스인지 뭔지를 찾을 때는 짜증을 내며 이렇게 말하기도 했다. "그 블라우스가 아직도 빨래 바구니에 있다고? 오늘이 수요일인데 아직도 '빨래 바구니'에 있어?"

모린은 학교에 늦게까지 남아서 서기의 의사록을 작성했다. 집에 가져가면 의사록 공책이 더러워지거나 구겨질지도 모르기 때문이었다.

어느 날 엄마가 모린에게 다가와 옆에 앉았다. 토요일이었다. 엄마는 모린의 어깨에 다정하게 손을 얹었다. 모린은 무슨 일인지 모르겠다는 생각이 들었다. 이런 시각에 엄마가 취한 걸까? 로레타의 머리에는 분홍색 플라스틱 롤러들이 말려 있었다. 몸에서는 목욕용 파우더 냄새가 났다. "벌써 이렇게 자랐구나, 응?" 로레타가 친밀하게 말했다. "너랑 조만간 이야기를 좀 해야 하는데. 세상에, 세월이 어쩌나 빠른지! 게다가 저 말썽꾸러기 베티도 제 나이에 비해 몸이 커. 걔는 항상 어디로 달아나는 거라니? 요즘 어떤 애들이랑 어울리는지 알아?"

"아, 뭐, 애들이죠. 나도 잘 몰라요."

하지만 로레타는 베티에 대해 곧 잊어버렸다. 근육실 나리로 집을 드나들며 여기저기에 부딪히는 베티. 그 아이가 집에 없을 때가 항상 더 나은데,

로레타가 왜 베티에게 집에 좀 붙어 있으라고 잔소리를 하겠는가. 로레타는 부드럽고, 비판적이고, 묘한 시선으로 모린을 빤히 바라보았다. 모린은 살짝 몸을 뒤로 뺐다. 몇 초 동안 침묵이 흐른 뒤 로레타가 얼굴을 붉히며 말했다. "너 말이다…… 사내놈들을 조심해, 알았지? 혹시 사내애들이 네 근처에 어른거리고 그러니?"

"엄마, 그런 일 없어요."

"사실대로 말해."

"아니라니까요." 모린은 비참한 기분으로 자신의 발만 뚫어지게 내려다보았다.

로레타는 웃으려고 애썼다. 분위기가 점점 참을 수 없을 만큼 따뜻해졌다. 마침내 로레타가 짐짓 엄격한 척 기분 좋게 말했다. "네 또래 애들은 사실대로 말하는 법이 없지. 난 네 말을 한마디도 안 믿어!"

모린은 뭐라고 할 말이 없었다. 너무나 부끄러웠다.

"나한테 묻고 싶은 거 없니? 뭐든 괜찮아." 로레타가 말했다.

"없어요."

"그래……."

두 사람은 한동안 침묵 속에 앉아 있었다. 로레타는 손톱의 매니큐어를 잡아 뜯었다. 입으로는 매니큐어가 마음에 들지 않는다는 듯 쯧쯧 소리를 냈다.

"생리통이 심하지는 않아?"

"아뇨."

"그래, 넌 항상 말을 잘 안 하니까. 나이에 비해 비밀이 아주 많지." 로레타는 마음이 놓인 듯 웃음을 터뜨리며 이제 가봐도 좋다는 몸짓을 했다.

하지만 30분 뒤 그녀가 뒤쪽 침실에서 나와 모린에게 자기 스웨터 하나를 주었다. "자, 나한테는 너무 작은데, 너는 어떠니? 갖고 싶어? 갖고 싶으면 가져도 돼. 한번 입어봐."

"가져도 돼요?" 모린은 깜짝 놀라서 말했다.

"가져도 된다니까. 입어봐." 그녀는 비단처럼 매끄러운 초록색 기모노 차림으로 팔짱을 끼고 앉아서 모린을 지켜보았다.

모린은 스웨터를 입었다.

로레타가 말했다. "허리를 곧게 펴고 서면 너도 괜찮아. 몸매가 좋아질 거다. 하지만 너한테 끈을 채워야겠다. 그게 뭔지 아니?"

모린은 엄마를 빤히 바라보았다.

"허리를 똑바로 펴주는 끈이야." 로레타가 말했다.

"그게…… 그게 뭔데요?"

"아유, 세상에, 농담이야! 넌 농담도 몰라? 항상 우울한 얼굴만 하고서는! 세상에! 나한테 고맙다는 말도 안 할 거야?"

"고마워요, 엄마."

"네 얼굴은 나이에 비해 나쁘지 않아."

모린은 고개를 돌렸다.

"혹시 남자애들이 귀찮게 굴거나 하면 엄마한테 말해. 학교에서든 어디서든. 알았지?"

모린은 고개를 끄덕였다.

"줄스가 이렇게 항상 제멋대로 돌아다니지만 않으면……."

줄스는 학교를 그만두었다. 지금은 트럭 운송 회사에서 일하면서 제 차를 갖고 있었다. 1950년식 포드였다. 그는 일주일에 한두 번만 집에 와서 잠을 잤다. 식사는 어디서 하는지, 어떤 친구들과 어울리는지, 집에 돌아오지 않는 날은 어디서 자는지 로레타는 전혀 알지 못했다. 그녀가 물어보면 줄스는 이렇게 밀했다. "잘 지내고 있으니까 걱정 마세요." 그러고는 다른 주제로 시나브로 이야기가 옮겨 갔다. 로레타는 뭔가 문제가 생길 것이라고는 생각하지 않았다. 어쨌든 줄스가 매주 그녀에게 20달러를 주기 때문이었다. 그는 착한 아이였다. 나쁜 일이라면, 지난 8월에 줄스가 도둑질인지, 무단 침입인지, '수상쩍은 행동'인지로 다른 아이들과 함께 경찰에 잡힌 일뿐이었지만, 줄스는 사흘 뒤에 풀려났고 그로 인해 무슨 일이 생기지도 않았다. 어쩌면 경찰이 기록을 잃어버린 건지도 몰랐다. 줄스는 아동보호소를 드나들었는데, 한번은 그가 그곳에 들어간 지 하루 밤낮이 지난 뒤에야 로레타가 알게 된 적도 있었다. 줄스가 보호소 사람들에게 톨레도에서 온 가출 소년이라고 말했기 때문이었다. "세상에, 무슨 그런 애가 다 있는지! 상상력도 원!" 로레타는 그때 이렇게 소리쳤다. 하지만 그가 무혐의로 처리되었기 때문에 로레타는 그 일을 잊어버렸다. 그녀는 생각해야 할 일이 워낙 많았다.

우선 다시 이사를 해야 한다는 문제가 있었다.

웬들 할머니를 요양원으로 치워버렸으므로, 로레타는 옛날부터 항상 원하던 일을 할 수 있었다. 아파트로 이사할 수 있게 됐다는 뜻이다. 그녀는 주택을 관리하는 일이 지긋지긋하다고 말했다. 시간을 너무 많이 잡아먹는 것이 문제였다. 욕실 하수도관에서는 항상 물이 역류했고, 화덕에서는 항상 방까지 악취가 풍겼으며, 모든 것이 점점 때가 묻고 고장이 났다. 그러니 집에 남자가 없는 지금은 이곳에 사는 것이 위험한 일이었다. 줄스가 그렇게 제멋대로 돌아다니지만 않으면 좋겠지만, 그 또래 아이에게는 어떻게 손을 쓸 도리가 없는 법이다……. 로레타는 캐딜락 공장에서 멀지 않은 잡화점 근처 길모퉁이에서 마음에 드는 아파트를 발견했다. 로레타는 그곳이 더 좋은 동네라고 말했다. 마음에 든다고. 아파트에 사는 것도 마음에 들었다. 알고 보니 주택에 살 때보다 바퀴벌레가 더 많이 나왔지만, 모린은 계속 좋다고 말했다. 로레타가 그런 말을 듣고 싶어서 안달하는 것처럼 보였기 때문이다. 그녀는 언제나 좋은 것! 좋은 것!을 원했다. 지금까지 온갖 일들을 겪었으니까! 좋은 것을 누릴 자격이 있다는 것이다. 그녀는 자신이 휴가를, 모피 코트를, 더 커다란 텔레비전을, 뭔지는 모르겠지만 하여튼 굉장한 깜짝 선물을 누릴 자격이 있다고 생각했다. 그러던 어느 날 그녀가 처음으로 '팻'을 입에 올렸다.

그녀는 계속 '팻'을 말했다. 모린은 처음에 '팻'이 여자인 줄 알았지만, 나중에 남자라는 것을 깨달았다. "팻은 그 시장 아들에 관해 아는 사람만 아는 뒷얘기를 알아." 그녀는 이렇게 말하곤 했다. "그 화재는 방화라고 팻이 말했어. 주인이 유대인인데, 보험금으로 1백만 달러를 챙겼다는 거야." 이런 말을 할 때도 있었다.

모린과 베티는 서로 시선을 교환했지만, 로레타는 자세히 설명해주는 법이 없었다. 신이 나서 빠르게 흘날리듯이 말하는 것이 그녀의 새로운 스타일이었다.

학교에서 모린은 두려운 마음으로 생각했다. '팻이 누구지?'

어느 날 오후 그녀는 거리에서 오빠와 마주쳤다. 오빠는 짙은 색 트렌치 코트를 입고 있었다. 미남처럼 보였다. 집에서 벗어난 그가 거리에서 이토록 미남으로 보이는 것을 보니 이제야 비로소 자유로워진 모양이었다! 모린은 오빠를 보고 너무 반가워서 오빠의 팔을 잡아당겼다.

"모린, 내가 좀 바빠. 여긴 그냥 담배를 사려고 들른 거야." 그의 목소리에 죄책감이 조금 섞여 있는 것 같았다.

모린은 실망해서 주위를 둘러보았다. 길가에 차 한 대가 보였다. 줄스가 옛날에 몰던 낡은 차가 아니었다. 금발을 아주 짧게 자른 여자가 차 안에 있었다. 이마에서 직선으로 이어진 머리카락이 양쪽 귀를 가로질렀다. 소년 같고 차가운 느낌이 나는 여자였다. 그녀는 모린을 보았지만 얼굴에 아무런 변화도 드러내지 않았다.

"오빠, 엄마가 만나는 사람이 있는데, 이름이 팻이야. 오빠 혹시 아는 거

있어?"

"내가 좀 바빠서……."

"집에는 언제 올 거야? 왜 그래? 팻이라는 이름 들어본 적 있어?"

"그냥 남자야. 괜찮은 사람이야."

"오빠가 아는 사람이야?"

"괜찮은 사람이야." 줄스는 모린의 손에서 부드럽게 빠져나가 잡화점 안으로 들어갔다.

모린은 그 뒤를 따라갔다. "이제 식구들을 좋아하지 않아? 이제 오빠의 집이 따로 생긴 거야?"

"난 잘 지내고 있어."

"이제 식구들을 좋아하지 않아?"

"당연히 좋아하지."

"학교에는 아예 안 돌아올 거야?"

"그런 헛짓은 이제 안 해."

"우리를 만나러 안 올 거야, 오빠? 왜? 난 지금 사는 집이 싫어. 잠도 안 와. 계속 다른 곳에 있는 상상을 해. 머릿속이 뒤죽박죽이야. 아버지가 걸어다니는 소리가 자꾸만 들리는 것 같아. 옛날에 아버지가 밤에 자다 일어나서 화장실에 갈 때처럼. 엄마는 왜 이사를 한 거지?"

"넌 지금처럼 사는 게 나아."

"이제 날 안 좋아하는 거야, 오빠?"

"모린, 돈 필요해?"

"돈을 달라는 게 아니잖아!" 모린이 소리쳤다.

줄스는 짜증을 내며 그녀에게 등을 돌렸다. 모린의 목소리가 너무 컸다. 그는 카운터로 가서 담배를 샀다. 모린은 그의 등을 노려보았다. 뭔가 일이 벌어지고 있었다. 무서운 일이. 줄스를 잃어버릴 것 같았다. 아니, 벌써 잃어버린 것 같았다…… 뭔가를 잃어버리고 있거나 벌써 잃어버린 것 같았다.

그가 돌아오자 모린이 얌전하게 말했다. "그래, 돈이 좀 있으면 좋을 것 같아. 1달러만 빌려줄래?"

"물론이지." 줄스는 안심하며 빙긋 웃고는 지갑을 꺼냈다. 모린은 지갑이 새것처럼 보인다는 사실을 깨달았다. "자." 그가 모린에게 3달러를 주었다. "가서 영화를 보든지 해. 옷을 사든지. 착하게 굴어야 돼."

"3달러로 옷을?" 모린은 웃음을 터뜨렸다.

줄스가 그녀에게 지폐를 한 장 더 주었다. 5달러 지폐였다.

"어머, 오빠, 고마워! 고마워!"

두 사람은 갑자기 당혹스러워져서 서로를 빤히 바라보았다. 줄스는 지갑을 다시 넣었다. 모린은 돈을 잉여 군수품 가방에 넣었다. 여자아이들이 모두 갖고 있는, 작은 상자 모양의 가방이었다. 원래 총알을 넣어두던 가방이라고 했다.

두 사람은 잡화점을 나섰다. 모린은 차 안의 여자가 누구냐고 감히 물을 수 없었다.

"요새 엄마는 어때?" 줄스가 뒷걸음질을 치며 물었다.

"아주 잘 지내."

"베티는?"

"글쎄, 똑같지, 뭐."

"할머니는?"

"아마 똑같을걸."

"잘 지내라!"

모린은 차 안의 여자를 바라보지 않았다. 자신이 묘한 위험에 처해 있는데 그 위험의 정체를 모르고 있는 것 같은 느낌이 들었다. 불안한 듯하면서도 유쾌한 척하는 줄스의 태도가 왠지 무서웠다.

그날 오후 집으로 돌아오는 길에 모린은 서기의 공책을 잃어버렸음을 알아차렸다. 그 공책이 없었다. 그걸 왜 집으로 가져가려고 했을까? 무슨 생각으로? 파란색 표지가 있는 공책, 공식적인 공책인데. 그 공책에는 1953년부터 다른 서기들이 기록한 의사록이 적혀 있었다. 그런데 모린이 그것을 잃어버린 것이다. 그녀는 책 여러 권과 그 공책을 들고 있었는데, 공책이 사라지고 없었다. 그녀는 책들을 몇 번이나 살펴보았지만 아무것도 찾지 못했다.

겁에 질린 그녀는 잡화점으로 다시 뛰어가 안을 들여다보고, 길도 살펴보았다. 이상한 일은, 애당초 그 공책을 집으로 가져가려고 한 이유를 모르겠다는 것이었다. 생각이 나지 않았다. 그녀는 서둘러 학교로 돌아갔다. 가슴이 쿵쿵 뛰었다. 파란색 공책이 너무나 생생하게 느껴져서 어딘가의 문간에서, 골목에서, 도랑에서 공책을 본 것 같다는 생각이 자꾸만 들었다……. 있지도 않은 공책을 자꾸 보다니 점점 미쳐가는 모양이었다. 눈에 눈물이 차오르기 시작했다……. 도대체 어쩌다가 공책을 잃어버렸을까? 틀림없이 학교에 두고 왔을 것이다.

그녀는 책들을 길에 내려놓고 다시 살펴보았다. 손가락이 부들부들 떨렸다. '여기 있을 거야.' 그녀는 속으로 생각했다. 사람들 몇 명이 옆을 스쳐 지나가며 수녀 학교의 교복을 입은 여자아이를 흘깃 내려다보았다. 외투는 단추가 풀려 있고, 굵은 머리카락은 널찍하고 바람 많고 흉악한 미시간 애버뉴의 바람에 흩날렸다. 그녀는 지금 인생에서 최악의 경험을 하는 중이었다. 사람들은 그녀를 흘깃 보고는 시선을 돌렸다. 모린은 자신의 인생이 전부 물거품이 되는 것 같았다. 세상이 그녀를 잡을 함정의 입구를 열고 있었다. 그녀는 점점 이성을 잃고, 파멸을 향해 흐트러지고 있었다. 학교에서 생리가 시작된 그때와 비슷했다. 뜨거운 피가 흐르기 시작하자 그녀는 너무 놀랍고 끔찍해서 속이 메스꺼워질 것 같았지만, 사실 그것은 그렇게 놀라운 일이 아니었다. 그녀는 화장실로 가서 거의 경련하듯이 덜덜 떨며 자기 손으로 처리해보려고 했지만 무엇을 어떻게 해야 하는지 아무 생각이 나지 않았다. 그저 몸에서 흘러나오는 피가 멈추지 않는다는 생각뿐이었다. 캐럴의 어머니와 함께 있을 때의 기분…… 윙크를 잘하고 뚱뚱하며 못생긴 그녀는 제정신이 아니었지만 모르는 것이 없었고, 무슨 일에든 대비가 되어 있었다. 아무리 놀라운 일이라도 일그러진 미소를 지으며 정복하지 못할 만큼 속이 뒤집히지는 않았다……. 만약 울음을 터뜨린다면 모든 것이 끝장이었다. 그래서 모린은 책들을 다시 들고 학교로 뛰어갔다. 아까 가로질렀던 공터를 다시 가로질렀다. 종이와 쓰레기가 사방에 있었지만 파란색 공책은 없었다. 그녀는 온 길을 되짚어가며 잡동사니들을 발로 차고 살펴보았지만 아무것도 없었다. 그녀는 골목 안을 살펴보았다. 묘하게 유보된 것 같은 공포 속에서 몸을 돌려 주위의 건물들을 모두 둘러보았다. 낡고 이렇다 할 특징이 없으며 텅 비어 있는 어른들의 건물은 그녀에게 아무것도 알려주지 않았다. '마이클슨 형제 타월 서비스, 레녹스 사진, 디트로이트 가구·냉장고 재판매'. 바람에 날려 온 작은 흙 알갱이들이 그녀에게 부딪혔다. 눈에 눈물이 고였다. 그녀는 차를 몰고 가버린 줄스를, 캐럴의 어머니를, 202반과 메리 폴 수녀를 다시 생각했다. 수녀의 얼굴은 모든 것을 알고 있었다. 모린의 삶은 그녀의 관리하에 있었다. 모린은 죄를 지었고, 앞으로 결코, 결코 용서받지 못할 것이다. 도망칠 길도, 도와줄 사람도 없었다. 아, 그녀는 모든 것을 포기할 생각이었다. 엄마를 포기하고, 오빠를 포기하고, 자신의 삶을 포기할 것이다. 오로지 다시 무고해지기 위해서. 그날 오후 2시 30분의 상황으로 모든 것을 되돌리기 위해서!

그녀는 숨이 턱에 차서 엉엉 울면서 학교에 도착했다. 메리 폴 수녀가 아직 교실에 있었다. 그녀는 정말 지긋지긋하다는 표정을 지었다. "가서 찾아와." 그녀가 모린에게 말했다. 모린은 공책을 찾으려고 뛰어나갔다. 하지만 서둘러 콘크리트 마당을 살피면서도 그녀는 공책이 거기 있을 리 없다는 것을 알고 있었다. 그래도 수녀님이 창가에서 그녀를 지켜보고 있을지도 모를 일이었다. 그녀는 울타리를 따라 그 주위를 모두 살펴보았지만 아무 것도 없었다. 쓰레기 더미 속도 살펴보았다. 마당은 텅 비어 있었다. 담장에는 갈겨쓴 낙서가 가득했는데, 그중 절반은 의미 불명의 금지된 단어였다. 모린은 대개 그런 단어들을 보지 않았지만, 오늘은 멍하니 그것들을 바라보며 서 있었다. 마당에는 아무도 없었다. 모든 것이 끝났다. 미래도 끝났다. 오래된 교회 뾰족탑 위 높은 곳에서 불어오는 바람이 묘하게 텅 빈 것 같은 소리를 냈다. 모린은 무엇을 해야 할지 알 수 없었다. 무엇을 생각해야 하는지, 무엇에 마음을 쏟아야 하는지도 알 수 없었다.

결국 그녀는 자신의 걸음을 되짚어 줄스를 만났던 길모퉁이로 갔다. 혹시 오빠가 그걸 보지 않았을까? 혹시 오빠가 갖고 있지 않을까? 그녀는 사방을 살폈다. 한 곳도 빼놓지 않았다. 인도를 오락가락하며 살폈다. 혹시 공책이 벌써 집에 가 있지 않을까? 어떻게든 집에 가 있지 않을까? 아니면 학교에서 누가 훔쳐 갔나? 내가 잃어버린 것과 비슷한 공책을 사면 될까? 하지만 옛날 의사록을 지어낼 수는 없었다. 지난 세월의 수많은 의사록을. 빠져나갈 길이 없는 덫이었다. 종이컵에 대한 토론, 누군가의 벙어리장갑을 가져간 사람이 누구인지에 대한 토론, 202반 교실에서 진행된 그 모든 과거의 기록들이 사라져버렸다. 모두 그녀의 잘못이었다.

그녀는 이성을 잃을 것 같아서 학교로 다시 뛰어갔다.

메리 폴 수녀는 미사 중이라고 했다. 벌써 4시 30분이었다. 모린은 수녀를 기다렸다. "찾지 못했어요!" 그녀는 이렇게 말하면서 또 울기 시작했다.

"계속 찾아봐." 수녀가 차갑게 말했다.

모린은 수녀의 손을 잡으려고 했다. "제발 용서해주세요! 용서해주세요! 일부러 잃어버리려고 한 게……."

"가서 찾아봐. 계속 찾아."

그녀는 해가 질 때까지 계속 거리를 두리번거렸다. 집에 돌아와서는 울음을 터뜨렸다. 다음 날 아침 그녀는 6시에 일어나 밖으로 나가서 또 찾아보았다. 잃어버린 파란색 공책, 파란색 공책, 그것을 반드시 찾아야 했다. 다른 것은 전혀 생각나지 않았다. 그 주 내내 아침마다 그녀는 메리 폴 수녀에게 계속 찾고 있다고 보고해야 했다. 계속 찾고 있어요. 메리 폴 수녀는 이렇게 말했다. "계속 찾아봐. 그건 중요한 기록이야." 그 주는 꿈을 꾸는 것처럼 느리게 지나갔다. 모린은 끊임없이 머리가 아파서 잠을 이룰 수 없었다. 그녀가 침대에 누워 흐느끼고 있으면 베티가 입 좀 닥치라고 말했다.

어느 날 다른 수녀가 복도에서 모린을 불러 세우더니 이렇게 말했다. "메리 폴 수녀님이 직접 이런 말을 하시지는 않겠지만, 모린, 네가 계속 공책을 찾고 있는 것을 아주 대견하게 생각하셔. 계속 찾아봐라."

모린은 고마워서 눈물이 날 지경이었다. 그녀는 그 수녀의 손에 입을 맞추고 싶었다. 그리고 계속 찾아보았지만 끝내 공책을 발견하지 못했다.


# 14


모린은 머리를 빗다가 거울을 향해 몸을 기울였다. 비판적인 표정이 엄마와 비슷했다. 조금 전에 학교 갈 준비를 끝냈기 때문에 달리 할 일이 없었다. 그녀가 아침을 먹은 것은 한 시간 전이고, 지금은 다른 식구들이 식탁에서 시끄럽게 아침을 먹고 있었다. 그녀는 그 소리를 듣지 않으려고 했지만, 식구들이 내는 소리에 귀를 닫아버릴 수 없었다. 밤에도 마찬가지였다. '그 사람'의 코 고는 소리가 계속 들렸다. 예전에 그녀는 아버지의 코 고는 소리를 들을 수밖에 없었다. 할머니의 코 고는 소리도 들을 수밖에 없었다. 시끄러운 소리, 컥컥 숨이 막히는 소리, 급히 공기를 마시려고 맹렬하게 헉헉

거리는 소리, 모두 인간의 소리 같지 않았다. 밤에 그녀는 자다 깨다를 반복했다. 잠들어 있을 때에도 깨어 있는 꿈을 꾸며, 영원히 식구들의 소음에서 자유로워지지 못하고 평생 잠을 이루지 못할 것 같다는 두려움을 느꼈다. 눈 밑에는 검은 그림자가 졌다. 수치스러운 표지였다. 그녀는 거울 속의 자신을 비판적으로 지긋이 바라보며, 거울에 비친 자신의 조심스러운 모습을 통해 부엌에서 점점 높아지는 '그 사람'의 목소리를 들었다.

"내가 오늘 정비소에 가볼까 해." 그가 말하고 있었다. "가서 상황을 좀 보려고. 거긴……."

모린은 그를 '펄롱'이라는 성으로 부르지 않았다. '팻'이라는 이름으로도 부르지 않았다. 그를 부를 이름이 전혀 없었다. 로레타는 그를 '아빠'로 부르라고 했지만, 모린은 아무 말도 하지 않았다. 할 말이 없기 때문이었다.

베티는 뒤에서 그를 '그 남자'라고 불렀다.

모린이 방에서 나왔을 때, 그는 구석으로 밀어서 붙여둔 식탁에 여전히 앉아 있었다. 셔츠를 벗은 그의 가슴은 넓찍했지만 살짝 꺼져 있었다. 굵고 곱슬곱슬한 회색 털로 뒤덮인 그 가슴이 호흡에 맞춰 오르락내리락했다. 그는 시끄럽게 커피를 마시고 있었다. 컵은 양손으로 들었다. 로레타는 그의 뒤에 서서 나른하게 그의 등을 마사지했다.

"아무것도 들지 마." 로레타가 말했다. "이걸 잘 이겨내야 해. 디스크가 빠지면 심각해져."

"디 뭐?" 펄롱이 말했다.

"디스크, 척추에 있는 것 말이야. 무거운 걸 들다가 거기에 문제가 생기잖아." 로레타가 모린을 흘깃 바라보았다. 걱정스러운 표정을 예쁘게 짓고 있었다.

"그래, 뭐, 제길, 날씨가 추운 것도 문제지." 펄롱이 말했다.

그의 허리가 '버릇없이 구는' 중이었다. 허리가 지금보다 나았을 때(아마 몇 달 전이었던 것 같다고 모린은 생각했다) 그는 트럭을 몰았다. 그는 트럭 운송 노조 소속이었다. 하지만 지금은 친구들이 일하는 정비소에서 대충 시간을 보낼 뿐이었다. 그런 종류의 일은 그에게 맞지 않았다. 그에게는 남아도는 시간이 많았다. 그래서인지 자기 손을 자주 들여다보는 것 같았는데, 그 손이 텅 빈 것을 보고 의아함과 약간의 분노를 느끼는 모양이었다. 덩치가 큰 그는 점점 살이 찌고 있었다. 그는 항상 이렇게 말했다. 허리가 낫는 대로 다시 운전대를 잡고 돈을 많이 벌어올 거야.

베티는 그를 싫어한다고 말했으면서, 오늘 아침에는 그에게 붙어서 트럭에 대해 묻고 있었다. 싸움에 대해서도 물었다. 로키 마르시아노(헤비급 세계 챔피언을 지낸 권투 선수—옮긴이)를 어떻게 생각해요? (로키 마르시아노는 베티의 우상 중 하나라서, 그녀는 제 방에 그의 사진을 붙여두었다.) 아저씨도 싸워본 적 있어요? 총을 다뤄본 적 있어요? 가끔 총격전이 벌어지지 않아요? 얼마 전에 트럭 운전수가 죽지 않았어요? 아저씨는 남들이 모르는 뒷얘기를 다 알죠? 노조 소속이 아닌 트럭 운전수가 이스트랜싱으로 트럭을 몰고 가던 중에 목숨을 잃었다. 커다란 금속 조각이 고가도로에서 떨어져 그의 트럭 앞 유리를 관통한 사고 때문이었다. 신문들은 그 사건을 커다란 사진과 함께 보도했다. 하지만 트럭을 몰아본 적이 있는 아저씨는 더 자세한 내용을 알죠?

그는 베티의 이마를 손으로 강하게 문질렀다. 마치 귀찮지만 마음에 드는 사내아이를 대하는 것 같았다. 베티는 아픈 기색을 내지 않으려고 애썼다. "미안하지만, 꼬마야, 그런 얘긴 비밀이야." 펄롱이 말했다.

그가 웃는 얼굴로 모린을 돌아보았다. "모린." 그가 어색해하면서도 베티를 대할 때처럼 대장 같은 미소를 띠고 말했다. "어디 가니? 영화에 나오려고 알리우느라도 가는 거야?"

"이건 학교 교복이에요." 모린이 말했다. 그녀는 그를 보지 않으려고 애썼다. 그녀를 놀리는 멍청한 말 때문에 기분이 비참했다.

"그 점퍼스커트는 옛날부터 입던 거야. 리니가 옛날부터 학교 갈 때 입던 옷이라고." 로레타가 말했다. 놀라서 목소리가 높아져 있었다. 그녀는 펄롱의 가슴에 양팔을 미끄러뜨리며 그의 머리 위에서 묘한 애정을 담은 표정으로 모린을 바라보았다. "수녀들이 저 옷을 입으라고 하거든. 알잖아."

"난 농담한 거 아냐. 멋진 옷인걸. 아침은 먹었니, 모린?"

그는 친절하게 굴려고 애쓰고 있었다.

"네. 갈게요."

그의 몸은 두툼하고 근육질이었다. 그가 셔츠를 벗고 있을 때가 워낙 많았기 때문에(속옷을 입고 있거나 아니면 그냥 맨가슴을 드러냈다), 모린은 가슴에 엉켜 있는 회색 털과 그의 얼굴을 혼동했다. 그를 생각하면 대팻밥처럼 구불구불한 털, 아주 뻣뻣하고 회색이며 비현실적인 그 털이 무성한 모습이 떠올랐다. 하지만 얼굴은 언제나 깨끗이 면도가 되어 있었다. 깨끗하고 솔직한 얼굴이었다. 머리도 몸처럼 단단하고 근육질로 보였다. 곱슬머리는 뒤통수에서 위쪽으로 짧고 아주 깔끔하게 깎여 있고, 코는 작았지만 선이 뚜렷했다. 콧구멍이 아주 크고 어둡기 때문이었다. 거기서 아주 작은 털들이 자라난 것이 살짝 보였다. 모린은 그가 여자들이 보기에 잘생긴 외모를 갖고 있는 것 같다고 생각했다. 하지만 그와 가까운 곳을 어쩔 수 없이 지나갈 때면 항상 그에게서 나는 냄새가 느껴졌다. 먼지와 기름때의 냄새가 아니라 그의 몸에서 나는 개인적이고 은밀한 냄새였다. 아버지에게서 그런 냄새가 났던 기억은 없었다. 아버지에게서는 주로 담배 냄새가 났다. 그리고 그녀는 이 남자가 잘생겼다는 생각이 들지 않았다. 그가 싫었다. 그녀는 그가 아버지처럼 금속에 짓눌려 죽는 상상을 했다. 뜨거운 금속에 짓눌리는 상상. 남자들의 죽음은 반드시 거칠어야 했다. 몇 톤이나 되는 금속이 갈비뼈를 부수고, 두개골을 부수는 죽음. 남자들 자신이 워낙 거칠기 때문이었다. 심지어 숨 쉬는 것까지 거칠었다. 코를 고는 것도 거칠었다. 밤이나 낮이나 거칠고, 리듬이 있고, 고의적인 숨소리. 음식을 먹는 태도와 말투, 식탁에 앉는 태도도 거칠었다. 필롱은 언제나 모린을 놀렸다. 반쯤 놀리듯이 대했다. 뭉툭하고 굵은 손가락과 더러운 손톱을 지닌 주제에 친구가 되려고 했다. 미사 때 모린은 가끔 자기도 모르게 그를 생각했다. 자신도 설명할 수 없는, 번개처럼 퍼뜩 지나간 순간. 금속이든 뭐든 날카로운 것이 떨어지는 순간. 동맥이 끊어진다. 한쪽 팔이 바스라지고 망가진다. 사고. 사고. 한번 일어난 사고는 결코 돌이킬 수 없다! 맨가슴을 드러낸 이 남자는 그 무엇도 견뎌내지 못할 것이다. 그는 약한 몸을 다 드러낸 상태로 기다리고 있었다. 아파서 소리를 지르며 도움을 청해도 누구도 그를 도와줄 수 없을 것이다. 죽음을 향해 가는 사람을 도와줄 방법은 없다.

그러다가 그녀는 충격과 부끄러움을 느끼며 정신을 차리곤 했다. 그러고는 자신이 교회에 있다는 사실, 엄마를 위해 잘된 일이라고 생각한다는 사실을 되새겼다. 로레타가 재혼해서 행복해지면 안 될 이유가 없지 않은가.

"얘, 리니." 로레타가 문으로 다가가는 모린에게 말했다. "오늘은 꼭 곧장 집에 와야 한다."

"그럴게요."

"친구들하고 어디 놀러 가지 말고 집에 와야 돼."

"친구들하고 노닥거리는 건 베티죠." 모린이 위엄 있게 말했다.

"시끄러." 베티가 말했다.

"어쨌든 집으로 곧장 와, 모린." 로레타가 말했다. "바구니에 다림질할 것이 잔뜩이야……."

"곧장 온다고 했잖아요."

모린은 나가고 싶었지만, 로레타가 그녀를 붙들고 늘어지는 것 같았다. 로레타의 목소리는 높고 비판적이었지만, 기분이 나쁜 것 같지는 않았다.

"이런저런 일들이 많다고 들었어. 내가 다 아는 수가 있지. 그러니 네가 싸구려 잡화점 근처에서 노닥거리거나 캐럴인지 뭔지하고 어울리는 게 싫다. 걔 엄마는 정말 제정신이 아냐. 폭풍이 불 때 그 여자가 속치마 차림으로 밖에서 뛰어다니는 걸 사람들이 봤다고 하더라. 어때? 누가 자기 집에 들어와서 자기를 잡으려고 했다고 말했다는데. 네가 집까지 먼 길을 걸어오는 것도 싫다. 멋모르고 으쓱거리면서 너 같은 애들을 노리는 놈들이 너무 많아."

이제 그녀의 이름은 펄롱 부인이었다. 웬들 부인이 아니었다. 하지만 모린과 베티와 줄스는 아직 웬들이었다. 모린은 그것이 기뻤다. 그녀는 자기 이름의 의미를 몇 번이나 생각해보았다. 엄마의 새 이름인 펄롱 부인에 대해서도 생각해보고, 뭔가 변화가 일어나기를 계속 기다렸다. 복잡한 것이 정리되고 주위가 조용해지기를. 하지만 아무 일도 일어나지 않았다. 변한 것은 하나도 없었다. 펄롱 부인은 체커그릴에서 계속 일했고, 펄롱은 하루 중 대부분을 바깥 어딘가에서 보내며 인맥을 만들고, 새로운 소식들을 듣고, 사람들에게 전화를 거는 등 이런저런 일들을 비밀스레 하면서 부산을 떨었다. 그러고는 집으로 돌아왔다.

"캐럴의 엄마는 그렇게 심하지 않아요." 모린이 뚱하게 말했다. "같이 있을 만하다고요."

"그래, 뭐, 나도 나쁜 말을 할 생각은 아니었어." 로레타가 말했다. 가볍고 여성적인 말투였다. "사실 정신병원에 가봤자 더 나빠지기만 하겠지. 그래도 그 사람들하고 어울리지 마. 자칫하면 사람들이 너도 미친 줄 알 거야."

"지금도 사람들은 언니가 미친 줄 알아요." 베티가 큰 소리로 말했다.

"그렇지 않아." 로레타가 말했다.

"다들 언니가 거만을 떤다고 생각해요. 항상 콧대를 세우니까. 진짜 엄청 중요한 사람처럼 군다니까요." 베티는 펄롱의 시선을 끌려고 애쓰면서 뻔뻔스러운 표정으로 말했다. 아무도 모르는 사실을 자기는 알고 있다는 것을 보여주기 위해 그녀는 고개를 움츠렸다. 마치 지식의 무게를 견딜 수 없다는 듯이. 하지만 그것은 끔찍한 농담이었다.

"그래, 네가 뭘 알겠니." 모린은 무시하듯이 말하고는 문을 열었다.

로레타가 말했다. "집에 일찍 오라는 말 잊지 마라. 알았지?"

"네, 엄마. 네."

"나는 싸구려 잡화점 같은 데서 여자애들이 노닥거리는 꼴이 싫어." 로레타가 진지한 표정으로 말했다. 모린에게 하는 말이라기보다는 펄롱에게 하는 말이었다. "그저 좀도둑질이나 하려고 거기 있다는 게 훤히 드러나거든. 속내를 제대로 숨길 줄도 모르니까. 만약 모린이 쓸데없는 물건을 훔치다가 내 눈에 들키는 날에는……."

모린은 화가 나서 한숨을 내쉬었다. 언제나 모린, 모린! 엄마는 왜 나를 그냥 내버려 두지 않는 거지?

"하지만 모린은 아마 그런 짓을 하는 대신 남자애들을 만날걸." 로레타가 말했다.

어쩌면 다정한 척 모린을 놀리는 말일 수도 있고 아닐 수도 있었다. 오늘 아침에 로레타는 밝으면서도 불안정해 보였다. 캐럴의 엄마를 떠올린 탓일 거라고 모린은 짐작했다. 모린은 외할아버지가 주립 병원에서 세상을 떠났으며, 마지막에는 아주 심하게 미쳤다는 사실을 알고 있었다. 로레타는 그 이야기를 어떻게든 자꾸 끄집어냈다. 모린의 아버지도 살아 있을 때, 반드시 그 이야기를 직접 꺼내곤 했다. "너희 식구들은 전부 미쳤어." 이것이 그의 말이었다.

"난 남자애들이랑 안 만나요." 모린이 말했다.

그녀는 집을 나섰다. 속이 상해야 할지, 화를 내야 할지, 그냥 잊어버려야 할지 알 수 없었다. 엄마는 항상 그녀를 깜짝깜짝 놀래댔다. 베티를 놀려댈 때와는 또 달랐다. 그래서 모린은 불안해졌다. 정확히 말해서 분하거나 화가 나지는 않았다. 다만 이해할 수 없을 뿐이었다. 요즘 로레타는 평소의 모습이 아니었다. 그녀는 펄롱과 10월 1일에 결혼하고 나흘 동안 여행을 다녀왔다. 두 사람의 말로는 시카고에 갔다 왔다고 했다. 오늘은 10월 25일이지만, 아직도 어질어질한 흥분이 공기를 채우고 있어서 이상했다. 결혼이란 무슨 의미일까? 뭐가 어떻게 돌아가는 거지? 두 사람은 법적으로 영원히 결혼한 걸까? 아니면 펄롱이 조만간 그냥 나가버리는 걸까?

모든 것이 부산하고 시끄러웠다. 모린은 삶이 조용하고 분별 있어야 한다고 생각했지만, 집에서는 항상 너무 많은 일들이 벌어졌다. 아파트도 너무 작았다. 빨랫감과 다리미질거리와 설거지는 모린이 할 때까지 방치되었다. 옷도 여기저기 널려 있고, 수건, 침대보, 아무렇게나 닫아둔 시리얼 상자, 음식 찌꺼기가 달라붙어 있는 칼, 펄롱의 신발, 베티의 잡동사니 등 모든 것이 흩어져서 모린의 손길을 기다렸다. 가끔 펄롱은 친구들을 데려왔다. 그들은 카드놀이를 하며 부엌에서 새벽까지 술을 마셔댔다. 베티는 늦게까지 집에 돌아오지 않았다. 줄스는 아예 집을 비우고 한 번도 찾아오는 법이 없었다. 모린은 자기 방에 앉아서 숙제를 하려고 애썼다. 부엌에서 들려오는 소리나 텔레비전 소리나 로레타와 펄롱이 싸우는 소리, 빈둥거리는 소리, 함께 웃는 소리에 귀를 닫아버렸다. 그 두 사람은 몸집만 커다란 어린애, 바보들이었다. 숙제를 하기가 점점 더 힘들어졌다. 이 아파트로 이사한 뒤로 그녀는 잠을 제대로 이루지 못했다. 밤에 잠깐 눈을 붙이더라도 깊은 잠은 아니었다. 계속 잠에서 깨었다. 심장은 그녀가 미처 듣지 못한 어떤 소리를 들은 것처럼 퍼덕거렸다. 수학 숙제 한 페이지를 하는 데 한 시간이 걸렸다. 어떤 때는 그보다 더 오래 걸리기도 했다. 모린은 양손으로 귀를 꼭 막고 앉아서 책을 뚫어지게 바라보며 글자들의 뜻을 파악하려고 애썼다.

지금 그녀는 9학년이었다. 숙제가 점점 어려워지는 것 같았다. 그녀의 머리는 계속 뒤로 거슬러 가면서 반드시 해야 하는 일을 거부하는 것 같았다.

종이의 구겨진 부분이나 때가 자꾸만 시선을 끌어 정신을 산란하게 만들었
다. 결국 그녀는 화가 나서 손으로 그 주름이나 때를 가려버려야 했다. 그녀
는 선생님에게 잘 보이고 싶었다. 지금 그녀에게 그보다 더 중요한 일은 없
었다. 하지만 머리가 자꾸 반항하는 것 같았다. 그녀의 머리는 자유롭게 날
뛰고 싶어 했다. 펄롱의 친구들은 몇 시간 동안이나 머물렀다. 새벽 2시쯤
로레타가 일을 마치고 돌아와도 아무도 굳이 자리에서 일어나 문을 열어주
러 나가지 않았기 때문에 로레타는 직접 열쇠로 문을 열어야 했다. 기진맥
진했으면서도 잠을 이루지 못하고 자기 방에 누워 있는 모린은 모든 소리
를 들으면서도 그것이 정확히 무슨 의미인지 알 수 없었다.

왜 항상 이렇게 소란스러운 걸까?

모린은 서둘러 밖으로 나갔다. 아파트를 나설 때는 항상 기분이 좋았다.
그녀는 이제 빠른 걸음으로 학교까지 혼자 걸어갔다. 자신을 놀리는 로레
타에게 화를 내야 할지 상처를 받아야 할지 알 수 없었다. "너한테 비밀 남
자 친구가 있는 것 같아." 로레타는 항상 이렇게 말했다. 결혼한 후로 로레
타는 조금 살이 빠졌다. 초록색 기모노를 입고 앞으로 몸을 기울이면, 어깨
뼈의 윤곽이 보일 정도였다. 화장을 하지 않은 얼굴은 창백해서 푸르스름
했고, 가끔 그녀는 물건을 떨어뜨렸다. 어제 저녁에도 로레타가 가위를 떨
어뜨리는 바람에 모린이 주워주었다. "몸을 숙이면 어지러워져서 말이야."
로레타는 이렇게 말했다.

모린은 엄마에게 묘한 애정을 느꼈다. 화가 나면서도 또한 엄마를 보호
해줘야 할 것 같았다. 하지만 그녀는 언제 집을 떠나면 좋을지를 기준으로
모든 것을 생각했다. 줄스처럼.

—

그녀는 시간이 날 때마다 한들한들 도서관으로 갔다. 점점 자라 나이를
먹는 것과 집에서 나오는 것이 그녀의 머릿속에서는 왠지 도서관과 연결

되어 있었다. 밤의 도서관, 조용하고 개방된 그 모습과. 무슨 일이든 일어날 수 있었다. 실제로는 아무 일도 일어나지 않았지만, 무슨 일이든 가능했다. 모린은 길고 반짝이는 빈 탁자에 앉아서 책을 읽고, 여러 책들을 불안한 듯 뒤적이다가 누군가가 커다란 열람실로 들어오면 흘깃 쳐다보며 기다렸다. 저녁에 엄마가 일하러 갔을 때 도서관에 가는 것이 좋았다. 펄롱은 그녀가 어디를 가든 신경 쓰지 않았다. 로레타가 집에 있었다면, 결코 모린을 내보내지 않았을 것이다. 그래서 모린은 점점 엄마가 일하는 것이 좋은 일이라는 생각이 들었다. 아무도 간섭하지 않는 것이 좋았다.

그녀는 세상일이 궁금해서 정신을 바짝 차리고 잡지들을 뒤적였다. 반짝이는 잡지 속에서 그녀는 유리로 만든 작은 고양이 모양의 문진 광고를 우연히 발견했다. 가격이 500달러인 그 문진은 "중요한 서류들을 눌러준다"고 했다. 그녀는 한동안 그 광고를 빤히 바라보며 앉아 있었다. 다리가 길고 뚱한 표정을 한 여자들의 옷차림, 그녀보다 더 아름답고 냉담한 그들의 얼굴을 보았다. 마치 그들이 다른 언어를 쓰는 다른 행성에서 온 여자들 같았다. 모린은 그 사진들을 뚫어지게 바라보며, 자신이 아직 어린데도 벌써 실패했음을 의식했다. 그녀의 실패는 잠을 잘 수 없다는 사실과 어떻게든 관련되어 있었다. 그녀는 정상적인 여자로 자라나지 못할 것이다. 뭔가가 그녀를 붙들고 늘어질 것이다. 유년기를 벗어나는 꿈을 꾸지 못한 것이 암초가 될 것이다.

그녀는 무엇보다 소설을 좋아했다. 영국을 배경으로 한 소설이 좋았다. 그녀는 제인 오스틴의 소설을 한 페이지 읽자마자 기분이 좋아졌다. 이것이 진짜라는 사실을 알고 나니 놀랍고 짜릿했다. 이 소설 속의 세계는 '진짜'였다. 엘슨스 약국 위층이나 옛날 라브로스 거리에서 보낸 그녀의 삶은 진짜일 리가 없었다. 새처럼 종알거리는 엄마, 툴툴거리며 성질을 내는 베티, 길에서 잠깐 본 것으로 만족해야 하는 오빠 줄스는 소설만큼 진짜 같지도 않고, 설득력도 없었다. 그들에게는 소설 속 인물들과 달리 영구적인 느낌이 없었다. 엄마가 모린에게 학교에 있을 시간에 남자아이들을 만난다고 허무맹랑한 비난을 하는데, 그것이 어떻게 진짜일 수 있을까? 어떻게 그런 말이 진짜일 수 있을까?

> 그날 하루 종일, 밤까지 생각했지만 충분하지 않았다. 그녀는 지난 몇 시간 동안 자신에게 몰아닥친 혼란 속에서 당황했다. 순간마다 새로이 놀랄 일이 생겼고, 그 놀랄 일들은 모두 그녀에게 틀림없이 굴욕스러운 문제였다. 이 모든 것을 어떻게 이해해야 하나! 그녀가 줄곧 자신에게 시행하며 살아온 그 거짓과 기만을 어떻게 이해해야 하나!(제인 오스틴, 《에마》에서—옮긴이)

이 얼마나 힘 있는 말이며, 그 속에 숨은 지성은 또 어떠한가. 모린은 소설에 대해 꿈을 꾸며 자신이 녹아서 무(無)로 변해가기 시작하는 것을 느꼈다. 그녀는 머리에 달린 눈 한 짝, 텅 빈 공백일 뿐 아무도 아니었다. 이런 소설 속에서 이런 인물이 겪는 고난은 그녀 자신의 고난보다 훨씬 더 컸다. 모린이나 주위 사람들은 어떻게 해야 이런 수준의 고난에 도달할 수 있을까? 웬들 할머니는 툴툴거리는 잔소리와 신음 소리로 미움을 샀다. 아무도 할머니를 안쓰럽게 생각하지 않았다. 진심으로. 소설 속 여자의 사소한 불행에 눈물을 터뜨리듯이 할머니를 위해 울어줄 사람은 아무도 없을 것이다.

일요일에 식구들과 함께 웬들 할머니를 만나러 갈 때면, 모린은 뭔가 할 일을 마련하려고 책을 한 권 가져갔다. 코니 고모가 함께 갈 때가 많았다. 필롱은 운전대를 잡고 요양원 앞에서 식구들을 내려준 뒤 맥주를 마시러 갔다. 식구들은 퀴퀴하고 소독약 냄새가 나는 공기를 마시며 몇 층이나 계단을 올랐다. 줄줄이 늘어선 침대에 늙은 여자들이 있는 방들의 열린 문 안쪽을 바라보는 눈에는 호기심이 전혀 없었다. 더러운 하얀색 플란넬 잠옷을 입고 불안하고 질투 어린 눈빛을 한 그들은 모두 자매 같았다. 가끔 어떤 노파가 복도로 기어 나와 식구들의 뒷모습을 빤히 바라볼 때도 있었다. 그들은 로레타의 에나멜 하이힐과 모린의 길고 반짝이는 머리를 홀린 듯이 바라보거나, 상상으로 만들어낸 잘못에 화를 냈다. "이리 와서 좀 봐. 더럽게시리! 여기가 사람이 살 데야? 내 방구석에서 제 볼일을 보는 저 벌레들을 보라고. 아가야, 와서 봐!" 모린은 언제나 계속 걷기만 했다.

"가엾은 늙은이들이야." 로레타가 고개를 절레절레 저으며 말했다. "늙는 건 정말 끔찍해."

그곳은 여자들의 세계였다. 환자용 접시, 해골 같은 손, 젖은 종이 냅킨. 모린은 가느다란 백발 아래에서 매끈하고 무구한 곡선을 그리고 있는 두개골을 빤히 바라보았다. 자신이 아주 어리고 먼 존재 같았다. 하지만 위협도 느껴졌다. 벽에 걸린 십자가들은 엄마가 집의 거실 벽에 걸어둔 것과 똑같았다. 소설이 아닌 이 세계에서는 모든 것이 똑같았다.

어깨가 넓은 외투를 입고 좋은 외출용 모자를 쓴 코니는 항상 조용했다. 아니, 아예 아무것도 보지 않는 것 같기도 했다. 그녀는 앞장서서 5층에 있는 늙은 여자들의 방으로 올라갔다. 허튼소리는 용납하지 않겠다는 듯 단호한 태도였다. 주교에게 불만을 전해달라고 복도에서 붙잡는 늙은 여자들 때문에 머뭇거리는 법도 없었다. 모린은 요양원에 올 때마다 불안과 지루함을 동시에 느꼈다. 자신이 아주 어리다는 느낌은 물론, 위험하다는 느낌조차 들었다. 남들이 자신을 빤히 바라보는 것이 싫었다. 방에 들어가면 다들 항상 같은 자리에 앉았다. 코니와 로레타가 각각 침대의 양편에 앉고, 모린은 창턱에 반은 앉고 반은 선 자세를 취했다. 그렇게 물러나 있는 것이 좋았다. 웬들 할머니는 몹시 늙어 보였다. 옛날의 그 할머니가 아닌 것 같았다. 이불 밑에서 커다란 자리를 차지하고 있는 몸은 움직이지 않았다. 아무것도 움직일 수 없게 누가 용접을 해서 붙여놓은 것 같았다. 모린은 할머니가 안됐다는 생각을 해보려고 했지만, 어떻게 해도 슬픔이 느껴지지 않았다. 살 냄새와 쏟아진 음식 냄새를 견딜 수 없었다. 그것이 슬픔을 몰아냈다.

"내가 뇌졸중 발작을 일으켰다는 얘기 들었지? 오른쪽이 완전히 마비됐다는 얘기? '마비'됐어." 할머니가 모린에게 말했다.

그녀는 정신이 또렷했으며, 앙심을 품고 있었다. 모린이 책을 펼치고 이곳에서 도망치는 것을 좋아하지 않았다.

"줄스는 어떠냐? 줄스는 내가 가장 아끼는 아이야!" 할머니가 말했다.

이렇게 요양원에 올 때만 서로 얼굴을 보는 코니와 로레타는 조금 묘한 열성을 담고 할머니를 대면했다. 계단을 올라오느라 숨이 가빠진 것이 일종의 기대감으로 변했다. 그들은 말을 하기 시작했다. 얄궂고 여성적인 미소를 지으며 웬들 할머니에게, 서로에게 말을 걸었다. 그러면서 점점 정말로 관심이 있는 주제로 옮겨 가며 힘을 얻어 더욱 열성적이 되었다. 그들은 일에 대해 이야기했다. 로레타는 계속 웨이트리스로 일했고, 코니는 세탁소에서 일했다. 종교에 대해서, 성당의 신부들에 대해서도 이야기했다. 식료품 가격에 대해서도 이야기하고, 로레타가 아기를 낳을 것이라는 이야기(그래, 아기, 넉 달 뒤에 낳을 예정이었다!)도 했다. 로레타의 아파트와 코니의 아파트, 거리에서 일어나는 문제들, 이 도시의 문제들, 베티가 어울리는 아이들, 모린("저 애도 제 나름대로 비밀을 갖고 있어요. 못된 고양이 같다니까요." 로레타는 모린이 뻔히 듣고 있는데도 이렇게 말했다)에 대해서도 이야기했다. 그리고 마지막으로, 지금까지 빙빙 에둘러가며 겨냥한 목표가 바로 이것이라는 듯이 남자들에 대해 이야기했다. 필롱과 그의 일에 대해서. 필롱과 그의 허리에 대해서. 필롱. 남자들. 코니의 애인 스탠. 그의 직장. 그의 선저. 그의 비신 선저.

자기들끼리 아무 걱정 없이 마음껏 이야기를 나눌 수 있을 때 여자들은 항상 남자들 이야기를 했다. 그들의 목소리가 굶주린 듯이 남자들을 움켜 쥐었다.

이렇게 한 시간 반쯤 흐른 뒤 로레타나 코니가 일어서서 가볍게 손뼉을 쳤다. 웬들 할머니를 만나서 몸이 '호전'된 것을 보았으니 만족스럽다는 듯 혼란스러운 표정이었다. 이제 가봐야겠어요! 죄송하지만 가봐야 해요. 내일 출근도 해야 하고…….

"정신을 차려보니 몸 오른쪽이 전부 굳어버렸어. 돌처럼." 웬들 할머니가 이를 갈듯이 말했다. "너희들이 그렇게 되면 어떻겠니? 너희 둘 다 항상 우 쭐거리고 돌아다니잖아!"

"어머님, 그게 무슨 말씀이세요?" 로레타가 기분 상한 표정으로 외쳤다.

"줄스한테 안부를 좀 전해줘. 잊지 마라. 내가 좋아하는 아이는 줄스뿐이야."

"줄스가 곧 어머님을 만나러 온다고 했어요. 아마 다음 일요일쯤일지도 몰라요."

"그 애가 오든 안 오든 상관없어. 난 그 애를 안다. 내가 좋아하는 아이는 줄스뿐이야."

이제는 한시라도 빨리 나가고 싶어 안달하면서도 그들은 항상 미적거렸 다. 로레타는 더 할 말이 있는지 생각하는 것 같았고, 코니도 뭔가를 생각하 는 듯했다. 오로지 모린만이 책에 조심스럽게 읽던 표시를 하면서 나갈 준 비를 했다. 지금도 힘을 지니고 있는 할머니가 무섭기도 하고 지긋지긋하 기도 했다. 어떤 사람들은 죽어가면서도 힘을 잃지 않는가 하면, 처음부터 힘이 없는 사람들도 있었다.

"줄스랑 베티에게 안부 전해라. 그리고 그 이름이 뭐더라…….."

"어머님, 그 사람 이름이 팻이라는 거 아시잖아요! 패트릭 펄롱!"

"그래, 그 사람에게도, 이름이 뭐더라…….."

펄롱은 같은 거리의 술집에 있었다. 그곳의 바텐더와 친해진 모양이었다.

로레타, 코니, 모린은 칸막이 테이블에 그와 함께 앉았다. 몇 분이 지나면 로레타와 코니가 가볍게 울기 시작했고, 모린은 나른한 비참함을 느끼면서 여기 불빛이 책을 읽을 수 있을 만큼 밝았으면 좋겠다는 생각을 했다. 로레타는 펄롱의 팔을 한 손으로 잡은 채 몽롱하고 애정 어린 목소리로 이렇게 말하곤 했다. "아, 진짜, 옛날에는 대단한 사람이었는데, 그 할망구 말이야! 안 그래? 진짜 만만찮은 할망구였다고! 대단하지 않았어, 코니?"

"맞아요, 정말 만만찮았지."

"늙는 건 정말 지옥 같아……."

로레타는 코니를 집에 데려다준 뒤 항상 고개를 절레절레 저으며 이렇게 말했다. "저 불쌍한 멍청이! 다른 사람들의 더러운 옷이나 빨면서 살아가다니, 속이 뒤집어질 것 같아. 그냥 그렇게 살라고 해."

"결혼한 적 없어?" 펄롱이 물었다.

"있지. 하지만 남편이 도망쳤어. 코니를 버린 거야."

"왜 그랬는데요?" 모린이 물었다.

로레타는 한동안 아무 말이 없다가 입을 열었다. 옹색한 표정이었다. "네가 알아서 뭐하게? 네가 상관할 일이 아냐, 쬐끄만 게!"

"코니 고모가 안됐어요."

"아, 젠장, 네가 누구한테 동정을 해!"

모린은 엄마를 빤히 바라보았다. 마음이 아팠다. 이해할 수도 없었다. 어쩌면 엄마는 진짜 모린과 이야기를 하고 있는 건지도 모른다는 생각이 들었다. 위선적이고 이기적이고 교활한 여자아이. 그것이 진짜 모린인가? 혼자 거리를 걷다가 그녀는 상점 진열창에 비친 자신의 모습을 보고 가끔 깜짝 놀랄 때가 있었다. 그 냉담하고 유령 같은 모습은 그녀가 예상하지도, 알아볼 수도 없는 얼굴이었다. 정말로 자신의 모습 같지 않았다.

나중에 로레타가 학교를 빼먹었다고 모린을 놀리자 모린은 지친 표정으로 웃음을 터뜨리며 이렇게 물었다. "그렇게 자신이 있다면 가서 수녀님들한테 물어보세요!" 로레타가 자신의 새 립스틱을 썼다고 모린을 놀렸을 때는 모린의 말투가 격해졌다. "엄마, 절대 그런 적 없어요! 그 웃기지도 않는 포도색 립스틱은 손도 대기 싫다고요!" 그녀는 엄마가 만들어놓은 함정에 빠져, 엄마가 가하는 공격의 중심이나 기준점을 도저히 찾을 수 없을 것 같은 느낌이 들었다. 펄롱은 대개 희미한 미소를 띤 채 바라보기만 했다. 그역시 상황을 이해하지 못하고 있었다. 로레타가 틀렸다는 사실을 모르는걸까, 아니면 알면서도 끼어들지 않는 걸까?

그런데 어느 날 로레타가 모린의 침대에 작은 황금색 튜브를 던지며 말했다. "자, 이건 네 거야. 그러니까 내 걸 몰래 쓸 필요 없어."

그것은 튜브형 립스틱이었다.

"어머, 엄마!" 모린은 립스틱을 조심스럽게 들어서 뚜껑을 열었다. 분홍색이었다.

"가서 한번 발라봐." 로레타가 말했다. 부풀어 오른 몸에 임부용 블라우스를 입고 굼뜨게 움직이는 그녀는 팔짱을 끼고 문간에 서서 손가락으로 한쪽 팔을 초조하게 두드리고 있었다.

모린은 거울 앞으로 가서 립스틱을 조금 찍어 발랐다. 여전히 조심스러웠다. 엄마가 자신을 지켜보는 모습이 거울에 비쳤다. 엄마는 평소처럼 냉소적인 미소를 짓고 있었지만, 그 뒤에는 생각에 잠긴 표정이 숨어 있었다. 로레타의 미소는 웨이트리스로 일하면서 배운, 착하면서도 일그러진 것 같은 미소였다.

"좋아. 잘 어울리는 것 같구나." 로레타가 말했다.

"얼굴이 이상해요." 모린이 말했다.

"아냐. 잘 어울려."

"하지만 이걸 바르고 학교에 갈 수는 없어요. 학교에서 허락하지……."

"그것 말고 할 말이 있지 않아?"

"고마워요."

"이제 내 물건에는 손대지 않을 거지, 응?"

"아, 진짜, 엄마!"

모린은 돌아서서 엄마와 눈을 마주쳤다. 엄마는 그녀가 있는 쪽을 빤히 바라보고 있었다. 정확히 말해서 모린을 바라보는 것은 아니었다. 웃음기 없이 생각에 잠긴 표정이 엄마답지 않아서 모린은 덜컥 겁이 났다.

어쩌면 펄롱이 정비소에서 점점 많은 시간을 보내기 시작하면서 어떤 때는 저녁을 건너뛰기도 하는 것 때문일 수도 있었다. 로레타는 이제 일을 하지 않았기 때문에 가만히 앉아서 빈둥거리는 것 외에는 할 일이 별로 없었다. 지금은 겨울이었다. 로레타는 식탁에 조용히 앉아서 오일클로스 식탁보를 빤히 바라보았다. 모린이 학교에서 돌아와 보면 로레타가 그렇게 식탁에 앉아 있었다. 텔레비전은 켜져 있지 않았다. 모린이 엄마를 위해 텔레비전을 켰다. 그러고 나서 부엌에서 일부러 시간을 끌며 저녁 식사 준비를 시작했다. 모린은 저녁 식사를 만드는 것이 좋았다. 사람들을 기쁘게 하는 것, 남자들을 기쁘게 하는 것은 쉬웠다. 음식만 주면 되니까. 옛날에는 아버지의 저녁 식사도 만들어주었다. 지금과 똑같은 저녁 식사였다. 똑같은 음식. 그녀는 찬장 문을 열었다 닫고, 냉장고 안을 들여다보기도 하면서 엄마와 가벼운 이야기를 나눴다. 몸은 좀 어떠냐는 질문은 언제나 빼놓지 않았다. 그러면 로레타는 항상 "아무 문제 없어"라고 대답했다. 그러고는 심술궂은 표정으로 이런 말을 덧붙일 때도 있었다. "이 나이에 이런 일들을 다시 겪다니." 하지만 모린은 무슨 말인지 모르겠다는 시늉을 했다. 여자의 일생의 비밀들이 그녀 앞에 펼쳐져서 마음만 먹으면 언제든 배울 수 있는 상태였지만, 그녀는 그 비밀들을 거부했다. 심지어 가능하면 엄마의 배도 보지 않으려고 했다. 그녀의 시선은 엄마의 배를 슬쩍 스쳐 지나가는 마법을 발휘했다.

저녁 식사를 마친 뒤 모린은 혼자서 부엌을 치우고 설거지를 했다. 베티는 애당초 이런 시각에 집에 있지 않았지만, 집에 있다 해도 그녀를 도우려 하지 않았다. 설거지를 마친 뒤 모린은 펄롱이 집에 돌아올 때까지 숙제를 했다. 겨울이 깊어지면서 펄롱이 돌아오는 시간이 점점 늦어졌다. 하지만 아무도 뭐라고 하지 않았다. 부엌에서 모린은 엄마가 타박타박 걸어가서 텔레비전 채널을 바꾸거나 침실로 들어가 서랍을 열었다가 닫는 소리를 들을 수 있었다. 엄마는 가끔 흐느끼는 것 같은 소리를 내기도 했다. 단둘이 있는 시간이 아주 많은 두 사람은 작은 아파트의 양편 끝으로 각자 멀어졌다. 모린은 자신들이 할 말이 전혀 없는 두 여자 같다고 생각했다. 그녀 자신도 여자였지만, 아이로 위장하고 있을 뿐이었다. 그녀가 이미 어른이라는 사실을 사람들이 안다면, 그녀에게 이야기를 털어놓으려고 할지도 몰랐다. 모린은 아무 소리도 들리지 않는 척했다. 심지어 엄마의 흐느끼는 소리도 못 들은 척했다. 저거 울음소리인가? 로레타는 워낙 강해서 울 사람이 아니었다. 그 어떤 남자도 로레타를 울릴 수 없었다. 그것은 생각도 할 수 없는 일이었다. 그래도 모린은 양손으로 귀를 막고 아무 소리도 들리지 않는 척하면서 숙제에 집중하려고 애썼다. 엄마가 왜 울겠어? 배 속의 아이 때문에 아픈 건가? 아이를 갖는 건 어떤 느낌일까? 모린은 자신이 임신한 모습을 상상해보았다. 그녀도 언젠가 아이를 가질 것이다. 결혼하고 임신해서 엄마처럼 크게 부풀어 오른 블라우스를 입을 것이다. 엄마와 똑같은 여자가 될 것이다. 그런 일들을 피할 수는 없었다. 결혼하고 싶지 않았지만, 다른 길이 없었다. 남자랑 사는 것도, 남자와 함께 자는 것도 싫었다. 아파트에서 남편의 퇴근만을 기다리는 미래를 생각하면 화가 났다. 직업이 무엇이든 남자는 어딘가에서 다른 남자들과 많은 시간을 보내며 이런저런 이야기를 나누고, 거친 말을 하고, 성을 내며 웃어대고, 느슨하게 쥔 주먹으로 탁자를 내려치고, 맥주병의 라벨을 벗겨내고, 시계를 보고, 옷을 걸친 어깨를 불안한 듯 움찔거릴 것이다. 함께 있을 때 남자들은 여자들에게 할 수 없는 이야기를 했다.

어느 날 밤 필롱이 늦게까지 집에 돌아오지 않아서 모린은 계속 기다렸다. 11시가 되고, 12시가 되었다. 모린은 자지 않고 앉아 있다가 그에게 저녁 식사를 차려주어야 했다. 머리가 아팠다. 모린은 책을 펼쳐놓고 부엌에 앉아 필롱을 기다렸다. 로레타와 베티는 이미 잠자리에 든 뒤였다. 모린은 오일클로스 식탁보에 손톱으로 자기 이름을 썼다가 지우려고 애썼다. 침대에 누워 기다리고 있을 로레타가 생각났다. 시계는 12시 30분을 가리키다가 곧 1시가 되었다. 그런데도 그는 아직 돌아오지 않았고, 그녀는 계속 기다렸다. 다음 날 학교에 가야 하는데. "더러운 자식." 그녀는 오일클로스 식탁보에 '필롱'이라고 쓰면서 혼자 중얼거렸다.

어느 날 밤 필롱은 2시가 넘은 뒤에야 돌아왔다. 술에 취해 있었다. 그가 의자에 부딪혀 휘청거리는 바람에 의자가 우당탕 쓰러졌고, 그 소리에 자다 깨다를 반복하던 모린이 깨어났다. 부엌에서 그의 소리가 들렸다. 뭔가를 옮기고 있는 모양이었다. 모린은 로레타를 깨웠다. "아저씨가 왔어요. 난 자러 갈게요." 그녀가 말했다.

"지금 몇 시니?" 로레타가 소리쳤다.

"난 자러 갈게요."

그녀는 서둘러 방으로 들어가 자기 침대에 누웠다. 당장 잠들고 싶었다. 잠이 절실했다. 아침 7시 30분에 일어나야 하는데……. 그녀의 머리는 공황상태에 빠져서 질주하고 있었다.

그녀는 엄마를 때리는 필롱을 생각했다. 놀라움과 분노에 찬 소리, 엄마가 지르는 소리를 생각했다.

줄스가 다시 감옥에 가는 것도 상상했다. 오빠가 또 체포되면 어쩌지?

그녀는 아버지를 생각했다. 그가 아버지와 뒤섞였다. 두 사람이 한데 섞여서 밤늦게 휘청거리며 집에 돌아왔다. 놀랄 일은 아니었다. 강철 2톤이 아버지에게 떨어졌다. 만약 필롱이 죽는다면? 돈이 생길까? 로레타의 배 속에 있는 아이는 어떻게 되지? 양육비 보조가 나오나? 한 달에 한 번씩? 복지 지원? 그럼 그다음에는? 줄스는 학교를 그만두고 일을 하고 있었다. 그가 일주일에 20달러씩 로레타에게 준다는 사실은 필롱에게 비밀이었다. 20달러! 모린도 일을 해야 할 것이다. 그러면 돈을 벌 수 있었다. 여기서 '나가야' 했다.

다른 방에서 두 사람이 말다툼을 하고 있었다.

모린은 여기서 나가야 했다. 줄스가 그랬던 것처럼……. 돈이 필요했다……. 여기서 나가야 했다……. 그녀는 부엌 바닥을 대걸레로 닦고 있었다. 물기가 있는 곳에 발을 딛지 않게 조심해야 했다. 그러면 기껏 닦은 리놀륨 바닥이 다시 더러워질 것이다. 검은색과 하얀색 사각형 무늬가 있는 리놀륨. 걸레가 바닥에 비눗물을 처덕처덕 뿌렸다. 모린은 걸리적거리지 않게 식탁과 의자를 먼저 치운 뒤 걸레질을…….

"모린! 모린!"

이 소리가 걸레질 소리와 뒤섞였다. 모린은 손에 쥔 대걸레 자루의 힘을 느꼈다. 바닥을 청소하고 싶어서 안달이 났다. 비누 냄새도 좋고, 강력하고 밝은 청결함도 좋았다…….

"모린." 로레타가 화를 내며 말했다. "이리 나와! 자는 척하는 거 다 알아!"

모린은 돌아누웠다. 자신의 침대와 30센티미터쯤 떨어진 또 하나의 침대에 베티가 잠들어 있었다. 베티는 아무 소리도 듣지 못했다. 모린은 모든 소리를 듣고 일어나야 했다. 엄마가 몹시 화가 나서 흥분하고 있었다.

"자는 척하는 거 다 알아!" 로레타가 말했다. 금방이라도 울 것 같았다. "이리 나와! 그 인간이 부엌 싱크대에 있어. 난 이제 그 인간을 위해 아무것도 안 할 거야. 지옥에나 가버리라지! 지긋지긋해!"

모린은 휘청휘청 거실로 들어서며 눈을 비볐다. 자기도 모르게 잠이 든 모양이었다. "왜 그래요? 내 방에서 자고 싶은 거예요?"

"여기 소파에서 자. 얼른."

"네?"

"모르는 척하지 마. 주둥이를 한 대 후려치기 전에!"

"왜 그래요?"

"그 인간이 저기서 토하고 있어, 젠장. 이제 지긋지긋하다고." 로레타가 말했다. 눈에 가늘고 빨간 혈관들이 줄무늬처럼 드러나 있었다. "난 이제 잘 거야. 몸이 아파."

"무슨 일이에요? 엄마 울었어요?"

"시끄러."

"난 내일 학교에 가야⋯⋯."

"아유, 만날 학교 아니면 도서관이지! '저 인간'한테 가서 고민을 말해봐. 너랑 저 인간이 이 집의 고민거리를 전부 갖고 있으니, 얘기를 들어달라고 해! 커피도 좀 끓여주고."

"네?"

"커피를 끓여주라고."

"커피를 끓이라고 날 깨웠어요?"

"저 망할 자식에게 커피를 끓여주라니까."

로레타는 문을 쾅 닫고 들어가 버렸다. 모린은 부엌 쪽을 바라보았다. 시계는 2시 30분을 가리켰다. 펄롱의 다리가 보였다. 식탁에 앉아 두 사람의 이야기를 듣고 있었음이 분명했다.

흐릿한 불빛 때문에 부엌이 깨끗하고 낯설게 보였다. 다른 행성의 지표면이나 차갑고 매끈한 달 표면 같았다. 더러워진 벽도 더럽게 보이지 않았다. 오일클로스 식탁보는 하얗게 빛났다. 화덕에 올려놓은 커피 주전자는 마치 은으로 만든 것 같았다.

모린은 화덕으로 갔다.

펄롱이 말했다. "네 엄마는 어떻게 된 거니? 그게 다 무슨 소리야?"

"엄마는 자러 갔어요."

"어디로?"

"내 침대로요."

"거길 왜 가?"

모린은 펄롱을 보지 않고 선반에서 커피병을 내렸다.

"아저씨가 속이 안 좋대요."

"널 왜 깨워? 너 커피 끓이는 거니?"

"엄마가 커피를 끓이라고 했어요."

"그래서 널 깨운 거야?"

"엄마가 내 침대에서 자고 싶대요."

모린은 곁눈질로 펄롱을 보았다. 그는 너무 지쳐서 움직일 수도 없다는 듯 묵직하게 앉아 있었다. 그가 개처럼 무의식적으로 아무런 뜻도 없이 몸을 흔들었다. "네 엄마가 널 네 방에서 쫓아냈다는 거야? 이런 세상에!" 하지만 그는 계속 식탁에 앉아 커피를 기다렸다. 간이식당의 카운터 자리에 앉은 남자처럼. 모린은 그에게 컵을 내주었다. 남자를 기쁘게 하고, 그들에게 방해가 되지 않게 물러나 있는 것은 쉬운 일이었다. 펄롱은 조금 취해 있었지만, 그는 항상 조금 취한 사람처럼 서투르고 호감이 가는 측면이 있었다. 그가 위험인물이라는 사실을 이해하기가 힘들었다. 하지만 그는 물건들을 후려치고 부러뜨릴 수 있었다.

모린은 그에게 커피를 따라주었다.

얼마 뒤 그가 말했다. "네 엄마 말로는 요즘 네가 불량한 아이들과 어울린다던데, 사실이니?"

"베티를 말하는 거겠죠."

"아냐, 너야."

"난 아니에요."

"어떤 가게 지배인이 좀도둑질을 하는 너를 잡았다던데?"

"아니에요." 그녀는 고개를 돌려 펄롱을 정면으로 바라보았다. 그의 이마와 눈가에 너무 많이 웃어서 생긴 섬세한 주름이 잡혀 있었다. 그에게도 침묵이 있었지만, 그것은 아버지의 침묵과 달랐다. 그의 침묵은 생각에 잠긴 묵직한 것이었다.

"네 엄마가 전부 지어낸 이야기를 하진 않았을 거야." 그가 달래듯이 말했다.

"엄마가 뭘 어쩌는지 난 몰라요."

"난 그저 그 말이 사실인지 아닌지만 알면 돼."

"사실이 아니라고 했잖아요!"

"모린, 이제 내가 네 의부가 됐으니까……."

"그렇지 않아요."

"뭐?"

모린은 바닥을 뚫어지게 바라보았다.

"네 엄마가 거짓말을 했다는 거니?"

"난 아무 말도 안 했어요."

"그럼 나는? 나도 거짓말쟁이야?"

모린은 남은 커피를 싱크대에 부어버렸다.

"뭘 하는 거야?"

"치우는 거예요."

"난 아직 다 안 마셨어."

"더 마시기 싫잖아요."

"아니, 마시려고 했어. 더 마시려고 했다고. 너 일부러 그런 거지?"

"아니에요."

"그랬어."

두 사람은 입을 다물었다. 모린은 필롱에게 등을 돌린 채 싱크대 앞에 서서 기다렸다. 얼굴이 몹시 뜨거웠다. 그때 갑자기 그가 몸을 앞으로 기울이더니 그녀가 들고 있던 커피 주전자를 쳐서 떨어뜨렸다. 주전자가 시끄러운 소리를 내며 바닥에 떨어졌다. 모린은 비명을 질렀다.

"너 그걸 일부러 따라버린 거야!" 필롱이 말했다.

모린은 그를 보지 않은 채 커피 주전자를 들었다.

그가 말했다. "네 엄마가 커피를 끓여주겠다고 해서 내가 그러지 않으면 집을 박살 내겠다고 했지. 나중에는 이 쓰레기장을 알아볼 수도 없을걸! 그거 당장 화덕에 다시 올려놔!"

모린은 주전자를 화덕에 올렸다.

"그 안에 물을 부어!"

모린은 필롱이 무서웠지만, 엄마가 더 무서웠다. 엄마의 침묵이. 로레타는 이 모든 것을 침묵 속에서 듣고 있으면서도 모린을 도우려고 일어서지 않을 터였다.

"물을 넣으라고 했어. 왜 그렇게 멍청하게 서 있는 거야? 너 미쳤어?"

"그건 아저씨잖아요." 모린이 중얼거렸다.

"뭐? 너 뭐라고 했어?"

모린은 대답하지 않았다.

"이를 부러뜨려줄까?" 필롱이 말했다.

"내 이가 부러지는 일은 없어요."

"바로 조금 전에, 5분 전에 네 엄마가 말했어. 너무 늦기 전에 너한테 버릇을 가르치는 게 좋을 거라고. 난 경찰이 이 집을 기웃거리는 게 싫어."

"경찰이 왜요?"

"멍청한 척하지 마!"

"난 말썽 피우지 않아요."

"야……."

"난 아니라고요! 난 말썽 피우지 않아요!"

"그래, 그래야 할 거다." 펄롱은 숨을 격하게 몰아쉬고 있었다. "네 오빠라는 그 망할 자식처럼 너도 가출할 수 있겠지. 하지만 난 가만히 있지 않을 거야. 어떤 식으로든 내 이름이 더러워지는 건 못 참아. 내가 경찰과 엮이거나 경찰서로 불려 가는 일은 없어야 돼."

"난 말썽 피우지 않아요." 모린이 열에 들뜬 사람처럼 말했다.

"싸구려 잡화점에서 립스틱을 훔치는 건?"

"난 립스틱 훔친 적 없어요!"

"그럼 네 엄마가 거짓말을 한 거야?"

"엄마는 아파서 그런 건지도……." 그녀는 입을 다물었다. 로레타가 귀를 기울이고 있는 것을 알 수 있었다. 어둠 속에서 모린 자신의 침대에 누워 이 모든 대화에 귀를 기울이고 있는 엄마의 얼굴이 보이는 듯했다.

"엄마가 정말로 그런 말을 했어요? 아저씨더러 나한테 버릇을 가르치라고? 경찰이 오기 전에요?"

"그래."

그는 커피를 마시고 있었다. 아직 술기운이 조금 남은 그는 식탁 쪽으로 어깨를 웅크린 자세였다. "네 엄마는 너에 대해서 많은 이야기를 해줘."

"왜요?"

"이유는 나도 모르지."

"엄마는 왜 나를 미워하는 거예요? 난 엄마를 미워하지 않는데. 엄마는 에 니를 미워해요? 건딜 수 없어! 어떻게 해야 할지 모르겠어요. 엄마는 옛날부터 나보다 오빠를 좋아했어요. 내가 아무리 착하게 굴어도 소용없었다고요. 오빠가 집을 나갔는데도 엄마는 여전히 오빠를 좋아해요. 다른 사람들도 다 그래. 요즘 엄마가 이상하게 굴지만 난 아무 짓도 안 했어요. 여기저기 돌아다니면서 물건을 훔치는 건 베티라고요. 아저씨가 직접 베티한테 물어봐요. 우리 방에서 걔가 쓰는 쪽을 봐요. 걔 침대 밑을 보라고요! 베티는 온갖 잡동사니를 가져와요. 별로 갖고 싶지도 않은 물건들까지 훔쳐요. 그 물건들이 자기 손가락에 들러붙는다나. 순전히 재미로 그러는 거라고요. 난 엄마를 미워하지 않아요. 그런데 왜 엄마는 나를 미워해요? 왜 나에 대해 있지도 않은 얘기를 지어내요?"

"가서 자라. 그 일은 잊어버리고."

그는 의자를 뒤로 밀쳤지만 그녀를 마주 바라보지 않고 대신 벽으로 얼굴을 돌렸다. 벽을 바라보는 그의 목과 어깨에 힘이 들어가 있었다.

"엄마가 계속 이러면 난 가출할 거예요. 엄마가 날 미워하면 난 가출할 거예요. 나도 오빠처럼 다른 데서 살 거······."

"가출은 무슨 가출이야?"

"일자리를 구해서 가출할 거예요."

"이 집을 나갈 생각은 하지도 마! 말썽도 부리지 마! 닥치고 잊어버려!" 펄롱이 큰 소리로 말했다.

"그럼 엄마한테 왜 나를 미워하느냐고 물어봐요······."

그가 갑자기 힘겹게 돌아서서 그녀를 후려쳤다. 그가 그녀의 뺨을 친 것은 두 사람 모두에게 놀라운 일이었다. 그녀가 그의 손에서 느낀 것은 갑자기 뺨을 부술 것 같은 압력이었다. 아프지는 않았다.

"닥치랬지!" 그가 파르르 화를 내며 소리쳤다. "당장 가서 자!"

"이 나쁜 자식." 모린이 말했다.

펄롱이 벌떡 일어서서 모린을 또 때렸다. 의자가 옆으로 쓰러졌다. 모린은 문을 향해 움직였지만 펄롱이 그녀를 휙 잡아당겼다. 그가 그녀를 어찌나 흔들어대는지 머리가 출렁거리고 목이 똑 부러질 것 같았다. "말썽을 피우기만 해봐. 가만두지 않을 테니. 알았어!" 그가 이렇게 소리치고는 그녀를 놓아주었다.

모린은 거실로 뛰어들었다. 너무 놀라서 울음도 나오지 않았다. 엄마가 귀를 기울이고 있는 것이 느껴졌다. 어둠 속에서 작은 점처럼 보이는 두 눈이 보였다. 로레타는 왜 일어나지 않을까? 왜 밖으로 나오지 않을까? 그 방은 왜 이렇게 조용할까? 모린은 계단으로 향하는 문을 열고 밖으로 나갔다. 이제야 안전해졌다는 생각이 들자 울음이 터졌다. 그녀는 문에 등을 기대고 앉아서 주먹으로 눈을 누르며 무릎을 가슴까지 세웠다. 바람 부는 계단에 혼자 있는 지금이 안전하다는 생각이 들었다.

얼마 뒤 그녀는 울음을 그쳤다. 몇 시간이 흘렀다. 그녀는 억지로 아파트로 다시 들어갔다. 부엌에는 아직도 불이 켜져 있었다. 그녀는 소파에 누워 잠이 들었다. 깨어났을 때는 머리가 아팠다. 엄마가 그녀를 향해 몸을 기울이고 있었다. 엄마가 말했다. "그 사람 성질이 불같다고 내가 몇 번이나 말했잖아. 괜히 자극하지 말라고 했지?"

모린은 기진맥진해서 소파에 계속 누워 텅 빈 표정으로 엄마를 빤히 바라보았다.

"이제 그만 일어나." 로레타가 말했다.

"네?"

"아침이야. 일어나야지."

"아침요?"

"바보처럼 굴지 마. 네가 자초한 일에 날 끌어들이지 마."

"내가 뭘 자초했다고……."

"리니, 넌 도도하고 건방서. 서울도 네 얼굴을 솜 봐! 그런 식으로 굴다가는 언제 어디서든 뺨을 맞을 거야."

"난 아저씨를 자극하지 않았어요. 아무 말도 안 했다고요."

"뭐, 오늘 밤에 미안해할 거야. 집에 와서 사과할 거다."

"아저씨가 뭘 하든 나랑은 상관없어요."

"상관하는 편이 좋을걸." 로레타가 비판하듯이 그녀를 바라보았다. 하지만 일종의 애정도 섞여 있었다. 그 흔들리는 표정, 망설이는 표정에 모린은 몸이 떨렸다. 이해할 수가 없었다. "너 그 앞머리도 어떻게 좀 해야겠다. 한쪽이 너무 무겁잖아. 그러니까 진짜 멍청이 같아."

"네?" 모린은 깜짝 놀란 표정으로 말했다.

"네 머리 말이야. 가서 가위 좀 가져와. 내가 직접 잘라줄 테니."

"내 머리가 뭐 어때서요?"

"좀 정리해야겠어."

"학교 끝나고 내가 할게요." 모린이 말했다. 몹시 혼란스러웠다.

"가서 가위 가져와. 얼른." 로레타가 부엌으로 나가자 모린은 멍한 상태로 그 뒤를 따랐다. 로레타가 손을 뻗어 손가락으로 가위질하는 시늉을 했다. 모린은 서랍에서 가위를 가져다주고 앉았다. 로레타가 그녀를 향해 몸을 기울였다. 부풀어 오른 배가 닿도록 몸을 기울인 그녀가 머리카락을 자르기 시작했다. 모린은 멍한 상태로 얌전히 앉아 있었다.

"어젯밤 일은 미안해." 로레타가 말했다. "하지만 그 사람이 어떤지 너도 알잖아. 남자들은 그런 법이야. 싫은 걸 참질 못해. 자, 앞머리를 계속 다듬어줘. 너무 무거워지게 내버려 두지 말고. 이렇게 머리를 너무 늘어뜨리면 여드름이 생긴다? 머리에 끼는 기름기 때문에. 네 나이면 그런 것도 알아야지." 로레타가 몸을 돌려 모린의 얼굴을 보았다. "코에 블랙헤드가 좀 있구나. 네 몸을 잘 관리해야지. 얼굴이 괜찮으니까 잘 관리해. 알았지?"

모린은 엄마의 더럽고 낡은 기모노에 얼굴을 숨기고 '왜? 왜?' 하고 묻고 싶었다. 왜 모든 것이 이렇게 시끄럽고 혼란스러울까? 왜 모든 것이 금방 산산조각 나서 날아가 버릴 것처럼 보일까?

그녀는 자신이 집을 떠나는 수밖에 없으리라는 것을 알고 있었다.

그날 오후 늦게 학교에서 돌아와 보니 로레타는 화장을 하고 옷을 차려입은 모습이었다. 강렬한 빨간색 입술이 양 뺨의 달걀 모양 볼터치와 짝을 이루었다. 펄롱도 집에 있었다. 로레타가 모린에게 말했다. "리니, 네 새아빠가 너한테 할 말이 있대."

모린은 마지못해 부엌으로 들어갔다.

펄롱은 흐트러진 신문 더미들 가운데에 앉아 있었다. 그는 매일 신문 두 부를 샀다. 모린이 다가가자 그는 그녀가 집에 온 것을 이제야 알았다는 듯이 흘깃 시선을 들었다. 그리고 곤혹스러운 표정으로 말했다. "내가 어젯밤에 술을 좀 많이 마신 모양이다."

모린은 대담하게 그를 빤히 바라보았다.

"여기저기서 이런저런 일들이 너무 많아서 말이야." 그가 헤드라인과 사진들이 실린 신문을 가리키며 말했다. 아이젠하워의 얼굴이 모린을 바라보았다. "뭐, 미안하다." 펄롱이 말했다.

모린은 아무 말도 하지 않았다.

로레타가 부엌으로 들어와서 가볍게 손뼉을 쳤다. "이제 화해했어?" 그녀가 말했다.

"물론이지." 펄롱이 말했다.

"넌 어떠니, 건방진 것아?" 로레타가 모린의 어깨를 한 팔로 감쌌다. "아직도 화난 거 아니지, 응? 다 끝난 거지?"

"그럼요, 엄마." 모린이 말했다.

"물론이지." 펄롱이 말했다.

그와 모린은 시도글 힐끔거리나가 우연히 눈이 마주치자 곧바로 시선을 피했다. 두 사람이 느끼는 창피함은 로레타가 항상 몸에 바르는 목욕용 파우더 냄새만큼이나 강렬하고 날카로웠다.


## 15


밤에 그 생각이 떠올랐다. 자신이 잠든 줄 알았을 때. 여기서 나가야 한다는 생각이었다. 돈이 필요했다. 꿈에 그녀는 거리에서 줄스의 뒤를 따라잡아 이렇게 물었다. "어떻게 하면 돈을 구할 수 있어?"

아버지도 꿈에 나왔다. 죽은 아버지가 벽이 없는 방에서 식탁에 앉아 신문을 읽고 있었다. 헤드라인을 보는 그의 눈은 공허하면서도 긴장하고 있었다. 모린은 그가 무엇을 읽고 있는지 보려고 다가갔지만, 거기에는 아무것도 없었다. 그들, 그러니까 그녀와 아버지는 신문에 실린 일들의 비밀을 알지 못했다. 하지만 그 배후에는 언제나 확실히 돈이 있었다. 돈이 비밀이었다.

펄롱과 '화해'했으므로, 그가 정비소에서 너무 늦게까지 돌아오지 않을 때 그를 데려오는 일도 모린의 몫이 되었다. 옛날에 그는 집에 오기 전에 술집 여러 군데를 전전하며 느긋한 시간을 보냈지만, 지금은 모린이 그가 확실히 집으로 돌아오도록 그를 데리러 갔다. 그는 허리가 좋지 않았다. 좋아져야 하는데 좋아지지 않았다. 그래서 로레타는 모린을 보냈다. 베티를 보내는 일은 없었다. "얘, 네가 가장 귀여움을 받으니까 그러는 거야." 로레타는 이렇게 설명하곤 했다. "그 사람이 널 가장 귀여워해. 그러니까 집에서 식사하시라고 데려와." 모린은 세 블록 떨어진 정비소에 가는 것도 싫고, 해 질 녘에 위험을 무릅쓰고 미시간 애버뉴로 나가는 것도 싫고, 주유소 안에 몰려 있는 남자들에게 다가가는 것도 싫었다. 펄롱이 그곳에 있든 없든 상관없었다. 가끔 그가 없을 때도 있었다. 모린은 정비소 문간에서 흘러나오는 차가운 후광 같은 불빛 속에 서서 아직 자신의 존재를 알아차리지 못한 남자들을 지켜보며, 남자들끼리 있을 때는 무슨 얘기를 하는지 모르겠다는 생각을 했다. 저 사람들은 무슨 비밀을 갖고 있을까? 그녀는 그들의 놀란 표정, 그리고 그다음에 짓는 다 안다는 듯한 미소가 싫었다. 그녀는 팻 펄롱의 의붓딸이었다. 추위 속에 서서 기다리는 그녀는 계부를 집으로 데려가려고 온 모린 웬들이었다. 펄롱은 으쓱거리면서 마지못해 친구들과 작별 인사를 했다. 그녀를 무시한 채 항상 시간을 끌었다.

때로는 주유기 옆에서 10분이나 15분쯤 기다리기도 했다. 눈송이들이 천천히 떨어지고, 대로의 차들이 점점 줄어들고, 헤드라이트 불빛들은 습한 공기 때문에 안개처럼 흐릿하게 번져 보였다. 저 차들이 어디로 가는 건지 궁금했다. 저 차들 중에 한 대가 멈춰 서서 그녀를 태워주지 않을까? 그녀는 두꺼운 외투 천 위로 자신의 팔을 쓰다듬었다. 당혹스러웠지만, 왜 당혹스러운 건지 알 수 없었다. 마치 눈앞을 지나가는 자동차들의 희미한 모습 속에 그녀가 마땅히 알아야 하는 모종의 지식이 들어 있는 것 같았다. 그녀의 마음속 깊은 곳에 의문이 하나 있었다. '나는 왜 다른 사람이 아니라 나일까?' 하지만 이 질문을 막아버리려는 듯이 곧 이런 생각이 들었다. '내가 다른 사람으로 태어나는 거나 이렇게 태어나는 거나 가능성은 똑같으니까.'

펄롱이 마침내 밖으로 나오면 그녀는 깜짝 놀라서 시선을 들 때가 많았다. 자신이 그를 기다리던 중이었다는 사실을 깜박 잊어버린 탓이었다. "자, 가자." 그는 벌써 바삐 서두르며 말했다. 그녀는 그와 보조를 맞추기 위해 빨리 걸어야 했다. 그는 참을 수 없다는 듯이 한 발을 뗄 때마다 거의 1미터씩 쭉쭉 나아갔다. 마치 그녀에게서 도망치려는 것 같았다.

어느 날 저녁 그녀가 그에게 말했다. "엄마는 왜 내가 아르바이트하는 걸 반대하죠?"

그가 어깨 너머로 그녀를 흘깃 보았다. "그래? 난 모르겠는걸."

"내가 아르바이트해도 되는지 엄마한테 물어봐 주실래요?"

"그러지, 뭐."

"진짜 물어봐 주세요. 엄마는 내가 일하는 게 싫대요. 내가 집 밖에 나가는 걸 싫어해요. 하지만 나는 일이 필요하다고요. 그러니까 제발, 제발 물어봐 주세요." 그녀는 그가 자신의 목소리에 짜증을 내고 있음을 알아차렸다. 남자들에게, 이런 성격의 남자에게 말을 너무 많이 하는 것은 잘못이었다. 그들은 여자들이 자신에게 간청하는 목소리를 싫어했다. "아기가 생겼으니까 내가 집에서 엄마를 도와야 한대요. 하지만 난 집에서 엄마를 도우면서도 일을 할 수 있어요. 전부 할 수 있다고요. 무엇이든 할 수 있어요. 물어봐 주실 거죠?"

그녀는 그의 등을 향해 간청하고 있었다. 그는 짧은 재킷을 목까지 지퍼를 채워 입고 있었다. 모린은 걸으면서 몸을 기울였고, 펄롱은 비록 서두르고 있었지만 그녀를 향해 돌아서려는 것처럼 보였다.

"그래, 내가 물어보마."

"만약 엄마가 안 된다고 하면, 다시 물어보세요. 계속 물어보셔야 돼요. 나는 돈이 필요해요."

하지만 로레타는 여전히 반대했다. 모린이 집안일에 필요하다는 것이었다. "어쨌든 나는 걔가 여기저기 빈둥거리며 돌아다니는 게 싫어. 지금보다 더 돌아다니는 게 싫다고. 제 말대로 도서관에 가는 것도." '제 말대로'라는 말이 얄궂었다. 모린은 그것을 알아차렸지만 이해할 수 없었다. 도서관이 뭐 어때서?

그녀는 밤에 자다가 깨서 아르바이트를 생각했다. 항상 그것을 생각했다. 특정한 일을 마음에 두었다기보다 그냥 막연히 아르바이트라는 단어를 생각할 뿐이었다. 로레타가 고집스럽게 그녀의 앞을 막고 서 있었다. 모린은 일을 해서 돈을 벌어야 했다. 하지만 로레타는 얼굴을 단단히 굳힌 채 이렇게 말할 뿐이었다. "넌 집안일을 해야 한다니까! 밖에서 돌아다니면 금방

262

말썽을 일으킬 거야."

"엄마, 난 말썽 부리지 않아요!"

"나한테 말대꾸하지 마, 리니. 내 생각은 이미 말했어."

"하지만 엄마는 날 한 번도 믿어준 적이 없어요. 있지도 않은 얘기를 지어내고. 난 도서관에 가는 거예요. 내가 가는 곳은 거기밖에 없어요. 심지어 극장에도 안 간다고요. 자요, 내 방에 있는 저 책들을 좀 보세요! 전부 도서관 책들이잖아요."

"시끄럽게 굴지 마. 넌 항상 우울한 표정이지. 너희 할머니가 옳았어. 넌 언제나 모든 걸 너무 진지하게 생각해."

모린은 머리를 움켜쥐고 휘청휘청 멀어졌다. 곧 머릿속에서 뭔가가 뚝 끊어질 것 같았다. 그녀는 자유로워지고 싶었다. 줄스가 운전하는 아버지의 차를 함께 타고서. 오빠와 함께 해방되어서 탁 트인 곳으로 나가 도시를 벗어나 북쪽으로 올라가고 싶었다. "왜 아르바이트를 막는 거예요?" 그녀가 로레타에게 소리쳤다. "몇 시간만 하는 거잖아요. 학교가 끝난 뒤에. 왜 안 돼요? 왜 항상 집에만 있으라고 해요? 왜 나예요? 왜 베티가 아니에요? 아기 돌보는 일에 엄마가 못 할 일이 뭔데요? 베티는 항상 멋대로 돌아다니는데, 왜 나는 집에 있어야 돼요? 왜요? 너무 이상하잖아요."

"어디서 엄마한테 소리를 쳐! 내 생각을 말했으니 그걸로 이 이야기는 끝이야."

아기의 울음소리가 필롱의 신경을 긁기 시작했다. 그래서 그는 그렇게 말했다. 그리고 모린이 데리러 가도 집에 오지 않겠다고. "저녁 식사 따위 알 게 뭐야." 그는 이렇게 말했다. 그래서 그녀는 이제 그를 데리러 가지 않고, 대신 늦게까지 집에서 그를 기다렸다. 모든 것이 필롱, '그 남자' 위주로 돌아갔고, 모린 자신을 위한 일은 하나도 없었다. 모린은 늦게까지 자지 않고 있다가 저녁 식사를 따뜻하게 데워주고, 커피를 끓여주어야 했다. 필롱 자신은 그런 일들을 할 수 없었고, 로레타는 너무 피곤하다며 언제나 침대에 누워 있었다. 어쩌다 펄롱이 밤새 들어오지 않는 날이면, 모린은 2시쯤 기다리는 것을 포기하고 잠자리에 들었다. 하지만 그다음 날 그녀는 학교를 조퇴하고 집으로 돌아와야 했다. 로레타가 몸이 아프다며 펄롱과 단둘이 대면하기 싫다고 했기 때문이었다. 그래서 모린은 학교에서 돌아온 뒤 줄곧 집에 머무르면서 아침에 그가 돌아올 때까지 기다렸다. 그가 미웠다. 그 증오심이 어찌나 격렬한지 항상 머릿속을 떠나지 않았다. 어디를 가든 생각의 앞자리나 뒷자리를 차지했다. 그가 상상 속에 항상 함께 있는 진짜 아버지처럼 변해간다는 생각이 들었다.

그렇게 조용하고 멍한 아침에 그녀는 이미 다 읽은 책들을 다시 끝까지 읽었다. 머릿속은 필사적이지만, 몸은 굼뜨고 무거웠다. 로레타는 텔레비전을 방에 들여놓았다. 모린은 엄마와 한방에 있는 것이 싫었기 때문에, 이제는 심지어 멍청하기 짝이 없는 한낮의 프로그램들조차 볼 수 없었다. 할 일이 하나도 없었다. 도망칠 길도 없었다. 옛날에 꾸던 백일몽들도 모두 끝나버렸다. 자신이 교사가 된 상상을 하며 한때 득의만면하던 교실 장면을 떠올릴 수 없었다. 그녀는 결코 교사가 되지 못할 것이다. 펄롱이 사고로 죽는 상상도 할 수 없었다. 꿈은 희미해졌고, 그녀는 꿈을 계속 유지하는 법을 잊어버렸다. 그녀에게는 이제 펄롱을 향한 증오 외에는 아무것도 없었다. 그 증오가 온몸에 퍼져서 마치 기계적으로 온몸을 도는 그녀 자신의 피 같았다. 머릿속을 아무리 뒤져봐도 아무것도 나오지 않았다. 모든 것이 기진맥진해서 텅 비어버렸다. 어쩌면 자신이 엄마의 몸속에 살고 있는 것 같았다. 유일한 풍요는 책 속에 있었지만, 그 책들도 읽고 또 읽어서 텅 비어버린 채 소파에 놓여 있었다. 이제는 책도 그녀의 마음을 움직이지 못했다.

가끔 그녀는 지진, 화재, 건물이 두 쪽으로 갈라지는 모습을 한가로이 생각했다. 자동차들이 차곡차곡 쌓이듯이 겹쳐지는 사고도 생각했다.

돈에 대해서도 생각했다. 처음에는 돈이라는 단어를 생각했다. 전에 아르바이트라는 단어를 생각했듯이. 그러다가 돈의 느낌에 대해 생각하기 시작했다. 그래서 자기 방의 비밀 장소에서 1달러 지폐를 가져와 빤히 바라보았다. 그런 식으로 한 시간 이상 시간을 보낼 수 있었다. 줄스가 아주 쉽게 자신에게 8달러를 주던 생각이 났다. 워낙 순식간에 마법처럼 일어난 일이었다! 펄롱은 지갑을 뒷주머니에 넣고 다녔다. 주머니에 꽉 들어찬 지갑은 낡아서 쭈글거렸다. 그 안에는 지폐가 많았다. 그가 가진 돈이 얼마나 되는지 궁금했다. 그는 한 달에 두 번씩 급료를 받았고, 로레타는 한 번 받았다. 두 사람이 가진 돈이 얼마나 될까?

그녀는 돈을 숨겨둘 곳을 상상했다. 라브로스에 있는 옛날 집의 베란다. 베란다 아래의 그 더러운 비밀 장소로 기어 들어가 모든 것을 숨길 수 있을 것이다. 아무도 찾지 못할 터였다. 아예 그녀 자신이 그곳에 숨을 수도 있었다. 아무도 그녀를 찾지 못할 테니.

학교 성적이 D로 떨어지기 시작했다. 그녀가 가장 잘하던 영어 점수조차 D였다. 그녀는 창피하고 말문이 막혀서 시험지를 책상 속으로 재빨리 집어 넣어 숨겼다. 모든 것이 너무 위태로웠다. 언제나 A 아니면 B만 받았는데 지금은 D로 미끄러져 버렸다. 왜 이렇게 된 건지 솔직히 이해할 수 없었다. 그냥 저절로 그렇게 되었다. 선생님한테 이 일에 대해 물어봐야 했는데도 그녀는 가만히 앉아 있거나 종이 울리자마자 빨리 도망치고 싶어 안달하며 서둘러 교실에서 나가버렸다. 그리고 백일몽을 꾸며 집까지 걸어갔다. 학교에 앉아 있을 때도 몽상에 잠겼다. 그녀는 점점 굼뜨고 조용해졌다. 누가 꾸중을 하면 살짝 건방진 시선으로 상대를 바라보았다. 전부 무슨 소용인가? 숙제, 학교 공부, 구두 질문, 전부 하찮은 일들……

그녀는 길에서 낡은 종이봉투를 우연히 발견하는 상상을 했다. 안에 돈이 든 봉투! 그녀 외에는 아무도 귀찮아서 그것을 줍지 않으려고 했다. 버스 옆자리, 영화관, 화장실 구석에 그런 봉투가 떨어져 있는 상상도 했다. 온갖 종류의 지폐가 가득 든 봉투! 그것은 아무도 모르는 그녀만의 돈이 될 터였다.

머릿속에서 뭔가가 근질거리며 그녀에게 그 돈을 갖고 도망쳐야 한다고 말했다. 어디든 상관없었다. 여기서 탈출해야 했다. 숙제를 하거나 도서관에서 빌려 온 소설책을 읽으려고 애쓰는 동안 특정한 구절이 그녀에게 선명한 의미를 드러내려고 안간힘을 쓰는 것 같았다. 그것은 그다지 효과가 없는 마법이었다. 어디든 책을 펼치고 시선이 닿는 구절에서 꼭 필요한 지식을 얻을 수 있을지도 모르지만, 그녀는 그 내용을 이해하지 못했다. 심지어 단어조차 이해할 수 없을 때도 있었다. 이건 무슨 암호인가? 다른 사람들은 이걸 이해할 수 있는 거야?

그녀는 친구 캐럴에게 말했다. "가출을 생각한 적 있어?"

"이제는 안 해." 캐럴이 느릿느릿 말했다.

"거슬리지 않아? ……그러니까 집에 있는 거 말이야?"

캐럴은 어깨를 으쓱했다.

"어쨌든 가출하고 싶지 않은 거야?"

"어차피 다시 잡혀 올걸. 집으로." 캐럴이 말했다.

모린은 다른 여자애와도 이야기해보았다. 모린보다 나이가 위인 그녀는 가출했다가 버펄로에서 잡혀 온 적이 있었다. "버스비는 어디서 구했어?" 모린이 말했다.

"훔쳤지." 여자애가 말했다.

"왜 가출한 거야?"

"그러고 싶어서. 알잖아."

"또 가출할 거야?"

그 여자애는 모린의 관심에 조금 당황했다. "아니. 너무 귀찮은 일이라서. 사람들은 가출한 애가 임신해서 아이를 낳을 거라고 생각하고 검사를 하거든. 생각하는 수준들이 그 정도야." 그녀는 이 말을 하면서 웃음을 터뜨렸다.

그녀는 길에서 줄스를 찾아보았다. 줄스는 이제 열일곱 살이므로 모르는 것이 없을 터였다. 가끔 앞에서 그의 모습이 보인 것 같을 때가 있었지만, 다가가 보면 언제나 그가 아니었다. 그녀는 머리에 기름이 끼고 꼭 끼는 바지를 입은 친구의 오빠를 찾아내서 줄스에 대해 물어보았지만, 그는 대답을 회피했다. "내가 만나고 싶어 한다고 전해줘. 오빠랑 이야기하고 싶어 한다고." 그녀는 간청했다.

그렇게 어느 정도 시간이 흐른 뒤 그녀에게 변화가 일어났다. 어느 날 아침 아파트 창밖을 멍하니 바라보며 앉아 있을 때였다. 아기가 울고 있었다. 로레타가 아기를 목욕시키는 중이었다. 모린은 갑자기 몸이 딱딱해지는 느낌이 들었다. 눈에 보이지 않는 뭔가가 그녀에게 축복을 내리는 것 같기도 했고, 그녀의 피부 위로 껍질 같은 것이 저절로 생겨나는 것 같기도 했다. 그녀는 차가운 바람 때문인가 싶어서 창문에서 물러났다. 몸이 부르르 떨렸다. 근육이 움츠러들었다가 변화를 받아들이려는 듯 이완되었다. 자신이 변하는 것이 느껴졌다.

다음 날 그녀는 점심을 먹은 직후 일찌감치 학교에서 나왔다. 메리 폴 수녀에게는 두통이 심하다고 말했다. 그 말은 사실이었다. 그녀는 언제나 머리가 아팠다. 하지만 집으로 돌아오는 길에 그녀는 꾸물거렸다. 맑고 화창한 날이었다. 그녀는 지나가는 자동차들을 힐끔거리며 살짝 놀랐다. 자신이 어디로 가고 있는지, 앞으로 어떤 일이 벌어질지 전혀 모르는 사람 같았다. 궁금증에 사로잡힌 그녀의 표정은 유쾌했다. 디트로이트 시내를 향해 1.5킬로미터쯤 걸었을 때, 앞에서 자동차 한 대가 속도를 늦추더니 길가에 멈춰서는 것이 보였다. 그녀는 서두르지도 않고 두려움도 없이 인도를 걸었다. 그녀가 그 자동차 옆을 시나갈 때 운전자가 밖으로 몸을 내밀고 말했다. "태워줄까?"

그녀는 그가 차를 바꿔 탄 펄롱인 줄 알고 순간적으로 겁에 질렸다. 하지만 다시 보니 그는 낯선 사람일뿐더러 펄롱과는 전혀 닮지 않았다. 그의 얼굴을 재빨리 살펴본 그녀는 괜찮다는 판단을 내렸다. 그가 누구인지는 중요하지 않았다. "태워주시면 좋을지도 모르죠." 그녀는 이렇게 말하고 차에 올랐다.

남자가 재빨리 말했다. "집이 이 근처야?"

"어머, 집은 저쪽이에요. 그냥 산책 중이었어요."

"학교는 끝났고?"

"네."

"고등학생이니?"

"졸업반이에요."

"이름이 뭐야?"

"모린."

그가 불안한 미소를 지었다. 그녀의 대답을 전혀 듣지 않는 것 같았다. 그녀도 미소를 지었다. 하지만 불안한 기색은 없었다. 그녀는 긴 밤색 머리카락을 앞쪽으로 늘어뜨렸다. 외투 밑에는 이제 몸에 비해 다소 짧아진 군청색 점퍼스커트를 입었고, 발에는 다른 여자애들과 똑같이 로퍼를 신었다. 책은 아이처럼 품에 안고 있었다.

일단 차에 타고 나니 마음이 놓였다. 어떤 경계선을 무사히 넘은 것 같았다. 그녀는 남자와의 사이에 있는 좌석에 책들을 내려놓았다. 그리고 부드럽게 말했다. "이렇게 날씨가 좋은 날은 차를 타고 나가고 싶지만 집에는 차가 없어요. 부모님한테 차가 없거든요. 달리 차를 가진 사람도 모르고요."

"주위에 그런 사람이 전혀 없어?"

"아, 어쩌면 있을지도요."

"남자 친구 없니?"

"저는 남자한테 관심 없어요." 모린이 말했다.

"너…… 고등학생이지? 몇 학년이야?"

"마지막 학년이에요." 그녀는 몸에서 긴장을 풀고 눈부신 미소를 지으며 거짓말을 했다. 햇빛이 꿀 같았다. 어디선가 향수 냄새가 났다. 아니, 향수 냄새가 난다고 상상했다. 지나가는 자동차들에서 음악 소리가 흘러 들어왔다. 배를 타고 물살을 따라 부드럽게 흘러가고 있는 것 같은 기분이었다.

남자가 강을 향해 차를 몰았다. 모린은 모든 것이 친숙해 보이는 것이 묘하다는 생각이 들었다. 그녀는 모든 것을 빤히 바라보았다. 그러면서 텅 빈 얼굴로 미소를 지었다. 공기의 냄새조차 친숙했다. 창고들, 공터들이 지나갔다. 강에는 배들이 떠 있었다. 커다란 호수용 바지선들이 소리 없이 천천히 움직였다. 그녀는 자유로웠다. 아무도 그녀를 보지 못했다. 자유가 강바람처럼 그녀에게 다가왔다. 딱히 신선하지는 않았지만, 서늘하고 강했다. 그녀는 그곳을 탈출해서 자유로웠다.

남자는 서른다섯 살쯤 된 것 같았다. 하지만 정확히 짐작할 수는 없었다. 말이 없는 남자의 침묵에 간청이 섞여 있었다. 그녀는 그것을 기민하게 간파했지만 내색하지 않았다. 남자들처럼 그녀도 간청을 경멸했다. 그가 어딘가에서 차를 세웠다. 그리고 지갑을 꺼내 그 안에 있던 가족사진들을 모린에게 보여주었다. 그녀는 사진들 뒤쪽의 지갑을 빤히 바라보았다. 펄롱의 지갑처럼 낡아서 여기저기가 갈라져 있었다. 사진 중에 군복을 입은 남자의 사진이 있었다. 바로 이 남자 본인이었다! 모린은 사진들을 향해 빙긋 웃었다. 그리고 속으로 생각했다. '하나도 안 무서워. 아무 느낌도 없어.'

얼마 뒤 남자가 불안하고 서투르게 그녀에게 키스했다. 그녀는 자신의 입에 닿은 그의 입을 느낄 수 있었지만 아무런 느낌이 없었다. 그의 입이 압박을 가했다. 그녀는 맑은 정신으로 계속 생각했다. '아무 느낌도 없어…….' 그의 머리 뒤에 하늘이 있었다. 평범한 하늘이었다. 남자가 가쁜 숨을 몰아쉬며 그녀를 향해 몸을 기울이더니 묘하게 열정적인 동작으로 서둘러 그녀를 끌어안고 다시 키스했다. 그에게는 간청의 기미가 있었다. 그의 온몸에. 그녀는 그의 어깨를 손으로 짚었다. 그를 밀어내기 위해서가 아니라, 그렇게 포옹을 완성해야 할 것 같아서였다. 여전히 아무 느낌이 없었다. 아무것도 닿는 느낌이 없었다. 곧 그가 그녀의 목에 입을 맞추기 시작했다. 그는 그녀를 꼭 끌어안고 그녀에게 입술을 눌러댔다. 모린은 처음으로 조금 불편해졌지만, 그것도 순간에 불과했다. 두 사람은 야외에 있었다. 디트로이트 강 위에서 푸른 하늘이 두 사람과 대면하고 있었다.

얼마 뒤 남자가 멀어졌다. 그는 몹시 불안한 표정이었다. 그가 말했다. "널 집까지 태워줘야겠다."

"좋아요." 모린이 말했다.

"학교에서 집에 갈 때 자주 차를 얻어 타니? 남자 친구 차?"

"남자 친구 없어요." 모린이 말했다.

"왜?"

"남자들을 사귈 시간이 없거든요."

"내일도 그리 나올래? 그러니까, 아까 거기 말이야. 내일 비슷한 시각?"

"좋아요." 모린이 말했다.

두 사람 사이에 침묵이 흘렀다. 그녀는 남자를 보지 않았다. 결국 남자가 말했다. "내가 내일도 그 길을 지나가게 된다면, 같이 드라이브를 할 수 있을지도 몰라. 괜찮겠니?"

"좋아요."

"멀리 갈 필요는 없어."

"좋아요."

그녀는 다음 날 오후에 길에서 그를 만났다. 학교 수업을 빼먹었기 때문에 교복 차림이 아니었다. 교복 대신 그녀는 치마와 스웨터를 입었다. 머리카락이 바람에 느슨하게 흩날렸다.

그녀가 차에 타자 남자가 그녀를 빤히 바라보았다. 강렬하고 스스로도 어쩔 수 없는 시선이었다. 그녀는 그를 보지 않고, 그를 향해 미소를 지었다. 남자는 웨스트제퍼슨을 따라 차를 몰았다. 살짝 구름이 낀 날씨가 두 사람을 한꺼번에 몰아치고 재촉하는 것 같았다.

"더 가까이 앉아." 남자가 말했다.

모린은 남자에게 다가갔다. "그것보다 더 가까이 앉을 수 없어?" 남자가 말했다.

모린은 치맛자락을 모아 무릎 근처에서 잡고 다시 움직였다. 남자가 그녀의 양손을 한 손으로 한꺼번에 잡았다. 또다시 살짝 불편해졌다. 기억 속의 두려움과 거의 비슷했지만, 곧 사라졌다. 그에게서 가장 중요한 알맹이는 나중에 그녀에게 줄 돈이었다. 그녀는 그것을 생각했다.

남자가 계속 차를 몰았다. 트럭, 승용차, 버스 등이 옆을 지나갔다. 모린은 이런 광경을 처음 보는 사람처럼 두리번거렸다. 남자는 도로와 그녀의 옆얼굴을 계속 번갈아 힐끔거렸다. 작은 일에도 화들짝 놀라기 일쑤였기 때문에 남자는 조금 서투르게 차를 몰고 있었다. 만약 남자가 사고를 낸다면 어떤 일이 벌어질지 궁금했다. 경찰 순찰차 한 대가 느긋하게 옆을 지나갔다. 모린은 경찰차 안쪽을 흘깃 보았다. 경찰관 세 명이 담배를 피우고 있었다. 흐린 날씨인데도 모두 선글라스를 끼고 있었다.

남자는 웨스트제퍼슨에 있는 낡은 호텔로 그녀를 데려갔다. 모린은 굳이 주위를 두리번거리지 않고 앞장서서 계단을 올라갔다. 뒤에서 남자의 열정적이고 강렬한 시선이 느껴졌다. 그래도 그녀는 아무런 느낌이 없었다. 이것은 사적인 일이 아니었다. 심장이 빨리 뛰고 있는 것은 그녀가 마땅히 느껴야 하는데도 느끼지 못하는 감성을 흉내 내는 현상일 뿐이었다. 마치 그녀의 몸이 자신으로부터 안전한 거리를 두고 떨어져 있는 것 같았다. 선생님들, 그러니까 몇 가지 일들에 대해 여자애들에게 주의를 준 수녀님들도 이런 상황에서는 그녀처럼 이렇다 할 느낌이 없을 것 같았다. 많은 것을 느끼기가 불가능했다. 하다못해 두려움조차 지나친 감정이었다.

두 사람은 방에 들어섰다. 남자가 문을 닫고 체인을 걸었다. 모린은 방 안을 둘러보았다. 침대 하나, 의자 하나, 화장대 하나. 여기까지 보고 나서 그녀는 구경을 접었다.

"이걸 벗었으면 좋겠다." 그가 말했다. '이것'이란 그녀의 외투였다.

그는 펄롱만큼 키가 컸지만, 몹시 불안해했다. 그녀의 눈에 보이는 그의 얼굴은 괜찮았다. 피부도 하얗고 평범했다. 두려움을 느끼는 쪽이 남자인 한, 모린은 전혀 무서워할 필요가 없었다. 남자가 정중하게 그녀를 도와 외투를 벗기더니 벽에 걸었다. 그러고는 그녀에게 다가와 끌어안았다. 그녀는 깜짝 놀라서 작게 소리를 질렀다. 그녀의 손이 그를 밀어내려는 것처럼 그의 어깨로 올라왔지만, 그녀는 그를 마주 보고 가만히 선 채 그를 밀어내지 않았다. 그녀에게는 두려움이 없었다. 사실 아무런 느낌이 없었다. 그녀는 이 일과 거리를 두고 떨어져 있었다. 그녀가 눈을 감았다. 그가 온몸으로 그녀를 압박했다. 성인 남자가 그녀에게 자신을 밀어붙이고 있었다. 서로 친숙한 사이인 것처럼 그녀는 그의 등 뒤로 손을 움직여 목덜미까지 올라갔다. 그는 그녀의 입에 키스를 하고 있었다. 그의 목덜미에 난 짧고 날카로운 머리카락이 느껴졌다. 워낙 가까이 붙어 있기 때문에 이제 서로의 모습을 볼 수 없었다. 그는 결코 그녀의 얼굴을 기억하지 못할 터였다.

5분 만에 모든 것이 끝났다. 모린은 눈꺼풀을 파르르 떨면서 남자 옆에 누워 있었다. 사실 별로 아프지는 않았다. 숨죽인 울음소리가 들렸지만, 그녀가 내는 소리는 아니었다. 그렇지? 그가 자신을 밀어붙였던 그녀의 다리 사이가 타는 듯이 쓰라렸지만, 그것은 그녀가 아닌 다른 사람의 일부 같았다. 그녀는 그 사실을 받아들이고 싶지 않았다. 그녀의 생각들이 재처럼 떠다녔다. 조각조각 부서졌지만, 부드럽고 아주 얇은 조각들이었다. 남자의 모든 것이 생생하고 절박하게 집중되어 있었다. 하지만 모린은 모든 것이 모호하고 희미했다. 남자는 아주 많은 것을 느끼고 있었지만, 그녀는 무엇도 느낄 필요가 없었다.

그녀는 빙긋 웃었다. 이렇게 쉬운 일이었나?

얼마 뒤 두 사람은 나갈 준비를 했다. 남자는 얼굴이 상기된 채 동요하고 있었다. 그녀를 힐끔거리는 그의 시선은 술에 취해 집에 돌아온 아버지의 눈을 연상시켰다. 못되게 취한 날이 아니라, 취해서 멍해진 날의 시선. 당혹감과 두려움을 느끼던 날의 시선. 모린의 옷이 심하게 구겨져 있었기 때문에 남자는 옷을 침대에 펼쳐두고 손바닥으로 매끈하게 펴주려고 애썼다. "아, 상관없어요." 모린이 말했다. 그가 그런 일에 신경을 쓰는 것이 놀라웠다. 옷이 뭐가 중요하다고. 그녀가 뭐가 중요하다고. 이 낯선 남자가 보여준 관심이 그녀의 마음을 건드렸다. 그녀는 울기 시작했다. 그 바람에 자신도 놀라고 남자도 놀랐다. 그녀는 울면서 얼굴을 가렸다. 하지만 심각한 일은 아니었다. 울음을 멈출 수 있었으니까. 그녀는 억지로 울음을 멈췄다. 왜 이렇게 되었는지 알 수 없었다. 아프지도 않고 무섭지도 않았는데. 일도 다 끝났는데. 사실 아무 일도 없었던 거나 마찬가지였다.

그가 그녀를 자신의 무릎 위로 부드럽게 끌어당겼다. 누군가의 아버지처럼 보였다.

"돈이 필요해요." 모린이 말했다. "내 물건을 사야 해요. 옷이나 뭐 그런 것들."

그가 그녀를 끌어안았다. 그리고 울지 말라고 말했다. 그는 뺨에 흘러내린 눈물을 손가락으로 닦아내고는 그 손가락을 자기 입으로 가져갔다.

"돈이 필요해요. 돈." 그녀가 말했다. 그가 자신에게 돈을 줄 것임을 알고 있었다. 그는 그녀에게 돈을 주려고 안달했다. 하지만 그러려면 얼마쯤 시간이 흘러야 했다. 몇 분 정도…… 그래도 돈을 주기는 할 터였다. 그 사실만이 그녀가 부서지는 것을 막아주었다.


## 16


"걔가 아이를 낳았는데…… 척추 아랫부분이 잘못되어서, 뭐라더라……. 계속 물이 뚝뚝 떨어졌어……. 아기는 겨우 몇 주밖에 못 살았지……."

"진짜 형편없다……."

모린은 자기 침대에 걸터앉아 책을 뒤적이다가 가끔 고개를 들어 문을 힐끔거렸다. 단단히 닫히지 않는 문은 부엌에 있는 사람들의 목소리를 막아주지 못했다. 로레타에게 리타라는 여자가 찾아왔다. 모린은 두 사람의 목소리가 싫었다. 두 사람이 하는 이야기를 듣기 싫었다. 하지만 그와 동시에 저 밖에 두 사람과 함께 앉아 두 사람의 말을 모두 이해하게 되기를 갈망했다. 두 사람은 밝고, 운율이 있고, 강한 목소리로 이야기를 나눴다. 서로에게 전적으로 공감하는 목소리였다. 모린은 자신이 두 사람을 싫어하는 건지 부러워하는 건지 알 수 없었다. 평생 동안 그녀는 여자들의 이야기를 들었다. 목소리를 들을 수 있는 거리에서 거의 벗어나 있지만 실제로 벗어난 적은 한 번도 없었다. 하지만 여자들의 이야기는 말이 되지 않았다. 그녀는 침대 가장자리에 혼자 앉아서 도서관 책을 불안한 듯 뒤적거렸다. 두 사람의 이야기가 하나도 이해되지 않았다.

리타라는 여자는 그날 아침 느닷없이 나타나 집 앞 계단을 통통 튀듯이 올라왔다. "방금 플로리다에서 돌아왔어. 영원히." 스팽글이 달린 검은 스웨터와 검은 바지 차림이었다. 머리카락은 너무 검어서 진짜 같지 않았다. 구멍을 뚫은 귀에는 황금색 혹을 매달고 있었다. 로레타는 문을 열어준 뒤 그녀를 보고는 놀라움과 기쁨에 소리를 질렀다. 두 사람은 잔뜩 들떠서 다정하게 서로를 껴안았다. 모린은 그 들뜬 분위기와 애정을 피해서 자기 방으로 물러났다. 들뜬 분위기가 싫었고, 애정은 이해할 수 없었다.

그녀의 무릎 위에 놓인 책은 《신세계의 시인들》이었다. 공연히 기웃거리는 사람들을 물리치기에 딱 맞는 크기와 제목을 지닌 책이었다. 200페이지에 지폐가 여러 장 있었다. 개중 한 장은 50달러 지폐였다. 300페이지에도 지폐들이 있었다. 모린은 몽롱한 기분으로 책을 뒤적였지만, 자신이 숨겨둔 돈을 향해 다가가고 있는지 보려고 페이지 숫자를 살피지는 않았다. 그냥 우연히 돈을 발견하고 깜짝 놀라는 편을 택했다. 돈을 발견할 때마다 그녀는 살짝 충격을 받았다. 그것이 돈의 묘한 점이었다. 항상 놀라움을 준다는 것.

그녀는 한동안 자기 방에 앉아서 기다렸다. 베티가 쓰는 쪽은 지저분했다. 두 사람은 방을 둘로 나눠서 쓰고 있었는데, 베티의 잡동사니가 바로 경계선 안쪽까지 놓여 있었다. 모린이 발로 밀어낸 덕분이었다. 베티의 옷가지는 깨끗한 것과 더러운 것이 뒤섞인 채 사방에 흩어져 있고, 그녀가 모아들인 잡동사니들(만화책은 물론 심지어 작은 도로 표지판도 있었다)은 들쭉날쭉 쌓여 있었다. 베티가 거칠고 부산하게 움직이는 소리가 지금도 들리는 듯했다. 하지만 모린은 달랐다. 모린이 쓰는 쪽은 깔끔했다. 침대도 정리되어 있고, 바닥에는 책들이 줄지어 놓여 있었다. 마치 이곳에 영구적으로 머무르는 사람이 없는 것 같았다. 그것이 거의 사실이기도 했다. 로레타는 남편과 싸운 날이면 모린을 침대에서 쫓아냈다. 그래서 모린은 소파에서 자야 했다. 이 침대는 모린의 것인 동시에 로레타의 것이 되어버렸다. 모린은 이 침대의 주인이 아니었다. 그녀가 갖고 있는 다른 모든 것들과 마찬가지로 이 침대도 위태로웠으며, 어쨌든 이제는 그녀가 수많은 낯선 침대에서 잠을 자거나 밀똥말똥 누워 있는 것이 낭연한 일처럼 보였다. 그녀는 사실상 자기만의 침대를 가져본 적이 없기 때문이었다.

정확히 5시에 그녀는 《신세계의 시인들》을 다시 바닥의 제자리에 내려놓고 다른 책 세 권을 들었다. 부엌에서는 엄마와 엄마의 시끄러운 친구가 여전히 이야기 중이었다. 두 사람은 맥주를 마셨다. "이 아이가 우리 리니야. 모린이라고. 기억나?" 로레타가 모린의 손을 향해 팔을 뻗으며 말했다. "정말 예쁘게 자라지 않았어?"

"당연히 기억하지. 정말 귀엽다. 옛날에도 진짜 자그맣고 귀여웠는데." 리타는 모린을 향해 다정한 미소를 지었다. "지금 몇 살이니?"

"열여섯 살이에요."

"열여섯, 세상에!" 여자가 유쾌하고 당혹스럽다는 듯이 입술을 비틀어 올렸다. "네가 아직 태어나기도 전에 네 엄마랑 내가 얼마나 친했는지 몰라. 사실 그때 네 엄마 나이가 지금 너만 했지. 어떠니?"

"정말 굉장하지?" 로레타가 열성적으로 말했다.

모린은 바닥을 바라보았다. 엄마는 여전히 모린의 손을 잡은 채 그녀에게서 뭔가를 기대하고 있었다. 그녀는 두 여자의 서투른 선의라는 함정에 빠진 신세였다. 이건 이제 그녀가 증오하게 된 애정의 문제인 건가? 누군가에게 가까이 다가가서 그 얼굴을 확실하게 바라보아야 하는 문제인가? 모린은 누구의 얼굴도 들여다보고 싶지 않았다.

"정말 좋은 얘기네요." 모린이 말했다.

"그렇지? 네 엄마가 겨우 네 나이만 했어. 믿기지 않겠지만."

"그때는 내 머리가 길었지. 정말 길었어. 허리까지 내려올 정도로." 로레타가 말했다.

모린은 빙긋 웃은 뒤 엄마에게서 살금살금 멀어졌다. 그녀는 이 자리를 벗어나도 좋다는 로레타의 허락을 기다리고 있었다. 학교 교복인 점퍼스커트와 깨끗한 하얀색 블라우스를 입은 그녀는 얌전하고 예의 발랐다. 시선을 들어 엄마와 엄마의 친구를 바라보고 싶어 하지 않는 것 같았다. 열여섯 살 때 금발을 길게 길렀다는 엄마의 모습도 상상하고 싶지 않았다.

"얘, 어디 가려고? 또 '도서관'에 가는 거니?"

모린은 엄마의 의도가 무엇인지 알 수 없었다.

"네, 엄마. 반납할 책이 세 권 있어서요."

"어머, 너…… 너 또 도서관에 가는구나!"

"정말 예쁜 아이네." 리타가 따뜻한 목소리로 말했다. "나는 요즘 애들 머리 모양이 좋더라. 그런데 저 옷은 뭐야?"

"수녀들이 하는 학교라서 그래."

"말도 안 돼, 로레타. 네가 아이들을 수녀들의 학교에 보내고 있다고? 우리가 어떤 시절을 보냈는데. 그 멍청한 년들은……."

"아이들한테 좋은 학교야. 아이들한테 이로워."

모린은 작별 인사를 하고 밖으로 나갔다.

이제 봄이라서 그녀는 외투를 입지 않았다. 그녀는 도서관을 향해 걸어갔다. 집을 나와서 아직 어느 곳에도 들어가지 않은 지금이 좋았다. 몇 분 동안이나마 유보된 상태로 자유로웠다. 도서관에 들어선 그녀는 기대감에 전율을 느꼈다. 그녀는 사서에게 가서 책을 반납한 뒤 열람실로 들어갔다. 사람들 몇 명이 탁자에 앉아 책을 읽으며 백일몽에 잠겨 있었다. 어떤 사람이 그녀의 시선을 끌었다. 그는 〈뉴스위크〉를 앞에 들고 있었는데, 잡지 표지에 어떤 여자의 얼굴이 있었다. 모린이 모르는 사람이었지만 아름다웠다. 모린은 남자와 시선을 마주친 뒤 몸을 돌려 밖으로 나갔다.

그녀는 남자가 나올 때까지 길에서 기다렸다.

"엄마가 널 괴롭히던?" 그가 말했다.

"아뇨. 항상 그렇죠, 뭐."

그녀는 가방을 가볍게 흔들면서 미소 띤 얼굴로 그와 나란히 걸었다. 남자는 그녀에게 조금 밀착했다. 그녀는 3주쯤 전에 그를 만났다. 그가 초조하면서도 안전해 보이는 얼굴을 하고 있기 때문에 그녀가 일부러 그를 만나려고 했다. 그녀는 남자에게 가까이 다가가 반쯤 감은 눈으로 그를 평가할 수 있었다. 굳이 남자를 똑바로 바라볼 필요는 없었다. 그녀의 핏속에 깃든 느낌이면 충분했다. 그녀는 특유의 동작으로 고개를 숙이며 발목이 바닥에 닿도록 한쪽 발을 미끄러뜨렸다. 자기만의 고민에 깊이 잠겨 있는 척하는 중이었다. 그의 시선이 강렬한 빛처럼 그녀의 몸을 따라 움직이며 그녀를 그 빛으로 흠뻑 채우고 표시를 하는 것이 느껴졌다.

"오늘 날씨가 좋구나. 좋은 날이야." 그가 걸으면서 그녀를 향해 살짝 몸을 기울이고 그녀의 팔을 건드렸다. 모린은 그의 몸이 자신을 향해 기울어지는 것을 느꼈다. 그는 수줍음이 많거나 아주 점잖은 사람은 아니었지만, 그녀를 이해했다. 그리고 그녀에게 돈을 주었다. 그녀는 그가 오늘 줄 돈, 아직은 그의 지갑에 꽂혀 있는 돈에 욕심이 났다. 지금은 그 돈이 그녀의 눈에 보이지 않아야 했고, 그녀도 돈에 관심을 보이지 말아야 했다. 하지만 그녀는 그의 손에서 자신의 손으로 그 돈이 건네져 자신의 것이 되는 순간을 날카롭게 의식하고 있었다. 지폐 자체가 어떤 식으로든 변하지는 않겠지만, 그래도 그녀의 것이 될 것이다. 그 지폐의 힘이 그녀의 것이 될 것이다. 남자가 그녀에게 돈을 주는 것은 단순한 행동이 아니라 돈 자체를 변화시키는 행동이었다. 그래서 그 돈은 다른 종류의 돈, 그녀의 것이 되었다. 그녀가 손에 쥔 돈은 마법이었으며, 세상 누구도 모르는 비밀이었다. 하지만 돈 자체는 변하지 않았다.

그가 그녀의 옆구리를 쿡쿡 찌르며 말하고 있었다. "무슨 생각을 하는 거야? 상당히 이상하다, 너. 항상 무슨 생각을 그렇게 해?"

"아무것도 아니에요."

"아무것도 아니야? 내 생각 하는 게 아니라고?"

"아니에요."

"에이, 내 생각 하는 거구나!"

그는 장난을 치고 있었다. 그녀는 웃는 얼굴로 그를 흘깃 올려다보았다. 그녀는 사실 그를 제대로 보지 않았다. 처음 만난 날 그가 다소 딱딱하고 위압적인 얼굴을 하고 있으며, 머리를 짧고 깔끔하게 잘랐고, 손톱도 더러워 보이지 않고, 옷가지도 상당히 좋은 것이라는 사실을 파악했기 때문이었다. 옷가지가 적어도 그녀가 보기에는 상당히 좋은 것 같았다. 그때 그녀는 자신과 단둘이 되면 그가 자신을 붙잡으리라는 것, 서로 대화를 시도한다면 마치 상대를 욕하고 비난할 때처럼 불안한 열기를 띤 단어들이 나올 것이라는 점을 알고 있었다. 가끔은 로레타와 이야기를 하는 것과 비슷한 느낌, 그러니까 사실상 이야기를 하면서도 이야기를 하지 않는 것과 같은 느낌이 들었다. 그녀는 그의 사생활에 대해서는 한 번도 생각한 적이 없고, 궁금하지도 않았다. 그가 유부남인지 아닌지, 좋은 직장에 다니는지 어떤지도 궁금하지 않았다. 어쩌면 그가 아예 실업자일 수도 있었다. 그녀는 그를 일주일에 몇 번 만나서 그녀에게 돈을 주는 남자, 지금은 이따가 그녀에게 줄 돈을 가지고 있는 남자로만 생각했다. 그것이 그의 존재에서 가장 중요한 부분이자 비밀이었으며, 곧 그녀에게 그 비밀이 열릴 터였다.

"어디 갈까?" 그가 말했다.

"어디든 괜찮아요." 모린이 말했다.

"내 차를 여기 세워뒀어. 드라이브할래?"

"좋아요."

그는 손으로 그녀의 목덜미를 문질렀다. 이제 거리를 벗어나 주차장에 들어섰기 때문이었다. 그는 그녀에게 자동차 문을 열어주었다. 그녀가 그의 옆을 지나 차에 올라타자 그가 고개를 숙여 그녀에게 키스했다. 이 시점에서부터 그것이 시작되었다. 이것이 일종의 시작이었다. 그는 조금 전과 다른 사람이 되었고, 그녀도 그 변화를 느낄 수 있었다. 그가 그녀의 입에 자신의 입술을 댄 채로 말했다. "그동안 내내 널 생각했어⋯⋯." 그의 말은 특별한 진실이 아니었다. 사실 그녀는 그가 거짓말을 하고 있다고 생각했다. 하지만 이 말은 아무것도 걱정할 필요 없다고 그녀에게 알리기 위해 그가 반드시 말해야 하는 진실이었다.

그가 그녀를 끌어안았다. 그와 함께 있을 때는 아무것도 걱정할 필요가 없었다. 모린은 차 안에 앉은 채 몸의 힘을 뺐다. 마치 모린 자신이 이곳을 흐르듯 빠져나가 허공으로 사라지는 것 같았다. 남자가 서투르게 그녀를 향해 몸을 기울이며 자신의 몸과 손으로 자신의 욕구를 규정하려고 했다. 그의 열정에는 화려하고 지나친 측면이 있었다. 불꽃이 그녀의 주위를 뛰놀며 그녀와 시시덕거리는 것 같았다. 그녀는 그 들뜬 불꽃을 제대로 이해할 수 없었으며, 가끔 약간의 호기심이 느껴지기는 했지만 그녀 자신도 맑은 정신을 차릴 수 없었다.

망연한 표정의 그가 우드워드 애버뉴로 차를 몰았다. 자신의 힘을 과시하듯 빠른 속도였다. 그녀는 줄줄이 지나가는 친숙한 건물들을 눈으로 훑었다. 라디오에서는 인기 있는 노래가 흘러나오고 있었다. 이 남자가 아까 말한 것처럼 봄기운이 깃든 날씨가 좋았다. 모린은 이것이 왜 자신에게 의미 있게 다가오지 않는 건지 궁금했다. 작년 봄이 어땠는지 기억나지 않았다. 옛날부터 봄이 오면 겨울을 또 한 번 살아냈다는 생각에 안도감이 들며 기분이 좋아졌던 것 같지만, 이제 그런 감정은 옆자리 남자의 것이었다. 그는 한 손으로 차를 몰면서 다른 손으로는 그녀의 손을 꼭 쥐고 있었다. 그는 봄기운을 죄다 빨아들여 완전히 들떠 있었지만, 모린은 차분하게 앉아서 거리의 상점들과 사람들을 내다보았다. 주머니에 돈을 지니고서 물건을 사려고 상점에 가는 사람들, 카운터에 돈을 내놓는 사람들, 다른 사람에게 돈을 주는 사람들의 흐름은 결코 끊어지지 않았다.

그가 그녀에게 말을 하고 있었으므로 그녀는 귀를 기울여야 했다. "지금도 학급 서기니?" 그가 말했다. "그 얘기 좀 해봐."

"할 얘기가 하나도 없어요."

"나도 학교 다닐 때가 기억나. 학급 회의 때 회장이 있고, 서기도 있었지. 얘기해봐."

"정말 할 얘기가 없어요."

얼마 뒤 그가 말했다. "네 엄마 얘기 좀 더 해봐. 엄마랑 항상 싸우기만 하는 거니? 네 엄마는 사실 잘 모르지? 네가 이러고 돌아다니는 거. 네 아버지는 어때?"

"모르겠어요. 난 그 두 사람에 대해 아무것도 몰라요."

"네가 남자랑 만나는 걸 네 엄마가 알아차린 적이 있어? 말해봐."

차가 파머 공원을 지나갔다. 사람들이 삼삼오오 짝을 지어서 봄 햇살을 받으며 한가로이 돌아다니고 있었다. 햇빛에 눈이 부신 것 같았다. 무질서한 오리 떼와 거위 떼가 연못 주위에서 먹이를 쫓아다니며 서로 싸워댔다. 물속에는 벤치들이 던져져 있었는데, 그중에 한쪽 끝으로 서 있는 벤치 위에 비둘기 한 마리가 앉아서 싸움을 구경하고 있었다. 햇빛이 모든 것 위에서 아름답게 반짝였다. 반드시 음악이 있어야만 할 것 같았다. 사람들은 테니스장에서 테니스를 치거나 그냥 노닥거렸다. 모린은 남자의 손 위에 제 손을 얹고 손가락을 쓰다듬었다. 아마 이것으로 그가 조용해질 터였다. 테니스를 치는 사람이 되면 어떤 기분인지 궁금했다. 테니스를 치는 것에는 관심이 없었지만, 테니스를 치는 사람이 되는 것에는 관심이 있었다. 흰옷을 입고 스웨터를 어깨에 걸쳐 앞에서 소매를 묶은 여자애들처럼 되는 것…….

차가 스테이트 박람회장을 지나갔다. 검둥이들이 커다란 지붕 밑에서 버스를 기다리고 있었다. 그중에 비사들 및 넝이 햇빛을 받아 도드라져 보였다.

남자는 그녀를 디트로이트 외곽의 모텔로 데려갔다. 외벽을 하얗게 칠하고, 분홍색 네온 불빛들이 장식되어 있는 건물이었다. 주차장에 다른 주의 번호판을 단 자동차들이 여러 대 있었다. 모린은 차에서 내려 숙박계를 쓰러 간 남자를 기다렸다. 남자가 돌아온 뒤 그녀는 함께 방으로 들어갔다. 베니션 블라인드가 이미 내려져 있었다.

모린은 그녀를 도와 점퍼스커트를 벗긴 뒤 부드럽고 상냥한 척하면서도 권위적인 몸짓으로 그녀의 눈꼬리 피부를 팽팽하게 당겼다. "넌 잠을 좀 더 자야 돼. 너희 식구들은 지금도 그 모양이니?" 그가 말했다.

모린은 아무 말도 하지 않았다. 그녀는 하얀 속치마 차림으로 베개 위까지 올려진 이불을 벗기며 이 장면, 그러니까 베개와 창백한 불빛이 있는 이 장면이 너무나 친숙해서 이제는 이 속에 자신을 끼워 넣을 필요도 없겠다는 생각을 했다. 그녀는 이곳에 있으면서 동시에 있지 않았다. 그런데 그때 우연한 일 하나가 그녀를 동요시켰다. 그녀가 거울에 비친 남자의 얼굴을 우연히 본 것이 문제였다. 그녀는 그 얼굴을 볼 생각이 없었다. 남자는 아래를 내려다보며 단추를 푸는 중이었는데, 고무줄처럼 늘어나게 되어 있는 백금색 끈의 시계와 셔츠 깃 끝에서 깃을 단정하게 고정해주는 작은 단추가 눈에 들어왔다. 그는 서두르느라고 조금 야비한 표정을 짓고 있었다.

그가 그녀에게 다가오면서 두 사람은 또 다른 단계로 접어들었다. 이제 두 사람은 더 이상 이야기를 하지 않았다. 모린은 이제야 비로소 그를 알아본 사람처럼 그의 등을 착실하게 더듬거렸다. 하지만 이것 역시 친숙했다. 그녀는 이 과정들을 모두 암기하고 있었다. 이것들이 불가피한 끝으로 이어지는 과정을 모두. 그녀는 서둘러 끝내고 싶었다. 그의 피부는 남자의 피부답게 조금 거칠었다. 손가락에 닿는 느낌이 거의 모래알 같았다. 그의 행동도 조금 거칠었다. 그래서 그녀가 그의 등에 올린 손과 그의 입술에 가까이 댄 입으로 그를 이끌고 있는 것 같았다. 남자는 기계 같았다. 그녀가 빨랫감을 질질 끌고 가는 빨래방의 세탁기와 비슷했다. 그들은 일정한 코스를 거쳤다. 남자가 그녀를 위해 자동차 문을 열어주었을 때 시작된 이 코스는 1~2분 뒤 그가 갑자기 마비된 듯 몸에 힘을 주며 그녀의 얼굴에 대고 단속적인 숨을 내뱉는 것으로 끝날 터였다. 남자의 사랑이 드러내는, 친숙하고 급박한 징조였다. 그는 그녀를 향해 신음을 내뱉으며 사랑을 말했다. "아, 진짜, 널 사랑해……. 너 때문에 미치겠어……."

일이 끝난 뒤 두 사람은 싸구려 면 이불 밑에 함께 누웠고, 남자는 아까와 다른 목소리로 이야기했다. 쾌활하고 활기차며 약간 큰 목소리였다. "네 엄마도 자기가 말하는 헛소리를 사실은 안 믿는 거지? 그러지 않고서야 네가 밖에 나가는 걸 내버려 둘 리가 없잖아." 그는 그녀 앞에 자신의 주장, 자신의 논리를 내놓고 있었다. 그 말의 의미가 무엇인지는 중요하지 않았다.

"모르겠어요." 모린이 말했다.

"넌 잠을 좀 더 자야 돼. 일찍 자야지."

"알았어요."

"돈이 많이 필요하니?"

"네."

"왜? 사고 싶은 거라도 있어?"

"글쎄요."

"뭘 사고 싶은데? 옷?"

"모르겠어요."

"예쁜 물건들을 사고 싶은 거지, 응?"

모린은 눈을 감았다.

"내가 사줄 수도 있어. 사줄게."

"아뇨." 그녀는 담백하게 대답했다. "그보다는 돈이 좋아요."

"내가 좋은 걸 직접 사줄 수 있다니까. 네가 골라봐."

"그보다는 돈이 좋아요."

"내가 돈을 안 주면, 나랑 만나지 않을 거야?"

모린은 대답하지 않았다. 너무 지쳐서 대답할 수 없었다.

"그럼 날 좋아하는 게 아니구나, 응?"

"좋아해요."

그는 웃음을 터뜨렸다. 기분이 매우 좋은 모양이었다. "날 사랑하니?"

"네, 사랑해요." 그녀는 둔하고 공허한 목소리로, 철저히 순종적으로 대답했다.

밖의 우드워드 애버뉴에서 자동차 소리가 점점 커졌다. 시간이 늦어지고 있다는 뜻이었다. 사람들은 도시를 벗어나 북쪽으로 향하고 있었다. 차를 몰고 도시를 벗어나 북쪽 교외의 집으로 향하는 남자들을 생각하자 전율이 그녀의 몸을 휩쓸고 지나갔다. 자동차들이 시끄럽게 꾸준히 흘러갔다. 저렇게 많은 사람들이 저렇게 바삐 달려가다니. 그런데 그녀 자신은 이 남자가 빌린 방에서 이 낯선 침대에 계속 누워 있어야 한다는 사실이 이상했다. 다른 사람들은 모두 차를 몰고 도시에서 도망치고 있는데. 그녀는 그에게서 살짝 떨어졌다. 심장이 빠르게 뛰고 있었다.

7시쯤 집에 돌아온 그녀는 곧장 욕실로 가서 약장에서 엄마의 콜드크림 병을 꺼냈다. 로레타가 모린을 따라 욕실로 들어왔다. "나한테 묻지 말고 마음대로 써." 그녀가 말했다. 리타는 가고 없었지만, 그녀의 수다스러움이 아직 남아서 로레타에게 영향을 미치고 있었다.

"내가 가져도 돼요?" 모린이 참을성 있게 물었다.

"안 될 것 뭐 있어? 같이 살고 있는데."

그녀는 엄마 옆을 지나쳐서 자기 방으로 가 침대에 걸터앉았다. 로레타가 따라왔다. 모린이 앉은 곳에서 《신세계의 시인들》이 보였다. 책 속에 또 넣어둘 돈이 수중에 있었다. 밤에 돈을 모두 세어볼 수 있을 것이다. 욕실 문을 잠그고 들어가 세어볼 수 있을 것이다.

그녀가 콜드크림을 얼굴에 바르는 동안 엄마가 담배를 피우며 문간에 아무렇게나 서 있었다. 모린은 엄마의 수다를 듣지 않고 자기 얼굴에 대해 생각했다. 거친 얼굴들이 비벼대는 바람에 자신의 얼굴이 나이를 먹고 변해가는 것 같았다. 얼굴에 변화가 생길 것 같았다. 남자에게 몸을 준 여자들이 모두 자기 얼굴에서 남자의 얼굴이 남긴 흔적을 느끼는 건지 궁금했다. 그 흔적을 어떻게 벗겨내지? 껍질이 딱딱하고 추하게 얼굴을 감싸고 있는 것 같았다. 그녀의 피부도 거칠어질 것이다.

로레타의 말투는 조금 술에 취한 사람 같았다. "리타는 정말 다정한 사람이야. 내가 얼마나 좋아하는데. 리타는 두 번이나 나를 도와줬어. 두 번이나. 내가 정말 힘들었을 때……."

모린은 티슈로 얼굴의 콜드크림을 닦아냈다. 티슈에 특별한 흔적이 묻어나지는 않았다. 약간 더러워진 콜드크림뿐이었다. 점점이 찍힌 더러운 흔적들뿐 다른 흔적은 없었다. 그래도 그녀는 감히 안심할 수 없었다. 위험이 지나갔을 때 안심하는 것은 재수없는 짓이었다. 위험은 결코 완전히 지나가는 법이 없었다. 가방에 든 돈은 어떤가? 만약 로레타가 재미로 그녀의 가방을 낚아채서 안을 들여다본다면? 그녀는 참견하기 좋아하는 성격이라 얼마든지 그런 짓을 할 수 있었다. 척추 아래쪽이 떨리기 시작했다. 모린은 얼굴을 닦아낸 티슈를 구기면서 엄마가 과연 눈치챌 수 있을지 생각해보았다. 그래, 엄마가 가방을 열어본다면 사실을 눈치챌 거야. 아냐, 엄마는 아무것도 짐작 못 할 거야. 벌써 알고 있는 건 아닐까? 아니면 전부 농담으로 한 이야기일까? 모린의 등골이 얼음으로 변해 부서질 것처럼 서늘해졌다. 갑자기 등뼈가 뚝 부러질 것 같았다. 그러면 척수액이 전부 콸콸 쏟아져 나올 것이다. 모린은 그 남자가 자신의 몸 위에서 체중을 싣고 있던 모습, 자신에게 밀어붙여지던 사랑, 그가 도저히 삼낭할 수 없어서 가능한 한 빨리 제거해야 한다는 듯이 그 사랑을 방출하던 모습을 생각했다. 엄마와 펄롱도 생각했다. 엄마와 아버지, 죽은 아버지도 생각했다. 그녀는 아주 천천히 목에서 콜드크림을 닦아내며 이런 것들을 생각했다. 깨끗해진 느낌이 좋았지만, 크림 때문에 아직 끈적거리는 기름기가 피부에 남아 있었다. 그러니까 정말로 깨끗하지는 않았다. 등이 아주 차갑고, 금방이라도 부서질 것 같았다. 지금 어떤 남자가 그녀의 몸 위로 떨어진다면, 등뼈가 뚝 부러져 그녀의 몸이 두 동강 날 것 같았다. 그녀는 이런 것들을 이해할 수 없었다. 그 무게, 남자와 여자가 자유의지로 서로에게 끌리게 만드는 힘을 이해할 수 없었다. 그녀가 이해할 수 있는 것은 가방 속의 돈과 책 속의 돈이었다. 그것은 몇 번이고 헤아릴 수 있는 대상이었으며, 제인 오스틴의 소설만큼이나 확실히 존재했다.

로레타는 할 일 없이 문간에 서서 수다를 떨고 담배를 피우며 도무지 다른 곳으로 갈 생각이 없는 것 같았다. "도서관은 어땠어? 공부 많이 했니?"

"엄마, 멍청한 텔레비전은 그만 보고 엄마도 책 좀 읽어요. 도서관에는 온갖 종류의 책들이 있어요." 모린이 갑자기 말했다. "엄마도 거기서 뭔가 배울 수 있을 거예요."

"흥, 픽이나! 무슨 소리야?"

"온갖 종류의 책들이 있다니까요."

"무슨 책?"

"내가 시집을 하나 가져왔어요. 바로 거기 바닥에 있어요. 시집요."

로레타는 줄줄이 놓여 있는 책들을 내려다보았다.

"시집이라니, 웃겨. 쳇." 그녀는 이렇게 말하고는 문간을 떠났다.

'엄마가 진짜 현실일까?' 모린은 갑자기 이런 생각이 들었다. '이런 생활이 진짜 현실일까?' 그녀는 옛날에 엄마가 아이를 낳아 엄마가 되는 것에 대해 말하던 기억이 났다. 그때 로레타는 엄마가 되는 기분이 묘하다고 말했다. 아이가 방에 함께 있지 않다면, 정말로 아이가 존재하는 걸까? 정말로 내게 아이가 있는 걸까? 네가 갖게 될 가장 중요한 아이는 내가 갖고 싶었지만 결국 갖지 못한 누군가일 수도 있지 않나? 그러면 어쩌지? 로레타는 그때 진지한 말투로 느릿느릿 이런 이야기를 했다. 웬들 할머니의 몸을 사이에 두고 코니에게 건넨 이야기였다. 그 이야기에 건성으로 귀를 기울이던 모린은 엄마의 목소리에서 뭔가 애처롭고 무서운 것을 감지하고 충격을 받았다. '아이가 방에 함께 있지 않다면, 정말로 아이가 존재하는 걸까?' 로레타의 딸인 그녀 자신도 이 질문의 답이 무엇인지 말할 수 없었다.

어쩌면 그녀의 돈이 들어 있는 책, 그녀가 그토록 탐욕스럽게 모은 돈, 돈이라는 개념, 이런 것들 역시 현실이 아닐 수도 있었다. 만약 모든 것이 산산이 부서진다면 어떻게 될까? 특정한 시간이 꿈이 아니라 현실임을 본능적으로 느끼는 것은 참으로 묘한 일이었다. 사람들은 그 시간이 진짜라고 믿고, 거기에 자신의 삶을, 자신이 가진 모든 힘과 믿음을 쏟는다. 하지만 오랫동안 길이길이 남을 것과 그렇지 않은 것을 어떻게 구분할 수 있을까? 결코 끝나지 않을 것을 어떻게 손에 넣을 수 있을까? 결혼 생활에도 끝이 있었다. 사랑에도 끝이 있었다. 돈은 누군가가 훔쳐 갈 수도, 우연히 발견하고 그냥 가져갈 수도 있었다. 펄롱이 돈을 발견할 수도 있고, 돈이 그냥 저절로 사라져버릴 수도 있었다. 학급 회의록처럼. 살다 보면 그런 일이 일어나곤 했다. 물건들이 사라지는 일. 틈새로 빠지거나, 누군가에게 게걸스레 먹히거나, 발에 차여 옆으로 밀려나거나, 침대 밑이나 쓰레기통 속으로 떨어져 사라지는 일. 오랫동안 남는 것은 하나도 없었다. 모린은 지진으로 땅이 급작스레 열려서 도시의 여러 구획 전체와 교회와 철도를 집어삼키는 모습을 생각했다. 화재, 나무와 건물을 평평하게 깔아뭉개는 불도저를 생각했다. 안 될 것도 없지. 조금 전 그 남자와 함께 누워 있는 동안 그녀는 자신이 대로가 아니라 그 방에 있음을, 어딘가로 향하는 차 안이 아니라 남자와 함께 침대에 있음을 무기력하게 깨달았다. 모린으로 살아가는 것은 그녀의 운명이었다. 그리고 그것으로 끝이었다. 하지만 남자 앞에서 그녀가 보여준 모린, 그 남자가 미칠 듯이 사랑한다며 반드시 필요하다고 말했던 그 모린은 오래가지 않았다. 그 존재에 종지부가 찍혔다. 그는 그녀를 사랑하는 코스에 아주 열성적으로 올라탔지만, 여전히 맑은 정신을 유지하고 있었으므로 그 코스에서 벗어나 그녀를 집까지 데려다주고 떼어버리는 데에도 열성적이었다. 그것이 현실이었다. 그는 약 5분 동안 그녀에게 아주 생생한 현실이었다. 그뿐이었다. 그녀가 만났던 남자들에 대해 가장 생생하게 기억하는 것은 자신에게서 멀어지던 그들의 모습이었다. 그들은 모두 할 일을 마친 몸에 불과했다.

그날 밤 펄롱이 일찍, 10시쯤 집에 돌아왔다. 그의 목소리가 들리더니 곧 로레타가 모린을 불렀다. "얘, 이리 좀 나와봐. 할 일이 있어." 모린은 당장 일어나서 밖으로 나갔다. 혼자 얼굴을 찡그리지도 않았다. 그녀는 목욕 가운 차림이었다. 펄롱은 식탁 옆에 서서 한 손으로 등을 짚고 있었다. 그 패배의 몸짓이 묘하게 부드러워 보였다. 모린은 남자들이 아픔을 느끼는 것에 대해 별로 생각한 적이 없지만, 이 남자는 지금 확실히 통증을 느끼고 있었다.

"얘, 이 사람 등 좀 문질러줄래?" 로레타가 말했다. "또 말썽을 피우는 모양인데, 내가 너무 피곤해서 그래. 하루 종일 현기증이 났어."

모린은 엄마를 침착하게 바라보며 고개를 끄덕였다.

"내가 필요한 걸 가져올게." 로레타가 말했다. "정말 고맙다, 리니. 안 그러면 이 사람 오늘 밤에 잠을 못 잘 거야."

펄롱이 앉았다. 모린은 기다렸다. 두 사람은 말도 하지 않고 서로를 바라보지도 않았다. 로레타가 욕실에서 소독용 알코올을 가져와 펄롱을 윽박지르듯이 기운차게 그의 셔츠 단추를 풀었다. "리니도 좀 쓸모 있게 굴어야지." 그녀가 말했다. "오늘 아기가 두 번이나 아팠어. 가엾게도. 그것만으로 난 지쳐버렸다고. 자, 리니, 이리 와. 이렇게 하면 돼. 잘 봐."

엄마가 모린에게 펄롱의 등을 어떻게 마사지하는지 보여주었다. "손가락에 힘을 줘서 세게 문질러야 돼. 둥글게 원을 그리면서." 로레타에게서 싸구려 파우더 같기도 하고 기분이 좋기도 한 냄새가 났다. 펄롱의 냄새는 달랐다. 탄탄하고 묵직한 몸처럼 그의 존재가 풍기는 냄새, 그의 영혼이 풍기는 정체 모를 냄새도 묵직하고 어둡고 불투명했다. 거기에 가벼운 느낌이나 파우더 같은 느낌은 전혀 없었다.

모린은 조금 어지러웠다. 엄마의 현기증이 옮겨 온 것 같았다. 이상했다. 엄마의 손이 자신의 손을 겹치듯 잡고 펄롱의 등 위에서 이리저리 이끄는 것이 아무렇지도 않았다. 손끝이 척추를 이루는 작고 기묘한 뼈들 위를 조금은 경이로운 듯이 느릿느릿 움직였다. 몹시 피곤했지만 그녀는 이 모든 것이 아무렇지도 않았다. 심지어 엄마가 자신에게 몸을 기대고 있는 것도 아무렇지 않았다.

"이렇게, 이렇게." 로레타가 기분 좋은 표정으로 말했다. 그리고 펄롱에게 시선을 돌렸다. "기분이 어때?"

그가 고맙다는 듯이 고개를 끄덕였다. 통증 때문에 얼굴이 땀범벅이었다. 모린은 자기 손가락 밑의 두껍고 매끈한 피부를 빤히 바라보다가 그가 말이 없는 이유를 깨달았다. 그녀의 아버지도 말이 없었다. 남자에게는 살이 너무 많아서, 무게가 너무 묵직해서 단어들이 억지로 비집고 나오기가 힘들었다.

"좋아, 리니. 이제 어떻게 하는지 알았지? 난 자러 간다." 로레타는 이렇게 말하고서 가버렸다.

그녀가 침실에서 아기에게 말을 거는 소리가 들렸다. 아기가 칭얼거렸다. 다른 방에서 들려오는 이런 소리들은 벽 같았다. 그리고 로레타는 그 벽 뒤편에 있었다. 모린은 펄롱의 뒤통수를 바라보았다. 꼼짝도 하지 않는 그의 목덜미, 탄탄한 등, 그의 연약함에 대한 비밀을 품고 있는 것 같은 작은 잠티와 점이 있는 창백한 살을 빤히 내려다보았다. 이렇게 가까이 다가서지 않으면 그런 것은 결코 알 수 없을 것이다. 그녀는 급격히 밀려온 현기증에 압도당할 것 같았다.

펄롱의 등을 마사지하는 동작이 마치 최면에 걸린 것 같았다. 그래도 피로 때문에 그녀의 손이 느려졌다. 팔 위쪽 높은 곳의 근육이 아팠다. 그녀는 잠시 동작을 멈추고 그를 향해 몸을 기울였다. 마치 귓속말을 할 것처럼 보였지만, 그녀는 그의 따뜻한 등, 어깨 근처에 뺨을 갖다 댔다. 그리고 잠시 그 자세를 유지했다.

그러고 나서 그녀는 뒤로 물러나며 말했다. "안녕히 주무세요. 저는 자러 갈게요."


17


다음 주 어느 날 오후 5시쯤 모린은 친구의 차를 타고 리버노이스에서 신호등이 바뀌기를 기다리다가 우연히 차창 밖을 흘깃 바라보았다. 인도에, 마치 하루 종일 그 자리에 서 있었던 것처럼 보이는 남자들과 함께 엄마의 남편이 서서 그녀를 뚫어져라 바라보고 있었다. 모린은 손으로 얼굴을 가리고 시선을 돌렸다.

"왜 그래?" 남자가 물었다.

"아무것도 아니에요."

그는 차를 출발시켰다. 오늘 그는 전보다 조용했다. 그녀는 그의 태도 변화에 대해 귀찮게 굴지 않고 가만히 앉아서 모든 것이 빨리 끝나기를, 항상 하던 일이 저절로 진행되어 힘이 소진되기를 기다렸다. 하지만 갑자기 몹시 무서워졌다. 그래서 그녀는 덜덜 떨기 시작했다. 등골에 다시 기묘한 느낌이 느껴지기 시작했다. 마치 몸이 마비되려는 것 같았다. 그 서늘한 느낌은 온몸으로 점점 퍼져나갔다. 모린은 앞으로 어떻게 될지 생각해보았다. 펄롱은 확실히 그녀를 보았다. 그리고 그녀는 손으로 얼굴을 가렸다. 순식간에 일어난 일이었지만, 그것으로 끝이 아니었다. 모린은 양손으로 머리를 꽉 붙들고 두개골의 감촉을 느끼면서, 자신이 이 낯선 남자의 차 안에서 기절할지도 모른다는 생각을 했다.

남자가 뭔가 이야기를 하고 있었다. 모린은 가만히 앉아서 스쳐 가는 풍경과 거리의 상점들을 물끄러미 바라보았다. 모든 것이 지나치게 밝아서 눈이 아팠다. 모린은 옆에 앉은 남자도, 펄롱도, 집에 갔을 때 일어날 일도 생각하지 않았다. 대신 그 책과 그 안에 들어 있는 돈, 몇 주 동안 모은 그 돈에 생각을 고정했다. 그 돈을 쉽사리 빼앗길 수는 없었다. 그 돈을 잃어버릴 수는 없었다. 돈을 생각하자 점점 호흡이 빨라졌다. 그것은 그녀의 돈이었다. 차창으로 들어온 바람에 머리가 흐트러지고 눈이 아팠다. 왜 이렇게 춥지? 지금 어디로 가는 길인지 잘 기억나지 않았다. 오늘 오후에 벌써 이 남자와 잠자리를 한 건가, 아니면 하러 가는 중인가? 그녀는 이틀 전인가 사흘 전에도 이 남자를 만났다. 정확히 언제인지는 기억나지 않았다. 그녀는 조심스레 몸을 뒤척이며 생각을 해보려고 했다. 이 남자 때문에 몸이 아픈 건가, 아니면 아직 아무 일도 없었던 건가? 답이 무엇이든 사실은 별로 상관없었다. 그녀의 마음속은 완전히 텅 비어 있어서 아무것도 느껴지지 않았다. 그리고 몸은 그녀보다 더 빨리 모든 것을 잊어버렸다.

남자의 차에서는 가죽과 금속 냄새가 났다. 그녀가 몸에 뿌린 향수 냄새도 났다. 연한 파란색 병에 든 엄마의 향수였다. 무릎 위에 힘없이 놓인 손은 손가락이 길고 마디가 붉거지고 잉크 얼룩이 몇 개 묻은 여학생의 손이었다. 손이 몹시 차가웠나. 발을 확인해보았더니, 발도 역시 몹시 차가웠다. 하지만 지금은 겨울이 아니었다. 흐트러지고 더러워진 눈 더미도 남아 있지 않았다. 본격적인 봄이라서 사람들은 외투 없이 셔츠 바람으로 거리를 돌아다녔다. 그런데도 그녀는 몹시 추웠다. 그녀는 밖을 빤히 바라보았다. 이 거리가 어디인지 생각나지 않았다. 앞에서 차단기가 서서히 올라가고 있었다. 두 사람은 기차가 지나가기를 기다리고 있었던 모양이었다. 모린은 올라가는 차단기를 바라보며 겁에 질렸다.

"너 왜 그래? 속이라도 안 좋아?"

"아뇨."

그가 걱정스러운 표정으로 그녀의 손을 잡았다. 그리고 라디오를 껐다. 그때까지 모린은 사실 라디오를 듣고 있지 않았다. 그녀는 고개를 젓기 시작했다. 아뇨. 그가 무엇을 묻든 대답은 항상 '아뇨'였다. 그녀는 영혼 없이 기계적으로 거짓말을 했다. 그러다가 태도를 바꿔 다시 거짓말을 했다. "머리가 좀 아파서 그래요. 아무것도 아니에요." 그가 그녀의 손을 꼭 쥐고 그녀의 허벅지에 밀어붙였다. 그녀는 그의 커다란 손, 털이 숭숭 난 손을 내려다보며 여자들은 왜 남자들에게 자신을 내어주는지 모르겠다고 생각했다. 결과는 항상 이런 것을. 손이나 아니면 다른 신체 부위가 닿을 뿐인데.

학교에서 여학생들은 또래의 거친 소년들과 어울려 돌아다녔다. 그들은 무슨 짓이든 하면서도 그 대가로 돈을 받지 못했다. 그녀는 그들을 이해할 수 없었다. 그들이 화장실에서 들뜬 목소리로 나누는 이야기는 그녀에게 외국어처럼 이해 불능이었다. 여학생들은 언제나 이렇게 말했다. "아, 그 애가 정말 좋아. 미치겠어." 모린은 호기심과 약간의 혐오감을 느끼면서, 그들의 말 속에서 정체를 알 수 없는 거친 애정을 감지했다. 그들은 다른 원소로 만들어진 생물 같았다. 거칠고 예쁜 그들은 머리를 높이 부풀리고, 입술에 밝은 빨간색을 칠하고, 스타킹과 구두를 신었다. 옷은 몸에 꼭 끼는 것을 사서 매끈한 몸매가 드러나게 했다. 그들은 손목에 흐릿한 초록색 자국을 남기는 이름표 팔찌를 꼈다. 남자애들이 준 반지를 줄에 끼워 목걸이처럼 걸고 다녔다. 그 줄도 희미한 초록색 자국을 남겼다. 자매처럼 비슷한 열정을 지닌 그들은 남자아이의 광적인 손아귀에 잡혀 그들에게 모든 것을 내어주고 싶어 했다. 그래서 불안하면서도 기쁜 얼굴로 무리를 지어 수다를 떨었다. 어떤 때는 교회에서 예배를 볼 때처럼 속닥거리기도 했다. 학교 교복인 점퍼스커트는 그들의 들뜬 숨소리를 감당하지 못했다. 그들의 손이 날듯이 움직여 똑같은 손짓을 만들어내며 무기력감, 압도된 기쁨, 제정신으로는 할 수 없는 추락을 드러냈다. 이해할 수 없는 일이었다.

모린은 남자의 손을 빤히 바라보았다. 그의 손가락이 그녀의 손가락과 얽혀 있었다. 그녀는 인간들이 왜 기꺼이 서로 몸을 얽는지, 그것이 무슨 욕구이기에 그토록 탐욕스럽고 격렬하게 충족해야 하는지, 마지막 순간에 왜 그토록 서둘러서 하나가 되고 일을 끝내려고 하는지 이해할 수 없었다……. 남자의 피부가 거칠었다. 하지만 부드러움과 연약함도 느껴졌다. 겉으로 드러난 피부 아래에 커다란 푸른색 혈관 세 개가 부풀어 있고, 손마디에서 이어진 뼈 네 개가 피부 표면을 들어 올렸다. 모린은 그의 손을 빤히 내려다보았다. 자신이 점점 미쳐가는 것 같았다……

그는 남자였다. 낯선 사람. 그가 잡지 너머로 그녀를 올려다보고 있었다. 그의 눈이 글을 읽을 때처럼 계속 그녀에게 머무르며, 그녀를 지적해내고 평가했다.

그녀가 학교에서 집까지 걸어가고 있을 때 차 한 대가 지나갔다. 그리고 그 차가 속도를 늦췄다. 그녀는 걸음을 늦추거나 재촉하지 않고 계속 인도를 따라 걸었다. 얼굴 옆쪽이 따끔거리기 시작했다. 뭐가 위험한 거지?

엄마가 다른 여자와 수다를 떨고 있었다. 성경을 팔러 돌아다니다가 여자들의 집에 들어와 칼로 젖가슴을 그어버리는 검둥이에 대한 이야기였다. 그는 트렌치코트를 입고 선글라스를 쓴 날씬한 자였다. 그는 백인과 검둥이를 가리지 않고 여자들을 공격했다. 그 자신은 피부가 밝은 편이었다. 외모는 매력적이었다. 그는 트렌치코트를 입고 걸어 다녔다. 성경을 팔 겠다며 아무 집이나 두드렸다. 선글라스 뒤에는 십중팔구 평범한 눈이 있 을 테지만, 아무도 그 눈을 보지 못했다. 그는 작은 칼을 들고 다녔다.

차가 고속도로 건설 현장 부근을 지나고 있었다. 북쪽으로 도시를 가르 는 고속도로였다. 사방에 진흙과 거대한 오렌지색 기둥들이 있었다. 고속도 로 위에 세워진 것도 있고, 진흙 속에 누워 있는 것도 있었다. 남자들이 진 흙 속에서 일했다. 증기 삽과 트럭이 여러 대 있고, 남자들이 많았다. 펄롱 과 비슷하게 생긴 남자가 길에 서서 물끄러미 앞을 바라보며 담배를 피우 는 것이 보였다.

모린은 부엌 바닥에 깔린 리놀륨을 닦고 있었다. 검고 하얀 사각형이 그 려진 리놀륨은 무슨 수를 써도 깨끗하게 닦이지 않았다. 세제에서 독하지 만 기분 좋은 냄새가 났다. 바닥의 물기는 듬성듬성 말랐다. 그래서 물기로 반짝이는 곳이 있는가 하면, 금세 물기가 말라서 더러워 보이는 부분도 있 었다. 하얀 사각형들이 누르스름했다.

로레타의 친구가 부엌에서 로레타와 이야기를 하고 있었다. "그 사람 아 버지가 암으로 다 죽어간대. 그래서 내가 아버지가 돌아가시면 그 차를 갖 고 싶다고 말했더니 그 늙은 년이 난리를 치는 거야. 우리만큼 그 차가 필요 한 사람이 어디 있어? 밥이 저 멀리 포드 공장까지 일하러 다니잖아."

시골뜨기들이 길을 건너려고 인도에 서 있었다. 모린은 창백하고, 긴장되 고, 졸리고, 의심 많은 얼굴을 보고 그들의 정체를 알 수 있었다. 그들은 날 씬했지만 서툴렀다. 서른 살쯤 된 남자가 모린을 빤히 바라보았다. 고운 분 을 바른 것처럼 하얀 얼굴은 부드러웠지만 설치류 같았다. 그가 혹시 누군 가의 형제인지 궁금했다…….

모텔은 베이지색을 칠한 콘크리트블록으로 지어져 있었다. 커다랗게 둥 글린 글자들이 있는 네온사인이 거리 쪽으로 삐죽 나와 있었다. 근처의 고

가도로 때문에 모텔이 푹 꺼진 것처럼 보였고, 진입로 앞에는 물이 크게 고여 있었다. 마당 한쪽 끝에 주차된 자동차 두 대의 번호판은 뉴욕과 캐나다 온타리오의 것이었다. 방에는 합성섬유로 만든 베이지색 방화 커튼이 달려 있었다. 모린은 커튼을 쳤다. 이불은 황갈색 바탕에 빨간색과 검은색 줄무늬가 있는 것이었다. 친숙하게 보였다. 남자는 아래를 바라보며 셔츠의 단추를 푸는 중이었다. 모린은 흐릿한 시야 때문에 고개를 흔들었다. 학교 화장실에 옹기종기 모여서 금지된 담배를 피우며 금지된 일들에 대해 즐겁게 떠들어대는 여자아이들이 생각났다……. 작은 칼을 들고 다닌다는 검둥이 성경 판매원도 생각났다.

남자가 다가와 그녀를 껴안았다. 그녀는 그의 몸에 팔을 둘렀다. 무서워서 죽을 것 같았지만, 이유가 기억나지 않았다.

두 사람은 고속도로를 따라 집으로 돌아가는 중이었다. 고가도로는 절반쯤 지어져 있었다. 고속도로도 갑자기 뚝 끊겼다. 도시가 큼직큼직하게 잘려나간 상태였다. 집도, 땅도. 나무들은 쓰러진 자리에 그대로 놓여 있었다. 뿌리는 가느다란 잔뿌리와 진흙이 뭉친 덩어리였다. 모린은 자신이 어디서 지진의 아이디어를 얻었는지 천천히 깨달았다. 아직 서 있는 집들 뒤편, 아직 쟁기에 밀려나지 않은 나무들 뒤편의 하늘이 늦은 오후의 분홍색을 띠고 있고, 강 하류에서 실려 온 연기가 거기에 얼룩을 만들었다. 모린의 눈은 이 모든 것을 제대로 받아들이려고 애썼다. 이런 아름다움은 위태롭기 그지없었다.

남자가 말했다. "이 망할 고속도로 공사가 빨리 좀 끝났으면 좋겠어!"

"가끔은 계속 달려도 괜찮을 것 같아요." 모린이 말했다. 약하고 새된 목소리였다. "드라이브로요. 긴 드라이브."

그가 그녀를 흘낏 보았다. "물돈이시. 좋은 생각이야."

"언젠가 긴 드라이브를 하고 싶어요. 다리를 넘어 캐나다까지 달릴 수도 있죠. 난 캐나다에 한 번도 안 가봤거든요."

"좋지. 언제 한번 그렇게 하자."

남자는 모린을 집에서 한 블록 떨어진 곳에 내려주었고, 모린은 서둘러 집으로 갔다. 손에 교과서들을 들고 있었다. 몸에는 감각이 없었다. 집까지 절반쯤 갔을 때 청바지 차림의 여자애가 어떤 집 문간에서 펄쩍 뛰어나왔다. 모린의 동생이었다.

"안녕, 리니 언니." 베티가 말했다. "도대체 뭔 일이래? 노친네가 아주 난리가 났어. 저기서 언니를 기다리고 있으니까 안 가는 게 좋을 거야."

모린은 동생을 빤히 바라보며 교과서들을 가슴에 끌어안았다.

"도대체 무슨 일이야?" 베티가 솔직하고 호기심 어린 표정으로 물었다. "엄마가 언니더러 자기가 있는 데로 오래. 지니네 집. 나도 거기서 잘 거야. 집에 가면 안 돼. 노친네가 난리가 났으니까. 술에 취했어."

모린은 그냥 옆을 지나갔다.

"언니, 노친네가 왜 언니한테 화가 난 거야? 그냥 취해서 그러는 거야? 우리 방에서 난동을 피우고 있어, 나쁜 자식. 게다가 언니 책에서 돈도 찾아냈다고. 그 돈은 전부 어디서 난 거야?"

"신경 꺼."

모린은 집을 향해 서둘러 걸어갔다. 펄롱이 창밖을 내다보면서 그녀를 기다리고 있을지도 모른다는 생각이 들었다.

"그 돈 훔친 거야? 그 돈이 전부 어디서 났어? 엄청 큰 돈이던데."

"신경 꺼. 시끄러."

모린은 동생에게서 벗어나 아파트 계단을 올라갔다. 발걸음이 느렸다. 아무 소리도 들리지 않았다.

베티가 아래쪽에서 소리쳤다. "언니 미쳤어? 당장 내려와! 그 인간 지금 난리도 아니라고. 발길질에 맞아서 이가 부러지고 싶어? 언니를 경찰에 넘길 거래. 그 돈 때문에……."

모린이 아파트 문을 밀자 문이 활짝 열렸다.

그가 그녀에게 다가오고 있었다. 그의 뒤쪽으로 난장판이 된 집 안이 보였다. 원래 벽에 붙어 있던 소파는 모로 쓰러져 있고, 바닥에는 쿠션이 떨어져 있고, 커피 탁자도 쓰러져 있었다. 펄롱은 몇 시간 전 거리에서 보았을 때와 똑같은 재킷 차림이었다. 끝까지 단단히 지퍼가 올려져 있었다. 그가 다가와서 모린의 목을 움켜쥐고 방으로 끌고 들어갔다. 뭐라고 고함을 질러댔지만, 그녀는 알아들을 수 없었다. 단어들이 들리기는 하는데 너무 가까이서 그녀를 두들겨대는 바람에 의미를 알아들을 수 없었다. 펄롱이 자유로운 한 손으로 그녀를 때리기 시작했다. 쓰러지지 않게 손으로 그녀를 붙들고 몇 번이나 때렸다. 그녀는 그의 손에서 벗어나 뒤로 쓰러져 도망치려고 애썼다. 비명도 질렀다. 그가 그녀의 몸을 때리기 시작했다. 그가 그녀를 놓아주자 그녀는 바닥에 쓰러졌다. 그리고 양팔로 머리를 감싼 채 바닥을 향해 비명을 질렀다. 리놀륨 바닥을 향해. 그동안 그는 몸을 숙여 그녀를 납작하게 두들겨 팼다.

II
내가 온 곳은
누구의 나라인가?

갑자기 공기가 무거워진다. 그녀는 눈을 꼭 감는다. 안개가 그녀를 휩쓸고, 가까이에서 경적이 울린다. "모린, 도대체 무슨 짓이야!" 누군가가 그녀의 팔을 잡는다. 다행이야. 안전하게 잡아주니 다행이야. 누군가가 초조한 듯 그녀의 팔을 꽉 잡고 있다. 그녀의 몸이 점점 텅 비고, 머리도 점점 텅 비는 것이 느껴진다……. 몸이 섬세한 살 같은 껍질로 변한다. 아주 얇은 껍질이다. 어떤 남자의 목소리가 그녀의 귓가에서 뭐라고 말하고 있다. 동전이 쨀랑거리는 소리. 차 소리, 경적 소리. 배기가스 냄새. 그녀는 벌써 버스에 타고 있다. 엄마가 여전히 그녀를 꽉 붙들고 있다. 고개를 돌리자 자신의 자아가 갑자기 경련하듯 움직이며 자신의 몸에서 빠져나와 자유롭게 도망치는 것이 보인다. 그 자아가 그녀다. 그것이 버스에 올라타려는 사람들을 밀치며 다시 인도로 내려선다. 그리고 그녀를 흘깃 올려다본다. 이제 모든 것이 모린에게서 썰물처럼 빠져나가 그 자아에 합류한다. 도망치는 그 자유로운 몸에……. 자유롭게 터져나가고 싶어 하는 물의 무시무시한 압력과 비슷하다. 그녀도 자유롭게 빠져나와 저 몸에 합류하고 싶은 마음이 얼마나 간절한지. 자유롭게 풀려나는 고통과 공포로 비명을 지르고 싶은 마음이 얼마나 간절한지…….
'여기 앉아. 가만히 앉아 있어. 제발 부탁이니까.' 엄마가 말한다.
그녀는 앉는다. 그리고 거칠게 고개를 돌려 차창 밖을 바라본다. 자신의 다른 자아가 인도에 서 있는 곳을. 사람들이 지나간다. 사람들, 낯선 사람들이 그녀의 주위에서 갈라져 그녀를 건드리지 않고 지나가는 것 같다. 그들은 눈에 보이지 않는 존재가 되지만 그녀 자신은, 그러니까 그 다른 자아는 점점 생생하고 눈부시게 변해서 인도에 서 있다. 그녀가 고개를 고통스러운 각도로 돌려서 버스에 타고 있는 모린을 바라본다. 죄책감과 야성이 뒤섞인 얼굴이다.

# 1

줄스는 작고 지저분한 아파트의 부엌에 앉아 커피 잔을 빤히 들여다보았다. 옆의 탁자에는 분홍색으로 염색한 커다란 꽃이 화분에서 자라고 있었다.

"걱정 마라. 괜찮아질 거야." 로레타가 말하고 있었다. "지금 그 애는 푹 쉬고 있어. 기분이 우울해서 완전히 축 처져 있지만, 누군들 안 그렇겠니? 여자들은 자라면서 남자들한테 온갖 짓을 당하고 부서지는 법이야. 원래 세상이 그런 거라고. 하지만 얘, '난' 부서지지 않아. 그 인간은 감옥에서 썩을 거야."

"4개월은 감옥에서 썩는 게 아니에요."

"4개월이라니! 젠장, 개 같은 4개월이라니!"

줄스는 그 말이 맞다는 듯 입을 비틀었다. 이제 열여덟 살인 그는 뭔가 깨지기 쉬운 것을 들고 있는 사람처럼 아파트에 들어섰다. 얼굴에는 후회와 걱정이 드러나 있었다. 그는 엄마를 사랑했다. 누이동생도 사랑했다. 그들을 두려워하고 그들이 더러워질까 걱정하는 것이 싫었다. 그러면 자신의 약한 부분이 드러날 것 같았다. 그래서 그는 성난 엄마의 무거운 숨소리와 냉장고 위에서 영원히 똑딱거리는 시계 소리를 의식하며 식탁에 뻣뻣하게 앉아 있었다. 벌떡 일어나서 평소처럼 야단법석을 떨고 싶은 생각이 간절했다. 대개 그는 장난을 치며 돌아다녔다. 펄롱의 원숭이 같은 미소를 흉내 내면 안 될 것이 무엇인가? '좋은 남자'인 척하는 그의 절망적인 시도는? 그가 그랬던 것처럼 다른 사람들과 함께 식탁 주위를 춤추듯 돌아다니며 결코 진지해져 본 적이 없는 밝은 소년의 모습을 뽐내면 안 될 것이 무엇인가? 사람들은 그에게 말했다. "줄스, 이 미친놈!" 그들은 몸을 떨며 웃어댔다. 아니면 이런 말을 할 때도 있었다. "줄스, 넌 텔레비전에 나가야 돼!" 하지만 지금 그는 왜 사람들이 자기를 재미있는 사람으로 생각하는지 짐작이 가지 않았다. 그는 엄마가 얼마 전에 이사 온 작은 아파트에 앉아 있었다. 아들이라는 옷, 오빠라는 옷을 입고 옆방에 있는 존재를 볼 생각을 하니 신경이 곤두섰다. 핏줄과 사랑이라는 사슬에 묶여 강바닥으로 끌려온 것 같았…….

"그럼 상황이 그리 나쁘지 않다고 생각하는 거예요?" 줄스가 몸을 꼼지락거리며 말했다. "며칠 전에 베티랑 이야기를 했는데……."

"걔가 뭘 알아? 겨우 쥐꼬리만큼만 아는 주제에. 난 그 말썽꾸러기한테는 손을 씻을 거야."

"엄마, 엄마는 괜찮은 거죠?"

"그건 왜 물어?"

4월에 모린이 구타를 당하고 펄롱이 구속된 뒤 이혼의 여러 과정을 거치면서 로레타는 변했다. 항상 초췌한 모습이었다. 줄스가 보기에는, 가끔 아는 것이 많은 사람처럼 보일 정도였다. 마치 이 고난을 통해 뭔가 교훈을 얻기라도 한 것처럼. 그는 식탁을 향해 몸을 기울이고 손에 턱을 괴었다. 다른 곳에서는 에너지가 넘치다 못해 거의 열에 들뜬 것처럼 보이는 그가 엄마 앞에서는 피곤한 노인이 된 기분이었다. 엄마는 같은 나이에 머물러 있는데 자신은 점차 나이를 먹는 느낌이 들었다. 그가 바라는 일이었다. 순전히 자신이 엄마의 삶을 이끌어주고 싶어서. 그들은 아주 오랫동안 함께 지냈다. 줄스와 엄마. 그는 엄마가 자신을 알아차리기도 전에 이미 그녀를 의식적으로 알아차렸으며, 엄마보다 더 약삭빨라서 아직 보이지 않는 것을 미리 내다볼 수 있었다. 물론 로레타는 자기 앞에 있는 것만 간신히 볼 수 있는 사람이었다. 오늘 아침에 로레타는 조심스럽고 가라앉은 표정이었다. 날카로운 눈 위의 가느다란 눈썹 때문에 얼굴이 섬세한 인상을 풍겼다. 줄스는 엄마의 얼굴에 모린의 이미지가 유령처럼 흐릿하게 겹쳐져 있는 것을 볼 수 있었다. 모린이 자라면 이런 얼굴이 될 터였다.

"개랑 얘기해도 돼요?"

"아마 자고 있을걸."

"지난번에 왔을 때도 자고 있다고 했잖아요. 항상 잠만 자요?"

"아니, 항상 자는 건 아니야." 로레타가 초조하게 말했다. 그녀는 일종의 요람 같은 곳에 누워 있는 아기를 안아 올렸다. 아기의 얼굴과 팔이 빨갛게 변해서 마치 두드러기라도 난 것 같았다. 줄스는 아버지가 다른 이 남동생을 별다른 관심 없이 바라보며, 왜 관심이 생기지 않는지 궁금해했다. "그 애는 텔레비전을 봐. 내가 말을 걸고, 우리 사이는 괜찮아. 그 말썽꾸러기 베티가 문제를 만들 때만 상황이 나빠지지. 얘, 줄스, 저기 병원에 있는 의사랑 리니에 대해 얘기해봤는데, 의사 말이 리니가 정신을 차릴 거라더라."

"언제 얘기한 건데요?"

"4월 말."

"지금은 6월이잖아요. 그래서 좀 나아졌어요?"

"훨씬 나아졌지."

"그럼 왜 서 망에서 안 나와요?"

"쉬고 있는 거야. 힘을 되찾고 있는 거라고. 내가 만들어주는 음식을 전부

먹으니까 괜찮을 거야. 식욕이 얼마나 좋은데, 줄스. 간호사가 그건 좋은 징
조랬어."

"어디에 있는 무슨 간호사요?" 줄스가 다그치듯이 말했다.

"아, 버스에서 만난 진짜 착한 여자야. 자격증이 있는 간호사고. 우연히
얘기를 하게 돼서 내가 모린 이야기를 좀 했더니……."

"세상에, 버스에서 만난 간호사라고요?"

"그게 뭐 어때서? 너 왜 그러는 거야? 네 동생을 어디 정신병원에 넣고
싶니? 그러고서 내가 걔를 잊어버리면 좋겠어? 네가 뭘 알아? 우리 아버지
도 그 사람들이 잡아가기 전에는 미치지 않았어. 그다음에야 산산이 부서
져서 항상 더러운 속옷 차림으로 앉아 있었지. 악취를 풍기면서. 거기 있는
사람들은 다 그래. 게다가 그런 데서 임신하는 여자들도 있어. 진짜야. 간호
사는 몇 명밖에 없고, 그 뭐더라, 조무사랑 의사 두어 명뿐이라고. 밤이 되
면 온갖 황당한 일들이 일어나. 거긴 쓰레기장이야. 다 그래!" 로레타는 줄
스에게 모든 것을 정당화하듯이 자신의 내면에서 분노를 이끌어냈다. "온
갖 일들이 벌어진단 말이야! 더러운 일들이! 넌 들어도 못 믿을걸! 그 사람
은 그냥 애를 두들겨 패기만 했지만, 그 쓰레기장에서는 애가 훨씬 더 나빠
져서 다시는 정상으로 돌아오지 못할 거야. 난 알아. 여자들은 남자 때문에
참다 보면 가끔 미치기도 해. 그러니까 모린은 남자들에 대해 잘 알게 될 때
까지 남자랑 떨어져 있어야 돼."

"하지만 베티 말로는……."

"걔가 뭘 알아! 걔는 너랑 똑같이 나돌아 다니기만 하지! 하루 중 절반은
'친구'라는 것들이랑 같이 있는데, 그중에는 열일곱 살짜리 깜둥이 여자애
도 있어!"

"엄마, 내 말을 막지 좀 마세요." 줄스는 이렇게 말하고서 미소를 지으려
고 애썼다. 엄마는 항상 미소에, 약간의 예의에 약했다. "베티 말은 그 방에

돈이 아주 많았대요. 모린의 돈이요. 베티한테서 들은 얘기예요."

"모린의 돈은 없어. 그건 '그 사람' 돈이야."

"베티는 그게 모린의 돈이라고 했어요. 모린이 책 속에 넣어두었다고."

"아냐, 그건 '그 사람'이 나 몰래 숨겨둔 돈이야. 그 나쁜 자식이 그걸 숨겨놓고서는 술에 취해서 모린이 어디서 훔친 돈이라고 날 속이려고 했지. 모린이랑 베티가 훔쳤다고 했어. 그렇게 말했다고……."

"베티 말은 달라요."

"거짓말이야! 걔는 감옥을 눈앞에 둔 말썽꾼이야. 사람들이 걔를 잡으러 오면 내가 걔를 가두고 열쇠를 어디 던져버리라고 할 거야! 그 망할 검둥이 친구들하고 어울리는 꼴이라니. 못생긴 주제에! 아니야, 그 사람은 그게 모린이 훔친 돈이라고 거짓말을 했지만, 그건 그 사람이 어디선가 벌어 왔으면서 나 몰래 숨겨둔 그 사람 돈이야."

"그럼 베티 말은 사실이 아니에요? ……모린이 거리로 나갔다는 말?"

"세상에! 당연히 사실이 아니지." 로레타가 말했다.

줄스는 모린의 닫힌 방문을 바라보았다. 엄마의 숨소리가 가빴다. 그가 잠시 후 말했다. "뭐, 나도 딱히 믿은 건 아니지만……."

"아니지만 뭐?"

"하지만 베티가 그렇게 말했고, 다른 아이도……."

"다 미쳤어! 어쨌든 베티는 항상 모린을 시기했잖아. 너도 알면서."

"걔가 돈을 갖고 있었다면 왜 숨겼을까요? 왜 전부 숨겼죠?"

"그래, 왜 숨기겠어?" 로레타가 재빨리 말했다. "애들은 돈을 숨기지 않아. 그런 건 자연스럽지 않다고. 베티가 어딘가에서 돈을 가져오는 건 알지만, 걔는 티를 내지 않지. 난 걔한테 두 손 들었어. 베티는 돈이 생기자마자 곧바로 옷이나 잡동사니를 사는 데 써버려. 사실 그 검둥이 년이랑 같이 모터스쿠터를 살 거라고 하더라. 그게 말이 되니? 아주 보기 좋을 거다. 내 딸이 검둥이랑 같이 스쿠터를 타고 돌아다니는 꼴이라니! 하지만 애들은 원래 돈을 곧장 써버리게 마련이지. 리니도 다를 것 없어. 그러니까 그건 처음부터 '그 사람' 돈이었어. 그런데 그 사람이 취해서 모린한테 덮어씌우려고 한 거야. 그 둘은 처음부터 사이가 안 좋았으니까. 그 사람은 걔를 질투했거든. 너도 질투했고. 나 때문에…… 내가 자기보다 내 자식들을 더 사랑한다는 걸 알고 미쳐 날뛰곤 했어. 그 애는 그런 짓을 하지 않았어. 세상에, 만약 내가…….

"알았어요, 엄마."

"매춘부라니……."

"알았어요."

"옛날 동네에서 사람들이 하는 말은 듣지 마. 항상 멋대로들 떠들어대니까. 거길 전부 철거해버리면 좋을 텐데. 그러면 그 뚱보 여편네들도 남의 집 이야기를 떠들어낼 수 없을 텐데…… 고속도로가 그 동네를 곧바로 뚫고 지나가게 지었으면 좋겠어. 어차피 술주정뱅이 아일랜드 놈들이잖아! 절반은 제정신이 아니라고. 검둥이들이 시내에서 그리로 이사를 오고, 멕시코인들도 다른 데서 이사를 오고 있으니 조만간 딱 좋을 때가 될 거다. 너 요새도 그 동네 애들하고 어울리니? 그 래미 멀론이라는 애?"

"그 녀석이든 누구든 요새는 안 만나요."

"그럼 요새는 누가 네 친구야, 줄스?"

"내가 친구들 이야기를 하러 온 게 아니잖아요."

"줄스……."

"모린이랑 이야기를 좀 해봐도 돼요?"

로레타는 슬픈 얼굴로 한동안 줄스를 바라보다가 말했다. "물론이지. 우선 애 좀 봐줄래? 그러니까, 애가 몸을 뒤집는지 아닌지 좀 봐줘." 로레타는 아기를 다시 요람에 눕혔다. 아기는 깨어 있는 것도, 자는 것도 아닌 상태였다. 얼굴은 통통하고 멍했으며, 머리카락은 깜짝 놀란 듯이 일어서 있었다. 줄스는 엄마의 말이 이상하다는 생각이 들었다. 고작 모린의 방에 가는 거면서 아기를 봐달라고 부탁하다니……. 지금 모든 것이 그토록 위태로운 상태인 걸까? 엄마는 줄곧 이성을 유지하고 있는 것처럼 보였는데.

로레타가 일어나서 방으로 들어갔다. 줄스는 불편한 마음으로 아기의 얼굴을 들여다보았다. 펄롱의 아기였다. 로레타가 혼자서 길러야 하는 아기. 먹고 자는 것밖에는 하는 일이 없는 아기는 심지어 랜돌프라는 이름도 갖고 있었으며, 지난번에 봤을 때보다 훨씬 더 무거워져 있었다. 새로 태어나는 아기들이 얼마나 많은지! 이 쓰레기장 같은 건물로 오는 길에 그는 열다섯 살쯤 된 검둥이 소녀가 검둥이 소년 둘과 수다를 떨면서 발끝으로 가볍게 걸어가는 것을 보았다. 모든 것을 다 아는 듯한 커다란 눈의 소년들은 머리가 제멋대로 헝클어져 있었으며, 유쾌한 표정의 검은 피부 소녀는 임신 7개월쯤 된 것 같았다. 그들은 그냥 거리에서 가벼운 인사를 나누는 중이었다. 주립 병원에서 여자들이 임신한다는 엄마의 말에 그는 화들짝 놀랐다. 그런 소리는 금시초문이었다. 주립 병원과 여러 감옥에 대해 이런저런 이야기를 많이 들었지만, 그런 이야기는 들은 적이 없었다. 언젠가 아동보호소에서 하룻밤을 보낸 그는 모종의 무서운 일을 겪었기 때문에 웬만하면 그 일을 생각하지 않으려고 했다. 그는 남자인데도, 남자. 그런 곳에서 과연 여자아이가 어떤 일을 당할지는 생각하고 싶지 않았다. 모린은 지금까지 겪은 일만으로도 충분했다.

로레타가 문 뒤에서 몸을 내밀었다. "됐어. 들어와라. 널 만나겠대."

방의 모습은 그에게 충격적이었다. 여기저기가 벗겨진 벽지, 기묘한 형태로 떨어진 회반죽, 머리 위의 소켓에 고정된 전구. 갑자기 아주 따뜻해진 것 같았다. 침대에 앉아 그가 있는 쪽을 빤히 바라보는 모린의 모습 역시 충격적이었다.

"안녕, 모린." 줄스는 화분을 모린에게 내밀었다. 하지만 모린에게서 아무런 반응이 없자 화분을 창턱에 놓았다. "잘 지내?"

그녀는 그를 빤히 바라보았다. 베개를 등에 고이고 앉은 자세였다. 방이 따뜻한데도 이불을 끌어올려 몸을 감싸고 있었다. 길게 자란 머리가 헝클어진 모습이 시내에서 볼 수 있는 망가진 여자들보다 더 심한 몰골이었다. 얼굴은 부어오른 것처럼 통통하고 번들거렸다. 모린을 마지막으로 본 것이 한 달 전이었는데, 그 짧은 기간 동안 체중이 아주 많이 늘어난 모양이었다.

"지금 상태가 좋아." 로레타가 말했다.

로레타는 줄스의 뒤에서 어른거리며 창턱의 화분을 움직였다. 그리고 침대 발치로 가서 이불을 잡아당겨 매끈하게 펴려고 애썼다. "앉아, 줄스. 다리 아프게 왜 서 있니?" 그녀가 줄스의 옆구리를 쿡 찌르며 말했다.

줄스는 창턱에 앉았다. 그리고 여동생을 바라보며 미소를 지으려고 애썼다. 모린은 뭔가를 만지작거리고 있었다. 아니, 만지작거리는 것이 아니라, 담요 가장자리에서 손가락을 움직일 뿐이었다. 손가락이 불안한 듯 움직였지만, 그녀 자신은 불안하지 않았다. 몽롱한 표정으로 흔들림 없이 그를 빤히 바라볼 뿐이었다. 놀랐다기보다는 조심스러운 태도였다. 거리에서 그녀를 만났다면 알아보았을 것 같기도 하고, 알아보지 못했을 것 같기도 했다.

"오늘 날씨가 정말 좋아. 너도 밖에 좀 나가봐." 줄스가 말했다. "내가 지붕을 열 수 있는 차를 살 건데……."

"컨버터블!" 로레타가 다시 그의 옆구리를 찌르며 말했다. 모린에게 '잘난 척하면' 안 된다는 뜻이었다. "정말 굉장하지, 리니? 넌 언제나 드라이브를 좋아했잖아. 날이 따뜻해지면, 오빠한테 태워달라고 하자, 응?"

모린의 속눈썹이 흔들리는 것 같았지만, 그녀는 엄마에게도 줄스에게도 반응을 보이지 않았다. 기다려봐도 아무런 반응이 없었다. 모린은 자신의 손가락을 내려다보았다. 예전에는 아주 예뻤던 얼굴이 이제는 뚱뚱하고 얼룩덜룩했다. 이마와 뺨에 반점 같은 것이 돋아난 탓이었다. 왼뺨에는 거의 딱딱하게 굳어버린 여드름 자국이 있었다. 줄스는 모린에게서 시선을 뗄 수 없었다.

"뭐든 말을 해봐. 모린한테 네 얘기를 해줘." 로레타가 말했다. "세인트루이스로 차를 몰고 갈 거라며."

"그렇지, 내가 누굴 태우고 세인트루이스로 갈 거야. 일로 가는 거야. 거기에 볼일이 있는 사람을 차로 데려다주는 거지." 줄스는 힘없는 목소리로 말했다. "그러니까, 원래 이쪽에서 일하는 사람인데 그쪽에서 누굴 만나야 돼⋯⋯. 나한테 보수를 아주 많이 준댔어⋯⋯. 비행기나 기차는 타기 싫다면서⋯⋯. 그래서⋯⋯ 그래서 나한테 보수를 많이 주는 거야." 그는 모린을 뚫어져라 바라보았다. 모린도 그가 있는 쪽을 보았다. 하지만 둘의 시선은 마주치지 않았다. 줄스는 금방이라도 무서운 계시가 떨어질 것 같은 기분이 들었다. 갑자기 부들부들 떨면서 그는 지갑을 만져보았다. 지갑은 제자리에 있었다. 지갑을 잃어버리지 않아서, 소매치기를 당하지 않아서 다행이었다.

"엄마한테 뭘 좀 줄 생각이었는데 잊으면 안 되겠죠." 그가 어색하게 말했다. 그리고 지갑을 열어 뒤적였다. "돈이 좀 있으면 좋을 거예요, 아마⋯⋯. 새집이 마음에 드세요? 이 아파트 말이에요."

"괜찮아." 로레타가 말했다.

"왜 하필 이리로 이사 온 거예요?"

"시내가 가깝잖아. 복지 센터도 가깝고. 사람이 거기에 직접 찾아가서 말싸움을 벌여야 하니까, 뭐⋯⋯."

"위험한 동네 아니에요?"

로레타는 웃기지도 않는다는 듯이 코웃음을 쳤다. "디트로이트가 어떤 덴지 알면서 그러니." 그녀가 웃으며 밀쳤다.

줄스는 미소를 지으려고 애썼다. 검둥이들과 촌뜨기들이 이 쓰레기장에 무단으로 들어와 오랜 세월 동안 충실하게 이리저리 끌고 다닌 가구들을 훔쳐 가도 로레타는 그냥 손을 놓고 있을 뿐만 아니라 아예 알아차리지도 못할 것이라는 생각이 들었다.

"복지 센터 사람들 태도는 어때요?" 줄스가 말했다.

"못된 년을 만나는가 아닌가에 달렸지. 남자 직원들 중에는 괜찮은 사람들이 있어. 그 사람들은 내가 감당할 수 있지. 일찍 가서 줄을 서서 기다리기만 하면 돼. 하지만 뚱뚱한 남자가 하나 있는데, 일을 하면서도 선글라스를 끼고 진짜 예리해. 샴푸 가격이나 이번 주에 크로거스 마트에서 세일 중인 물건에 대한 질문으로 딴죽을 거니까. 나더러 왜 면도칼이 필요하냐, 식구 중에 그걸 쓰는 사람이 누구냐고 묻는 거야. 식구들 중에 남자가 있는데 보고를 안 한 거냐고. 그 잘난 척하는 꼬라지라니. 그놈이 장난을 친 건지 어쩐 건지 모르겠어. 그 사람들하고 말할 때는 조심해야 돼. 농담도 조심하고. 항상 농담이 더 이상 농담이 아닌 순간이 오거든."

줄스는 불안한 표정으로 지갑에서 지폐를 꺼냈다.

"조금 도와주면 좋겠지. 다음 주까지." 로레타가 속삭였다.

그녀는 부끄러워하고 있었다. 당국에 신고하지 않은 채 누군가에게서 돈을 받는 것은 복지 규정 위반이었다.

"먹을 것을 살 돈은 충분해요? 여기 임대료는요?"

"조금 도와주면 좋지." 로레타가 다급하지만 민망한 표정으로 말했다.

줄스는 지폐 한 줌을 꺼냈다. 모린의 코 밑에서 그걸 흔들어 모린을 깨우고 싶었다. '너 돈을 위해서 그런 짓을 한 거잖아. 안 그래? 그런데 이제 성자라도 된 것처럼 뒷걸음질을 치겠다고? 웃기시네……' 하지만 모린은 아무것도 알아차리지 못했다. 커다란 눈은 약물에 취해 있었다. 줄스는 이 뚱뚱하고 못생긴 여자아이를 힐끔거리며, 이 아이가 바로 제 동생이었던 그 소녀라는 사실을 믿을 수가 없었다. "자요, 엄마." 줄스는 로레타에게 돈을 건넸다.

로레타는 돈을 받아 재빨리 주머니에 넣었다. 이 거래로 두 사람 모두 숨이 막히고, 조금 수치스러웠다.

"거기서 너에 대해 온갖 것들을 물어보더라." 로레타가 말했다. "네가 돈을 얼마나 버느냐고. 그래서 네가 집에 오지 않는다고 했어. 집을 나간 뒤에 우리한테는 신경도 쓰지 않는다고. 다들 그렇게 말해……. 자식들이 돈을 가져다준다 해도, 그 애들이 한집에 살지 않는다면 모든 엄마들이 그렇게 말한다고. 너한테 체포 기록이 있다는 건 그쪽에서도 알고 있으니까 내 말을 믿더라. 어쨌든, 정말 고맙다. 진심이야."

모린은 미동도 없이 앉아 있었다. 오로지 손가락만이 담요 가장자리에서 움직였다. 어쩌면 두 사람이 모두 사라지기를 기다리고 있는 것 같기도 했다.

"커피 케이크랑 커피 좀 더 할래, 줄스?" 로레타가 말했다. "리니랑 나는 대개 이 시간쯤에 뭘 좀 먹거든. 도넛 같은 거."

"난 이만 가봐야겠어요."

"벌써?"

"정오에 누굴 좀 만나야 하거든요."

"그럼 잠깐만 기다려라. 1분도 안 걸릴 거야."

로레타가 밖으로 나가자 줄스만 남았다. 아무도 없는 방에 혼자 남은 것 같았다. 모린은 그를 보지 않았고, 그는 이제 차마 모린을 바라볼 수 없었다. 자기 몸이 더러운 것 같았다. 옷도 땀에 젖어 축축했다. 그는 피투성이로 의식을 잃은 모린을 생각했다. 자신이 아동보호소에서 보낸 그 밤도 생각했다. 거기서 그는 무섭지 않다는 것을 보여주려고 멍청하게 굴다가 미친놈들이 장난처럼 휘둘러대는 주먹을 전부 맞았다……. 그 세 녀석은 허세를 부리던 그를 최장실 구석으로 몰아넣고는……. 그러고는…… 유리로 그의 팔을 그었다. 하지만 그의 속이 뒤집어진 것은 그 일 때문이 아니었다……. 어쨌든 그 일은 과거가 되었다. 그는 병원에 있던 모린을 생각했다. 검게 멍 든 눈, 노란색으로 크게 부어오른 이마. 썩은 것 같은 노란색이었다. 피가 묻어 있던 모린의 이도 생각났다. 펄롱이 모린을 어찌나 두들겨 팼는지, 틀림없이 죽일 작정이었다는 생각이 들었다. 지금 그는 징역 4개월을 선고받고 복역 중이었다. 줄스의 가슴속에서 무시무시한 분노가 일었다. 일종의 광기였다. 4개월 뒤에 그 남자는 다시 나올 것이다! 그는 양손으로 눈을 꾹꾹 눌러댔다. 펄롱과 아버지를 생각하다 보니 둘이 한데 뒤섞였다. 아동보호소에서 칭얼거리고 울먹이던 코흘리개 아이들도 생각났다. 자신이 그들 사이에서 으쓱거리며 허세를 부리던 것도 생각났다. 그리고 그들이 자신에게 저지른 일도…….

그 기억이 몸서리치게 싫어서 그는 휙 몸을 돌렸다. 하지만 모린은 아무런 반응이 없었다.

로레타가 밝게 웃으며 돌아와 그에게 커피 케이크를 내밀었다. 그는 고개를 저었다. 기운이 빠지는 느낌이었다. 모린이 탐욕스럽게 손을 뻗어 순식간에 케이크를 먹어치우는 모습을 보니 더욱더 기운이 빠졌다. 여기에 앉아서 모린이 먹는 모습을 지켜보고 싶지는 않았다. 이런 것은 싫었다. 견딜 수가 없었다. 그는 끔찍한 표정으로 밝은 미소를 짓는 척 표정을 굳힌 채 머뭇머뭇 뒷걸음질을 치며 두 사람에게 작별 인사를 했다. 곧 다시 와서 돈을 좀 더 주겠다는 말도 했다.

로레타가 그를 따라 나왔다. 그리고 걱정스럽다는 듯이 낮은 목소리로 말했다. "네 몸 잘 챙겨라, 줄스. 모린은 걱정 마. 식욕이 저렇게 좋은 건 좋은 징조야. 어떤 애들은 이런 경우에 튜브나 바늘 같은 걸로 음식을 줘야 한다고 하더라. 그래서 뼈만 남아가지고 아주 약해지는데, 그건 아주 안 좋아. 하지만 리니는 내가 주는 걸 뭐든 먹으니까……."

"잘됐네요." 줄스가 말했다.

그리고 그는 도망쳤다.


2


차는 그의 것이 아니라 버나드라는 남자의 것이었다. 버나드는 그가 페이를 통해 만난 사람이었다.

엄마의 냄새나는 아파트에 앉아 있다 보니 머릿속이 어지러워져서 그는 정처 없이 차를 몰고 돌아다니며 낯선 건물들과 주택들을 빤히 바라보았다. 아이들이 무리를 지어 길에서 놀고 있었다. 백인과 검둥이가 섞여 있는데, 검둥이가 더 많았다. 줄스는 자기도 어렸을 적에 길에서 놀던 기억이 있지만, 그건 다른 사람이 되어 밖에서 놀고 있는 자신의 모습을 바라본 것 같은 기억이었다. 그 기억이 사진처럼 그에게 달라붙어 떨어지지 않았다.

모린은 식욕이 좋고, 그건 좋은 징조라…….

날씨가 온화했지만, 그 온화함 때문에 숨이 막힐 것 같았다. 자동차 앞 유리에 검댕 덩어리들이 떨어졌다. 세차를 한 것이 바로 얼마 전이었다. 줄스는 자신이 더러워지는 기분이었다. 페이는 까다로운 여자였다. 자기 몸에 대해 까다로웠다. 줄스는 저녁 식사를 준비하던 모린, 음식을 만들던 모린, 식사가 끝난 뒤 접시에 남은 음식 찌꺼기를 씻어내던 모린, 청소를 하던 모린을 기억했다. 그때 약간 상기된 그녀의 얼굴은 만족스러운 표정이었다.

기분을 좀 바꿀 필요가 있었다. 이 끝내주는 차를 몰면서 잔뜩 들뜰 필요가 있었다. 혼란스러운 디트로이트 풍경, 저녁에 차를 몰고 떠날 여행에 대한 기대로 기분이 들떠야 마땅한데도 왠지 그렇게 되지 않았다. 마음속에서 뭔가가 자꾸만, 자꾸만 사라졌고 있었다……. 주위에서 디트로이트의 냄새가 났다. 일종의 하수구, 일정한 범위를 지닌 이 구멍 속으로 유황 냄새가 나는 고인 물이 스며들었다. 자신이 다른 곳에서 산 적이 있다는 사실을 믿을 수가 없었다! 시골에 살던 기억은 혹시 꿈이 아닐까? 헛간처럼 바람이 숭숭 들어오던 허름한 집. 그 뒤에 있던 진짜 헛간들은 썩어서 금방이라도 쓰러질 것 같았다. 헛간이 일부 불탔고, 불이 타는 냄새가 솟구치는 아드레날린처럼 줄스의 콧구멍으로 들어왔다.

'타오르는 것이 불의 임무다. 우리도 임무를 다해야 한다.'

그는 엄마에게 준 돈을 생각했다. 구겨진 지폐는 부드럽지만 더러운 느낌이 났다. 적어도 그가 엄마에게 돈을 준 것은 사실이었다.

그는 페이에게 전화를 걸어 기대감으로 부들부들 떨면서, 미묘하게 자신을 조롱하는 듯이 울리는 벨 소리에 귀를 기울였다. 벨 소리는 텅 빈 방에서 울리고 있었다.

—

줄스는 몇 주 전 디트로이트 시내에서 페이를 만났다. 그때 눈보라처럼 휘몰아치는 생각들에 잠긴 채 차도로 내려선 그는 하마터면 버스에 치일 뻔했다. 어떤 여자가 소리쳤다. "조심해!" 그러고는 대담하게 그의 팔을 잡아당겨 다시 인도로 끌어당겼다. 버스는 같잖다는 듯이 배기가스를 내뿜으며 모퉁이를 돌아 사라져버렸다.

"아슬아슬했어." 여자가 웃으며 말했다.

그녀는 감탄스럽다는 듯이 고개를 절레절레 저었다. 그녀가 장난을 좋아하는 사람이라는 사실을 금방 알아볼 수 있었지만, 줄스는 너무 놀라고 혼란스럽고 어지러워서 그것을 알아차리지 못했다. 포스터에나 나올 것 같은 여자의 얼굴은 너무 아름다워서 믿을 수 없었다. 줄스는 음식을 먹은 지 꽤 되었는데도 배가 고프다고 생각하지 않았다. 생각할 것이 워낙 많고, 아직 '아무런 결론도 내리지 못했기' 때문이었다.

심지어 자신이 아직 결론을 내리지 못한 일이 무엇인지도 생각나지 않았다.

그대로 두었다면 그는 다시 도로에 발을 내디뎠겠지만, 여자가 권위 있는 목소리로 날카롭게 말했다. "애, 너 괜찮니? 날 좀 봐."

줄스는 얌전히 그녀를 보았다. 여자는 그가 아는 사람이 아니었다. 혹시라도 아는 사람일 가능성조차 없었다. 금속성 느낌이 나는 금발은 탈색한 것임이 분명했다. 줄스보다 나이가 많은 그녀가 곧바로 윗사람의 권위를 확립했다. 그는 그녀가 거리에서 "흥미를 *끄는*" 사람들을 자주 "만난다"는 사실을 나중에 알 수 있었다. 그녀는 그것이 "텔레비전에 나오는 것처럼 민주적인 방식"이라고 말했다. 그녀가 "좋은 사람들의 손에 맡겨둔" 자식들이 있으며, 그 아이들이 그리운 나머지 가끔 줄스 같은 낯선 사람들의 얼굴에서 가슴을 울리는 뭔가를 순간적으로 보곤 한다는 사실도 나중에 알게 되었다. (하지만 페이는 블룸필드힐스라는 부유한 교외 마을에 사는, 자동차 회사의 유부남 중역에게 "그럭저럭 영구적으로" 매여 있었다.) 줄스는 그녀가 자신을 비웃던 것, 후들거리는 다리와 하마터면 치여 죽을 뻔했던 일과 그때의 표정을 비웃던 것을 나중에 항상 떠올렸다.

영화나 텔레비전을 제외하고는 그렇게 날카롭고 놀라운 외모의 여자를 한 번도 본 적이 없었다. 그녀의 존재는 뜨겁게 빛나는 전구 같아서 너무 자세히 들여다볼 수 없었다. 그랬다가는 눈이 멀어버릴 테니까. 하지만 그렇다고 시선을 돌릴 수도 없었다. 상대를 침착하게 가늠해보는 것 같은 그녀의 시선은 남성적이고 위협적이었다. 그녀는 틀림없이 비싸 보이는, 연기가 낀 것 같은 어두운색 모피 외투를 입고, 머리에는 아무것도 쓰지 않았다. 금속 느낌의 머리카락이 날카로운 선을 그리며 그녀의 놀라운 얼굴을 감싸고 있었으며, 밀랍 같은 귀가 드러나 있었다. 귀 앞쪽의 머리카락은 섬세하고 작은 점처럼 빗질되어 있었다. 마치 아이가 그려놓은 천사의 곱슬머리 같았다. "그만 쳐다봐. 나 이제 택시를 잡아야겠다."

줄스는 자신에게 무슨 일이 일어나고 있는지 모른 채로 수줍음과 경계심을 느끼며 모피 외투를 입은 금발 여자 옆에 서서 기다렸다. 몇 초도 안 돼서 영화에서처럼 택시가 길가에 섰다. 한 번도 택시를 타본 적이 없는 줄스는 숨을 가쁘게 몰아쉬며 서투르게 택시에 올랐다. 모피 외투를 입은 여자가 세상에서 가장 자연스러운 일을 하듯이 그의 옆에 앉았다. 벨벳처럼 부드러운 모피 외투 속의 허벅지가 편안하게 그의 허벅지를 눌렀다. "이스트제퍼슨 3609번지로 가주세요." 여자가 말했다. 줄스는 몽롱한 가운데에서도 이 말을 듣자마자 짜릿한 흥분을 느꼈다. 그로스포인트 가장자리에 있는 이스트제퍼슨이 어떤 곳인지 아는 탓이었다. 모피 외투, 서늘하고 당당한 이 금발 여자의 태도와 잘 어울리는 곳이었다.

택시가 그들을 데려다준 아파트 건물이 줄스의 눈에는 대리석 요새처럼 보였다. 건물 전면에는 문장(紋章) 같은 무늬들(이집트식인가?)이 있었다. 바로 맞은편에 벨아일 다리가 있고, 다리 건너편이 바로 벨아일이었다. 여름밤과 주말 밤에 백인들은 가면 안 된다는 곳……. 오래전 1943년 봄에 그 섬의 공원에서 다들 '인종 폭동'이라고 부르는 일이 일어나 백인과 검둥이를 막론하고 사람들이 죽었다. 로레타의 집 근처에 사는 한 남자는 그때 술 취한 검둥이들에게 한쪽 눈알이 파였다면서, 곧 잘못된 일들을 바로잡기 위해 또 '인종 폭동'이 일어날 것이라고 말했다. 하지만 지금의 벨아일은 꿈속에 떠 있는 것처럼 평화롭게 보였으며, 부자연스러울 정도로 적막했다. 줄스는 여자가 택시비를 지불하는 동안 길에 가만히 서서 물끄러미 바라보았다.

"올라올래?" 여자가 그의 팔을 쿡 찔렀다. "아니면 강에서 수영하는 편을 더 좋아하려나?"

줄스는 말을 더듬었다. "올라가다니, 아줌마 집으로요? 여기?"

"그럼 왜 여기까지 왔겠어?"

이 질문에 줄스는 대답할 말이 없었다.

여자는 웃음을 터뜨리며 그를 다시 한 번 쿡 찔렀다. "너 불안해 보여. 지금 널 내버리는 건 잔인한 일 같다."

페이의 목소리는 차분하고 건조했다. 이것이 줄스와 마찬가지로 그녀에게도 모험인지는 모르겠지만, 그녀에게는 그런 기색이 전혀 없었다.

처음 만난 그날, 그녀는 길 잃은 개를 집으로 데려오듯이 줄스를 이스트 제퍼슨 3609번지의 자기 집으로 데려갔다. 그가 정신을 차리고 보니 디트로이트 미술관처럼 천장이 높고 장식이 되어 있는 현관 로비에 서 있었다. 정교한 격자 장식이 있는 엘리베이터에서 그는 짙고 풍부한 질감의 나무에 자신의 창백하고 흐릿한 이미지가 어렴풋이 비치는 것을 보았다. 얼굴은 깜짝 놀랐으면서도 희망을 품은 표정이었고, 눈은 커다랬다.

줄스는 불안하게 웃었다. 얼이 빠진 듯 무기력하게 이마를 만지며 떨리는 숨을 내뱉었다. 그 몸짓이 마음에 들었는지 여자가 소리 내어 활짝 웃었다. 그가 마음에 드는 모양이었다. 그녀의 호감이 느껴졌다. 그에게는 그런 상대가 필요했다. "세상에." 그는 실제로 갖가지 감각이 밀려와서 압도당했으면서도, 겉으로는 압도당한 척하는 척했다. 아파트 안에 들어온 뒤 여자는 외투를 벗어 의자에 던지고는 커튼을 열어 벨아일 상공의 밝은 하늘을 안으로 들여놓았다. 줄스는 그런 광경을 한 번도 보지 못한 사람처럼 눈이 아팠다. 페이의 아파트는 6층, 그러니까 위풍당당하고 유서 깊은 석조 건물의 맨 꼭대기 층에 있었다. 그녀는 뭐라고 말을 하고 있었는데, 자신의 뜻을 설명하기 위해서가 아니라 단순히 줄스에게 말을 걸고 싶어서였다. 얼떨떨한 짐승을 해치기 위해서가 아니라 친근함을 보이기 위해 막대기로 슬쩍 찌르는 것과 같았다. "내 이름은 페이야. 네가 혹시 궁금할까 봐 말해주는 거야." 그녀는 줄스에게 부담스러울 만큼 바짝 다가와서 악수를 했다.

"나는…… 줄스예요."

그는 침을 꼴깍 삼켰다. 자신이 정말 약사 같았다!

줄스가 지금까지 만난 여자애들과 여자들은 악수를 하지 않았다. 아무도 악수를 하지 않았다. 이 낯설고 적극적인 여자의 감촉이 전기처럼 그의 몸을 훑고 지나갔다.

"이 아파트를 봐! 구식이지만 품격이 있는 곳이야. 매주 목요일에 청소부가 오지. 난 귀찮아서 말이야. 나는 잠자리에도 늦게 들고, 잠도 늦게 자. 너 '자는 거' 좋아하니? 너 이상한 데를 돌아다니지?"

줄스에게 잠은 가끔 계단에서 떨어지는 것처럼 거슬리는 일이었으므로 그는 혼란스러운 미소를 지었다. "네, 뭐, 그런 것 같네요."

"'먹는 건' 좋아해? 난 오후까지 아무것도 안 먹어. 속에서 음식을 잘 안 받거든. 난 음식이 싫은데도 걸신들린 것처럼 먹어대. 섹스랑 똑같아. 생각해보면 역겨운 일이니까, 어쩌면 생각하지 않는 편이 나은지도 모르지. 응? 음식이 필요하다는 것, 섹스가 필요하다는 것, 몸을 갖고 있으니 그 몸에 '휘둘린다는 것'. 네 생각에는 어때?"

"내 생각요?"

"넌 가톨릭 소년 같은데. 복사(服事)처럼 보여. 수녀들이 네 꿈을 꿨을 거야, 틀림없어."

줄스는 웃음을 터뜨렸다. 메리 제롬 수녀가? 그 순간 이 여자가 금방이라도 깨질 것 같은 금발 여자로 새로 태어난 메리 제롬 수녀처럼 보였다. 강렬함, 잠재된 분노, 무자비한 여성적 '의지'가 똑같았다.

페이는 줄스를 쿡쿡 찔러 의자에 앉혔다. 그리고 생각에 잠긴 표정으로 그를 마주 보고 앉았다. 마치 인터뷰라도 하는 것 같았다. 그녀는 허벅지 중간까지 드러난 예쁜 다리를 꼬았다. 스타킹이 반짝였다. 금발 머리는 비단처럼 부드러웠다. 줄스는 너무 불안해서 자꾸만 침을 삼켰다. 하지만 페이는 시간이 흐를수록 더욱 차분해지면서 익살스러운 표정을 지으며 권태로운 시늉을 했다. 권태라니! 그녀는 모직인 듯싶은 거친 황갈색 천으로 된 원피스, 아니 점퍼스커트를 입고 있었다. 목이 V자로 깊이 파여서 가슴골이 보였다. 그림자처럼 은밀한 맨가슴이었다. 그녀에게서는 가시처럼 날카로운 향수 냄새가 났다. 그녀는 지금 그를 향해 웃음을 터뜨리기 직전이었다. 화려한 모피 외투가 똬리를 푸는 커다란 뱀처럼 서서히 바닥으로 미끄러지고 있었다. 줄스는 곁눈질로 그 모습을 보며 불안해졌다.

"가끔은 사람을 시켜서 음식을 사 오기도 해. 조 뮤어스 시푸드에서 말이야. 너 거기 알아? 품격 있는 집이야! 원래는 포장을 해주지 않는 곳이라서, 웨이터를 매수해야 돼. 잠깐만 기다려봐……. 너 바닷가재 좋아하니?"

줄스는 더 이상 참을 수가 없어서 벌떡 일어나 외투를 향해 달려들었다. 그리고 바닥에 서서히 퍼지는 외투를 붙잡았다. "아줌마 외투가……."

"신경 꺼. 너 왜 그렇게 움찔거려?"

그녀는 차분히 앉아서 그를 바라보며 평가하고 있었다. 남자가 여자를 평가할 때와 비슷했다. 줄스는 실제로 그런 상황이라는 것, 자신이 여자로 변하고 있다는 것을 이해했다. 이쪽은 몸에서 힘이 빠져나가는데, 상대는 힘이 차올랐다. 의자에 허벅지를 올리고 앞으로 살짝 몸을 기울이는 페이는 힘이 넘쳐서 거의 부르르 떨고 있었다.

"잠이 안 오면 나랑 진러미(카드놀이의 일종—옮긴이)를 해도 돼. 더블솔리테르도 좋고. 나는 외로워. 솔리테르(solitaire, 프랑스어로 '외롭다'는 뜻—옮긴이)라고. 피노클(카드놀이의 일종—옮긴이)은? 너 폴란드 놈 아니지?"

줄스는 웃었다. 그리고 뭔가 단서를 찾으려고 페이의 얼굴을 살폈다. 아주 은연중에 나타나는, 비웃는 듯한 웃음 같은 것을 찾으려고. 하지만 아무것도 없었다. 그녀가 그를 놀리고 있는 것은 맞았지만, 또한 몹시 진지했다.

"아까 네가 하마터면 죽을 뻔했을 때 번뜩 떠오르는 생각이 있었어. '저 애가 폴란드 놈이라도 상관없어.' 그래서 널 이리로 데려온 거야."

줄스는 허허거리며 웃었다. 떠나고 싶다는 생각이 들었지만, 물론 그는 여기서 나갈 수 없었다. 페이가 둘 사이의 공기를 빨아들이듯이, 방 안의 모든 공기를 빨아들이듯이 그에게 바짝 다가왔다. 줄스는 그녀를 향해 몸을 구부리고, 그녀의 손을 찾아 더듬거리며 자기도 모르게 무릎을 꿇었다. 마치 다리가 풀린 것 같았다. 페이는 그의 목덜미를 쓰다듬고, 손가락으로 머리카락을 빗어 내렸다. 그녀는 갑자기 탐욕스럽게 타오르고 있었다.

"나의 폴란드 놈." 그녀가 말했다.

나중에, 몇 시간 뒤에 그녀는 계속 생기 있게 말을 걸면서 그가 잠들지 못하게 했다. '전남편'에 대해 그녀는 냉담한 태도를 보였다. 5년간 결혼 생활을 했지만 그의 얼굴이 "자세히 기억나지 않아. 묘하지? 초등학교 1학년 때 담임선생님 얼굴이 훨씬 더 생생하다니까".

줄스는 사랑에 빠졌기 때문에 정말 묘한 일이라고, 미스터리라고 빨리 맞장구를 치고 싶어서 안달했다. 페이가 한 말과 하지 않은 말에 모두 맞장구를 치고 싶었다. 그는 자신에게 이야기를 늘어놓는 그녀를 끌어안고 함께 누웠다. 그녀의 무심한 품속에서 그는 그녀의 몸에서 나는 싸하고 달콤한 냄새를 맡으며, 매끈한 피부와 작고 부드러운 가슴과 다리 사이의 뻣뻣한 털을 느끼며 울었다. 그녀는 자신의 몸을 아주 편안하게 받아들였다. 지금까지 그가 알던 여자애나 여자 중에 이런 사람은 없었다. 그녀를 사랑할 수 있는 가능성, 그녀와 사랑을 나눌 수 있는 가능성이 그녀에게서 나왔다. 마치 줄스의 몸을 통해 그녀가 자신에게 쾌락을 선사하는 것 같았다. 그의 영혼이 부드러운 진흙처럼 맨 밑바닥까지 휘저어진 것 같았다. 그는 이제 용해되어서 아무것도 아니었다. 사라져버렸다. 하지만 이 여자는 그와 거리를 두고 떨어져, 그에게서 아무것도 원하지 않았다. 그녀는 그를 알고 싶어 하지 않았다. 그가 느낀 강렬하게 꿰뚫는 듯한 감각 때문에 그의 몸이 현실이 아닌 것처럼 느껴졌다. '이게 현실인가? 어쩌다 이렇게 되었지?' 사랑을 나눌 때 페이는 그의 몸 위에서 손을 능숙하게, 심지어 서두르는 듯이 사용했다. 그녀는 부드럽지 않았다. 남자가 자기 자신을 부드럽게 대하지 않는

320

것과 같았다. 나중에 따뜻하지만 기진맥진한 몸으로 누워서 그녀는 자신이 도망친 가정 이야기를 아무렇지도 않게 즐거운 듯이 늘어놓았다. "작고 예쁘고 순진한 두 아이"는 "제 엄마가 파상풍균처럼 얼마나 못된 사람인지" 결코 모를 것이라고 했다. 줄스는 졸음에 겨운 머리로 생각했다. '자신을 자유롭게 해주고 싶어서 이러는 거야. 나처럼. 그래서 날 주워 온 거야. 그래서 우리가 죽이 잘 맞는 거야.'

현실 같지 않았던 그 첫날밤에 그는 자신이 페이를 더욱더 깊이 사랑하게 될 것이라고 생각했지만, 실제로는 처음에 느꼈던 감정이 더 이상 깊어지지 않았다. 섹스는 빠르고, 격렬하고, 밝고, 반짝였다. 거친 물속에서 화살처럼 움직이는 지느러미 같았다.

페이가 원하는 것은 연인이 아니라 친구였다. 자신을 차에 태워 시내를 돌아다녀 줄 "나의 폴란드 놈". 평범하지 않은 시간에 함께 커피를 마셔줄 사람. 그녀가 자신에 대해, "블룸필드에 사는 유부남" 애인에 대해, 가끔 그의 친구들과 함께하는 모험에 대해 이야기할 수 있는 사람. 손쉬운 돈, "정액처럼" 그 돈을 사방에 뿌리고 다니는 "부자들". 드물지만 페이의 저녁이 비어 있을 때, 줄스는 남동생이나 사촌처럼 열렬하게 달려왔다. 그는 가무잡잡하고, 호리호리하고, 수줍음이 많았다. 그녀는 하얗고 차가웠으며, 성적인 행동으로 달아올랐을 때에도 칵테일라운지의 여종업원처럼 무심했다. 그는 그녀를 원망하면서도 그녀에게 미쳐 있었다. 이때 그는 존 R.에 있는 하숙집 단칸방에 살고 있었는데, 로레타에게도 주소를 알려주지 않았다. 자유가 소중했기 때문이다. 무엇을 생각하든 식구들이 생각나고, 자신이 그들에게 빚진 것이 생각났다. 하지만 "딱 한 번만이라도 식구들을 도울 수 있을 만큼 돈이 생긴다면, 여동생에게 좋은 의사를 붙여줄 수 있다면, 그러면…… 난 캘리포니아로 떠나서 새롭게 살아갈 거예요."

"거기도 여기랑 똑같아." 페이가 하품을 하며 말했다.

"똑같다고?" 줄스가 외쳤다.

페이는 술을 스트레이트로 마셨고, 줄스는 콜라를 마셨다. 그는 알코올의 맛이 싫었다. 아니, 어쩌면 로레타가 오래전 그를 달래려고 맥주를 주었던 기억 때문에 술맛을 지나치게 좋아하는 것 같기도 했다. 어쨌든 그에게는 항상 기민한 상태를 유지하는 것이 중요했다. 아버지와 다르게, 펄롱과 다르게. 사랑에 빠지는 것도 술에 취하는 것과 같았기 때문에 그는 원하지 않았다. 페이와 함께 있으면 같은 또래의 여자아이들에게 면역이 생겼다. 여자아이들은 온순하고 말이 없고 수동적인 반면, 페이는…… 아주 달랐다. 그래도 그녀에게서 빠져나올 필요가 있었다. 그렇지 않은가? 유부남의 정부이며 돈 때문에 다른 남자들과 자는 여자를 사랑하는 것은 그의 자존심에 상처가 되었다. 설사 그 돈 중 일부가 결국 그의 주머니로 들어온다 해도 마찬가지였다.

그는 그녀에게 물었다. 그녀는 그가 이렇게 갑자기 무뚝뚝하게 구는 것을 좋아했다. "기분이 처질 때는 없어요, 페이?"

"처진다고? 지금도 처져 있는걸. 나야말로 최하층이야." 그녀가 웃음을 터뜨렸다.

"혹시…… 자살을 생각한 적은 없어요?"

"나를 죽이기 전에 다른 사람들을 몇 명 죽이고 싶은데."

"장난치지 말고요."

"장난 아니야. 줄스, 결혼 생활을 할 때는 몇 번 자살을 생각했던 것 같기도 하지만 그때는 나도 어렸어. 그리고 내 마음속에 사랑이 너무 많았지. 지금은 그런 생각 절대 안 해. 흥미를 잃어버렸거든. 뭐든 계속 이어가려면, 그것에 대한 믿음이 있어야 해. 내 전남편은 재혼했다고 하더라. 그 사람이 잘 살았으면 좋겠어."

"그럼 이제는 그 사람을 전혀 생각 안 해요? 사랑하지도 않고요? 그 모든 일이 전부 사라진 거예요?"

"물론이지."

"이상하잖아요."

"그게 뭐가 이상해?" 그녀가 웃음을 터뜨렸다.

그녀에게서 엿보이는 무정한 모습 때문에 줄스는 긴장했다. 그녀는 시골에서 온 여자였고, 그는 자신이 도시 출신의 거친 소년이며 모르는 것이 없다고 생각하고 싶어 했다. 하지만 그는 그녀만큼 무정하고 강인하지 않았다. "그럼 아이들 걱정은 안 해요? 그리고 요즘 만난다는 그 남자, 그 사람 걱정은 안 해요? 그 사람이 마음을 바꿔서 아내한테 돌아갈지도 모르잖아요."

"자기 아내를 떠난 적이 없는데 어떻게 돌아가? 그 여자는 아무것도 몰라. 두 사람은 아주 사이가 좋고. 난 그 여자에 대해 모르는 게 없어. 전부 안다고. 이 도시의 공기 속에는 뭔가가 있어." 그녀가 살짝 능글맞게 웃으며 말했다. "그래서 다들 미쳐 날뛰는 거야. 그로스포인트에 사는 사람도 블룸필드에 사는 사람도 어딘가 다른 곳에 뭔가를 숨겨두고 싶어 해. 그 대가로 기꺼이 많은 돈을 치르지. 세상에! 내가 아는 여자 얘길 해줄까? 나처럼 혼자 도시로 나온 여자야. 지금은 부자가 돼서 다시는 할 일 없이 시간을 보내거나 뭘 걱정할 필요가 없어. 그런데 웃기는 건, 그 여자한테 처음부터 결점이 있었다는 거지. 속에…… 자궁 일부를 금속인지 플라스틱으로 지탱하는 수술을 했어. 남자들이 그걸 알면 역겹다고 할걸. 하지만 남자들이 그걸 어떻게 알겠어? 남자들은 아무것도 몰라. 그래서 그 여자는 아주 잘 지내고 있어." 자동차 왕국 디트로이트의 스캔들, 도시의 매연과 위험에서 멀리 떨어진 궁전 같은 집에 살면서도 엄청난 불안에 시달리는 부자들의 고뇌…… 페이는 이런 고뇌에는 딱히 관심이 없었지만, 그 가치를 알아보는 안목이 있었다.

줄스는 페이를 통해 버나드 게편을 만났다.

어느 날 저녁 그녀와 함께 있을 때 전화벨이 울렸다. 그녀는 전화를 받더니 이렇게 말했다. "물론이죠. 올라와요. 아니, 그 사람은 없어요." 줄스는 몹시 상처를 받았다. 몇 분 뒤 불안한 표정의 턱수룩한 남자가 레인코트 차림으로 문간에 나타났다. 비에 젖은 모습이었다. 페이는 무심하게 그를 포옹했다. 너무나 의무적인 그 태도가 줄스의 눈에는 사랑스러워 보였다. 남자는 그녀의 뺨에 스치듯 입을 맞췄다. 그는 벌써 어깨 너머로 줄스를 향해 빙긋 웃고 있었다.

"이쪽은 내 좋은 친구 줄스 웬들." 그녀가 말했다. "이쪽은 내 좋은 친구 버나드 게편."

"웬들이라고? 웬들? 만나서 정말 반갑다!" 남자가 줄스의 손을 잡고 흔들며 말했다. 줄스는 뭔가가 기묘하게 어그러진 느낌을 받았다. 이 남자는 쉰살이 넘었고 부유한 것 같았다. 그런데도 중요한 인물을 대하듯 줄스와 악수하고 있었다. "페이가 말하던 아이가 너구나. 네가 말동무를 해주면서 영화관도 같이 가고 그러는 거야? 아주 어린데. 잘된 일이야. 틀림없이……그러니까……."

"외투 벗어요." 페이가 차갑게 말했다.

세 사람은 어색한 분위기 속에서 한 시간쯤 함께 있었다. 버나드는 여전히 외투를 입은 채였고, 줄스는 그가 왜 가지 않는지 궁금했으며, 페이는 패션 잡지를 뒤적이면서 버나드와 정체를 알 수 없는 대화를 이어가려고 노력했다. 줄스는 대화의 주제가 무엇인지 도무지 알 수 없었다. 플로리다 여행? 남아메리카? 누군가의 요트?

"너한테 결정을 맡기마." 버나드가 물기 있는 회색 눈을 줄스에게 돌리며 말했다. "내가 그 투자를 해야 할 것 같니? 배를 하나 더 사야 할까? 5만 달러짜리 투자인데, 그뿐만이 아니라 내가 그 돈으로 이자를 전혀 받을 수 없다는 점도 고려해야 돼. 그 돈을 그냥 은행에 넣어두기만 해도 이자를 받을 수 있는데 말이야."

줄스는 그를 빤히 바라보았다.

"투자에는 다양한 종류가 있지. 돈이 줄어드는 투자도 있고, 늘어나는 투자도 있어. 여길 봐라." 버나드가 페이의 손을 잡고 그녀의 반지를 줄스에게 보여주었다. "이 다이아몬드는…… 어디 보자…… 한 9천, 1만 달러쯤 하려나? 아니지, 모르겠니? 지금 이것의 가치가 얼만든 몇 년 뒤에는 가치가 더 오를 거다. 확실히. 그런데 그동안 이것이 닳을 수도 있지. 정말 아름다워서 당신의 아름다운 손에 잘 어울리는군."

"이게 1만 달러라고요?" 페이가 웃음을 터뜨렸다.

"그럼. 하지만 이건 당신 것이 아니지. 당신은 그저 이걸 끼고 전시하고 있을 뿐이야. 골치를 썩일 필요가 없어. 보험료를 내지도 않고. 마음대로 이걸 팔 수도 없지. 이것도 일종의 투자야. 하지만 배는……." 그는 늙은 선원처럼 한숨을 내쉬었다. "배는…… 내가 이 사진을 보여줬던가, 페이?" 그는 지갑을 꺼내서 사진을 빼냈다. 페이는 그것을 한 번 보고는 아무 말 없이 줄스에게 건넸다. 커다란 유람선 갑판에 하얀 옷을 입고 서 있는 여자의 컬러 사진이었다. 예쁘지만 이제는 젊지 않은 여자의 조금 볼품없는 사진이었다. "이건 내 아내야. 전처." 버나드가 말했다. "작년에 암으로 죽었어."

"유감스러운 일이네요." 줄스가 예의 바르게 말했다. 흰옷을 입은 여자는 사진 속의 모습만으로도 이미 죽음이 예정된 것처럼 보였다.

"우리는 오랫동안 함께였어. 기복이 있었지만." 버나드가 말했다. "이 사람은 나를 이해하지 못해서 믿지 못하는 게 문제였지. 이 사람 집안은 다들 부자였지만, 그래도 일을 했어. 일자리를 놓지 않았다고. 그래서 우리 가족들을, 우리 아버지를 이해하지 못했지. 난 아내의 머릿속에 갇혀 있는 기분이었어." 그가 빙긋 웃으며 줄스를 바라보았다. "어이, 소년, 올여름에 내 밑에서 일해볼래? 내가 새로 살 배에서? 어때?"

줄스는 그에게 사진을 돌려주었다. 남자의 손끝이 움직이는 모습이 왠지 수상쩍었다.

"무슨 일을 시킬 건데요?"

"이런저런 일. 선실 보이."

"저는 트럭을 몰아요."

"내가 돈을 훨씬 더 많이 줄 수 있어."

"하지만 이미 직업이 있는걸요. 저는 운전하는 게 좋아요." 줄스는 입안이 점점 죄어드는 기분이었다. 자신이 왜 이렇게 조심스럽게 구는지 의아했다. 그래서 억지로 의욕이 있는 척하며 말했다. "그래도 재미있을 것 같기는 하네요. 물 위로 나가는 게. 건강에 좋을 것 같아요."

"카리브 해까지 갈 수도 있어!" 버나드가 말했다. "너의 귀한 친구 페이가 마음만 먹으면 나를 아주 행복하게 만들어줄 수 있는데 말이지……. 네가 한번 설득해볼래? 네가 그 여행에 관심이 생긴다면, 혹시 페이도 관심을 가질지 모르잖아. 내가 지금부터 미리 너한테 월급을 주는 건 어떠냐?"

"버나드, 미쳤어요? 당신한테 돈이 전혀 없는 줄 알았는데." 페이가 말했다.

"지난 토요일부터 돈이 생겼어." 그가 말했다. 몹시 불안한 표정이었다.

줄스는 도망치고 싶어서 안달하며 버나드의 따뜻하고 축축한 이마, 조금 넓어 보이는 이마를 걱정스럽게 바라보았다. 이 남자에게는 아이 같으면서도 지친 듯한 분위기가 있었다. 이 남자가 어떤 사람인지는 모르지만, 몇 분 동안 계속 입을 놀리게 만들었던 바로 그 에너지가 그의 발을 춤추듯 흔들리게 하고 그를 광기로 몰아붙인 뒤 다시 축 늘어지게 만들 것 같았다. 땀이 그의 이마에서 개울처럼 흘러내렸다.

"대출을 좀 받았거든. 내가 당신 친구처럼 고정 수입이 없는 건 맞아. 그런 수입을 얻고 싶은 생각도 없고." 그가 페이에게 말했다. "난 모험이 좋아. 나의 모험 취미가 나를 어디로 이끌지 감히 예언할 수는 없지만. 당신도 알 텐데. 하지만 우리가 그걸 입에 담으면 절대 안 돼. 당신을 위해서도, 여기 있는 당신의 어린 친구를 위해서도."

"그게 무슨 소리예요?" 줄스가 긴장해서 물었다.

"두 사람 모두 잘 가요. 난 자야겠어요." 페이가 말했다.

그녀는 두 사람을 문까지 배웅했다. 버나드가 문 앞에서 줄스의 어깨를 한 팔로 슬쩍 감으며 말했다. "페이는 북쪽 나라 공주 같아. 동화 속 공주님처럼 아주 차갑고 매혹적이지. 줄스, 지금 당장 내가 널 내 직원 명단에 넣어줄게. 오늘 밤에는 내가 몸이 좀 안 좋아서 네가 집까지 차를 몰아줬으면 좋겠어. 어때, 페이? 괜찮겠지?"

"물론이죠. 잘 가요." 페이가 말했다.

두 사람은 복도에 함께 서 있었다. 줄스는 황당한 심정으로 문을 돌아보았다. 화를 내야 하는 건지, 자신의 명예를 위해 문을 두드려야 하는 건지, 아니면 버나드를 밀어내야 하는 건지 알 수 없었다.

버나드가 말했다. "운전면허는 갖고 있지?"

"네."

"그럼 집까지 운전해주겠니?"

"어디 사시는데요?"

"멀지 않아. 1.5킬로미터도 안 돼."

그는 줄스보다 키가 작았으며, 불안한 듯 분주하게 움직였다. 말할 때는 항상 손을 움직였다. 값비싼 트렌치코트는 구김과 얼룩이 많았으며, 바짓단에는 진흙이 튀어 있었다. 구두도 좀 닦아야 할 것 같았다. 엘리베이터를 타고 내려가면서 그는 줄스의 귓가에 빠른 말투로 비밀을 털어놓는 것처럼 이야기를 늘어놓았다. 마치 수화기에 대고 말하는 것 같았다. 줄스는 혹시 이 사람이 미친 것이 아닌가 하는 생각이 들었다.

"나는 믿을 수 있는 사람들을 내 직원 명단에 올리는 게 좋아. 친구의 친구들 말이야. 페이는 내가 돈이 없다고 잘못 알고 있어. 여자들은 이런 일을 잘 모르니까 말이지. 돈이 눈에 보여야만 비로소 이해하거든. 여자들은 기본적으로 아주 미숙해. 돈이 어디서 오는지, 돈의 의미가 무엇인지, 지금 당장은 돈이 없는 남자라도 어떻게 하면 가치를 지닐 수 있는지 이해를 못 한다고. 하지만 남자는 그런 걸 잘 알지."

"그런 것 같네요." 줄스가 말했다.

"너희 식구들은 어떤 사람들이지?"

"샘슨 웬들이 우리 큰아버지예요. 들어보셨어요?"

"그분은…… 트럭 운수업에 종사하시나?"

"기계 쪽이에요."

"기계 쪽, 그렇군. 웬들이라. 친숙한 이름이야. 좋은 이름이군." 버나드가 말했다. "그리고 네 이름은 줄리언이었던가? 아, 줄스! 그래, 좋군, 줄스. 내가 항상 너무 진지한 게 문제야. 심하게 흥분해서 일종의 현기증 같은 게 생기거든. 어쩌면 고혈압 때문인 것 같기도 해. 하지만 나는 인생을 연극이라고 생각하고 있어. 역사는 계속되는 비극이고 말이야. 그리고…… 그리고 나 대신 내 차를 운전해줄 사람이 필요해. 여기저기 돌아다니는 게 여의치 않아서 말이지. 정말 평범한 일인데. 운전기사가 있었어. 검둥이 운전기사. 그런데 이놈이 항상 사고를 일으키는 바람에 내보내는 수밖에 없었지. 그랬더니 그놈이 자동차 뒷좌석에 불을 질렀어. 아직 그것도 고치질 못했네. 주급 100달러면 어떻겠니?"

"100달러요?"

"200달러. 주급 200달러로 할까?"

"그냥 차만 운전하는 거예요? 시내에서?"

"난 곧 토론토, 세인트루이스, 버펄로에 가게 될 거야. 일이 어떻게 풀리느냐에 달려 있지만." 버나드가 재빨리 말했다. 마치 줄스가 자신의 말을 확인해볼까 봐 걱정하는 것 같았다. "하지만 대개는 디트로이트만 돌아다닐 거야. 난 비밀을 지킬 수 있는 사람이 필요해. 너처럼 머리 좋은 사람도 필요하고. 네 얼굴만 봐도 머리가 좋다는 걸 훤히 알겠구나. 널 데려가서 머리부터 좀 잘라야겠다."

"머리를 잘라요?" 줄스가 말했다.

"머리가 너무 길어. 새 양복도 필요하고. 외투도 필요하고. 내 외모는 중요하지 않아. 나야 그런 걸 모두 초월한 사람이니까. 하지만 넌 번듯하게 보여야 돼. 날 집까지 태워다 준 뒤에 차를 가져갔다가 아침에 머리를 자른 뒤에 차를 가지고 와. 알겠니?"

"차를 가져가요?"

"그래. 밤에 가지고 있어." 버나드가 말했다. 이제 두 사람은 거리에 나와 있었다. 버나드는 흥분과 걱정을 동시에 느끼는 표정이었다. 계속 어깨 너머를 힐끔거리는 모습이 마치 누군가가 뒤에서 달려와서 이 미친 짓에 종지부를 찍을까 봐 걱정하는 것 같았다. "저게 내 차다." 그가 길가에 주차된 링컨을 향해 다가가며 말했다. 차에는 딱지가 붙어 있었다. "그리고 이게 내 차 열쇠고."

줄스는 그가 몹시 동요하면서 딱지를 뜯어버리는 것을 보았다. 하지만 정작 그는 자신이 지금 무슨 행동을 하고 있는지 모르는 것 같았다.

"난 시내 호텔에 살아. 페이의 집을 오가기에 아주 편리하지만, 너도 알다시피 페이는 날 잘 만나주지 않아. 지독하게 단순하면서도 지독하게 복잡한 생활을 하는 여자라서. 언제 나한테 페이 얘기를 좀 해주겠니? 페이랑 무슨 이야기를 나누는지, 뭐, 그런 것."

줄스는 호텔까지 차를 몰았다. 버나드는 차에서 내리기 전에 앞 좌석을 향해 몸을 기울이고 줄스에게 뭔가를 건네주었다. "자, 이 수표를 받아라. 아침에 이걸 현금으로 바꿔서 몸단장을 한 다음에 날 데리러 와. 페이가 깨어 있다면 함께 나가서 점심을 먹을 거야. 머리도 자르고, 양복도 새로 사입어."

줄스는 수표를 보았다. 줄스 웬들 앞으로 된 100달러 수표였다.

다음 날 오전 10시에 줄스는 디트로이트 내셔널 은행으로 가서 15분 동안 창구 직원의 수상쩍은 시선을 받으며 진땀을 흘렸다. 그가 신분을 증명할 운전면허증을 갖고 있었는데도 소용없었다. "잠시만요." 창구 아가씨가 말했다. 줄스는 곧 100달러를 손에 쥘 수 있다는 생각에 배가 아파왔다. 그는 옆 창구에서 지폐를 세고 있는 검둥이 창구 직원의 곱슬머리를 멍하니 바라보며 넋을 놓았다. 지폐가 끝이 없었다. 100달러가 곧 손에 들어올 터였다……. 선물…… 마법. 그의 담당 창구 직원이 전화를 걸고 있었다. 줄스는 그녀의 말을 듣지 않으려고 애썼다. 만약 그녀가 '아, 그 계좌는 폐쇄되었다고요? 그래요?'라고 말하고 있다면 어떻게 하겠는가. 줄스는 100달러를 생각했다. 그에게는 그 돈이 필요했다. 버나드는 그에게 아버지 같은 존재가 될 것이다. 그는 벌써 줄스의 머리를 알아보았으며, 그를 직원 명단에 올려 기꺼이 투자할 준비가 되어 있었다……. 창구 직원이 말했다. "감사합니다." 밝은 목소리였다. 그리고 그녀는 마치 아무 일도 없었다는 듯이, 한번도 의심한 적이 없다는 듯이, 돈이 들어 있는 서랍으로 가서 지폐를 꺼내기 시작했다. 줄스는 그 모습을 지켜보았다. 창구 직원이 지폐 네 장을 꺼내고, 두 장을 더 꺼냈다. 그리고 줄스에게 다가와 지폐를 헤아리며 카운터의 대리석 상판에 내려놓았다. 근질거리는 줄스의 손과 가까운 곳이었다.

"……100달러입니다!" 그녀가 말했다.

"감사합니다." 줄스가 갈라진 목소리로 말했다.

그는 구름 낀 디트로이트의 오전 풍경 속으로 나갔다. 100달러는 그의 지갑 속에 안전하게 들어 있었다. 지갑은 뒷주머니에 안전하게 들어 있었다. 꼭 끼는 바지의 압력으로 몸에 딱 붙어서. 그는 맞바람을 맞으며 길 건너 셰라턴-캐딜락으로 가서 머리를 잘랐다. 여기서 머리를 자르는 것이 그에게는 중요한 일이었다. 비록 향수 냄새가 풍기는 조용한 이발소에 앉아 있는 것이 그에게는 시련이었지만. 줄스 웬들이 머리를 자르면서 이발사에게 팁으로 얼마를 주어야 할지 걱정하다니, 이런 자신의 모습이 너무나 낯설었다. 얼마 뒤에는 탈의실에서 새 옷을 입어보기 위해 꼭 끼는 바지를 벗는 일이 시련이 되었다. 그는 새 양복이 필요했다. "딱 손님 옷이네요. 손님에게 딱 맞아요." 판매원이 엄숙하게 말했다.

줄스는 무엇이든 믿었다. 그는 아직도 멍한 상태였다. 페이를 사랑하고, 새롭고 혼란스러운 미래의 가능성을 사랑했다. "네 얼굴만 봐도 머리가 좋다는 걸 훤히 알겠구나." 버나드는 이렇게 말했다. 줄스는 무엇보다도 바로 그 점으로 인해서, 그러니까 좋은 머리로 인해서 사랑받고 평가받기를 원했다.

판매원이 양복을 수선해야 한다고 말했을 때 줄스는 몹시 실망했다. 곧바로 이 옷을 입고 가게를 나설 수 없다니! 금요일이나 되어서야 양복을 찾을 수 있다니! 그는 섭섭한 기분으로 서투르게 싸구려 바지와 외투를 다시 입었다. 목덜미가 붉어졌다.

그는 버나드를 데리러 갔다. 은행에서 시작된 통증이 온몸으로 번졌다. 원래 하던 일을 그만두고 다른 일자리를 잡은 것은 줄스다운 행동이 아니었다. 터무니없는 일자리, 이상한 일자리인데. 그는 버나드라는 사람을 데리러 가는 길이었지만, 그 사람의 얼굴을 알아볼 수 있을지 자신이 없었다. 다행히 버나드는 길가에 나와서 그를 기다리고 있었다. 줄스는 차를 인도로 몰지 않고 길가에 세우는 데 성공했다. 뒷좌석 문의 잠금장치를 열기 위해 몸을 기울일 때도 벌벌 떠는 기색을 드러내지 않았다.

검둥이 도어맨이 화려한 동작으로 자동차 뒷문을 열어주었다. 버나드는 한숨을 내쉬며 휙 올라탔다. "아, 이런 시킴 공기라니! 스노ㅗ 좀 봐라!" 그가 말했다. 그는 도어맨에게 팁을 주고(줄스는 액수가 얼마나 되는지 보지 못했

다) 불에 탄 뒷좌석에 자리를 잡았다. "곧바로 직진해. 생각을 좀 하고 싶으니까. 오늘 아침에 남은 평생의 계획을 세워야 하거든." 버나드가 말했다.

이 말이 줄스의 신경을 건드렸다. 오늘 아침에 남은 평생의 계획을 세우다니! 버나드를 의심한 것이 미안해졌다. 줄스라고 오늘 아침에 남은 평생의 계획을 세우지 못한다는 법이 없지 않은가. 그가 못 할 일은 세상에 거의 없지 않은가?

## 3

페이의 집에 도착했을 때 페이는 집에 없었다. 아니면 집에 있는데도 대답하지 않은 것일 수도 있었다. 버나드가 슬픈 목소리로 말했다. "내가 이 여자를 어떻게 만났는지, 이 여자가 내게 무슨 의미인지 모르겠어." 연극배우 같은 그의 말투를 다른 사람이 썼다면 민망했을 것이다. 하지만 불안감에 손가락을 빨고 옷깃을 잡아당기는 버나드는 눈에 보이지 않는 드라마에 휘말려 운명 앞에 무기력해진 남자 같았다. 두 사람은 다시 거리로 나갔다. 버나드가 앞장서서 걸으며 그날 아침의 주식시세 보고서에 대해, 일기예보에 대해 말했다. 자동차에서 그의 외투 뒷자락에 묻은 좌석 충전재에 대해서도 이야기했다.

줄스는 그를 향한 애정이 확 솟아나는 것을 느꼈다. 그는 줄스가 지금까지 알던 남자들과 너무나 달랐다.

"그래, 난 모든 걸 계획해야 돼. 모든 걸 바로잡아야 돼." 버나드가 말했다. "토론토 여행은 물거품이 됐지만, 세인트루이스 여행은 내가 생각했던 것보다 더 시급해졌어. 거기서 연줄을 만들어야 돼. 줄스, 겨우 몇 시간 전에 통보하더라도 날 거기까지 데려다줄 수 있을까? 네가 돌봐야 하는 사람이

나 식구가 있니? 돈은 얼마나 필요하지?"

그는 뒷좌석에 올랐다. 줄스는 운전석에 앉으면서 우연히 백미러를 흘긋 바라보았다. 남자의 창백하고 진지한 얼굴이 보였다. 버나드의 물기 어린 눈이 줄스의 뒤통수를 향한 채 바삐 움직이고 있었다.

"돈 말이야…… 필요해? 얼마나?"

"지금은 필요 없는 것 같은데요." 줄스는 당황했다.

"네 어머니가 쓰실 돈을 좀 줄게. 장을 볼 돈 말이야." 그는 무릎 위에 수표책을 펼쳐놓고 수표를 써서 줄스에게 건넸다.

200달러짜리 수표였다. 줄스는 깜짝 놀라서 그것을 받은 뒤 빤히 바라보았다. "장을 볼 돈이라면……?"

"자, 이제 출발하자. 오늘 아침에 일이 많아."

줄스는 기운차게 손을 획 꺾어서 차를 출발시켰다. 하지만 바로 그 순간 버나드가 손가락을 튕기며 말했다. "잠깐! 여기에 잠시 들러야겠다." 그는 잡화점 앞에서 내린 뒤 줄스에게 한 바퀴 돌고 오라는 신호를 보냈다.

줄스는 차를 몰고 그 자리를 떠났다. 두 번째 수표를 받고 놀란 마음에 머리가 어지러울 지경이었다. 수표는 그의 옆에 놓여 있었다. 그는 수표가 정말로 있는지 확인하려고 흘긋 내려다보았다. 수표에 실수가 있는 것 같았다. '백'이라는 단어를 '벡'으로 잘못 쓴 건가? 창구 직원이 이 실수를 받아줄까, 아니면 이 수표는 쓸모없는 종이 쪼가리가 될까?

그는 수표를 낚아채듯 집어 들었다. 그래, '백'이라고 제대로 쓰여 있었다. 누군가가 화를 내며 경적을 울려댔다. 택시 운전기사였다. 줄스는 아슬아슬하게 차를 오른쪽으로 빼냈다. 그래, '백'의 철자는 틀리지 않았다.

그가 주위를 세 번째로 돌고 왔을 때 버나드가 가게에서 뛰어나왔다. 턱을 덜덜 떨고 있었다. "빨리 좌회선 차선으로 늘어가. 할 일이 있어!" 그가 말했다.

줄스는 자신의 운전 솜씨가 서투르다고 생각했다. 도무지 마음을 차분하게 가라앉힐 수 없을 것 같았다. 붐비는 오전의 도로에서 자신에게 어울리지 않는 값비싼 차를 모는 것이 그에게는 몹시 위험한 일이었다. 어쩌면 경찰관에게 걸려서 대담한 모험을 한 대가로 처벌을 받게 될지도 모른다. 하지만 그는 버나드가 아무것도 알아차리지 못할 것이라고 짐작했다. 심지어 사소한 사고가 일어나도 모를 것 같았다. 그리고 사소한 사고라면 그리 문제가 되지 않을 터였다. 버나드는 뒷좌석에 앉아서 서두르고 있었다. 앞을 향해 몸을 잔뜩 늘이고 있는 것 같았다. 그에게서 축축하고, 슬프고, 개를 연상시키는 냄새가 났다. "줄스." 그가 연극배우처럼 말했다. "앞으로 몇 시간 안에 우리 두 사람의 인생을 바꿔놓을지도 모르는 일이 일어날 거야."

"무슨 일인데요?"

"지금은 말할 수 없지만, 돈과 관련돼 있어. 금시장과. 이제 알아듣겠어?"

"그…… 글쎄요."

"오늘이 며칠이지, 줄스?"

"1956년 6월 18일이에요."

"이제 알겠니?"

"뭘요?"

"신문도 안 읽어?"

"무슨 말씀인지 모르겠어요."

"여기서 우회전이다. 아냐, 버스를 조심해야지……. 그래, 이제 가……. 오른쪽 차선으로 들어가."

핸들을 꺾고 보니 다시 이스트제퍼슨이었다.

버나드가 까탈을 부리듯이 말했다. "오늘 오후에 새 차를 살 거다. 이 차는 지긋지긋해! 이 충전재를 좀 봐라. 내 외투에 잔뜩 묻고, 콧속까지 들어왔어. 난 천식이 있는데. 보험만 기다리다가는 몇 년이 걸릴 거다. 차라리 세금 손실을 받아들이고 말지. 오늘 오후에 새 차를 살 거다. 링컨으로."

버나드가 말하는 동안 줄스는 가슴이 부풀어 올랐다……. 손으로 만질 수는 없지만 뭔가 사랑스러운 것…… 단지 돈과 관련되어 있을 뿐만 아니라 돈의 회녹색 금속성 냄새가 향수처럼 배어 있는 것, 돈의 힘뿐만 아니라 그 불가사의한 정수까지도 배어 있는 것.

"이리 들어가서 기름을 넣어. 기름이 필요해!" 버나드가 외쳤다.

기름 탱크가 거의 비어 있었다. 기름을 채운 뒤 버나드가 소리쳤다. "얼마야? 누구 앞으로 수표를 쓰면 되지?"

"저희가 수표를 받는지 모르겠네요." 주유소 직원이 무뚝뚝하게 말했다.

"당연히 수표를 받아야지. 요즘 돈을 갖고 다니는 사람이 어디 있다고." 버나드가 말했다. "누구 앞으로 수표를 쓰면 돼?"

"저희는 현금만 받아요."

"줄스, 그럼 네가 돈을 줘. 얼른."

줄스는 기름값으로 직원에게 20달러 지폐를 주었다. "거스름돈은 됐으니까 그냥 가져." 버나드가 말했다. "출발해!"

줄스는 차를 몰고 레이크쇼어 드라이브로 나와서 그로스포인트로 들어갔다. 길가의 집들이 당장 멀어졌다. 구름 낀 풍경 속에 벽돌 주택들이 불안하게 서 있었다. 잔디밭에는 디트로이트에서 날려 온 신문 조각들이 널려 있었다. 사방에 그런 조각들이 날아다녔다. 신문 한 장이 통째로 날아다닐 때도 있었다. 하얀 점들이 눈앞에서 춤을 추었다. 버나드는 계속 방향을 지시했다. 줄스가 정신을 차리고 보니 나뭇잎들과 검붉은 벽돌들로 이루어진 세상에서 천천히 움직이고 있었다. 아침 식사를 깜박 잊고 거른 그의 머리로 풍경이 곧바로 들어왔다. 저렇게 멋진 집들이라니! 거리는 조용하고 깨끗했으며, 사람은 하나도 보이지 않았다. 이렇게 텅 빈 풍경은 언제나 놀라웠다. 적어도 그의 시야 안에서는 길을 걷는 사람이 하나도 없었다. 아무도 존재하지 않았다!

"이리 들어가." 버나드가 지시했다. 줄스는 원형 진입로로 들어갔다. 그 길은 연한 벽돌색의 커다란 주택으로 이어져 있었다. 기둥이 있는 우아한 양식의 그 집은 평범한 가족들이 살기에는 지나치게 컸다. 줄스가 그냥 이 집을 보았다면 장례식장이나 비싼 식당인 줄 알았을 것이다. 이렇게 훌륭한 광경 앞에서 그의 몸이 근질거리기 시작했다. 버나드가 마치 이곳에 사는 사람처럼 차에서 뛰어내려 통통 튀듯이 문으로 다가가더니 초인종을 눌렀다. 줄스는 열심히 지켜보지 않는 척했다.

또 다른 차가 줄스 뒤편에서 진입로로 접어들었다. 파란색 스테이션왜건이었다. 그 차가 서고 어떤 소녀가 내리더니, 차는 줄스 옆을 지나쳐 다시 거리로 나가버렸다. 줄스는 이 일련의 움직임에 감탄했다. 차에서 내린 소녀는 열여섯이나 열일곱 살쯤이었고, 격자무늬 반바지 차림이었으며, 검은 머리가 어깨를 지나 흔들거렸다. 그녀는 밀짚 가방을 들고 있었다. 그녀가 검은색 링컨에 타고 있는 줄스 옆을 한가로이 산책하듯 지나치면서 차는 전혀 알은척을 하지 않은 채, 줄스만 흘깃 바라보았다. 검고 진지하고 비판적인 그녀의 눈이 줄스를 보았다. 줄스도 그녀를 마주 바라보았다. 그녀의 시선이 뒤통수까지 자신을 곧장 관통하는 것 같았다. 그녀가 계속 한가로이 걸어서 버나드에게 다가가는 모습이 시야의 가장자리에 잡혔다. 두 사람이 이야기를 시작했다. 소녀가 어쩔 수 없다는 듯 양손을 들어 올렸다. 버나드는 뭔가를 강력하게 주장하고 있었다. 그는 열변을 토하면서 짧게 내리치는 것 같은 동작을 했다. 검둥이 하녀가 문을 열어주었다. 버나드는 여전히 열변을 토하며 안으로 들어가려고 움직였다. 하녀는 머뭇거리다가 그에게 길을 열어주었다. 소녀가 그 뒤를 따랐다. 그녀는 줄스가 있는 쪽을 흘깃 바라보지도 않았다.

두 사람이 들어간 뒤 문이 닫혔다. 창백하게 솟아오른 집의 모습이 압도

적이었다. 작은 벽돌 산 같은 그 경이로운 모습에 줄스는 턱에 힘이 들어갔다. 이렇게 큰 집에서 사는 걸 감당할 수 있는 사람이 누굴까? 너무 커서 소리가 울리지 않으려나? 머리가 너무 심한 압박을 받지 않을까? 이런 집을 지은 부자는 누굴까? 동요와 약간의 분노를 느끼면서 그는 주위를 둘러보았다. 아무도 굳이 발을 들여놓은 적이 없는 잔디밭, 산울타리, 작은 장식용 나무들, 꽃들이 눈에 들어왔다. 모든 것이 자로 잰 듯 정확하면서도 마법에 걸린 듯 몽롱했다.

어쨌든 그의 수중에 수표가 하나 더 생겼다. 그는 그것을 집어 들었다. '200달러라……'

로레타는 생일과 크리스마스에 그에게 몇 번 선물을 주었다. 별것은 아니었다. 모린도 그에게 사소한 것들을 몇 개 주었다. 하지만 진짜 '선물'은 받아본 적이 없었다. 심장이 멎을 만큼 놀라운 선물, 사람들이 왜 계속 살아가는지 깨닫게 해주는 선물. 이런 선물에 대한 기대가 없다면, 이렇게 과분하고 놀라운 선물이 없다면 왜 살아가겠는가?

집 안으로 들어간 소녀도 놀라운 선물 같았다. 줄스는 그녀에 대한 생각을 떨쳐버릴 수 없었다. 하지만 그녀의 얼굴이 제대로 생각나지 않았다. 호기심 많고 상대를 꿰뚫어 보는 것 같은 그녀의 시선은 기억났다. 나른하면서도 꼼꼼한 것 같은 느낌, 발을 안쪽으로 돌린 모습(그녀는 운동화를 신고 있었다), 그리고 연분홍색의 호리호리한 무릎. 그녀는 이 집과 잘 어울렸다. 그녀가 여기에 사는 것은 결코 놀라운 일이 아니었다. 그녀는 중요한 사람의 딸이었으며, 결코 손을 댈 수 없는 존재였다.

줄스는 커다란 정문을 빤히 바라보며 기다렸다. 15분 뒤 버나드가 혼자서 다시 나타났다. 바삐 서두르는 모습이었다. 단추가 풀린 외투 자락이 흩날렸다. 줄스는 수백 년에 걸쳐 복종해온 사블의 후손이기라도 한 것처럼 그의 모습에 자동적으로 반응해서 몸을 뒤로 기울여 뒷문을 열어주었다.

그동안 고용주의 얼굴을 살필 여유가 있었다. 이 사람이 지금 화를 내고 있는 건가 아닌가. "저놈들! 기생충들 같으니. 제 놈들이 바로 기생충이야. 상상력도 없는 놈들!" 버나드가 투덜거렸다. "자기들이 집에 있는 걸 내가 몰랐을 것 같아. 최소한 '그 애'는 집에 있었잖아. 내 귀여운 여동생. 개가 숨어 있었다고. 이제 난 저놈들과는 영원히 손을 씻을 거야!"

"이제 어디로 갈까요?" 줄스가 공손하게 말했다.

"차를 출발시켜! 여기서 나가!"

버나드는 똑똑한 사람처럼 보였지만, 거기에 왠지 깔쭉깔쭉하고 흐리멍덩한 느낌이 섞여 있었다. 그의 시선이 사방을 방황했다. 널찍하게 경사를 이룬 이마는 얼굴의 다른 부분보다 창백해 보였다. 그냥 피부색이 옅기만 한 것이 아니라, 피부가 더 얇게 펴져서 질감이 달라진 것 같았다. 어쩌면 그의 두개골 윗부분이 서서히 부풀어 모양이 달라지고 있는 것 같기도 했다. 턱은 축 늘어졌고, 뺨에서는 작은 혈관들이 표면으로 올라오고 있어서 줄스가 매일 시내에서 보는 수많은 불량배나 주정뱅이처럼 붉게 달아오른 얼굴로 깜짝 놀란 사람 같았다.

"움직여!" 버나드가 큰 소리로 말했다.

전날 밤 페이의 아파트에서는 그가 줄스에게 형제처럼 아주 친밀하게 굴었지만, 페이가 없는 지금은 줄스의 얼굴을 잘 보지 않고 일부러 위엄 있는 척하며 공연히 외투의 단추나 길고 지저분한 손톱이나 뒷좌석의 구멍에서 불에 그을린 모습으로 비어져 나온 하얀 충전재 부스러기에 집착하는, 조금 황당한 모습을 보여주었다. 떨리는 목소리로 지시를 내리는 그의 모습이 줄스가 보기에는 연극배우 같았다. 개인적인 대화라고 보기에는 목소리가 너무 높게 뒤집어져 있기 때문이었다.

"놈들은 항상 내 아내 편을 들었지." 버나드가 말했다. "믿음이 없어. 내가 아내의 주치의들한테서 받은 계산서와 영수증을 보여주었는데도. 의사가 무려 열두 명이야! 믿기 힘들겠지만. 내가 그 계산서와 영수증을 놈들 면전에서 흔들어댔다고. 놈들은 '일'을 하고 있다는 이유로 자기들이 미국의 귀족인 줄 알지. 하지만 나는 스스로 어느 계급에도 속하지 않는다고 생각해……."

줄스는 구체적인 사실에 관한 정보를 기대하며 그의 이야기에 열심히 귀를 기울였다. 아까 그 소녀에 대해 더 많은 것을 알고 싶었다. 결국 약 5분이 지난 뒤 줄스는 인내심을 잃고 이렇게 말했다. "그 여자애는 누구예요?"

"여자애라니?"

"아저씨랑 같이 집 안으로 들어간 애요."

"아, 걔는 내 조카 네이딘이야. 지금 열 살이나 열두 살쯤 됐을걸. 아냐, 그것보다는 나이가 많겠구나. 세월이 워낙 빨라서……. 아마 열넷이나 열다섯 살쯤일 거다."

"그보다는 나이가 많을걸요."

"그래? 글쎄다, 내가 잘 보질 않아서. 착한 애야. 걔 부모를 생각하면 말이지. 돈은 많지만 불행한 부부, 아주 흔한 일이지……. 그 아이는 클럽 수영장에서 하마터면 물에 빠져 죽을 뻔한 적이 있어. 어제 일처럼 기억이 생생하군. 그 애가 두 살이나 세 살 때 일이었을 텐데. 그 뒤로는 내가 그 애한테 별로 주의를 기울인 적이 없다. 그 애를 구한 사람이 나였어."

"아저씨가 구했다고요? 물에 빠졌을 때?"

"그래. 요트 클럽 수영장에서."

줄스는 바보처럼 그가 부러워졌다.

"자, 줄스, 네가 평생 동안 기억해야 할 이야기를 하나 해주마. 절대 누구도 믿지 마. 알겠니?"

"네."

"넌 아직 어려서 인생이 어떤 건지 모르겠지. 내 나이가 되면 너도 알 거다."

"나도 인생이 뭔지 다 알아요." 줄스가 쾌활하게 말했다.

"몇 군데 전화를 걸어야겠다. 하마터면 잊어버릴 뻔했군. 연락하기 힘든 사람들과 연락을 취해야 해. 나처럼 항상 움직이는 사람들이라서 말이야. 이제 호텔로 돌아가자. 그러고 나서 너 혼자 나가서 새 차를 사도 돼."

"방금…… 새 차를 사라고 했어요?"

"그래. 하지만 링컨은 안 되겠다. 캐딜락이 좋아."

"나더러 새 차를 사라고요?"

"거기에 이 차를 두고 와. 가게에서 너한테 돈을 좀 줄 거다."

"저는 차를 어떻게 사야 하는지 몰라요. 그런 차를 사라니요." 줄스가 말했다.

"그럼 이제 배워야지."

"날 들여보내 주지도 않을걸요."

"난 네가 마음에 든다, 줄스. 네 얼굴도, 머리도, 특유의 우아함도 좋아." 버나드가 말했다. "솔직히 말해서 너 같은 아들이 있으면 좋겠다. 남자한테 는 아들이 필요해. 유전자 때문이지. 꿈을 물려주고 싶으니까. 단순히 네가 페이의 애인이라서 그러는 게 아니야. 그것도 기적 같은 일이긴 하지만, 난 그냥 너 자신을 좋아하는 거다. 만약 거리에서 널 만났다 해도 즉석에서 널 믿었을 거야. 너한테는 공감이 가는 부분이 있어. 똑똑한 피해자의 얼굴을 하고 있다고. 내가 지금 추진 중인 이 일이 끝나서 좀 한가해지면, 내가 네 대학 학비를 대주마."

"대학요?"

"그래, 틀림없이. 전공은…… 철학이든 미술이든 아무거나 네가 좋아하는 걸로 해."

"나는 고등학교에서도 낙제했어요."

"인생에서 직접적으로 얻을 수 있는 건 많지 않아. 그게 인생의 아이러니 중 하나지." 버나드가 재빨리 말했다. "우리는 책에서 인생에 대해 배워야 한다. 내가 널 동부로 보내주마. 우린 수백 년에 걸친 지혜를 책 몇 권으로 압축할 수 있어. 여기서 좌회전해라. 저 트럭 조심해!"

인생은 이렇게 흘러간다. 갑자기 풍선이 위로 부풀어 오르는 것처럼. 줄스는 꿈을 꾸는 것 같은 기분으로 핸들을 꺾어 세탁소 트럭 옆을 우회했다. 트럭 운전수의 심술궂은 얼굴조차 눈에 들어오지 않았다. 그는 지금 위로 솟아오르는 중이었고, 그 무엇도 그를 막을 수 없었다. 가슴이 파닥거리는 것 같은 느낌은 심장이 부풀면서 생겨난 것이었다. 아니면 허파가 지나치게 많은 산소를 들이마셔서 어지러워진 것 같기도 했다. 줄스가 대학에 가다니! "저도 대학에 가고 싶어요, 사장님. 정말로 그러고 싶어요. 그럴 수만 있다면 무슨 짓이든 할 거예요." 그가 들뜬 목소리로 말했다.

"다시 좌회전. 아니, 우회전. 서두르면 신호를 통과할 수 있겠다……."

시내에 도착한 뒤 버나드는 또 수표를 한 장 주었다. 수표책에서 급히 뜯어낸 탓에 점선으로 되어 있던 가장자리가 들쭉날쭉하게 찢어져 있었다. "자. 멋진 차를 사 와라. 3시에 여기로 와." 그는 이렇게 말하고 나서 자동차 문을 쾅 닫고는 빠르게 뛰어갔다. 줄스는 수표를 눈앞에 들어 올렸다. 1만 달러? 수표에 적힌 숫자들이 둥실둥실 사라질 것 같아서 그는 눈을 가늘게 떴다. 줄스 웬들 앞으로 된 '1만 달러'짜리 수표?

한동안 그는 움직일 수 없었다. 그러다가 자신이 무엇을 하고 있는지 미처 인식하지도 못한 채 서투른 동작으로 차에 시동을 걸고 모퉁이를 돌아 일방통행 도로로 잘못 들어갔다. 그는 역주행을 하고 있었다. 노란색 택시가 하마터면 그와 부딪힐 뻔한 뒤 미친 듯이 경적을 울려댔다. 화가 나기보다는 그냥 이질이질했다. 머리가 노사기처럼 매끈하고 둥둥 튀었다. 그는 후진하기 시작했다. 택시 기사가 경적을 울려댔다. 줄스에게는 그 소리가 음악처럼 들렸다. 그는 차체가 긴 차를 후진시켜 모퉁이를 돈 뒤 다시 기어를 바꿨다. 블록을 절반쯤 지났을 때 그는 길가에 정차했다가 출발하는 버스와 부딪힐 뻔했다. 그는 우아하고 마술 같은 솜씨로 버스 옆을 휙 돌아서 빠져나왔다. 왼쪽 차선이 묘하게 비어 있어서 누구와도 부딪히지 않고 그 길을 통과했다. 그러고는 10분이나 20분쯤 차를 몰고 돌아다녔다. 정확히 시간이 얼마나 흘렀는지는 알 수 없었다. 심지어 머릿속에 떠도는 생각들조차 언어로 정리되지 않고, 옆자리의 수표라는 음악 속에 흠뻑 젖어 있었다. 줄스 웬들 앞으로 된 1만 달러짜리 수표라니.

그는 저 수표를 현금으로 바꿔서 떠나고 싶었다. 캘리포니아로.

유혹적인 생각이었지만 실행에 옮길 수는 없었다. 절대로. 버나드가 마음에 들었기 때문에 그의 돈을 훔칠 수는 없었다. 또한 지금의 이 모험을 이렇게 급작스럽게 끝내는 것도 죄가 될 것 같았다. 이 모험을 끝까지 해내는 것이 그의 운명인지도 모를 일이었다. 게다가 버나드의 조카라는 여자애도 있었다. 그 여자애의 얼굴이 명확히 기억나지 않아서 그는 애가 탔다. 그 아이의 모습이 끊임없이 그의 시야를 가로지르고, 자동차 앞에 나타났다. 검은색으로 반짝이는 널찍한 엔진 덮개 너머에. 그는 그녀의 얼굴을 보려고 했지만 얼굴이 기억나지 않았다. 다만 차분하고 진지하고 건방진 시선만 생각날 뿐이었다. 그의 귀에서 경고가 울려댔다. 그 아이도 줄스를 생각할까? 줄스의 이야기를 할까? 그렇게 놀라운 존재들과 우연히 만나는 것만으로는 충분하지 않았다. 그는 그들과 동등해져야 했다. 결국 그들과 동등해지지 못한다면 그의 인생이란 그 얼마나 수치스러운 재앙이 될 것인가!

그는 멍한 상태로 좀 더 차를 몰고 돌아다니며 어머니의 집에 들러 수표를 보여줄까 생각해보았다. 하지만 그건 미친 짓이었다. 그는 거리의 사람들을 불러 세우고 수표를 보여주고 싶었다. 그보다는 이 새로운 인생의 좀 더 진지한 문제, 즉 고등학교를 마치는 문제에 대해 생각하는 편이 나을 것 같았다. 이렇게 엄청난 돈이 수중에 척척 들어오는 상황에서 학교를 마치기는 힘들 것이다. 그는 정신을 흐트러뜨리는 다른 일들, 심지어 버나드의 조카에 대한 흥분에도 저항해야 했다. 어쩌면 언젠가 그녀를 다시 만날지도 모르지만…… 그는 밤에 학교를 다녀서 졸업해야 할 것이다……. 고등학교를 빨리 마친 뒤에…… 그다음에 '동부'로 가서 학교에 다닐 것이다. '동부' 어딘가에서 대학에 다니는 것이다. 하지만 그의 머리가 이 생각 앞에서 덜컥거렸고, 귓가에서 울리는 경보음이 더 날카로워졌다. 그가 대학에 대해 아는 것이라고는 폐허 같은 디트로이트 시내 한복판에 유리와 알루미늄으로 지어진 현대식 건물들의 집합인 웨인 주립 대학뿐이었다. 그리고 동부에 대해 아는 것이라고는 대서양의 물살이 깎아놓은, 지도상의 완만한 해안선뿐이었다. 그래도 이것이 인생의 전환점이라는 사실을 그는 알고 있었다. 이것이 바로 그의 인생의 시작점이었다. 그는 그 인생에 걸맞은 존재가 되어야 했다.

"이제 인생의 1장이 시작되는 것 같은걸." 그가 말했다.

그는 힘들게 차를 주차했다. 마음이 너무 들뜬 탓에 뒤쪽 오른편 타이어가 인도로 올라섰다가 거칠게 튀듯이 내려오는 우여곡절을 겪었으며, 주차 미터기에 넣을 동전을 찾으려고 두 번이나 주머니를 뒤져야 했다. 그러고 나서 그는 디트로이트 내셔널 은행을 향해 걷기 시작했다. 지난번 그 창구 직원이 또 있으면 좋겠다는 생각이 들었다. 은행에 들어서자 높은 천장에 마음이 놓였다. 이곳에는 그에게 내어줄 돈이 충분히 있을 것 같았다. 하지만 누가 그에게 달려와 "이런 수표가 어디서 난 거지, 줄스? 우린 널 알아, 줄스. 다른 사람도 아니고 네가!"라고 말한다면 어쩌나. 길모퉁이의 경찰관이 무심한 듯 총집의 단추를 풀고 권총을 꺼내 들며 그를 향해 한가로이 걸어오기 시작한다면?

그는 줄을 서서 기다렸다. 옆 창구의 줄이 더 빠르게 움직였지만 그는 착하고 의리 있게 자리를 지켰다. 그는 훌륭한 시민이었다. 머리를 깔끔하게 다듬었으니 이제 궤도에 올라선 셈이었다! 그는 차례를 기다렸다.

전의 그 창구 직원이 또 그를 담당하게 될 것 같지는 않았다. 이번에는 중년 남자 직원이었는데, 의심이 많았다. 줄스의 차례가 되자 직원이 그의 얼굴을 똑바로 바라보았다. 그러고는 수표로 시선을 돌렸다가 다시 줄스를 바라보며 말했다. "손님이 줄스 웬들입니까?" 줄스는 이 질문이 전혀 불편하지 않다는 것을 보여주려고 빙긋 웃었다. 그리고 지갑을 꺼내 운전면허증을 빼낸 뒤 남자가 원한다면 볼 수 있게 지갑을 카운터에 놓아두었다. 지갑 안에는 돈이 다발로 접혀 있었다. 그때 줄스는 수표가 한 장 더 있다는 사실을 떠올렸다. 200달러짜리 수표. 그는 주머니에서 그것을 찾아 대리석 카운터에 놓고 매끈하게 폈다. 이것도 현금으로 바꿀 수 있을지 궁금했다. 사실 200달러는 그리 큰 돈이 아니었다. 창구 직원이 이 두 번째 수표를 집어 들었다. 가느다란 입술이 심술궂은 표정을 지었다. "여기엔 이서가 되어 있지 않군요." 그가 말했다.

줄스는 은행의 펜으로 자신의 이름을 쓴 뒤 수표마다 자신의 필체가 다르다는 것을 깨닫고 깜짝 놀랐다. 심지어 자신의 성에 'n'자를 하나 더 덧붙이기까지 한 것을 아슬아슬한 순간에 알아차렸다. 1만 달러짜리 수표에 쓴 '줄스'는 기운차고 젊어 보였지만, 창구 직원의 시선을 받으며 쓴 두 번째 수표의 '줄스'는 조심성 많은 중년 남자의 것처럼 보였다. 직원이 두 서명을 빤히 바라보다가 줄스의 면허증을 보았다.

"이 면허증은 기한이 만료되었습니다." 그가 말했다.

"네?"

"기한이 만료되었다고요. 4월 손님의 생일에."

"하지만…… 몰랐어요. 깜박해서…… 그러니까……." 그는 간신히 정신을 차렸다. "알려주셔서 감사합니다. 곧바로 경찰서에 가야겠네요."

창구 직원은 수표 두 장을 모두 들고 몸을 돌렸다. 줄스는 보지 않는 척 그를 지켜보았다. 혹시 돈이 없으면 어쩌지? 이 모든 게 진짜가 아니면 어쩌지? 그는 이제 겨우 열여덟 살이었다. 느닷없이 이런 놀라운 일들을 겪기에 충분한 나이가 아니었다. 그는 이런 일들에 걸맞은 사람이 되어야 했다. 버나드의 기대에 부응해야 했다. 고등학교를 마치고 대학에 가자. 철학을 전공하는 거야. 그는 우월한 줄스, 버나드보다 더 많은 기대를 품고 있는 독재자 같은 줄스와 동등해져야 했다. 버나드의 조카와도 동등해져야 했다. 그녀는 아직 어린 나이인데도 순전히 그런 집에 사는 것만으로도 이미 줄스보다 많은 것을 알고 있었다.

창구 직원이 다른 남자와 의논하고 있었다. 두 사람은 닫혀 있는 커다란 금고 문 가까이에 서 있었다. 두 사람의 머리 위에 카메라가 보였다. 혹시 그의 사진이 찍히고 있는 걸까? 앞으로 몇 분 뒤에 이 은행에 강도가 들고 그 와중에 줄스의 사진이 찍힌다면? 어쩌면 버나드 본인이 수표 위조범일 수도 있었다. 그래서 줄스까지 함께 체포될지도 몰랐다. 사람들은 줄스가 몇 년 동안 그의 경호원, 운전기사, 아들로서 범행에 동참했다고 생각할 것이다…… 하지만 창구 직원이 그에게 1만 달러를 내어줄 가능성도 있었다. 그러면 사람들이 아무 말 없이 잔뜩 몰려들어 직원이 돈을 세어 그의 떨리는 손에 건네주는 모습을 지켜볼 것이다.

그때 정신이 제대로 박힌 사람이라면 1만 달러를 현금으로 요구하지 않을 것이라는 생각이 들었다. 자기 이름으로 가계수표 계좌를 개설했어야 하는 건데. 그런데 그런 계좌를 어떻게 열더라?

이미 너무 늦었다. 창구 직원은 어딘가에 전화를 하는 중이었고, 직원과 의논하던 남자는 조심스러운 시선으로 줄스 쪽을 바라보았다. 그의 양편 창구 앞의 줄은 계속 줄어들었다. 직원들이 손님들을 응대하며 돈과 서류를 내어주거나 받아들었다. 그러면 사람들은 돌아서서 은행 밖으로 나가 사라졌다. 모든 절차가 착착 돌아가는데 줄스만 무기력하게 붙들려 있었다.

창구 직원은 여전히 통화 중이었다. 그가 줄스 쪽을 바라보았다. 은행 안에서 갑자기 여러 사람의 목소리가 시끄럽게 솟아오르더니 줄스에게 다가왔다. 모두들 한꺼번에 떠들어대고 있었다. 은행의 높은 천장이 그에게 돌려보내는 메아리 때문에 그의 맥박이 질주했다.

같이 의논하던 남자, 풍채 좋고 무서워 보이는 여자와 함께 창구 직원이 돌아왔다. 세 사람이 줄스를 바라보았다. 창구 직원이 수표 두 장을 카운터에 매끈하게 늘어놓고 말했다. "이틀 전 이 계좌에서 발행된 수표에 대해 저쪽 편에서 문의가 있었습니다. 커먼웰스 은행의 버나드 게편 씨 계좌죠. 게편 씨가 발행한 1만 2천 달러짜리 수표였습니다. 그쪽에서 곧 전화가 올 겁니다. 기다리시겠습니까?"

"이 수표를 현금으로 바꾸실 겁니까? 서로 단위가 다른 현금으로요?" 여자가 물었다.

"그런 것 같은데요." 줄스가 말했다.

뒤에 줄 서 있던 다른 사람들이 자세를 바꾸며 웅성거렸다. 그들은 그의 뒤통수와 몸에 꼭 끼는 옷에 짜증스러운 시선을 보냈다. 둔탁한 광택이 흐르는 외투 뒷자락과 굽이 닳은 구두가 마음에 들지 않는 모양이었다. 구두! 구두도 사야 하는데! 사야 할 물건과 해야 할 일에 대한 생각으로 머리가 어지러웠다. 다니던 고등학교에 들러 야간 수업에 대해 알아보고 등록한 뒤 예전에 전혀 신경 쓰지 않았던 수업들을 전부 서둘러 들어야 할 터였다. 그가 애송이처럼 능글거리며 낙제했던 수업들. 줄스 웬들은 애송이였다.

그는 기다렸다. 마침내 전화벨이 울렸다. 창구 직원이 수화기를 들고 상대의 말에 귀를 기울였다. 줄스는 대화를 듣지 않으려고 애썼다. 여자가 안경을 바로잡으며 다른 곳으로 갔다. 창구 직원은 기운차게 고개를 끄덕이고는 수화기를 내려놓았다. "여러 단위의 지폐로 드릴까요, 아니면 주로 금액이 큰 지폐로 드릴까요?"

"네. 그러니까, 네, 금액이 큰 지폐로요. 지갑에 공간이 별로……."

창구 직원이 돈 서랍을 열고 돈을 세기 시작했다. 그러면서 가끔 유리 접시에 놓인 커다란 빨간색 스펀지에 손가락을 갖다 댔다. 줄스는 이것을 보고 갑자기 몹시 어지러워졌다. 금방 쓰러질 것 같았다. 그러니까 이 돈이 내 것이 된다고? 1만 달러가?

그는 뒤를 향해 조금 휘청거리다가 쇼핑백을 든 여자와 부딪혔다. "죄송합니다." 그가 말했다. 여자가 뭐라고 투덜거렸다. 줄스는 차가운 손을 이마에 대고 마음을 가라앉혔다. 창구 직원이 돈을 세고 있었다. 그와 의논하던 남자는 팔짱을 끼고 줄스를 향해 빙긋 웃었다. 은행 안 곳곳에서 목소리들이 들려왔다. 줄스는 카메라를 바라보며 어쩌면 자신이 창구 직원에게 돈을 받는 모습이 사진으로 찍힐지도 모른다고 생각했다. 어쩌면 그것이 법적인 증거로 필요할지도 몰랐다. 그는 시선을 들어 은행의 황금색 천장을 바라보았다. 순간적으로 교회 천장과 혼동하는 바람에 여기가 교회인 줄 알았다. 여기를 빠져나가기에 아직 너무 늦지는 않았다. 마법의 순간은 아직 다가오지 않았다. 지폐에 손을 대는 순간 그는 오염될 것이다. 플래시가 터지고, 은행 안의 사람들이 모두 바닥으로 웅크려 줄스만이 혼자 남아 경찰의 과녁이 될지도 몰랐다.

이제는 여기서 나갈 수 없었다. 그 때문에 모든 사람들이 줄을 서서 기다리고 있었다. 그가 식은땀을 흘리며 서 있는 동안 창구 직원이 열다섯 장이나 스무 장쯤 되는 지폐를 세어 카운터에 놓더니 한꺼번에 집어 들어 다시 세었다. 이제 줄스는 그 돈을 반드시 받는 수밖에 없을 것 같았다.

1만 200달러…….

그는 고맙다고 중얼거리고는 무작정 돌아섰다.

버드의 차로 돌아와 보니(차를 어디에 세워두었는지 잘 기억이 나지 않았다) 누군가가 왼쪽 뒤 범퍼에 부딪히고 간 모양이었다. 크게 부서진 것

은 아니라서 페인트가 벗겨지고 범퍼가 조금 우그러진 정도였다. 그는 손
으로 그 부분을 펴보려고 했지만 소용없었다. 어쩌면 버나드가 알아차리지
못할 수도 있었다. 어차피 팔 차인데 무슨 상관일까? 줄스는 차를 몰고 떠
났다. 아직도 앞이 잘 보이지 않았다. 빛과 먼지 입자들이 그의 시야에 가득
해서 계속 눈을 깜박여 그것들을 제거해야 했다. 그는 시내 도로에서 소리
없이 차를 몰았다. 자동차 전시장으로 가는 중이었다. 캐딜락 대리점. 하지
만 한동안 대리점이 보이지 않았다. 그는 몇 킬로미터나 차를 몰고 돌아다
녔다. 이러다 시력을 잃을지도 모른다는 생각이 들었다.

그는 캐딜락 전시장을 발견하고 안으로 들어갔다. 뒷주머니에 있는 지갑
속에 1만 달러가 넘는 돈이 있었다. 불멸의 존재가 된 것 같았다. "새 차를
사고 싶은데요." 그가 예의 바르게 말했다. "지금 모는 차와 바꾸고 싶습니
다." 어쩌면 포드 대리점에서 더 나은 조건의 보상 판매가 가능했을 것 같다
는 생각이 들었지만 그건 그의 잘못이 아니라 버나드의 잘못이었다. 판매
원이 그에게 뭐라고 말하고 있었다. 이런저런 것들을 설명하면서(그의 문
장에는 흠잡을 곳이 없었다) 그는 호기심 어린 눈빛으로 계속 줄스를 힐끔
거렸다. 줄스는 그것을 알아차렸지만 내색하지 않았다. 판매원은 지금 줄스
앞에 있는 차에 대해 말하는 중이었다. 그는 자동차 자체에 완전히 주의를
기울이지 못했다. 반질거리는 바닥 한복판에서 측면이 하얀색인 타이어 위
에 묵직하게 얹혀 있는 자동차는 너무 컸다. 미동도 없이 가만히 서서 반짝
이는 그 커다란 차 때문에 줄스는 눈을 감고 싶은 생각이 들었다. 자신이 개
미나 벼룩이 되어서 둥그런 곡선을 그리고 있는 이 거대한 금속 덩어리 위
를 기어 다니고 있는 것 같았다.

판매원이 지나치게 공손한 자세로 자동차 문을 열었다. 그리고 안을 들
여다보라고 말했다. 줄스는 실제로 잠시 눈을 감았다. 어렸을 때 시골에서
보낸 밤이 생각났다. 엄마가 그를 재우려고 맥주를 먹이던 때. 지금 기분이

그때와 거의 비슷했다. 전날 밤 그는 잠을 제대로 이루지 못했다. 다시는 잠을 잘 수 없을까 봐 무서웠다.

판매원은 논리정연하고, 언변이 좋고, 상냥했다. 줄스는 그의 말에 정신을 집중하려고 애썼다. 미사 때와 비슷했다. 캐딜락 판매원이 미사를 주재하며 성체를 축복하고 영성체를 시작한다. 돈을 받고서. 정신을 차리고 보니 줄스는 유리벽으로 둘러싸인 작은 사무실에 앉아 있었다. 판매원은 더 커다란 능력을 지닌 사제를 불러오려고 어딘가에 가 있었다. 새로운 사제는 서양 자두처럼 빨간 얼굴을 한, 친절한 반백의 남자였다. 눈에는 강철 줄밥이 들어 있었다. 그의 목소리에는 공감과 연민이 가득해서 상대의 무장을 해제시켰지만, 줄스는 호락호락하지 않았다.

"저는 트럭 운송 회사에서 일해요." 줄스가 말했다. "아니, 그랬었죠. 그만뒀지만. 지금은 개인 운전기사인데, 제 고용주가 이 차를 사라고 하셨어요."

그들은 줄스에게 신분을 증명할 서류를 요구했다. 줄스는 지갑을 꺼내다가 그 무게에 화들짝 놀랐다. 그는 구겨진 운전면허증을 보여주었다.

"이거 지난달에 기한이 만료되었는데요." 반백의 남자가 말했다.

"그래도 괜찮지 않습니까? 이 사람이 바로 저인데요." 줄스가 의자에서 벌떡 일어날 것처럼 움직이며 말했다.

"물론이죠. 걱정 마세요."

그들은 줄스를 향해서, 그리고 서로를 향해서 빙긋 웃었다. 그리고 줄스에게 고용주에 대해 물었다. 주소가 어떻게 됩니까?

"저도 정확히 몰라요." 줄스가 말했다.

그럼 몰고 오신 차의 자동차 등록증은요?

"아마 글러브박스에 있을 거예요. 그리고 미리 말씀드려야 할 것 같은데, 저 차에 불이 난 적이 있습니다. 작은 불이었어요……. 뒷좌석만 조금 탔을 뿐 심하게 망가지지는 않았습니다."

두 사람은 그런 듯이 미소를 짓고 있는 그를 바라보았다. 주소가 어떻게 됩니까?

"지금은 그냥 단칸방에 살아요. 곧 옮길 계획입니다. 아마 베이글리 거리 같은데 번지는 모르겠네요. 그런 건 중요하지 않잖아요. 어쨌든 저는 그 집을 문제없이 찾을 수 있으니까. 잘 아는 동네거든요." 그가 말했다.

침묵이 흘렀다. 그는 사무실 문을 힐끔거리며 당장 저 문을 향해 달아나야 하나 고민했다. 수중의 1만 달러는 훔친 돈이 아니었지만, 그날 어딘가에서 강도 사건이 발생했다면 그가 체포될 수도 있었다. 어떻게든 누군가를 잡아야 할 터이니…….

"다시 생각해보니……." 줄스가 말했다. "차를 나중에 사는 게 좋겠네요." 그는 일어서서 문으로 향했다. 중년 남자가 깜짝 놀란 얼굴로 재빨리 세 걸음을 걸어왔고, 줄스는 자신을 보호하기 위해 자동적으로 팔꿈치를 들어올렸다. "나중에 다시 온다니까요!" 그가 찢어지는 목소리로 소리쳤다.

"하지만 면허증과 지갑이 여기 책상 위에…….."

"아, 그렇죠." 줄스는 물건을 가지러 갔다. 뒷주머니에 지갑을 넣기가 쉽지 않았다.

"나중에…… 나중에 다시 오신다고요? 오늘 안에?" 두 남자 중 한 명이 물었다.

"네, 오늘 안에." 줄스가 거칠게 말했다. "어딜 좀 가봐야 해서요. 만날 사람이 있습니다. 여기 조명 때문에, 저 형광등 때문에 눈이 아프네요."

그는 밖으로 나왔다. 전시되어 있는 자동차에 부딪히는 일을 간신히 피할 수 있었다. 그를 지켜보며 서 있는 두 남자의 머리 위에 캐딜락의 위풍당당한 로고가 있었다. 벽에 높이 붙어 있는 문장(紋章)이었다. 줄스는 조심스레 걸어서 정문으로 향했다. 그리고 인도로 조심스레 나왔다. 뒤를 돌아보니 두 남자가 진열창 뒤에서 그를 지켜보고 있었다.

줄스가 데리러 갔을 때 버나드는 아까와 똑같은 레인코트 차림이었다. 서두르는 것도 똑같았다. 그는 휙 차에 올라타서 줄스에게 주소를 말했다. 그는 벌써 아주 시급한 일, 콩고에 있다는 귀한 광물질에 대해 말하고 있었다. 줄스는 그가 하는 말을 3분의 1이나 4분의 1밖에 알아들을 수 없었다. 그는 몹시 지쳐서 눈을 거의 감은 채 차를 몰았다. 버나드는 자동차와 1만 달러에 대해 잊어버린 모양이었다. 그는 흥분해서 불한당처럼 굴며 자신의 말을 강조하기 위해 줄스가 앉은 운전석 등받이를 쿵쿵 때렸다. "시작도 하기 전에 내가 쫓겨날 줄 알고. 난 쉰다섯 살이야. 지금 시작하지 않으면 언, 언제 시작하겠어?"

"글쎄요." 줄스가 말했다.

그는 페이에 대해서, 페이를 사랑하는 것에 대해서 생각했다. 그녀의 신비롭고 서늘한 몸에서부터 이 모든 일이 시작되었다. 자동차, 남자, 지폐가 터질 듯이 들어 있는 지갑. 그녀 자신은 이 모든 일에 전혀 영향을 받지 않았고, 관심도 없었다. 그는 그녀의 품에 누워서 보낸 시간, 그의 다리에 그녀의 길고 호리호리한 다리가 닿던 감각을 생각했다. 이 악몽 같은 도시에서 잃어버린 모든 것을 위해 슬프디슬프게 울고 싶었다. 어느 날 밤 그가 어릿광대처럼 돌아다니고 있을 때 페이가 이런 말을 했다. "넌 항상 허세를 부리면서 농담을 하지만, 실제로는 항상 진지해." 그는 이 말에 충격을 받았다. 사실이었기 때문에. 지금 그는 고개를 돌려 버나드를 바라보며 이렇게 말하고 싶었다. "당신은 항상 진지하지만 모두 농담이에요, 농담이라고요! 당신은 항상 농담만 해요!"

1만 달러를 써버리고 싶다면, 5달러 지폐를 사용해서 한 번에 5달러씩 써야 할 것이다. 그러지 않으면 잡힐 터였다.

버나드는 꽃가루에 대해 화를 내고 있었다.

줄스는 회원제 클럽 같은 곳에서 버나드를 내려주었다. 생기가 하나도 없는 얼굴의 검둥이가 서둘러 달려와 그를 도우려고 했다. 그의 얼굴을 아는 모양이었다. 버나드가 분명히 존재하는 사람이라는 얘기였다.

줄스는 기다렸다. 맑은 6월 날씨였다. 높은 하늘에서 비행기 한 대가 신기한 움직임을 보이고 있었다. 하얀 솜털 같은 연기가 비행기 뒤로 길게 늘어졌다. 줄스는 저 위에서 자유롭게 떠가며 하늘에 흔적을 남기는 기분이 어떨지 궁금했다.

버나드가 꾸러미를 들고 서둘러 나왔다. 붉게 상기된 얼굴이 얼룩덜룩했다. 그가 말했다. "다시 동쪽으로 가. 서둘러."

그다음 정차한 곳에서 줄스는 상당히 오랫동안 기다려야 했다. 그는 유명한 식당 근처에 차를 세워두었다. 길고 지루한 점심 식사를 마친 사람들이 식당에서 나오는 모습을 지켜보는 것이 어떤 의미에서 흥미로웠다. 그들은 이 온화한 6월에 먹고 마시며 이야기를 나누는 것 외에는 할 일이 없는 사람들이었다. 사람들은 무슨 이야기를 할까? 그 시간 내내 돈 이야기만 하지는 않겠지?

버나드를 태우고 하루 종일 여기저기를 돌아다니면서 줄스는 차를 사지 못한 것에 대해 설명하고 싶었지만 용기가 나지 않았다. 어쨌든 버나드는 그 이야기를 잊어버린 것 같았다. 이제 그는 계속 세인트루이스에 대해 이야기했다. 내일 그리로 갈 것이라고 했다.

"혹시 부모님이든 누구든…… 작별 인사를 해야 할 사람이 있니? 친척이라도?" 버나드가 물었다.

"어머니요." 줄스는 천천히 말했다. 이 질문이 묘하게 들렸지만 너무 지쳐서 정확히 무엇이 묘한지 알아낼 수 없었다. "엄마를 만나야 할 것 같아요."

"아, 네 어머니! 어머니가 있어? 네가 부양하고 있니?"

"제가 돈을 조금 드리기는 하지만, 엄마는 주로 복지 지원금으로 살아요."

"생활비는 있고?" 버나드가 걱정스러운 표정으로 물었다.

"네, 있을 거예요."

"하지만 복지 지원금으로 산다고?"

"4월부터요."

"솔직히 난 복지 제도가 마음에 들지 않는다." 버나드가 말했다. "그런 지원 때문에 어머니가 게을러지지 않아?"

"그럴지도요."

"어쨌든 어머니한테 드릴 돈이 필요해? 내가 수표를 하나 써주마."

"아뇨, 괜찮아요. 없어도 돼요."

"웃기는 소리! 내가 수표를 써줄 테니 어머니한테 가져다드려. 하지만 가능하다면 복지 지원금을 받지 말라고 말해야 한다. 네가 어머니를 모시고 살게 되면 내가 기꺼이 두 사람을 모두 부양해주지."

"제가 어쩌면 여기서 대학에 갈 수 있을지도 몰라요. 동부의 대학 말고 웨인 주립 대학요." 줄스가 말했다.

버나드는 수표를 찢어서 줄스에게 주었다. '존 웬들' 앞으로 된 '25달러' 수표였다.

"이건 정말 필요 없어요." 줄스가 불편한 표정으로 말했다.

"말도 안 되는 소리 말고 그냥 받아. 난 상관없으니까. 내가 좋아서 주는 거야."

두 사람은 5시쯤에 하워드 존슨스 식당에서 저녁 식사를 했다. 버나드는 꾸러미를 식당까지 가지고 들어왔다. 줄스는 버나드와 똑같은 메뉴를 주문했다. 감자튀김을 곁들인 햄버거. 버나드는 우울한 표정이었다. 그가 어깨를 앞으로 늘어뜨리고 식사를 하는 모습이 실망스러웠다. 카운터에 앉아 식사를 하는 트럭 운전수 같았다. 줄스는 햄버거를 씹으며, 자기 앞에 펼쳐질 모험에 대해 생각했다. 가슴이 풍선처럼 부푸는 감각을 다시 경험하고 싶었다. 그게 어떤 느낌이었더라? 맞은편에서 웨이트리스가 뭔가가 쏟아진 바닥을 대걸레로 닦고 있었다. 조심하지 않으면, 옆을 보지 않으면, 저 장면이 그를 영원히 아래로 끌어내릴 것처럼 보였다…….

"깜박했다! 이건 네 거야!" 버나드가 손가락을 튕기며 말하더니 꾸러미를 탁자 위에 올려놓았다. "우리 장비 중에 꼭 필요한 부분이지. 너무 놀라지 마라."

줄스는 포장을 푸는 그를 지켜보았다. 총이었다. 줄스는 당황해서 손을 뻗어 총을 다시 포장지로 덮었다. "세상에! 맙소사!" 그가 속삭였다.

"그래, 여기서 열면 안 되지, 당연히." 버나드가 현자처럼 말했다. "밖에서 주마."

"아뇨, 주지 마세요. 괜찮아요." 줄스가 말했다. "총을 갖고 다닐 생각은 없어요!"

"왜?"

"감옥에 가고 싶지 않으니까요. 무기 소지 혐의로 두드려 맞고 싶지 않으니까요!"

"그럼 글러브박스에 넣어두자."

"그게 그거잖아요!"

"이제 그 이야기는 그만."

"하지만……."

——

다음 날 오전에 그는 엄마를 만나러 갔다. 엄마는 그에게 커피를 내어주고 그와 이야기를 나눴다. 평범한 대화였다. 모린의 식욕에 관한 대화. '내가 만들어주는 건 뭐든지 먹으니까 괜찮아…….' 그러고 나서 그는 모린을 직접 보려고 들어갔다. 모린은 내내 침대에 누워 커피 케이크와 쿠키를 얼굴이 미어져라 먹어댔다. 로레타가 주는 단 음식을 무엇이든 먹어치웠기 때문에 얼굴이 망가지고 몸도 점점 역겨워졌다. 모린과 거리를 두지 않는다면, 모린 때문에라도 미쳐버릴 것 같았다. 세인트루이스가 그리 먼 곳처럼 느껴지지 않았다.

그는 정오에 버나드를 데리러 갔다. 버나드는 실제로 존재하는 사람이었다. 그가 몇몇 사람들과 함께 나타나 홀연히 무리에서 빠져나왔다. 어제와 똑같은 레인코트 차림이었다. 줄스는 그를 위해 문을 열어주려고 뒤로 몸을 기울였다. 자신과 버나드가 벌써 한평생을 같이 보냈고, 지옥에 떨어진 공범들처럼 또 한 번의 평생을, 영원한 일생을 함께 보내라는 선고를 받은 건지도 모른다는 생각이 문득 들었다. 두 사람이 영원히 함께해야 한다니, 슬픈 농담이었다…….

버나드가 말했다. "공항으로 가!"

"어느 공항으로요?"

"메트로폴리탄. 빨리."

먼 길이었다. 줄스는 하마터면 잠이 들 뻔했다. 졸음을 막기 위해서 그는 캐딜락 대리점 일에 대해 설명하려고 했지만, 신문을 읽고 있는 버나드는 그의 말을 듣지 않는 것 같았다. 공항에 도착한 뒤 버나드는 줄스에게 주위를 돌다 오라고 말하고는 자신은 뭔가 확인할 것이 있다며 안으로 들어갔다. 줄스는 왜 그냥 전화로 확인하지 않는 건지 궁금해졌다.

버나드가 안에서 뛰어나왔다. 그리고 명랑하게 한숨을 내쉬었다. "다 됐어! 세인트루이스 계획!" 그는 좌석 등받이를 손바닥으로 한 번 쳤다. 마치 자신도 믿지 못하는 말을 확인하려는 것 같았다.

줄스는 다시 디트로이트로 차를 몰았다.

그러고는…….

생각할 시간이 충분했지만, 그 뒤에 이어진 일은 결코 믿을 수 없었다. 몇 년 뒤 건강을 회복하는 것 외에는 아무 할 일 없이 병원 침대에 누워 있을 때 그는 그날 오후의 일들을 몇 번이나 생각해볼 수 있었지만, 결코 믿을 수 없었다. 버나드는 그에게 리버노이스의 어떤 주소를 불러주며 그리로 가자고 했다. 알고 보니 그곳은 싸구려처럼 보이는 머플러 가게였다. 그다음으로 간 곳은 그랜드 대로 근처의 어떤 집이었다. 줄스는 그 집 앞에 차를 세울 수 있었다. 주택가였기 때문이다. "여기서 최종적으로 마무리할 일이 있어." 버나드가 말했다. 줄스는 뒷좌석으로 손을 뻗어 신문을 가져와서 만화부터 읽기 시작했다.

시간이 흘렀다.

얼마 뒤 그는 불안한 마음으로 시선을 들었다. 거리가 상당히 북적거렸다. 사람들이 한가로이 돌아다니고 있는데 버나드는 보이지 않았다. 그가 들어간 집은 낡아빠진 벽돌집이었다. 정면 포치의 차양도 썩어 있었다. 줄스는 그냥 시간을 흘려보냈다. 아마 한 시간쯤. 그러고는 차에서 내려야 한다고 자신을 채근했다. 집을 빤히 바라보는데 무서운 기분이 들었다. 그는 결국 여기까지인 건가?

그는 초인종을 여러 번 울렸다. 아무런 반응이 없었다. 문을 열어보았더니 그냥 열렸다. 복도가 나오고 계단이 있었다. 벽의 석고판이 드러나 있었다. 바닥에는 외투 걸이 몇 개가 떨어져 있었다. 집은 비어 있었지만, 일가족이 남기고 간 상자들과 낡은 옷가지와 잡동사니로 지저분했다. 냄새도 났다. 줄스는 아래층을 여기저기 기웃거리고 다니면서도 자신이 찾는 것은 아래층에 없다는 사실을 본능적으로 느꼈다.

그는 위층으로 올라갔다. "게펀 씨?" 계단 꼭대기에 죽은 쥐가 누워 있었다. 몹시 뻣뻣했다. 고무 같은 긴 꼬리도 꿈쩍하지 않았다. 그는 쥐를 넘어가서 첫 번째 방을 들여다보았다. 카드놀이용 탁자가 서 있었다. 탁자에 끌어당겨진 의자 두 개는 서로 가까이 붙어 있었다. 바닥에는 구겨진 분홍색 커튼이 놓여 있었다. 그리고 의자 두 개 중 한 개 근처에 《캡틴 마블》 만화책이 있었다. 무서울 정도로 차가운 냄새가 났다. 줄스의 몸 안에서 나는 그 냄새는 이 쓰레기장 같은 집이나 계단 위의 죽은 쥐와는 아무런 상관이 없었다.

그는 다음 방으로 가서 문간을 통해 안을 들여다보았다. 버나드가 보였다. 버나드는 열려 있는 벽장 문 근처에 똑바로 누워 있었다. 목이 베인 모습으로. 줄스는 누가 밀치기라도 한 것처럼 방 안으로 더 몸을 기울였지만 발은 움직이지 않았다. 반백의 오십대 남자인 버나드가 맨바닥에 똑바로 누워 있었다. 목에는 방금 베인 상처가 있고, 한 손은 푸줏간에서 쓰는 식칼을 느슨하게 쥐고 있었다. "세상에!" 줄스는 큰 소리로 말했다.

이제 그의 머리가 깨어나기 시작했다. 비록 속도는 느렸지만. 그의 눈이 바닥에 줄무늬를 그리며 버나드의 레인코트를 더럽히고 있는 피 주위를 춤추듯 돌아다녔다. 피의 붉은색이 어찌나 밝은지 버나드가 젊고 활기 있게 보일 정도였다. 사방이 피투성이였다. 그의 뺨에도, 심지어 이마에도 피가 묻어 있었다. 뜨고 있는 그의 눈 한쪽에도 피가 묻어 있고, 속눈썹에도 피가 엉겨 있었다.

"게펀 씨?" 줄스가 힘없이 그를 불렀다.

그리고 까치발로 죽은 남자에게 다가갔다. 그래, 식칼은 누군가가 그의 손에 쥐어준 것이었고, 그 손에서 다시 살짝 벗어나 있었다. 버나드는 칼에 아무런 관심이 없는 듯했다. 온통 피투성이인데도 위엄 있지만 깜짝 놀란 표정이었다. 줄스는 그의 얼굴을 뚫어져라 바라보았다. 한쪽 눈, 그러니까 왼쪽 눈의 안구에 피가 묻어 있는 것이 보였다. 이상한 일이었다. 줄스는 눈을 감았다. 눈이 아팠다. 잠시 후 다시 눈을 떴지만 변한 것은 하나도 없었다.

그는 지갑을 꺼내 느리지만 차갑게 엄습하는 두려움 속에서 돈을 모두 꺼냈다. 지폐 다발이 두툼했다. 혐오스러워하면서도 품위 있게 그는 허리를 숙여 돈을 모두 버나드의 외투 안주머니에 쑤셔 넣었다. 자동차 열쇠도 생각나서, 그것 역시 안주머니에 넣었다. 주위에서 공포의 냄새가 매섭게 솟아올랐다. 그는 몸을 똑바로 펴고 방을 벗어났다. 거리로 나선 뒤에는 링컨을 우회해서 지나쳤다. 검둥이 아이들 몇 명이 링컨 옆에 모여 있었다. 줄스는 몇 킬로미터나 떨어진 자신의 방을 향해 걸어서 출발했다. 자신의 지문을 비롯해서 그가 여기 있었음을 증명하는 증거들은 그냥 운명의 손에 맡겨버렸다.

그는 금요일에 양복을 찾으러 가지 않았다.


4


1956년 9월. 줄스는 꽃이 가득 실린 트럭을 몰고 디트로이트의 꽃답지 않은 거리들을 돌아다녔다. 운전에 너무나 익숙해져서 단조로운 엔진 소리와 그의 생각, 에너지가 뒤섞였다. 그는 달콤한 꽃향기에 멍하니 잠긴 채 버나드의 조카를 생각했다. 하지만 그녀에 대해 생각할 수 있는 거리가 하나도 없었다.

그로스포인트로 차를 몰고 갈 기회가 생기면 그는 그녀의 집 근처를 천천히 지나갔다. 자신이 눈에 보이지 않는 존재가 된 것 같았기 때문에 누군가에게 들킬지도 모른다는 걱정은 하지 않았다. 그의 머리는 배달부의 모자 밑에 납작하게 빗질되어 있었다. 버나드에 대해서는 자주 생각하지 않았다. 그의 모습이 마음을 조금 불편하게 만들었기 때문이다. 그 엄청난 피, 안구에 묻어 있던 피…… 하지만 버나드의 조카에 대해서는 항상 생각했다. 그녀는 버나드가 죽어 있던 모습과는 정반대였다. 그가 차에 싣고 거리를 돌아다니는 향기로운 꽃들과 비슷한 것 같았다. 꽃대와 이파리와 꽃송이가 트럭의 리듬에 따라 까딱거렸다. 그는 항상 바빠 서둘렀지만 목적지는 없었다. 버나드의 조카에 대해 명확히 생각할 거리가 없었다. 그 소녀를 생각하는 동안 페이(그녀도 자취를 감췄다)의 몸에서 느껴지던 서늘하고 오만하고 사랑스러운 거리감, 줄스에게는 수수께끼로 남아 있는 버나드의 헛된 노력이 거기에 뒤섞였다.

그는 무엇에 대해서든 자세히 생각하지 않으려 했다. 계속 차를 몰면서 자기 생각만 하는 편이 나았다. 그는 밤에 아무 생각 없이 잠들 수 있도록 피곤해지는 편이 좋았다. 다만 버나드의 조카에 대한 생각만이 예외였다. 하지만 그것은 진정한 의미의 생각이 아니었다. 버나드가 그렇게 금방, 그렇게 완전히 죽어버린 것은 지금도 의아한 일이었다. 조금 전만 해도 자동차를 향해 기운차게 뛰어오던 사람이 바닥에 쓰러져 있고, 그것으로 끝이라니. 경찰이 줄스를 잡으러 오지 않은 것은 결코 놀라운 일이 아니었다. 경찰들이 서두른답시고 허둥거리다가 지문을 뭉개고 증거를 잃어버리곤 한다는 사실을 알기 때문이었다. 하지만 그 사건의 자초지종을 전혀 알 수 없는 것은 놀라웠다. 그는 몇 주 동안 신문을 훑어보며 버나드의 죽음을 알리는 기사를 찾아보았지만, 그 일은 어디에도 언급되지 않았다. 한 사람이 그렇게 죽어서 사라져버리는 게 가능해? 8월에 로레타의 친구 집 창문으로 라이플이 발사되었을 때와 비슷했다. 총성이 울리고, 총알이 창문을 깨뜨리며 들어와 벽에 박혔지만 그뿐이었다. 사람들이 비명을 지르고 경보가 울렸을 뿐, 아무 일도 일어나지 않았다. 라이플이 발사된 것은 사실이지만, 라이플이 발사되지 않을 때가 더 많다. 그러니 후속 조치가 전혀 없었다.

줄스는 자기가 가는 길목이 아닌데도 그로스포인트로 이끌려 갔다. 그리고 잃어버린 시간을 보충하기 위해 평범한 거리들을 빠른 속도로 달렸다. 그로스포인트는 그에게 상록수와 벽돌집으로 이루어진 낙원이었다. 거기서는 창문으로 총을 쏘는 사람이 없었다. 사람들은 문을 잠그지 않았다. 품위 있는 생활을 원하는 디트로이트 마피아의 간부들이 이곳에 저택을 사고, 곱슬머리 아이들을 돌봐줄 보모를 고용했다. 모두들 이곳에 평화롭게 자리를 잡고서, 호수에서 불어오는 공기를 깊이 들이마셨다. 줄스의 고용주가 이런 곳에 볼일이 더 많으면 좋을 텐데. 줄스는 금박지로 포장한 무거운 국화 양동이를 들고 나와 그로스포인트로 꽃을 배달하는 일이 무엇보다 좋았다. 꽃은 가벼웠지만 꽃을 담은 양동이는 무겁고 비쌌다. 그가 꽃을 들고 황금색 초인종을 울리면, 집 안 깊숙한 곳에서 황금색 종소리가 울렸다. 그는 페이의 몸이 커다란 집과 뒤섞이는 꿈을 꾸었다. 이곳의 아름다운 저택 중 하나였다. 그 집은 다시 버나드의 조카의 몸, 그녀의 존재와 뒤섞였다. 페이와 달리 순진무구한 그녀는 이런 집에 살 권리가 있었다. 페이는 결코 이런 집에서 살지 못할 것이다. 그는 선잠을 자며 이런 집의 신비로운 황금 빛 내부를 꿈꿨다. 방과 복도, 그리고 그에게 수수께끼로 남아 있는 여자의 비밀스러운 몸처럼 향기롭고 부드러운 느낌. 그는 아직 열여덟 살이었다.

지금 하는 일이 고약하다는 건 그도 알고 있었다. 하지만 이 일을 그만두고 다른 일을 찾는 건 내키지 않았다. 그는 유쾌한 타성에 갇혀 있었다. 원거리에서 최면술에 걸린 것처럼 사랑에 빠져 있었다. 그는 시내를 돌아다니다가 그로스포인트로 향하는 자신의 경로가 얼기설기 얽힌 건널목들로 이루어진 정교한 거미줄 같다고 생각했다. 그를 옭아매서 그 소녀에게 데려다줄 거미줄. 그녀는 그를 모를 것이다. 그를 기억하지 못할 것이다. 하지만 그는 운전석에 앉아 그녀를 만날 준비를 했다. 사랑을 계획하는 그의 얼굴이 부드럽게 풀어졌고, 반드시 써야 하는, 아니 그냥 무심하게 쓴 멍청한 초록색 모자 밑에서 그의 눈이 영리하게 움직였다.

"그 제복을 입은 모습이 영 아니구나. 난 제복이 싫어." 로레타는 술에 취해 이렇게 말하곤 했다. 어쩌면 경찰 제복을 생각하는지도 모를 일이었다. "하다못해 그 망할 모자라도 벗어!"

"난 잘난 척하고 싶지 않아요. 꽃 배달 트럭을 모는 게 좋아요." 줄스가 과장되게 정중한 태도로 말했다.

"집에서는 그 망할 모자 좀 벗으라니까!"

그러면 줄스는 인사하듯 허리를 숙이고 기사처럼 모자를 휙 벗어 엄마의 짜증을 더욱 부채질했다. "미친놈!" 로레타가 말했다.

그로스포인트의 가을은 아름다웠지만 디트로이트에는 아무런 영향을 미치지 못했다. 줄스는 나뭇잎 색깔이 변하기 직전이라는 것을 알아차렸다. 가을꽃들이 진입로 주위에 좌우대칭으로 배열되어 있는 모습, 방학이 끝나 다시 학교로 돌아간 십대 소녀들이 어두운색 격자무늬 치마나 반바지를 입은 모습도 눈에 들어왔다. 호리호리하지만 튼튼한 다리에 니삭스를 신은 여자아이들도 있었다. 한 소녀를 향한 그의 욕망이 그들 모두를 향해 풍성한 꽃을 피웠다. 만약 그가 버나드의 조카를 사랑하게 된 것이라면, 그것은 곧 이런 동네에 사는 모든 조카들과 딸들을 사랑하게 된 것과 같았다. 하얀 피부와 생각에 잠긴 표정, 깨끗하게 반짝이는 머리카락을 지닌 소녀들을.

열네 살 때 그는 열여덟 살인 지금보다 더 애늙은이처럼 굴었다. 열여덟 살인 지금 그는 사랑에 빠져 마음이 약해져서 새로운 일자리, 돈, 누이동생에 대해 생각해야 한다고 자신을 다그쳐야만 했다. 버나드의 조카는 돈에 대한 생각으로부터 그를 해방했다. 아무리 돈이 많아도 그녀를 손에 넣을 수 없기 때문이었다. 가망이 없었다. 100달러면 얼마 전의 페이를 살 수 있었겠지만, 지금은 페이의 가격도 훨씬 높아졌다. 게다가 어차피 페이는 사라지고 없었다. 그런데 왜 새로운 일자리가 필요하겠는가? 그는 현재를 살고 있는데. 달리 무엇이 중요할까? 그리고 현재를 사는 그가 어떻게 모린에 대한 생각을 참을 수 있을까?

그는 모린에게 이런저런 꽃들을 가져다주었지만, 그녀는 더러운 나이트 가운 차림으로 집에 누워 빈둥거리며 아무것도 보지 않았다. 그는 그녀와 로레타와 빽빽 울어대는 필롱의 자식을 피하기 위해 어머니의 아파트에 가지 않았다. 버나드의 조카를 극복하고 옛날의 줄스로 돌아가 빈틈없이 이득을 노린다면 돈을 조금 손에 넣어 모린을 진짜 의사에게 보이고 그들 모두로부터 자유로워질 수 있을 것이다. 하지만 그는 도둑질을 하다가 잡힐까 봐 두려웠다. 특히 지금은 더욱 그랬다. 지금은 무슨 일이 일어날지 알 수 없었다. 감히 자유를 걸고 모험을 할 수는 없었다. 그는 모린에 대한 생각을 그만두고 버나드의 조카를 생각하기 시작했다. 그녀는 항상 그의 곁에 있었다. 겨우 30초밖에 보지 못한 여자아이의 기억에 자신을 맡겨버리다니, 머리가 이상해진 것이 아닌가 하는 생각이 들었다. 대중가요의 가사처럼 사랑의 열정을 가지고 그의 품으로 찾아오는 다른 여자애들이 있는데. 그리고 그 소녀가 그의 품에서 집처럼 편안함을 느끼는 일은 절대로, 절대로 일어나지 않을 텐데.

하지만 그는 다른 여자애들과 함께 어울리며 그녀를 위한 준비를 했다. 그녀의 애인 줄스 웬들 역을 연습했다. 그는 자신을 비판적인 눈으로 지켜보았다. 그리고 자신에게 감탄했다. 그는 주먹에 맞고 발에 차여 쓰러졌지만 KO패를 당하지 않은 줄스 웬들이었다. 지금까지 모든 위험에서 도망치지 않았던가? 고무공처럼, 그 무엇도 죽여버릴 수 없는 거품 같고 행복한 무적의 고무공처럼 행운의 힘으로 다시 꼭대기까지 튀어오르지 않았던가?

그래, 모린에 대해서는 생각하지 않을 것이다. 그녀는 씻지도 않고, 우중충하고 조야한 모습으로 침묵을 지키며 누워서 빈둥거리는 그의 어두운 자아였다. 그는 차마 동생을 생각할 수 없었다. 그가 지금 열여덟 살이고 사랑에 빠졌으며 생각하지 않는 편이 낫다는 것을 알기 때문이었다. 그는 상상 속의 사랑에 빠져 몽롱하게 휘청거렸다. 그의 생각은 길고 검은 머리와 솔직하고 호기심 많은 표정의 여자아이에게 고정되어 있었다. 그녀는 외삼촌의 폭력적인 죽음 때문에 그에게 묶여 있었지만 완전히 미지의 존재였다. 그리고 아무것도 모르는 순진한 존재였다. 언제나 그를 끌어내리려고 드는 다른 여자들에 대해 아무것도 몰랐다. 하지만 그는 아직 자유로웠다. 그의 앞에 모든 가능성이 펼쳐져 있었다. 그래도 가끔 그는 트럭에 실린 꽃들의 덧없는 향기 속에서 좀 더 단단하고 영구적인 냄새, 시내버스나 커다란 자동차 운반차의 배기가스에서 그의 얼굴로 훅 끼쳐 온 실패의 악취를 포착했다. 시큼하고 고약한 악취, 그가 평생 살아왔으며 어쩌면 영원히 탈출하지 못할 세상이 친 고약하고 암울한 장난의 냄새였다.

어느 날 저녁 그는 무일푼으로 로레타의 집에 들렀다. 식구들이 잘 지내고 있는지 보기 위해서였는데, 부엌에 어떤 남자가 앉아 있었다.

'세상에, 또 애가 태어나겠군.' 줄스는 생각했다.

로레타가 벌떡 일어섰다. "줄스, 누구게! 누군지 알아맞혀 봐!"

면도한 지 얼마 되지 않아서 턱에 금방 나온 피가 맺혀 있는 남자가 줄스와 악수하려고 일어섰다.

로레타가 외쳤다. "줄스, 네 외삼촌 브록이야! 외삼촌! 내 오빠! 오빠, 얘가 내 아들 줄스야. 큰아들. 어때? 잘생겼지?"

두 사람은 힘차게 손을 잡고 흔들었다.

"만나서…… 만나서 반가워요." 줄스는 말을 더듬었다.

"그래, 반갑다. 그 제복은 뭐니?" 브록이 물었다.

"줄스는 꽃 배달을 해. 트럭으로."

"장하네."

"아주 안정적인 일이야. 줄스가 열심히 하거든."

브록은 빙긋 웃었지만, 할 말이 생각나지 않았다. 몹시 불편했다.

줄스는 브록의 키와 널찍한 어깨 때문에 자신이 작게 쪼그라든 것 같았다. 지금 이 상황을 어떻게 생각해야 할지 알 수 없었다. 이 사람은 뭘 원하는 거지? 무슨 일이야? 아니, 엄마의 오빠가 나타났으니 좋은 일인가?

"정말 끝내주는 일이야! 오빠가 우리를 찾아내다니! 세상에!" 로레타가 외쳤다.

줄스는 흥분한 그녀의 모습에 움찔했다. 조금 술에 취한 것 같았다. 그는 그녀 말의 숨은 뜻을 해석해보려고 했다. 저 말이 진심일까? 아니면 겉으로만 기쁜 척하는 걸까? 진심인 것 같았다. 기뻐서 어쩔 줄 몰랐다. 어쨌든 줄스는 이 남자가 펄롱처럼 이 집에 들어와 살면서 엄마에게 또 애새끼를 임신시킬 사람이 아니라는 사실에 감사해야 할 것 같았다. 문제의 아이는 지금 탁자 주위에서 혼자 놀다가 맥주 캔을 쓰러뜨리기 직전이었다. 줄스는 아무런 감정 없이 그 모습을 지켜보았다.

"앉아, 둘 다! 줄스, 맥주 좀 마셔라. 세상에, 어쩜 이런 일이 다 있니! 오빠가 한 시간 전에 문을 두드렸어. 아무 일도 아닌 것처럼 그냥 계단을 올라왔다고! 보자마자 오빠를 알아봤지. 우리가 만난 지…… 얼마나 됐지? ……19년이나 됐는데도. 세상에, 19년이야! 인생이라는 게 정말 끝내주지 않아?" 로레타는 웃음을 터뜨렸다. 그녀는 줄스를 잡아당겨 앉혔다. 브록도 어색하게 의자에 앉았다.

줄스는 조심스럽게 미소를 지으며 그를 지켜보았다. 그는 브록을 믿지 않았다. 엄마의 오빠라는 이 남자는 정체를 알 수 없는 존재였다. 로레타가 가끔 오빠에 대해 이야기하면서 그가 모종의 일을 저질러 도망칠 수밖에 없었다고 넌지시 이야기했었다. 원래 살던 곳이 어딘지는 모르겠지만, 로레타는 그 뒤로 오빠를 본 적이 없다고 했다. 이런 이야기를 할 때 로레타는 유쾌함과 악의를 동시에 품은 채 들뜬 태도였다. 브록이 사람을 죽였음이 분명했다. 그는 살인을 저지를 만한 사람으로 보였다. 바짓단을 끌어 올리고 라이플을 들어 누군가의 창문을 향해, 그냥 우연히 눈에 띈 창문을 향해 총을 쏘고는 한가로이 골목을 걸어갈 수 있는 사람 같았다. 브록은 멍청하다기보다 어리석은 사람 같았다. 얼굴은 냉혹하고 심술궂고 거칠었으며, 눈은…… 줄스는 그 눈이 자신의 눈과 아주 비슷하다는 사실을 깨달았다. 덩치 크고 살찐 이 남자의 얼굴에서 자신의 눈을 들여다보고 있는 것 같았다. 그는 바보처럼 히죽 웃었다.

펄롱의 아이 랜돌프가 맥주 캔을 쓰러뜨리는 바람에 맥주가 셔츠 앞섶에 쏟아졌다.

"젠장, 조심해! 항상 이렇게 물건을 쓰러뜨려서 난장판을 만든다니까!" 로레타가 외치며 랜돌프를 움켜잡고 때렸다.

브록은 이 모습을 거들떠보지도 않았다. 그의 두꺼운 양팔은 식탁 위에 놓여 있었다. 그가 줄스를 향해 미소를 지으려고 시도했다. 마치 줄스의 의견이 중요하다고 짐작한 것 같았다. 줄스는 랜돌프가 내는 시끄러운 소리와 느닷없이 나타난 이 삼촌 때문에 동요해서 멍하니 허공을 바라보며 이제 어떻게 해야 하는지 생각했다. 그러다 억지로 버나드의 조카를 떠올렸다. 그녀는 생각의 오아시스와 같은 존재였다. 그는 그녀에 대해 생각하고 싶었다. 여자애들과 여자들에게 무엇이 있기에 사람들은 모든 것을 포기하고 그들의 품으로 쓰러지듯이 그들에 대한 생각에 빠지는 걸까? 숨이 막힌 채 따스한 깃털 같은 죽음을 향해 뛰어드는 걸까? 그는 달만큼이나 먼 어느 나라, 그러니까 한국 같은 곳에서 병사로 참전한 자신의 모습을 상상했다. 전쟁이라는 더러운 것에서 돌아와 여자의 품에 쓰러져서, 그동안 열심히 사람을 죽인 손가락으로 그녀의 머리카락과 길고 매끈한 등을 쓰다듬는 모습. 그의 손가락은 살인뿐만 아니라 여자의 몸을 쓰다듬는 데도 알맞았다……. 그의 손가락이 신경질적으로 식탁을 두드렸다. 오늘 밤을 또 견뎌내야 했다. 그러면 내일 버나드의 조카를 만나게 될지도 모른다. 그는 한 번에 하루씩 밤을 이겨냈다.

"……아빠가 거기서 죽었다고? 그것참 안됐네. 언제야?" 브록이 말하고 있었다.

"오래됐어. 아빠는 끝까지 아무것도 몰랐어. 내가 가도 알아보지 못했으니까."

"그럼 하워드 웬들은? 너 개랑 결혼했지? 경찰관이던 애?"

"응, 하워드 웬들." 로레타가 말했다.

줄스는 홀린 듯이 엄마를 지켜보았다. 그녀는 이름을 잘못 말할까 두렵다는 듯이 미간을 찌푸리며 조심스레 발음했다. 분홍색 원피스를 입은 그녀는 자기가 낳은 세 아이의 아버지이자 남편인 그를 일렬로 늘어선 용의자들 중에서 냉정하게 골라내고 있는 것 같았다. "하워드 웬들. 그래, 한동안 경찰이었지."

"그 녀석도 죽었다고?"

"직장에서." 로레타가 천천히 말했다.

"총에 맞은 게 아니고?"

"그때는 경찰이 아니었어. 공장에서 일했지."

줄스는 귀를 기울였다. 비참한 기분이었지만 이 두 사람에게 홀린 듯이 빠져들었다. 머리를 맞대고 흐릿한 기억들을 함께 더듬으며 평범한 사람들처럼 평범한 식탁에 앉아 있는 남매. 하긴, 인생이란 수수께끼였다. 줄스는 그 수수께끼가 왜 이렇게 보잘것없는 사람들의 모습으로 나타났는지 궁금했다.

"그만 가봐야겠어요." 그가 말했다.

"아, 줄스, 여기 있어. 저녁 같이 먹을래? 내가 요리 솜씨를 좀 발휘할게."

"아뇨, 괜찮아요."

"외삼촌하고 이야기하고 싶지 않아? 금방 왔으면서 왜 간다고 그래? 뭐가 그렇게 급해서?"

"그런 거 없어요."

"요즘은 말썽 부리는 거 아니지?"

"그럴 리가 없잖아요."

"베티랑 만난 적 있니?"

"아뇨."

베티는 이제 집에 들어올 때가 드물었다. 이런저런 이야기들이, 그러니까 아마도 과장된 이야기들이 들려왔지만 베티의 얼굴을 직접 보기는 힘들었다. 웨인 주립 대학 아래쪽의 세컨드 애버뉴에 있는 건물에서 친구들과 함께 지내고 있다고 했다.

"그런데……." 줄스가 말했다. "모린은 어때요? 인사 좀 해도 돼요?"

"자고 있지만 잠깐 들여다보는 거야 괜찮지. 가봐."

그는 모린의 방에 얼굴을 들이밀었지만, 방 안이 어두웠다. 그래도 그는 동생인지 어둠인지 모를 상대를 향해 인사를 건네고 밖으로 나갔다.

다음 날 줄스는 그로스포인트 상점가의 커슈발에서 모퉁이를 돌다가 인도에 서 있는 그 소녀를 보았다. 보자마자 버나드의 조카임을 알아보았다. 그녀는 하얀 바지와 분홍색 스웨터 차림으로 혼자 있었다. 그는 별로 놀라지 않은 채 천천히 차를 몰면서 그녀를 뚫어지게 바라보며 정말로 그녀가 맞는지 확인했다. 그녀는 딱 한 번 그를 흘깃 바라보았다. 그는 선글라스를 끼고 있었다. 뒤늦게 생각해보니 초록색 모자도 썼다. 그는 모자를 잡아채듯이 벗어서 뒤로 던졌다……. 그러고는 곧바로 흥분의 눈보라 속으로 빠져들었다. 공기가 눈부신 입자들로 쪼개져서 눈을 멀게 하고 사랑스럽게 변할 때가 있다. 갑자기 강철처럼 차가워진 공기 때문에 허파가 아파올 때도 있다. 줄스에게 일어난 일이 바로 그것이었다. 그것은 지구의 가장 높은 지역을 휩쓸며 모든 것을 죽여버린 바로 그 눈보라였다. 줄스의 시야에 있는 모든 것이 죽어버리고 그 소녀만 남았다. 그녀의 머리카락이 얼굴 옆에서 편안하게 흔들렸다.

줄스는 덜덜 떨면서 트럭을 세우고 뛰어내렸다. "네이딘." 그가 말했다. "너한테 줄 것이 있어. 꽃인데……."

그녀가 그를 뻔히 바라보았다. 그러나 머뭇거리면서도 자신 있게 그를 향해 다가왔다. 길이 깨끗한 그로스포인트의 자신감이었다. 그녀는 얼굴에 땀을 뻘뻘 흘리며 덜덜 떨고 있는 이 도시 소년을 향해 다가왔다. 그의 불안한 손가락은 분명히 그녀를 위해 준비된 상태였다. "너한테 꽃을 주고 싶어. 깜짝 선물이야." 줄스가 말했다.

"너 내 이름을 어떻게 알아?"

"네이딘 아니야?"

"네이딘 맞아. 날 어떻게 아느냐고."

줄스는 유쾌하면서도 무기력하게 어깨를 으쓱했다. "네 외삼촌한테서 들었어. 내가 그분 일을 도왔거든."

"버나드 외삼촌? 네가 뭘 했다고?"

"운전기사였어."

네이딘이 그를 빤히 바라보았다. 사방이 트인 길에 서 있었으므로 걱정할 것은 없었다.

줄스가 미소를 지으며 말했다. "내가 죽인 거 아니야."

"외삼촌이 살해당한 거야?"

"돌아가신 거 몰라?"

"심장 발작으로 돌아가셨다고 했어. 그런데 그게 아니야? 어떻게 된 건데?"

두 사람은 서로를 빤히 바라보았다. 줄스의 미소 때문에 더욱 경계심이 든 그녀의 얼굴에 걱정스러운 표정이 나타났다. 그녀의 입술이 서서히 벌어지는 것이 보였다. 줄스의 시야에서 그녀는 이제 사방에서 불어와 그를 그녀에게로 밀어대는 그 욕망의 눈보라에 가려 거의 보이지 않았다. 두 사람의 이야기는 아무런 의미도 없었다. 아무것도 아니었다. 그는 자신이 무슨 말을 하고 있는지도 잘 알 수 없었다. 흐리멍덩한 눈빛으로 그녀를 덥석 끌어안고 싶었다. 어쩌면 그녀가 저항하지 않을지도 모르는 일이었다. 하지만 그는 그 생각을 행동에 옮기는 대신 바보처럼 웃으며 말했다. "디트로이트에서는 많은 사람들이 죽어. 이상한 방식으로. 특히 디트로이트에서 그렇지. 난 네 외삼촌을 죽이지 않았고, 누가 죽였는지도 몰라. 하지만 네 외삼촌이 돌아가시지 않았다면 좋을 텐데."

"외삼촌은 별로 좋은 사람이 아니었어. 외숙모가 암으로 죽어갈 때 어디로 가버렸으니까."

소녀는 신경질적인 웃음을 터뜨렸다. 자신이 한 말에는 전혀 신경을 쓰지 않았다. 줄스는 빙긋 웃었다. 이 소녀를 얼마나 사랑하는지! 그는 얼룩덜룩한 햇빛 속에서 그녀를 향해 움직이며 금방 귀에 들어오는 곡조의 가사를 읊듯이 말했다. 그녀의 관심을 끌 수 있는 것이라면 무엇이든 좋았다. "내가 마지막으로 봤을 때 네 외삼촌은 피 웅덩이 속에 누워 있었어……. 네 외삼촌이 흘린 피…… 손에 커다란 푸줏간 식칼을 쥐고 있었는데…… '내'가 쥐여준 거 아니야. 그걸 보고 정말 유감이었다고. 널 여자 조카들 중에서 가장 귀여워한다고 말했어."

"가장 귀여워한다니! 여자 조카는 나뿐이야." 그녀가 시선을 내리깔며 말했다.

"어쨌든 그분은 널 아주 좋아했어. 네 이름이 네이딘이라는 것도 나한테 말해줬고. 우린 전에 만난 적이 있어, 네이딘. 넌 기억 못 하지만. 전에 내가 너희 집까지 외삼촌을 모셔다 드린 적이 있는데…… 기억나?"

"아니."

"난 네 외삼촌 차를 몰았고, 넌 반바지 차림에 가방을 들고서 나를 똑바로 바라보았어. 꼭 나한테 무슨 표시를 새기는 것 같았다고. 그리고 다음 날 네 외삼촌이 돌아가셨지. 내가 얼마나 안타까웠는지 몰라."

그녀는 조금 혼란에 빠진 사람처럼 고개를 저었다. 얼굴에서 무아지경에 빠진 사람 같은 엷은 미소를 지울 수가 없었다. "아, 외삼촌은 정말 이상한 사람이었어. 별로 놀라운 이야기도 아니네. 항상 우리 아버지한테 돈을 달라고 했는데. 범죄자가 되고 싶어 했어. 조폭 말이야. 외삼촌은 평생 그걸 꿈꿨지만 조폭이 되는 방법을 몰랐지. 범죄자들에 관한 책을 많이 갖고 있었고, 윌리 서턴(1901~1980, 미국의 유명한 은행 강도—옮긴이)을 우러러봤어."
그녀는 웃음을 터뜨렸다. 그녀에게는 왠지 추상적이고 어질어질한 분위기가 있었다. 마치 그녀가 줄스의 존재를 제대로 이해할 수는 없지만 감지할 수는 있는 위협으로 생각하는 것 같았다. "그래서 그렇게 돌아가셨다고? 정말 묘하게 돌아가셨네. 사람들이 시중을 들어주는 병원에서 죽는 거랑 다르잖아."

"글쎄, 내가 네 외삼촌의 목을 대신 그어준 게 아니라니까. 네 외삼촌뿐만 아니라 다른 사람 목도 그은 적이 없어."

"네가 그랬다고 하지 않았어." 그녀의 목소리에 아주 희미하게 교태가 묻어 있었다. 거의 자동적인 어조 같았다.

줄스는 흥분으로 휘청거리며 이 아이를 어떻게 안전하고 비밀스러운 장소로 데려갈지 생각했……. 트럭 짐칸이 좋을까? 자신이 그녀에게 무작정 달려들어 그녀의 얼굴에 자신의 얼굴을 한참 동안 비벼댄다면, 그래서 마침내 그녀가 그의 자상함을 인정하고 그가 사랑받을 만한 사람임을 인정해서 그에게 완전히 자신을 맡긴다면, 그녀를 설득하는 데 칼은 필요하지 않을 것 같았다……. 하지만 그는 자신을 억제하고 발뒤꿈치에 체중을 실었다. "언제 만날 수 있을까? 지금은 어때? 나랑 같이 갈래?"

"어디 영화 같은 걸 보러 가자는 거야?"

"그래, 영화."

그녀는 빙긋 웃으려다가 미간을 찌푸렸다. 잠시 머뭇거리던 그녀가 조심스레 말했다. "아니, 지금은 안 돼."

"왜? 호수로 가자. 내 차를 타고 가면 돼. 왜 안 된다는 거야?"

"안 돼."

"5분도?"

"집에 가야 돼."

그녀의 태도가 갑자기 불안해졌다. 그녀는 느리지만 정해진 동작을 따라 그에게서 멀어졌다. 그런 동작의 종착점이 어디인지, 그에게서 얼마나 떨어진 곳인지 그는 눈으로 가늠할 수 있었다. 너무 멀었다.

"집에 가야 돼." 네이딘이 말했다.

"난 널 해치지 않아." 줄스는 양손이 비어 있고 깨끗하다는 것을 보여주기 위해 손을 들어 올렸다. 그리고 뒤늦게야 생각났다는 듯이 재킷 앞섶을 열어 허리띠에도 아무것도 꽂혀 있지 않다는 것을 보여주었다. 그녀가 웃음을 터뜨렸다. "내가 집까지 데려다줄게. 어차피 너희 집이 어딘지 아니까. 난 널 해치지 않아. 절대로 해치지 않아." 이건 사실이었다. 갑자기 터져 나온 음악이 그의 머리를 정신없이 씻어내리며 그의 말을 뒷받침해주는 것 같았다. 그는 아찔했다. 음악 소리가 정말로 들린 건가? 그는 정신을 차리려고 고개를 흔들고는 네이딘에게 말했다. 그녀는 딱딱하게 굳은 필사적인 시선으로 그를 뚫어져라 바라보고 있었다. 비명을 지르기 직전인 소녀의 표정이었다. "다시 생각해보니 네가 집으로 가는 편이 낫겠다."

그녀는 그의 옆을 빙 둘러 움직였다. 그녀의 뒤, 흐릿한 총천연색 배경 속에서 베이지색 정장을 입은 여자가 나타났다. 등산을 즐기는지 다리가 튼튼했다. 줄스는 트럭을 향해 뒷걸음질 쳤다. 누가 비명을 지르거나 경찰에 신고하는 것은 사양이었다. 절대로. 그는 이로 입술을 물고 억지로 히죽 웃어 보이며 뒤로 물러났다. 네이딘도 억지로 미소를 지어 보였다. 신속하게 나타난 수줍은 미소 속에서 작고 하얀 이가 드러났다. '세상에, 저 여자애가 내 심장을 씹어서 두 동강을 낼 판이야.' 줄스는 노래를 부르듯이 생각했다. 한 발은 안전한 트럭의 창에 뒤쪽을 디딤거리고 있었나. 이 소녀와 다시 만나 그로스포인트의 비밀스럽고 구석진 곳에 단둘이 있게 될 때까지 무서울 정도로 바싹 마른 시간들을 보내야 한다는 사실이 선명하게 머리에 들어왔다.

여자가 두 사람을 지나쳐 갔다. 단단히 의심하는 표정이었다. 줄스는 부드럽게 말했다. "내일 다시 보자. 여기서, 어때? 이 시간쯤에." 그녀는 그의 말을 듣지 않는 것 같았다. "명심해. 난 널 해치지 않아. 자꾸 도망치려고 하면 내가 널 잡으러 갈 수밖에 없어. 난 문제에 휘말리고 싶지 않아. 총에 맞는 것도 싫어. 네 아버지한테 총이 있니? 난 널 사랑해. 내일 만나자. 내가 네 외삼촌도, 다른 누구도 죽인 적이 없다는 걸 잊지 마. 난 네 외삼촌에 대해 좋은 기억밖에 없어."

그가 몰고 떠난 트럭은 거대하고 무거운 주물 트럭이었다. 디트로이트의 거대한 쇠 화덕, 천재적인 광기가 만들어낸 그 기괴한 기념비 같은 괴물…… 하지만 그는 누군가 자신을 지켜보고 있음을 의식하며 안정적으로 트럭을 몰았다. 그의 발은 쇠로 변했고, 이마에는 땀이 줄줄 흘렀다. 차갑고 에로틱한 입자들이 사방에서 폭풍처럼 휘몰아쳤다. 내일까지 살아내야 한다는 생각만 해도 머릿속이 하얗게 변했다.


# 5


모든 인생이 그렇듯이, 줄스의 인생도 길고 몹시 지루했으며, 만약 그가 자신의 이야기를 글로 쓴다 해도 기록하기에 부끄러운 세세한 일들이 엄청나게 많아서 짜증스러웠다. 따라서 그가 자신의 이야기를 글로 쓴다면, 현실적인 부분은 제쳐두고 전적으로 영적인 부분만 다룰 것 같았다. 그는 자신이 육체라는 늪에서 자유로워지고 싶어 몸부림치는 순수한 영혼이라고 생각했다. 자신이 육체라는 지구, 중력의 힘, 죽음과 씨름하는 영혼이라고 생각했다. 평생 동안 그는 자신을 이렇게 보았다. 믿을 수 없을 만큼 황폐한 순간들, 예를 들어 사우스웨스트 일대에서 설치고 다닐 때나 병원 침대에 누워 다시 살아나려고 애쓰고 있을 때에만 자신을 향해 한숨을 내쉬며 이런 생각을 했다. '내 인생은 미친놈이 상상한 이야기 같구나!'

영혼이 기울이는 노력, 이것이 줄스가 구상한 이야기의 주제다. 자유를 성취하려는 노력, 아름다움, 그러니까 조각조각 갈라져 있을지는 몰라도 어쨌든 아름다움 속으로 뚫고 들어가려는 노력, 미국의 젊은이로 살아가는 줄스, 이런 것들이 그가 기록할 가치가 있다고 생각한 투쟁이다. 디트로이트 전체가 신파극이며, 디트로이트 사람들도 대부분 신파적인 인생을 살 운명이지만, 줄스의 운명은 놀랍고 강렬한 광기의 공간으로 자꾸만 쓰러지는 것이었다. 모두 물리적으로 과장되고 정신적으로 좌절된 공간인데도 어찌 된 영문인지 논리적이었다. 그가 어렸을 때 겪은 일들에 대해 말할 시간은 별로 없었다. 그리고 어차피 다른 책에서 그 기억들을 충분히 이야기했다. 부엌 식탁(가난한 사람들의 집에 언제나 있는 바로 그 식탁!) 주위에서 보낸 수천 시간에 대해서도 말할 것이 별로 없다. 건달, 새끼 악당, 좀도둑, 사기꾼, 포주, 수입도 일자리도 미래도 없는데 돈은 있는 남자들에 대해 그가 갖고 있는 수박 겉핥기 식의 지식에 대해서도 말할 것이 별로 없다. 줄스는 사실 그런 사람들을 잘 알지 못했다. 침대에서 꿈을 꾸며 보낸 시간, 일을 하며 보낸 시간, 그가 신발을 신는 방식에 대해서는 아무도 신경 쓰지 않는다. 바로 이런 것들이 사랑에 대한 그의 망상보다는 그의 진면목에 더 가까운데도. 사랑에 대해 망상을 품고 정신병자 같은 상태가 된 사람은 미친 남자가 된다. 죽음을 향해 체온을 쑥 높이는 박테리아가 그의 피와 함께 날뛴다. 진짜 줄스, 상냥한 표정의 교활한 소년은 미친 줄스, 사랑에 빠진 줄스의 땀에 흠뻑 젖어 압도당한 상태였다.

—

그는 다음 날 자신의 여자를 태울 준비를 하고 그 자리에 다시 나타났지만, 그녀가 보이지 않았다. 그는 기다렸다. 그러고는 놀라움도 실망도 느끼지 않은 채 계속 거리를 따라 움직이며 눈에 띄는 여자들을 모두 시선으로 움켜쥐고, 그녀가 나타나기를 기다렸다. 오늘은 배달부 제복을 입지 않았다. 대신 하얀 와이셔츠 차림이었다. 만일의 경우를 대비해서 넥타이도 주머니에 하나 챙겨두었다. 면도도 세심하게 했다. 긴 머리는 깔끔하게 빗어 넘겼다. 마치 회전목마를 탄 것처럼 느긋하게 그는 여러 번 그 일대를 돌면서 그녀를 찾았다.

그래도 그녀는 보이지 않았다. 수업을 마치고 쏟아져 나온 소년소녀들과 열심히 일하는 그로스포인트 여장부들의 모습 속에 그녀는 없었다. 그는 방향을 돌려 본능을 따라 움직이며 그녀의 집으로 향했다. 운전을 하는 그의 태도에 달콤한 피로가 배어 있었다. 마치 집으로 돌아가는 사람 같았다. 우아한 벽돌집들이 계속 차창 옆을 지나치며 그에게 최면을 거는 것 같았다. '그래, 넌 집으로 돌아가는 길이야'라고. 그 소녀가 쇠 격자가 달린 문을 잠그고 틀어박힌들 어떤가. 계단을 뛰어 올라가 또 다른 문 뒤에, 또 다른 문 뒤에 계속 몸을 숨긴들 어떤가. 운명을 피해 다락방으로 뛰어 올라간들 어떤가. 그래도 그는 모든 것을 부수고 그녀를 찾아내서 자신의 손과 몸과 목소리로 모든 것이 괜찮다고 그녀를 납득시킬 것이다. 도망칠 수 없다고. 그는 버나드의 가차 없는 낙관주의를 조금 자기 것으로 만들었다. 살짝 흐리멍덩한 눈으로 결코 흔들리지 않으며, 어쩌면 파멸의 운명이 예정되어 있을지 몰라도 마지막까지 열정적이었던 모습. '기껏해야 죽기밖에 더하겠어.' 줄스는 생각했다.

'그로스포인트 경찰'이라고 적힌 경찰 순찰차가 모퉁이를 돌아 나타났지만, 배달 트럭을 보고는 아무런 문제도 없다고 믿어버렸다. 꽃을 잔뜩 실은 트럭 안에 익명의 운전수가 앉아 있는데, 줄스는 길바닥에 짓이겨진 다람쥐를 맞닥뜨렸다. 그리고 그 짐승을 피해 핸들을 꺾었다. 네이딘에게 가는 길에 자신을 오염시키고 싶지 않았다. 하지만 죽은 짐승을 보면서도 그의 얼굴에는 일종의 미소가 고정되어 있었다. 그는 죽은 동물의 존재를 받아들이고 그것을 네이딘의 집으로 이어진 자신의 필연적인 길과 연결시켰다. 그가 그녀에게 도달하기 전에 보고 지나쳐야 하는 것에 불과했다. 혹시 누가 자신에게 총을 쏘는 일이 벌어지지 않을지 궁금했다. 그로스포인트에서도 사람이 사람을 쏘는 일이 벌어졌던가? 여기 사람들은 어떻게 죽지? 병원에서 시중을 받으면서? 이 일대에서 꼬박 12개월 동안 중대한 범죄가 한 건도 없었다는 기사를 읽은 적이 있었다. 그가 보기에는 별난 소식이었다. 어쩌면 신문사의 실수일 수도 있었다. 하지만, 네이딘이 사는 곳이 이토록 아름다운 세상이라니!

그녀의 집이 가까워지고 있었다. 마치 꿈을 꾸는 것처럼, 그 집이 소리 없이 그를 향해 미끄러지듯 다가오는 것 같았다. 그의 눈은 그 기적적인 현관문에 고정되었다. 쇠 격자가 달려 있을 뿐만 아니라, 유리창도 정숙하게 달려 있었다. 이 모든 것 뒤에 있는 중세식 나무문은 낯선 사람들을 모두 막아내기 위한 것이었다. 그는 원형 진입로에 트럭을 세웠다. 묵직한 화분을 잊지 않고 들고 나올 정도의 정신은 있었다. 주름 무늬의 빨간 포장지와 병원용 하얀 리본으로 포장된 화분이었다. 줄스는 차에서 뛰어내려 휙 스쳐 지나가는 경찰 순찰차를 곁눈질했다. 보아하니 드라이브를 즐기러 나왔음이 분명했다. 아무 문제 없었다!

줄스는 초인종을 울렸다. 죽을 운명이었던 버나드가 바로 이 초인종을 울리던 모습이 떠올랐다. 검둥이 하녀가 문을 열었다. "여기 네이딘 양에게 배달 왔습니다…… 네이딘…… 성이 무엇인지 잘 보이지 않네요." 줄스가 카드를 보며 말했다.

"그린인가요?"

"네, 그린이네요. 네이딘 그린. 집에 계십니까?"

"제가 가져다드릴게요." 하녀가 무뚝뚝하게 말했다.

"하지만 특별 배달이라서요. 아가씨가 직접 서명하셔야 돼요." 줄스가 말했다.

그는 거칠게 숨을 몰아쉬고 있었다. 하녀가 그의 얼굴을 솔직히 바라보다가 도시 소년의 굶주린 표정을 알아보았다. 그가 들고 있는 꽃으로도 위장할 수 없는 표정이었다. 그녀가 머뭇거리는 것이 그의 눈에도 보였다.

결국 그녀가 말했다. "아가씨가 계신지 보고 올게요. 잠시만 기다리세요."

줄스는 현관문과 중문 사이에 있는 작은 로비로 살살 들어갔다. 중문은 그리 무겁지 않았다. 거기에 또 다른 로비가 있었다. 그는 중문 너머로 발을 내디뎠다. 하녀가 그를 흘깃 돌아보고는 이렇게 말했다. "원래 그거 뒷문으로 가져와야 되는 거예요. 몰라요?" 그녀가 무심한 경멸을 담고 그를 바라보았다. 마치 그의 꾀죄죄한 계획을 다 꿰뚫어 본 것 같았다. 하녀를 설득할수만 있다면 줄스는 그 자리에서 이마를 탁 치는 동작도 마다하지 않았을 것이다. 배달은 항상 뒷문을 통해 이루어졌다. 그도 아는 사실이었다. 굴욕적으로 살아온 평생 동안 알고 있었는데! 하지만 사복을 입고 네이딘을 찾아온 그는 그 사실을 잊어버리고, 구애를 하러 온 사람처럼 정문으로 곧장 와버렸다.

"미안합니다. 신참이라서요."

하녀가 사라졌다. 줄스는 그녀가 사라진 복도를 빤히 바라보았다. 바닥에는 왁스 칠이 아주 잘되어 있었다. 위층에서 늘어진 샹들리에는 눈물 모양의 유리 조각 1천 개로 만든 것이었다. 그는 불안한 표정으로 샹들리에를 올려다보았다. 바람이 그것을 흔들어, 줄스가 침입자임을 알려줄 것 같았다. 어딘가에서 문이 벌컥 열리고, 어떤 남자가 총을 들고 그에게 달려올 것 같았다.

그래도 집 안으로 이만큼 들어온 것이 대단했다. 벌써 그는 제정신으로 감히 꿈꾸던 것보다 더 안쪽까지 들어와 있었다. 이제 여기 서서 미소를 지으며 모험이 펼쳐지기를 기다리기만 하면 되었다. 대담하고 계산적인 줄스는 또한 수동적인 태도의 효용을 믿었다. 자신의 눈앞에서 펼쳐지며 서로 충돌하고, 그를 휩쓸어 가는 사건들을 생각했다. 사랑의 행위 자체가 그를 휩쓸어 가서 자신조차 상상하지 못했던 줄스를 만들어내고 있었다.

소녀의 목소리가 어딘가에서 들려왔다. 음악 소리와…… 유리잔이 부딪히는 소리인가?

"아래층, 현관문에 있어요." 하녀가 도시풍의 느린 말투로 말했다.

줄스는 발소리를 귀로 들은 것이 아니라 몸으로 느꼈다. 어떤 소녀의 모습이 계단 꼭대기에 나타났다. 계단은 모두 두툼한 베이지색 카펫으로 덮여 있었다. 계단 아래쪽까지 전부 우아하고, 괴팍하고, 부유해 보였다. 그는 그녀가 밟은 카펫이 되어 그 섬세한 무게를 느끼고 싶어 견딜 수가 없었다.

그녀가 겨우 몇 단만 내려온 뒤 머뭇거렸다. "무슨 일이야?"

"특별 배달."

"누구한테서?"

"카드에는 '외숙모가'라고 되어 있는데." 줄스가 카드를 보며 말했다. 사실 거기에는 '타냐에게, 사랑을 담아서 베시가'라고 적혀 있었다.

그는 화분을 내밀었다. 식물의 정체가 뭔지는 알 수 없었다. 왁스를 바른 것 같은 검푸른 이파리들 위에서 까딱거리는 병자 같은 하얀 꽃들이 현실 같지 않았다. 죽은 자를 위한 꽃이었다. 네이딘은 믿을 수 없다는 표정으로 널찍한 바닥 저편의 그를 바라보았다. 줄스 자신도 불안해서 떨고 있었기 때문에 아직 그녀를 똑똑히 보지 못했지만, 단단히 묶인 꽃들 너머로 감히 그녀에게 시선을 주었다.

그녀는 창백하고 운명이 징해진 얼굴을 하고 있었다.

"외숙모는 돌아가셨어." 그녀가 말했다.

"그럼 다른 외숙모님이겠지. 다른 사람의 외숙모거나." 줄스가 곧바로 말했다.

그녀는 계단 위에서 꼼짝도 하지 않았다. 그녀의 두려움이 그에게 용기를 주었다. 그녀가 저렇게 두려움이 많은데, 그가 감정을 느낄 이유는 없지 않은가.

"난 네가 누군지 알아. 기억나." 그녀가 말했다.

줄스가 선심 쓰듯이 말했다. "꽃을 여기 바닥에 놓을게. 내가 간 뒤에 가져가."

"카드에 서명을 해야 한다며?"

"우편으로 보내."

"넌 미쳤어!"

그녀는 하얀 옷을 입고 있었다. 거친 면으로 된 발랄한 옷으로 아주 예뻤다. 줄스는 그녀를 사랑했다. 그는 꽃을 바닥에 놓고 발로 그녀를 향해 10센티미터쯤 밀었다. "봤지? 위험하지 않아."

"그거 진짜 꽃이야?"

"네 아버지 집에 계셔?"

"아니."

"어머니는?"

"안 계셔."

"어디 가셨어?"

"아버지는 시카고에, 엄마는 외출." 그녀가 꽃을 빤히 바라보며 말했다.

"어디 방에 들어가서 이야기할까?"

"방?"

"네 방에 가도 돼?"

"아니."

"왜? 그럼 영화 보러 나갈까? 내 트럭을 타고 드라이브를 하거나 기구를 타거나……."

"안 돼!"

"지금 바빠? 뭘 하는데? 내가 벨을 눌렀을 때 뭘 하고 있었어?"

"숙제를 훑어보고, 옷들을 가늠해보고……."

"옷을 가늠한다고! 옷에 가늠할 것이 뭐가 있어?"

그는 홀린 듯이 흥미를 느껴서 한 걸음 내디뎠다. 그녀는 계단 위쪽으로 한 걸음 물러섰다. 하녀가 어디 있는지 궁금했다. 줄스의 뒤에서 배달 트럭이 무거운 추처럼 그를 끌어내리고 있었다. 그걸 저기 세워놓은 것이 잘못이었다. 그래서 그는 뒤로 물러나며 말했다. "그냥 이걸 여기 놓아두고 가봐야겠다. 아직 다섯 시간 더 일해야 하거든."

그녀는 깜짝 놀란 표정으로 그를 빤히 바라보았다.

"그냥 그 카드를 작성해서 우편으로 보내주면 돼." 줄스가 말했다.

그는 트럭을 몰고 동네를 한 바퀴 돈 뒤 길가에 세워두고, 재빨리 걸어서 돌아갔다. 그로스포인트의 범죄율이 낮다는 신문 기사에는 이곳 사람들이 심지어 밤에도 굳이 문을 걸어 잠그지 않는 경우가 많다고 적혀 있었다. 따라서 그가 그 집 현관까지 곧장 걸어가서 문을 연 것은 자연스러운 일이었다. 네이딘은 화분 위로 몸을 기울이고 있었다. 안쪽 문을 통해 그녀의 모습이 보였다. 고개를 숙인 그녀의 얼굴 주위로 새카만 머리카락이 있었다. 그녀는 창백한 얼굴로 진지하게 뭔가 미심쩍어하는 표정이었지만, 그에게는 여전히 현실처럼 느껴지지 않았다. 그의 얼굴을 보고 그녀의 안색이 변하지 않으면 좋을 텐데. 그는 안쪽 문의 유리창을 톡톡 두드린 뒤 그 문을 천천히 열었다.

그녀가 홱 돌아보았다.

"네 방에서 이야기 좀 할 수 있을까?" 줄스가 속삭이듯 물었다.

"원하는 게 뭐야?"

그녀는 겁을 먹은 표정이었지만, 입술이 벌어지며 희미한 미소가 나타났다.

"몇 분만 시간을 줘."

"너 이러다 체포될 수도 있어." 그녀가 말했다.

"내가 왜? 난 널 사랑해. 내 죄가 뭔데?" 줄스가 말했다.

"그런 소릴 하는 건 미쳤다는 뜻이야. 병원에 가둘 수 있어!"

"네 방은 2층이야?"

"나한테 왜 이래? 뭘 하려는 거야?"

"내가 해야 하는 일을 할 뿐이야."

그녀는 한 손으로 그를 물리려는 것 같았지만, 그것은 한 손으로 도끼를 막아내는 것과 같았다. 다른 한 손은 무기력하게 꼼짝도 하지 않았다. 줄스는 양손을 모두 움켜쥐고 굶주린 사람처럼 입을 맞추고 싶었다. 그는 한숨을 내쉬었다. "아무도 집에 없다면 우리가 이야기를 나누지 못할 것도 없잖아. 2층에서 이야기할까? 네가 옷을 가늠하는 걸 내가 도와줄 수도 있어."

"우리 집에서 강도 짓을 할 거야?"

"강도 짓! 내가 왜?"

"밖에 일당이 있어?"

"내가 왜 다른 사람을 데려와?"

그녀는 웃음을 터뜨렸다. 갑작스럽고 날카로운 웃음이었다. 그러다 웃음이 뚝 끊어지더니 그녀가 말했다. "너 친구들이랑 내기를 하고 여기에 온 거지? 친구들이 밖에서 지켜보고 있을 거야. 날 데리고 나가서 친구들한테 소개해."

"밖에는 아무도 없어."

"아냐, 아냐, 틀림없이 밖에 사람이 있어! 학교 친구든, 다른 데서 만난 친구든! 장난을 꾸민 거잖아. 나도 거기에 끼워줘. 무슨 장난을 꾸미는 건지 알고 싶어. 사람들이 날 웃음거리로 삼는 건 싫어."

"장난이 아냐. 우리 둘뿐이야."

"우리 둘뿐이 아니야!"

"여기에는 지금 우리 둘뿐이야."

그녀가 고개를 저었다. "이런 장난은 하나도 재미없어. 나한테 장난치지 마. 난 가끔 침대에 누워서 밤새 울곤 해. 아무 이유 없이 우는 것만으로도 힘든데, 이제는, 이제는, 이 일 때문에 울 거야. 네가 나한테 장난을 쳤기 때문에!"

"도대체 무슨 장난? 내가 너를 사랑하는 거?"

"넌 나를 사랑하지 않아!"

"그게 왜 장난이야?"

"넌 나를 사랑하지 않아. 그냥 날 웃음거리로 만들려는 거야. 네가 어떻게 날 사랑할 수 있어?" 그녀가 화를 내며 말했다. 그 눈의 흰자위가 너무나 하얘서 눈동자가 더 어둡게 보였다. 그녀의 시선은 부자연스러웠다. 이십대 후반쯤이면 아마도 얼굴 윤곽이 정리되어서 미인이 될 것 같았다. 지금은 살짝 초점이 어긋나고, 잘 정돈되지 않은 것 같은 느낌이 있었다. 그녀는 초조하다 못해 거의 히스테리를 부리고 있었다.

"왜 밤새 울어?" 줄스가 부드럽게 물었다.

"나도 몰라. 사람들은 안 울어? 넌 왜 나한테 장난을 치는 건데?"

"장난이 아냐. 난 널 해치지 않아."

"우리 외삼촌에 대해서…… 네가 한 말은……?"

"난 그분에 대해 아무것도 몰라."

"네가 외삼촌이 죽은 걸 봤다고 했잖아! 목이 베여서!"

"누구 다른 사람이겠지."

"아냐, 네가 그렇게 말했어. 너야. 외삼촌이 죽어 있는 걸 봤다고 했어."

"너 아버지한테 그 얘기 했어?"

"아버지는 그동안 집에 없었어. 그리고 내가 왜 아버지한테 이런저런 이야기를 해?"

"어머니는?"

"당연히 안 했지!"

"2층으로 가도 돼?"

그녀는 묘한 미소를 지으며 그를 빤히 바라보았다. 약에 취한 것 같은 어설픈 미소였다.

"너랑 하녀 말고 누가 또 집에 있어?"

"아무도 없어."

"난 널 해치지 않아." 줄스가 부드럽게 말했다.

"내가 무슨 일을 당해도 난 모를 거야." 그녀가 말했다. 줄스는 그녀의 손을 잡았다. 그녀는 자신의 손을 잡은 그의 손을 바라보았다. "모든 게 멀게만 느껴져. 내게 무슨 일이 일어나 날 스쳐 지나가더라도, 문이 열리거나 뭐 그런 일이 일어나더라도, 진흙이 날 뒤덮더라도, 난 당장 알아차리지 못할 거야. 나중에야 그 일을 기억해내고 비명을 질러대겠지. 난 밤새 너에 대해 생각해봤어. 어제 네가 한 말에 대해서. 네 말을 들을 때는 아무 생각이 없었는데. 네 존재를 거의 알아차리지도 못했는데. 그런데 네가 차를 몰고 가버리자마자 나는 너와 네가 한 말에 대해서, 우리 외삼촌에 대해서 생각하기 시작했어. 네가 오늘 다시 올 것이라는 말도……."

"경찰에 신고 안 했어?" 그는 그녀의 손을 쓰다듬었다. 손이 상당히 차가웠다. "2층에서 5분만 어때? 비밀스럽게. 날 너한테 소개하고 싶어."

줄스처럼 그녀도 일종의 무아지경에 빠져 있는 것 같았다. 하지만 이런 상태가 오래 지속될 것이라고 믿을 수는 없었다. 그는 그녀의 손에 입을 맞췄다. 신중하고, 과장되고, 아주 부드러운 행동이라서 네이딘의 머리가 기계처럼 앞으로 살짝 움직였다. 묵직한 도끼날에 스스로 목을 들이밀 준비를 하는 것 같았다.

"난 널 몰라." 그녀가 속삭였다.

"5분만 지나면 모든 걸 알게 될 거야. 너한테 나를 속속들이 보여줄게."

그는 화분을 덥석 들고 네이딘과 함께 걸었다. 그의 팔이 그녀의 어깨를 감싸고 있었다. 가구들이 벽을 향해 뒤로 물러나 두 사람에게 공간을 내어주는 것 같았다. 줄스가 보기에는 공간을 차지하는 것 외에 이렇다 할 기능이 없는 가구들이었다. 이 집에는 공간이 아주 많은데, 사람은 없었다. 모든 것이 조용했고, 그의 대담함에 경의를 표하고 있었다. 이런 박물관 같은 집에서 사는 것이 아름다운 인생일까? 어쨌든 그는 돈을 벌 것이다. 안 될 것도 없지 않은가? 1백만 달러? 위를 제외하면, 그가 나아갈 방향은 어디에도 없었다……. 모든 것이 그의 머리 위에 있었다. 미국 전체가……. 그러니 올라가는 길에 모든 것을 시도해보면 안 될 것도 없지 않은가? 그는 서른 살이 되기 전에 1백만 달러를 벌어서 이 여자애와 결혼할 것이다. 네이딘 그린과.

"사랑해." 그가 속삭였다. "네 외삼촌을 여기로 태워다준 그날부터 널 사랑했어. 넌 차 앞을 돌아갔고, 난 너랑 사랑에 빠졌지. 설명할 수는 없지만……."

그녀가 그를 향해 몸을 기울이며 귀를 기울였다. 그녀는 몹시 긴장하고 있었다. 어린아이 같고 깃털 같은 앞머리 밑으로 창백한 이마가 보였다. 줄스는 앞머리를 성급하게 옆으로 밀어버리고 그녀의 얼굴 전체를 보고 싶었다. 그녀의 순수함이 두려웠다. 그가 그녀를 자신의 사랑으로 끌어들이는 것, 이 빛나는 집과 사치스럽고 조용하지만 텅 빈 가구들에서 끌어내는 것이 어쩌면 사악한 짓일 수도 있었다. "난 널 해치지 않아. 절대로." 그가 말했다. 그와 동시에 어린 시절 어떤 여자애랑 몇 시간 동안 함께 놀았던 벽장을 자기도 모르게 떠올렸다. 그 여자애도 그도 모두 어린애였지만, 순수하지는 않았다. 그는 자신과 네이딘이 벽장 속에 여러 시간 동안 함께 갇혀 있는 상상을 했다.

줄스가 손끝으로 그녀의 귀에서 턱 끝까지 선을 그었다. "네 어머니는 언제 돌아오셔?"

"나도 몰라."

그녀는 그를 2층으로 데려가 자기 방으로 들어갔다. 그는 자기가 누군가의 방에 발을 들인 것은 이번이 처음임을, 누군가가 정말로 살던 방에 처음으로 들어왔음을 이제야 깨달았다. 여동생들의 방은 진짜 방이 아니었다. 이 방은 하얀색과 노란색으로 장식되어 있었다. 그의 심장이 갑자기 쿵쿵 뛰었다. 이 방이 네이딘의 것이며, 그녀를 중심으로 오로지 그녀만을 위해 만들어졌음을 눈으로 보고 이해했기 때문이었다. 그녀의 가치는 추정할 수 없는 수준이었다. 그는 화분을 서랍장에 내려놓았다. 순수한 하얀색 꽃이라 다행이었다. 이것은 그녀에게 어울리는 공물이었다. 그는 침묵을 지켰다.

그녀가 양손을 얼굴로 가져갔다. 줄스의 감각들이 갑자기 다급해져서 함께 움직이는 것 같았다. 곧 폭발할 것 같은 다급함이었다. 그는 그녀를 끌어안으려고 다가갔다. 그녀는 그의 품 안에서 뻣뻣하게 굳었지만 저항하지는 않았다. 그는 그녀에게 가볍게 입을 맞췄다. 키스로 그녀를 잠재우고 위로하고 싶었다. 그의 입술이 장미 꽃잎처럼, 나방의 팔랑거리는 날개처럼 그녀의 입술에 가볍게 닿았다. 실체가 없는 것처럼. 모든 것이 공기처럼 가벼웠다. 심지어 포옹조차도. 그는 그녀의 눈, 머리카락, 목, 입술에 입을 맞추며 자신의 입과 그녀의 입을 통해 부드럽게 숨을 쉬었다. 그녀의 달콤한 숨결을 열망하며, 그 숨결에 취할 각오를 했다. 그렇게 취하기를 그가 얼마나 바라고 있는지! 하지만 그 부드러운 애정의 고지에서 그는 그녀와 함께 침대를 향해 비틀비틀 뒷걸음질을 쳤다. 그는 그녀를 밀어 밝은 노란색 침대보 위에 눕히고 그 위로 올라갔다. 몸부림치거나 저항하지 않는 그녀가 너무나 현실적으로 느껴진다는 사실에 놀라서 갑자기 초조해졌다. 그녀는 그저 작게 뭉쳐 있는 육체였으며, 아주 따뜻했다. 눈은 감고 있었다. 그녀의 두려움이 느껴졌다. 침묵 속에서 그녀는 고개를 좌우로 움직였다. 그의 입술을 피하려는 것이 아니라, 아직 준비가 되지 않은 탓이었다. 그는 금방이라도 광기에 물들거나, 또 다른 줄스가 나타나 무서운 짓을 한 뒤 자신을 남겨두고 다시 물러나 버릴 것 같은 생각이 들었다. 머릿속이 까맣게 되면서 동시에 다시 의식을 되찾는 것 같았다. 의식은 섬세한 것이었다. 그는 그녀의 얼굴을 양손으로 감싸고 물끄러미 바라보았다. 그의 심장이 두근거리며 그를 재촉했다. 도둑 같은 심장이. 하지만 꼼짝도 하지 않는 그녀의 모습은 그에게 천천히 하라고, 자신을 사랑해달라고 다그치고 있었다. 그녀를 소중하게 대하지 않는다면, 그는 자신을 결코 용서할 수 없을 터였다.

"너 괜찮아? 나 때문에 괴롭니?" 그가 말했다.

그녀는 대답하지 않았다. 거의 의식이 없는 것 같았다.

그는 한동안 그대로 있었다. 그녀의 얼굴에 순수하게 감탄하면서. 하지만 그의 내부에서 폭력이 점점 차오르자 그의 손이 그녀의 얼굴에서 목으로 옮겨 가며 그녀를 더듬고, 쓰다듬었다……. 그리고 그녀의 작은 가슴으로. 그에게 맞닿아 그의 두근거리는 심장에 아주 가까이 붙어 있는 그녀의 가슴이 그의 눈에는 무서울 정도로 무방비하게 보였다. 그의 허벅지는 그녀를 단단히 조이고 있었다……. 그녀의 사타구니의 살짝 갈라진 틈, 날씬한 근육이 느껴졌다. 그는 다리로 그녀의 다리를 한데 조이며 자신으로부터 그녀를 보호했다. 하지만 갑작스러운 광기에 휩쓸려 그녀의 몸에 무게를 실으며 이로 그녀의 살을 찾았다. 무엇이든 무력하게 비빌 수 있는 것이면 좋았다. 일그러진 얼굴은 결코 진짜 줄스의 것이 아니었다. 마침내 이성이 통째로 날아간 그는 신음하며 그것을 견뎌내기 위해 그녀의 뻣뻣한 몸에 자신을 비벼대는 수밖에 없었다. 그렇게 그것이 끝났다.

그는 그녀의 옆에 누워 짐짐 정신을 차렸다. 그동안 잠들었던 것이 아닌데도 정신이 깨어나 다시 살아나는 것 같았다. 그의 호흡이 거칠었다. 뻣뻣하게 누워 있는 네이딘은 한 팔을 이마에 얹은 채 그를 보지 않았다. 이제야 그는 주위를 둘러볼 수 있었다. 자신이 있는 곳이 여자애의 방이라는 사실을 알 수 있었다. 하얀색과 노란색으로 장식된, 그림책처럼 아름다운 방. 서랍장 위에 몇 가지 물건들이 있고, 그중에 하얀 꽃도 있었다. 깔개는 노란색 솜털로 덮여 있었으며, 맨발을 위해 준비된 것이었다. 그는 이 방에서 침대에 누워 있는데도, 자신이 진정으로 이 방 안에 있는 것이 아니라 그저 바라보기만 하는 것 같은 묘한 기분이 들었다.

그녀는 팔을 움직이지 않았다. "아무도 나한테 이런 짓을 한 적이 없어." 그녀가 말했다.

"미안해."

"생각도 못 했어. 내가 생각하지 않는 것들이 몇 가지 있는데, 그런 일이 일어나면 난 그게 뭔지 몰라서 일단 시간이 흘러가게 내버려 두는 수밖에 없어. 그래야 그게 뭔지 알아낼 수 있으니까……."

그는 그녀가 계속 말을 이어가는 것이 걱정스러웠다. 그녀가 말하기 힘들어서 거의 고통스러워하는 것처럼 보였기 때문에. 그녀가 머릿속으로 어떤 생각, 단어를 찾아 사방을 헤매는 것이 보였다. 하지만 그는 그녀를 도와줄 수 없었다.

"사람들은 나한테 손을 대지 않아." 그녀가 말했다. "나도 사람들이 다 가오게 하지 않고. 난 사람들이 나랑 섞이는 게 싫어. 다들 그렇게 가까이……."

"나 때문에 아팠던 게 아니면 좋겠다." 줄스가 말했다. 온몸에 땀이 나고, 나른했다.

"난 두 번 가출했어. 여경이, 친절한 여자였는데, 두 번 다 나한테 남자랑 같이 있었냐고 물었어. 사람들은 남자랑 관계된 일이 아니라면 우리가 귀찮게 현관문을 걸어 나가 도망칠 이유가 없다고 생각해. 여경은 그 이상 나한테 질문을 던질 필요가 없다고 생각했어. 나를 보면 바로 알 수 있었으니까. 나한테 이렇게까지 가까이 다가온 사람은 아무도 없었어."

"나 때문에 아팠어?"

"무슨 일이 있었던 건지 기억나지 않아. 우리 외삼촌 얘기하고 뒤섞였어."

"외삼촌은 잊어버려."

"내가 어딘가에 누워 있는 게 느껴져. 이렇게, 디트로이트의 어느 낯선 방에서 목이 베여서. 피가 등 밑으로 흘러내려서 내 몸을 적시고 있어. 그 모습이 거의 눈에 보일 것 같아. 넌 쪼그리고 앉아서 날 내려다보고 있어."

"왜?" 줄스는 충격을 받았다.

그녀가 팔을 내리고 조심스레 눈을 떠서 그를 바라보았다. 솔직하고 호기심 어린 시선이었다. 교태도 조금 섞여 있었다. 하지만 줄스는 자기가 잘못 본 것일 수도 있다고 생각했다. 어쩌면 그녀는 교태가 아니라 비명을 지를 준비를 하고 있는 건지도 모른다. 그는 그녀의 입을 손으로 막는 현명한 짓을 할 수 있을까?

"그러니까 네가 가출했다고?" 그가 재빨리 물었다. "어디로 갔는데?"

"시내로."

"왜?"

"여기서 멀잖아. 다른 도시처럼. 내가 왜 먼 로스앤젤레스까지 가야 해? 디트로이트도 큰 도시인데."

"난 시내에 살아."

"혼자?"

"응, 혼자."

그녀는 그를 향해 미소를 지으려고 시도했다. 마음이 놓이고 따뜻해진 줄스는 다시 그녀를 향해 몸을 기울이고 그녀의 얼굴과 어깨를 쓰다듬었다. 그녀는 곧바로 눈을 감았다. 자신을 머릿속에서 제거하고 방기해서 그에게 맡겨버리려는 것 같았다. 그의 머릿속에서 핀으로 콕콕 찌르는 것 같은 느낌이 갑자기 부풀어 오르자 그는 신음하며 다시 그녀의 몸 위로 올라 갔다. 그리고 한 팔로 그녀의 머리를 아주 부드럽게 감싸고 그녀에게 입을 맞췄다. 여기가 어딘지 알 수 없었다. 그는 모든 것을 잊었다. 이 침대도, 방도, 집도, 거리도, 경찰 순찰차도 기억나지 않았다. 그녀의 부드럽고 창백한 피부 외에는 아무것도 믿을 수 없었다. 그는 그녀의 팔을 잡고 입을 맞췄다. 팔을 자기 입술로 들어 올려 혀로 끝에서 끝까지 핥았다. 그녀의 섬세한 살이 사랑스러웠다. 그는 그녀의 팔을 자신의 목에 둘러 끌어안게 하려고 했지만, 그녀의 팔에는 전혀 힘이 들어가지 않았다. 그녀의 목이 아치처럼 휘어지고, 머리가 열망 속에서 뒤로 넘어갔다. 그는 눈을 감고 그녀에게 자신을 밀어붙이며, 조금 전의 맑은 정신(두 사람은 분명히 대화를 나눴다!)이 소용돌이처럼 자신에게서 빠져나가는 것을 느꼈다. '아, 줄스.' 그는 자신의 이름을 기억해낼 수 있었다. '이것을 위해서는 죽어도 좋아!'

그는 몇 분만 지나면 그가 그녀의 진정한 연인이 될 것이라고, 그녀의 인생과 자신의 인생이 영원히 하나로 묶여서 결코 풀어지지 않을 것이라고 믿었기 때문에 자신의 생각을 설명하기 시작했다. 힘이 없고 서두르는 목소리였다.

"지금 이건 반드시 좋은 일로 이어질 수밖에 없어. 반드시. 네가 내 손길을, 오로지 내 손길만 허용한 게 옳아……. 너도 내가 어떤 사람인지 알고 느끼니까 그런 거지? 난 몇 년 동안 돈을 많이 벌 거야. 절대 실패하지 않아. 우린 평생 함께 있을 거고, 그 무엇도 방해할 수 없어……."

네이딘은 눈을 뜨지 않았다. 긴장한 채 소리 없이 그의 말을 듣기만 했다.

"난 평생 동안 몇 가지 징조, 육감을 믿었어." 그가 말했다. "예를 들어 내가 길을 걷고 있는데 뭔가가 꿈처럼 내 앞에 나타나는 거야. 아이디어 같은 거. 난 그걸 당장 실현하고 싶어서 미칠 지경이야. 심장이 정신없이 쿵쿵

거리기 시작하지. 옛날에 어떤 여자애의 사진을 하마터면 잃어버릴 뻔했을 때도 이런 느낌이 들었어. 그래서 반드시 사진을 찾아야 한다, 이건 징주다 하는 생각을 했지. 무슨 징조인지는 몰라. 어쨌든 나는 나중에 그 여자애를 그냥 잊어버렸지만, 그 사진은 다시 찾아냈어. 안 그랬으면 내가 끝장났을 거야. 내가 어떻게 이런 것들을 알게 됐는지는 모르지만."

침대 옆에서 전화벨이 울렸다.

줄스는 소스라치게 놀라서 하마터면 도망치려고 벌떡 일어날 뻔했다. 벨 소리가 그의 생각을 방해했다. 그는 생각을 이어갈 수 없었다. 네이딘이 잠에 취한 사람처럼 전화기를 향해 손을 뻗었다. 노란색이었다. 줄스는 네이딘이 전화기를 찾아 주변을 더듬거리는 것을 지켜보며 그녀의 손을 이끌어주고 싶다는 생각을 했다. 네이딘이 수화기를 들더니 침대로 떨어뜨렸다. 아주 작은 목소리가 그들에게 질문을 던졌다. "수화기를 들어! 여보세요, 라고 말해." 줄스가 불안한 목소리로 말했다. 수화기가 점점 미끄러져서 금방이라도 바닥으로 떨어질 것 같았다. 줄스가 그것을 집어 들었다. "누구세요? 누구십니까?" 그는 심한 검둥이 말투를 썼다. 그러고는 수화기를 쾅 내려놓았다.

네이딘이 웃음을 터뜨렸다.

"누구야? 네 친구? 어머니?"

"나도 몰라. 우리 엄마가 왜 전화를 해?"

전화벨이 다시 울렸다. 이번에는 네이딘이 일어나 앉아서 전화를 받았다. 갑자기 냉정해진 모습이 놀라웠다. "여보세요, 브렌다." 그녀가 말했다. 그 작고 낯선 목소리를 들은 그녀의 눈이 그를 피해 베일을 쓴 것 같았다. 그녀에게는 의미 있는 목소리겠지만, 그에게는 아무런 의미도 없었다. "아니, 안 돼. 일이 생겼어. 수한테 전화해. 뭐? 왜? 나도 몰라. 엄마가 싫어하셔. 안 될 거야, 안 돼."

줄스는 수화기를 그녀의 손에서 낚아채 쾅 내려놓고 싶었다. 그녀가 줄스의 열정 때문에 멍 들고 더러워진 모습으로 친구와 그토록 태평하게 이야기를 나눈다는 사실에 화가 났다.

"전화 끊어!" 줄스가 말했다.

그녀가 느닷없이 작별 인사를 하고 수화기를 내려놓았다.

"너 이름이 뭐야?" 그녀가 줄스에게 물었다.

"줄스."

"마음에 드는 이름이네. 남자 이름치고는 아름다워. 하지만 그렇게 날 멋대로 휘두르지 마. 나한테 이래라저래라 하지 마."

그는 그녀의 말에 거의 귀를 기울이지 않고 그녀를 부드럽게 대하려고 애썼다. 자신의 몸이 무겁고 서투른 것 같았다. 자신의 몸으로 그녀를 놀라게 하고 싶지 않았다. 그녀는 너무 순진해서 속을 알 수 없었고, 아무런 의문도 없이 수동적인 태도를 취했다. 그래서 그는 그녀가 자신에게 일어날 일에 대해 잘 몰랐던 것 같다고 생각했다. 하얀 원피스 자락이 허벅지까지 올라가 있었다. 줄스는 그것을 다시 끌어내리고 그녀를 보호해주고 싶은 마음이 간절했다.

"다시는 너한테 이래라저래라 하지 않을게. 다시는." 줄스가 말했다.

두 사람은 얼굴을 한데 붙인 채 누워 있었다. 줄스의 온몸에 땀이 흥건했다. 네이딘의 이마도 젖어 있었지만 그녀 자신의 땀인지 그의 땀인지 알 수 없었다. 그가 지닌 사랑의 열기로 두 사람의 몸에서 경계선이 녹아내리고 있는 것 같았다. 그것은 그와는 별도로, 두 사람과는 별도로 벌어지는 자연현상이었다. 그는 다른 사람과 이토록 가까이 있었던 적이 없었다. 마치 자신이 만들어낸 사람, 꿈을 꾸다 못해 현실로 만들어버린 여자아이와 함께 누워 있는 것 같았다.

그녀가 그의 손목을 잡아 그의 손을 저지했다. "하지 마." 그녀가 말했다.

두 사람 모두 몸을 가늘게 떨고 있었다.

잠시 뒤 그녀가 그 자세 그대로 말했다. "날 어디로 좀 데려다줄 수 있어?"

"뭐? 어디로?"

"우리 어디로 갈 수 있어? 너랑 나랑?"

"가출하겠다는 거야?"

"응, 가출. 그럴 수 있어? 날 데려갈 수 있어? 멕시코로 갈 수 있어?"

줄스는 잠시 생각해보았다. "좋아."

"오늘 떠날 수 있어?"

"오늘?"

"결혼한 척할 수 있어?"

"결혼하고 싶어?"

그녀가 열기를 띤 목소리로 진지하게 말했다. "그런 행세를 할 수 있을 거야. 누구든 우리에게 물어보면……."

그가 그녀의 다리를 만지자 그녀는 당황해서 무릎을 딱 붙였다. "싫어, 하지 마." 그녀가 말했다.

그녀는 땀을 흘리며 그의 품 안에 누워 있었다. 그는 사람이 이렇게 동요하는 모습을 본 적이 없었다. 그녀가 무섭다는 생각이 언뜻 뇌리를 스쳤다. 눈물 때문에 줄스의 눈이 아파왔다. 그녀를 위한 눈물, 그가 참아내고 있는 비참함을 위한 눈물, 연민과 망상이 섞인 눈물이었다. 그는 그녀의 얼굴에 자신의 얼굴을 비볐다. 입술이 조금 아프고, 몸도 의심스러워진 열정 때문에 아팠다. 두 사람은 작은 뗏목에 함께 타고 있는 것 같았다. 그 뗏목은 빠른 물살에 휩쓸려 줄스의 통제를 벗어나는 중이었다. 그는 뗏목이 지금 어디를 향하고 있는지조차 알 수 없었다. 여자애가 중얼거렸다. "줄스, 줄스." 마치 그녀가 그라는 존재를 만들어내는 것처럼, 자신의 상상력으로 그에게 형태를 부여하고 있는 것처럼 보였다. 그녀에게는 어딘지 위태롭고 시험적인 분위기가 있었지만, 그는 생각하지 않으려고 했다. 그녀를 무서워하게 되고 싶지 않았다. 기쁨의 정점에 선 그의 마음속에 광기에 대한 낯선 예감이 있었다. 그의 광기 또는 그녀의 광기. 광기에 대한 두려움, 모린의 명한 시선. 어쩌면 그 역시 그런 광기를 유전으로 이어받았을지도 모를 일이었다. 입고 있는 옷 때문에 무척 괴롭고 흥건하게 젖어 있는 두 사람의 몸이 강물의 힘에 이끌려 어딘가로 떠가고 있는 것 같았다. 강물은 두 사람을 하류 쪽으로, 검고 강렬한 열기가 있는 곳으로 비참하게 끌고 가는 중이었다.

"내가 다가가도 돼?" 줄스가 말했다.

그녀는 겁에 질린 표정으로 그에게서 멀어졌다. 그는 급류에 휘말려 하류 쪽으로 떠내려가며 다시 의식을 잃는 것 같았다. 그는 그녀를 움켜쥐고, 힘이 들어간 손가락에 닿는 면 원피스의 질감을 느끼며 그녀를 잊었다. 마치 영화 속에서, 카메라 속에서 긴장감이 참을 수 없을 만큼 높아질 때와 같았다. 그래서 화면이 암전되고 끝이 찾아왔다. 줄스는 자신이 고통스러운 것처럼, 고통에 놀란 사람처럼 신음하는 소리를 들었다.

얼마 뒤 그녀가 그의 얼굴에 자신의 얼굴을 댄 채로 흐느끼기 시작했다. "날 여기서 데리고 나가. 내가 네 차에 올라 문을 닫을게. 아무도 날 쫓아올 수 없을 거야. 아무런 흔적도 남아 있지 않을 테니……. 그냥 고속도로로 나가. 여기서 나갈 수 없다면 자살할 거야."

줄스는 그녀의 말을 이해할 수 없었다. 그는 그녀의 얼굴에 자신의 얼굴을 댄 채로 그녀의 말에는 귀를 기울이지 않았다.

"우리가 결혼을 하든 안 하든 상관없어. 그냥 계속 차를 달려서 이 나라를 벗어나 멕시코로 가고 싶을 뿐이야. 멕시코를 찍은 사진들을 봤어. 나는 사람들이 다른 언어를 쓰는 곳에서 살고 싶어. 그러면 그 사람들도 나한테 말을 걸지 못하고, 나도 그 사람들한테 말을 걸지 못할 테니까."

그녀는 줄스에게 일어난 일이나 지금도 벌어지고 있는 일을 이해하지 못한 것 같았다. 그녀 자신이 격렬하게 흥분한 상태였지만, 그것은 오로지 그녀의 머릿속에만 존재하는 감정이었다. 줄스는 그것을 거의 느낄 수 있을 것 같았다. 그것은 그가 지금까지 감내한 것보다 더 고통스러운 압박이었다.

"학교에서 나는 일부러 나 자신을 잠재우려고 해. 책상에 앉은 채로 마음을 닫고 다른 것들을 지워버리는 거야. 그림 퍼즐 같아. 내가 퍼즐 조각들을 하나씩 지워나가는 거야. 자리에 앉은 채 잠이 들지 않았는데도 내 머리는 잠들어 있어. 흥분하지 않고 중립적이야. 아까 전화한 여자애…… 난 걔랑 아무 사이도 아니야. 다른 사람들도 마찬가지고. 이유는 모르겠어. 그런데 네가 나타났지. 네가 어떻게 여기까지 왔는지 모르겠어. 넌 지금 내 방에 있는데 난 기억이 안 나. 사람들은 이렇게 나타나야 마땅한 거겠지. 우연히. 하지만 내 인생에서 너 말고는 우연히 나타난 사람이 없었어." 그녀가 말했다. 줄스는 괴물에게 빨간 물감으로 점을 찍어 표시하는 것처럼 자신에게도 모종의 표시가 찍히고 있는 것 같았다. "난 곧 열일곱 살이 되지만, 사실은 엄마보다 더 늙었어. 나도 싫지만 어쩔 수 없는 일이야. 줄스, 내 말 듣고 있어? 내 말을 믿는 거야?"

"응."

"난 왜 항상 자고 싶을까? 난 왜 모든 일에 너무 늙어버렸을까? 엄마가 어떤 일로 흥분할 때면, 나는 엄마의 유치한 모습 때문에 창피해져. 넌 우리 엄마를 만날 일이 없을 거야. 엄마는 행복한데 나는 아니야. 넌 우리 아버지도 만날 일이 없을 거야. 두 분 다 좋은 사람들이야. 나도 두 분을 좋아해. 하지만 두 분과 함께 있을 때는 좋은 사람이 되고 싶다는 생각이 사라져. 아유, 저 사람들이 좋은 사람들이라면 난 차라리 다른 사람이 되는 게 낫겠다, 이런 생각이 드는 거지. 머리가 아파와. 아버지는 항상 바쁘지만, 이런저런 계획을 짤 시간은 있어. 늦은 밤에 우유를 마시며 앉아서 계획을 짜지……. 그렇게 5년, 10년, 15년 뒤까지 사업 계획을 짜는 거야. 아버지는 홍보 담당 부사장이야. 넌 아마 그게 뭔지 모르겠지. 아버지는 출장을 다니지 않는

데가 없어. 난 옛날에 아버지를 사랑했지만, 지금은 널 사랑하는 것 같아. 네가 날 안고 있으면 아버지가 거의 기억나지 않아. 너랑 같이 있으면 두 사람을 완전히 잊어버릴 것 같아. 우리가 여길 나가서 차를 몰고 어딘가로, 멕시코나 텍사스로 달려갈 수만 있다면 말이야."

줄스는 눈으로 스며든 땀을 닦아냈다. "왜 멕시코나 텍사스야?"

"그냥 생각이 난 거야."

"너 거짓말로 이야기를 꾸며내는 거 아니지?"

"아니야."

그는 그녀를 멍하니 쓰다듬었다. 그녀의 무감각이 자신에게로 넘어오는 것이 느껴졌다. 평범한 남자들, 주유소 직원이나 택시 기사 같은 사람들이 왜 여자를 죽이는지 알 것 같았다. 여자들의 무감각이 자신에게로 급격히 흘러와 모든 것을 끝장내기 때문일 것이다.

네이딘이 한쪽 팔꿈치를 세워 벌떡 몸을 일으켰다. 그 몸에 힘이 들어간 것을 보고 줄스는 그녀가 자신은 듣지 못한 어떤 소리를 들었음을 알아차렸다. "엄마가 왔어." 그녀가 말했다.

그의 귀에도 우르릉거리는 소리가 들리더니, 곧 둔탁하게 탁 하는 소리가 났다.

"엄마가 차고에서 나오는 중이야……. 이제 부엌에 있어……."

줄스의 귀에는 아무 소리도 들리지 않았다.

네이딘이 천천히 일어났다. 그리고 그의 감정을 배려하듯이 정중하게 그에게서 몸을 떼어냈다. 그는 그녀가 아파 보인다는 것을 깨닫고 깜짝 놀랐다. 얼굴은 마찰 때문에 벌겋게 변했고, 머리카락은 젖어서 엉망으로 헝클어졌으며, 옷은 꾸깃꾸깃한 데다 얼룩도 묻어 있었다. '난 사랑에 빠진 건가? 이것이 사랑인가?' 줄스는 속으로 자문해보았다. 그는 욕망에 취해 있었지만, 조금 시큰둥해진 측면도 있었다.

네이딘이 얼굴에 흘러내린 머리카락을 성난 사람처럼 손으로 쓸어냈다. "내가 나가지 않으면 엄마가 방에 들어와서 말을 걸 거야. 넌 여기서 기다려도 돼."

줄스는 설사 지금 도망치고 싶다 해도 몸이 너무 지쳐 있다는 생각이 들었다. 그의 의지력이 힘을 잃고 납작해져 있었다.

그는 그녀를 기다렸다. 30분이 지나고, 한 시간이 지났다. 그는 전혀 두렵지 않았다. 그의 몸은 익사한 사람처럼 꼼짝도 하지 않았다. 기껏해야 죽기밖에 더할까. 어차피 이미 죽은 몸이니…….

얼마 뒤 네이딘이 돌아왔다. 그녀가 침대로 다가왔다. "칵테일파티가 있어서 사람들이 올 거야. 난 그 사람들이랑 한동안 같이 있어야 돼. 내가 실수한 건 전혀 없어. 울지도 않았고 소리도 지르지 않았어. 내게 일어난 일을 믿을 수 없기 때문이야. 아직 그걸 이해하지 못했어." 그녀가 그를 향해 빙긋 웃었다. "그러니까 넌 안전해. 내가 올 때까지 기다려줄래?"

줄스는 그녀를 향해 양팔을 들어 올렸다. 그녀가 그에게 몸을 숙여 그와 입을 맞췄다.

"아니면 내가 경찰을 부를지도 모르지. 나도 어떻게 될지 몰라." 그녀가 방을 나가며 말했다.

줄스는 깜박 잠이 들었음이 분명했다. 정신을 차리고 보니 밖이 거의 어두워져 있었다. 그는 벌떡 일어서서 몸을 시험 삼아 움직여보았다. 그는 여전히 그였다. 얼굴이 쓰라리고 몸도 아팠다. 입술을 쭉 늘였더니, 여러 군데가 갈라졌다. 하지만 얼굴이 알아볼 수 없을 만큼 변하지는 않았다. 기분이 유쾌했다. 그를 위해 운명이 준비되어 있음이 분명했다. 이제 와서 그 운명을 막을 수는 없었다. 그는 네이딘에 대해 알아보기 위해 서랍장을 뒤졌다. 파자마, 스웨터, 속치마, 속옷…… 결국 그녀도 흰실에 곤새하는 평범한 여자아이였다. 그는 옷장 문을 열어보았다. 자동으로 불이 들어왔다. 그는 옷들을 부드럽게 다루며 살펴보았다. 밝은 색깔들이 마음에 들었다. 자신의 신발 끝으로 그녀의 신발들을 만져볼 때도 역시 기분이 좋았다. 자신이 정말로 그녀를 사랑하는 것 같았다. 그녀는 값이 높은 사람이었지만, 이 물건들, 옷가지와 신발을 통해 접근할 수 있었다. 어쩌면 그가 자기만의 것으로 그녀 안의 텅 빈 부분을 메워줄 수 있을지 몰랐다. 네이딘과 함께 도망치면 안 될 것도 없지 않은가. 이제 그가 다시 도망칠 때가 되었다. 멕시코나 텍사스로 영원히. 이것은 운명이 마련해준 일이었다. 그는 자신이 가져온 꽃을 한가로이 이로 갉으며 자신에게 우스갯소리를 던지다가 카펫 위에 꽃잎을 뱉었다.

그녀가 돌아왔다. 그녀가 소리 없이 그에게 다가오자 두 사람은 서로를 끌어안았다. 오랜 친구처럼. 오랜 연인처럼. 그녀가 밝지만 긴장된 목소리로 속삭였다. "넌 정말 잘생겼어. 날 데리고 가줄 거야?"

"물론이지."

"돈 있어?"

"너는?"

"은행에. 지금은 은행이 문을 닫았어. 넌 돈 없어?"

"조금."

"돈이 많이 필요하지는 않을 거야, 그렇지?"

두 사람은 부드럽게 누웠다. 줄스는 그녀에게 입을 맞추며 그녀의 생각 뒤편에서 뭔가 무서운 것을 보았지만 곧 그것을 시야에서 놓쳤다. 그녀가 그의 머리카락을 쓰다듬었다. 그의 목덜미도 쓰다듬었다. 두 사람은 이제 막 처음 만나서 서로를 발견한 사람들처럼 서로를 향해 미소 지었다. 줄스는 이 집이 위험하다는 것을 알고 있었지만, 타성의 유혹에 빠져 움직이고 싶지 않았다. 멕시코가 현실이 아닌 것 같았다.

"내가 여기 그냥 있어도 돼. 평생 네 방에서 살아도 돼." 그가 말했다.

네이딘이 내키지 않는 듯 그에게서 멀어져 거울로 가서 자신의 모습을 바라보았다. "이러니 사람들이 날 빤히 봤지. 엄마가 나더러 오늘 뭘 좀 먹었느냐고 묻더라. 뭐, 다시 내 모습을 볼 일은 없을 테니까. 여기서는." 그녀가 만족스러운 표정으로 말했다. 그녀가 왠지 단단하고 똑똑해 보인다는 생각이 들었다. 그녀가 빠른 동작으로 서둘러 옷가지들을 쌓아 올리기 시작했다. 마치 이 방에 혼자뿐인 것 같았다.

줄스는 침대에 누워 그녀를 지켜보았다. "너 진심으로 그러는 거 아니지?" 그가 말했다.

"난 언제나 진심이야."

그는 이 대답이 마음에 들었다. "다행이네. 그럼 멕시코로 마음을 정한 거야?"

"혼자보다는 너랑 같이 가고 싶어." 그녀가 말했다. "어쨌든 떠나기로 마음을 정하기는 했지만. 난 항상 여길 떠나서 어딘가로 가는 생각을 했어. 이유는 몰라. 딱히 대충 빈둥거리며 지내기는 싫어. 다른 아이들을 만나기도 싫고. 다들 엉터리니까. 난 어딘가 텅 비어 있는 데로 가고 싶어. 사람들이 다른 말을 쓰는 곳. 시도해볼 거야. 그리고 내가 널 선택한 게 아니라 네가 나한테 온 거야. 그러니까 이건 내 탓이 아니야. 여기에 틀림없이 뭔가 의미가 있을 거야. 틀림없이 무슨 징조일 거야. 난 네가 이리로 오는 걸 막을 수 없었어. 그리고 네 이름과 얼굴이 좋아. 난 다른 누구도 사랑하지 않아. 그 사람들한테 나는 죽은 사람, 잠든 사람이야. 하지만 내가 그렇게 만든 게 아니야. 네가 한 거지. 네가 여기로 들어왔어. 내 탓이 아니야."

"그렇다고 내 탓도 아니지." 줄스가 유쾌하게 말했다.

두 사람은 몇 시간을 더 기다렸다. 침대에 나란히 앉아 줄스는 담배를 피웠고 네이딘은 손을 휘저어 연기를 밀어냈다. 마치 앞으로 40년 동안 이어질 패턴을 설정하는 것 같았다. 그녀는 이야기를 했다. 그는 그녀의 얼굴이 간혹 뭔가에 짜증이 났는지 초조하게 잔주름이 진 가면처럼 쪼그라드는 것을 보았다. 줄스는 몸을 기울여 그녀의 어깨에 입을 맞췄다. 그녀는 그의 얼굴을 가볍고 부드럽게 어루만졌다. 이토록 부드러운 자신의 모습에 깜짝 놀란 것 같았다. 1시쯤 두 사람은 떠날 준비를 했다. 줄스는 마치 인생의 상당 부분을 보낸 방을 떠나는 것 같은 기분이 들었다.

"떨려?" 그가 물었다.

"응. 너는?"

"난 준비됐어."

두 사람은 아래층으로 내려갔다. 현관홀에서 불빛 하나가 빛나고 있었다. 줄스는 이 집을 존중했다. 안에 들어와 있으니 겸손해지는 것 같았다. 하지만 집은 인격체가 아니었다. 이 집에서 이 여자애를 훔쳐 가는 것이 아주 옳은 일 같았다. 네이딘이 그의 손을 잡고 현관문으로 이끌었다. "이제…… 이제 어떻게 하면 돼?" 그녀가 말했다.

"차를 훔쳐야지."

"차를 훔쳐? 어디서?"

"내 차가 있는 디트로이트로 갈 수만 있으면 돼. 거기 내 차가 있어. 이 동네에 혹시 네 친구들이 살아?"

"바로 옆집에. 이름은 몰라. 그런데 어떻게 차를 훔친다는 거야?"

"들어가 봐서 차에 열쇠가 꽂혀 있으면 그냥 훔치는 거지."

"그 집 아줌마 차에 열쇠가 꽂혀 있을 거야." 네이딘이 말했다. 그녀는 옷가지를 쑤셔 넣은 종이 가방을 들고 있었다. 가방은 별로 크지 않았다. 두 사람의 새로운 삶을 위한 즐거운 짐이었다.

줄스는 운명을 믿고 아무런 두려움 없이 거대한 집의 뒤편으로 돌아가서 차고를 향했다. 문은 열려 있었다. 자동차 세 대 중 한 대에 열쇠가 꽂혀 그를 기다리고 있었다.

모든 것이 마법에 홀린 듯했다.

몇 분 뒤 줄스는 레이크쇼어 드라이브를 자유로이 내달리며 손을 뻗어 네이딘의 손을 잡았다. 그리고 새신랑처럼 그 손에 입을 맞췄다. 그녀는 울고 있었다. "무엇도 우리를 막을 수 없어." 줄스가 선언했다.

# 6

그의 입에서 느리고 나른하며 고통스러운 한숨이 흘러나왔다. 자신이 갈망하는 대상이 명확하게 보이지 않았다. 잠이 든 그는 이 잠기운을 떨쳐버리고 상황을 명확히 파악하고 싶었다. 무엇이 이렇게 고통스러운 걸까? 이토록 지독하게 그를 꿰뚫은 것이 뭐지? 그는 오로지 상황을 알고 싶을 뿐이었다. 꿈이 아닌 꿈의 장면들이 카드처럼 번쩍번쩍 지나갔다. 1학년 때, 단어와 숫자가 적힌 카드들이 생각났다. 메리 제롬 수녀도 생각났다. 창백하고 생생한 수녀의 얼굴이 번쩍 나타났다가 사라졌다. 그는 엄마를 생각했다. 봉투에서 장을 봐 온 물건들을 꺼내는 모습. 모린을 생각했다. 그리고 깨어났다.

아주 이른 시각이었다. 잠에서 깨기에는 너무 이른 시각. 창문으로 들어온, 안개처럼 흐릿한 빛이 블라인드의 윤곽을 밝혀주었다. 빛의 윤곽에 여러 개의 틈새가 있었다. 마치 마법의 연필로 그려놓은 것 같았다. 줄스는 좀 더 잘 수 있기를 소망하며 재빨리 눈을 감았다. 며칠 동안 줄곧 운전을 하며 도망치는 생활을 하다 보니 이제 견디기가 힘들었다. 자고 일어나서 30분만 지나면 아예 잠자리에 든 적이 없는 것 같은 상태가 되었다. 하지만 바깥이 고속도로에서는 그보다 몇 시간이나 먼지 깨어난 자동차들이 시끄럽게 지나갔다. 커다란 트럭들이 지나가며 일으키는 진동이 밤새 느껴졌다. 그리고 아주 늦은 시각에 고함 소리도 들려왔다. 십중팔구 술에 취한 듯한 청년들이 히치하이킹을 하거나 농사를 짓는 집으로 돌아가는 길인 것 같았다. 정확히 줄스 또래의 청년들이었지만, 그와는 종류가 달랐다. 고속도로는 그와 네이딘이 열심히 살펴보는 지도에서 길고 검은 선으로 그려져 있었다. 하지만 그는 이 고속도로의 이름이나 번호가 기억나지 않았다. 벌써 아칸소에 들어섰을까? 아니면 아칸소를 그냥 통과해서 지나온 걸까? 여긴 텍사스인가? 줄스는 갑자기 눈을 번쩍 떴다. 지도가 거짓말을 했을지도 모른다는 생각이 들었다. 도망치다 보면 결코 앞으로 나아가지 못하고, 여기저기의 풍경이 하나로 뒤섞일 때가 있다. 미시간, 일리노이, 아칸소, 텍사스……. 땅에는 한 주가 끝나고 또 다른 주가 시작된다는 것을 보여주는 표시가 전혀 없었다.

그의 옆에 네이딘이 등을 돌린 자세로 누워 있었다. 헝클어졌지만 반짝이는 그녀의 머리카락이 그의 고통스러운 잠과 뒤섞였다. 그는 그녀에게 가까이 다가가 그녀를 양팔로 끌어안고 그녀에게 얼굴을 묻은 채 다시 잠들고 싶었지만 그럴 수 없었다. 그녀를 방해할 수 없었다. 무슨 이유 때문인지 예전에 디트로이트에서 우연히 마주친 아이가 생각났다. 밤에 길을 잃고 헤매던 아이였다. 정처 없이 돌아다니는 아이들을 보는 것은 그리 이상한 일이 아니었다. 그리고 그 아이들은 대개 제 목적지나 제가 속한 곳을 알고 있기 때문에 한동안 헤매 다니다가 집으로 돌아가곤 했다. 하지만 그때 그 아이는 정말로 길을 잃었다는 점에서 줄스의 마음을 움직였다. 그 아이의 공포가 주위의 다른 아이들과 그 아이를 구분해주었다. 여섯 살쯤 된 백인 남자아이였다. 며칠 동안 손보지 않은 긴 머리는 제멋대로 뭉쳐 있고, 옷은 더러웠다. 줄스가 "너 길을 잃었니?" 하고 묻자, 그 아이는 무서운지 대답을 하지 않았다. 사방으로 퍼져나가 기운을 쪽 빼놓는 공포 때문에 눈이 촉촉하게 젖어 있었고, 줄스의 존재를 인식했으면서도 그의 모습을 보거나 목소리를 듣지는 못하는 것 같았다. 새벽 3시쯤인데도 거리는 부랑아들로 상당히 북적거렸다. 그 남자아이는 불 꺼진 주류 판매점 문간에서 격자울타리 앞에 가만히 서 있었다. 줄스에게서 1미터 남짓 떨어진 곳이었지만, 아이가 서 있는 곳은 무시무시한 진공이었다. 줄스가 감히 발을 들여놓을 수 없는 꿈속 같았다. 만약 그 아이를 건드리면, 그 아이가 짐승처럼 줄스의 손에 이빨을 박을 것 같았다.

네이딘도 그 아이와 비슷하다는 생각이 들었다. 그녀의 예쁜 외모 자체가 거리감을 느끼게 했다. 만약 그가 최종적인 자비를 요구하며 그녀에게 자신의 몸을 던져 그녀의 몸속에 자신을 묻는다면, 그녀는 잠에 취해 다정하던 모습에서 깨어나 곧바로 짐승으로 변할 것이다. 죽을 때까지 몸부림치며 싸울 각오가 된 짐승.

"싫어, 내 몸에 손대지 마. 안 돼. 무서워." 그녀는 항상 이렇게 말했다.

그는 손끝으로 그녀의 머리카락을 만졌다. 그녀는 자고 있었다. 매일 밤 깨어 있는 그를 버려둔 채 약에 취한 아이처럼 잠에 빠졌다. 바깥의 고속도로에서는 트럭들이 포효하며 지나가는 통에 두 사람이 하룻밤을 보내려고 빌린 통나무집이나 방이 부르르 떨렸다. 줄스는 확실히 잠을 이루지 못하고, 밤새 그 소음을 들으며 이런저런 생각을 했다. 그는 점점 더 예리하고 똑똑해졌지만, 그의 몸은 지쳐서 점점 약해지고 있었다. 체중이 줄었을 뿐만 아니라, 정신적으로도 야위어서 더 강렬해진 것 같았다. 이 소녀 말고 그가 무엇을 원했던가? 하지만 그의 머리는 그녀에게 아무것도 할 수 없었다. 그녀를 이성적으로 설득하지도 못하고, 내치지도 못했다. 그 자신을 이성적으로 설득할 수도 없었다. 비록 언제나 구겨지고 비틀려 있을망정 옷을 다 갖춰 입은 채 그의 품에 누운 그녀는 으스스할 정도로 다정했다. 줄스의 옷은 그의 몸이 느끼는 고비로 젖어 있었다. 그녀는 자신의 이미지를 여전히 순수하게 유지했다. '네가 날 사랑한다면, 날 아프게 하지 않을 거야.' 그녀는 계획을 세웠지만, 매일 저녁 줄스가 오늘은 더 이상 운전할 수 없다고 그녀를 설득하면 계획은 물거품이 되었다. 순수함에 대한 그녀의 슬프고 사악한 생각이 그를 순수하게 유지해주었다. 그는 자신의 욕망으로 그녀를 더럽힐 수 없었다. 그녀는 아무것도 느끼지 못하는 것 같았다.

"지금 몇 시야?" 네이딘이 잠에서 깨어나며 말했다.

줄스는 그녀의 등에 얼굴을 갖다 대고 눌렀다. 전날 밤 두 사람은 옷을 벗지 않았다. 남부의 가을 더위 때문에 이불도 덮지 않았다. 그러니까 두 사람이 진짜로 잠든 적은 없다는 것이 줄스의 생각이었다. 언제나 이렇게 불편하게 잠시 휴식을 취할 뿐이었다. 마치 두 사람 모두 언제든 벌떡 일어나 밖으로 도망칠 준비가 되어 있는 것 같았다.

"아직 이른 시간이야." 줄스가 말했다.

"출발해야 하지 않아?"

"조금 있다가."

그녀가 몸을 비틀어 그를 바라보았다. 이제 막 깨어났기 때문에 얼굴이 조금 부어 있었다. 연인 줄스에 대한 그녀의 신뢰가 얼마나 대단한지! 지금까지 그녀를 불쾌하게 하고, 거칠게 다루고, 배신한 사람이 한 명도 없었다는 뜻이었다. 그녀의 몸이 미국에서 17년을 살면서도 모욕당한 적이 한 번도 없다는 뜻이었다. 그는 그녀의 이런 점을 사랑했다. 어리석은 순수성을. 자신을 믿어주는 그녀를 사랑했다. 그녀가 그의 손에 완벽한 신뢰와 함께 쥐여준 것은 자기평가라는 선물이었다. 그는 자신이 사악하지 않은 착한 사람이며, 상상했던 것보다 훨씬 더 깊이 사랑에 빠질 수 있는 사람이라고 생각하게 되었다.

그녀가 그의 목을 양팔로 감싸고 그와 입을 맞췄다. 줄스는 새로이 깨어나 달아오른 고통을 안고 그녀의 반쯤 감긴 몽롱한 눈을 바라보며 자신이 여기서 목숨을 잃지 않고 벗어날 수 있을지 생각해보았다.

"오늘은 내가 운전하게 해줘, 응?" 그녀가 말했다.

"넌 면허가 없잖아. 경찰은 어쩌려고?"

"경찰이 우릴 멈춰 세울 이유가 없잖아."

줄스는 딱 자기 같은 아이가 몰 만한, 별로 새것이 아닌 포드를 운전하면서 사방에서 위험을 느꼈다. 눈에 보이는 경찰이 어찌나 많은지 말문이 막힐 지경이었다. 작은 도시를 지나갈 때마다 줄스는 확실히 속도를 늦췄다. 제복을 입은 경찰관 두세 명이 순찰차를 타고 광고판 뒤에서 지나가는 차들만 빤히 바라보고 있었기 때문이다. 그들은 다른 주의 번호판을 단 차들을 재빨리 골라냈다. 인적이 드문 고속도로에서는 자신의 자동차가 낼 수 있는 최대 속도로, 그러니까 시속 100킬로미터 남짓으로 질주했다. 거기에는 주(州) 경찰관들이 있었다. 날씬한 익명의 존재인 그들은 선글라스를 끼고 한없이 순찰을 돌며, 법을 어긴 사람 또는 법을 어겼다고 자기들이 멋대로 상상한 사람의 뒤를 쫓아 불법 유턴을 했다. 그들이 하는 일이라고는 고속도로를 오가면서 순찰하고 평가하고 속도를 재는 일에 하루를 바쳐 인생을 즐기는 것뿐이었다. 줄스는 그들이 자기 차 옆으로 다가와 "차 세워요!"라고 소리를 지를까 봐 무서웠다. 그가 길가에 차를 세우면 그들은 차창 안으로 몸을 기울이고 이렇게 물을 터였다. "저 여자애를 어디서 데려왔어?"

그러면 네이딘은 울면서 이렇게 외칠 것 같았다. "저 사람이 날 억지로 데려왔어요. 디트로이트에서 날 납치했어요!"

그녀가 일어나 앉았다. "출발하기 전에 먹을 것을 좀 사야 돼. 샴푸도. 머리를 감고 싶어."

"머리를 또 감아?"

"난 깨끗한 게 좋아. 내가 말한 것 좀 사다 줄 수 있어?"

그는 지친 몸으로 다리를 움직여보았다. 다리가 뜻대로 움직였다. "네가 날 사랑해주면 좋겠어." 그가 슬픈 목소리로 말했다.

"난 널 사랑해. 무슨 소리를 하는 거야?"

그는 다리를 돌려 아래로 내리고 일어섰다. 모든 것이 변했는데도 아침은 언제나 똑같았다. 그는 미래를 믿었으며, 결국은 이상적인 풍경이 나올 것이라고 믿었다. 네이딘이 즐거워할 만한 풍경. 하지만 여기는 그곳이 아니었다. 아칸소인지 텍사스인지는 모르겠지만…… 하늘과 땅의 상태가 아니다 싶었다……. 줄스가 보기에도 아닌 것 같았다. 그의 본능은 계속 도망쳐야 한다고 말했다. 그는 전에 꾸었던 꿈을 떠올리고 짜증을 냈다. 황무지에 공터가 섬처럼 자리 잡고 있는 꿈이었다. 황무지에 공터가 있다는 것은 누군가가 그것을 만들려고 공을 들였다는 뜻이 아닌가. 누군가가 배신당했다는 뜻이 아닌가.

"돈은 어디서 구할 수 있어, 내 사랑?" 줄스가 말했다. "난 이제 2달러밖에 없어."

네이딘은 아무 말도 하지 않았다.

"알았어. 30분만 기다려." 줄스가 말했다.

그는 냄새나고 비좁은 화장실에서 얼굴에 물을 찍어 발랐다. 눅눅한 샤워부스에서는 물이 뚝뚝 떨어졌다. 어딜 봐도 벌레의 잔해가 보였다. 느릿느릿 움직이는 벌레도 몇 마리 있었다. 그가 다시 방으로 나오자 네이딘이 얼굴로 흘러내린 머리카락을 나른하게 쓸어 올리며 그에게 미소를 지었다.

그녀가 그의 곁에서 마치 그에게 속한 사람처럼 함께 여행하고 있다니…… 정말 굉장한 일이 아닌가!

그는 그녀를 향한 사랑의 손아귀를 결코 벗어나지 못했다. 그 사랑이 그를 졸졸 따라다니며 그의 고통스러운 허파를 통해 호흡했다. 뺨이 홀쭉한 거리의 늙은 여자들에게 마법에 걸린 것 같은 표정을 선사했다. 오늘 아침, 따뜻한 9월의 아침에 모든 것이 몽롱하고 매혹적으로 보였다. 살짝 황금빛이 감도는 풍경은 위협적인 동시에 희망적이었다. 줄스는 근처의 작은 마을을 향해 고속도로를 따라 걸음을 재촉하면서 생각했다. 자신이 정말로 마법에 홀린 것 같다고. 언젠가 네이딘이 눈을 뜨고 그의 사랑을 알아볼 것이다. 그는 그녀의 똑똑한 머리를 믿고 있었다. 그의 눈에 그녀는 정말로 굉장한 사람이었다. 흔히 볼 수 없는 그 강렬함이 그의 내면에 있는 어떤 것과 반응했다. 그것은 그 자신이 한 번도 제대로 인정한 적이 없는 야성이었다. 두 사람은 틀림없이 특별한 운명으로 맺어져 있었다.

특별한 운명에는 두 종류가 있었다. 둘 다 기적적이지만, 하나는 부와 권력과 명성으로 이어져 있고 다른 하나는 갑작스러운 죽음으로 이어져 있었다. 낯선 사람의 칼에 목을 베이거나 단단한 두개골의 정수리가 1센티미터쯤 깎여나가는 죽음. 사람은 운명에 모종의 대가를 치러야 했다. 줄스는 기분 좋게 생각했다. '줄스 웬들은 내 운명이야.' 지금의 자신을 만든 것은 네이딘이 아니라 자기 자신임을 그는 알고 있었다. 다른 남자라면 네이딘을 사랑하게 되지 않았을 것이다……. 오로지 줄스만이 이토록 격하게 그녀를 사랑할 수 있었다.

네이딘은 부자가 되겠다는 그의 근거 없는 꿈에 양식이 되어주었다. 마치 그가 직접 그녀에게 부자가 되겠다고 맹세하고 있는 것 같았다. 그녀는 그가 부자가 될 것이라고 확신했다. 그가 실패할 리가 없지 않은가. "내가 아는 사람들 중에 멍청한데도 부자인 사람이 많거든." 그녀가 말했다. 그러니 머리도 있고 운도 있는 줄스는 실패할 리가 없었다. 줄스는 내심 그녀의 말에 동의했다. 그는 자신이 정말로 밑바닥에 도달하기만 하면, 그네를 탄 것처럼 자동으로 위를 향해 올라갈 것이라고 믿었다. 확실히 그에게 열려 있지 않은 미래는 하나도 없었다. 그렇지 않은가? 그는 남서부에 자리를 잡고 점차 성장하는 분야에서 일을 시작할 것이다…… 영업 일을. 보험 판매? 부동산? 석유? 그는 자신의 외모와 머리라면 샘슨 근사버시만큼 돈을 벌지 못할 이유가 없다고 생각했다. 다시 말해서, 그는 백만장자를 향해 나아가고 있었다.

두 사람이 머무르고 있는 모텔은 햇빛 속에서 보니 초라했다. 고속도로변, 벌겋게 속살을 드러내고 점점 침식되고 있는 갓길 옆의 여러 건물들이 비슷한 몰골을 하고 있었다. 줄스는 평평한 지평선을 훑어보았지만, 그럴듯하게 보이는 것은 하나도 없었다. 그가 기다리는 아름다운 풍경은 어디에 있을까? 소나무들이 여기저기 흩어져 있었지만, 빈혈에 걸린 것 같은 2급 나무들이었다. 말라비틀어진 디트로이트의 느릅나무들이나 마찬가지였다. 그는 문을 닫은 것처럼 보이는 볼링장 앞을 지나갔다. 자갈이 깔린 진입로에서 소년들이 자전거를 타며 놀고 있었다. 그들이 외치는 소리가 줄스를 자극했다. 그도 시골에서 어린 시절을 보내지 않았던가. 하지만 여기는 시골이 아니었다. 도시도 아니었다. 땅이 크게 푹 파여나간 곳이 속살을 드러내고 있었다. 아마도 쇼핑몰을 지을 준비를 하는 모양이었다. 나무들도 뒤집어진 채 바짝 말라 있었다. 텅 빈 벌판. 분홍색으로 칠해진 주점. 불이 꺼진 네온 간판들은 햇빛 속에서 이가 빠진 것처럼 보였다. 그가 주점을 빤히 바라보는 동안 해가 고개를 내밀었다. 아니, 안개를 태워 없앴다. 열기가 갑자기 그를 강타했다. 이곳은 정말로 그에게 낯선 곳이었다. 그는 이방인이었지만, 딱히 이곳의 언어를 알아듣지 못하는 것은 아니었다.

그는 네이딘에게 미움받지 않으려고 매일 밤 신경 써서 몸을 씻었지만, 남부의 태양 때문에 땀구멍이 아플 정도로 땀이 솟았다. 순식간에 몸이 더러워진 것 같았다. 깨끗한 몸을 유지하기 위해 그가 할 수 있는 일은 하나도 없었다. 네이딘은 까다롭게 자기 몸을 관리했다. 사랑의 오염으로부터 자신을 깨끗이 유지하는 것처럼 머리카락과 얼굴과 몸도 깨끗이 유지하는 데 신경을 썼다. 그가 사랑하는 길고 풍성한 머리는 이틀에 한 번씩 감아 말린 뒤 생각에 잠긴 표정으로 미간에 주름을 잡은 채 빗질을 했다. 세상의 고민들을 헝클어져 빗에 걸린 머리카락쯤으로 여겨서 열심히 해결해야 한다고 생각하는 아이 같았다. 그는 그녀를 정말로 사랑했다!

이 낯선 곳에서 혼자 그녀를 사랑하며 그는 따뜻하고 습한 공기 속을 멍하니 걸었다. 태양이 그의 등을 쓰다듬는 손길이 네이딘의 순진한 손길과 비슷했다. 그는 그녀도 자신을 사랑한다고 확신했지만, 그녀는 그를 무서워했다. 확실히 무서워할 만했다. 그의 안에서 그녀를 기다리고 있는 것이 너무나 많았으니까. 지나치게 폭력적이었으니까. 하지만 그는 자신 안에 쌓여있는 기쁨을 그녀에게 주고 싶었다. 그녀에게만. 그녀를 자신의 품에 감싸 안고 아무것도 거리낄 것 없는 사랑의 세계로 데려가 사랑 속에 푹 빠지게 만들고 싶었다. 그녀를 향한 그의 욕망, 서서히 그를 광기로 몰아가는 그 욕망에는 그녀를 기쁘게 하고, 지금과는 조금 다른 사람으로, 사랑에 빠진 젊은 여자로 만들고 싶다는 욕망도 들어 있었다. 그런데도 그녀는 자기 연민에 빠져서 이렇게 말했다. "넌 날 아프게 하고 싶은 거야." 그는 결코 그녀를 해치지 않을 것이라고 설명하려 했지만, 물론 조금은 아프게 할 수밖에 없을 터였다. "넌 왜 항상 '그것'만 생각해?" 그녀가 불편한 표정으로 말했다. "우리가 친구로 지내는 걸로는 충분하지 않아? 가까운 친구잖아. 친구로서 날 충분히 사랑하지 않아?"

길을 걷는 그에게 트럭들과 승용차들이 흙먼지를 내던졌다. 흙먼지가 몸에 달라붙었다. 셔츠는 벌써 땀에 젖었고, 그는 이제 막 시내로 들어서는 참이었다. 정신을 차리고 보니 트럭의 조수석에 앉은 농촌 소녀를 빤히 바라보고 있었다. 소녀가 차창으로 그를 바라보다가 손을 흔들었다. 트럭이 부릉하고 지나갔다. 줄스는 가슴을 찌르는 듯한 흥분을 느꼈다. 그 소녀가 그를 아는 사람으로 착각한 건지, 아니면 그냥 그가 잘생기고 호감이 가서 친절하게 군 건지 궁금했다. 다른 사람들의 애정이 줄스에게는 낚싯바늘 같았다. 그 이면에 심상찮은 말에도 그는 들켜서 낚여 살 수 있었다. 네이딘이 남쪽으로 계속 내려가는 와중에 디트로이트의 기억이 희미해지면 그의 손길에 다정하고 부드러운 반응을 보여주는 일도 생길 수 있을까? 텍사스의 작은 마을에서 그녀는 남부의 열네 살, 열다섯 살짜리 소녀들처럼 공연히 법석을 떨지 않고 그의 신부가 될 것이다.

그는 빨래방을 지나갔다. 안에서 훅 끼쳐 나온 바람에 그는 하마터면 질식할 뻔했다. 저렇게 뜨거운 바람이라니. 주부들 몇 명이 소녀처럼 수다를 떨며 빨래방 안에서 구멍에 빨랫감을 쑤셔 넣거나, 다 된 빨래를 꺼내고 있었다. 문간에 쪼그리고 앉은 작은 여자아이가 줄스를 향해 방긋 웃었다. 좋은 징조였다. 그는 피글리위글리 슈퍼마켓 앞을 지나갔다. 밖에 쇼핑카트들이 한데 모여 있었다. 주변에 흩어진 카트도 몇 개 있었다. 돈만 손에 넣으면, 바로 이 가게에서 먹을 것을 좀 살 생각이었다. 안전한 곳 같았다.

그는 최대한 그늘을 이용하면서 계속 걸었다. 주차된 차들, 한가로이 장을 보러 나온 사람들과 아이들, 잡화점을 지나 길을 건넜다. 바지와 노란색 블라우스를 입고 경찰관과 이야기하고 있는 여자가 그의 눈길을 끌었다. 줄스는 도저히 그녀에게서 시선을 뗄 수 없어서 억지로 고개를 돌리고 그 옆을 지나갔다. 하지만 위험할지도 모른다는 생각이 들었다. 어쨌든 경찰관이 있었으니까. 갈색이 감도는 그의 금발은 아주 곱슬곱슬했다. 그는 껌을 씹고 있었다. 그리고 줄스에게는 눈길도 주지 않았다.

갑자기 흥분이 밀려왔다. 움찔거리면서, 시선마저 움찔거리면서 그는 스포츠 용품점 앞을 어른거리며 캠핑 장비에 관심이 있는 척했다. 유리와 금속으로 된 낚싯대…… 긴 부츠…… 모기장……. 이 모든 것이 생각하기도 힘든 놀라운 물건처럼 보였다. 이것들에 깃든 남성성이 마음에 들었다. 진열창에 그의 뒤편을 지나가는 여자들의 모습이 선명하게 비쳐 보였다. 미래를 향한 야망으로 그의 피가 솟아올랐다. 그는 유정을 판매할 것이다. 건축가가 되어 건물을 지을 것이다. 화려한 고층 건물들을. 정치가가 되어 주지사가 되고 상원 의원이 될 것이다. 텔레비전에 나와 연설할 것이며, 그 무엇도 그의 손을 벗어나지 못할 것이다……

그는 담배 가게에 이르렀다. 이 가게를 보니 디트로이트가 생각나서 그는 안으로 들어갔다. 담배와 신문의 남성적인 냄새가 마음에 들었다. 잡지 진열대가 그의 눈길을 끌었다. 그는 미간을 찌푸리고 진지하게 관심이 있는 척했다. 이제 그만 나가야 하는데도 그는 시간을 끌었다. 문고판 책 표지들이 그의 관심을 끌었다. 《욕망과 사랑》이라는 제목이 보였다. 줄스는 좋은 조언이나 위안을 바라며 책을 뒤적였다. 또 다른 책의 표지에서는 야성적인 빨간 머리 여자가 사슬에 묶여 쓰러진 남자를 밟고 있었다. 남자의 얼굴이 줄스와 비슷했다. 이 얼마나 운명적인가! 줄스는 마지못해 그 앞을 떠났다. 진열대의 잡지들, 수많은 표지들. 〈탐정 연보〉의 표지에서는 꼭 끼는 빨간 치마를 입은 여자가 택시 안으로 끌려 들어가고 있었다. 「욕망에 미친 멤피스의 택시 기사」라는 제목이 붙어 있었다. 줄스는 그 잡지를 집어 신경질적으로 페이지를 넘겼다. 펄프로 만든 페이지는 멋지게 넘어가지 않았다. 또 다른 기사가 나타났다. 「보이시에서 베이고, 강간당하고, 살해당한 소녀」. 도도한 얼굴과 긴 금발을 지닌 열네 살짜리 소녀의 사진 여러 장이 곁들여진 이야기였다. 살짝 벌어진 입술에는 낯설고 악마적인 즐거움이 분명히 드러나 있었다. "경찰이 나타나자 그녀의 어머니는 히스테리를……. 아버지도 어머니도 그녀의 비밀을 몰랐다……. 재미로 차를 얻어 타고 고속도로를 오락가락하며……." 줄스는 기사를 훑어보며 결정적인 부분을 찾으려 했지만 소용없었다. 게다가 페이지를 넘기려다가 한꺼번에 너무 많이 넘겨버리고 말았다. 소녀는 사라져버렸다. 부들부들 떨고 있는 그의 앞에 또 다른 기사가 나타났다. 「내 아이의 아버지가 내 품에서 살해당했어!」. 진흙투성이 트레일러의 사진이 있었다. 바지를 입은 여자의 얼굴은 알아볼 수 없고, 뒤편의 남자들은 주 경찰관 같았다. "내 아기가 잉태된 직후, 아이의 아버지가 내 품에서 총을 맞고 죽었다. 전남편이 뛰어 들어와 그에게 총을 다섯 발이나 쏘아 죽인 것이다!" 줄스는 이 기사를 훑어보며 흥분과 혐오를 동시에 느꼈다. 그는 여자와 남자가 처음 만나는 장면, 두 사람이 트레일러 주차장으로 돌아오는 장면, 사랑을 나누는 장면, 그리고 마지막으로 총탄이 퍼부어지는 장면을 훑어보았다. 그러고는 혐오감을 느끼며 잡지를 진열대에 돌려놓았다. 머리가 어지러웠다. 사방에 여자들의 사진이 실린 잡지 표지와 책 표지가 있었다. 세워서 진열해둔 카드들도 있었다. 옷을 입지 않아 줄스의 고뇌 앞에서도 무방비 상태인 여자들. 그는 땀을 뻘뻘 흘리며 그들을 빤히 바라보았다.

가게 주인이 그를 향해 조심스레 다가왔다. 줄스는 가게를 나왔다.

거리의 공기는 숨이 막힐 것 같았다. 태양은 사라지고 없었다. 공기가 주위에 무겁게 늘어져 있었다. 너무나 많은 여자들과 너무나 많은 남자들이 내뱉은 숨결이 그 안에서 북적거리고 있는 것 같았다. 스무 살쯤 된 여자가 그의 옆을 지나가며 시골 처녀의 상냥하고 거리낌 없는 눈길로 그의 얼굴을 흘깃 바라보았다. 그는 그 눈길을 받는 즉시 한 대 맞기라도 한 것처럼 힘이 빠졌다. 그는 꼭 끼는 치마를 입은 그 아가씨의 허벅지, 비명을 지르려고 벌어진 입을 생각했다. 그 모습이 사진으로 찍힌다면……. 그는 살짝 눈이 먼 사람처럼 계속 걸었다. 네이딘에 대한 그의 사랑은 정말로 깊었다……. 그레이하운드 버스 터미널 앞에서 어떤 여자가 자기 아이를 야단치며 줄스의 옆을 스치고 지나갔다. 여자들이 무시무시한 주먹질처럼 위험하게 느껴져서 그는 그녀에게서 물러났다. 마치 우연히 접촉한 독 같았다.

그는 버스 터미널로 정처 없이 들어갔다. 벽에 하얀색이 얄팍하게 칠해져 있었다. 사탕 판매기. 팝콘 기계. 줄스는 그것들에 흥미가 있는 척하며 조심스레 주위를 둘러보았다. 아기들이 안달하고 있었다. 어떤 노인이 몸을 기울이고 바닥에 조심스레 침을 뱉었다. 줄스는 감히 여자들을 보지 못하고, 남자들의 얼굴만 바라보았다. 그의 눈에 비친 남자들의 얼굴은 거칠고 상스러웠다. 하지만 그의 체온이 치솟고 있었다. 작게 엉긴 핏덩어리들이 열광적인 봄 식물의 포자처럼, 그러니까 이를테면 민들레 홀씨처럼 그의 핏속을 떠다니며 숨통을 막았다. 네이딘을 향한 그의 사랑이 그토록 강렬하지 않다면 얼마나 좋을까! 싸구려 회색 양복을 입은 남자가 남자 화장실로 가는 모습이 보였다.

그도 그쪽으로 걸어가서 화장실로 들어갔다. 남자는 세면대 앞에 서서 거울에 비친 자신의 모습을 슬프게 바라보고 있었다. 나이 들어 보이는 청년으로, 피부가 양피지 같았다. 줄스가 움직이기 직전에 그의 눈이 거울 속에서 줄스의 얼굴로 휙 움직이는 것이 보였다. 줄스는 다소 긴 편인 남자의 머리카락을 움켜쥐고 뒤로 휙 잡아당기며 한 손으로 그의 입을 막고 그의 머리를 타일 벽에 후려치려고 했다. 하지만 뜻대로 되지 않았다. 그는 남자의 목을 움켜쥔 뒤에야 남자를 벽으로 밀어붙이는 데 성공했다. 남자가 무거운 소리를 내며 쓰러졌다. 줄스는 그의 외투 안에서 지갑을 꺼냈다. 이런 사람에게서 지갑을 훔치는 것이 소용없는 일이라는 생각이 이제야 들었다. 하지만 이미 늦었다! 몇 초 만에 그는 다시 대합실로 나와 출구를 향했다.

땀이 서리처럼 변해 그의 몸을 엷게 덮고 있었다.

피글리위글리에서 그는 새신랑처럼 감자칩 한 봉지와 치즈 조금과 흰 빵과 그 밖의 물건들을 샀다. 어린 신부를 위한 샴푸도 그중에 포함되어 있었다. 그는 장을 보러 나온 아주머니들 뒤에서 참을성 있게 줄을 섰다. 피글리위글리 슈퍼만큼 그에게 안전한 곳이 어디에 또 있을까? 그는 쇼핑카트를 한가로이 끄는 젊은 주부들의 맨다리에 머리가 어질어질했다……. 하지만 그는 사랑하는 네이딘에게 충실했다. 그녀는 흠잡을 데 없이 자신을 지키며 아이 같은 손을 그의 목덜미에 얹고 늦은 밤에 이렇게 속삭였다. "이제 나는 밤에 잠을 못 이루고 우는 일이 없어." 그녀는 찍찍 놀란 표정이었다. 줄스가 깨어 있는 동안 그녀는 잠을 잤다. 그는 정확히 말해서 울지는 않았으므로 눈이 보송보송했지만, 깊은 생각에 잠겼다. 그는 그녀에게 몸을 던져 모든 것을 끝내버리고 그녀를 쫓아낸 뒤 손목을 그어버릴까 고민했다. 하지만 그에게 남은 것은 그녀뿐이었다. 이기적이고 순수한 그녀. 그는 그녀를 해칠 수 없었다.

계산대에서 그는 새로 얻은 지갑을 살펴보았다. 낯선 사람의 지갑. 그가 가진 돈이 얼마나 되는지를 이제야 살펴봤다는 것은 바로 그가 혼란스러워하고 있다는 증거였다. 지갑 속에서는 뜻밖에도 기분 좋은 일이 기다리고 있었다. 20달러 지폐 두 장. 누군가의 돈이지만 한동안 지내기에 충분했다. 그는 안전했다. 그는 자신이 고른 물건값을 치르려고 20달러 지폐를 꺼내면서 자신이 조금 대견하다고 생각했다.

"여기, 스탬프입니다." 계산원이 그에게 할인 스탬프 몇 장을 건네주었다. 줄스는 뒤에서 차례를 기다리는 여자에게 돌아서서 남자답게 스탬프를 내밀었다. 그녀는 놀란 미소를 지으며 그에게 감사를 표했다.

그가 오두막으로 돌아오자 네이딘이 문을 열어놓고 그를 기다리고 있었다. "걱정했잖아." 그녀가 말했다. "샴푸 사 왔어?"

"전부 사 왔지." 미소가 고통스러웠지만, 그는 그녀의 포옹을 움찔거리며 피하지 않았다. 돌아오는 길에 지갑을 던져버리기는 했어도, 확실히 위험은 아직 남아 있었다. "이제 여기서 나갈까?" 그가 말했다.

"머리만 감고."

"지금 떠나는 게 좋을 것 같은데."

"줄스, 부탁이야……."

화장실에서 그녀는 어깨에 수건을 두른 뒤 세면대로 허리를 숙였다. 줄스가 머리를 감겨주었다. 그녀의 머리카락은 풍성하고 아름다웠다. 그는 거품이 묻은 손가락에 감기는, 빠진 머리카락조차 사랑스러웠다.

—

두 사람은 차를 몰고 텍사스 주 보몬트로 들어섰다. 고속도로의 열기가 두 사람을 밀어붙였다. 줄스의 눈은 항상 바짝 말라 있는 것 같았다. 사방이 온통 땅이고 햇빛이 너무 강렬했다. 이 모든 것이 흔들리는 그의 뇌와 뒤섞였다. 네이딘과 며칠을 보내고 나니 그의 말투가 그녀를 닮아가기 시작했다. 입 모양도 그녀와 비슷해졌다. 그가 느끼고 있는 가벼운 망상은 어쩌면 여자들의 히스테리인지도 모른다. 그렇다면 피할 수 없었다. 자신이 그녀로 변하는 걸 어떻게 막을 수 있을까?

그녀가 더위에도 불구하고 그에게 달라붙었다. 애정과 관심이 필요한 모양이었다. 그녀가 샐쭉하게 말했다. "뭔가가 항상 날 잡아당겨서 찢어버리려고 하는 것 같아. 내가 뭘 원하는지 모르겠어."

이건 그에게 대답을 내놓으라는 요구였다. 그는 마구 날뛰는 절망을 느끼면서도, 그녀와 이야기를 하는 것이 전부 소용없는 일이라고 생각하면서도 그녀의 말에 대답했다. "혹시 사랑을 원하는 것 아니야?"

그러자 그녀가 말했다. "하지만 그다음에는? 사랑 다음에는 뭐가 오는데? 그다음에 아무것도 없지 않아?"

차를 타고 달린 지 벌써 몇 시간째였다. 네이딘의 변덕으로 멕시코 만을 향해 내려가면서 두 사람은 황량한 평원과 길게 이어지는 유전 지대에 조금 당황했다. 건조한 땅에 직사각형으로 둘러친 울타리 안에 유정 탑이 서 있고, 그 근처에서 소들이 멋대로 돌아다니며 풀을 뜯었다. 나무들이 커다란 숲을 이루고 있는 것이 놀라웠다. 보몬트는 네체스 강 유역에 있었다. 줄스에게는 별것 아닌 것처럼 보이는 강이었다. 강의 이름조차 한 번도 들어본 적이 없었다. 동쪽에는 사빈 강과 루이지애나가 있었다. 그의 생각이 움직이는 것이 느껴졌다. 설퍼나 크리올 같은 이름들 뒤에 자리한 도시들을 보고 싶다는 갈망이었다. 하지만 지금까지 지도는 이미 그를 몇 차례나 실망시켰다. 찢어지기 직전인 접힌 자국들은 부서지고 있는 그의 마음의 솔기들 같았다.

"사랑을 원하는 게 아니라면, 왜 나랑 같이 여기까지 온 거야?" 그가 말했다.

그녀는 여전히 아이처럼 호기심과 기대를 품은 표정이었지만, 줄스는 그저 졸음을 몰아내는 데에만 애를 썼다. 그녀는 언제나 바로 앞에 나타날 도시에서 뜻밖의 놀라운 것들을 만날 준비가 되어 있었다. 역사적인 유물이나 역사가 있는 것처럼 보이는 주택들에 잔뜩 주의를 기울였다. 하지만 두 사람은 한 번도 굳이 차에서 내려 그것들을 보려고 하지 않았다. 그냥 차를 타고 쓱 지나가면서 눈에 들어오는 것을 빤히 바라보다가 항상 어렴풋한 실망을 느꼈다. 네이딘은 거의 모든 일에 실망했다. 줄스는 아직 경찰에 잡히지 않아서 다행이라고 생각했다.

"지금 네가 할 일은……." 그는 계속 이렇게 말했다. "부모님한테 전화해서 캘리포니아에 있다고 말하는 거야. 캘리포니아에서 건강하고 행복하게 잘 지내고 있다고 해."

"난 이제 부모님이랑 이야기할 수 없어."

"그럴 리가 없잖아. 날 위해서 해."

"난 부모님을 생각조차 하기 싫어."

그녀가 차갑고 태평하게 부모를 부정해버리는 모습을 보고 그는 화들짝 놀랐다. 그녀는 정말로 자기 가족을 긴 독백 같은 자기 인생의 부속물로만 생각했다. 사람들을 이렇게 쉽게 잊어버리는 게 가능한 일인가? 아니면 네이딘이 아직 그 영향을 느끼지 못하고 있는 걸까? 이 어린 소녀, 부유한 부모의 딸인 이 다정하고 섬세하고 예의 바른 소녀가 정말로 이렇게 천박한 사람일지도 모른다는 생각을 하니 등골이 오싹했다. 그 자신의 비참한 가족으로부터 멀리 도망치면 칠수록, 그에게는 그들이 더 가깝게 느껴졌다. 자신이 누구의 아들인지 오빠인지 아무도 모르는 이 도로에서도 식구들의 문제가 그를 무겁게 짓눌렀다. 그는 여전히 식구들에게 책임감을 느끼고 있었다.

"하지만 네가 나를 사랑한다면……." 줄스는 차 안에서, 식당에서, 침대에서 지친 목소리로 말했다. 그러면 네이딘은 가끔 지친 목소리로 대답했다. "난 진짜로 널 사랑해. 무슨 소리를 하는 거야? 왜 계속 그런 소리를 해?" 그녀는 정말로 이해하지 못했다. 어떤 때는 화를 내기도 했다. 마치 외국어를 쓰는 사람에게 자신을 이해시키려고 애쓰는 것 같았다. "넌 만날 사랑 이야기뿐이야! 네가 무슨 소리를 하는 건지 모르겠어. 왜 항상 그런 소리를 해? 왜 항상 사랑, 사랑, 사랑이야? 책에 나오는 사람들을 빼고는, 사랑 이야기를 그렇게 많이 하는 사람이 있다는 소리는 한 번도 못 들어봤어."

텍사스 주 보몬트. 산도 없고, 아름답지도 않은 곳. 줄스는 텍사스에 신물이 났다. 도시는 그가 원했던 것보다 더 컸고, 아직 외곽인데도 쇼핑몰과 야외극장 등이 바글거렸다. 디트로이트에서부터 보몬트까지 뻗은 땅은 도시나 시골이나 비슷했다. 북쪽의 시골에서는 갈색을 띠는 배수로와 흙이 여기 남부에 도달했을 때는 녹이 슨 것 같은 빨간색으로 변했다. 도시에는 소형 골프장과 새로 지은 싸구려 주택들이 줄지어 늘어서 있었다. 미국 식민지 양식이었다. 모두. 벽이 알루미늄으로 된 식민지 양식. 넓게 펼쳐진 땅과 능선도 식민지 양식이고, 새로 지은 밝은색의 식민지 양식 주택들이 저 멀리까지 땅을 채우고 있었다. 이렇게 긴 여행을 하면서 줄스는 하다못해 자신의 조각들을 하나로 모아 특정한 모습을 만들어낼 수만 있으면 좋겠다고 생각했다. 사랑에 빠진 청년의 모습이나 타고난 범죄자의 모습이나 '이력'의 초입에 들어선 백만장자의 모습 같은 것. 이 넓은 땅이 반드시 뭔가로 이어져야 했다!

보몬트에 다다랐을 때 줄스가 말했다. "오늘은 여기까지로 하자."

"만까지 계속 가면 안 돼?"

"거긴 아무것도 없어. 만에는. 볼 것이 없다고. 거기 뭐가 있는지 지도를 한번 봐. 난 오늘은 더 이상 운전할 수 없어."

보몬트의 공기에서는 악취가 났다. 정유 공장에서 나오는 가스 때문임이 분명했다. 메스꺼운 냄새가 희미하게 밴 바람이 불어오는가 하면, 알싸한 느낌이 어렴풋이 배어 있는 바람이 불어올 때도 있었다. 네이딘은 순진한 얼굴로 코를 킁킁거리고 어리둥절한 표정으로 계속 주위를 둘러보았다. 디트로이트에서 오랫동안 살아온 줄스는 여기에 볼 것이 하나도 없다는 사실을 알고 있었다.

연료계의 바늘이 바닥에 가 있었다. 하지만 아직 기름이 전부 떨어진 것은 아니었다. 줄스가 걱정하는 것은, 자신이 이 자동차의 기름 탱크 안에 들어 있는 기름과 같다는 사실이었다. 그 자신이 기름이었다. 그가 그녀와 자신을 계속 움직여야 했다. 하지만 점점 기운이 떨어졌다. 연료가 필요했다. 지금 그에게 무슨 일이 일어나고 있는 걸까? 그는 웃으면서 네이딘의 귀에 입을 맞췄다. "묵을 데를 찾아봐. 잠을 좀 자야 하니까. 난 진짜로 못 움직여."

두 사람은 거대한 야자수들을 지나치고 있었다. 덤불에 장미들이 아직 피어 있었다. 거미줄 같은 눅눅함이 모든 것 위에 묵직하게 걸려 있었다. 야자수들은 너무 굵고 너무 컸다. 뭉툭하고 땅딸막한 그 모습에 줄스의 눈이 왠지 쑤셨다. 하얀 판잣집들과 빗물에 씻긴 오두막들이 나란히 서 있는 모습 또한 그를 찔러댔다. 이 모든 것이 현실인지 궁금했다. 텍사스? 우리가 정말로 텍사스에 있는 거야? 그는 더러운 시내버스 뒤에서 움직일 수 없었다. 도로는 여기저기가 패어 있었다. 버스가 먼저 부릉하고 움직이면, 줄스도 부릉하고 움직였다. 네이딘은 감탄하며 주위를 둘러보았다. "여기가 텍사스야?" 그녀가 말했다. 길이 갑자기 흙길로 변했다. 그리고 여러 갈래로 갈라졌다. 한 갈래는 예전에 쓰레기 처리장이었음이 분명한 곳으로 이어졌다. 줄스는 버스를 따라 다른 갈림길로 들어섰다. 석유 냄새가 더욱 강해졌다. 검둥이 아이들 무리가 차 앞에서 쏜살같이 길을 건넜다. 나무와 타르지로 지은 오두막들이 길가에 나타났다. 닭들이 흙을 쪼고, 뼈만 앙상한 개 한 마리가 줄스와 똑같은 표정으로 슬프게 줄스를 바라보았다.

"가랑비가 오네." 네이딘이 말했다. "여긴 죽기에 좋은 곳 같아."

그녀는 다시 고속도로가 나왔을 때 한 모텔을 골랐다. 처음부터 줄곧 눈에 들어오던 바로 그곳이었다. 콘크리트 벽에는 분홍색 페인트칠이 되어 있고, 네온 간판이 있었다. 건물 앞에는 야외용 의자 몇 개가 흩어져 있었다. 줄스는 바짝 마른 눈과 바짝 마른 머리로, 평범한 주택들과 가게 몇 군데가 있는 주택가가 여기서 가깝다는 사실을 재빨리 담아두었다.

그는 숙박계를 쓰면서 조금도 망설이지 않고 자기 이름을 적었다. 자동차 번호도 기쁘게 적었다. 그는 범죄자가 아니었다. 별로. 그러니 숨길 것이 하나도 없었다. 그래도 자기 이름으로 서명하면서 그는 엄청난 피로에 압도당했다. 네이딘에게 돌아갔을 때는, 발밑의 땅이 위태롭게 느껴졌다.

네이딘은 아직 차 안에 있었다. "우리가 어젯밤에 묵었던 데 같아." 그녀가 말했다.

"그건 상관없어. 우리 둘 다 좀 쉬어야 돼."

"난 쉬기 싫어."

"원하는 게 뭐야?"

"나도 몰라. 시간이 너무 이르잖아. 5시 30분밖에 안 됐는데, 그냥 들어가 자고? 이해가 안 가."

그가 자동차 문을 열자 그녀가 천천히 밖으로 나왔다. 두 사람은 서로를 끌어안았다. 훤한 대낮이고 그리 멀지 않은 고속도로에서 차들이 지나가고 있는데도 그녀는 저항하지 않았다. 멍하고 무기력했다. "너 많이 피곤해 보여." 그녀가 말했다. "있지, 난 널 진짜 사랑해. 여기까지 날 데려다줘서 정말 좋아."

그는 방의 잠긴 문을 열었다. 방은 어둡고 눅눅했다. 살충제 냄새가 강하게 났다. 줄스가 불을 켜자 구석에서 뭔가가 잽싸게 움직였다. 바퀴벌레였다. 다행히 네이딘은 그것을 보지 못했다.

그녀가 한쪽 무릎으로 침대를 시험하듯 눌러보았다. "여긴 왜 이렇게 눅눅해? 눅눅한 냄새가 나."

"심하진 않아."

그는 떨리는 몸으로 침대에 걸터앉았다. 그리고 그녀에게 빙긋 웃어주려고 애썼다. 그는 그녀가 꺾이기를 줄곧 기다렸지만, 그녀는 좀처럼 흔들리지 않았다. 저렇게 굵은 신경이라니! 이제는 줄스 자신이 꺾이고 있는 것 같았다. 그의 배 속에서 뭔가가 고통스럽게 움직였다. 가랑비가 내리는 이 무더운 오후에는 심지어 그의 욕망조차 미약해졌다.

그녀가 그의 옆에 무릎을 꿇고 앉아서 양팔로 그를 감쌌다. 그녀는 그의 눈에 입을 맞추는 것을 좋아했다. 그가 입을 맞춰주는 것도 좋아했다. 차에서 새로운 풍경이 나타나기를 기대하며 어렴풋한 즐거움과 기대감을 내보일 때와 똑같았다. 그것은 시간 속을 성공적으로 움직이는 방법이었다. 줄스는 그녀의 어린 얼굴과 꿈꾸는 듯한 눈을 보면서 〈탐정 연보〉를 생각했다. 네이딘을 번개처럼 지나가는 팔다리, 억눌린 비명, 필사적으로 저항하지만 하찮은 몸으로만 보는 사람이 있을지 궁금했다. 그녀는 그에게 즐거운 듯이 뭔가 이야기를 하고 있었다. 그녀의 말이 그를 쓸고 지나갔지만, 무슨 소리인지 알 수 없었다. 줄스는 몸에서 땀이 나고 있음을 의식했다. 더러운 몸 위에서 옷이 썩어가고 있었다.

"음식을 살 돈이 있어?" 네이딘이 말했다.

음식을 생각하자 줄스는 토할 것 같았지만 내색하지 않았다. 그는 작은 화장실에서 세수를 하고 다시 밖으로 나갔다. '나는 지금 텍사스에 있는 줄스.' 그는 속으로 생각했다. 두 사람에게는 남은 돈이 없었지만 그것은 네이딘이 걱정할 문제가 아니었다. 그가 걱정해야 할 문제였다. 그는 개처럼 골목과 구석에 이끌렸다. 속이 뒤집어질 것 같았지만, 그는 습관대로 행동했다. 기계적인 동작들이 마술 같아서 축복받은 것 같았다. 거의 눈에 보이지 않을 정도였다. 벌써 열 번째 같은 일을 한다면, 들킬 염려는 없다. 틀림없이 그는 절대로 잡히지 않을 것이다. 그는 타고난 범죄자인 줄스를 생각하며 빙긋 웃었다. 눈에 보이지 않는 청년 줄스는 결코 잡히지 않았다. '경찰은 틀림없이 대형 갱 조직이 저지른 강도 사건이라고 단언했⋯⋯.' 그가 있는 곳은 백인 동네였지만 가난해 보였다. 가져갈 만한 것이 보이지 않았다. 그래서 그는 계속 정처 없이 걸으며 철로를 연달아 건넜다. 그러다 보니 더 좋은 동네가 나왔다. 늪처럼 푹신푹신한 땅에 벽돌로 농장 주택을 지어 분양한 곳이었다. 집집마다 높은 곳에 가로로 긴 창문이 달려 있었다. 넉넉한 초록색 원피스 차림의 주부가 맨발로 자기 집 잔디밭을 가로질러 와서 접힌 신문을 집어 들었다. 줄스는 그 광경이 마음에 들었다. 아주 평범하고 사리에 맞는 광경이었다. 비록 땀에 전 옷을 입고 있어도 그는 이 동네를 혼자 걸으며 세상의 비밀에 접근해 있었다. 아무도 지켜보지 않을 때 사람들이 살아가는 모습. 그에게는 비밀스러운 모습이 없었다. 평범하고 사리에 맞는 삶을 살지 않으니까.

그는 커튼이 드리워진 주택 앞을 지나갔다. 포치에 종이들이 흩어져 있어서 유혹을 느꼈지만 옆집에서 개가 짖었다. 줄스는 네이딘을 생각하며 서둘러 지나쳤다. 그녀의 팔, 사랑스러운 얼굴, 살짝 습기에 젖은 눈꺼풀이 생각났다. 네이딘이든 다른 누구든 그와 연결해주는 것이 하나도 없는데, 그가 어쩌다 사랑에 빠져서 그 사랑 때문에 이런 신세가 되었는지 모르겠다는 생각이 들었다. 자유로워지고 싶다면 이대로 계속 걸어가기만 하면 되었다⋯⋯. 허리가 굵지만 기운이 넘치는 또 다른 주부가 잔디밭을 바삐 가로질러 옆집 문을 두드렸다. 그녀가 이름을 부르자 누군가가 문을 열어주었고, 그녀는 안으로 들어갔다. 바로 이거였다. 줄스의 목덜미에서 솜털이 오소소 일어섰다. 본능이 그를 그녀의 집으로 이끌었다. 그의 다리가 주저 없이 그를 움직였다. 결코 잘못 본 것이 아니었다. 그는 안전했다. 그는 현관문으로 곧장 다가가서 초인종을 누르는 척하다가, 혹시 누가 보고 있을지도 모른다는 생각에 누군가와 인사하는 시늉을 하며 문을 밀어 열었다.

일단 안에 들어선 뒤에는 머뭇거릴 틈이 없었다. 그는 곧장 부엌으로 갔다. 실내는 에어컨이 켜져서 서늘했고, 살충제 냄새가 났다. 그는 재빨리 거실을 가로지르고 식당을 가로질러 부엌으로 들어갔다. 옆방에 텔레비전이 켜져 있었다. 아마 아이들이 보고 있는 모양이었다. 하지만 그는 아이들이 두렵지 않았다. 부엌에 들어서자마자 그의 눈이 원하는 것을 찾아냈다. 여자의 가방. 그는 소리 없이 움직이며 대담하게 가방으로 다가가 가방을 열었다. 그리고 반지갑을 꺼내 자기 주머니에 슬쩍 집어넣었다. 그때 열린 문이 그의 시선을 끌었다. 침대가 대충 정리되어 있는 침실이었다. 서랍장 거울에 그의 모습이 죄인처럼 비쳤다. 그는 충동적으로 침대에 누워 발을 가지런히 했다. 빙긋 웃음이 났다. 그래, 이런 거였다.

그 집을 나온 뒤, 그러니까 몇 분 뒤에 그는 진저리를 치며 식은땀을 흘리기 시작했다. 지갑 속의 돈을 세어보니 50달러가 넘었다. 하지만 돈을 보고도 기분이 나아지지 않았다. 계속 식은땀이 났다. 그는 온 길을 되짚어 모텔로 향했다. 그는 본능적으로 길을 찾아가는 감각이 있었으므로 결코 길을 잘못 드는 법이 없었다. 다시 철로를 통과하고, 추레한 동네로 돌아가면서 그는 불안했지만 걸음을 서두르지 않았다. 마치 이 동네에 사는 청년 같았다. 이 동네 아이. 텍사스의 더위에 사로잡힌 아이. 머리카락이 다시 길게 자라서 새로이 촌티를 한 꺼풀 뒤집어쓴 것처럼 보였다. 졸린 얼굴 같기도 했다. 남에게 전혀 해가 되지 않을 사람 같았다.

그는 작은 식품점에 들어갔다. 네이딘의 취향에 대해서는 이미 잘 알고 있었다. 그는 그녀를 기쁘게 해줄 생각뿐이었다. 하지만 카운터 근처에 백인 경찰관 두 명과 유색인종 하나가 서 있었다. 그들은 느릿한 남부 사투리와 놀란 듯한 탄성을 남발하며 수다를 떨었다. 경찰관 한 명이 웃느라고 몸을 거의 반으로 접었다. 줄스에게는 걱정스러운 일이었다. 옛날에 신부가 신나게 웃는 모습이 마음에 걸리던 것과 같았다. 줄스는 우유, 치즈, 빵, 네 이딘에게 줄 초콜릿 쿠키 한 상자를 골랐다. 경찰관들이 아직도 가게 안에 있었기 때문에 그는 가게 뒤편을 배회하면서 그들이 나가기를 기다렸다. 배 속이 고통을 못 이겨 몸부림쳤다. 하지만 고통을 참을 수 없을 정도는 아니었다. 줄스는 얼굴에 아픈 기색을 드러내지 않으려고 애썼다. 바지 차림의 백인 여자가 계산대에서 그를 흘깃 바라보았다. 손님을 주의 깊게 지켜보면서도 동시에 경찰관들과 검둥이가 옆에 있다는 사실과 그들의 재미있는 대화를 기꺼워하는 표정이었다. 줄스는 그녀에게 다가가 돈을 치르고 도망칠 수밖에 없다는 생각이 들었다. 경찰관들 바로 옆의 카운터까지 걸어가야 했다. 복통이 날카롭고 뜨겁게 변했다.

"이봐요." 경찰관 한 명이 줄스를 향해 손을 내밀며 말했다. "이 아저씨 얘기를 당신도 한번 들어봐요!" 줄스는 움찔거리지 않았다. 경찰관은 기껏해야 줄스와 같은 또래인 것 같았다. 그가 힘없이 고개를 젓고 있었다. 경찰관 두 명이 모두 환히 웃고 있었고, 사십대인지 육십대인지 알 수 없는 검둥이는 당혹스러운 표정으로 고개를 저으며 일부러 코믹하게 보이려고 애썼다. 그는 줄스가 디트로이트 거리에서 자주 들은, 높고 거친 목소리로 경찰관의 말을 반박했다. "글쎄, 난 거짓말을 안 한다니까 그러네! 무슨 생각을 하는 거야! 이제 와서 그런 짓은 안 해!" 줄스는 한마디도 알아들을 수 없는 이야기였다. 첫 소절을 듣지 못한 음악 같았다. 게다가 그는 이 음악에 관심도 없었다. 그는 그들에게 무의미한 미소를 지어 보이고는 자신이 고른 물건들을 카운터에 내려놓았다. 여자는 키득거리며 줄스의 뒤편을 바라보았다. 남은 이야기를 기다리는 모양이었다.

"이 아저씨 진짜 물건이오." 경찰관이 줄스의 팔을 툭툭 치며 말했다. "이 래서는 올해를 못 버틸 거야!" 여기 경찰관들과 검둥이와 줄스 사이에는 호의적이고 유쾌한 형제애 같은 것이 존재했다. 일종의 춤 같았지만, 줄스는 춤을 출 줄 몰랐다. 몸이 너무 아파서 이러다 정신을 잃고 경찰관의 품으로 쓰러질지도 모른다는 생각이 들었다. "이 아저씨가 아주머니한테 휘둘리는 꼴을 좀 봐요! 계속 아주머니한테 이런 취급을 받으며 살 거요?" 경찰관이 연극배우처럼 눈썹을 치뜨며 줄스에게 말했다.

줄스는 예의 바른 표정으로 검둥이를 보았다. 그의 얼굴에 흉터가 있었다. 뚝뚝 떨어지는 물줄기처럼 길고 굵직한 모양의 이상한 흉터였다. 얼굴의 피부 일부가 악어가죽처럼 두껍게 변해 있었다. 줄스는 그를 빤히 바라보았다. 무엇이 그렇게 웃긴 건지 알 수 없었다. 검둥이는 잠시 더 웃다가 소리를 줄여 깜짝 놀란 소프라노처럼 키득거렸다. 마치 더 이상은 힘들다는 듯이. 자신의 얼굴을 가지고 소란을 피우는 두 경찰관과 무엇이든 듣고 싶어 하는 기색이 역력한 신참 줄스에게조차 더 이상은 힘든 일이라는 듯이.

"얼굴이 왜 그래요?" 줄스가 말했다.

"아저씨가 멋대로 돌아다니는 것에 아주머니가 신물이 나서 그래요." 경찰관이 설명했다. 마치 줄스가 웃음을 참을 수 있게 도우려는 듯이 여전히 줄스의 팔을 붙든 채였다. "그때 마침 화덕에서 커다란 냄비에 물을 끓이고 있었는데, 아주머니가 거기에 설탕을 넣었어요. 설탕 말이에요, 설탕. 그러고는 아저씨가 집에 돌아오니까 아주머니는 쓸데없이 어디 갔다 왔느냐, 뭘 했느냐고 물으며 시간 낭비를 하지 않고 그 물을 그냥 아저씨한테 끼얹어버린 거예요. 이거야말로 세상에서 가장 터무니없는 얘기 아니오?"

"아주머니가 왜 그랬는데요?" 줄스는 환하게 웃으려고 애쓰며 말했다. "그러니까 설탕 말이에요."

"아저씨한테 물어봐요." 다른 경찰관이 말했다. 그리고 모두들 검둥이를 바라보았다.

검둥이는 의아한 표정으로 고개를 저었다. "설탕을 넣으면 물이 몸에 달라붙으니까 그렇지. 몸에 달라붙는다고. 물은 달라붙지 않고 그냥 흘러내리잖아. 하지만 설탕은 달라붙어. 잘 기억해두라고!"

경찰관들이 정신없이 웃어대기 시작했다. 줄스도 그들에게 동질감을 보여주기 위해 바람 빠지는 소리로 웃음을 터뜨리는 데 성공했다. 그는 이 사람들의 호의적인 분위기를 틈타서 자신이 고른 물건들을 계산원에게 밀었다. 젠장, 이 쓰레기장에서 나갈 수는 있는 건가!

"설탕은 달라붙는다!" 경찰관 한 명이 웃느라 제대로 말도 하지 못하면서 외쳤다.

그들의 웃음소리가 거리까지 줄스를 따라 나왔다. 줄스는 지금 당장 화장실이 급했다. 이것만으로도 그의 머릿속이 가득 찼다. 그는 경찰관들의 존재를 잊었다. 그들의 웃음소리가 가늘어졌다가 다시 강해졌다. 세상에 웃을 일이 저렇게 많나! 그는 진심으로 웃어본 기억이 없었다. 이렇게 고통으로 불타는 몸에 갇혀 있는데 어떻게 웃음이 나올까?

그는 모텔 방으로 돌아와 물건들을 침대 위에 놓고 곧장 화장실로 갔다. 문이 제대로 닫히지 않았다. 그는 필사적으로 문을 잡아당겼지만, 그래도 문을 잠글 수 없었다. 그는 자신과 함께 있는 네이딘, 방에 있는 네이딘을 생각했다. 그가 그녀의 옆을 지나치며 "화장실에 가야 돼"라고 말하자 그녀는 그의 얼굴을 보고 깜짝 놀란 표정을 지었다. 지금은 그가 미남이라는 생각이 들지 않는 모양이었다. 이 한심한 화장실 안에서 그는 고통으로 신음하며 몸속에 생겨난 더러운 것을 제거하려고 애썼다. 하지만 그는 아무것도 할 수 없었다. 아무 소용이 없었다. 그는 화장실의 찌그러진 나무 문에 이마를 대고 흐느끼기 시작했다.

얼마 뒤 그가 부들부들 떨며 화장실에서 나왔다. "나 독감에 걸린 것 같아." 그가 말했다.

"어디 아파?"

"독감이라니까."

그녀는 그를 외면했다. 협탁에 빵 봉지가 열려 있었다. "살충제 냄새가 나, 저 빵에서. 못 먹겠어."

"미안해." 줄스는 말할 힘도 없었다. 그는 침대에 누웠다.

네이딘이 동정심이 담긴 목소리로 말했다. "베개로 머리를 받쳐줄까?"

"병이 오래가지는 않을 거야."

"내가 해줄 건 없어?"

"그럼 약국에 가서…… 가서 아스피린을 좀 사다 주든지."

"약국이 어디 있는데?"

그의 몸이 심하게 떨리기 시작했다. 그는 눈을 꼭 감고 이불 밑으로 기어 들어갔다. 지금 그는 신음 소리를 참는 것이 고작이었다.

"의사를 불러올까?" 네이딘이 겁먹은 표정으로 말했다.

"그냥 독감이야."

"너 진짜 아파 보여."

찌르는 듯한 통증이 너무나 격심해서 그는 화들짝 놀라 눈을 떴다. 그러고 는 이불을 던지듯 젖히고 휘청거리며 다시 화장실로 향했다. 설사 때문에 몸 이 들끓었다. 그는 자기 몸에서 나온 설사의 냄새에 기가 질려 몸을 떨면서 변기에 앉은 채 몸을 앞뒤로 흔들고 손바닥으로 귀를 막았다. 방에 있는 저 소녀에게 그가 원한 것은 무엇이었을까? 사람들은 서로에게서 무엇을 얻으 려고 애쓰는 걸까? 그의 머리에 떠오르는 것은 자신의 더러움뿐이었다.

그가 침대로 돌아왔을 때 네이딘은 밖으로 나가려는 사람처럼 문간에 서 있었다. "줄스, 내가 의사를 불러올게, 응?"

그는 침대에 누웠다. 몸에 힘이 하나도 없었다. 네이딘의 말도 잘 들리지 않았다.

"어쩌다 이렇게 된 거야?" 그녀가 말했다. "세균이나 뭐 그런 것 때문이야? 공기 속에 떠다니는 거야?"

그는 그녀의 말을 한마디도 이해할 수 없었지만 그래도 고마운 생각이 들었다. 그녀의 말이 그와 네이딘 사이의 공간을 채워주었기 때문이다. 시간이 흘렀다. 그는 자고 싶었다.

네이딘이 침대에 걸터앉아 그의 손을 잡고 주물거렸다. 슬픈 표정으로 그의 얼굴을 빤히 들여다보며 손가락을 움직였다. "널 사랑해, 줄스. 빨리 나아. 무섭단 말이야. 네가 아픈 걸 견딜 수가 없어."

"내일이면 나을 거야."

하지만 그날 밤은 참담했다. 그는 계속 벌떡 일어나서 화장실을 오갔다. 몸이 이렇게 통제를 벗어나 고통에 몸부림치고 부들부들 떠는 것이 놀랍기도 하고 무섭기도 했다. 이렇게 심한 오한은 처음이었다. "이 방은 안 추워. 덥단 말이야. 엄청나게 더워." 네이딘이 말했지만, 그는 여전히 오한이 나서 덜덜 떨었다. 이러다 죽는 게 아닐까 하는 생각이 들었다. 그것도 가능한 일이었다. 아침이 가까웠을 때 네이딘은 침대 옆 의자에서 잠이 들었다. 줄스는 다행이라는 생각이 들었다. 불행한 자신과 단둘이 있고 싶었다. 자신의 이런 모습이 창피했다.

아침에 그녀가 그를 위해 필요한 물건을 몇 가지 사 오려고 나갔다. 그는 더러워진 옷을 벗어 바닥에 떨어뜨렸다. 그리고 속옷 차림으로 침대에 누웠다. 이것 역시 창피한 일이었다. 네이딘이 그를 미워하고 그의 몸을 미워할지도 모른다는, 터무니없고 말도 안 되는 두려움이 밀려왔다. 그는 이불을 턱 밑까지 끌어올렸다. 자신이 증오스러웠다. '줄스가 죽어가고 있군.' 네이딘에 대한 자신의 집착이 띄엄띄엄 어렴풋이 떠올랐지만, 사랑 그 자체가 무엇인지는 생각나지 않았다. 몸이 계속 부르르 떨렸다. 자신이 자신의 몸에 대해 느끼는 혐오감이 척추를 마비시키겠나.

네이딘이 돌아와 그에게 알약을 먹이고, 그와 가벼운 이야기를 나눴다.

그는 다시 덜덜 떨기 시작했다. 이가 딱딱 부딪혔다. 네이딘이 절망에 빠져 소리쳤다. "너 왜 이래! 어떻게 된 거야!" 그녀는 그의 정수리에 얼굴을 갖다 댔다. "죽지 마. 날 두고 가지 마!" 그녀가 말했다.

"안 죽어." 줄스는 소리 내어 웃으려고 했다. 그런데 그때 뭔가가…… 그가 헛것을 보기 시작했음이 분명했다. 몸이 아주 뜨거운데, 이가 다시 딱딱 부딪혔다.

네이딘이 안개 속에서 나타나 그에게 다가오더니 그를 향해 몸을 숙이고 빤히 바라보았다. "줄스, 이에서 피가 나. 잇몸에서. 왜 잇몸 주위에 피가 있는 거야?"

이것이 현실인지 꿈인지 알 수 없었다. 잇몸을 손으로 훔치자 정말로 피가 묻어났다. 하지만 자신의 손조차 현실 같지 않았다. 혈관 속에서 아주 작은 모래 알갱이들이 점점 팽창했다. 열이 치솟았다. 네이딘에 대한 욕망도 독감만큼 그의 피에 불을 지른 적이 없었다. 불을 지피고 또 지펴서 결국은 뇌가 더러운 몸을 빠져나와 허공에 둥둥 떠 있는 것 같았다. 뇌는 구덩이로 변해버린 몸에서 자유로워지고 싶어 안달하고 있었다…… 몸은 흉악한 냄새와 점액으로 더러워진 던전 속의 구덩이였다……. 허벅지 주위에서 갑자기 생겨난 뜨거운 흐름은 기적 같았다. 그건 통증의 출구였다. 이제 몸의 더러움이 밖으로 빠져나간 것도 기적이었다. 그는 악취 속에 누워서 이것이 희망의 징조인지 고민했다.

그는 의식을 잃고 꿈을 꾸었다. 빛이 그 꿈을 방해했다. 잠에서 깨어보니 침대가 축축했다. 배설물 때문이었다. 그는 경악해서 일어나려고 했지만 몸에 힘이 들어가지 않았다. 하지만 아직 몸이 텅 빈 것은 아니었다. 새로운 통증의 폭풍이 몸속에서 생겨나고 있었다. 그는 뜨거운 통증에 사로잡혀 꼼짝도 하지 못하고 큰 소리로 신음했다. 끓는 물 냄비를 뒤집어썼다는 검둥이 남자가 생각났다. 물이 몸에 달라붙어 계속 타오르게 설탕을 넣었다고 했지? 사람이 얼마나 고통에 시달리면 더 이상 사람이 아니게 될까?

그가 정신을 차렸을 때, 시간이 몇 시인지 알 수 없었다. 머리에서는 열이 완선히 사라지고, 몸에는 이상하게 힘이 없었다. 그는 혼자였다. 처음에는 느낌으로, 그다음에는 눈으로 보고 알아차렸다. 네이딘이 없었다. 그녀를 불러보았지만 아무도 대답하지 않았다. 얼마 뒤 그는 더러운 침대에서 억지로 힘들게 일어나 문밖을 내다보았다. 네이딘은 없었다. 차도 없었다. 텍사스 남동부에 그를 두고 그녀가 가버린 것이다. 줄스와 네이딘의 이야기는 이렇게 끝난 것 같았다.


7


어떤 사람, 어떤 소녀. 거울에 자신의 모습이 비치지 않을 것이라고 상상한다. 그래서 감히 거울을 보지 못한다. 자신의 몸이 무거운 덩치가 되어버린 것 같은 절망적인 느낌이 든다. 몸은 그동안 지나치게 사랑을 받고, 너무 많이 사용되어서 못쓰게 되어버렸다. 몇 달 동안이나 잠에 빠져 있었던 탓에 힘이 없다. 거울에 비치지도 않고, 얼굴도 없다. 목 없는 몸.

천장의 모습이 독특하다. 천장은 위로 올라가지도 않고 아래로 내려오지도 않는다. 벽지 위에 덧발라진 벽지, 두껍게 두껍게 덧발라져 있다. 동그랗게 말린 부분도 있다. 금방 떨어질 것 같은 부분도 있다. 만약 소녀가 벽지에 대한 생각을 자신에게 허용한다면, 속이 메스꺼워질 것이다. 무거운 몸이 되어 침대에서 땀을 흘리고 있는 것만으로도 충분하다.

누군가가 앉아서 말을 건다. 엄마다. 재잘, 재잘……. 모든 단어가 찢어지는 비명 같다……. 작고 사악한 새들 같다. 가끔 창밖에서 새들이 지지귀지만 눈에 보이지는 않는다. 소녀는 고개를 거기까지 돌릴 수 없다. 그녀는 창문을 믿지 않는다. 유리를 통해 내다보는 것이 무섭다. 다른 누군가가 앉아서 말을 건다. 남자다. 그는 신문을 읽는다. 신문이 바스락거리는 소리, 특유의 냄새, 펄럭이는 소리, 방 밖에서 여러 가지 일들이 일어나고 있다는 두려움. 듣지 않는 편이 낫다. 그녀는 듣지 않는다.

다른 방에서 텔레비전 소리가 들린다. 벽에 가로막힌 작은 소리. 부풀어 오른 웃음소리다. 웃음소리?

엄마가 오렌지색 종이를 펼치고 있다. "이 망할 놈의 달걀 거품기를 어떻게 쓰라는 건지 진짜 모르겠네." 그녀가 말한다.

입에 군침이 돈다. 소녀는 배가 고프고, 고프다. 무시무시한 굶주림이 속에서 고개를 든다. 음식은 그녀의 몸 전체를 채워서 계속 무겁고 평화롭게 유지해주는 물건이다. 그러고 나면 잠이 온다. 텔레비전 소리가 뒤로 물러난다. 아기 울음소리가 뒤로 물러난다. 삼촌 브록이 안락의자에 앉아 만화를 소리 내서 읽고 있다. 그의 목소리도 뒤로 물러난다.

쿠키, 생강 쿠키가 상자에서 나온다. 바닥으로 떨어진다. 소녀는 바닥에 떨어져 눈에 보이지 않는 쿠키를 생각하며 기다린다. 입에 군침이 돈다. 결국 그녀는 그것을 주우려고 끙끙거리며 몸을 기울인다. 그리고 그것을 주워 든다. 재빨리 먹는다. 오래된 생강 쿠키의 맥빠지고 덤덤한 맛이 그녀를 깨운다. 입에 더욱더 군침이 돈다.

그녀는 생각하지 않지만, 가끔 자신의 뜻과 달리 머릿속에 단어들이 생겨난다. '다른 모린은 지금 뭘 하고 있지?'

머리카락을 굵은 뱀 같은 가닥들로 엮어 머리 위로 올리고, 눈을 감고, 손가락은 아주 우아하게……

'아, 이 망할 년……. 검둥이 새끼랑 놀아나……? 당장 나가……. 경찰을 불러서 네년 엉덩이를 차줄 테다……. 여기가 무슨 검둥이 창녀집인 줄 알아……? 창녀답게 거리로 나가……. 지옥에나 가버려……. 더러운 전과자,

말 대가리!'

로레타가 고함을 지르고 있다. 베티가 그녀의 옆을 지나 모린의 방으로 뛰어 들어간다. 청바지 차림이다. '리니 언니! 이 할망구 좀 어떻게 해봐! 정신 차려! 언니는 아무 잘못도 없어. 언니도 알잖아!'

로레타가 베티를 끌어내려고 한다. '언니는 아파…….'

'엄마가 말도 안 되는 소리로 언니를 이렇게 만들었잖아!'

로레타가 베티를 후려친다. 베티가 팔을 휘둘러 로레타를 때려눕힌다. 로레타가 고함을 지른다. 베티도 뭐라고 소리를 지르더니 밖으로 뛰어나간다. 고함 소리가 더 들린다. 로레타가 나간다. 로레타가 고함을 지르고 있다. '검둥이랑 놀아나다니……. 그게 남자든 여자든 상관없어……. 지옥에나 가버려!'

브록이 만화를 읽는다. 렉스 모건, 가솔린 앨리, 브렌다 스타. 그가 신문의 만화 페이지를 모린에게 보여주지만, 그녀는 보지 않는다. 시선을 돌리지도 않는다.

브록이 말한다. "네 엄마는 A&P 슈퍼마켓에 갔어. 편지에 놀라운 얘기가 있는데, 들려줄까?"

모린은 말이 없다. 이불 밑에 차갑고 무겁게 누워서 아무것도 기다리지 않는다. 브록을 볼 때도 있고, 보지 않을 때도 있다. 이 사람은 그녀의 삼촌이다. 삼촌이 뭔지는 잘 모르겠다. 그의 얼굴, 속내를 더듬는 것 같은 목소리, 옆을 지나갈 때마다 자주 침대가 흔들리는 것 때문에 뭔가가, 누군가가 생각난다. 그녀는 이 기억을 뒤쫓으려 하지 않는다. 고집스럽고 무겁게 잠을 자며, 그녀는 자신의 것이 아닌 몸으로 위장하고 아무것도 기다리지 않으며 기다린다.

브록이 편지를 연다.

1956년 12월 14일

엄마와 모린에게,

난 지금 텍사스 주 휴스턴에 있어요! 시간이 나면 더 자세한 편지를 쓸
게요. 난 잘 지내고 있으니 걱정 마세요. 일자리를 찾아 나선 지 이틀 만
에 멕시코 만에서 부동산 사업을 하는 회사에 취직했어요. 편지에 넣어
보낸 팸플릿에 이 회사가 하는 일에 대한 설명이랑 사진들이 있어요. 나
는 교육이 끝나는 즉시 영업사원이 돼서 고객들을 만나러 다닐 거예요.
양복을 한 벌 사야 해요. 다들 어떻게 지내요? 잘 지내고 있죠? 식구들
생각을 자주 해요. 겨울이 시작되고 있어서 아주 좋아요. 더위 때문에 축
처져 있었거든요. 정말 짜증 나요. 텍사스에서는 12월에야 겨울이 시작
돼요. 그러니까, 텍사스에서 내가 있는 지역이 그렇다는 얘기예요. 워낙
큰 주니까요. 가끔 지도로 한번 찾아보세요. 벌레들도 거의 사라졌어요.
죽었거나 어디 숨어 있겠죠. 12월인데도 밖에 나갈 때 외투를 안 입어
요. 하지만 더위와는 달리 참을 만해요. 난 아주 잘 지내고 있어요. 식구
들 생각도 많이 하고. 모린을 좋은 의사한테 보이고, 잘 보살펴 주세요.
돈이 생기면 보낼게요. 오랫동안 연락을 하지 못해서 죄송해요.

사랑하는 줄스가

엄마가 깜짝 놀란 얼굴로 브록의 손에서 편지를 가져간다. '뭐? 줄스한테
서 왔어? 줄스한테서 편지가 왔어!' 그녀가 소리친다.

그녀가 팸플릿을 펼친다. '어머, 굉장하다.' 그녀가 감탄한다. 얼굴에 털
이 숭숭 난 브록이 조금 미안한 표정과 서투른 몸짓으로 그녀와 함께 팸플
릿을 본다. '골든트라이앵글 은퇴자 천국. 멕시코 만에 아직 남아 있습니다.'
로레타가 모린에게 팸플릿을 읽어준다. 모린은 가만히 누워서 그녀를 보지
도 않고, 그녀의 목소리에 귀를 기울이지도 않는다. 그래도 일부가 귀에 들

어오기는 한다. 그녀는 그 단어들의 의미를 향해 마음을 닫아버린다. 멕시코 만? 텍사스? 줄스 오빠? 이런 것들에 대해 생각하고 싶지 않다. 상처받고 싶지 않다.

누군가가 그녀에게 침대에서 일어나라고 다그치고 있다. "얼른 일어나, 모린. 그렇지." 엄마가 말한다.

그녀는 소매에 팔을 꿰는 법을 잊어버렸다. 그래서 다른 사람들이, 그러니까 엄마와 다른 여자 한 명이 어떻게 하는 건지 보여준다. 짧은 머리를 빨갛게 물들인 그 여자는 엄마의 친구다. 로레타와 키가 같다. "모린." 로레타가 말한다. "아주 잘하고 있어. 얘 아주 잘하고 있지? 걱정하지 마. 거기 내 아프리카제비꽃을 조심해……."

브록이 부엌에 앉아 있다. 그의 미소가 펄롱의 미소로 바뀐다. 모린은 뒤로 물러난다.

"왜 그래?" 로레타가 소리친다.

모린은 사람들에게서 물러난다. 자기 방의 침대로 돌아가려고 필사적이다. 반드시 침대로 돌아가야 한다. 빨간 머리 여자가 모린을 놓는다. 로레타는 조금 더 그녀를 붙들고 늘어지다가 1초 만에 화를 내며 손을 놓는다. "아, 젠장! 제길!" 그녀가 소리친다. "더 이상 못 해먹겠네. 이런 짓을 언제까지 해야 하는 거야? 얘가 아프든 말든 나도 몰라. 나도 내 인생을 챙겨야지!"

모린은 침대에서 엄마가 내는 소리를 듣는다. 엄마는 다른 방에서 울고 있다.

"내 인생을 챙겨야지." 로레타가 말한다. "내 인생은 언제 시작되는 거야?"


브록이 또 다른 편지를 읽는다.

1957년 2월 1일

엄마와 모린에게,

소인을 보면 알겠지만, 나는 이제 휴스턴이 아니라 댈러스에 있어요. 부동산 중개업이 나랑은 안 맞더라고요! 그렇다고 감옥에 가거나 한 건 아니에요. 하룻밤 유치장에 갇힌 적도 없으니까 내 걱정은 마세요. 어쨌든 내 앞가림은 할 수 있어요. 여기 사람들은 정말 제정신이 아니에요! 편지에 20달러를 넣었어요. 모린을 그냥 작은 의원이 아니라 좋은 병원의 의사에게 보이세요. 모린이 좀 나아졌으면 좋겠네요. 내게 편지를 보내려면 텍사스 주 댈러스 우체국에 유치우편으로 보내세요. 식구들 생각을 많이 해요. 모두 보고 싶고, 사랑해요. 나는 사람들이 모두 외롭다는 결론을 내렸어요. 우리 모두. 그래서 이제는 외로움이 그렇게 거슬리지 않아요. 찬찬히 생각하다 보면, 외로움을 더 잘 견딜 수 있어요. 지금 나는 아픈 사람을 대신해서 일하고 있어요. 집을 짓는 일인데, 비만 오지 않으면 좋은 일이에요. 비가 내릴 때는 상당히 추워요. 또래 친구 비슷한 사람도 여기서 두 명 사귀었어요. 하지만 그 친구들이랑 자주 어울리는 건 아니에요. 다들 아주 친절하지만 난 지나치게 가까워지지 않으려고 해요. 골든트라이앵글 은퇴자 천국 일은 깨졌어요. 거기 사장이 어디로 갔는지는 나도 몰라요. 내가 고객을 만나러 간 적이 있는데, 몸이 완전 불구가 되고 얼굴이 진짜 비열한 노인이었어요. 어째 좀 구린 분위기가 나더니, 경찰관들이 거리에 나타나서 난 도망쳤어요. 그러고는 히치하이킹으로 댈러스에 온 거예요. 지금은 몸도 훨씬 건강해졌어요. 대개 상태가 좋아요. 내 걱정은 말고 잘 지내세요. 멀리 혼자 떨어진 사람들이 그렇듯이, 나도 식구들 생각을 자주 해요.

사랑하는 줄스

기억 하나. 고속도로에서 차가 달린다. 땅에 파인 커다란 구멍들, 진흙, 줄지어 늘어선 차들, '우회'라고 적힌 오렌지색 표지판들. 그녀는 차 안에 어떤 남자와 나란히 앉아 있다. 아버지도 아니고, 펄롱도 아니고, 브록도 아니다. 낯선 사람이다. 그가 말한다. '음, 화요일은 안 되고…… 수요일은 어때?' 그의 손이 그녀의 손을 덮는다. 그의 손이 그녀의 허벅지로 움직인다. 그녀의 몸이 그를 향해 움직인다. 서두르지 않고 천천히 아래로 떨어지는 모래 알갱이들처럼. 중력에 이끌리듯 그쪽으로 움직인다. 이제 두 사람은 다른 곳에 있다. 불을 끈 방이다. 그가 그녀의 몸 위에 있다. 그가 자기 다리로 그녀의 다리를 벌린다……. 무슨 일이든 가능하다. 날카롭고 신속하고 놀라운 일……. 무슨 일이 일어날지 기다리며 그녀의 얼굴 근육이 얼어붙는다……. 그가 그녀의 몸속으로 들어오자 그녀 안의 모든 것이 얼어붙는다. 그에 의해서, 그가 하고 있는 일에 의해서 고정된다. 파르르 떨고 있는 모든 세포들이 얼어붙은 중심으로, 그에게로 가라고 무기력하게 닦달당한다.

다른 방에 텔레비전이 켜져 있다. 그녀는 혼자 누워 있다. 자는 것도 아니고 깨어 있는 것도 아니다. 그녀의 기억 속에는 항상 정액 냄새와 자신의 몸에서 정액이 살살 빠져나가는 느낌이 있다……. 몸에서 따뜻한 정액이 빠져나간다. 양이 아주 많아서 흘러나간다. 끝없이 피가 흐르는 것 같다. 그것이 그녀의 몸을 마비시킨다. 지금 그녀는 허벅지 사이의 그것을 상상하고 있다. 천장이 위협적이다……. 하지만 만약 벽지 덩어리들이 얼굴로 떨어진다 해도 그녀는 움직이거나 비명을 지를 수 없을 것이다. 그녀는 눈을 감는다.

다른 모린은 가방을 흔들며 거리에 나가 있다. 가느다란 눈, 예쁜 입, 모든 것이 부드럽다. 마치 춤을 추듯이 걸음을 멈춘 그녀가 머리에 쓴 스카프를 매만진다. 지나가던 낯선 남자가 걸음을 멈추고 그녀를 도와준다. 턱 밑에서 스카프의 매듭을 지어준다. 그녀는 눈을 아래로 내리깐다. 그가 양손으로 그녀의 얼굴을, 목을 움켜쥔다. 그가 그녀의 얼굴을 빤히 들여다본다. 그가 고개를 기울여 입을 맞춘다. 그녀의 입술에 입을 맞추고, 손으로 그녀의 어깨를 잡아 고정한다. 그가 입을 맞춘 그녀의 입술이 천천히 일그러진다.

베티가 문간에 있다. 차가운 바깥에서 이제 막 들어와, 짧고 볼품없는 머리가 축축하다. 그녀가 웃어대며 큰 소리로 말한다. '언니는 아무 잘못 없어. 언니도 알잖아! 나쁜 놈한테 얻어맞은 사람이 이 세상에 언니뿐인 줄 알아?'

로레타가 그녀에게 고함을 지른다. '나가! 나가!'

베티도 고함을 지른다. '난 절대 개 같은 자식들한테 얻어맞지 않아. 알아 둬. 엄마나 리니처럼 그런 섹스도 안 참아. 지옥에나 가버려. 엄마는 자기가 엄청 똑똑한 줄 알지?'

그들은 베티에 대해 이야기하고 있다. 모린은 자기도 모르게 귀를 기울인다. 로레타가 빨간 머리 여자에게 말한다. "그 애는 망나니야. 아무도 손을 못 대. 심장이 돌덩이인지, 원. 걔가 나중에 어떻게 되든 내 탓이 아니야. 내가 뭘 잘못했게?" 엄마의 친구가 말한다. "자기야, 자기는 하나도 잘못한 거 없어. 어차피 잘못되는 애들은 잘못되게 마련이야. 자기도 알잖아. 줄스를 봐. 그 또래 사내아이치고는 잘하고 있지 않아? 혼자 세상 구경을 하겠다고 나서서 직장을 구하고 집으로 돈까지 보내고 있으니." 로레타가 쓸쓸하게 말한다. "내가 옛날에 베티한테 늘 말했어. 진짜로. 철 좀 들라고 말이야. 그런데 항상 말대꾸를 하면서 못된 년들만 고르고 골라서 어울려 다니는 거야. 흑인, 백인 가릴 것 없이. 내가 그런 걸 어떻게 생각하는지 알지? 조만간 내가 내 손으로 걔를 경찰서에 데려갈지도 몰라."

모린이 눈을 감자 베티의 모습이 보인다. 다시 열한 살이 된 모습으로 여자애들 무리와 함께 시내를 돌아다니고 있다. 아이들은 모두 낡은 청바지 차림이며, 큰 소리로 웃어대고 고함을 질러댄다. 자기들만 아는 언어다. 그녀, 모린은 사람들 눈에 띄고 싶지 않아서 다른 사람들 뒤에서 몸을 움츠린다.

갑자기 공기가 무거워진다. 그녀는 눈을 꼭 감는다. 안개가 그녀를 휩쓸고, 가까이에서 경적이 울린다. '모린, 너 도대체 무슨 짓이야!' 누군가가 그녀의 팔을 잡는다. 다행이다. 안전하게 붙들려서 다행이다. 누군가가 그녀의 팔을 초조한 듯 단단히 잡고 있다. 그녀의 몸이, 머리가 텅 비워지는 것이 느껴진다. 어떤 남자의 목소리가 귓가에서 뭐라고 말하고 있다……. 동전이 짤랑거리는 소리…… 자동차들, 경적 소리…… 배기가스 냄새.

그녀는 벌써 버스에 타고 있다. 엄마가 여전히 그녀를 꽉 붙들고 있다. 고개를 돌리자 자신의 자아가 갑자기 경련하듯 움직이며 몸에서 빠져나와 자유롭게 도망치는 것이 보인다……. 그 자아가 그녀다. 그것이 버스에 올라타려는 사람들을 밀치며 다시 인도로 내려선다. 그리고 그녀를 흘깃 올려다본다. 이제 모든 것이 모린에게서 썰물처럼 빠져나가 그 자아에 합류한다. 도망치는 그 자유로운 몸에……. 자유롭게 터져나가고 싶어 하는 물의 무시무시한 압력과 비슷하다……. 그녀도 자유롭게 빠져나와 저 몸에 합류하고 싶은 마음이 얼마나 간절한지. 자유롭게 풀려나는 고통과 공포로 비명을 지르고 싶은 마음이 얼마나 간절한지.

'여기 앉아. 가만히 앉아 있어. 제발 부탁이니까.' 엄마가 말한다.

그녀는 앉는다. 그리고 거칠게 고개를 돌려 차창 밖을 바라본다. 자신의 다른 자아가 인도에 서 있는 곳을. 사람들이 지나간다. 사람들, 낯선 사람들이 그녀의 주위에서 갈라져 그녀를 건드리지 않고 지나가는 것 같다. 그들은 눈에 보이지 않는 존재가 되지만 그녀 자신은, 그러니까 그 다른 자아는 점점 생생하고 눈부시게 변해서 인도에 서 있다. 그녀가 고개를 고통스러운 각도로 돌려서 버스에 타고 있는 모린을 바라본다. 죄책감과 야성이 뒤섞인 얼굴이다.

'발밑 조심해!'

꿈에서 무겁게 발을 내딛는다. 버스는 멈춰 있다. 왜 인도가 사방에서 몰려와 그녀를 짜부라뜨리지 않는 걸까? 그녀는 너무나 무겁고 너무나 죽어 있다, 이 모린은! 모린으로 변장한 존재다! 남자가 그녀에게 다가와 스카프 끝을 만지작거리는 일은 결코 일어나지 않을 것이다. 남자가 이 몸을 꿰뚫는 일은 일어나지 않을 것이다. 그녀는 공기와 바람 때문에 현기증을 느끼며 인도를 비틀비틀 걷는다.

'모린, 얼른! 안 그래도 너 때문에 이미 늦었어!'

콘크리트 건물. 알싸한 냄새…… 약인가? 그녀는 앉는다. 부엌 의자와 비슷한 의자다. 알루미늄 파이프로 뼈대를 만들고 깨진 플라스틱을 얹어 사람이 앉을 수 있게 한 것. 건너편에 뚱뚱한 아이가 있다. 하얀 얼굴이 달덩이 같고, 몸이 아주 뚱뚱하다. 눈도 조금 튀어나와 있다. 그 눈이 모린에게 고정된다. 두툼한 방한복, 빨간색이며 더럽다. 몸이 흐느적거리고, 눈은 튀어나올 것 같고, 입도 튀어나올 것 같고, 침이 줄줄 흐른다. 모린은 몸속에서 잠을 자며 앉아 있다. 자신이 안전하다는 것을 알고 있다. 옆에 앉은 엄마가 몸을 기울여 엄마들이 딸들에게 하듯이 귓속말을 한다. '저 가방 예쁘다, 보여? 화장실 가고 싶니? 남들이 화낼지도 모르니까 사람을 너무 오랫동안 보면 안 돼.'

그 뚱뚱한 여자애가 제 엄마의 의자 다리 하나를 잡고 늘어진다. 그러다가 넘어진다. 심하게 칭얼거리며 넘어진 아이는 일어날 생각을 안 한다. 의자가 홱 움직인다. 아이가 엉엉 울고 침을 줄줄 흘리며 발길질을 한다…….

'정말 꼴불견이다.' 로레타가 모린에게 속삭인다.

접수대의 유리창이 접수 직원을 보호해준다. 간호사가 서류를 훑어보고 있다. '웬들이라고요? 전에 여기서 진찰받으셨던 거 확실해요?' 아주 젊은데도 서류를 너무 많이 본 탓에 벌써 얼굴에 주름이 져 있다.

'오늘은 모리스 박사님이 봐주실 거예요.'

'누구요? 스타인 박사님은 어디 가셨어요?'

'그분은 디트로이트를 떠나셨어요.'

'하지만 다시 오라고 하셨어요. 여기에 올 때마다 스타인 박사님을 찾으라고……'

'오늘은 모리스 박사님이 봐주실 거예요.'

'아, 젠장!'


브록이 두 사람에게 편지를 읽어주고 있다.

1957년 3월 8일

엄마와 모린에게,

엄마가 보낸 편지 잘 읽었어요. 하지만 자세한 이야기는 없던데요. 모린은 어떻게 지내요? 좀 나아지면 좋을 텐데. 편지에 5달러를 넣었어요. 지원금은 잘 나와요? 괜찮아야 할 텐데. 복지 센터 사람들한테 휘둘리지 마세요. 엄마도 다른 사람들하고 똑같은 권리를 갖고 있으니까. 엄마의 오빠는 지금도 디트로이트에 있어요? 다들 잘 지내요? 여기는 날씨가 점점 좋아지고 있어요. 난 그동안 잡다한 일들을 했어요. 디트로이트로 돌아가면 고등학교를 마칠 거예요. 고등학교를 마치고 대학에 가지 않으면 아무것도 할 수 없어요. 난 경영학을 공부할까 해요. 몸은 아주 건강해요. 여기서는 다른 사람들이랑 어울리지 않고 혼자 지내고 있어요. 어렸을 때처럼 사람들이랑 어울리며 많이 떠들지 않아요. 철이 들었어요. 엄마의 오빠는 직장이 있어요? 난 고정적인 일자리를 찾고 있지만, 동전을 써가며 전화를 거는 것도 일이에요. 신문의 구인 광고를 보고 있거든요. 여기서는 모든 일이 잘 풀리고 있어요. 자리가 잡히는 대로 편지 쓸게요. 걱정 마세요. 사랑해요.

사랑하는 줄스

"재미있는 녀석이네." 브록이 말한다.

"응, 걘 항상 재미있는 아이였어. 하지만 똑똑해." 로레타가 말한다.

"진짜 똑똑한 것 같아. 너를 사랑하는 것 같고. 계속 돈을 보내잖아. 진짜 이상한 녀석이야." 브록이 당황한 표정으로 말한다. "내 말은, 널 사랑한다고 계속 말하는 게 그렇다는 거야."

"줄스는 항상 날 사랑했어. 가출한 뒤에 제 엄마한테 지옥에나 가버리라고 말하는 애들이랑은 다르다고." 로레타가 말한다. "내가 걔한테 잘해줬거든."

"얘가 계속 연락하는 것도 좋은 일이야."

"그래, 내가 잘해줬다니까. 항상 걔를 많이 사랑해주고, 관심을 줬어. 우리 엄마랑은 달리. 우리 엄마는 애를 키우는 게 어떤 건지 하나도 모르는 사람이었잖아. 지금 생각해보면 내가 애를 낳아 기를 수 있었던 게 놀라울 따름이야!"

모린은 줄스를 생각한다. 하지만 그를 생각하자 갑자기 힘이 빠진다. 소리를 지르고 싶다. '줄스. 줄스⋯⋯.'

'안 돼 안 돼 안 돼 안 돼⋯⋯.'

줄스가 아니라 어떤 남자가 그녀를 향해 몸을 기울인다. 그가 그녀를 때리기 전에 그녀는 잠에 빠진다. 그녀는 이제 바닥이 아니라 침대에 누워 있다. 그리고 잠이 든다.

"여기서 목욕해도 돼? 우리 집은 아주 엉망이야. 수도가 안 나와." 다른 방에서 여러 사람의 목소리가 들린다. 로레타의 친구다. 여자들, 여자들. 친구들. 그들은 항상 수다를 떤다. 남자들에 대해서, 복통에 대해서, 집에 가져오자마자 썩어버린 양상추에 대해서, 묏자리를 사는 것에 대해서 이야기한다⋯⋯. "우리 정신 나간 시아버지가 마침내 죽었어. 바로 그 전날 밤에 경마장에 나가서 두 번이나 연달아 돈을 땄는데 말이야⋯⋯. 그 늙은이는 항상 그렇게 운이 좋았다니까! ⋯⋯그런데 그다음 날 정오에 갑자기 쓰러진 거야! ……행운이 온 다음에는 항상 재수가 없었거든. 언제나 그랬어…….”

그들이 모린과 같은 방에서 담배를 피우며 수다를 떨 때도 있다. 모린은 잔다. 그들은 ‘모린의 말동무’를 해주고 있다. 로레타가 들떠서 말한다. “그 개자식이 나한테서 뭔가 뜯어낼 수 있다고 생각했다면 미친 거지. 내가 그런 일을 한두 번 겪는 줄 알아.” 그녀의 친구가 말한다. “어머, 그렇게 나쁜 사람은 아니야. 그 사람 아이 말이야, 그 열 살짜리가 ‘고집쟁이’로 뽑혔다고 그 사람 얼마나 속상해했는데. 그냥 술을 너무 많이 마셔서 그래. 그 사람 널 좋게 생각하고 있어, 로레타. 나한테 직접 그렇게 말했다고.” 로레타가 허스키한 목소리로 말한다. “젠장!”

미지는 짧은 빨간 머리를 분홍색 롤러로 말아놓았다. 얼굴이 위로 딸려 올라간 것 같다. 담배와 향수. 몸속에서 잠들어 주위를 지켜보지도 않고 경계하지도 않는 모린은 이 여자를 천천히 무심하게 눈으로 훑는다. 여자가 된다는 건 무슨 의미일까? 이 사람들은 그걸 어떻게 견디고 있나? 어떻게 계속 살아가고 있나? 그 몸을 껍데기처럼 둘러쓰고, 뼈 위에 피부가 부풀어 있는 몸을 끌고 다니며 어떻게 살아가고 있나? 그들은 계속 나아간다. 잠을 자면서. 모린도 자고 있다. 커다란 덩치로 휴식을 취한다. 그녀의 몸속에서는 아무것도 움직이지 않는다. 머릿속에서도 아무것도 움직이지 않는다. 모든 것이 부풀어 올랐고, 게걸스럽다. 자면서 휴식을 취한다.

“검둥이들이 못된 일을 꾸미고 있다고 다들 말하던데.” 미지가 말한다. “새해 전날에 내가 얼마나 걱정했다고. 놈들이 이 쓰레기장 같은 곳에 불을 지르면 어쩌나 하고.”

“세상에, 그건…… 언제지? ……1945년에나 돌던 농담이잖아.” 로레타가 웃음을 터뜨린다. “그런 소문이 계속 들려와서 나도 직접 보러 나갔어. 아직 제대로 걷지두 못하는 아이를 데리고. 그게 베디였지. 그런데 경찰들이 허드슨스 앞에서 날 멈춰 세우고는 돌아가라고 하는 거야. 막 고함을 지르면서. 세상에, 어쩌면 그때 내가 죽었을 수도 있어! 난 그게 그런 일이 될 줄 몰랐거든."

"그땐 정말 굉장했지."

"애를 데리고 나가다니, 내가 멍청했지. 세상에서 제일 가는 바보짓을 했어!"

"나도 기억나. 정말 굉장했어."

"다들 난리였잖아. 정신이 하나도 없었어."

"난 이 동네에 불이 날까 봐 무서워."

"누구한테 들은 이야기인데, 하워드의 친구였을 거야, 병원 바닥에 피가 줄줄 흘렀대. 믿어져? 피가 복도를 줄줄 흘러 다니다니. 끔찍하지?" 로레타가 열띤 목소리로 말한다.

'오늘은 모리스 박사님이 봐주실 거예요.'

'바서만 검사(매독 검사─옮긴이)를 위해 피를 조금 뽑을 겁니다.'

'이 아이가 언제부터 이랬죠?'

'네 서류가 없어⋯⋯.' 웨인 주립 대학의 미스 그리컨⋯⋯ 사회복지⋯⋯ 사회복지사. 그녀가 가방을 열고, 서류철을 펼친다. 그녀는 스타킹을 신었다⋯⋯. 외투도 벗지 않았다. 그녀가 로레타에게 말한다. '이 아이가 언제부터 이랬죠, 웬들 부인?'

브록이 창문을 연다.

"신선한 공기를 좀 쐬는 게 어때?" 그가 말한다.

로레타가 문을 쾅 닫는다. "그 더러운 자식, 시팔놈. 내가 제 놈 손에 놀아날 줄 알고! 내가 응급 자금이 필요하다고 했는데, 그 개자식은 날 네 시간이나 기다리게 했어. 아, 젠장, 누구든 목을 졸라버리고 싶었다고! 그런데 내 바로 옆에서 뚱보 검둥이 여자가 자꾸 징징거리는 거야. 그 여자 애들도 막 돌아다니고. 거긴 애들을 데려오면 안 되는 덴데! 그런 데서 그놈이 날 기다리게 했어. 거기 앉혀놓고 네 시간이나 기다리게 했다고. 날 도와줄 사람은 그놈밖에 없는데. 다들 뭐라고 했는지 알아? '담당 사회복지사가 누구죠? 기다리셔야겠네요!' 내가 그 망할 놈의 센터에 가서 불을 질러버릴 거야!"

"좀 진정해."

"진정하란 소리 좀 하지 마!" 로레타가 고함을 지른다. "밖에 나가서 일을 보는 건 나지 오빠가 아니잖아! 그건 오빠 돈이 아니라 내 돈이야! 오빠가 뭔데 나더러 이래라저래라야?"

"나는 그냥……."

"차라리 내가 아무것도 안 하고 말지! 오빠는 입이나 다물고 있어, 이 나쁜 자식아! 이건 전부 오빠 잘못이니까 입 다물고 있으라고!"

"이게 왜 내 잘못이야?" 브록이 말한다.

"오빠 잘못이야! 전부 '오빠' 잘못이라고! 도대체 왜 그날 밤에 개를 죽였어? 잘난 척하고 싶어서 그랬지, 이 개자식! 그 망할 권총으로 거들먹거린 거잖아!"

"로레타……."

"오빠 때문이야! 그러니까 입 닥쳐! 걔는 그냥 어린애였는데, 오빠는, 오빠는 그 총을 갖고 거들먹거릴 생각뿐이었어. 상대가 누구든 아무 상관 없었지. 그래서 '걔'를 쏜 거야. 오빠가 '걔'를 죽였어. 그래서 지금 내 꼴을 봐. 내 신세가 어떻게 됐는지 봐. 이 모든 게 오빠 탓인데, 오빠가 여기 나타나서 저녁을 달라고 해? 웃기지 마! 내가 엉덩이를 걷어차 버릴 테다! 내 신세가 우습지도 않게 돼버렸는데, 난 웃지도 못해!"

뭔가가 떨어진다. 접시다. 브록이 푸념한다. "너 때문에 내 옷에 음식이 묻었어."

"그게 뭐, 나쁜 자식아! 오빠 똥구멍에도 음식을 부서 넣을 거야!"

저녁 식사가 끝난 뒤 누군가가 텔레비전을 켠다. 텔레비전의 위치가 모린의 방으로 바뀌어 있다. 로레타가 밖으로 나가고, 브록은 텔레비전을 보며 모린에게 말을 건다. "네 엄마가 지나치게 흥분해 있을 때는 건드리지 마. 사는 게 힘들어서 그래. 네 엄마가 널 걱정하는 거 알지? 그러니까 네가 빨리 나아야지. 5월 1일에 침대에서 한번 나와보는 거다, 알았지?"

브록은 모린에게 개에 관한 이야기를 읽어주고 있다. 공연하는 개들에 대한 이야기다. 모린은 그 이야기에 귀를 기울이지도 않고, 생각을 꺼버리지도 않는다. 그녀는 가만히 누워 있다.

브록이 그녀에게 신문을 읽어준다.

그가 편지를 열어 그녀에게 읽어준다.

1957년 4월 24일

엄마와 모린에게,

지금 있는 털사에서 6주 동안 다른 사람들과 같이 일하고 있어요. 시간이 나면 더 자세히 쓸게요. 20달러를 같이 넣었어요. 일은 아주 재미있지만, 정확히 무슨 일인지는 나도 몰라요. 다른 사람들이랑 같이 기숙사에서 지내면서 매일 아침 6시에 사무실 같은 데로 출근해서 옆방에 있는 누군가가 우리를 불러들일 때까지 기다려요. 거기에는 의사가 있어요. 의사가 우리를 진찰해요. 혀랑 심장 같은 것들. 그리고 내 눈에 뭘 몇 방울 떨어뜨려요. 조금 따끔거리기만 할 뿐이에요. 나는 햇빛을 피하며 지내다가 다음 날 다시 그곳으로 가요. 그러면 의사가 다시 날 진찰하고요. 시간이 아주 많아서 여기 도서관에서 책을 읽거나 음반을 들어요. 엄마도 모린한테 음반이랑 축음기를 사주세요. 혼자 있을 때는 음악이 좋아요. 같이 있는 친구들 중 한 명은 나보다 훨씬 상태가 나쁜데, 의사가 약을 주사한대요. 그래서 팔이 온통 아프고 뾰루지가 났어요.

사랑하는 줄스

브록이 모린의 머리를 빗고 있다. 그는 진지하다. 진지한 얼굴의 남자다. 모린은 몸에 뻣뻣하게 힘을 준다. 그가 말한다. "네가 내 말을 들을 수 있다는 걸 알아. 네 수작에는 관심도 없고. 그간의 자초지종이나 그놈이 널 두들겨 팬 이야기는 네 엄마한테서 들었어. 내가 왈가왈부할 일은 아니지. 전부 내가 오기 전에 일어난 일이니까 말이야. 하지만 내가 직장을 얻으면 널 진짜 의사한테 보일 거라는 이야기는 미리 해두마. 좋은 의사한테 가려면 돈이 들거든. 원래는 그놈이 돈을 내야 하지만 도망을 쳐버렸으니…… '법원의 친구'라나 뭐라나 하는 곳에서 그놈을 찾을 수 없다더구나. 하기야 그게 무슨 상관이람. 너 약속 잊지 마라. 5월 1일에 일어나는 거야, 알았지?"

그는 모린의 방으로 끌고 들어온 안락의자에 앉아 말하고 있다. "사는 게 얼마나 정신없는 일인지 몰라! 난 인디애나에 1년 동안 있었다. 감옥에. 이 이야기는 아무한테도 하지 마라. 네 엄마가 또 화를 내는 건 싫으니까. 내가 어쩌다 그렇게 됐느냐면…… 마음이 너무 축 처져서 죽고 싶었거든. 거기서 도저히 헤쳐 나올 수가 없더라. 변할 수가 없었어. 그래서 그냥 경찰한테 총 맞아 죽자는 생각을 했지. 내가 직접 총을 쏜다면 지저분해질 테니까. 그래서 어떤 식당으로 곧장 들어가서 사람들을 붙잡았는데, 내 손에는 총도 없었어. 거기 있던 아가씨가 나한테 돈을 죄다 털어줬지. 아직 어린애였어. 그렇게 돈을 손에 넣은 뒤에는 거기서 나올 수밖에. 달리 할 일이 없었으니까 말이야. 그걸로 한 사흘을 지냈다. 술을 엄청 마셨더니 기분이 아주 좋아졌어. 하지만 술기운이 떨어진 뒤에는 또 기분이 처져서 다 끝내버리자고 마음먹었지. 그래서 시내의 구질구질한 동네로 갔어. 정확히 어딘지는 잊어버렸는데, 하여튼 거기 있는 잡화점에 들어가서 위스키를 살 것처럼 굴면서 몇 병 골랐지. 그러고는 거기 있는 늙은이한테 내가 권총 강도라고 말했어. 그러니까 돈을 전부 내놓으라고. 가게 안에 아이랑 같이 있던 여자가 비명을 질러대기 시작하더라. 내가 닥치라고 했더니 닥쳤어. 늙은이는 현금 등록기를 탈탈 털어서 나한테 줬고. 그러니 내가 뭘 어쩌겠니? 내가 일부러 시간을 질질 끌면서 출입문까지 천천히 걸어갔는데도 경찰이 안 오는 거야. 그래서 그냥 도망쳤지. 그 잡화점에서 대략 100달러를 가져왔는데, 절대 그럴 계획이 아니었어. 그래, 그 돈으로 일주일을 지냈지. 그 일주일이 끝나갈 무렵 내가 강도를 당했다. 깨어보니 온몸이 엄청 아프고 얼굴도 엉망이 돼 있는 거야. 이번에야말로 남의 손에 죽자 싶었지. 사는 게 지긋지긋했거든. 내 얼굴도 지긋지긋했고. 어차피 옛날부터 엄청 싫어했으니까. 그래서 은행에 들어가 줄을 서서 기다리다가 내 차례가 됐을 때 내가 권총 강도라고 말했다. 그랬더니 창구 아가씨는 기절할 것 같은 얼굴로 그 대리석 머시기, 그러니까 카운터를 붙잡고 간신히 버티는 거야. 하지만 진짜로 기절하지는 않고, 비명을 지를 것 같은 얼굴로 계속 날 보기만 했지. 진짜로 비명을 지르지도 않았고. 그러다가 결국 여러 봉투에 담긴 돈을 나한테 주더라. 내 손에 600달러가 들어왔어. 경보 벨이 작동하지 않았다고, 다음 날 아침 신문에 실렸더군. 그 아가씨가 발로 벨을 눌렀는데 울리지 않았다는 거야. 선이 잘못돼서. 다시 은행에 가서 그 아가씨한테 또 기절할 만큼 겁을 줘볼까 하는 생각도 들었지만, 그렇게 겁먹은 그 아가씨가 좀 안됐다 싶기도 하고. 그런 얼굴을 하고서 발로 그 망할 벨을 누르고 있었다니!

  난 그 도시를 떠나서 몇 주 동안 기분 좋게 지냈어. 그러고는 또 무너졌지. 어딘가에 있다는 호수 근처에서 히치하이킹을 할 생각을 했다. 여름에 아주 좋은 데라고 하더라. 거기서 완전히 뻗을 때까지 술을 마시고 기분이 좋아져서 직접 물에 빠져 죽을 생각이었어. 진짜 잘될 것 같았지. 그런데 나가는 길에 어떤 사람이 차를 세우고 날 태워줬어. 내가 히치하이킹을 하고 있었으니까. 그 사람 나한테 아주 친절하게 굴면서 담배도 권하고, 좌석 위에 놓아두었던 음료도 권했지. 그래서 그걸 마셨는데, 그때부터 그 사람이 웃기게 굴면서 내 손을 쓰다듬는 거야. 그래서 내가 말했지. '날 내려주세요, 선생님!' 그랬더니 그 사람이 하는 말이, '아직 이 차에서 내리면 안 되지!' 그러고는 미친 사람처럼 웃어대기 시작했다. 아이고, 세상에, 어찌나 겁이 나던지! 그때 겨우 스물다섯 살 정도밖에 안 됐으니 아직 어렸거든. 지금이랑은 달랐지. 너무 무서워서 바지에 오줌을 지리고 싶을 정도였으니까. 그 남자는 한 손으로 계속 운전을 하면서 다른 손으로는 날 더듬어댔다. 나는 문에 찰싹 달라붙어서 이걸 열고 고속도로로 곧장 뛰어내릴까 말까 고민했지. 그때 속도가 시속 110킬로미터를 넘었는데 말이야. 그 인간이 내 목의 피부를 꼬집기 시작하는데 죽을 만큼 아팠어. 그래서 밀어냈더니 그 인간이 마주 힘을 주면서 씩씩 숨을 몰아쉬는 거야. 내가 그 인간 옆통수를 때리는 바람에 하마터면 교통사고가 날 뻔했지. 그래도 그 인간은 포기를 모르더라. 다시 차를 바로잡고는 내 옆통수를 한 방 후려쳤어. 별이 보일 정도로. 나는 목을 졸라버리려고 손을 뻗었지. 이 미친놈이 날 죽이려는 것 같아서 어찌나 겁이 나던지. 내가 자기한테 무슨 짓을 했다고. 그런데 그때 경찰차가 언덕을 넘어오는 거야. 우리가 하마터면 경찰차랑 정면으로 박치기를 할 뻔했지. 결국 우리 차는 벌판에서 거꾸로 뒤집혔고, 경찰차는 도랑에 옆으로 쓰러졌다. 경찰들이 고함을 지르면서 우리한테 달려오니까 그 인간이 펄펄 날뛰면서 자기가 히치하이킹을 하는 나를 태워줬는데 내가 강도로 변해서 자기 차를 탈취하려고 했다고 떠들어대는 거야. 그래서 나랑 싸우고 있는데 마침 경찰차가 나타난 거라고. 그러니까 경찰들이 그 인간 차를 한번 쓱 봤지. 상당히 좋은 차였어. 옷차림도 보더군. 게다가 그 인간이 안경까지 쓰고 있어서 선생이나 뭐 그런 사람처럼 보였지. 그러고는 나를 보는데, 내가 부랑아 꼴이잖아. 그러니 경찰이 누구 말을 믿어야 하는지 자명해진 거지. 그래서 내가 감옥에 가게 된 거다. 내 인생 중 1년을 꼬박 거기 있었어. 그러고 나왔을 때는 죽어버리자는 생각 따위 다 잊어버렸지. 너무 귀찮아서 말이야."

그가 편지를 읽는다.

1957년 5월 16일

엄마와 모린에게,

걱정 마세요, 난 괜찮아요. 내가 지금 병원에 입원해서 이 편지를 쓰는 건, 머리가 아팠기 때문이에요. 그 실험은 전부 끝났어요. 돈도 받았고요. 하지만 이제는 병원비를 내야 해서 엄마한테 보낼 돈이 없네요. 사실 병원비가 이미 50달러 밀렸어요. 여기에 들어온 뒤 월요일 밤에 세균에 감염되는 바람에 화요일 아침에 엄청 아팠어요. 병원 내 감염이라고 간호사가 말해주더라고요. 그런 경우가 아주 많다고. 세균이 병원 안을 돌아다닌대요. 정말 엄청 아파서 식사 대신 정맥주사를 맞았어요. 애당초 병원에 입원했던 문제랑은 아무 상관이 없는 병이에요. 그 문제는 이미 깨끗이 나은 것 같고요. 눈도 나았어요. 앞으로 몇 달 동안은 밝은 햇빛을 피하래요. 이젠 머리도 심하게 아프지 않아요. 식구들은 잘 지내요? 여기 일이 해결되는 대로 빨리 디트로이트로 돌아가고 싶어 죽겠어요. 아니면 여기서 한동안 지내야 할 것 같기도 하고요. 병에 걸리기 직전에 새로운 일자리가 있다는 말을 들었거든요. 거기 날씨는 좋아요? 내 옆 침대에 출혈성 궤양이 있는 남자가 있는데, 그 사람 부인 말로는 많이 아프대요. 반대편 침대에 있는 남자는 바로 며칠 전에 죽었어요. 지금은 그 자리에 노인이 묶여 있어요. 왜 입원한 건지는 몰라요. 그 노인은 심지어 환자용 변기도 혼자 못 써요. 엄청 늙었어요. 그런데 입원한 첫

날 밤에 나더러 일어나 앉고 싶으니 좀 도와달라는 거예요. 불이 다 꺼진 뒤에. 그래서 노인을 일으키려고 했는데, 알고 보니 노인이 끈에 묶여 있지 뭐예요. 그걸 보니 무서워져서 난 그냥 내 침대로 돌아가야겠다고 말했죠. 그래도 난 절대 풀어 주지 않았어요. 사실 두통이 완전히 사라지고 눈도 나아지면 아주 쌩쌩해질 것 같아요. 병원 검사가 잘 나오면요. 퇴원한 뒤에는 뭐가 어떻게 될지 아직 몰라요. 일이 잘될 거라는 희망이 커요. 여기서는 사람들이 나눠주는 책도 읽고, 성경도 뒤적이고 있어요. 엄마도 알다시피 난 성경에 별로 관심이 없었는데. 그건 지금도 마찬가지지만, 재미있는 점도 몇 가지 있어요. 그중에 가장 큰 건, 옛날이나 지금이나 사람들이 항상 똑같다는 걸 알게 된 거예요. 언제나 외로움과 근심에 시달리면서 이런저런 희망을 품고 살았더라고요. 자기들이 생각한 걸 글로 적기도 했고요. 그런 걸 읽어보면 그 시대나 지금이나 똑같아요. 세월이 안 흐른 것 같아요. 엄마는 요즘도 교회에 나가요? 만약 그렇다면 나를 위해 기도해줘요. 엄마가 기도해준다는 생각을 하면 기분이 좋아요. 나는 하느님이 아니라 나 자신한테만 기도해요. 그러니까, 속으로 생각만 한다는 뜻이에요. 내가 지금까지 알았던 사람들한테 기도할 때도 있어요. 어처구니없는 소리죠? 나는 생각을 분명히 정리하는 게 좋아요. 책에서 성령이라는 말이 무슨 의미인지 생각하는 게 좋아요. 나한테 그게 있다는 걸 알겠어요. 몸이 많이 아프기 때문에 곰곰이 생각할 시간이 많아요. 난 우리 모두 마음속에 성령이 있다고 확신해요. 그 덕분에 우리가 서로 이야기를 나누고, 서로를 사랑할 수 있는 거예요. 난 내운을 믿어요. 분명히 일이 잘 풀릴 거예요. 여기에는 일자리가 아주 많아요. 미국은 모든 면에서 상승세를 탔고요. 병원에서 퇴원하자마자 다시 편지 쓸게요. 걱정 마세요. 사랑해요.

줄스

"얘를 어떻게 생각해야 할지 모르겠어." 로레타가 뿌듯한 표정으로 들뜬 목소리를 낸다. "이렇게 의젓한 소리를 하는 애 봤어? 어렸을 때는 다른 애 새끼들처럼 감옥에 갈 것 같더니 지금은……."

"정말 대견하겠어." 미지가 말한다.

모린은 꿈을 꾼다. 봄이라서 조금 마음이 들떠 있다. 열린 창문이 그녀에게 하늘을 보여준다. 살짝 푸르스름한 양팔이 침대보 위에 미동도 없이 놓여 있다. 침대에서는 역겨운 냄새가 난다. 침대의 겨울이다. 그녀를 에워싼 마비 상태에는 작은 덩어리들이 가득하다. 모래알처럼 뻑뻑해진 공기가 그녀에게 비처럼 내린다. 그녀는 하품한다. 그녀는 잠든다. 그녀의 뇌 속에서 문이 하나 열린다. 그녀는 자신에게 질문을 던진다. '지금 모린은 어디에 있지?' 하지만 문밖을 바라보아도 아무도 보이지 않는다. 모린은 없다. 그녀는 생각한다. '그럼 줄스 오빠는?' 두려움이 마음속에서 피어난다. 줄스를 걱정하는 마음. 왜 줄스가 여기에 없는 걸까? 팔에 테이프로 고정한 관으로 피를 공급받는 줄스, 저 멀리 다른 지방에, 텍사스와 오클라호마에 가 있는 줄스……. 그녀는 자면서 이런 생각들로부터 도망치려고 한다. 하지만 길모퉁이에서 어떤 남자에게 자기도 모르게 소리 없이 말하고 있다. 그녀가 학급회의 서기의 공책을 잃어버렸기 때문에 메리 폴 수녀가 화를 내고 있다고. 남자가 그녀의 뺨을 때리자 뺨에 멍이 든다. 아니, 뺨을 때린 사람이 메리 폴 수녀인 것 같기도 하다. 뺨에 멍이 들면, 결코 돈을 벌 수 없을 것이다. 발길질에 차여 몸에 멍이 들어도 돈을 벌 수 없다, 벌 수 없다. 굼뜨고 악취 나고 뚱뚱해져도 돈을 벌 수 없다. 그녀는 길모퉁이에서 낯선 사람에게 말한다. 미시간 애버뉴인 것 같다. 그녀는 징징거리는 아이 같은 목소리를 낸다. '제 공책 보셨어요?' 남자는 옷을 잘 차려입었다. 잘됐다. 틀림없이 돈이 있는 사람이다. 그가 그녀를 향해 몸을 숙여 그녀를 끌어안자 그의 몸이 온전히 느껴진다. '내 공책.' 그녀는 그의 어깨 너머로 하늘을 바라보며 말한

다. '그거 보셨어요?'

그녀는 벨아일의 하루를 기억한다. 남자와 함께 그 남자의 차를 타고 공원 주위를 정처 없이 돌던 일. 그가 계속 떠들어댄다. 몹시 슬픈 표정이다. "25년 동안 내 아내로 살아온 여자가 있어……. 25년…… 사반세기 동안 우리는 서로를 알고 지냈지……. 결혼 생활을 한 기간도 거의 그 정도 되고…… 아주 훌륭한 자식도 넷을 낳았어……. 난 그 아이들을 전부 사랑해…… 아이들을 생각하면 가슴이 아플 정도로……. 내 몸이 갈기갈기 찢어지는 느낌이 드는구나……. 난 너를 사랑하니까 항상 네 생각을 해……. 그래서 내 몸이 갈기갈기 찢어지는 것 같아……."

모린의 몸의 조각들, 축축하고 따뜻한 그 조각들이 짝을 맞춰서 덩치 큰 그녀의 몸이 된다. 변장이다. 그녀는 불편한 잠을 잔다. 듣고 싶지 않은 소리가 들릴까 봐 신경을 곤두세운다. 텔레비전의 단조로운 소리 너머로 새로운 소리들이 들린다. 바깥의 소리들, 계단에서 이야기하는 사람들, 밖에 있는 사람들……. 아주 많은 사람들……. 따뜻한 날씨로 창문들이 열리고, 사람들이 밖으로 나온다. 그녀는 본의 아니게 귀를 기울인다. 호기심과 수줍음과 약간의 분노, 두려움으로 귀를 기울인다. 브록이 그녀에게 신문을 읽어준다. 렉스 모건. 가솔린 앨리. 브렌다 스타. 그가 가장 좋아하는 것들이다. 로레타는 외출하고 브록은 집에 남아 모린을 지켜본다. 그녀의 말동무가 되어준다. 그는 몇 시간 동안 계속 이야기한다. 인디애나에 대해서, 기차를 타고 다니는 것에 대해서, 농촌에서 일하는 것에 대해서, 감옥 생활에 대해서…… 몇 시간 동안 계속 이야기한다. 모린은 잠이 들었다가 그의 이야기 소리에 깨어난다. 그의 덩치 큰 몸이 그녀와 비슷해서 안전하다. 그녀는 그를 점점 믿게 된다. 그에게 눈의 초점을 맞춘다. 그는 줄스의 편지를 몇 번이나 자꾸만 읽어준다. "그 아이가 비스 이야기를 꺼낸 편지를 읽어줄게. 좋은 편지거든." 브록이 말한다. 그리고 시가 상자에서 편지들을 꺼내 죽 살펴본다. 그녀에게 만화를 보여주기도 한다. 텔레비전을 침대 발치의 카드놀이 탁자에 놓아준다. 그는 그녀와 카드놀이를 해보려고 하지만 그녀가 맞장구를 쳐주지 않는다. 그녀는 이불 밑에 고집스럽고 차갑게 누워 있다. 깨어 있지만 카드놀이를 할 생각은 없이 숨어 있다. 브록은 솔리테르 놀이를 한다. 로레타가 돌아온다. 부엌에서 하이힐 소리가 시끄럽다. 그녀는 모린의 방으로 오는 길에 냉장고 문을 열어 무엇이 있는지 살핀다. 그녀의 말 한 마디 한 마디가 모린의 귀에 들어온다.

"오늘 시내에서 내가 누굴 만났게?" 로레타가 말한다.

'어떡해.' 모린은 생각한다. '내가 깨어나고 있는 거야?'

무섭다. 마음이 열린 것 같다. 누가 그녀의 다리를 잡고 확 벌리기라도 한 것 같다. 이제 무슨 일이 일어날지 모르겠다. 그녀는 다시 가라앉고 싶어서 눈을 꾹 감지만 소용이 없다. 누워 있는 그녀의 머리가 어지러울 정도로 심장이 두근거리고, 잠이 오지 않아서 깨어 있다. 그녀는 깨어 있다.

어느 날 그녀는 엄마와 브록에게 안달하게 된다. 두 사람은 부엌에서 커피를 마시고 있다. 모린은 일어나 앉아서 귀를 기울인다. 편지가 온 것을 소리로 알 수 있다. 아래층에서 집배원의 소리가 들린다. 그녀는 식은땀을 흘리며 이불 밑에서 몸을 뒤틀고, 소리 없이 입술을 움직인다. '아래층의 저 소리 안 들려요? 줄스 오빠한테서 편지가 온 거예요?'

이 소리 없는 단어들이 고통스럽다. 목구멍에 커다랗게 걸린 단어들이 입을 팽창시킨다. 화가 나고 지쳐서 그녀는 단어들이 나오지 못하게 막고 베개 위에 죽은 사람처럼 무겁고 차갑게 누워 있으려고 애쓴다. 그러다 갑자기 자기도 모르게 일어나 앉아서 소리친다. "편지가 왔어요? 줄스 오빠한테서 편지가 온 거예요?"

로레타와 브록이 곧바로 문간으로 달려와 그녀를 뚫어지게 바라본다.

그녀가 다시 소리 내어 말한다. 아이처럼 안달하며 금방이라도 울음을 터뜨릴 것 같다. "아래층에 좀 가봐요. 집배원이 온 소리가 안 들려요? 줄스 오빠의 편지가 있을지도 몰라요."

이제 그녀는 영원히 깨어났다.

<br/>

8

1966년 2월 11일

오츠 선생님께,

오래전 저는 선생님의 제자였습니다. 선생님은 기억하시지 못하겠지만요. 지금 이 편지를 쓰면서도 선생님이 저를 기억하시지 못하리라는 사실을 알고 있습니다.

제가 왜 선생님께 이야기를 하려는 걸까요? 선생님은 사느라 바빠서 제 말을 들으려 하지 않으실 텐데요. 선생님 제자였을 때 저는 성적이 형편없었습니다. 그러니 절 기억하실 이유가 없죠. 그때는 뚱뚱하지 않았지만, 다시 예전 모습으로 돌아갔습니다. 그전에는 뚱뚱했거든요. 별로 상관없는 얘기지만요. 저는 선생님께 메시지를 보내고 싶은데, 그 메시지가 무엇인지 모르겠습니다.

제 머리를 붙들고 제 삶을 기억하려고 애써봅니다. 제 삶이 어떻게 이어져 왔는지, 어떤 순서로 이어져 왔는지. 하지만 모든 것이 뒤죽박죽입니다. 그래서 저는 며칠 전 도서관에 가서 1956년 4월부터 1957년 5월 사이의 신문들을 꺼내 죽 읽어봤습니다.

제가 잠들어 있는 동안 세상은 다름없이 돌아가고 있었습니다! 세상이 끝나지도 않았고, 사람들과 이린저린 것들이 어지럽게 뒤엉켜 있었어요. 탱크들과 군인들의 사진, 거리에 누워 있는 사람들, 저는 그 사람들이 누구인지도 모르지만 그들은 거리에 쓰러져 죽어 있었습니다. 세상은 계속 돌아갑니다, 계속. 선생님이 우리에게 가르친 책들은 이런 것을 설명해주지 않았습니다. 뒤죽박죽 뒤엉킨 현실은 어딘가에 감춰져 있었어요. 선생님이 우리에게 가르친 책들이 대체로 거짓말이라는 것을 저는 분명히 말씀드릴 수 있습니다. 하지만 선생님을 비난하려는 것은 아닙니다.

제가 선생님께 편지를 쓰는 건, 제 눈에 보이기 때문인 것 같습니다. 선생님의 말, 통제력, 수업 중에 책에 꼼꼼히 메모를 하는 습관, 말을 하면서 동시에 그 내용을 문자로 적는 습관, 그런 것들 너머에 저와 비슷한 어떤 부분이 있다는 사실이요. 제 이름은 모린 웬들입니다. 선생님이 저를 기억해주시면 좋겠지만, 그럴 이유가 없겠죠? 선생님 수업에서 성적이 좋지도 않았고 중간에 자퇴까지 했으니, 선생님께 이런 편지를 쓰는 것을 오히려 부끄럽게 여겨야 할 겁니다. 절 나쁘게 생각하지 말아주세요. 선생님께 저와 비슷한 부분이 있기 때문에 편지를 쓰게 되었다는 말이 선생님께는 모욕이 될까요?

모린 웬들 드림

9

1966년 3월 11일

오츠 선생님께,

답장을 보내주셔서 감사합니다. 선생님께 편지를 보낸 것이 후회스러워서 되돌리고 싶었는데, 지금은 기쁘게 생각합니다. 오히려 다행이에요. 제 생각들을 제 인생처럼 엉망진창으로 쓰는 게 아니라 질서 있게 쓸 수 있으면 좋을 텐데요. 설명하고 싶은 것이 있습니다. 분명히 하고 싶은 것이 있어요. 네, 제가 디트로이트 대학에서 선생님의 수업을 들은 것은 1964년입니다. 기억하고 계셨나요? 아니면 출석부에서 제 이름을 찾아보셨나요? 선생님이 절 기억해주셨다면 제게 커다란 의미가 있겠지만, 별로 기대는 하지 않습니다. 저도 저 자신이 거의 기억나지 않는데, 선생님이 어떻게 절 기억하시겠어요? 저는 지난 목요일 퇴근 후에 도서관에 가서 다시 신문들을 살펴봤습니다. 신문을 읽는다고 해서 하루하루 무슨 일들이 일어났는지는 알 수 없습니다. 1년 치 신문을 모두 봐야 해요. 그러면 모든 것이 물밀듯이 밀려옵니다. 그해가 얼마나 헛되이 지나갔는지 알 수 있어요. 헤드라인들이 점점 빠르게 다가오고, 하루하루는 서로 전혀 관련이 없고, 갑자기 누군가가 목숨을 잃거나 어떤 나라가 1면에 등장합니다. 거리에 쓰러진 사람들의 사진이 바뀌고 이름들도 바뀌고, 모든 것이 오르락내리락하며 눈을 흔들어댑니다. 도서관에서 저는 너무 무서워서 식은땀이 났습니다. 세상이 이런 꼴이라면 제가 어떻게 살아갈 수 있을까요? 이런 세상에서는 살 수 없습니다. 아무도 제대로 살아낼 수 없습니다. 세상은 제멋대로 미쳐 돌아갑니다. 모두들 탁자에 조용히 앉아 있는 도서관에서 저는 이것을 느꼈습니다. 그래서 주위를 둘러봤죠. 그 사람들은 책들을 창밖으로 던지고, 램프와 의자를 부수고, 무엇이든 손에 잡히는 것을 휘둘러 서로를 때리고 싶을 겁니다. 그런데도 그냥 조용히 앉아서 책을 읽습니다. 선생님께 미친 헛소리를 늘어놓으려는 건 아닙니다. 다만 제가 믿는 사실을 말씀드리고 있을 뿐이에요. 도서관은 아주 깨끗하고 현대적입니다. 저는 그런 곳을 아주 좋아하죠. 그곳의 이면에는 아무것도, 아니 별것이 없습니다. 역사가 별로 없어요. 저는 조용히 걸어 다니는 예의 바른 사람들이 좋습니다. 우리 집에는 조용한 사람이나 예의 바른 사람이 없었어요.

저희 식구들에 대해 말씀드리고 싶습니다. 우리가 이렇게 길 있는지. 저 자신에 대해 말씀드리고 싶습니다. 지금은 1966년 3월이죠. 저는 이 날짜를 믿을 수가 없습니다. 마치 미래로 날아온 것 같아요. 현실이 아닌 것 같습니다. 제가 겪은 일들로부터 수많은 해가 지났는데도 저는 여전히 살아 있습니다. 그리고 이제 곧 새로운 삶을 시작할 참입니다. 새로운 삶으로 새 출발을 할 참입니다. 다시 시작하려고 나아갈 생각을 하면 너무 무서워서 심장이 얼어붙습니다. 누군가한테 말하고 싶어요. 선생님께 메시지를 보내고 싶습니다.

오늘이 지나고 나면 무슨 일이 일어날까요? 저는 디트로이트의 제 방에 앉아서 선생님이 읽으실 이 편지를 쓰고 있습니다. 밤 10시입니다. 저는 혼자입니다. 혼자 살아요. 제 삶은 조용합니다. 제가 선생님의 야간 수업을 들을 때는 직장에서 비서로 일했습니다. 지금은 더 나은 직장에 다니고 있고, 하이랜드파크 주니어칼리지에서 일주일에 두 번씩 야간 강의를 듣습니다. 디트로이트 대학보다는 훨씬 더 쉬운 수업이라고 합니다. 하지만 저는 대학 공부를 계속하고 싶습니다. 무엇이든 배울 수 있는 것은 다 배우고 싶어요. 어쩌면 겁을 내지 않는 것이 제게 도움이 될지도 모르겠습니다. 저는 자나 깨나 무섭습니다. 그렇게 항상 무서워하면서 어떻게 살 수 있겠어요? 저는 거리에 남자들이 보이건 보이지 않건 남자들이 무섭습니다. 자동차에 치이는 것도 무섭고, 사람들이 저를 비웃는 것도 무섭고, 가방을 잃어버리는 것도 무섭고, 가게에서 토하는 것도 무섭고, 도서관에서 비명을 질렀다가 쫓겨나서 영원히 출입을 금지당하는 것도 무섭습니다. 저는 계속 여기에 앉아서 시간을 생각합니다. 1966년 3월 11일 10시 15분. 저는 이 시간이 다시는 되돌아오지 않기 때문에 반드시 신성하게 생각해야 한다는 것을 알고 있지만 아무런 느낌이 없습니다. 무감각합니다. 장차 무슨 일이 일어날까요? 무섭습니다. 저 자신의 미래뿐만 아니라 온 세상이 모두 무섭습니다. 신문을 읽을 때면 저 자신, 모린 웬들이라는 저 자신을 잃어버리고, 내일 닥쳐올 일이 무엇인지 모른 채 아무런 준비가 되어 있지 않은 이 세상을 닮아간다는 느낌이 듭니다. 제가 선생님께 편지를 쓰는 것이 선생님과 제가 비슷하기 때문(좀 터무니없는 소리죠?)이 아니라, 선생님이 저와 정확히 반대이기 때문인지도 모릅니다. 선생님은 결코 놀라는 법이 없고, 모든 것을 예측하시죠. 신문의 그 뒤죽박죽 세상 속에서도 단단히 준비를 갖춘 채 평화롭게 선생님 자신의 삶을 살아갑니다.

함께 강의를 들은 학생들, 일부 학생들은 선생님이 조금 이상하다고 말했습니다. 대부분의 교수님들을 이상하게 생각하는 학생들이긴 하지만요. 1964년 1월과 2월, 2학기 때의 이야기입니다. 학생들은 선생님이 대단히 똑똑하지만 차갑다고 생각했습니다. 선생님은 우리가 읽는 책들을 좋아했고, 우리에게 큰 소리로 몇몇 구절들을 읽어주며 좋아하셨죠. 선생님이 강의실에서 느끼는 즐거움은 우리 학생들이 아니라 책 속에 있다는 것을 분명히 알 수 있었습니다. 처음에 제가 선생님께 조금이라도 호감을 느꼈는지 어땠는지 모르겠습니다. 저는 여자들에게 커다란 호감을 느낄 때가 있는가 하면, 아주 싫어할 때도 있습니다. 선생님과 저의 나이 차이가 그리 크지 않으니 어쩌면 저는 질투를 했을지도 모르겠습니다. 저는 항상 저보다 나이가 많은 선생님들을 원했거든요. 사실 다른 사람들이 모두 저보다 나이가 많았으면 좋겠습니다. 그러면 제가 그 사람들의 모범을 따라갈 수 있을 테니까요. 이제는 저도 나이를 먹었습니다. 스물여섯 살이에요! 이렇다 할 경력도 없이 혼자 살기에는, 남들처럼 뚜렷한 방향도 없이 살아가기에는 끔찍한 나이인 것 같습니다. 하지만 워낙 많은 일들을 겪었기 때문에 실제로는 스물여섯 살이 아니라 마흔 살이나 쉰 살쯤 된 것 같습니다. 이 몸과 얼굴 속의 저 자신은 늙은 여자입니다. 아니, 여자나 남자가 아니라 그냥 늙은 사람입니다. 제가 선생님께 편지를 쓰는 건 어쩌면 이 모든 생각들을 없애버리고 다시 젊어지고 싶어서인 것 같습니다. 사랑에 빠지는 것에 대해 스물여섯 살짜리다운 감정을 느끼고 싶어서요.

제가 결혼하고 싶은 남자가 있습니다. 저는 사랑에 빠지고 싶습니다.

우리는 선생님에 대해서, 선생님의 결혼 생활에 대해서 궁금했습니다. 선생님은 정말 차분하고 지적인 분이었습니다. 선생님의 유머 감각은 우리를 계속 두렵게 했고요. 그런 선생님이 어떻게 사랑에 빠져서 결혼했을까? 저는 이런 생각을 했습니다. 제가 보기에 선생님은 제 오빠 줄스와 조금 닮은 구석이 있습니다. 줄스 오빠도 선생님처럼 지적인 사람이 될 수 있었을 텐데……. 일이 그렇게 풀리지만 않았다면 오빠도 교육을 제대로 받을 수 있었을 겁니다. 저는 오빠에게 선생님 이야기를 해주었습니다. 줄스 오빠는 제 인생에서 가장 중요한 사람이지만, 자신에게 커다란 의미를 지닌 사람에게 우리가 할 수 있는 일이 무엇일까요? 사랑? 그 사람들을 어떻게 사랑하죠? 그게 정확히 어떤 의미죠? 가만히 앉아서 그 사람들을 생각하며 보호해주고 싶어 하는 것이 사랑일까요? 그렇다면 줄스 오빠는 안전해지기 위해 반드시 죽어서 땅에 묻혔어야 합니다. 저는 남자와 결혼하고 사랑에 빠져서 보호받고 싶습니다. 사랑에 빠질 준비가 되어 있어요. 하지만 제 심장은 딱딱하고 제 몸도 딱딱하게 얼어붙었습니다.

아마 선생님은 저를 기억하시지 못할 겁니다. 제가 들은 선생님의 강의는 '문학개론'이었습니다. 저는 옛날부터 책을 좋아했지만, 그 강의실에서, 상과대학 건물에 있던 그 강의실에서는 모든 것이 차갑고 낯선 위협처럼 보였습니다. 다른 학생들도 위협이었습니다. 야간 수업이라는 점이 설상가상이었죠. 밤에는 모든 것이 과장됩니다. 우리는 선생님이 야간 수업을 맡게 된 것에 분개하고 있음을 알 수 있었습니다. 저는 세 번째 줄에 앉아 있었는데 그때는 머리가 길었습니다. 길고 검은 머리였죠. 하지만 지금은 머리가 짧습니다. 신문에 실린 선생님 사진을 보니 선생님도 이제는 짧은 머리를 하고 계시더군요. 짧고 검은 머리. 그건 모두 3년 전 일입니다. 선생님은 저를 보거나 저에 대해 생각하신 적이 있나요? '저 애는 나랑 비슷하네'

라고 생각하셨나요?

어느 날 선생님은 《보바리 부인》의 어떤 부분을 읽어주셨습니다. 선생님이 저희에게 숙제로 내주신 책이었죠. 여주인공이 개를 데리고 들판으로 산책을 나가는 장면이었는데, 선생님은 이것이 중요한 부분이라고 생각하시는 것 같았습니다. 여주인공은 벌판으로 나가서 주위를 둘러보다가 뭔가를 봅니다. 그게 무엇인지는 모르겠습니다. 기억나지 않아요. 그러고 나서 여주인공은 차가운 바람이 불어오는 것을 느끼고 집으로 돌아갑니다. 선생님은 이 부분을 저희에게 읽어주시고는 뭔가를 지적하셨습니다. 저는 선생님이 '이 여자는 나랑 비슷하네'라고 생각하시는 걸 알 수 있었습니다. 선생님 자신처럼 그 여자도 우리에게 낯선 이방인이었습니다. 저는 그 자리에 앉아서 제 마음의 소리를 들었습니다. '이건 중요하지 않아. 이 중의 어떤 것도 진짜가 아니야.' 이런 생각을 하다 보니 힘이 빠지고 머리가 어지러웠습니다. 그때 저는 단식을 즐겼습니다. 엄청 많이 먹어대던 시절을 벌충하려고요. 그래서 밤에 어지러워질 때가 가끔 있었습니다. 아침에는 크래커를 먹고, 퇴근 후에는 빵과 바나나나 오렌지 같은 것을 먹을 뿐이었습니다. 제 위장이 굶주림으로 괴로워하는 느낌이 좋았습니다. 배가 고프지만 속이 꽉 차지 않았다는 것, 이제 뚱뚱하지 않다는 것을 알 수 있었으니까요. 선생님의 수업 시간에 현기증을 느낄 때가 아주 많았습니다. 선생님이 보바리 부인의 이야기를 그린 그 책을 그토록 중요하게 생각하신 이유가 무엇인가요? 그 모든 책들을 중요하게 생각하신 이유는요? 왜 우리에게 그 책들이 인생보다 더 중요하다고 말씀하셨나요? 그 책들은 제 인생보다 중요하지 않습니다.

지금과는 다른 사람이던 시절, 미치기 전에 저는 책을 좋아했습니다. 저는 13개월 동안 미쳐 있었습니다. 아무도 저런 다른 곳에 보내지 않고 집에 머무를 수 있게 해주었습니다. 저는 미친 채로 침대에 누워 있었습니다. 귀로 소리는 들을 수 있지만 귀를 기울이지는 않았습니다. 저는 모린 웬들이 아니라 그냥 침대에 누워 있는 살덩어리였습니다. 평생 그렇게 누워 있을 수도 있었을 겁니다. 하지만 저는 돌아왔습니다. 깨어났습니다. 왜 깨어났는지는 모릅니다. 그냥 깨어났습니다.

저는 지금 제 방이 아니라 도서관에서 이 편지를 쓰고 있습니다. 밖은 어둡습니다. 내일 밤 저는 결혼하고 싶은 그 남자를 만날 겁니다. 제가 원하는 남자입니다. 하지만 오늘 밤의 저는 디트로이트의 도서관에 있는 젊은 여자입니다. 작은 도서관의 탁자에 혼자 앉아서 조이스 캐롤 오츠라는 여인, 예전에 제 스승이었던 분에게 편지를 쓰고 있습니다. 오늘 밤 이곳에는 저를 제외하고 사람이 세 명밖에 없습니다. 밖에 눈이 펑펑 오고 있기 때문입니다. 거의 눈보라 수준입니다. 외투를 입고 있는 여자가 한 명 있습니다. 아직 단추도 풀지 않은 외투의 가짜 모피 칼라는 털이 추하게 엉켜 있고, 외투는 남자 옷처럼 보입니다. 아마도 일흔 살쯤 되어 보이는 남자는 아주 텅 빈 얼굴로 〈디트로이트 뉴스〉를 향해 몸을 숙이고 아주 천천히 읽고 있습니다. 그리고 쉰 살 내외인 또 다른 남자, 저는 그 남자를 별로 보고 싶지 않습니다. 콧물이 줄줄 흐르는데 손수건이 없는지 손가락으로 코를 훔치고 있기 때문입니다. 이제 사서가 남았습니다. 하얀 테 안경을 쓴 여자입니다. 제가 항상 여기를 드나드는데도 그 여자는 저를 모르는 척합니다. 사서는 자기 자리에 앉아서 일합니다. 우리 모두 이 안에 있는데 밖에는 눈이 펑펑 내립니다. 그러니 우리가 서로에게 친밀감을 느껴야 마땅할 텐데 실제로는 그렇지 않습니다. 우리는 이야기를 나누지도 않고 서로를 바라보지도 않습니다.

이 편지를 쓰자는 생각 자체가 터무니없지만 저는 상관하지 않습니다. 선생님이 무슨 생각을 하시든 상관없습니다. 어쩌면 선생님이 이런 어이없는 편지를 많이 받으실지도 모르겠습니다. 저는 남들의 생각에 대해서는 포기해버렸습니다. 제가 사람들을 바꿀 수는 없으니까요. 제 주위에는 온통 책이 꽂힌 서가들이 있는데, 그중 어떤 책도 가치가 없습니다. 이젠 알 것 같습니다. 예전에 제가 사랑하던 제인 오스틴의 책도, 선생님이 그토록 좋아하신 보바리 부인에 대한 책도 마찬가지입니다. 그런 일들은 일어난 적이 없고, 앞으로도 일어나지 않을 겁니다. 책 속의 일들은 전혀 일어난 적이 없습니다. 저는 살면서 겪은 일들을 자꾸만, 자꾸만 생각할 수밖에 없습니다. 저는 한동안 많이 아팠습니다. 마음의 병이었죠. 마음이 포기를 하고 구름이 낀 것처럼 흐릿하고 느려졌습니다. 그리고 이야기를 하는 사람들에게서 멀어졌습니다. 선생님은 수업 시간에 항상 빠른 말씨로 이야기하셨습니다. 그것이 선생님의 나쁜 점이었죠. 우리는 가만히 앉아서 선생님의 말을 이해하려고 애썼지만, 선생님은 점점 더 빠르게 이야기를 풀어놓으면서 우리에게서 멀어졌습니다. 우리가 미워서 그렇게 빠른 말씨를 쓰신 건가요? 선생님은 우리를 뒤에 두고 가버리셨습니다. 저는 수업이 끝난 뒤 선생님께 가서 "왜 우리를 뒤에 남겨두고 가버리시나요?" 하고 묻고 싶었지만 그럴 용기가 나지 않았습니다.

　제 병이 나은 뒤 삼촌이 저를 데리고 산책을 나갔습니다. 삼촌은 미쳐 있던 저를 다시 깨워주었습니다. 삼촌이 저를 깨웠습니다. 삼촌을 본 지가 아주 오래되었지만 그런 건 상관없습니다. 제가 기억하는 것은 1957년의 브록 삼촌, 1957년의 엄마니까요. 그러지 않으면 모든 것이 뒤죽박죽 엉켜버릴 겁니다. 제 얼굴은 엉망이었습니다. 삼촌은 제게 말을 걸어 저를 깨웠습니다. 삼촌은 슬프고 진지한 얼굴이었습니다. 삼촌 자신도 엉망이었고, 용기가 없는 실패자였습니다. 엄마는 삼촌이 옛날에 뭔가 나쁜 짓을 저질러서 집을 떠날 수밖에 없었다고 암시했습니다. 저는 모르겠습니다. 하지만 삼촌은 미쳐 있던 저를 깨워주었습니다. 삼촌이 아무리 실패한 인생을 살고 있다 해도, 아니 아예 인생이라는 것이 없는 사람이라 해도 저는 삼촌을 사랑합니다.

프랑스의 시골 어딘가에서 개를 데리고 산책하며 바람에 몸을 떠는 부인이 왜 자꾸만 머리에 떠오르는 걸까요? 많은 걸 잊어버린 저로서는 그런 것을 기억하고 싶지 않습니다. 선생님은 그 부분을 우리에게 읽어주셨습니다. 진지한 표정, 진지한 목소리로 읽어주셨기 때문에 저는 몸이 부르르 떨릴 것 같았습니다. 선생님에게는 대단한 의미가 있는 부분이었죠. 선생님이 우리에게 그런 식으로 말씀하신 것은 처음이었습니다. 제자들보다 그 책이 더 중요하다고 믿으셨기 때문이겠죠. 그렇지 않습니까? 선생님은 책에 매달리셨고, 우리 학생들은 그냥 나타났다 사라지는 존재였습니다. 야간 학생이든 주간 학생이든 강의실에 들어왔다가 나가는 존재였습니다. 선생님은 그 뒤 학교를 그만두고 다른 곳으로 가셨지만 책을 모두 가져가셨습니다. 그 책에는 틀림없이 선생님의 이름이 적혀 있겠죠. 선생님에게는 제자들보다 그 책들이 더 중요했습니다. 그건 괜찮습니다. 그때 저는 다른 학생들과 아는 사이가 아니었습니다. 그 학생들에게 할애할 시간이 없었습니다. 제 인생이 정신없는 상태였으니까요. 저는 학교에서 좋은 성적을 거두고 직장을 찾아서 제 길을 찾아가다가 결혼하고 싶었지만 제 인생은 정신이 없는 상태였고 저는 너무 불안정해서 좋은 성적을 낼 수 없었습니다. 1년 동안 미쳐서 침대에 누워 있던 제가 몇 년 뒤에는 대학에 다니면서 선생님의 수업을 들었습니다. 세 번째 줄에 앉아 선생님을 빤히 바라보면서 선생님을 두려워하고 학교를 두려워했습니다. 1년 동안 말없이 침대에 누워 있던 제가 몇 년 뒤에는 선생님께 제출할 과제물을 쓰면서 글을 써보려고 애썼습니다. 선생님은 제게 낙제점을 주셨습니다. 학교를 그만두라고 낙제점을 주셨습니다.

저는 누구도 탓하지 않습니다. 결코 누구를 탓한 적이 없습니다. 저는 물을 따라 정처 없이 흘러가며 이런저런 것들을 만나고 그냥 스쳐 지나가는 나무조각과 같습니다. 남을 섣불리 판단하지도 않고 욕하지도 않습니다. 옆

탁자의 맞은편에 앉은 남자가 큰 소리로 빠르게 코를 훌쩍거립니다. 공공 장소에서 남자들이 그럴 때가 있죠. 그런 사람들을 보면 고함을 지르고 싶어집니다. '손수건을 갖고 다녀, 이 더러운 돼지 같은 놈아!' 하지만 저는 마음을 고쳐먹습니다. '저 사람은 그냥 남자일 뿐이야. 신경 쓰지 말자.' 제 아버지도 그랬습니다. 아침에 베티와 제가 같이 쓰는 방 옆의 욕실에서 코를 풀었죠. 그러라고 하세요. 남자들은 그런 짓을 합니다. 우리에게 다른 짓도 합니다. 우리를 아프게 하고, 자신의 은밀한 숨결을 우리 얼굴에 내뱉고, 그러고는 죽어버립니다. 괜찮습니다. 저는 남자들을 탓하지 않습니다. 선생님을 탓하지 않습니다.

학교에서 영어를 가르친 다른 선생님, 코백 선생님은 제 과제물을 아주 엄격하게 수정해주셨습니다. 저는 아무도 신경 쓰지 않는 일에 공연히 엄격하게 굴면서 잘난 척하는 거라고 생각했습니다. 바깥의 리버노이스에서는 항상 끽 하고 브레이크를 밟는 소리가 나고 공기에서는 악취가 풍기고 검둥이들은 하루 종일 길모퉁이에 서서 무엇을 할지 계획을 짜고 있었으니까요. 화재와 총격. 디트로이트를 태우자. 그런데 코백 선생님은 D와 F가 적힌 제 과제물을 돌려주셨습니다. 제가 잘못한 부분들을 모두 빨간 잉크로 설명해놓으셨죠. 선생님은 제게 F를 주셨습니다. 제가 제출한 유일한 과제물에. 하지만 무엇이 잘못되었는지는 굳이 설명하시지 않았습니다. '일관성과 전개 부족.' 과제물 맨 밑에 이렇게 써놓으셨죠. 선생님은 파란 잉크로, 코백 선생님은 빨간 잉크로. 선생님의 필체는 아마 지금도 비슷하겠지만, 글자가 크고 둥근 글자들은 꿈같았으며 가로줄이 길게 그어진 t는 아주 선명하고 똑바르게 서 있었습니다. 하지만 선생님 말씀은? 저는 무슨 뜻인지 이해할 수 없었습니다. 선생님은 무슨 뜻인지 아셨겠지만 저는 몰랐습니다. 선생님은 어떤 남자가 자기를 죽이려 했다는 이유로 13개월 동안 마비된 사람처럼 누워 있을 여자가 아닙니다. 선생님은 돈이나 다른 무엇을 위해서, 심지어 사랑을 위해서도 남자에게 자신을 내어줄 여자가 아닙니다. 선생님은 도서관에서 이렇게 낯선 사람에게 편지를 쓰며 밤을 보내지 않습니다.

저는 선생님이 되고 싶은 것이 아니라, 저의 모습을 보고 싶습니다. 시 외곽의 집에서 사는 저. 농장 주택 또는 식민지 양식의 주택인 이 집의 뒤편에는 울타리가 있고, 부엌에서 일하는 여자는 아마 바지를 입고 있을 겁니다. 아기는 아기 방의 요람에 있고, 창문에는 하얗고 얇은 커튼이 걸려 있습니다. 남편과 제가 함께 쓰는 침실, 거실 창문으로는 잔디밭과 길과 길 건너편의 집이 보입니다. 제 몸의 세포 하나하나가 이런 삶을 아프도록 갈망합니다! 제 눈이 아프도록 갈망합니다. 제 눈동자가 아프도록 갈망합니다. 세상에, 그런 집과 그런 남자를 제가 얼마나 원하는지요. 그 남자가 누구든 상관없습니다.

저는 고등학교로 다시 돌아갔던 그 몇 달을 생각하고 있습니다. 제가 놓쳐버린 세월을 따라잡으려고 야간학교에 다녔습니다. 제가 미래에 대해 꿈을 꾸기 시작한 것이 그때입니다. 저는 학교에 다니며 미쳐 있던 그 시간을 벌충했습니다. 해냈습니다. 하지만 사랑에 빠지려면 어떻게 해야 하죠? 엄마가 친구에게 인생에는 남자밖에 없다, 사랑밖에 없다고 말하는 걸 들었습니다. "세상에, 까놓고 말해서 달리 뭐가 있어?" 엄마는 특유의 단조로우면서도 재미있어하는 것 같은 목소리로 말했습니다. 마치 산전수전을 다 겪고 나니 이것이 진실임을 인정할 수밖에 없다는 것처럼요. 하지만 사랑에 빠지려면 어떻게 해야 하죠? 엄마가 술에 취해 울면서 부엌에서 물건을 던지던 것이 생각납니다. 얼굴은 추하게 일그러졌고, 입에서도 추한 말들이 튀어나옵니다. 어떤 남자가 엄마를 실망시켰기 때문입니다. 엄마는 항상 남자들 때문에 좌절했습니다, 가엾게도. 어찌 보면 예쁜 여자였는데 말입니다. 엄마는 왜 그런 고통을 향해 자신을 열어주었을까요? 엄마는 몇 번이나 자꾸 자신을 열어주었습니다.

저는 사랑에 빠질 겁니다. 내일 밤 제가 사랑하기 위해 고른 남자를 만날 겁니다. 그 사람은 이미 아내가 있습니다. 아이도 셋입니다. 저는 그 사람을 원합니다. 그 사람이 나와 결혼해주기를 바랍니다. 저는 반드시 이 소망을 실현해서 제 인생을 시작할 겁니다. 우리는 함께 침실을 쓰고, 아이를 낳을 겁니다. 그 남자는 자기 아이들을 두고 올 겁니다. 선생님도 결혼한 사람이라서 다른 여자에게 남편을 빼앗기고 싶어 하지 않는다는 걸 알고 있습니다. 하지만 선생님은 유부녀라 해도 다른 사람의 남자를 빼앗아 오는 것을 꺼리지는 않을 것 같습니다. 소설처럼 아름답게 잘 이루어지기만 한다면요. 하지만 가끔 저는 제 인생이 변할 거라는 믿음을 잃어버립니다. 그 사람이 나와 결혼하거나 하다못해 생각이라도 해줄 거라고 믿지 못합니다. 그렇게 이상한 일이 일어날 거라고 믿을 수 없습니다. 그러면 저는 슬픔에 빠져서 헤어 나오지 못합니다. 앞으로 몸을 기울여 고개를 떨어뜨립니다. 온몸의 뼈가 무기력해지는 것 같습니다. '내가 왜 살아 있지? 그 사람은 왜 날 죽여주지 않았지?' 저는 13개월 동안 짐승이었습니다. 엄마는 다른 표현을 쓰죠. 제가 "어떤 단계를 거치는 중"이었다고요. 하지만 저는 그 시절을 전부 기억하기 때문에 잘 압니다. 그 시절에 저는 아무것도 생각하지 않았습니다. 그저 장면들이 악몽처럼 마음속에 둥둥 떠다녔습니다. 깨어 있을 때에도 저는 잠들어 있었습니다. 세월을, 그러니까 아주 위험한 세월을 앞에 두고 이 도서관에 앉아 있는 지금도 제 팔다리에서 낯설고 부드러운 감각이 느껴집니다. 그 자체가 기억 같습니다. 제 몸에서 그런 기억들을 몰아낼 수가 없습니다. 저는 그 남자들에게 사랑을 전혀 느끼지 않았는데도 팔을 둘러 그들을 안았습니다. 그들은 제 몸의 가장 비밀스러운 장소로 들어왔지요. 그 낯선 사람들이. 우리 사이에 있는 것이라고는 땀으로 미끈거리는 피부뿐이었습니다. 사랑은 이것과 다릅니까! 사랑으로 몸을 내어주는 것은 어떤 느낌이지요? 아니면 사랑이든 아니든, 남편이든 낯선 사람이든 전부 똑같을 뿐이며 그 어떤 말로도 그것을 바꿀 수 없음을 알고 경악하게 될 뿐인가요? 저는 사랑을 해본 적이 없습니다. 그들도 저를 사랑하지 않았습니다. 그들은 저를 몇 번이나 안았습니다. 저는 소녀의 모습을 한 저를 남자가 끌어안는 모습을 앞으로도 항상 머릿속에서 보게 될 겁니다. 남자의 손이 소녀의 몸에 닿아 있는 것이 보이지만, 그 둘은 서로 낯선 사람들입니다. 저는 이 기억을 지워버릴 수 없습니다. 제 몸은 짐승의 몸과 같습니다. 아니면 아주 작은 세포 하나로만 이루어진 생물들과 같은 것 같기도 합니다. 그 몸속에 모든 역사를 담고서 언제나 같은 시대에 존재하는, 그러니까 세기를 막론하고 그리스도가 살아 있던 바로 그 시대나 아니면 바로 지금 존재하는 생물 말입니다. 그것들은 언제나 똑같습니다. 그것들 안의 기억은 단단하고, 그들의 뇌와는 아무런 상관이 없습니다. 저는 기억합니다. 저는 오래오래 살면서 기억할 겁니다.

그렇게 저는 돌아왔습니다. 깨어났습니다. 고등학교를 마치고 엄마의 집에서 나와 타이피스트로 일하며 버스 정류장 근처에 방을 얻고 1963년 가을에 강의 하나를 위해 디트로이트 대학에 등록했습니다. 작문 강의. 코백 선생님은 제게 D를 주었습니다. 저는 또 다른 강의, 선생님의 강의에 등록했습니다. 강의에 들어가서 선생님의 말씀에 귀를 기울이고, 밤에는 말똥말똥 누워서 절대 실패하면 안 된다, 이 강의에서 C를 받아야 한다, 반드시 나 자신을 다잡아서 다른 사람들처럼 되어야 한다는 생각을 했습니다. 그래도 실패했지요. 선생님이 저를 낙제시켰습니다. F를 주었습니다.

선생님이 저를 낙제시켰습니다.

디트로이트 대학에 다닌 그해는 제게 이상했습니다. 낮에는 직장에서 일을 했습니다. 다른 타이피스트 세 명, 저, 비서 한 명. 시내에 있었습니다. 저는 버스를 타고 오갔습니다. 정말 싫었습니다. 혼자 앉아 있었습니다. 무서웠지만 계속 나아갔습니다. 다른 직장을 찾아보지는 않았습니다. 직장과 학교를 제외하고는 아무 데도 가지 않았습니다. 감히 영화도 보러 가지 못했습니다. 극장에 들어간 뒤 앞이 잘 보이지 않는 처음 몇 분이 무서웠습니다. 밤이면, 7시부터 8시 30분까지, 일주일에 두 번씩 대학에서 강의를 들었습니다. 다른 여자들과 비슷하게 보이려고 애썼습니다. 그때는 살도 빠졌고, 얼굴도 깨끗해져 있었습니다. 저는 하루에 두 번 세수를 하고 크림을 바르고 할 수 있는 일을 모두 했습니다. 선생님이 보신 얼굴, 만약 선생님이 굳이 신경을 써서 보았다면 보셨을 얼굴은 다시 예뻐져 있었습니다. 저는 다른 여자들처럼 신발과 옷을 샀습니다. 머리를 롤러로 말았고, 항상 깨끗이 감았습니다. 저는 예쁜 아가씨였습니다. 스물여섯 살인 지금은 더 예뻐진 것 같습니다. 저는 사랑에 빠져 결혼할 자격이 있습니다. 그 시절에는 저와 그렇게 거리가 먼 일을 감히 생각할 수 없었습니다. 무너지지 않고 하루를 살아내는 것만으로 충분했습니다. 결혼 생각은 전혀 하지 않았습니다. 남자가 무서웠으니까요. 선생님에게 부러웠던 건, 남자들을 대하는 편안한 태도였습니다. 남자들과 친구처럼 이야기하는 태도. 저는 선생님이 복도에서 다른 선생님들과 함께 있는 것을 보았습니다. 남자와 친구라고? 여자가 남자와 친구가 될 수 있을 것 같지 않았습니다. 어느 날 수업 전에 선생님이 남자와 함께 건물을 향해 걸어오는 것을 보았습니다. 선생님과 같은 교수님이었는데, 키가 크고 잘생긴 반백의 신사였으며 옷차림도 아주 훌륭했습니다. 두 분은 아주 일상적인 일을 하듯이 미소를 지으며 이야기를 하고 있었습니다. 두 분 다 저를 보지는 못했죠. 또 한번은 검은색 폭스바겐을 탄 선생님을 보았습니다. 부군께서 차로 선생님을 데려다주시는 중이었는데, 진입로를 올라오고 있었습니다. 부군이요.

제 안의 모든 것이 남편을 아프게 갈망합니다. 집도.

저는 제 안의 이 고통을 평생 동안 깊이지고 있었습니다. 그것이 무엇인지 모른 채로. 모두들 그것 때문에 흠집이 나 있습니다. 갈라진 틈이 있습니다. 선생님 안의 틈은 한동안 메워져 있습니다. 그래서 고통을 느끼지 않습니다. 지금은 선생님이 고통을 전혀 느끼지 않는다는 사실을 제가 분명히 알고 있습니다. 저는 선생님을 부러워하지도 않고, 선생님처럼 되고 싶은 마음도 없습니다. 다만 평생 '모린 웬들'로 살아야 하는 저주에서 탈출하고 싶을 뿐입니다. 저는 사람이 몸을 드나들며 영혼을 바꿀 수 있는 세상을 꿈꿉니다. 모든 것이 변화하며, 영원히 고정된 것은 하나도 없기 때문에 누구나 남자, 여자, 딸, 어린이가 다시 될 수 있는 세상, 심지어 노인이 될 수도 있는 세상, 그들이 되어 살아가는 것을 느끼며, 거리에 나선 그들을 미워하지 않는 세상입니다. 저는 미워하고 싶지 않습니다. 낯선 사람들이 너무 많습니다. 이 편지를 받을 사람도 낯선 사람입니다. 저는 이제 곧 문을 닫을 도서관에서 이 편지를 쓰고 있습니다. 낯선 사람인 선생님, 저를 낙제시킨 예전의 선생님은 최대한 빨리 이 편지를 읽습니다. 빨리 읽어버리고 싶어 안달합니다. 선생님은 남들이 선생님에게 이런저런 요구를 하는 것을 좋아하지 않습니다. 저도 압니다. 저는 선생님을 탓하지도 않고, 다른 사람들을 섣불리 판단하지도 않습니다. 선생님은 "문학이 인생에 형태를 부여한다"고 말씀하셨습니다. 이 말씀을 하시던 선생님의 모습이 아주 생생히 기억납니다. 형태가 무엇입니까? 저절로 펼쳐지는 인생보다 그것이 더 나은 이유가 무엇입니까? 저는 그 모든 것이 싫습니다. 그 모든 거짓말들. 수많은 책 속의 수많은 단어들. 이 도서관에서 제가 즐겨 읽는 것은 신문입니다. 저는 알고 싶습니다. 노인이 신문을 읽고 있습니다. 콧물을 흘리는 남자도 마찬가지입니다. 두 사람도 저처럼 세상이 어떻게 돌아가고 있는지, 무엇이 현실인지 알고 싶어 합니다. 꾸며낸 것들에 할애할 시간은 없습니다. 하지만 선생님이 형태에 대해 말씀하시던 것이 기억납니다. '형태'. 그 단어의 의미가 무엇인지 모르겠습니다. 혹시 줄스 오빠라면 알지도 모릅니다. 저는 모릅니다. 저 자신도 특정한 형태입니다. 머리가 텅 빈 채로 두려워하며 여기에 앉아 있는 형태. 그뿐입니다.

병원에서, 그러니까 엄마의 남편이 저를 두들겨 팬 뒤에, 어떤 의사가 제 몸에서 피를 뽑으려고 했습니다. 저는 의식이 있는 상태였습니다. 의사가 커다란 바늘을 들고 혈관을 찾으려고 제 팔을 찔러댔지만 찾지 못했습니다. 의사는 바늘을 빼내서 다시 찔러 넣고 혈관을 찾았습니다. 그러더니 혈관이 부풀어 올라 자신이 바늘을 넣을 수 있게 제 손목을 꽉 쥐었지만 그것도 소용이 없었습니다. 그래서 의사는 다른 쪽 팔로 옮겨 갔습니다. 이제는 제가 울고 있었기 때문에 제 팔을 붙들고 있었죠. 저는 그 일이 계속 생각납니다. 바늘이 들어와 혈관을 찾으려고 움직이던 것, 의사, 그러니까 남자가 혈관을 찾으려고 제 팔을 찔렀지만 찾지 못하던 것. 할 수만 있다면 제가 그 사람을 위해 혈관을 크고 부드럽게 만들어줬을 테지만, 어떻게 그리하겠습니까? 결국 의사는 피를 뽑았습니다. 그리고 이렇게 말했습니다. "바서만 검사를 해야 돼." 제가 아니라 다른 사람에게 하는 말이었습니다. 저는 사랑을 위해 저 자신을 열어 준비하고 싶지만 어떻게 그럴 수 있습니까? 어떻게 자신을 바꿀 수 있죠?

도서관 폐관 시간이 거의 다 됐습니다.

이야기가 한도 없습니다.

이런저런 일들이 벌어지는 데에 어떤 형태가 있습니까? 저는 수업이 끝난 뒤에 선생님에게 달려가 이 질문을 던지고 싶었습니다. 큰 소리로 외치고 싶었습니다. 선생님 말씀은 틀렸어요! 선생님이 틀렸어요! 어느 날 직장의 비서가 우리 사무실로 뛰어 들어와서 우리에게 말했습니다. "어떡해, 대통령이 총에 맞았어! 대통령이 총에 맞았어!" 제 옆자리의 아가씨 맨디가 벌떡 일어나자 그 서슬에 책상 위의 서류 몇 장이 떨어졌습니다. 모두들 질문을 던져대기 시작했습니다. 옆방에는 라디오가 켜져 있었습니다. 사무실로 들어온 우리 사장도 몹시 흥분하고 있었습니다. 저는 서류를 정리했습니다. 그렇게 몸을 숙이고 있는 동안 제 머리는 기차처럼 빠르게 질주하며 생각했습니다. '지금 일어나고 있는 일을 나는 반드시 이해할 수 있어야 돼.' 화장실에서는 맨디가 울고 있었지만 저는 그녀를 보고 싶지 않았습니다. 그 눈물, 떨리는 어깨. 제가 맨디에게 말했습니다. "사람이 죽는 건 일상사야. 여기 디트로이트에도 간단히 총에 맞는 사람들이 있잖아." 눈에 보이지 않는 무시무시한 것이 제 바로 옆을 지나가고 있었습니다. 그게 뭐지? 나는 왜 이해할 수가 없지? 거리의 사람들은 모두 흥분해서 이상하게 굴고 있었습니다. 저는 그들에게 뛰어가 팔을 붙들고 소리 지르고 싶었습니다. "왜? 왜? 왜 모든 게 멈췄어? 왜 지금? 무슨 일인데? 무슨 일이야?"

그날 밤 학교에 갔더니 다들 그 이야기를 하고 있었습니다. 어떤 여학생들은 울기도 했습니다. 한 청년이 케네디 부인의 분홍색 모직 정장에 대해 딸기 잼이 어쩌고 하는 우스갯소리를 했습니다. 여학생들은 인상을 찡그리며 그에게서 멀어졌습니다. 저는 혼자 앉아 있었습니다. 혼자서 조용히. 사람이 죽는 건 일상사잖아. 이런 생각을 했습니다. 존 케네디가 누구라고 죽으면 안 돼? 총알이 그의 두개골로 파고들어 가서 그 두개골 안에 있던 것들이 망가졌습니다. 우리에게도 언젠가 일어날 일입니다. 이미 그런 일을 당한 사람들도 있고, 지금 디트로이트에서도 벌어지고 있습니다. 한 여학생이 몹시 흥분해서 말했습니다. "재정학 교수 얘기 들었어? 아마 재정학이었을 거야. 그 교수가 수업에 들어와서 이러더래. '그 일을 해낼 배짱 좋은 사람이 나타나다니, 천만다행이다!' 학생들 앞에서 이렇게 말했다는 거야." 여학생들은 고개를 절레절레 저으며 탄식했습니다. 남학생 한 명은 웃음을 터뜨렸습니다. 저는 제 피부의 느낌을 보려고 얼굴을 만졌습니다. 아무도 저를 보지 않기를, 그들이 제 비밀을 알아차리지 않기를 바라면서.

몇 분만 지나면 9시입니다. 사서가 불을 껐다가 켜면서 우리에게 경고합니다. 일어나서 가야 할 시간이라고요. 털신을 신으라고요. 밖은 몹시 추울 겁니다. 콧물이 흐르는 남자가 깜짝 놀라서 고개를 듭니다. 무서운 걸까요? 갈 곳이 없는 걸까요? 창백하고 주근깨가 있는 얼굴은 축 늘어져 있고, 셔츠는 구겨졌습니다. 그 사람을 보지 않는 것이 좋겠습니다. 시곗바늘이 또 1분을 훌쩍 건너뜁니다. 노인이 보던 신문을 조심스레 접어서 서가에 돌려놓습니다. 오늘은 여기까지입니다. 그의 손이 까다롭게 움직입니다. 서가에서 어른거리며 다른 신문들을 정리해 쌓아놓습니다. 라디에이터 옆에 있는 여자가 맞은편에 있는 저에게까지 들릴 정도로 한숨을 내쉬고는 접시를 밀어내듯이 잡지를 밀어내고 탁자 상판을 빤히 노려봅니다. 그리고 저는, 저는 꾸준히 느리게 뛰는 심장을 안고 앉아서 이 모든 것을 증오로 적어 내립니다. 이제는 제가 미워하는 사람이 바로 선생님, 아니 예전의 선생님, 여자인 선생님인 것 같기 때문입니다. 하지만 말도 안 되는 소리입니다. 저는 선생님을 몰랐고, 선생님을 위해 어떤 일을 한 적도 없으니까요. 제가 그 강의를 통과하지 못했건 어쨌건, 그것이 왜 선생님 탓이겠습니까?

하지만 그렇습니다. 저는 선생님을 미워합니다. 오로지 선생님만을. 심지어 그 남자들도, 심지어 펄롱도 미워하지 않습니다. 저는 선생님을 미워하고, 그것만이 제게 유일한 확신입니다. 결혼하고 싶은 남자에 대한 사랑이 아니라 선생님에 대한 미움이. 선생님에 대한 미움, 책이 있고 말을 잘하고 결코 일어나지 않았던 일들을 완벽한 형태로 아주 많이 알고 있고, 남편이 차로 학교까지 데려다주고, 심지어 요즘은 가끔 신문에 사진까지 실리는 선생님, 지식을 지닌 선생님. 저는 이미 한평생을 살고 저 자신을 탈탈 뒤집었는데도 아무것도, 그 무엇도 얻지 못했는데 말입니다. 지금 저는 아무것도 모릅니다. 전에 알던 것 외에 더 아는 것이 하나도 없습니다. 그 남자들은 제게 아무것도 가르쳐주지 않았습니다. 저는 심지어 그들을 미워하지도 않습니다. 저는 지금까지 살아왔지만 제 인생에는 형태가 없습니다. 아무형태도 없습니다. 밤에 혼자 누워 있는 사람들은 모두 자신이 바로잡을 수 없는 증오, 형태를 부여할 수 없는 증오로 꿈틀거립니다. 상대 남자들이 누구인지도 모른 채 자신을 내어주는 모든 여자들, 우리 모두는 겁에 질려 뱃속에 고통과 비슷한 미움을 품고 빨리 걷습니다. 그런 것에 대해 선생님은 무엇을 아세요? 선생님은 책을 씁니다. 아는 것이 무엇이기에?

라디에이터 옆의 여자가 일어섭니다. 묵직한 몸집의 그녀가 일어서 있는 모습이 고통스러워 보입니다. 마블링이 있는 크림색의 굵고 늙은 다리, 가엾은 다리, 혈관들이 갈라져 표면으로 솟아오릅니다. 중년 여자입니다. 아, 우리 여자들은 선생님이 모르는 것, 선생님처럼 교단에 서는 사람들과 책을 읽는 사람들과 책을 쓰는 사람들이 모르는 것을 알고 있습니다. 우리는 나가야 하는 시간에 도서관 언저리에서 기다리는 사람들, 부엌에 혼자 앉아 커피를 마시는 사람들입니다. 결혼하고 싶어서 터무니없는 계획을 짜지만 남자는 없습니다. 우리는 남자를 훔치는 꿈을 꿉니다. 우리는 버스에서 내린 뒤 천천히 주위를 둘러보지만 찾고자 하는 것을 전혀 찾지 못하는 사람들, 정확히 어떻게 여기까지 왔는지 기억하지 못하는 사람들입니다. 우리는 항상 이다음에 어떤 일이 일어날지, 어떤 무서운 일이 일어날지 궁금해합니다. 우리는 천연색 사진이 있는 잡지들을 뒤적이며 우리 몸속에 무겁게 가라앉은 긴 시간을 보내는 사람들입니다. 생각하고, 기억하고, 꿈꾸고, 뭔가가 우리에게 다가와 이 커다란 고통에 형태를 부여해주기를 기다리면서.


## 10


1966년 7월. 줄스는 북쪽으로 돌아온 것이 아직 몹시 기뻤기 때문에 삼촌이 있는 병원으로 매주 어머니를 차로 데려다주는 일이 전혀 싫지 않았다. 삼촌은 몇 달 전부터 정체 모를 병으로 입원해 있었지만 조금도 차도가 없었다. 줄스는 사람들을 차에 태워 병원을 오가며 문병을 가고, 가끔은 자신 또한 병원에 발목을 붙들리는 것이 삶의 일부라고 속으로 되뇌었다. 남서부에 있는 동안 그는 다양한 이유로 세 번 병원에 입원했다. 기후 때문에 몸이 약해져서 두통, 눈의 통증, 현기증이 자주 찾아온 탓이다. 한번은 타이어 레버에 세게 얻어맞아서 무릎이 거의 박살 나기도 했다. 병원에 있는 동안 그는 자신의 주위를 조용한 섬처럼 고립시키려고 애썼다. 곰곰이 생각에 잠겨 인생 계획을 짜기 위해서였다. 하지만 병원은 항상 너무 시끄러웠다. 밤낮이 뒤섞여 밤에도 낮에도 잠을 잘 수 없었으며, 먹을 것이 너무 많고 다른 사람들이 너무 많았다. 그는 아예 뇌를 없애버리고 가만히 누워서 기다리는 편이 더 나을 것 같다는 결론을 내렸다.

이제는 어머니가 새로운 남자와 사귀고 있으므로 상황이 좀 나아질 것 같았다. 그래도 문병을 갈 때 그런 내색을 할 수는 없었으므로 어머니는 슬픈 표정이었다. 줄스는 어머니의 마음을 읽을 수 있었다. 그는 어머니를 좋아했다. 어렸을 때 어머니 때문에 화가 난 적이 많았지만 그래도 어머니를 사랑했다. 통통 튀는 걸음으로 병원을 향해 계단을 올라가는 모습도 좋았다. 그건 확실히 어머니다운 모습이었다.

"네가 보기에는 이제 내가 이 도시에 질렸을 것 같지?" 로레타가 말했다. "하지만 이런 날에는 그런 생각을 하기가 힘들어. 날씨가 기가 막히게 좋잖아. 브록 오빠가 다시 일어나기만 한다면……."

"삼촌은 괜찮아질 거예요."

"이번에는 병원에서 간에 문제가 있다고 하더라. 간, 콩팥, 도대체 무슨 일인지. 삼촌을 보면 아버지가 생각나. 네 외할아버지 말이다. 그런 남자들이 세상 어디에나 있지. 도무지 다시 일어나서 앞으로 나아가지 못하고 휘청거리다가 쓰러지는 남자들. 네가 어기리면 반드시 그 남자들을 다시 일으키려고 애써야 돼. 하지만 실제로는 그럴 수 없지. 여자는 남자들이 어지럽힌 곳을 네발로 엎드려 쓸고 닦고, 더러운 옷을 빨아주고, 신발에 묻은 진흙을 털어내고, 음식을 산더미처럼 만들어주며 대부분의 인생을 보내. 남자들은 돼지처럼 먹고 마시거든. 물고기처럼 꿀꺽꿀꺽 마셔댄다고. 몸이 나으면 이러이러한 일을 하겠다고 골치가 아플 정도로 떠들어대지만, 결국 취직해서 일하는 사람은 여자야. 돈을 제대로 벌 수 있는 방법이 그것밖에 없으니까. 그 방법뿐이야. 남자들은 만날 큰소리만 뻥뻥 치면서 술을 마셔대다가 싱크대에 토하기나 하고, 입에서는 누렇게 썩은 이 때문에 악취가 풍기지. 그리고 거리에서 창녀가 꼬시면 그냥 무작정 따라가. 여자는 집에서 남자들이 만들어놓은 돼지우리를 전부 청소하고 음식을 만들고 있는데 말이지. 네 삼촌도 그러다 병이 든 거지. 도대체 어디가 아픈 건지, 원."

어머니는 그동안 착실히 분노를 키웠다. 그녀가 줄스에게 고개를 돌렸다. "그거야 저도 모르죠. 병원에서 고쳐줄 거예요. 걱정 마세요." 줄스는 억지로 명랑한 척 미소를 지으며 말했다.

두 사람은 별로 깨끗하지 않은 낡은 타일이 깔린 바닥을 걸어 로비의 접수대를 지난 뒤 침대보 수레, 더러운 식기들이 쌓인 수레, 더러운 침구가 담긴 수레가 여기저기 흩어져 있는 복도를 따라 X선 촬영실, 자동판매기실을 빠르게 지나 어두운 복도로 향했다. 엘리베이터에서 막 간호사들 몇 명이 내리고 있었다. 줄스는 엘리베이터 문이 닫히지 않게 안으로 손을 집어넣은 뒤 로레타와 함께 올라탔다. 살짝 초록빛이 감도는 불빛과 부드럽게 웅웅거리는 소리가 친숙했다.

"난 병원이 정말 싫어. 소름이 돋는다고." 로레타가 말했다.

"그래도 병원이 있어서 다행이잖아요." 줄스가 말했다.

지금 그의 삶은 싫지 않았다. 그는 큰아버지, 그러니까 아버지의 형인 샘슨 웬들과 함께 일하고 있었다. 조심성 많고 무기력하고 성질 급한 남자인 샘슨 웬들을 줄스는 잘 다룰 수 있을 것 같았다. 샘슨 웬들과 함께 일하다니! 대단한 일이 아니라 해도, 봉급이 많지 않다 해도, 줄스는 미래가 있다고 믿었다. 큰아버지는 어느 날 나타나 줄스의 속내를 떠보았다. 그의 아들은 이 대학 저 대학을 전전하다가 지금은 히치하이킹으로 유럽을 여행하는 중이었다. 유럽 어딘가에서 길을 잃은 아들 때문에 당황하고 화가 난 샘슨 웬들은 조카를 찾아 나섰다. 웬들 어머니가 살아 계시던 옛날에 조카에 대해 굉장한 이야기들을 들었기 때문이다. 웬들 어머니는 이 집 저 집 돌아다니며 이야기보따리를 풀어놓았다. 당시 사람들은 줄스가 아주 훌륭한 사람이 될 거라는 예언에 아무런 대꾸를 하지 않거나 콧방귀를 뀌었지만, 지금은 신기하게도 샘슨의 머릿속에서 그 예언이 꽃을 피운 덕분에 줄스가 와이언도트에 있는 그의 공장에서 일하게 되었다. 줄스도 이제는 어른이 다 된 나이였다. 그는 스물일곱 살이었다.

　병원의 이 구역에는 주로 영세민 지원을 받는 환자들이 있었기 때문에, 옷을 제대로 입지 않은 많은 검둥이들이 돌아다니거나, 앉아 있거나, 고통스럽게 기대고 있거나, 뻣뻣한 하얀 이불보 밑에 미동도 없이 누워 있었다. 남에게 피해를 입힐 수 없는 환자들의 침대가 줄줄이 나타났다. 줄스는 앞에서 어머니를 이끌었다. 어머니가 "그래도 넌 검둥이가 아니라 다행이지 않니?" 하고 속삭일까 봐 걱정스러웠다. 어머니는 이미 예전에 이런 말을 한 적이 있었다. 두 사람은 개방 병동을 지나갔다. 침대들이 길게 줄지어 놓여 있었다. 로레타는 가엾다는 듯이 주위를 둘러보았다. 자신이 백인임을 아주 분명하게 의식하고 있었다! 마침내 그녀가 줄스에게 시선을 돌리더니 속삭임까지는 아니지만 그래도 낮은 목소리로 이렇게 말했다. "세상에, 검둥이인 걸로도 모자라서 아프기까지 하다니. 적어도 넌 나한테 고마운 줄 알아야 돼." 줄스는 공감과 유머를 보여주기 위해 숨을 내뱉었다. 실제로 그는 자신이 백인이라 정말로 다행이라고 생각했디. 디프모이드에서 백인으로 살아간다는 것이 그에게는 특별한 선물, 은총처럼 보였다. 백인의 길에서 벗어나는 것이 얼마나 쉬운지! 만약 그가 양손을 들어 올렸는데 거기서 '유색' 피부, '검둥이' 피부가 보인다면 그것은 틀림없이 악몽일 터였다. 갈색은 그 무엇으로도, 면도칼로도 벗겨낼 수 없는 절망의 색이었다.

브록의 침대는 불행한 환자 두 명 사이에 있었다. 서서히 죽어가고 있는 그 두 환자에게서는 아름다움도 신비로움도 찾아볼 수 없었다. 둘 중의 한 명은 여러 번 심장발작을 일으킨 검둥이 노인으로, 원래 뚱뚱했지만 지금은 앙상하게 변해 있었다. 나머지 한 명은 그리스나 이탈리아 출신의 중년 백인 남자였는데, 돌덩이처럼 침묵을 지키며 누워서 천장만 빤히 바라보았다. 그의 몸에서 풍기는 이상한 냄새는 무덤 냄새와 거의 비슷했다. 그를 문병 오는 사람들도 말이 없었다. 모두들 말이 없었다.

'오빠, 우리 왔어!' 로레타가 문병용 표정을 지었다. 가짜로 짓는 환한 미소. 줄스는 열 살짜리로 돌아간 것 같은 기분을 느끼며 어머니 뒤에 서서 주의를 기울였다.

"오빠, 잘 있었어? 우리가 안 오나 했지?" 로레타가 말했다. 기분 좋은 얼굴로 거의 고함을 지르는 것 같은 목소리였다.

"어, 왔구나. 반갑다." 브록이 미소를 지으려고 애쓰며 말했다.

이렇게 문병이 시작되었다. 지금까지 문병 온 횟수는 여덟 번, 열 번쯤 되었다. 브록은 노인이 아닌데도 몸은 노인과 같다고 의사가 말했다. 그의 심장은 노인의 심장이었고, 콩팥과 간도 많이 닳았으며, 위장도 약했다. 이 모든 것이 술을 마시고 또 마신 탓에, 또는 여기저기 돌아다닌 탓에, 아니면 그냥 사느라고 빚어진 일이었다. 이건 의사가 한 말이었다. 아니, 의사처럼 보였지만 사실은 그냥 의대생이었는지도 모를 일이었다. 그냥 봐서는 알기가 힘들었다. 병원에서는 여러 가지 검사를 실시했다. 줄스는 검사만으로도 삼촌이 늙어버렸음을 알 수 있었다. 삼촌의 지친 얼굴에서는 땀이 흘렀고, 숱이 줄어든 머리카락은 조금 기가 막힌 듯 우울한 얼굴에서 점점 뒤로 물러나고 있었다. 입술도 처지고, 뺨도 처지고, 눈빛도 처져 초점이 없었다. 흰 옷을 입은 사람이 다가올 때만 예외였다. 그럴 때면 그는 괴상하다 못해 악마 같은 표정을 띠었다. 마치 싸울 준비를 하는 사람 같았다. 그는 검사에 대해 조금 이야기해주기는 했지만, 대체로 비밀스럽게 굴었다. 줄스는 모르는 편이 낫겠다는 현명한 판단을 내렸다. 병원에서 하는 일에 대해서는 생각하지 않는 편이 나았다.

줄스는 자신과 삼촌 사이에 비극적인 다리가 놓여 있는 것 같았다. 핏줄과 절망의 다리였다. 하지만 줄스 자신은 이제 겨우 스물일곱 살이며 새로운 인생을 막 시작하려는 참이라서 마치 불멸의 존재가 된 것 같았다. 생애처음으로 그럴듯한 직장이 생겼고, 옷차림도 번듯해졌다. 남부와 남서부의 붉은 흙먼지는 이미 과거로 돌리고 북부에서 다시 태어난 것이다. 그는 한달 동안 운이 바닥으로 떨어져 비참하기 그지없었기 때문에 텍사스에서 개나 고양이를 훔치는 일을 했다. 근교 마을의 잔디밭이나 골목을 떠돌아다니는 동물들을 잡아 수의사에게 가져다주면, 수의사는 그들을 의학 실험실에 팔았다. 줄스는 그 사업을 직접 하고 싶어서 수의사의 이윤이 얼마나 되는지 알아보려고 했지만 끝내 알아내지 못했다. 어쨌든 그는 그렇게 밑바닥까지 떨어진 상태였다. 거기서 다시 치고 올라오는 도중에 세인트루이스에서 중고차 판매와 대부업을 겸한 회사에서 한동안 일한 적도 있었다. 상환 시기를 맞추지 못한 채무자들의 차를 다시 훔쳐 오는 것이 그의 일이었다. 머리와 솜씨가 필요하지만, 또한 무엇보다 모험적이고 남에게 인정받지 못하는 일이었다. 이렇게 웃기지도 않는 일들을 해온 그가 스물일곱 살 생일을 지낸 지금은 잘 풀려나갈 것 같았다.

복도 반대편 끝이 소란스러웠다. 간호사들 몇 명과 조수 한 명. 환자가 토하고 있는 것 같았다……. 아니면 출혈이 발생했거나. 줄스는 삼촌에게 시선을 고정해 로레타 역시 삼촌에게서 시선을 돌리지 못하게 했다. 소란스러운 것이 싫기 때문이었다. 문병을 오는 것만으로도 싫고 어색한 일이었다. 그러니 다른 사람들의 비참한 상황을 끌어들여 일을 더 한심하게 만들 수는 없었다. 로레타가 '어머, 저거 피 아니니!'라든가 '저 남자 다리는 어디로 간 거야?'라고 소리칠까 봐 걱정스러웠다. 줄스가 보기에 어머니는 멍청해서 그런 소리를 하는 것이 아니라 여자다운 술수를 쓰는 것 같았다. 저런 무서운 일과 자신은 동떨어진 존재임을 보여주기 위해 무의식적으로 무지하고 놀란 척하는 것이다. 로레타는 매력적이고 쾌활한 금발 여자였다. 그뿐이었다. 무서운 일들과는 맞지 않았다. 그런 일을 보면 그녀는 깜짝 놀랐다. 하지만 브록의 외모를 보고 떠들어댈 만큼 분별이 없지는 않았다. 그 점에 대해서는 입을 다물었다. 브록의 얼굴에 뭔가 일이 벌어지고 있었다. 윗입술이 서서히 녹아 사라지고 있는 것 같았다. 매주 모양이 달랐다. 아랫입술은 정상이었지만, 윗입술의 왼편 끝은 점점 가늘어지면서 몹시 건조한 모래 알갱이처럼 변했다. 줄스는 전에 문병을 왔을 때 여러 번 이런 변화를 보았던 기억이 났다. 하지만 보면서도 그리 의식하지는 않았다. 자신이 참견할 일이 아니라는 생각이 들어서였지만, 의사가 왜 이 이야기를 하지 않았는지 궁금했다. 그러고 보니 3주 동안 의사를 만나지 못했다. 어쩌면 삼촌은 나병에 걸린 것일 수도 있었다. 심장이 어쩌고, 콩팥이 어쩌고, 간이 어쩌고 했던 이야기들, 수수께끼 같은 내장 기관들에 관한 이야기들. 줄스는 삼촌의 입술을 의식하지 않으려고 애썼다.

"모린은 잘 지내, 오빠. 직장에도 잘 다니고 있고, 여전히 학교에 다녀." 로레타가 말했다. 사실 모린은 디트로이트 대학에서 낙제점을 받았고, 형편없는 직장에서 타이피스트로 일하고 있었지만 1년 동안 침대에만 누워 있던 것을 생각하면 밖으로 나가 버스를 타고 돌아다니는 것이 기적이었다. 모두들 그 점을 잘 알고 있었다. "게다가 이젠 아주 예뻐졌어. 봄 외투도 한 벌 샀고. 지금만큼 예뻤던 적이 없다니까. 건강도 최고고."

"모린이 행복하게 지내는 거야?" 브록이 말했다.

"그럼, 진짜 행복해! 당연히 행복하지!" 로레타가 외쳤다. "아 그래두 오늘 길이 오려고 했는데, 어디 갈 데가 있대. 모린이 이렇게 옛날 모습으로 돌아온 게 정말 얼마나 놀라운지……. 전부 오빠 덕분이야."

브록은 진지한 표정을 지었다. 로레타의 말을 믿기 때문이었다. 거슬리는 소리로 숨을 쉬며 말없이 누워 있는 그는 호리호리하고 신비로운 모린을 생각하고 있는 것 같았다. 그녀가 한 번도 문병을 오지 않은 것이 이상했다. 로레타와 줄스는 모린을 위해 변명을 해주었지만, 성격이 무뚝뚝하고 겁을 먹은 모린은 결코 병원에 오지 않을 것이다. "삼촌을 만나고 싶지만 갈 수 없어요. 못 가요! 그냥 내버려 둬요!" 그녀는 빨리 도망쳐 자신의 고독한 삶을 이어나가려고 안달하며 성난 목소리로 이렇게 외치곤 했다.

브록은 몇 분 동안 조용히 누워 모린을 생각했다. "뭐, 모린이 직장도 있고 잘 지낸다니 다행이네." 마침내 그가 말했다.

이제 로레타가 다시 재잘거리기 시작했다. 자기네 건물의 세입자들에 대해서, 머릿니가 있는 아이들에 대해서, 단단히 본때를 보여주지 않으면 마구잡이로 도둑질을 일삼는 못된 녀석들에 대해서, 위층에 사는 쓰레기들과 아래층에 사는 쓰레기들에 대해서, 겨울 내내 깨진 채로 아무도 고치지 않은 욕실 창문에 대해서, 물이 새는 수도관에 대해서, 한 단이 부서진 계단에 대해서, 배가 수박 같은 영세민 엄마들에 대해서, 길에서 그 여자들에게 길을 양보하지 않으면 그 여자들이 배로 상대를 튕겨버리는 것에 대해서(물론 그 여자들은 전부 검둥이 창녀들이야), 그리고 죽는 한이 있어도 영세민 지원 대상에서 벗어나려고 애쓰는 로레타 자신에 대해서, 죽는 한이 있어도 베티를 다시 집으로 데려와 온 식구가 함께 살게 하려는 자신에 대해서. 로레타 자신이 여기까지 차를 타고 오는 동안 무서워 죽을 것 같다는 이야기도 있었다. 줄스가 거리에서 검둥이 자식들이랑 마주치기라도 하면 어떡해? 검둥이 자식들은 거리 사방을 떼 지어 돌아다니잖아. 그러니 줄스가 우연히 그런 애랑 부딪혔는데, 다른 애들이 줄줄이 거리로 몰려나와 우리 줄스한테 달려들어 사지를 찢어버리면 어떡해? 나도 무슨 짓을 당할지 모르잖아.

"엄마, 목소리가 너무 커요." 줄스가 말했다.

그는 병동을 걷고 있는 간호사에게 주의를 빼앗기고 있었다. 그보다 어린 간호사지만 걸음걸이에 자신감이 배어 있고, 하얀 고무 밑창이 달린 신발은 소리를 내지 않았다. 그 꿀 같은 얼굴의 아가씨를 끌어안아 깜짝 놀라게 해줄 수 있다면 좋을 것이다. 줄스는 그녀를 향해 미소를 지었다. 그녀는 그를 흘깃 보고는 시선을 내렸다. 그러고 보니 전에 그 아가씨를 본 기억이 났다. 줄스의 심장이 아무런 의미 없이 한 번 두근 뛰었다. 그는 아직도 네이딘에 대한 사랑에서 벗어나지 못했다. 비참한 꼴을 당했으니 사랑이 끝났어야 마땅한 것을. 이제 그는 이런 공공장소에서든 개인적이고 육체적인 관계에서든 여자들을 상대할 때마다 네이딘의 기억으로 마음이 어두워지고, 바보처럼 우울해졌다. 그 아이를 얼마나 사랑했던가! 그녀를 미워하는 것 또한 사랑의 한 형태일 뿐이었다. 비록 희망이 없는 사랑이라 해도. 그의 집착은 몇 달 동안, 몇 년 동안 스스로를 먹고 자라 마침내 그의 머릿속에 네이딘에 대한 생각이 영원히 단단하게 박혀 버렸다. 어찌나 단단하게 굳어졌는지, 그가 다른 여자들과 아무리 부정을 저질러도 그것은 그녀 네이딘을 배신하는 행위가 아니었으며, 그는 여전히 네이딘을 떠받들었다. 자신의 이 약점, 이 사랑을 증오해야 하는지, 아니면 감사하게 여겨야 하는지 그는 알 수 없었다.

어머니가 위층의 누군가에 대해 모진 말로 계속 수다를 떠는 동안 줄스는 양해를 구하고 그 자리를 벗어나 병동 밖으로 나가는 간호사의 뒤를 따랐다. 그는 자신이 잘생기고 유쾌한 젊은이처럼 보인다는 사실을 의식하며 빠르게 걸었다. 예전에 무릎을 심하게 맞아서 살짝 다리를 절었지만(대부 회사에서 일할 때 어떤 남자의 차를 대출금 대신 가져왔다가 싸움이 벌어져서 입은 부상이었다. 검둥이인 그 남자는 타이어 레버로 줄스의 무릎을 박살 내려고 했다) 그는 바깥 복도에서 그녀를 따라잡았다. 하얗고 깨끗한 제복과 반짝이는 머리카락이 마음에 들었다.

"이 근처에 커피숍이 있어요?" 줄스가 물었다.

그녀는 당황해서 그를 빤히 바라보았다. 줄스는 상상력이 부족한 그녀의 표정에 실망했지만, 그녀와 함께 천천히 복도를 걸으며 계속 말을 이었다. "우리는 매주 삼촌 병문안을 와요. 그런데 삼촌이 차도를 보이시지 않네요."

"네, 댁을 본 적이 있어요."

"삼촌이 차도를 보이지 않아요. 저러다 돌아가시는 거 아닌지 몰라요. 혹시 아는 거 없어요?" 줄스는 빙긋 웃으며 물었다.

간호사는 좌우를 흘깃거렸다. 이마에 주름이 잡혀 있었다. "그게 무슨 말씀이세요? 아는 거라니요?"

"어디서 나랑 커피 한잔할래요?"

"아뇨."

"왜요?"

"지금 근무 중이라서 일해야 돼요."

"그럼 언제 끝나요?"

"6시."

"그럼 그때 다시 올게요. 아는 게 있으면 그때 이야기해줘요." 줄스가 그녀의 팔꿈치를 가볍게 건드리며 말했다. "언제나 아는 사람만 아는 내막이 있잖아요. 의사와 간호사만 아는 이야기 같은 거요. 수술실 이야기라든가."

그녀는 얼굴이 뻘개진 채 그를 보지 않았다. "농담이죠? 날 놀리는 거죠?"

"진담이에요. 탓하는 것도 아니고, 그냥 궁금할 뿐이에요. 다들 병원에 대해 알고 싶어 하잖아요. 밖에 있는 사람들은 병원과 의사를 굳게 믿으면서도 궁금해한다고요. 난 남부에서 병원에 몇 주 입원한 적이 있는데, 수프 속에 바퀴벌레 다리가 들어 있었어요. 아예 바퀴벌레 한 마리가 통째로 들어 있었다면 그냥 바닥으로 튕겨서 없애버리면 되지만, 조각난 바퀴벌레는 더 심각하잖아요. 끝까지 해결을 볼 수가 없으니까. 그렇죠?"

"난 수프에 바퀴벌레가 들어 있는 건 한 번도 못 봤어요." 아가씨가 말했다.

"우리 삼촌의 입술이 점점 닳아서 사라지고 있어요. 아무도 말은 안 하지만요. 내가 보니까 팔에 빨간 점들이 많더라고요. 주삿바늘 자국요. 병원에서 삼촌한테 암을 주입하고 있는 거예요?"

아가씨는 앞만 똑바로 바라보았다. "난 지시를 받았을 때가 아니면 아무한테도 주사를 놓지 않아요."

"아, 댁이 그럴 거라는 뜻은 아니에요. 댁이 설사 그런 주사를 놓더라도 고의로 그러는 건 아니겠죠." 줄스가 유쾌하게 말했다. "내가 말한 건 인턴들이에요. 아마 야간 당직들? 그런 사람들은 언제나 실험을 하지 않아요? 여기에는 온통 검둥이들뿐인데 안 될 것도 없죠. 여기에 암세포 몇 개, 여기에는 새로운 암 치료제. 이렇게 환자들마다 주입하는 게 안 될 것 없잖아요. 영세민 복지 지원을 받는 사람들이니 너도나도 열심히 협조하려고 할 테고요."

"무슨 말씀인지 모르겠어요." 아가씨가 말했다.

"댁이 마음에 들어서 인사나 나누려고 떠드는 거예요." 줄스가 말했다. 좋은 기분이 서서히 사라지고 있었다. "검둥이든 백인이든 환자들한테 의사가 무슨 짓을 하는지는 남이 간섭할 일이 아니죠. 실험이 안 될 것도 없잖아요? 난 누구든 잘잘못을 가릴 생각이 없어요. 나도 의사라면 같은 짓을 할지 몰라요. 난 항상 뭔가 새로운 걸 시도해보려고 하거든요. 야간 근무 때는 내가 장난삼아 발가락과 손가락을 바꿔 달든, 배에 귀를 달든, 자궁 속에 스펀지를 남겨두든, 의학적인 연구를 위해 누군가의 눈에서 스테인리스 포크가 비

480

집고 나오게 하든 막을 사람이 없죠. 그러다가 새로운 질병과 치료법을 한꺼번에 찾아낼 거예요. 진짜 재미있겠다. 6시에 저기서 다시 만나요."

"글쎄요."

"좋아요, 6시. 거기서 기다릴게요. 내 차는 하얀색이에요."

"글쎄요. 안 될 것 같은데요."

"6시예요." 줄스가 말했다.

그는 그녀를 두고 돌아서서 삼촌의 병동으로 향했다. 조금 우울했다. 병원의 향기는 줄스의 향기가 아니었다. 여자의 가벼운 냄새와 섞인 그 냄새가 점점 고약하고 무거워졌다. 그러더니 여자의 냄새를 가려버렸다. 그는 주머니에 손을 넣고 천천히 걸어서 돌아왔다. 어디선가 탁탁 타자 치는 소리가 들리고, 그 너머로 동굴에서 웅얼거리는 것처럼 낮고 불분명하게 웅얼거리는 소리가 들렸다. 지옥에서 중얼거리는 소리 같았다. '우린 여기에 몇 년이나 있었어! 몇 년이나 널 기다렸어!' 그가 병동으로 들어서면, 죽어가는 사람들이 그의 젊음을 갈망하며 입을 모아 합창하듯 이렇게 외칠 것 같았다.

젊음이라⋯⋯.

전날 밤 그는 아는 사람의 부인인 여자의 품에 누워 무서운 생각을 했다. 여자들에게로 들어가는 입구는 모두 똑같았다. 하나도 남김없이 똑같았다. 그런데도 그는 결코 그 안으로 제대로 들어가지 못하고 언제나 거절당했다. 그는 거부당해서 밖에 남았다. 그 어느 것도 제대로 완수한 적이 없었다.

브록의 병상 근처에 있는 침대에서 어떤 남자가 손가락 사이로 검은 묵주를 대롱대롱 매달고 앉아서 줄스를 지긋이 바라보았다. 마치 '그래, 우리 남자들은 언제나 거절당하지'라고 금방이라도 말할 것 같았다. 줄스는 시선을 피했다. 그 줄스가 다른 남자들과 똑같이 늙어길 리가 없잖나. 특별한 재주도, 우아함이나 섬세함도, 욕망에 비례하는 운명도 없을 리가 없었다. 그는 아주 많은 것을 원했다! 고개를 주억거리며 남들의 뒷공론을 늘어놓는 어머니와 죽어가는 삼촌에게 다가가며 그는 여기가 병원이라기보다는 감옥 같다는 느낌이 들었다. 이 안에서만 최소한의 자유를 허락받은 것 같았다. 담배에 불을 붙이고 싶었다. 마음에서 두려움이 생겨났다. 심각한 것은 아니었지만, 브록에게 돌아가 망가진 그 몸을 지켜보다가 팔의 빨간 점들을 우연히 다시 보고 나니 의사들이 정말로 암세포로 실험을 하고 있는 건지도 모르겠다는 생각이 들었다. 농담이 아니라 진지한 생각이었다. 암세포를 주사한 뒤 세포를 배양하고, 염색해서 현미경으로 살피고, 항생제, 항바이러스제, 항균제, 밤에 가장 똑똑한 인턴을 시켜 만든 비밀의 약들, 반드시 명성을 가져다줄 그 약들을 순서대로 주입할 것이다. 무슨 일이든 가능했다.

의사란 정말 당당하고 의기양양한 직업이 아닌가!


## 11


줄스는 점심을 먹기 위해 큰아버지를 태우고 런던 찹하우스로 가서 검둥이 주차원에게 차를 넘겼다. 줄스 자신은 주차원이나 할 사람이 아니고, 운전기사보다도 조금 위에 있는 사람이었지만 그들처럼 상냥하게 봉사하는 듯한 태도를 조금 어깨에 짊어지고 다니는 것은…… 그것은 사람들과 사이좋게 지내는 방법이었다. 그는 100달러 넘게 주고 산 가벼운 여름 양복과 강철 같은 밝은 회색 넥타이로 옷을 잘 차려입었다. 구두는 반짝반짝 광택이 났고, 머리도 깔끔하게 다듬었으며, 시선은 호전적이고 불안정한 큰아버지의 걸음걸이에 줄곧 머물러 있었다. 샘슨 큰아버지는 사실 하워드 웬들의 진짜 형이 아니었다. 도저히 그런 것 같지 않았다. 둘 사이를 이어주는 것은 오로지 술뿐이었다.

샘슨 웬들은 미시간 주 와이언도트에 공구 공장을 갖고 있었다. 시장에서 돈이 쏟아져 들어왔기 때문에 지금은 그로스포인트의 거대한 튜더 양식 저택에서 뚱뚱한 아내, 딸들과 함께 살고 있었다. 그들은 틀림없이 바로크 양식의 창문을 통해 보란 듯이 꾸며놓은 길고 경사진 잔디밭을 내다보며 그로스포인트의 귀부인들이 연락해오기를 기다리는 데 하루를 보내고 있을 터였다. 하지만 그들을 찾아오는 사람은 하나도 없었다. 그로스포인트 요트 클럽도 그들에게 손짓하지 않았고, 디트로이트 운동 클럽도 마찬가지였다. 샘슨은 줄스가 모는 차로 그 당당한 건물 앞을 지나가면서 아주아주 심술궂은 표정으로 콧방귀를 뀌었다. "저걸 좀 봐라. 한번 봐! 뒤로 한 블록만 가면 검둥이 창녀들이 길가에 나와 있어. 머리를 엉망으로 탈색한 모습으로 말이지. 거기에 그 클럽이 있다고, 응?" 줄스는 빙긋 웃으며 계속 차를 몰았다. 똑똑하게 굴거나 호기심을 드러내지 않고 그냥 샘슨의 아들 노릇을 하는 것, 행방이 묘연해진 야성적인 사촌을 대신해주는 것이 줄스의 임무였다. 조지프라는 이름의 사촌이 사라졌을 때 마침 줄스가 큰아버지 앞에 나타났기 때문이었다. 조지프야 어떻게 되든 알 게 뭐람. 조지프는 유럽에 있고, 줄스는 디트로이트에서 샘슨 큰아버지가 탄 차를 능숙하게 운전하며 돌아다니고 있었다. 그가 할 일은 그저 입을 다물고 눈과 귀를 열어두는 것뿐이라고 샘슨은 몇 번이나 말했다. 그는 공장 관리인과 함께 일해야 했다. 그리고 샘슨과 함께 돌아다니며 이런저런 것들을 배워야 했다.

"내가 요즘 비행기를 타고 다니는 것 알고 있었니? 제트기 말이다."

"그거 굉장한데요." 줄스가 말했다.

"옛날에 비하면 확실히 시대가 많이 바뀌었지. 그래, 정말 변했어." 샘슨이 부루퉁한 미소를 지으며 말했다.

두 사람은 줄스의 아버지를 결코 입에 담지 않았다.

줄스의 어머니에 대해서는 샘슨이 이렇게 말했다. "네 엄마가 아들을 낳았다는 얘기 들었다. 뭐, 덕분에 젊게 살 수 있겠군. 여자들은 어린애를 키우면서 법석을 떠는 걸 좋아하니까 말이야, 그렇지?"

줄스에 대해서는 열성적으로 이야기했다. 정신없이 빠르게 말을 쏟아내는 그를 보면서 줄스는 그런 태도에 반드시 의미가 있다고 볼 필요는 없다고 생각했다. 버나드 게편의 경우와 같았다. "먼저 우린 널 대학에 보낼 거다. 우리에게 필요한 강의를 듣고 해치우는 거야. 배운 걸 머릿속에 쑤셔 넣어라. 나머지는 나한테서 곧바로 배우면 돼. 난 믿을 수 있는 사람이 필요하다. 네 얼굴이 마음에 드는구나."

"감사합니다." 줄스가 말했다.

"나한테 감사하지 마! 난 네 얼굴이 마음에 든다고 말했다. 널 믿어."

두 사람은 찹하우스에 들어가 그 값비싼 어둠 속으로 내려갔다. 줄스는 여직원의 귓가를 향해 예의 바르게 몸을 기울이고 좌석으로 안내해달라고 이야기했다. 그래, 그의 얼굴이 정말 괜찮은 모양인지 다들 그 얼굴에 좋은 반응을 보였다. 하지만 자신이 거울에서 보는 것도 바로 이 얼굴이 아니던가. 빨간색과 하얀색 체크무늬 식탁보가 덮인 식탁이 구석에 있었다. 지하 포도주 창고 같은 이 어둠침침하고 풍요로운 분위기에 묻힌 그 자리에 예이츠라는 남자가 앉아서 두 사람을 기다리고 있었다. 샘슨은 사무실 화장실에서 뭔가를 토해내느라고 약속 시간에 40분 늦었다. 직업상 무감각해지는 것을 일부러 연습 중인 줄스는 그동안 미시간 주 와이언도트의 기름진 공기를 창문으로 멍하니 내다보았다. 샘슨이 툴툴거리듯이 남자에게 인사를 건네고 악수한 뒤 줄스를 소개하고는 의자에 무겁게 앉았다. 런던 찹하우스에서 점심을 먹는, 풍채 좋고 부유한 사업가들 특유의 짜증스러운 기대가 드러난 표정이었다.

"왜 이렇게 어두워! 뭐 숨길 것이라도 있나?" 샘슨이 투덜거렸다.

상대 남자가 즉시 고함처럼 맞장구를 쳤고, 줄스는 조지프 웰들을 흉내

내기 위해 만들어낸 미소를 지으며 냅킨을 펼쳤다. 그는 큰아버지에게 책임감을 느꼈다. 비록 샘슨은 그보다 몸무게가 45킬로그램쯤 더 나가고 숨쉬는 소리도 훨씬 큰 사람이었지만. 흰머리가 희끗희끗하고 체구가 엄청나게 큰 그는 오만한 태도를 빼면 이렇다 하게 눈에 띄는 점이 없었으며, 지나치게 조인 값비싼 허리띠 위로 조립 라인에서 일한 하워드 웬들처럼 불룩한 뱃살을 내밀고 돌아다녔다. 줄스는 자신이 확고하게 자리를 잡기 전에 큰아버지가 갑자기 쓰러져 죽어버리는 일이 일어나지 않기를 바랐다. 줄스는 아무리 황당한 이야기라 해도 큰아버지의 말에 무조건 그렇다고 고개를 끄덕일 때에만 큰아버지 앞에서 편안하게 움직일 수 있었다. 오늘 점심의 중요 농담 주제는 레이디 버드 존슨이었다. "어느 날 아침에 린든 베인스가 욕조에서 나오는데, 누굴 봤는지……." 줄스는 이 기회를 틈타 북적거리는 식당 안을 둘러보며 미리 미소를 지었다. 이렇게 억지 미소를 짓느라 얼굴 가죽이 점점 얇아지는 게 아닌가 하는 생각이 들었다. 그는 큰아버지에게 진심으로 감탄했다. 그가 지닌 돈 때문에. 웬들 할머니의 감탄과 시기심, 어머니의 미움이 그 마음에 박차를 가했다. 남자의 성공은 성공하지 못한 사람의 마음속에 질투심과 증오를 불러일으킨다는 것을 그는 알고 있었다. 지금처럼 큰아버지와 함께 점심 식사를 하는 건 자주 있는 일이었다. 시내의 값비싼 레스토랑에서, 디어본 피셔 센터 근처나 우드워드나 공항의 식당에서. 모두 사업상의 만남이었으므로 줄스는 아들처럼 얌전히 앉아서 조용히 귀를 기울였다. 똑똑하고 믿음직한 표정으로 술을 딱 한 잔 마신 뒤 어른들이 두 잔, 세 잔, 네 잔으로 넘어가는 것을 지켜보았다. 어른들은 언제나 그 단계까지 술을 마셨다.

"여긴 정말 어둡군요! 내가 뭘 쓰러뜨리기라도 하면, 큰일 나겠소." 샘슨이 말했다. 그는 만화 속 인물처럼 어떤 한계를 허니 김이내시 심술궂은 미소를 지으며 계속 짓까불었다. 마치 자기가 그러는 것이 다른 사람들에게 엄청난 선물이라는 듯이, 대화라는 위험한 바다에서 그들이 가라앉지 않게 해주는 구명정이라는 듯이. "이렇게 어두운 데서는 계산서를 멋대로 만들어서 최고 매상을 올릴 수도 있겠소."

상대방 남자가 갑자기 마른기침 같은 소리를 냈다. 나름대로 웃음소리를 낸 것이었다.

샘슨은 몇십 년 전 포드사의 공장에서 미숙련 노동자로 일을 시작했다. 그러다 공구 관련 일을 하게 됐고, 그곳을 그만두고 나와서 대기업에 물품을 공급하는 회사를 차렸다. 그는 어리석은 실수 없이 계속 나아가 투자자들을 끌어들였으며, 마침내 자신 외에 여섯 명의 남자들까지 백만장자로 만들어주었다고 자랑할 수 있게 되었다. 줄스와 함께 식탁에 앉아 있는 이 남자도 백만장자였다. 하지만 왠지 그런 기분이 들지 않았다. 식당의 카운터석에 낯선 사람과 나란히 앉아 있다고 해도 될 것 같았다.

"미치겠는 건, 그게 60만 달러짜리라는 거요." 샘슨이 성난 표정으로 엄지손가락을 튕기며 예이츠에게 말하고 있었다. "그러니 어쩌겠소? 그 나쁜 자식이 접대를 말하더군. 그래서 내가 그랬소. '접대는 무슨 접대?' 하지만 그쪽에서는 아무것도 얻어낼 수가 없어요. 거기 뉴잉글랜드 사람들만의 언어가 따로 있으니까! 그래서 내가 마이크한테 전화를 걸어서 말했더니, 그 친구 말이 메트로 공항에 누가 있는데 그자랑 연락해보라고 합디다. 미시간 대학에 다니는 여자들을 주선해주는 일을 하는 인간이라고⋯⋯."

"어디요?" 예이츠가 말했다.

"미시간 대학. 여자들. 학생들 말이오. 하룻밤에 30달러라는데, 내가 마이크한테 그랬소. 우리가 그 돈을 내야 하느냐고. 60만 달러야 60만 달러지만, 난 이런 식으로 사업을 한 적이 한 번도 없어요. 게다가 이제 와 시작해도 너무 늦었는지도 모르고. 그랬더니 마이크가 누가 30달러를 낼지 일단 조용히 지켜보자고 하더군. 그걸 보고 나서 결정하자고. 그깟 30달러쯤…… 근데 접대할 상대가 몇 명이더라? 네 명이나 다섯 명쯤? 어쨌든, 난 누가 하란다고 이리저리 휘둘리는 사람이 아니란 말이지."

"미시간 대학 이야기는 어디서 들으셨소? 지금 농담하시는 거요?"

"난 농담할 시간이 없는 사람이오." 샘슨이 화를 내며 말했다.

마실 것이 도착했다. 식당 안이 조금 밝아진 것 같았다. 샘슨은 식탁을 향해 몸을 기울이고 예이츠의 얼굴을 똑바로 바라보며 이야기했다. 예이츠도 그와 비슷한 남자였다. 이제 샘슨이 자기 배에 대해 이야기하기 시작했다. 그는 항상 배 이야기를 했다. 길이가 50피트(약 15미터—옮긴이)인 그 배는 수천 달러짜리였지만 제대로 돌아가지 않을 때도 많았다. 시동이 잘 걸리지 않는 것이 문제였다. 샘슨은 줄스를 계속 배로 초대하면서도, 구체적인 시간은 한 번도 정해주지 않았다.

샘슨이 예이츠에게 말했다. "내가 오전에 변호사들하고 다섯 번이나 통화했소. 젠장, 변호사들이 이렇게 빌어먹게 간단한 일을 제대로 해결할 수 있을 것 같소? 흥! 그 여자가 진짜 멍청한 짓을 한 건 맞아요. 커다란 수박을 배에 던져 넣다니. 그것도 다 썩은 걸. 수상스키를 타던 녀석들이 있었으니 알 만하지 않소. 온통 난리가 났지. 우리 집사람은 계속 그쪽 부모들한테 전화를 걸어서 뭐라고 소리를 질러대려고 하고. 그래서 내가 그쪽이 원하는 게 바로 그거라고 말했는데……."

줄스의 시선이 지친 듯이 한쪽 옆으로 옮겨 갔다. 그런데 거기에 네이딘이 있었다. 그녀는 다른 여자 두 명과 함께 앉아서 그를 바라보고 있었다. 그의 심장이 쿵 하고 뛰었다. 그는 즉시 시선을 돌렸다.

큰아버지는 배와 소송에 대해 이야기하고 있었다. 소송이 잇달아 벌어졌다. 월요일에 또 새로운 소송이 있었다. 소송. 변호사. 판사. 법원. "옛날에는 사는 게 이렇게 뒤죽박죽 복잡하지 않았는데 말이오." 샘슨이 얼굴을 일그러뜨리자 줄스의 아버지 얼굴과 거의 흡사하게 보였다. 무덤에서 돌아온 무서운 얼굴, 심술과 당황과 의심이 어우러진 얼굴이었다. 이야기를 들어보니 그가 어떤 회사의 똑똑한 젊은이를 고용한 모양이었다(이 얘기가 요트 사고 이야기와 뒤섞였다). 그런데 알고 보니 이 젊은이가 도둑놈이었다. 평범한 도둑. "그 개자식, 쌍놈의 자식!" 샘슨이 큰 소리로 말했다. 또 새로운 소송이었다. 뉴저지의 어떤 회사가 그 남자를 고용한 샘슨 웬들에게 소송을 제기했다. 하지만 그 남자는 이미 웬들의 회사를 그만두고 캘리포니아에서 다른 회사에 다니고 있었다. 나쁜 자식, 인생이 어찌 이렇게 굴러간단 말이오?

예이츠가 시끄러운 소리를 내며 셀러리를 먹고, 자기 잔을 홀짝거린 뒤 말했다. "인디애나 플로맨도 정확히 똑같은 일을 겪었다고 들었소. 정확히 똑같은 일이에요."

"그쪽은 어떻게 했답니까?"

"파산했지요."

"난 그놈이 그 회사에서 서류를 훔친 걸 몰랐어요. 아무것도 몰랐소."

"그걸 증명할 수 있소?"

술이 또 나왔다. 줄스는 몹시 동요해서 네이딘이라고 짐작되는 여자를 다시 뒤돌아보았지만 확신할 수 없었다. 그의 시선이 너무 동요하고 있었다. 금방이라도 질식할 것 같았다. 큰아버지가 피우는 시가의 연기 때문에 미칠 것 같았다. 그때 그녀가 그를 다시 흘깃 바라보는 바람에 두 사람의 눈이 마주쳤다. 그는 그녀가 바로 네이딘임을 확신했다. 그는 한 대 맞은 사람처럼 무겁게 시선을 떨어뜨렸다.

이제 샘슨은 조지 롬니에 대해 뭐라고 이야기하고 있었다. 그자는 사기꾼인가 성자인가? 예이츠도 큰 소리로 동참했다. 한 사람은 롬니를 싫어하고, 다른 한 사람은 그에게 감탄했다. 줄스는 누가 그를 싫어하고 누가 그에게 감탄하는지 구분할 수 없었다. 어쩌면 두 사람이 서로 의견을 맞바꾸거나 마구 뒤섞는 것 같았다. 어쨌든 두 사람이 큰 소리로 사이좋게 정신없이 이야기를 이어나가는 동안 줄스는 못 박힌 듯이 앉아 있었다.

그는 다시 네이딘을 보았다.

그녀는 자기보다 나이가 많은 여자 두 명과 함께 앉아 있었다. 이제는 그를 바라보지 않았다. 그에게서 반쯤 몸을 돌리고 앉아서 누군가의 말을 들으며 그쪽으로 고개를 기울였다. 몸에는 미동도 없었으며, 팔과 목은 맨살이 드러나 있었다. 옷은 검은색, 검은 머리는 틀어 올려서 정교한 모양으로 고정되어 있었다. 그것을 보니 줄스의 심장이 덜컹 내려앉았다. 너무나 아름답게 보였다. 그는 둥글게 감겨서 반짝이는 그 머리카락에 입술을 대고 싶었다. 그녀의 뒤로 다가가 그녀를 끌어안고 싶었다. 어차피 몇 년 전만 해도 그녀가 그의 품에 눕지 않았던가? 그의 입맞춤, 그의 손길, 그의 열정을 받아들이지 않았던가?

"어이, 너, 뭘 그렇게 보는 거냐?"

줄스는 큰아버지를 돌아보았다.

"꼭 전기의자에 강제로 앉혀진 사람 같은 표정이잖아."

"전 괜찮습니다." 줄스가 차갑게 말했다.

식당 안의 공기가 확 밀려왔다가 밀려갔다. 줄스는 그 공기의 박동을 느낄 수 있었다. 그는 음식을 먹으려고 애쓰면서 함께 앉아 있는 남자들이 식사하는 모습을 지켜보며 그들을 흉내 내려고 했다. 화려하게 허세를 부리듯이 어둡게 줄여놓은 불빛 속에서 기묘하고 깊은 어둠이 솟아났다. 줄스의 마음속에 밤의 감각, 무(無)의 감각이 생겨났다. 그는 이것을 이해할 수 없었기 때문에 무서웠다. 마치 자신의 마음속 깊은 곳에서 문이 하나 열렸는데, 사실은 그것이 진짜로 열린 것이 아닌 듯했다. 그것은 진정한 시작이 아니었다. 열린 문 뒤에는 무(無)기 있을 뿐이었다.

하지만 흥분 또한 꾸준히 솟아나서 그의 몸이 땀으로 한 꺼풀 덮였다. '그녀가 나한테 말도 걸지 않고 나가버리지는 않을 거야.' 그는 속으로 생각했다. 낯선 여자들과 함께 앉아 점심을 먹으며 그들을 향해 몸을 기울이고, 미소를 짓고, 이야기를 하는 네이딘의 존재를 그는 의식하고 있었다. 그녀는 줄스의 인생 가장자리에 서서 값비싼 신발을 신은 발가락으로 그를 쿡쿡 찔러대는 치명적인 여자였다. 머리가 무겁고 멍했다. 그는 자신이 아직도 그녀를 사랑하고 있으며 예전보다 더 강렬하게 그녀를 원한다는 사실을 깨달았다. 그녀도 변해서 나이를 먹고 더 우아해졌지만 그 특유의 투명하고 대단한 미모는 여전했다. 마치 그녀 스스로가 이제 다른 여자가 되었다고, 정확히 줄스를 손에 넣을 수 있는 여자가 되었다고 생각하는 것 같았다. 그녀의 등이 열심히 주의를 기울이는 자세를 취하고 있는데도 그녀에게는 마치 무아지경에 빠진 것 같은 분위기가 있어서 그녀가 친구들의 이야기에 지나치게 몰두하고 있는 것처럼 보였다. 줄스와 마찬가지로 그녀도 항상 자신을 가장했다. 그는 그녀의 이런 모습을 느낄 수 있었다. 그녀는 상대의 말을 열심히 들으려고 목덜미를 기울이고 있었고, 줄스는 자신이 서서히 해체되고 있는 것 같았다.

큰아버지의 질문에 대답하는 그의 목소리는 느리고 무거웠다. 멀리서 들리는 소리 같았다. 다행히 큰아버지와 예이츠가 술을 꽤 마신 상태라서 무아지경에 빠져 광대처럼 굴며 발을 구르고, 난폭하게 굴고, 자동차 판매가 부진하다는 이야기에 달려들고, 뒤로 휙 물러나서 누군가의 요트와 수박에 대해 투덜거렸다. 줄스는 도무지 이해할 수 없는 이야기들이었다. 네이딘이 일어서는 것이 보였다. 그는 그녀의 이름을 부르고 싶었지만, 그녀가 다른 여자들과 똑같이 가방으로 손을 뻗는 모습을 무기력하게 지켜보는 것 외에는 아무 행동도 하지 않았다. 그녀가 호리호리한 화살처럼 돌아섰다. 남들의 눈에 띄지 않는 무적의 장소에서 자신을 훑어보는 다양한 사람들의 눈에 방해받지 않고 식당 안을 살펴보려는 것 같았다. 그녀가 그에게 다가오는 것이 보였다. 그녀는 한창 유행하는 구두, 가느다란 끈이 달린 샌들형 하이힐을 신고 있었다. 마디가 있는 작은 하이힐의 앞부분에는 거북 등딱지 장식이 있었다. 그는 눈을 그녀의 얼굴로 천천히 움직였다. 마치 그녀의 얼굴을 실제로 보는 것이 내키지 않는 사람처럼. 큰아버지와 예이츠는 낯선 여자가 줄스에게 다가와 종이를 건네는 것을 보고 기함했다. 줄스는 그녀의 손가락에서 즉시 종이를 받아, 전혀 놀라지 않은 표정으로 주머니에 넣었다. 그녀가 멀어져갔다.

"세상에, 무슨 일이냐?" 큰아버지 샘슨이 소리쳤다.

"고등학교 동창이에요." 줄스가 말했다.

"고등학교!" 샘슨이 외쳤다. "세상에, 그때는 가슴이 평평해서 사내 같은 아이들도 있는 법인데…… 세상에, 이거야 원……. 고등학교를 같이 다녔다고?"

"고등학교를 같이 다녔어요." 줄스가 같은 말을 반복했다.

"세상에, 사내처럼 보이는 아이들은 별로야. 넌 어떻게……." 샘슨의 눈에서 서서히 초점이 흐려졌다. 큰아버지가 이대로 탁자에 앉은 채 잠드는 것이 아닌가 하는 생각이 들었다. 실제로 지난 오찬에서 그는 정말로 잠이 들어, 그를 깨우지 않으려고 소리 없이 조심스레 식탁을 치우는 웨이터 조수 옆에서 작게 코를 골았다.

"브랜디를 좀 주문해라, 아들." 그가 줄스에게 말했다.

—

그녀의 성은 이제 그린이 아니었다. 그로스포인트에 살지도 않았다. 지금 사는 곳은 블룸필드힐스였다. 우드워드 애버뉴에서 한참 차를 몰고 가야 하는 곳이었다. 처음 차를 몰고 출발할 때 줄스는 흥분과 설렘으로 제정신이 아니었지만 점차 묘하게 차분해져서 미치 허공에 둥둥 떠 있는 것 같았다. 특정한 운명을 향해 기계장치가 고정되어서 반드시 그곳까지 그를 데려다줄 차를 몰고 있는 것 같았다. 처음에는 도로 사정에 정신이 번쩍 들었지만, 식스마일로드 근처에 이르자 건물들이 뒤로 물러나고 누덕누덕 기운 것 같은 초록색 파머 공원이 나타나고, 곧이어 골프장과 묘지들이 연달아 나타났다. 줄스는 공동묘지를 보고도 별로 거슬리지 않았다. 오히려 묘지야말로 디트로이트에서 가장 아름다운 곳이라고 생각했다. 우드워드 애버뉴는 초록색 띠로 나눠져 있었다. 쓰레기가 흩어져 있지만 그래도 초록색을 유지하고 있는 중앙분리대가 눈을 즐겁게 해주었다. 차를 몰고 달리는 동안 절망감이 사라졌다. 자기 소유의 자동차가 있는 한, 그는 언제나 자신의 운명을 좌우할 수 있었다. 그에게 정해진 운명은 없었다. 그는 진정한 미국인이었다. 자동차는 그가 인상적인 속도로 마음대로 움직이며 돌아다닐 수 있는 껍데기와 같았다. 그는 누군가의 2세대가 아니라, 자기 자신의 조상이었다.

네이딘이 잡아끄는 힘에 그는 저항할 수 없었다. 그의 혈관 속에서 어리석은 수액이 달콤하게 흘렀다. 죽어가는 브록 삼촌, 영세민 병동에 누워 있는 그 몸, 점점 녹고 있는 입술, 재앙과 희망으로 밝게 빛나는 눈에 신경을 써서 무엇을 하겠는가? 누이동생 베티에 대해 신경을 써서 무엇할까? 베티는 L&L, 그러니까 음탕하고 호색적인 행동을 한 혐의로 체포된 적이 있었다. 이 말에는 무슨 의미라도 가져다 붙일 수 있었지만, 줄스는 마약이 관계된 것 같다는 생각을 하고 있었다. 하지만 자신의 모든 것이 낯선 사람인 네이딘을 향해 달려가고 있는 마당에 그가 베티에게 무슨 신경을 쓸 수 있을까? 어머니, 동생 모린, 의붓남동생에 대해 진지하게 생각하는 것도 불가능했다. 그는 오로지 네이딘만 생각했다.

차를 몰고 가는 길은 멀었고 날은 따뜻했다. 줄스는 속도를 너무 내지 않으려고 애썼다. 길고 긴 대로를 따라 도시 북쪽의 교외 마을들을 지나가고, 버밍엄을 통과해서 블룸필드힐스 시로 들어갔다. 하지만 업무 지역도 없고 주택도 없는 듯해서 결코 도시라고 할 수 없었다. 모든 것이 조용한 도로를 따라 시골 풍경 속에 멀찍이 떨어져 있었다. 줄스는 쾌활한 숙명 같은 것을 느끼며 핸들을 꺾었다. 그녀가 자신의 이름과 주소가 적힌 종이쪽지를 그에게 건넸다. 날짜는 적혀 있지 않았다. 그는 하루, 이틀을 기다리다가 사흘째 되던 날 후들거리며 일어섰다. 큰아버지 샘슨에게 오후에 병원에 가봐야겠다는 평계를 대고 그의 권위와 약속과 차갑지만 분별 있는 눈에서 도망치자고 굳게 결심하고서…….

고속도로 옆, 깔끔하게 깎아놓은 야생 잔디밭을 지난 곳에 한창때가 지난 잡초들이 있었다. 그가 이렇게 네이딘에게 달려가고 있는 것은 그녀 안에 자신을 묻고 싶고, 그녀 안에서 자신을 채우고 싶다는 무서운 욕망, 우드워드처럼 똑바르고 깨끗하지만 더 영원한 거리, 그의 마음속 선명한 거리에 닿고 싶다는 무서운 욕망 때문이었다. 그의 진실은 무엇일까? 그에게 인생의 의미는 무엇일까? 그는 자기 인생의 의미가 그 여자와 누구도 풀 수 없게 연결되어 있다는 느낌이 들었다.

그것은 삼촌을 만나러 가는 일요일 문병에서 도달한 확신이었다. 그날은 모린이 마지못해 따라왔다. 로레타는 일주일 동안 이렇다 할 힘든 일이 없었던 탓에 차분했으며, 연민의 감정으로 입을 꾹 다물었다. 줄스는 느낄 수 있었다. 두 사람이 느끼는 연민의 감정. 그 어느 때보다 건강하고 좋은 모습을 한 여자들이 남자에게 연민을 느끼고, 남자의 죽음에 대한 사랑으로 눈시울을 적셨다. 그는 그것을 느끼고 이해했다. 여자들이 가장 깊은 곳, 자기 존재의 가장 은밀한 곳, 무시무시한 파멸의 느낌, 죽음의 느낌 속에서 건져 올린 연민의 감정, 그것이 지금 삼촌을 향하고 있었다. 아무 가치도 없는 실패자에게! 그리고 언젠가는 줄스에게도 그 감정이 향할 것이다. 등대처럼 그를 정확히 찾아내서 모든 것을 알고 용서하면서도 개인적으로 신뢰해지지는 않을 것이다. 네이딘은 어머니나 누이가 아니라 낯선 사람이었지만,

그가 네이딘에게서 느끼는 것도 바로 이 친밀하지 않고 맹목적인 연민, 육체적 결합에 대한 갈망과 거의 비슷한 그 감정이었다.

그는 그녀의 집을 찾아냈다. 그녀의 아버지가 지은 예전 집과 너무 흡사해서 그는 깜짝 놀랐다. 커다란 잔디밭(이곳에는 그로스포인트보다 땅이 풍부했다)에 서 있는 집은 비싸고 다듬어지지 않은 것처럼 보였다. 인간적인 체취가 전혀 없는 새집 같았다. 줄스는 달걀형 진입로를 올라가서 문 앞에 차를 세웠다. 갑작스러운 기시감에 머리가 어지러웠다. 그는 멀리 떨어진 곳에서 자신의 모습을 선명하게 보았다. 사진이나 영화 속 등장인물을 보는 것 같았다. 그의 머리 위나 근처에서 X자가 어른거리며 그를 표시해주었다. 어딘가에서 잔디 깎는 기계 소리가 날카롭고 끈질기게 들려왔다. 그는 자동차 열쇠를 빼내면서 갑자기 속이 메스꺼워졌다. 깔끔하게 다듬어진 땅에서 두려움을 느끼는 외국인 같았다. 자기 욕망의 실현을 향해 너무 서둘러 달려온 것 같았다.

잔디 깎는 기계 소리가 점점 커졌지만, 소리가 나는 방향을 알 수 없었다.

네이딘이 직접 문을 열어주었다. 그녀가 손을 뻗어 그의 손을 잡으려 했지만, 그에게 남아 있는 머뭇거림이 그 손짓을 악수로 바꿔놓았다. "안녕." 그녀가 말했다.

줄스는 고개를 끄덕였다. 실크와 비슷한 물색 천으로 만든 옷을 입은 그녀는 낯설고 숨소리가 났다. 팔꿈치 위쪽의 부드러운 살이 드러나 있었다. 줄스는 불안한 마음을 물리치려고 미소를 지으며 말했다. "모든 게 친숙해 보이네."

그는 눈을 한 번 휙 움직여서 복도, 둥근 다리가 달린 하얀 탁자, 진홍색 쿠션이 있는 의자, 계단 근처의 묵직한 거울을 가리켰다. 그 거울 속에 그와 네이딘의 모습이 부자연스럽게 비쳤다. 거울의 굴곡 때문에 두 사람의 얼굴이 크게 확대되어 있었다.

"3년 전부터 이 집에 살았어." 네이딘은 그에게 잘 보이려고 열심이었지만 그의 말이 무슨 뜻인지 알지 못했다. "그래도 나한테는 아직 친숙하지 않아."

악수가 끝났다. 그녀가 당혹스러운 표정으로 살짝 물러났다. 그가 등 뒤로 문을 닫은 뒤 두 사람은 포옹했다. 하지만 형식적인 포옹이었다. 그녀가 미안한 듯 웃음을 터뜨리며 옆으로 물러나다가 하얀 탁자에 부딪혔다. 미색 바탕에 금박을 입힌 골동품 탁자 같았다.

줄스가 말했다. "다쳤어?"

그녀가 고개를 저으며 다시 웃었다. 이 집에서 그녀가 스스로 다치다니 말이 되는가?

"아름다운 집이네." 줄스가 말했다. "너랑 똑같아. 이 안의 모든 것이 너랑 똑같아." 그는 그녀가 이 말을 부정하기를 반쯤 바랐지만, 그녀는 그의 말을 이해하지 못했다. 그는 자신의 말과 존재가 그녀를 을러대고 있음을 느낄 수 있었다.

"난 그런 거 몰라. 잘 모르겠어." 그녀가 말했다.

그녀가 그를 어딘가로 이끌었다. 그녀의 얼굴과 몸에 넋을 잃은 줄스는 그녀가 몸을 돌리자마자 몸에서 힘이 쭉 빠지는 것을 내버려 두었다. 그녀가 겨우 1미터 남짓 떨어져 있는 지금 그는 두렵기 짝이 없었다. 그가 원래 다른 사람들을 이토록 두려워했던가? 이것이 그의 비밀인가? 네이딘을 원하면서 동시에 두려워했던가? 그녀가 몸을 돌렸다. 그리고 작은 소파에 앉았다. 줄스는 그녀 옆에 앉았다. 망연자실한 상태가 구름처럼 그를 덮쳤다. 평생 가장 특이하고 기괴한 순간 중 하나였다. 몇 초 동안 꼼짝도 못하고 뻣뻣이 굳은 채 몸이 녹아버리는 것 같았다. 그녀의 손에 이끌려 신전의 열린 문 안으로 들어가서 얼굴도 영혼도 없는 존재와 맞닥뜨린 것 같았다. 아니면 아무것두 없이 속살을 드러낸 채 빛을 받고 있는 달 표면에서 깨어난 것 같기도 했다. 모든 것이 매끈하고 비현실적인 그곳에서는 그의 영혼이 두려움으로부터 흘러나와 무(無) 속으로 사라져버릴 것 같았다. 그녀가 무(無)처럼 보였다. 그는 그녀를 떠올릴 수 없었다. 몸이 오싹하고 기절할 것 같았다. 물리적인 변화를 겪고 있는 것 같았다. 그녀는 그의 그러한 변화를 반드시 알아차릴 것이다.

그녀의 얼굴은 그의 기억보다 더 통통했다. 피부가 살짝 달아올라서 장밋빛을 띠고 있었다. 특히 광대뼈 언저리가 그랬다. 줄스는 움직일 수 없었다. 그는 그녀의 심장박동과 그 풍요로운 피의 박동을 마지못해 상상하기 시작했다. 그는 여자를 빤히 바라보았다. 그 자신이 지금 이 자리에 있지 않은 것 같았다. 그녀와 나란히 앉아 있지 않고, 망원경으로 그녀를 살펴보고 있는 것 같았다. 그녀는 누군가 자신을 염탐하고 있음을 알아차린 여자처럼 긴장한 표정이었다. 겁에 질렸지만, 무엇을 무서워해야 하는지는 알지 못했다.

"네가 실제로 존재하는 것 같지 않아." 그녀는 이렇게 말하고 나서 손을 뻗어 그를 만졌다.

줄스에게 특별했던 그 순간이 끝났다. 그는 다시 숨을 쉬기 시작했다. 네이딘은 그의 변화를 눈치채고 아이처럼 그의 팔을 잡고는 미소를 지으려고 애썼다. 뭔가를 바라는 듯 창밖을 물끄러미 바라보는 것 같았다. "넌 내 인생을 망치지 않을 거지?" 그녀가 말했다.

"절대로."

"왜 좀 더 일찍 찾아오지 않았어?"

"언제, 오늘?"

"아니." 그녀가 초조한 표정으로 말했다. "전에…… 며칠 전, 너랑 만난 날. 난 집에 와서 널 기다렸어. 하루 종일 널 기다렸어."

"월요일 말이야? 월요일에 날 기다렸다고?"

"응, 당연하지. 그럼 어쩔 것 같았는데? 다른 생각은 하나도 할 수 없었어.

집으로 와서 그 여자들을 치워버리고 널 기다렸어."

"네가 날 그렇게 빨리 보고 싶어 할 줄은 몰랐어."

"아냐, 난 널 원했어."

"지금도 너무 늦지는 않았지?"

"넌 정말 이상해. 널 보면 무서운 생각이 들어."

"난 네가 무서워." 줄스가 말했다.

그는 그녀의 손을 자기 입술로 가져와 눈을 감고 입을 맞췄다. 그는 정말로 그녀가 무서웠다. 그녀의 몸속에 자신을 묻는 것이 무섭고, 그녀의 뼈를 부러뜨리고 죽이게 될까 봐 무서웠다. 그녀는 금방이라도 살해당할 준비가 되어 있는 것 같았다. 그녀의 몸은 위태로워 보여서 언제나 육체적인 히스테리 직전에 있는 것 같았다. 남자는 그런 몸에 손만 대도 부숴버릴 수 있었다. 그가 말했다. "네이딘, 네가 뭘 원하는지 말해봐. 지금 네 인생이 어떤지 말해. 계속 말하면서 모든 걸 설명해. 그럴 거지?"

"말할 것이 없어."

"누구랑 결혼했어? 지금 무슨 일을 해? 아이는 있어?"

"아니."

"언제 결혼했어?"

"대학을 다니다 말다 하다가 그만두고 결혼했어."

"누구랑?"

"그건 중요하지 않아."

"당연히 중요하지!"

"남자야. 좋은 남자. 기업의 고문 변호사……."

"어떤 걸 다루는데?"

"기업 관련법, 세법." 네이딘이 말했다. "언제나 세금을 피하는 법을 궁리해." 그녀는 자신의 손을 잡은 줄스의 손을 빤히 바라보고 있었다. 순간적으로 그녀에 대해 그가 그녀 자신보다 더 많은 것을 알고 있는 것 같았다. 그러니 그가 앞장서야 할 것이다. "그 사람 지금은 없어. 월요일에 뉴욕으로 갔어. 내일 돌아올 거야."

"내일이면 너무 빠르네." 줄스는 낙담했다.

"아냐, 그 사람은 항상 집에 없어. 만날 뉴욕으로 날아가는걸."

"어떤 사람이야?"

그녀는 그의 손을 자기 얼굴로 가져가 뺨을 갖다 댔다. 줄스는 히스테리 환자처럼 웃음을 터뜨리고 싶었다. 실제로 환한 웃음이 얼굴에 나타나기는 했지만, 곧 부서져 다른 모습이 되어버렸다. 자신이 이 여자의 목을 조르는 모습이 갑자기 떠올랐다. 그는 그녀의 목을 양손으로 감쌌다. 그리고 두 사람은 시선을 아래로 내린 채 꼼짝도 않고 앉아서 가쁘게 숨을 쉬었다. 그녀는 그가 앞장서서 길을 이끌도록 묵묵히 따르는 것 같았다. 하지만 그는 이렇게 말할 뿐이었다. "넌 아주 아름다워. 전보다 훨씬 더. 많이 달라졌어. 난 그걸 견딜 수 있을 것 같지 않아."

"그럼 나랑 결혼할래?" 네이딘이 말했다.

"응."

"네가 내 인생을, 그러니까 여기에 살고 있는 내 인생을 망가뜨린다면……." 그녀는 방 안을 두리번거리며 혼란스러운 표정으로 말했다. "나한테 다른 인생을 줄 거야? 나랑 결혼할 거야?"

"지금 당장 너랑 결혼할 거야."

"날 버리지 않을 거지?"

"내가 어떻게 널 버려?"

"난 너를 버렸잖아. 널 두고 왔어."

줄스는 손사래를 쳤다.

"널 그 방에 두고 왔어. 넌 아팠는데……."

"아픈 내가 잘못이야." 줄스가 웃음을 터뜨리며 말했다.

"난 널 사랑했어. 내가 왜 도망쳤는지 모르겠어."

"그 일은 잊어버려."

"난 널 사랑했어. 진짜야. 그 사랑에 질려서 극복해보려고 했는데, 그럴 수 없었어."

여자 앞에서 줄스는 현기증을 느꼈다. 그녀가 황금색으로 빛나고, 마음을 달래주는 온기가 무의식적으로 새어 나왔다. 무의식적이기 때문에 조금 위험했다. 그는 추운 곳에서 따뜻한 것에 끌리듯이 여자들에게 끌렸다. 중력에 이끌리듯이 끌려가서 그 온기 속에서 자신을 잃어버리고 싶었다. 네이딘과 함께 있을 때는 그 본능이 더 풍요롭고 더 맹목적으로 변했다. 위험이 더 예리하게 느껴졌다. 아무것도 보이지 않는 척하고 있지만 사실은 반쯤 감은 눈으로 발밑의 바위들이 어떻게 생겼는지 보고 있는 것 같았다. 기쁨에 대한 기대로 그는 귀가 멀었다. 모든 소리가 요동치는 파도 소리와 함께 들려오는 것 같았다. 그의 혈관 속에서 피가 도는 소리가 불분명하고 멀게 느껴졌다. 앞을 보는 것도 소리를 듣는 것도 싫었다. 낯설고 가볍고 고통 없이 범해지고 싶었다. 뭐가 어떻게 된 것인지 모르는 채 범해지고 싶었다.

그가 혼란 속에서 말했다. "음, 물론 나도 널 사랑했어. 지금도 사랑해. 그건 내가 선택할 수 있는 일이 아니야. 널 사랑하는 마음을 내가 어쩔 수 있겠어?" 동요한 마음이 그를 땀 흘리며 모텔에 누워 있던 그때로, 싸구려 침대보 위에 누워 있던 그때로 데려갔다. 그는 손가락으로 그녀의 목을 쓰다듬으며 속으로 생각했다. '이제는 이 여자가 날 원해.' 이것이 그를 진정시켰다. 그녀가 마비되어 있음을 느낄 수 있었다. 며칠 동안 자신을 기다리는 그녀의 모습이 머릿속에 그려졌다. 앉았다가 일어섰다가 멋진 집 안을 걸어 다니다가 하면서 남자를 기다리는 여자의 모습. 향기롭고 사랑스럽게 얼굴을 단장했지만 혼자서 기다리는 그녀는 완전하지 않았다. 그 얼굴 밑에서 여자의 마음이 부서지고 있을지도 모르는 일이었다. 그녀의 묘한 맹목성도 느껴졌다. 그녀는 눈도 귀도 멀어 있었다. 그녀와 자신이 강을 떠가는 모습이 갑자기 그의 머릿속에 떠올랐다. 그들이 앉아 있는 초록색 벨벳 소파가 가볍게 흔들리며 하류로 떠내려갔다. 강변에서는 아무 소리도 들리지 않고 아무것도 보이지 않았다. 그는 그녀를 보지 않고 지낸 세월을 떠올릴 수 없었다. 지금보다 젊고 덜 중요했던 네이딘도 어찌 된 영문인지 떠올릴 수 없었다.

"난 네 인생을 망가뜨리지 않아." 그가 말했다. "모든 게 네가 원하는 대로 될 거야. 그러니까 뭘 원하는지 말만 해."

그녀는 그의 말을 감각으로 느끼며 쓰다듬고 있는 것 같았다. 그는 그녀와 자신이 강물을 따라 가차 없이 하류로 떠내려가는 느낌이 들었다……. 그가 말했다. "정말로 날 사랑해?"

"난 한 번도 널 잊어버리거나 하지 않았어. 널 사랑해."

"난 이제 옛날과 달라. 자동차나 이런저런 물건들을 훔치며 돌아다니지도 않고, 사람들을 때리지도 않아. 지금 생각하면 전부 환상 같지만, 내가 실제로 저지른 일이라는 건 분명히 알고 있어. 난 이제 나이가 들었어. 내가 서른 살까지 살게 될 줄은 정말 몰랐는데." 줄스가 말했다. 그는 불안했다. 그의 말은 그의 감정을 잘 전해주지 못했다.

"난 널 다시 만나고 싶었어." 네이딘이 말했다. "너한테 편지를 쓰려고 했는데, 어디로 써야 할지 모르겠더라. 전화번호부에서 이름을 찾아본 적도 있는데, 너무 혼란스러웠어. 디트로이트로 돌아온 뒤에는 나도 아팠어. 집에서 한동안 날 간호하다가 병원에 입원시켰어."

"어디가 아팠는데?"

"잠도 못 자고 식사도 못 했어. 계속 울기만 했어." 그녀가 초조한 표정으로 말했다. "온통 네 생각뿐이었어. 그래서 굶으려고 했지. 내가 가엾어서 부모님한테 벌을 주고 싶었어. 계속 네 생각만 했어. 네 생각만. 줄스, 그때는 내가 널 두고 올 수밖에 없었어. 거길 벗어나야 했어. 그때 내가 어땠는지 알아. 넌 심하게 아팠는데, 너 같지 않았어. 낯선 사람 같았어. 난 계속 아픈 너를 낯선 사람으로 생각했어. 그러면 내가 널 사랑하지 않아도 되니까. 하지만 결국은 그렇게 생각할 수가 없었어. 난 자유롭지 않았어. 그래서 떠나야 했던 거야. 하지만 떠난 뒤에 그 일을 결코 잊어버리지 못했어. 네 차를 몰고 몇백 킬로미터쯤 달렸는데 차가 고장 났어. 그래서 집에 전화했더니 부모님이 모두 비행기를 타고 날 데리러 왔어."

그는 그녀에게 '차는 잊어버리라'고 말해주고 싶었지만, 그녀가 이미 잊어버렸음을 깨달았다. 그녀는 차에 대해 한 번도 생각한 적이 없었다.

"난 널 두고 거기서 나올 수밖에 없었어. 도망칠 수밖에 없었어. 미안해."

"나도 이해해."

"너한테 긴 편지들을 썼어. 터무니없는 내용이었지. 식구들이 날 병원 같은 곳에 집어넣었어. 아주 좋은 곳이었는데, 난 그 뒤로 평범하게 학교에 다시 다니지 않고 혼자 강의를 들었어. 음, 별로 좋은 곳은 아니었네. 내가 왜 좋은 곳이라고 했지? 거긴 머릿속이 아픈 사람들이 있는 데였어. 우린 모두 자신을 깨지기 쉬운 유리처럼 다뤘지. 아버지는 미시간 대학에서 가정교사를 구해서 붙여줬어. 대학이 거기서 멀지 않았거든. 나는 그 남자들을 계속 바라보면서 귀를 기울였지만, 그 사람들 모습이 눈에 보이지도 않고 목소리도 들리지 않았어. 그냥 그 사람들이 너로 변하기만 기다렸어. 네가 아닌 남자는 생각할 수 없어서, 전부 너처럼 보였어."

줄스는 그녀를 빤히 바라보았다.

"남자가, 젊은 남자가 네 얼굴이 아닌 자기만의 얼굴을 갖고 있다는 게 얼마나 이상했는지 몰라." 네이딘이 꿈은 꾸듯이 몽롱히게 말했다. "난 그 얼굴을 뜯어봤어. 눈 따로, 입 따로. 그러면서 너랑 닮은 구석, 네 것이 되어야 하는 구석을 찾아냈지. 각자의 얼굴이 왜 다르게 보이는지는 나도 몰라. 눈동자 색깔만 아니라면 눈은 전부 똑같아 보이지 않을까? 입도 비슷해 보이고. 모르겠어. 사람들은 왜 서로 다르고, 어떻게 별개의 존재로 있을 수 있는지. 어쨌든 그 남자들은 모두 네가 아니었어."

줄스는 위험을 느꼈다. "이 집에 다른 사람은 없어?"

"오늘은 없어."

그는 자신이 폭발할 것 같았다. 그리고 네이딘이 그 폭발에 휘말려 죽어버릴 것 같았다. 그의 목에 팔을 두르고 그에게 몸을 기댄 채 미동도 하지 않는 그녀는 꿈같았다. 두 사람의 포옹은 형식적이었다. 만약 그가 이성을 잃는다면 그것은 그녀의 존재, 그녀의 목소리, 초록색 소파, 두 사람을 싣고 가는 고집스러운 물결이 일으킨 사고였다. 하지만 이 여자가 네이딘이 아니라면? 다른 여자가 그의 목에 팔을 두르고 그에게 최면을 걸고 있는 거라면? 곧 주문이 깨지고 그녀가 소파의 쿠션 아래로 손을 뻗어 총을 꺼낸다면?

"다른 데서 만나자." 네이딘이 말했다. "시내에서. 여기 말고 다른 데."

"호텔? 언제?"

"내일 오전."

"네 남편은 언제 집에 오는데?"

"3시쯤. 하지만 전화하지 않을 거야. 차가 공항에 있으니까……."

"어느 공항?"

"메트로."

"네가 집에 있어야 하는 것 아니야?"

"그 사람이 집에 올 때쯤이면 나도 집에 있을 거야. 3시 30분까지 돌아오면 돼."

"그럼 시내로 올래? 셰라턴-캐딜락으로?"

"응."

502

"정말로 그럴 거야?"

"응, 응."

"내가 방을 잡고 널 기다릴까? 몇 시까지 올 수 있어?"

"11시."

"하지만 만약…… 만약 불안해질 것 같으면 안 와도 돼."

"불안하지 않아."

"불안해질걸."

"아니야, 난 꼭 이렇게 해야 해. 네가 필요해." 네이딘이 말했다.

그는 그녀에게 무기력하고 고통스러운 연민을 느꼈다. 하지만 그녀를 믿어도 될까? 힘없이 늘어진 모습, 숙명을 믿는 듯한 태도, 겁에 질린 숨소리가 그의 눈에는 부자연스럽게 보였다. 자신의 두려움이 과장된 형태로 나타난 것 같았다. 그가 그녀의 몸에서 느끼는 떨림은 자신이 참고 있는 떨림과 정확히 똑같았다. 마치 두 사람이 서로의 품에 갇혀 둘 중 누구도 원하지 않은 자세로 굶주린 듯 입술을 딱 붙인 채 최후의 경련을 일으킬 운명인 것 같았다. 도끼질로 떼어낸 가고일(교회 등 건물에 있는 괴물 석상—옮긴이), 이끼 낀 돌덩이로 된 괴물 같았다. 줄스가 재빨리 말했다. "우리가 지금 당장 뭘 어떻게 해야 하는 건 아니야. 몇 번 그냥 만나다가……."

"아냐, 내가 내일 갈게."

"이야기도 하고……."

"이야기할 게 뭐가 있어?"

"있을 것 같은데. 정말로 나랑 결혼하고 싶어?"

그녀는 그의 어깨를 이마로 눌렀다. 그리고 생각에 잠겼다.

"이혼하고 나랑 결혼하고 싶어? 줄스 웬들이랑?"

"응. 그런 것 같아."

"그럼 네가 원하는 대로 해."

"널 원해. 네 생각을 떨쳐버릴 수가 없어."

"네 결혼 생활은 어때?"

"좋아. 그 사람도 좋은 남자고. 하지만…… 하지만 그 사람은 네가 아니야. 난 몇 년 전 결혼할 때가 됐기 때문에 그 사람이랑 결혼했어. 미시간 대학에서 온 그 학생들이랑 비슷한 사람이야. 그 대학원생들 말이야. 결코 너로 변하지 않았으니까. 그 사람에 대해서는 할 말이 하나도 없어. 그날 그 식당에서 널 보자마자 다른 사람들이 멀게 느껴지기 시작했어. 내가 내 입으로 하던 말까지도. 모든 것이 움찔움찔거리고 꿈같아. 서로 하나도 연결되어 있지 않아. 웃기는 소리라는 거 알아. 정말 난 이런 사람이 아닌데. 옛날 네가 알던 때보다 나이도 더 들었고 다른 사람이 됐어. 그 일을 이겨내느라고 몇 달 동안 힘이 들었지만, 결국 이겨냈어. 그런데 지금……. 줄스, 너랑 같이 있으면 내 인생을 생각할 수 없어. 그게 뭔지 기억나지도 않아. 나 자신도 기억나지 않아. 마치 내가 어딘가를 걷고 있는데 음악 소리가 아주 크게 들려오는 바람에 귀가 멀어버리고, 누군가가 내 손을 끌고 가는 것 같아. 안 될 것도 없지. 내가 누구인지 어떻게 기억할 수 있겠어? 그게 뭐 중요한가? 난 널 사흘 동안 기다렸어. 한 시간이 지날 때마다 내가 여길 나가서 엄마의 집으로 가든지 해야겠다는 생각이 확실하게 들었어. 그냥 나가서 아무 데나 가자 싶었지. 너랑 이 일을 전부 다시 겪을 필요는 없지만, 난 여기서 나갈 수 없었어. 그러다가 네가 오지 않을 거라는 생각이 들었어. 아니면 날 모욕하려고 며칠 늦게 오든가. 실제로 그렇게 됐고. 그래도 나는 계속 기다렸어. 내 인생의 모든 것이 너한테 기울어져 있는 것 같았거든. 뭔가가 서서히 쓰러지는 광경이랑 비슷해. 나는 다른 일에는 전혀 신경이 쓰이지 않는다는 걸 깨달았지. 신경을 쓰고 싶었는데. 그런데 신경이 쓰이지 않았어."

두 사람은 침묵을 지켰다. 마침내 줄스가 입을 열었다. "뭐, 나도 널 생각했어. 지난 세월 동안."

"그랬어?"

"정확히 말해서 널 사랑한 건 아냐. 그보다 더 깊어. 난 널 다시 잡고 싶었어. 이렇게. 아니, 이렇게가 아냐. 지금 이런 식이 아냐. 난 널 잡고 싶었어……." 그는 설명할 수 없었다.

그녀가 말했다. "이해해."

"그동안 외로웠어?"

"응."

"남편이 있는데도?"

"응, 아주 외로워. 남편도 있고, 모두들 있는데도."

"너한테, 여자한테는 외로운 게 힘들어?"

"난 살아남았어. 넌 어때?"

"나도 살아남았어."

두 사람은 서로에게 미소를 지었다. 줄스는 둘이 친구가 될 수 있을 것 같다는 생각이 들었다!

"내가 간 뒤에 넌 어떻게 했어?" 그녀가 물었다.

"며칠 뒤에 병이 나았어. 이런저런 일을 하면서 다시 일어섰지. 먹을 것을 사려면 돈을 벌어야 했으니까. 계속 나아갔어. 그러다 마침내 디트로이트로 돌아왔지. 디트로이트를 다시 볼 준비가 됐을 때. 널 생각하지 않으려고 했지만, 넌 항상 있었어. 내 마음속 깊은 곳에."

"고마워." 그녀가 말했다.

그녀가 그에게 입을 맞추기 시작했다. 줄스는 그녀를 열렬하게 끌어안았다. 두 사람은 시선을 고정한 채 안도감과 고통을 호흡하며 서로의 품속으로 쓰러지는 것 같았다. 그는 그녀와 키스를 하자마자 말을 하고 싶어졌다. 자신의 삶이 얼마나 공허한지 설명하고 싶었다. 그녀 때문에 눈이 멀어버린 그는 그녀를 사랑하는 자신의 마음에 대해 갑자기 눈앞이 선명해지는 것 같았다. 그 감정은 사실 그의 것이 아니었다. 그가 통제할 수 없었다. 그는 그 감정의 격류 속에 갇혀 있을 뿐이었다. 그것은 고리타분한 운명이었다. 사랑스러운 황금색 빛에 눈이 먼 것 같았다. 그는 필사적인 손짓으로 그녀의 몸을 더듬었다. 황금색 빛에는 그녀의 얼굴에서 나오는 광채와 이 반짝이는 방의 가구에서 나오는 광채가 섞여 있었다. 그가 몹시 흥분해서 말했다. "사람들은 항상 나랑 사랑에 빠져. 아니면 내가 줄 수 없는 것을 원하거나. 난 그 사람들을 떼어놓는 수밖에 없어. 떨쳐버려야 돼. 그 사람들 중 누구도 네가 아니야." 이 말이 진실이기 때문에 그의 목소리가 갈라졌다.

"넌 진짜 착해. 나처럼 이기적이지 않아."

"여기 2층으로 가도 돼? 지금?"

"안 돼."

"네이딘?"

"안 돼." 그녀가 비참한 표정으로 말했다. "여기서는 안 돼. 그럴 수 없어. 난 그 사람이랑 결혼했으니까……."

"그래."

"줄스, 제발……."

"이해해. 괜찮아. 내가 그만 갈까?"

"1분만 더 있다가."

그는 웃음을 터뜨렸다. 그는 양손으로 그녀의 얼굴을 감싸고 웃었다. "넌 정말 아름다워. 지금 이러고 있는 걸 믿을 수가 없어. 사실 이거 아무 소용 없는 일이잖아. 이걸 이용할 방법이 있어? 우리가 사랑에 빠진다고 이로운 게 있나? 우리가 사랑으로 할 수 있는 일이 뭐야?"

"그렇게 말하지 마."

"난 너의 여성적인 자아, 너의 영혼과 마주하고 있어. 내가 그걸로 도대체 뭘 할 수 있을까?"

"자꾸 우스갯소리를 하지 마. 난 네 우스갯소리가 옛날에도 싫었어."

"우스갯소리는 남자가 필사적이라는 표시야." 줄스가 말했다. 그리고 일어서서 머리를 가다듬고, 옷매무새도 정리했다. 그는 필사적인 남자였다. "네가 뭘 원하는지 말만 해, 네이딘. 그럼 내가 이루어줄게. 마음을 정해."

그녀는 그를 바라보았다. 그녀의 원피스 자락이 허벅지까지 올라가 있었다. 그는 스타킹에 매끈하게 싸여 있는 그녀의 피부를 보았다. 이 은밀한 네이딘이 그의 소유였다. 그의 소유가 된 그녀는 헝겊 인형처럼 자신을 돌보지 않았다. 하지만 그는 진실로 그녀를 소유한 것이 아니었다. 그녀가 무슨 생각을 하고 있는지도 전혀 알 수 없었다.

"무슨 생각을 하는지 말해." 그가 말했다.

"내가 생각하는 건 이런 거야." 그녀가 지친 듯이 말했다. "여자는 꿈 같아. 여자의 일생은 기다림의 꿈이지. 그러니까, 여자는 남자를 기다리면서 꿈속에서 산다는 뜻이야. 굴욕적이지만 여기서 벗어날 길은 없어. 어떤 여자도 도망치지 못해. 여자의 일생은 남자에 대한 기다림이야. 그뿐이야. 이 꿈에는 문이 하나 있는데, 여자는 그 문을 통과해야 돼. 선택의 여지가 없어. 늦든 빠르든 그 문을 열고 통과해서 어떤 남자, 한 명의 남자에게 도달해야 돼. 여기서 벗어날 수가 없어. 결혼 상대는 누구든 상관없지만, 이 길에서는 벗어날 수 없어. 이런 생각을 하고 있었어."

"진심이야?"

"응."

"과장한 거 아니고?"

"그 남자는 정확히 말해서 네가 아니야. 내가 계속 살아가기 위해서 너랑 해야 하는 게 바로 그거야. 난 나를 위해서, 내 인생을 위해서 네가 필요해. 널 사랑할 필요가 있어."

"나중에 날 두고 도망치지 않을 거지?"

"난 이제 나이를 먹었어. 결혼도 했고."

"난 너를 다른 남자랑 공유할 생각이 없어."

"알았어."

그녀가 문밖까지 그를 따라 나왔다. 두 사람 모두 후들거렸지만 움직임은 공기처럼 가벼웠다. 줄스는 도취한 것 같았다. 그는 그녀의 손을 잡고 키스로 뒤덮었다. 이 무기력하고 따뜻한 손을, 곧 자신의 것이 될 몸의 일부를 자유롭게 만질 수 있다는 사실이 뛸 듯이 기뻤다. 그녀가 손가락에 끼고 있는 커다란 다이아몬드조차 곧 그의 것이 될 터였다.

"그럼 내일 오전에 보자. 너 불안해하지 않을 거지?"

"응."

"됐어. 사랑해. 내일 보자."

"사랑해, 줄스."

집으로 돌아오는 길에는 모든 것이 선명하게 보였다. 광고판들, 식당들, 주유소들, 다른 차들. 모든 것을 보았지만, 그의 마음에는 어떤 인상도 남지 않았다. 그는 그토록 자유롭고 강한 사람이 되어 있었다. 그날 밤 10시쯤 자기 방에 혼자 있을 때에야 비로소 그는 앞으로 무슨 일이 벌어질 것인지, 이미 무슨 일이 벌어졌는지 깨달았다. 그리고 걷잡을 수 없이 침울해졌다.

그가 살아서 벗어날 수 있을까? 이제 세상에 그를 놀라게 할 일이 남아 있을까?


12


그는 다음 날 오전 9시 호텔에 방을 잡았다. 하루에 16달러인 방은 실망스러운 수준이었고, 창문은 옆 건물 벽을 향하고 있었다. 자신이 이토록 평범한 방에 있다는 사실이 놀라웠다. 여기에는 마법 같은 느낌이 전혀 없었다. 욕실에서 계속 물이 흐르는 소리가 들려왔지만 무엇이 잘못된 건지, 아니 잘못된 곳이 있기는 한 건지 알 수 없었다. 그는 창문과 침대 사이를 서성거리며 마음을 가라앉히려고 애썼다.

어젯밤 어머니가 그에게 삼촌의 검사 보고서를 건네주었다. 그것을 재빨리 읽어보는 동안 몇 가지 핵심적인 단어들이 그의 머릿속에 박혔다. 세포학, 류케란(종양 치료제—옮긴이), 혈구 수, 증상 완화 가능성……. 이 보고서에 따르면 삼촌이 일종의 암으로 죽어가고 있다는 뜻이라서 놀라웠다. 이런 일이 있을 수 있나? 처음에 입원한 것과는 다른 이유로 죽어간다는 게? 그는 삼촌과 자신이 하나의 운명에 벗어날 수 없게 묶여 있다는 동질감을 느끼고 있었다. 두 사람이 어쩌다 그런 운명에 도달했는지는 중요하지 않았다. 줄스는 마치 자신의 운명을 기다리듯이, 그 운명이 자신의 안으로 흘러들어 자신을 익사시키기를 기다리듯이 침대에 누워서 천장을 빤히 바라보았다. 삼촌이 죽어가고 있는 건 사실이었다. 세상에서 한 명이 줄어드는 것이다. 아버지는 이미 죽어서 잊혔다. 또 다른 삼촌, 그러니까 건강한 큰아버지 샘슨 웬들은 아침마다 자신의 몸을 이끌고 앞으로 나아갔다. 빨리 하루를 시작하고 싶어서 안달하며 매일 아침 6시 30분에 그로스포인트를 나섰다. 그는 자신의 수면 상태, 자신이 소유한 침대, 아내와 함께 자는 침실, 어쩌면 아내에 대해서까지도 안달했다. 마른기침을 심하게 하고 초점이 흐린 눈에 의심이 가득한 큰아버지는 아직 죽음을 앞에 두지 않았다. 만약 선택할 수 있는 일이라면, 그는 결코 죽지 않는 편을 택할 터였다. 줄스는 그런 마음을 이해할 수 있었다. 그 자신도 결코 죽고 싶지 않았으니까.

그는 꼼짝도 않고 누워 있었다. 전날 밤에 잠을 거의 자지 못했는데도 지금 역시 잠이 올 것 같지 않았다. 그의 머리가 팽팽 돌이 있다. 그녀가 오지 않을 것 같았다. 그 사실을 확실히 알 수 있었다면 크게 마음이 놓였을 것이다. 하지만 그녀 자신이 워낙 불확실한 존재였으므로, 어쩌면 이곳에 나타날 가능성도 있었다. 그는 그녀를 생각하지 않으려고 했지만, 그녀의 얼굴이 머릿속에 자꾸만 저절로 나타났다. 그녀의 아름다움은 그를 위한 보상이었다. 오직 그만을 위한 보상. 그는 그녀에게 충실했으므로 이제 보상을 받을 차례였다.

밖의 복도에서 누가 싸우고 있었다. 남자와 여자였다. 줄스는 그들이 중년 부부일 것이라고 상상했다. 그들의 말다툼은 그리 짜릿하지 않았다. 그들도 진정한 의미에서 흥분하지 않았다. 줄스는 그들의 말을 열심히 들어보려고 했지만 무슨 소리인지 전혀 알아들을 수 없었다.

얼굴에 주름이 잡히는 것이 느껴졌다. 정신을 집중한 탓이었다. 그는 갑작스러운 에너지의 방출, 자신에게 흘러드는 것, 부드러움을 맞이할 준비가 되어 있었다. 그를 통해, 그의 몸을 통해 모종의 과정이 저절로 이루어질 것이다. 마치 자신이 기묘한 어둠 속에, 침묵 속에 떠 있는 것 같았다. 복도에서 싸우던 사람들은 사라졌다. 저 아래 워싱턴 대로를 달리는 자동차 소리가 멀고 지루하게 들려왔다. 그것은 상상으로 만들어낸 소리가 아니었다. 그는 양손으로 눈을 누르며 길을 잃었다고 소리 지르고 싶어졌다. 이렇게 죽는 건가? 모든 것을 포기하고, 망신을 당해 삶에서 밀려나는 건가? 의지력이 빠져나가는 것이 느껴졌다. 욕실에서 물이 샐 때처럼 빠져나가고 있었다. 너무 사소해서 고칠 수 없는 문제, 그 물건이 싸구려라는 증거. '시간이 흐르고 있어.' 그는 이런 생각을 하면서 가만히 있었다.

11시쯤 그는 이미 체념한 상태였다. 그녀가 오든 오지 않든 결정하는 사람은 그가 아니었다. 어쩌면 그녀의 남편이 대신 올 수도 있었다. 그는 너무맥이 풀려서 별로 신경 쓰고 싶지 않았다. 차가운 불꽃이 그의 몸을 훑었다. 그는 복도에서 오가는 대화에 정신을 집중하려고 애썼…… 근처 어딘가에서 변기의 물을 내리는 소리…… 저 아래 대로를 지나가는 자동차 소리…… 그를 고정해줄 어떤 것, 고뇌 속에서 다른 육체 위로 떨어지기만을 기다리는 육체 상태에서 그를 끌어내줄 어떤 것. 자신이 줄스라는 것, 이런 생물이라는 것이 수치스러웠다. 이것은 진정한 줄스의 배신이었다.

전화벨이 울렸다. 11시 20분이었다. 벨이 짧게 한 번 울린 뒤 줄스는 곧장 수화기를 들었다. "여보세요?" 그가 떨리는 목소리로 말했다.

"안녕." 네이딘이 말했다.

"지금 어디야?"

"아직 집이야……."

"집? 왜?" 그의 분노가 그에게 붙잡고 버틸 것을 제공해주었다. 자신이 그녀를 미워한다는 느낌이 들었다.

"아직도 내가 와주길 바라는 거야?" 그녀가 말했다.

줄스는 아무 말도 하지 않았다.

"난 밤새 잠을 못 잤어. 몸이 안 좋아. 나는…… 줄스? 듣고 있어?"

"응."

"아직도 내가 거기 갔으면 좋겠어?"

"그건 네가 결정해."

"그래, 갈게."

그는 전화를 끊었다. 분노가 그를 깨웠다. 그는 욕실에서 창문으로, 창문에서 침대로 서성거리며 차가운 양손을 비볐다. 그는 조금 전까지 거의 쇼크 상태여서 몸이 자신의 것이 아니었다. 그런데 지금은 분노의 물결이 뜨거운 액체처럼 몸속을 흐르고 있었다. 그런데도 그의 손은 차가웠다. 발도 차가웠다. 그는 손목시계를 보며 그녀가 여기까지 오는 데 적어도 30분은 걸릴 것이라고 계산했다. 아니, 한 시간이 걸릴 가능성이 높았다.

그는 아래층으로 가서 맥주를 한 잔 마셨다. 그리고 자신이 방을 비운 동안 그녀가 와 있을지도 모른다는 생각을 하면서 위층으로 돌아왔다. 방문을 열어보았지만 방은 비어 있었다. 그는 다시 침대에 누워 기다렸다.

누군가가 문을 두드렸다.

그는 벌떡 일어나서 그녀에게 문을 열어주었다. 이제 모든 것이 단순하고 다급했다. 두 사람은 포옹하며 탄성처럼 인사를 주고받았다.

"정말 왔구나. 정말로 왔어." 그가 말했다.

네이딘은 웃음을 터뜨렸다. "날 안 믿은 거야?"

"왜 이렇게 떨고 있어? 앉아. 이쪽에 앉아."

그는 방 안의 유일한 의자로 그녀를 우아하게 이끌었다. 그리고 그녀 옆에 무릎을 꿇고 앉아 그녀의 무릎에 입을 맞췄다. 네이딘은 그에게 몸을 기울이며 그의 뒤통수에 손을 올려놓았다. 그녀의 두려움과 자신의 들뜬 기분이 서로를 지분거리는 것이 느껴졌다.

"원래 안 올 생각이었어. 그래서 전화한 거야." 그녀가 재빨리 말했다. "아침에 몸이 안 좋았거든. 속도 좀 안 좋고……."

"어디 아파?"

"밤새 잠을 못 잤어. 밤새 깨어 있었다고."

"나도 깨어 있었어."

"지금은 속이 좀 안 좋아. 그러니까…… 몸이 안 좋아."

"가만히 앉아 있어. 너무 불안해하지 말고. 같이 이야기나 나누지, 뭐. 몇 년간 쌓인 이야기가 있잖아. 내가 뭘 해줄까? 룸서비스를 부를까? 점심 먹을래? 샴페인은? 지금 점심 시간인가? 다른 도시의 신문을 가져오라고 할 수도 있는데. 너를 위해서라면 물구나무서기도 할 수 있어, 내 사랑. 그렇게 비참한 표정을 짓지만 마."

"몸이 안 좋다니까. 어젯밤부터 시작했어."

"뭐?"

"생리통이야. 어젯밤부터 시작했어."

줄스는 그녀의 길고 매끄러운 다리를 말없이 쓰다듬었다. 처음에는 다리를 빤히 바라보다가, 그다음에는 카펫으로 시선을 옮겼다. 탁하게 퇴색한 금색 카펫은 별로 깨끗하지 않았다. 그는 네이딘의 하얀 구두와 자신의 무릎이 누르고 있는 카펫의 실 가닥 하나하나를 빤히 바라보았다.

"오지 말 걸 그랬어. 아마……."

"괜찮아."

"줄스, 난 정말 널 사랑해. 미안해."

"아스피린이나 뭐 그런 거 필요해? 뭘 좀 마실래?"

"아니."

"많이 아파?"

"조금 현기증이 나. 나는……."

줄스는 계속 무릎을 꿇은 채 복종의 표시를 하듯이 그녀의 무릎에 얼굴을 댔다. 무기력한 자신의 모습에 두려움이 일었다. 그는 그녀가 느끼고 있는 통증조차 어떻게 해줄 수 없었다. 멎게 해줄 수 없었다. 모든 것이 그녀만의 문제였다. 네이딘이 그의 목덜미를 열정적으로 어루만졌다. "어젯밤에 어떻게 해야 할지 알 수 없었어. 너무 마음이 불안해서…… 악몽 같았어. 그래서 집 안을 계속 서성거리면서 사람들은, 특히 여자들은 어떻게 밤을 보내나, 그런 생각을 했어. 있잖아, 줄스, 남자의 사랑이 여자의 사랑을 만들어내. 네가 지금의 나를 만든 거야. 확실해. 여자의 삶 속에 영원히 있는 남자들이 있어. 그런 사람들에게는 모든 것이 영구적이지. 그리고 무서워. 그 사람들을 보면서 '나도 저렇게 되어야겠다'고 생각하는 사람은 아무도 없어. 그건 사람들이 선택할 수 있는 게 아니니까. 넌 나를 사랑하고 나는 너를 사랑해. 이건 내가 선택할 수 있는 일이 아니야."

줄스는 화가 난 것 같은 소리를 냈다. 일종의 웃음소리 같았다. "그거 말이 되는 것 같네."

"내가 이야기하는 게 싫어?" 그녀가 말했다. "화난 거야?"

그가 일어섰다. "화를 낼 리가 없잖아."

"내가 여기 앉아서 너한테 이런 이야기를 하고 있다는 게 진짜 이상해. 넌 내가 아플 때 문병을 오거나 내 장례식에 올 수 있는 사람이 아니잖아."

"왜?"

"넌 오지 않을 거야. 아마 그런 일이 있다는 걸 알지도 못하겠지."

"그럴지도. 아무도 나한테 알려주지 않을 테니까. 너 죽을 생각이야?"

네이딘이 불안하게 웃었다. "남편이 총을 갖고 있어……."

"어디에?"

"집에. 총이 있어. 내가 어젯밤에 그걸 꺼내봤어. 그걸 보면서 참 정체를 알 수 없는 물건이구나 하는 생각을 했지. 거울 앞으로 가서 총을 내 머리에 대고 한참 동안 봤어."

"도대체 왜 그런 짓을 했어?"

"화내지 마. 전혀 위험하지 않았으니까. 하지만 아주 흥미로웠어. 그런 내 모습을 보는 게."

"너 왜 그래?"

"그냥 무서워서 그래."

"나야, 나, 줄스. 난 그냥 남자일 뿐이야. 그것도 엉망으로 실패한 인생이지. 그런데 왜 날 무서워해?" 그는 침대 가장자리에 걸터앉아 그녀를 마주 보았다. 얼굴이 바보처럼 풀리는 것이 느껴졌다.

"난 정말 널 사랑해." 네이딘이 부드럽게 말했다.

"자기 머리에 총을 쏘고 싶을 만큼?"

"내 머리에 총을 쏠 생각은 없어."

"그럼 누구를 쏘고 싶은 건데?"

"아무도. 난 아무것도 하고 싶지 않아. 그냥 소박하고 행복하게 살고 싶을 뿐이야. 소박하고 분명한 것들을 믿고 싶어. 여자가 원하는 건 그런 것이 전부야. 내 삶이 깔끔해지면 좋겠어."

"그건 쉬운 일이 아니야." 줄스가 말했다.

"너한테 뭘 좀 물어봐도 돼?"

"물론."

"네 과거에 대해서?"

"난 과거가 없어, 내 사랑."

"농담하지 말고."

"농담 아냐."

"네 과거라는 건…… 네가 지난주에, 작년에 뭘 했나 하는 거야. 난 네 인생에 대해 알고 싶어."

"어떤 면에서?"

"결혼한 적 없어?"

"없어."

"결혼할 뻔한 적은?"

"절대."

"그럼 결혼에 대해서…… 어떻게 생각해?"

"너랑 결혼하는 거? 난 너랑 결혼하고 싶어."

그녀가 수줍은 미소를 지었다. "하지만 난 돈이 별로 없어. 정말로. 어쩌면 네가 실망할지도 몰라. 이혼하면 난 혼자가 될 거야. 그래도 날 원해?"

"물론이지."

"하지만…… 사랑해본 적 있어? 다른 사람을?"

"아니."

"진짜야?"

"난 사랑에 빠진 적 없어. 너만 빼고. 그게 전부야. 난 사랑에 빠지고 싶지도 않고, 더 이상 사랑에 대해 생각하고 싶지도 않아. 너만 빼고. 더 이상 말할 것도 없어."

그녀는 그에게 몸을 기울여 그의 뺨에 입을 맞췄다. 그는 네이딘도 자신도 이해할 수 없었다. 만약 그를 그녀에게로 몰아가서 이 여자에게 사랑의 행위를 하도록 강요하는 것이 자연의 힘이라면, 지금 그가 감내해야 하는 감정은 용암처럼 흘러넘쳐 그의 숨통을 막아버리려 했다. 터무니없는 장난 같았다. 설마 이것이 전부 아이의 잉태로 끝을 맺는 건 아니겠지? 디트로이트에는 아이들이 득시글거렸다.

"같이 잔 여자가 많아?"

"아니."

"아니야?"

"기억 안 나. 잊어버렸어."

"왜 사실대로 말 안 해?"

"네가 듣고 싶은 건 더러운 소리뿐이지? 그런데 내가 왜 그런 이야기를 해? 네가 생각하는 과거란 더러운 것뿐이잖아." 줄스가 말했다. "지나간 일은 전부 잊어버려. 그런 건 이제 우리 것이 아니야."

"그래도 난 너에 대해서 전부 알고 싶어."

"그건 안 될걸. 다 지나간 일이니까."

"넌 나에 대해 알고 싶지 않아?"

"대화를 하는 건 좋아. 앞으로 30년 동안. 하지만 그걸 꼭 알아야 하는 건 아니야. 난 그런 것에 집중할 수 없어. 심지어 네가 결혼한 뒤로, 또는 그 전에 애인을 사귄 적이 있는지도 물어볼 수 없어. 그건 내가 간섭할 일이 아니니까."

"그런 적은 당연히 없어."

"좋아. 다행이네."

그녀는 말이 없었다. 그녀가 그에게서 물러났다. "저기, 이제 그만 가봐야 할 것 같아."

"간다고?"

"아래층에서 누가 날 알아봤어. 틀림없어. 그 여자가 이상한 눈으로 날 봤
거든."

"그래서 뭐?"

"그…… 그러니까 집으로 돌아가야 할 것 같아."

줄스는 입으로 빨아들이는 것 같은 슬픈 소리를 냈다.

"줄스, 있잖아." 그녀가 재빨리 말했다. "날 미워하지 마. 난 항상 너한테
무슨 병 같은 게 있는 게 아닌가 생각했어. 항상 무서웠어. 알지?"

줄스는 차가운 물을 뒤집어쓴 것 같은 기분이었다. 그는 그녀를 빤히 바
라보다가 그녀의 말을 농담으로 돌리며 미소를 지으려고 애썼다. "아니, 내
사랑. 난 멀쩡해."

"난 항상 그게 무서워 죽을 것 같았어."

"난 매독 없어."

"네가 살던 곳이 어딘지 생각했어. 도시에서 일어나는 일들, 검둥이 여자
들, 여자애들……."

"아니야."

"너 혹시…… 검둥이 여자들이랑 그런 적 있어?"

줄스는 눈을 비볐다. 오래전 돈을 받고 임상 실험에 참여한 이후로 눈이
자주 아팠다. 특히 머리가 복잡할 때 더 심했다. 눈에 눈물이 고이기 시작
했다. "네 머릿속에서는 왜 모든 게 더러워? 네가 상상하는 건 왜 모두 더러
워?" 그가 괴로워하며 물었다.

"그런 소리 하지 마!"

"아, 진짜!"

두 사람은 한동안 서로를 보지 않고 침묵을 지켰다. 얼마 뒤 줄스가 말했

다. "가고 싶으면 가."

"며칠 뒤에 연락할게."

"절대 안 할걸."

"아냐, 할 거야."

그녀는 한 손으로 배를 감싸며 의자에서 뒤로 몸을 기댔다. "연락할 거야, 줄스. 지금은 그냥 내가 아파서 그래. 진통제를 몇 알 먹었는데 소용이 없네. 좀 누워야겠어. 괜히 여기 와서 널 귀찮게 하는 게 아닌데. 몸이 이렇게 됐으니 어쩔 수 없잖아."

"미리 예상하고 있었어?"

"원래 다음 주에 시작이야."

"뭐, 그럼 네가 앞당긴 모양이네." 줄스는 부드럽게 말하려고 애썼다. "그렇다고 널 탓하는 건 아니야. 특별히 생각하는 게 있는 것도 아니고. 아프다니 유감이다."

"바로 길 건너에 차를 세워뒀어."

"그랬어? 주차표 좀 보자."

"그건 왜? 내 말을 안 믿는 거야?"

"보자고."

그녀는 마분지로 된 작은 주차표를 보여주었다.

"그래, 같은 데네. 옛날에 내가 일하던 데야." 줄스가 말했다.

"이 주차장에서?"

"응, 주차원이었어. 어렸을 때."

네이딘은 자신의 가방 속을 살폈다. "주차비가 모자랄 것 같아. 돈을 전혀 안 가져왔거든."

"내가 내줄게." 줄스가 말했다.

"하지만…… 내가 왜 돈을 안 가져왔지? 돈도 없이 나왔네." 그녀는 화를 내며 가방 안을 살펴보았다. 몹시 무기력해 보였다.

"내가 기꺼이 내줄게."

그녀의 뺨에서 눈물 한 방울이 떨어져 가방 안으로 들어가는 광경이 그의 마음을 건드렸다. 결국 그는 그녀를 사랑하고 있었다.

"내가 어떻게 됐나 봐." 네이딘이 말했다.

그는 그녀에게 10달러 지폐를 주었다.

그녀는 고맙다면서 돈을 가방 속에 조심스레 넣었다. 그리고 줄스에게서 주차표를 다시 가져갔다.

만남이 끝났음을 알려주는 몸짓이었다. 그는 당장 우울해졌다. "정말로 연락할 거야?" 그가 말했다.

"응."

두 사람은 일어섰다. 줄스의 슬픔이 그녀에게로 흘러 들어가고, 그녀는 울면서 그의 품 안으로 들어왔다. 두 사람은 서로 끌어안았다. 줄스의 손에 따뜻하고, 살짝 습기가 있고, 강렬한 그녀의 몸이 느껴졌다. 그녀의 안에 아직도 그 신중하고 빙퉁그러진 순수성이 있는지, 몇 년 전 그녀가 소중하게 여겼던 그 지긋지긋한 순수성이 있는지 궁금했다. 그녀는 '네이딘 그린은 더러워지지 않은 몸으로 정확하게 처녀처럼 왼쪽, 오른쪽으로 걷고 있다'는 생각을 하며 자신의 목표를 향해 나아갔을까? 그는 자신의 연적은 그녀의 남편이 아님을 알아차렸다. 그녀의 남편은 남자라는 점에서 오히려 그의 동맹이라 할 수 있었다. 줄스의 연적은 그녀가 생각하는 여자의 이미지, 그녀의 우울한 불감증이었다.

"어쩌면 넌 나를 사랑하고 싶어 하지 않는지도 몰라." 그가 부드러운 목소리로 비난하듯이 말했다.

"그렇지 않아."

"넌 우리 둘 사이에 패턴을 만들고 싶어 해. 아이들이 바닥에서 블록을 움직일 때처럼."

"무슨 말인지 모르겠어."

"네가 내게 자신을 내어주고 싶어 하지 않는다는 뜻이야."

"난 널 사랑해. 항상 네 생각을 해. 널 사랑하는 마음이 지긋지긋할 정도야. 더 이상 뭘 원해? 널 사랑하는 마음이 날 가둬두고 있어."

"그거 좋지 않은데."

"그 사랑 때문에 미쳐버릴지도 몰라, 줄스. 그 감정을 나도 어쩔 수가 없기 때문에 화가 나."

그녀는 그의 품 안에서 울었다. 더 이상 할 말이 없었다. 줄스는 화장대 거울에 비친 자신들의 모습을 보았다. 자기들이 이곳에 이렇게 서 있음을 확인하려는 것 같았다. 여자는 그의 품 안에 있지만, 두 사람 모두 뻣뻣하고 당혹스러웠다.

그녀가 떠난 뒤 그도 곧장 계산을 하고 호텔을 나와 술집으로 가서 술을 여러 잔 마셨다. 암울한 우울증이 그를 덮쳤다. 큰아버지에게 약속한 것처럼 차를 몰고 큰아버지의 공장까지 갈 기운이 없었다. 그래서 전화를 걸었다. "오늘 또 병원에 가봐야겠어요. 어머니를 모셔다 드려야 하거든요. 네. 아뇨, 아직은 아니에요. 상당히 많이 편찮으세요. 네. 암이에요." 상대가 예의 바르게 잠시 침묵을 지켰다. 큰아버지 샘슨은 암과 돈을 존중했다. "네, 감사합니다. 오늘 일은 죄송해요. 저도 마음이 좋지 않아요. 감사합니다. 네. 안녕히 계세요. 네. 림프절인지 뭔지에 암이 생겼대요. 아뇨, 담배 때문은 아니에요. 네."

13

2주가 지났다. 줄스는 기다렸다.

520

마침내 그녀에게서 연락이 왔을 때 그는 거의 포기하고 있었다. 그녀의 목소리가 실감나지 않았다. 우연히 전화가 연결된 것 같았다. 그녀가 어떤 주소와 시각을 그에게 읽어주는 것 같았다. 그는 이 정보를 받아 적으면서 앞으로 몸을 기울여 벽에 이마를 댔다. 온몸에 단단한 것이 하나도 없었다. 그가 쓰러지지 않게 막아줄 것이라고는 그 벽밖에 없었다.

그는 서둘러 차를 모는 것이 싫어서 일찍 길을 나섰다. 큰아버지의 공적인 생활에 관한 대수롭지 않은 소식들로 가득 찬 그의 머리가 계속 그를 압도하려고 하는 흥분을 억눌렀다. 운전을 하는 중에 일종의 무아지경으로 빠져들고 있는 것 같았다. 그는 평소에 쓰던 단어들을 계속 썼지만, 그 뜻에서는 벗어나 있었다. 무슨 짓을 하더라도 비난받지 않을 것 같은 생각이 들었다. 자신의 진짜 삶이 가져올 결과들을 견딜 수 없었다. 그는 '진짜 생활' 속의 등장인물이 아니었다. 그는 진짜 세상을 확인하기 위해 12시 뉴스를 틀었지만, 그 세상도 똑같아 보였다. 그래서 그는 안도하며 생각했다. '이건 전에도 겪은 일이야.'

지난 2주 동안 그는 자신의 삶을 제대로 살지 못했다. 물에 빠져 죽어가는 여자와 씨름하듯이 네이딘과 씨름하며 끊임없이 그녀를 상상했다. 조용하고 비밀스러운 그 싸움에는 진정한 상대가 없었다. 네이딘이 시야에서 사라져버렸기 때문이다. 그는 그녀에게 전화를 걸어보았지만 그녀는 응답이 없었다. 그는 안도하며 수화기를 내려놓았다. 하지만 그의 주위 사방에 그녀의 존재가 있었다. 그녀의 체취가 숙명의 가벼운 손길처럼 그에게 닿아 있었다. 그는 자신과 논쟁했다. 자신을 3인칭으로 지칭하며 자신을 향해 절박하게 말했다. "줄스, 여기서 벗어나야 돼!" 하지만 줄스의 근본, 깊고 현명한 줄스는 계속 이렇게 말할 뿐이었다. '이것에, 이 감정에 대등하게 맞서지 못한다면 어떻게 자신을 견디며 살아갈 수 있겠어?'

그녀가 빌린 아파트는 파머 공원 근처 낡은 아파트 건물 5층에 있었다.

검붉은 벽돌로 지어진 건물은 묵직하고 화려했으며, 쓸모없는 작은 주물 발코니들이 달려 있었다. 순전히 상징적으로, 겉치레로 만들어놓은 발코니 였다. 건물 네 귀퉁이에는 때가 묻어 더러워진 작은 탑들이 있었는데, 왜 거기에 있는지 이유를 알 수 없었다. 줄스가 보기에는 군사적인 용도로 만들어진 탑 같았지만, 건축에 대해 아는 것이 전혀 없었기 때문에 그 탑들의 정체가 무엇인지, 지난 세기에는 어떤 용도로 쓰였는지 알 수 없었다. 탑들을 보니 두려운 마음이 들었다. 오로지 비둘기들만이 그 주위에서 무겁게 날개를 펄럭였지만 그는 거기서 무기들이 불안하게 움직이는 모습이 보일 것 같았다. 그렇게 죽어갈 생각을 하니 가슴이 움찔거렸다. 총에 맞아 죽는 편이 좋은가, 아니면 삼촌처럼 병원 침대에서 죽는 편이 좋은가? 영화에서 본 장면들이 그의 상상력을 더욱 달궜다. 남자들이 총에 맞아 죽는 삭막한 흑백 장면들. 그들은 언제나 총에 맞아 쓰러졌다. 그것은 중요한 자리에 앉은 사람들이 치러야 하는 대가였다. 줄스는 자신에게 너무나 중요한 존재였고, 너무나 고독했다. 어렸을 때 그는 영화를 보다가 어떤 남자가 2~3분 동안 혼자 등장하면 곧 갑작스럽고 소란스러운 죽음이 등장할 것임을 알아차렸다. 그 남자는 어리석게도 동료들 곁을 떠나 금고를 열거나 셔츠를 혼자 갈아입으면서 휘파람을 불었다. 그러고 1분 뒤에 카메라가 의뭉스럽게 각도를 바꿔 총신을 보여주고…….

이 건물이 그에게는 인상적이었다. 마치 그의 존재감이 허공을 휘저어놓은 것처럼 갑자기 먼지 냄새가 났다. 그는 기묘하고 우아한 냄새라고 생각했다. 흙먼지 냄새는 자주 맡아보았지만 이렇게 깨끗하고 싸하고 선명하고 눈에 보이지 않는 먼지는 처음이었다. 엘리베이터는 고물이었다. 엘리베이터가 마지못해 움직였다. 그는 소리 없이 빠르게 움직이는 엘리베이터에 익숙했다. 에스컬레이터에도 익숙했다. 효율적으로 기능하는 기계에 익숙했다. 이 엘리베이터의 느린 속도 자체가 그를 매혹했다.

5층에서 내린 뒤 그는 갑자기 용기를 잃어버렸다. 그는 마치 꿈속에서처럼 그녀의 아파트 문을 향해 움직였다……. 문이 열리는 것이 보였다. 그를 놀리듯이 문틈이 점점 넓어졌다. 그는 영화 화면을 보듯이 그것을 뚫어져라 바라보았다. 문의 좌우대칭이 깨어지고 있었다. 어두운색 나무로 된 문은 값비싼 물건인 것 같았다. 이곳의 모든 것이 그에게는 비싸 보였다. 그는 문을 향해 손을 뻗었다. 네이딘이 그의 손을 잡았다. 그는 아무 말 없이 그녀에게 다가가 어깨와 목 사이 움푹한 곳에 얼굴을 묻었다.

이 포옹 속에서 자신의 형체가 사라진 듯, 자신을 떠올릴 수 없었다. 그의 품에 안긴 네이딘은 형태가 없고 매우 따뜻했으며, 그를 향해 갈망을 품은 듯했다. 그는 그녀의 이름을 말할 수 없었다. 자신의 모습이 사라져가는 빛처럼 점점 작아져 그녀의 몸이라는 혼란 속에서 꺼지는 모습을 지켜보고 있는 것 같았다. 다른 모든 것은 그의 범위 밖으로 나가버렸다. 그에게는 어휘가 남아 있지 않았다. 네이딘의 얼굴과 몸, 그의 등에 닿은 그녀의 손이 고뇌에 차서 움직이는 것이 그를 향해 외치는 단어들 같았다. 그녀는 뭔가 말하고 있었다. "줄스." 하지만 그는 그녀에게 대답할 힘이 없었다. 그녀가 그를 어딘가로 이끌었다. 그는 그녀의 몸 안에 깃든 맹목성, 그녀가 뭔가에 부딪혀 휘청거리는 것을 느꼈다. 그의 다리는 무감각하고 맹목적이었다. 그녀가 침대 가장자리에 앉았다. 줄스는 그 앞에 무릎을 꿇고 그녀를 끌어안았다. 그리고 그녀에게 얼굴을 기댔다. 자신의 축축한 머리카락 속에서 그녀의 손가락을 느끼며, 그녀가 자신을 물끄러미 내려다보고 있을 것이라고 상상했다. 그의 열정을 이해하지 못하면서도 그 힘을 인정하고 자신을 내어주려는 것처럼. 그녀가 그를 끌어올렸다. 그는 무감각하고 추상적인 힘으로 그녀를 향해 몸을 일으켰다.

줄스는 그녀와 사랑을 나눴다. 여전히 말은 하지 않았다. 전에 다른 여자들과 이런 것을 했던 기억도 없었다. 그의 몸이 그를 이끄는 동안 그의 머리는 멍한 상태로 어딘가 붙잡을 수 있는 곳, 고정된 곳을 찾아 헤맸다. 그래야 그가 자신에게 돌아올 수 있기 때문이었다. 그에게는 스타일이 필요했다. 그는 자신을 놓칠까 봐 무서웠다. 하지만 그 안의 모든 것이 무릎을 꿇었다. 자신이 폭력의 파도에 실려 가고 있는 것 같았다. 일종의 피해자인 줄스 웬들이 깜짝 놀란 사랑의 신음을 내뱉으며 네이딘 안에 자신을 묻는 동안 네이딘은 그에게 굴복하며 그를 끌어안았다. 그녀의 부드러움이 그의 무감각한 힘에 무릎을 꿇었다. 그런데도 그는 자신이 무슨 짓을 하는 건지 모르고 있다는 사실에 두려움을 느꼈다. 그는 이 일을 기억하지 못할 터였다.

"줄스, 사랑해." 네이딘이 말했다.

그는 눈을 떴다. 두 사람이 서로를 바라보았다.

"줄스, 넌 날 사랑해?"

"사랑해."

그는 땀으로 흠뻑 젖어 떨고 있었다. 행복이 넘치고, 몇 주 동안 짊어지고 있던 무거운 짐을 내려놓은 것 같았다. 그 묵직함, 그 불순함은 이제 사라졌다. 네이딘의 품 안에서 모든 것을 벗어버린 것 같았다. 두 사람은 말없이 함께 누워서 서로를 바라보았다. 줄스는 일종의 예의로 졸린 척했다. 네이딘이 빙긋 웃었다. 갑작스럽고 놀라운 미소였다. 그녀는 행복해 보였다. 줄스는 그 모습에 눈이 부셨다. 그래서 선물 같은 미소를 짓고 있는 그녀의 입을 빤히 바라보았다. 그녀의 아름다움을 믿을 수가 없었다. 그녀가 양팔로 그의 목을 감고 수줍은 듯 자신의 입을 그의 입술에 살짝 갖다 댔다. 줄스는 두려움 같은 것을 느끼며 그녀를 다시 꼭 끌어안았다. 그녀 안에 자신을 파묻고 싶었다. 두 사람은 서로에게 단단히 매달렸다.

줄스는 똑바로 누워 주위를 둘러보았다. 천장. 방. 한 번도 본 적이 없는 방이지만, 연달아 빠르게 흘러가는 빛의 움직임 속에서 방이 그에게 스스로를 열어주었다. 하얀 천장, 하얀 벽, 얇은 하얀 커튼이 달린 창문. 모든 것이 휑뎅그렁했다. 방이 한없이 비어 있어서 메아리가 울릴 것 같았다. 줄스는 앞을 보기 위해 눈에서 다급히 물방울을 훔쳐내는 수영 선수처럼 눈에서 땀을 훔쳐냈다. 자신이 잠겨 있는 이 분위기가 무서웠다. 자신이 아주 깊고 위험한 곳에서 올라온 것 같았다.

"이런 일이 생길 줄은 정말 몰랐어. 이렇게 될 줄이야." 그가 말했다.

"너 정말 날 사랑해?"

그는 그녀가 가까이 있다는 감각 속에 빠져버리고 싶지 않았다. 그 감각이 으스스했다. 그의 모든 것이 그것에 저항했을 가능성이 있지만, 그는 자신을 지키지 못했다. 자신에 대한 선명한 기억이 없었다. 그러니까 내가 이 여자랑 사랑을 나눴다고? 이 여자가 내 정부라고?

"어쩌다 이렇게 됐지?" 줄스가 말했다.

"아, 장난치지 마!"

"아냐, 이건 끝내주는 장난이야. 끝내줘. 이대로 죽어도 좋아." 방 안의 햇빛이 그의 머릿속 가장 깊은 곳까지 뚫고 들어와 그를 눈부시게 했다. 빛이 모든 것을 흠뻑 적셨다. "여긴 어디야, 자기? 네가 여길 빌렸어?"

"응. 한 달 동안."

"우리를 위해 빌린 거야?"

"응."

"하지만 넌 오랫동안 연락이 없었잖아. 그래서 끝난 줄 알았어. 네가 포기한 줄 알았어."

"포기한 거 아니야."

"왜 전화 안 했어, 네이딘?"

"난 항상 널 생각했어. 다른 생각은 할 수 없었어." 그녀가 말했다.

이제 애인이 되었으므로, 냉정하고 빠르고 불안한 말투라는 상막노 사라져 그녀의 말투가 부드러웠다. 부드럽고 뜨거운 그녀의 숨결이 그에게는 놀라울 정도로 친밀하게 느껴졌다. 줄스는 그녀의 다정함에 경탄했다. 그는 그녀의 몸에 입을 맞추고, 그녀를 어루만지고, 매끄러운 피부에 감탄했다. 그 자신의 손이 그를 부끄럽게 했다. 그의 손과 몸이. 그녀를 만지는 것이 부끄러웠다.

하지만 네이딘은 그를 가까이 끌어당기며 이렇게 말했다. "사랑해. 사랑해." 무아지경에 빠진 여자 같았다. "난 널 다시 만나고 싶지 않았지만 끝까지 참을 수 없었어. 네가 나한테 전화해도 됐잖아. 난 계속 기다렸는데……."

"넌 기다리지 않았어. 내가 전화한 적이 있거든."

"그랬어? 하지만…… 너한테 아무 연락이 없어서 나도 전화를 거는 게 무서웠어……. 너무 비참해서 죽고 싶었는데. 난 항상 널 생각했어."

"나도 항상 널 생각했어." 줄스가 기쁘게 말했다. 지난 몇 주 동안의 비참함이 다른 사람의 고통처럼, 누군가 바보 같은 사람의 일처럼 느껴졌다. 그는 몸을 일으켜 다시 그녀에게 다가갔다. 네이딘은 화들짝 놀라면서도 우아하게 입을 열어 그의 입과 맞대고 기다렸다. 그는 지난 세월 동안의 거리감과 결핍이 존재하지 않았던 것처럼 아주 쉽게 그녀의 안으로 들어갔다. 이 여자를 다른 누군가의 아내라서 사랑에 숙달된 사람으로 보지 않고, 언제나 그를 위해 준비되어 있는 네이딘의 가장 깊고 근본적인 모습으로 보았다. 그녀의 몸이 진심으로 받아들이는 남자는 오로지 줄스뿐이었다. 열정 속에서 그는 흐릿해진 그녀의 창백한 얼굴을 보았다. 거리가 너무 가까워서 얼굴이 똑똑히 보이지 않았다. 서로 달라붙은 두 사람의 몸이 몹시 따뜻했다. 두 몸의 경계도 불확실했다. 줄스는 그녀의 작은 외침을 향해 자신을 자꾸만 밀어붙이며 그녀를 달랬다. 자신의 머리가 텅 비어버리고 그 안에서 그녀의 신음이 메아리치고 있는 것 같았다. 그의 안에서 커다란 기쁨이 일었다. 그는 그녀를 거칠게 품에 안고 그녀의 존재 고갱이까지, 그녀의 가장 깊은 침묵이 있는 곳까지 그녀를 꿰뚫어 기쁨이 풀려난 곳으로 데려오고 싶었다. 하지만 그녀는 그에게서 슬쩍 빠져나가는 것 같았다. 너무 힘이 없어서인지 너무 멍해진 탓인지는 알 수 없었다. 그는 자신의 사랑이 그녀의 안으로 또다시 격렬하게 빠져나가는 것을 느꼈다. 그녀의 손이 놀라서 경계하듯 그의 등을 단단히 붙들었고, 그녀의 몸은 이 위기 앞에서 점점 뻣뻣해졌다.

"네이딘?"

그녀가 손등으로 이마를 훔쳤다.

"괜찮아?"

"응. 아주 좋아."

줄스는 처음으로 베개를 보았다. 하얀 베개 가장자리에 어두운 초록색 바늘땀이 있었다. 모든 것이 낯설었다. 그는 날씬하게 굴곡이 진 그녀의 몸을 손으로 어루만지며 그녀의 피부에 매혹되었다. 다른 여자는 기억나지 않았다. 자신이 이런 일을 한 적이 있는지도 알 수 없었다. 모든 것이 그의 머릿속에서 깨끗이 씻겨나갔다. 그의 경험 중에 진짜는 하나도 없었다. 그가 지금까지 살아온 인생이라는 것은 영화와 책에서, 다른 사람들의 상상에서 훔쳐 온 것 같았다.

방에는 공원 쪽으로 난 커다란 창문이 하나 있었다. 창문을 다시 해 넣었는지, 구식인 방의 다른 부분들에 비해 새것처럼 보였다. 천장의 몰딩은 말라비틀어진 케이크처럼 낡아빠졌다. 바닥에 아주 현대적이고 삭막한 검은 전화기가 중요한 물건처럼 놓여 있는 모습이 충격적이었다.

"왜 전화기가 있어?" 줄스가 물었다.

"선은 연결되지 않았어."

"원래 이 아파트에 있던 거야?"

"응."

이 말이 그를 무한히 기쁘게 했다. 마음이 들떠서 어질어질했다. 갑자기 다리에 커다란 힘이 느껴졌다. 다급한 힘이었다. "그럼 아무도 우리한테 전화하지 않겠네. 저 전화기가 울릴 일은 없겠어." 그가 말했다.

"절대 없을 거야."

두 사람은 한동안 누워서 서로를 바라보며 방긋방긋 웃었다. 줄스의 몸에 다시 힘이 흘러 들어왔다. 기묘한 감각이었다. 네이딘이 그를 어루만지자 그녀의 손가락이 닿은 살갗이 작은 소름처럼 일어섰다.

"네 남편은 어디 있어?"

"그 사람은 신경 쓰지 마."

"또 어디 갔어?"

"응."

"그럼 언제 돌아오는데?"

"그런 건 묻지 마."

두 사람은 서로를 꼭 끌어안고 누워 있었다. 사랑에 빠진 줄스는 약간의 두려움을 안고 그녀의 몸을 지긋이 바라보았다. 이렇게 아름다운 몸, 선물 같은 아름다움, 이 완벽함을 믿을 수 없었다. 자신이 그녀를 얻은 것이 모종의 실수나 오해일까 봐 두려웠다. 그는 그녀의 맨발까지 몸 전체를 은밀히 훑어보았다. 감정이 격해져서 목이 멨다. 이렇게까지 감정이 치민 적은 처음이었다. 그는 필사적으로 가벼운 목소리를 냈다. "우리 둘이 여기서 살 수 있어? 이 아파트에서?"

"응." 네이딘이 말했다.

두 사람은 오후 늦게 후들거리는 몸을 일으켰다. 줄스는 살풍경한 바닥을 빤히 바라보았다. 왁스 칠 덕분에 바닥에서 광택이 났다. 자신이 노동을 해서 마련하지 않은 주위의 모든 것을 둘러보았다. 마치 마법 같았다. 네이딘 자체가 마법이었다. 이렇게 평범한 모습으로 침대에서 일어나 욕실로 가는 자신의 모습이 당황스러웠다. 네이딘은 그 우아하고 하얀 척추를 살짝 구부린 채 앉아 있었다. 그녀는 그를 보지 않았다. 줄스는 자신의 알몸을 그녀에게서, 우연히 자신을 바라볼지도 모르는 그녀의 시선에서 숨기고 싶었다. 하지만 그녀는 주위를 둘러보지 않았다. 그녀의 검고 반짝이는 머리카락이 헝클어져 어깨를 덮고 있었다. 이제 막 바다에서 올라와 몇 시간 동안 숨을 쉬지 못한 탓에 혼란스러워하고 있는 사람 같았다.

욕실은 온통 빛으로 반짝거렸다. 하얀 커튼, 하얀 타일, 하얀 샤워커튼. 욕실 역시 최근에 수리를 한 모양이었다. 줄스는 휘청거리며 세면대로 다가가 거울에 비친 자신을 빤히 바라보았다. 거칠고 헝클어진 모습이었다. 네이딘의 립스틱이 얼굴에 흐릿하게 번져 있었지만 자신의 모습을 알아보지 못할 정도는 아니었다. 사랑에 빠진 줄스, 사랑 때문에 병이 든 줄스……. 이런 얼굴은 전에도 본 적이 있었다. 이런 얼굴의 전조 같은 것을 보았다. 하지만 이렇게 필사적인 기분을 뼛속 깊이 느낀 적은 없었다.

욕실에서 돌아와 보니 그녀가 노란색 가운을 입는 중이었다. 그녀의 움직임이 느리고 나른해서 무아지경에 빠진 것 같았다. 정말로 다른 공간에서, 그러니까 공기가 없는 공간이나 아니면 공기가 크림처럼 진한 세계에서 올라온 사람 같았다. 그녀의 피부도 크림 같았다. 마치 뭔가 나른하고 부드러운 것이 한 꺼풀 입혀져 있는 것 같았다. 그녀는 벽장으로 다가갔다. 그 안에 옷이 가득한 여행 가방이 열린 채 놓여 있었다. 옷장 안의 여러 고리에도 옷들이 걸려 있었다. 줄스는 그녀의 옷가지가 걸려 있는 것을 보고 마른침을 삼켰다. 아주 내밀한 것을 본 느낌이었다. 처음으로 그녀가 자신의 것이라는 생각, 두 사람이 서로에게 속하며 함께 산다는 생각이 들었다. 이런 생각이 그의 혈관 속에서 요동쳤다.

"네이딘?"

그녀에 대한 사랑이 너무나 강렬해서 그의 몸이 사랑의 결정으로, 예술 작품으로 변하는 것 같았다. 그의 뼈는 깜짝 놀라서 단단해졌다. 그의 몸에 시선을 주지 않은 채 수줍은 듯 그에게 돌아서는 네이딘 또한 예술 작품 같았다. 비단 가운을 입은 연약한 몸, 장밋빛 하늘, 깜짝 놀란 듯 수줍은 모습. 그녀를 소유하고 싶은 욕구가 너무 강렬해서 기가 질릴 정도였다. 그 자신도 그녀에게, 자신의 사랑에 소유당한 몸이었다. 그것은 미쳐 날뛰는 짐이었으며, 전기 같은 압박, 풀려나고 싶어 하는 압력이었다. 줄스는 아무 생각도 할 수 없었다. 그는 옷장 문 옆에 서서 그와 옷장 사이에서 머뭇거리고 있는 그녀를 끌어안았다. 그녀는 당황해서 뭔가 아주 일상적인 말을 하려는 것 같았다. 그녀를 품에 안자, 자신이 자신을 넘어선 뭔가로 변했다는 기분이 들었다. 그는 그녀를 다시 침대로 이끌었다. 자신의 야성이 그녀를 유혹하고, 침묵하게 하는 것이 느껴졌다. 그녀는 그에게 팔을 두르고 자신을 내어주었다.

줄스가 잠에서 깨었을 때 네이딘은 곁에 없었다. 하지만 그녀가 이것을 느끼기라도 한 것처럼 곧바로 문간에 나타났다. 노란 그림자가 그의 시야 속으로 들어왔다.

"깼어, 줄스? 이리 나와봐." 그녀가 말했다.

그는 일어나서 비몽사몽간에 바지를 입고 그녀에게 다가갔다.

"해가 지고 있어. 공원을 봐." 그녀는 그에게 무겁게 몸을 기댔다. 두 사람이 있는 곳은 길고 널찍한 방이었다. 아무래도 거실인 듯했다. 의자는 두 개밖에 없었다. 하나는 좌판이 초록색 비단으로 싸여 있는 구식 의자로 골동품이거나 모조품인 것 같았다. 다른 하나는 등받이가 똑바로 솟은 평범한 의자였다. 바닥에는 잡지 몇 권, 신문이 있었다. 창밖의 나뭇잎들을 통과한 햇빛이 수천 개의 반짝이는 점으로 피어났다.

"그림 속에 있는 것 같아. 우린 그림 속에 있는 사람들이야." 줄스는 오래전 호기심에 차서 시내의 어떤 지역을 정처 없이 돌아다니다가 미술관에서 한 번 본 적이 있는 이름 모를 그림을 생각하며 굶주린 듯이 말했다. 그때는 그 그림이 자신을 위해 어떤 비밀을 품고 있는 것 같았다. 디트로이트를 빠져나가는 방법. 그런데 지금 이 텅 빈 아파트에 네이딘과 함께 서서 그는 그때로 돌아간 것 같은 기분이 들었다. 자신의 인생이 자신이 상상한 모든 것을 초월한 것 같았다. 그는 자신을 넘어섰다. 그는 그림 속에서 그림 속의 여인을 끌어안고 있었다. 정점에 이르렀을 때 온통 땀투성이로 격렬했던 그들의 사랑은 깨끗하게 반짝이는 수천 개의 점들과 황금색 나뭇잎으로 폭발했다.

"난 지금 뭔가에 홀린 것 같아. 너한테." 그가 말했다.

"또 장난치는 거야?"

"난 절대 장난 안 쳐."

"아냐, 넌 항상 장난만 치면서 항상 진지해. 동시에 그렇다고. 나도 기억나. 하지만 그때는 내가 너무 어려서 진심으로 널 사랑하지 못했지. 철이 덜 들었을 때야."

"난 그때도 널 사랑했어."

"나도 알아. 내가 너에 대해서 기억한 게 바로 그거니까. 지난 세월 동안 내내 널 생각하지 않은 날이 하루도 없었어."

"앞으로도 항상 날 생각할 거야?"

"평생 동안. 틀림없이 그럴 거야. 우리가 어떻게 되더라도."

"우리가 어떻게 되겠어?"

그녀는 웃음을 터뜨리며 그의 얼굴에 자신의 얼굴을 갖다 댔다. 이제 그녀는 차분하고 우아했다. 머리도 빗고, 립스틱도 발라서 그를 위해 단장한 모습이었다. 이 여자에게서 뜻밖에 찾아낸 부드러움이 줄스를 그가 알던 세계에서 분리해 이단기의 기묘한 치원으로 던져 넣는 것 같았다. 그곳에서는 그의 생활 방식, 그의 말, 그의 자아가 아무런 힘도 발휘하지 못했다.

"부엌으로 와. 먹을 걸 좀 만들어줄게." 그녀가 말했다.

부엌은 작고 구식이었다. 싱크대도 조금 변색되어 있었다. 건물 중심부의 수도관 속에서 몇 가지 비밀이 튀어나와 싱크대의 수도꼭지에서 물방울이 천천히 조용하게 떨어졌다. 줄스는 의자 두 개를 가져왔다. 네이딘은 우아한 의자에 앉았고, 줄스는 평범한 의자에 손님처럼 단정하게 앉았다. 그녀가 싸구려 가게에서 산 작은 칼로 그를 위해 치즈를 얇게 잘랐다. 줄스는 배가 고파서 정신을 차릴 수 없을 지경이었다. 지금처럼 건강을 느낀 적이 없었다. "호밀 빵도 있어." 네이딘이 기쁜 표정으로 말했다. 기뻐서 장밋빛으로 물든 그녀는 아이 같았다. 너무 들떠서 금방이라도 머리가 어지러워질 것 같았다. 그녀는 음식을 먹는 그의 모습을 몰래 지켜보았고, 그는 당황했다. 모든 것이 어찌나 들떠 있는지 거의 고통스러울 지경이었다. 그는 웃음을 터뜨렸다. 사랑에 홀린 그가 몹시 주린 배를 안고 이 여자와 1미터쯤 거리를 두고 앉아 치즈를 먹고 있었다.

거실에서 황금색 빛의 얼룩들이 다가와 네이딘의 얼굴 한쪽을 건드렸다. 피부가 조금 붉게 달아오른 모습이 어려 보였다. 피부가 붉어진 것은 그가 자신의 피부로 닳도록 문질러댄 탓이었다. 입술 주위 부드러운 피부가 분홍색으로 살짝 물들어 있었다. 립스틱 색깔이었다. 줄스는 그녀가 건네준 치즈와 빵을 먹으며 그녀를 빤히 바라보았다. 이런 변화가 일어나다니, 이것은 기적이었다. 그는 그녀의 얼굴, 여자의 내밀한 얼굴을 바라보았다. 그 얼굴은 다른 예술 작품과 마찬가지로 냉담하면서도 사랑스러웠으며, 인간적인 고뇌와는 거리가 멀었다. 섬세하게 다듬어졌지만 지성이 무겁게 얹혀 있지 않은 얼굴이 빛을 반사했다. 창문으로 들어온 햇빛인지 줄스의 격렬한 시선이 쏘아낸 빛인지는 알 수 없었다. 그는 그녀가 입은 가운의 열린 틈을 바라보았다. 젖가슴 윗부분이 보이지는 않았지만, 그녀가 몸에 그 가운 외에는 아무것도 걸치지 않았음을 알 수 있었다. 이런 내밀한 모습에 말문이 막혔다. 아주 기묘하고 그가 감히 누릴 자격이 없는 선물 같았다.

"날 사랑할 거야? 내가 널 사랑하게 해줄 거야?" 그가 갑자기 물었다.

"내가 그러기 싫어도 어쩔 수 없어." 그녀가 말했다.

그녀의 투명한 피부는 피해자의 피부였다. 하지만 그녀는 미소를 지었다. 고르고 하얀 치아가 평범했다. 그녀의 미소로 이 치아들이 서서히 드러났다. 줄스의 이는 그렇게 하얗지도 않고 그렇게 예쁘지도 않았지만, 적어도 맞아서 빠진 이는 하나도 없었다. 그는 그녀의 손을 잡으며 그녀에게 천천히 미소 지었다. 그녀의 인간 같지 않게 완벽한 모습에는 깨어지기 쉽고 보석 같은, 진주 같은 어떤 것이 있었다. 그가 그녀에게 한 행동, 그 모든 욕망이 그녀 안에 조용히 자리를 잡고 그녀의 모공을 통해 은은히 빛나며 기다리고 있었다.

"지금 이것이 현실 같지 않아." 마침내 그녀가 말했다.

"나도 그래."

"네 덕분에 내가 얼마나 행복한지 몰라, 줄스."

"응."

그녀는 그의 손을 자신의 얼굴로 가져가 뺨에 대고 눌렀다. 그녀의 손등에 연한 파란색 핏줄이 보였다. "네가 내 안에 무엇을 남겨놓았는지 느껴져." 그녀가 꿈을 꾸듯이 말했다. 그녀의 목소리는 나른하다 못해 거의 힘들어하는 것처럼 들릴 정도였다. 약에 취한 사람 같았다. 줄스는 그녀의 말에 조금 놀랐다가 매혹되었고, 또한 마음이 들떴다. 그녀도 자신처럼 갑작스럽게 커진 사랑에 휘말려 존재가 사라진 기분을 느끼고 있는지 궁금했다. 빛이 너무 강렬해서 숨이 막힐 것 같고, 감정도 너무 격렬했다. 그는 그녀의 어깨를 잡고 가운 앞섶의 열린 부분에 입을 맞췄다.

"날 두고 가지 않을 거지, 줄스?"

"내가 어딜 가겠어?"

그녀는 최면에 걸린 사람처럼 느릿느릿했다. 뭔가 정체를 알 수 없는 것에 매혹된 아이 같았다. 머리카락이 얼굴 주위에 늘어져 있었다. 줄스는 그녀에게 절박한 욕망을 느꼈지만, 동시에 그것이 부끄러웠다. 그에게 몹시 고분고분한 그녀의 몸이 그의 욕망을 담기에는 너무나 연약한 그릇 같았다. 그는 그녀를 망가뜨리고 싶지 않았다. 그는 그녀의 입술, 얼굴에 입을 맞췄다. 마치 멍든 피부에 키스하는 것 같은 기분이었다. 그녀는 눈을 감고 양손을 들어 그의 뒤통수를 어루만졌다. 그녀의 손길이 그를 거칠게 만들었다. 사랑을 나누는 도중에 그녀가 자신을 그렇게 만졌던 기억이 났다. 그 부드러운 손길이 그를 재촉하고 유혹했다.

"혹시……? 몸은 좀 어때?" 그가 갈라진 목소리로 말했다.

그녀가 일어섰다. 그는 그녀를 열렬히 끌어안았다. "난 널 행복하게 해주고 싶어. 널 아프게 하고 싶지 않아." 그가 말했다.

그녀와 함께 다른 방으로 들어가면서 그는 일종의 환상을 보았다. 크게 확대된 자신의 사진이 눈앞을 번뜩 스치고 지나갔다. 그는 자신이 도망치는 모습, 황당한 일을 당한 모습, 바보처럼 웃는 모습, 음식을 먹는 모습이 사진으로 찍히고 있다는 생각을 하며 자신을 비웃을 때가 가끔 있었다. 지금도 그 사진이 번개처럼 나타났다 사라졌다. 사실 그가 사진을 본 것은 아니었다. 상상했을 뿐이었다. 그는 이 아름다운 여인을 침대로 이끄는 자신의 모습을 상상했다. 한 팔은 남편처럼 친밀하게 그녀를 감쌌고, 얼굴에는 자신감과 애정이 표정으로 고정되어 있다. 그는 남편이 되었다. 하지만 이 사진 속의 줄스는 상상 속에서 다른 역할을 맡은 적도 있었다. 지금보다 덜 우쭐한 역할들. 줄스는 한없는 이야기들과 꿈속에서 한없이 줄스를 뒤쫓았다. 그리고 지금 왁스를 칠한 것처럼 반짝이는 이 왕국에 도달했다. 바로 옆에 네이딘의 몸이 있다는 사실이 기적만 같아서 자신이 이토록 대담한 일을 벌인 것이 놀라웠다. 그는 그녀의 가운을 열고 몸을 숙여 그녀의 몸에 입을 맞췄다. 그녀는 화들짝 놀란 사람처럼 그에게서 물러났지만, 사실은 그렇게 놀란 것이 아니었다. 그는 그녀를 따라가 가운을 바닥으로 떨어뜨렸다. 옷장 문이 일부 열려 있었다. 그는 문을 밀어서 꽉 닫았다. 어렸을 때 그는 열린 문이 문제를 불러오는 것 같아서 항상 두려웠다.

줄스는 그녀를 내려다보는 자세로 무릎을 꿇고 부드럽게 그녀에게 다가갔다. 그녀의 등이 둥글게 휘었다. 그는 그녀를 품에 안고, 누군가가 자신을 억지로 떼어낼까 봐 두렵다는 듯이 그녀에게 매달렸다. 하얀 벽들이 두 사람에게서 멀어져 물러나는 것 같았다. 어딘가 가까운 곳에 거울이 있었다면, 아마 하얀 안개 속에서 몸에 잔뜩 힘을 주고 있는 줄스의 모습이 비쳤을 것이다. 그는 뭔가 영원한 것을 손에 넣으려고 잔뜩 힘을 주고 있었다. 한없이 추락하듯이 무릎을 꿇는 그를 잡아준 것은 그녀의 몸이었다. '추락하는 줄스의 사진.' 그녀의 몸에 깃든 어둠, 그 따뜻한 비밀, 하지만 겉으로는 서늘하고 하얗게 보이는 몸, 깨끗하게 씻은 피부, 이런 것들이 놀라웠다. 그는 자신 속에서 빠져나오라고 재촉당하고 있었다. 너무 빨리 모든 것이 끝나고 그녀의 곁을 떠나게 될까 봐 무서워진 그는 고개를 거칠게 뒤로 물렸다. 아주 어려진 기분이었다. 그의 등을 잡은 네이딘의 손은 그를 소유하고 그에게 계속 나아가라고 다그치는 손이었다. 그는 "내 사랑……"이라고 말하며 이 말이 자신에게 거리를 좀 줄 수 있기를 바랐다. 그의 안에 무서운 압력이 존재했기 때문에, 그는 그녀 앞에서 이 압력을 조절할 수 없을까 봐 무서웠다. 그는 기계가 아니라 절박한 살덩어리였다. 어떤 의미에서는 부끄러워하고 있는, 이름 없는 굶주림 덩어리였다.

네이딘이 그를 끌어안았다. 그리고 그에게 필사적으로 말을 걸듯이 그의 입술과 닿은 자신의 입을 움직였지만, 그녀의 입에서는 아무런 단어도 나오지 않았다 그의 사랑 속에서 길을 잃고, 그의 몸 밑에 힘없이 누운 그녀는 그가 그토록 쉽게 얻어낸 쾌락을 위해 몸에 힘을 주었다. 그녀의 숨소리가 격하고 불규칙해졌다. 줄스의 얼굴은 일그러져 있었다. 지금이라면, 지금이라면…… 그와 함께 끌려 올라갈 수 있다면, 이렇게, 줄스처럼, 이 몸부림에서 풀려날 수 있다면. 하지만 그는 그녀가 한껏 솟았다가 추락하는 것을 느낄 수 있었다. 그녀의 긴장이 히스테리가 될 정도로 솟았다가 다시 추락했다. 마치 그녀의 몸에 그 긴장을 지탱할 힘이 없는 것 같았다. 줄스는 환상을 보듯이 오랫동안 그녀와 사랑을 나눴다. 그녀를 돕고자 하는 욕망으로 필사적이었지만, 갑자기 그 절박함이 사라져버리자 그는 아무것도 기억나지 않고 아무것도 신경 쓰이지 않았다. 그의 모든 것이 그녀에게로 한꺼번에 쏟아져 나갔다. 그의 신경은 쓰다듬는 손길에 광기로 치달았다. 그의 존재의 핵심, 이 몸속의 '줄스'가 풀려나고 싶어서 발광하는 통에 더 이상 붙잡아 둘 수 없었다. 네이딘이 그의 품속에서 몸부림치며 "날 두고 가지 마, 부탁이야, 줄스"라고 말하는데도. 그녀가 열에 들뜬 손으로 그의 등, 허벅지, 어깨를 붙잡고 매달렸다. 줄스는 그녀에게서 미끄러지듯 빠져나왔다. 자신이 그녀의 몸을 통과해서 추락하며 그녀를 회피하고 있는 것 같았다. 두 사람의 두개골이 달아오른 살갗을 사이에 두고 강하게 소리 없이 마찰했다.

그녀가 흐느끼기 시작했다. 그의 품에서 열기로 달아오른 그녀는 히스테리를 일으키기 직전이었다. 줄스는 "미안해"라고 말하고는 그녀의 이마에 입을 맞추고, 얼굴에 달라붙은 머리카락을 쓸어 넘겨주었다. 그의 실패가 공기처럼 가벼운 몸과 생생한 대조를 이루며 아주 기묘하게 보였다. 그는 자신이 그녀를 실망시켰음을 알고 있었지만, 그녀의 몸과 달라붙어 있는 그의 몸은 오로지 승리만을 느끼고 있었다. 머뭇거리며 빠져나가는 열정, 강렬한 열정의 기억 때문에 그는 자신이 정말로 그녀를 실망시켰다고 믿을 수 없었다. 그런데도 그녀는 울었다. 그는 그녀의 몸 위에서 둥글게 웅크린 채 그녀의 몸에 입술을 대고 움직였다. 땀에 젖은 그녀의 몸은 비단처럼 매끄러웠다. 그의 몸 아래에서 그녀가 부르르 떨었다. 그녀가 그의 머리 카락을 잡고 날카로운 목소리로 "하지 마"라고 말하기 전에 이미 그는 그녀 의 거부를 느낄 수 있었다.

줄스는 움직임을 멈추고 그녀의 배에 얼굴을 갖다 댔다. "하게 해줘. 네 게 키스하게 해줘." 그가 말했다. 하지만 그녀는 몸을 부르르 떨고 길게 숨 을 들이마시며 흐느끼기 시작했다. "하지 마, 제발." 그녀가 말했다. 그는 그 녀가 자신을 싫어하게 될까 봐 무서웠다. 그녀가 무섭고 그녀의 열정이 무 서웠다. 이해할 수 없었기 때문에. 두 사람은 맹목적으로 꼭 달라붙었다. 줄 스는 그녀의 허벅지를 어루만지며 그녀의 살에 닿은 입술을 벌렸다. 하지 만 이번에도 그녀는 몸을 물리며 그를 거부했다. "그게 내 안에 있어. 내 안 깊숙한 곳에 있어. 네가 필요한 곳이 바로 거기야." 그녀가 희미하게 말하며 물러나라고 재촉했다. 그는 조심스레 그녀 옆에 누웠다. 이상하고 으스스한 기분이었다. 여전히 공기처럼 가볍고, 눈이 부셨다. 두려움이 그의 마음을 건드렸다. 자신이 이 여자를 철저히 실망시켰다는 두려움. 그녀는, 뼈대가 가볍고 섬세한 그녀는 그의 몸의 일부처럼 그의 품에 철저히 얌전하게 누 워 있었다. 하지만 그를 보려 하지 않았다. "미안해." 줄스가 그녀의 손을 자 신의 손으로 덮었다. "널 진심으로 사랑해."

"나도 사랑해." 네이딘이 말했다.

두 사람은 말이 없었다. 이런 친밀한 분위기가 줄스에게는 마법 같았다. 네이딘의 불행에서 드러나듯, 자신과 그녀 사이에 이토록 거리가 있다는 사실을 믿을 수 없었다. 그녀가 자신의 일부가 된 것 같았다. 그녀의 몸에 대한 기억, 그녀의 몸을 직접 마주한 경험이 그에게는 비단처럼 매끄럽고, 신비롭고, 따스했다. 복잡한 일은 하나도 없었다. 하지만 그가 이해할 수 없 는 복잡한 일들이 분명히 존재했다. 그가 느낀 펄떡힘과 힘이 그를 무섭게 했다. 그녀를 만나러 와서 사랑을 나누는 것만으로는 만족할 수 없었기 때문에. 오히려 그녀를 다시 원하는 마음, 상상 속에서 그녀를 자신에게 묶어 두고 싶은 마음을 자극했을 뿐이었다……. 이런 긴장에서 벗어나려면 거기서 풀려나야 했지만, 그 과정에서 느끼는 격렬함이 마약처럼 달콤했다. 그는 머릿속에서 그 달콤함을 떨쳐버릴 수 없었다. 그의 몸을 태워 정화한 열기가 그의 머리까지 감염시킨 것 같았다.

그녀는 탈진한 상태였다. 그는 두 사람 사이에서 무거운 침묵을 느꼈다. 그녀가 그의 어깨에 머리를 기대고 잠들었을 때는 마음이 놓였다. 잠든 그녀의 모습이 불편해 보였다. 하지만 그녀의 의식으로부터 자유로워진 것에 안도감이 들었다. 줄스는 그녀를 안고 방을 둘러보았다. 워낙 살풍경한 방이라 전혀 위협적이지 않았다. 과거가 전혀 없는 이 방은 오로지 미래에만 속해 있었다. 이 방은 미래에 가득 채워질 터였다. 지금은 텅 비고 비현실적인 모습이었다. 이 방에서는 무슨 일이든 일어날 수 있었다. 열에 들뜬 네이딘의 무게도 비현실적인 것 같았다. 그는 계속 거리를 두고 그녀를 바라보았다. 그의 시선이 휙 올라가서 그녀의 얼굴, 눈, 섬세한 선을 그린 몸을 눈에 담았다. 이렇게 가까이에 있는 이 몸이 그에게는 수수께끼였다. 그 안에 모든 것이 갇혀 있었다. 그에게는 그녀를 해방할 말, 이 불편한 잠에서 그녀를 깨울 말이 없었다. 그녀의 숨소리가 고르지 않았다. 그는 젖은 피부 밑의 섬세한 뼈, 가느다란 목, 심지어 얼굴의 섬세한 주름까지도 날카롭게 의식했다. 하지만 머리카락은 헝클어져 있었다. 탈진하고 땀에 젖은 모습조차 그의 눈에는 우아한 수수께끼처럼 보였다. 그녀의 길고 매끈한 몸은 일종의 도전이었다. 그는 자신이 네이딘의 몸이 내미는 뜨겁고 매끄러운 도전 때문에 안으로 끌려 들어가서 서서히 눈이 머는 것을 느낄 수 있었다.

그는 선잠을 잤다. 밤이었다. 네이딘의 팔 한쪽이 반대편에 아이처럼 제멋대로 늘어져 있었다. 이제는 숨소리가 조용했다. 줄스는 생각을 정리하려고 애썼다. 모든 것이 축축했다. 이불은 뒤틀려 있었다. 이렇게 누운 채로는 생각을 제대로 할 수 없었다. 묘한 두려움이 그를 찾아왔다. 자신이 이 여자에게 영원히 묶여 있을지도 모른다는 두려움. 두 사람이 함께 갇혀 있는 이 열정은 결코 끝이 없는 것 아닐까? 그에게 과연 기적을 행할 힘이 있을까? 땀에 흠뻑 젖은 채로 그는 자신의 몸이 이룩한 기적에 만족했지만, 지금까지 너무 많은 일을 겪은 탓에 마음이 찢어지는 것 같았다. 성경 속 예언자들처럼 기적을 경험한 그의 눈도 타는 듯이 아팠다. 턱수염을 기른 예언자들은 광기 어린 눈빛으로 이름 모를 사막을, 뜨겁고 영원한 사막을 헤매 다녔다. 덤불에는 불이 붙고, 하늘은 묵시록처럼 갈라지고, 하얀 물결이 뒤로 밀려나고, 상상 속의 멋진 새들은 단호하게 날아다니고……. 그는 힘을, 영혼을 서서히 잃어버리고 있었다.

그녀의 손길이 그를 깨웠다.

"줄스?" 그녀가 말했다. "꿈을 꾸는 거야?"

"잘 모르겠어……."

그는 혼란스러운 기분으로 눈을 떴다. 그녀가 그를 향해 몸을 기울였다. 침대 위의 공기는 퀴퀴하고 달콤했다. 그녀의 머리카락이 가슴에 닿고, 자신을 향해 기울인 그녀의 몸은 우유처럼 하얗고 달콤했다. 그녀를 향한 그의 사랑이 순식간에 되돌아왔다. 금방이라도 기절할 것 같았다. "널 정말 사랑해." 네이딘이 말했다. 하지만 소녀 같은 그 말은 전혀 무섭지 않았다. 그녀의 입맞춤에도 고녀의 기색은 엿보이지 않았다. 줄스는 그녀의 머리를 양팔로 감싸고 얼굴을 자신에게로 끌어당겼다. 자신의 벌거벗은 팔이 그녀의 뒤통수에 닿고, 그녀의 머리카락이 목에 흘어진 상황이 기묘하고 짜릿했다.

"너에 대해서 이야기해봐." 그녀가 말했다.

"말할 것이 없어."

"줄스……."

"없어." 줄스가 떨리는 목소리로 말했다. "아무것도. 내가 어떻게 살아왔는지 기억나지 않아. 넌 이런 식으로 언제까지 내 곁에 있을 수 있어?"

그녀가 머뭇거렸다. "영원히 머무르면 안 돼?"

"그거 진심이야?"

"응, 진심이야. 영원히. 영원히 있을 거야." 그녀가 그에게 몸을 딱 붙였다. 따뜻하게 자리를 잡은 그녀는 자신의 말을 정확하게 다시 생각해보고 있는 것 같았다. "난 항상 사람들이 내게 주는 사랑 속에서 갈피를 잡을 수 없었어. 남편은…… 나는 그 사람을 사랑하는 줄 알았어. 그래서 그렇게 말했지. 하지만 사실은 그냥 '사랑'이라는 이름을 말했을 뿐이야. 이 세상에서 그 사람이 아닌 모든 것에 맞서서, 나를 모르는 모든 것에 맞서서 그 말을 했을 뿐이야. 그런 세상에서는 내가 어떤 사람이든, 누군가를 사랑하려고 애쓰면서 아무리 괴로워하든 누구도 거들떠보지도 않겠지. 난 그런 세상에 맞서서 그 사람의 이름을 말한 거야. 항상 무서웠거든."

"뭐가?"

"모든 게. 제정신을 잃어버리는 게."

"네이딘, 네가? 진심으로 하는 말이야?"

"내 말을 진심으로 믿어줘야 돼, 줄스."

"나도 그러고 싶지만 믿을 수가 없어. 도대체 살면서 무슨 일을 겪었기에 그렇게 겁을 먹은 거야?"

그녀는 말이 없었다.

"진심으로 묻는 거야." 줄스가 부드럽게 말했다. "말해줘."

그녀의 침묵은 적대적이었다. 그는 그녀의 표정을 읽으려는 것처럼 그녀의 얼굴을 어루만졌다.

"왜 그래?" 줄스가 말했다.

"네가 너무 멀어 보여."

"그렇지 않아. 그게 무슨 소리야?"

"넌 날 사랑한다면서 내 말에는 귀를 기울이지 않아. 나한테서 뒤로 물러나지. 너는 평생 가난하다는 것, 남들한테 이리저리 차인다는 것을 피난처로 삼고 나 같은 사람들한테 우월감을 느낄 거야. 넌 우리가 현실이라고 믿지 않으려고 해."

"그렇지 않아!"

"아버지랑 단둘이 기차를 탄 적이 있어. 아버지가 토하기 시작했지. 피를 토했는데 그 안에 이런저런 것들이 있었어. 살 조각들. 지금도 기억나……."

"세상에, 미안해. 그 일은 생각하지 마."

"생각하고 싶어. 나도 너처럼 한계가 어디인지 알아. 어쩌면 내가 더 잘 알지도 모르지. 하지만 넌 나를 믿지 않아. 내가 현실이라고 믿지 않아. 네가 만들어낸 존재라고 생각하지. 심지어 내 몸조차도."

그녀의 목소리만으로도 그는 흥분했다. 그녀의 말에는 진실이 들어 있었다. 그가 그녀를 상상으로 만들어냈다는 말. 하지만 그녀는 또한 현실이기도 했다. "그런 소리 하지 마." 그가 말했다.

"내가 미친 소리를 하는 것 같으니까? 하지만 내가 말한 한계라는 게 바로 그거야. 그 한계를 넘으면 제정신을 잃고……."

그는 그녀와 자신의 목소리와 말을 들었지만, 그의 머리는 그 말을 받아들이려 하지 않았다. 오로지 그녀를 끌어안고 싶다는 생각뿐이었지만, 그녀가 뒤로 물러날까 봐 두려웠다. 그는 이야기를 하면서 천천히 부드럽게 손으로 그녀의 몸을 쓸었다. 마치 이 손길은 중요하지 않다는 듯이. 대화의 일부분에 지나지 않는다는 듯이. 그녀가 말했다. "난 네가 어딘가의 거리를 걷는 모습을 상상해. 히치하이킹을 하는 중이지. 도로 옆을 걷는 남자들은 때로 뒷걸음질을 치기도 하면서 차가 오는지 지켜보잖아. 아주 현명하면서 아주 고약해 보이는 모습이야. 엄지손가락을 내밀어 차를 향해 흔들면서도 모든 것을 지켜보고 조롱하지. 내가 보기에는 아주 위험한 사람들이야. 아니, 어쩌면 위험하지 않고 부드러운 사람들일 수도 있지. 내가 어떻게 알겠어? 난 히치하이킹을 하는 사람들을 태워주지 않는걸. 하지만 넌 아버지의 집으로 곧장 찾아왔어. 그래서 난 거절할 수 없었어. 그 뒤로 지금까지 나는 네가 또 우리 집에 침입해서 내 방 창문으로 들어오는 악몽을 꿔⋯⋯."

줄스는 너무 불안해서 웃음을 터뜨리는 것 외에는 아무것도 할 수 없었다.

"왜 웃어? 무서워 죽겠어."

"뭘 무서워하고 그래? 그런 소리 하지 마."

"난 널 사랑해. 지독하게 널 원해. 내가 그걸 견뎌낼 수 있을 것 같지 않아." 네이딘이 느닷없이 말했다. "만약 우리가 배에 타고 있다면 난 배를 두 동강 내서 가라앉힐 거야. 우린 물에 빠지겠지. 난 너를 향한 내 감정을 조절할 수 없으니까 우리 둘 다 물에 빠질 거야. 만약 우리가 빠르게 달리는 차에 타고 있다면, 난 네 손에서 운전대를 빼앗아 사고를 낼 거야."

"왜 그런 소리를 해?"

"나도 모르겠어."

그녀의 숨소리가 가빴다. 줄스는 그녀에게 겁을 내며 그녀의 어깨와 등을 손으로 쓸었다. 손길을 멈출 수 없었다. 그녀를 이해할 수도 없었다. 두 사람 사이의 작은 틈이 곧바로 바람이 횡횡 몰아치는 엄청난 거리로 벌어졌다. 그는 그녀가 저 멀리서 자신을 미워하고 있는 것 같다는 생각이 들었다. 그가 그녀를 믿어주지 않았기 때문에? 그녀의 두려움을 믿어주지 않았기 때문에? 그녀도 동생 모린처럼 도망칠 힘이 모자라서 두려움 앞에 몸을 눕히고 굴복할 수밖에 없는 여자이기 때문에?

그녀가 말했다. "옛날에 개 한 마리가 내 뒤를 쫓아왔어. 독일산 셰퍼드였는데, 미쳐 날뛰면서 내 발목이며 다리며 팔을 물었지. 나는 비명을 지르고 또 지르면서 도망치려고 했지만, 개가 계속 나한테 달려들어서 날 쓰러뜨렸어. 녀석은 제정신이 아니었으니까. 나를 향해 날아오는 모습이 멋대로 날뛰는 소용돌이 같았어. 내가 죽을 것 같다는 생각은 하지 않았어. 그런 생각을 할 시간이 없었거든. 너무 무서웠어. 개는 계속 나한테 달려들지, 그 징그러운 입에서는 침이 사방으로 튀지……. 지금도 그 입이 보이는 것 같아. 검은 입술, 혀, 이빨……. 녀석은 완전히 미쳐 날뛰면서 정말로 날 갈기 갈기 찢어버리려고 했어. 그 뒤로 몇 달 동안 잠을 잘 때마다 그 개가 꿈에 나올 정도였으니까. 어떤 때는 깨어 있을 때조차 내 옆의 허공에 그 개의 형태가 나타나는 게 느껴졌어. 공기가 단단히 뭉쳐서 만들어진 그 개가 온몸에 힘을 잔뜩 주고 허공에 무겁게 떠 있는 거야. 어찌나 끔찍하던지. 내 팔다리가 온통 피투성이였어. 지금도 흉터가 몇 군데 남아 있을 정도야. 하지만 나중에 내가 무서워했던 건 물어뜯기는 것 그 자체가 아니야. 그 엄청난 힘이 무서웠어. 바로 내 옆의 허공에서 그 엄청난 힘이 형태를 갖추는 것, 무시무시하게 위험한 존재. 어쩌면 그게 내 안으로 들어와서 내가 아주 끔찍한 짓을 하게 될지도 모른다는 생각이 들었어. 내가 누굴 죽인다든가, 아니면 자살을 하든가……."

줄스는 그녀를 안아주었다. "세상에, 정말 끔찍했겠다."

"그 개의 모습이 정말 끔찍했어. 이러다 나도 미치겠다 싶었어."

"이젠 그런 생각 하지 마."

"내가 왜 이 이야기를 꺼냈는지 나도 모르겠어. 내가 이렇게 위험한 일을 겪었다고 너한테 확실히 알려주고 싶어서? 하지만 너야말로 나한테 가장 위험한 존재인걸. 널 사랑하는 마음을 나도 어쩔 수 없으니까."

"그건 우리 둘 다 마찬가지야."

"다른 사람들도 날 사랑해줬어. 그리고 난 그런 사랑이 뭔지 정확히 알아. 하지만 네 사랑은 마치 군중 속에서 누군가가 내 이름을 크게 부르는 것 같아. 날 알고서 내게 곧바로 다가오는 것 같다고. 난 그 사람한테서 도망칠 수 없어. 그저 이렇게 네 품에 눕고 싶을 뿐이야. 너랑 사랑을 나누고 싶고.

널 원하는 마음 때문에 내 이성이 달아나고 있어." 그녀는 빠른 말투로 말했다. 절박함과 다급함이 희미하게 배어 있었다. 마치 너무 추악해서 차마 소리 내어 말할 수 없는 어떤 것을 고백하는 사람 같았다.

그녀의 목소리가 그를 자극하는 것이 느껴졌다. 그의 몸에 닿은 채로 움직이는 그녀의 불안하고 따뜻한 몸이 그에게 도전하는 것 같았다. 그는 손으로 그녀의 몸을 힘주어 쓸어내렸다. 그녀를 평가하고, 고정하려는 듯이. 자신이 그녀 옆에서 형태를 갖춰가는 것이 느껴졌다. 그의 욕망이 지닌 힘이 그의 온몸에 형태를 부여하고, 어둠 속에서 그의 윤곽을 그려냈다. 그의 모든 감각이 이상하게 선명했다. 서로 엉켜 있는 그와 네이딘의 모습이 뇌리를 스치고 지나갔다. 여자의 길고 하얀 팔이 채찍처럼 그의 몸을 휘감고, 그의 튼튼한 등이 죽음의 손아귀에 잡혀 그녀의 몸 위에서 둥글게 휘었다. 그는 이런 기괴한 영상들을 항상 신뢰하지 않았던가? 위험을 무릅쓰는 줄스, 뛰어오르는 줄스, 몸을 던지는 줄스의 영상들. 그는 헤아릴 수 없이 많은 이야기들 속의 주인공이었다. 한 이야기의 끝이 다른 이야기의 시작으로 이어졌다. 모두 상상 속의 이야기들이었다. 그런 것이 바로 그의 인생이었다. 하지만 한없이 이어지는 이 이야기들 속에서 그는 한 여자의 뒤를 쫓았고, 알고 보니 그녀가 바로 이 여자였다. 자신처럼 마법에 홀려서 운명적으로 그의 몸을 휘감고 모든 것을 내어주는 여자.

줄스는 생각했다. 가난한 사람이 부자가 되면 사치에 빠져 정신을 차리지 못하고 그들의 눈에는 기적의 막이 덮인다. 그러니 평생 가난했지만 지금은 사랑이라는 사치에 흠뻑 젖은 줄스도 비현실적인 감각을 떨쳐버리고 자유로워질 수 없었다. 그의 선명한 욕망이 비현실적인 모든 것을 정확히 지적해냈다. 그가 사랑하는 여자, 그의 정부 네이딘, 어찌 된 영문인지 다른 남자와 결혼한 이 여자가 그를 끌어당겨 그의 모든 의문에 종지부를 찍었지만, 그 뒤에 자리 잡은 의문은 끝나지 않았다. "널 사랑해. 미친 듯이 사랑해." 그가 그녀의 안으로 들어가면서 고뇌에 차서 말했다. 그가 내뱉은 단어들의 형태가 사라졌다. 그는 그녀의 안에서 자신이 느끼는 것이 무서웠다. 그녀의 사랑, 그녀의 굶주림에 그의 영혼이 끌려 나와 사라져버릴 것만 같았다. '난 멈출 수 없어. 내가 통제할 수 없어.' 그는 속으로 생각했다.

그에게 닿은 그녀의 몸에 힘이 들어갔다. 무서웠다. 힘이 들어간 그녀의 다리와 팔. 번개처럼 강력한 힘이 그녀의 우아한 뼈 속에 들어 있다가 뼈를 부러뜨릴 것처럼 잡아당겼다. 하지만 뼈는 부러지지 않았다. 아무것도 부러지지 않고, 아무것도 그녀를 놓아주지 않았다. 줄스는 그녀에게 키스했다. 두 사람은 함께 몸부림치고, 함께 씨름했다. 절박한 마음에 그녀는 그의 등에 손톱을 박기 시작했다. 이토록 격렬하게 일깨워진 그의 신성(神性)이 그녀에게는 멀게 느껴졌다. 그녀는 지옥의 고통 속에서 그것을 원하며 그에게 손톱을 세우는 것밖에 할 수 없었다. "사랑해. 사랑해." 그녀가 신음했다. 하지만 그와 싸우는 듯한 그녀의 몸에는 그를 향한 사랑이 전혀 없었다. 당황한 두려움 같은 것이 있을 뿐이었다. 줄스는 그녀를 안고 그녀 옆에 머물렀다. 아주 기묘한 순간이라서 그는 절정 직전에 뒤로 몸을 빼면서도 여자를 이끌 수 있었다. 욕망이 무겁고 빠르게 박동하는데도 자신과 그녀를 모두 원하는 곳으로 유도할 수 있었다. 그녀도 이제 그의 욕망을 감지하고 원했다. 그녀는 그의 안에서 원래 자신의 몸에서 나왔으므로 마땅히 자신의 것이 되었어야 할 풍부하고 격렬한 힘을 감지한 것 같았다. 하지만 어찌 된 영문인지 지금 그 힘은 그녀의 것이 아니었다. 신기하게도 그 힘이 그녀를 부정했다. 그녀는 그의 얼굴 측면에 힘차게 이를 세웠다.

"줄스, 날 두고 가지 마!"

"괜찮아."

그녀의 외침은 높고 두려움이 가득했다. 바닷새의 외침 같다. 그녀가 잔인한 야생 새로 변해가는 것이 느껴졌다. 그녀가 광기에 물든 자신의 마음속으로 가라앉았다가 솟아오르고 다시 가라앉는 것을 느꼈다. 다시 자신을 끌어 올릴 능력이 없는 그녀는 무감각 속으로 무겁게 가라앉았다. 그는 그녀를 외면하고 싶었지만 오히려 그녀에게 입을 맞췄다. 그녀의 열정을 흉내 내서, 그리고 예의를 위해 굶주린 듯이 거칠게 입을 맞췄다. 그것을 두 사람 모두에게서 숨기기 위해서였다. 만약 그녀가 미소를 지을 수 있다면, 희미하고 불길한 미소가 그녀의 얼굴을 밝힐 것이라는 생각이 들었다. 그녀가 얼마나 그를 원하는지! 그의 몸의 모든 부분이 그녀에게 얼마나 필요한지! 그가 우아하다고 생각했던 그녀의 모습은 그와 거리를 둔 모습일 뿐이었다. 여성적인 거리. 사실 두 사람은 함께 덫에 갇혀서 몸부림치고 있었다. 그들은 서로 적이었다. 그는 그녀의 몸이 찢어져 깊고 붉은 상처가 생기는 모습을 상상했다. 미친개가 광적으로 발톱을 휘두르는 모습. 그녀의 피를 생각하고, 그녀의 피를 보는 것이 그를 흥분시켰다. 비록 그녀는 고통을 전혀 느끼지 못하지만, 그는 자신이 그녀를 아프게 하고 있음을 알고 있었다. 그녀의 얼굴과 몸이 그에게 쓸려서 이미 벌겋게 되었음을 알지만, 그에게는 이렇게 잔인한 짓을 할 힘이 없었다. 그녀가 안쓰러웠다. 그녀는 그가 자신을 아프게 하기를 바랐지만, 사실 그는 그러고 싶지 않았다. 그녀는 그로 인해 자신이 피를 흘리게 되기를 바랐지만 줄스는 그런 행동을 계속 이어갈 수 없었다. 그녀의 폭력적인 상상 속에서 공기가 뭉쳐서 만들어진 존재가 되고 싶지 않았다. 그녀가 애원하듯 "줄스……"라고 말했지만 이미 늦었다. 그는 쾌락과 패배의 소리를 지르며 그녀 안에 자신을 묻었다.

"아, 날 두고 가지 마! 어떻게 날 두고 갈 수 있어?" 그녀는 울었다.

그녀의 이 말이 그를 후려친 것 같았다. 그는 또 그녀를 실망시켰다. 기진맥진해서 의식이 날아가기 직전인 그는 아무 말도 하지 못했다. 생각도 할 수 없었다. 그의 몸이 그에게서 점차 흐려져 사라지고 있었다. 그는 자신의 모습도 네이딘도 상상할 수 없었다. 그녀의 좌절감, 그녀가 그에게 느끼는 욕망이 이제는 그가 상상할 수 있는 영역 너머에 있었다. 자신이 곧 죽을 것 같았다. 삶을 비참하게 생각하는 네이딘은 여전히 그에게 매달려서 그 축 축하고 일그러진 얼굴을 그의 얼굴에 대고 그를 비난하고 있었다.

"넌 날 사랑하지 않아. 넌 날 아끼지 않아!"

그녀는 점차 조용해졌다. 줄스는 아무 말도 하지 않았다. 다시 의식이 돌아오자 그는 자신의 실패가 얼마나 깊은지 깨달았다. 부끄러웠다. 정말이지 이해할 수가 없었다. 부끄럽고 당황스러웠다. 그녀에게 이렇게 말하고 싶었다. "당연히 널 사랑하지. 이게 무슨 증명이 돼? 그래서 뭐? 우린 앞으로 20년, 30년을 함께 살 거야. 널 사랑할 시간을 줘." 하지만 그는 아무 말도 하지 않았다. 20년이나 30년이라는 세월, 줄스와 네이딘의 결혼이 이제는 가능하지 않을 것처럼 보였다. 자신이 그녀를 잘못 이해한 것 같아서 두려웠다. 그녀는 이제 그가 냉담하게 자신을 사랑하지 않는다고 생각하며 그를 거부할 준비가 되어 있었다. 그는 자신이 어째서 그녀를 실망시키게 되었는지 이해할 수 없었다. 그녀 자신의 몸이 그녀를 실망시켰다. 하지만 그녀의 몸을 맡은 사람은 그였다. 그는 그녀의 애인인데도 그녀와 사랑을 나눌 수 없었다. 진정한 사랑을 나눌 수 없었다. 그녀의 모든 것이 비밀스럽고, 잔뜩 긴장한 채 숨겨져 있기 때문이었다. 그는 이해할 수 없었다. 그녀의 모든 것, 그녀의 뇌세포 하나하나가 그에게 흠뻑 빠져서 자신을 내어주었다. 그가 원한다면 그녀의 달콤한 피에서 정수를 빨아먹을 수도 있었을 것이다. 모든 것이 그에게 활짝 열려 있었다. 그런데도 두 사람 사이에는 실패가 가로놓여 있었다. 그녀의 몸이 그를 향해 불길한 광채를 띠었다. 몸이 그를 향해 열렸다 닫히며 그를 광기에 가까운 과도한 욕망을 향해 밀어붙였지만 그는 실패했다. 그것이 그를 마비시켰다. 그는 기운이 모두 빠져서 몸이 무거웠다. 거리에서 들어오는 희미한 빛에도 살갗이 아팠다.

그는 그녀에게, 그녀의 허벅지 사이에 입을 맞추고 싶었지만 그녀가 몸을 뒤로 뺐다. 그녀는 그의 고통을 느끼고 있는 것 같았다. 그녀는 점점 멍해졌다. 그가 눈을 뜨자 창백한 가로등 불빛이 그녀의 몸을 뒤덮은 것이 보였다. 이 여자를 제대로 알지 못한다는 생각에 순간적으로 기분이 이상해졌다.

얼마 뒤 그녀가 일어나 앉았다. "몸이 좀 안 좋아. 목욕을 하든지 해야겠어."

줄스는 일어나 앉아서 그녀의 목덜미를 쓰다듬었다. 그가 할 수 있는 말은 이것뿐이었다. "미안……."

그녀는 그의 어깨에 잠깐 머리를 기댔다가 고개를 돌렸다. 그녀가 일어섰을 때, 그는 그녀가 손톱을 세웠던 등이 심하게 따끔거리는 것을 처음으로 느꼈다.

그는 그녀를 따라 욕실로 들어갔다. 그녀가 욕조에 뜨거운 물을 채우려고 수도꼭지를 틀자 허공으로 수증기가 올라왔다. 물이 콸콸 쏟아지는 소리에서 음산하고 만족스러운 폭력이 느껴졌다. 줄스는 그녀의 가늘고 호리호리한 몸을 쓰다듬었다. 그녀는 아무런 반응 없이 서서 물을 빤히 바라보았다. 그는 무릎을 꿇고, 그녀의 허벅지에 있는 누르스름한 멍을 자세히 살폈다. "내가 이런 거야? 미안해." 그가 말했다. 진심으로 미안했다. 그녀는 그의 말이 잘 들리지 않는다는 듯이 그에게 애매하게 시선을 주는 시늉을 했다. 줄스는 가슴이 덜컹 내려앉았지만, 양팔로 그녀를 감싸며 쾌활하게 말했다. "미안해. 다시는 안 그럴게."

그녀는 아무 말도 하지 않았다. 줄스의 눈 속에서 신경 하나가 움찔했다. 그는 사랑에 빠져 있었고, 네이딘이 자신을 사랑한다는 것도 알고 있었다. 하지만 자욱한 수증기 때문에 조금 앞이 보이지 않는 상태로 서 있는 지금은 그녀와 자신 사이에 거리가 생겨나는 것이 느껴졌다. 그래도 어떻게 손을 쓸 수 없었다. 그녀가 그에게서 멀어져 욕조 위로 몸을 기울였다. 그는 양손으로 그녀의 허리를 감쌌다. 그녀의 몸은 확실히 그의 것이었다. 그녀는 그에게 자신을 내어주었다. 하지만 그렇다고 해서 달라진 것은 별로 없었다. 그는 지금 그녀가 무슨 생각을 하는지 짐작할 수 없었다. 사랑, 서로 하나가 되고 싶어서 끌리는 마음, 이 무서운 융합, 이것이 왜 그토록 커다란 의미를 지녔을까?

이런 생각을 하다 보니 그는 당황스럽고 겁이 났다. 이것이 왜 그토록 커다란 의미를 지녔을까?

네이딘이 그의 팔에 매달려 욕조 안에 발을 디뎠다. 그리고 넘어질까 봐 걱정하는 사람처럼 어색하게 앉았다. 줄스는 아이를 보듯이, 다시 아이가 된 누이동생을 보듯이 그녀를 내려다보았다. "이제 기분이 좀 나아질 거야. 내가 네 피부를 너무 거칠게 문질러댔나 봐."

그녀는 뒤로 등을 기댔다. 그녀의 몸이 물속에서 하얗게 보였다. 줄스는 어렸을 때 빤히 바라보았던 성모마리아상을 갑자기 떠올렸다. 그때 그는 그 조각상이 움직이는 것을 본 것 같다고 생각했다. 그것이 움직이는 것을 보고 싶은 마음이 너무나 강렬했기 때문이다. 그에게는 우정의 징표, 자신을 알아봤다는 징표가 필요했다. 지금 그는 욕조 옆에 무릎을 꿇고 앉아서 욕조 턱에 이마를 대고 있었다. 그리고 아무 말도 하지 않았다. 네이딘도 말이 없었다. 두 사람은 한동안 그대로 있었다. 그는 이 여자를 향한 자신의 감정이 이토록 격렬한 이유를 생각할 수 없었다. 그는 왜 이 여자를 몇 번이나 사랑하는 것 외에는 아무것도 생각하지 않으려 하는가? 그녀 자신은 그가 자신을 실망시켰다고 비난하며 그에게서 멀어졌는데. 그는 종류를 막론하고 실패를 믿을 수 없었다. 그러니 이것은 말이 되지 않았다. 그녀가 그 자신이고, 두 사람이 사랑에 빠져 하나가 되었는데 어떻게 그가 그녀를 실망시킬 수 있을까? 하지만 그녀의 몸이 그로 인해 아픈 것은 사실이었다. 살갗이 쓸린 상처가 있었다. 그의 등은 쇠스랑 같은 그녀의 손톱 때문에 이팠다. 그녀의 긴장이 점점 높아지는 것이 느껴졌다. 사랑의 긴장이 아니었다. 그녀가 시선을 외면하고 있는 게 아닌데도, 그에게서 멀어지게 만드는 긴장이었다.

그는 그녀를 올려다보았다. 그녀는 물속에 미동도 없이 누워 있었다. 물 때문에 그녀의 몸이 점점 분홍색으로 변했다. 줄스는 손가락으로 물 온도를 시험해보고는 이렇게 말했다. "세상에, 뜨겁잖아." 그녀는 그를 보지 않았다. 그녀는 약에 취한 것처럼, 무아지경에 빠진 것처럼 보였다. 그는 자신이 느낀 것을 그녀도 느끼고 있다고 믿었다. 융합과 결합의 욕망 속에 갇혀 있으면서도 당황해서 무뚝뚝하게 등을 돌려버렸다고 믿었다. 그는 그녀의 두려움을 잘 믿을 수 없었지만, 지금은 그것을 믿을 준비가 되어 있었다. 이 하얀 욕실에, 반짝이는 도기 세면대에, 새벽 4시에 인공조명으로 보는 욕조에 두려움이 있었다. 여기서는 사람의 혈관을 열어 해가 뜨기 전까지 피를 전부 빼낼 수도 있을 것 같았다. 두 사람의 사랑을 바로잡기 위해 그가 네이딘을 죽이고 뒤따라 자살해야 할까? 하지만 그녀를 아프게 하지 않고서 죽일 방법은 없었다. 그는 그녀를 아프게 하고 싶지 않았다.

"넌 내가 널 사랑한다는 걸 믿지 않아?" 그가 말했다.

그녀가 두 사람 사이에 조성한 긴장은 폭군 같아서 두 사람 모두를 피해자로 만들었다. 두 사람은 자유롭지 않았다. 네이딘은 뜨거운 목욕물 속에 피해자처럼 누워 있었다. 이십대 중반의 호리호리하고 강렬한 여자가 당황하고 있었다. 머리카락도 제멋대로 헝클어졌다. 이마와 뺨에 늘어진 머리카락이 덩굴 같았다. 눈은 창백하면서도 조금 거칠었지만, 약에 취해 동공이 팽창하고 금방이라도 폭풍을 일으킬 것 같은 모습이었다. 턱을 따라 난 불긋불긋한 자국은 마치 따뜻한 공기 때문에 만들어진 것 같았다. 줄스는 그 섬세한 피부 위에 자신의 손이 그 자국을 만들어내는 모습을 상상할 수 있었다. 그도 탈진했지만, 그녀 역시 탈진한 것이 느껴졌다. 습기 찬 공기가 그의 마음에 구름을 만들었다. 그는 그녀가 무엇을 원하는지, 자신이 무엇을 원하는지 알 수 없었다.

그녀가 손을 앞으로 들어 올려 가슴을 가렸다. 그리고 천천히 자신의 몸을 내려다보았다. "넌 나를…… 돼지 같다고 생각하지?"

"네이딘, 뭐?"

"내가 돼지 같다고 생각하지? 이런 짓을 하니까? 돼지나 화냥년 같지?"

"그런 소리 하지 마. 아닌 거 알잖아."

그녀는 말이 없었다. 그는 갑자기 몸을 기울여 그녀에게 입을 맞추고 싶었지만, 그녀에게서 왠지 적막하고 치명적인 분위기가 느껴졌다. 그녀가 둘 사이의 긴장감을 조종하고 있었다. 그 긴장감은 그녀의 몸속에 있었다. 줄스는 오랜 세월 동안 걸려 있던 마법 때문에 두통이 일었다. 그는 네이딘이 그 마법을 떨치고 앞으로 나아갔으며, 그 순간을 되찾을 수는 없다는 사실을 무기력하게 깨달았다. 변화는 계속되었다. 지난번에 집에서 보았을 때는 빛이 나는 것처럼 보였던 그녀의 얼굴이 이제는 아주 고요하게 내면을 향하고 있었다. 경이가 그녀를 흡수해버린 것 같았다.

"어떻게 된 거야?" 줄스가 말했다. "난 널 사랑해. 그 무엇도 변하는 건 싫어."

"넌 내가 어떤 사람인지, 얼마나 혐오스러운 사람인지 생각하고 있어." 그녀가 느릿느릿 말했다. "네가 만난 화냥년들하고 비슷하다고. 검둥이 여자. 넌 내가 어떤 사람인지 보았으니까 앞으로 결코 잊지 못할 거야."

"네가 무슨 말을 하는 건지 모르겠어."

"난 항상 널 원했어." 그녀가 느리고 단호한 목소리로 말했다. 마치 고백을 하는 것 같았다. "다른 생각은 그 무엇도 할 수 없었어. 너를, 오직 너만을 원했어. 네가 나와 사랑을 나눠주기를 바랐지만, 그것이 끝나기를 바란 적은 없어. 널 원하면서 나는 비참했어. 집 안을 돌아다니면서 불행에 빠져 있었지. 모든 것이 그토록 아름다운데도 내가 수유했지만 사용할 수 없는 그 모든 것이. 널 사랑하는 내 마음을 나도 어쩔 수 없었어. 전혀. 몸이 아플 정도였어. 내 안의 모든 것이 아팠어. 지긋지긋해서 죽고 싶었어. 여자들이 이런 감정을 느낄 수 있다고 생각해? 그 감정이 무겁게 나를 아래로 끌어당겼어. 다른 생각은 전혀 할 수 없었어. 잠도 못 잤어. 모든 것이 나를, 내 몸을 짓눌렀어. 공기도 내 몸을 눌러댔지. 모든 것이 그랬어. 난 그저 네가 내 몸 안에 들어왔을 때 어떤 기분일지만 생각했어. 그런 생각을 하는 것만으로도 시간이 멈추고, 내 심장이 멈췄어. 그러니까 이제 내가 어떤 사람인지 너도 알겠지?"

그에게 그녀는 작고 단단한 물건, 하얀 재료로 만든 조각상, 격렬하고 이기적으로 완성된 것이었다. 그녀의 말은 뭔가를 완성하는 역할을 했다. 일종의 결말이었다. 줄스는 필사적으로 말했다. "그래서 뭐? 그게 어쨌다고? 그게 무슨 뜻인데?"

"난 돼지야." 그녀가 느릿느릿 말했다.

"아, 젠장, 그게 무슨 뜻이냐고! 돼지라니! 난 돼지를 만난 적이 없어. 단 한 번도. 그러니까 그 말은 나한테 아무 의미도 없어. 평생 동안 나는 인간의 모습을 한 돼지를 만난 적이 없어. 넌 말할 것도 없고!"

그녀는 마치 귀를 기울이는 것 같았지만, 시선을 들지는 않았다.

"네가 너무 지쳐서 그래. 그냥 잘 알지도 못하는 소리를 하는 거야." 줄스가 후들거리는 목소리로 말했다. "내가 여기에 와서 너무 오래 있었기 때문에 네가 불안해졌어."

"응, 불안해."

"그게 당연하지. 내가 너무 오래 있었어. 너를 더 부드럽게 대했어야 하는데."

"응."

"그리고 네 남편 말인데, 아마 넌 지금 그 사람을 생각하고 있겠지. 내가 잠시, 몇 시간 동안 다른 데에 가 있을까? 그다음에 다시 올 테니까 그때 자세히 이야기해보자."

"내가 떠났으면 좋겠어?" 그녀가 말했다. 몇 분 만에 처음으로 그녀가 시선을 돌려 그를 바라보고 있었다. 칙칙하고 당혹스러운 눈빛이었다. 그는 그녀의 모습이 너무나 낯설어서 속이 뒤집힐 것 같았다. 그녀가 말했다. "내가 역겨워, 줄스? 무슨 생각을 해? 날 다른 여자들과 비교하는 거야?"

"그럴 리가 없잖아."

"나 때문에 이 여자가 간통을 저질렀다…… 이런 생각을 하는 거야?"

그는 다시 욕조 가장자리에 이마를 댔다. 그리고 두개골을 부수려는 것처럼 머리를 거기에 찧기 시작했다.

위에 있으므로 아래로 간다……. 줄스는 현기증을 느끼며 자신의 농담들과 변덕을 생각했다. 무구한 하늘을 향해 위로 둥둥 떠가는 것 같았다. 자신을 아래로 끌어내리는 무겁고 열띤 검은 피와 열정도 생각했다. 그는 범죄자였다. 타고난 범죄자라는 것이 그의 비밀이었다. 그녀의 몸은 그가 약탈한 타인의 재산이었지만, 그는 그 몸을 가지고 어디론가 가버릴 수 없었다. 그것을 파괴할 힘은 있어도, 그것을 가지고 도망칠 수는 없었다. 그는 네이딘을 자기 욕망의 더러운 공모자로 만들었다. 그는 욕실의 타일 바닥에 무릎을 꿇고 앉아서 도기 욕조의 가장자리에 머리를 찧으며 생각을 해보려고 애썼다. 마침내 그가 분노한 목소리로 말했다. "그래, 네가 간통을 저질렀다 치자! 그게 뭐!"

"난 그 생각은 하고 싶지 않아."

"그럼 생각하지 마."

"깨어 있는 걸 견딜 수가 없어."

"넌 그저 자신을 환자로 만들고 싶을 뿐이야. 신경쇠약으로 자신을 몰아가고 있다고. 왜 그러는 건데?"

두 사람은 너무 오랫동안 함께 있었다. 친밀한 분위기가 너무 오랫동안 지속되었다. 네이딘은 미동도 없이 누워 있었지만, 편안히 긴장을 풀거나 평화를 즐기는 기색은 전혀 없었다. 그녀의 긴장이 느껴졌다. 말이나 설명을 초월해버린 광기와 흡사했다. 그것을 존재하게 한 사람은 그였지만, 지금 그는 그것을 만질 수도 변화시킬 수도 없었다. 그녀가 한때 욕망을 품었던 남자가 이제는 그가 아닌 것 같았다.

"난 간통을 저질렀어. 너랑 침대에 들었으니까. 내가 이리로 오라고 널 불렀어. 그러면서 정확히 어떤 일이 일어날지 처음부터 알고 있었어." 그녀가 천천히 말했다. "난 오로지 너만 생각했어. 남편 생각은 하지 않아. 너의 무엇 때문일까? 너는 왜 그렇게 이상할까? 어쩌면 너도 유부남일지 모르지. 네게 모종의 병이 있을지도 몰라. 하지만 난 그런 건 어찌 되든 좋다는 식이야. 네가 사는 곳이 어디든, 직장이 어디든 전혀 상관없어. 너한테 아무런 관심도 없으면서 순전히 너랑 침대에 같이 들 뿐이야. 이제 내가 어떤 사람인지 알겠지? 난 죽어야 돼."

이 말을 들으며 그는 속이 메스꺼워졌다. 그는 아무 말도 하지 않았다.

"넌 나를 타락시켰지만, 그건 내가 원한 일이야. 내 안의 모든 것이 더러워. 내 마음도 더러워. 난 죽어야 돼. 살아서는 안 돼……."

줄스는 속이 뒤집어져서 그대로 일어나 그 자리를 떠났다. 방으로 간 그는 당혹스럽고 멍한 상태로 서 있었다. 여기가 어딘지, 무슨 일이 있었는지 기억나지 않았다. 그는 창밖을 보았다. 창문에는 항상 기대가 있었다. 놀라운 일이 벌어질지도 모른다는 가능성. 지금은 동틀 무렵, 아주 이른 시각이었다. 자동차 몇 대가 밤새 길가에 주차되어 있었다. 모퉁이에는 그의 차도 여전히 보였다. 도망치자. 그에게 차가 있는 한, 그는 미국인이었고 죽을 수 없었다. 하지만 이 방이 그를 잡아당겼다. 그래서 그는 방으로 시선을 돌려 이 방을 인정할 수밖에 없었다. 침대보는 잔뜩 구겨져 있고, 그의 정액으로 얼룩져서 보기에 끔찍했다. 그 침대의 모습을 보고 그는 최면에 걸린 것처럼 기가 막혔다. 두 사람 사이에 있었던 일을 없었던 일로 돌릴 수는 없었지만, 그녀는 그를 거부함으로써 이 일에 종지부를 찍으려고 하고 있었다. 그렇게 많은 사랑을 나눴는데 어떻게 그녀의 몸이 그를 거부할 수 있는 걸까? 그는 무아지경에 빠진 것처럼 나른하고 묵직하던 그녀의 몸, 그가 느낄 수 있는 그 무엇보다 강렬한 그녀의 욕망, 그 자신의 것보다도 강렬한 그녀의 욕망을 느꼈다. 자신이 이렇게 실패해버렸다는 생각에 마음이 약해지고 기가 막혔다.

그는 휘청휘청 돌아다니며 자신의 옷을 찾았다. 눈에 눈물이 가득해서 앞이 잘 보이지 않았다. 갑자기 그녀가 자살할 것이라는 생각에 덜컥 겁이 났다.

그는 욕실 문을 두드렸다. "네이딘? 너 괜찮아?"

"응."

"이제 그만 나오지그래?"

"나갈 거야."

그는 옷을 입었다. 그러고는 그녀의 목욕 가운을 문으로 가져가 수줍게 문을 열고 안으로 몸을 들이밀었다. "자." 그가 가운을 그녀에게 건네주었지만, 어찌 된 영문인지 옷은 바닥으로 떨어져 버렸다. 그녀가 고맙다고 인사하자 그는 뒤로 물러났다.

그녀가 나오기를 기다리면서 그는 방 안을 서성거리다가 더 큰 방으로 나갔다. 사방이 텅 빈 모습에 마음이 우울했다. 그의 머리는 이렇게 침침하고 텅 빈 곳에서는 제대로 돌아가지 못했다. 심지어 광택이 나는 바닥조차 우울했다. 네이딘이 없으면 너무나 외로웠다. 그는 그녀를 사랑하는 생각, 고뇌에 차서 동공이 확장된 그녀의 눈, '이제 내가 어떤 사람인지 알겠지?'라는 그녀의 말을 생각했다. 하지만 그는 알 수 없었다. 이해할 수 없었다. 그녀는 어떤 사람인가? 여기서 그는 무엇을 보았는가? 그 자신의 사랑밖에는, 그녀의 몸 안에 자신을 묻고 계속 그대로 머물고 싶어 하던 기억밖에는 나지 않았다. 그 무모하고 긴장감 넘치는 경이 속에서 죽고 싶었다……. 하지만 그녀를 생각하면서 그는 그녀를 다시 원하게 되었다. 그것은 해로운 욕망이었다.

침실에서 그녀가 움직이는 소리가 들렸지만 그는 안으로 들어가지 않았다. 그녀의 기분을 거스르고, 개인적인 공간을 침범하게 될까 봐 두려웠다. 몇 분 뒤 그녀가 옷을 입고 그의 등 뒤에 나타났다.

"줄스?"

"응?"

"지금 갈 거야?"

"그게 최선 아닐까? 나중에 다시 올게. 네 기분이 좀 나아졌을 때. 잠을 좀 자. 아니면, 내가 그냥 여기 있을까?"

"아니, 가는 게 낫겠어."

그녀가 그에게 미소를 지어 보였다. 아무런 의미도 없는 미소였다.

"그럼 이따가 다시 만날 수 있어? 오늘 오후에?"

"모르겠어."

그녀가 그에게 다가와 그의 팔을 부드럽게 잡았다. 놀라움과 기쁨을 동시에 느끼면서 줄스는 그녀에게 입을 맞추려고 몸을 기울였다. 그의 몸이 그녀를 갈망했지만, 그는 감히 그녀를 만질 수 없었다. 그랬다가는 그녀가 부서질 것 같았다. 그녀는 그의 키스에 키스로 응하며 그의 입술에 자신의 서늘한 입술을 갖다 댔다. 그는 영혼의 눈이 멀어버리는 것 같았다.

"네이딘, 널 정말 사랑해. 사랑해." 그가 말했다.

"나도 사랑해, 줄스." 그녀가 천천히 말했다.

하지만 마치 그녀가 자신의 의지와는 반대되는 말을 하는 것 같았다. 두 사람은 서로를 빤히 바라보며 잠시 서 있었다. 그러다가 그녀가 불쑥 입을 열었다. "네 차가 있는 곳까지 바래다줄게. 내가 이 아파트에만 있은 지가…… 하루가 넘었어."

"그래. 좋아."

"난 남들이 다 볼 수 있는 길에서 너랑 같이 걷고 싶어. 그러면 좋을 것 같아." 그녀가 말했다.

이제 그녀가 그를 서둘러 아파트에서 내보내려고 앞장서서 길을 이끌고 있다는 느낌이 들었다. 하지만 그가 입을 맞추려고 그녀의 어깨를 잡자 그녀는 곧바로 아무런 저항 없이 그에게 얼굴을 돌렸다. 그는 한동안 그녀에게 입을 맞췄다. 부드럽게. 자신의 키스가 그녀를 얼마나 맹목적으로 만드는지, 그런데도 최면에 걸린 것처럼 고집스러운 그녀의 영혼에는 얼마나 영향을 미치지 못하는지 이제 알 것 같았다. 그는 눈꺼풀에도 입을 맞춰 그녀가 눈을 감게 했다. 그녀를 아프게 하고 싶지 않았다. 어둡고 우울한 그녀의 말은 그를 스치고 지나가 버렸다. 그는 그 말을 기억하지 않기로 하고, 자신들을 계속 싣고 갈 사랑의 마법을 믿었다. 그녀가 그의 키스에 이토록 순순히 응하고, 눈꺼풀에 그의 입술이 닿는 것도 허락하는데, 키스로 그녀를 눈멀게 만들면 왜 안 되겠는가? 왜? 그의 키스가 그녀에게는 점잖은 나방이나 나비처럼 느껴지는 것이 분명했다…… 만약 두 사람의 이런 변태(變態)가 두 사람을 사랑으로 한데 묶어주었다면, 또 다른 변태가 안 될 것도 없지 않은가? 왜 꼭 변화에 끝이 있어야 하나? 그녀는 한때 그를 격렬하게 사랑했고, 그는 그녀가 다시 자신을 사랑할 것이라는 확신이 있었다. 그녀의 사랑이 그녀가 느끼는 반감보다 더 강할 것이라는 확신이었다.

"내가 널 사랑하는 걸 잊지 마. 난 항상 널 생각해." 그가 말했다.

"응."

"난 너랑 결혼하고 싶어. 꼭 너랑 결혼해야 돼."

"나도 너랑 결혼하고 싶어." 그녀가 말했다.

그는 그 말을 완전히 믿지 못한 채 그녀에게서 물러났다. 그녀는 미소를 지으려고 했다. 그러고 나서 두 사람은 함께 문으로 다가갔다. 줄스는 한 팔로 그녀의 어깨를 감싸고 명랑하면서도 친밀한 분위기, 편안한 분위기를 내려고 애썼다. 두 사람은 연인이었다. 그녀는 그와 나란히 걸으며 편안하게 그와 몸을 맞댔다. 어두운색의 거친 천으로 만들어진 옷은 세일러복 형태의 세련된 모양이었다. 다리는 맨살이 드러나 있었다. 발에는 옹이 모양의 굽이 달린 검은 구두를 신었다. 비누 냄새가 나고, 머리에서는 축축한 냄새가 났다. 사랑의 감각이 그의 안에서 솟아올랐다. 그 절박함에 그는 속이 메스꺼워졌다. 문 앞에서 그는 그녀를 앞세웠다. 마음이 약해지고, 자신이 멍청하다는 생각이 들었다.

"그럼 오후에 다시 올게." 그가 재빨리 말했다. "오기 전에 전화부터 할까?"

"난 전화가 없어."

"그래, 그렇지. 깜박했네. 여기에는 전화가 없지."

두 사람은 엘리베이터로 갔다. 줄스가 단추를 누르자 단추가 빨갛게 빛났다. 내려가는 단추였다. 두 사람을 거리로 데려다줄 단추. 누구나 훤히 볼 수 있는 길에서 이 아름다운 여자와 함께 걷는다면 정말 기쁠 것이다. 그것이 왜 위험해 보일까? 그는 그녀의 목에 입을 맞췄다. 머리카락에도 입을 맞췄다. 그가 그녀를 두고 가는 이유가 정확히 뭐더라? 잘 기억나지 않았다. 두 사람은 말을 하면서 뭔가 결정을 내렸다. 그가 뭐라고 말하자, 그녀가 거기에 대답했다. 만약 그가 그 말을 하지 않았다면, 그녀도 그런 대답을 해서 두 사람의 운명을 결정짓지는 않았을 것이다. 하지만 이제 그는 그녀가 조금 전만큼 무섭지 않았다. 그는 그녀의 얼굴에 자신의 얼굴을 대고 부드럽게 비볐다. 마음이 약해지고, 사랑이 일었다. 그는 정말로 그녀를 사랑했다.

밖으로 나서자 도시가 깨어나고 있음을 알 수 있었다. 멋진 양복 차림의 신사가 두 사람 앞에서 자기 차를 향해 길을 가로질렀다. 또 다른 거리에서는 길가에 세워져 있던 자동차가 떠났다. 이른 아침의 서늘한 공기가 상쾌

했다. 줄스는 곁눈질로 네이딘을 힐끔거렸다. 그녀가 그를 빤히 바라보고 있었다. 그녀는 덜덜 떨면서 양팔을 뻣뻣하게 몸에 붙인 채 걸었다. "외투나 스웨터를 입고 나오지 그랬어?" 줄스가 말했다. "왜 그래?" 그녀가 너무나 이상하게 그를 뚫어져라 바라보고 있었다. 그는 그녀의 팔을 잡으려고 몸을 그녀에게 기울였지만 그녀가 뒤로 물러났다. 하지만 그를 바라보는 시선은 그대로였다.

"네이딘, 도대체 뭐야? 왜 이래?"

두 사람은 천천히 걸으며 아파트 건물들을 차례로 지나갔다. 초록색 잔디밭, 값비싼 덤불들, 주물 울타리들. 여행용 복장을 한 남자와 여자. 남자가 여행 가방을 들고서 여자와 함께 길을 건너 커다란 검은색 차로 향했다. 보기 좋았다. 두 사람의 친밀한 모습이 보기 좋았다. 사방에 값비싼 차들이 있었다. 거기에 틀림없이 뭔가 의미가 있을 터였다. 뭔가 좋은 것, 평화를 의미할 터였다. 하지만 네이딘은 여전히 아무것도 알아보지 못하고 그를 빤히 바라보았다.

"네이딘?"

그녀는 계속 그와 나란히 걸었지만, 길가 쪽으로 한참 떨어져 있었다. 그러다가 주머니에서 어떤 물건을 꺼냈다. 처음에 줄스는 작은 검은색 지갑인 줄 알았다. 하지만 다시 보니 권총이었다. 그녀가 그를 쫓아버리려는 듯이 그를 향해 그것을 내밀었다.

"무슨 짓이야? 세상에!" 줄스가 말했다. 자신보다는 그녀가 더 걱정스러웠다. 그녀의 저런 모습을 남들이 보면 어쩌나 싶었다. "무슨 짓이야? 네이딘? 그거 집어넣어. 숨기라고!"

그녀는 그에게 강제로 따라오라는 듯이 그와 나란히 걸었다. 그리고 총으로 그와 거리를 유지하며 그를 평가했다. 하지만 그녀의 얼굴에는 그를 알아보는 기색이 없었다. 미모가 전부 사라진 얼굴은 공허하고 딱딱했다.

"네이딘, 넌 날 쏘지 않을 거야. 그렇지?" 줄스는 기함했다. "넌 나를 사랑하잖아. 난 너를 사랑해⋯⋯. 넌 나를 사랑하지 않아?"

그녀가 방아쇠를 당겼다. 총알이 그의 가슴 어딘가를 맞혔다. 엄청난 충격이 있었다. 줄스는 비틀거리면서 커다랗게 반짝이는 값비싼 자동차들의 밭에서 차창에 부딪힌 햇빛이 산산이 부서지는 것을 보았다.

성령이 줄스에게서 떠났다.

III

오라, 내 영혼이여,
이미 오래전
시들어버린······

# 1

　1966년 4월. 사랑에 빠진 소녀가 거울 앞에 서 있다. 꼼짝도 않고. 그녀의 시선은 자신의 모습에 고정돼 있다. '모린 웬들'이라는 이름이 그 모습에 붙어 있다. 싸구려 화장대 거울에 흐릿하게 비친 모습이다. 그녀가 이 모습을 빤히 바라보는 것은, 그녀가 가진 것이 이것뿐이기 때문이다. 사랑. 그녀는 사랑에 빠졌다, 사랑에 푹 잠겼다……

　밖에서 소년들 한 무리가 야구를 하고 있다. 여기는 디트로이트에 있는 하이랜드파크의 한 거리다. 디트로이트에 에워싸여 있고, 우드워드 애버뉴, 세컨드 애버뉴, 서드 애버뉴가 쌩하니 뚫고 지나가는 곳. 그녀는 서드 애버뉴에 있는 커다란 벽돌 건물의 1인실에 살고 있다. 1인실에 살고 있는 미혼 아가씨. 그녀의 얼굴은 하트 모양이며, 아무것도 모르는 듯 몹시 순수하다. 조심스러운 얼굴이다. 먼지가 덮인 것처럼, 싸구려 분을 바른 것처럼 창백한 얼굴. 눈 밑의 살조차 묘하게 창백해서 마치 그녀가 지금까지 아무것도, 아무것도 본 적이 없는 것 같다. 그녀는 아무런 일도 겪지 않았다.

그녀가 평평한 배를 화장대 겸 서랍장에 대고 누르며 거울에 얼굴을 가까이 들이댄다. 평생 모린으로 살아갈 팔자인가? 그녀가 항상 이 모린의 모습으로 살아가야 한다는 것을 이해하기 힘들다. 빠져나갈 길이 없다. 하지만 그녀는 사랑 속으로 도망쳐 사랑 속에 빠질 것이다. 모린이었던 것을 대부분 지워버릴, 사랑이라는 심연 속으로 뒷걸음질 쳐 떨어질 것이다.

필롱에게 맞은 뒤 병원에 있을 때 그녀는 '모린 웬들'이라는 자기 이름이 새겨진 가는 플라스틱 팔찌를 차고 있었다. 자신의 이름에서 도망치는 것은 불가능하다.

그녀는 지금 하얀 속치마 차림이다. 짧게 자른 머리가 구불구불해서 얼굴이 소녀처럼 보인다. 이십대 중반인데도 훨씬 더 어려 보인다. 그녀는 자신을 자세히, 꼼꼼히 살펴본다. 하늘은 파란색에서 회색으로 변했다. 중서부의 하늘은 이렇게 변할 수 있는데도 단조롭다. 모린은 이 하늘 밑에서 너무 많은 세월을 보냈다. 그녀는 하늘을 피해 움찔거리고, 창문을 불안해한다. 직장에서는 '혹시 내가 창문에서 떨어지면 어쩌지?' 하는 생각을 너무 많이 한다(그녀는 시내 사무용 건물의 7층에서 일하고 있다). 뭔가가 그녀를 창가로 이끌고는 놀려댄다. '너 이 창문 밖으로 떨어지면 어쩔래?'

남자의 이름은 짐이다. 이름이 너무 짧다. 그녀가 붙들기에, 열린 창문 밖으로 그녀가 떨어지지 않도록 잡아주기에 충분하지 않은 것 같다. 그의 이름은 짐 랜돌프다. 랜돌프는 그녀의 의붓동생 이름이기도 하다. 열두 살짜리 개구쟁이. 그녀는 그 아이를 생각하지 않으려고 애쓴다. 더러운 입을 지닌 그 녀석에게 그녀의 마음은 닫혀 있다. 그녀는 로레타가 그 아이 이야기를 꺼내며 투덜거릴 때만 그 아이를 생각한다. 모린이 엄마 집에 다니러 가도, 랜돌프는 어딜 돌아다니는지 집에 없을 때가 많다. 거리를 떠도는 아이들이 너무 많다. 열두 살 아이들은 다리에 끔찍하게 에너지가 넘치는 것만 빼면 다 자란 거나 마찬가지다. 모린은 랜돌프(아이들은 그를 랜이라고 부른다)를 흘깃 보기만 해도, 잘난 척 우쭐거리며 멋대로 움직이는 이 녀석이 모르는 게 없다는 사실을 알 수 있다. 로레타는 불평한다. "걔는 옛날 베티랑 똑같아. 개를 어쩔 수도 없고, 말도 할 수 없어. 아니, 베티보다 더하지. 베티보다 더 힘이 넘치거든." 이제 마흔여섯 살인 로레타는 자신을 질질 잡아끄는 자식들이 없는 삶을 꿈꾸며 시간을 보내고 있음이 분명하다. 모린의 병 수발을 13개월 동안 든 것만으로도 힘들었는데, 완벽한 건강을 자랑하는 랜돌프는 더 힘든 녀석이다. 로레타는 입을 샐쭉거리며 랜돌프 때문에 신경이 너덜너덜하다고 투덜거린다. 샐쭉거리는 얼굴이 몹시 진지하다. 도대체 내가 왜 이 애들을 데리고 이런 고생을 해야 돼? 게다가 베티는 지금도 항상 말썽을 일으키지. 그리고 줄스, 줄스가 어떻게 됐는지 좀 봐…….

줄스는 하마터면 죽을 뻔했다. 하지만 죽지는 않았다. 어떤 여자가 그의 가슴에 총을 두 발 쏴서 그를 죽이려고 했다. 그러고 나서 그녀는 총구를 자신에게 돌렸지만, 자살에도 역시 실패했다. 줄스가 죽지 않았다는 사실을 중요하게 생각해야 마땅하지만, 어찌 된 영문인지 그는 살아남은 사람 같지 않았다. 그는 살아 있는 것 같지 않다. 디트로이트의 어딘가로 사라져버렸다. 소식이 들려오기는 하지만, 아주 드문드문 들려올 뿐이다. 왜 그 여자가 줄스를 죽이려 했을까? 아니, 누가 됐든 왜 줄스를 죽이려 했을까? 모린은 줄스를 아주 부드러운 사람으로, 지나치게 부드러운 사람으로 기억한다. 그를 사랑하지만 보고 싶지는 않다. 어떤 모습을 보게 될지 두렵기 때문이다. 변해버린 줄스, 지쳐버린 줄스. 그는 이제 거의 서른 살이다. 평생 아이로 살아오다가 이제…… 서른 살이 다 되었다니! 그래서 모린은 그를 생각하지 않고, 대신 자신이 결혼하고 싶은 남자를 생각한다.

그녀는 거울 속의 자신을 본다. 그가 보는 그녀의 모습이 바로 이럴 것이다. 그녀는 그를 사랑한다. 그녀의 삶은 그를 위해서, 그를 사랑하기 위해서 맞춰져 있다. 자신의 몸도 그를 사랑하기 위해 맞춰져 있는 것 같다. 자신이 잔디밭에 내놓은 싸구려 석고상 같다. 성모상이나 사슴 조각상 같은 것, 튼튼해 보이지만 사실은 쉽게 부서지는 것. 창문으로 놀고 있는 아이들이 보인다. 아이들은 서로를 향해 공을 쾅쾅 처대지만, 도무지 잡아내지 못하는 것 같다. 공은 아이들을 따끔따끔 찔러대며 아이들의 손에서 날아가 누군가의 집 포치에 와장창 떨어진다……. 쿵쿵거리는 소리, 거슬리는 소음, 진동……. 이런 것들이 집에 대한 그녀의 꿈과 뒤섞여 항상 경계하고 조심하게 만든다. 어떻게 그에게 그녀 자신을 내어줄까? 때가 됐을 때 어떻게 그를 끌어안을까? 그녀는 눈을 감고 상상한다. 하지만 그녀의 몸이 두려움과 당황으로 긴장한다.

혹시 그녀가 유부남을 선택한 건, 실패를 바랄 수 있기 때문일까?

그는 하이랜드파크 단과대학 야간부의 강사다. 이 대학은 고등학교와 같은 건물을 쓴다. 모린은 서드 애버뉴 버스를 타는데, 다니는 길이 아주 간단하다. 수많은 가로등들이 지나가고, 수많은 사람들이 버스에 타고 내린다. 차도 아주 많다. 하지만 어느 날 그녀는 검둥이 아이들 무리가 싸우고 있는 두 소년을 에워싼 모습을 보았다. 모두들 고함을 질러대며 손뼉을 쳤다. '그렇지! 그거야!' 싸우는 아이들은 어른처럼 무서울 정도로 조심스럽게 서로를 바라보며 빙빙 돌았다. 한 명은 칼을 들었고, 다른 한 명은 적의 얼굴을 후려칠 재킷을 들었다. 칼이라니! 초록색 캔버스 재킷이라니! 모린은 아이들을 계속 바라보았다. 그날 그녀는 몸이 굳어서 버스에서 내릴 수 없었다……. 검둥이들에 대한 증오가 그녀를 마비시켰다. 그녀는 검둥이들을 격렬하게, 강박적으로 싫어한다. 십대 소년들, 시끄럽게 떠들어대는 불량배들도 싫어한다. 십대 소녀들도, 이리저리 뛰어다니며 고함을 질러대는 아이들도, 남자도, 여자도, 모두 싫어한다. 하지만 다음 날 그녀는 억지로 자신을 채근해서 다시 나갔다. 그 무엇도 강의실에 가려는 그녀를 막을 수 없었다. 백인이든 검둥이든 차체가 나지막하고 번지르르한 차를 타고서 거리를 슬슬 돌아다니다가 창밖으로 몸을 내밀고 그녀에게 차에 타지 않겠느냐고 말하는 남자들도 그녀를 막을 수 없었다. 순찰차 안에서 그녀를 바라보는 경찰관들도, 언제나 시내버스에서 그녀를 모호하게 빤히 바라보는 추잡하고 우중충한 늙은이들도, 가벼운 돌풍에 휘말려 그녀의 얼굴로 날아온 신문들도, 묵직한 공기도, 변화하는 하늘도, 수업을 같이 듣는 학생들의 우울하고 지친 모습도, 그 무엇도 그녀를 막을 수 없었다.

지금 그녀는 수업에 가려고 옷을 입는 중이다. 수업을 준비할 때 그녀는 마음이 들뜬다. 그녀의 마음은 이제 그 남자의 관심을 끄는 것, 그의 눈을 즐겁게 하는 것, 그를 자신에게 끌어당기는 것에 집착하고 있다. 그녀, 모린은 그를 가까이 이끌어 와서 망연하게 만들 창문이다. 그는 그녀와 사랑에 빠져 지금의 생활을 버릴 것이다. 자신의 가족을 버릴 것이다. 그녀가 그를 원하는 마음이 너무나 강렬해서, 그 남자 자신은 그녀의 머릿속에서 희미해진다. 그녀는 오로지 그를 원한다, 결혼을 원한다는 생각뿐이다. 그녀는 몸과 마음으로 그를 사랑하고 싶지만, 그녀의 마음속에서 사랑이 솟아오를 시간이 없다. 그녀는 어떻게 사랑의 마음을 일으켜서 배양해야 하는지 모른다. 엄마와 다른 여자들에게서, 영화에서 사랑에 대해 지나치게 많은 이야기를 들었다. 그녀를 사랑하지 않으면서 사랑하는 줄 알았던 남자들도 너무나 자주 그녀의 귓가에서 그런 이야기를 속삭였다. 그래서 모린은 일단 결혼하고 나면 자신이 이 남자를 사랑하게 될 것이라고 생각한다. 그녀는 갈망하듯이 거울을 바라본다. 마치 미래를 바라보듯이. 그녀의 얼굴이 미래로 이어진 길이다. 이 얼굴 외에는 그 무엇도 그녀를 삶 속으로, 세상 속으로 데려다줄 수 없다.

줄스가 병원에 있을 때, 그의 여윈 얼굴은 창백하고 눈은 어둡고 우울했다. 얼굴이라는 게 뭔가? 뼈와 피부의 연골 이닌가? 눈은 어떤 신비로운 재료로 만들어졌는가? 거기서 어떤 마법이 나오는가? 모린은 이해할 수 없다.

그 마법이라는 것은 무서울 정도로 잔인하다. 효과가 닳아서 점점 약해지기 때문이다. 미국에서는 그 속도가 빠르다. 그녀는 자신의 얼굴을 바라보며 경계심과 두려움을 느낀다. 이 얼굴이 영원하지 않다는 것을 알기 때문이다. 이 얼굴을 잃는 것이 살과 뼈를 잃고 땅속에서 썩어가는 것보다 더 끔찍하다.

이 남자와 조심스레 게임을 해야 한다. 그는 그녀를 가르치는 사람이므로 반드시 거리를 유지해야 한다. 그녀는 그를 사랑할 준비가 되었다. 혹시 그는 알고 있을까? 그가 종이를 뒤적인다. 불안해하고 있다. 그는 상냥하고 부드럽다. 그녀는 이 남자와 결혼해야 한다고, 그가 완벽한 남편이 될 거라고 몇 번이나 실감한다. 그녀는 이 남자와 결혼해서, 그의 아내와 세 아이에게서 빼앗고 싶다. '그의 아내와 세 아이'야말로 모린의 마음을 곧바로 사로잡은 특징이다. 그가 안정되고 좋은 남자라는 뜻이니까. 그는 자신의 미래를 미리 준비했고, 그것에 만족하는 듯 보인다. 그는 완벽한 남편이다. 만약 그가 그녀를 위해 가족을 버린다면, 곧 그것이 사랑의 증명이 될 것이다. 그리고 다시는, 다시는 그런 변화를 꾀하려 하지 않을 것이다. 그는 서른네 살이고 그녀는 스물여섯 살이다. 좋다. 나이 차이가 딱 적당하다. 그가 그녀를 위해 반드시 버려야 하는 가족도 딱 적당하다. 그녀가 할 수 있는 일, 그녀가 지닌 능력의 증거다. 만약 그가 그녀를 사랑하게 된다면 그의 사랑을 증명하는 증거이기도 하다. 그를 과거와 떼어놓고 미래를 보장해주는 증거.

그녀는 이런 생각을 하면서 점점 불안하고 탐욕스러워진다.

지난가을 그녀는 게수 교회 근처로 산책을 나갔다. 식스마일로드에서 한 블록, 디트로이트 대학에서도 한 블록 떨어진 그 교회 근처에는 커다란 벽돌 주택들이 늘어선 동네가 있다. 그 커다란 집들이라니! 잔디밭은 또 어떻고! 각각의 집에 사람들이 살았다. 가족들이 살았다. 어머니와 아버지와 아이들이 살았다. 마치 그런 집에서 그렇게 살아가는 것이 전혀 특별하지 않다는 듯이. 이 사람들은 자기들의 삶을 이해하지 못한다는 사실을 깨닫고 모린은 기가 막혔다. 그들은 자기들과 모린 사이의 거리를 알지 못했다. 그 때 모린은 목적지가 있는 척하며 그들의 동네를 걷고 있었다. 그녀는 사람들을 보고, 그들의 목소리를 듣고 싶어 안달했다. 가끔 잔디밭에 나와서 일하는 여자들, 길에 나와 노는 아이들이 있었다. 모린의 심장은 이 사람들이 어떤 모습인지 보고 싶어서 열렬히 두근거렸다. 그녀는 그들에게 다가가 인사를 건네고 싶었다. 젊은 엄마들인 두 여자가 뭔가에 대해 신나게 이야기하고 있었다. 모린은 그 자리에 세 번째 등장인물로 끼어서 그들과 이야기하고 싶었다. 길에서 편안하게 수다를 떨면서도 그런 행동이 전혀 특별하다고 느끼지 않는 젊은 엄마가 되고 싶었다. 그녀는 그 여자들을 빤히 바라보았다. 그녀가 느낀 부러움은 미움이 아니라 사랑과 비슷했다. 그녀는 그들을 사랑했다. 그녀가 느낄 수 있는, 사랑에 최대한 가까운 감정이었다.

남자들에 대해서는 사실 사랑을 전혀 느끼지 못했다. 사랑의 빈자리를 메우기 위해, 사랑의 위치를 찾아내기 위해, 특정한 장소에 자신을 고정하기 위해 남편과의 사이에 아이를 낳기는 할 것이다. 하지만 그를 진정 사랑하지는 않을 것이다. 그래도 일단 그가 남편이 되면 그녀가 그를 사랑하는 법을 차차 배우게 될 가능성은 있었다.

그녀는, 언제나 내일을 위한 준비가 되어 있고 언제나 호기심이 많고 명랑한 엄마처럼 될 수는 없었다. 엄마는 불평을 늘어놓으면서도 앞으로 어떤 일들이 벌어질지 궁금해했다. 그녀는 처음부터 다시 시작할 준비가 되어 있는 로레타처럼 될 수 없었다. 로레타는 언제나 처음부터 다시 시작할 준비가 되어 있었다. 그녀는 이런 엄마의 딸이 아니었다. 그녀는 이런 여자들, 로레타 같은 여자들, 머리를 롤러로 말고 원숭이 같은 얼굴은 터놓고 웃음을 터뜨리는 표정으로 굳어 있는 여자들에게 거의 물리적인 혐오감을 느꼈다.

'난 사랑에 빠질 거야.' 모린은 생각한다. '그 사람이 날 사랑하게 만들 거야.'

# 2

그날 아침 그는 잠에서 깨기 전에 뭔가가 거슬렸다. 딱히 어떤 생각이라 기보다는 어떤 생각이 떠오를 것 같다는 두려움, 점점 희미해지는 꿈의 결론이 범인이었다. 잠이 들어 가장 자신다운 모습을 한 상태에서 그는 자신이 지닌 욕망의 커다란 범위에 경계심을 느꼈다. 그래서 잠에서 깨어나는 것이 그에게는 항상 마음이 놓이는 일이었다. 잠에서 깨어나면서 그는 자신이 누구이며 어떤 사람인지 이해했다. 그는 옆에서 자고 있는 여자, 그의 아내에게 다가가 끌어안으며 그녀의 온기에서 위안을 얻었다.

두 사람은 결혼한 지 9년째였다.

그녀가 깊이 잠들어 있다는 사실이 그에게는 커다란 신뢰처럼, 보물처럼 보였다. 그녀는 그의 품에서 조용히 잤다. 그와 이 여자가 함께 잠을 잔 9년 동안 두 사람의 삶이 다시 떼어놓을 수 없을 정도로 한데 묶였다는 사실, 그녀를 알지 못하던 시절이 분명히 기억나지 않는다는 사실을 생각하면 그는 말문이 막혔다. 그 시절은 지금의 그가 아닌 다른 자신, 더 젊고 더 무기력한 자신의 것이었다. 그 시절을 생각하는 것은 전혀 즐겁지 않았다.

그녀는 서른두 살이었다. 그녀는 세 아이를 낳았고, 그 아이들은 이 작은 아파트의 복도를 따라 나 있는 방에서 자고 있었다. 그중 두 명은 한방을 썼다. 잠을 자는 아이들의 평화로운 모습이 기적 같아서 그는 언제나 놀랍기만 했다. 그의 삶에 아이들이 존재하지 않던 시절, 그 역시 아이였던 시절, 그래서 어른들이 조용히 받아들이는 영속성이라는 덫을 부자연스러울 정도로 경계하던 시절을 기억하기 때문이었다. 그는 언제나 경계심이 많았다. 상냥한 태도, 부드럽고 참을성 강한 미소 아래에 그런 성격이 있었다. 깨어나기 전에, 여자의 헝클어진 머리카락과 비슷하게 회색으로 헝클어진 잠 속을 떠돌며 그는 자신의 경계심이 몸을 일으켜 일종의 악으로 변하는 것을 느꼈다. 그는 무엇을 기다리고 있는 걸까? 이제 무슨 일이 일어날까? 그가 자신의 삶에 뭔가 돌이킬 수 없는 짓을 하게 될까?

그는 혼란스러운 꿈에서 다시 깨어나는 것을 느꼈다. 얼음처럼 얼어붙은 대륙을 횡단하는 기차가 나오는 꿈이었다. 이제 일어날 시간이었다. 그의 앞에 하루가 갑자기 대륙처럼 펼쳐졌다. 위험과 쩨쩨한 농담과 굴욕이 가득한 이 대륙을 가로질러야 했다. 아내도 깨어났다. 그녀가 아무 말 없이 그의 얼굴에 자신의 얼굴을 갖다 댔다. 그는 얼어붙은 황무지를 횡단하려고 출발하는 낡아빠진 기차를 떠올렸다. 그러자 마음속에서 설명할 수 없는 두려움이 솟아서 그는 식은땀을 흘리기 시작했다. "지각하고 싶지 않아." 그는 그녀에게서 몸을 빼내 일어섰다. 그녀도 몸을 일으켰다. 작은 방에 커튼이 내려져 있었지만, 그는 오늘 역시 구름 낀 날씨가 될 것임을 알 수 있었다. 단조로운 하루가 될 것이다. 그는 서른네 살이었고, 디트로이트의 하늘이 그의 뇌를 태우며 파고들어 와 우울함과 모래알, 그리고 뭔가 가차 없고 단조롭고 강력한 것으로 낙인을 찍었다.

아내가 그에게 말을 걸고 있었다. 그녀는 근육질 몸으로 단단하게 서서 목욕 가운의 단추를 잠그는 중이었다. 그녀의 모든 움직임, 몸짓이 유능해 보였다. 그녀는 하루를 어떻게 살아내야 하는지 알고 있었다. 두 사람은 결혼한 지 9년째였다. 그는 그녀의 말에 귀를 기울이려고 했지만, 뭔가가 어긋나는 바람에 그의 얼굴이 앞으로 나서서 긴장과 애정이 드러나는 이른 아침의 미소를 지었다. 그녀는 오후에 쇼핑을 간다는 이야기를 하는 중이었다. 돈 이야기였다. 그녀는 미간을 찌푸리고 미안한 표정으로 그에게 돈 이야기를 했다.

주방으로 나온 그는 식탁에서 양손에 머리를 묻고 앉아 있었다. 그러자 아내가 속삭였다. "왜 그래? 머리 아파?" 그는 아니리고, 아무 문제도 없다고 말했다. 그녀가 아침 식사를 준비하는 동안(그의 아침 식사는 커피뿐이었다), 그는 자신이 꾼 꿈을 생각하며 죄책감을 느꼈다. 회색으로 거칠게 헝클어진 잠 속에서 사방을 경계하며 교활하게 굴던 자신의 모습. 그것은 그의 진정한 자아가 아니었지만, 그는 그 모습이 더 좋았다. 그가 지금 쓰고 있는 자아는 친숙했으며, 아내와 아이들과 친구들과 상사들과 온 세상 사람들이 그 모습을 친숙하게 대했다. 그들은 그에게서 상냥한 성격 때문에 얼굴에 주름이 진 상냥한 남자를 보았다.

아내가 아직 자고 있는 아이들을 깨우지 않으려고 속삭이듯 작은 소리로 말했다. "브렌다한테 집에 와서 애들을 좀 봐달라고 하면 돼. 당신 오늘 밤 몇 시에 집에 올 거야?"

"학교에서 저녁을 건너뛰고 곧바로 대학으로 갈까 했는데."

"저녁을 꼭 건너뛰어야 돼?"

"그 수업 전에는 별로 뭘 먹고 싶은 생각이 없어."

"그 전에 먼저 집에 들르면 안 돼?"

"그러지 않는 편이 더 편할걸. 차로 와도 한참인데……."

그는 이 여자를 사랑했다. 사랑의 조건 속에 놓여서, 함께 살아온 세월 속에 그녀와 하나로 얽혀 있었으며, 그 세월에 대해 책임이 있었다. 그는 가까운 거리에서, 그러니까 이 비좁은 주방의 창문 같은 곳에서 자신의 모습을 볼 수 있었다. 평범한 아침 식탁에 앉아 아내를 주의 깊게 살피는 남자의 모습. 그런 남자에 대해 무슨 말을 할 수 있을까? 그는 뭔가 알아볼 수 있는 것, 뭔가 확실한 것을 바라며 눈을 가늘게 뜨고 필사적으로 자신을 살필 것이다. 그는 짐 랜돌프였다. 그에게는 형 토니가 있었는데, 그는 평생 형을 질투했다. 여러 명이나 되는 이모들이 모두 가정을 이뤘으므로, 그에게는 사촌이 많았다. 개중에는 그가 좋아하는 사촌도 있고 싫어하는 사촌도 있었다. 양쪽 조부모 중 두 분은 아직 살아 계셨다. 이 사람들은 모두 그의 정체에 대해 혹시라도 의문이 제기되는 경우 그가 누구인지 증언해줄 사람들이었다. 물론 어머니와 아버지도 있었다. 그들 모두 그를 잘 알았다.

그는 속으로 의문을 던지며 손으로 눈을 눌렀다.

주방 조리대에 여성 잡지 하나가 놓여 있었다. 표지에는 밝은색의 케이크 사진이 실려 있었다. 생일 케이크였다. 저런 색깔에 저런 크기라니! 무슨 케이크가 저렇게 특이하고, 납작하고, 터무니없이 권위적인가! 헤드라인들이 보였다. 「우리 집에 봄이 왔어요」, 「가까운 사람을 위한 샤워」, 「결혼 생활의 내밀한 문제들에 대한 의사선생님의 조언」, 아내는 가끔 이런 잡지들을 샀다. 그러면서 그에게 사과를 하지 않게 된 것은 벌써 몇 년 전이었다. 그는 이런 잡지들이 결혼 생활의 문제에 대해 도대체 무슨 말을 할 수 있다는 건지 궁금했지만, 귀찮아서 굳이 펼쳐볼 생각을 한 적은 없었다. 그런 짓을 하기에는 그가 지나치게 지적이고 생각이 고정돼 있었으며, 이런 잡지들을 지나치게 경멸했다. 아내가 다시 속삭였다. 테리의 옷에 대한 이야기였다. 테리는 다섯 살짜리 딸의 이름이다. 그는 아내에게 빙긋 웃어 보이며 그녀의 말에 동의했다. 가끔 그녀는 그의 상냥한 태도가 자신의 얼굴로 불쑥 내미는 손 같아서 기분이 상해 입을 다물었다. 그래서 그는 무슨 일이냐, 왜 화가 났느냐고 물어볼 수밖에 없었다. 그러면 그녀는 차가운 목소리로 이렇게 말하곤 했다. "당신이 내 말을 제대로 안 들으니까 그렇지!" 두 사람이 지닌 사랑의 유대가 그에게는 수수께끼였다. 달콤한 수수께끼. 그것이 그의 삶을 결정했고, 그는 그 안에 고정되어 있었다. 그는 이혼이 불가하다고 믿는 가톨릭 신자는 아니었다. 종교를 아주 진지하게 받아들이는 가톨릭 신자도 아니었다. 하지만 자신과 아내 사이의 유대가 자신의 이름만큼 영원하며 돌이킬 수 없다고 생각했다. 그런데 예전에 그의 경각심을 불러일으킨 일이 있었다. 오래전 다른 대학에서 기혼 학생들을 위한 기숙사에서 살 때 집으로 돌아오는 길에 그는 젊은 주부들 여러 명이 진흙탕 도토 잎의 우편함 근처에서 수다를 떨고 있는 것을 보았다. 그의 상상력은 그들을 가볍게 건드리며 그들에게 감탄했다. 그는 그들의 날씬한 다리와 불안한 웃음소리, 그들의 젊은 육체에서 히스테리가 표면까지 얼마나 근접했는지를 보여주는 목소리의 떨림을 알아차렸다. 그들과 조금 떨어진 곳에서 보았을 때는 그들이 꽤 매력적이라고 생각했지만, 거리가 가까워졌을 때 한 여자가 손으로 공기를 밀어내는 시늉을 하며 피곤하고 냉소적인 몸짓을 하자 그는 문득 이렇게 삶과 육체가 결합된 것, 가난하고 항상 불안한 생활을 비참한 농담과 동지애로 포장하는 것이 모두 실패이자 실수라는 생각이 들었다. 사람들은 서로 떨어져 있을 때가 더 편안했다. 그 여자가 고개를 돌리자, 바로 아내의 얼굴이 드러났다. 그녀가 그를 발견했다. 그것은 흔한 일이었는데도, 그는 경계심을 느꼈다. 그것이 너무 흔하고 평범한 일이기 때문이었다.

그는 안정된 삶을 위해서, 자기 가족은 물론 그녀의 가족과도 특정한 관계를 맺고 자신의 자리를 찾고 싶어서 결혼했다. 그는 처가 식구들도 꽤 좋아했다. 모든 사람을 꽤 좋아했다. 그는 불안에 종지부를 찍고 싶었다. 사춘기를 비참하게 만든 혼란스러운 감정들에 종지부를 찍고 싶었다. 그런데 서른네 살이 된 지금 해결된 것이 사실상 하나도 없다는 생각을 하니 겁이 났다. 그는 자신의 감정을 조절할 수 없었다. 감정의 둑이 무너져서 감정들이 놀리듯이 그의 주위에 범람했다.

그래도 무슨 일이 벌어지지는 않을 것이다.

아내는 아기를 살피러 갔고, 그는 아내의 잡지를 집어 들어 급히 책장을 넘겼다. 「아이를 위해 생일 파티를 열어주자!」. 그는 이 기사를 그냥 넘겼다. 「행복을 만드는 법」. 그는 커피를 마시면서 어떤 기사를 대충 훑어보았다. 「하지 말아야 할 기본적인 일 다섯 가지」. "쓸데없는 걱정을 하지 않는다. 지나친 기대, 특히 남편에게 지나친 기대를 하지 않는다. 자신과 친구들을 비교하지 않는다. 그 무엇도 당연하게 받아들이지 않는다. 백일몽에 빠지지 않는다." 내용이 거슬렸다. 백일몽이 왜 안 된다는 건가? 페이지를 넘기자 다른 기사, 아니 결혼에 대한 단편이 나왔다……. 눈이 큰 아가씨가 웨딩드레스를 입은 모습이 부드럽고 수수하게 그려져 있었다……. 첫 번째 문단은 이러했다. "엘리너는 틀림없이 전화벨이 울렸다고 생각했지만, 지금은 아무 소리도 들리지 않았다. 쓰라린 눈물이 차올랐다……." 페이지 위에 어떤 의사가 쓴 「결혼 생활의 내밀한 문제들」이라는 기사가 있었다. "결혼 생활에서 가장 파괴적인 문제는 소통의 부재다. 특히 사랑, 섹스, 돈에 대한 소통의 부재는……." 봄 헤어스타일에 대한 기사에서는 건강하게 반짝이는 머리카락을 지닌 아가씨들이 그를 향해 방글방글 웃었다. 소녀 같은 아가씨들이 머리에 리본과 작은 꽃봉오리를 꽂고, 하얗고 건강한 이를 반짝이며 웃고 있는 모습은 전혀 위협적이지 않았다. 그 어떤 남자에게도 위협이 되지 않는 그들은 금방이라도 이렇게 외칠 것 같았다. '우리를 사랑해요. 오로지 사랑!'

이 모든 것의 뒤에 사랑이 있었다. 굶주림과 수수께끼가 있었다. 그도 사랑을 하고 있었다. 가족을 사랑하고, 어떤 의미에서는 이 가족의 가장으로서 자신을 사랑했다. 그는 그 역할을 사랑했다. 그는 그 역할과 자신을 떼어놓고 생각하지 않았다. 그런 자신은 존재하지 않기 때문이었다. 그런 자신이 존재하게 될 가능성도 없었다. 갑자기 든 생각 하나. 디트로이트를 떠나 이사를 가면 어떨까? 그는 다른 풍경을 보고 싶었다. 유럽으로 갈까? 유럽 여행을 할까? 그는 외국의 강가나 바닷가에 선 가족들을 보고 싶었다. 그들이 자유를 느끼면서, 영원히 전적으로 사랑받는다는 사실을 알고서 기뻐하기를 바랐다. 그는 가족들과 함께 디트로이트를 탈출하고 싶었다.

그러고 보니 차에 시동이 걸리려나? 그는 살펴보러 나갔다. 차는 항상 그를 놀라게 했다. 그는 무기력감에 분노하면서, 동시에 남의 일은 바라보듯 재미있어하며 콧방귀를 뀌었다. 그의 운명은 그의 손을 벗어나 있었다. 그날 오전에 그들은 18세기에 유럽이 쇠퇴한 복잡한 이유들을 살펴볼 것이다. 쇠퇴에는 항상 복잡한 이유가 있는 반면, 건강은 간단한 문제였다. 그 안에 수수께끼가 있는가, 아니면 그것이 거짓말인가? 친구 맥스가 떨어뜨린 책이 앞쪽 바닥에 놓여 있었다. 문고판《리어 왕》. 맥스는 영문학 박사과정을 밟는 중인데, 친구도 별로 없고 주위에서 괴롭힘을 당하고 칠칠치 못해서…… 언제나 물건을 잃어버리고 다녔다. 그런 친구가 있다는 것, 그와 저녁 식사를 함께하면서 고민 상담을 해주는 것은 좋은 일이었다. 이 모든 것이 친숙하고 친숙했다. 그는 습관적으로 그 책을 뒤적였다. 그는 언제나 책에 이끌렸다. 책에는 각주가 많고, 여백에 파란 잉크로 써놓은 메모도 많았다. 그는 책 속의 시구절들을 힐끗거리며 어렴풋이 두려움을 느꼈다. 그는 셰익스피어를 믿지 않았다. 비극의 퉁명스럽고 다듬어지지 않은 리듬, 우아한 언어와 피투성이 엔딩과 차분한 부활이 무서웠다. 묵시록 같은 느낌에 뒤이어 평범한 아침이 찾아온다. 호레이쇼와 포틴브라스가 벨벳이 늘어져 있고 바람이 잘 통하는 방에서 참을성 있게 체스를 두며 하품을 한다. 훌륭한 싸움을 위해 남겨진 좋은 남자들이다. 그들은 살아남을 수 있을 만큼 무지하다. 그리고 항상 카시오 같은 인물도 남아 있다. 다치고 멍들었지만 활기가 넘치는 카시오. 켄트는 과거 때문에 멍한 상태지만, 낙천적이라서 미래를, 역사의 오랜 상승을 받아들인다. 그는 책을 휙휙 넘기면서 그 어떤 것에도 오랫동안 눈길을 주지 않는다. "그러나 너는 나의 혈육이다, 딸아 / 아니, 내 살 속의 병이라고 해야겠지……." "놈을 당장 매달아라. 놈의 눈을 뽑아……." "나의 병이 점점 자라는구나……."

죽음을 가지고 이렇게나 호들갑을 떨다니! 삶을 가지고 이렇게나 호들갑을 떨다니! 책을 덮으면서 그는 조금 속이 좋지 않았다. 그래, 그런 것은 좋지 않았다. 죽음이나 삶에 대해 생각하는 것은 무의미했다. 하루를 살아내는 것……. 하루는 그의 인생이라는 거대하고 해독할 수 없는 화강암 덩어리의 일부였다. 그는 그 덩어리를 조금씩 쪼아내고, 씹고, 놀리고, 간청해야 했다. 다른 사람들이 한 방에 해치울 수 있는 일을 해낼 만큼 날카롭거나 강력한 도구가 없기 때문이었다. 사랑, 섹스 돈······. 유럽의 꿈은 조금 김이 빠져버렸다. 그와 아내가 지금까지 유럽 이야기를 얼마나 많이 했는지 모른다. 두 사람은 각자 자신의 역할을 지나친 열정으로 수행했다. 그뿐이었다. 미래라. 하지만 적어도 그의 차는 제대로 작동했다. 적어도 시동은 제대로 걸렸다. 이건 좋은 징조가 아닌가? 그 커다란 화강암 덩어리, 그러니까 그의 이름이 새겨져 있는 묘비에서 쪼개져 나온 작은 조각 하나. 오늘 아침에 차에 시동이 걸린 것이 바로 그 조각이었다. 만약 그가 수업 시간에 또 지각해서 학생들이 한목소리로 불평을 늘어놓는다면, 그렇다면 다음 학기에는 무슨, 무슨 일이 벌어질까? 그는 빚이 있고, 자식이 셋이었다.

그는 《리어 왕》을 뒷좌석으로 던졌다. 이렇게 이른 시간에 그런 것을 보다니 좋지 않았다. 그는 지나치게 예민했다. 약했다. 다른 사람에게, 심지어 아내에게조차 무엇을 주어야 할까? 그는 세상 누구보다도 아내와 가까웠다. 그런데도 그녀에게 뭔가 오로지 자신만의 것을 주어야 할까? 그의 영원한 사랑, 지적이고 진지하고 영원한 사랑 같은 것?

하루가 흘렀다. 저녁이 됐다. 하이랜드파크의 학교에서 수업 전에 그 아가씨가 그를 만나려고 기다리고 있었다. 그가 그녀에게 좀 일찍 오라고 미리 말해두었다. 그는 불안한 마음으로 그녀에게 다가갔다. 그녀가 정말로 그 자리에 있는지 빨리 보고 싶어서 안달하다가 그녀의 존재를 확인하고는 가벼운 만족감을 느꼈다. 그녀는 어둠침침한 복도에 혼자 서서 그를 기다리고 있었다. 그는 양손으로 눈을 거칠게 비비고 싶었지만, 진지한 미소를 지으며 진지한 표정을 유지했다.

두 사람은 인사를 나눴다. 그녀는 그림자처럼 조용했다. 그가 자신에게 할당된 책상(주간 강사와 함께 쓰는 책상이었지만, 그는 그 주간 강사를 직접 만난 적이 없었다)에 앉자 아가씨가 맞은편에 앉았다. 온순하고 아주 조용했다. 그는 이모부 흉내를 내듯 점차 쾌활하고 떠들썩하게 변했다. 끝내주는 날씨죠! 바람이 좋지 않아요! 그는 말을 몇 마디 늘어놓았다. 바보스러운 말. 그러고는 서류 가방에서 그녀의 작문을 꺼내 대충 끝까지 살펴봤다. 하지만 그 내용에 대해서는 이미 완벽하게 알고 있었다. 아가씨는 그를 지켜보며 앉아 있었다. 몇 분 뒤 그가 자신과 그녀를 달래듯이 빙긋 웃으며 말했다. "글쓰기에 문제가 좀 있는 것 같습니다, 웬들 양."

"죄송해요."

"아뇨, 죄송할 것 없습니다. 그래서 웬들 양이 학생인 거니까요." 친절한 미소, 포스터 같은 미소. 이 여자를 편안하게 해줘야 한다. 그녀는 학생이니까. "그래서 웬들 양이 이 강의를 듣고 있는 거죠. 하지만 다음 과제를 할 때 웬들 양이 좀 어려움을 겪게 될 것 같습니다. 글쓰기에 확실히 문제가 있어요…… 웬들 양 자신을 말로 종이 위에 표현하는 데에."

그는 미소를 지으며 자신의 눈가에 주름이 잡히고, 얼굴의 주름살들이 깊어지는 것을 느꼈다. 오늘 밤에는 멋지면서도 동시에 늙어버린 것 같구나. 아가씨 앞이라 멋지게 굴고 있지만, 하루 종일 종종거리며 일을 하느라 늙어버린 것 같았다. 아가씨의 젊음 앞에서 조금 풀이 죽었다. 그녀는 기껏해야 스무 살 안팎인 것 같았다. 그는 이 사실에 흥분과 분노를 동시에 느꼈다. 머리가 아파오기 시작했다. 그가 말했다. "과제물을 하나씩 받을 때마다 조금이라도 나아진 모습을 볼 수 있으면 좋겠는데, 웬들 양은 매번 똑같은 실수를 하는 것 같아요. 정확히 말하자면 실수가 아니라……."

"제 사고방식이 그런 거겠죠." 그녀가 말했다.

"그럴 수도 있죠. 잘 모르겠습니다. 아니, 그렇게 말하고 싶지는 않아요." 그는 깜짝 놀라서 재빨리 말했다. 그는 그녀의 적막하고 슬픈 시선을 피하며 다시 과제물을 뒤적거렸다. 이런 일을 처리하기에 그는 너무나 서툴렀다. 그는 무기력하게 과제물들을 살폈다.

침묵이 흘렀다. 아가씨는 아주 유순하고 예의 바르게 꼼짝도 하지 않았다. 그는 그녀의 과제물들을 훑어보며 이제는 도무지 이해할 수 없는 그녀의 필체를 빤히 바라볼 뿐 아무 말도 하지 않았다. 그러다가 문득 그녀가 그에게 손을 뻗고 그의 이름을 부르고 싶은 충동을 참고 있다는 느낌이 들었다. 아니, 아니었다. 아무 일도 없었다. 그가 시선을 들자 모든 것이 평범한 그대로였다.

그는 헛기침을 했다. "내가 과제물에 달아놓은 코멘트를 이해합니까? 내 평가가 공정하다고 생각해요? 내 비판을 어떻게 생각합니까?"

이것은 그의 책략, 친숙한 구실이었다. 주도권이 학생에게 있는 척하는 것. 하지만 실제로 칼자루를 쥔 사람은 그였다. 아가씨는 그에게 장단을 맞추지 않고 혼란스러운 표정을 지었다.

그녀가 말했다. "저는 뭔가 생각을 할 만큼 아는 게 많지 않은걸요."

그는 웃음을 터뜨렸다. "웬들 양, 그렇지 않아요. 전혀. 예를 들어, 내가…… 일관성이 부족하다고 말하면 그 말을 이해합니까?"

그때 그는 마치 갑작스레 항복하기라도 하듯이 그녀가 아름답다는 사실을 깨달았다. 그녀는 낡아빠진 책상을 사이에 두고 그의 맞은편에 무기력하게 앉아 있었다. 그녀의 아름다움은 머리카락, 피부, 눈 같은 것과는 아무런 상관이 없었다. 그보다 더 깊은 것, 일종의 상처나 당혹 같은 것이었다. 그는 이해할 수 없었다. 다만 그 아름다움 앞에서 무력감을 느낄 뿐이었다. 그녀의 사진을 찍어 잡지에 싣겠다고 나서는 사람은 없을 것이다. 그녀는 선명하지 않아서 초점이 잘 맞지 않았다. 그녀는 위협이었다. 시선은 으스스했다. 수업 중에 그가 한 시간 반 동안 손목시계를 몰래 힐끔거리며 단조롭게 떠들어댈 때 학생들은 조용히 그의 말을 들었다. 그들 중에서 이 아가씨는 다른 학생들과 달리 끊임없이 자신을 그에게 열어 보이고 그를 관찰

하며 강의를 들었다. 하지만 그녀가 정말로 다른 학생들과 다른 걸까? 그녀에게 뭔가 얄팍하고 단단하지 않은 것 같은 분위기, 엄지손가락으로 문지르면 다 지워질 것 같은 분위기가 있지 않은가?

그녀의 침묵에 그는 불안해졌다.

"뭐, 그건 됐고, 웬들 양 본인에 대해서 얘기해봐요." 그가 말했다.

그녀가 몸을 꼼지락거리며 그의 말에 따라 다시 생기를 띠었다. 그러고는 마치 미소 짓는 것 같은 표정을 지었다. "말할 것이 별로 없어요."

"이런 문제의 원인이 될 만한 일이 하나도 없었어요? 그러니까, 웬들 양의 문장이 앞뒤가 맞지 않는 문제 말이에요. 문장들이 서로 논리적으로 연결되지 않는다는 뜻입니다." 그는 자신이 미숙해 보일까 봐 당황스러웠다. "내 말은 그러니까, 웬들 양이 혼란스러워하는 지금 상황의 원인이 될 만한 일이 과거에 없었느냐는 뜻입니다. 뭔가 불안을 느낀 경험이라든가."

"모르겠어요."

"혹시 누가 웬들 양 본인의 생각을 표현하는 걸 막았습니까? 이를테면 학교 선생님이나 가족 중의 누군가가 웬들 양의 의견을 반박했나요? 웬들 양의 생각을 내쳤습니까?"

"그렇지는 않은 것 같아요."

"많이 머뭇거리는 것 같군요."

"죄송해요."

"아뇨, 그러지 마세요." 그는 조금 시끄럽게 웃음을 터뜨렸다. "세상에! 난 그저 웬들 양의 발목을 잡고 있는 것이 무엇인지 궁금할 뿐입니다. 틀림없이 뭔가 할 말이 있을 거예요. 웬들 양은 머리가 좋습니다. 그런데 이건…… 이건……." 그는 진심 어린 표정으로 그녀의 과제물을 톡톡 두드렸다. "여기에는 그게 드러나 있지 않아요."

"죄송해요."

"난 웬들 양을 더 많이 도와주고 싶습니다. 내가 뭔가 해줄 수 있으면 좋겠어요."

"저는 절대 힘들었던……"

"좋아요, 멈추지 말고 계속해요. 절대 힘들었던 적이 없다고요?"

"아버지가 가버린 뒤만 빼고요."

"아버지가 가버려요?"

"아버지가 엄마를 두고 가버렸어요."

그녀는 수줍은 표정이었지만, 그녀의 고백에는 묘한 즐거움이 섞여 있는 것 같았다. 이것은 처음으로 알게 된 그녀의 개인사였으므로 그 역시 기분이 좋았다. 그녀의 외투는 여전히 단추가 모두 채워진 상태였다. 싸구려 노란색 외투가 불빛을 받아 레몬색으로 보였다.

그가 부드럽게 앞으로 몸을 기울였다. "그러니까 아버지가 가족을 두고 가버리셨군요?"

"네. 제가 열다섯 살 때요."

'그럼 지금은 몇 살인데?' 그는 이렇게 묻고 싶었다. 그녀의 앳된 모습에 안달이 났다. 하지만 그는 "그거 유감이네요"라고만 말했다. 그가 정말로 유감스러워한다는 것이 목소리에 드러났다. 그녀는 깜짝 놀란 표정으로 그를 흘깃 보았다. 그 순간이 기묘하게 두 사람을 압박했다. 그는 자신의 얼굴이 멍청하게 히죽거릴지도 모른다는 생각이 들었다. "하지만 지금은…… 지금은 괜찮은 거죠? 가족들과 함께 살고 있어요?"

"아뇨. 집에서 독립했어요."

"그럼 혼자 살아요?"

묘한 질문이었다. 묻지 말았어야 할……. 상냥하고 참을성 많고 너그러운 그의 삶 속으로 많은 사람들이 들어왔다. 계집들과 친구들. 그는 그들 모두에게 항상 자신을 열어주었다. 그는 좋은 사람이었다. 좋은 사람처럼 보였다. 세탁소를 운영하던 그의 아버지도 50년인가 60년 동안 좋은 사람이었다. 그러니 그것은 유전자 속에 새겨진 숙명이었다. 조심성 없는 사람들과 고독한 사람들이 그의 추레하지만 기분 좋은 모습에 이끌렸다. 제대로 다듬지 않은 머리카락, 가늘게 뜬 눈, 더듬더듬 말을 고르는 모습, 부드럽고 확신이 없는 듯한 목소리가 그들을 안심시켰다. 심지어 이른 아침에 그가 자주 손가락을 떠는 것도 마찬가지였다. 그의 푸른 눈은 살짝 돌출되어 있었고, 길고 피곤한 하루가 흐르는 동안 눈이 점점 충혈되는 것이 느껴졌다. 누르스름한 안구 표면에 혈관이 작은 실 가닥처럼 나타났다. 크고 뭉툭한 손가락, 가끔 가늘게 떨리는 그 손가락 바깥쪽은 황금빛이 도는 갈색 솜털로 덮여 있었다. 갑자기 아내가 이 사무실 안에 함께 있는 것 같은 느낌이 들었다. 그녀가 몸을 앞으로 기울여 그의 얼굴을 들여다보며 그를 감시하고, 평가를 내리고 있었다.

"혼자 산다고 했던가요?"

"네, 혼자 살아요."

그녀는 특별한 종류의 학생들, 그러니까 야간 학생다운 외양을 하고 있었다. 몇 년 동안 길게 이어지는 야간 강좌에는 희망이 없었다. 야간 학생들은 길을 잃은 사람 같은 표정을 했다. 깊은 생각에 잠긴 것 같기도 했다. 그녀의 눈이 선명하고 자의식이 엿보이는 것이 놀라웠다. 이제 어쩐다? 몇 초 동안 두 사람은 서로를 바라보았다. 두 사람 사이, 여기저기 흠집이 난 책상 위에 그녀가 가장 최근에 낸 과제물이 빨간색 표시들을 달고 놓여 있었다. 자신이 적어 넣은 그 표시들이 너무 잔인하게 보여서 그는 깜짝 놀랐다. 빨간색 글자들이 작고 평범한 필체로 쓰인 그녀의 그저 그런 문장들을 배경으로 성을 내며 고함을 질러대고 있었다.

"제 글이 전혀 가망이 없나요?" 그녀가 말했다.

"그렇게까지 말할 수는 없어요. 그럼요, 당연히 그렇지는 않죠."

"그럼······ 정신 나간 사람의 글 같아요?"

"전혀 아니에요!" 그는 충격을 받았다.

그는 어째서 그녀가 그런 생각을 하는지 고민하며 입을 다물었다. 정신 나간 사람의 글이라고? 그래, 그건 맞는 말이었다. 정말로. 하지만 그녀는 정신 나간 사람이 아니었다. 그건 확실했다. 그는 수업 시간에 그녀의 시선을 피할 때처럼 그녀의 고민스러운 얼굴을 피했다. 그 얼굴이 그에게 너무나 활짝 열려 있어서 거슬렸다. 수줍음 많고 순진하면서도 묘하게 아는 것이 많은 사람이라니. 수수께끼 같은 존재였다. 그녀는 그를 어떻게 생각할까? 머리가 좋고 부드러운 사람이라고 생각할 것이다. 그의 아내라면 그를 흘깃 보기만 하고도 그의 전모를 파악할 수 있을 것이다. 이미 오래전에 그에 대해 들어야 하는 것들을 모두 들었기 때문이다. 그리고 그녀 역시 이미 역사가 되어버린 그의 모습을 바꿀 수 없었다. 그녀는 그를 꿰뚫어보았다. 못 할 것도 없지 않은가. 그녀는 그를 구축하는 데 부분적으로 기여한 사람이었다. 그가 자신의 모습을 상상하는 데 그녀가 도움이 되었다. 그녀는 차분하고 우아한 언어를 쓰려는 그의 노력(그가 좋아하는 교수님을 흉내 내고 싶어서였다)을 꿰뚫어 그 이면에 숨어 있는 그의 두려움, 기진맥진한 모습, 그가 입은 트위드 재킷의 추레함, 빨간색과 초록색 언월도나 앵무새 부리가 그려진 넥타이의 희박한 이국 정서를 알아보았다. 그는 그 말도 안 되는 넥타이를 너무나 오랫동안 매고 다녔다. 그의 학생들도 그의 추레한 옷차림이나 그의 진정한 모습을 알아차렸을까? 그는 이 학교에서 일주일에 두 번, 저녁 8시부터 9시 30분까지 영작문을 가르쳤다. 그리고 그의 강의에 등록한 성인 열다섯 명이 그 긴 저녁 강의 동안 그를 지켜보았다. 마치 그가 그들의 불안한 꿈에 등장하는 인물이라도 되는 것처럼. 그의 신랄한 미소와 말씨는 이해하기 힘들지만, 만약 그들이 계속 끼이 있을 수만 있다면 귀기울여 들을 가치가 있는 사람인 것 같기도 했다. 강의가 있는 날이면 밤공기가 피로와 무기력감으로 묵직해졌다. 학생들이 모두 자신을 많이 좋아한다는 것은 그도 알고 있었다. 그리고 그것이 그들의 피로와 무기력감 중 일부였다. 주부 여러 명, 심술궂은 얼굴의 택시 기사 한 명, 우유 배달부 한 명, 포드 공장 주간부에서 일하는 남자 세 명, 이들 모두 학생이 아닌 다른 삶을 사느라 뼛속까지 지쳐 있었기 때문에 언제나 어깨가 둥글게 굽어 있었다. 그는 에라 모르겠다면서 책을 던져버리고 그들의 욱신거리는 어깨를 주물러주고, 고통에 시달리는 그들의 슬픈 눈을 서늘한 손으로 만져주고 싶었다. 그들을 구해주고 싶었다! 그들의 삶을 바꿔주고 싶었다!

"저한테 희망이 있을까요?" 갑자기 아가씨가 말했다.

그는 퍼뜩 깨어났다. 순간적으로 그녀가 자신의 인생에 대해 묻고 있는 것인 줄 알았다. 자신의 인생에 희망이 있냐고. 하지만 두 사람은 그녀의 '글'에 대해 이야기를 하던 중이었다. 그녀는 그의 '제자'였다. 그는 불안한 목소리로 말했다. "물론 희망이 있지요. 물론 계속 글을 읽고 쓰면서 연습하면 됩니다. 내가 웬들 양의 마음에 들 것 같은 책을 몇 권 드리죠. 앞으로 나아질 테니 걱정 마세요."

그는 이 아가씨의 기민하고 몽롱한 표정 속에서 특별한 지성을 포착했다. 그녀는 그리 놀란 기색이 아니었다. 갑자기 찌르르한 욕망이 그의 몸을 훑고 지나갔다. 그는 앞으로 몸을 기울이며 양팔을 책상에 내려놓았다.

"왜…… 왜 자신의 글에 대해 그런 소리를 한 겁니까? 정신 나간 사람의 글 같다뇨? 왜 하필 그런 표현을 쓴 거죠?"

"그냥 생각이 났어요."

"뭔가 고민이 있습니까?"

"남들도 다 하는 고민이죠."

"뭔데요?"

"어떻게 사나, 뭘 하나, 이러이러한 날을 어떻게 살아내나." 그녀가 천천히 미소를 지었다.

"수업이 끝난 뒤에 누가 집까지 바래다줍니까? 아니면 버스를 타나요?"

"버스를 타요."

"위험하지 않습니까?"

"아직까지는 아무 일 없었는데요."

"그래도 위험할지 모릅니다. 웬들 양 같은 아가씨는……."

"그건 저도 어쩔 수 없죠."

"그래요, 어쩔 수 없겠죠." 그가 느릿느릿 말했다.

그는 이제 그녀에게 가도 좋다고 말해야 한다는 것을 알았다. 이제 그만 멈춰야 했다. 복도에서 다른 학생이 기다리고 있었다. 그는 미간을 찌푸리며 그녀의 과제물을 다시 뒤적였지만, 이런 겉치레가 이제 지겨웠다. 솔직히 이 여자도 지겨웠다. 그녀에 대해 너무나 오랫동안 생각한 탓이었다. 그가 그녀를 생각하는 것은 어리석은 짓이었다. 그의 인생에 그녀는 필요하지 않았다. 심지어 그녀에게 할애해줄 시간도 없었다. 게다가 평소 성격대로 그는 설사 그녀에게 뭔가 원하는 것이 있다 해도 어떻게 접근해야 할지 도무지 알 수 없었다. 유부남으로 살아온 세월이 너무 길었다.

"다른 사람이 기다리고 있네요. 티보도 부인인 것 같아요." 그녀가 말했다.

"그렇군요."

그녀가 떠났다. 그가 해낸 것이다. 그녀에게 집까지 태워주겠다고 제안하지 않았다. 그는 조금 마음이 놓여서 티보도 부인을 만날 준비를 했다. 학생들 중 수다쟁이에 속하는 그녀는 불안감 때문에 방어적이었다. 그녀는 건장하고 위압적인 태도로 다가와 모린이 앉았던 의자에 미끄러지듯 앉았다.

그가 몹시 친절하게 말했다. "안녕하세요, 티보도 부인?"

수업 시간까지 겨우 몇 분밖에 남지 않았다.

그날 밤 수업이 끝난 뒤 그는 강의실에 남아 학생 몇 명과 이야기를 나누며 그 아가씨가 나가는 모습을 지켜보지 않았다. 자신의 차로 걸어갈 때도 한데 모여 서서 버스를 기다리고 있는 학생들을 흘깃 바라보지 않았다. 그녀는 함께 모여 있는 무리의 보호를 받고 있었다. 자기 몸 하나쯤은 그녀가 알아서 건사할 수 있을 것이다. 그는 집으로 차를 몰면서 그녀에게 끌리는 마음이 길게 늘어나 점점 약해지는 것을 느꼈다. 그는 한 여자의 남편이고, 어린 세 아이의 아버지였으며, 나름의 정체성을 지닌 남자였다. 그 정체성이 그를 집으로 이끌었다. 그는 어디로 가야 하는지 알고 있었다. 그의 마음을 가장 크게 흔든 것은 아마도 그 아가씨의 목소리인 듯싶었다. 살짝 길게 늘어지는 그 몽롱한 목소리에는 모종의 권위와 기대가 있었다. 그 목소리를 듣고 그가 뭔가를 떠올린 건가? 뭘 떠올렸지? 그녀의 과제물을 읽을 때면 그 작고 생각에 잠긴 목소리로 그녀가 말하는 소리가 들리는 듯했다. '그것은 인간의 통제를 벗어난 정의의 노작이며, 하느님의 손에 달렸다.' 그녀가 쓰는 글은 이런 식이었다. 그녀는 이런 단어들을, 이런 말도 안 되는 소리를 어디서 가져온 걸까? 정신 나간 소리인데도 그는 이해할 수 있었다. 게다가 그녀가 하느님을 믿는다는 점이 감동적인 것 같았다.

이제 차창 밖은 몹시 어둡고, 집까지 가는 길은 멀었다. 슈퍼마켓의 쇼핑 카트들이 거리에 나와 있었다. 위험했다. 길모퉁이에서 빈둥거리는 검둥이 소년 몇 명이 보였다. 녀석들의 덤불 같은 머리카락이 멋대로 뻗어 있어서 마치 비밀스러운 힘을 부여해주는 이국적인 의식 때문에 그들의 머리 모양이 억지로 일그러진 것 같았다. 황폐한 공터들…… 인도 근처에 놓여 있는 매트리스…… 바람에 이리저리 날리는 무질서한 모습…… 아파트 건물들. 모린 웬들이 저 볼썽사나운 건물들 중 한 곳에 사는 걸까? 그녀의 볼썽사나운 인생을 어떻게 결부해 그녀를 끌어내릴까? 그녀도 지치고 무기력한 사람들과 함께 버스를 타고 이 길을 오가며 똑같은 광경들을 차례로 보는지 궁금했다.

그는 그런 사람들, 그러니까 자기 제자들의 삶과 우연히 마주친 셈이었다. 그는 웨인 주립 대학에서 사회학 학위과정을 밟고 있었다. 원래 역사 전공이었지만, 죽은 사람들만 상대하는 공부를 더 이상 참을 수가 없어서 살아 있는 사람들과의 접촉을 열망하게 되어 전공을 바꿨다. 그는 상당히 젊은 나이에 결혼해서 아이 셋을 낳은 것에 스스로 놀라고 있었다. 그리고 아이들 때문에 대학의 영문과 사무실을 통해 시간제 일을 구해서 하고 있었다. 낡은 트위드 재킷을 입고 갈색 턱수염을 깔끔하게 다듬은 그는 당당하면서도 절박했다. 그는 신사다운 젊은이였으며, 우아한 피해자였다. 윗사람들이 보기에 그는 자기 연민이 없고 우아한 피해자였다. 간단히 말해서 그들이 원하는 사람이었다. 그래서 그는 영문과 사무실을 자주 찾아가 무슨 일이든 좋다며 일자리를 구했다. 그는 황폐한 동네의 개방대학이나 커뮤니티 칼리지나 단과대학이라면 어디서든 학생들을 가르칠 수 있는 자격이 있었다. 6년 전에 영문학 석사학위를 땄기 때문이었다. 그때 그는 다른 인생 계획들을 갖고 있었지만, 지금은 그 계획들을 생각하지 않으려고 했다. 그가 영문학을 공부하며 보낸 세월은 그의 인생에서 우울한 시기였으므로 잊어버리는 것이 최선이었다.

그는 이번 학기에 대학에서 세 개의 강의를 들었다. 조직이론의 사회심리적 측면을 다루는 대학원 강의, 인간생태학 세미나, 사회학 방법론 세미나. 그는 엄격하고 분주한 교수의 연구 조교였으며, 도서관에서 통계표를 그리는 데 귀한 하루 시간을 많이 할애했다. 점심도 도서관의 책 더미들 속에서 먹었다. 오후에는 캠퍼스를 가로질러 뛰어가서 '사회학 개론'이라는 성인 교육 강의를 했다. 매주 세 번씩 4시 30분부터 5시 20분까지, 철거가 예정된 낡아빠진 대학 건물에서 진행되는 강의였다. 그 건물에서는 로지 고속도로가 내다보였다. 그 강의가 끝나면 그는 다시 도서관의 개인 열람석으로 뛰어와 자신이 읽어야 하는 자료들에 메모를 했다. 빨간색, 파란색, 초록색 잉크로 메모장에 아주 빠른 속도로 글을 썼다. 각각의 색깔은 서로 다른 종류의 정보를 의미했다. 저녁때는 점심에 먹고 남은 것을 먹었다. 사과 한 개뿐일 때도 있었다. 그는 굶주림을 느낄 시간이 없었다. 가끔 5시 30분부터 7시 사이에 10센트 동전을 공중전화에 넣고 아내와 통화를 했다. 아내는 아파트에서 외로워하고 있었다. 두 사람은 빠른 말씨로 이야기를 나누며 새로운 소식들을 교환했다. 아이 하나가 감기에 걸렸어. 친정어머니에게서 편지가 왔는데 열어보기가 무서워. '당신'은 몸이 괜찮아? 아직도 목이 아파? 그는 다시 병들어 누울 여유가 없었다. 오늘은 몇 시에 집에 와? 아내는 대개 지루함과 피로에 지쳐 금방이라도 눈물을 흘릴 것 같으면서도 분별 있는 목소리로 그에게 애원했다. 왜 항상 이리 뛰고 저리 뛰는 거야? 우리는 왜 이렇게 가난해? 제발, 제발 부탁이니 다시는 프레드한테서 돈을 꾸지 마. 창피해서 견딜 수가 없어……. 인생이 왜 이렇게 엉망일까? 스트레스 때문에 그녀의 목소리가 고집스러운 멜로디처럼 변했다. 그는 그녀의 피부가 점점 발갛게 상기되는 모습을 그려볼 수 있었다.

그는 인생을, 삶을 사랑했다. 하지만 확실히 엉망이긴 했다. 헝클어지고 꽉 막혀서 구제불능이었다. 화요일과 목요일에는 고등학교와 같은 건물을 쓰는 단과대학까지 차를 몰고 가야 했다. 가는 길에는 슬픈 눈의 건물들이 쓰레기처럼 흩어져 있었다. 차가 고장 나면(그럴 때가 잦았다), 그도 버스를 타야 했다. 적어도 버스에서는 강의 준비를 할 수 있었으므로 언제나 그 때까지 일을 미루다가 정신없이 자료를 훑어보곤 했다. 이 강의의 강사료로 그는 한 학기에 250달러를 받았다. "이 문장의 무엇이 문제일까요? 이 문장의 문제가 무엇인지 누가 설명해보겠습니까?" 그는 눈이 푹 꺼진 주부들과 트럭 기사들에게 이런 질문을 던지곤 했다. 그러고는 자신이 마지막 순간에 영문과의 누군가에게서 빌려온 등사물 자료를 잡고 씨름하며 이마에 주름을 새긴 정직한 얼굴들을 지긋이 바라보았다. 학생들은 그 등사물

자료에 문제가 모두 설명되어 있기라도 한 것처럼, 우주의 엄청나고 궁극적인 실수에 대한 열쇠가 들어 있기라도 한 것처럼 매달렸다. 모린 웬들도 그들과 함께 기다렸다. 이제 곧 모든 것에 대한 설명을 알 수 있을까? 곧 계시가 떨어질까?

그는 그녀가 하느님을 믿는 것이 감동적이라고 생각했다. 그도 기독교 신자였지만 지나치게 앞서 나갈 생각은 없었다. 그는 자신의 신념 중 그 무엇도 지나치게 밀어붙이는 사람이 아니었다.

그날 밤 마침내 집에 돌아온 그는 곧바로 침실로 들어가 누웠다. 마치 그대로 쓰러진 것 같았다. 아내가 겁이 나서 그를 향해 몸을 기울였다. 그는 자신이 금방 울 것 같은 목소리로 중얼거리는 것을 들었다. "못 하겠어. 이렇게 이리 뛰고 저리 뛰는 거 더는 못 해. 이렇게 살다가는 죽을 거야. 더는 못 하겠어……."

그는 아내가 그만해도 된다는 말로 모든 것을 바꿔줄지도 모른다는 터무니없는 생각을 했다. 식구들이 다 같이 어딘가로 떠나서 세계를 돌며 도망칠 것이다! 안 될 것도 없지. 하지만 아내는 그런 말을 하지 않았다. 그와 그의 약한 모습에 갑자기 겁을 먹었는지 목소리에 그다지 자신감이 없었다. "당신이 할 수 있는 일이 뭔데? 달리 뭐가 있어?"

그래서 아침이 되자 그는 다시 나갈 준비가 되어 있었다. 그는 실제 나이보다 훨씬 젊어 보이는 서른네 살의 남자였다. 아마도 그에게 선택의 여지가 없기 때문에 젊어 보이는 것인지도 모른다. 그는 영원히 움직이고 있었다.

3

그는 언제나 무슨 일이 일어나기를 기다렸다. 그 일이 일어날까 봐, 일어나지 않을까 봐 불안했다. 그 일이 무엇이 될지는 전혀 알 수 없었다. 그가 그 일을 기다리기 시작한 것은 어렸을 때부터였다. 한동안은 사제가 되는 것이 그 일과 관련된 것 같다가 그다음에는 결혼 생활이 그 자리를 차지했고, 지금은 수수께끼 같은 꿈들과 어렴풋이 연결되어 있었다. 다른 사람의 것처럼 보이지만 사실 그의 것임이 틀림없는 그 거슬리는 꿈들. 잠을 자지 않는 낮에는 꿈을 꿀 시간이 없었다. 그는 대학의 잔디밭들을 가로지르고 하얀 콘크리트 길과 공간과 벤치들을 지나 유리와 콘크리트로 지어진 거대한 건물들을 바삐 오가느라 그 무엇도 볼 시간이 없었다. 그는 차들의 흐름을 거슬러 길을 건너고, 우산도 없이 11월의 빗속에 붙들리고, 바삐 움직이는 수천 명의 학생들 사이에서 우습고도 무섭게 혼자였다. 항상 바삐 움직이면서도 뭔가 일이 일어나기를 기다리는 남자. 그의 마음속 한구석에는 결국 텅 비어버릴 것이라는 예감, 궁극적으로 실망할 것이라는 예감이 있었다. 자신이 항상 되려고 노력해온 평범한 남자에 지나지 않으며, 평범해지는 것이 바로 자신의 운명이라는 예감.

그의 자동차는 제대로 작동했다. 또 화요일 저녁이었다. 또. 그는 하이랜드파크로 차를 몰고 나가면서 긴장감이 점점 솟아오르는 것을 느꼈다. 지루한 수업 때문이 아니라 그 아가씨 때문이었다. 그는 주말 내내 그녀의 얼굴을 떠올리려고 필사적으로 노력했다. 만약 그녀가 수업에 나오지 않는다면……? 그녀가 수업에 빠진 적이 여러 번 있는데, 그때마다 그는 이상하게 짜증이 났다. 뭔가가 속을 갉아먹는 것처럼 아팠고, 당혹스러웠다. 지나치게 예민한 반응이었다. 아내는 가끔 그가 너무 약하다고, 그가 친절하게 구는 것은 그의 약한 모습 중 하나일 뿐이라고 투덜거렸다. 그는 이 말이 사실임을 알 수 있었다. 모든 것이 사실이었다. 하지만 그는 무기력한 그 아가씨에게도 그녀만의 삶이 있으며, 그녀가 그를 절실히 필요로 하지 않는다는 사실이 분했다. 그녀는 그의 영향력이 미치지 않는 곳에 있었다. 어찌 된 영문인지 그의 감정이 그녀의 손에 쥐어져 있는데도 그녀 자신은 그의 손을 벗어난 곳에 있었다. 그는 그녀에 대해 비합리적인 두려움뿐만 아니라 일종의 부질서와 위험을 느꼈다. 그가 차를 몰고 반드시 지나가야 하는 길, 서드 애버뉴를 따라 피셔 센터와 포드 병원을 지나서 불길할 정도로 혼잡한 디트로이트 주택가로 들어가야 한다는 사실이 문제였다. 그의 시야 가장자리에 잡히는 것들이 너무 많았다⋯⋯. 건물들, 주유소들, 자전거를 탄 아이들이 너무 많았다. 지나치게 사람이 많을 때 느껴지는 압박감이 있었다. 압박감. 눈과 머리에 가해지는 압력. 이 위험한 풍경 속에서 그는 어디로 갈 수 있을까? 아버지의 아들로 태어난 그가 이런 목적지를 향해 가고 있다는 것이 어딘지 이상했다. 그는 혼잣말을 했다. '내가 원하는 건⋯⋯ 내가 원하는 건⋯⋯.' 하지만 이 문장을 끝맺을 단어들이 생각나지 않아서 그는 생각을 완성할 수 없었다. 너무 지쳐서 머리가 맑지 않았다. 그의 인생이 농담 같았다. 길가에 늘어선 다양한 형태들과 색깔들도 농담 같았다. 그의 눈앞에서 환상들이 춤을 추었다. 줄에 꿰어 주유소를 장식하고 있는 무자비한 종이 페넌트들 같았다. 그는 한 여자, 그러니까 아내에게서 잘 알지 못하는 다른 여자에게로 차를 몰고 가는 중이었다. 하지만 그의 심장은 그녀에게 닿고 싶다는 욕구로 두근거렸다.

그는 언제나 모험에 끌렸다. 모험을 향한 갈망에 끌렸다. 그의 머릿속에는 영화와 책의 내용들이 가득했다. 그는 흔하기 짝이 없는 것들을 좋아했다. 텔레비전으로 방영되는 영화들, 동네 재상영관에 걸린 영화들. 흔하지 않고 지적인 것들이 공부하는 학생인 그의 삶을 잔인할 정도로 차지하고 있을 뿐만 아니라, 그의 몸이 진부한 것에 대한 흥분에 자연스럽게 끌리기 때문이었다. 그는 머리가 좋은 사람이었지만, 철저히 평범했으며 계속 평범하게 살고 싶어 안달했다. 그는 평범한 미남이었다. 가끔 평범함 때문에 섬뜩해지기도 하고, 행복과 고뇌를 동시에 느끼기도 했다. 그럴 때면 거리에서 사람들에게 이렇게 외치고 싶었다. "그래, 이건 나지만 진짜 '나'는 아니야. 다시 봐. 자세히 보라고!"

만약 그 아가씨가 오늘 수업에 나오지 않는다면?

그가 수업에 이미 5분이나 늦어서 서둘러 강의실에 들어갔을 때, 그녀의 모습은 보이지 않았다. 오지 않으려는 모양이었다. 그는 책상 위에 누가 두고 간, 이빨 자국이 있는 연필을 들어 유난히 공들여 살펴보다가 다시 내려놓았다. 이제 수업을 시작할 시간이었다. 그 아가씨를 뺀 모든 학생들이 강의실에 앉아서 기다리고 있었다. 아니, 모두 나온 것은 아니었다. 택시 기사 헨드릭스가 없었다. 그는 목을 가다듬었다. 그때 그 아가씨가 강의실로 들어오자 모든 것이 바로잡혔다. 모든 것이 완벽해졌다.

그는 입을 열었다. 모린은 외투의 단추를 열고 앉아 있었다. 피곤해 보였다. 그는 그녀를 힐끔거리지 않으려고 애썼다. 천장에서 싸구려 형광등이 깜박거렸다. 눈에도 나쁘고 뇌에도 나빴다. 이런 빛 속에서는 사물들이 정확한 윤곽을 잃고, 물질의 차원이 사라졌다. 그는 자신 안에서 낯설고 불안한 힘을 느꼈다. 거의 현기증이 날 만큼 강력한 힘이었다. 기계적으로 이어지는 이야기, 친숙한 수업……. 그는 이 모든 것을 너무나 잘 알고 있었다. 몇 년 전부터 알고 있었다. 그가 주도권을 쥐고 학생들에게 이야기를 계속하며 이 낯선 사람들에게 힘을 행사하고 있었다. 하지만 여전히 긴장을 늦추지 않고 기대를 품었다. 그는 가르치는 일을 좋아했다. 가르치는 일을 사랑했다. 자신에게 닿는 사람들의 시선, 그들에게 닿는 자신의 목소리를 사랑했다. 그는 그들이 그리는 이미지로 변신한 것 같았다. 형광등 불빛 속에서 그의 친숙하고 초라한 윤곽은 사라져버렸다.

긴 수업이 끝나자 그는 짜릿한 흥분과 함께 상실감을 느꼈다. 당황스러웠다. 지나치게 피곤한 것도 이상했다. 그는 학생들에게, 가장 무기력한 학생에게까지 많은 것을 내주었는데 학생들은 그 보상으로 아무것도 내어놓지 않았다. 그다지 내어놓지 않았다. 그의 인생이 쉭쉭 지나가고, 누군가가 그에게서 세월을 한 움큼씩 채 갔다. 서른다섯 살이 멀지 않았다⋯⋯. 모린이 일어서서 외투의 단추를 잠그기 시작했다. 그녀의 손가락 움직임 하나하나가 의미를 지닌 비밀이었다. 그는 징조와 상징을 필사적으로 믿었다. 저 아가씨는 몇 주 전부터 그와 소통하려고 애쓰지 않았던가. 그가 잘못 알았나? 모든 것이 그의 상상이었나?

그는 그녀가 도망치기 전에 다가가야 했다. 그가 말했다. "오늘은 내가 집까지 태워다 줄게요."

그녀는 아주 가볍게 놀랐을 뿐이었다. 몹시 기뻐 보였다. 그녀가 빙긋 웃으며 말했다. "고맙습니다."

그렇게 그 일이 일어났다. 그는 책과 서류들을 정리해서 가방 안에 던지듯 넣었다. 자신이 지금 무엇을 하고 있는지 전혀 알 수 없었다. 이것들은 대부분 소도구였다. 그에게는 필요하지 않았다. 학생들은 강사의 책상에 책과 서류들이 있기를 기대하는 것 같았다. 그편이 보기에 좋았다. 아가씨의 꼼꼼한 시선을 받으며 그는 자신을 흘긋 내려다보았다. 그랬더니 자신의 옷차림이 학생들에 비해 나을 것이 없다는 사실을 알 수 있었다. 아니, 반쯤 깨달았다. 그가 며칠 전에도 맸던 바로 그 초록색과 빨간색 넥타이, 가는 파란색 줄무늬가 있는 남방, 흐릿한 격자무늬 재킷, 어두운 회색 바지. 갈색 스웨이드 구두도 낡은 것이었다. 하지만 이렇게 서로 어울리지 않는 옷차림이 오히려 편안했다. 조금 순수해 보이는 것 같았다.

그는 그녀와 커피를 마시려고 레스토랑으로 갔다. 커피 말고 먹고 싶은 것이 없냐고 묻자 그녀는 없다고 말했다. 그는 파이를 한 조각 먹었다. 갑자기 견딜 수 없을 만큼 배가 고팠기 때문이다. 아가씨는 그가 파이를 먹는 모습을 지켜보았다. 그녀는 호리호리하다 못해 마른 몸매였다. 왜 혼자 사는 걸까? 정말로 혼자 사나? 그는 자신의 들뜬 기분을 억제하려고 했다. 마침내 이렇게 됐다. 모린은 보기 드문 새 같은 자세로 앉아서 기다리고 있었다. 날씬한 얼굴은 살짝 각이 졌고, 피부는 투명했다.

"웬들 양 본인에 대해 더 말해봐요." 그가 말했다. "직장은 어디죠?"

"별로 특별한 곳은 아니에요."

"지난주에 아버지에 대해 이야기했죠……."

"그건 그냥 제가 이렇게 멍청해진 이유를 설명하기 위해서예요."

"웬들 양은 멍청하지 않아요."

"머리가 느리죠. 문제가 있어요."

"아버지가 집을 나가셨다고 했죠?"

그녀가 얼굴을 살짝 붉혔다. "네, 우리를 두고 떠나셨어요."

"왜요?"

"재혼하려고요."

"아버지가 그냥…… 나가버린 거예요?"

"그냥 나가버렸어요. 지긋지긋하다면서. 항상 있는 일이잖아요."

"그럼 식구들은요?"

"아, 뭐, 그럭저럭 잘 지냈어요. 엄마는 꼭 필요하다면 언제든 문제없이 살아갈 수 있는 사람이니까요."

"그 뒤로 아버지를 다시 만난 적 있어요?"

"그럼요. 아버지는 결혼했어요. 그 두 사람을 가끔 봐요."

"아버지가 그렇게 했는데도 두 사람을 보는 게 괜찮아요?"

"난 아버지를 미워하거나 그러지 않아요. 그러니 아버지를 만나면서 신경 쓸 필요도 없죠."

"아버지를 미워하지 않아요?"

"네." 모린이 살짝 미소를 지었다. "아버지는 어떤 여자랑 사랑에 빠져서 우리 엄마랑 헤어졌어요. 아버지 말로는 자기도 어쩔 수 없었대요. 오빠랑 나한테 그걸 설명하려고 하셨죠. 어떻게 사랑에 빠졌는지. 하지만 우리는 이미 알고 있었어요. 이미."

"웬늘 양과 오빠는…… 아버지를 미워하지 않았다고요?"

"우리가 왜 아버지를 미워해요?"

그녀가 수줍은 듯 팔짱을 꼈다. 노란색 스웨터 소매가 밀려 올라가면서 당겨져서 싸구려 모직 천이 팽팽해졌다. 이렇게 밝은 분홍색 립스틱을 바르고, 바로 이런 스웨터를 입은 아가씨들이 외지고 고독한 곳에서 시체로 자주 발견된다는 생각이 언뜻 들었다. 그녀가 가느다란 줄에 꿰어 목에 걸고 있는 하트 모양 로켓에는 영원한 파멸의 운명 같은 분위기가 있었다. 아마 이미 여러 아가씨들의 손을 거쳐 이 여자한테 왔을 것이다. 그는 신문 안쪽 면에 실릴 헤드라인들을 떠올릴 수 있었다. 탐정 잡지에 실리는, 무시무시하고 선정적인 사진들도 떠올랐다. 여기가 시체가 발견된 헛간이다. 200미터 떨어진 곳에서 발견된 '옷가지 몇 점'이 이것이다…….

모린이 뭐라고 말하고 있었다. "저는 그런 일이 있었어도 아버지를 사랑해요. 아버지는 괜찮은 사람이에요. 아버지와 어머니 사이는 이미 끝났고, 아버지는 아직 젊은 나이였어요. 그러다 다른 사람과 사랑에 빠진 거죠. 이해할 수 있어요. 그래서 전 집에서 독립해서 학교에 다니기 시작했어요. 힘들지만 해내려고 애를 먹었죠. 그 무엇보다도 저는 대학을 마치고 좋은 직장에 취직하고 싶어요. 평생 타자만 칠 수는 없잖아요. 저도 근사한 사람이 되고 싶다고요. 학교에 다니기 시작한 첫날, 저는 수업에 들어오기 싫었지만 억지로 해냈어요. 그게 선생님 수업이었어요. 제 인생에서 그게 얼마나 중요한 일이었는데요. 그 수업이 제 인생을 바꿨어요."

그는 그녀의 이야기를 모두 따라갈 수 없었지만, 마지막 말은 확실히 들었다. "그 수업이 어떻게 인생을 바꿨는데요?"

"선생님이 바꾼 거예요. 선생님이 우리를 가르치는 방식이."

"그…… 그것참 반가운 소리네요. 웬들 양, 이제는 무서워하지 않죠?"

그녀는 반감을 보여주기 위해 손가락으로 펄럭이는 시늉을 했다. "어머, 안 무섭기는요. 저도 어쩔 수 없어요. 그냥 제가 낙제점을 받을 것만 같고, 다른 사람들이 전부 저보다 아는 게 많은 것 같고, 그런 생각이 들어요. 누가 집까지 저를 미행한다는 생각이 들 때도 있어요. 혼자 사니까 겁이 나요."

"그것참 힘들겠네요."

"저도 어쩔 수 없어요. 어떻게 해야 할지 모르겠어요."

"다른 사람이랑 같이 살면 안 됩니까? 다른 아가씨랑?"

"그렇게 친한 사람이 없는걸요."

그녀는 마치 자신에게 매혹된 그를 의식하는 사람처럼 시선을 내렸다. 내가 너무 노골적이었나?

그녀가 말했다. "이런 소리는 하지 않는 건데. 선생님이 저를 미친 사람으로 볼지도 모르니까. 그래도 가끔 저는…… 저는 죽을 것 같아요. 모든 것이 너무 외로워요. 하지만 다른 사람이 가까이에 있는 것도 싫어요. 앞으로도 변하는 건 하나도 없을 테고, 제 인생은 이런 식으로 영원히 계속될 거예요. 집에 돌아가면 복도에서 누가 기다리고 있을지도 모른다는 생각이 들어요. 터무니없죠. 그렇지 않다는 걸 아는데. 그래도 지금보다 나은 생활, 새로운 인생이 찾아올 거라는 보장이 없다면 이렇게 계속 살아가기 힘들 것 같아요. 제 인생이 이렇게 끝나지는 않을 텐데, 모든 걸 제가 해야 돼요. 새로운 인생을 제가 만들어내야 돼요."

그는 그녀를 빤히 바라보았다. "다른 사람들도 대개 그런 생각을 해요."

"선생님은 아니잖아요." 그녀가 수줍게 말했다.

"가끔은 그래요."

"결혼하시지 않았어요? 가족이 있지 않아요?"

"그래도 달라지는 건 없어요."

"달라지지 않아요?"

"나도 답을 모르기는 마찬가집니다."

"틀림없이 아실 것 같은데요."

"아뇨. 난 몰라요. 전혀." 그가 빙긋 웃으며 말했다.

그는 차로 그녀를 집까지 바래다주었다. 그녀는 의자에 등을 기대지 않은 채 불안한 표정으로 말했다. "이런 식으로 저를 바래다주는 게 틀린 일 같지 않아요?"

"틀렸다고요? 왜요?"

"다른 학생들이 보면 어떻게 해요?"

"그런 일은 없을 겁니다."

그녀가 그를 바라보았다. 그는 입을 길게 늘여 상냥한 미소를 지으며 그녀를 안심시키려고 했지만, 사실은 몹시 동요하고 있었다.

그는 그녀의 아파트 건물 앞에 차를 세웠다. 아파트 건물이라기보다는 커다란 주택에 지나지 않았다. 희망이 별로 없고, 조금 초라한 건물이었다. 그가 그녀에게 맞을 것 같다고 상상했던 건물. "위층까지 바래다드릴까요?" 그가 말했다. 그는 그녀가 갑자기 문을 열고 나가버릴까 봐 걱정하고 있었다.

"그러지 않으셔도 돼요."

"내가 그러고 싶어요."

"위험한 일은 없을 거예요."

"특별히 만나는 사람 있습니까? 남자?"

"아뇨."

"왜요?"

"제 마음에 드는 사람이 없어요. 아는 사람도 없고요."

"하나도요?"

"저는 열여섯 살 이후로 만나는 사람이 없었어요. 믿어지세요?"

그녀는 곁눈질로 그를 보았다. 마치 그녀가 아주 기괴한 비밀을 털어놓은 것 같았다. 그는 그녀의 말을 이해하지 못했다. "미…… 믿어요. 하지만 왜요?"

"무서워서요."

"뭐가요?"

"남자가요."

그는 이 말에 기묘한 감동을 느꼈다. 자신도 잘 이해할 수 없는 일이었다. "그래도 결혼하고 싶다는 생각은 있을 것 아닙니까?"

"아뇨."

"왜요?"

"그냥 싫어요."

"혹시 무슨…… 문제라도 있습니까? 무슨 문제죠?"

"가끔은 저도 다른 사람들처럼 되고 싶어요. 가끔 남자들을 만나고, 외출도 하고, 뭐든 남들이 하는 일을 하고 싶지만 막상 하려고 하면 그럴 수가 없어요. 사람들하고 너무 가까워지는 게 무섭거든요. 상처받는 게 싫어요."

"왜 남들이 웬들 양을 상처 입히겠어요?"

"아뇨, 사람들은 남에게 상처를 줘요. 살다 보면 겪는 일이라고요." 그녀가 그를 힐끔 보며 말했다.

"웬들 양이 그렇게 무서워하는 게 이상한 일이에요. 무서워하지 마세요!" 그는 그녀를 놀리듯이 농담처럼, 하지만 불안한 목소리로 말했다. 그녀가 말없이 그를 빤히 바라보았다. 그는 몸을 기울여 그녀의 차가운 손을 문질렀다. 여기에는 사전 준비도, 특별한 용기도 필요하지 않았다. 두 사람 사이에서 갑자기 공기가 수런거렸다. 숨이 막혀서 거의 고통스러울 정도였다. 그는 처음 아내를 만졌을 때를 기억했다. 결혼식 뒤의 첫날밤, 첫아이가 태어나던 날도 기억났다. 그때도 지금처럼 공기가 수런거렸다. "내가 위층까지 바래다줄게요." 그가 간청했다. "당신이 사는 곳을 보고 싶어요. 오래 있지 않을게요."

"저는……."

"부탁입니다. 난 당신을 해치지 않아요."

그녀는 몹시 혼란스러운 표정이었다. 그는 그녀의 뒤쪽으로 손을 뻗어 문을 열었다. "괜찮죠?" 그가 말했다.

"하지만 그건……."

"괜찮아요. 그냥 몇 분이면 돼요."

건물 안의 음침한 로비에 우편함이 짤막하게 두 줄로 설치되어 있었다. 그의 아파트 건물에 있는 것과 정확히 똑같았다. 그것이 기뻤다. 싸구려 가짜 놋쇠 우편함. 여기저기 흠집이 있고 색이 탁했으며, 안에 우편물이 있는지 겉에서도 볼 수 있도록 햇살 모양의 틈이 나 있었다. 그의 시선이 '웬들'이라는 이름표로 훌쩍 날아갔다. 안이 비어 있었다. 아무것도 없었다.

위층으로 올라간 뒤 그녀는 마치 꿈을 꾸는 사람처럼 열쇠를 금방 찾지 못하고 더듬거렸다. 그는 그녀 옆에 서서 소란스러운 머리로 생각했다. '이제 무슨 일이 벌어질까?' 우습기도 하고, 아니기도 했다. 미소를 지은 것 같았지만 짓지 않았다. 이런 식으로 독립적인 행동을 하는 거야, 항상 이렇게! 심장이 잔뜩 긴장했어! 수줍어하는 여자의 모습과 움찔거리는 자신의 몸에 깃든 공격성이 그를 앞으로 이끌었다. 이제는 생각하고 계획할 필요가 없는 것 같았다. 모든 것이 이미 결정되어 있었다. 여자가 문을 열고 그를 안으로 이끌었다. 그녀는 불을 켠 뒤 불안한 표정으로 그를 흘깃 돌아보았다. 그가 이 방을 볼썽사납다고 생각하는지 보려고…….

"여기가 당신의 집이군요." 그가 말했다.

그는 따뜻하고 기운찬 목소리를 낼 생각이었지만, 실제로는 희미하고 긴장된 목소리가 나왔다. 그는 자리에 앉았다. 작은 방이 얼룩처럼 앞에 펼쳐졌다. 갈색 소파, 의자, 상판이 반짝거리는 싸구려 식탁, 그 위에 놓인 접시와 컵 몇 개. 그녀는 손님이 올 거라고는 미처 생각하지 못한 모양이었다. 아침에 먹던 그릇인가? 이 방이 주방도 되는 거야? 그래, 구석에 작은 냉장고가 보였다. 싱크대도……. 그럼 이 소파는 힘이 무척 많이 드는 마법을 통해 침대로 변신하겠군……. 벽들이 부르르 떨더니 그의 눈앞에서 형태를 잃어버렸다. 향수 냄새인지 음식 냄새인지 모를 냄새가 났다. 그가 멍하니 다시 말했다. "여기가 당신의 집이군요."

"네. 제가 밤을 보내는 곳이에요."

"그럼 주말에는요?"

"주말도 여기서 보내요."

"그럴 리가요."

"왜 그런 말씀을 하세요?"

마치 새로운 남자가 다가와 그의 자리를 차지하고서 그를 대신하려는 것 같았다. 잡지나 영화의 한 장면이라고 해도 될 것 같았다. 그래, 영화. 그는 누군가를 찾아다니는 탐정이고, 그녀는 아주 중요한 정보를 쥔 채 왠지 그와 그의 목표 사이에 버티고 서 있는 여자였다. 레몬색 외투를 입고 분홍색 립스틱을 바른 차림으로 겁에 질려 서 있는 이 사랑스러운 아가씨. 그는 탐정이 아니라 누군가에게, 그러니까 살인자에게 복수를 하려고 나선 평범한 남자라고 해도 될 것 같았다. 여자는 살인자의 여자 또는 누이였다. 누이 쪽이 더 마음에 들었다. 그녀는 정숙하고 겁이 많으며 누구의 것도 될 수 없었다. 아니면 그가 그저 그녀를 뒤쫓는 역할인지도 몰랐다. 그는 이 도시까지 무자비하게 그녀의 흔적을 쫓아와서 호텔, 아파트, 버스 터미널 등을 뒤지며 남몰래 환상 같은 논리를 만들어내고 모든 것을 미리 예측했다. 그가 그녀를 뒤쫓아 도달한 이 아파트는 어디에도 없는 곳이었다. 은유적으로 이곳은 '아무 데도 아닌 곳'을 상징했다. 이곳의 정수는 어디에도 없고, 아무것도 아니었다. 존재가 없었다. 두 사람은 지금 우주의 어디에도 위치가 없는 장소 X에서 만나고 있었다. 그리고 서로를 알아보며 두려움에 질린 것 같았다……

그가 그녀의 손을 향해 서투르게 손을 뻗다가 탁자 위의 커피 잔을 건드렸다.

"아뇨, 괜찮아요. 일어나지 마세요." 그녀가 재빨리 말했다.

그는 긴장해서 몸을 뒤로 기댔다.

단추를 모두 잠근 외투를 입은 채로 그녀는 자리에 앉아 그를 뚫어지게 바라보았다. 그는 억지로 소파에 등을 기대고 긴장을 풀려고 했다. 얼굴에서 힘을 빼려고 애썼다. 하지만 얼굴 피부가 따끔거리면서 얼굴에 자그맣고 무서운 점들이 생겨난 것 같은 느낌이 들었다. 그의 얼굴에 닿는 여자의 시선 때문이었다. 그의 머리와 몸이 아주 무겁게 느껴지는데도, 머릿속은 열에 들뜬 것처럼 핑핑 돌아갔다. 그는 자신이 간통을 저지르고 있으며, 자신이 살면서 쌓아 올린 모든 것을 걸고 모험을 하고 있음을 알고 있었다. 그는 자신을 위험에 빠뜨리고 있었다. 살인과 비슷한 궁극적인 행동, 결코 부정할 수 없는 행동을 향해 다가가는 중이었다. 이것은 특별히 아내를 생각하지 않고 해치워야 하는 행동이었다. 지금은 아내가 어떤 사람인지 기억도 잘 나지 않았다. 그는 이 여자의 품에서, 낯선 사람의 품에서 그 행동을 해치워야 했다. 지금 멈추지 않는다면 그는 그녀와 얽혀서 다시는 풀려날 수 없을 것이다. 그의 인생도 낯선 사람인 그녀의 인생과 얽혀버릴 것이다. 입안이 말랐다. 그는 그녀의 창백한 얼굴을 빤히 바라보다가 시선을 내려서 그녀의 외투를 거쳐 날씬한 다리까지 훑어보았다. 스타킹 덕분에 살짝 광택이 나는 다리가 매력적이었다. 그의 눈이 조붓한 검은색 구두에 닿았다. 물이 닿았던 흔적이 희미하게 남아 있었다. 그것이 그의 마음을 움직였다. 그녀의 침묵과 슬픔과 아름다움도 그의 마음을 움직였다. 이것들은 그를 향해 있으면서 동시에 그를 외면했다. 활짝 열려 있으면서 동시에 수줍어했으며, 그와 마찬가지로 의문과 당혹을 느끼고 있었다. 그녀는 두려움으로 스스로 최면을 걸기라도 한 것처럼 그에게 시선을 고정했다.

몇 분이 흐른 뒤 그가 갈라진 목소리로 말했다. "당신에 대해 이야기해봐요. 어서."

그녀는 아무 말도 하지 않았다.

"남자들을 좋아하지 않아요?"

"그…… 그 이야기는 할 수 없어요. 그 이야기를 어떻게 해야 할지 모르겠어요."

"말해줘요. 내게 말해요."

"무서워요."

"뭐가?"

"뭐라고 할까요? 저는 똑똑하지 않아요. 선생님이나 선생님 주변 사람들처럼 자신의 생각을 잘 설명하지 못해요. 저는 인생이 두려워요. 너무 혼란스러워서. 디트로이트도…… 두렵지만, 디트로이트를 떠나는 것도 두려워요. 다른 건 전혀 알지 못하니까요. 브록 외삼촌은 병원에서 죽음을 앞두고 있었어요. 우리 모두 그런 줄 알았어요. 상태가 안 좋았거든요. 몸무게가 아마 20킬로그램 넘게 빠졌을 거예요. 안색도 아주 나쁘고요. 그래서 곧 돌아가실 줄 알았는데 무슨 일이 있었는지 삼촌은 멀쩡히 병원에서 걸어 나왔어요. 어느 날 갑자기 침대에서 일어나 옷을 입고는 혼자 힘으로 병원을 나온 거예요. 그렇게 걸어 나온 뒤로…… 그 뒤로…… 삼촌이 어디로 갔는지 아무도 몰라요. 삼촌은 그냥 병원에서 걸어 나왔어요. 간호사도 의사도 다른 사람들도 전부 놀랐죠. 곧 죽어야 마땅한 삼촌이 그냥…… 그냥 걸어 나갔으니까요. 아마 병원이 지긋지긋해졌나 봐요. 하지만 저는 그렇게 할 수 없어요. 그렇게 하는 법을 몰라요. 어떻게 디트로이트를 떠나요? 브록 삼촌은 곧 죽을 몸이었는데도 생각을 바꿔서 병원을 나왔어요. 그냥 걸어 나왔다고요! 어떻게 그럴 수 있죠? 삼촌이 어떻게 그럴 수 있었는지 알고 싶어요. 삼촌이 어느 날 자다가 깨서 여길 나가야겠다고 혼잣말을 하고는 옷을 갈아입은 다음에 엘리베이터로 가서 아무 일도 아닌 것처럼 도망친 게 어떻게 가능했는지. 삼촌은 심지어 어디로 갈 건지 누구에게 말하지도 않았어요. 우리 엄마한테도 말하지 않았다고요. 아무한테도 말하지 않고 가버렸어요. 어떻게 그럴 수 있죠? 제가 평생 원한 건 하나의 인간이 되는 거였어요. 단단하게 고정된 사람으로서 성공하는 것." 모린이 느릿느릿 말했다. "꿈과 뒤섞이지 않는 것. 마약을 말하는 게 아니에요. 우리 엄마가 꼭 그런 사람이에요. 언제나 말짱하게 깨서 어딘가를 돌아다니고 항상 잘 웃어대지만 사실 엄마의 인생은 전부 잠들어 있어요. 코니 고모의 삶도 마찬가지예요. 엄마와 고모의 친구들도 모두, 남녀를 막론하고 모두 잠들어 있는데 저는 그게 어찌 된 영문인지 모르겠어요. 아버지와 의붓아버지도 모두 잠들어 있어요. 잠들어 있는 남자들이에요. 저는 모린 웬들이 되고 싶지만, 거기에 뭔가 의미가 생기면 좋겠어요. 깨어 있고 싶어요. 하지만 정말 안 좋을 때는, 내가 보기에 나 자신인 것 같은 존재가 사실은 인간이 아니라 이것저것이 혼란스럽게 뒤섞인 존재라는 걸 알 수 있어요……. 제 기억, 제 눈에 보이는 것, 제 생각이 뒤섞인 존재예요. 저는 그걸 통제할 수 없어요. 모든 것이 부글부글 들끓고 있어서 무서워요."

그는 주먹으로 한 대 맞은 것처럼 놀라서 그녀를 빤히 바라보았다. 그녀의 말은 느렸지만, 눈에는 거의 무덤처럼 음산한 열정이 무겁게 배어 있어서 약에 취해 사이비 종교의 의식에 빠져 있는 것처럼 보였다. 이런 식으로 말하는 사람을 본 것은 평생 처음이었다. 그는 그녀의 말을 거부하고, 자신을 익사시킬 것 같은 그 무겁고 강렬한 시선도 거부하고 싶었다. 하지만 그는 입을 떼지 못하고 그저 그녀를 뚫어져라 바라볼 뿐이었다. 그가 그녀에게서 두려워하던 광기가 바로 이것이었지만, 그가 끌리던 광기 또한 바로 이것이었다. 하지만 이것은 사실 딱히 광기가 아니었다. 그는 자신을 쉽사리 뚫고 지나가는 그녀의 말을 이해했다.

"선생님한테 미친 사람처럼 보이고 싶지 않지만 저도 어쩔 수 없어요." 그녀가 그를 지켜보며 차분하게 말했다. "선생님한테 말하고 싶어요. 가끔 저는 저기 창가에 앉아서 해를 바라봐요. 해가 지는 걸 지켜봐요. 아주 긴 시간이 걸리는 것 같지만 매일 일어나는 일이에요. 매일 해가 지고 나면, 그걸로 끝이죠. 다시 돌아오지 못해요. 저는 시간이 아주 많으니까 해가 지는 걸 지켜볼 수 있어요. 책을 읽을 시간도 있기 때문에 계속 읽어요. 도서관에서 빌려 온 책, 수업 시간에 선생님이 언급하신 책. 그 안에서 뭔가를 찾고 싶기 때문에 계속 읽어요. 혼자 사는 사람은 시간이 아주 많아요. 그러니 그 시간을 채워야죠. 그래서 저는 창밖을 봐요. 거기서 뭔가를 보게 되기를, 빛의 변화 속에서 뭔가를 보게 되기를 계속 기다려요. 뭔가…… 뭔가 법칙 같은 걸 보고 싶어요."

"뭐?"

"법칙요. 계속해서 자꾸만 돌아오는 것, 제가 이해할 수 있는 것."

그는 재빨리 무기력하게 고개를 끄덕였다.

"이제 그만 가보셔야 하지 않나요?" 그녀가 말했다. 그러고는 그의 시선에 긴장한 것처럼 얼굴 앞에서 손을 휙 움직였다.

"가보라고? 나 말인가요? 이제 집으로 가라고?" 그가 말했다.

"집에 가셔야 하지 않아요?"

그는 일어섰다. 마치 자신이 무시무시한 수수께끼 앞을 지나치면서도 그 수수께끼가 뭔지 제대로 알아차리지 못하고, 손도 대지 못하는 것 같았다.

그가 그녀에게 다가와 그녀를 끌어안았다. 그는 무겁고 무기력하게 숨을 쉬면서 그녀의 어깨를 붙들고 몸을 기울였다. 그녀가 너무 작아서 아이처럼 보였다. 그는 들뜨고 동요한 채로 그녀를 일으켜 세웠다.

"아뇨, 이러지 마세요……. 안 돼요." 그녀가 외쳤다.

"날 보내려고 하지 마." 그가 말했다.

"선생님이 날 사랑하는 게 아니라면, 안 돼요……. 견딜 수 없어요……."

그는 그녀를 놓았다.

"그만 가세요." 그녀가 말했다. "부탁이에요. 날 사랑하는 게 아니라면, 집에 돌아가셔야 해요. 내게 상처를 주지 마세요."

"미안." 그는 비틀비틀 뒷걸음질을 치며 문고리로 손을 뻗었다. 문이 어디에 있더라? 그의 감각들이 앞뒤로 황급히 움직이며 방향을 잡으려고 애썼다. 어쩌다 일이 이렇게 되었는지, 여기가 어딘지, 자신이 어쩌다가 이 여자한테 그토록 격렬하게 끌리게 되었는지 기억나지 않았다. 그의 마음속이 즉시 사납고 무겁게 요동치면서 그를 그녀에게로 이끌었다. 그는 움직이지 않았다. "정말로 갈까? 내가 가면 좋겠어?"

그녀는 손으로 얼굴을 가렸다.

"당신을 혼자 두고 가고 싶지 않아." 그가 말했다.

그녀는 아무 말도 하지 않았다.

"내가 왜 가야 하는데?" 그의 말투가 거칠었다. "날 억지로 보내지 마!"

모린이 그에게 등을 돌렸다. 겁에 질린 기색이 역력했다. 탐정소설에 등장하는 여자와 똑같았다. 가장 흔한 꿈에 등장하는 여자와도 비슷했다. 하지만 그녀가 날카로운 목소리로 말했다. "당신도 날 아프게 할 거야! 날 사랑하지 않는다면, 날 아프게 할 거야! 내가 그걸 어떻게 견뎌? 내가 얼마나 외로웠는데! 얼마나 무서웠는데! 그런데 지금은 당신 때문에 무서워. 당신도 다른 남자들이랑 똑같아. 내가 어떻게 당신을 믿어. 당신이 날 아프게 하면 어쩌나, 내가 완전히 망가져서 아침에 출근하지 못하면 어쩌나, 당신이 기한데 그런 짓을 하면 어쩌나…… 정말 어떻게 해? 그러고 나면 나한테 뭐가 남아? 난 10년 동안 남자를 가까이 한 적이 없어! 10년이라고! 전부 전생의 일 같아서 기억도 안 나! 당신이 다가오면 모든 게 다시 시작될 거야. 그런데 난…… 난 그렇게 강하지 않아. 견딜 수 없어. 내가 겪은 그런 고통에서는 아무것도 배울 수 없어. 그런 고통은 우리에게 가르쳐주는 것도 없고, 우리를 더 나은 사람으로 만들어주지도 않아. 그냥 사람을 망가뜨릴 뿐이지. 왜 날 아프게 하려고 해?"

"난 당신을 아프게 하려는 게 아니야." 그가 말했다.

"날 아프게 하려는 거면서!"

"난 당신을 사랑하고 싶어……."

그녀는 그에게 돌아서지 않았다. 그가 말없이 그녀에게 다가가 양팔로 그녀를 감싸고 꼭 끌어안았다. '자, 이제 어떻게 되려나?' 그는 속으로 생각했다. 무서울 정도로 겁이 났다. 하지만 그는 멈출 수 없었다. 여자도 그를 저지하지 않았다. 그의 두려움은 도움이 되지 않았다. 높은 소리를 내며 두근거리는 그녀의 심장박동도 도움이 되지 않았다. 그 소리는 그에게 경고하며 쫓아버리는 동시에, 그를 그녀에게로 끌어당겼다.

4

5월 말에 모린은 엄마를 보러 갔다. 로레타는 텔레비전을 켜놓고 친구와 함께 앉아 있었다. 친구 브리짓은 모린에게 밝고 묘한 미소를 지었다.

"이런, 모르는 사람인 줄 알았네." 로레타가 말했다. "무슨 일이니? 무슨 바람이 불었어?"

모린은 엄마의 의자 가장자리에 앉아 아무 생각 없이 텔레비전 화면을 보았다. "이런저런 일이 좀 있었어요." 그녀가 말했다.

"좋아 보이는구나, 모린." 브리짓이 말했다.

"고마워요."

텔레비전에는 사람들 한 무리가 가끔 줄지어 늘어선 경찰들에게 막히는 모습이 뚝뚝 끊어지듯이 이어지고 있었다. 경찰들이 사람들을 막고 있었다.

"저게 뭐예요?" 모린이 말했다.

"아, 어떤 개자식들이 말썽을 일으킨 모양이야." 로레타가 말했다. "반전 시위라나."

"20년 전 같으면 전부 감옥에 들어갔을걸." 브리짓이 말했다.

"교수대에 매달렸을 거야." 로레타가 발끈하며 말했다.

"정말 반전시위예요?" 모린이 화면을 보며 말했다. "저기 신부님이 있는 것 같은데요."

"애, 너 뭐가 문제니? 그냥 나타나서 아무 설명도 없이 앉아 있다니. 내가 널 만난 게 몇 주 만이더라? 3주? 4주? 너 아주 좋아 보이는구나. 아무 일 없는 거야? 직장은 어때?"

"좋아요."

"넌 전쟁을 어떻게 생각하니, 리니?" 브리짓이 말했다.

"이런 사람들이 말썽을 피우면 안 되죠. 저렇게 시위하며 돌아다니면 더 혼란해질 뿐이에요." 모린이 천천히 말했다.

"아주 딱 맞는 말을 하는구나. 저렇게 말썽을 피우면 안 되지. 안 그래도 골치 아픈 일이 많은데." 브리짓이 말했다.

"저는 혼란스러운 게 싫어요." 모린이 말했다. 나른한 기분이었지만, 중대한 확신이 그녀에게 에너지를 주었다. 그녀는 자신이 옳다고 확신했다.

"저 애 좀 봐." 로레타가 웃음을 터뜨리며 말했다. "저거 사내애니? 머리가 저 모양인데? 저놈이 내 자식이라면, 내가 지놈을 잡아 앉히고 가위를 들이댔을 거야. 세상에!"

"다들 진짜 꼴이 웃기네." 브리짓이 말했다.

뉴스 화면이 바뀌어서 책상에 앉은 남자가 나타났다.

"아, 지겨워라, 텔레비전 꺼. 정오 뉴스에서 다 본 거야." 로레타가 말했다.

모린이 몸을 기울여 텔레비전을 껐다.

"그래, 너의 개인적인 뉴스는 뭐야? 무슨 문제라도 생긴 건 아니지?"

"아뇨." 모린은 얼굴을 찡그렸다.

"그럼 뭔데?"

"그냥 이야기나 하려고 온 걸 수도 있잖아요. 안 돼요? 꼭 그렇게 이상한 표정으로 봐야 돼요?"

"그래, 말해봐. 아무거나 말해봐."

"랜돌프는 잘 지내요?"

"발목을 접질렸어."

"언제요?"

"2주쯤 전에. 그런데 그놈의 발목이 낫질 않아. 그 발로 계속 나돌아다니니까. 그리고 여기 브리짓은 처지가 아주 고약해졌지. 남편이 다시 나와서 동네 사람들이랑 어울리고 있거든."

"아." 모린은 엄마의 친구를 예의 바르게 바라보았다. 그녀는 뚱뚱한 몸집에 유쾌하게 생긴 쉰 살 안팎의 여성이었다. "어떻게 된 거예요?"

"고약한 일이지. 그 인간을 특수 프로그램에 넣었대, 젠장." 브리짓이 눈을 굴리며 말했다. "그 인간이 다 나아서 이젠 미친놈이 아니라는 거야. 보호관찰인지 뭔지를 하겠다나. 그래서 내가 감독관한테 꺼지라고 했어. 그 인간은 미쳤으니까 믿으면 안 된다고 말이야. 그 인간이 다시 술을 마시기 시작하면, 엄청난 대가를 치러야 할 거야. 내가 그 여자한테 '나더러 평생 저 인간을 피해 숨어 살라는 거요?' 하고 말했더니, 그 여자 말이 자기들이 그 인간한테 일자리를 찾아줬대. 그래서 그 인간이 거기서 나와서 돌아다니고 있어. 도대체 일은 언제 하는 건지, 아니면 이미 잘린 건지, 그 인간이 그만둔 건지 도저히 모르겠다. 누구 다른 사람한테 자기가 내 목을 그어버릴 거라고 그 인간이 말했다는데. 지금 우리 집 꼴이 그래. 우리 시어머니도 말할 것도 없어. 나이가 틀림없이 여든 살은 됐을 텐데 얼마나 또랑또랑한지. 시어머니가 집에 오면 지갑부터 금고에 넣어야 돼."

"설마. 시어머니가 지금도 집에 들른단 말이야? 건강은 어때?" 로레타가 말했다.

"괜찮을걸. 잘만 살고 있어."

"하워드의 어머니도 굉장한 할망구였지. 안 그러니, 리니? 덩치 크고 튼튼하고 고집 세고. 누구든 자기 말에 거역하면서 말대꾸를 하면 가만두질 않았으니까."

"그랬지. 하지만 우리 시어머니는 직접 말하는 법이 없어. 그냥 가만히 앉아서 상대를 보기만 하는 거야. 지금 우리 집이 그런 꼴이란다, 리니. 넌 어떠니? 직장엔 잘 다녀?"

"그만둘 거예요."

"왜?"

"결혼할 거거든요."

모두들 입을 다물었다. 이윽고 로레타가 빽 하고 비명을 질렀다. "뭐! 세상에, 리니! 결혼! 농담이지?"

"아뇨."

"누구랑?"

"야간 수업 선생님이에요."

"세상에, 대학 선생이란 말이야? 농담이지?"

모린은 텅 빈 텔레비전 화면에서 눈을 뗐다. 그리고 엄마의 더러운 샌들과 인디언 모카신을 신은 브리짓의 크고 편안한 발을 내려다보았다. "왜 자꾸 그런 말을 해요? 누가 나랑 결혼하고 싶어 한다는 게 그렇게 놀랄 일이에요?"

"너 정말로 결혼하는 거야?"

"네."

"애, 넌 예뻐. 그러니 놀랄 일은 아니지. 그래도 나는…… 네가 아무하고도 어울리지 않는 것 같길래. 나한테 한마디도 안 했잖아!"

"이 사람이 처음이에요. 첫 남자라고요."

"어떤 사람이야?"

"아주 좋은 사람이에요. 머리도 좋고요. 날 많이 사랑해서 결혼하고 싶어해요."

"가톨릭 신자야?"

"네, 가톨릭이에요."

로레타는 놀라서 웃음을 터뜨렸다. 그리고 양팔로 모린을 끌어안았다. "세상에, 이런 일이 다 생기다니! 어떡해! 지금까지 나한테 한마디도 안 하다가 갑자기 대학 선생이랑 만난다니! 난 네가 결혼하기 싫어하는 줄 알았어. 뭐, 그럴 만도 하지만……."

"나도 그런 줄 알았어." 브리짓이 기쁜 표정으로 말했다.

"그래도 정말 기쁘구나. 정말 좋은 소식이야. 그런데 왜 그렇게 비밀스럽게 굴었어? 그 사람을 여기에도 좀 데리고 오지."

"글쎄요."

"그럼 일요일에 그 사람을 데려와서 저녁을 같이 먹자! 좋지?"

"모르겠어요."

"일요일에 내가 한 상 잘 차릴 테니까 그 사람을 데려와. 우리 셋이서만 모이는 거야. 서로 친해져야지. 세상에, 이런 놀라운 일이!"

"어느 나라 사람이야?" 브리짓이 말했다.

"아무 나라도요. 미국인이에요."

"폴란드 사람이 아닌 거 확실하지?" 로레타가 모린을 쿡쿡 찌르며 말했다.

"네."

"그럼 그 사람은 뭐가 문제라니?" 로레타가 말했다. "어디가 잘못된 거야?"

"유부남이에요."

로레타가 일어섰다. 여전히 놀란 채로 여전히 미소를 지으며 그녀는 모린을 내려다보았다. 모린의 말을 이해할 수 없는 모양이었다. "유부남?"

모린은 고개를 끄덕였다.

로레타는 모린을 뚫어져라 바라보다가 갑자기 뺨을 때렸다.

"엄마!" 모린이 소리쳤다.

"유부남이라고…… 네가 유부남이랑!"

"어머, 로레타, 그러지 마." 브리짓이 벌떡 일어섰다. "왜 소란을 피우고 그래? 애를 내버려 둬……."

"얜 창녀야! 망할 창녀라고!"

"그런 말이 어딨어? 아직 어떻게 된 건지 모르잖아."

"너 창녀야 아니야, 리니?" 로레타가 말했다. 모린은 손을 뺨에 댄 채로 앉아서 울음을 참았다. 로레타의 말투가 묘하게 빈정거리는 것 같았다. 무겁고 뒤틀렸지만 애정도 조금 섞여 있었다.

"너 창녀야 아니야?" 로레타가 말했다.

"며칠 전에 내가 그 사람 부인을 만났어요. 그쪽에서 찾아와서요." 모린은 소리 없이 울기 시작했다. 표정은 침착해서 마치 지금도 그 여자와 함께 있는 것 같았다. 그녀는 말을 하면서 계속 엄마를 힐끔거렸다. "나더러 자기 남편한테 손대지 말라고. 그 사람이 자기랑 이혼하고 나랑 결혼할 일은 없다고 말했어요. 그러니까 내가 그 사람한테 손을 대면 안 된다고. 그러고는 울음을 터뜨리면서 자기 아이들 이야기를 하는 거예요. 그래서 나는……
나는 그 사람이 한때는 정말로 그 여자를 사랑했는지도 모르지만 지금은
나를 더 사랑하는구나, 그 사람도 어쩔 수 없고 나도 어쩔 수 없는 일이구
나, 하고 알았어요. 그랬더니 그 여자가 나한테 고함을 질러대는 거예요. 그
렇게 괜찮은 여자가 그동안 계속 마음에 담고 있던 욕설을 금방이라도 쏟
아낼 것 같았어요. 그래서 내가 그 사람이랑 결혼할 생각이니까 당신은 지
옥에나 가버리라고 설명했어요. 그 여자가 교육을 받았든 아니든, 그의 아
이가 셋이고 유산을 두 번 했든 아니든, 나도 그 사람한테 아이를 낳아줄 거
니까 그 여자 말에 넘어가서 그만두지는 않을 거라고! 내가 이런 소리를 하
는 걸 내 귀로 들으면서 깜짝 놀랐지만 전부 사실이었어요. 그 여자도 '나'
한테 틀림없이 평소에는 생각도 못 했던 이야기들을 했잖아요. 결국 나는
그 사람을 절대로, 절대로 포기하지 않을 거다, 내가 그 사람을 사랑하니 더
이상 말하지 말라고 말했어요. 그 사람을 사랑하니까 그 사람과 결혼할 거
고, 당신이 무슨 짓을 해도 어쩔 수 없을 거라고.”

로레타는 딸을 빤히 바라보았다. “세상에, 그런 소리를 했다고? 네가? 그
사람 부인한테?”

“바로 면전에서요.”

“착하고 귀여운 우리 모린이?” 로레타가 놀란 표정으로 빈정거렸다.

“그런 말들이 생각났어요. 어디선가 떠오르더라고요.”

모두들 잠시 입을 다물었다.

로레타가 천천히 다시 앉아서 숨을 내뱉고는 차렷 자세로 앉았다. 모린
을 바라보는 그녀의 시선이 밝으면서 냉소적이었다.

“그래, 너로서는 꼭 필요한 일을 한 것 같구나.” 브리짓이 말했다.

“그러니까…… 다른 여자의 남편과 결혼하겠다고?”

“네.”

"넌 처음부터 그 사람이 유부남인 걸 알았고? 그랬어?"

"네."

"처음부터?"

"네."

"그런데도 그만두지 않았다는 거야, 응?"

"네."

"결혼식은 언제야?"

"이혼이 마무리된 뒤요."

"자기 생각은 어때?" 로레타가 브리짓에게 장난처럼 말했다. "'이혼이 마무리된 뒤'래! 이게 무슨 소리야, 응? 내가 널 끌고 버니 신부님한테 가서 어떻게 생각하시느냐고 물어봐야겠다. '이혼이 마무리된 뒤'라니!"

"요즘은 세상이 워낙 복잡해서." 브리짓이 말했다.

"아냐, 얘는 창녀야. 요즘 세상이 그런 게 아니라, 그냥 애가 창녀라서 그래. 처음부터 그렇게 나서더니 성공했네." 로레타가 말했다. 그녀는 손뼉을 치더니 양손을 기운차게 비벼댔다. "그래. 그래, 준비를 다 마쳤구나. '이혼이 마무리된 뒤……'. 그 집에 애들은 몇이라니? 셋이라고 했던가?"

"네, 셋이에요."

"걔들은 어쩔 건데?"

"내가 걔들을 어쩔 건지 어떻게 알아요?"

"제 엄마랑 같이 살겠지, 응? 남자가 양육비를 대고?"

"네."

"넌 신경이 쓰이지 않겠어? 양육비랑 생활비를 줘야 되는데?"

"별로요."

"그래, 전부 생각해뒀구나. 어떻게 그렇게 했니?"

모린은 눈물을 닦고 말했다. "오늘 밤에는 엄마랑 더 이상 할 얘기가 없어요. 그냥 이 소식을 알려주고 싶었어요."

"어쨌든 넌 네가 창녀라고 생각하지 않는다?"

"지금은 아니에요."

"지금은 아니라니, 그게 무슨 소리야? 너도 잘난 척하는 거야?"

모린은 소심하게 엄마를 바라보았다. 엄마에게서 무엇을 보게 될지 조금 겁이 났지만, 로레타의 얼굴은 화가 나서 붉게 상기되어 있으면서도 동시에 안도감을 주었다. 어쨌든 두 사람 사이에는 유대감이 있다는 얘기였다. 모린은 일어섰다. "뭐, 고마워요." 그녀가 말했다.

"고맙다니, 뭐가? 또 잘난 척하는 거야?"

"난 잘난 척한 적 없어요. 그렇게 군 건 베티나 줄스죠." 모린이 말했다.

"세상에, 걔들 얘기는 하지 마!"

"어쨌든 그건 내가 아니었어요. 나 모린이 아니었다고요. 난 그때 다른 사람이었어요."

로레타는 코웃음을 쳤다. 브리짓은 당황한 얼굴로 계단까지 모린을 따라 나왔다. "넌 진짜 착한 아이야. 정말 예쁘고." 그녀는 로레타의 분노를 이해하지 못해서 당혹스러워하고 있었다. "네 엄마는 걱정 마라. 엄마도 마음을 돌릴 거야. 지금은 그냥 좀 놀라서 그래. 네가 옛날의 엄마처럼 실수를 저지를까 봐서. 알겠지? 그래도 엄마는 널 많이 사랑해, 알지? 응?"

"알아요." 모린이 말했다. "나도 엄마를 사랑해요."


5


1967년 6월의 어느 날 오후, 청년 하나가 빈 상점의 창문에 비친 자신의 모습을 보았다. 순간적으로 낯선 사람이나 적인 줄 알았지만, 그는 이내 그것이 자신임을 알아보았다. 그는 천천히 지나갔다. 그는 항상 느릿느릿 걸었다. 그는 한 블록 떨어진 곳의 벽돌 건물에 있는 방에서 왔다. 하지만 그 방과 건물은 이미 머릿속에서 사라져버렸다. 지금 그는 우드워드에 있는 영화관으로 향하고 있었다. 매주 수요일이면 포스터가 바뀌는 영화관. 하지만 아직은 그의 머릿속에 그 영화관이 없었다. 모든 것이 기분 좋고 흐르는 듯한 미결 상태에 있었다. 귀퉁이에는 작고 어두컴컴한 식품점인 레브코 할인점이 있었다……. 검둥이 아이들 몇 명이 시끄럽게 떠들어대며 무리를 지어 그의 앞에서 길을 건넜다……. 머리가 긴 백인 소녀 두 명이 가만가만 그에게 다가왔다……. 그 아이들은 바지를 입고 있었다. 그가 일부러 시야를 흐릿하게 만들자 여자애들도 덩달아 흐릿해지는 것이 그를 놀리는 것 같았다. 여자애들의 긴 머리카락이 햇빛 속에서 밝게 빛났고, 정확하게 움직이며 마치 멜로디 같은 언어를 만들어내는 그들의 손은 금방이라도 그에게 모종의 비밀을 털어놓고 그를 매혹할 작정인 것 같았다. 하지만 그는 그들을 다시 또렷한 시야로 회복시킬 수 없었다. 그래서 무심히 그들 옆을 지나쳤다. 그의 눈이 그들의 얼굴로 올라가 그들을 평가하고 가늠해보며 모종의 기민한 지식을 내보여야 하는 바로 그 순간에 그는 그들을 잊어버리고 그냥 지나쳤다.

길바닥은 뜨거웠다. 이제 겨우 6월 중순인데도 공기는 기진맥진해서 김이 빠진 것 같은 맛이 났다. 이렇게 또 한 번의 여름을 위해 지금까지 살아남았으니, 이번에도 여름을 살아낼 수 있을 것이다! 지난가을에 그는 거의 죽을 뻔했다. 피를 줄줄 흘리며 응급실로 실려 갔지만 죽지 않고 살아남아 또 한 번의 여름을 앞에 두었다. 여름이 이제 막 시작되었는데도 한없이 지루하게 느껴졌다. 여름이 이제 막 시작되었다고? 다른 여름은 자세히 기억나지 않았지만, 이번 여름이 하염없이 길게 느껴졌다. 오토바이를 타고 쌩하니 지나가는 소년의 에너지에 줄스는 움찔했다. 소음, 에너지, 오토바이의 크롬 장식에서 반짝이는 햇빛! 그는 저렇게 어렸던 적이 없었다.

그는 몇 달 동안 어떤 몸 안에서 살았다⋯⋯. 아마도 피투성이 솜뭉치를 쑤셔넣고 바느질로 구멍을 꿰매서 막은 것 같은 몸. 그들이 그를 다시 사용할 수 있는 상태로 만들어주었다. 그것이 고맙냐고? 그가 고마움을 느껴야 하는 걸까? 그의 머릿속이 침침해졌다. 그는 이 몸속에서 자신보다 더 오래 살아남았다. 그는 자신 앞에 불안한 그림자를 던지지만 공간을 전혀⋯⋯ 어쨌든 별로 차지하지 않는 물건, 무게가 있는 물건이 되었다. 그의 앞에 있는 사람은 남자 노인 같기도 하고 여자 노인 같기도 했다⋯⋯. 바지, 백발, 텁수룩한 털, 추레한 모습, 몽유병자 같은 걸음걸이, 길바닥에 드리워진 그림자. 그는 이 형체에 시선을 고정했다. 그 형체의 다리는 50년이나 60년에 걸친 연습 덕분에 아주 쉽게 걸을 수 있게 됐다는 듯이 움직였다. 그 형체에는 일정한 무게가 있었기 때문에, 만약 물에 빠진다면 물이 어느 정도 넘쳐흐를 것이다. 걸음걸이는 습관이었다⋯⋯. 사는 것도 기계적인 습관이었다. 형체, 무게! 줄스는 바로 자신의 눈 속에서 그런 것들을 느끼며 짜증스러웠다. 커다랗고 차가운 기계의 압력처럼 눈에 가해지는 압력. 압력계를 잘 읽을 수 있게 손잡이를 돌려 기계가 눈높이까지 올라와 있었다.

의사들은 줄스의 피투성이 눈을 통해 뇌를 들여다보며 무엇을 읽었을까?

그는 매일 할인점을 지나갔다. 이제 그것이 기억났다. 그 할인점은 짐짓 밝게 꾸며져서 아주 깨끗하게 반짝이는 것 같은 외양을 지니고 있었다. 안에는 검둥이와 백인이 섞인 여러 사람들이 있었다. 그는 매일 왼쪽 아니면 오른쪽 길을 택해서 걸었다. 왼쪽 길은 냄새나는 그리스 식품점과 다 타버린 동네의 가게터 세 곳 앞을 지나는데, 그 가게들 중 한 곳은 틀림없이 세탁소, 아니 예전에 세탁소였던 것 같았다. 오른쪽 길은 웨인 주립 대학 학생들이 어지럽게 흩어진 쓰레기통과 시청 인부들이 귀찮아서 수거하지 않은 마분지 상자 사이에서 시끄럽게 모여 살고 있는 커다란 아파트 건물들 앞을 지나갔다. 그는 학생들이 주로 드나드는 크레이터스 주점도 지나갔다. 그 주점은 학생들의 생활 가장자리에 자리 잡고 있었다. 그러니까, 거의 그의 생활과 가까웠고, 사는 것 그 자체의 가장자리에 가까웠다. 타버린 다른 건물들 몇 개는 수수께끼였다. 포스터들이 있었다. '투표를…… 투표를…… 투표…….' 투표해서 여러분의 삶을 바꾸라는 뜻이겠지. 줄스는 속으로 생각했다. 선거에 출마한 사람들 중 한 명의 얼굴이 사라지고 손상되어 있었다. 눈도 잉크로 지워지고, 이도 잉크로 지워졌다. 그런 눈으로 하늘을 보면 마치 썩은 과일 조각을 통해 바라보는 것처럼 보일 것이다. 검둥이 소년들이 몇 명 빈둥거리고 있었다……. 라임색과 포도색……. 그중 한 명이 발을 끌듯이 춤을 추고 손가락을 튕기며 근심스럽고 쌕쌕거리는 목소리로 노래를 불렀다…….

어디로 가는지 말해줘
난 알 권리가 있잖아…….

줄스의 머리에 가벼운 생각 하나가 떠올랐다. 아무도 그에게 어디로 가느냐고 묻지 않았다. 그것을 알 권리나 흥미를 지닌 사람은 아무도 없었다.
그는 썩은 과일 조각 안에 있는 사람이었다. 그 조각이 계속 입안으로 들어왔다. 하늘은 지나치게 익은 멜론 같았다. 갈색이 감도는 오렌지색이라 확실히 썩은 것처럼 보였다. 검둥이 소년의 목소리도 부드럽고 썩은 것처럼 들렸다. 과일 껍질을 벗겨내는 것 같고, 썩은 것 같고, 쌕쌕거리고, 여자 같았다. 듣지 않는 편이 나았다. 줄스는 계속 걸었다. 그는 오래전 자신의 모습으로 상상했던, 보이지 않는 아이와 비슷했다. 하지만 지금은 정말로 눈에 보이지 않는 존재가 되었다. 조금 더럽고 낡은 옷을 입은 그는 그 누구에게도 부러운 존재가 아니었다. 느긋하지만 게으르지 않은 걸음걸이, 발꿈치를 살짝 끄는 걸음걸이는 그가 다른 곳에 정신이 팔려 있음을 보여주었다. 어쩌면 그가 약에 취해서 위험한 존재가 되었을 수도 있었다. 그래서 사람들은 그를 멀리했으며, 무모한 여자아이들만 그에게 눈길을 주었다. 그의 얼굴은 멍청하지도 약삭빠르지도 않았고, 그 무엇도 담고 있지 않았으며, 그 무엇도 약속하지 않았다. 검게 고정되어 있는 그의 눈에는 빛이 없었다. 인상들이 그를 통과해서 흘러갔다. 그 무엇도 남지 않았다. 그는 자신의 과거로부터 안전했다. 병원에서 걸어 나가 사라져버린 삼촌처럼, 그도 자신의 과거에서 쫓겨나 자유로워졌다. 줄스도 사라져버렸다.

이 도시 한복판에서 텅 비어 있는 것, 자기 속을 꼭꼭 감추지만 이기심은 없이 살아가는 것, 이것이 줄스의 욕망이 되었다. 평생 동안 지금처럼 매일 느긋하지만 게으르지 않게 특정한 목적지를 향해 걸어간다면 좋을 것이다. 무엇인가가 그의 발길을 이끌고 있었다. 어두운 영화관에서 몇 시간 동안 영화를 볼 것이라는 기대. 영화가 끝난 뒤 푸드페어에서 먹을 것을 살 수도 있고 사지 않을 수도 있었다. 음식을 먹을 수도 있고 먹지 않을 수도 있었다. 만약 그가 그 가게에 들어간다면 마치 공원 안을 걸을 때처럼 천천히 걸으면서 진열대들을 지나갈 것이다. 깔끔하게 포장된 식품들과 산처럼 쌓인 통조림들, 화려한 옷을 입은 통조림들을 볼 것이다. 자신이 아무것도 원하지 않는다는 사실이 기뻤다. 가게 앞에서 검둥이 경찰관이 모래알을 섞어 지은 것 같은 카운터에 기대어 빈둥거리면서 신랄하지만 유쾌하게 차분한 시간을 줄스와 함께 즐기곤 했다. 총이 꽂힌 경찰관의 총집은 단단히 닫혀 있었다. 콧수염을 기른 청년인 경찰관은 줄스를 힐끔거렸다. 그는 혼자 돌아다니는 남자들을 모두 그렇게 힐끔거렸다. 하지만 줄스의 자신감 있는 걸음걸이가 그를 안심시켰다. 이 동네에서는 검둥이보다 백인 남자들이 더 의심스러웠다. 백인들이 이 동네에는 왜 온 거지? 저 사람들이 원해서 '여기'서 사는 건가?

줄스는 길을 건넜다. 허물어져 가는 건물에 '베트남전에 반대하는 학생 저항 연합'이 들어 있었다. 하얀 글자들에 분노가 가득했다. 건물 앞에서 젊은이들 몇 명이 빈둥거렸다. 저 아이들도 학생 저항 연합의 조직원인가, 아니면 그냥 노닥거리는 아이들인가? 흐리멍덩하지만 호기심이 어린 청년들의 눈이 수수께끼를 보듯이 줄스를 열심히 바라보다가 외면해버렸다. 그들이 쓰고 있는 방에서 며칠 전에 그들의 조직원 하나가 죽었다. 모임 기획자가 총에 맞아 죽은 것이다. 성난 택시 기사가 뛰어 들어와 그의 가슴에 총을 쏘아 죽였다. 그 택시 기사는 신문기자들에게 자기 아들이 베트남에 가 있으며, 그것이 자랑스럽다고 말했다.

여자애 한 명이 뭔가를 외쳤다. 어쩌면 줄스에게 외친 것 같기도 했다. 노래의 일부였다. 이 여자애들은 항상 노래를 불렀다. 느릿느릿 음악처럼 말했다. 줄스는 돌아보지 않았다. 아니, 돌아보았다. 그 여자애는 맨발이었다. 그는 그 발만 바라보았다. 새끼발가락에 빨간 플라스틱 반지가 있었다. 그녀가 뭐라고 말했지만 그는 대꾸하지 않았다. 사실은 그녀의 말을 제대로 듣지 않았다. 그녀의 목소리가 음악처럼 공기를 타고 떠왔지만 거기에는 무게가 없었다. 사람의 목소리 같지 않았다. 그냥 소리일 뿐이었다.

머리 위에 간판이 하나 있었다. '어이 친구 이제 형제에게 웃어줘 너희가 서로를 사랑한다는 걸 지금 당장 보여줘!'

경찰들이 탄 순찰차가 가까이에서 기다리고 있었다. 줄스는 그들을 보지 않으려고 했다. 그들에게서, 그들의 형체에서…… 그들의 무게로 인해 그의 눈에 압박이 느껴졌다. '경찰'이라는 글자가 그의 눈 속에서 하얗게 춤을 추었다. 누군가가 그를 보고 있었다. 줄스는 더 이상 저항하지 못하고 뒤를 돌아보았다. 그리고 덤덤하면서도 차가운 시선을 경찰관과 교환했다. 의아한 시선이었다. 그의 얼굴이 왠지 육중하고 묵직해 보였다. 생각에 잠긴 것 같은 분위기가 줄스를 불안하게 만들었다. 머리가 벗어지고 있는 커다란 얼

굴. 아니, 예전 같으면 줄스가 불안해했겠지만, 지금은 흐릿한 당혹감이 일
뿐이었다. 감정이라고 말하기도 어려울 정도였다. 그는 빙긋 웃었다. 경찰
관은 아무런 반응이 없었다. 또 다른 경찰관이 마치 위험을 감지한 사람처
럼 돌아서서 지나가는 줄스를 지켜보았다. 그들에게 등을 내보이게 되자
줄스는 더욱 불안해졌다.

길을 반쯤 건넜을 때 누군가가 그의 팔을 붙잡았다. 하지만 경찰관은 아니
었다. 어떤 청년이었다. "야, 줄스, 넌 줄 알았어! 내가 불렀는데 못 들었어?"
청년은 들뜬 얼굴로 환하게 웃었다. 지나치게 기운이 넘쳤다. 줄스는 걸음
을 멈추고 싶지 않았지만 팔을 빼낼 수 없었다. 그가 뭐라고 말했다. 두 사
람은 함께 길을 건넜다. 청년이 이야기했다. 줄스는 흐릿한 불안감을 느꼈
다. 그는 사람들이 '줄스!'라고 부르는 것이 싫었다. 자신이 이 이름을 이렇
게 아무한테나 가르쳐줬던가? 옆자리가 묵직하게 느껴졌다. 모트라는 이름
의 이 청년이 지닌 무게 때문이었다. 분주하고 매력적인 모트, 그가 말을 하
면서 양손을 좌우로 흔들어댔다.

"너 멍한 것 같다. 설마 약을 한 건 아니지!" 그가 줄스의 목덜미를 장난스
럽게 움켜쥐었다. "그냥 네 이름에 대답을 안 한 것뿐이지!"

줄스는 그를 밀어냈다. "내가 좀 바빠."

"그래도…… 난 너랑 이야기를 하고 싶은데." 모트는 상처를 받은 얼굴이
었다. "우린 너랑 이야기를 하고 싶어. 내 친구들, 마시아의 친구들. 내가 어
제 널 길에서 봤어. 캐스로 가다가. 그런데 네가 금방 사라져버렸더라고. 어
디 가게 같은 데에 들어갔던 거야?"

"기억 안 나."

"지금 어딜 그렇게 급히 가는 건데?"

줄스는 아무 말도 하지 않았다.

"야, 친구." 모트가 솔직한 표정으로 그를 향해 몸을 기울였다. "너 사실

나처럼 갈 데가 없지? 우리 모두 바꾸고 싶은 게 바로 그거야. 우리에게 갈 데가 없다는 거. 아, 내가 무슨 사랑이니 어쩌니 하는 얘기를 하는 게 아니야. 우린 모두 이렇게든 저렇게든 사랑에 빠져 있으니까 말이야. 심지어 너도 여자와 '사랑'하고 있는 것 같은데. 나는 그보다 좀 더 영구적이고 초월적인……."

"내 몸에 손대지 마." 줄스가 말했다.

"미안. 내가 좀 흥분했다." 모트가 말했다. 그는 가무잡잡했으며, 활기 찬 겉모습 밑에 핼쑥한 모습이 숨어 있었다. 그는 줄스에게 웃음을 지어 보이려고 했다. 함께 걷는 바람에 그가 휘둘러대는 팔이 줄스의 팔에 가까이 다가왔다. 근질거리고 거슬렸다. 다른 사람과 몸이 닿는 것, 미소 때문에 이가 갑자기 드러나는 것, 조금 썩어가는 이…….

모트는 계속 이야기했다. 흑인들에 대해 이야기했다. 아프로코뮌에 대해서. 그는 '평화를 위한 학생 모임'이 캠퍼스에서 주최한 집회에서 걸어 나와 이야기를 쏟아내고 있었다. UUAP. 그게 뭔데? 모트가 차분하고 진지한 목소리로 대답했다. "이번 주말이 될 게 거의 확실해. 내가 콜먼한테서 직접 들었거든. 콜먼은, 알지? UUAP의 회장이야. 때가 되면 우리는 준비를 갖추고 계획도 마련되어 있을 거야. 나만 일이 잘못될까 봐 겁을 먹는 거지. 그런데 콜먼은 자칫 피해가 얼마나…… 얼마나 커질 수 있는지 모르는 것 같아. 조직이 제대로 이루어진 것 같지 않아. 사람들이 계속 들락날락한다고. 사실 말이지 우리들 중에 경험이 많은 사람이 얼마나 되겠어? 걔들도 겁을 먹었거든. 우리가 거리에서 싸우는 것에 대해 뭘 알아?"

줄스는 그를 보았다.

"왜 그래?"

"거리에서 싸운다니, 무슨 소리야?"

"폭동이 일어나면 우리는 이 도시를 정지시킬 거야. 하지만 난 항상 걱정스러워. 밤에 잠도 안 와. 수면제를 먹어도 전혀 효과가 없어. 계속 혹시 일이 잘못되면 어쩌나, 이런 생각뿐이야."

"폭동은 또 뭐야?" 줄스가 말했다.

"폭동은 이번 주말로 예정돼 있어. 거의 확실해. 토요일 밤이야. 비가 오거나 그러지만 않으면."

"폭동?"

"폭동. 알지?"

줄스는 웃음을 터뜨렸다. "폭동이 일어나겠어?" 두 사람은 어떤 골동품점, 잡동사니 고물상 앞에 서 있었다. 먼지 낀 창문 뒤에서 조용히 먼지를 쓰고 있는 가구들은 그의 말이 옳다는 증거였다. 이 지상에서 도대체 무슨 일이 일어날 수 있을까? 도대체 무엇이 움직일 수 있을까? 모든 것이 무겁게 짓눌린 채 정지해 있었다. 모트도 일정한 무게를 지닌 물건이었다. 얼굴이 있기는 했다. 평범한 비율과 탁한 올리브색 피부를 지닌 얼굴. 불만과 흥분이 동시에 있고, 짧게 정리된 검은 턱수염이 윤곽을 뚜렷하게 해서 불변성을 부여했다. 줄스가 보기에 거리는 몹시 단조롭고 개방되어 있었지만, 여기서 뭔가를 움직이려면 아주 커다란 힘이 들 터였다.

"줄스, 나랑 같이 가서 이야기하자! 너한테 하고 싶은 이야기가 아주 많아. 내 친구들도 너랑 이야기하고 싶어 해. 넌 어디서 지내? 네가 가끔 온다고 마시아가 말하긴 했는데, 마시아도 네가 언제 나오는지는 전혀 모르더라고. 마시아는 지금 일하는 중이야?"

"응, 일하는 중이야."

"정말 대단한 여자야! 넌 진짜 행운아고. 하지만…… 네 화를 돋울 생각은 없어. 나는 요놈의 입 때문에 항상 사람들 화를 돋운단 말이지. 나랑 갈래, 줄스?"

줄스는 머뭇거리다가 말했다. "20달러 빌려줄 수 있어?"

"20달러? 왜 그렇게 많이 필요한 건데?"

"20달러야."

"지난번에 벌써 50달러 빌려줬잖아. 아니, 그게 너였나, 다른 사람이었나?" 그는 기억이 나지 않아서 진심으로 당황한 것 같았다.

"기억 안 나." 줄스가 말했다.

"뭐, 너한테 꼭 필요하다면야. 내가 오늘 오전에 수표를 현금으로 바꿨거든. 그러니까……." 그는 당혹스러운 표정으로 지갑을 꺼내 줄스에게 20달러를 세어주었다.

줄스는 그것을 뭉쳐서 주머니에 넣었다. 그의 지갑은 없어진 지 조금 되었다. 아무래도 도둑맞은 것 같았다.

두 사람은 계속 걸었다. 모트가 길을 이끌었다. "내가 보기엔 너도 대단하고 마시아도 대단해. 내가 너희 둘을 잘 아는 건 아니지만. 확실히 난 잘 모르지. 그래도 우리가 같이 뭉쳐서 이야기도 나누고 서로 도와주기도 하고 그러면 좋겠어. 우리 모두 널 돕고 싶어 해. 내가 느끼기로는 너도 우리를 돕고 싶어 하는 것 같고. 넌 우리한테 필요한 정보를 알고 있어. 그러니까 이야기를 나눠야 돼! 조직을 갖춰야 돼! 이 도시에는 이제 시간이 별로 없어. 우리가 고삐를 쥐지 않으면 다른 사람들이 그렇게 할 거야. 아프로 애들은 조각조각 갈라지고 있어. 자기네 회장을 제외하고는 대화를 나누려고 하질 않거든. 회장이 아주 똑똑한 청년이긴 한데 감정적이야. 다른 놈들도 감정적이고. 그러니까 우리가 상황을 정리해서 조직하고 할당할 필요가 있어……."

줄스는 마시아를 생각했다. 그는 가끔 그녀를 만나러 갔다. 그래서 자신과 그녀의 이름이 함께 언급되는 것이 놀라웠다. 모트는 왜 그녀와 그의 이름을 함께 언급했을까? 마시아를 생각하다 보니 페이도 생각났다……. 차가운 은 같은 여자. 그가 지난 4월에 신문 사교란에서 얼굴을 본 적이 있는 금발 여자……. 페이는 누군가의 아내, 블룸필드힐스의 아내로 변신해서…… 남편과 다른 부부와 함께 메도브룩 극장에 나타났다……. 그녀는 결국 신문에 얼굴이 실리는 사람이 되었지만, 마시아와 마찬가지로 현실감이 느껴졌다. 마시아에게 페이의 모습이 있었다. 그는 그녀를 제대로 알아볼 시간이 없었지만, 그 앵글로색슨 백인 같은 느낌, 자신을 드러내지 않는 태도도, 자신감 넘치는 금발, 설명할 수 없는 느낌이 그랬다.

모트가 들떠서 이야기를 계속하는 바람에 그의 팔꿈치가 줄스의 팔과 부딪혔다. "아주 난리가 날 거야!" 그가 외쳤다.

무거웠다. 이렇게 무거운 곳에서 어떻게 난리가 난다는 거지? 기온은 35도까지 오르고 있었다. 습도도 높아서 갑갑했다. 이렇게 무겁고 이렇게 맥 빠진 공기, 숨이 막힐 것 같고 햇볕에 익어버릴 것 같은 무거움, 이 거리의 영혼 자체가 모든 힘을 잃어버리고 수증기로 녹아서 사라져버릴 것 같았다. 이런 안개 속에서 무엇으로 흑과 백을 구분할까?

"모든 것이 깨질 거야. 깨져서 활짝 열릴 거야! 그렇게 깨져서 구덩이가 생겨야 돼. 구덩이가 뱉어낼 테니까! 왜 모든 게 계속 고정돼 있어야 돼? 우린 롤러코스터에 타고 마구 흔들리는 중이야. 바람만 조금 불어주면 된다고. 줄스, 그런데 네 성이 뭐더라? 우리한테 말해준 적이 있나?"

"아니."

"줄스, 난 너에 대해 알고 싶어. 날 밀어내지 마. 저기, 내가 말이 너무 많다는 것도 알고 아마추어에 불과하다는 것도 알아. 나는 남들이 일할 때 나타나지 않은 게으른 놈이지. 하지만 나한테도 희망이 있고 꿈이 있어. 우리 모두를 위해서, 흑인과 백인을 위해서, 베트남의 아이들을 위해서, 베트남 사람들을 위해서 꿈을 꾼다고. 우리가 그 꿈을 실현하기만 하면 어떻게 될까 생각하느라고 밤에 잠이 안 와! 난 그럭저럭 살면서 평생을 보내기 싫어. 대학에서 돈을 받고 정부에서 돈을 받아 근근이 그럭저럭 살아가는 거,

그러니까 내 말은, 내 주위의 모든 것이 지옥을 향해 썩어가고 있는데 나 자신에 대해서만 '생각'하고 싶지 않다는 거야. 난 그 모든 걸 없애버리고 싶어. 뱀이 허물을 벗는 것처럼. 정말로 이 도시가 불에 타서 무너지고 재건되는 걸 보고 싶다고. 젠장, 빨리 보고 싶어 죽겠어!" 그가 빠르게 숨을 몰아쉬며 잠시 가만히 있다가 다시 말을 이었다. "줄스, 넌 약을 하지 않지? 전에 절대 약을 안 한다고 말했어, 그렇지?"

"응."

"어쩌면 그게 너의 문제인지도 몰라. 자신한테서 자유로워지지 못하는 거. 날아올라서 새로운 시각으로 바라보지 못하는 거. 손가락을 튕기면 곧바로 풍경이 변해! 가끔 자신한테서 자유로워지는 경험 없이 어떻게 살 수 있어?"

"난 항상 자유로워." 줄스의 목소리가 공허해서 어딘가 텅 빈 곳에서 울리는 것 같았다. 자신이 썩어가는 거대한 열매 속에 거주하고 있다는 생각이 또 들었다. 그 썩은 기운을 들이마시고, 그 기운 때문에 피부가 연해지고…… 썩은 것 안쪽에 푹 파인 구덩이, 갈색으로 변한 자국.

모트가 이야기하는 동안 순찰차가 지나갔지만 모트는 알아차리지 못했다. 두 사람은 캔필드에 있는 술집으로 들어갔다. 썩은 냄새가 더 가깝고 더 음울해졌다. 모트가 여러 사람들에게 줄스를 소개했다. 남자 세 명, 젊은 여자 한 명이었다. 여자가 옆으로 미끄러지듯 움직여서 줄스가 앉을 자리를 마련해주었다. "뭘 마실래, 줄스? 맥주? 제발 우리랑 같이 술을 마시자." 모트가 간청했다.

줄스는 고개를 저었다. 아니. 안 마셔. 술은 그를 동요시켰다. 자제력을 잃으면, 단 한 순간이라도 균형 감각을 잃으면, 그는 동요됐다. 머리 근처에서 울리던 총성이 떠올랐다…… 머릿속에서 울리던 소리. 바닥으로 쓰러지던 것도 기억났다. 그가 싫다고 말하자 모트가 어색하게 불쑥 앉았다. "넌 우리를 안 믿는 거야. 우리를 못 믿으니까 우리랑 같이 술을 안 마시는 거야! 줄스, 우리가 너랑 아주 달라 보인다는 건 알지만, 그래도 우리는 모두 너의 형제……."

줄스는 모트의 입을 막으려고 그를 향해 손을 저었다.

모트가 웃음을 터뜨렸다. "뭐……." 그가 자기 친구들에게 말했다. "저 친구가 좀 억눌린 것처럼 보이기는 하지. 완전히 기가 죽었다거나 건강하지 못하거나 볼품없다거나 그런 뜻은 아니야. 사실 외모만 보면야 미남이지. 하지만 그렇게 간단한 게 아니야. 이 친구는 항상 햇빛을 받지 못한 사람처럼 보이니까. 대공황 시대에 태어난 아이 같은……."

"세상에, 그렇게 나이가 많은 건 아니잖아!" 여자가 웃기지도 않는다는 듯이 말했다.

그녀는 바지와 남자 옷 같은 셔츠를 입고 있었다. 어깨가 둥글었지만 매력이 없지는 않았다. 줄스는 그녀가 웨인 주립 대학의 강사라는 사실을 기억했다. 누군가의 아파트에서 그녀를 만난 적이 있었다. "아마 아직 서른다섯 살이 안 됐을걸. 너 서른다섯 살이야, 줄스?"

"아니, 아직."

"그럼 대공황 세대가 아니네."

"내가 반드시 그 '역사적인' 대공황을 말한 건 아니야." 모트가 말했다. "다른 종류의 대공황이랄까. 영원한 영혼의 대공황."

여자가 코웃음을 쳤다. 줄스는 담배에 불을 붙이고, 내부에서 느껴지는 담배 맛에 정신을 집중하기 시작했다. 정말로 이것이 허파로 들어가서, 살집 있고 피투성이고 약한 허파의 윤곽을 그려내는 건가? 그의 신체 부위들이 그렇게 윤곽이 그려지고…… X선으로 투시되고…… 사진을 찍히고…… 나쁜 냄새를 풍기게 될 수도 있을 것이다. 그는 그 신체 부위들을 하나로 연결하기 위해 귀찮게 애를 쓰고 싶지 않았다. 그것들이 알아서 함께 숨 쉬고

박동할 테면 하라지. 가끔 몸이 그에게 기쁨을 주었지만, 기쁨의 순간은 길지 않았고 그 기억은 수수께끼 같았다. 수수께끼를 빼면 몸의 기쁨이란 무엇인가? 심지어 무겁게 움직이는 심장처럼 사진으로 찍을 수 있는 것도 아니지 않은가. 예전에 그는 샘물이었다. 반짝이는 샘물. 햇빛이 반짝이는 바닥에 아름답게 부서졌다……. 하지만 지금은 그 기쁨의 기억조차 수수께끼였다.

"우리 사회가 확실히 너한테 쓰라린 경험을 안겨주긴 했지. 자세히 이야기할 생각은 없지만." 모트가 무뚝뚝하게 말했다. 줄스의 시선을 조금 무서워하는 것 같았다. "하지만 너를 제외한 우리들은…… 우리들은 솔직히 햇빛의 축복을 받은 아이들이었어……."

"헛소리! 너나 그렇지!" 누군가가 말했다.

기쁨의 기억은 아무런 소용이 없었다. 몸의 기억도 아무 소용이 없었다. 그것이 어디에도, 심지어 몸속에도 깃들어 있지 않기 때문이었다. 줄스의 신체 부위들을 찍은 사진을 하나로 모으면 몸의 전체 모습이 나오겠지만, 그것이 곧 줄스가 되는 것은 아니다. 차라리 침침하고 냄새나는 술집에 앉아 이 사람들의 이야기에 귀를 기울이는 척하는 편이 나았다. 어수선하고 진지한 사람들. 그들은 말에서 활기를 얻었다. 이 절박한 남자들의 목울대 주위에서 살이 긴장해서 물러났다. 단어들이 앉은 자리에서부터 그들을 지분거리며 그들에게 전투 준비를 시키는 것 같았다.

"난 진지하게 말하는 거야! 진지하다고!" 모트가 소리쳤다. 창백한 얼굴 때문에 턱수염이 새카맣게 보였다. "이제 뒤통수를 맞는 건 지긋지긋해. 난 지금 진심이야. 진심이 아니라면 벼락에 맞아 죽을 거야!"

"젠장, 넌 그냥 말하는 걸 좋아할 뿐이잖아. 너희들 모두 그래." 어떤 남자가 말했다. 줄스가 전에 만난 적이 있는 사람이었다. 무슨 교수라고 했는데, 영문학 교수라고 했던 것 같기도 했다. 어둡고 유대인 같고 성질 급한 그는 아이처럼 더러워진 터틀넥 셔츠와 청바지를 입었으며, 얼굴이 불만에 찌들고 주름살이 생겨서 실제보다 더 늙어 보였다. 눈은 토끼처럼 빨갰다. "넌 너 자신을 팔았어, 모트. 그러고는 말로 그걸 가리려고 하는 거야! 허구한 날 말, 말, 말! 죄다 헛소리야!"

"네가 해고당한 게 모트 탓은 아니잖아." 여자가 말했다.

"내가 해고당한 건 누구의 탓도 아니야. 난 자유로운 사람이고, 남의 영향에서 벗어나 자유로워지기로 스스로 결정했어. 하지만 저 친구가 '해고당하지 않는' 건 누군가의 탓일지도 모르지. 저 친구가 얼마나 치밀하게 굴었는지, 대학 서류에조차 저 친구 사진이 하나도 없잖아. 그런 식의 자유의지는 어때, 응?"

"……난 마음에 안 들어." 여자가 흔들림 없이 말을 이었다. "네가 네 강의를 듣는 학생들한테 전부 A학점을 주는 거. 학점 시스템을 파괴하는 건 원칙적인 문제라고 할 수 있어……."

"물론이지!"

"하지만 그보다 더 개인적인 이유 때문일 수도 있지."

"개인적인 이유?"

"그러니까 너의 애정…… 뭐……."

"소년들에 대한 애정!" 모트가 말했다. "네가 아파트로 불러서 놀았던 소년들 말이야!"

남자의 얼굴에 미소가 나타나 어둡게 빛을 발하다가 사라졌다.

"개 같은 소리 하지 마." 그가 차갑게 말했다.

"네가 왜 그런 행동을 했는지 캐묻지는 않겠어. 사생활 따위 알 필요 없으니까." 모트가 말했다. "그러니까 너도 그 입으로 나한테 쏘아대지 마. 나 말고 다른 사람들도 마찬가지야. 종신 교수든 아니든, 난 아직 계약을 맺지 않았기 때문에 너도 잘 알다시피 모든 걸 잃어버릴 수 있어. 나도 너처럼 쫓겨날지 모른다고. 그게 얼마나 큰 타격이 될지 너도 알잖아. 우린 여기 이 자리에, 힘이 있는 자리에 계속 남아 있어야 돼. 포기하면 안 돼. 제발 부탁이니 냉예니 뭐니 하는 너의 중산층 사고방식으로 날 달아매지 마. 우린 명예 운운할 여유가 없어, 친구. 그래, 네가 해고당한 건 유감이야. 그리고 우린 모두 자신이 할 수 있는 일을 했지만 놈들은 너를 완전히 끝장내버렸지. 그건 어쩔 수 없어. 명예는 너무 추상적이야! 명예 따위 알 게 뭐야. 말도 그래. 나도 너만큼이나 말하는 게 지겨워. 우리가 할 일은 이 공동체 안으로 들어가는 거야. 정말로 들어가야 한다고. 사람들이 살고 있는 곳, 살려고 노력하는 곳, 그 웃기지도 않는 상황 속으로 들어가야 돼! 증오하는 법, 기운차게 '증오'하는 법을 배워야 돼. 말하는 법이 아니라, 혁명을 준비하는 법을 배워야 돼. 머리가 아니라 가슴으로……."

"UAAP(United Action Against Poverty, 빈곤 퇴치 행동 연합—옮긴이)를 통해 정부의 돈을 빼앗아 오는 게 그 방법인 거지." 다른 남자 한 명이 킬킬거리며 말했다.

"너 그 자리에 취직할 수 있어?" 모트가 소리쳤다. "신원 조회에 통과할 수 있어?"

"넌 CIA 신원 조회에 통과한 게 자랑스럽냐?"

"그래, 자랑스러워. CIA 신원 조회에 통과한 게 자랑스럽다고. 그건 내가 충동과 감정에 져서 자신을 포기한 적이 없다는 뜻이고, 내가 계속 힘 있는 자리에 앉아 의미 있는 존재가 될 수 있을 거라는 뜻이니까. 그동안 '너희'는 밖에서 징징거리며 불평이나 하겠지……."

"이제 그만 좀 해. 제발." 여자가 머리를 움켜쥐며 말했다.

"그 돈이 없으면 공동체가 어떻게 되겠어? 응?" 모트가 탁자를 주먹으로 쳤다. "돈은 돈이야! 충성 서약은 돈과 탄약과 총과 팸플릿을 얻을 수 있는 방법이고. 그렇게 상처 입은 중산층의 눈으로 날 보지 마. 너희의 보이스카

우트식 명예를 배반당한 것처럼 보지 말라고. 난 너희처럼 부러진 게 아니니까……."

"나, 농담하는 거 아니야. 그만 좀 해." 여자가 화를 내며 말했다.

"우리들 중 많은 사람들이 가난 퇴치 프로그램에서 일자리를 얻었지. 왜 안 되겠어? 난 사회학 박사학위가 있어. 내 머리를 팔 자격을 분명히 갖추고 있다고, 젠장. 그래서 그걸 모두 태워버릴 방법을 생각해낸 거야. 우리가 약속받은 돈이 얼마나 될 것 같아? 응? 난 지금까지 내가 가진 돈을 거리낌 없이 내놓았어. 너희도 그걸 알 거야. 그러니까 날 그만 좀 쪼아대!"

모두들 한동안 말이 없었다. 그러다가 누군가가 말했다. "왜 일이 이렇게 더디지?"

"뭐, 흑인들은 100년이 넘도록 참을성 있게 기다렸어. 착한 사람들처럼……. 아니, 300년이던가?"

"우리도 전부 기다리는 건 잘해. 너무 잘하지."

"어떤 소설에서 본 인물이 계속 눈에 어른거려. 아마 포의 소설이었던 것 같은데…… 어떤 남자가 아주 무시무시하고 괴기스러운 일을 겪는 얘기야. 그 사람이 소용돌이인지 어딘지에 떨어졌다가 중심부로 나와보니 거대한 하얀색 형체가 보이는 거야. 온통 하얀 거인이……."

"그래서 뭐?"

"우리도 흑인들 눈에 틀림없이 그렇게 보일 거야. 전부 안개처럼."

"그건 신비주의야. 흑인들은 '그렇게' 취급당하는 걸 싫어해. 이른바 백인이라는 건 그냥 에고야. 이기적이고, 속에 든 걸 게워내는 에고. 우린 그걸 없애버려야 돼. 백인도 흑인도 모두. '흑인의 힘'이라는 것도 그저 힘일 뿐이야. 우린 힘을 원하지 않아. 대중과 힘, 힘과 대중 운운하는 말은 이제 지겨워. 꼭 그런 힘이 없으면 인간의 영혼이 제대로 돌아가지 않기라도 하는 것처럼……."

"영혼은 작동할 수 있을지 몰라도, 몸은 아니야!"

"모트, 네 문제는 남의 말을 듣지 않는다는 거야! 넌 풍자나 뉘앙스가 뭔지 전혀 몰라. 사회학 학위를 위해 넌 네 영혼을 바쳤어……."

"젠장! 안개니 천국이니 우리 모두 함께 뭉치자니 하는 거 내가 알 게 뭐야! 그까짓 것!" 모트가 소리쳤다. "경찰이 쫓아오면 그놈들한테 말해줘! 나한테 하지 말고. 난 안개도 싫고, 명예 어쩌고 하는 헛소리도 싫어! 난 행동을 원해. 돈과 총을 원해. 사람들이 '정해진 시각'에 착착 나타나고, 책임감도 있고, 항상 그놈의 짜증 나는 에고에 대해서만 생각하지 않는 조직을 원해. 그놈의 에고, 그놈의 에고!"

줄스는 어떤 여자가 머뭇머뭇 다가오는 것을 눈치챘다. 처음에는 그의 마음속에서 뭔가가 불끈하며 하마터면 신음이 나올 뻔했다. 하지만 다시 보니 그녀는 그가 모르는 사람이었다. 열아홉 살쯤 되어 보이는 그 아가씨는 한참 유행하는 단정치 못한 옷차림을 하고 있었다. 모슬린 시프트 드레스를 통해서 작은 맨가슴이 어렴풋이 보였고, 맨발에 샌들을 신고 있었다. 하지만 가난 놀이를 하는 다른 학생들과 마찬가지로, 그녀 역시 치아 상태가 좋았다. 가난이 치아까지는 미치지 않은 모양이었다.

모트가 일어섰다. "베라, 여기야! 우리 비둘기!" 그가 그녀의 손을 쥐고 다른 사람들에게 서투른 소개를 했다. "베라는 내 가장 뛰어난 제자야. 누구보다 유망한 학생이지. 우리 귀염둥이, 앉아……. 내가 뭘 좀 사줄게! 이제 이리로 이사를 온 건가? 지금 어디에 있지?"

"아직 집에 있어요."

"집이 어딘데?"

"웨스트사이드예요. 식스마일을 따라 좀 멀리 떨어져 있어요. 저는 이번 주말에 이쪽에서 친구 집에 있을 거예요."

"이번 주말에 폭동이 예정된 거 알지?"

"네, 들었어요! 너무 들떠서 곧바로 선생님을 찾으러 나온 거예요!"

그녀는 줄스의 맞은편에 팔팔하게 앉아 있었다. 예쁘고 촉촉한 얼굴은 조금 아이 같고 대담해 보였다. 머리카락이 얼굴 주위에서 흔들렸다. 그녀는 모두를 향해 활짝 웃으며, 자기를 반기는 사람과 그렇지 않은 사람의 분위기를 모두 느끼고 만족스러워했다. "이제 어쩌실 거예요? 선생님 계획이 뭐예요?" 그녀가 말했다.

"아직 계획을 짜지 않았어." 모트가 말했다.

"비밀인 거예요?"

"베라, 너한테까지 비밀은 아니야. 넌 우리 편이잖아."

모트는 들뜬 표정으로 양손을 마주 비벼댔다. 그는 줄스보다 키가 작았으며, 얼굴은 탄탄하고 둥글었다. 바삐 움직이는 입술은 활기와 불안을 모두 드러냈다. 정이 가는 모습이었다. 줄스가 눈을 살짝 감자 모트는 허공을 향해 떠들어대는 흐릿한 형체가 되었다. 그 옆에서 길게 흔들리는 머리카락을 지닌 여자도 흐릿한 형체가 되어 그의 말에 귀를 기울였다. 줄스는 그녀에게 정신을 집중하려고 애썼다. 주위에서 왁자지껄 떠들어대는 목소리들 속에서 가끔 그녀의 목소리가 들렸다. 자의식이 강하고 목이 쉰 것 같은 목소리였다……. 가장 파티에 나온 사람 같았다. 변장한 자신의 모습을 민망스러워하면서도 즐거워하는 사람……. 그게 나랑 무슨 상관이람. 줄스가 살짝 몸을 앞으로 기울이고 앉아서 그녀에게 흥미를 품으려고 애쓰는 동안 그의 마음속에서 뭔가가 점점 힘을 잃어갔다. 그의 안에 있는 욕망은 섬세했다. 나비의 날개처럼 섬세했다. 그 욕망에는 공기, 햇빛, 너그러운 바람이 필요했다. 평범한 공기라는 껍질을 뚫고는 날아오를 수 없었다.

그는 그녀를 대상으로 감지했다. 홀쭉하고 부드러운 대상. 섬세한 무게를 지닌 섬세한 대상. 목소리는 나직하고 피부는 촉촉했다. 줄스의 머리카락은 길고 풍성하게 자라 있었다. 그는 그 어린애 같은 손가락이 자신의 머리카락을 어루만지는 모습을 상상할 수 있었다. 다른 손가락들이 그랬던 것처럼 때로는 한가롭게 때로는 열정적으로……. 누군가가 그녀에게 맥주 한 잔을 건네주었다. 그녀의 손가락이 잔을 쥐었다. 줄스는 눈을 뜨고 그 손가락들을 보았다.

"그래, 그것이 그를 이리로 이끌 거야. 단단히 경호를 받으며 특별기를 타고 특별한 여행을 하겠지. 그래, 그렇게 될 거야. 확실히 그렇게 될 거라고 믿을 만한 근거가 있어!" 모트가 무겁게 숨을 몰아쉬며 말했다. "대통령이 직접, 그 더러운 개자식, 그 파시스트 새끼. 난 기꺼이…… 진심으로 하는 말이야……. 난 기꺼이 놈의 목숨과 내 목숨을 맞바꿀 거야. 그게 헛수고가 아니라는 확신만 있다면 주저 없이, 설사 내가 앞으로 펼쳐질 역사를 볼 수 없다 하더라도……."

"총알. 총알 한 방이면 돼." 누군가가 꺼져가는 목소리로 말했다.

"망할 총알 한 방!"

"경호를 단단히 하더라도 그런 것까지 막을 수는 없어. 항상 막을 수는 없다고. 하지만 대통령이 안 온다면?"

"내 생각에는 그 자식이 안 올 것 같아."

"존슨? 그 자식은 안 오지! 아무리 폭동을 일으켜도, 심지어 전쟁이 나도!"

"그 인간이 반드시 올 거라고 믿을 근거가 있다니까. 표를 얻으려고 올 거야! 정치란 그런 거니까! 주지사를 멍청이로 만들려고 올 거야!"

"존슨이 롬니를 어떻게 지금보다 더 웃기는 꼴로 만들어?"

"그런데 도대체 누가 총을 쏠 거지?"

"네가 오즈월드처럼 총 솜씨가 좋을 것 같아? 네가 그 인간을 직접 맞힌 다음에 잡히지 않고 도망칠 수 있을 것 같아?"

"어쩌면 나는 안 될지도 모르지, 어쩌면." 모트가 나직하고 사나운 목소리로 말했다. "하지만 그걸 해낼 수 있는 어린 친구들이 내게 있을 수도 있어."

"걔들이 자신을 희생한다고?"

"안 될 것도 없지."

"이봐, 다른 계획을 대여섯 개쯤 짜도 되잖아. 여러 건물을 준비해서 사람들을 옥상이나 꼭대기 층으로 올려 보내는 거야. 전부 총을 쥐여서. 내가 언제든 총을 구할 수 있어." 다른 남자가 슬슬 달아오르며 말했다. "농담 아냐. 나한테도 연줄이 있다고. 거기에 비하면 네 연줄 따위 거지같이 보일걸. 그렇다고 내가 직접 총을 다룰 수 있다는 뜻은 아니지만, 그거야 배우면 돼. 게다가 아주 좋은 조준경이 달린 것도 있으니까. 어둠 속에서도 멀리까지 볼 수 있는 망원 조준경."

"세상에, 그런 게 있어? 그게 가능하긴 해?"

"가능할걸."

"아니, 정말로 가능해?"

"그렇지 않아……?"

"저도 총을 다룰 수 있어요! 제가 하고 싶어요!" 아가씨가 소리쳤다. 어찌나 흥분했는지 하마터면 자신의 맥주잔을 넘어뜨릴 뻔했기 때문에 줄스가 잡아주었다. "제가 어떻게 되든 상관없어요. 이젠 집이 아주 지긋지긋해요! 저기, 저는 그 개자식 앞에서 베트남의 비구니처럼 제 몸을 기꺼이 불태울 수 있어요. 아니면 그 자식한테 휘발유를 뿌리고 불을 붙일 수도 있고요. 텔레비전이랑 온 신문에 다 뉴스로 나올 거예요!"

"하지만 우리가 그 사람을 죽인다면…… 그게 가능하다는 전제하에서…… 그 사람을 죽인다면……." 다른 여자가 부루퉁한 얼굴로 말했다. "어떻게 우리의 뜻에 초점을 맞추지? 오즈월드를 봐. 거의 아무것도 아닌 일이 되었잖아! 그 사람은 아무 말도 못 했어! 케네디를 쏴서 쓰러뜨렸지만…… 참고로 케네디는 총 맞아 싼 사람이었지……. 어쨌든 케네디를 총으로 쐈지만 그 행동을 둘러싸고 진공이 생겨났을 뿐이야. 20세기의 가장 영웅적인 일 중 하나였는데 아무 말도 못 했다고! 그런 낭비가 어디 있어! 아무 말도 못 하다니!"

"베트남 이야기를 할까, 흑인 혁명 이야기를 할까?"

"베트남이 더 중요해."

"그 자식이 왜 죽게 됐는지, 그 자식한테 어떻게 알려주지? 그 자식한테 설명해서 알게 하는 편이 낫지 않아?"

"편지를 쓰면 어떨까…… 나중에 신문사로." 모트가 말했다. "암살 전에 편지를 부쳐서 그게 정당한 일이라는 걸 모두에게 알리는 거야. 정당성을 밝히는 편지를 써서…… 그래서…… 그래서 그게 베트남 상황에 대한 공식적인 항의라고 선언하는 거야."

"베트남이 뭐라고. 여기 일은 어쩌고? 디트로이트 말이야! 바로 여기, 디트로이트, 이 쓰레기 더미. 악취가 하늘에 닿았어. 디트로이트를 날려버리는 게 어때? 개자식 한 명을 죽이는 게 대도시 하나를 불태우는 것과 같겠어? 대통령이 죽으면 험프리가 그 자리를 차지할 텐데…… 그 자식을 봐! 그 얼간이! 그럼 그 자식도 죽여야 할 테고, 그러면 누가 남겠어? 세상에, 누가 남을지 생각도 안 난다. 에버렛 덕슨? 그럼 그다음에는?"

"반드시 에버렛 덕슨이 될 것 같지는……."

"난 '그 사람' 죽이고 싶어."

"난 그놈들이라면 누구든 죽이고 싶어! 일단 계획을 세우고 나면 아주 쉬울 거야. 시도하는 사람들이 왜 더 많이 나오지 않는지 궁금해! 정치적 행동으로서 암살이 성서 시대 중동에서 존경의 대상이었다는 거 알아? 정말 그랬어! 통치자가 평생 동안 그 자리에 있었기 때문에, 그 사람을 제거하는 방법은 죽이는 것뿐이었다고. 그래서 모두들 죽임을 당했지."

"그럼 누가 그 자리에 앉았는데?"

"다른 사람이."

"하지만 우린 너무 많은 사람을 죽일 생각은 없어." 모트가 말했다. 식은 땀을 흘리고 있었지만 아주 흡족한 표정이었다. "이게 진부해지면 안 돼! 난 진부한 게 끔찍하게 싫다고. 내가 신파적으로 구는 건지 몰라도, 반드시 죽음을 신성하고 몹시 무시무시한 걸로 계속 유지해야 돼! 그래야 존슨의 죽음이 의미를 지니게 된다고!"

"죽음이 어떻게 신성할 수 있어? 중산층 같은 소리 하네!" 여자가 성난 목소리로 말했다. "넌 신문도 안 봐? 수천 명이 거기서 죽어가고 있어, 수천 명이! 폭탄, 네이팜, 불붙은 휘발유…… 불타는 휘발유가 개울을 따라 흐른다고. 농민들이 도랑에 숨어 있으면, 그 도랑에도 물처럼 흘러 들어가. 불타는 물이 들어가서 사람들을 산 채로 태워버린단 말이야! 그런데 어떻게 죽음이 신성하다는 말을 해? 존슨 같은 개자식의 죽음이 신성해? 그놈은 기계로 살을 갈아서 돼지 먹이로 줘야 돼! 밭에 거름으로 뿌려서 쟁기로 갈아버려야 한다고!"

"너무 목소리가 커……."

"누가 듣든지 말든지 마음대로 하라고 해!"

"그래도 누가 들으면……."

"듣긴 누가 들어? 여긴 우리밖에 없어!"

"하던 이야기로 돌아가자. 너무 흥분하지 말고. 문제는 암살이야. 존경의 대상이든 아니든 정치적 행동이지. 그렇지?"

"그래."

"그래. 모든 걸 불태우는 것도 그렇고."

"내 책이 불에 타는 건 싫어!"

"난 내 책이 불에 타도 상관없어! 책을 포기할래!"

"하지만 존슨이 오지 않으면 어쩌지?"

"그럼 롬니로 하자. 우리 주의 주지사를 죽이는 거야."

"그럼 그 인간이 순교자가 되지 않을까?"

"그게 뭐?"

"무엇을 위한 순교자가 되겠어?"

"롬니가 죽여야 할 만큼 중요한 인물인 것 같지 않아. 그래, 뭐, 죽일 가치가 있기는 하지. 일반적인 정치적 맥락에서 보자면…… 기존 구조를 무너뜨리는 방법일 수 있어……. 난 그 인간을 싫어하지만 내 생각에는……."

"난 차라리 캐버너를 죽일래."

"왜?"

"더 가까이에 있으니까. 시장이잖아."

"넌 그 사람 밑에서 일하고 있어!"

"난 그 인간 돈을 가져오고 있는 거야. 사실은 그 인간을 경멸해. 그 인간이 좋은 아이디어를 몇 개 갖고 있긴 하지만 움직임이 빠르지 않아. 놈들 중 누구도 역사의 속도를 따라잡을 만큼 움직임이 빠르지 않아……."

"그놈은 너무 뚱뚱해. 이미지가 나빠."

"뭐, 그 인간을 죽이는 건 언제든 가능해. 한동안 시내에 있을 테니까."

"만약 존슨이 안 온다면…… 사실 그 자식이 아무리 표를 얻고 싶다 해도 폭동 이후에 여기에 올 만큼 명청할 것 같지는 않아……. 어쨌든 존슨이 안 온다면 롬니를 건드리면 안 될 것 같아. 그래 봤자 공화당에 아부하는 꼴밖에 더 돼? 내가 보기에는 키스트처럼 중요한 인물을 죽여야 돼……."

다들 웃음을 터뜨렸다.

"키스트라니! 키스트를 죽여? 세상에, 그 이름을 누가 안다고! 웨인 주립대학 총장을 누가 거들떠보기나 한대? 세상에!"

"키스트는 사람들이 생각하는 것보다 더 중요한 인물이야. 상징적인 인물이라고. 그리고 흑인 혁명과 청년 혁명은 반드시 대학에서 하나로 합쳐져서 캠퍼스에 함께 모여야 돼. 빈민가가 아니라 캠퍼스가 전장이 될 거야……."

"대학에 그렇게 커다란 의미가 있다고? 상원 의원보다 대학 총장이야?"

"무슨 상원 의원?"

"폭동이 일어나면 상원 의원들이 올 거야. 다들 행동에 나서겠지. 하트도 틀림없이 나타날 거야……."

"하트는 좋은 사람이야."

"웃겨! 정부에 좋은 사람은 없어. 전부 부숴버려야 돼!"

"하지만 하트가 전국적으로 중요한 인물 같아?"

"미시간 주를 제외하면 하트를 누가 알아?"

"검둥이 지도자는 어때? 킹은?"

"그래, 심한 폭동이 일어나면 킹이 올지도 모르지."

"만약 킹이 총에 맞는다면……."

"킹은 저능한 개자식이야. 이 나라의 모든 검둥이들을 배신했으니 총에 맞아도 싸." 모트가 분개한 목소리로 말했다. "사실 공동체의 아이들…… 우리랑 같이 일하는 캔필드 베이브스 무리라면 다들 킹을 쏘는 데 나서고 싶어 할걸. 걔들은 존슨을 거들떠보지도 않으니까. 존슨이 누군지도 모르는 판이니……."

"하지만 그게 베트남이랑 무슨 상관이야! 킹도 베트남전에 반대해."

"그럼 베트남에서 인종 문제로 우리 메시지를 바꾸면 돼. 아니면 기존 지도자들을 제거하자고 하든지……."

"왜 마틴 루서 킹이야?"

"왜 킹을 반대하는데? 그 사람도 존슨만큼 중요하지 않아? 흑인이라는 이유만으로도 중요하지 않아? 그 사람을 죽이면 아주 극적인 효과가 날 거야. 다들 우익의 짓이라고 생각할걸."

"그럼 우리가 암살을 주도하는 게 아니잖아! 거기에 의미를 부여할 수가 없어!"

"아냐, 우리가 주도할 거야. 다만 아주 영리하게 할 뿐이지."

"우리의 메시지가 사라질 거야!"

"사라지지 않아! 우리가 주도할 거야! 편지를 쓸 거니까!"

"그 일이 우익의 짓이라고 말하는 편지? 전미총포협회 탓으로 돌리는 편지?"

"저쪽 편의 탓으로 돌리고 싶다면 스토클리 카마이클(1941~1998, 흑인의 힘을 주장한 미국의 흑인 정치인—옮긴이)을 죽이는 편이 더 논리적일걸." 누군가가 갑갑하다는 듯이 말했다. "젠장, 다들 무슨 소린지도 모르고 떠들고 있어! 킹이 우익을 위해 일한다는 걸 모르는 사람이 없는데, '그 자식들'이 도대체 뭣 때문에 킹을 쏘겠어? 만날 말, 말, 말만! 카마이클이 딱이야. 그 사람은 성자니까 무서워서 여기에 나타나지 않는 일도 없을 거고, 죽음에도 가치가 있을 거야!"

"미안한데, 존슨에서 카마이클까지 가다니…… 우리 스케일이 좀 작아진 것 같지 않아? 그러니까, 도덕적인 측면이 아니라 대중성이라는 측면에서. 솔직히 이미 이 나라를 태워버릴 각오가 된 사람들이 아니라면 카마이클한테 누가 신경을 쓰겠어?"

"그게 뭐 어때서?"

"신문에 엉뚱한 헤드라인이 실릴 거라고, 안 그래? 아니면 더 나은 헤드라인이 되려나? 다른 나라들한테 미국의 인종차별이 얼마나 심한지 보여줄 테니까. CIA가 맬컴 엑스를 죽였을 때처럼 말이야."

"다른 나라들이라고 그걸 모를까! 그래도 신경도 안 쓰잖아. 그럴 필요가 없지. 그만큼 대가를 받고 있으니까!"

"나한테 좋은 생각이 있어. 우리가 놈들을 전부 죽여버리는 거야. 지금까지 말한 놈들 전부! 연설을 하러 디트로이트로 오는 놈들을 전부 죽이면 돼! 안 될 것도 없지. 그러면 놈들도 폭동이 무서운 줄 알고, 폭동이 일어난 지역에는 발걸음도 안 하게 될 거야……."

"극적인 효과를 위해서……."

"아냐, 극적인 효과가 아니라 정반대의 효과를 낳을 거야! 도대체 균형 감각이라고는 눈곱만큼도 없네! 로버트 케네디가 여기에 나타나서 우리가 총을 쏜다고 치자. 그리고 다른 사람들도 전부 쏘아버린다고 치자고. 그러면 헤드라인에 누가 등장할 것 같아? 로버트 케네디와 존슨이야! 다른 사람들은 신문 안쪽 면에나 겨우 실릴 거라고. 우리의 행동이 쓸데없는 짓이 된단 말이야! 그러니까 말도 안 되는 소리는 그만해! 네놈들도 좀 극적인 연출이나 역사에 대해 배워라!"

"점점 머리가 아프려고 하네." 모트가 말했다. "아무렇거나 말만 툭툭 던지고! 돈도 내가 대고, 노하우를 아는 것도 나고, 방아쇠를 당기고 싶어서 안달인 녀석들을 아는 사람도 나야. 그런데 네놈들은 내가 행동을 조직할 수 있게 내버려 두질 않아! 항상 나랑 싸우면서 나를 쪼아댄다고!"

"누가 널 쪼아댄다고 그래, 모트?" 여자가 말했다.

"젠장, 맥 빠져. 가끔 신이 날 때도 있지만 지금은 맥이 빠져. 하늘 높이 솟는 것 같다가 곤두박질치고……. 가엾은 모트가 저 바다 밑바닥에 처박혔다고. 북극의 얼어붙은 해협에서 비참하게 길을 잃었어. 별들도 너무 작아서 보이지 않고. 지상으로 돌아가는 길을 어떻게 찾나? 줄스, 너도 이놈들 헛소리 전부 들었어?"

줄스는 누군가가 잠시도 가만히 있지 못하고 움직여대는 팔꿈치 밑에서 《바가바드기타》 문고판을 바로 조금 전 발견했다.

"넌 어떻게 생각해, 줄스?"

"아무 생각 없어."

"우리가 누굴 죽이면 좋을까, 줄스? 만약 네가 총을 쥐고 있다면 누굴 죽일 거야?"

"아무도."

"왜?"

"왜냐고? 왜 사람을 죽여? 사람은 어차피 죽어. 늦든 빠르든." 줄스가 말했다. 그는 화려한 책 표지를 바라보며 뭔가 절박한 기억을 떠올렸다…….. 예전에 한때 그 책을 읽고 싶어 했음이 분명했다. "그래 봤자 변하는 건 하나도 없어."

"변하는 게 없다니! 무슨 소리야! 뭐든 변할 수 있어!" 모트가 말했다. "제대로 된 사람들이 고삐를 쥐기만 하면 모든 걸 바꿀 수 있다고! 내가 조직한 무리의 애들을 너도 만나봐. 원래 애들의 일자리를 찾아주려고 만든 모임인데, 걔들은 평생 폭력 조직에서 심부름을 하거나 포주 노릇을 하며 일을 한 애들이야. 열 살 때부터 포주 노릇을 하고 마약을 다뤘다고. 우린 '걔들'을 위해서 일자리를 찾아주려고 애쓰고 있어! 인생이 아주 고약하게 꼬인 애가 하나 있는데, 걔가 네 살 때 가족 중의 누군가가 걔한테 유리 가루를 먹였어. 걔가 열세 살이 됐을 때는 이미 일류 포주였지. 얼마 전만 해도 제 엄마한테 모피 외투를 사줄 정도니까. 그런 애들의 삶도 바꿔주지 말아야 한다는 거야? 모든 게 수백 년 전부터 이어져 온 모습 그대로 계속 가야 한다는 거야?"

"말하는 게 꼭 망할 가톨릭 신자 같아, 네가 데려온 이 줄스 말이야." 여자가 모트를 향해 고개를 절레절레 저으며 말했다. "역사의 무익함이라…….. 헛소리! 역사라는 기계에 피로 기름칠을 해주지 않으면 아무것도 움직이지 않아. 역사는 자연스러운 과정이 아니라 인간이 만들어가는 거라고. 우리가 역사를 창조하는 거야. 사람이 모든 걸 만들어내기도 하고 없애기도 하지. 내가 누군가의 창문에 폭탄 하나만 던져 넣어도 인류 역사의 깊은 부분 하나를 바꿀 수 있어. 진짜야. 파농에 따르면…….."

줄스 맞은편의 아가씨가 손으로 얼굴을 가리면서 갑자기 키득거렸다.

"너 왜 웃어?" 여자가 말했다. "뭐가 그렇게 웃긴데?"

아가씨가 손가락 사이로 빼꼼 시선을 내밀었다. "무서워요."

"아, 젠장!"

모든 사람이 한꺼번에 떠들기 시작했다. 모트가 탁자를 두드렸다. 그의 이마가 땀으로 번들거렸다. 코도 마찬가지였다. 입술은 굶주린 사람처럼 분주히 움직였다……. 줄스 옆의 여자에게서 땀 냄새가 강하게 났다. 잔뜩 흥분한 탓에 몹시 여성적인 냄새였다. 갈라진 목소리로 외쳐대지만 여성적인 느낌……. 다른 남자들은 각자 자기 턱과 입술과 코를 잡아당겼다. 마치 자기 얼굴을 싫어하는 사람들처럼. 그들은 불안하고 짜증스럽고 초조하고 당혹한 기색이었다. 아가씨와 눈이 마주친 줄스는 그녀가 예쁜 여자지만 그 얼굴에 미래도 그 무엇도 없다는 것을 알아차렸다. 그녀는 뜨겁고 습한 여름과 같았다. 겨우 6월 중순이라 아직 여름은 시작하지도 않았지만, 벌써 몇 달 동안 여름이 계속되면서 서늘한 날씨에 대한 기억을 모조리 지워버린 것 같았다. 바닥은 인도와 도로처럼 몹시 평평했다. 줄스가 보기에는 여름도 평평했다. 여름의 지평선이 평평했다. 그는 천천히 손을 뻗어 그녀의 손을 덮었다.

그녀의 시선이 그의 얼굴로 펄쩍 튀었다.

"무서워하지 마. 왜 무서운 건데?" 그가 부드럽게 말했다.

그녀가 손을 빼냈다. 신경을 곤두세우고 그들을 지켜보던 모트는 아무 것도 보지 못한 척하며 거의 딸꾹질에 가까운 폭발적인 웃음으로 다른 누군가의 말을 방해했다. "전부 태워버려! 내 책도 거기에 던져 넣지. 다 합하면 2천 달러쯤 될 거야! 그로스포인트에 있는 우리 부모님 집도! 좋아, 좋아! 전부 불 속으로! 전부 태우고 나면 맨 밑바닥에서, 맨 밑바닥에서 하얗고 고운 뼛가루가 나올 거야. 그게 존슨이나 롬니나 다른 나쁜 자식들 것이 아니라 아주 평범한 사람들 것이어야 돼. 흑인 아이, 우리가 문명이라고 부르는 기성 질서의 희생자이자 순교자……. 원래 그런 것 아니야? 상징적으로도 실제로도? 기성 질서 전체가 가루로 변한 아이의 뼈에 기대고 있는 것 아니야?"

"그거 전부 토마스 만한테서 훔쳐 온 말이잖아! 《마(魔)의 산》에서!"

"난 토마스 만을 읽은 적이 없어." 모트가 발끈했다. "너 어디 가?" 이건 자리에서 일어서는 아가씨에게 한 말이었다.

그녀는 밖을 향했다. "안녕히 계세요." 그녀가 말했다.

"어디 가느냐니까?"

그녀는 손사래로 그의 말을 물리쳤다. 줄스는 그녀의 뒤를 따라가려고 일어섰다. 모트는 풀 죽은 얼굴로 가만히 앉아 소리 없이 입술만 움직이며 두 사람의 뒷모습을 빤히 바라보았다.

"어이, 친구." 줄스가 서둘러 아가씨의 뒤를 따르며 억양이 없는 목소리로 말했다. "오빠한테 한번 웃어주지? 야, 기다려."

그녀는 돌아보지 않았다.

"어딜 그렇게 서둘러 가시나?"

햇빛이 비치는 인도에서 그녀가 걸음을 멈추고 그를 바라보았다. "저 안에서 갑자기 무서워졌어요. 이유는 몰라요."

"무섭긴 뭐가 무서워?"

"저 사람들이 하는 얘기…… 듣다 보니까 그냥 몸이 떨렸어요."

"어디가 떨린다는 거야? 무릎?"

"네, 무릎. 난 이제 겨우 열여덟 살이에요. 선생님은 사회학 개론 교수님이었고요. 그러니까, 피어시 선생님…… 아니, 모트 말이에요. 지난 학기에 내가 선생님한테 반했는데 지금은 잘 모르겠어요. 뭘 어떻게 생각해야 할지 모르겠어요. 선생님이 우리한테 《대지의 저주받은 사람들》(프란츠 파농의 저서—옮긴이)을 읽혔는데, 그게 내 인생을 바꿔놓았어요."

"지금도 떨려?" 줄스가 말했다.

"조금요."

"이쪽으로 걷지그래? 이쪽으로." 줄스가 말했다. 이제 그의 목소리는 공허하지 않고 상냥했다. 상냥하게 들렸다. "이쪽으로 걸어." 그는 손마디로 단단한 기둥 같은 그녀의 등뼈를 눌러 걸음을 재촉하며 말했다. 텅 빈 상점들, 옛날 선거 포스터들, 그가 매일 걷는 길. 지금은 그 길을 반대 방향으로 걷고 있었다. "네 얘기를 해봐. 나한테 해봐."

"뭘 어떻게 생각해야 할지 모르겠어요. 난 여행 가방 하나랑 몇 가지 물건을, 그러니까 몇 달러를 가지고 여기에 왔어요. 집에서 크게 싸우고 나온 길이었는데, 식구들이라면 지긋지긋해요. 구제불능이에요, 그 사람들은. 어쨌든 그때 나는 어쩌면…… 그러니까, 여기에 영원히 정착해서 살게 될지도 모른다는 생각을 했어요. 하지만 이제 돈이 한 푼도 없어요. 아저씨 이름이 줄스예요? 나 아저씨 알아요. 전에 만난 적이 있어요. 마시아라는 여자랑 같이 다니죠? 그 여자한테 아이가 하나 있고요? 왜 계속 몸이 떨릴까요? 기분이 너무 이상해요."

"몇 분만 지나면 좀 나아질 거야. 햇볕이 몸을 따뜻하게 해줄 테니까."

그녀는 부들부들 떨었다. 이가 딱딱 부딪힐 정도였다.

"왜 그렇게 무서워하는 거야? 내가 무서운 건 아니지?"

"아저씨는…… 난 계속 아저씨를 지켜봤어요. 저 안에서요. 사람들이 말하는 소리가 들렸지만 아저씨는 날 보고 있었어요. 그런데 그 여자는 어디 있어요? 예쁜 여자던데요. 그 여자랑 같이 살아요? 여자 친구랑 아이랑 같이? 다 같이 사는 거예요?"

"그럴 때도 있고 아닐 때도 있고." 줄스가 말했다. "그러지 말고 네 얘기를 해보라니까."

두 사람은 햇빛을 받으며 천천히 걷고 있었다. 줄스는 자기들 두 사람의 그림자를 지켜보았다. 아가씨의 두 다리가 길고 희미한 그림자를 만들었다. 아주 우아한 그림자였다.

"무슨 말을 해야 할지 모르겠어요. 줄스, 난 전에 아저씨를 만난 적이 있어요. 내가 왜 이 길을 걷고 있는지 모르겠어요. 반대쪽으로 가야 하는데. 식스마일로 가는 버스를 타야 할까 봐요. 아니면 아버지한테 전화를 걸든지. 너무 혼란스러워서 학교를 그만뒀어요. 영작문에서 낙제를 받았고, 머릿속이 정리가 되질 않았거든요. 모트나 이름 모르는 그 여자나 다른 사람들처럼 좋은 머리를 갖고 태어나는 건 얼마나 큰 행운일까요. 그 사람들이 전부 부러워요. 아저씨도요. 아저씨는 절대 무서워하는 법이 없죠."

"맞는 말이야. 난 절대 무서워하지 않아." 그는 그녀의 등뼈에 다시 손을 댔다. 이번에는 좀 더 부드러운 손길이었다. 그는 그녀의 등을 빤히 바라보며 손가락을 아래로 움직였다.

"뭘 하시는 거예요?" 그녀가 몸을 빼내며 말했다. "아저씨 행동이 진짜 이상해요. 뭘 어떻게 생각해야 할지 모르겠어요. 전에 아저씨를 만난 적이 한번 있는데 아저씨는 날 기억하지 못하고……."

"지금은 널 생각하고 있어. 다른 생각은 하나도 안 나."

"그래도 그렇게 내 몸에 손대지 마세요! 뭘 하는 거예요?" 그녀가 그에게서 멀어지며 힘없이 말했다. 줄스의 손이 허공으로 떨어졌다. "나에 대해 무슨 말을 할까요? 듣고 있어요? 난 생생하게 살아나서 진짜 사람이 되고 싶어요. 사랑을 하고 싶어요……. 강렬하고 영원한 사랑을 하고 싶어요. 그 사랑에 날 완전히 내어주고 싶어요. 하지만 그 사랑이 그만한 가치가 있어야겠죠. 그래서 무서워요. 내가 그런 걸 알아보지 못할까 봐 무서워요. 그런 사랑을 어떻게 알아보아야 하는지 나 무를 거예요……. 관에 갇혀서 걷고 빠져나가지 못할 것 같아요. 난 정확히 무슨 말을 해야 하는지 몰라요. 내가 예쁘다는 건 알지만, 모트 같은 사람들한테 그런 건 안중에도 없어요. 그 사람들이 원하는 건 정확히 들어맞는 말인데, 난 그런 말을 몰라요. 완전히 관에 갇힌 기분이에요."

"이쪽. 이쪽이야." 줄스가 길모퉁이에서 방향을 가리켰다.

"난 이쪽으로 가기 싫어요."

"아냐, 이쪽이야." 그가 그녀의 팔을 잡았다.

그녀는 조금 휘청거리며 그와 함께 그 길을 걸었다. "어젯밤부터 아무것도 못 먹었어요. 어젯밤 저녁 식사 이후로요. 아침에 아무것도 안 먹고 뛰어나왔거든요. 너무 어지러워요……."

검둥이 소년 몇 명이 날카롭게 고함을 질러대며 두 사람 옆을 지나쳐 뛰어갔다. 아가씨가 당황해서 줄스에게 달려들었다. 그는 그녀의 목덜미를 어루만졌다. 머리카락이 뜨겁고 묵직했다.

"모트의 기분을 알 것 같아요." 그녀가 줄스의 손에서 벗어나려고 고개를 저으며 말했다. "모든 걸 태워버리자는 말이 무슨 뜻인지 알아요. 다른 방법은 없어요. 커다란 불도저로 모든 걸 평평하게 고르는 거예요. 사람도 나무도 집도. 불이 꺼진 뒤에 남은 것도, 흑이든 백이든 폐허 더미도. 가끔 나는 완전히 말똥말똥한 정신으로 앉아 있어요. 약에 취했을 때는 불붙은 건물이 산산이 무너지는 꿈을 꿔요. 벽돌 하나하나가 떨어져 나와 저 아래 길바닥으로 떨어지는 거예요. 건물은 기우뚱하다가 완전히 무너지죠……. 전부 어찌나 아름다운지……. 소방관들은 불길 아래에 짓눌리고…… 방마다 사람들이 깨어나서 계단을 뛰어 내려가려고 하지만 발밑에서 계단이 갑자기 불길에 휩싸여 무너져요. 그래서 모든 것이 불붙은 채 무너져 내리죠. 사람들도 불에 타고 있어요……."

줄스는 그녀의 등을 어루만지며 길을 이끌었다.

"하지만 나도 그 사람들 중에 있고 싶은 걸까요? 내가 뭘 원하는지 모르겠어요. 머리가 제대로 돌아가지 않아요. 내가 건강한 것 같지 않아요. 머릿속이 완전히 뒤죽박죽이에요. 사람들의 내장과 피가 튀어나오는 꿈을 꿔요. 고등학교 때 생물 시간에 본 것과 같아요. 그때 반드시 개구리를 해부해야 했는데 난 그게 싫고, 또 싫어서……. 세상에, 줄스, 제발 그러지 마세요!"

그는 그녀의 반대편으로 돌아가서 손을 바꿨다. "여기 길가 쪽에서 내가 널 보호해줄게. 사람이 너무 많아."

"자동차 소리가 들리기는 하지만 눈에 보이지는 않아요. 그래도 냄새가 나요."

"길에 차가 너무 많아."

"난 집에 가기 싫어요."

"너에 대해 이야기해봐. 뭐든 좋아." 줄스가 말했다. 그의 마음속 아주 깊은 곳에서 뭔가가 녹아내리고 있었다. 하지만 그는 그것이 그냥 떨어져 내리게 내버려 두지 않았다. "자는 거 좋아하니? 밤에 꿈을 꿔? 무슨 꿈인데?"

"옛날에는 자는 걸 좋아했지만 지금은 무서워요. 꿈의 내용이야 무엇이든 가능하죠. 무슨 꿈을 꾸든 자유니까……."

"자유로워지고 싶지 않아?"

"네, 자유로워지고 싶어요. 그게 가장 원하는 거예요. 하지만…… 내가 꾸는 꿈이 무서워요. 내 맘대로 통제가 안 돼요. 허리띠를 무기처럼 들고 다니는 꿈을 꾼 적이 있어요! 내가 왜 허리띠를 들고 다닐까요? 왜 모든 게 이렇게 정신이 없는 거죠!"

그녀의 이가 딱딱 부딪혔다. 그녀는 겁에 질린 눈으로 줄스를 곁눈질했다. 묘하게 교태스러웠다.

"여기서 길을 건너. 이 차를 기다려." 줄스는 그녀의 어깨를 팔로 감싸고 이끌었다. 그녀는 그를 빤히 올려다보다가 힘겹게 시선을 떼서 주위를 둘러보았다. 그녀는 도로 턱에서 휘청거렸다. 혼란스럽고 애매한 얼굴로 길가에 서서 주위를 두리번거렸다.

"여기가 어디예요? 디트로이트? 여기도 디트로이트예요?"

"그래. 언제나 디트로이트지."

"아저씨도 저 사람들이랑 그 일을 같이해요? ……뭐라더라…… 빈곤 퇴치 운동? '빈곤 퇴치 행동 연합?' 저 사람들이랑 같이 일하면서 돈을 벌고, 가짜 보고서를 쓰고, 총을 사요? 아저씨도 그 가난한 사람들이랑 한패예요?"

"나도 그 가난한 사람들이랑 한패야."

"하지만 아저씨는 흑인이 아니잖아요. 아저씨 많이 가난해요?"

"나보다 더 가난해지기는 힘들걸."

"그럼 어떻게 살아요?"

"그럭저럭."

"하지만 가난한 사람치고는 말하는 게…… 그게 별로 문제가 되지 않는다는 투예요. 가난한 사람들은 다른 줄 알았는데요, 대부분 흑인인 줄……."

그는 이 말에 매혹된 사람처럼 그녀의 손을 잡고 자기 입으로 들어 올리려고 했지만 그녀가 손을 뺐다. 그러고는 혼란스럽고 당혹스러운 얼굴로 그에게 다시 손을 뻗어 그가 손을 잡게 해주었다. 줄스는 손마디를 이로 부드럽게 지분거렸다. 여자가 웃음을 터뜨렸다. "하지 마세요. 저리 가요." 그녀가 말했다.

"난 여기서 사는걸. 어디로 가라는 거야?"

"여기요? 여기서 살아요? 여기에 사람이 살아요?"

그녀는 주위를 두리번거리며 뚫어져라 바라보았다. "미안해요." 그녀가 말했다. "내가 무슨 말을 하는 건지 모르겠네요. 그냥 여기 건물들은 전부 철거 중인 것처럼 보여서……. 건물들요. 하지만 아직 서 있는 건물들도 있으니 거기서는 사람이 살 수 있겠죠. 토요일 밤부터 몸이 좀 이상해요. 별로 많이 먹질 못해서……."

잠시 그녀는 꼼짝도 않고 서 있다가 갑자기 줄스를 밀치며 뛰어가 두 사람이 온 그 방향으로 다시 길을 건넜다. 고물 트럭을 몰던 검둥이가 그녀에게 고함을 질렀다.

"어이." 줄스가 소리쳤다. "어디 가는 거야?"

그는 그녀의 뒤를 따라 뛰어가서 앞을 가로막고는 어떤 건물 문간으로 그녀를 몰았다. 그녀는 양손으로 얼굴을 꼭 가린 채 뛰었다. "너 경찰에 잡히기 싫지? 그럼 조심해야 돼." 줄스가 말했다. 그는 그녀에게 어느 정도까지는 말을 해줘야 한다는 것을 알고 있었다. 친숙한 바퀴, 물리적 논리라는 바퀴가 돌아가고 있었고, 그도 거기에 휩쓸려 같이 돌고 있는 것 같았다. 여자는 계속 얼굴을 가린 채 문간에서 몸을 웅크렸다. 줄스는 뒤에서 그녀의 어깨를 잡았다.

"놔주세요." 그녀가 말했다. "아버지한테 전화하고 싶어요."

"그럼 전화가 어디 있는지 찾아줄게."

그녀는 방향을 돌려 줄스의 옆을 지나쳐 가려고 했지만 줄스가 그녀를 막았다. "그쪽이 아니야." 그가 말했다. "그쪽에는 전화가 없어."

그녀는 도망치려고 했지만 그가 그녀의 머리카락 한 줌을 잡아 자기 주먹에 감았다. 여자는 꼼짝도 않고 서서 눈을 감았다. 얼굴을 찡그린 모습이 고통스러워하며 정신을 집중하는 것 같았다. 그녀는 그의 주먹을 잡아 정신없이 손가락을 잡아당기며 펴려고 했다. "경찰에 신고할 거예요." 그녀가 말했다.

"경찰이 오면 지금보다 더 힘들어질걸. 널 경찰서 차고에 집어넣을 거야. 거기서 풀려날 때쯤이면 아무도 널 알은척하지 않을 거야. 심지어 네 아버지조차."

"그렇지 않아요!"

"그래. 내 말은 전부 사실이야."

그녀는 그를 바라보았다. 웃음이 치밀어 오르는 것을 막을 수 없었다. 줄스가 빙긋 웃었다. 그는 자신의 얼굴에 미소가 마그네슘 띠처럼 생겨나는 것을 느꼈다.

"전화가 있는 곳이 어디예요? 이 근처에 가게가 있나요? 아니면 달리 전화가 있는 곳이 있어요?"

"내가 찾아줄게."

"찾긴 뭘 찾아요! 아저씬 날 도와줄 수 없어요!" 그녀가 간신히 그의 손가락을 펴고 그의 손을 밀어냈다. "여기서 길을 잃고 헤맨 지 한참 된 것 같아요. 아저씨나 아저씨랑 비슷한 사람, 그리고 '저 사람들'이랑 같이 여기에 있었던 것 같아요." 그녀는 증오에 차서 곁눈질로 거리의 사람들을 바라보았다. 주로 검둥이들인 행인들은 그녀와 줄스에게 별로 관심을 보이지 않은 채 옆을 지나갔다. "우리 집 전화번호가 기억나지 않아요. 온갖 번호들이 일부러 내 머릿속으로 날아 들어와서 혼란스럽게 만들고 있어요."

"만약 네 아버지 이름이 전화번호부에 수록되어 있다면, 그걸 찾아보면 돼." 줄스가 말했다.

"난 10센트 동전이 없어요."

그녀는 갑자기 지친 표정이 되더니 그 특유의 일그러진 미소를 지으며 문간으로 뒷걸음질 쳤다. 비스듬한 그림자가 그녀의 몸을 가로질렀다. 줄스는 그녀를 따라가서 팔로 그녀의 목을 감고 그녀에게 입을 맞췄다. 그녀에게 자신의 몸을 꼭 붙이며 마치 아주 멀리서 일어나는 일을 보듯이 어렴풋하고 둔하게 자신의 동요를 감지했다. 겁에 질린 여자의 숨결과 입이 따스했지만 상관없었다. 그는 그녀의 눈꺼풀에 입을 맞췄다. 머리카락 속의 목덜미를 어루만지고, 옷의 맨 윗단추를 비틀었다. 단추는 금방 떨어져 나왔다. 그와 여자 모두 움찔하며 몸을 바로잡았다. 마치 누군가가 두 사람에게 고함을 질러대기라도 한 것처럼. 줄스는 뒤로 물러나며 그녀를 놓아주었다.

"전화는 나 혼자서 찾을 수 있어요." 그녀가 말했다.

그러고 나서 그녀는 다시 움직이기 시작했지만, 그는 그녀의 팔을 잡아 다른 방향으로 가게 했다.

그녀가 고집을 꺾고 그쪽으로 서둘러 움직였다. 줄스는 그녀의 옷에서 떨어진 싸구려 단추를 주운 뒤 그녀의 뒤를 따랐다. 그녀의 다리와 허벅지가 어떻게 저리 히스테리 환자처럼 기운을 내는지 의아했다. 그녀의 머리카락이 바람에 날렸다. 그는 그녀의 약삭빠르고 겁먹은 눈, 고요한 얼굴을 머릿속으로 그려볼 수 있었다. 다음 모퉁이에서 그녀는 좌우를 두리번거리며 기다렸다. 남몰래 겁을 먹은 말 같았다. 이 동네에는 불에 탄 건물들과 부서진 건물들이 섞여 있었다. 줄스는 뒤에서 그녀에게 다가가 겁먹은 말에게 하듯이 머리를 쓰다듬었다. "너한테 줄 것이 있어." 그는 그녀의 옷 단춧구멍에 단추를 억지로 끼우려고 했다. 그녀가 웃음을 터뜨리며 그를 밀어냈다. 단추는 구멍을 통과한 뒤 다시 떨어져서 바닥을 굴렀다.

"참을 수가 없어요." 그녀가 말했다. 금방이라도 차들이 다니는 도로로 무작정 뛰어들 것처럼 보였다. 줄스는 양팔로 그녀를 감쌌다. 그녀는 움직이지 않았다. 그녀의 머리 위에서 햇빛이 사진에 찍힌 것처럼 흐릿하게 보였다. 한쪽에는 검고 노란 차단기들이 길을 막고 있었다. 도로의 포장도 파헤쳐져 있었다. 엄청나게 큰 폐기물 통들이 쓰러져 있고, 아이들이 그 안에서 놀았다. 긴 머리 소년이 오토바이를 타고 차단기를 미끄러지듯 지나가 울퉁불퉁한 길을 덜컹거리며 달려갔다. 줄스가 뒤에서 여자를 끌어안자 그녀의 심장박동이 느껴졌다. 이것이 왜 자신에게 더 의미 있게 다가오지 않는지 궁금했다. 그녀의 심장은 뛰고 있었다. 그녀는 살아 있었다.

"이쪽으로 오면 내가 너한테 전화를 찾아줄 수 있어. 네가 원하는 거라면 뭐든지." 그는 이렇게 말하고 나서 그녀를 데리고 자신이 사는 건물로 향했다. 백인 할아버지가 계단 맨 아래 칸에 앉아 있었지만 두 사람을 거들떠보지도 않았다. 줄스와 여자는 예의 바르게 할아버지 옆을 에둘러 발을 디뎠다. 그에게 이끌려 첫 번째 층계참에 도달한 그녀가 걸음을 멈추고 기절할 것처럼 휘청거렸다. 줄스는 그녀의 머리와 어깨를 쓰다듬으며 그녀를 향해 미간을 찌푸렸다. 그는 자신의 마음속에서 뭔가가 시작되기를 기다리고 있었다. 1초만 지나면 시작될 것이다. 이 부서진 거리의 모습이 그의 머릿속에 떠올랐다. 얇은 막처럼 햇빛이 비치고, 검은색과 노란색 줄무늬가 있는 차단기가 있고, 커다란 다이아몬드 모양의 표지판에는 '막다른 길'이라고 적혀 있었다. 그는 이로 여자의 귀를 물었다. 그리고 귀의 나선형 고랑을 혀로 굴리며 이것이 자신에게 익숙한 형태, 익숙한 맛인지 생각해보았다.

"참을 수가 없어요. 제발……." 여자가 속삭였다. 그녀는 난간에 몸을 기대고 서투르게 그에게 얼굴을 돌렸다.

줄스는 그녀를 가볍게 끌어안았다. 두 사람은 서로에게 미소를 지었다. "어느 쪽으로 가는 길이었어? 이쪽? 나랑 처음 만났을 때 말이야." 줄스가 말했다. "위로 올라가는 중이었어, 아래로 내려가는 중이었어?" 그는 그녀를 부축해서 다음 계단으로 올라갔다. 그는 그녀의 팔꿈치를 잡고 3층까지 올라간 뒤 부드럽게 오른쪽으로 방향을 바꿨다.

"여긴 뭐예요? 어디예요?" 여자가 말했다.

그녀는 손가락 끝을 튕기듯이 머리카락 끝을 튕겼다. 그는 그녀에게 가방이 없음을 알아차렸다. 옷 뒷부분은 심하게 구겨져 있었다. 다리 근육이 하얗고 위험하게 보였고, 오금의 작은 파란색 혈관들은 그녀가 걷는 동안 점점 또렷해지다가 희미해졌다. 그는 몸을 숙여 그녀의 오금에 입을 맞추고 싶었다.

"이제 가도 되겠어요." 그녀가 말했다. "저녁 식사 시간에 맞춰 집에 도착할 수 있을 거예요."

줄스는 자기 방문을 밀어 열었다. 문은 잠겨 있지 않았다. 방에 창문은 하나뿐이고, 커튼은 없었다. 줄스의 시선이 헝클어진 침대 가장자리의 검은 물체로 향했다. 혹시 바퀴벌레? 그는 본능적으로 여자를 돌려세워 여자가 그것을 보지 못하게 한 뒤, 짐짓 인사하듯이 재빨리 허리를 숙여 그 물체를 바닥으로 떨어뜨렸다. 바퀴벌레 시체였다.

여자가 눈을 감았다. 줄스는 그녀를 붙잡고 그녀 앞에 무릎을 꿇어 얼굴을 비볐다. 점차 무모하고 몽롱한 폭력적인 감정이 그를 압도했다. 그에게 최고의 본능이 된 감정, 긴급 상황에서 발동하는 본능이 된 감정이었다. 포장이 파헤쳐져 있던 도로의 모습이 그의 뇌리를 몇 번이나 스치고 지나갔다. 오토바이를 몰고 허공으로 뛰어올라 깨진 콘크리트 위에 착지한 뒤 핸들을 고쳐 잡고는 고속도로 가장자리를 따라 달려가던 소년의 모습이 거의 눈에 보이는 것 같았다. 그 소년을 좀 더 자세히 보아두지 않은 것이 유감이었다……. 여자가 그를 밀어내기 시작했지만 손에 힘이 들어가 있지는 않았다. 점점 강해지는 줄스의 열정 앞에서 그녀의 손가락은 제멋대로 거칠게 움직였다. 그녀가 그에게 뭐라고 말을 하고 있었다. 뭔가 중요한 이야기였다. 경고다! 여기서 멈춰야 해! 하지만 줄스는 멈출 필요가 없다는 것을 알고 있었다. 무엇이든 그가 반드시 해야 하는 일은 없었다. 그는 그녀를 침대로 끌어당겼다. 그리고 그녀의 목덜미를 손으로 단단히 받치고, 최면에 걸린 듯 몽롱한 표정으로 땀을 흘리고 있는 그녀를 안은 채 누웠다. 자신이 힘 그 자체가 되어 그녀의 목덜미를 붙들고 있는 것 같았다. 그는 줄스도 다른 누구도 아니었으며, 심지어 남자도 아니었다. 그냥 남자의 모습을 하고 있을 뿐이었다.

그는 모트를 생각했다. 모트의 말을 생각했다. '하늘 높이 솟는 것 같다가 곤두박질치고…….' 그의 열정만큼 다급하고 화려하던 그의 말. 그 격렬함에 그는 깜짝 놀랐다. 일이 끝난 지후 그는 여자에게서 몸을 떼어 나란히 누웠다. 땀이 기적처럼 그의 몸을 한 꺼풀 덮고 있었다.

여자가 울먹였다. "난 여기 오기 싫었어요……. 여기가 어딘지 모르겠어요……. 아저씨가 누군지도 몰라요……. 난 아저씨를 사랑하지 않아요……. 아저씨가 누군지 생각도 할 수 없어요……." 그녀가 울기 시작했다.

줄스는 눈이 아팠다. 그는 가만히 누워서 심장박동이 느려지기를 기다렸다.

여자가 말했다. "내가 아저씨를 사랑할 수 있다면 다를 텐데……."

"괜찮아."

"난 여기가 어딘지도 몰라요……."

얼마 뒤 그는 담배를 찾으려고 일어섰다. 담배는 그의 주머니에서 빠져나와 바닥에 떨어져서 이불과 엉켜 있었다. 그가 말했다. "예전에 나는 사랑이 없으면 살 수 없을 줄 알았어. 그런데 살 수 있더군. 그냥 계속 살아가. 언제나 계속 살아가면 돼."

"뭐라고요? ……뭐라고 했어요?"

"언제나 계속 살아가면 돼."


# 6


"그러니까 당신이 그 겁쟁이 아가씨를 유괴했다고? 어디에 숨겨놨는데?"

"내가 숨기긴 누굴 숨겨?"

"그 아가씨 적어도 백인이긴 한 거지? 적어도 백인이지?"

"난 검둥이한테는 손 안 대." 줄스가 말했다.

"이 못된 인간, 그거야 알지. 나도 안다고."

줄스는 창밖을 보았다. 자동차 한 대가 도로를 느긋하게 지나갔다. 그는 그 차에 주의를 고정했다. 저 차 안에 누가 있을까? 어디로 가는 길일까? 그 목적지가 가치가 있는 곳일까? 차가 시야에서 사라지자 줄스는 아무런 가치도 부여되지 않았고 무해한 빈 공간에 주의를 고정했다.

"오늘 뭘 했어, 줄스? 오후 내내."

줄스는 빈 공간에 홀려 있었다.

"영화를 또 보러 가거나, 뭐 그런 거야? 줄스?"

"영화를 보러 갔어."

"무슨 영화? 어디로?"

그는 어깨를 으쓱했다.

"무슨 일이 있는 거야, 줄스?"

그는 아무 말도 하지 않았다. 침묵이 그의 내면을 채우기 시작했다.

그는 창문에서 시선을 돌렸다. 아파트 안은 숨이 막힐 정도로 더웠다. 바깥 날씨도 30도대의 무더위였다. 6월이 지나고 지금은 7월이었다. 여름이 영영 끝나지 않을 것 같았다. 줄스는 계속 얼굴의 땀을 훔쳤지만 보람도 없이 다시 땀이 솟아났다. 눈이 따끔거렸다. 그는 마시아의 침대에 걸터앉았다. 욕실에서는 마시아의 네 살짜리 아들인 토미가 욕조 턱 너머로 몸을 기울인 채 놀고 있었다. 줄스는 아이가 욕조 안으로 떨어져 머리가 깨지는 상상을 하며 무기력하게 앉아 있었다. 아이의 머리에서 피가 흐르는 모습이 눈에 보이는 듯했다. 그의 머릿속 광경은 하얗게 반짝이는 욕조 속의 아주 뜨거운 물속으로 몸을 내려 자리를 잡는 여자의 모습으로 되돌아갔다. 그녀의 몸 주위로 수증기가 피어올랐다. 그녀의 하얀 몸이 뜨거운 물 때문에 발갛게 달아오르기 시작했다……. 줄스는 속이 뒤집어지는 것 같았다. 그의 상상도 덩달아 흔들렸다.

마시아가 그의 머리를 쓰다듬고 있었다. "뭘 좀 먹을래?"

"별로."

"토미랑 나는 샌드위치를 좀 만들어 먹을 거야. 샌드위치만. 당신도 하나 먹을래?"

"싫어."

"감자칩은?"

"싫어."

마시아는 한동안 말이 없었다. 하지만 그녀의 침묵은 조용하지 않았다. 그녀의 불안이 느껴졌다. 이윽고 그녀가 성난 목소리로 말했다. "도대체 하루 종일 뭘 해? 당신이 그년 때문에 기운을 뺀다는 게 말이 돼? 그년은 완전히 약에 취했다고. 모르는 사람이 없어. 어디다 숨겨놨어? 경찰하고 거래라도 한 거야? 내가 신경이 쓰이는 건 아니지만, 나도 사람들을 만나야 하잖아. 모트는 항상 나한테 달라붙어서 당신이 어디 있느냐고 묻는단 말이야."

줄스는 눈을 감았다. 자신의 머리를 쓰다듬는 그녀의 손길이 느껴졌지만, 거기에 기쁨은 전혀 없었다. 그녀는 손을 멈추기가 무섭다는 듯이 성난 손길을 계속 이어갔다. 그는 계속 기운이 빠져서 방전되고 있었다. 공기 자체도 뒤틀렸다. 그 안에서 사물들이 녹아버릴 것 같았다. 그의 몸도 지방으로 변해 녹을 것 같았다. 반면 그곳의 핵심에 작은 점처럼 자리 잡은 에너지 덩어리(줄스 웬들)는 모래 알갱이처럼 단단하고 모질고 쓸모없게 변해갔다.

"우리가 알고 지낸 지 다섯 달이야." 마시아가 말했다. "지금이 7월 중순이라는 거 알아? 벌써 그렇게 됐어. 당신한테는 그게 아무 의미도 없어? 지금 이 상황도, 나도?"

줄스는 그녀가 말한 단어들을 꿰어 맞추려고 애썼다.

"그래?" 그녀가 말했다.

"있어."

"그럼 토미는? 저 애도 사랑해?"

"응."

그녀는 그에게 몸을 기울인 자세로 잠시 서 있었다. 그녀의 한숨 소리가 들리더니 그녀가 입을 열었다. "어쨌든, 뭔가 먹을 걸 좀 만들어야겠다. 주

방으로 와서 내 얘기 상대나 해줘."

줄스는 그녀를 따라가지 않았다. 그는 계속 침대 가장자리에 앉아 있었다. 창틀에 작은 식물이 심어진 밝은 갈색 화분이 있었다. 이파리들이 조금 처진 상태였다. 화분 속의 흙은 말라서 작고 생생하고 단단해 보이는 공 모양으로 몽글몽글 뭉쳐 있었다. 자갈 같았다. 줄스는 욕실로 들어가서 마시아의 플라스틱 컵에 반쯤 물을 채운 뒤 다시 방으로 돌아와 화분에 물을 주었다.

마시아가 부엌에서 모퉁이 너머로 몸을 기울여 그를 들여다보았다. "어머, 고마워. 내가 물 주는 걸 자꾸만 잊어버리네." 그녀가 말했다. 줄스는 컵을 창틀에 놓아두고 다시 침대에 앉았다. "줄스, 괜찮아? 뭘 좀 먹을 거야? 말 좀 해봐."

그는 아무 말도 하지 않았다.

"뭘 좀 먹을 거야?"

"아니."

"만약 당신이 먹을 생각이라면 토미가 걱정돼서 그래. 말 좀 해봐……."

"아냐."

"그 여자 얘기는 뭐야? 여자가 있기는 해? 이름이 베라야?"

"그럴지도."

"그 여자는 어쩔 거야?"

"아무것도."

"그 여자를 사랑해?"

줄스의 앞에 갑자기 짐승의 환상이 흐릿하게 나타났다. 그와 부엌 문간 사이의 공간에 뒤가 훤히 내다보이는 투명한 짐승들이 나타났다.

"그게 당신한테 무슨 의미야?" 마시아가 말했다.

"뭐가 무슨 의미야?"

"뭐든."

"나도 몰라."

투명한 짐승들이 다시 습한 공기 속으로 녹아 들어갔다. 줄스는 살짝 안도감을 느꼈다.

"그 사람들 틀림없이 파업을 일으킬 거야." 마시아가 말했다. "그 망할 팀스터들 말이야. 그놈들이 파업을 하면 그 사람이 날 해고할걸. 틀림없어. 내가 제일 먼저 쫓겨날 거야. 한여름에 일자리를 찾으러 다녀야 한다니, 맙소사! 여기서 빠져나갈 수 있으면 좋을 텐데."

줄스는 아무 말도 하지 않았다.

"어디든 여기보다는 나을 거야. 무엇이든. 내가 어쩌다 이 더러운 도시까지 흘러왔는지……."

토미는 젖은 바닥에서 미끄러졌지만 머리가 깨지지는 않았다. 그는 혼자 몸을 일으켰다. 줄스는 아이가 아파하는 것을 보고 아이에게 가보고 싶다는 충동을 느꼈지만 실제로 움직이지는 않았다. 아이가 울기 시작했다.

"어머, 세상에!" 마시아가 외쳤다. "이번엔 또 무슨 일이야?"

그녀는 아이에게 달려가 몸을 기울여서 아이를 안아주었다. 이제 줄스는 그녀에게 시선을 옮겼다. 그녀는 뼈대가 튼튼한 이십대 후반의 여자였으며, 금발의 색깔이 워낙 밝아서 환상처럼 보였다. 머리는 귀 아랫부분이 보일 만큼 짧게 자른 모양이었다. 거리를 걸을 때 그녀는 당당하고 개방적이고 건강하게 보였다. 반면 그 속에는 조금 괴롭힘에 지치고, 초조한 모습이 있었다. 그녀는 토미를 끌어안으며 아이의 어깨 너머 줄스를 향해 얼굴을 찡그렸다.

"넌 왜 왜 항상 넘어지니! 멍청하게! 너 바보야? 이제 괜찮아. 하나도 안 다쳤어. 찢어진 데도 없고, 긁힌 데도 없고, 아무것도 없어! 알았지?"

그녀는 일어섰다. 토미는 놀던 자리로 다시 돌아갔다.

"저 애는 왜 항상 저렇게 뜨겁지? 열이 있나 봐. 거기서 애들한테 도대체 뭘 먹이는지 모르겠네. 애를 거기 보내지 말까 봐. 어차피 내가 해고당하면 거기 보낼 필요도 없잖아. 여기서 빈둥거리며 손톱이나 다듬으면 되니까. 당신이랑 같이 영화를 보러 갈 수도 있고."

줄스는 그녀의 얼굴 뼈대가 얼마나 튼튼한지 눈여겨보았다. 이렇게 더운 날씨에도 변함이 없었다. 그 자신은 힘이 하나도 느껴지지 않았다. 몸에서 힘이 모두 빠져나가 이 방과 다른 방들의 공기 속으로 흩어져 그의 과거와 하나가 되어버린 것 같았다. 그보다 더 절박하고 더 약삭빠른 마시아는 2년 전에 남편에게 버림을 받았는데도 힘을 전혀 잃어버리지 않았다. 그녀의 남편은 2년 전 캐나다로 가겠다며 그냥 집을 나가버렸다. 줄스는 왠지 친숙한 이야기라고 생각했지만, 왜 그런 느낌이 드는지 알 수 없었다. 펄롱이 캐나다를 말한 적이 있었나? 모든 것이 너무나 친숙해 보이는 것이 이상했다. 자신의 방까지 걸어서 오는 것도 마찬가지였다. 온 세상이 몇 가지 광경과 소리로 압축되었고, 그 광경들과 소리들이 자꾸만 거듭해서 사용되고 있는 것 같았다. 마시아와 함께 침대에 누워 있으면, 헝클어진 이불과 베개 사이에서 자신의 영혼이 눈이 먼 채로 나른하게 기웃거리는 것이 느껴졌다. 심지어 그의 손가락도 이 여자의 육체에 대해 눈이 멀었다. 그러니 꼭 이 여자가 아니라 다른 여자라 해도 알 수 없었다. 그의 욕망이 향하는 곳 역시 반드시 이 여자가 아니라 아무 여자나 상관없었다. 그는 길을 잃었지만, 심각한 상황은 아니었다. 돌아올 수 있었으니까. 오래전 어렸을 때 다른 아이들과 놀던 기억이 났다. 그는 목검을 들고 창고 지하에서 아이들을 이끌었다. 그때의 줄스는 자신의 몸 안에 거하던 진짜 줄스였으며, 정력적이고 성질이 급하고 이미 다 형성되어 있었다. 서른 살이 된 지금의 줄스는 스스로 고갈된 채 누워서 잠을 자거나 죽어갔다. 마시아의 것인 침대에 영원히 걸터앉아 있을 수도 있었다. 그녀가 그에게 뭐라고 말을 하고 있었다. 그녀는 트럭 운송과 관련된 주문서를 타이핑하는 일을 하루 종일 하고서 버스를 타고 집으로 돌아온 참이었다. 이제 그녀는 아들과 애인, 즉 줄스가 있는 집에 있었다. 얼굴이 살짝 상기된 것이…… 무엇 때문이지? ……아들이 넘어진 것 때문에? 줄스에 대한 사랑과 걱정 때문에? 자기 '가족' 때문에?

"만약 그놈들이 정말로 파업을 한다면 최선의 결과가 나올 수도 있어. 우리가 여기서 벗어날 수 있을지도 몰라." 그녀가 말했다.

줄스는 대답하지 않았다. 그녀를 바라보지도 않았다.

"어쩌면 다른 도시로 갈 수 있을지도 몰라. 줄스? 세상에, 사람이 어떻게 이 모양이야? 도대체 왜 이러는 건데? 당신 정말 구제불능이다. 그냥 그렇게 앉아 있기만 하잖아. 당신한테서 뭔가 반응을 기대한 내가 미쳤지." 그녀는 갑갑하다는 듯 양손을 올려 이마에 대고 남자처럼 손바닥으로 관자놀이를 문질렀다. 줄스는 그녀를 사랑하는 것이, 저렇게 이마를 문질러 땀을 닦아내는 여자를 사랑하는 것이 정말 불가능하다는 생각을 했다. "도대체 무슨 생각을 해, 줄스? 왜 나를 보지 않아?"

"난 곧 나가봐야 돼."

그녀는 기가 막히고 어이가 없다는 표정이었다.

그는 그녀를 외면했다.

"어디로?"

"만날 사람이 있어."

"누구? 누군데?"

"금방 돌아올게."

"누굴 만나느냐고. 나도 같이 갈까?"

"아니, 금방 돌아올게."

하지만 일어나서 아래층으로 내려가 다시 길과 마주할 기운이 없었다. 그와 문 사이의 공기가 칙칙하고 위험해서 마치 눈에 보이지 않는 형체들이 그 안에 북적거리고 있는 것 같았다.

"내가 왜 항상 당신만 보는지 모르겠어." 마시아가 말했다. "당신을 사랑해. 계속 당신을 붙들고 늘어질 생각은 없어……." 아쉬움과 그리움이 담긴 그녀의 단조로운 목소리가 들려왔다. 그녀가 낼 수 있는 여러 목소리들 중 매력이 덜한 두 번째 목소리였다.

"괜찮아." 줄스가 말했다.

"당신이 어디 다른 데서 일자리를 찾으면 나도 직장을 구할 수 있을 것 같다는 생각이 계속 들어. 그러면 우리가 여길 벗어날 수 있을지도 몰라. 곧 골치 아픈 일이 일어날 거라는 소리가 계속 들려와. 매번 주말이면 골치 아픈 일이 일어날 거라고. 모트랑 같이 다니는 그 멍청한 사람들, 입만 산 그 자식들은 그게 축제가 될 줄 알지. 집에 오는 길에 우연히 모트와 마주쳤는데 도망칠 수가 없었어. 모트는 점점 미쳐가는 것 같아. 모트랑 그 패거리는 아마 장군처럼 모든 걸 앞에서 이끌 생각인 모양이야. 불이며 폭탄 같은 것 말이야. 그 사람들은 다리며 터널이며 고속도로 교차로를 폭파할 계획을 짜고 있어. 모트는 수도 설비에 대해서도 뭐라고 하던데. 세상에, 모트 꼴도 말이 아니야. 금방이라도 사람이 망가질 것 같아."

줄스는 고개를 끄덕였다.

"당신이 같이 일하고 있다고 모트가 그러던데, 정말이야? 그 공동체 프로젝트라는 거? 거기서 무슨 일을 해?"

"아무 일도."

"원래 맡은 일이 뭔데?"

"몰라. 아무것도."

"그래도 직원 명단에 올라 있긴 한 거지? 보수가 얼마야?"

"얼마 안 돼. 아직 돈도 못 받았고."

"어쨌든 얼마야, 대략? 매달 몇백 달러쯤?"

"기억 안 나."

마시아는 웃음을 터뜨렸다. "한 달에 100달러? 50달러? 얼마 못 갈걸. 모트도, 모트의 돈도. 아니면 모트의 패거리 중 한 명이 모트를 죽이거나. 그 사람들은 검둥이들이 자기들을 거들떠보지도 않는다는 거 모르나? 검둥이들은 그 사람들을 믿지도 않고, 그 사람들이 떠들어대는 거창한 이야기도 이해 못 해. 검둥이는 그냥 검둥이라고. 나야 검둥이라고 딱히 꺼리지는 않지만, 그래도 백인이랑은 다르지. 검둥이들도 백인과 똑같아지는 걸 원하지 않고. 모트는 항상 불안한 표정으로 키득거려. 옛날에는 그렇게까지 형편없는 꼴은 아니었는데."

줄스는 일어섰다. "몇 분만 나갔다 올게."

토미가 욕실에서 뛰어나왔다. "나도 갈래."

"안 돼. 아저씨는 몇 분만 지나면 돌아올 거야. 얌전히 있어. 엄마가 저녁 차려줄게."

"난 저녁 먹기 싫어."

토미의 머리카락은 색이 밝고 곱슬곱슬했다. 눈은 파란색이었다. 이런저런 어린이집에서 보내는 시간이 워낙 많기 때문에 아이는 손찌검이나 고함을 두려워하며 움츠러드는 버릇이 있었다. 줄스는 이 아이를 좋아했지만, 항상 어떻게 말을 걸어야 할지 알 수 없었다. 어쩌면 아이들을 좋아하는 법을 모르는 것 같기도 했다. 아이들을 생각하면 머릿속이 하얗게 변해버렸다.

마시아가 복도까지 그를 따라나왔다. "나한테 화났어?"

"아니."

"뭘 좀 먹을 생각은 없어?"

"없어."

"왜 날 안 봐? 왜 나랑 이야기를 안 해? 내가 당신한테 많은 걸 바라는 게 아니잖아. 그냥 가끔 당신이랑 이야기를 하고 싶을 뿐이야. 이야기를 나눌 상대, 머리가 똑똑한 사람, 그리고…… 미치지 않은 사람이면 돼. 줄스, 그런데 왜 잘 안 되는 걸까?"

"잘되고 있잖아."

"당신 내년은 생각 안 해?"

"내년이 뭐?"

"미래 말이야. 여길 떠나서 다른 데서 직장을 구하고 결혼하는 거."

"그런 생각은 안 해."

길을 걷다가 그는 검둥이들 몇 명과 마주쳤다. 남자들 여러 명이 머리에 손수건을 매고 있었다. 작업복 차림의 검둥이 한 명이 몹시 취한 상태로 검둥이 경찰관에게 체포되는 중이었다. 축제 같은 분위기, 웅성거리는 소리, 들뜬 침묵이 있었다. 술 취한 검둥이가 좌우로 흔들흔들하자 경찰관이 그를 바로 세우려고 애썼다.

갑자기 고함 소리, 울먹이는 소리, 발을 질질 끄는 소리가 들렸다. 줄스는 예의 바르게 그 사람들을 에둘러 피해 갔다. 술 취한 검둥이가 자기와 비슷하게 생긴 경찰관에게 저항하고 있었다. 똑같이 삽십대인 두 사람이 어찌나 똑같아 보이는지 놀라울 정도였다. 둘 다 피부가 새까맣고 눈이 사악했다. 경찰관이 술 취한 남자를 건물로 세게 밀어붙이자 남자의 머리가 바보처럼 끄덕였다. 경찰관은 곤봉을 꺼내 남자를 때리기 시작했다. 한 대, 또 한 대! 줄스는 계속 걸었다. 그 사람들과 거리를 두고 싶었다.

얼마 전 그가 사는 건물 아래층에서 싸움이 났을 때, 줄스는 호기심에 사방이 조용해진 뒤 아래로 내려가 보았다. 바닥에 핏자국이 몇 개 있었다. 건물 주인이 야구방망이로 누군가를 두들겨 팼다고 누군가가 말해주었다. 건물 주인은 사실 건물 주인이 아니라 관리인으로, 목소리가 허스키하고 피부색이 밝은 검둥이였다. 그는 항상 모자를 썼다. 건물 주인도 역시 검둥이며, 파머우즈의 저택에서 살고 있다고 했다. 돈이라는 이야기도 많았다. 한 검둥이 뒤에는 그보다 성공한 다른 검둥이가 있고, 그 뒤에도 역시 더 많이 성공한 검둥이가 있었다. 그리고 모두들 그를 자랑스러워했다. 줄스는 이런 이야기들을 믿지도 않고 의심하지도 않았다. 그가 저지른 도둑질들은 워낙 사소하고 워낙 진부해서 그는 끝내주는 도둑들의 무용담을 들으며 시기심도 흥미도 즐거움도 느끼지 않았다. 모두들 위로 기어오르려고 몸부림쳤지만 줄스는 멍하니 한편에 앉아 있기만 했다. 행복하기도 하고 불행하기도 했지만 뭔가를 기다리지는 않았다. 그는 은퇴한 상태였다. 수많은 세월이 흐른 지금 신문에서 페이의 사진을 봤어도 마음이 움직이지 않았다. 그는 잠깐 동안 그녀의 애인이었을 뿐이다. 여자의 애인이 되는 게 무슨 의미가 있는가? 그런다고 뭐가 달라지는가? 이제 페이는 누군가의 아내가 되었으므로 틀림없이 줄스를 생각하지도 않고 기억하지도 못할 것이다. 길에서 누이동생 베티가 다른 거친 사람들과 어울리는 모습도 한 번 본 적이 있었다. 베티는 몸에 아주 꼭 끼고 세련된 스웨이드 바지와 재킷을 입고 비단 스카프를 두르고 있어서 보수적이면서도 괴상해 보였고, 평범한 얼굴은 화장 때문에 남을 깔보는 듯한 자신감을 적나라하게 드러내고 있었다. 그 잔인한 입이 그녀의 이목구비 중 가장 나았다. 줄스는 베티가 갑자기 무서워져서 시선을 돌렸다. 그의 어린 시절 추억은 여기까지였다.

다른 누이동생 모린에 대해서는 이제 생각하지 않았다. 마침내 누군가의 아내가 되었으니 모린은 구원받았다. 그는 로레타에 대해서도 생각하지 않았다. 길에서 땅딸막하고 시끄러운 여자를 보고 로레타를 떠올릴 때만 예외였다. 그가 이렇게 모든 것을 깜박깜박 잊어버리는 것은 이상한 일이 아니었다. 전혀. 그는 보도블록 틈새를 뚫고 몸부림치며 1미터 안팎까지 자라는 잡초와 같았다. 그런 잡초들은 잔인함이나 계획이 없었으며, 아무 생각 없이 주어진 현실에 만족했다. 공터의 잡석 더미 속에서 잡석들 옆을 에둘러 자라는 잡초 같기도 했다. 그런 풀들은 의식이 없는데도 언제나 그 자리에 있었다. 주위 사방에는 한때 인공물이었던 것들 또는 그런 물건들의 일부가 널려 있었다. 그런 잔해에는 누군가의 의식이 만든 흔적들이 여전히 남아 있었지만, 아무런 계획이나 설계도가 없는 잡초들이 더 영원했다.

줄스는 술집 몇 군데를 살펴보았다. 그러다가 럭키호스슈에서 성과가 있었다. 베라가 그에게 서둘러 달려와 말했다. "여기서 당신을 기다렸어요. 무슨 문제라도 있어요?"

"아니. 넌 문제가 있어?"

"음, 글쎄요. 모르겠어요. 판단이 안 서요."

"그러지 말고."

그녀는 아주 달콤하고 애처로웠다. 긴 머리는 그에게 지루했고, 지나치게 큰 눈은 숯처럼 검었다. 얼굴은 기가 막힐 정도로 앳돼서 그는 그녀의 어깨에 팔을 두르는 것 이상은 할 수 없었다.

그녀가 반갑다는 듯이 그에게 몸을 기댔다. "진짜 미치겠어요⋯⋯."

줄스는 아무 말도 하지 않고, 자신의 방까지 그녀를 바래다주었다. 그에게 몸을 기댄 그녀는 걸음이 불안정했다. 아니면 그냥 그런 척하는 것 같기도 했다.

"잔뜩 얻어맞은 것처럼 기운이 없어요." 그녀가 말했다. "몇 시간 동안이나 당신을 기다렸어요. 저 더러운 데서. 몸이 안 좋아요."

"몸 어디가?"

"머리, 목."

"일은 잘했어?"

"화 안 낼 거예요?"

"안 내. 일은 잘했어?"

"조금 했어요. 하지만 몸이 안 좋아서 실라네로 갔어요. 거기 애들이 좀 있더라고요. 걔들이 도대체 무슨 소리든을 하는 건지 모르겠어요. 전부 허황되고 황당한 얘기들만. 걔들은 진짜 미쳤어요."

줄스는 자신이 듣고 있음을 표시하기 위해 소리를 냈다.

"베니라는 애가 있는데요, 진짜 미친놈이에요! 걔가 오늘 웨인 대학에 가서 교수들 연구실을 돌아다니며 전기타자기 한 대를 훔쳐왔어요. 아주 크고 무거운 그 타자기를 들고 그냥 걸어 나왔대요. 게다가 직원용 엘리베이터를 탔어요! 그러고는 그걸 팔아서 50달러를 벌었죠. 걔는 항상 약에 취해 있어서 아예 대화도 안 돼요. 꼴도 형편없고요. 나라면 그런 꼴이 되느니 차라리 죽을 거예요. 난 아직 꼴이 형편없지 않죠? 괜찮게 보여요?"

"그래."

"그럼 나한테 화 안 낼 거죠? 진짜로 몸이 안 좋았단 말이에요. 실라네 집에는 먹을 것이 좀 있었고요. 그래서 거기서 뭘 좀 먹으면 되겠다 싶었어요."

줄스의 방에 올라온 그녀는 침대에 누워 양팔로 얼굴을 가렸다. "머리가 아파요. 목덜미도 뻣뻣하고요. 혹시 내가 소아마비에 걸린 걸까요?" 그녀가 말했다.

"돈은 어디 있어?" 줄스가 말했다.

"이 안에요." 그녀는 일어나 앉아서 주머니에서 잔돈 지갑을 꺼내 줄스에게 건넸다. "그 안에 아마 40달러나 50달러쯤 있을 거예요. 제발 나한테 화 내지 마요……."

줄스가 세어보니 65달러, 66달러였다. 그는 50달러를 자기 몫으로 챙기고 지갑을 그녀에게 돌려주었다.

"저기, 화 안 났어요?" 그녀가 말했다.

"응. 화 안 났어."

"나더러 100달러를 가져오라고 당신이 그랬는데……." 그녀는 그리움과 동경이 깃든 눈으로 그를 바라보았다. 눈의 윤곽이 검게 물들어 있었다.

줄스는 창틀에 걸터앉아 그녀에게 미소를 지으려고 애썼다.

"그러니까 정말 화가 안 난 거죠?"

"응, 전혀."

그는 뒤틀린 옷걸이로 이 여자를 때린 기억이 어렴풋이 났다. 그때 그는 이 여자의 등만 때리려고 주의를 기울였다. 몇 주 전의 일이었다. 그녀의 등에서 피가 조금 나더니 멍이 생겼다. 하지만 그때 그는 그녀에게 화를 낸 것이 아니었다. 다른 이유, 그러니까 그녀에게 뭔가를 이해시키기 위해서였다. 하지만 이 여자를 때린 게 정말로 줄스였을까?

"내가 몇 가지 말해도 돼요? 당신 들을래요?" 그녀가 말했다.

"글쎄, 별로."

"진짜 말도 안 되는 이야기예요. 어떤 남자가……."

"싫어."

그녀는 그를 향해 당혹스러운 미소를 지었다. 그녀가 정말로 어리다는 생각이 들었지만 그래도 그의 마음이 움직이지는 않았다. 오히려 더 멀리, 더 깊게 마음이 안정되었을 뿐이다. 그의 몸무게는 180킬로그램, 450킬로그램이었다. 그는 결코 자신의 몸을 움직일 수 없었다. 여자의 섬세한 몸은 6월부터 계속 더 가늘어졌다. 아마 43킬로그램쯤 나갈 것이다. 몸이 어찌나 가냘픈지 그는 눈으로 보면서도 믿을 수가 없었다. 저 여자도 고통을 느낄까? 뭐든 느끼기는 할까?

그녀가 말했다. "오늘 밤에 여기 있을 거예요?"

"몰라."

"아직도 그 여자랑 만나요?"

그는 여자의 질문을 잘 이해할 수 없었다. 단어들은 분명히 알아들었는데……. 그의 몸이 점점 아주 무겁고 아주 뜨겁게 변하는 것이 느껴졌다. 여자의 입이 미소를 지었고, 여자의 눈은 뭔가 복잡하고 골치 아픈 것을 호소했다. '네가 또 히스테리를 부리면 널 창밖으로 밀어버리는 수밖에 없어.' 줄스는 속으로 생각했다. 하지만 여기서도 그의 상상력은 전혀 움직이지 않았다. 일주일 전 이 동네에서 검둥이 창녀 하나가 포주에게 밀려 창문에서 떨어졌다. 줄스에게 아이디어를 제공한 것이 바로 그 사건이었다. 줄스는 몹시 피곤했다.

"줄스, 이리 올래요? 이쪽으로 올래요?"

그는 그녀와 나란히 누웠지만 눈을 감을 수 없었다. 그녀가 그에게 입을 맞추기 시작하더니 울음을 터뜨렸다. "줄스, 사랑해요." 누군가가 말하고 있었다. "줄스, 사랑해요!"

사랑이라. 사랑이 너무 많았다! 그를 감싼 그녀의 팔, 그녀를 감싸는 그 자신의 팔이 느껴졌다. 가냘픈 갈비뼈. 두근거리는 그녀의 심장. 그녀는 지나친 사랑, 지나친 히스테리로 제정신이 아니었다. 만약 마시아가 직장을 잃는다면 어떻게 되는 건가? 그러면 그들은 한 푼 없는 신세가 될 것이다. 그러면 그들 모두 베라에게 의존해서 살든지, 마시아에게 의존해서 살면 된다. 안 될 것도 없지. 그는 혼자 놀다가 움츠러드는 토미를 생각했다. 토미는 상대가 얼마나 위협적인 존재인지 가늠하려는 것처럼 항상 눈을 가늘게 떴다. 눈에 보이지 않는 어른들이 항상 토미를 몰아대는 모양이었다. 나이에 비해 현명하고 민첩한 토미, 섬세한 금발과 참을성 많은 시선을 지닌 그 아이는 처자식을 버리고 가버린 남자의 아이였다. 갈 곳을 잃어버린 아이…… 줄스는 그 아이를 도와줄 수 없는 처지였으므로 그 아이에 대한 생각을 그만두었다.

그는 베라에게 정신을 집중하려고 애썼다. 그녀는 그에게 달콤한 사랑의 말을 속삭이며 돌이킬 수 없는 이름으로, 줄스라는 이름으로 그를 불렀다. 병원에서 나왔을 때 이름을 바꿀 생각을 왜 못 했을까? 그녀가 신음하며 말했다. "줄스, 난 아파요. 당신 때문에. 당신을 사랑해요. 내 안으로 들어와요. 줄스, 당신뿐이에요, 제발, 줄스……."

몇 분 뒤 줄스가 말했다. "미안, 그럴 수는 없어."

그의 혈관들이 욕망으로 불타고 있었지만 그는 이것이 무엇을 향한 욕망인지 알 수 없었다. 여자를 원하는 건가? 이제는 확신할 수 없었다. 베라가 그의 품에서 흐느꼈다. 그녀는 상처를 입고 자신을 보호하려는 것처럼 무릎을 끌어올렸다. 줄스의 피가 펄떡거리며 지식을 원하고 자아의 강화를 원했다. 얼마 전 밤에 어떤 여자가 그에게 뭔가 주사를 놓았다. 사랑스럽다는 듯이 그에게 몸을 숙여 교활하고 잔인한 사랑으로 그의 팔 한가운데를 흐르는 혈관에 바늘을 꽂아 넣은 것이다. 줄스는 그 주사 덕분에 얻은 즐거움을 위해 그녀를 사랑할 준비가 거의 되어 있었다. 그 주사는 그의 등뼈 높은 곳을 강타하더니 밖으로 부챗살처럼 퍼져나가 그를 압도했다. 그래, 이런 거야. 이런 느낌이야! 하지만 그 주사의 기억을 떠올린 그는 이상하게 몸이 가벼워지고 홀가분해져서 자신에게서 멀리 떠났다.

베라가 울었다. 그녀는 그의 투명하고 무기력한 짐승들 중 하나였다. 아주 따뜻하고 땀에 젖어 미끈거리며 허리 아래는 무기력한 짐승이었다. 그녀가 안쓰러웠다. 마시아도 그의 품에서 운 적이 있었다. 그는 그들의 몸속에 자신의 몸을 비워 넣었다. 그가 지닌 사랑의 격렬함이 그를 뒤흔들어 그들에게서 해방했다. 그의 팔뚝에 꽂힌 주삿바늘은 그를 뒤흔들어 그 자신에게서 분리했지만 그것은 그가 원한 일이 아니었다. 그는 오로지 자신만을 원했다. 거짓이 전혀 없는 자신. 그는 자신이 원하는 것을 이해할 수 없었다. 그는 베라에게 매달리면서도 그녀를 잊었고, 그녀는 불행에 빠진 탓에 자신을 향해 가라앉으며 그를 잊어가는 것 같았다. 그는 왜 그토록 오랫동안 사랑했던 여자를 아직 생각할 수 없는 걸까? 그는 그 여자에 대해 생각하지 않았다. 그 여자 주위에는 치명적인 안개가 있어서 그는 감히 뚫고 들어갈 수 없었다. 즐거움은 기억에 없고, 사랑은 순전히 기억뿐인 것 같았다. 그가 그 여자를 품에 안고 누웠을 때보다 더 신채진, 마음이 민들어낸 불행……. 지금 그는 다른 여자와 함께 누워 있었다. 두 사람 모두 불행했으며 땀을 흘렸다. 갑자기 졸음이 밀려왔다. 베라의 흐느낌이 잦아드는 것으로 보아 그녀도 점점 잠드는 것 같았다. 그는 바로 이 점 때문에, 즉 그를 두고 잠들어버리는 것 때문에 곧바로 그녀를 사랑하게 되었다. '그러니까 당신이 그 겁쟁이 아가씨를 유괴했다고?' 마시아는 현명하게 빈정거리며 이렇게 물었다. 모든 걸 알기 때문이었다. 그래, 그녀는 그의 손에 있었다. 그는 잠들었다.

<br>

7

<br>

밤과 낮이 얼마나 흘렀는지 세는 것을 잊어버린 줄스는 갑자기 가슴을 두근거리며 깨어났다. "거기 누구야?" 그가 외쳤다. 순간적으로 여기가 어디인지, 지금 시간이 몇 시인지, 자기 나이가 열여덟 살인지 서른 살인지 기억나지 않았다.

그의 내면에도 바깥에도 뭔가가 텅 비어서…… 느리게 움직였다. 그는 미동도 없이 누워서 자신을 시험했다. 방 안의 물건들이 비록 희미하기는 해도 눈에 보이는 것을 보면 그의 눈이 먼 것은 아니었다. 앞을 볼 수 있다는 뜻이었다. 허파도 심하게 아프지 않았다. 아픈 것은 피부였다. 마치 화상을 입은 것 같았다. 그가 몸을 긁자 피부 조각들이 손톱에 끼어 떨어져 나왔다. 그는 자신의 몸을 내려다보았다. 군데군데 햇볕에 화상을 입은 곳이 있었다. 어쩌다 이렇게 됐지?

그는 몽롱한 상태로 공원을 떠올렸다. 잘 다듬어진 잡초밭에는 향기를 풍기는 갈색 밑동만 남아 있고, 그는 그곳을 헤매고 있었다. 느릿느릿…… 움직였다. 그 벌판에서, 그러니까 시내 공원에서 잠이 드는 바람에 햇볕에 화상을 입었음이 분명했다. 아니, 이게 혹시 오래전의 일이었던가? 그는 아푼 부분들을 문지르며 그 상처들의 정체를 파악하려고 애쓰다가 상처들을 잊어버렸다.

어제 무슨 일이 있었는지 반드시 기억해야 했다. 마시아와 헤어졌는데, 그게 며칠 전 일인 것 같기도 했다. 지금 그것을 기억해봤자 도움이 되지도 않았다. 눈물로 얼룩진 그녀의 성난 얼굴, 붉게 변한 눈…… 근육질 목, 그 여자. 좋은 여자였다. 그에게 과분한 여자임을 그는 인정할 수밖에 없었고, 그녀에게도 납득시킬 수밖에 없었다. 그는 그 말을 하는 데 필요한 만큼 깨어 있었다. '난 당신의 상대가 아니야! 내가 아니야!' 그는 이렇게 소리쳤다. 음료수병 폭격……. 마치 꿈을 꾸듯이 천천히 그는 음료수병 폭격을 기억해냈다. 그가 헤매 다니다가 어떤 아이들끼리 싸우는 곳에 발을 디딘 건가? 아니면 마시아가 그에게 뭔가를 던진 건가? 세상의 종말은 지평선 위에 돛처럼 떠서 느릿느릿 다가올 것이다. 그는 이런 확신 속에서 평화를 느꼈다. 심지어 몸에서 느껴지는 통증마저 평화로웠다.

돛을 달고 항해하는 병들은 공원에서 왔다. 어떤 아이들이 서로 싸우고 있었다. 그런데 어찌 된 영문인지 그 아이들이 일제히 줄스에게 달려들었다. 그는 도망칠 기운이 없어서 풀밭에 누워버렸다. 아이들은 그가 아니라 서로에게 고함을 질러대며 병, 막대기, 돌멩이를 던져댔다. 전부 검둥이인 그 아이들은 덩치가 그리 크지 않았으며, 마법에 홀린 듯 폭력성을 드러내고 발을 쿵쿵 굴렀다. 병 하나가, 단 하나가 줄스의 옆통수를 때렸다. 상점에 다시 가져다주고 돈을 받을 수 있는 콜라병이었다. 줄스는 풀밭 속으로, 열기 속으로 쓰러졌다. "네가 저 사람을 죽였어!" 누군가가 소리쳤다. 줄스는 향기롭고 야성적인, 다듬어진 풀밭에 누워 햇빛을 받고 있었지만 아무도 그를 보지 않았다……. 그래, 그건 며칠 전 일이었다.

그는 침대에서 일어서며 등을 움직였다. 등뼈가 뻣뻣했다. 블라인드는 창문 꼭대기에 엉켜 있어서, 마치 저절로 휙 올라가 버린 것 같았다. 지금 해가 지는 건가, 아니면 뜨는 건가? 그는 창가로 가서 밖을 내다보았다. 그제야 무엇이 자신을 깨웠는지 알 수 있었다……. 사이렌 소리. 그 소리가 공기를 붉게 돌돌 마는 것 같았다. 붉게 돌돌 말린 금속성 소리가 그를 강타했다. 그는 손으로 귀를 막았다.

"아, 젠장!" 그는 무슨 이유에서인지 소년 시절을 떠올렸다. 지금까지 들은 사이렌 소리가 너무 많았다.

저 아래 도로에서 전술이동팀 자동차가 쌩하니 지나갔다. 경찰관들이 잔뜩 타고 있었다. 줄스는 어지러움과 공허를 느끼며 창밖으로 몸을 기울이고 뉴스가 자신을 채워주기를 기다렸다. 하지만 그는 뉴스를 믿지 않았다. 그가 어딘가의 문 앞 계단에 앉아 있었던 것이 며칠 전 밤, 겨우 금요일 밤이었음이 분명했다. 그때 어떤 남자가 한가로이 그에게 다가와 이렇게 말했다. "너의 어린 여자가 붙잡혔어. 그 여자를 빼낼 생각 있어?" 줄스는 이틀 동안 베라를 보지 못했다. 그녀가 집으로 돌아간 줄 알았다. 아니, 사실은 그녀 생각을 전혀 하지 않았다. 그의 지갑에는 5달러가 있었다. 5달러가 남아 있었다……. 원래…… 모트가 준 돈이거나 베라나 마시아가 준 돈에서 남은 것. 누가 줬는지는 기억나지 않았다. 그래서 베라를 생각하지 않았다. "너의 어린 여자가 잡혀갔다니까." 검둥이가 의기양양하게 말하며 그의 친구 행세를 했다. "아무도 너한테 말 안 해줬어? 넌 어떻게 일을 하는 거야? 나한테 말만 해. 난 이 동네에서 모르는 사람이 없으니까."

줄스는 일어서서 혼란스러워하며 휘청휘청 그 자리를 떠났다. 감옥에 잡혀 있는 베라가 안쓰러웠지만, 그녀가 감옥에 들어간 지 벌써 이틀이 지났으므로 이제야 그녀를 생각하는 것은 때늦은 일이었다. 검둥이가 그를 따라잡았다. 그의 목소리가 조금 초조했다. "어이, 날 좀 봐. 그 여자를 빼내고 싶어? 말만 하라니까. 돈 얼마나 있어?"

"5달러."

"5달러? 젠장. 5달러밖에 없다고?"

"5달러."

"5달러로 어떻게 그 여자를 빼내? 망할 똥 같은 놈!"

줄스는 그에게 가보라고 손사래를 쳤다. 베라를 생각하기만 해도 피곤이 몰려왔다. 그는 그녀가 창문 앞에서 휘청휘청 흔들리며 서 있다가 떨어지는 모습을 상상했다……. 죽어서 다 끝내버리는 편이 나았다. 그녀가 꾸는 꿈들은 지나치게 폭력적이었다. 어딘가에서 창문이 그를 기다렸다. 아니면 총일 수도 있었다. 하지만 그러려면 누군가에게서 총을 빌려야 할 것이다. 베라는 감옥에서 축축한 벽에 머리를 기대고 기다리고 있는데…….

"지금쯤 그 여자 약 기운이 깨끗해졌나 궁금하지?" 검둥이가 짜증스럽게 말했다. "그 여자 나쁜 버릇이 있었어? 그 여자를 완전히 깨끗하게 만들어주고 싶어? 그런 거야?"

"난 돈 없어."

"젠장, 우선 100달러만 있으면 나머지는 할부로……."

"아니. 없어. 귀찮게 굴지 마."

이제 자신이 그에게서 천천히 멀어지던 것이 기억났다. 깔보듯이 자신을 빤히 바라보는 흑인 남자를 떼어놓기는 힘들었다. 그는 그 남자에게서 멀어졌다.

목이 아팠다. 목의 피부가. 일광 화상이었다. 이 방에는 거울이 없었다. 그는 목을 문질렀다. 아직도 통증이 느껴지는 것이 이상했다. 그의 내면 깊은 곳에는 아무것도 없는데, 그의 존재 표면 위 저렇게 먼 곳에서 통증이 느껴지다니. 경찰차가 하나 더 쌩 지나갔다. 줄스는 부랑자 같은 차림에 수염도 깎지 않고 창백한 얼굴로 기다렸다……. 창가에서 기다렸다.

거리 풍경을 보고 그는 거의 동틀 무렵이라는 결론을 내렸다. 공기에서 이상한 맛이 났다. 연기 냄새도 났다. 사람들이 셔츠 단추를 풀어 헤친 채 길모퉁이로 모여들었다. 공기에서 이상한 냄새가 났다. 줄스는 몹시 약해진 몸으로 의아해하며 동틀 무렵의 길을 걸었다. 젊은 검둥이들 몇 명이 차 한 대를 놓고 말다툼을 벌이고 있었다. 그중 한 놈이 째지는 소리로 고함을 질렀다. 다른 한 놈은 자동차 앞 유리를 주먹으로 쳤다……. 피가 사방으로 튀었다. 그는 그 옆을 지나쳐 걸어가면서 또 기묘하고 불길한 슬로모션을 느꼈다. 아무도 그를 보지 않았다.

모퉁이를 돌자 길에 사람들이 가득했다. 왜 이렇게 이른 시간에 사람들이? 지금 동트기 전 아닌가? 검둥이 남자들과 여자들, 그리고 백인 남자들 몇 명이 있었다. 그들은 밀치락달치락하며 신이 나서 이야기를 나누고 있었다. 모두들 거리 한가운데로 모여드는 중이었다. 누군가가 자동차 보닛 위로 올라가서 사람들에게 소리를 질렀다. 줄스는 그의 말을 알아들을 수 없었다. 머리 위, 한참 높은 곳에서 하늘이 덥고 습한 하루를 또다시 준비하고 있었다. 줄스는 확실히 알 수 있었다. 혹시 자신이 해 질 녘을 동틀 무렵으로 착각한 것이 아닌가 하는 생각이 들었다. 일몰이라. 그의 머릿속이 소용돌이쳤다. 누군가가 그의 팔을 잡고 얼굴을 향해 뭐라고 외치더니 충격을 받은 표정으로 정중하게 물러나며 말했다. "그 친구가 아니잖아!" 줄스는 당신 말대로 그 사람이 아니라고 고개를 저었다.

그는 거리를 따라 움직였다. 거리 자체가 움직이고 있었다. 사람들의 머리가 오르락내리락했다. 한 블록을 걸어가니 나무들이 길 위로 아치를 그리고 있었다. 여기에는 그늘이 없었다. 누군가가 쓰레기통을 쓰러뜨리자 쓰레기통이 불끈 화를 내며 줄스 옆을 굴러갔다. 그는 쓰레기통을 피해 물러났다. 자신의 몸이 이토록 민첩한 것이 놀라웠다.

쓰레기통 안의 종이들에 화르륵 불이 붙었다. 기적이었다. 뭔가가 부서졌지만 줄스는 어디인지 알 수 없었다. 그는 이마를 문질렀다. 그는 왜 이렇게 느리게 움직이고 있을까? 가게 진열창으로 뛰어가 거기에 비친 자신의 모습을 보고 싶었지만, 그동안 사람들이 더 많아졌다. 어쩌면 어딘가에서 퍼레이드가 열릴 예정이라 사람들이 이렇게 길가에 늘어선 것인지도 모를 일이었다. 근처에서 사이렌이 왱왱 울렸다. 사람들이 그 소리를 피해 우르르 움직이기 시작했다. 줄스는 자신이 휘청거리다가 불타는 쓰레기통 안으로 들어가는 것을 보았다. 그도 틀림없이 불에 탈 것 같았다. 그는 고통의 비명을 질렀다. 바지 자락에서 연기가 피어올랐다.

순찰차가 저 앞의 교차로에 나타났지만 앞으로 다가오지는 않았다. 순찰차의 빨간 불이 빙글빙글 돌았다. 그러다가 천천히, 줄스만큼 천천히 움직여 시야에서 사라졌다.

사람들은 기뻐서 환성을 질렀다!

그는 그 기운에 휩쓸려 단번에 인도로 올라갔다. 어떤 창문이 박살 난 것이 보였다. '파머 랠스턴 박사, 안과의사'가 소유한 창문이었다. 창유리가 천천히 떨어졌다. 어떤 검둥이 소년이 고개를 움츠리고 피했다. 유리는 바닥에 떨어져 산산이 부서졌다. 누군가가 비명을 질렀다. 창 안으로 던져진 쓰레기통이 플라스틱 테의 선글라스들을 사방으로 날려 보냈다. 안경들의 폭발이었다. 스포츠셔츠를 입은 기운차고 거친 남자들이 주류 판매점 진열창으로 뛰어가 철망을 붙들고 몸무게를 실어 비틀고 잡아당겼다. 누군가가 박자를 맞춰 응원하고 있었다. "기운 내! 기운 내!" 철망 뒤의 유리가 깨졌다. 남자들은 철망 한쪽을 뜯은 뒤 아래쪽으로 비틀었다. 그들의 근육이 불끈불끈했다. 그들이 철망을 아래로 구겨서 깨진 유리 위에 깔끔하게 놓자 모두들 안으로 몰려 들어갔다. "서둘러, 서둘러! 저들이 두려워하고 있어!"

줄스는 가로등에 매달렸다. 자기 방이 어디에 있는지 기억나지 않았다. 그 방으로 기어가서 거기서 몸져눕든지 죽는 편이 나을 텐데. 거기서는 적어도 멍한 상태로 아주 천천히 돌아다니며 방황하지 않아도 될 것이다. 벌써 남자들이 술병을 들고 깨진 창문을 통해 나오고 있었다! 벌써! 줄스는 이제 겨우 이것이 어찌 된 일인지 알아차렸는데 이미 모든 일이 끝나서 휙 휙 지나가 버렸다. 열 살쯤 된 아이가 병 하나를 꼭 붙들고 깨진 유리의 미로 속을 서둘러 움직였다. 줄스는 미끄러지면서 그 아이를 잡았다. 아이는 균형을 다시 찾은 뒤 도망쳐버렸다.

줄스는 '교차로는 깨끗이'라고 적힌 표지판 근처에 서 있었다. 이것이 고정된 지점이었다. 여기에 서면 세 방향을 볼 수 있었다. 비록 잘 보이지는 않았지만. 아까보다 더 많은 사람들이 거리로 몰려나왔다. 길 한복판에 서서 지켜보는 사람들도 있고, 인도에서 몸싸움을 벌이는 사람들도 있었다. 쓰레기통이 또 불붙은 채 길로 굴러나왔다. 누군가가 소리를 질렀다. 줄스는 가로등에 매달렸다. '캔슬레이션 제화'가 뚫렸다. 구두들이 신나게 날아다녔다. 자그마한 검둥이 소년이 구두를 한 아름 들고 뚱뚱한 여자의 팔 밑으로 숨어들었다. "네가 그걸 다 신으려고?" 누군가가 들뜬 목소리로 외쳤다. 줄스는 정처 없이 모퉁이를 돌았다. 더 많은 폭도들이 상점을 공격하는 바람에 거리가 진동했다. 휴일 같았다. 길바닥이 사람들을 홀린 마법의 힘으로 흔들렸다. 이런 사람들이라니! 줄스는 길에 떨어진 신발 한 짝을 주워서 깨진 진열창 안으로 던졌다……. 잡화점이었다. 아이들이 그 안에서 우르르 돌아다니며 색바랜 샴푸 광고판과 치약 광고판을 넘어뜨렸다. 사람들의 외침이 음악처럼 사방을 들뜨게 만들었다. 공기가 그 음악으로 진동했다. 줄스의 눈에 백인 남자가 한 명 더 눈에 띄었다. 그는 자신과 비슷한 또래인 그 남자와 몇 미터 이상 떨어지지 않으려고 애썼다. 그 백인 남자는 셔츠를 열어젖히고 고함을 지르고 있었다. 분노에 찬 여자의 손톱에 긁히기라도 했는지 가슴에서 피가 흘렀다……. 그는 위스키 한 병을 들고 있었다. 줄스는 이렇게 급박하게 돌아가는 상황 속에서 자신이 얼마나 느리게 느낄 수 있었다. 줄스는 반쯤 몽롱한 상태로 조금씩 조금씩 움직이는 백인 남자였다. 그는 잠에 빠져 있었다. 믿을 수가 없었다. 잠을 자며 꿈을 꾸고 있는 것 같았다. 모든 것이 진동했다. 이거 진짜야? 또 사이렌 소리가 나고, 매캐하고 짙은 연기 냄새가 났다. 약탈자들은 신이 나서 고함을 질러댔다…….

저편 교차로를 따라 거대한 군중의 무리가 흘러갔다. 그 앞에서 뭔가가 날고 있었다……. 많은 것들이…… 돌멩이인가? 병? 군중의 목적지인 거리의 반대편 끝에는 경찰차 한 대가 옆으로 세워져 있었다. 급브레이크를 밟아서 끽 하는 소리를 내며 그렇게 멈춘 것 같았다. 그 차의 사이렌 소리가 무기력하게 울렸다. 마구 날아드는 돌멩이와 병이 비처럼 쏟아지자 경찰차가 장난감처럼 민첩하게 뒤로 물러나 인도 위로 올라섰다. 누군가가 총을 쏘자 차는 순식간에 사라져버렸다……. 병과 돌멩이의 홍수가 그 자리에 쏟아졌다. 모두들 정신없이 두 가지 자세를 취했다. 뭔가를 주우려고 몸을 숙인 자세, 또는 주운 것을 던지려고 팔을 크게 돌리는 자세. 몸을 숙이고…… 던지고…… 거리가 산산이 부서지고 있었다.

정신을 차리고 보니 줄스는 사람들에게 밀려 한쪽 방향으로 움직이고 있었다. 친숙해 보이는 동네였지만, 그것은 스냅사진에서 본 것 같은 친숙함이었다. 그가 이 풍경 속에 들어와서 걸어 다녔던 것 같지는 않았다. 그와 같은 감정이 나타난 얼굴들이 사방에 있었다. 그 얼굴들 뒤에는 믿을 수 없다는 심정이 있었지만, 겉으로 드러난 것은 엄청난 흥분이었다. '이걸 가져가! 여기야!' 사람들이 이렇게 외치는 소리가 자꾸만 들려왔다. 무리의 근육질 가장자리가 앞으로 뛰어갔다. 땀으로 번들거리는 소년들과 셔츠자락을 펄럭이는 남자들이 뭔가를 다른 뭔가의 안으로 던져 넣으려고 급히 움직였다. 줄스는 불꽃놀이를 생각했다. 계속 신경을 긁으며 울려대는 전화벨소리를 생각했다. 모든 사람에게 전화가 연결되었다. 오늘은 모두의 생일이었다. 몇 블록 떨어진 지평선 근처의 하늘에 빛이 생겨났다. 줄스는 이리저리 밀리면서 뭔가를 잡았다가 놓치고는 했다. 급히 움직이는 손가락들에서 느껴지는 경각심이 자신의 것임을 차츰 알 수 있었다.

식품점의 박살 난 진열창을 통해 여자들이 조심스레 발걸음을 옮겼다. 품에는 이미 물건들이 가득했다. 누군가가 떨어뜨린 멜론이 바닥에서 박살 났다. 병과 상자를 너무 많이 가져온 소년이 모든 걸 도로 턱에 떨어뜨리고 는 낙담해서 소리를 질렀다. 아기를 안은 여자가 가게 안으로 우아하게 들 어가 주위를 둘러보았다. 그녀의 빨간 머리는 탄력 있게 구불거리는 모양 으로 고정되어 있었다. 이 집의 단골인 그녀의 표정에는 불평불만이 가득 했다. 줄스는 가게의 정문이 부서져서 정상적인 방법으로 들어갈 수 있게 될 때까지 기다렸다.

"당신 지배인이나 뭐 그런 거야?" 어떤 여자가 그를 비웃었다.

그는 담배가 진열된 곳으로 가서 담뱃갑들을 주머니에 쑤셔넣었다. 모두 들 서두르고 있었지만 그는 전혀 급하지 않았다. 사이렌 소리가 사방에서 들려왔다. 가게 안에도 빨간 불들이 번쩍거렸다. 어떤 사람들은 고개를 움 츠리며 피했지만 아무 일도 일어나지 않았다. "놈들이 겁을 먹고 있어! 저 걸 봐. 놈들이 겁을 먹고 있어!" 어떤 남자가 소리쳤다. 줄스는 땅콩 한 병을 들어 열려고 했지만, 뚜껑이 너무 빡빡했다. 그는 병을 카운터에 내리쳐서 깬 뒤 깨진 유리 조각들 사이에서 땅콩 몇 개를 조심스레 골라냈다. 음식을 먹은 지 한참 됐는지 배가 고파서 몸에 힘이 들어가지 않았다. 레인코트 아 래로 칠칠맞게 잠옷이 보이는 백인 여자가 줄스를 밀치고 지나가서 통조림 몇 개를 잡았다...... 새우였다. 여자를 보니 엄마가 생각났지만, 사실 그녀 는 못생겼을 뿐만 아니라 미친 것 같기도 했다. 그녀는 단호하게 서서 진열 대의 새우 통조림들을 낚아채 쇼핑백에 쑤셔 넣었다. 난폭한 검둥이 소년 들조차 그녀를 밀어내지 못했다. 그녀는 팔을 아무렇게나 휘둘러서 그 아 이들을 쓰러뜨렸다.

반짝거리는 꿈(사방에서 불꽃들이 날아다녔다) 속에서 줄스는 다시 거리 를 향해 움직였다. 사람들이 아까만큼 많지 않았다. 사람들은 옥상이나 창가에 서서 지켜보고 있었다. 검둥이 여자들 몇 명이 손에 얼굴을 묻고 울었다. 굵은 연기가 거리 뒤편 어딘가에서 솟아올랐다. 사이렌 소리가 더 많이 들려왔다. 우유병 하나가 그의 옆을 날아가서 바닥에 파삭하고 떨어졌지만, 딱히 그것이 자신을 겨냥한 공격 같지는 않았다. 그는 백인 남자였지만, 별로 중요하지 않은 백인 남자였다. "카메라 있어?" 누군가가 외쳤다. 줄스는 손을 들어 아무것도 없음을 보여주었다. "이 사람 경찰이 아니야!" 누군가가 소리쳤다. 줄스는 포치 계단의 한 칸을 혼자 차지하고 앉아서 지켜보았다. 저 아래쪽에서 불길이 몇 개 솟았다. 조금 떨어진 곳에는 소방차가 서 있고 백인 소방관들이 북적거리고 있었다. 검둥이들 무리가 그들을 지켜보았다. 불꽃들로 아름답게 장식된 공기 자체가 밝고 음악적이었다. 줄스는 이런 축제 같은 분위기에는 좀처럼 익숙해질 수 없었다. 이거 지금 현실인가? 곧 종말이 다가오는 건가? 이건 마치 불타는 휘발유를 평평한 표면에 쏟아 아무 방향으로나 멋대로 흘러가게 한 것 같았다. 상황이 급박해서 누구도 손을 쓸 수 없었다. 줄스는 담배를 피우며 지켜보았다.

불길이 번지고 있었다. 사람들은 옷가지와 침구와 아이들을 품에 한가득 안고서 거리를 뛰어갔다. 팔짱을 낀 부부도 그의 옆을 지나쳐 뛰어갔다. 모두들 뛰고 또 뛰었다! 반대편 끝에서 더 많은 불길이 기다리고 있었다. 어떤 아이들이 자동차를 뒤집어 불을 질렀다. 머리를 길고 괴상한 모양으로 기른 아이들이었다. 더러운 셔츠 밑의 어깨는 근육질이고, 신발은 잔인할 정도로 코가 뾰족했다. 그들이 크고 위험한 새처럼 찢어지는 소리로 서로에게 고함을 질러댔다. 뛰어가던 부부는 서로를 팔로 감싼 채 발을 멈추고 그들을 지켜보았다. 줄스는 그들이 기뻐하는 것을 보고 마음이 움직였다. 전부 태워버려! 안 될 것도 없지! 도시가 불길 속에서 살아나고 있었고, 줄스 자신은 그 안에 앉아 짐짐 호김을 느끼고 있었다. 그을린 그의 눈 뒤에서 불꽃이 동맥을 따라 춤을 추었다.

이런 일이 일어날 것을 그는 처음부터 알고 있지 않았던가?

우드워드 쪽으로 몇 블록 떨어진 곳에 벌써 경찰들이 나타나 가게들 앞에 자리를 잡았다. 하지만 사람들은 그래도 그 가게들에 공격을 퍼부었다. 젊은 경찰관이 팔짱을 껴서 손을 총과는 거리가 먼 곳에 둔 자세로 줄스에게 다가오며 곁눈질을 했다. 그 경찰관 뒤편에서 예닐곱 명의 아이들이 싸구려 잡화점 진열창을 때려 부수고 있었다. "뭘 우물쭈물하고 있는 거야, 당신?" 경찰관이 줄스에게 소리쳤다. "빨리 와서 가져가. 금방 동이 날 테니!"

"내가 왜?" 줄스가 말했다.

"전부 공짜거든! 어서! 금방 동이 나서 하나도 안 남을 거야. 두 번 다시 기회는 없어!"

"난 필요한 것이 없어."

"시장이 전부 줘버리라고 했어! 크리스마스 선물이라고! 시장은 자기가 산타클로스인 줄 알아! 전부 공짜야!"

유리 조각들이 흩뿌려지면서 경찰관과 줄스에게까지 닿았다. 순간적으로 줄스는 눈에 유리 조각 하나가 박힌 줄 알았지만, 그런 일은 일어나지 않았다. 누군가가 비명을 질렀다. 얼굴에서 피를 흘리는 어린 소년이었다. 그가 눈을 꾹 감고 피를 철철 흘리면서 휘청거렸다. 그러다가 그가 경찰관의 다리에 부딪히자 경찰관은 그를 밀어버렸다.

덩치가 큰 또 다른 경찰관이 팔짱을 끼고 양다리를 벌린 자세로 서서 방금 불길이 일어난 가게를 지켰다. 머리카락이 제멋대로 뻗어 있었다. 그는 윗배가 묵직하게 나온 중년 남자였다. 그가 줄스에게 시선을 고정하고 입술을 움직여 뭐라고 말을 했다. 줄스는 정중하게 손을 들어 컵처럼 오므려서 귀에 댔다. "가서 마음대로 집어 가, 이 검둥아!" 경찰관이 줄스를 노려보며 말했다. "명령이 떨어지자마자 우리가 여기 있는 놈들을 전부 쓸어버릴 거니까 지금 마음껏 가져가. 수확이 좋을 때 가져가라고!" 그의 태도는 거칠고 비밀스럽고 사나웠으며, 묘하게 은밀했다. 줄스는 고맙다고 말했지만 그 자리에서 미적거리지 않았다.

　그는 몇 시간 동안 담배를 피우며 거리를 떠돌아다녔다. 연기 냄새가 났다. 모두들 허파에 검댕이 한 꺼풀씩 묻어 있을 것 같았다. 이제 확실히 뜨거운 오전이었다. 일요일 오전. 눈 안쪽 깊숙한 곳에서 수면을 요구했지만, 그의 몸은 잠을 잘 수 없었다. 거리가 떨리는 것을 느끼며 함께 진동했다. 무릎과 손가락이 저릿저릿했다. 간혹 아무 일도 없는 거리도 있었다. 사람들은 유모차와 우산을 가지고 나와서 기다렸다. 불길이 시끄럽게 이글거리는 거리들도 있었다. 소방차들이 분주히 움직였다. 소방관들은 하얀 피부와 방화복이 무거워서 움직임이 둔해진 것 같았다. 그들이 호스로 뿜어내는 물조차 허공을 향해 힘차게 올라가면서도 4층 높이의 불길 앞에서는 할 수 있는 일이 거의 없었다. 줄스는 발 옆으로 뭔가가 휙 지나가는 것을 느꼈다. 쥐였다. 녀석이 쌩하니 옆을 지나갔다. 또 다른 거리의 식품점 잔해 속에서는 커다란 쥐 여러 마리가 연기를 피워 올리는 쓰레기 더미 속에서 잔치를 벌이고 있었다. 주위의 소란에는 아랑곳하지 않았다. 쥐들! 사람들! 사이렌! 총성! 줄스는 갑자기 약에 취한 것 같은 기분이 되었다. 누군가가 그를 건드리자, 약 기운이 완벽해졌다. 과거의 줄스가 진정으로 죽은 것이 아니라 마법 같은 잠에 빠져 있었을 뿐임을 이제 알 수 있었다. 성령은 진정으로 그의 곁을 떠난 것이 아니었다.

　어떤 여자가 그를 잡아당겼다. 그가 아는 여자였다. "이쪽이에요! 빨리!" 그녀가 소리쳤다. 그녀는 밑동을 자른 청바지와 남자의 남방을 입고 있었다. 머리는 하나로 땋아 늘였다. 두 사람은 연기 속에서 몸을 움츠리고 유리 조각을 밟지 않게 조심하면서 거리를 뛰었다. 이곳에서는 이미 사람들이 모든 것을 싹 가져가 버렸고, 건물들이 불타고 있었다. 줄스는 여자의 손을 잡고 손가락을 어루만졌다. 그녀는 아직 불붙지 않은 건물의 위층으로 그를 이끌었다.

"줄스, 어디 있었어? 약탈했어? 약탈에 시간을 낭비한 거야?" 누군가가 외쳤다. 모트의 친구였는데, 줄스는 그의 이름이 기억나지 않았다.

건물 옥상에 백인들이 모여 서서 맥주를 마시고 있었다. 한 청년은 몹시 취한 모습이었다. 줄스가 막 계단을 올라오는 순간, 그 청년이 옥상 너머로 묵직한 쌍안경을 떨어뜨렸다.

"이 건물은 언제 가나? 여기에 표시가 안 돼 있는 거 확실해?" 누군가가 소리쳤다. 와이셔츠에 넥타이를 맨 빨간 머리 남자였다. 몸집이 작은 그가 누군가의 팔을 잡아당겼다. 뒤틀린 얼굴에서 땀방울들이 뺨을 타고 흘렀다.

트랜지스터라디오에서 뉴스가 흘러나오는 중이었다.

"어디 잘 수 있는 데 있어? 난 자고 싶어." 줄스가 말했다.

"잔다고? 미쳤어? 지금 혁명이 일어나고 있는데!"

그는 자신을 이리로 데려온 여자에게 다가갔다. 그녀는 어떤 청년에게 고함을 지르고 있었다. 얼굴에 흠이 있는 청년은 울고 있었다. 줄스는 여자를 돌려세워 자신과 마주 보게 했다. "아래층으로 데려다줘. 길을 안내해." 그가 말했다. 그녀가 입은 남방은 몸에 비해 너무 크고, 옷깃도 지나치게 컸다. 줄스는 그 안으로 손을 넣어 여자의 쇄골을 만졌다. 유난히 튀어나온 쇄골이 불안해 보였다. 정말 또렷한 여자네! 사랑스러운 여자야!

그녀는 무심하게 그를 밀어버리고는 자기 남자 친구에게 소리를 질러댔다. "아, 진짜! 널 보면 속이 뒤틀려!"

여기는 운동장이었다. 오렌지색으로 불타는 하늘은 비열하면서도 다정했다. 누군가가 고함을 지르며 계단을 뛰어 올라왔다. 누군가가 그에게 달려들었다. 그는 땅으로 돌아가고 싶어서 아래층으로 내려가려고 했지만, 계단이 너무 북적거렸다. 줄스가 프리츠라고 이름을 기억하는 남자가 그를 밀치고 지나가며 그에게 손톱을 세웠다. "놈들이 와! 여기까지 왔어!" 그가 소리쳤다. 줄스는 옆으로 비켜섰다. 쿵쿵거리는 발소리에 옥상이 흔들렸다. 경찰이 프리츠를 따라 옥상으로 올라와서 곤봉으로 그를 때렸다.

비명. 급박한 움직임. 머리를 땋아 늘인 여자가 젊은 경찰관에게 소리를 질러대자 그가 그녀의 얼굴을 곤봉으로 때렸다. 그녀는 앞으로 쓰러지면서도 계속 소리를 질러댔다. 그녀의 코에서 피가 쏟아졌다. 경찰관은 양다리를 벌리고 서서 그녀를 곤봉으로 때렸다. 프리츠는 건물 가장자리에서 경찰관 두 명에게 붙잡혀 곤봉으로 얻어맞고 있었다. 줄스는 그의 피가 분수처럼 허공에 곱게 뿌려지는 것을 보았다. 그가 쓰러지자 경찰관들은 그를 일으켜 세워서 다시 곤봉으로 때렸다. 얼굴, 뺨, 코, 머리, 뒤통수. 누군가가 그들을 말리려고 하자 그들은 무심히 돌아서서 곤봉으로 그 사람을 때렸다. 줄스는 그 사람의 코가 부러지는 것을 보았다. 허공으로 흩뿌려지는 피, 침처럼 길게 늘어진 피……. 또 다른 경찰관이 광기에 들떠서 사람들을 쓰러뜨리며 옥상으로 뛰어 올라왔다. 얼굴에 흠집이 있는 청년이 그에게 달려갔지만 그는 거들떠보지도 않고 고함을 지르며 청년을 옆으로 밀어버렸다. 다른 경찰관들이 그의 목소리를 듣고 행동을 멈추더니 뒤로 물러나 계단을 뛰어 내려갔다.

줄스는 그들이 길을 내줄지도 모른다는 생각에 그들을 따라 뛰었다. 그들은 줄스에게 전혀 신경 쓰지 않았다.

그는 지하까지 줄곧 뛰어 내려갔다. 심장이 쿵쿵 뛰었다. 그는 몹시 겁을 먹고 있었다. 상자 하나가 쓰러졌다. 지하의 공기는 매캐했다. 검게 탄 종잇조각들과 불꽃들이 사방을 떠다녔다. 줄스는 재 냄새가 좋았다. 허공을 떠다니는 재 맛을 느끼지 않은 적이 있었는지 기억나지 않았다. 그는 자신의 허벅지를 스친 못 속으로 걸어 들어갔다.

얼마 뒤 그는 지하실에서 올라왔다. 길 건너편에 딘딘하게 뭉친 불덩어리가 있었다……. 소방관들이 물에 젖은 길에서 미끄러졌다. 누군가가 하늘을 향해 총을 쏘았다. 곧 총성들이 이어졌다. 쥐 한 마리가 급히 그의 옆을 지나 뛰어갔다. 제가 가고 싶은 곳이 어디인지 아는 모양이었다. 쥐들. 그는 쥐가 있어도 상관없었다. 녀석들도 그에게 신경 쓰지 않았다. 급히 달려가는 쥐들은 결코 귀찮지 않았다. 녀석들도 줄스처럼 허공의 불꽃들에 홀렸음이 분명했다. 공기의 움직임, 태양의 열기로 허공 여기저기가 부르르 떠는 모습이 그에게 아무 문제도 없음을 알려주었다.

그는 죽지 않을 것이다.

다 타버린 거리에서 그는 음식을 조금 구했다. 박살 난 진열대에 남은 것이었다. 그는 쥐들을 피해 재빨리 달려 들어가서 음식을 낚아채야 했다. 이제 쥐들이 사방에 있었다. 조금 떨어진 곳에서 헬리콥터가 지나갔다. 줄스는 눈을 가늘게 뜨고 그것을 바라보았다. 자신이 저 헬리콥터에 타고 있으면 좋겠다는 생각이 들었다. 헬리콥터는 하늘에 떠서 불길 위를 아주 편안하고 당당하게 움직이고 있었다. 해는 거의 지평선에 닿아 있었다. 줄스는 자신이 거리에서 하루를 보낸 건지, 아니면 몇 시간 동안 줄곧 현란한 꿈을 꾸다가 이제야 깬 건지 기억나지 않았다. 그는 길을 건너 골목으로 향했다……. 이 소란스러운 곳에서 그는 혼자였다……. 줄스는 언제나 혼자였다. 경찰차가 그를 발견했지만 멈춰 서지는 않았다. 그는 자유에 도취해서 자유롭게 떠다니고 있었다. 그가 공기 중에서 맛본 것이 바로 그것이었다……. 자유. 지붕이 날아간 건물들, 이미 다 타버린 건물들이 뻔뻔스럽고 절망적인 자유의 발작 속에서 하늘을 올려다보았다.

집에서 멀지 않은 곳에서 그는 여전히 약탈이 진행 중인 패커 식품점을 지나갔다. 여자들은 느긋하게 쇼핑카트를 끌고 다니며 약탈했다. 아직 일요일이었다. 일요일 밤. 내일이면 디트로이트에서 일을 해야 하는 길고 긴 한 주가 시작될까? 줄스는 걸음을 멈추고 쇼핑 중인 여자들을 지켜보았다. 그들은 깨진 진열창들 사이를 쿵쿵거리며 돌아다녔다. 어떤 청년이 풍선껌

자판기를 겨드랑이에 끼고 돌아다녔다. 기계의 금속 받침대가 계속 사람들과 부딪히자, 사람들은 손을 뻗어 청년을 밀쳤다.

서 있는 줄스를 향해 어떤 소년이 뛰어왔다. 뛰는 모습이 묘하게 비틀거리며 폴짝거리는 것 같았다. 그는 품에 라이플을 안고 있었다.

고함 소리와 웃음소리가 시끄러웠다. 멀리서 아련하게 사이렌 소리가 들려왔다. 창백한 빛이 지평선을 밝혔다. 전깃불들이 팍팍 켜졌다. 뒤집어진 채 불타는 차가 보였다. 고무 타는 냄새 때문에 숨이 막힐 것 같았다. 거리가 너무 가까웠다. 총을 가진 소년이 비틀거리며 그에게 다가왔다. 줄스에게 총을 쏘려는 걸까? 그는 총알이 몸을 때리는 순간의 믿을 수 없는 충격을 느껴본 적이 있으므로, 총에 맞은 직후 뒤틀린 속으로 현실을 부정해본 경험도 있었다. '이건 현실이 아니야!' 그래서 그는 소년을 정중하게 지켜보았다. 소년의 얼굴은 이제 더 이상 소년의 얼굴이 아니었다. 머리카락은 전부 밀어버렸고, 발은 맨발이었다. 품 안의 라이플은 반짝거리는 새것이었으며, 총신의 광채가 그의 눈에 일부 반사되었다.

그는 줄스의 품으로 곧장 뛰어들어 그에게 라이플을 건네주려는 것처럼 굴었다. 그가 줄스의 허리와 허벅지에 매달려 쓰러지는 순간에야 줄스는 그가 등에 부상을 입어 피를 흘리고 있음을 알아차렸다. 그가 쓰러졌다. 줄스는 총을 들어 올렸다. 소년이 줄스의 발목에 손톱을 세우자 줄스가 외쳤다. "놈들이 이걸 어디서 구해준 거야? 누가 구급차 좀 불러!" 소년은 미동도 없이 누워 있었다. 줄스는 그를 내려다보며 옆으로 물러났다. 여자들이 뛰어왔다. "어쩌다 등에 총을 맞은 거야, 이렇게 어린 애가?" 어떤 여자가 소리쳤다. 줄스는 살금살금 그들에게서 멀어졌다. 소년은 움직이지 않았다. 줄스는 선물받은 총의 느낌이 마음에 들었다.

"누가 구급차 좀 불러, 구급차!" 여자들이 줄스를 옆으로 밀어내며 줄스와 똑같은 말을 외쳤다.

줄스는 거기서 탈출했다. 얼마 전부터 라이플 소리를 들으면서도 그 소리가 정확히 무엇인지 몰랐는데, 이제는 사방에서 그 소리가 들리고 있었다. 날이 점점 어두워졌다. 가로등은 총에 맞아 망가진 상태였다. 헤드라이트를 켠 자동차 한 대가 다가오자 줄스는 총을 꽉 쥐고 어떤 집 문간으로 몸을 웅크렸다. 경찰차가 아니라 평범한 차였다. 헤드라이트가 그를 휙 훑고 지나간 뒤 누군가가 소리를 질렀다. "백인이야! 어이! 차에 태워줄까?"

"그래 주면 고맙지." 줄스가 말했다.

"그럼 타! 어서!"

켄터키 청년들이 차에 한가득 타고 있었다. 술에 취한 그들은 몹시 친절했으며, 모두 줄스처럼 라이플을 갖고 있었다. 뒷자리에 앉은 여자는 뭔가 불평을 늘어놓는 중이었다. "존 로지로 가, 이 자식들아! 난 피프스 애버뉴의 삭스 백화점으로 가고 싶다고!" 그녀가 소리쳤다. 줄스는 비좁은 뒷자리로 비집고 들어갔다. 다들 그를 위해 공간을 만들어주었다. 그는 열아홉 살쯤 되어 보이는 청년 옆에 앉았다. 청년은 얼굴이 하얗고 공허했다. 청년에게서 위스키 냄새가 났다. "어쩌다 거기 있었어요?" 운전대를 잡은 청년이 소리쳤다.

"이다음에 우회전해." 줄스가 말했다. 이 청년들에게 도움을 줄 수 있다는 것, 그 도움을 바탕으로 이들 틈에 끼어들 수 있다는 것이 반가웠다.

다들 기뻐했다. 그들이 그에게 병 하나를 건넸다. "먼저 삭스에 들른 다음에 곧바로 허드슨스로 가는 거야!" 여자가 소리쳤다.

"웃겨. 우린 메트로 공항으로 갈 거야. 비행기를 빼앗을 거라고!"

"뭘 빼앗아? 비행기를 조종해본 적도 없잖아!"

"조종사를 시키면 되지, 멍청이! 비행기를 빼앗는다는 건, 조종사랑 승객까지 포함해서 전부 빼앗는다는 뜻이야."

"그 사람들을 가지고 뭘 할 건데?"

"다 생각이 있어."

고속도로를 향해 차가 쌩쌩 달렸다…… 거리가 어두웠다. 가로등이 총에 맞은 탓이었다……. 길에는 깨진 유리가 널려 있었다. 청년들은 주택들을 향해 아무렇게나 총을 쏘아댔다. 줄줄이 늘어선 집들이 모두 어두웠다. 불이 켜진 집이 하나 보이자 청년 세 명이 총을 쏘아 창문들을 깨버렸다. "저 잘난 척하는 놈도 이제 알았을 거야!" 그들이 외쳤다.

병원 옆에 경찰 바리케이드가 있어서 그들은 거칠게 유턴을 했다. 이제 그들은 조금 전과 똑같이 빠른 속도로 어딘가 다른 곳을 향하는 중이었다. 줄스는 기관총 소리를 들었다. 예전에 영화에서 그런 소리를 들은 것이 전부라서 지금도 그 소리가 현실 같다거나 위험하게 여겨지지 않았다. 여자가 운전자에게 고함을 지르며 그의 목을 후려쳤다. 그녀는 몹시 어렸으며, 통통한 얼굴에는 줄무늬가 그려져 있고 립스틱은 바르지 않았다. 아니, 립스틱이 얼굴에 번져 있었다. 그녀는 심하게 취한 상태였다. 뭔가가 자동차 창문 하나를 때리더니 유리 조각이 줄스의 뺨으로 날아들었다. 깜짝 놀란 그는 곧바로 유리 조각을 뺨에서 빼내 창밖으로 던졌다. 옆에 앉은 청년이 웃음을 터뜨렸다. 줄스는 콸콸 쏟아지는 피를 다시 빨아들여서 멈추게 하려는 것처럼 뺨을 빨아들였다.

자동차 속도가 너무 빨랐다. 차체가 차츰 흔들리기 시작했다. 헤드라이트 하나가 총에 맞았는지 부서진 건지 꺼져 있었다. 줄스는 라이플을 들어 창밖의 거리를 겨냥했다. 이 총이 그의 뜻대로 움직여주지 않는다면? 이 밤에 또 어디서 총을 구할 수 있을까? 총이 말을 듣지 않는다면, 그는 앞으로 몇 달 동안, 아니 평생 동안 또 무기력하게 살아갈 것이다. 차 안의 청년들은 잔뜩 들떠서 몹시 시끄러웠다. 줄스는 그들에게 마음이 끌렸다. 급격하게 방향을 바꾸며 흔들리는 자동차가 사실상 그의 몸을 그들에게 내던지다시피 했다.

여자가 찢어지는 소리로 외쳐댔다. "저것 좀 봐! 저기! 군인들이야!"

"이런 젠장!"

군인들을 실은 차가 불을 끈 채 저 앞쪽의 교차로를 가로지르고 있었다. 라이플에 총검을 꽂은 군인들이 차 위에 서서 줄스의 차가 있는 방향을 곧바로 바라보고 있었다. "불을 끄는 게 좋겠어." 줄스가 말했다.

운전자가 불을 껐다.

"세상에, 군대를 불러냈어! 나도 군대에 가는 거야?" 청년 한 명이 외쳤다.

운전자는 속도를 늦추지 않았다. 호기심에 찬 그는 교차로를 향해 거칠게 달려들었고, 줄스는 그들의 농담에 멍해져서 고개를 움츠릴 생각조차 하지 못했다. 하지만 군인들의 차는 계속 도로를 달려갔다.

이제 불길이 있는 곳이 가까워졌다. 사이렌 소리, 총성, 작은 폭음도 들려왔다. "독립기념일이야!" 여자가 말했다. 청년 한 명이 불타는 건물에 총을 쏘았다. 도로 저편 먼 곳에서는 경찰들과 군인들이 소방차를 고리처럼 둘러싸고 서 있었다.

"노엘, 전부 차에 태우는 게 아니었어!" 누군가가 말했다.

운전자가 다른 길로 접어들었다. "난 지금 어두운 데서 망할 고속도로를 찾으려고 애쓰는 중이야. 시내의 불이란 불은 전부 총에 맞아 꺼져버린 상태에서 길을 찾으려고 하고 있다고." 그가 말했다. 총알들이 비처럼 연달아 차를 두드렸다.

차는 심각한 피해를 입지 않았다.

"이거 검둥이들이 쏘는 거야, 아니면 경찰이야?" 누군가가 물었다.

청년들은 거리의 불타는 건물들을 향해서, 아니면 불은 나지 않았지만 인적이 끊겼음이 분명한 건물들을 향해서 총을 쏘았다. 검둥이 한 명이 몸을 움츠리고 골목으로 들어갔다. 모두들 총을 쏘았다. "저놈 잡았다!" 그들이 외쳤다. 하지만 이미 확인하기에는 너무 늦었다. 자동차 속도가 지나치게 빨랐다. 차가 바닥에 떨어져 있던 뭔가를 밟고 지나가는 바람에 덜컹거리면서 줄스 옆의 창문이 대부분 떨어져 나갔다. 삐죽삐죽한 유리 조각만 남았다. 줄스의 몸이 계속 그쪽으로 내동댕이쳐지면서 팔꿈치가 유리에 찔렸다. 예리하게 찌르는 듯한 통증이 사라졌다가 되돌아오기를 반복했다. 자동차가 덜컹거리는 덕분에 그는 다시 기분이 좋아졌다. 이제 청년들은 디호코의 감옥에 들어가 있는 친구 이야기를 했다. 그 친구를 탈옥시키자고 말하는 그들의 목소리가 격정적으로 울렸다. 약에 취한 것 같았다.

줄스의 얼굴을 타고 피가 흘러내렸다. 피. 그는 피를 생각했다. 어린 시절의 두 소녀, 쌍둥이도 생각했다. 시내에서 칼에 찔려 죽은 쌍둥이. 한 명은 집 앞에서 공격을 당해 쓰러졌고, 다른 한 명은 쫓기다가 칼에 찔렸기 때문에 길을 따라 피가 가느다란 개울처럼 흘렀다. 다음 날 아침 모두들 그 피를 보려고 밖으로 나왔다……. 헥트 쌍둥이…… 피. 줄스의 피가 그의 귓가에서 박동했다. 정신없이 쿵쿵거리는 피 속에서 뭔가 무거운 것, 단단하고 격렬한 확신 같은 것이 모습을 드러냈다. 그것이 그를 지워버리는 것 같았다. 차는 연기가 자욱하고 뜨거운 어둠 속을 질주해서 더 커다란 어둠으로 향했다. 줄스는 이제 자동차의 흔들림과 청년들이 외치는 소리와 자신의 성숙함 속에서 돌처럼 단단한 확신을 느낄 뿐이었다.

"세상에, 조심해!"

길에 떨어져 있는 뭔가를 피하기 위해 차가 급하게 방향을 틀었다. 똑바로 누워 있는 남자, 시체였다. 콘트라베이스가 그의 옆에 쓰러져 있었다.

그들은 방향을 획 꺾어서 다른 길로 들어섰다. 앞쪽에 소방관들과 경찰들이 몰려 있었다……. 바리케이드도 세워져 있었다……. "젠장, 이제 더는 방향 안 돌려! 오늘은 이제 지긋지긋해!" 운전자가 말했다.

다들 운전자에게 소리쳤다. "노엘! 이 멍청아! 서 실노 들어가!"

하지만 그는 방향을 돌리지 않았다. 성난 표정으로 고개를 젓더니 바리

케이드를 향해 곧바로 돌격했다. 타이어 한 개에 펑크가 나서 차가 절룩거리는 것 같았다. 줄스는 경찰관 한 명이 라이플을 들어 올리는 것을 보고 고개를 움츠렸다. 차 안의 누군가가 총을 쏘고…… 총성이 연달아 났다……. 줄스는 날아다니는 유리 조각 때문에 앞을 볼 수 없었다.

"노엘, 이 자식! 봐!" 누군가가 외쳤다.

차가 펄쩍 뛰듯이 옆으로 돌았다. 브레이크에서 끽 하는 소리가 났다. 이제 그들은 인도에 올라와 있었다. 어딘가에 충돌한 상태였다. 엄청난 충격이 왔다. 줄스의 양손이 머리에 납작하게 붙었고, 몸을 마음대로 놀릴 수 없었다. 그는 앞 좌석 쪽으로 내동댕이쳐졌다. 가슴이 움푹 꺼진 것 같았다. 그러다 다시 숨을 쉬면서 자동차 문을 향해 쓰러졌다. 문이 열렸다. 이제 그는 밖에 나와 있었다. 인도가 안전한가? 라이플도 그와 함께 굴러나왔다. 라이플. 몸이 완전히 쓰러지기 전에 그는 균형을 잡고 다리를 움직였다. 그리고 라이플을 움켜쥐고는 냅다 도망쳤다. 총성이 여러 번 들렸다.

그 거친 자동차 여행이 그에게 힘을 주었다. 그는 몸을 거의 반으로 접은 채 달렸다. 양손을 들어 총을 앞으로 들어 올린 자세였다. 그는 골목에 있었다……. 어딘가의 알 수 없는 도로와 연결된 곳이었다……. 타오르는 불길에서 나온 빛이 벽에 부딪혀 빛났다……. 그는 달리는 것을 멈출 수가 없었다! 충돌한 차에서 튀어나와 군인처럼 라이플을 들고 혼자 이렇게 도망치고 있는 사람이 결국은 줄스인 건가? 총알 하나가 그의 옆을 횡 지나갔다. 그는 옆으로 펄쩍 뛰어 피한 다음, 어떤 가게 진열창에 남아 있던 유리를 깨부수고 휘청휘청 안으로 들어갔다. "세상에!" 그가 큰 소리로 외쳤다.

꽃집이었다. 줄스는 총을 들고 깨진 유리에 미끄러졌다. 짓이겨진 꽃, 짓이겨진 냉장고, 악취를 풍기는 꽃. 모든 것이 부서져 가루가 되어서 발에 밟혔다. 현금등록기는 내동댕이쳐진 상태였다. 줄스가 고개를 움츠리자 뒤편의 깨진 창문을 통해 그에게 총을 쏘았던 남자가 들어왔다. 그는 경찰관이었다. 낯선 사람. 그가 줄스에게 고함을 질렀다. 왜 소리를 지르는 거지? 왜 저렇게 이상하게 화를 내는 거지? 그의 커다란 얼굴을 일그러지게 만든 감정을 줄스는 이해할 수 없었다. 그는 평범한 중년 남자였으며, 낯선 사람인데도 줄스에게 인신공격을 퍼붓고 있었다. 그가 줄스의 머리를 부수려고 라이플의 개머리판을 들어 올렸다. 줄스는 옆으로 펄쩍 뛰어서 피했다. 그리고 자신의 라이플을 휘둘러 남자의 어깨를 스치듯이 때린 다음, 다시 얼굴을 때리는 데 성공했다. 경찰관은 고함을 지르면서 그에게 매달려 그를 덮치듯이 쓰러질 것 같았다. 줄스는 숨을 몰아쉬며 깨진 유리 조각들 위에서 비틀비틀 뒷걸음질을 쳤다. 그가 외쳤다. "세상에, 나한테 기회를 줘요. 내가 뒷문으로 나갈 테니까. 응?" 경찰관의 라이플이 줄스의 다리와 엉켜 있었다. 줄스는 총을 옆으로 차냈다. 그리고 갑자기 폭발적으로 힘을 내서 그의 목을 움켜쥐고 비틀었다. 남자는 유리 위에서 미끄러져 쿵 쓰러졌다. 줄스는 자신의 총을 다시 낚아채듯 들었다. 남자는 도무지 고함을 멈추려 하지 않았다. 그가 줄스의 다리를 향해 달려들었다. 줄스는 그의 얼굴을 후려치는 수밖에 없었다……. 이번에는 남자의 코뼈가 부러지는 것이 느껴졌다…….

이제 그가 할 수 있는 일은 다 했다. 모두 끝났다. 피가 정신없이 흘렀고, 그의 잘못은 하나도 없었다. 왜 그가 여기서 멈춰야 하는가? 그는 라이플로 남자의 얼굴을 겨냥하고 방아쇠를 당겼다.


8


약탈 둘째 날, 로레타는 친구와 함께 텔레비전을 본 뒤(그녀의 텔레비전은 이미 오래전에 고장 났다) 용기를 내서 밖으로 나갔다. 텔레비전은 이미 질릴 만큼 보았다. 시장의 보고, 주지사의 보고, 대통령의 보고, 뉴스, 흥분 속에서 끊임없이 약동하듯 이어지는 뉴스, 사진들, 말……을 더 이상 견딜 수 없었다. 그녀는 몇 블록 떨어진 곳의 박살 난 가게로 가서 주위를 둘러보았다. 그리고 뒤편의 폐허 속에서 휴대용 텔레비전을 발견했다. 검둥이 몇 명이 주위에 북적거렸다. 검둥이 남자 하나가 그 텔레비전을 차까지 들어다 주겠다고 정중히 제의했지만, 그녀는 차가 없다고 대답했다. 집이 바로 근처라고.

그녀는 텔레비전을 들고 집에 도착하자마자 걱정하기 시작했다. 텔레비전이 작동하지 않았다. 그녀는 햇살 무늬 모양의 작고 반짝이는 마분지 설명서를 읽어보았다. 거기에는 '품질 보증'이라고 적혀 있었지만, 화면을 심하게 멋대로 가로지르는 선들을 없애는 방법에 대해서는 한마디도 없었다. 그래서 그녀는 아무짝에도 쓸모없는 화면을 뚫어져라 바라보고 앉아서 속이 뒤집히는 것 같았다. 그날 밤 그녀가 사는 건물에 불이 났다. 누군가가 정문 로비에 화염병을 던진 것이다. 소란 속에서 로레타는 바닥에 넘어져 다리에 멍이 들었지만, 어찌어찌 밖으로 나오는 데 성공했다. 텔레비전을 비롯해서 그녀가 가진 모든 것이 불길에 타버렸다.

힘없이 흐느끼는 사람들과 함께 그녀는 피서 YMCA로 이끌려 갔다. 사람들이 그녀에게 먹을 것을 주고, 담요도 주었다. 그녀는 한동안 조용히 앉아서 텔레비전을 생각했다. 그걸 훔친 탓에 벌을 받은 것 같았다. 하지만 이내 그 기억이 희미해지면서 지금 있는 이곳에 대한 관심이 자라났다. 그녀는 뚱뚱한 검둥이 여자와 이야기를 시작했다. 두 사람 모두 어떻게든 상냥하게 굴면서 뭔가를 증명하려고 열심이었다. 검둥이 여자는 울면서 자식 일곱 명을 걱정했다. 이런 난리 통에 아이들은 전부 어디에 있어요? 그 말썽쟁이들은 항상 멋대로 돌아다니면서 항상 문제를 일으킨다니까요! "우리더러 이 담요로 뭘 하라는 거죠? 이런 날씨에. 세상에, 기온이 또 거의 32도, 35도예요!" 여자는 울었다.

로레타는 얼이 빠진 표정의 친절한 대머리 남자와도 이야기를 나눴다. 그는 우체국에서 우편물을 분류하는 일을 한다고 말했다. 그의 이름은 해럴드였다. 그의 집은 첫날, 그 블록에서 가장 먼저 불타버렸다. 왜 놈들이 그의 집을 골라서 태웠을까? 일부러 그런 걸까? "난 항상 유색인들한테 잘 해줬어요. 유색인 청년들이 우체국에서 많이 일하거든요. 난 항상 그 친구들한테 진짜 잘해줬어요." 그는 로레타에게 열심히 말했다. 그는 그 집이 완전히 자기 것이 된 지 겨우 3년밖에 되지 않았다고 로레타에게 말했다. 15년간 대출금을 갚은 끝에 집을 완전한 자기 것으로 만들었다고. 그의 아내는 그 집에서 세상을 떠났다. 뒷방에서. 로레타는 아이들이 있느냐고 그에게 부드럽게 물었다. "네. 아이가 넷인데, 전부 사방에 흩어져서 살고 있어요." 그가 슬픈 얼굴로 말했다. 이것이 묘하게 그녀의 심금을 울렸다.

"부인은 어때요? 자식이 있나요?" 그가 말했다.

"우리 애들도 전부 사방에 흩어져서 살고 있어요." 그녀가 말했다. 랜의 경우에는 아예 어디에 있는지 감도 잡을 수 없었다. 그래도 랜은 제 몸 하나쯤 건사할 수 있는 아이였다.

로레타는 등을 기대고 앉아서 지켜보았다. 이런 상황에서도 무너지지 않고 그냥 기다리는 것처럼 보이는 사람들이 있었다. 자신의 목적지를 확실히 알고 기차역에서 기차를 기다리는 사람들이라고 해도 될 것 같았다. 이렇게 품위를 유지하는 사람들 중에는 백인도 있고 검둥이도 있었다. 로레타는 자신도 그렇게 품위를 지키기로 했다. 지금까지 살아온 인생이 지긋지긋했다. 그녀는 우체국에서 일하는 남자 해럴드에게 쾌활하고 품위 있는 태도로 말했다. "선생님이 죽거나 다치지 않았다는 게 중요해요. 저는 그렇게 생각하고 있어요." 그는 심오한 말씀을 들은 것처럼 그녀의 말을 곰곰이 생각해보았다. 시간이 흐르면서 로레타는 다시 기운이 나고 오기심이 살아났다. 정문 로비로 화염병이 날아 들어왔을 때 자신이 더 좋은 옷을 입고 있지 않았던 것이 유감이었다.

지금 있는 곳에는 발목이 잡힌 사육제 같은 분위기가 있었다. 한곳에서 축제가 너무 오래 진행되는 것 같은 분위기. 서로 안면이 없는 수많은 사람들이 이렇게 한자리에 모여서 참을성 있게 뭘 하고 있는 걸까? 로레타는 아기를 데리고 있는 젊은 백인 여자를 도와 아기의 더러운 옷을 갈아입혔다. 간호사를 따라다니며 돕기도 했다. 어쩌면 그녀 역시 간호사가 되어야 할 것 같았다. 학교에 가서 간호사 교육을 받아 진짜로 간호사가 될까? 간호사는 존경받는 직업이었으며, 품위와 가치를 지니고 있었다. 로레타는 어린아이들을 돌보는 일을 도왔다. 아이들이 울어대는 소리가 거슬렸지만 참았다. 여기 있는 아이들은 작은 일에도 움찔거렸다. 히스테리를 부리는 아이들도 있었다. 무슨 수를 써도 달랠 수가 없어서 아이들이 울다 지칠 때까지 내버려 두어야 했다. 기운이 빠지면 아이들은 늘어져서 잠이 들었다. 로레타는 자기 아이들을 다시 생각했다. 줄스, 모린, 베티, 랜이 무기력한 아기이던 때를 떠올리자 따스함이 밀려들었다. 그녀가 아이들을 가장 사랑한 때가 바로 그 시기였다. 그때는 아이들을 깊이 사랑하는 것이 가능했다. 지금은 고집 세고 갈 곳 잃은 사람으로 자란 아이들이 사방으로 달아나 버렸다. 이제는 그 아이들이 로레타 자신의 자식 같지 않았다. 아이를 낳아 기르는 것은 아주 기묘한 일이라서 거의 수수께끼와 같았다. 어쩌면 그녀가 최고의 아이들을 낳지 못한 것이 그녀의 실수인지도 몰랐다. 어쩌면 줄스와 모린 사이에 환상적인 아들이 있을 수도 있었을 텐데. 줄스의 머리와 모린의 다정함을 지닌 아이. 하지만 그녀가 실패한 탓에 그 아이는 태어나지 않았다. 아니면 베티와 랜 사이에 터울이 한참 길어진 것이 실수인 것 같기도 했다. 최고의 아이가 바로 그 시기에 태어날 운명이었는지도 모르는데 그녀가 아이를 낳지 않았으니, 그녀의 잘못이었다. 그 시간은 흘러가 버렸고, 이제 그녀가 다시 아이를 낳는 일은 없을 것이다.

"아이들은 끔찍하지만, 아이를 더 낳을 수 없다고 생각하면 슬퍼지죠." 그녀가 해럴드에게 말했다.

그는 고통스러운 표정으로 고개를 끄덕였다.

"내게 아이들이 있었는데 전부 떠나버렸다는 생각을 하면 더 외로워져요." 그녀가 말했다. 그녀는 품위 있게 천천히 말하면서 단어를 골랐다. 텔레비전 방송을 많이 본 덕분에 그녀는 단어에 신경을 쓰게 되었다. 마치 그녀가 지금 텔레비전에 출연해서 말하고 있는 것 같았다. "하지만 또 한편으로는, 그게 뭐 어떻다는 건가, 누구나 외롭게 마련인데, 이런 생각도 들어요. 그게 바로 비결이죠. 모두 외롭게 살아가고 있지만 손을 쓸 방법이 없다는 것. 지금 여기에서도 모두들 외롭잖아요. 할 수만 있다면 당장 일어나서 여길 떠나 서로 다시는 만날 일이 없을걸요. 우리 모두 그렇게 살아가고 있어요."

"정말 그런가요?" 남자가 고뇌에 찬 얼굴로 물었다.

그가 고개를 들어 그녀를 빤히 바라보았다. 안경을 쓴 그의 눈은 곤혹스러운 표정으로 촉촉하게 젖어 있었으며, 품위가 없었다. 목에는 때가 묻어서 주름이 도드라졌다.

두 사람에게 도시의 북서쪽 끝에 있는 한 집이 배정되었다. 그 집 식구들이 '폭동 피해자' 다섯 명을 받아들이기로 한 덕분이었다. 로레타는 자신이 특별히 뽑힌 손님 같다고 느끼면서 조심스럽고 우아하게 행동했다. 식사 시간에 상을 차리는 것과 식후 정리를 도왔으며, 모든 사람과 이야기를 나눴다. 천천히 말하는 것도 잊지 않았다. 그녀가 거의 할머니가 되어도 좋은 나이라는 말을 아무도 믿지 않았다. 하지만 그건 사실이었다. 정말로 사실이었다. 그녀는 거의 할머니가 되어도 좋은 나이였다. "이제 머지않아 내 딸이 아이를 낳을 거예요." 그녀가 말했다. 그러고는 사람들이 묻기 전에 미리 대답했다. "아뇨, 그 애는 디어본에 안전하게 잘 있어요. 다행이쇼." 그래서 그녀는 아파트와 세간을 모두 잃은 것에 대해 불평할 수 없었다. 그녀는 오

그들 695

로지 살아남아서 손주를 볼 수 있기를 원할 뿐이었다. 그녀는 '그때'를 위해 삶을 허락해주신 하느님에게 감사했다.

그들이 사흘 동안 머무른 집은 현관문과 이어진 복도, 벽난로 두 개가 있는 커다란 벽돌집이었다. 로레타는 남몰래 집에 감탄했다. 이 집의 안주인 (교회 일에 종사하고 있는 까다롭고, 비쩍 마르고, 신경질적인 여자)은 바지를 입고 있을 때조차 아주 우아한 것 같았다. 그녀는 언제나 숙녀처럼 행동했으며, 호의를 베푼 것에 대해 결코 생색을 내지 않았다. 그녀의 손가락에는 커다란 다이아몬드 반지가 있었다. 사실 안주인은 '손님들'과 이야기를 나눌 때 수줍어하며 희망을 내보이는 것 같았다. 특히 유색인 손님들을 대할 때에는 마치 그들의 판단 앞에 자신을 드러내는 것처럼 보였다. 그녀는 '시대정신'을 여러 번 입에 담았다. 게토의 비극, 빈민가 악덕 집주인들의 범죄에 대해서도 말했다. 짧은 커트 머리의 그녀는 남의 말에 동의하거나 반대할 때 고개를 자주 흔들며 자신의 뜻을 분명히 했다. 안경을 쓴 그녀의 남편은 구강외과 의사라고 했다. 로레타는 이런 용어를 처음 들었다. 그녀가 보기에 집주인 부부는 정말 멋진 사람들이었다. 이렇게 멋진 집에서 살고, 말만 하면 팬케이크 서른 장을 뚝딱 구워내고, 수건도 아낌없이 나눠주다니.

시내에서 멀리 떨어진 이곳에서는 산책을 나가도 걱정할 필요가 없었다. 그녀는 해럴드와 자주 밖으로 나가 느긋하게 걸어 다니며 주변을 구경했다. 경찰차들이 항상 세븐마일로드를 지나갔다. 병사들을 태운 차가 길가에 서 있고, 아직 소년처럼 보이는 주 방위군 병사들이 엄숙하고 슬픈 표정으로 로레타와 해럴드를 지켜보았다. 이 주의 다른 곳에서 사는 자기들 부모를 생각하는 걸까? 병사들 중 일부는 건물 경비에 투입되었다. 그들은 라이플을 내민 채 몇 시간 동안 가만히 서 있어야 했다. 로레타는 그들이 몹시 안쓰러웠다. 어딜 봐도 경찰, 경찰차, 군인이 있었지만 그들의 움직임은 기운 없고 굼떴다. 기운이 팔팔한 사람들은 이 도시의 다른 지역에 있었다.

목요일 저녁에 다 같이 텔레비전을 보았다. 지역방송국인 WDET-TV가 웨인 주립 대학에서 찍은 프로그램이었다. 모두들 거실 옆방에 앉아 있었다. 로레타는 이 방처럼 벽에 벽널이 붙어 있는 곳을 한 번도 본 적이 없었다. 텔레비전 프로그램은 폭동에 대해 이야기했다. 로레타는 우체국에 근무하는 친구와 나란히 앉았다. 그는 항상 다정하고 상냥하며 넋을 잃은 것 같은 표정으로 그녀 주위를 맴돌았다. 이 집의 안주인은 바지 차림으로 바닥에 앉아 뼈가 앙상한 주먹을 무릎 위에서 교차시켰다. 로레타는 이곳, 이 방, 이 아름다운 방에 이 모든 사람들과 함께 있는 것만으로도 정말 행복했다! 모두들 친절한 사람이 되려고 열심히 노력했다. 검둥이 여자 두 명이 특히 열심이었다. 그들은 말이 거의 없었으며, 어쩌다 입을 열 때는 미안해하는 것처럼 부드러운 목소리를 냈다. 로레타는 이 새로운 생활이 너무나 만족스러워서 몇 분 동안 텔레비전에 별로 주의를 기울이지 않았다. 그녀에게는 별로 관심 없는 이야기들이 나오고 있었다. 폭동을 찍은 뉴스 화면, 연기가 자욱한 거리, 부서진 상점들, 병사들을 태운 차, 탱크의 단조로운 총성, 낙하산병의 모습이 계속 되풀이되는 통에 그녀는 지쳐버렸다. 하지만 그보다 더 싫은 것은 순전히 말밖에 없는 프로그램들이었다.

폭동이 시작된 뒤로, 그러니까 그것이 '폭동'으로 규정되자마자 수많은 토론 프로그램들이 방영되었다. 이 집 가족의 친구이며 반백의 미남인 신부가 이 집에서 저녁 식사를 마친 뒤 이곳에 머무르는 사람들을 모두 데리고 토론을 이끈 적도 있었다. 커피 잔을 손에 든 그는 언변이 아주 좋고 진지했다. 지금 방영 중인 텔레비전 프로그램은 토론 연습이 충분하지 않았는지 자꾸 뚝뚝 끊겼다. 어떤 남자가 다른 사람들에게 의견을 묻는 중이었다. 그리고 의견들이 한없이 이어졌다! "백인들의 미국에 심각하고 비극적인 시기…… 아버지들의 죄…… 억압…… 사악함…… 자벌……"

"자, 이제 피어시 박사께 여쭤보죠." 사회자가 말했다. "피어시 박사님, 이곳 디트로이트에서 인종 관계에 대한 박사님의 주장은 많은 사람들이 잘 알고 있습니다만, 저희 시청자들께 한 번 더 설명해주시겠습니까? 피어시 박사님은 디트로이트의 빈곤 퇴치 행동 연합 신임 회장이십니다. 연방 빈곤 프로그램의 산하단체로서 풍부한 자금을 바탕으로 활발히 활동하고 있죠. 박사님은 또한 웨인 주립 대학 사회학과 조교수로서……."

피어시 박사는 안경을 쓰고 있다가 낚아채인 사람 같은 모습이었다. 그의 눈은 색이 연하고 푹 꺼져 있었으며, 얼굴은 눈을 가늘게 뜬 표정으로 굳어 있었다. "모든 걸 갈아엎어야 할 겁니다." 그가 거칠면서도 정중한 태도로 말했다. 그러자 사회자가 그와 시청자들을 향해 담담한 미소를 지었다. "이런 말을 하는 것이 유감이지만, 진실을 말하는 수밖에 없습니다." 로레타는 그의 말에 별로 주의를 기울이지 않았지만, 그가 좋은 집안 출신임을 알 수 있었다. 그는 안경을 쓰지 않았는데도 안경을 바로잡으려는 것처럼 계속 한 손을 들어 올렸다. 로레타는 혹시 폭동 중에 안경이 부서진 것인지도 모르겠다는 생각이 들었다. "저는 쥐가 들끓는 건물들에 가보았습니다. 더러운 방에서 열다섯 명이 넘는 사람들이 먹고 자고 살고 있죠. 저는 확신합니다." 그가 눈을 이리저리 굴리며 말을 이었다. "우리 사회를 갈아엎어야만, 새롭고 아름답고 평화로운 사회를 세울 수 있습니다. 이건 우리가, 그러니까 백인 중산층이 지금까지 익숙하게 알고 있던 세상이 끝난다는 것을 의미합니다. 하지만 우리는 반드시 그 사회를 실현하고 인정해야 합니다. 그런 사회를 만들기 위해 노력해야 합니다. 그러지 않으면 역사 속에서 히틀러나 스탈린처럼 인류의 억압자라는 길을 따라가게 될 겁니다. 지금도 우리는 베트남의 혁명을 진압하기 위해 피투성이 전쟁을 벌이고……."

"죄송합니다만, 피어시 박사님, 박사님 동료들도 같은 생각을 하고 계십니까? 동료분들의 말씀을 들어도 될까요?"

카메라가 움직이더니 양복 차림의 젊은 검둥이를 비췄다. 하지만 아무래도 방송 사고인 모양이었다. 검둥이는 겁먹은 얼굴로 고개를 저어 자신이 박사의 동료가 아니라는 뜻을 전했다. 카메라가 다른 남자, 백인 남자에게로 향했다. 검은 머리에 하얀 얼굴을 한 그는 피어시 박사보다 더 호리호리하고 날카로운 외모였다.

로레타는 화면을 뚫어져라 바라보았다. 그 남자는 그녀의 아들 줄스였다! "세상에." 그녀가 속삭이듯 말했다.

줄스는 검은 와이셔츠만 입었을 뿐, 넥타이도 겉옷도 없었다. 어디서 겉옷이라도 좀 빌려 올 일이지. 로레타는 창피해서 얼굴이 뜨겁게 달아올랐다. 그녀는 살에 손톱을 박았다.

"네, 저는 이번에 새로 위원회에 합류했습니다." 줄스가 누군가의 질문에 헛기침을 하며 대답했다. 목소리가 지나치게 컸다. "피어시 박사님이 바로 얼마 전에 저를⋯⋯."

왜 저렇게 목소리가 큰 거야? 게다가 그의 얼굴 한쪽에 뭔가가 있었다. 길게 긁힌 자국. 말도 안 되는 일이었다. 로레타는 벌떡 일어나서 텔레비전을 꺼버리고 싶었다.

"웬들 씨, 이제부터 어떻게 될 것 같습니까? 이번 일이 미국에 무슨 의미일까요?"

"미국의 모든 것이 살아나고 있습니다. 제한을 뚫고 살아나고 있어요." 줄스가 열렬히 말했다. 그의 얼굴이 유쾌했다. 잘생겼지만 세파에 시달린 얼굴. 그런데 어딘지 초점이 없는 것 같았다. 그의 빠르고 거친 목소리가 강한 바람 속에서 말하는 사람의 목소리처럼 절박하게 이어졌다. 로레타는 눈을 감았다. 너무 비참해서 심장이 방망이질을 하고 있었다.

"ㄱ 화재들이 얼마나 필요한 일인지 여러분께 설명하고 싶습니다. 거리의 사람들도 역시, 여기 모트의⋯⋯ 피어시 박사님의 밀처럼, 그대야 모든 것을 다시 세울 수 있어서가 아닙니다. 흑인과 백인이 함께 사는 사회, 아니면 흑인이 자기들끼리만 사는 사회, 그런 것은 중요하지 않습니다. 그런 건 신문이나 보험회사들만 좋아하는 일이죠. 불은 그저 탈 뿐이고, 영원히 타오르는 것이 불의 임무임을 반드시 알아야 합니다. 불은 결코 꺼지지 않을 겁니다……."

"잠시만요, 웬트웰 씨, 방금…… 그 말씀은…… '불은 그저 탈 뿐이고, 영원히 타오르는 것'이 불의 임무라고요?"

로레타는 눈을 떴다. 어쩔 수 없었다. 그녀의 아들이 카메라를 향해 몸을 기울이고 있고, 그 옆에는 피어시 박사가 불편한 모습으로 앉아서 불안한 듯 얼굴을 훔치며 줄스를 곁눈질했다.

"평범한 일상과 폭력을 구분할 수 없습니다!" 줄스가 외쳤다. "모두들 그것을 살아내고 또 살아내고, 도무지 끝나질 않아요. 갈 곳도 없고, 도시 한복판에 공터도 없고…… 도시 한복판에 공원이 있는 걸 누가 좋아하겠습니까! ……공원은 불에 타지 않아요!"

"감사합니다, 웬트웰 씨." 사회자가 말했다. "그럼 이제……."

카메라가 멀어지고 있었지만 줄스는 말을 멈추지 않았다. "그건 상처를 입히지 못해요." 그의 목소리가 진지했다. "강간범과 강간 피해자가 동틀 무렵에 마침내 폐허에서 일어나 각자 옷에 묻은 먼지를 털고 식당을 향해 걸어갑니다. 분명히 말하지만, 열정은 오래가지 않아요! 열정이 다시 찾아오기야 하겠지만 오래가지 않습니다!"

카메라가 움찔거리며 계속 움직였다. 사회자가 한 사람을 지목했다. 옷깃이 목을 한 바퀴 감은, 나이가 지긋한 남자였다. 로레타는 뜨겁게 달아오른 채 멍하니 앉아 있었다. 움직일 수가 없었다. 내 아들은 어디 있지? 심지어 그의 목소리조차 끊어지고, 다른 사람이 말하고 있었다. 다른 사람이 그의 자리를 차지한 것이다. 줄스는 어떻게 됐어? 왜 그런 이상한 소리를 한 거야? 그녀는 줄스 때문에 창피했다. 그가 어렸을 때 창고에 불을 냈던 것이 기억났다. 그가 불타는 비행기를 구경하려고 사람들을 밀치고 나아가던 것도 기억났다. '이런, 그 애는 살인자야!' 그녀의 머릿속에 선명한 생각이 떠올랐다. '그 애는 살인자야.' 그녀가 살인자를 낳았다. 옷깃이 목을 한 바퀴 감은 남자, 그러니까 성공회 신부가 엄숙하고 선명한 목소리로 말하고 있었다. "……역사의 불운에 우리는 절대로 무릎을 꿇으면 안 됩니다. 절망에도 무릎을 꿇으면 안 됩니다. 감히 그러면 안 됩니다. 나는 이 일이 진행되어 우리 모두를 바꿔놓을 것이라는 여기 젊은 친구의 말에 동의할 수 없습니다. 그 청년의 말이 무슨 의미든 상관없어요. 솔직히 나는 그 청년의 말을 이해하지 못했습니다. 난 구세대예요. 내가 전적으로 찬성하는 것은 바로 교육입니다. 교육기금을 크게 확대하고 빈민가를 깨끗이 단장해서 모든 아이들을 위해 새로운 미국을 만드는 것이……."

로레타는 울기 시작했다. 모두들 깜짝 놀라서 그녀를 보았다. 그녀는 울면서 손으로 얼굴을 덮었다. 안주인이 서둘러 일어나 소리쳤다. "무슨 일이에요? 울지 마세요. 무슨 일이에요? 우리가 도울 수 있다면……."

로레타는 일어섰다. 울면서도 품위를 지켰다. 그녀는 사람들이 자신을 빤히 바라보고 있음을 의식했다. 내가 왜 울고 있지? 이게 무슨 소용이 있다고. '세상에, 이건 쓸데없는 짓이야. 내가 왜 그 아이 때문에 울어야 해?' 그녀는 생각했다. 안주인이 그녀를 데리고 복도의 화장실로 갔다. 그래도 그녀는 울음을 멈출 수 없었다.

9

모린은 8월 초의 어느 날 저녁 초인종 소리를 듣고 문을 열어주었다. 그가, 줄스가 문 앞에 서 있었다. 그녀는 읽던 잡지를 들고 있었다. 그래서 잡지를 어딘가에 내려놓으려고 했지만, 어디에 놓으면 좋을지 생각이 나지 않았다. 그녀는 선 채로 줄스를 빤히 바라보기만 할 뿐, 아무 말도 하지 못했다.

"저기, 왜 그래? 내가 네 집을 알아내서 놀랐어?" 그가 말했다.

"줄스, 세상에……."

"들어가도 돼? 잠시면 돼."

그녀는 그를 빤히 바라보았다. 이제 그녀는 결혼해서 도시 외곽의 아파트에 살고 있었으므로 가족들 생각을 잘 하지 않았으며, 설마 가족들을 만나게 될 것이라고는 생각하지 못했다. 줄스도 마찬가지였다. 그녀의 남편은 신문에서 '줄스 웬들'이라는 이름을 보고 이 사람이 당신 오빠 줄스냐고 물었다. 그때 그녀는 오빠가 아니라고 대답했다. 그런데 지금 줄스를 보자 속이 조금 메스꺼워졌다.

"남편은 집에 있어?"

"아니, 야간 수업이 있어서."

"왜 날 그렇게 봐?"

"너무 놀라서 그래."

"내 꼴이 그렇게 안 좋아?"

"아니, 그런 게 아니야."

하지만 그녀는 정말로 속이 좋지 않았다. 줄스의 얼굴이나 존재 때문이 아니라 자신이 줄스와 이토록 가까이 있다는 사실, 자신의 존재와 그의 존재가 이토록 친밀하게 엮여 있다는 사실 때문이었다. 그녀는 복도로 물러나서 등 뒤로 문을 닫았다. "이야기는 여기서 해. 부탁이야. 왜…… 왜 왔어?"

"내가 여기 있다가 네 남편을 만나보고 가면 안 돼?"

"남편이 오려면 아직 멀었어."

"모린, 너 얼굴이 창백해. 안색이 너무 안 좋다. 나 때문이야? 나랑 말하기 싫어? 왜?"

"나는…… 나는…… 오빠랑 말하고 싶지…….” 그녀는 더듬더듬 말하다가 입을 다물었다.

줄스가 손을 뻗어 그녀가 들고 있는 잡지의 표지를 보았다. 마치 그녀가 입을 다문 이유에 대한 단서를 찾으려는 것 같았다. 반짝이는 표지에는 크림을 얹은 파이의 사진이 실려 있었다.

"왜 그래?” 그가 말했다.

"아무것도 아니야.”

"네 결혼이 비밀인 거지, 응? 내가 엄마한테 작별 인사를 하려고 들렀는데…… 내가 여길 떠날 거거든……. 엄마가 투덜거리더라. 너한테서 전화도 없다고. 널 걱정해서. 왜 엄마한테 전화 안 했어, 모린? 이번에 집이 불에 타서 엄청 고생했는데. 하다못해 베티조차 도울 일이 없냐고 들렀어. 엄마는 에설이라는 친구 집에 계셔. 잘 지내시지. 어쩌면 또 결혼할지도 모른다던데, 너 얘기 들었어?”

"조금 들었어.” 모린이 정말 싫은 표정으로 말했다.

"그런데도 관심 없어?”

그녀는 곁눈질로 오빠를 보았다. 그는 검은색 풀오버에 어두운색 바지를 입고 있었다. 성공한 도둑 같은 분위기가 났다. 그녀와 가까이 있는 그의 존재 자체가 무서운 짐이었다.

"관심 없어?” 그가 물었다.

"나도 엄마랑 식구들을 전부 사랑해. 오빠도 알잖아. 하지만 이젠 나도 내 생활이 있어. 그러니까 내 인생을…… 내 인생을 살아야지…….”

"베티조차 들러서 엄마한테 돈을 좀 줬다니까! 최소한 그 정도는 해야지. 엄마한테 돈을 좀 주든지, 전화라도 하든지…….”

"나한테는 내 생활이 있어.”

"그 생활이라는 게 그렇게 힘들어?”

"그런 소리 하지 마! 오빠도 알잖아! 내가 아는 걸 오빠도 다 알잖아! 줄스, 부탁인데, 이제 그만 가줄래? 내가 몸이 좀 안 좋아. 속이 메스꺼운 것 같아. 난 돈 없어. 남편이 양육비며 뭐며…… 줘야 하니까. 우리가 쓸 돈도 모자라……."

"알았어."

"우린 아이를 낳을 거야. 그러니까 다른 사람한테 돈을 줄 여유가 없어……."

"알았다고. 갈게." 줄스가 손을 뻗어 그녀의 머리를 쓰다듬었다.

모린은 샐쭉한 고양이처럼 천천히 그를 향해 머리를 기울였다. 두 사람은 몇 초 동안 말없이 서 있었다. 이윽고 줄스가 말했다. "모트가 로스앤젤레스로 직장을 옮기게 됐는데 날 데려가기로 했어. 우리가 관리할 예산이 10만 달러 규모야. 밖에 내 차가 있어. 벌써 로스앤젤레스까지 몰고 갈 차를 샀거든. 에어컨도 달려 있어. 내가 거기서 좀 자리를 잡으면 뭔가 사업을 할 거야. 정부를 통해서 좋은 연줄을 잡을 수 있으니까. 어쩌면 부동산업을 할지도 몰라. 뭔가 탄탄한 일을 해야지."

"하지만 신문에는 오빠가 공산주의자처럼 났던데. 오빠가 공산주의자라며 쫓아내려는 사람 없어?"

"공산주의자! 그게 뭐? 난 공산주의자가 뭔지도 몰라!" 줄스가 웃음을 터뜨렸다. "난 아무것도 아니야. 그냥 어떻게든 살아보려고 애쓰는 거지. 내 상사인 모트, 피어시 박사는 진짜 미쳤어. 제정신이 아니라고. 지난 화요일에 흑인 애들 몇 명이 모트를 팼는데…… 모트는 경찰이랑 같이 순찰을 돌면서 질문을 던지고 있었어. 그런데 경찰은 흑인 애들을 전혀 말리질 않았다는 거야. 웃기는 건, 웃기지……. 모트의 안경이 두 번째로 깨졌어. 모트가 이번 일자리를 얻은 건 순전히 위원장이 신경쇠약에 걸렸기 때문이야. 모트가 날 위원회에 끼워준 건 날 좋아하기 때문이고. 나랑 내 인생에 대해 나름대로 환상을 갖고 있거든. 내 인생을 일종의 사례연구로 써보고 싶대. 하지만 나는 '뭔 소리?'라고 해줬어. 옛날에 나한테 있었던 일들은 전부 아무것도 아니야. 존재하지도 않아! 내 인생은 이제 막 시작이야. 그래서 캘리포니아로 가는 거야. 널 당황하게 만들려는 게 아니라, 그냥 작별 인사를 하려고 들른 건데. 네 남편한테 날 보여주지 않으려고 하는 건 이해해. 하지만 말이지, 꼬맹아, 우리 식구들 중에 나쁜 사람이 몇 명 있다 해도 난 그런 사람이 아니야."

"줄스, 그런 뜻이 아니었어!" 모린이 말했다. "오빠는 멋진 사람이야. 나한테는 멋진 오빠였고, 난 오빠를 사랑해. 앞으로도 영원히 오빠를 기억할 거야. 날 보살펴 줬던 것, 내가 아플 때 편지를 보냈던 것, 그런 거 전부, 우리가 지금까지 함께 겪어야 했던 일들, 하지만…… 하지만 난 이제 그런 건 그만하고 싶어. 그런 건 이제 끝이야. 가끔 한 번씩 꾸는 악몽으로만 기억하면 돼. 그 정도는 견딜 수 있어. 나쁜 꿈. 그 정도가 최악이라면, 난 견딜 수 있어."

"그래, 이해해."

"그리고 지금은 우리가 쓸 돈도 부족해. 돈이 있었다면 내가…… 내가 엄마한테 좀 줬겠지. 하지만…… 줄스, 난 옛날 일은 하나도 기억하고 싶지 않아! 그냥 나쁜 꿈을 몇 번 꿨을 뿐이야. 그것뿐이야…… 제발. 식은땀을 흘리면서 깨어보면 옆에 '남자'가 누워 있는데, 내가 모르는 남자야. 내 남편인지 아니면 길에서 날 주운 남자인지 기억이 나질 않아. 그런 일을 다시 겪을 수는 없어, 줄스. 난 끝났어. 이제 모든 걸, 모든 사람을 잊어버릴 거야. 곧 아이도 태어날 거야. 난 이제 다른 사람이야."

"네 남편을 사랑해?"

"곧 아이가 태어날 거야. 난 이제 다른 사람이야."

"엄마랑 다른 사람들은?"

"다른 사람 누구?"

"너도 알잖아, 다른 사람들…… 엄마랑 외삼촌, 삼촌이 다시 나타날지는 모르지만, 그리고 베티, 코니 고모, 엄마의 이상한 친구들……."

"그 사람들은 이제 만날 일이 없을 것 같아."

줄스는 모린의 목덜미를 사랑스럽게 한 번 쥐었다 놓았다. 그는 정말로 즐거워하는 것 같았다. 그녀가 기억하는 오래전 줄스의 모습이었다. 발걸음이 가볍고 언제나 놀라운 일들을 보여주는 사람.

"하지만 모린, 너도 '그 사람들' 중 하나가 아니야?"

그녀는 대답하지 않았다.

그녀는 그를 계단으로 이끌고 다시 나와 있었다. 오빠가 왜 가지 않는 거야! 그가 한 손을 뻗어 계단 난간(플라스틱이었다)을 만졌다. 모린은 계단이 흔들흔들해서 누가 부딪히기라도 하면 금방 무너질 지경임을 알아보았다. 줄스가 생각에 잠긴 표정으로 손을 뗐다. 그리고 낮게 중얼거리듯이, 그러면서도 열렬한 목소리로 말했다. "우리 예쁜이, 이해해. 나도 널 사랑하고. 난 항상 널 생각할 거야. 내가 형편이 좀 나아져서 자리를 잡고 이리로 돌아와 결혼하게 된다면…… 어찌 됐든 난 그 여자랑 결혼하고 싶어. 날 죽이려고 했던 여자 말이야. 난 아직도 그 여자를 사랑해. 그러니까 돈을 좀 번 다음에 이리로 돌아와서 그 여자랑 결혼할 거야. 두고 봐. 내가 그렇게 지금보다 조금 나아져서 돌아오면, 그때 너랑 나도 다시 만날 수 있겠지. 그렇지? 넌 정말 예쁜 동생이었어. 그렇게 고생했으면서도 머리를 써서 헤쳐 나온 것도 사랑스럽고. 하지만 여기 이 집도 불에 타서 무너질 수 있다는 걸 잊지 마. 남자들이 다시 네 삶에 끼어들 수 있어, 모린. 널 다시 두들겨 패고 강제로 네 무릎을 벌릴 수 있어. 왜 안 되겠어? 세상에는 그런 일이 얼마나 많은데. 정액도 남자도 얼마나 많은데! 그런 일은 있을 수 없다고? 일어나지 않을 거라고? 정말로 그런 일을 원하지 않는 거야?"

"그래!"

"모린, 정말로? 말해봐."

"그래. 절대, 절대로 싫어."

그는 그녀를 내려다보며 서 있었다. 그녀는 양손으로 귀를 막았다. 배가 무겁게 불러서 곧 아기를 낳을 예정이었다. 지금 그녀는 두 다리로 단단히 서 있었으며, 예쁘고 깨끗하고, 남편이 있었다. 그녀는 줄스를 보지 않았다.

"뭐, 나도 인생을 필요 이상으로 힘들게 만들고 싶지 않아." 줄스가 말했다.

그는 동생의 손을 잡고 입을 맞춘 뒤 작별을 고하며 놀리듯이 애정을 담아 고개를 숙여 인사했다. 그녀가 항상 사랑하던 줄스였다. 하지만 이제는 작별을 고하며 영원히 그녀의 곁을 떠나는 그가 사랑스러웠다.

발문

존 웹스터의 비극《하얀 악마》에는 다음과 같은 풍자시가 나온다. "……
우리가 가난하므로 / 사악해질까?" 소설《그들》은 이 질문에 대한 긴 답변이다.
《그들》은 또한 가정이라는 차원을 바탕으로 한 미국식 서사시로 구상되
었다. 인생이라는 것이 따지고 보면 결국 서사적인 모험이 아닌가. 우리는
궁극적으로 가닿을 곳이 어디인지 모른 채 항해에 나선다. 우리의 목적지
는 우리가 선택한 곳이라기보다는 어쩌다 보니 도착한 곳이 될 가능성이 높
다. 그런 가능성에서 우리는 '운명'을 형상화하고 싶어 한다. 하지만 특히 어
린 시절에는 무슨 일이든 가능하다는 사실은 변하지 않는다. 또한 실제로 그
렇게 될 가능성이 있다는 점이야말로 인생의 짜릿한 모험이다.《그들》은 확
실히 미국식 모험가들의 집안인 웬들 일가의 연대기다. 꿈 많은 16세 소녀
로레타가 어린 연인에게 처녀성을 잃고, 오빠가 쏜 총탄에 다시 그 어린 연
인을 잃고, 절망에 빠진 겨우 몇 시간 만에 남편을 얻기까지, 바로 그 전날
밤에 시작되는 이 이야기에는 곧바로 숨이 막힐 것 같은 긴박감이 있다. 로

레타가 천둥 같은 도시 디트로이트로 이주하기 전에도 이미 공기 중에서 절박함이 느껴진다. 변덕과 희망과 굶주림, 시 실상 어떤 위험을 무릅쓰더라도 어떤 대가를 치르더라도 삶을 이어나가겠다는 굶주림이다. 아직 다듬어지지 않았지만 번창하는 미국 도시의 북소리가 《그들》을 관통한다. 미국의 자동차 도시(당시 디트로이트는 이렇게 불렸다), 그리고 그보다 덜 공식적인 호칭으로는 미국의 살인 도시의 열띤 맥박이다.

  폭력이 젊음의 에너지와 결부된 일종의 로맨스인 것처럼, 로맨스도 일종의 폭력이며 감각의 폭풍이다. 줄스 웬들은 1967년 7월의 '인종' 폭동 이전 몇 달 동안 거칠거칠하고 칙칙한 생활에 깊이 침잠해 들어가지만, 《그들》은 그 사라진 시절의 디트로이트에 바치는 선물이다. 당시 경제적으로 정점에 있던 디트로이트는 전형적인 미국 도시였으며 세계 자동차 산업의 수도였다. 하지만 이 도시의 주민들에게는 화학약품이 섞인 붉은 석양, 몽롱하게 부글거리는 공기, 가차 없이 눈을 찔러대는 바람의 랩소디였다. 새로 지은 고속도로들이 낡고 안정된 동네들을 사이클론처럼 파괴적으로 날뛰며 자르고 지나갔다. 고가도로, 철로와 소리를 질러대는 기차, 공장과 굴뚝 연기, 대개 총신과 같은 색을 띠고 기름지게 물결치는 디트로이트 강, 에이트마일로드와 최초의 '백인' 근교 도시인 펀데일까지 이어진 우드워드 애버뉴의 엄청난 기세, 널찍하고 더러운 그래티엇 애버뉴, 그랜드리버 애버뉴, 존 R., 아우터 드라이브, 미시간, 캐스, 캔필드, 세컨드 애버뉴, 서드 애버뉴, 하이랜드파크, 제퍼슨, 버너, 포트, 조스캠포, 디킨더, 프루드, 보비엔, 브러시, 랜돌프, 리버노이스, 식스마일, 세븐마일, 펜켈. 펜켈! 이런 무뚝뚝한 발음, 이런 운율이야말로 이 중서부 도시의 음악이다. 옛날에 이곳에 살았던 사람들은 이 이름들을 마치 시처럼 읊는다. 나는 마치 추방당한 망령처럼 계속 디트로이트를 찾아가 거리를 어슬렁거리며…… 무엇을 보았던가! 줄스, 모린, 그리고 그들의 원기 왕성한 어머니 로레타가 이름도 지어주지 못한 채 찾아 헤맸던, 손에 잘 잡히지 않는 보물이었나?

'장소와 시간의 정수. 자아와 그보다 더 크고 공동체적이고 신비롭고 미지의 존재인 영혼의 마법 같은 결합.'

—

《그들》은 미국 젊은이들을 대표하는 인물들의 내면을 '계급전쟁'(정치에는 관심을 두지 말아야 하는 문학 분야에서는 금기시되는 주제지만, 이 맥락에서 '전쟁'은 순전히 은유적이다. 그렇지 않은가?)의 관점에서 파헤쳐본 3부작 중 세 번째이자 가장 야심 찬 작품으로 구상되었다.《세속적인 쾌락의 정원》(1967)과《사치스러운 사람들》(1968)이 이 작품의 전작들로, 전자의 배경은 미국의 여러 시골 지방과 뉴욕 서부이고 후자의 배경은 디트로이트 근교의 부유한 마을인 펀우드이다. 하지만 1971년에 이 3부작은 4부작이 되었다.《원더랜드》가 시간적으로《그들》의 시대 너머에 있는, 베트남전 말기의 묵시록적인 미국으로 넘어가 이 비공식적인 연작을 테마적으로 끝맺었기 때문이다. 아직 미지의 영역으로 남아 있던 이 시기 미국에서는 반전 정서라는 이상주의가 평등주의라는 비주류 문화의 환상과 냉소주의로 주의를 돌리고, '사랑'이 자멸한 때였다.

《그들》의 원래 제목은《오만과 편견》,《죄와 벌》,《적과 흑》(계급을 의식하는 이 작품의 주인공 쥘리앵 소렐은 줄스 웬들보다 덜 이상적이고 더 탐욕스럽고 더 잔인하지만 확실히 정신적으로 비슷한 구석이 있다) 같은 고전적인 제목들을 풍자적으로 변형한《사랑과 돈》이었다. 그런데 내가 웬들 일가의 삶에 빠져드는 과정에서 이 제목이 지나치게 노골적으로 테마를 드러내서 작품의 폭을 축소한다는 사실을 깨달았음이 분명하다.《그들》은 사랑과 돈을 정복하는 이야기일 뿐만 아니라, 한없이 유연한 자아를 다시 꿈꾸고 다시 만드는 미국식 꿈에 바치는 송시이기도 하기 때문이다.《그들》이라는 제목은 내게 영감처럼 다가와, 세상에는 실제로 '그들'과 '우리'가 존재한다는 사실을 의뭉스럽게 제시해주었다. 우리가 살고 있는 민주국가에도 우리가 연민, 경탄, 혐오, 도덕적 우월감을 지니고 바라볼 수 있는 '그들'이 존재한다. 그들과 우리 사이에는 마치 심연이 가로막고 있는 것 같다. 완전히 교양을 갖추지는 못했지만 계급 '상승'에 열심인 '그들'이 있는가 하면, 이상주의적이고 감수성이 예민하고 언제나 순진하며 언제나 희망에 차서 미국의 꿈 같은 제품들을 소비하는 '그들'도 있다. 이 소설 속의 '그들'은 가난한 백인들로, 인종(과 인종주의) 차별로 인해 가까운 이웃들, 즉 가난한 흑인들이나 히스패닉들과 분리되어 있다.

물론 나는 대공황 말기에 태어나 뉴욕 주 서부의 작고 별로 번창하지 못한 농장에서 자라난 시골 노동계급의 딸로서 '그들'에게 절대적인 동질감을 느낀다. 내가 '우리'의 존재를 가정한 것은 풍자를 위해서이다. 줄스 웬들은 소설 말미에서 중산층 속으로 사라지는 방식을 통해 구원을 받고 싶어 하는 동생 모린을 꾸짖으며 내가 하고 싶은 말을 대신 해준다. "너도 '그 사람들' 중 하나가 아니야?"

1969년에 이 소설이 발간된 뒤, 이 소설의 독자들 중에는 '그들'이 거의 없었다. 계급으로서 '그들'은 책을 읽지 않기 때문이다. 특히 긴 소설을 읽지 않는 것은 확실하다. 하지만 지난 수십 년 동안 이 소설을 읽은 많은 사람들은 '그들'의 아들딸이었다. 나는 나의 영적인 친척이라고 생각하는 이 사람들을 여행하면서 자주 만난다. 나와 이 사람들은 가족들 중에서 처음으로 고등학교나 대학교를 졸업하고, 처음으로 미국의 거대한 전문 직업인 계급에 진입했으며, 이에 대해 깊은 양면적 감정을 자주 느꼈다. 우리를 구분해주는 것은 부모가 우리를 대견하게 생각하는지, 아니면 우리의 '상승'이 부모에게 상처를 주고 그들을 왜소하게 만드는지 여부뿐이다. '그들'이었던 우리가 제대로 번창하는 미국인인 '우리'로 자신을 다시 정의해야 한다는 사실은 20세기 미국의 사회사가 지닌 아이러니다. 부모나 조부모가 남부에서 소작농이었고 그 위의 조상들은 노예였던 아프리카계 미국인들에게 심연을 건너뛰는 일은 특히 극적이다. '백인'의 언어를 의식적으로 새로 익히는 작업이 여기에 포함되기 때문이다. 그래도 우리는 살아남는다. 디트로이트의 근교 마을에 사는 모린은 임신했으며, 자신이 손에 넣은 것(다른 여자의 남편)을 잃어버릴까 봐 겁에 질려 있다. 캘리포니아 어딘가에 있는 줄스는 폭력과 범죄로 점철된 자신의 인생이 디트로이트 폭동의 불길로 정화되었다고 확신한다. "옛날에 나한테 있었던 일들은 전부 아무것도 아니야. 존재하지도 않아! 내 인생은 이제 막 시작이야."

—

수십 년 전에 썼던 《그들》의 〈작가의 말〉을 다시 읽으면서 나는 빈틈없는 독자들이 이 진지한 글을 소설로 인식해줄 것이라 생각했던 나 자신에게 말문이 막혔다. 〈작가의 말〉은 누가 봐도 인공물임이 분명한 이야기의 '실화성'을 보장해주는 포스트모던한 부록이었다. 문학적인 실험 자체가 장난스럽고 짐짓 기만적이지만 더 고상하거나 본질적인 진실을 위한 관습이었던 1960년대에 《그들》의 〈작가의 말〉은 저자의 의도를 드러낸 글로 해석됐을 수도 있고 아닐 수도 있지만, 회고록과 회고록을 빙자한 소설의 시대인 20세기 말에는 확실히 문자 그대로 해석될 것이다. 하지만 소설의 영역에서 문자 그대로의 진실을 기대할 수는 없다. 상상력으로 빚어낸 모든 작품의 중력장에 접근할 때 우리는 현실이 휘어지기 시작한다는 점을 반드시 받아들여야 한다. 심지어 '현실'이라는 개념조차 뭔가 풍요롭고 낯선 것으로 변할 것이다. 그렇지 않으면 예술가가 현실을 자신의 것으로 만들었다고 할 수 없다.

모든 문학 양식은 관습이고, 모든 문학은 인공물이기 때문이다. 신화, 전설, 판타지를 '실제는 아니지만' 상징적인 예술 양식으로 인식하는 것은 쉬울 수 있어도, 리얼리즘 예술을 하나의 관습, 저자가 부린 술책으로 인식하기는 쉽지 않다. 사실주의 양식을 선택하면서 우리는 독자와 작가가 모두 믿을 수 없다는 심성을 잠시 밀어두고 창작물을 무조건 받아들이게 만드는 착시 효과를 희망한다. (작가가 자신 또한 반드시 납득시켜야 한다는 말이 놀랍게 들리는가? 사실 모든 예술 작품의 창작 과정에서 이것이야말로 가장 첫 번째이자 가장 어려운 부분이다.) 이상적인 독자로 하여금 작가가 노력을 기울여 정말로 사실 같을 뿐만 아니라 독창적이고 가치 있고 '상징적인' 의미가 있는 이야기를 만들어냈다고 믿게 만드는 것, 작가이자 독자로서 자신을 납득시키는 것, 이것이 언제나 창작 과정에서 부딪히는 커다란 도전이다. 비록 이 사실을 사람들이 인정하거나 논의하는 경우는 드물지만 말이다.

나는《그들》을 쓸 때 가까이에서 구할 수 있는 자료들을 이용했다. 내가 1967년 7월의 폭동 때까지 디트로이트에 대해 아주 자세히 알고 있었기 때문이다. 나는 또한 그보다 한참 전 완전히 다른 시대, 심지어 제2차 세계대전도 일어나기 이전 시대에 시작되어 폭동이라는 격동으로 소용돌이처럼 빨려 들어가는 소설의 구조를 어떻게 잡아야 하는지도 알 수 있었다. 내가 남편과 함께 남쪽으로는 세븐마일로드, 서쪽으로는 약탈과 방화의 주변부였던 리버노이스로드에 둘러싸인 주택가에 살고 있었던 것은 우연이다. 나도 당시 디트로이트에 살던 수십만 명의 시민들과 마찬가지로 그런 사회적 격동에 따른 모든 감정을 겪었으며, 그때의 폭동은 나의 정신 그 자체를 침범한 일로 내 머릿속에 기록되어 있다. '이게 다 무슨 일이야? 어떻게 이런 일이 있을 수 있지? 우리도 죽는 건가? 누가 우리를 보호해주겠어?' 사실 미시간 주 방위군이 우리가 살던 디트로이트 북서부의 생명과 재산을 보호하려고 들어오고 있었다. 폭력 행위의 중심지는 몇 킬로미터나 떨어진, 오래 전부터 가난의 중심지로 게토처럼 변해버린 디트로이트 깊숙한 곳 근저였다. 백인과 유대인이 살던 북서부와는 마치 다른 나라처럼 먼 곳이었다. 그곳은 호전적이고 광적으로 변해버린 나라였다. 하지만 유황 냄새를 풍기며 눈을 찔러대는 연기가 열파에 붙들려 며칠 동안 도시 상공에 안개처럼 걸려 있었다. 물건이 타는 악취가 디트로이트에 살던 우리들의 삶 속에 그 후로도 줄곧 스며들었다. 1967년의 폭동을 직접 겪었거나 그 근처에 있었던 사람이라면 누구도 디트로이트가 살기에 '안전한' 곳, 또는 '정신이 멀쩡한' 곳이라고 느낄 수 없었다. (우리도 1968년에 디트로이트 강을 건너 캐나다 온타리오 주 원저에서 10년 동안 일종의 망명객처럼 살았다. 남편과 나 모두 원저 대학에서 학생들을 가르쳤다.)

폭동과 그 여파를 묘사할 때 나는 역사적으로 정확한 사실을 전달하려고 했다. 디트로이트의 지리적 특징, 그리고 백인 특권층들이 사는 근교 마을 그로스포인트를 초현실주의 다큐멘터리처럼 훑는 부분도 그렇다. 마법의 나라 같은 그로스포인트에서 줄스 웬들은 돌이킬 수 없는 사랑에 빠진다. 3부에서 모린 웬들이 약탈의 꿈에 빠져 식스마일로드와 디트로이트 대학 캠퍼스 위쪽의 부유한 주택가를 걷는 장면은 잠깐이지만 영화적인 기법을 따라갔다. 나 역시 사람들이 목가적인 삶을 살고 있을 것 같은, 아름답게 손질된 커다란 벽돌집들을 감상하고, 모린의 갈망하는 눈으로 그 집들을 바라보며 그곳을 걸은 적이 있다. 사실 나는 이미 바로 그런 집에서 살고 있었는데도, 나 자신보다는 내 소설 속 인물들에게 더 깊은 동질감을 느꼈다. 나의 동네 산책은 젊었을 때 뉴욕 주 록포트의 부자 동네를 자주 걸었던 경험을 재현한 것이었다. 그때 나는 모린처럼 정확히 말해서 부러움도 아니고 증오도 아니라, '일종의 사랑 같은 것'을 느꼈다.

하지만 《그들》에는 엄밀히 말해서 비현실적이지는 않지만, 다른 부분에 비해 현실성이 떨어지는 부분들이 있다. 예를 들어, 내가 자주 질문을 받았던 〈작가의 말〉이 있다. 물론 그 글이 현실과 스치듯 관계를 맺고 있기는 하지만, 딱 그뿐이다. 내가 1962~1967년에 디트로이트 대학에서 영문학을 가르친 것도 사실이고, 어쩌면 '모린 웬들'과 비슷한 야간 학생들을 가르친 것도 사실이다. 하지만 물론 모린은 내가 만들어낸 인물이며 그녀가 보낸 많은 편지들과 회상 역시 내가 만들어낸 것이다. 또한 지금 보면 좀 위험한 전략이었다 싶은, 소설 속 '오츠 선생님'도 내가 만들어낸 인물이다. 모린은 당연히 선입견이 작용하게 마련인 기억을 바탕으로, 오츠 선생님이 자신에게 낙제점을 준 야간 수업 교수님이었다고 기억한다. (사실 나는 디트로이트 대학에서 '오츠'가 아니라 항상 '스미스'였다. 조이스 스미스, 또는 스미스 교수.) 지금 생각하면 이상한 일 하나는 1967~1969년에 내가 실제로 강의실에서 학생들을 대할 때 나오는 다른 초창기 '교사로서의 자신'를 상상하곤 했다는 점이다. 그 자아는 이렇다 할 설명도 눈에 띄는 연민도 없이 학생에게 '낙제점'을 주곤 하는 사람이었다. 소설 속의 '오츠 선생님'은 당시 나와 남편이 갖고 있던 검은 폭스바겐을 몰았으며, 플로베르의 《보바리 부인》을 아주 높이 평가했지만 확실히 나와는 완전히 다른 사람이었다. 내가 이런 인물을 만들어낸 것은 이런 왜곡된 초상을 통해 소설 속의 '오츠'가 현실 속의 '오츠'와 다르다고 암시하고 싶었기 때문인 것 같다. 하지만 이제 무방비해진 과거의 자신을 묘하게 피학적으로 재창조해서 이토록 꼼꼼하게 이 인물을 만들어내는 과정에서 나는 현실 속의 '오츠'를 완전히 밀어내는 데 성공했다. 내가 아무 생각 없이 그 부분을 읽는다면, 당연한 듯 그 인물이 '오츠'라고 생각할 것이다. 그리고 '오츠'가 나라면, 이 '오츠'는 분명히 한때의 내 모습이었을 것이다. 그러나 나는 내가 이 '오츠'가 아니었다고 상당히 확신하고 있다. 모린 웬들이 결코 실제로 존재했던 적이 없다는 사실을 아는 것처럼. 하지만 모린의 증언이 너무나 설득력 있어서 도저히 의심할 수가…… 미학적으로 봤을 때, 이런 전략에는 흠잡을 데가 없다. 어차피 상상력은 무한하며, 허구로 지어낸 작품에 들어 있는 모든 것은 허구이기 때문이다. 하지만 도덕적으로 봤을 때, 아니 어쩌면 실용적인 측면에서 봤을 때, 이처럼 인위적인 창조물이 '현실'을 밀어내는 현상의 가치는 모호하다.

최근 들어 E. L. 닥터로의 《만국박람회》, 필립 로스의 《기만》, 폴 서룩스의 《나의 다른 삶》 등 다양한 소설에서 대담하게 저자의 이름을 단 주인공들이 현실과 저자의 창작을 구분하는 선을 흐리게 만들고 있다. 《그들》의 〈작가의 말〉이 워낙 그럴듯하고, 모린과 줄스가 워낙 설득력 있는 인물들로 보이기 때문에 독자들은 지금도 그들에게 전달해달라면서 내게 편지를 보낸다. 낭독회에 나가면 모린과 줄스가 어떻게 지내고 있느냐는 질문도 나온다. 오래전 어떤 여자가 줄스를 사랑하는 마음을 절절하게 적은 장문의 편지를 써 보낸 적도 있다. 하지만 그녀는 자신의 결혼 생활이 불행하지는 않다고 강력히 주장했다. 성급하고 다소 귀가 얇은 한 비평가는 1970년에 《그들》이 전미도서상을 받자, 《그들》은 소설이 아니라 '실제'이기 때문에 저자가 이 상을 받을 자격이 없다고 지면에서 호통을 치기도 했다. (어찌 됐든 이 얼마나 순진한 주장인가. 인간의 힘이 전혀 개입되지 않아도 '실제' 그 자체만으로 무(無)에서 언어의 구조물, 인위적인 창작물을 만들어낼 수 있다는 생각이라니.) 세월이 흐르면서 나는 《그들》의 등장인물들이 내 소설에 나오는 대부분의 인물들과 마찬가지로 나와 다른 사람을 합친 '혼합물'이라고 간단히 대답하게 되었다. 이번에도 그렇다.

미국적인 삶의 연대기를 기록하는 사람으로서 나는 때로 나의 등장인물들에게 좀 더 명확한 판정을 내리지 않는다거나 내 작품의 '도덕'이나 메시지가 무엇인지 분명히 하지 않는다는 이유로 비판을 받는다. 《그들》이 폭력, 절도, 거짓, 가난한 자의 '사악함'을 너그러이 용서하는가? 포주이자 살인자인 줄스 웬들은 영웅인가? 남의 삶이 무너진 잔해에서 승리를 발굴해낼 수 있는가? 작가가 자문할 법한 이런 질문들에 대해 소설은 복잡하고 어쩌면 비극적이기도 한 답변을 제공한다. 하지만 다른 사람들의 영혼 속으로 빠져드는 것은 검열이 아니라 공감이다. 《그들》은 실제로 사랑의 소산이며, 사랑하는 사람들이 모두 그렇듯이 나 또한 나 자신을 판관으로 세울 생각이 없다. 소설의 의미는 독자의 수만큼이나 많아질 수 있다.

1999년 10월 프린스턴

조이스 캐롤 오츠

# 그들

1판 1쇄 발행 2015년 12월 17일
1판 5쇄 발행 2019년 10월 21일

지은이 · 조이스 캐롤 오츠
옮긴이 · 김승욱
펴낸이 · 주연선

총괄이사 · 이진희
책임편집 · 심하은
편집 · 백다흠 하선정 최민유 김서해 이우정 박연빈 허유민
디자인 · 권예진 이다은 김지수
마케팅 · 장병수 김진겸 이한솔 강원모
관리 · 김두만 유효정 박초희

**(주)은행나무**
04035 서울특별시 마포구 양화로11길 54
전화 · 02)3143-0651~3 | 팩스 · 02)3143-0654
신고번호 · 제 1997-000168호(1997. 12. 12)
www.ehbook.co.kr
ehbook@ehbook.co.kr

잘못된 책은 바꿔드립니다.

ISBN 978-89-5660-969-0 03840